KB161887

WAR & PEACE

CLÉMENCE POÉSY   MALCOLM MCDOWELL   BRENDA BLETHYN

"A lavish adaptation of the Tolstoy classic"
—THE GUARDIAN (U.K.)

드라마 〈전쟁과 평화〉(2007) 이탈리아, 프랑스, 독일, 러시아, 폴란드 5개국이 참여해 4부작 드라마로 만들어졌다. 브렌단 도리슨·로버트 돈헬름 감독, 클레망스 포에지·맬컴 맥다월·브렌다 블레신 주연

세계문학전집026
Л.Н. Толстой
ВОЙНА И МИР
전쟁과 평화 II
똘스또이/맹은빈 옮김

동서문화사

전쟁과 평화
총목차

제3편

제1부

1

1811년 말부터 서유럽의 군비 강화와 병력 집중이 시작되었다. 러시아의 병력도 이해부터 자국의 국경으로 집결되었고, 1812년에는 서구의 병력 수백만이(군대를 수송하거나 식량을 공급하는 사람도 포함해서) 서쪽에서 동쪽으로 러시아의 국경을 향해 이동하였다. 6월 12일, 서유럽의 병력이 러시아의 국경을 넘어옴으로써 전쟁이 시작되었다. 인간의 이성과 본성에 위배되는 사건이 일어난 것이다. 무수한 사람들이 서로 수많은 죄악과 기만, 배반과 절도, 위조 지폐 발행, 약탈, 방화와 살인을 자행하였다. 세계의 모든 재판 기록이 여러 세기가 걸려도 모을 수 없을 만큼 많은 죄악을 범했으나, 그 시대에 그것을 저지른 자들은 그것을 범죄로 여기지 않았다.

무엇이 이런 이상한 사건을 일으켰는가? 그 원인은 무엇인가? 역사가들은 이 사건의 원인이 된 것은 올덴부르크 대공에게 가해진 모욕, 대륙 봉쇄에 대한 위반, 나폴레옹의 정권욕, 알렉산드르 황제의 강경 태도, 외교가들의 실책 등이라고 소박하게 믿고 또 말하고 있다.

그렇다면 메테르니히(오스트리아 외상)나 루미안체프(러시아 수상, 외상), 혹은 딸레랑(프랑스 외상, 나폴레옹의 침략을 반대하여 1809년에 파면되었다)이 알현과 호화로운 야회가 이루어지는 동안에 제대로 노력해서 좀 더 서류를 잘 쓰든가, 나폴레옹이 알렉산드르 황제에게 '나의 형제인 폐하, 나는 올덴부르크 대공에게 그 공국의 반환을 승낙합니다'라고 쓰기만 했으면 전쟁은 없었을 것이다.

그 시대의 사람들에게는 사태가 그런 식으로 여겨진 것은 이해가 간다. 나폴레옹이(그가 세인트 헬레나 섬에서 말한 바와 같이) 영국의 음모가 전쟁의 원인이라고 여긴 것은 이해할 수 있다. 영국 의회는 나폴레옹의 권력욕이 전쟁의 원인이라고 여겼고, 올덴부르크 대공은 자신이 모욕을 당한 것이, 상인들은 유럽을 파멸시키고 있던 대륙 봉쇄가 전쟁의 원인이라고 여겼다. 또

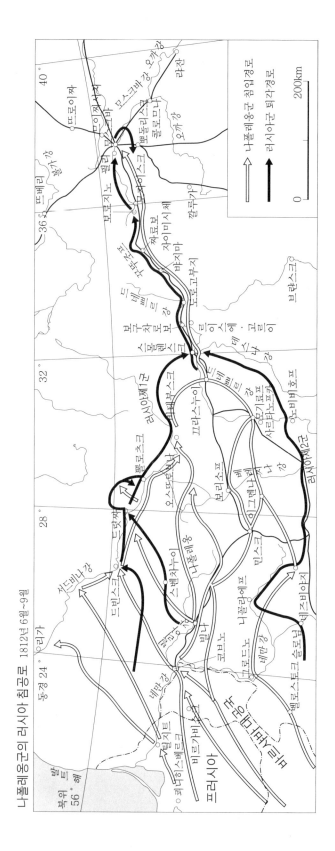

나폴레옹군의 러시아 침공로 1812년 6월~9월

나폴레옹군의 네만 강 도하 전 양군배치도 1812년 6월 12일

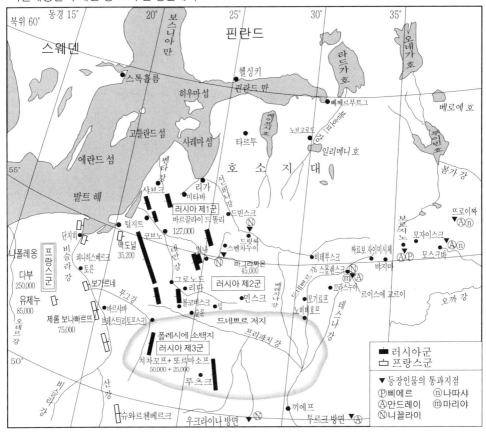

고참 병사나 장군들에게 전쟁의 주요 원인은 그들을 실전에 사용하지 않을 수 없었던 탓이라고 여겨진 것은 이해할 수 있다. 당시 정통(正統) 왕조주의자들에게는 올바른 원칙을 부활시켜야 했던 것이 원인이었고, 당시 외교관들의 입장에서 보자면 1809년의 러시아와 오스트리아 동맹을 나폴레옹에게 충분히 끝까지 숨기지 못했고 제178조의 각서를 잘못 쓴 것이 원인이었다고 여겨진 것은 이해할 수가 있다. 이러한 것들과 그 밖의 수많은 무수한 원인을—이것은 견해의 차이가 무수히 있었기 때문이다—그 시대의 사람들이 고려했다는 것도 이해할 수 있다. 그러나 이미 생긴 사건의 거대함과 그 전모를 냉정하게 성찰하여 그 단순하면서도 무서운 뜻을 파헤치는 후세 사람들에게 있어서는, 이러한 원인은 불충분하다고 여겨진다. 무수한 그리스도교도들이 서로 죽이고 고통을 준 것은, 나폴레옹이 권력을 좋아하고 알렉산드르 황제가 강경했기 때문에, 또는 영국의 정책이 교활했으며 올덴부르

크 대공이 모욕을 당했기 때문이라고 하는 것은 우리로서는 이해가 가지 않는다. 그러한 사정이 살인, 폭행이라고 하는 사실 그 자체와 어떤 관련을 가지고 있는가. 대공이 모욕을 당했기 때문에 유럽의 반대쪽에서 많은 사람들이 몰려와 스몰렌스크와 모스크바의 사람들을 죽이거나 궁핍의 바닥에 빠뜨리고, 자기들도 상대방에 의해 살해되었다는 것이 우리에게는 이해가 가지 않는 것이다.

역사가도 아니며 탐구 과정에 발을 들여놓지 않은 우리 후세 사람들에게 있어, 상식에 현혹되지 않고 사건을 냉정하게 성찰할 때 그 원인이 무수히 떠오르고, 원인을 탐구하면 할수록 더욱더 많은 원인이 밝혀지고 있다. 그리고 개별적으로 들춘 원인이나 몇 가지 일련의 원인도, 그 자체로서는 어느 것이나 정당한 것으로 여겨지지만 사건의 규모에 비하면 사소한 것이기 때문에, 어느 것이나 진짜 원인이 아닌 것처럼 여겨진다. 또(다른 복합적 원인이 관련되지 않는다면) 실제로 일어난 사건을 야기시킬 정도의 힘이 없기 때문에, 역시 진짜 원인이 아닌 것처럼 여겨진다. 어느 프랑스군 하사가 두 번째로 군무에 복무할 것을 희망했느냐 안 했느냐 하는 것도 우리의 눈으로 보자면, 나폴레옹이 그의 군대를 비슬라 강 대안으로 후퇴시키는 것을 거부하고, 올덴부르크 공국을 반환할 것을 거절한 것과 전적으로 같은 정도의 원인으로 여겨진다. 왜냐하면 만약 이 하사가 복무하기를 원하지 않고 다음 하사도, 세 번째 하사도, 천 명째 하사도, 더 나아가서 병사들도 원하지 않았다면 나폴레옹 군대는 그만큼 병력이 줄어들어 전쟁이 일어나지 않았을지도 모르기 때문이다.

만약 나폴레옹이, 비슬라 강 건너편으로 퇴각하라는 요구에 화를 내지 않고 군대에 진격 명령을 내리지 않았더라면 전쟁은 없었을 것이다. 그리고 만약 하사관이 전원 두 번째 군무에 복무하기를 바라지 않았다면 역시 전쟁은 없었을 것이다. 또 마찬가지로 영국의 음모가 없었다면, 올덴부르크 대공이 없었다면, 알렉산드르 황제가 모욕감을 느끼지 않았다면, 러시아에 전제 권력이 없었다면, 프랑스 혁명과 뒤이은 독재와 제국이 없었다면, 프랑스 혁명을 유발시킨 여러 가지 일이 없었다면 전쟁은 일어나지 않았을 것이다. 이들 원인 중의 한 가지라도 빠져 있었다면 그 어떤 일도 일어날 수가 없었을 것이다. 즉 이러한 모든 원인이—수십억의 원인, 수백억의 원인이—실제로 생긴 일을 야기시키기 위해 하나로 결합된 것이다. 따라서 그 중 어느 하나도 이 사건의 절대적인 원인이라고 할 수 없고, 사건은 일어나지 않을 수 없었기 때문에 일어났던 것이다. 마치 몇 세기 전에 무수한 인간이 자기와 같은 인간을 죽이면서 동쪽에서 서쪽으로 나아간 것처럼, 무수한 인간이 자기의 인간적인 감정과 인간적인 이성을 위배하여 서쪽에서 동쪽으로 나아가 자기와 같은 인간을 죽이지 않을 수가 없었던 것이다.

나폴레옹이나 알렉산드르 황제의 행동은—그의 한 마디로 사건이 일어나느냐 일어나지 않느냐가 좌우되는 것처럼 여겨졌지만—제비뽑기나 징집으로 원정에 가담한 각 병사의 행동과 마찬가지로 자유의사가 희박한 것이었다. 그러나 그렇게 될 수밖에 별 도리가 없었던 일은 아니었다. 왜냐하면 나폴레옹이나 알렉산드르(이 사건을 좌우했다고 여겨진 사람들)의 의지가 수행되기 위해서는 수없이 많은 사정이 일치되어야 했고, 이 사정들 중 하나만 빠져도 사건은 일어날 수 없었을 것이기 때문이다. 실행력을 쥐고 있는 무수한 인간, 사격을 하거나 양식이나 대포를 운반하는 병사들이, 개인에 지나지 않는 약한 사람들이 의지의 이행에 동의하고, 무수한 복잡 다양한 원인에 의해서 그 결과에 도달할 필요가 있었던 것이다.

불합리한 현상(그 합리성을 우리가 이해할 수 없는 현상)을 설명하기 위해서는 역사에 있어서의 운명론이 아무래도 필요하다. 이러한 역사상의 현상을 우리가 합리적으로 설명하려고 하면 할수록, 그것은 우리의 눈에는 불합리하고 이해할 수 없는 것이 되어 버린다.

인간은 누구나 자신의 개인적인 목적을 이룩하기 위해 자유를 행사하고 자기를 위해 살고 있으며, 자기는 지금 이러이러한 행동을 하거나 또는 하지 않을 수도 있다고 마음 속으로 느끼고 있다. 그런데 그 인간이 그것을 행하면 곧, 시간의 흐름이 있는 일정한 시점(時點)에서 행하여진 그 행위는 돌이킬 수 없는 것이 되고, 그것은 역사의 소유물이 된다. 그리고 역사 속에서 그것은 자유가 아니라 미리 정해진 뜻을 지니게 되는 것이다.

인간에게는 누구나 두 가지 면이 있다. 이해가 추상적일수록 자유가 많아지는 개인적인 삶과, 인간이 미리 정해진 법칙을 필연적으로 다하고 있는 불가항력적이고 군집적(群集的)인 삶이다.

인간은 의식적으로는 자신을 위해서 살고 있다. 그러나 역사적, 전 인류적인 목적을 달성하기 위한 무의식적인 도구의 역할도 하고 있는 것이다. 일단 행하여진 행위는 되돌아오지 않고, 인간의 행위는 시간 속에서 다른 인간들의 무수한 행위와 결부되어 역사적인 뜻을 얻는다. 어느 인간이 사회의 상하 관계에서 높은 위치에 있으면 있을수록, 많은 사람과의 관계를 가지면 가질수록 그 사람은 다른 사람에 대하여 더욱 큰 권력을 가지게 되고, 그 일거일동이 미리 결정되고 필연적이라는 것이 더욱 명백해진다.

'황제의 마음은 오직 하느님의 손에 있다.'

황제는 바로 역사의 노예인 것이다.

역사, 즉 인류의 무의식적, 전체적, 군집적 삶은 황제들 생활의 온갖 순간을 모두 자기의 목적을 위한 수단으로서 자기를 위해 이용한다.

나폴레옹은 어느 때와는 달리 지금, 1812년에는 여러 국민의 피를 흘리느냐 흘리지 않느냐는(알렉산드르 황제가 나폴레옹에게 써 보낸 마지막 편지에 적혀 있는 것처럼) 자기 마음에 달려 있다고 여겨졌음에도 불구하고, 필연적인 법칙에 지금처럼 종속되어 있었던 일은 이제까지 없었다. 그 법칙에 따라서, 전체의 영위(營爲)나 역사를 위해 성취해야 할 일을 그는(자기 자신의 자유의사로 행동하고 있는 것 같은 기분이었지만) 꼼짝 없이 하지 않으면 안 되었던 것이다.

서쪽 사람들이 서로 죽이기 위해서 동쪽을 향해 움직여갔다. 그리고 '여러 원인 일치의 법칙'에 의해서, 무수한 작은 원인이 그 이동을 위해, 그리고 전쟁을 위해 저절로 동조하여 이 사건에 결합되었다. 대륙 봉쇄 위반에 대한 비난, 올덴부르크 대공, 오직 무장 평화를 달성하기 위해서 기도된(나폴레옹은 이렇게 생각하고 있었다) 프러시아에의 군대 이동, 국민의 기분과 합치한 프랑스 황제의 호전성(好戰性)과 전쟁벽(戰爭癖), 대규모 준비에 대한 흥분, 준비를 위한 비용, 그 비용을 보상할 수 있는 이익을 얻으려는 요구, 드레스덴에서의 머리가 이상해질 정도의 형식적인 경의(敬意)의 표현(1812년 5월, 나폴레옹이 오스트리아 황제, 프러시아 왕, 작센 왕과 드레스덴에서 머물렀을 때를 가리킨다), 그 시대 사람들의 눈에는 평화를 바라는 간절한 마음으로 행해진 것처럼 보였으나 실제로는 쌍방의 자존심에 상처를 입히는 데에 지나지 않았던 외교 교섭, 그 외에도, 성취해야 할 사건에 순응하여 그것과 결합된 수많은 원인이 있었던 것이다.

사과는 익으면 떨어진다. 왜 떨어지는가? 지면을 향해 인력이 작용하고 있기 때문인가, 꼭지가 말랐기 때문인가, 태양을 쬐어 건조되고 무거워지고 바람에 흔들리기 때문인가, 그렇지 않으면 밑에 서 있는 사내아이가 그것을 먹고 싶기 때문인가?

그 어느 것도 원인은 아니다. 이 모든 것은 온갖 종류의 삶의, 유기적이며 불가항력적인 사건이 생기기 위한 여러 조건의 일치, 바로 그것인 것이다. 그리고 섬유소의 분해나 그 밖의 원인으로 사과가 떨어진다고 보는 식물학자는, 자기가 먹고 싶어서 떨어지도록 빌었기 때문에 떨어졌다고 말하는 나무 밑의 소년과 마찬가지로 옳고, 또 마찬가지로 잘못되어 있다. 나폴레옹이 모스크바로 향한 것은 그가 그것을 원했기 때문이며 그가 참패한 것은 알렉산드르가 그 멸망을 원했기 때문이라고 말하는 사람도, 수천만 톤의 산이 무너진 것은 마지막 노동자 한 사람이 곡괭이로 산 밑에 마지막 일격을 가했기 때문이라고 말하는 사람과 마찬가지로 옳기도 하고 옳지 않기도 하다. 역사상의 사건에서 이른바 위인이라고 불리는 사람들은 그 사건의 이름을 나타내는 한 라벨에 지나지 않으며, 그와 마찬가지로 사건 그 자체와는 가장 관계가 적다.

자신들에게는 자유라고 여겨지는 그들 행동 하나하나가 역사적인 의미에서는 부자유이며, 역사의 과정 전체와의 관련 속에 있으며 영원한 옛날부터 결정되어 있는 것이다.

2

5월 29일 나폴레옹은 몇 사람의 공(公), 대공, 왕, 그리고 여기에 황제 한 사람까지 가담해서 만들어진 측근에 둘러싸여 3주일 동안 체류했던 드레스덴을 출발하였다. 출발에 앞서 나폴레옹은 근무를 잘한 공, 왕, 황제를 위로하고, 어느 정도 불만을 느끼게 한 왕이나 공은 질책한 뒤, 자기의, 실은 다른 왕들로부터 빼앗은 진주와 다이아몬드를 오스트리아 황후에게 보냈다. 그리고 황후 마리 루이즈를 상냥하게 껴안고—나폴레옹 사가(史家)가 말하는 바에 의하면—그녀를, 파리에 또 한 사람의 부인이 남아 있는데도 나폴레옹의 부인으로 여겨지고 있는 이 마리 루이즈를, 도저히 견딜 수 있을 것 같지 않은 이별의 슬픔 속에 남겨두고 떠났다. 외교관들은 아직은 평화의 가능성을 확신하고 이를 위해 열심히 활동하고 있었다. 또한 나폴레옹 황제 자신도 알렉산드르 황제에게 써 보낸 편지에서 나의 형제여 하고 부르면서, 자기는 전쟁을 원하지 않고 있으며 언제까지나 당신을 사랑하고 존경할 것이라고 충심으로 말했음에도 불구하고, 그는 군대로 달려가 서쪽에서 동쪽으로 군의 이동을 독촉하기 위한 새로운 명령을 각 역참에 도착할 때마다 내리고 있었다. 그는 여섯 마리의 말이 끄는 여행용 유개마차로 측근 신하, 부관, 호위에 둘러싸여 포젠, 토룬, 단치히, 쾨니히스베르크에 이르는 가도를 앞으로 나아갔다. 이들 도시에서는 수천, 수만의 사람들이 불안과 감격으로 그를 맞았다.

군은 서쪽에서 동쪽으로 이동하였고, 갈아 댄 여섯 마리의 말도 그를 같은 방향으로 태우고 달렸다. 6월 10일, 그는 마침내 군대를 뒤따라잡고 빌꼬비스끼의 숲, 그를 위해 준비된 폴란드 어느 백작의 영지에 준비된 숙사에 머물렀다.

이튿날 나폴레옹은 군을 추월하여 포장마차로 네만 강으로 가서, 도강 지점을 시찰하기 위해서 폴란드 군복으로 갈아입고 강변으로 내려섰다.

강 맞은편에 까자크를 보고, 먼 옛날 마케도니아의 알렉산드르 왕이 원정한 스키타이와 비슷한 나라의 수도인 성스러운 도시 모스크바가 중앙에 위치한 초원을 보았을 때, 나폴레옹은 모든 사람의 예상을 깨고, 전략이나 외교적인 생각을 무시하고 진격을 명령하고 말았다. 그리하여 이튿날 군대는 네만 강을 건너기 시작했다.

12일 이른 아침, 그는 이날 네만 강의 가파른 왼쪽 강 언덕에 친 천막을 나와서 빌꼬비스끼의 숲에서 나와, 네만 강에 걸린 세 개의 다리를 가득 채운 우군의 흐름을 망원경으로 보고 있었다. 군은 황제가 있다는 것을 알고 눈으로 황제의 모습을 찾았다. 그리고 언덕의 천막 앞에 수행원들로부터 떨어져 있는, 연미복형 군복을 입고 차양이 달린 모자를 쓴 모습을 발견하자 모자를 위로 던지며 "황제 만세!" 하고 소리쳤다. 그리고 거대한 아군이, 이제까지 그들을 감추고 있던 숲에서 차례로 끊임없이 흘러나와 대열을 나누면서 세 다리를 건너갔다.

"자, 전진이다. 오오! 황제께서 몸소 나오시니 기운이 난다……. 정말이야……. 봐! 저기 계시다……. 황제 폐하 만세! 저것이 아시아의 초원이다! 역시 추악한 나라군! 안녕, 보세. 모스크바에서 제일 좋은 궁전을 네게 남겨 두지. 잘 있어! 잘 있게……. 자네 황제를 봤나? 황제 만세!…… 여보게 제라르, 만약에 내가 인도의 총독이 된다면 자네를 카시미르의 대신을 시켜 주지, 틀림없다. 황제 만세! 만세! 만세! 만세! 파렴치한 까자크 놈들 같으니라고, 달아나는 꼴이란. 황제 만세! 봐, 저기다! 자네 보이나? 난 두 번 본 일이 있다. 자네를 이렇게 보는 것처럼 말이야. 꼬마 하사…… 나는 황제께서 한 노병에게 훈장을 걸어주는 것을 봤어……. 황제 만세……!" 성격도 사회적 지위도 가지각색인 노인과 젊은이들이 이렇게 말하고 있었다. 이들 모든 사람들의 얼굴에는 오랫동안 기다렸던 진군이 시작되는 기쁨과, 언덕 위에 서 있는 회색 군복을 입은 사람에 대한 감격과 복종의 공통된 심정이 나타나 있었다.

  6월 13일, 나폴레옹에게 조그마한 순혈종인 아라브종 말이 헌정되었다. 그는 이 말을 타고 빠른 걸음으로 네만 강에 걸려 있는 한 다리를 향하여 갔다. 끊임없이 귀청이 터질 듯한 환호성을 받았다. 그는 자기에 대한 경애의 정을 그 외침으로 표현하는 것을 금지할 수 없다는 이유만으로 그 환호성을 견디고 있는 것 같았다. 그러나 가는 곳마다 따라다니는 이 환호성은 그를 괴롭혔을 뿐만 아니라, 군대에 합류한 이후 마음이 사로잡혀 있던 군사상의 배려에 집중할 수 없게 만들고 있었다. 그는 보트에 의해 떠받쳐 있는 임시 부교(浮橋)를 지나 맞은편 기슭으로 건너가, 왼쪽으로 돌아 코브노 시 쪽으로 향하였다. 행복으로 숨이 막힐 듯이 감격한 근위 수색기병이 선도(先導)가 되어 부대 사이에 길을 내면서 그의 앞에서 말을 달렸다. 넓은 비리아 강에 가까이 가자 그는 강가에 서 있는 폴란드 창기병 옆에 말을 세웠다. "만세!" 동맹군인 폴란드 병사들도 나폴레옹을 보려고 대열을 흐트러뜨리고 서로 밀면서 역시 감격해서 외쳤다. 나폴레옹은 강을 둘러보고 말에서 내려, 강가에 뒹굴고 있던 통나무에 걸터앉았다. 무언의 신호에 따라 망원경이 그에게 넘겨지자, 그는 그것을 황급히 달려온 근위 시종의 등에 얹고 맞은편 강기슭을 보기 시작했다. 그리고 그는 통나무 사이에 펼쳐진 지도를 물끄러미 바라보고 깊이 생각을 집중하였다. 그는 고개를 들지 않고 무슨 말을 하였다. 그러자 부관 두 사람이 폴란드 창기병 쪽으로 말을 달렸다.

  "뭐야? 뭐라고 말했어?" 부관 한 사람이 자기들을 향하여 말을 달려 왔을 때, 폴란드 창기병 대열 사이에서 이런 소리가 들렸다.

얕은 곳을 찾아서 강 건너편으로 건너가라는 명령이 내려진 것이다. 미남으로 연배인 폴란드 창기병 연대장은 흥분으로 얼굴이 빨개지며 말을 더듬으면서, 얕은 곳을 찾지 않고 부하 창기병들과 같이 강을 헤엄쳐서 건너가도록 해 줄 수는 없느냐고 부관에게 물었다. 그는 말에 태워달라고 보채는 소년처럼 거절당할까봐 불안스러운 표정을 띠면서, 황제 앞에서 헤엄쳐서 강을 건너가게 해달라고 부탁하였다. 부관은, 황제도 이 지나친 열성을 별로 불만스럽게 여기지는 않을 거라고 말했다.

부관이 이렇게 대답하자 콧수염을 기른 같은 연배의 장교는 행복스러운 얼굴에 눈을 반짝이면서, 사벨을 높이 쳐들며 "만세!" 하고 외쳤다. 그리고 창기병들에게 뒤를 따르라고 명령한 뒤, 말에 박차를 가하고 강 쪽으로 달려갔다. 그는 망설이는 말을 사정없이 차서 물속으로 뛰어들게 하고 급류의 깊은 곳으로 향하였다. 수백 명의 창기병이 뒤를 따라 뛰어들었다. 강 한가운데의 흐름이 급한 곳은 차갑고 섬뜩했다. 창기병들은 말에서 떨어질 것 같아 서로 붙들었으나 몇 마리의 말은 익사하고 사람도 익사했다. 남은 병사들은 안장이나 말 갈기에 매달려 필사적으로 헤엄쳤다. 그리고 약 500m 전방에 도하(渡河) 지점이 있었는데도, 통나무에 걸터앉아서 그들이 하고 있는 것을 보고 있지도 않은 인간의 눈 앞에서 이 강을 헤엄치고 익사하는 것을 자랑으로 삼고 있었다. 돌아온 부관이 적당한 때를 잡아 폴란드 병사들의 충성에 황제의 주의를 돌리게 하자, 회색 군복을 입은 몸집이 작은 사나이는 일어나서, 베르쩨(나폴레옹군의 원수)를 옆으로 불러 함께 물가를 걸으면서 그에게 명령을 내렸다. 그리고 익사 직전의, 생각의 집중을 방해하는 창기병 쪽을 가끔 불만스러운 듯이 바라보았다.

자기가 눈앞에 있으면 세계 도처에서, 아프리카에서 모스크바 땅의 초원에 이르기까지, 한결같이 사람들에게 강한 감명을 주고 광기와 같은 몰아(沒我)의 상태로 몰아넣는다는 확신은 그에게는 새로운 일은 아니었다. 그는 말을 데려오라고 명령하고는 숙소로 돌아갔다.

작은 배가 구조를 위해 나갔는데도 40명에 이르는 병사들이 강에서 익사했다. 대부분은 이쪽 강가로 다시 밀려왔다. 연대장과 몇 명의 병사가 강을 헤엄쳐 넘어가서 간신히 강 건너 언덕으로 기어올라갔다. 그들이 흠뻑 젖어서 물방울이 떨어지는 젖은 옷으로 언덕에 기어오른 순간, 나폴레옹이 아까까지 서 있다가 이제는 없어진 장소를 감격어린 눈으로 바라보면서 그들은 "만세!" 하고 외쳤다. 그 순간 그들은 행복한 기분이 되었다.

해가 지자 나폴레옹은 두 가지 지령—하나는 러시아로 가지고 들어가기 위해서 준비된 위조 지폐를 한시 바삐 보내라는 것과, 다른 하나는 프랑스군에 내린 명령에 관한 정보가 적힌 편지를 가지고 있다가 잡힌 작센 병사를 총살하라는 것—사이에 또 하나의 지령을 내렸다. 그것은 필요도 없는데 강으로 뛰어든 폴란드 연대장을, 나폴레옹을 군단장으로 하는 명예군단으로 편입하라는 것이었다.

'사람을 파멸시키려면—그 이성을 빼앗아라(라틴어 격언)'

3

한편, 러시아 황제는 열병과 훈련을 하면서 이미 한 달 이상을 빌리나에서 머물고 있었다. 모두가 전쟁을 예기하고 그 준비를 위해서 뻬쩨르부르그에서 왔지만, 전쟁을 위한 준비는 하나도 되어 있지 않았다. 작전의 전체적인 계획도 없었다. 제출된 온갖 계획 중에서 어느 것을 채택할 것인지 하는 망설임은, 황제가 통수부에 한 달 동안 머문 후 더욱더 강해졌을 뿐이었다. 세 개의 군에는 각각 총사령관이 있었지만, 전군을 통괄하는 총지휘관이 없었고 황제도 이 지위를 맡으려 하지 않았다.

황제의 빌리나 체류가 오래 끌수록 모두는 전쟁을 기다리는데 지쳐서 전쟁 준비는 더욱더 소홀해졌다. 황제 측근들이 노리고 있는 것은 되도록 황제가 즐거운 시간을 보내게 하고, 임박한 전쟁을 잊게 하는 데에만 집중되고 있는 것 같았다.

폴란드 지주와, 조신들과 때로는 황제 자신에 의해서 열린 많은 무도회나 축전(祝典)이 있은 후, 6월에 폴란드 황제의 한 시종 무관이 시종 무관 일동의 이름으로 황제를 위한 파티를 열자고 제안했다.

이 생각은 모든 사람의 환영을 받아 채용되었다. 황제도 승낙의 뜻을 표명했다. 시종 무관들은 예약 형식으로 돈을 모았다. 가장 황제의 호감을 살 만한 귀부인이 무도회의 여주인이 되도록 초청되었다. 빌리나 현의 지주 베니그쎈 백작은 이 행사를 위해서 교외의 별장을 제공, 6월 13일에 저녁식사,

무도회, 뱃놀이, 불꽃놀이가 베니그쎈의 교외에 있는 자그레트 성에서 개최되기로 되었다.

네만 강 도하 명령이 나폴레옹에 의해서 내려지고, 그의 전위대가 까자크군을 압도하고 러시아 국경을 넘어선 바로 그날, 알렉산드르 황제는 시종 무관들이 개최한 베니그쎈의 별장에서 무도회로 하룻밤을 보내고 있었다.

그것은 즐겁고 화려한 향연이었다. 이런 일에 익숙한 사람들의 이야기로는, 한 곳에 이 정도로 많은 미녀들이 모인 것은 드문 일이라고 하였다. 황제를 따라 뻬쩨르부르그에서 빌리나로 온 러시아 귀부인들에 섞여 베주호프 백작 부인 엘렌도 이 무도회에 출석하여 그 중후하고 이른바 러시아적인 미모로, 세련된 폴란드 귀부인들의 빛을 잃게 했다. 그녀는 뭇사람들의 시선을 끌었고 영광스럽게도 황제와 춤을 추었다.

보리스 도르베쯔꼬이는 아내를 모스크바에 남겨두고, 그의 말을 빌리자면 독신자로서 이 무도회에 출석하였다. 그는 시종 무관은 아니었지만, 이번 무도회를 위해 상당한 액수의 돈을 낸 참가자였다. 보리스는 현재 부자였고 지위도 상당히 올라가, 이제는 비호(庇護)를 구하기는커녕 같은 연배들과 어깨를 나란히 하고 있었다.

밤 12시가 되었는데도 댄스가 계속되고 있었다. 어울리는 상대가 없었던 엘렌은 자신이 보리스에게 마주르카 춤을 신청했다. 두 사람은 세 번째 짝이 되어 앉아 있었다. 금실이 섞인 거무스름한 엷은 드레스로부터 노출된 엘렌의 눈부신 어깨를 냉담한 눈으로 바라보면서 보리스는 옛친구들의 이야기를 하고 있었지만, 그와 동시에 같은 홀에 있는 황제를 남이 알아채지 못하게 한순간도 멈추지 않고 지켜보고 있었다. 황제는 춤을 추고 있지 않았다. 그는 문 옆에 서서, 누구라고 정한 것은 아니지만 이 사람 저 사람을 멈춰 세우고 그만이 할 수 있는 상냥한 말을 걸고 있었다.

마주르카가 시작되었을 때, 황제에 가장 가까운 인물의 한 사람인 시종 무관 발라쇼프(국무회의 의원, 경찰, 대신, 1770~1837)가 궁중 예의조차 무시하며, 폴란드 귀부인과 이야기를 하고 있던 황제 옆에 급한 걸음으로 바싹 다가가 멈추었다. 귀부인과의 이야기를 끝내고, 황제는 묻는 듯한 눈을 돌렸다. 그리고 발라쇼프의 이런 행동에 중대한 이유가 있다는 것을 깨달은 듯이 귀부인에게 가볍게 고개를 끄덕이고 나서 발라쇼프 쪽으로 돌아섰다. 발라쇼프가 말문을 열자마자, 황제 얼굴에는 놀란 빛이 떠올랐다. 그는 발라쇼프의 팔을 잡고, 본인으로서는 무의식적으로 자기 앞에 있는 사람들을 양쪽으로 비키게 해서 6, 7m의 넓은 길을 열게 하면서 발라쇼프와 함께 홀을 지나갔다. 보리스는 황제가 발라쇼프와 나란히 걷기 시작했을 때 아라끄체에프의 흥분한 얼굴을 알아챘다. 아라끄체에프는 황제를 올려다보고, 빨간 코로 거친 숨을 쉬면서 황제가 자기를 상대해 주기를 바라는 것처럼 군중 속에서 걸어나왔다. (보리스는 아라끄체에프가 발라쇼프를 시기하여, 무엇인가 분명히 중대한 뉴스가 자기를 통하지 않고 황제에게 전해지는 것에 불만을 품고 있다는 것을 알아채었다).

그러나 황제와 발라쇼프는 아라끄체에프를 거들떠보지도 않고, 밖으로 나가는 문을 지나 밝게 밝혀져 있는 정원으로 빠져나갔다. 아라끄체에프는 칼을 잡고 부릅뜬 눈으로 사방을 둘러보면서 스무 발짝쯤 떨어져서 두 사람 뒤를 따라갔다.

보리스는 마주르카 춤의 피겨를 밟으면서, 발라쇼프가 어떤 뉴스를 가져왔는지, 또 어떻게 하면 남보다 먼저 그것을 알아낼 수 있을까 하는 생각에 몰두하고 있었다.

마주르카를 추는 도중 상대 여성을 골라야 할 때에 이르자, 보리스는 엘렌에게 자기는 뽀또쯔끼 백작 부인을 고르고 싶은데 발코니로 나간 것 같다고 속삭이고는, 조각나무 세공을 한 마루를 미끄러지듯 걸어가 정원으로 나가는 문 밖으로 뛰어나갔다. 그리고 발라쇼프와 함께 테라스로 올라오는 황제를 보자 걸음을 멈추었다. 황제와 발라쇼프는 문 쪽으로 걸어오고 있었다. 보리스는 길을 비킬 틈이 없었다. 그는 당황한 척 급히 문설주에 몸을 비키고 기도하듯이 머리를 숙였다.

황제는 개인적인 모욕을 당한 사람처럼 흥분해서 다음과 같이 말하고 있었다.

"선전 포고도 하지 않고 러시아에 침입하다니! 무장한 적병이 단 한 명이라도 우리 영토 안에 남아 있는 한, 나는 강화를 하지 않는다."

보리스가 보기에는, 황제는 이 말을 한 것이 기분이 좋은 것 같았다. 자기가 생각하는 바를 표현하는 형식에도 만족하고 있는 것 같았으나, 다만 보리스가 그것을 들은 것이 불만스러운 것 같았다.

"아무한테도 알려서는 안 된다!" 황제는 얼굴을 찌푸리고 이렇게 덧붙였다. 보리스는 그 말이 자기에게 한 말이라는 것을 알았다. 그리고 눈을 감고 가볍게 고개를 숙였다. 황제는 다시 홀로 들어가서, 반 시간 가까이 더 무도장에 남아 있었다.

보리스는 프랑스군이 네만 강을 건넜다는 소식을 맨 먼저 알았다. 그 덕택으로, 다른 사람에게는 알려지지 않은 여러 가지 일을 자기는 알고 있는 경우가 있다는 것을, 몇몇 요직에 있는 사람들에게 보여주는 기회를 얻었다. 그리고 그것을 이용해서 자기에 대한 그 친구들의 평가를 높일 수 있는 기회로 삼았다.

프랑스군의 네만 강 도강이라는 뜻하지 않은 소식은, 한 달 동안이나 줄곧 기대가 어긋났던 뒤의 일인데다가, 장소가 무도회장이었다는 데서 더욱 예상외였다! 황제는 이 소식을 받은 순간 흥분과 모욕감에 사로잡혀, 후에 유명해진 한 문구를 생각해냈다. 그것은 황제 자신의 마음에 든 것으로 그의 기분을 잘 나타내고 있었다. 무도회에서 숙사로 돌아오자 황제는 밤 2시에 국가 평의회 관방장관인 시시꼬프를 불러오게 하여, 군에 대한 명령과 공작 싸르뚜이꼬프 원수에 대한 친서를 쓰도록 분부하였다. 그는 그 속에, 무장한 프랑스 병이 한 명이라도 러시아 영토 안에 남아 있는 한, 강화를 할 생각은 없다는 문구를 반드시 넣도록 요구했다.

이튿날 나폴레옹에게 보내는 다음과 같은 서한이 완성되었다.

'친애하는 나의 형제. 내가 폐하에 대한 협약을 지켜온 성의에도 불구하고, 폐하의 군대가 러시아의 국경을 넘었다는 것을 어제 알았습니다. 이 침입에 대해 뻬쩨르부르그의 로리스똔 백작^(러시아 주재 프랑스 대사)이 보낸 각서에 의하면, 폐하는 꾸라긴 공작이 여권을 청구한 이래^(프랑스 주재 러시아 대사 꾸라긴이 외교 교섭이 잘 이루어지지 않아 1812년 4월, 귀국을 위한 여권을 청구한 일) 나와 적대 관계에 있는 것처럼 생각하고 계시는 것 같습니다. 바사노 대공이 꾸라긴 대사에게 여권 교부를 거부한 이유를 봐도, 나는 꾸라긴 대사의 행위가 침공의 구실이 된다고는 도저히 생각할 수가 없습니다. 그리고 꾸라긴 공작 자신이 밝혔듯이, 그의 행동은 나의 명령에 의한 것이 아닙니다. 그래서 나는 위의 보고를 접하자 즉각 유감의 뜻을 꾸라긴 공작에게 전하고, 종전대로 자신에게 주어진 직책을 다하도록 명령한 것입니다. 만약 폐하께서 이와 같은 오해 때문에 나의 국민이 피를 흘리는 참사를 야기하실 뜻이 없으시고, 러시아 영토에서 귀하의 군대를 철수하는 데에 동의하신다면, 나는 일체의 과거지사는 불문에 붙일 것이며, 그리하여 상호간의 협정도 가능해질 것입니다. 그렇지 않을 경우에는, 나는 우리 측에서 아무런 도발도 하지 않은 이 공격을 부득이 격퇴하지 않을 수 없게 될 것입니다. 인류를 새로운 전쟁의 참화에서 구하느냐 구하지 못하느냐는 폐하의 손에 달렸습니다.'

경백
(서명) 알렉산드르

4

6월 13일 오전 2시, 황제는 발라쇼프를 불러서 나폴레옹에게 보내는 편지를 읽어주고 나서, 이 편지를 직접 프랑스 황제에게 건네주라고 명령했다. 발라쇼프를 보낼 때 황제는 무장한 프랑스 병이 한 명이라도 러시아 영토 안에 남아 있는 한, 강화는 하지 않는다는 말을 다시 한 번 되풀이하였다. 그리고 이 말을 꼭 나폴레옹에게 전하도록 명령했다. 황제는 이 말을 편지에는 적지 않았다. 그것은 강화 교섭의 마지막 시도를 하는 마당에 이 말을 전한다는 것은 적당하지 않다는 것을 그의 거래의 육감으로 느꼈기 때문이다. 그러나 그는 이 말을 직접 나폴레옹에게 반드시 전하라고 발라쇼프에게 명령했다.

13일부터 14일에 걸친 야밤에, 발라쇼프는 나팔수 한 명과 까자크 기병 둘을 데리고 출발하여, 동이 트기 전에 네만 강 이쪽 강가의 프랑스군의 전초선인 르이꼰투이 마을에 도착했다. 그는 프랑스 기마 보초에 의해서 정지당했다.

프랑스군 경기병 하사관은 빨간 군복을 입고 털이 푹신한 모자를 쓰고 있었는데, 다가오는 발라쇼프에게 크게 소리를 질러 정지하라고 명령했다. 발라쇼프는 바로 정지하지는 않고 보통 걸음으로 계속 전진했다.

하사관은 얼굴을 찌푸리고 입 속에서 무엇인가 욕지거리를 하고는, 말 앞

가슴으로 발라쇼프를 밀어대듯이 하면서 대들었다. 그는 사벨에 손을 대고 러시아 장군에게 난폭하게 소리를 지르면서, 너는 귀가 멀었느냐, 내가 하는 말이 들리지 않느냐고 물었다. 발라쇼프는 자기 이름을 댔다. 하사관은 병사를 장교한테로 보냈다.

그러나 발라쇼프의 말에는 아랑곳없이, 하사관은 동료들과 자기 연대 얘기를 시작하고, 러시아 장군을 거들떠보지도 않았다.

발라쇼프는 최고 권력이나 강권(强權) 바로 가까이에 있었고, 3시간 전에는 황제와 이야기를 한 후였는데다가, 근무상으로는 항상 존경을 받는 위치에서 이에 익숙해져 있었으므로, 이 러시아 땅에서 이렇게 적의에 찬, 난폭하고 무례한 태도를 대한다는 것은 몹시 참기 어려운 일이었다.

해는 막 구름 뒤에서 떠오르고 있었다. 공기는 상쾌하고 이슬을 머금고 있었다. 마을에서 밖으로 나가는 길 위로 가축 떼가 몰려갔다. 들에서는 한 마리 또 한 마리 지저귀면서 물 속의 거품처럼 종달새가 날아올랐다.

발라쇼프는 마을에서 장교가 오기를 기다리면서 사방을 둘러보고 있었다. 러시아의 까자크 병들도, 나팔수도, 프랑스 경기병들도 말없이 이따금 서로 바라보고 있었다.

방금 침대에서 빠져나온 듯한 프랑스 경기병 대령이 아름다운 살찐 잿빛 말을 타고, 경기병 둘을 거느리고 마을에서 나왔다. 그 장교에게도, 병사들에게도 말에도 만족과 뽐내는 기색이 감돌고 있었다.

때는 아직 전투 초기로, 군대는 정비되어 있고 거의 평온한데다가 행사라고는 열병식과 같은 평화로운 것들뿐이며, 복장은 화려하고 전투적인 느낌이 있고, 정신적으로는 전쟁 초기에는 언제나 따라다니는 명랑함과 적극성이 감돌고 있었다.

프랑스군 대령은 간신히 하품을 눌러 삼키면서도 몸가짐은 공손하여 아무래도 발라쇼프의 중요성을 충분히 이해하고 있는 것처럼 보였다. 그는 자기 군대의 옆을 지나 전초선 뒤로 안내하였다. 그리고 자기가 아는 바로는 황제의 숙사는 이 근처에 있으니, 황제를 알현하고 싶다는 당신의 희망은 아마도 곧 실현될 것이라고 말했다.

그들은 프랑스 경기병의 말을 매두는 곳을 지나, 자기네들의 대령에게 경례를 하고 러시아 군복을 신기한 눈으로 바라보는 보초병이나 일반 병사들의 곁을 지나서, 르이꼰투이 마을을 통과하여 마을 반대쪽으로 나갔다. 대령의 말로는 2㎞ 떨어진 곳에 여단장이 있고, 그가 발라쇼프를 맞아 지시된 대로 안내할 것이라는 것이었다.

해는 이미 떠올라 눈부신 푸른 초목 위에 즐거운 듯이 빛나고 있었다.

그들이 한 채의 선술집 뒤쪽의 언덕으로 나오자, 언덕 위에서 일단의 기마대가 이쪽을 향해 모습을 나타냈다. 햇살에 반짝이는 마구를 단 검은 말을 타고 깃이 달린 모자를 쓴 키가 큰 사나이가 선두에서 다가오고 있었다. 빨간 망토 차림에 검은 곱슬머리를 어깨까지 드리우고, 프랑스 사람이 말을 탈 때 흔히 하는 것처럼 긴 다리를 앞으로 내밀고 있었다. 그 사나이는 밝은 6월 햇살에 깃털과 보석과 황금빛 모르를 반짝이면서 발라쇼프 쪽으로 구보로 말을 몰고 왔다.

위엄이 있고 젠체하는 표정으로 이쪽으로 말을 몰고 오는, 팔찌와 깃과 목걸이로 몸을 단장한 기마병이 발라쇼프로부터 말 두 마리 가량의 거리로 다가왔을 때, 프랑스군 대령 쥬르네르가 공손하게 귀엣말을 하였다. "나폴리 왕입니다." 분명히 그는 지금 나폴리 왕이라고 불리고 있는 뮤러(1787~1815. 나폴레옹의 쿠데타 후 그의 여동생과 결혼, 원수·황제가 되었다. 1808년 나폴리 왕이 되었다.)였다. 왜 그가 나폴리 왕인지 전혀 알 수 없었지만 사람들은 그를 그렇게 부르고 있었고, 자기 자신도 그렇게 믿고 있었기 때문에, 이전보다도 더 위엄 있고 젠체하고 있었다. 그는 자기가 정말로 나폴리 왕이라고 굳게 믿고 있었기 때문에, 나폴리를 출발하는 전날 아내와 나폴리를 산책했을 때 몇 명의 이탈리아 사람이 "임금님 만세!" 하고 외치자, 그는 수심에 찬 미소를 띠고 아내를 돌아다보며 이렇게 말했을 정도였다. "가엾게도 저들은 내일 내가 자기들 곁을 떠나는 것을 모르고 있어!"

그러나 그는 자신을 나폴리 왕이라고 확신하였고, 그가 남겨놓고 가는 국민의 슬픔을 가엾게 생각하였음에도 불구하고 최근 다시금 군 복무를 명령받은 이래, 특히 단치히에서 나폴레옹과 만나 그 위대한 처남으로부터 "내가 자네를 왕으로 만든 것은 내 방식대로 통치하기 위한 것이지, 자네 방식대로 하기 위한 것이 아니다"라는 말을 듣고 나서는, 기꺼이 익숙한 일에 착수하였다. 그는 잘 먹어 살은 쪘지만 맡은 일을 수행할 수 있는 말처럼, 될수 있는 대로 화려하게 성장을 하고, 어디로, 무엇 때문인지도 모른 채 폴란드의 길을 즐겁고 만족한 기분으로 달리고 있었던 것이다.

그는 러시아의 장군을 보자, 곱슬머리가 어깨까지 늘어진 머리를 왕답게 엄숙하게 뒤로 젖히고는 물어보듯이 프랑스 대령을 보았다. 대령은 발라쇼프의 임무를 국왕 폐하에게 공손히 전했지만 발라쇼프라는 이름의 발음을 할 수가 없었다.

"발 마세브 경(卿)." 왕은 (대령이 직면한 난관을 천성인 과단성으로 극복하고서) 말했다. "만나뵙게 되어 대단히 기쁩니다. 장군!" 그는 왕다운, 자비가 넘친 몸짓을 하면서 이렇게 덧붙였다. 그러나 그가 큰 소리로 빨리 지껄이기 시작하자 왕의 위엄 같은 것은 순식간에 사라져 버리고, 그는 저도 모르는 사이에 천성인, 사람 좋은 친숙한 말투로 변하고 말았다. 그는 자기 손을 발라쇼프의 말의 어깨 사이에 놓았다.

"장군, 모든 것이 전쟁을 향하여 나아가고 있는 것 같군요." 그는 자기가 비판할 수 없는 상황을 유감으로 생각하고 있는 것처럼 말하였다.

"폐하." 발라쇼프는 대답했다. "우리 황제께서는 전쟁을 원하고 계시지 않습니다. 그것은 폐하께서 보시는 바와 같습니다." 발라쇼프는 직함을 되풀이할 때에는 아무래도 따라다니는 '폐하'라는 낱말을, 이 칭호가 아직 귀에 익숙지 않은 상대방에게 여러 가지 변화형으로 사용하면서 말하였다.

발라쇼프의 이야기를 듣고 있는 동안에, 뮤러의 얼굴은 어리석고 의기양양한 빛을 만면에 띠고 있었다. 그러나 왕위에는 다해야 할 의무가 있다. 알렉산드르의 사자와 국가적인 문제에 대해서, 왕과 동맹자로서 서로 이야기를 할 필요를 느꼈다. 그는 말에서 내렸다. 그리고 발라쇼프의 팔을 잡고 공손하게 대기하고 있는 수행원들로부터 몇 발짝 떨어져서, 위엄 있는 말투를 쓰려고 애쓰면서 발라쇼프와 같이 좌우로 걷기 시작했다. 그는, 황제 나폴레옹이 프러시아령으로부터의 철병 요구로 체면에 상처를 입었다는 것, 특히 지금은 그 요구가 모두에게 알려져서 그로 인해 프랑스의 위신이 손상되었기 때문에 더욱 그러하다는 것을 지적하였다. 발라쇼프가 이에 대해서, 그 요구에는 하등의 모욕도 담겨 있지 않다, 왜냐하면…… 하고 말하려고 하자, 뮤러는 그의 말을 가로막았다.

"그럼 당신은 일을 이렇게 만든 장본인이 알렉산드르 황제가 아니라고 생각하는 겁니까?" 그는 의외로 호인다운 넉넉한 미소를 띠면서 말했다.

발라쇼프는 전쟁의 유발자가 나폴레옹이라고, 자기가 정말로 생각하고 있는 이유를 말했다.

"아니 장군." 뮤러는 그의 말을 가로챘다. "나는 마음 속으로 바라고 있어
요. 두 황제께서 서로 이야기를 마무리지어, 자신의 뜻을 어기고 시작된 전
쟁이 가능한 속히 끝나도록 말입니다." 그는, 주인끼리는 싸움을 하고 있지
만 자기네들은 좋은 친구로 지내기를 바라는 하인과 같은 말투로 말했다. 그
리고 그는 화제를 바꾸어, 대공은 안녕하시냐고 묻고 대공과 함께 나폴리에
서 즐겁고 재미나게 지냈을 때의 추억을 이야기하였다. 그러고는 갑자기 자
신의 왕으로서의 위신을 상기한 듯이, 뮤러는 엄숙하게 가슴을 펴고 대관식
때와 같은 자세로 서자 오른손을 흔들면서 말했다. "이 이상 더는 붙들지 않
겠습니다, 장군. 무사히 사명을 다하시기를 빌겠습니다." 그리고 빨갛게 수
놓은 망토와 깃털을 펄럭이고 보석을 햇살에 반짝이면서, 그는 공손히 기다
리고 있는 수행원 쪽으로 향하였다.

발라쇼프는 뮤러의 말로 보아, 곧 나폴레옹에게 배알할 수 있으리라고 예
상하면서 앞으로 나아갔다. 그러나 바로 나폴레옹과 만나기는커녕 다부
(프랑스 원수, 이 러시아 원정에서／제1군단을 지휘했다. 1770~1822)의 보병 군단의 보초들에 의해서, 전초선 때처럼 다음 마
을 옆에서 저지당하여, 호출된 군단 사령관의 부관이 그를 다부 원수가 있는
마을로 데리고 갔다.

5

다부는 나폴레옹 황제에 있어서의 아라끄체에프였다. 이 아라끄체에프는
겁쟁이는 아니었지만 역시 꼼꼼한 데다 잔인하였으며, 그 잔인성 이외의 방
법으로는 자신의 충성을 표명할 수가 없었다.

자연이라는 조직 속에서 늑대가 필요한 것처럼, 국가 조직에서도 이와 같
은 사람이 필요하다. 그러한 인간이 정부의 원수 가까이에 있다는 것이 제아
무리 기묘하게 보여도, 이런 자들은 항상 있었고 어느 틈엔가 나타나서는 자
리를 잡고 만다. 몸소 척탄병의 수염을 잡아뽑아 처벌할 정도로 잔인하고,
더욱이 신경이 약해서 위험을 참아내지 못하며, 교육도 받지 못했고 궁정에
서 일하는 인간도 아닌 아라끄체에프가, 기사처럼 고귀하고 유연한 성격의
알렉산드르 밑에서 어떻게 해서 그 정도의 힘을 유지할 수 있었는가, 그것은
지금 말한 필연성에 의해서밖에 설명할 수가 없다.

발라쇼프가 갔을 때, 다부 원수는 농가의 헛간에서 나무통에 걸터앉아 글을 쓰고 있는 참이었다(그는 계산서를 살피고 있었다). 그 옆에는 부관이 서 있었다. 더 좋은 장소를 찾을 수는 있었지만 다부 원수는 음침하게 될 권리를 가지기 위해서 일부러 자기를 음침한 생활 환경에 두는 타입의 인간이었다. 이와 같은 종류의 인간은, 역시 그 때문에 늘 성급하고 오직 일에 몰두하는 법이다. '도대체 어떻게 해서 인생의 행복한 면에 대해서 생각할 수가 있단 말인가. 보시다시피, 지저분한 헛간에서 나무통에 앉아 일하고 있으니 말이야.' 그의 얼굴 표정은 이렇게 말하고 있었다. 이런 인간들의 으뜸가는 기쁨과 욕구는, 활기찬 인생을 만나서 그 활기를 향하여 정면으로, 자기의 음침하고 완고한 일솜씨를 부딪치는 일이었다. 발라쇼프가 다부한테로 안내되었을 때 그는 이 만족을 맛볼 수 있었다. 러시아 장군이 들어서자, 그는 한층 자기 일에 몰두하였다. 그리고 아름다운 아침과 뮤러와의 대화 덕분에 활기를 띠고 있던 발라쇼프의 얼굴을 안경 너머로 흘끗 보자, 일어나지도 않고 몸도 까딱하지 않은 채, 더욱 낯을 찌푸리고 심술궂게 빙그레 웃었다.

이와 같은 대접으로 발라쇼프가 불쾌한 인상을 받았다는 것을 발라쇼프의 얼굴에서 눈치 채자, 다부는 고개를 들고 무슨 용무냐고 물었다.

발라쇼프는 다부가 이런 대접을 하는 것은, 자기가 알렉산드르 황제의 시종 무관장일 뿐만 아니라, 나폴레옹에 대한 황제의 대리라는 것을 다부가 모르고 있기 때문이라고 생각했다. 그는 다급히 자신의 직함과 사명을 일러 주었다. 그러나 그의 기대와는 달리, 다부는 발라쇼프의 말을 다 듣고나자 더욱 퉁명스럽고 난폭해졌다.

"당신이 가져온 봉서(封書)는 어디 있소?" 그는 말했다. "내게 주시오. 내가 황제한테 보낼 테니까."

발라쇼프는, 봉서는 자신이 직접 황제에게 건네주도록 명령을 받고 왔다고 말했다.

"당신네 황제의 명령은 당신네 군대 내에서 수행되는 것이지, 여기서는" 다부는 말했다. "당신은 우리가 하라는 대로 해야 합니다."

그리고 난폭한 힘에 의해 지배되어 있다는 것을 더욱 강하게 러시아 장군에게 알리려는 듯이, 다부는 부관을 보내 당직을 불러오게 하였다.

발라쇼프는 황제의 친서가 들어있는 봉서를 꺼내서 테이블 위에 놓았다

(그 테이블은 부서진 돌쩌귀가 달려 있는 문짝을 두 개의 통 위에 얹은 것이었다). 다부는 봉서를 들고 겉봉의 표지를 읽었다.

"나를 존경하든가 안 하든가는 전적으로 당신의 자유입니다." 발라쇼프는 말했다. "그렇지만 감히 주의 말씀을 드립니다만, 나는 황공하게도 황제 폐하의 시종 무관이라는 직함을 가지고 있습니다."

다부는 말없이 발라쇼프를 바라보았다. 그리고 발라쇼프의 얼굴에 나타난 약간의 흥분과 당황한 빛이 그를 좋은 기분으로 만들었다.

"당신은 응당한 대접을 받을 것입니다." 그는 말했다. 그리고 봉투를 호주머니에 넣자 헛간을 나왔다.

이윽고 원수 부관 드 까스트레가 들어와서 발라쇼프를 그를 위해 마련된 숙사로 안내했다.

발라쇼프는 그날 원수와 함께, 역시 같은 헛간의, 역시 같은 통에 얹은 판자 위에서 식사를 하였다.

이튿날 다부는 아침 일찍 와서 발라쇼프를 불렀다. 그리고 잠시 여기 남아 있다가 만약 명령이 나면 짐을 가지고 이동하되, 드 까스트레 이외에는 누구하고도 이야기하지 않도록 해달라고 타이르듯 말했다.

발라쇼프는 얼마 전까지 자기도 권력의 세계에 있었던 만큼 뼈저리게 느껴지는 예속과 무력감을 느끼며, 나흘 동안 혼자 따분한 시간을 보냈다. 그는 원수의 짐과, 근처 일대를 점령하고 있는 프랑스군과 함께 여러 행정(行程)을 행군한 끝에, 지금은 프랑스군이 점령하고 있는 빌리나로, 나흘 전에 자기가 나왔던 바로 그 초소로 왔다.

다음날 황제의 시종 드 뛰렌이 발라쇼프에게로 와서, 황제 나폴레옹이 그에게 알현의 영광을 베풀 것을 생각하고 있다는 뜻을 전달했다.

발라쇼프가 안내된 집 곁에는 나흘 전만 해도 쁘레오브라젠스끼 연대의 보초가 서 있었는데, 지금은 가슴이 펼쳐진 푸른 군복 차림에 털이 많은 모자를 쓴 프랑스 척탄병 두 명과, 창기병과 경기병 호위대, 황제의 신변을 호위하는 기병 루스탄(나폴레옹이 이집트 원정에서 포로로 데리고 와서 자기의 경호원으로 삼은 이집트인 기병), 나폴레옹이 나오는 것을 기다리고 있는 부관, 장군 등 화려한 측근들이 현관의 계단 주위에 서 있었다. 나폴레옹은 발라쇼프를, 바로 알렉산드르 황제가 그를 내보낸 그 집에서 알현하려는 것이었다.

6

궁정의 어마어마함에 익숙한 발라쇼프도 나폴레옹 황제의 궁정의 사치와 호화로움에는 매우 놀랐다.

튀렌 백작이 발라쇼프를 큰 응접실에 안내했을 때, 거기에는 많은 장군, 시종, 폴란드 대지주가 기다리고 있었다. 그 중의 많은 사람을 발라쇼프는 러시아 황제의 궁정에서 본 일이 있었다. 나폴레옹 황제는 산책에 나가기 전에 러시아 장군을 만날 것이라고 뒤로크^(프랑스 원수. 궁내 대신, 1772~1813)가 말했다.

몇 분 동안 기다리자, 당직 시종이 큰 응접실로 나와서 정중하게 발라쇼프에게 인사를 하고 자기를 따라오라고 말했다.

발라쇼프는 작은 응접실로 들어갔다. 응접실 문의 하나는 서재로, 다름 아닌 러시아 황제가 그를 파견한 그 서재로 통하고 있었다. 발라쇼프는 혼자서 2, 3분 가량 서서 기다렸다. 문 저쪽에서 발소리가 들렸다. 문이 활짝 열렸다. 문을 연 시종이 공손하게 서서 기다리고, 모든 것이 조용해졌다. 그러자 서재 안쪽으로부터 다른 단호한 발소리가 들리기 시작했다. 나폴레옹이었다. 그는 승마복 차림을 막 끝낸 참이었다. 그는 가슴이 탁 트인 푸른 군복과 둥근 배 위에 내민 하얀 조끼 차림에, 짧은 살찐 넓적다리에 꽉 낀 가죽 바지를 입고 운두가 높은 기병용 장화를 신고 있었다. 짧은 머리는 방금 빗은 듯 보였으며, 한 줌의 머리가 넓은 이마 한가운데에 내려와 있었다. 하얗고 토실토실한 부드러운 목이 군복의 검은 깃으로부터 뚜렷하게 드러나 있었다. 그의 몸에서는 오데코롱의 향기가 풍기고 있었다. 아래턱이 튀어나온 젊게 보이는 둥근 얼굴에는 자비롭고 위엄 있는, 황제의 알현에 어울리는 표정이 나타나 있었다.

그는 한 걸음마다 재빨리 잘게 몸을 흔들면서, 고개를 약간 뒤로 젖히고 나왔다. 배와 가슴을 무의식적으로 내민 살찌고 키가 작은 그의 모습 전체가, 편하게 살고 있는 40대 남자에게서 볼 수 있는 당당한 풍채를 나타내고 있었다. 더욱이, 어딘지 모르게 이날의 그는 더없이 기분이 좋아 보였다.

그는 발라쇼프가 깊숙이, 공손하게 머리를 숙인 데 대하여 가볍게 끄덕이고 그의 옆으로 다가왔다. 그리고 1분이라도 자기 시간을 아끼며 자기가 할 말을 미리 준비하지 않는, 항상 적절하고 필요한 말을 한다고 확신하고 있는 사람답게 이내 말문을 열었다.

"안녕하시오, 장군!" 그는 말했다. "귀관이 가지고 온 알렉산드르 황제의 서신을 확실히 받았소이다. 귀관을 만난 것도 대단히 기쁘게 여기고 있소." 그는 커다란 눈으로 발라쇼프의 얼굴을 흘끗 바라보았지만 곧 외면하고 앞을 보았다.

분명히 그는 발라쇼프 개인에게는 아무런 흥미를 가지고 있지 않은 것 같았다. 아무래도 자기 마음 속에서 생기고 있는 일에만 흥미가 있는 것 같았다. 자기 밖에 있는 일은 그에게는 의미가 없었다. 이 세상의 모든 것은 자기 의지 하나로 좌우된다고 생각하고 있었기 때문이다.

"나는 전쟁 같은 것은 원하지도 않거니와, 원한 적도 없소." 그는 말했다. "그러나 나는 그것을 강요당했던 것이오. 나는 지금도 (그는 이 말에 힘주었다) 당신의 변명을 될 수 있는 대로 받아들일 생각이오." 그리고 그는 러시아 정부에 대한 불만의 원인을 명확하고 짤막하게 말하기 시작했다.

프랑스 황제의 다소곳하고 냉정하며 호의가 깃든 어조로 보아 발라쇼프는 그가 평화를 바라고, 교섭에 임할 의도가 있다는 것을 확신하였다.

"폐하! 황제 폐하." 나폴레옹이 자기 말을 끝내고 물어보듯이 러시아의 사자를 보았을 때, 발라쇼프는 미리 준비해 둔 말을 끄집어내기 시작했다. 그러나 자기에게 쏠리고 있는 황제의 눈초리는 그를 당황하게 했다. '당신은 동요하고 있다, 정신을 차리게.' 나폴레옹은 가벼운 미소를 짓고 발라쇼프의 군복과 군도를 바라보면서, 이렇게 말하고 있는 것 같았다. 발라쇼프는 정신을 가다듬고 말하기 시작했다. 알렉산드르 황제는, 꾸라긴이 여권을 청구한 일이 전쟁을 하기에 충분한 이유가 된다고 생각하지 않는다. 꾸라긴의 그와 같은 행동은 자기 멋대로 한 것이지, 황제의 동의를 얻은 것은 아니다. 알렉산드르 황제는 전쟁을 바라지도 않고, 영국과는 아무런 관계도 없다. ─ "그야 아직은 없다는 거겠죠." 나폴레옹이 말하였다. 그리고 자기 감정에 몸을 맡겨서는 안 된다고 생각하는 듯이 이맛살을 찌푸리고 가볍게 끄덕여, 그렇게 함으로써 발라쇼프에게 말을 계속해도 좋다는 것을 느끼게 했다. 발라쇼프는 나폴레옹에게 전하도록 명령받은 말을 다 하고 나서 말했다─알렉산드르 황제는 평화를 원하고 있지만, 교섭에 들어가기 위한 절대 조건은……─여기서 그는 말을 더듬었다. 알렉산드르 황제가 친서 속에는 써넣지 않았지만, 싸르뚜이꼬프에게 보내는 친서에는 반드시 삽입하도록 명령하고, 또 발라쇼프에게도 나폴레옹한테 전달하도록 명령한 말을 상기했기 때문이다. 발라쇼프는 '무장한 프랑스 병이 한 명이라도 러시아 영토 안에 남아 있는 한'이라는 그 말을 기억하고는 있었지만, 무엇인가 복잡한 감정이 그를 주저하게 만들었다. 그는 그 말을 하고 싶었지만 말할 수 없었다. 그는 머뭇거리다가, 프랑스군이 네만 강 건너편으로 철퇴한다는 조건으로, 라고 말했다.

나폴레옹은, 이 마지막 말을 했을 때의 발라쇼프의 동요를 알아차렸다. 나폴레옹의 얼굴은 씰룩거리고 왼쪽 장딴지는 일정한 간격으로 떨리기 시작했다. 그는 그 자리에서 움직이지 않고, 전보다 더 큰, 다급한 음성으로 이야기하기 시작했다. 그의 이야기를 듣고 있는 동안 발라쇼프는 몇 번인가 눈을 떨구고, 나폴레옹의 왼쪽 장딴지가 떨리고 있는 것을 무의식적으로 지켜보고 있었다. 떨림은 그가 목소리를 높이면 높일수록 더욱 심해졌다.

"평화를 원하는 나의 마음은 절대로 알렉산드르 황제에 뒤지지 않소." 그는 말하였다. "평화를 획득하기 위해서 18개월 동안 온갖 일을 다한 것은 내가 아닙니까? 나는 이미 18개월 동안 설명을 기다리고 있었소. 그럼에도 불구하고 교섭을 시작하기 위해 나에게 무엇을 요구하려는 것이오?" 그는 이맛살을 찌푸리고, 조그맣고 하얀 토실토실한 한 손으로 힘차게 물어보는 듯한 제스처를 하면서 말하였다.

"네만 강 대안으로 군을 철수해 주시는 것입니다, 폐하." 발라쇼프는 말했다.

"네만 강 대안이라고?" 나폴레옹은 되풀이했다. "그럼, 지금 당신네들은 우리가 네만 강 대안으로 철퇴해 주길 바라는 거요? 단지 네만 강 저편으로 물러서면 된단 말이지?" 나폴레옹은 정면으로 발라쇼프를 바라보면서 이렇게 되풀이했다.

발라쇼프는 공손히 머리를 숙였다.

4개월 전의 포메라니아로부터 철퇴 요구 대신에, 이번에는 다만 네만 강으로부터의 철퇴만을 요구한 것이다. 나폴레옹은 몸을 획 돌리자 방 안을 거닐기 시작했다.

"교섭을 시작하기 위해 나에게 요구하는 것은 네만 강 대안으로의 철퇴라고 귀관은 말하고 있소. 그러나 이와 똑같이 두 달 전에는 오데르 강과 비슬라 강으로부터 철퇴하도록 나한테 요구하지 않았소? 그리고 그럼에도 불구하고 당신네들은 교섭을 하는 것을 용인하고 있소."

그는 말없이 방 한쪽 구석에서 다른 구석으로 걸어갔다가 다시 발라쇼프 앞에서 걸음을 멈추었다. 그의 얼굴은 엄격한 표정을 띤 채, 마치 돌이 되어 버린 것 같았다. 그리고 왼쪽 다리는 전보다 더욱 빨리 떨리고 있었다. 자기가 왼쪽 장딴지를 떨고 있다는 것을 나폴레옹 자신도 알고 있었다. 왼쪽 장딴지의 떨림은 위대하다는 징후라고 그는 후에 말하고 있다.

"오데르 강과 비슬라 강에서 철퇴하라는 요구는 바덴 공에게라면 몰라도 나에게는 안 되오." 자기 자신도 정말 뜻하지 않게, 나폴레옹은 거의 외치듯이 말했다. "설사 당신네들이 뻬쩨르부르그와 모스크바를 내게 준다 하더라도, 나는 이 조건을 받아들일 수 없소. 내가 전쟁을 시작했다고 귀관은 말하는 것이오? 그럼 어느 쪽이 먼저 군대로 왔습니까? 알렉산드르 황제이지 내가 아니오. 게다가 당신들은 내가 거액의 지출을 한 지금에 와서, 당신들이 영국과 동맹을 맺은 지금에 와서, 자기들의 정세가 나빠진 지금에 와서 교섭을 제의하고 있소! 그렇다면 당신들이 영국과 동맹을 맺은 목적은 무엇입니까? 영국은 당신들에게 무엇을 주었습니까?" 그는 성급하게 말했다. 아무래도 강화 체결의 이익을 말하고 강화의 가능성을 논하는 것이 아니라, 다만 자기가 옳다는 것과 자기 힘을 보이고, 알렉산드르가 옳지 않다는 것과 그 잘못을 알리기 위해서만 말하고 있는 것 같았다.

그의 이야기의 처음 부분은 자신의 입장의 유리함을 말하고, 그럼에도 불구하고 교섭의 개시를 받아들이는 것을 분명히 하려는 목적을 가지고 있었다. 그러나 일단 말을 시작하자, 그리고 말을 하면 할수록 그는 차차 자기 말을 제어할 수가 없게 되었다.

그의 이야기의 목적은 분명히, 이제는 오직 자기를 높이고 알렉산드르 황제를 깎아내리는 데에, 즉 회견 처음에는 자기가 가장 바라지 않았던 것을 하는 꼴이 되고 말았다.

"귀국은 터키와 강화를 했다더군요?"

발라쇼프는 그렇다는 듯이 고개를 숙였다.

"강화는 체결되었습니다……." 그는 말하기 시작했다. 그러나 나폴레옹은 그의 말을 막았다. 나폴레옹은 자기 자신만이 이야기를 해야 한다는 듯이 청산유수로, 그리고 응석받이로 자란 인간에게 흔히 있는 초조함을 억제하지 못하고 말을 이었다.

"그래, 나도 알고 있소. 귀국은 몰다비아와 왈라키아(^{루마니아}의 주)를 갖지 않고 터키와 강화를 맺었소. 그러나 나라면 귀국의 황제에게, 전에 핀란드를 주었던 것처럼 이 두 지방을 주었을 것입니다." 그는 말을 이었다. "그렇소, 나라면 알렉산드르 황제에게 몰다비아와 왈라키아를 약속하고 제공했을 거요. 그러나 지금에 와서는 알렉산드르 황제는 이 아름다운 두 지방을 가질 수 없을 거요. 알렉산드르 황제는 자기 제국에 이들 지방을 추가할 수도 있었을 것이오. 그리하여 재위하는 동안에 러시아를 보스니아만에서 다뉴브 강 하구까지 넓힐 수도 있었을 것이오. 예까쩨리나 대제도 그 이상은 할 수 없었을 것이오." 나폴레옹은 점점 열을 띠고 이렇게 말하면서 방을 걸어다녔다. 그리고 이전에 틸지트에서 알렉산드르 황제에게 직접 말한 것과 거의 같은 말을 발라쇼프에게 되풀이했다. "이러한 것이 모두 나의 우정에 의해서 가능했었을 것이오. 아, 얼마나 훌륭한 치세(治世), 얼마나 훌륭한 치세가 되었을까!" 그는 몇 번인가 이렇게 되풀이하고 멈춰서서, 호주머니에서 황금제 담뱃갑을 끄집어내어 탐내듯 코로 냄새를 들이마셨다.

"알렉산드르 황제의 치세는 얼마나 훌륭한 것이 되었을까!"

그는 안쓰러운 듯이 발라쇼프를 보았다. 그리고 발라쇼프가 무슨 말을 하려고 하자, 그는 다시금 그의 말을 가로막았다.

"나의 우정 속에서 찾을 수 없는 것을 알렉산드르 황제는 바라거나 찾았다는 겁니까……?" 나폴레옹은 알 수 없다는 듯이 어깨를 움츠리면서 말했다. "아니, 그분은 자기 주위에 나의 적을 두는 것이 좋다고 생각한 것입니다. 그들은 어떤 사람들입니까?" 그는 말을 이었다. "그분은 슈타인, 아름펠트, 베니그쎈, 빈찐게로데와 같은 친구들을 불러모았습니다. 슈타인은 자기 조국에서 쫓겨난 배반자, 아름펠트는 품행이 좋지 않은 음모가, 빈찐게로데는 도망간 프랑스 국민, 베니그쎈은 다른 자보다는 좀 나은 군인이지만 1807년에는 아무 것도 하지 못하고, 알렉산드르 황제에게 무서운 추억을 불러 일으킨 무능한 사나이오…… 만약 이들이 유능하고 쓸모가 있다면 모를까." 나폴레옹은 자신의 정당성과 힘(이 두 가지는 그의 생각으로는 같은 것이었다)을 보이기 위해 연어어 떠오르는 생각을, 뒤지지 않고 쫓아가면서 말을 이었다. "그런데 그렇지가 않소. 그들은 전쟁에도 평화에도 도움이 되지 않아요! 바르끌라이는 그들 중에서 누구보다도 유능하다고들 말하지만, 나는 최초의 두서너 가지 작전에서 그 사나이를 판단해 볼 때 유능하다고는 말할 수가 없어요. 대체 그들은 무엇을 하고 있습니까? 이 조신들은 모두 무엇을 하고 있는 거요! 쁘플이 제안하면 아름펠트가 반론하고, 베니그쎈이 검토하고, 실행을 명령받은 바르끌라이는 어떻게 결정해야 좋을지 몰라 공연히 시간만 보내고 있소. 다만 바그라찌온만이—군인이 될 수 있는 사람이오. 그는 우둔하지만—경험을 쌓았고, 통찰력과 결단력이 있어요……. 그런데 당신네들의 젊은 황제는 이 잡다한 그룹에서 도대체 무슨 역할을 하고 있습니까? 모두가 황제의 명예에 상처를 입히고 온갖 사태의 책임을 황제에게 뒤집어 씌우고 있소. 황제는, 직접 사령관을 맡지 않는다면 군에 있을 필요가 없어요." 그는 말했지만, 아무래도 그 말은 도전으로서 직접 황제를 향하여 하는 말 같았다. 나폴레옹은 알렉산드르 황제가 사령관이 되고 싶어하는 것을 알고 있었다.

"전쟁이 시작된 지 이미 일주일이 되었소. 그러나 당신네들은 빌리나를 지켜내지 못했잖소. 당신네들은 둘로 분단되어 폴란드 각지에서 쫓겨났소. 당신네 군대는 무척 불만일 거요."

"천만의 말씀입니다, 폐하." 발라쇼프는 나폴레옹이 자기에게 한 말을 간신히 기억하면서, 이 폭죽과 같은 말을 뒤쫓으면서 말했다. "군은 용기와 희망으로 불타고……."

"나는 모든 것을 알고 있소." 나폴레옹은 그의 말을 가로막았다. "나는 모든 것을 알고 있소. 당신네 대대(大隊)의 수도, 나의 군대와 마찬가지로 정확하게 알고 있소. 당신네 군대는 20만이 채 되지 않지만, 우리 측은 그 세 배요. 정직하게 말한 거요." 나폴레옹은 자기의 '정직한 말'이라는 것이 전혀 뜻을 가질 수 없다는 것도 잊고 이렇게 말했다. "정직하게 말하지만, 나는 비슬라 강 이쪽에 53만의 병력을 가지고 있소. 터키군은 당신네에게 도움이 되지 않소. 그들은 아무 쓸모가 없소. 귀국과 강화한 것이 그것을 증명하고 있소. 스웨덴군 하면, 머리가 돌아버린 왕에 의해 통솔되는 것이 그들의 숙명이오. 스웨덴 왕은 머리가 이상했소. 스웨덴 사람들은 그 대신에 베르나도트(프랑스 원수. 1810년 스웨덴 왕 카를 13세의 양자가 되어 1818년 스웨덴 왕 카를 14세가 되었다)를 왕으로 모셨으나 그 또한 이내 머리가 이상해지고 말았소. 왜냐하면 머리가 돌지 않고서야 러시아와 동맹을 맺을 리는 없기 때문이오." 나폴레옹은 심술궂게 빙그레 웃고 다시 담배를 코로 가져갔다.

나폴레옹의 한 마디 한 마디에 대해서 발라쇼프는 반박하고 싶었고, 반박할 말이 있었다. 그는 끊임없이 무슨 말을 하고 싶은 몸짓을 했지만 나폴레옹이 그것을 가로막았다. 예를 들어, 스웨덴 사람은 머리가 이상하다는 데에 대해서, 발라쇼프는 러시아가 편을 들고 있는 한 스웨덴은 일개 섬나라와 마찬가지라고 말하려고 하였다. 그러나 나폴레옹은 그의 목소리를 지우기 위해 화난 듯이 소리를 질렀다. 나폴레옹은 오직 자신이 정당하다는 것을 자기 자신에게 증명하기 위해 지껄이고 또 지껄여야 할 초조한 상태에 있었다. 발라쇼프는 어찌할 수가 없었다. 그는 사자로서 자신의 체면을 잃는 것을 두려워하여, 반론하지 않으면 안 된다고 느끼고 있었다. 그러나 그는 인간으로서 나폴레옹이 까닭도 없이 화를 내며 흥분하는 것을 보고 정신적으로 위축되어 갔다. 지금 나폴레옹이 한 말은 모두 무의미한 것이며, 제정신이 들면 나폴레옹 자신도 그것을 부끄럽게 여기리라는 것을 그는 알고 있었다. 발라쇼프는 눈을 깔고, 연방 움직이는 나폴레옹의 굵은 다리를 바라보면서 서 있었다. 그리고 그의 눈길을 피하려고 애썼다.

"당신들의 그 동맹군쯤은 나에게는 아무 위협이 되지 않소." 나폴레옹은 말하였다. "나의 동맹국은 폴란드요. 그 수는 8만으로, 사자처럼 싸우고 있소. 앞으로 20만이 될 거요."

그리고 그는 그런 말을 함으로써 분명히 거짓말을 했다는 것과, 또 발라쇼프가 여전히 그것이 자기의 운명이라고 체념한 자세로 침묵한 채 자기 눈 앞에 서 있는 것에 더욱 화가 치밀었다. 그는 휙 돌아서서 발라쇼프의 얼굴 가까이까지 바싹 다가갔다. 그리고 하얀 손으로 정력적인 몸짓을 하면서 거의 외치다시피 말했다.

"알겠소? 만약 당신네들이 프러시아를 쏘삭거려 나에게 적대시키는 날에는, 나는 그런 나라를 유럽 지도에서 말살해 버릴 테요." 그는 손을 힘차게 흔들고, 다른 한쪽 손으로 그 손을 치면서 창백한, 증오로 일그러진 얼굴로 말했다. "그렇소, 나는 당신들을 드비나 강, 드네쁘르 강 저쪽으로 내몰아서, 유럽이 어리석게도 잘못 맞혀 버린 그 방벽(防壁)을 부활시키겠소 ^(러시아가 폴란드 분할로
얻은 영토를 회수한다는 뜻). 그렇소, 이것이 당신들에게 앞으로 일어날 일이오. 이것은 나로부터 떨어져 나간 결과 당신들이 얻은 것이오." 그는 이렇게 말하자 살찐 어깨를 흔들면서, 묵묵히 방 안을 몇 번인가 왔다갔다하였다. 그는 담뱃갑을 조끼 호주머니에 넣었다가 다시 꺼내서, 두서너 번 코에 가져다 대고는 발라쇼프와 마주보며 걸음을 멈추었다. 그리고 잠시 입을 다물고 발라쇼프 바로 앞에 섰다. 그는 잠시 말없이 발라쇼프의 얼굴을 얕잡아보듯이 정면으로 보고 나직한 음성으로 말했다. "그렇지, 당신네 황제는 실로 훌륭한 치세를 손에 넣을 수 있었을 텐데!"

발라쇼프는 반박의 필요를 느끼고, 러시아 측으로서는 사태를 그렇게 비관적인 것으로는 생각하지 않는다고 말했다. 나폴레옹은 여전히 비웃듯이 발라쇼프를 바라보면서, 그의 말을 듣고 있지 않은 듯 잠자코 있었다. 발라쇼프는, 러시아에서는 전쟁으로부터 최대의 좋은 결과를 기대하고 있다고 말했다. 나폴레옹은 관용을 베풀듯이 고개를 끄덕였다. 그것은 이렇게 말하고 있는 것 같았다. '알고 있소. 당신의 직책이 그렇게 말하게 하고 있는 것이지. 당신 자신은 그것을 믿고 있지 않소. 당신은 나에게 설득당한 거요.'

발라쇼프의 말이 끝날 무렵, 나폴레옹은 담뱃갑을 다시 꺼내서 코로 맡고 나서 신호하듯 발로 마루를 두 번 굴렀다. 문이 열렸다. 공손히 허리를 굽힌 시종이 모자와 장갑을 황제에게 건네주고, 다른 시종이 손수건을 내주었다. 나폴레옹은 그들을 보려고도 하지 않고 발라쇼프에게 말했다.

"나를 대신해서 알렉산드르 황제를 납득시켜 주시오." 그는 모자를 받아들면서 말했다. "나는 전과 다름없이 황제를 신복하고 있다고 말이오. 나는 그분을 잘 알고 있고, 훌륭한 성격을 높이 평가하고 있소. 나는 더 이상 당신을 붙들지는 않겠소. 황제한테 보낼 내 친서는 이따 주겠소." 이렇게 말하고, 나폴레옹은 빠른 걸음걸이로 문 쪽으로 걸어갔다. 응접실로부터 모두가 앞으로 쏟아져나와 층계를 내려갔다.

7

나폴레옹이 그토록 여러 가지 말을 하며 짜증을 폭발시켰고, 마지막에 차갑게 "장군, 나는 더 이상 당신을 붙들지는 않겠소. 황제한테 보낼 내 친서는 이따 주겠소"라고 한 이상, 이제는 자기를 만나지 않을 것이라고 발라쇼프는 생각했다. 더 나아가서 자기는 나폴레옹으로부터 모욕을 당한 사절이며, 무엇보다도 나폴레옹은 여느 때 같으면 있을 수 없는, 자기가 흥분하는 모습을 본 사람을 다시는 만나지 않으리라고 발라쇼프는 믿고 있었다. 그런데 놀랍게도 발라쇼프는 뒤로크를 통하여 그날 황제의 식사에 초대되었다.

식사에는 벳세르(나폴레옹 군의 원수, 근위 군단과 기병군단 사령관)와 꼴란꾸르(전 러시아 대사), 베르쩨(참모 총장)가 있었다.

나폴레옹은 밝고 부드러운 태도로 발라쇼프를 맞았다. 오늘 아침에 화를 냈던 일을 쑥스러워하거나 자책의 빛은 찾아볼 수 없었을 뿐더러, 반대로 그는 발라쇼프의 기분을 북돋우려 하고 있었다. 나폴레옹에게는 이미 오래 전부터 잘못의 가능성은 그의 신념 속에는 존재하지 않았고, 그는 자기가 하는 일은 모든 것이 선악의 관념에 합치될 뿐만 아니라 자기가 했다는 이유만으로 좋은 것으로 여기고 있는 것 같았다.

황제는 빌리나의 거리를 말로 산책하고, 군중들의 환희에 찬 마중을 받고 또 전송을 받은 뒤인지라 몹시 기분이 좋았다. 그가 지나온 거리의 온갖 창문에는 장식용 양탄자나 깃발, 그의 머리글자를 짜맞춘 천을 걸어놓고, 폴란드 귀부인들이 그를 환영하여 손수건을 흔들어 주었다.

식사석에서 그는 자기 옆에 발라쇼프를 앉히고 상냥하게 대접했을 뿐만 아니라, 마치 발라쇼프는 자기 조신의 한 사람이며, 자기 계획에 찬성하고 자기 성공을 당연히 기뻐하는 사람들의 하나인 양 대해 주었다. 다른 이야기 사이에 그는 모스크바 이야기를 시작하고, 발라쇼프에게 러시아의 수도에 대해서 이것저것 묻기 시작했다. 그 태도는 호기심이 많은 여행자가 앞으로 방문할 작정인 새 고장에 관해서 묻는 것과 같았고, 발라쇼프는 러시아 사람이니까 당연히 이 호기심으로 자존심의 만족을 느낄 것이라고 확신하고 있는 것 같았다.

"모스크바의 인구는 얼마나 됩니까? 호수는? 모스크바를 '성(聖) 모스크바'라고 부르고 있는 것은 사실이오? 교회는 얼마나 있소?" 그는 물었다.

교회는 200개가 넘는다는 대답에 대해서 그는 말했다.

"왜 그렇게 교회가 많소?"

"러시아 사람은 신앙심이 몹시 돈독하기 때문입니다." 발라쇼프는 대답했다.

"그러나 수도원과 교회의 수가 많다는 것은, 언제나 국민이 뒤떨어져 있다는 증거요." 나폴레옹은 꼴란꾸르를 돌아다보면서 이 견해에 대한 평가를 구하면서 말했다.

발라쇼프는 공손하게 프랑스 황제의 의견에 반론을 시도하였다.

"어느 나라나 제각기 독자적인 기풍이 있으니까요." 그는 말했다.

"그러나 이미 유럽의 어디에도 그런 나라는 없소." 나폴레옹이 말했다.

"황송합니다만, 폐하." 발라쇼프가 말했다. "러시아 이외에도 역시 많은 교회와 수도원이 있는 곳으로는 아직 스페인이 있습니다."

최근 프랑스군이 스페인에서 당한 패배를 비꼰 이 발라쇼프의 대답은, 당사자인 발라쇼프 말에 의하면 알렉산드르 황제의 궁정에서 높이 평가되었지만, 지금 나폴레옹의 식탁에서는 거의 문제가 되지 않고 눈에 띄지도 않고 묻혀버렸다.

원수들의 반응이 없는, 납득이 가지 않는 듯한 얼굴로 보아, 발라쇼프의 어조에서 넌지시 느껴지는 풍자가 도대체 무엇을 노리고 있는지 그들은 잘 모르고 있는 것 같았다. '설사 풍자가 있었다 하더라도 우리가 그것을 몰랐거나, 그것에 생각이 미치지 못했던 것이다.' 원수들의 얼굴 표정은 이렇게 말하고 있었다. 발라쇼프의 대답은 거의 아무런 가치도 인정되지 않았기 때문에 나폴레옹은 전혀 그것을 문제삼지 않고, 여기서 모스크바로 직행하는 길에는 어떠한 도시가 있느냐고 거침없이 물었다. 식사하는 동안 줄곧 신경을 긴장시키고 있던 발라쇼프는 '모든 길이 로마로 통하고 있는 것처럼 모든 길은 모스크바로 통하고 있습니다, 많은 길이 있는데 그 중에는 까를르 12세가 택한 뽈따바로 통하는 길도 있습니다' 하고 대답하였다(^{1709년 스웨덴 왕 까를르 12세가 러시아의
뾰뜨르 대제에게 대패한 것을 암시한 것}). 발라쇼프는 이렇게 대답하고서 그 대답이 어찌나 잘 되었던지 의기양양해져서 얼굴을 확 붉혔다. 발라쇼프가 '뽈따바'라는 마지막 한 마디를 다 말하기도 전에, 꼴란꾸르가 뻬쩨르부르그에서 모스크바로 가는 길의 불편과 자기의 뻬쩨르부르그의 추억을 이야기하기 시작하였다.

식후에 커피를 마시기 위해, 4일 전까지만 해도 알렉산드르 황제의 서재였던 나폴레옹의 서재로 자리를 옮겼다. 나폴레옹은 쎄브르(^{프랑스의
도시})제 찻잔에 든 커피를 저으면서 자리에 앉아, 발라쇼프에게 자기 옆의 의자를 가리켰다.

인간에게는 일종의 식후의 기분이란 것이 있어서, 그것은 어떠한 합리적인 이유에 못지 않게 사람을 자기 만족 상태로 만들어 모두를 자기 친구로 여기게 한다. 나폴레옹은 한결같이 자기를 숭배하고 있는 사람들에게 둘러싸여 있는 것 같은 기분이 들었다. 그는 발라쇼프도 식후에는 자기의 친구이자 숭배자라고 믿고 있었다. 나폴레옹은 느낌이 좋은, 약간 놀리는 것 같은 미소를 띠고 발라쇼프에게 말하였다.

"듣자니 여긴 알렉산드르 황제가 지내던 방이라던데, 이상하잖소, 장군?" 이것은 알렉산드르에 대한 그의, 즉 나폴레옹의 우월감을 나타내고 있는 것이므로, 이런 식으로 말하면 상대방도 유쾌하지 않을 리가 없으리라고 믿어 의심치 않는 태도로 그는 말했다.

발라쇼프는 이 말에는 뭐라고 대답할 수가 없어 잠자코 머리를 숙였다.

"그렇지, 이 방에서 나흘 전에, 빈쩬게로데와 슈타인이 협의했었지." 여전히 놀리는 듯한, 자신만만한 미소를 짓고 나폴레옹은 말을 이었다. "내가 이해할 수 없는 것은" 그는 말했다. "알렉산드르 황제가 나의 개인적인 적을 모두 자기 옆에 가까이 했다는 점이오. 나에게는 그것이 납득이 가지 않소. 나도 그와 같은 일을 할 수 있다는 것을 황제는 어째서 생각하지 않았을까?" 그는 이렇게 발라쇼프에게 물었다. 그리고 어쩐지 이 회상이 아직도 그의 마음 속에서 생생하게 살아남아 오늘 아침의 분노로 그를 끌어들인 것 같았다.

"그래, 나도 똑같은 행동을 할 수 있다는 것을 그에게 알려주겠소." 나폴레옹은 일어나서, 손으로 찻잔을 밀어내면서 말했다. "나는 독일에서 그의 친척들을 모두 쫓아내겠소. 빌텐베르크 공국이나 바덴 공국, 바이마르 공국의 친척들도 모두 쫓아내겠소. 황제는 그놈들을 위해서 러시아에 피난처를 준비해 두라고 하시오!"

발라쇼프는 머리를 숙였다. 실은 자리를 물러가고 싶지만, 자기에게 하는 말을 듣지 않을 수 없다는 이유만으로 그 자리에 있는 것이라고 그 표정은 말하고 있었다. 나폴레옹은 그 표정을 알아채지 못했다. 그는 발라쇼프를 지금은 적의 사자로서가 아니라, 완전히 자기에게 심복하고 옛 주인에 대한 모욕을 기뻐하고 있음에 틀림없는 인간으로서 대하고 있는 것이었다.

"도대체 무엇 때문에 알렉산드르 황제는 군의 지휘를 맡은 것일까? 무엇 때문에 그러는 거지? 전쟁은 내가 하는 일이지만, 그분이 하는 일은 군림하는 일이지 전쟁이 아니오. 그는 왜 이런 책임을 맡은 거요?"

나폴레옹은 다시 담뱃갑을 들고 말없이 몇 번인가 방 안을 왔다갔다했다. 그러더니 느닷없이 발라쇼프 옆으로 다가가서 가벼운 미소를 지으며, 그에게 무엇인가 중대하면서도 유쾌한 일이라도 해 주려는 듯이, 자못 자신에 찬 태도로 재빨리 꾸밈새없이 40대 남자인 러시아 장군의 얼굴을 향해 손을 뻗어 그의 귀를 잡아 살며시 잡아당겼다.

황제에게 귀를 잡혀 끌린다는 것은, 프랑스 궁정에서는 최대의 명예이며 은총이라고 여겨지고 있었다.

"왜 아무 말도 하지 않소, 알렉산드르 황제의 숭배자이며 조신인 발라쇼프 씨?" 그는 말했다. 그것은 마치 자기 앞에서 자기, 즉 나폴레옹 이외의 사람을 모시는 조신이나 숭배자로 앉아 있는 것은 우스꽝스러운 일이라는 투였다.

"장군의 말은 준비돼 있나?" 그는 발라쇼프의 경례에 가볍게 끄덕이며 답례하면서 말을 덧붙였다.

"장군한테는 내 말을 내드리도록 하라. 먼 데까지 가야 하니까……."

발라쇼프가 가지고 돌아온 편지는 알렉산드르에게 보내는 나폴레옹의 마지막 편지였다. 회담의 내용은 자세한 점까지 모두 러시아 황제에게 전달되었다. 그리고 전쟁이 시작되었다.

8

안드레이는 모스크바에서 삐에르를 만난 후 뻬쩨르부르그로 갔다. 그는 가족들에게 볼일이 있다고 말하였으나, 실은 꼭 만나야만 하겠다고 생각한 아나똘리 꾸라긴을 만나기 위해서였다. 그가 뻬쩨르부르그에 와서 알아보니 아나똘리는 이미 거기에 없었다. 안드레이가 붙잡으러 간다는 것을 삐에르가 처남에게 알린 것이다. 아나똘리는 곧 육군 대신으로부터 부임 명령을 받고 몰다비아의 군대로 떠난 뒤였다. 마침 그때 뻬쩨르부르그에서 안드레이는 이전에 자기가 섬겼었고, 항상 자기에게 호의를 보여 주었던 꾸뚜조프 장군을 만났다. 그러자 꾸뚜조프는 그에게 자기와 함께 몰다비아 군으로 가지 않겠느냐는 권유를 받았다. 노장군은 그곳 총사령관으로 부임 명령을 받은 것이다. 안드레이는 총사령부 소속이 된다는 명령을 받고 터키로 출발했다.

안드레이는 아나똘리에게 서면으로 결투를 신청하는 것은 상책이 아니라고 생각했다. 달리 결투의 새 구실을 만들지 않고 자기 쪽에서 결투를 신청한다는 것은 나따샤의 명예에 상처를 입히는 것이 된다고 안드레이는 생각했다. 그래서 그는 직접 아나똘리를 만날 기회를 찾고 있었다. 만나서 결투의 새 구실을 찾아내려는 심산이었던 것이다. 그러나 터키 군대에서도 그는 아나똘리를 만나지 못했다. 안드레이가 터키군으로 온 직후 아나똘리는 러시아로 돌아가고 없었다. 새로운 나라의 새로운 생활 환경 속에서 안드레이는 살아가기가 편했다. 약혼녀로부터 배반을 당한 후—그 배반은, 그가 받은 타격을 모두에게 감추려고 하면 할수록 괴로운 것이 되고 더욱더 그에게 큰 고통을 주었다—자기가 행복했던 생활 환경은 그에게는 괴로운 것이 되었고, 이전에 그토록 소중하게 여겼던 자유와 독립 같은 것은 더욱더 괴로운 것이 되고 말았다. 아우스터리츠의 들판에서 하늘을 보았을 때 처음으로 머리에 떠올랐고, 삐에르와 서로 이야기를 주고받으면서 발전시켜가는 것을 즐겼으며, 보구차로보 마을이나 그 후 스위스와 로마의 고독 속에서 그의 마음을 채우고 있던 그 시절의 생각을 그는 회상하려고 하지 않았다. 뿐만 아니라, 끝없는 밝은 지평선을 펼쳐보이는 그 생각이 두렵기까지 하였다. 지금 그의 마음을 끌어당기고 있는 것은, 바로 옛것과는 관계가 없는 실제적인 관심뿐이었다. 그는 옛날의 관심이 봉쇄되어감에 따라 더욱더 탐욕스럽게 그 실제적인 관심에 매달렸다. 한때 그의 머리 위에 있었던 무한하게 멀리 빨려들어가는 듯한 하늘의 둥근 천장이, 마치 갑자기 그를 짓누르는 한정된 낮은 천장으로 바뀐 것 같았다. 그 속에서는 모든 것이 분명했으나, 영원하고 신비적인 것은 아무것도 없었다.

그의 눈 앞에 나타나는 활동 중에서 군무(軍務)가 가장 단순하고 손에 익은 것이었다. 꾸뚜조프의 사령부에서 당직 장교의 임무를 보면서 그는 끈기 있게 열심히 일을 하여, 그 일에 대한 의욕과 치밀성으로 꾸뚜조프를 놀라게 하였다. 터키에서는 아나똘리를 찾을 수 없었으나, 안드레이는 그를 쫓아 다시 러시아로 돌아갈 필요를 느끼지 못했다. 그러나 그러면서도 그는 아무리 세월이 흘러가더라도 아나똘리를 만나면, 자기가 그 사나이에게 품고 있는 멸시가 제아무리 강하다 하더라도, 또 그런 사나이와 다툴 만큼 자신을 낮출 것은 못된다고 스스로 납득시키는 논거가 제아무리 많이 있다고 해도, 그 사나이를 만나면 굶주린 인간이 음식에 덤벼들듯이 그에게 결투를 신청하지 않을 수 없을 것이라는 것을 잘 알고 있었다. 그리고 모욕의 분풀이는 아직 안 되고, 원한은 아직 발산되지 않은 채 가슴 속에 그대로 남아 있다는 이

의식이, 무리하게 만든 마음의 평정(平靜)을 해치고 있었다. 안드레이는 터키에서 바쁜, 그리고 약간 야심적이고 허영적인 활동이라는 형태로 마음의 안정을 꾸려가고 있었던 것이다.

1812년, 부까레스트까지(꾸뚜조프는 왈라키아 여자 집에서 밤낮을 보내면서 두 달을 살았다) 나폴레옹과의 전쟁 소식이 전해지자 안드레이는 꾸뚜조프에게 서부군으로의 전속을 청원했다. 꾸뚜조프는 자기의 태만함을 책망하는 역할을 하고 있던 안드레이의 활동이 눈에 거슬렸기 때문에 두말 없이 선뜻 그를 내보내고, 바르끌라이 드 똘리에게 전갈을 부탁했다.

드릿싸 강가의 진영에 있는 군으로 가기 전 5월에, 안드레이는 '벌거숭이 산'에 들렀다. 지난 3년 동안 안드레이의 생활에는 실로 많은 변화가 있었고, 실로 많은 일을 생각하고 느끼고 보았다. 때문에(그는 동서로 왔다갔다 했다) '벌거숭이 산'에 마차를 몰고 들어서자, 극히 사소한 점에 이르기까지 전적으로 예전과 같은 생활이 이루어지고 있다는 점에 기묘함과 의외의 놀라움을 강하게 느꼈다. 그는 흡사 마법에 걸려 잠들어버린 성에라도 들어가듯이, '벌거숭이 산' 저택으로 통하는 가로수 길과 석조 문으로 들어갔다. 저택에는 전과 다름없는 장중함과 청결과 정적이 깃들어 있고, 같은 가구와 벽, 같은 소리와 냄새, 그리고 좀 늙기는 했지만 머뭇거리는 얼굴들이 있었다. 마리야는 여전히 머뭇거리는 행동에 아름답지 않은, 나이를 먹어가는 노처녀였다. 그녀는 인생의 가장 꽃다운 시기를 아무 보람도 기쁨도 없이 공포와 영원한 정신적인 고뇌 속에서 보내고 있었다. 부리엔도 여전히 인생의 한 순간 한 순간을 즐겁게 보내는, 가장 즐거운 희망에 차 자기에게 만족하고 있는 요염한 아가씨였다. 그녀는 다만 전보다 자신이 생긴 것처럼 안드레이에게는 여겨졌다. 그가 스위스에서 데리고 온 가정교사 데사르는 러시아식 프록코트를 입고, 아직은 잘 돌아가지 않는 혀로 하인들과 러시아말을 하고 있었다. 그는 여전히 시야는 좁지만 총명하고 교양이 있는, 성품이 높고 현학적인 교사였다. 노공작은 치아가 한 대 빠진 것이 입 가장자리에서 보인 것 외에는 육체적으로 전과 다른 점은 없었다. 정신적으로는 이전과 똑같고, 다만 세계에서 일어나고 있는 현실 사태에 대한 증오와 불신이 더욱 심해져 있었다. 단 한 사람, 니꼴렌까만은 성장해서 혈색도 좋아지고 검은 고수머리는 다 자랐다. 자기는 알지 못했지만, 웃거나 즐거운 기분이 되면 죽은 어머니, 몸집이 작은 공작 부인과 똑같이 귀여운 작은 윗입술이 위로 추켜 올라가는 것이었다. 그만이 이 마법에 걸려 잠들어 있는 성에서 불변의 질서에 따르지 않고 있었다. 그러나 겉으로 보기에는 모두가 옛날 그대로지만 이들의 내면적인 관계는, 안드레이가 그들과 헤어진 이래 변해 있었다. 가족은 서로 연관이 없는, 반감을 품은 두 파로 갈라져 있었고, 지금은 안드레이 앞에서만—여느 때의 생활 양식을 바꾸어—함께 어울리고 있었다. 한 파에는 노공작, 부리엔, 건축 기사가 속해 있었고, 다른 한 파는 마리야, 데사르, 니꼴렌까, 그리고 하녀와 유모들이었다.

안드레이가 '벌거숭이 산'에 체류하는 동안 가족들은 다 같이 식사를 했지만 모두가 어색했다. 그래서 안드레이는 자기는 손님이고, 모두가 자기를 위해 예외를 설정하고 있다는 것, 자기가 있기 때문에 모두에게 거북한 느낌을 주고 있다고 느꼈다. 첫날 식사 때에 안드레이는 자기도 모르게 그것을 느끼고 말수가 적어졌다. 노공작도 안드레이의 태도가 부자연스럽다는 것을 알아차리고 역시 시무룩해서 입을 다물고, 식사가 끝나자마자 자기 방으로 훌쩍 가 버리고 말았다. 그날 밤 안드레이는 아버지 방으로 가서 아버지의 기분을 북돋워줄 생각에, 젊은 까멘스끼 백작(보병 장군. 1810년 몰다비아 군사령관으로서 승리를 거두었다. 1778~1881)의 전투 이야기를 시작했다. 그런데 노공작은 느닷없이 마리야 이야기를 꺼내서, 그녀는 미신이 강하다느니, 부리엔을 싫어하고 있다느니 하며 비난하는 것이었다. 늙은 공작의 말을 빌리면, 부리엔은 진심으로 그를 믿고 따르는 단 한 사람이었다.

노공작은 자기가 병에 걸린다면 그것은 오직 마리야의 탓이며, 마리야가 일부러 자기를 괴롭히고 짜증나게 하고, 또 어린 니꼴렌까를 버릇없게 만들고 바보 같은 소리를 해 줘서 망치고 있다고도 말했다. 노공작은 자기가 딸을 괴롭히고 있다는 것도, 딸의 생활이 몹시 괴롭다는 것도 너무나 잘 알고 있었다. 그러나 딸을 괴롭히지 않을 수 없다는 것과, 그 괴로움은 딸이 당연히 받아야 할 것이라는 것도 역시 알고 있었던 것이다. 또 '안드레이는 그것을 보고 있으면서, 누이동생 이야기를 왜 나한테 한 마디도 하지 않는가?' 하고 노공작은 생각했다. '어째서 이 녀석은 내가 나쁜 사람이자 멍청한 노인으로, 까닭 없이 딸을 멀리하고 프랑스 여성을 가까이 하고 있다고 생각하는 건가? 이 녀석은 모르고 있어. 그러니까 이 녀석에게 설명해 주어야 해.

이 녀석이 듣고 알 수 있게 말이야.' 노공작은 이렇게 생각했다. 그래서 그는 사물을 잘 이해하지 못하는 마리야의 나쁜 성격을 견디어 낼 수가 없는 까닭을 설명하기 시작하였다.

"만약에 저한테 물어보시는 거라면" 안드레이는 아버지 쪽을 보지도 않고 말했다(그는 태어나서 처음으로 아버지를 책망하고 있었다). "저는 말하고 싶지 않았습니다만, 만약에 물어보신다면 그 일 전체에 대해 저의 의견을 말씀드리겠습니다. 가령 아버지와 마리야 사이에 오해와 서로 어긋나는 점이 있더라도 저는 도저히 마리야를 책망할 수는 없습니다. 그 애가 얼마나 아버지를 사랑하고 존경하는가를 나는 잘 알고 있으니까요. 만약 물어보신다면" 안드레이는 요즈음 항상 안절부절못하는 심정이었기 때문에 초조해 하면서 말을 이었다. "제가 말할 수 있는 것은 단 한 가지입니다. 만약에 오해가 있다면, 그 원인은 마리야의 친구가 되어서는 안 될 그 보잘것없는 여자 때문입니다."

노인은 처음에는 침착한 눈으로 아들을 바라보았으나, 이내 부자연스럽게 미소를 짓고 새로 생긴 이빨 빠진 틈을 드러내었다. 안드레이는 그 틈에 익숙해질 수가 없었다.

"뭐가 친구란 말이냐? 애야, 말이 너무 지나치지 않느냐, 응?"

"아버지, 저는 재판관 역할을 할 생각은 없지만" 안드레이는 신경이 날카로운 단호한 어조로 말했다. "아버지가 그렇게 시킨 것입니다. 그래서 말씀드렸고 언제라도 말할 작정입니다. 마리야가 나쁜 것이 아닙니다. 나쁜 것은 …… 나쁜 것은 그 프랑스 여잡니다……."

"허, 판결을 내렸군……! 판결을 내렸어!" 노인은 나지막한 목소리로, 더욱이 안드레이가 받은 느낌으로는, 난처한 듯이 말했다. 그러나 갑자기 팅기듯이 일어나 외쳤다. "썩 나가! 썩 꺼져!"

안드레이 공작은 당장에라도 출발하려고 생각했지만, 마리야가 하루만 더 있어달라고 부탁했다. 그날 안드레이는 아버지와 만나지 않았다. 아버지는 방에 틀어박혀 부리엔 양과 찌혼 이외엔 옆에 오지 못하게 하고, 아들이 출발했는가를 여러 번 물어왔다. 그 이튿날 출발하기에 앞서, 안드레이는 아들 방으로 가 보았다. 어머니를 닮은 고수머리의 기운찬 사내아이가 아버지 무름 위에 올라앉았다. 안드레이는 '파란수염'이라는 옛이야기를 들려주기 시작했지만 끝까지 이야기를 하지 못하고 생각에 잠기고 말았다. 아들을 무릎 위에 안고 있는 동안 그가 생각하고 있었던 것은, 이 귀여운 아들이 아니라 자기 자신에 대한 일이었다. 그는 아버지를 초조하게 만들었다는 후회와 자기가 (난생 처음 말다툼을 하고) 아버지 곁을 떠난다는 아쉬움을 무서운 기분으로 마음 속에서 찾아보았으나, 어느 것도 발견할 수가 없었다. 무엇보다 중요한 일은, 갓난애를 무릎 위에 앉히면 아들에 대한 전과 같은 부드러운 애정을 마음 속에 불러일으킬 수 있다고 기대했는데, 그것도 찾아낼 수 없었다.

"얘기해 줘." 아들은 말했다. 안드레이는 이 말에는 대답을 하지 않고, 아들을 무릎에서 내려놓고 방에서 나갔다.

안드레이는 일상적인 생활을 벗어난 순간, 아직 자기가 행복했던 무렵의 생활 환경으로 들어간 순간, 인생의 우수(憂愁)가 전과 마찬가지 힘으로 그를 사로잡았다. 그래서 그는 이 회상에서 될 수 있는 대로 빨리 벗어나서 무엇인가 일을 찾으려고 서둘렀다.

"꼭 가셔야 해요, 오빠?" 누이동생이 물었다.

"고마운 일이야, 떠날 수 있으니." 안드레이는 말했다. "떠나지 못하는 네가 정말 가엾다."

"왜 그런 말을 하시는 거예요." 마리야는 말했다. "무엇 때문에 그런 말씀을 하셔요? 오빠는 저 무서운 전쟁터에 나가시려고 하고, 아버지께선 저렇게 늙으셨는데! 부리엔이 말했어요, 아버지는 몇 번이나 오빠에 대해서 물어보셨다고." 이 이야기를 하자마자, 그녀의 입술은 떨리고 눈물이 흐르기 시작하였다. 안드레이는 그녀로부터 얼굴을 돌리고, 방 안을 거닐기 시작했다.

"아, 견딜 수가 없다! 견딜 수가 없어!" 그는 말했다. "어이가 없구나, 도대체 무엇이, 누가…… 어째서…… 시시한 자가 남의 불행의 원인이 되다니!" 그는 마리야를 놀라게 할 정도로 증오에 차서 말했다.

오빠가 시시한 자라고 말했을 때, 그가 아버지를 불행에 빠뜨리려 하는 부리엔 양뿐 아니라, 그의 행복을 망쳐버린 그 사람도 포함했다는 것을 마리야는 깨달았다.

"오빠, 한 가지 부탁할 일이, 꼭 부탁할 일이 있어요." 오빠 팔꿈치에 가볍게 손을 대고, 눈물을 머금은 반짝이는 눈으로 오빠를 바라보면서 마리야는 말했다. "오빠가 한 말을 이해하겠어요(마리야는 눈을 떨구었다). 그러나 슬픔을 만든 것은 인간이라고 생각하지 마세요. 인간은 하느님의 도구에 지나지 않아요." 그녀는 초상화의 낯익은 부분을 보듯이, 확신어린 익숙한 눈초리로 안드레이의 머리 약간 위쪽으로 시선을 돌렸다. "슬픔은 하느님이 보내신 것이지 인간에 의해서가 아니에요. 인간은 하느님의 도구로 인간에게는 죄가 없어요. 누군가가 오빠에게 죄가 있는 것처럼 여겨져도 그것을 잊고 용서해 주세요. 그러면 오빠는 용서하는 행복을 깨달을 거예요."

"내가 여자라면 나도 그렇게 했을 것이다, 마리야. 그것은 여성의 미덕이다. 그러나 남자란 잊어버리거나 용서를 해서는 안 되고 그렇게 할 수도 없다." 그는 말했다. 그리고 이 순간까지 아나똘리를 생각하고 있지 않았는데, 보상받지 않은 증오가 갑자기 그의 가슴에 솟구쳤다. '마리야가 이제는 용서해 주라고 나를 설득하는 것을 보면, 나는 훨씬 이전에 벌을 주었어야 했다.' 그는 생각했다. 그리고 그 이상 마리야한테는 대꾸하지 않고, 그는 이번에는 군에 있는 (그는 그것을 알고 있었다) 아나똘리를 만나게 되어 기쁘면서도 그 증오의 순간을 생각하기 시작했다.

마리야는 하루만 더 기다려달라고 오빠에게 부탁하고, 만약 아버지와 화해하지 않고 안드레이가 떠나버린다면 얼마나 아버지가 불행해질 것인지 자기는 잘 알고 있다고 말했다. 그러나 안드레이는 아마 머지않아 군대에서 돌아올 것이다, 아버지한테는 꼭 편지를 쓰겠다, 지금은 이 이상 오래 있으면 있을수록 불화는 더욱 심해질 것이라고 말하였다.

"그럼 안녕히 가세요, 오빠! 불행은 하느님께서 주시는 것이지, 인간에게는 절대로 죄가 없다는 것을 잊지 말아 주세요." 이것이 안드레이가 누이동생과 작별할 때 들은 마지막 말이었다.

'결국 이렇게 될 수밖에 없는 거다!' 안드레이는 '벌거숭이 산' 저택을 나오면서 생각했다. '마리야가, 죄도 없는 불쌍한 인간이 노망한 늙은이의 희생이 되고 있다. 아버지는 자기가 나쁘다고 생각하고 있으면서, 자신을 바꿀 수가 없는 것이다. 내 아들은 성장해서 인생을 즐기고 있지만, 저 아이도 역시 인생 속에서 모두와 마찬가지로 속든가 속이는 인간이 될 것이다. 나는 군대로 간다. 무엇 때문에? 나 자신도 모른다. 더욱이 내가 멸시하는 인간을 만나려 하고 있다. 그 사나이가 나를 죽이고, 나를 비웃는 기회를 주기 위해서!' 이제까지는 같은 생활 조건으로 그것이 서로 결부되어 있었는데, 지금은 모든 것이 산산이 흩어지고 말았다. 다만 무의미한 현상만이 아무런 맥락도 없이 안드레이 앞에 차례로 나타나고 있었던 것이다.

9

안드레이는 6월 말에 총사령부에 도착했다. 황제가 있는 제1군의 각 부대는 드릿싸 근처의 방위를 굳힌 야영지에 진을 치고 있었다. 제2군의 부대는 제1군과 합류하려고 후퇴하고 있었지만, 소문에 의하면 프랑스군 대부대에 의해서 제1군으로부터 단절되어 있었다. 그러나 침공의 위험이 러시아의 각 현에 미칠 것이라는 것은 누구 하나 생각하지도 않았고, 전쟁이 서폴란드의 여러 현으로부터 안쪽으로 이동할 염려가 있다는 것도 아무도 예측하지 않았다.

안드레이는 자기가 배속된 바르끌라이 드 똘리 장군이 드릿싸 강변에 있다는 것을 알았다. 야영지 부근에는 커다란 마을이나 취락이 하나도 없었기 때문에, 궁에 있던 방대한 수의 장군이나 조신들은 주위 10km에 걸쳐서 나누어 야영하고 있었다. 바르끌라이 드 똘리는 황제 숙사로부터 4km쯤 떨어진 곳에서 머물고 있었다. 그는 무뚝뚝하고 냉담하게 안드레이를 맞아, 배속을 결정하기 위해 황제에게 상신하겠지만 당분간은 자기 사령부에 소속되어 주기를 바란다고 독일 사투리로 말하였다. 군대에서 발견할 수 있으리라고 안드레이가 기대하고 있던 아나똘리는 이곳에도 없었다. 그는 뻬쩨르부르그에 있었던 것이다. 그리고 이 소식은 안드레이에게는 오히려 기뻤다. 일어나려고 하는 대전쟁의 중심지에 대한 관심사가 안드레이를 사로잡고 있었기 때문에, 그로서는 아나똘리를 생각할 때마다 일어나는 초조한 기분에서 잠시나마 해방되는 것이 기뻤던 것이다. 명령이 없어서 아무 데에도 갈 곳이 없었던 처음 나흘 동안 안드레이는 강화된 진지를 모두 보고 다니면서, 자기의 지식과 사정에 밝은 사람들과의 이야기를 통해서 진지에 관한 명확한 개념을 만들려고 노력했다. 그러나 이 진지가 유리한지 불리한지의 문제는 안드레이에게는 해결이 되지 않은 채로 남아있었다. 그는 자기의 전쟁 체험에 비추어 보아, 더없이 신중하게 숙고한 계획은 실전에서는 아무런 뜻을 가지지 못한다는 것(그것은 그가 일찍이 아우스터리츠 원정에서 본 대로이다)을 잘 알고 있었다. 모든 것을 결정하는 것은, 의외로 예측할 수 없는 적의 움직임에 어떻게 대처하느냐, 또 실제의 행동 전체가 어떻게, 누구에 의해서 움직여지느냐에 있다는 확신을 이미 끌어내고 있었던 것이다. 이 제3의 문제점을 분명히 하기 위해 안드레이는 자신의 지위와 지인 관계를 이용해서, 군의 지위와 이에 관여하고 있는 인물이나 파벌의 성격을 규명하는 데 노력했다. 그 결과 사태를 다음과 같이 이해하였다.

황제가 아직 빌리나에 있었던 무렵, 군은 셋으로 나뉘어 있었다. 제1군은 바르끌라이 드 똘리의 지휘하에 있었고, 제2군은 바그라찌온의 지휘하에, 제3군은 또르마쏘프의 지휘하에 있었다. 황제는 제1군에 있었지만 총사령관의 자격은 아니었다. 지령에는, 황제는 지휘를 한다고 되어 있지 않고 다만 군과 같이 있다고만 씌어 있을 뿐이었다. 뿐만 아니라 황제 자신에게 총사령부는 없고 황제 통수부가 있을 뿐이었다. 황제 곁에는 통수부장, 숙영 담당 장교 볼꼰스끼 공작, 몇 명의 장군과 시종부관, 외교관, 그 밖의 많은 외국인이 있었지만, 군사령부는 없었다. 더욱이 특정한 직무가 없는데도 황제 곁에는 다음과 같은 사람들이 있었다. 전 육군 대신 아라끄체에프, 위계로 보아 장군 중에서 가장 높은 베니그쎈 백작, 황태자 꼰스딴틴 빠블로비치 대공 ^(알렉산드르의 동생), 최고급 문관 루미안체프 백작, 프러시아의 전 대신 슈타인, 스웨덴 장군 아름펠트, 작전부장 쁘플, 사르데냐의 망명자, 시종 무관 빠울루치, 볼쪼겐 등이었다. 이 인물들은 군사상의 임무는 가지지 않고 군에 있었지만 그 지위로 봐서 영향력을 가지고 있었다. 군단장과 총사령관까지도 어떠한 자격으로 베니그쎈, 대공, 아라끄체에프, 볼꼰스끼 공작 등이 여러 가지 질문을 하거나 충고를 하는지 알 수 없는 경우가 흔히 있었고, 충고라고 하는 형태의 명령이 과연 그 사람 개인한테서 나온 것인지, 황제한테서 나온 것인지, 또 그것을 수행할 필요가 있는지 없는지, 이해할 수 없는 일도 흔히 있었다. 그러나 그것은 외면적인 상황이었다. 황제와 이와 같은 사람들이 있는 본질적인 뜻은, 조신의 입장에서 보면(황제가 있는 곳에서는 모두 조신이 되어 버린다) 누구한테도 분명하였다. 그 뜻은 이러한 것이었다. 황제는 총사령관이라는 직함을 가지고 있지는 않으나 전군을 지배하고 있었다. 그를 둘러싼 사람들은 그의 보좌역들이다. 아라끄체에프는 질서의 충실한 집행·감시역이며 황제의 호신역이었다. 베니그쩬은 빌리나 현의 지주로, 이 지방에서의 황제의 접대역을 하고 있는 것처럼 보이나 실은 훌륭한 장군이며, 상담 상대로서나 또 바르끌라이를 대신하는 역할을 착실히 하고 있었다. 대공이 여기 와 있는 것은 그것이 본인에게 유리하기 때문이었다. 또 전 대신 슈타인이 이 곳에 있는 것은 그가 상담역으로서 쓸모가 있었기 때문이며, 알렉산드르 황제가 그의 개인적인 자질을 높이 평가하고 있기 때문이었다. 아름펠트는 나폴레옹에게 적개심을 품고 있는 위인으로, 자신만만한 장군으로서 늘 알렉산드르에게 영향을 주고 있었다. 빠울루치가 여기에 있었던 것은, 그가 대담하고 서슴없이 의견을 내놓기 때문이었다. 시종 무관들이 그곳에 있었던 것은, 황제가 가는 곳은 어디나 따라가기 때문이었다. 그리고 마지막으로 또 한 사람—이것이 가장 중요한 것이지만—쁘플이 이곳에 있었던 것은, 그가 나폴레옹에 대한 작전을 세우고 이 작전의 타당성을 알렉산드르로 하여금 믿게 하여, 전쟁의 전반을 지휘하고 있기 때문이었다. 쁘플 곁에는 볼쪼겐이 붙어 있었다. 쁘플은 모가 난 성격으로, 모든 것을 멸시할 만큼 자신이 강한 탁상 이론가였기 때문에, 볼쪼겐이 쁘플을 대신해서 알기 쉬운 형태로 그의 생각을 해설해 주었다.

지금 이름을 든 이러한 러시아 사람이나 외국인(특히 이질적인 환경에서 활동하는 사람들 특유의 대담성을 가지고 매일 새로운, 뜻밖의 제안을 하고 있는 외국인) 이외에, 아직도 많은 2류급 인물들이 있었다. 이들은 그들의 상관이 거기에 있기 때문에 군대를 따라다니고 있었다.

이 거대하고 불안정하며 화려하고 오만한 세계의 갖가지 생각이나 의견 속에 안드레이는 다음과 같은, 비교적 선명한 경향과 파벌의 구분을 알아챘다.

제1 파벌은 쁘플과 그의 동조자들 즉, 전쟁학이 있다고 믿고 그 학문 속에 불변의 법칙, 예를 들면 사행(斜行)과 우회 등의 법칙이 존재한다는 것을 믿고 있는 전쟁 이론가들이었다. 쁘플과 그의 동조자들은 국내 깊숙이 철퇴할 것, 가상의 전쟁 이론이 정하고 있는 정확한 법칙에 따라서 철퇴할 것을 요구하여, 이 이론에 위배하는 것은 모두 야만, 무교양, 또는 악의로 간주하고 있었다. 이 파벌에 속한 것은 독일의 황족이나 공작들, 볼쪼겐, 빈쩬게로

데, 기타, 주로 독일 사람들이었다.

제2 파벌은 제1의 것과 대립하는 것이었다. 항상 그러하지만 한쪽에 극단이 있으면 다른 한쪽에도 이에 대립하는 것이 있기 마련이다. 이 파벌에 속하는 사람들은 빌리나에 있었을 때부터 폴란드로 진공할 것과, 사전에 세워진 모든 계획에 구애되지 않을 것을 요구하고 있었다. 이 파벌의 대표자들은 대담한 행동을 대표하고 있었을 뿐만 아니라, 동시에 민족의 대표자이기도 하였다. 그렇기 때문에 논쟁에 있어서 제1 파벌 이상으로 한쪽으로 치우치고 마는 것이었다. 그들은 러시아인들로, 바그라찌온과 두각을 나타내기 시작한 에르몰로프 등이었다. 그 무렵 에르몰로프의 유명한 농담이 퍼져 있었는데, 자기를 독일 사람으로 승진시켜 달라는 것이었다. 이 파벌의 사람들은 수보로프 장군을 회상하여, 필요한 것은 생각하거나 지도에 핀을 꽂는 일이 아니다, 싸워서 적을 격파하여 러시아 국내에 들여놓지 않도록 하고, 군의 사기를 더 북돋아야 한다고 주장했다.

황제가 가장 신뢰하고 있던 제3 파벌에 속한 사람들은 양쪽 파벌을 조정하던 조신들이다. 대부분 군인들이 아니었으나 아라끄체에프가 속한 이 파벌 사람들은, 신념도 없으면서 그것을 가지고 있는 것처럼 보이고 싶어하는 사람들이 으레 말하는 것과 같은 일을 생각하고, 또 그것을 말하고 있었다. 그들은 이렇게 주장했다. 전쟁, 특히 보나빠르뜨와 같은(나폴레옹은 멸시적으로 이렇게 불리고 있었다) 천재와의 전쟁은, 분명히 신중한 고려와 깊은 학문적 지식이 필요하며 그 점에 있어서는 쁘플은 천재적이다. 그러나 그와 동시에 이론가들은 이따금 한쪽으로 치우치기 쉽다는 것을 인정하지 않을 수 없다. 그래서 완전히 이론가를 신뢰해서는 안 되고, 쁘플의 반대파들이나 전쟁의 경험이 있는 실전가가 하는 말에도 귀를 기울여, 모든 의견의 중간을 택하도록 해야 한다. 이 파의 사람들은 쁘플의 계획대로 드릿싸의 진지를 유지한 채 다른 여러 군의 움직임을 바꾸어야 한다고 주장하고 있었다. 그와 같은 움직임을 하면 어느 쪽 목적도 달성할 수가 없었지만, 이 파의 사람들에게는 그러는 편이 상책이라고 여겨졌던 것이다.

제4의 경향은 황태자인 대공을 가장 중심적인 대표자로 하는 경향이었다. 대공은 아우스터리츠에서의 환멸을 잊지 못하고 있었다. 그는 거기에서 열병식에라도 임하듯 철모에다 짧은 상의를 입고 근위대 선두로 나아가 프랑스군을 보기 좋게 궤멸시킬 생각이었지만, 뜻하지 않게 제1선으로 나아가 전군의 대혼란한 틈을 타서 겨우 도망쳐 나왔다. 이 파벌 사람들은 생각이 성실하다는 장점과 결점을 지니고 있었다. 그들은 나폴레옹을 두려워하고, 그의 힘과 자기네의 약함을 인정하고 솔직하게 그것을 말하고 있었다. "이런 일을 해도 고통, 치욕, 파멸 외에는 아무런 결과도 얻어지는 것이 없다. 보라, 우리는 빌리나를 버렸고, 비테부스크를 버렸으니, 이제 드릿싸도 버리게 될 것이다. 우리에게 남은 현명한 길은 다만 한 가지, 강화를 체결하는 일이다. 그것도 되도록 속히 우리가 뻬쩨르부르그에서 쫓겨나기 전에 해야 한다!"

이 의견은 군의 상층부에 상당히 퍼져 있어서 뻬쩨르부르그에서도 최고급 문관 루미안체프의 지지를 받고 있었다. 그는 다른 정치적인 이유로 역시 강화를 주장하고 있었던 것이다.

제5 파벌은 바르끌라이 드 똘리에게 인간으로서보다 오히려 육군 대신과 총사령관으로서 심복하고 있는 사람들이었다. 그들은 이렇게 말하고 있었다. "그가 어떠한 사람이든 간에(그들은 언제나 이렇게 말을 꺼내는 것이었다), 성실과 유능한 면에서 그보다 뛰어난 인물은 없다. 그분에게 정말로 권력을 주어야 한다. 전쟁은 지휘의 통일 없이는 잘 되어가지 않으니까. 그렇게 되면 그는 핀란드에서 자기 실력을 보였던 것처럼, 자기가 할 수 있는 것을 보여줄 것이다. 우리 군이 정비되어 있고 강력하며, 패전을 전혀 경험하지 않고 드릿싸까지 철퇴할 수 있었던 것은 오로지 바르끌라이의 덕택이다. 만약 지금 바르끌라이를 베니그쎈과 바꾼다면 모든 것이 파멸이다. 왜냐하면 베니그쎈은 1807년에 이미 무능함을 드러냈기 때문이다."

제6의 베니그쎈파는 이와는 반대로 베니그쎈보다 유능하고 경험이 있는 사람은 한 사람도 없기 때문에, 아무리 몸부림을 치더라도 결국은 베니그쎈에게로 돌아오게 될 것이라고 말하고 있었다. 그리고 이 파 사람들은, 드릿싸까지 아군의 철퇴는 모두 추잡하기 짝이 없는 패배로 실패의 연속이라는 것을 증명하려고 하였다. "실패를 많이 하면 할수록" 하고 그들은 말하고 있었다. "그것은 좋은 일이다. 적어도 그만큼 빨리, 이대로 나가다간 안 되겠다는 것을 깨달을 테니 말이다. 필요한 것은 바르끌라이 같은 사람이 아니라, 이미 1807년에 그의 진가를 발휘하여 나폴레옹까지도 정당한 평가를 하고 있는 베니그쎈과 같은 인물인 것이다. 이 사람이라면 권력을 가져도 좋다고 기꺼이 인정할 만한 인물이다. 그와 같은 인물은 베니그쎈밖에 없지 않은가."

제7 파벌은 유난히 알렉산드르 황제 곁에 모여 있는 사람들이었다. 그들은 제왕으로서 황제에게 열렬히 심복하고 있는 것이 아니라, 니꼴라이 로스또프가 1805년에 황제를 경모(敬慕)한 것처럼, 황제를 인간으로서 마음으로부터 경모하고, 그 속에 있는 모든 덕 뿐만 아니라 모든 인간적인 장점을 보고 있는 장군이나 시종 무관들이었다. 이 사람들은 군의 지휘를 사퇴한 황제의 겸손에 감격하면서도 너무 지나친 겸손을 비난했다. 그들은 경모하는 황제가 지나친 자기 불신을 버리고, 몸소 군의 장이 된다는 것을 분명히 선언하고 자기 밑에 총사령부를 조직하여, 필요에 따라서는 경험이 많은 이론가나 실전파와 상의하면서 몸소 군을 통솔하면 된다는 그 한 가지만을 바라고 있었다. 또 그렇게 함으로써 비로소 최고로 사기가 올라간다고 주장하고 있었다.

가장 큰 제8 그룹은, 다른 파벌과는 99대 1 정도로 그 수가 방대했다. 그들은 전쟁이나 공격, 강화, 드릿싸 강변 또는 그 밖의 다른 방어진지 그 어느 것에도 관심이 없었다. 그리고 바르끌라이, 황제, 쁘플, 베니그쎈 등을 따르지도 않았다. 단 한 가지 가장 중요한 것, 즉 자기에게 가장 득이 되는 일, 만족이 가는 일을 바라고 있는 사람들로 이루어져 있었다. 황제의 통수부 주위에서 웅성거리며 서로 얽히는 갈등을 보이고 있는 음모의 탁류 속에서는, 실로 여러 가지 점에서 다른 시기에서는 생각할 수 없었던 일도 잘 되어갈 가능성이 있었다.

어떤 사람은 그저 자신의 유리한 지위를 잃지 않으려고 오늘은 쁘플과, 내일은 반대파와 손을 잡고, 모레는 단지 책임을 면하고 다만 황제의 마음에 들기 위해서 당면 문제에 아무런 의견도 가지고 있지 않다고 주장했다. 또 다른 사람들은 이익을 얻으려고 전날 밤 황제가 넌지시 암시한 것과 같은 일을 큰 소리로 외쳐서 황제의 주의를 끌려고 하고, 회의에서 자기 가슴을 두드리고 반대자에게 결투를 신청하기도 하여 그것으로 자기가 전체의 이익을 위해서 희생할 각오를 가지고 있다는 것을 보이면서 논쟁하고 외치기도 했다. 또 다른 사람들은 두 회의 사이에 반대파가 없는 틈을 타서, 지금은 거절할 시간적 여유가 없다는 것을 알고서 자신의 충실한 근무의 보수로서 일시금을 요구하였다. 어떤 자는 황제가 직무로 고생하고 있을 때를 택하여 황제의 눈앞에 느닷없이 나타났다. 그리고 어떤 자는 전부터 바라고 있는 목적, 즉 황제와 함께 식사하는 것을 실현시키기 위해, 새로 나온 의견에 대한 옳고 그름을 열심히 설명하며 그에 대한 다소라도 강력하고 타당한 증거를 꺼내려고 하기도 했다.

이 파에 속하는 사람들은 오직 돈과 훈장, 직위만을 얻으려 했고, 그것을 위해 황제의 기분의 향방만 쫓고 있었다. 그 향방이 어디로 향하는가를 알자마자 군대 내의 이 수벌떼들은 이내 같은 방향으로 일제히 날기 시작하여, 황제는 방향을 바꾸는 것이 더욱 어려워질 정도였다. 이러한 음모와 이기주의, 여러 가지 의견과 감정의 소용돌이 속에서, 더욱이 이 사람들이 모두 민족을 달리하고 있기 때문에 더욱 혼란스러웠다. 상황이 분명치 않은 가운데 모든 것이 불안한 성격을 띠고 있는 무섭고 중대한 위험을 앞에 두고 개인적인 이익에 사로잡혀 있는 가장 큰 이 파는, 전체의 활동에 심한 갈등과 혼란을 자아내고 있었다. 어떤 문제가 일어나도 이 수벌떼는 아직 이전의 테마에 결말을 내기 전에 새로운 테마로 옮겨 윙윙거리면서 진지한 논쟁의 목소리를 잠재우는 것이었다.

이러한 모든 파벌 중에서, 마침 안드레이가 군에 도착할 무렵 또 하나 아홉 번째의 파가 결성되어 자기들 목소리를 내기 시작했다. 그것은 연배인데다 이성적이며 국정에 경험이 있고, 서로 모순 대립되는 온갖 의견의 어느 쪽에도 편들지 않으며, 통수부에서 이루어지고 있는 모든 것을 이론적으로 보고 그 애매함과 우유부단, 혼란하고 무력한 상태에서 빠져나올 방책을 진지하게 생각하는 사람들의 한 파였다.

이 파의 사람들은, 나쁜 것은 모두 주로 황제가 군대 내에 궁정을 만들어 군대와 함께 있기 때문에 생기고 있다, 궁정에서는 좋은 일일지 모르지만 군에서는 해롭고 분명치 않은, 여러 관계의 위태로운 상태가 군대 안에 도입되고 있다, 황제가 해야 할 일은 통치이지 군의 지휘가 아니다, 이 상태로부터 빠져나갈 유일한 활로는 황제가 정신(廷臣)들을 이끌고 군을 떠나는 일이다, 황제가 있는 것만으로 그의 신변의 안전을 지키기 위해 필요한 5만의 군대가 거의 마비 상태에 빠지고 만다, 아무리 무능하더라도 자주성이 있는 사령관 쪽이, 황제의 존재와 그 권력에 묶여 있는 자주성 없는 사령관보다는 낫다고 말하였다.

안드레이가 하는 일 없이 드릿싸 강변에서 시간을 보내고 있던 바로 그때, 이 파의 대표자의 한 사람인 국가평의회 관방장관 시시꼬프는 황제에게 편지를 쓰고 여기에 발라쇼프와 아라끄체에프가 서명하는 데 동의했다. 이 편지에서 그는 국무 전반을 논의하는 일을 황제로부터 허락받고 있는 것을 이용해서, 수도의 민중을 전쟁으로 분기(奮起)시키는 일이 황제에게 꼭 필요하다는 구실하에 황제에게 군을 떠나도록 공손하게 진언하였다.

황제의 민중 분기와 조국 방위 호소, 러시아 승리의 주요 원인이 되었던 민중의 사기 고무(황제 자신이 모스크바에 있음으로 해서 얼마나 큰 효과를 거두었는지 모른다)가 다름 아닌 군을 떠나는 구실로 황제에게 제안되고, 받아들여졌던 것이다.

10

이 편지가 아직 황제에게 전달되지 않았을 때, 바르끌라이가 식사하는 자리에서 안드레이에게 황제의 뜻을 전했다. 황제가 터키의 정세에 관해 여러 가지 묻기 위해서 안드레이 공작을 직접 만나고 싶어하니, 오늘 저녁 여섯시에 베니그쎈 숙사로 가라는 것이었다.

마침 그날 황제의 본영에, 전군에 위험을 가져왔을지도 모르는 나폴레옹의 새로운 행동에 관한 정보가 전달되었다. 그것은 후에 잘못된 정보라는 것이 판명되었다. 더욱이 마침 이날 아침, 미쇼 대령은 황제를 수행해서 드릿싸의 방위 진지를 순시했다. 이제까지 전술의 결작이며 나폴레옹을 괴멸시킬 수 있다고 여겨진, 쁘플이 구축한 이 방어 진지가 사실은 무의미한 것이며, 오히려 러시아군을 괴멸시킬 것이라는 것을 황제에게 증명해 보이려 한 것이다.

안드레이는 바로 강변의 아담한 지주 저택에 진을 치고 있는 베니그쎈 장군의 숙사로 갔다. 베니그쎈도 황제도 거기에는 없었으나 황제의 시종 무관 체르느이셰프가 안드레이를 맞아, 폐하는 베니그쎈 장군과 빠울루치 후작과 함께 오늘 드릿싸 진지를 두 번째 순시하러 가셨으며 그것은 안전도가 매우 의심스러워졌기 때문이라고 분명히 말하였다.

체르느이셰프는 프랑스 소설책을 가지고 맨 앞쪽 방의 창가에 앉아 있었다. 아마 전에 그 방은 홀이었던 것 같았다. 거기에는 오르간도 있었고, 그 위에는 용도가 분명치 않은 카펫이 아무렇게나 놓여 있었으며 한쪽 구석에는 베니그쎈의 부관의 접는 침대가 놓여 있었다. 그 부관도 방에 있었다. 그는 분명히 연회나 일 때문에 지쳐 있는 것 같았으며, 모피를 몸에 감고 침대 위에서 선잠이 들어 있었다. 홀에는 문이 두 개 있었다. 정면에 있는 문은 객실로 통하고, 또 하나는 오른쪽의 서재로 통해 있었다. 객실로 통하는 문에서 독일어와, 이따금씩 프랑스말로 이야기하는 소리가 들려오고 있었다. 전에 객실이었던 곳에는 황제의 희망에 의해서, 작전회의는 아니지만 (황제는 어중간한 것을 좋아했다) 촉박한 곤란한 상황에 대해서 황제가 의견을 알고 싶어하는 몇몇 사람들이 모여 있었다. 이것은 작전회의가 아니라 황제 개인에게 몇 가지 문제를 설명하기 위해 선출된 사람들의 회의였다. 이 회의 비슷한 모임에 초청된 사람은 스웨덴 장군 아름펠트와 시종 무관 볼쪼겐, 나폴레옹이 도망한 프랑스인이라고 부른 빈쩬게로데와 미쇼, 똘리, 군에는 전혀 관계가 없는 슈타인 백작, 그리고 또 한 사람, 안드레이가 들은 바로는 전체의 중심인물인 쁘플이 있었다. 안드레이는 쁘플을 잘 관찰하는 기회를 얻었다. 쁘플이 곧 그를 뒤이어 와서 객실을 지나 체르느이셰프와 이야기하기 위해 잠시 발을 멈추었기 때문이다.

쁘플은 마치 가장 행렬을 위한 의상 같은 서투르게 지어 어울리지 않는 러시아 장교복을 입고 있었기 때문에 안드레이에게는 첫눈에 낯익은 사람처럼 여겨졌으나 실은 한 번도 만난 일이 없었다. 그는 안드레이가 1805년에 만날 수 있었던 바이로터나 마크, 쉬미트나 그 밖에 많은 독일의 이론파 장군들과도 닮은 데가 있었다. 그러나 그 중 누구보다도 쁘플이 전형적이었다. 이들 독일 사람들이 가지고 있는 모든 것을 한몸에 지닌, 이 정도의 독일인 이론가를 안드레이는 한 번도 본 일이 없었다.

쁘플은 자그마한 키에 몹시 여윈 몸이었지만, 골격이 굵고 튼튼한 체격을 하고 있었으며 골반도 넓고, 어깨뼈도 벌어져 있었다. 얼굴은 주름살투성이고 눈은 깊이 패여 있었다. 머리털은 분명히 관자놀이 쪽만 다급하게 빗질을 한 것 같았으며, 뒤쪽은 수실처럼 뭉쳐 곤두서 있었다. 그는 화가 난 듯이 주위를 둘러보면서 침착하지 못한 표정을 한 채 방으로 들어왔다. 마치 자기가 들어온 이 넓은 방의 모든 것을 두려워하는 것 같았다. 그는 어색한 동작으로 사벨을 가볍게 누르면서 체르느이셰프를 향하여 황제는 어디 계시냐고 물었다. 그는 될 수 있는 대로 빨리 이 방을 지나 인사를 끝내고 지도 앞에서 일을 하고 싶은 모양이었다. 거기가 바로 자기의 안정된 자리라고 느끼는 것 같았다. 그는 체르느이셰프의 말에 성급하게 고개를 끄덕이고 그가, 즉 쁘플 자신이 자기의 이론에 따라 구축한 진지를 황제가 시찰하고 있다는 시종 무관의 말을 들으면서, 비꼬는 듯한 미소를 짓고 있었다. 그는 독일인다움이 넘치는 무뚝뚝하고 낮은 어조로 "터무니 없는……." 또는 "멋대로 하라지……." 또는 "그런 일을 해서 잘했다는 건가……." 하며 무엇인가 혼잣말처럼 중얼거리고 있었다. 안드레이는 잘 들리지 않아 그냥 지나치려고 하였으나, 체르느이셰프는 안드레이가 전쟁이 좋은 결과로 끝난 터키로부터 돌아왔다는 것을 생각하고, 안드레이를 쁘플에게 소개하였다. 쁘플은 안드레이 공작을 보았다기보다는 오히려 지나가듯이 흘끗 스쳐보고 웃으면서 말하였다. "터키는 틀림없이 훌륭한 전술에 바탕을 둔 전쟁이었겠군요." 그리고 얕잡아보듯이 웃고서 안에서 말소리가 들려오는 방으로 들어갔다.

원래 늘 초조하여 비꼬기를 좋아하는 쁘플이 오늘은 특히 기를 곤두세우고 있었다. 뻔뻔스럽게도 누군가가 그를 빼놓고 그가 만든 진지를 둘러보며 그것을 비판하고 있었기 때문이다. 안드레이는 아우스터리츠의 기억 덕택으로, 또 쁘플과 이렇게 잠깐 만난 것만으로도 이 사나이의 성격을 분명히 그려볼 수가 있었다. 쁘플은 절망적이며 변하지 않아 순교적일 정도로 자신(自信)을 가진 사람으로, 그러한 인간이 될 수 있는 것은 독일 사람뿐이었다. 왜냐하면 추상적 관념—학문, 즉 완전한 진리를 알고 있다는 환상을 바탕으로 자신을 가질 수 있는 것은 독일인뿐이기 때문이다. 프랑스 사람이 자신을 가지는 것은, 자기 자신이 머리나 몸으로 남성이나 여성을 꼼짝 못하게 하는 매력을 가지고 있다고 생각하기 때문이다. 영국 사람이 자신을 갖는 것은, 자기는 세계에서 가장 정비된 나라의 국민이며 따라서 영국 사람에 어울리게 자기가 할 일을 항상 알고 있고, 영국 사람으로서 자기가 하는 일은 모두 틀림없이 좋다는 것을 알고 있기 때문이다. 이탈리아 사람이 자신을 갖는 것은 흥분하여 자신도 남도 잊어버리기 때문이다. 러시아 사람이 자신을 갖는 것은 아무것도 모르고 무엇인가를 알려고도 하지 않고, 무엇인가를 완전히 알 수 있다고는 믿지 않기 때문이다. 독일 사람의 자신은 그 가운데에서 가장 나쁘고, 가장 강하기도 하면서 가장 추잡하기도 하다. 왜냐하면 독일인은 진리나 학문을 알고 있다고 생각하고, 그 진리는 자기 자신이 생각해 낸 것으로 자기에게 있어서는 절대적인 진리라고 믿기 때문이다. 분명히 쁘플은 그와 같은 인간이었다. 그에게는 프리드리히 대왕의 여러 전역(戰役)의 전사(戰史)에서 자신이 끌어낸 사행(斜行) 진격의 이론이 있었다. 그리고 최신의 프리드리히 대왕 전쟁사 속에서 그가 보게 되는 것은 모두, 또 최신의 전쟁사에서 보는 것도 모두, 무의미하고 야만적이고 보기 흉한 충돌이며, 그러한 전쟁을 전쟁이라고 부를 수가 없을 정도로 많은 잘못이 쌍방에서 저질러진 것으로 그에게는 여겨졌다. 그러니까 그것은 이론에 맞지 않고 학문의 대상도 될 수 없었다.

1806년, 쁘플은 예나와 아우에르슈타트(두 곳 모두 오스트리아가 나폴레옹군에 패배한 장소)에서 끝난 전쟁의 작전 입안자의 한 사람이었다. 그러나 이 전쟁의 결과, 그는 자기 이론의 잘못이 증명되었다고는 전혀 인정하지 않았다. 그의 생각에 의하면, 오히려 반대로 자기 이론에서 벗어난 것이 모든 실패의 유일한 원인이었다. 그래서 그는 독특한 기쁨에 찬 풍자로 이렇게 말했다. "그러니까 내가 말하지 않았나, 모든 것이 엉망이 된다고." 쁘플은 이론을 사랑한 나머지 그것을 실제에 적용한다고 하는 이론의 목적을 잊어버리는 타입의 이론가였다. 그는 이론을 사랑한 나머지 모든 실용을 미워하고 그것을 거들떠보지도 않았다. 그는 오히려 실패를 기뻐하기까지 했다. 왜냐하면 실천면에서 이론을 위배했기 때문에 생긴 실패는 그의 이론이 올바르다는 것을 증명해 주는 것이기 때문이었다.

그는 안드레이나 체르느이셰프와 현재의 전쟁에 대해 잠깐 이야기하였는데, 그의 표정은 모든 것이 차마 눈뜨고 볼 수 없는 것이 되리라는 것을 미리 알고 있으면서도 거기에 불만을 가지고 있지 않은 듯한 사람의 표정이었다. 후두부에 곤두선 빗지 않은 머리 다발과 다급히 빗질을 한 관자놀이의 머리털이 특히 이것을 잘 말해 주고 있었다.

그는 다음 방으로 들어갔다. 그리고 거기에서 이내 낮은 목소리로 투덜거리는 그의 음성이 들려왔다.

11

안드레이 공작이 쁘플을 배웅할 겨를도 없이 베니그쎈 백작이 성급히 방으로 들어왔다. 그리고 안드레이에게 가볍게 고개를 끄덕이고는 걸음을 멈추지도 않고 자기 부관에게 무엇인가 명령을 주면서 서재로 들어갔다. 황제가 뒤이어 들어오므로, 베니그쎈은 몇 가지 준비를 하고 황제를 맞기 위해서 먼저 급히 온 것이다. 체르느이셰프와 안드레이는 현관 계단으로 나갔다. 황제는 피로한 모습으로 말에서 내리고 있었다. 빠울루치 후작이 무엇인가 황제에게 말하고 있었다. 황제는 고개를 왼쪽으로 기울이고, 열심히 이야기를 하고 있는 빠울루치 말을 불만스러운 표정으로 듣고 있었다. 황제는 이야기를 끝내고 싶은 듯 걷기 시작했다. 그러나 얼굴이 빨개져서 흥분한 이탈리아인 빠울루치는 예의도 잊고 황제의 뒤를 따라가면서 이야기를 계속하였다.

"이 진지를, 드릿싸 진지를 진언한 자에 관해서 말씀드리자면" 황제가 계단을 오르려다가 안드레이를 알아차리고 그의 낯선 얼굴을 보고 있을 때 빠울루치는 말했다. "드릿싸 진지를 진언한 자에 대해 말씀드리자면, 폐하." 빠울루치는 억제할 수가 없는 것처럼 필사적으로 말하였다. "정신병원이나 교수대 둘 중 하나밖에 없다고 생각합니다." 이탈리아 사람의 말을 끝까지 다 듣지 않고 들리지 않는 체하며, 황제는 안드레이의 얼굴을 기억해 내자 부드럽게 말을 걸었다.

"자네를 만나서 기쁘네. 모두가 모여 있는 곳으로 가서 나를 기다려주게." 황제는 서재로 들어갔다. 그 뒤를 이어 볼꼰스끼 공작과 슈타인 남작이 들어가고, 그들이 들어가자 문이 닫혔다. 안드레이는 황제의 허가를 얻은 것을 기회로, 터키에 있었을 때 알게 된 빠울루치와 함께 회의가 소집된 객실로 들어갔다.

볼꼰스끼 공작은 황제 본영의 장관과 같은 직위에 있었다. 볼꼰스끼는 서재에서 나와 객실로 지도를 가지고 들어가 그것을 테이블 위에 펼쳐놓고는, 모인 사람들의 의견을 듣고 싶어하는 몇 가지 문제를 꺼냈다. 전날 밤, 프랑스군이 드릿싸 진지를 우회하는 움직임을 일으켰다는(후에 오보임이 판명되었지만) 정보가 들어왔던 것이다.

맨 먼저 말문을 연 것은 의외로 아름펠트로, 당면한 난국을 피하기 위해서는 (자기도 의견을 가질 수 있다는 것을 보이고 싶은 마음 외에는) 엉뚱하게도, 새로운 진지를 뻬쩨르부르그 가도와 모스크바 가도에서 벗어난 곳에 구축할 것을 제안했다. 그의 의견에 의하면, 군은 합류해서 그곳에서 적을 기다려야 한다는 것이었다. 아무래도 이 계획은 아름펠트가 훨씬 이전부터 작성한 것으로 지금 제출된 문제와는 어울리지 않았으나, 그가 지금 그것을 말한 것은 지금의 문제에 대답하는 것보다는 오히려 기회를 이용해서 자기 계획을 발표하기 위한 것처럼 보였다. 이것은 전쟁이 앞으로 어떠한 성격을 지니게 된다는 것을 알지 못해도 다른 추측과 마찬가지로, 근거를 가지고 할 수 있는 무수한 추측의 하나였다. 어떤 사람은 그의 의견에 반대했고, 어떤 사람은 옹호하였다. 젊은 똘리 대령이 누구보다도 열심히 이 스웨덴 장군의 의견에 반대하고, 논쟁 도중에 호주머니에서 무엇인가 가득 적은 노트를 꺼내어 그것을 읽도록 허락해 달라고 하였다. 그 노트로, 똘리는 다른—아름 펠트 계획이나 쁘플 계획과 정반대의—작전 계획을 제안하였다. 빠울루치는 똘리를 반박하고 전진과 공격의 계획을 제안하였다. 그의 말에 의하면 공격 만이, 우리를 지금의 불확실한 상태와 함정에서—그는 드릿싸 진지를 이렇게 부르고 있었다—구출할 수 있는 길이었다. 이러한 논쟁이 계속되는 동안 쁘플과 그 통역인 볼쪼겐(정신들 사이에서 쁘플의 교량역)은 침묵하고 있었다. 쁘플은 멸시하듯 코를 쿵쿵거리고 얼굴을 돌린 채, 지금 듣고 있는 것과 같은 허튼 소리에 절대로 말려들지 않는다는 태도를 보이고 있었다. 그러나 논쟁의 마무리역을 하고 있는 볼꼰스끼가 의견을 말하도록 촉구하자 그는 다만 다음과 같이 말했을 뿐이었다.

"나한테 무엇을 들을 말이 있습니까? 아름펠트 장군이 후방이 허술해지는 훌륭한 진지를 제안하셨습니다. 또 이 이탈리아 양반은 공격이라고 말씀하고 계신데 훌륭하십니다! 혹은 철퇴라는 것도 있습니다. 그것도 좋습니다. 무엇을 나한테서 들을 일이 있습니까?" 그는 말했다. "당신네들은 나보다 만사를 잘 알고 계시지 않습니까?" 그러나 볼꼰스끼가 자기는 폐하의 이름 으로 당신의 의견을 묻고 있다고 말하자, 쁘플은 일어나서 힘을 주어 말하기 시작했다.

"모든 사람들이 파괴하고 모든 사람들이 혼란하게 만들고 말았습니다. 나 는 그 모든 분들이 나 이상으로 무엇이든지 잘 알고 있다고 생각했습니다. 그런데 이제 와서 그분들은 어떻게 고치면 좋겠느냐고 묻고 계십니다. 아무것도 고칠 것은 없습니다. 모든 것은 내가 말한 근거에 엄밀하게 따라서 해야 합니다." 그는 뼈가 굵은 손가락으로 테이블을 두드리면서 말하였다. "무엇이 어렵다는 것입니까? 터무니 없는 어린애 같은 장난입니다." 그는 지도 쪽으로 다가가자 마른 손가락으로 지도를 찌르면서, 드릿싸 진지의 합리성을 뒤집을 만한 불의의 사태는 전혀 있을 수 없다는 것, 모두가 예측되어 있다는 것, 만약에 적이 우회한다면 반드시 격멸될 것이라는 것을 증명하면서 이야기하기 시작하였다.

빠울루치는 독일말을 몰랐기 때문에 프랑스말로 질문하기 시작했다. 볼쪼겐은 프랑스말이 서툰 자기 상관인 쁘플을 도와, 모든 일은 이미 발생하였고, 앞으로 발생할 염려가 있는 모든 일까지도 자기 계획으로는 예측되어 있다, 그러니까 지금 곤란한 상황이 있다면 그 원인은 모든 일을 엄밀하게 실행하지 않은 데에 있다고, 빠른 말로 증명하고 있는 쁘플을 간신히 뒤쫓아가면서 그의 말을 통역하고 있었다. 쁘플은 끊임없이 비웃듯이 웃으면서 증명을 계속하여, 마침내에는 수학자가 일단 증명한 해답의 정당성을 여러 가지 방법으로 검산하는 것을 그만두는 것처럼, 얕잡아보는 얼굴로 증명을 그만두고 말았다. 볼쪼겐은 그를 대신해서, 프랑스말로 설명을 계속하여 이따금 쁘플에게 말했다. "안 그렇습니까, 각하?" 쁘플은 난투장에서 흥분한 사나이가 자기 편을 때리는 것처럼 볼쪼겐에게까지 화를 내며 소리를 질렀다.

"뭐라고, 이 이상 무엇을 설명하란 말이야?" 빠울루치와 미쑈는 동시에 프랑스말로 볼쪼겐에게 덤벼들었다. 아름펠트는 독일말로 쁘플에게 말했다. 똘리는 러시아말로 볼꼰스끼 공작에게 설명했다. 안드레이는 잠자코 귀를 기울이면서 관찰하고 있었다.

이 모든 사람들 중에서 안드레이의 관심을 가장 불러일으킨 것은, 화를 잘 내고 단호한데다가 무턱대고 자신이 넘치는 쁘플이었다. 여기 있는 모든 사람 중에서 그 사람만이 자기를 위해서는 아무것도 원하지 않고 누구에 대해서도 적의를 품지 않았으며, 다만 한 가지, 다년간의 고심 끝에 이루어놓은 이론에 따라서 만들어진 계획을 실천에 옮기는 것만을 원하고 있었다. 그는 우스꽝스럽기도 하고 남을 비꼬아 불쾌했지만, 그러면서도 이념을 철저하게 믿고 있었기 때문에 존경을 느끼게 하였다. 더욱이 쁘플을 제외하고 이야기하고 있는 모든 사람의 발언 속에는 1805년의 작전 회의에서는 볼 수 없었던 하나의 공통된 특징이 있었다. 그것은 지금은 숨겨져 있기는 하지만 나폴레옹의 천재에 대한 공포로, 그것이 어느 반론에서나 나타나 있는 것이었다. 그들은 나폴레옹에게는 만사가 가능하다고 여겨져 어느 방향에서나 올 수 있을 것이라고 예상하고, 나폴레옹이라는 무서운 이름으로 서로의 예측을 상쇄하고 있었다. 다만 쁘플만은, 나폴레옹도 자기 이론에 반대하는 모두와 마찬가지로 야만인인 것처럼 보고 있는 것 같았다. 그러나 존경심 외에 쁘플은 안드레이에게 연민의 마음을 불러일으켰다. 황제의 측근들이 그에게 말을 할 때의 어조로 보아서나 빠울루치가 황제에게 대담하게 말을 걸었을 때의 어조로 보아, 무엇보다도 쁘플 자신의 자포자기적인 표정으로 보아 그의 몰락이 가깝다는 것을 다른 사람도 알고 있고 그 자신도 느끼고 있다는 것을 알았다. 그리고 그의 자신감이나 독일 사람다운 불평이 깃든 풍자에도 불구하고, 관자놀이에 머리를 빗어 붙이고 목덜미의 머리털을 솔처럼 곤두세운 그의 모습은 애처롭게 느껴졌다. 그는 초조해 하며 남을 얕잡아보는 것 같은 태도 아래에 감추고는 있었지만, 자기의 이론을 거대한 실험으로 확인하고 전 세계에 그 정당성을 증명할 유일한 기회가 자기의 손에서 떠나려 하고 있기 때문에 절망적이 되어 있었던 것이다.

　토론은 오랫동안 계속되었다. 그리고 오래 끌면 끌수록 논쟁은 더욱 열을 띠어 소리를 지르기도 하고 인신 공격에까지 이르고, 그 때문에 더욱더 발언된 말로부터 무엇인가 전체적인 결론을 꺼낼 수가 없게 되었다. 안드레이는 여러 가지 외국어로 주고받는 대화와 그 제안, 계획, 반박, 화난 고함 소리를 들으면서 이 사람들이 하고 있는 말들이 이상하게 여겨질 뿐이었다. 훨씬 이전, 군대에 근무하고 있었을 때 자주 머리에 떠올랐던 생각, 즉 전쟁학 같은 건 전혀 존재하지 않으며 있을 수도 없다, 따라서 이른바 군사상의 천재 같은 것은 있을 수 없다는 것이 이제 그에게는 진리로서 전적으로 명백한 사실이 되었다. '조건과 상황을 알 수 없고 확정도 할 수 없는 일, 전쟁을 하는 자들의 힘이 그 이상 분명치 않은 일에 어떤 이론이나 학문이 있을 수 있겠는가? 아군 측과 적군이 하루 뒤에 어떠한 상태에 있게 되느냐는 아무도 알 수 없고 알 수 있는 것이 아니다. 또 어떤 부대도 그것이 어느 정도의 힘인지 아무도 알 수가 없다. 때로는 "포위되었다"고 외치고 도망가는 겁쟁이가 선두에 있지 않고, "우라!" 하고 외치는 용감하고 대담한 병사가 선두에 있으면, 셴그라벤 때처럼 불과 5000명의 부대가 3만 명의 가치를 지닌다. 그러나 때로는 아우스터리츠의 전투처럼 5만의 병사가 8000명의 적을 앞에 두고 도망가는 수도 있다. 무엇 하나 확정되지 않고 모두가 무수한 조건에 좌우되어, 그 조건의 의의는 언제 찾아올지 아무도 모르게 순간적으로 결정되는 일에 대해 도대체 어떤 학문이 있을 수 있단 말인가? 아름펠트는 아군은 분단되었다고 말하고, 빠울루치는 프랑스군을 두 개의 포화 속에 협공했다고 말한다. 미쇼는 드릿싸 진지의 결점은 배후에 강이 있는 것이라고 말하고, 쁘플은 그것이 유리한 점이라고 말한다. 똘리가 어떤 안을 제안하면 아름펠트는 다른 안을 내놓는다. 어느 것이 좋고 어느 것이 나쁜가 하는 것은 일이 일어났을 때 비로소 명백해진다. 그러면서도 왜 모두가 군사적 천재라고 말하는 것일까? 때를 놓치지 않고 건빵을 가져다 주는 일이나, 어떤 자는 우로 어떤 자는 좌로 가라고 명령하는 인간이 과연 천재일까? 다만 군인이 화려함과 권력에 올라앉아 있기에, 저속한 속인들이 권력에 아첨하여, 원래 있지도 않은 천재라는 성질을 덧붙인 데에 지나지 않는 것이다. 반대로 내가 알고 있는 최고의 장군들은 얼빠지고 멍청한 사람이다. 가장 훌륭한 것은 바그라찌온이다. 나폴레옹까지도 그것을 인정하고 있다. 그런데 그 나폴레옹 자신은 어떤가! 나는 아우스터리츠의 들판에서 자만심에 가득 찬, 답답한 그의 얼굴을 기억하고 있다. 훌륭한 지휘관에게는 천재나 그 어떤 특별한 장점은 필요하지 않을 뿐만 아니라 가장 고상한 인간적인 자질, 즉 사랑, 시정(詩情), 상냥함, 철학적이고 탐구심이 풍부한 회의 등이 결여될 필요가 있는 것이다. 뛰어난 사령관은 시야가 좁고, 자신이 하고 있는 일은 매우 중요하다고 확신하지 않으면 안 된다(그렇지 않으면 그는 견딜 수가 없을 것이다). 그래야만 비로소 용감한 지휘관이 될 수 있는 것이다. 만약에 그가 보통 인간처럼 누군가를 사랑하고 동정하고, 무엇이 옳으며 무엇이 옳지 않은가를 생각하기 시작하면 큰일이다. 그들이 권력이기 때문에 옛적부터 그들을 위해서 천재론이 그럴듯하게 날조되었다는 것은 이해할 수 있다. 전쟁의 승리에 기여하는 것은 이 친구들이 아니라, 대열 속에서 "당했다", 또는 "우라" 하고 외치는 인간들인 것이다. 그리고 이와 같은 대열에서만 비로소 나는 쓸모가 있다고 하는 신념을 가지고 군무에 종사할 수가 있는 것이다!'

안드레이는 사람들의 논쟁을 들으면서 이렇게 생각하고 있었다. 그리고 빠울루치가 그를 부르고, 모두가 각기 돌아가려 하고 있을 때 간신히 제정신이 들었다.

이튿날 열병 때에 황제가 안드레이에게 어디서 근무를 희망하느냐고 물었다. 안드레이는 황제 측근에 남아 있기를 원하지 않고 실전부대에 근무하는 허가를 청원하여, 궁정(宮廷)의 세계에서 살아가는 길을 영원히 닫아버리고 말았다.

12

니꼴라이 로스또프는 전투가 개시되기 전에 부모로부터 편지를 받았다. 그 편지에서 양친은 나따샤가 아프다는 것과 안드레이 공작과의 파혼을 간단히 알리고(이 파혼은 나따샤가 거절했기 때문이라고 설명되어 있었다), 그가 퇴직해서 집으로 돌아오기를 바란다고 되풀이해서 적고 있었다. 니꼴라이는 그 편지를 받자 휴가나 퇴직을 청원하려고도 하지 않고, 나따샤의 병과 약혼자와의 파혼은 몹시 유감스럽게 생각하고 있다는 것과, 양친의 소원을 위해서 할 수 있는 모든 일을 할 생각이라고 편지를 써 보냈다. 쏘냐한테는 따로 편지를 썼다.

'사랑하는 쏘냐' 하고 그는 썼다. '명예를 존중하는 마음만 없으면 나는 시골로 돌아갔을 거요. 그러나 지금 전쟁이 시작되는 직전에, 만약에 의무나 조국애보다도 나의 행복을 중요시했다면 나는 모든 전우에 대해서만이 아니라 자기 자신에 대해서도 파렴치한 자라고 생각할 거요. 하지만 이 이별은 마지막이오. 믿어 줘요. 전쟁이 끝나서 만약에 내가 살아 있고 여전히 당신이 나를 사랑해 준다면, 나는 불타는 나의 가슴에 당신을 영원히 껴안기 위해 모든 것을 버리고 당신에게로 달려가겠소.'

분명히 전쟁이 시작되려 하고 있는 사정이 니꼴라이를 붙잡고, 귀국해서 그가 약속한 대로 쏘냐와 결혼하는 것을 방해하고 있었다. 사냥을 했던 오뜨라도노에 마을의 겨울, 크리스마스 주간과 쏘냐와의 사랑과 결부된 겨울이, 그때까지 그가 알지 못했던 조용한 지상 생활의 기쁨과 평안한 미래를 그의 눈앞에 펼쳐보여 주었고 그것이 지금은 그를 끌어당기고 있었다. '훌륭한 아내, 아이들, 우수한 사냥개 무리, 기운찬 열 마리, 또는 열두 마리 보르조이 개, 농지 경영, 이웃 사람들, 선거로 선출되어 맡아보는 직무' 등을 그는 생각하였다. 그러나 지금은 전쟁이라서 부대에 남지 않으면 안 되었다. 또 그것이 필요한 이상, 니꼴라이는 그의 기질로 보아 자기가 부대에서 보내고 있는 생활에 만족해 있었고 또 그 생활을 쾌적한 것으로 만들 수가 있었다.

휴가에서 돌아와서 전우들의 환영을 받은 니꼴라이는, 군마의 보충을 위해 소러시아(우크라이나)로 파견되었다. 그곳에서 훌륭한 말을 여러 마리 데리고 돌아와 자기도 기뻤고 상사의 칭찬도 받았다. 그가 없는 동안에 그는 대위로 승진해 있었고, 연대가 증강되어 전투에 배치되자 다시 애초의 기병 중대를 맡게 되었다.

전쟁이 시작되고 연대가 폴란드로 이동했다. 봉급은 갑절로 오르고, 새 장교, 새 병사와 군마가 도착했다. 그러나 무엇보다 눈에 띄는 것은, 전쟁 초기에는 언제나 그렇듯 부대 안에 퍼져 있는 흥분되고 들뜬 분위기였다. 니꼴라이는 부대 안에서 자기의 유리한 지위를 의식하고, 군무의 재미에—조만간 이러한 즐거움도 끝난다는 것을 알고는 있었지만—빠져 있었다.

군은 여러 가지 복잡한 국가적, 정치적, 전술적인 이유로 빌리나로부터 철퇴했다. 철퇴는 그 한 발짝 한 발짝에 통수부 내부의 이해와 생각과 욕망 등이 복잡하게 얽히고 있었다. 그러나 빠블로그라드 연대의 경기병들에게는 이 철퇴의 행군 전체가 좋은 계절인 여름인데다가 양식도 충분했으므로 더없이 손쉽고 즐거운 일이었다. 낙담하거나 걱정하고 음모를 꾀한다는 것은 통수부에서는 가능했지만, 군 내부에서는 어디로 무엇 때문에 가는가에 대한 물음을 자신에게조차 물을 수가 없었다. 가령 철퇴를 유감으로 생각했다 해도 그것은 단지 그동안 지내며 정이 든 숙사나 귀여운 폴란드 여인과 헤어져야 한다는 데 지나지 않았다. 비록 누군가의 머리에 정세가 나쁘다는 생각이 떠올랐다 해도 그러한 생각을 한 사람은 훌륭한 군인으로서 당연히 쾌활해지도록 노력하고, 전체의 전황을 생각하지 않고 자기 눈앞의 임무를 생각하도록 애썼다. 처음에는 폴란드 지주들과 교제를 시작하거나, 황제나 그 밖의 사령관들의 열병을 기다리거나 그것을 받기도 하면서 경기병들은 즐거운 마음으로 빌리나 부근에 주둔하고 있었다. 이윽고 스벤짜느이를 향하여 철퇴하되, 가지고 갈 수 없는 양식은 소각하라는 명령이 하달되었다. 스벤짜느이에 대한 경기병들의 기억은, '주정꾼 야영지'였다는 것과—전군이 스벤짜느이 부근의 야영지에 그런 별명을 붙였다—그들이 식량 징발의 명령을 이용해서 양식을 포함한 말, 마차, 심지어는 양탄자까지 폴란드 귀족들로부터 걷어왔기 때문에 군에 대한 불만이 많다는 것이었다. 니꼴라이가 스벤짜느이를 기억하고 있었던 것은 이 마을에 발을 들여놓은 첫날, 자기가 하사관 한 사람을 직무에서 해임시키고, 그가 모르는 동안에 묵은 맥주를 다섯 통이나 꺼내다가 모두 취해버린 기병 중대의 병사들을 통제할 수 없었기 때문이었다. 스벤짜느이에서 더 안쪽으로 안쪽으로 드릿싸까지 퇴각을 거듭하였고, 드릿싸로부터 다시 퇴각해서 러시아의 국경 가까이까지 다시 철퇴하였다.

7월 13일, 빠블로그라드 연대는 처음으로 본격적인 전투에 참가했다.

싸움 전날인 7월 12일 밤에 비와 우박이 섞인 심한 폭풍이 불었다. 1812년의 여름은 대체로 폭풍이 많았다.

빠블로그라드 연대의 2개 중대는 이미 이삭이 나와 있어 가축과 말에 마구 짓밟힌 호밀밭 복판에서 야영하고 있었다. 비가 억수같이 퍼부었다. 니꼴라이는 자기가 주목하고 있는 젊은 장교 일리인과 함께 급히 만든 오두막 안에 앉아 있었다. 뺨까지 이어진 긴 콧수염을 기른 같은 연대의 장교가, 사령부에 갔다 오는 길에 비를 만나 니꼴라이에게 들렀다.

"백작, 저는 사령부에서 돌아오는 길입니다. 라에프스끼 장군의 용감한 활약을 들으셨습니까?" 그리고 장교는 사령부에서 들은 싸르따노프까 마을 ^{(1812년 7월 11일, 모기례프 현 싸르따노프까 마을에서 라에프스끼}
(지휘의 러시아군과, 다부 휘하의 프랑스군 사이에 벌어진 전투) 전투에 대한 소상한 이야기를 했다.

니꼴라이는 빗물이 떨어지는 목을 움츠리고 파이프를 피우면서, 자기 옆에서 몸을 웅크리고 있는 젊은 장교 일리인을 가끔 바라보며 건성으로 듣고 있었다. 일리인은 최근 부대에 갓 배속된 열여섯 살 난 소년으로, 7년 전의 니꼴라이와 데니쏘프와 같은 관계가 지금의 그와 니꼴라이 사이에 형성되어 있었다. 일리인은 무엇이든지 니꼴라이를 흉내 내려고 하였고 마치 여자처럼 그에게 반해 있었다.

보통의 두 배나 되는 콧수염을 기른 장교 즈도르진스끼는 싸르따노프까의 제방이 러시아군의 테르모필레(기원전 480년, 스파르타 왕 레오니다스가)
(페르시아군을 맞아 싸우다가 전사한 곳)였다는 것과, 이 제방 위에서 라에프스끼 장군이 고대의 예에 필적할만한 행위를 했다는 것을 거창하게 이야기하였다. 즈도르진스끼는 자기의 두 아들을 제방 위로 끌어내어 요란한 포화 아래 노출시켜 함께 나란히 공격해간 라에프스끼의 행위를 이야기하고 있었던 것이다.

니꼴라이는 그 이야기를 듣고 즈도르진스끼의 감격에 맞장구를 치는 말은 한 마디도 하지 않았을 뿐만 아니라, 반박할 생각이 없기는 하지만 오히려 상대의 이야기를 부끄럽게 여기는 표정을 짓고 있었다. 니꼴라이는 아우스 터리츠 싸움과 1807년의 전쟁을 겪어왔기 때문에, 전쟁 이야기를 할 때에는 자기가 그 이야기를 할 때 거짓말을 한 것과 마찬가지로, 반드시 거짓말을 한다는 것을 자신의 경험으로 알고 있었다. 둘째로 그는 충분한 경험을 쌓고 있었으므로, 싸움터에서는 모든 일이 우리가 상상하거나 이야기할 수 있는 것과는 전혀 다른 형태로 일어난다는 것을 알고 있었다. 따라서 니꼴라이는 즈도르진스끼의 이야기가 마음에 들지 않았다. 게다가 뺨으로 이어지는 콧 수염을 기르고 몸을 숙여 상대 얼굴 가까이에서 이야기하는 습관 때문에 좁 은 오두막집 안을 더욱 답답하게 만들고 있는 즈도르진스끼도 마음에 들지 않았다.

니꼴라이는 말없이 그를 보고 있었다. '우선 공격받은 둑 위에서는 틀림없 이 대단히 혼란스럽고 서로 옥신각신하고 있었을 것이므로, 가령 라에프스 끼가 아들들을 끌어냈다 하더라도 그 행동은 라에프스끼 자신의 옆에 있던 10명 가량 이외에는 거의 누구에게도 영향을 줄 수 없었을 것이다.' 니꼴라이 는 이렇게 생각했다. '나머지 사람들은 라에프스끼가 어떤 식으로 누구와 둑 위를 걷고 있는지 보이지도 않았던 것이다. 게다가 본 사람도 별로 감격해하 지 않았을 것이다. 자기의 목숨이 위태로울 때 라에프스끼의 자상한 부모의 마음같은 것이 무슨 관계가 있단 말인가? 더욱이 싸르따노프까의 둑이 빼앗 기느냐 빼앗기지 않느냐는, 테르모필레의 이야기처럼 조국의 운명을 좌우하 는 것은 아니었다. 그렇다면 왜 그와 같은 희생을 치러야만 했는가? 또 게 다가 무엇 때문에 자기 아들을 전장에 몰아넣을 필요가 있었단 말인가? 나 라면 동생 뻬쨔를 데리고 가지 않았을 뿐만 아니라, 나에게는 남이지만 일리 인까지도 어딘가 안전하게 있도록 노력했을 거야.' 니꼴라이는 즈도르진스끼 의 이야기를 들으면서 이렇게 생각했다. 그러나 그는 자기 생각을 말하지 않 았다. 그런 일에 대해서도 그는 이미 경험이 있었기 때문이다. 이 이야기는 우리 군의 명예를 높이는 데에도 유용하다. 따라서 그것을 의심하지 않는 시 늉을 해야 한다는 것을 그는 알고 있었다. 그래서 그는 그와 같이 하고 있었던 것이다.

"하지만 안 되겠는 걸." 즈도르진스끼의 이야기가 니꼴라이의 마음에 들지 않은 것을 눈치 챈 일리인이 말했다. "양말도 셔츠도 내의도 젖었어요. 비를 피할 곳을 찾으러 갔다 오겠습니다. 비도 좀 멎은 듯하니까." 일리인은 밖으로 나갔다. 즈도르진스끼도 가버렸다.

5분쯤 지나자 일리인이 진창 속을 철벅거리면서 오두막 쪽으로 뛰어들어 왔다.

"우라! 니꼴라이 씨, 빨리 갑시다. 발견했습니다! 실은 여기에서 200보 쯤 떨어진 곳에 선술집이 있고, 이미 우리 편 사람들이 들어가 있습니다. 옷 만이라도 말립시다. 마리야 겐리호브나도 있습니다."

마리야 겐리호브나란, 연대 군의관의 아내로서 군의관이 폴란드에 있을 때에 결혼한 젊은 아리따운 독일 여인이었다. 군의관은 돈이 없어서였는지 또는 결혼한 지 얼마 되지 않은 젊은 아내와 별거하는 것이 싫어서였는지, 어디든지 자기가 가는 곳으로 그녀를 데리고 다녔다. 그리고 군의관의 질투 가 경기병 장교들 사이에서는 항상 놀림감이 되었다.

니꼴라이는 레인코트를 걸치자 짐을 가지고 따라오라고 라브루시까에게 명령하고, 자기도 일리인처럼 진창에 발을 헛디디기도 하고 부슬비 속을 철 벅철벅 밟아대기도 하면서, 이따금 먼 번갯불로 밝아지는 어둠 속을 일리인 과 함께 걸어갔다.

"어디 계십니까, 로스또프 씨?"

"여기다. 지독한 번갯불이군!" 두 사람은 서로 말을 나누었다.

13

주인이 버리고 간 선술집 앞에는 군의관의 여행 마차가 서 있고, 안에는 이미 대여섯 명의 장교가 있었다. 무뚝뚝한 금발머리의 귀여운 독일 여자 마 리야는 블라우스를 입고 나이트캡을 쓰고, 앞쪽 구석에 있는 넓은 걸상에 앉 아 있었다. 남편인 군의관은 그 뒤에서 자고 있었다. 니꼴라이와 일리인은 떠들썩한 환성과 웃음의 마중을 받으면서 방으로 들어갔다.

"놀랐는걸! 북적거리는군." 웃으면서 니꼴라이가 말했다.

"자네들은 무엇을 어물거리고 있는 거야?"

"멋지군! 빗물이 뚝뚝 떨어지지 않아! 우리 객실을 적시지 마."

"마리야의 옷을 더럽히지 말게." 여기저기서 몇몇 목소리가 대꾸했다.

니꼴라이와 일리인은, 마리야의 공손함을 헤치지 않고 옷을 갈아입을 수 있는 구석을 서둘러 찾으려고 했다. 두 사람은 옷을 갈아입기 위해서 칸막이 안쪽으로 들어가려고 했다. 그러나 조그마한 헛간에는 세 장교가 그곳을 점령하여, 빈 궤짝에 양초를 세우고 카드 노름에 정신이 팔려 자리를 내주려고 들지 않았다. 마리야가 커튼 대신에 쓰라고 자기 스커트를 빌려주어 그 커튼 뒤에서, 니꼴라이와 일리인은 짐을 운반해 온 라브루시까의 손을 빌려 젖은 옷을 벗고 마른 옷으로 갈아입었다.

깨진 페치카에 불을 피웠다. 널빤지를 얻어다가 그것을 두 안장 위에 걸쳐 놓고, 마의(馬衣)를 걸치고 사모바르와 식량 상자와 반쯤 남은 럼술병을 꺼냈다. 그리고 마리야에게 여주인이 되어주기를 부탁하고, 모두 그 둘레에 모여들었다. 어떤 사람은 그 아름다운 손을 닦으라고 손수건을 내밀었다. 또 습기가 있으면 안 된다면서 그녀 발 밑에 웃옷을 깔아 주는 자도 있고, 바람이 들어오지 않도록 레인코트로 창을 막는 자도 있었다. 어떤 사람은 남편이 깨지 않도록 그의 얼굴에서 파리를 쫓아주기도 했다.

"그대로 놔 두세요." 마리야가 머뭇거리며 행복스러운 미소를 지으면서 말했다. "그러지 않아도 잘 주무시고 계셔요, 철야를 했으니까요."

"안 됩니다, 마리야 씨." 한 장교가 말했다. "군의관한테는 서비스를 잘해야죠. 경우에 따라 손이나 발을 잘라야 할 때 나를 가엾게 생각해 줄지도 모르니까요."

컵은 세 개밖에 없었다. 더욱이 물은 몹시 흐려서 차가 진한지 묽은지도 분간이 가지 않았고, 사모바르에는 더운 물이 여섯 컵 정도밖에는 없었다. 오히려 그 때문에, 짧고 그다지 깨끗하다고는 할 수 없는 손톱을 가진 토실토실한 마리야의 손으로부터 고참 순에 따라 제각기 컵을 받는 것이 더욱 즐거웠다. 이날 밤 모든 장교들은 정말 마리야를 사랑하고 있는 것 같았다. 칸막이 안에서 카드 게임을 하던 장교까지도, 마리야와 어울리려고 하는 모두의 기분에 휩쓸려 이내 승부를 그만두고 사모바르 옆으로 옮겨왔다. 마리야는 행복한 기분이 넘치는 것을 애써 감추려 하면서, 뒤에서 자고 있는 남편이 꿈속에서 몸을 움직일 때마다 분명히 머뭇거리면서도, 이와 같이 멋있고 공손한 청년들에게 자기가 둘러싸여 있는 것을 알고 행복으로 얼굴이 빛나고 있었다.

숟가락도 한 개밖에 없었다. 가장 풍부한 것은 설탕이었지만, 그것을 휘젓는 데 모두들 제대로 쓰지 못하여 한 사람씩 그녀가 저어 주기로 하였다. 니꼴라이는 자기 컵을 받아들자 그 속에 럼술을 떨어뜨리고 마리야에게 저어 달라고 부탁했다.

"그런데 설탕은 넣지 않아도 돼요?" 그녀는 자기가 무슨 말을 해도, 또 다른 사람들이 무슨 말을 해도 모두가 우스꽝스럽게 들리고 그 말 이외에 다른 뜻을 지니게 된다는 듯이 끊임없이 웃는 얼굴을 보이면서 말하였다.

"네, 나는 설탕은 필요없습니다. 다만 당신 손으로 저어 주시기만 하면 됩니다."

마리야는 알았다는 듯이 숟가락을 찾았지만, 이미 누가 가져가 버린 뒤였다.

"손가락으로 저어 주십시오, 마리야 씨." 니꼴라이가 말했다. "그게 더 좋습니다."

"뜨거운 걸요!" 기쁨에 얼굴을 붉히면서 마리야는 말했다.

일리인은 물이 담긴 물통을 가져다가 럼술을 한 방울 떨어뜨리더니 마리야에게로 와서 손가락으로 저어달라고 부탁했다.

"이것이 내 컵입니다." 그는 말했다. "잠깐 손가락을 담가 주시기만 하면 다 마셔 버리겠습니다."

사모바르를 모두 마셔버리자 니꼴라이는 카드를 집어들고 마리야와 '킹'을 하자고 말하였다. 누가 마리야와 짝이 될 것인가를 결정짓기 위해 심지를 뽑았다. 니꼴라이의 제안으로, 킹이 된 사람은 마리야의 손에 키스하는 권리를 얻게 되지만, 맨 꼴찌가 된 자는 군의관이 잠이 깨면 그를 위해서 새로 사모바르 준비를 해야 한다는 것이 게임의 규칙이 되었다.

"좋아, 그렇지만 만약 마리야 씨가 '킹'이 된다면?" 일리인이 물었다.

"그녀는 지금 여왕이잖아! 그녀의 명령은 바로 법률이야."

놀이가 시작되자마자, 마리야 뒤에서 갑자기 머리카락이 헝클어진 군의관의 머리가 불쑥 올라왔다. 그는 얼마 전에 잠에서 깨어, 이야기하는 것을 귀담아듣고 있었다. 그리고 모두가 이야기하거나 하고 있는 일이 하나도 재미

없고 우습지도 않았다. 그의 얼굴은 우울하고 기운이 없었다. 그는 장교들에게는 인사도 하지 않고 잠시 몸을 긁고는 밖으로 나가게 해달라고 말하였다. 모두가 길을 막고 있었기 때문이다. 그가 나가버리자 장교들은 웃음을 터뜨리고 마리야는 눈물이 날만큼 새빨개졌다. 그 모습이 장교들의 눈에는 더욱 더 매력적이었다. 밖에서 돌아오자, 군의관은 아내에게—그녀는 이미 그 행복한 미소를 거두고, 겁에 질린 듯이 선고를 기다리면서 남편을 바라보고 있었다—비는 멎었으니 마차로 자러 가야 한다, 그렇지 않으면 모든 것을 날치기 당한다고 말하였다.

"그럼, 내가 전령병을 한 사람…… 아니 두 사람 보내겠습니다!" 니꼴라이가 말했다. "그러면 되죠, 선생?"

"제가 보초 서겠습니다!" 일리인이 말했다.

"아냐, 여러분. 당신들은 충분히 잤지만, 나는 이틀 밤이나 자지 않았거든." 군의관은 이렇게 말하고 게임이 끝나기를 기다리면서, 우울한 얼굴로 아내 옆에 앉았다.

자기의 아내를 곁눈으로 보고 있는 군의관의 침울한 얼굴을 바라보고 장교들은 더욱 명랑해졌다. 웃음을 참지 못하는 사람도 많았으나 웃음에 대해 다급히 무엇인가 그럴 듯한 구실을 찾으려고 했다. 군의관이 아내를 끌어내듯이 하여 두 사람이 마차 안으로 들어가자, 장교들은 젖은 외투를 뒤집어쓰고 선술집에서 잤다. 그러나 그들은 군의관이 놀란 일이나 군의관 부인이 들떠 있던 일을 떠올리며 이야기하기도 하고, 현관으로 뛰어나가 마차 안을 살피고 와 보고하기도 하면서 오랫동안 자지 않았다. 니꼴라이는 머리에 외투를 뒤집어쓰고 몇 번인가 잠들려 했다. 하지만 또다시 누군가의 말에 정신이 팔리기도 하고, 다른 이야기가 시작되어 까닭도 없이 즐겁고 어린애 같은 명랑한 웃음소리가 울려퍼지는 바람에 쉽게 잠들 수 없었다.

14

2시가 지나도 아직 한 사람도 잠을 이루지 못하고 있을 때, 하사관이 오스뜨로브나 마을 방면으로 진출하라는 명령을 가지고 왔다.

장교들은 여전히 이야기를 하고 큰 소리로 웃으면서, 서둘러 준비를 하기 시작하였다. 또 흐린 물로 사모바르를 끓였다. 그러나 니꼴라이는 차가 준비

될 때까지 기다리지 않고 중대로 갔다. 이미 날은 밝아오고 있었다. 비도 멎고 구름도 걷혀 있었다. 축축하고 추웠다. 마르지 않은 옷을 입고 있었기 때문에 더욱 그러했다. 선술집을 나오면서 니꼴라이와 일리인 두 사람은 새벽의 어슴푸레한 빛 속에서 비에 젖어 번들거리는 군의관 가죽 포장마차를 들여다보았다. 이불 밑으로 의사의 발이 보였다. 한가운데에는 베개 위에 군의관 아내의 나이트캡이 보이고, 숨소리도 들리고 있었다.

"저 여자는 정말 굉장한 미인인데!" 니꼴라이는 같이 나온 일리인에게 말했다.

"어쩌면 그토록 매혹적인 여인일까요!" 열여섯 살다운 진지한 어조로 일리인이 말했다.

30분 뒤에 중대는 정렬하여 길에 서 있었다. "승마!" 호령이 들리자 병사들은 성호를 긋고 말에 오르기 시작했다. 니꼴라이는 앞으로 나서서 호령하였다. "전진!" 그러자 경기병들은 네 사람씩 나란히 젖은 길 위에 말굽 소리를 내고 사벨 소리를 울리며 작은 소리로 이야기하면서, 앞서 가는 보병과 포병 뒤를 이어 자작나무를 심은 큰 길로 움직이기 시작했다.

푸른 빛이 감도는 자줏빛 조각 먹구름이 해돋이에 빨갛게 물들면서 바람에 쫓겨 쏜살같이 흘러갔다. 주위는 차차 밝아졌다. 길가에는 으레 나 있는 말린 풀이 어젯밤의 비에 젖은 채 뚜렷이 보였다. 축 늘어진 자작나무 가지도 역시 젖은 채 바람에 흔들려 맑은 물방울을 여기저기 뿌리고 있다. 병사들의 얼굴도 차차 알아볼 수 있었다. 니꼴라이는 뒤떨어지지 않고 따라오는 일리인과 함께 길가를 지나 두 줄로 늘어서 있는 자작나무 사이를 나아가고 있었다.

니꼴라이는 전투 때 군마가 아니라 까자크 말을 탔다. 말에 관해서는 전문가요 애호가이기도 한 그는, 얼마 전 돈 지방에서 난 크고 민첩한 갈색 갈기를 가진 꼬리가 흰 명마를 손에 넣었다. 그것을 타고 있으면 그 누구도 그를 앞지르지 못했다. 이 말을 타고 있으면 니꼴라이는 황홀해지는 것이었다. 그는 말과 아침의 상쾌함과 군의관 아내의 일을 생각했고, 눈앞에 다가온 위험에 대해서는 한 번도 생각하지 않았다.

전에 니꼴라이는 전투에 나갈 때 무서운 마음이 들었다. 지금은 조금도 무서움 같은 건 느끼지 않았다. 그가 무서워하지 않게 된 것은 전화(戰火)에 익숙해졌기 때문이 아니라—위험에 익숙해질 수는 없는 것이다—위험을 앞두고 자기 마음을 제어하는 법을 배웠기 때문이다. 그는 전투에 나갈 때, 다른 그 무엇보다 관심이 있어 보이는 것—이를테면 당면한 위험—이외의 모든 것을 생각하는 습관이 붙어 있었다. 군대 근무에 막 들어갔을 무렵에는 제아무리 노력하고 제아무리 자기 겁을 책망해도 그는 그것을 터득할 수가 없었다. 그러나 해를 거듭한 지금은 저절로 그렇게 할 수 있게 되었다. 그는 지금 일리인과 나란히 자작나무 사이로 말을 몰고 가면서 이따금 손에 닿는 잎사귀를 가지에서 뜯기도 하고, 말의 사타구니에 발을 가볍게 대 보기도 하고, 혹은 돌아보지도 않고 다 피운 파이프를 뒤따라오는 경기병에게 건네주기도 하여, 마치 산보하는 것 같은 침착하고 한가한 모습을 하고 있었다. 그는 불안스럽게 마구 지껄여대는 일리인의 흥분한 얼굴을 보자 측은한 마음이 들었다. 니꼴라이는 이 기병 기수가 체험하고 있는 공포와 죽음을 기다리는 괴로운 상태를 경험으로 알고 있고, 그를 도와줄 수 있는 것은 시간 외에는 아무것도 없다는 것도 알고 있었다.

태양이 구름 뒤에서 가로막는 것이 없는 곳에 나타나자, 마치 뇌우 뒤의 이 매혹적인 여름 아침을 망치지나 않을까 삼가는 듯이 바람은 딱 멈추었다. 빗방울은 아직 떨어지고 있었지만 그것은 이미 수직으로 떨어지고 있었다. 모든 것이 조용해졌다. 태양은 지평선 위에 완전히 그 모습을 나타냈지만, 그 위에 길게 걸려 있는 가늘고 긴 구름 속에 숨고 말았다. 몇 분 후 태양은 구름 끝을 찢고 그 위쪽에 더욱 밝은 모습으로 나타났다. 모든 것이 밝아지고 반짝이기 시작했다. 그리고 그 빛과 더불어, 마치 그것에 호응이라도 하듯이 앞쪽에서 포격 소리가 울려 퍼졌다.

니꼴라이가 그 소리를 듣고 포격의 거리를 판단할 겨를도 없이, 비테부스크로부터 오스테르만 똘스또이(러시아 장군. 1812년에는 제1 예비군 제4군단장. 1770~1857) 백작의 부관이 말을 몰고 와서 빠른 걸음으로 전진하라는 명령을 가지고 왔다.

경기병 중대는 역시 빠른 걸음으로 전진하고 있는 보병과 포병을 앞질러 언덕을 내려가, 주민이 없는 텅 빈 이름도 모를 마을을 지나 다시 언덕을 올라갔다. 말은 거품을 물기 시작하고 사람들의 얼굴은 빨갛게 상기되었다.

"정지, 정렬!" 앞쪽에서 대대장의 호령이 들렸다.

"좌익, 앞으로, 보통 걸음으로!" 앞쪽에서 호령이 떨어졌다.

그러자 경기병들은 부대의 전열을 따라서 진지의 왼쪽으로 나아가 최전선에 서 있는 아군의 창기병 뒤에 배치되었다. 오른쪽에는 우군 보병이 밀집 종대를 이루고 서 있었다. 이것은 예비군이었다. 그보다 약간 높은 언덕 위에는, 한없이 맑은 대기 속에서 밝은 아침 사광(斜光)을 받으면서 우군의 대포가 지평선 위에 보였다. 전방 저지(低地) 저편에는 적의 대열과 대포가 보였다. 저지에서는 이미 전투에 들어가, 적을 향해 쏘아대는 우군의 포성도 들리고 있었다.

니꼴라이는 오랫동안 듣지 않았던 이 소리를 듣자, 더없이 즐거운 음악 소리를 들은 것처럼 마음이 즐거웠다. 따라락, 따, 따, 따라락! 총성이 때로는 느닷없이, 때로는 다급히 계속해서 튕겼다. 다시 모든 것이 조용해지더니 다시금 누군가가 지나가면서 크래커를 밟아 부수는 것 같은 소리가 울렸다.

경기병들은 한 시간쯤 같은 곳에 서 있었다. 포격도 시작됐다. 오스테르만 백작은 수행원을 데리고 기병 중대 배후를 지나서 정지하여 연대장과 잠시 말을 나누고는, 산 위의 대포 있는 곳을 향해 말을 몰고 갔다.

오스테르만이 가 버린 뒤에 창기병대에 명령이 들렸다.

"종대로! 공격 대열로!" 그 앞에서 보병이 기병을 통과시키기 위해서 소대를 두 줄로 나누었다. 창기병은 창 끝에 단 작은 깃발을 펄럭이면서, 언덕 아래 왼쪽에 나타난 프랑스 기병을 향하여 빠른 걸음으로 언덕을 내려갔다.

창기병이 언덕을 내려가자 경기병은 포병대를 엄호하기 위해서 산 왼쪽으로 이동하라는 명령을 받았다. 경기병이 창기병이 있던 장소에 서려고 했을 때, 산병선에서 낮고 높게 으르렁대면서 탄환이 날아갔다. 먼 곳을 노린 탓에, 탄환은 명중하지 않았다.

오랫동안 듣지 않았던 이 소리가 아까의 사격 소리보다도 더 니꼴라이를 즐거운 마음으로 만들고 고무시켰다. 그는 몸을 똑바로 펴고 산 위에서 훤히 펼쳐져 있는 전장을 바라보며 마음은 온통 창기병의 움직임에 가담하고 있었다. 창기병은 프랑스 용기병 가까이까지 나아가 돌격했다. 그 근처의 모든 것은 포연과 먼지에 휩싸였다. 5분쯤 지나자 창기병은 애초에 있던 곳이 아니라 보다 더 왼쪽으로 재빨리 후퇴하기 시작하였다. 갈색털 말에 탄 오렌지색 창기병 사이와 그 뒤로, 커다란 덩어리가 되어 회색말에 탄 푸른 프랑스 용기병이 보였다.

15

니꼴라이는 아군의 창기병을 추격하고 있는 푸른 프랑스군 용기병을 사냥꾼의 예리한 눈으로 재빨리 맨 먼저 보았다. 흩어진 무리가 된 창기병과 그것을 쫓고 있는 프랑스 용기병이 점점 가까이 다가왔다. 언덕 아래에서 작게 보이는 인간들이 충돌하여, 쫓고 쫓기면서 손과 사벨을 휘두르고 있는 것을 볼 수 있었다.

니꼴라이는 사냥감을 모는 사냥꾼을 바라보듯이 자기 눈앞에서 벌어지고 있는 일을 바라보고 있었다. 만약 지금 경기병을 거느리고 프랑스 용기병에 일격을 가한다면 적은 견디지 못할 것이라고 니꼴라이는 직감적으로 느꼈다. 그러나 일격을 가한다고 하면 지금 이 순간이어야 했다. 그렇잖으면 늦을 것이다. 그는 주위를 둘러보았다. 기병 대위는 그의 옆에 서서 역시 눈 아래의 기병대에서 눈을 떼지 않았다.

"안드레이 쎄바스쨔누이치." 니꼴라이가 말했다. "저놈들을 박살낼 수 있을텐데, 틀림없이……."

"입으로 말하기는 간단하지만" 대위는 말했다. "실제로는……."

니꼴라이는 그 말을 끝까지 다 듣기도 전에 말에 박차를 가하여 중대 앞으로 뛰어나갔다. 그러자 그가 나아가라는 호령을 내리기도 전에 같은 기분에 잠겨 있던 중대 전체가 그를 뒤따라 달리기 시작했다. 니꼴라이는 어떻게 해서 왜 자기가 그렇게 한 것인지 알 수가 없었다. 이 모든 행동을 사냥 때와 같이 생각도 판단도 하지 않고 해 버린 것이었다. 그는 용기병이 가까이에 있고, 그들이 무질서하게 질주하고 있는 것을 보았다. 그들이 견뎌내지 못할 것을 그는 알고 있었다. 단 한 번밖에 없는 이 순간을 만약에 놓치면 다시는 돌아오지 않을 것이라는 것을 그는 알고 있었다. 탄환이 너무나도 자극적으로 주위에서 낮고 높게 으르렁대고, 말도 날뛰며 앞으로 뛰어나가려고 하였기 때문에 그는 견딜 수가 없었던 것이다. 그는 말을 달려 호령을 내렸다. 그 순간 전개된 자기 중대의 말굽이 구보로 달리는 소리를 배후에 듣고, 용기병을 향해 언덕을 내려가기 시작하였다. 언덕을 다 내려가자 곧 빠른 걸음이 다시 구보로 변하여, 그것은 아군 창기병과 그 뒤를 쫓고 있는 프랑스군 용기병에 접근해감에 따라서 더욱더 빨라졌다.

용기병은 바로 눈앞에 있었다. 앞에 있던 자들은 경기병을 보고 말머리를 돌리고, 뒤에 있던 자들은 멈춰 서기 시작하였다. 늑대의 퇴로를 막기 위해 말을 달리는 것과 같은 기분으로 니꼴라이는 자기의 돈산 말을 전속력으로 몰아대며 프랑스 용기병의 흩어진 열을 가로막듯이 앞으로 달려나갔다. 한 창기병이 말을 멈추었다. 말을 잃은 기병이 말굽에 밟히지 않으려고 땅바닥에 엎드렸다. 기수를 잃은 말 한 마리가 경기병 속으로 끼어들었다. 프랑스군 용기병의 태반은 모두 후퇴하고 있었다. 니꼴라이는 그 중에서 회색 말에 타고 있는 한 사람을 자기 상대로 골라서 뒤를 쫓았다. 도중에서 그는 덤불에 부딪혔지만 준마는 그를 태운 채 그것을 뛰어넘었다. 그리고 니꼴라이는 안장 위에서 간신히 자세를 바로잡았다. 몇 초 안으로 자기가 목표로 고른 적을 뒤따라잡을 것이라고 생각하였다. 그 프랑스 병은 군복으로 봐서 장교 같았는데, 등을 굽히고 사벨로 엉덩이를 치면서 회색 말을 몰고 있었다. 그러자 깜짝할 사이에 니꼴라이의 말이 이 장교의 말의 궁둥이에 가슴을 부딪쳐 쓰러뜨릴 뻔했다. 그 순간 니꼴라이는 자기도 모르게 정신없이 사벨을 추켜들어 프랑스 병을 향하여 내리쳤다.

그렇게 한 순간 니꼴라이의 활기는 갑자기 사라지고 말았다. 장교는 사벨로 잘렸다고 하느니보다는—팔꿈치 위를 약간 가볍게 베었을 뿐이었다—오히려 말의 충격과 공포 때문에 말에서 떨어졌다. 니꼴라이는 말을 억누르고, 자기가 해치운 것은 어떤 사람인가 확인하기 위해 자기의 적을 눈으로 찾았다. 프랑스 용기병 장교는 한쪽 발로 땅 위를 뛰고 있었다. 다른 한쪽 다리는 등자에 걸려 있었던 것이다. 그는 또다시 일격을 받을 각오를 하고 있는 듯이 겁먹은 눈으로 얼굴을 찌푸리고 무서워하는 표정으로 니꼴라이를 올려다보았다. 흙이 튄 창백하고 앳된 얼굴과 금발머리에, 턱에는 보조개처럼 움푹 들어간 데가 있으며 밝고 파란 눈을 가진, 전장에 어울리지 않는 더없이 소박한 실내용 얼굴이었다. 상대방을 어떻게 처분할 것인지 니꼴라이가 결정하기도 전에 장교는 외쳤다. "항복!" 그는 서둘러 한쪽 발을 등자에서 빼려고 했지만 할 수가 없어서, 겁에 질린 눈으로 니꼴라이를 바라보고 있었다. 달려든 경기병들이 발을 빼 주고 안장에 태웠다. 경기병들은 사방에서 용기병과 뒤얽히고 있었다. 한 사람은 부상을 입고 있었으나 얼굴은 피투성이가 되면서도 자기 말을 내놓으려 하지 않았다. 또 한 사람은 경기병을 껴안고 그의 말 엉덩이에 얹혀 있었다. 세 번째는 경기병의 부축을 받고 말에 기어오르려 하고 있었다. 앞쪽에서는 총을 쏘면서 프랑스 병이 달아나고 있었다. 경기병들은 포로를 데리고 급히 후퇴하면서 말을 달렸다. 니꼴라이는 가슴을 죄는 듯한 무엇인가 불쾌한 감정을 느끼면서 다른 병사들과 함께 말을 달려 되돌아왔다. 자신도 설명할 수 없는, 무엇인가가 분명치 않은 어떤 엉클어진 것이, 그 장교를 포로로 한 것과 그에게 가한 일격과 함께 그의 마음에 떠올랐다.

오스테르만 똘스또이 백작은 돌아온 경기병들을 맞아 니꼴라이를 곁에 불러서 그에게 감사하고, 그의 용감한 행위를 황제에게 상소하여 게오르기 훈장을 신청하겠다고 말했다. 니꼴라이는 오스테르만 백작한테로 불려나갔을 때, 자기의 공격이 명령 없이 시작되었다는 것을 상기하고, 사령관은 제멋대로 한 행위를 벌하기 위해서 자기를 불러낸 것이라고 믿고 있었다. 따라서 오스테르만의 칭찬과 포상의 약속은 한층 즐거운 놀라움을 로스또프에게 줄 수도 있었을 것이다. 그런데 여전히 아까와 같은 불쾌하고 뚜렷하지 않은 감정이 그에게 정신적으로 구토를 자아내고 있었다.

'그런데 도대체 나는 무엇을 괴로워하고 있는가?' 그는 장군으로부터 물러나오면서 자신에게 물었다. '일리인인가? 아냐, 그는 무사하다. 나는 무슨 파렴치한 짓을 했단 말인가? 아니다, 그것도 아니다!' 무엇인가 다른 것이 후회처럼 그를 괴롭히고 있었다. '그렇지, 그렇지, 턱에 보조개 같은 것이 있는 그 프랑스 장교다. 내가 팔을 추켜들었을 때, 그것이 정지된 것을 잘 기억하고 있다.'

니꼴라이는 끌려가는 포로들을 보고, 턱에 보조개가 있는 그 프랑스 병을 보려고 그들을 따라 말을 몰았다. 그는 예의 이상한 군복을 입고 경기병의 예비 말을 타고 불안스러운 듯이 주위를 돌아보고 있었다. 그의 팔의 상처는 부상이라고 할 수도 없는 것이었다. 그는 니꼴라이에게 일부러 웃어 보이고 인사의 표시로 손을 흔들었다. 니꼴라이는 역시 쑥스럽고 어딘지 모르게 양심의 가책을 받았다.

그날과 이튿날 줄곧 니꼴라이의 친구와 동료들은, 그가 울적해 있거나 화를 내고 있는 것은 아니지만 말없이 무엇인가 골똘히 생각하고 있는 것을 보았다. 그는 술을 마셔도 기분이 나지 않았다. 그는 되도록 혼자 있으려 했고 무엇인가를 계속 생각하고 있었다.

니꼴라이는 자기 자신도 놀랍게 게오르기 훈장을 안겨 주었을 뿐 아니라 용감한 군인으로서의 평판까지도 가져다 준 그때의 빛나는 전공(戰功)을 계속 생각하고 있었다. 그리고 도무지 납득이 가지 않는 것이 있었다. '결국 그들도 우리 이상으로 무서워하고 있는 거야!' 그는 생각했다. '그렇다면 히로이즘이라고 하는 것은 그뿐이란 말인가? 그리고 내가 조국을 위해 그것을 했다는 것인가? 그런데 저 보조개가 있는 푸른 눈을 한 사나이에게 무슨 죄가 있단 말인가? 그러나 그의 놀라는 꼴이란! 내가 죽인다고 생각한 거다. 내가 왜 그 사나이를 죽여야 한단 말인가? 나의 손은 떨렸다. 그런데 나는 게오르기 훈장을 받았다. 모를 일이다, 통 모를 일이야!'

그러나 니꼴라이가 이와 같은 의문을 마음 속으로 되씹으면서, 무엇이 이토록 자기를 괴롭히고 있는가를 분명히 밝히기도 전에, 흔히 있는 일이지만 근무상의 행운이 그에게 따라왔다. 그는 오스뜨로브나 전투 후에 승진하여 경기병 대대를 맡았고, 용감한 장교를 쓸 필요가 생기면 그에게 임무가 주어졌다.

16

나따샤가 병이 났다는 기별을 받자, 백작 부인은 아직 완전히 낫지 않은 쇠약한 몸으로 뻬짜와 온 집안 식구를 데리고 모스크바로 올라왔다. 그리고 로스또프네의 온 가족은 마리야 아흐로씨모바의 집에서 자기 집으로 이사하여 완전히 모스크바에 정착했다.

나따샤의 병은 몹시 중태였으므로, 그녀에게나 가족들에게 다행하게도 그녀의 병의 원인이 된 모든 것을 둘러싼 생각이나 약혼자와의 절연 같은 일은 이차적인 일이 되고 말았다. 그녀는 병세가 심해서 자기가 이 모든 일에 어느 정도 책임이 있는지 생각할 수가 없었다. 그러면서도 그녀는 먹지도 않고 자지도 않고, 눈에 띄게 여위고 기침을 하여, 의사들이 암시한 바에 의하면 위험한 상태에 있었다. 그녀가 건강을 회복하는 일만을 생각하지 않을 수 없었다. 여러 의사들이 따로따로, 또는 공동 진찰을 하러 나따샤에게로 왕진왔다. 또 여러 가지 일을 프랑스어나 독일어, 라틴어로 이야기하며 서로 비판하고, 자기들이 알고 있는 갖가지 병에 듣는 여러 가지 약을 처방하였다. 그러나 그 어느 의사의 머리에도 이런 간단한 생각이 떠오르지 않았다. 나따샤가 걸린 병은 그들이 알 리가 없는 병이다. 그것은 산 인간이 걸리는 병에 대해 그 어느 하나도 알지 못하고 있는 것과 마찬가지다. 왜냐하면 살아 있는 인간은 각기 자기의 특질을 가지고 있어서, 항상 자기의 독자적이고 새롭고 복잡한, 의학이 모르는 병을 가지고 있기 때문이다. 그것은 폐, 간장, 피부, 심장, 신경 등 의학서에 적혀 있는 병이 아니라, 이러한 여러 가지 기관의 고통 속에 있는 무수한 복합적 현상의 하나가 원인이 되어 있는 병인 것이다. 이러한 간단한 생각이 의사들의 머리에는 떠오르지 않았다(그것은 마법사의 머리에, 자기는 마법을 걸 수 없다는 생각이 전혀 떠오를 수 없는 것과 마찬가지였다). 왜냐하면 의사들이 평생 하는 일은 치료를 하는 것이고 이에 대해 돈을 받고 있기 때문이며, 그 일을 위해 자기가 생애의 가장 좋은 세월을 보냈기 때문인 것이다. 그러나 무엇보다도 먼저 이러한 생각이 의사들 머리에 떠오르지 않았던 것은, 자기들이 틀림없이 쓸모가 있다고 생각하고 있고, 분명히 로스또프네의 모든 사람들에게 유익한 일을 하고 있다는 것을 알고 있었기 때문이다. 그들이 쓸모가 있었다는 것은 환자에게 유해한 물질을 복용시켰기 때문이 아니었다(그 독은 극히 소량밖에 주어지지 않았기 때문에 거의 느껴지지 않았다). 그들이 유익하고 필요하며 없어서는 안 되었던 것은, 그들이 환자와 환자를 사랑하는 사람들의 정신적 요구를 만족시켜 주고 있었기 때문이다. 그들은 사람이 고통을 받고 있을 때 맛보는, 편해지고 싶다는 영원불변의 인간적 욕구, 즉 동정을 받고 싶다, 무엇인가를 받고 싶다는 욕구를 채워주고 있었다. 그들은 저 영원불변의 인간적인 욕구―가장 원초적인 형태로 어린이에게서 볼 수 있는―인, 타박상을 입은 곳을 어루만져주기를 바라는 욕구를 채워주고 있었다. 어린이는 어딘가를 부딪치면 아픈 곳에 키스를 받거나 어루만져 주기를 바라고 곧 어머니와 유모에게로 달려간다. 그리고 아픈 곳을 어루만지거나 키스를 해주면 어린이는 편해진다. 어린이는 자기보다 강한, 지혜가 있는 사람들이 자기의 아픔을 줄어들게 해주는 수단을 가지고 있지 않다는 것 등은 믿지 않는다. 편해질 것이라는 기대와 어머니가 혹을 쓰다듬어 줄 때의 동정의 표시가 어린이를 위로해주는 것이다. 나따샤에게 의사들이 유익했던 것도 그들이 아픈 데를 키스해주거나 쓰다듬어 주면서, 하인을 아르바뜨스끼 가의 약국으로 보내 아담한 작은 상자에 든 가루약과 환약을 1루블 70꼬뻬이까로 사오면, 그 가루약을 반드시 두 시간마다, 절대로 그것보다 늦지도 빠르지도 않게 끓인 물로 환자가 복용하면 곧 낫는다고 말해주기 때문이다.

만약 정해진 시간에 먹이는 이 환약과 따뜻한 물약, 치킨 커틀릿과, 여기에 의사가 지시해서 그것을 지키는 것이 주위 사람들이 할 일이 되어 있고 동시에 위안이 되어 있는 모든 생활의 자질구레한 일들이 없었다면, 쏘냐나 백작, 또 백작 부인은 도대체 무슨 할 일이 있었으랴? 그 규칙이 엄격하고 복잡할수록 그것은 주위 사람들에게는 위안이 되었다. 만약에 나따샤의 병에 몇천 루블이 들었다는 것과 그녀를 위해서라면 앞으로 수천 루블도 아깝지 않다는 것을 생각하지 않았다면, 만약에 나따샤가 좋아지지 않으면 수천 루블을 더 들여서라도 그녀를 외국으로 데리고 가서 공동 진찰을 받을 계획을 세우지 않았다면, 만약에 메찌비에와 펠렐이라는 의사는 몰랐지만 프리즈는 알고 있었고, 무드로프는 더 잘 진단해 주었다는 것을 소상하게 말할 수 없었다면, 백작은 사랑하는 딸의 병을 어떻게 견디어냈을까? 의사의 지시를 제대로 지키지 않는다며 때로는 나따샤와 말다툼이라도 하지 않았다면, 과연 백작 부인이 한 일이 무엇이 있었겠는가.

"그렇게 하면 절대로 낫지 않는다." 그녀는 홧김에 슬픔도 잊고 말하는 것이었다. "의사의 말을 듣지 않거나 시간에 맞추어 약을 먹지 않으면 말이다! 이건 농담이 아냐. 자칫하면 폐렴이 될지도 모른다는데."

백작 부인은 말했다. 그리고 그녀 이외의 사람에게도 알 수 없는 이 말을 발음하는 것만으로 마음이 차분히 가라앉는 것을 느꼈다. 쏘냐는 초기에 의사가 한 말을 모두 정확하게 실행할 준비를 갖추느라 사흘 밤낮을 옷도 갈아입지 못했다. 만약에 지금도 황금빛 작은 상자에서 그다지 독이 되지 않는 환약을 꺼내 시간에 맞춰 먹이기 위해 여러 날 밤을 기쁜 마음으로 뜬눈으로 지새우고 있지 않다면, 그녀 또한 자신이 무슨 일을 해야 하는지 모르고 있었을 것이다. 나따샤 자신까지도 어떠한 약도 들지 않는다, 모든 것이 부질없는 일이라고 말하고 있었지만, 모든 사람이 자기를 위해서 이토록 많은 희생을 하고 있는 것, 일정한 시간에 약을 복용해야 한다는 것에 기쁨을 느꼈다. 지시대로 실행하는 것을 무시하고, 자기가 치료를 믿지 않고 목숨도 아까워하지 않는 것을 보여줄 수 있다는 것도 기뻤다.

의사는 매일 와서 맥을 짚어 보기도 하고, 혀를 들여다 보기도 하고, 또 그녀의 여윈 얼굴에는 주의도 하지 않고 농담도 했다. 그러나 그 대신 그가 다른 방으로 물러가고 백작 부인이 빠른 걸음으로 뒤따라 가면 의사는 심각한 표정을 짓고 고개를 흔들면서, 위험은 있지만 자기는 새로 나온 이 약의 효과에 기대를 걸고 있다, 잠시 기다리면서 상태를 보아야 한다, 병은 오히려 정신적인 것이지만 그러나…… 하고 말하는 것이었다.

백작 부인은 그 행동을 자신에게도 의사에게도 감추려고 하면서, 의사 손에 금화 한 닢을 쥐어 주고는 마음이 놓이는 기분을 느끼며 병실로 돌아오는 것이었다.

나따샤의 병의 증상은 거의 먹지 않고 거의 자지 않고 기침을 하고, 항상 기운이 없다는 것이었다. 의사들이 환자를 치료하지 않고 내버려 두면 안 된다고 말했기 때문에, 그녀는 도회지의 숨막히는 공기 속에 갇혀 있었다. 그래서 1812년 여름 동안 로스또프네는 시골로 가지 않았다.

병이나 작은 상자에 담긴 많은 환약이나 물약, 가루약을 대량으로 복용하였음에도 불구하고(그 덕택으로 자질구레한 물건을 좋아하는 쇼스 부인이 많은 수집을 하게 되었다), 익숙했던 시골 생활이 없었음에도 불구하고 젊음 덕분에 나따샤의 슬픔은 이제까지 살아온 생활의 인상들로 덮이기 시작하여, 심한 고통으로 마음을 짓누르지 않고 차차 과거의 것으로 되어갔다. 그리하여 나따샤는 육체적으로 회복하기 시작하였다.

17

나따샤는 전보다 안정을 되찾았지만 쾌활해지지는 않았다. 그녀는 무도회나 마차 드라이브, 콘서트, 연극 등 즐거운 주위의 상황을 모두 피했을 뿐만 아니라 웃음 뒤에는 항상 깊은 슬픔이 밀려와 눈물이 흘러내렸다. 노래도 부를 수 없었다. 잠시 웃어보려고 하거나 혼자 노래를 불러보려고 해도 이내 눈물로 목이 메었다. 그것은 후회의 눈물, 돌이킬 수 없는 깨끗한 시대를 생각하는 추억의 눈물, 정말로 행복해졌을지도 모르는 자기의 젊은 인생을 그토록 허망하게 파멸시키고 말았다는 분한 눈물이었다. 웃는다는 것과 노래를 부른다는 것은 특히 그녀에게는 자기의 슬픔에 대한 모독처럼 여겨졌다. 남성의 마음을 끈다는 것을 그녀는 한 번도 생각해 본 일이 없었다. 자신을 억제할 필요도 없었다. 남자란 모두 자기에게는 어릿광대인 나스따샤와 같다고 그녀는 말하기도 했고 또 그렇게 느끼고 있었다. 마음의 파수꾼이 그녀에게 모든 기쁨을 굳게 금지하고 있었다. 게다가 처녀다운, 한가하고 희망에 찬 생활에서 생긴 이전과 같은 흥미는 아무것도 그녀 안에 존재하지 않았다. 무엇보다도 자주 마음이 아플 정도로 생각나는 것은 작년 가을의 수개월, 사냥, 백부, 그리고 오뜨라도노에 마을에서 니꼴라이 오빠와 같이 보낸 크리스마스 주간이었다. 그 무렵의 하루만이라도 되돌릴 수 있다면 그녀는 아무것도 아까워하지 않았을 것이다! 그러나 이미 그것은 영원히 끝나 버린 것이었다. 저 자유롭고, 모든 기쁨에 문이 열린 상태는 이제 두 번 다시 돌아오지 않을 것이라는 예감은 그때의 그녀에게는 틀림없는 것이었다. 그러나 그녀는 살아가지 않으면 안 되었다.

자기가 이전에 생각하고 있었던 만큼 훌륭한 인간은 아니며 이 세상에 살고 있는 그 누구보다 훨씬 나쁘다고 생각하니, 그녀는 기쁜 마음이 들었다. 그러나 그것만으로는 아직 부족했다. 그녀는 그것을 알고 있었으므로 자신에게 물었다. '그렇다면 앞으로는 어떻게 되지?' 그러나 그녀의 앞에는 아무것도 없었다. 생활에는 아무 기쁨도 없었다. 그러나 생활은 흘러갔다. 인생에는 아무런 기쁨이 없는데도 인생은 지나가고 있었다. 나따샤는 분명히 그 누구에게 무거운 짐도, 방해도 되지 않도록 노력하고 있었지만, 자기 자신을 위해서는 아무것도 필요하지 않았다. 그녀는 온 가족들로부터 떨어져 있으려 하였지만, 남동생 뻬짜와 같이 있을 때는 기분이 홀가분했다. 그녀는 누구보다도 남동생과 같이 있는 것을 좋아했다. 그리고 가끔 뻬짜와 마주앉았을 때 웃는 일도 있었다.

그녀는 거의 외출하지 않았고, 찾아오는 손님 중에서 만나는 것이 즐거운 사람은 삐에르뿐이었다. 삐에르만큼 나따샤를 상냥하고 신중하고 진지하게 대하는 사람은 없었다. 나따샤는 이 상냥한 태도를 무의식중에 느끼고 있었고 그렇기 때문에 그를 대접하는 것에 큰 기쁨을 느끼고 있었다. 그러나 그녀는 그의 상냥함에 대해서는 감사한 마음이 들지 않았다. 삐에르가 아무리 잘해주더라도, 그는 그것을 위해서 유달리 노력하고 있다고는 생각되지 않았기 때문이다. 삐에르가 모든 사람에게 친절한 것은 매우 자연스러운 일이었으므로, 그의 선의에 감사를 할 일은 아무것도 없는 것 같았기 때문이다.

그 친절이 조금도 자랑으로 여겨지지 않았다. 나따샤는 이따금 삐에르가 자기 앞에서 당황하기도 하고 어색해 하는 것을 알아챘다. 특히 자기를 기분 좋게 해주려고 할 때나, 하고 있는 이야기가 싫은 일을 떠올리게 하지는 않을까 불안해 할 때는 더욱 눈에 띄었다. 그녀는 삐에르가 누구에게나 친절하고 내성적인 성격 탓이라고 생각했다. 또 그런 모습은 자기에게뿐만 아니라 누구에게나 보이는 것이라고 생각하고 있었다. 삐에르는 나따샤가 절망에 빠져 있을 때, 만일 자기가 자유로운 몸이었다면 무릎을 꿇고 그녀의 사랑을 구했을 거라고 말했었다. 그러나 그 뒤로는 한 번도 자기 감정을 입 밖에 내지 않았다. 그리고 또 그때 그토록 자신을 위로해 주었던 그 말이 우는 아이를 달래기 위해서 하는 온갖 부질없는 말과 같다는 것쯤은 그녀도 잘 알고 있었다. 삐에르에게 아내가 있었기 때문이 아니다. 아나똘리와의 사이에서는 전혀 느끼지 않았던 정신적인 장벽을 삐에르와의 사이에서는 분명히 느끼고 있었기 때문이다. 그러므로 자기와 삐에르의 관계에서—자기 쪽에서는 물론, 삐에르 쪽에서는 더더군다나—사랑이 싹트리라고는 꿈에도 생각지 않았다. 뿐만 아니라 그녀가 몇 가지 예를 알고 있는 남녀 간의 달콤하면서도 로맨틱한 일종의 우정으로 발전할 가능성이 있으리라고도 한 번도 생각한 일이 없었다.

성 베드로제의 기간이 끝날 무렵, 로스또프네의 영지 오뜨라도노에 이웃 마을의 지주인 베로프 부인이 모스크바의 성자들을 예배하러 모스크바로 올라왔다. 그녀는 나따샤에게 참가를 권하고, 그녀도 기꺼이 그 의견을 받아들였다. 이른 아침의 외출은 의사들이 금하고 있었는데도 나따샤는 교회에 가겠다고 고집을 부렸다. 그것도 로스또프네에서 늘 하고 있는 기도, 즉 세 번의 기도를 집에서 끝내는 것이 아니라 베로프 부인이 하고 있는 것처럼 밤, 낮, 아침의 교회 기도를 하나도 빼놓지 않고 하겠다는 것이었다.

백작 부인에게는 나따샤의 이러한 열성이 마음에 들었다. 그녀는 의학적인 치료가 잘 되지 않았기 때문에 마음 속으로는 기도 쪽이 약보다 효과가 있는 것이 아닐까 주저하면서, 의사에게는 감추고 나따샤의 희망에 찬성하여 그녀를 베로프 부인에게 맡겼다. 베로프 부인은 새벽 3시에 나따샤를 깨우러 왔지만 언제나 나따샤는 이미 일어나 있었다. 나따샤는 아침 기도 시간에 늦잠을 자면 안 된다고 생각하고 있었던 것이다. 서둘러 세수를 하고 겸손한 마음으로 가장 초라한 옷과 낡은 망토를 걸치고 차가운 바깥 공기에 몸을 떨면서, 나따샤는 아침노을에 비친 맑은 인기척 없는 거리로 나섰다. 베로프 부인의 권고로 나따샤는 자기 교구가 아닌, 신앙심이 돈독한 베로프 부인의 말에 의하면 엄격하고 숭고한 생활을 하고 있는 사제가 있는 교회에서 기도를 가졌다. 교회에는 늘 사람이 적었다. 나따샤와 베로프 부인은 왼쪽 성가대 자리 뒤에 끼워 넣은 성모상을 앞에 놓고 항상 정해진 장소에 서기로 했다. 그리고 나따샤는 이른 아침의 이와 같은 익숙지 않은 시간에, 앞에 켜져 있는 촛불과 창문으로 흘러들어오는 아침의 햇빛에 비친 성모의 검은 얼룩을 보면서, 기도 소리에 귀를 기울이고 그 뜻을 이해하려고 열심히 그 뒤를 따라갔다. 그러다 보면 위대하고 불가사의한 것에 대한, 나따샤로서는 보기 드문 경건한 마음에 사로잡히는 것이었다. 그녀는 기도의 뜻을 이해하고 있었을 때에는, 그녀의 독특한 뉘앙스를 가진 개인적인 감정이 그 기도와 하나로 융합되었다. 그렇지만 이해하지 못했을 때에는, 모든 것을 이해하기를 바라는 것은 교만이며 모든 것을 이해할 수는 없다, 다만 지금 자기의 영혼을 지배하고 있는—그녀는 느끼고 있었다—하느님을 믿고 그에게 몸을 맡겨야 한다고 생각하여 한층 감미로운 마음이 들었다. 그녀는 성호를 긋고 머리를 숙였다. 그리고 이해할 수 없을 때에는 다만 자신의 혐오를 두려워하고 모든 것을 용서해 주옵소서, 모든 것을 불쌍히 여기소서 하고 하느님께 기도했다. 그녀를 가장 사로잡은 기도는 참회의 기도였다. 아침 이른 시간에 일하러 나가는 석공, 거리를 쓸고 있는 문지기밖에 만나지 않고, 집집마다 아직 모두 잠들어 있을 때 집으로 돌아가면서, 나따샤는 자신의 죄 많은 행위를 교정하고, 새롭고 깨끗한 생활과 행복을 얻을 수가 있다고 하는, 그녀로서는 이제까지 느끼지 못했던 새로운 기분을 느끼는 것이었다.

그녀가 이와 같은 생활을 보낸 일주일 내내, 이 새로운 감정은 날이 갈수록 높아갔다. 그리고 결부된다거나 결합된다거나 하는 말을 언어 놀이처럼 즐겁게 입에 올리면서 베로프 부인이 말하던 행복이 나따샤에게는 너무나 큰 것으로 여겨졌기 때문에, 자기는 그 행복에 가득 찬 성스러운 일요일까지 살아있을 수 있을까 하는 생각까지 들 정도였다.

그러나 그 행복한 날은 찾아왔다. 나따샤는 자기에게는 잊을 수 없는 이 일요일에 엷은 흰옷을 입고 성찬식으로부터 돌아왔을 때, 몇 달 만에 처음으

로 마음이 가라앉은 기분을 느꼈다. 그리고 앞으로 자기가 살아가지 않으면
안 되는 인생을 괴롭게 여기지 않고 있다는 것을 느꼈다.

이날 왔던 의사는 나따샤를 진찰하고, 2주일 전에 처방한 새로운 가루약
을 계속 먹으라고 말했다.

"아침 저녁으로 꼭 드셔야 해요." 의사는 분명히 자기 성공에 겸허하게 만
족을 느끼면서 말했다. "다만, 더 규칙 바르게……. 안심하십시오, 부인."
부드러운 손바닥으로 재치 있게 금화를 집으면서 의사는 농담을 했다. "곧
노래를 불러 말썽을 부리게 될 겁니다. 새로운 약은 아가씨에게 매우 잘 듣
고 있습니다. 많이 좋아졌습니다."

백작 부인은 손톱을 보고 침을 조금 뱉고(남의 칭찬을 받았을 때 악마가
방해하지 못하도록 하는 액막이), 밝은 얼굴로
객실로 되돌아갔다.

18

7월로 접어들자, 모스크바에서는 전쟁의 추이에 관해 불안한 소문이 퍼졌
다. 황제가 국민에게 보내는 격문(檄文)을 냈다는 것과 황제 자신이 군에서
모스크바로 돌아온 것이 화제에 올랐다. 그리고 7월 11일이 될 때까지 조칙
(詔勅)도 격문도 입수되지 않았기 때문에 그것을 둘러싸고, 더 나아가 러시
아의 정세를 둘러싸고 과장된 소문이 퍼졌다. 황제가 돌아온 것은 군이 위기
에 빠져 있기 때문이라고 하는 사람도 있었고, 스몰렌스크가 함락되었고 나
폴레옹에게는 100만의 병력이 있어서, 러시아를 구할 수 있는 것은 기적밖
에 없다고 말해지고 있었다.

7월 11일 토요일에 조칙(詔勅)이 도착했지만 아직 인쇄되어 있지는 않았
다. 그래서 로스또프네를 방문했던 삐에르는 이튿날 일요일 저녁에 식사를
하러 올 때에, 라스또쁘친 백작한테서 조칙(詔勅)과 격문을 입수해서 가지
고 오겠다고 약속했다.

그 일요일에 로스또프네 가족들은 여느 때처럼 라즈모프스끼네의 사설 교
회로 낮 미사를 올리러 갔다. 7월의 더운 날씨였다. 로스또프네의 가족들이
교회 앞에서 마차에서 내렸을 때는 이미 10시였다. 무더운 대기, 행상인들
의 외침 소리, 군중의 화려한 밝은 여름 옷차림, 먼지를 뒤집어 쓴 가로수
잎새, 초병(哨兵) 교대로 간 대대의 군악대 소리와 흰 바지, 포장 도로에 울

리는 수레 소리와 무더운 태양의 눈부신 햇살 속에 여름의 나른함과, 맑게 개인 더운 날에 도시에서 특히 느껴지는 현상(現狀)에 대한 만족과 불만이 감돌고 있었다. 라즈모프스끼네 교회에는 로스또프네와 아는 모스크바 명사들이 모두 있었다(이 해에는 마치 무엇인가를 기다리고 있는 듯이, 여느 때 같으면 시골로 흩어지는 부유한 가족들이 시중에 남아 있었다). 나따샤는 어머니 옆에서, 군중을 헤치고 가는 제복 차림 하인의 뒤를 따라가면서 속삭임이라기에는 너무나 큰 소리로 자기에 대해 이야기하고 있는 젊은 남자의 목소리를 들었다.

"저게 로스또프네의 딸이야, 바로 그……."

"야위었구나, 그래도 역시 예쁜데!"

아나똘리와 안드레이의 이름이 나온 것을 그녀는 들었다. 어쩌면 들은 것 같은 생각이 들었다. 나따샤에게는 모두가 자기를 보고 자기에게 일어난 일만을 생각하고 있는 것처럼 여겨졌다. 군중 속으로 들어가면 으레 그렇지만 나따샤는 숨막히는 듯한 괴로움을 느끼면서, 검은 레이스가 달린 엷은 보랏빛 비단 옷을 입고, 마음의 괴로움과 부끄러움이 강하면 강할수록, 여자만이 할 수 있는 걸음걸이로 더욱 태연하고 당당하게 걸어갔다. 그녀는 자기가 아름답다는 것은 알고 있었고 그것은 잘못된 일도 아니었으나, 이제는 이전처럼 그녀를 기쁘게 해 주지 않았다. 오히려 요즈음, 특히 이렇게 눈부신 더운 여름날 도시에서는 더욱 그녀를 괴롭혔다. '또 일요일, 또 일주일.' 그녀는 지난 주 일요일에 여기에 왔을 때의 일을 상기하면서 혼잣말로 중얼거렸다. '여전히 생활이 없는 생활, 그리고 전에는 그토록 사는 것이 편했던 환경이 변하지 않았다. 나는 예쁘고 젊고, 게다가 지금은 착한 인간이다. 이제까지 나는 나쁜 인간이었지만, 지금은 착한 인간이 되었다. 그것은 알고 있다.' 그녀는 이렇게 생각하였다. '그런데도, 이렇게 뜻도 없이 가장 좋은 세월이, 어느 누구를 위해서도 아닌 시간이 지나간다.' 그녀는 어머니 곁에 서서, 가까이에 있는 낯익은 사람들과 눈으로 인사를 하였다. 나따샤는 습관대로 여인들의 화장이나 옷차림을 구석구석까지 보기도 하고, 옆에 서 있는 어떤 여인의 거동과 좁은 장소에서 성호를 긋는 방법을 비판하며, 자기가 남의 비판을 받고 또 자기도 남을 비판하고 있다는 것을 혐오스런 기분으로 생각하였다. 그리고 갑자기 기도하는 소리를 듣자 자기에 대한 혐오와 이제까지의 청순함이 다시 상실되어가는 느낌이 들어 마음이 으스스했다.

품위 있는 조용한 사제가 경건하고 장엄한 태도로 전례(典禮)를 집행하고 있었다. 그것은 기도를 하고 있는 사람의 마음을 진정시키는 듯한 작용을 하였다. 왕문(王門)이라고 불리는 제단 한가운데의 문이 닫히고, 장막이 서서히 그것을 덮었다. 그 안에서 신비하고 작은 목소리가 무엇인가 말하였다. 자신에게도 알 수 없는 눈물이 나따샤의 가슴에 고여 있었다. 그리고 기쁘고 괴로운 감정이 마음을 뒤흔들고 있었다.

'가르쳐 주세요, 나는 무엇을 하면 좋은지를. 영원히 영원히 몸을 바르게 하기 위해서는 어떻게 하면 좋은지. 나의 인생을 어떻게 하면 좋은지…….' 그녀는 생각했다.

부사제가 설교단에 나와서 법의(法衣) 밑으로 나와 있는 긴 머리카락을 엄지손가락을 크게 벌린 손으로 다듬고, 가슴에 십자가를 얹어 놓고 크고 장중한 목소리로 기도의 말을 읽기 시작했다.

"우리는 다 같이 주께 기도하리."

'모두 다 같이—누구나 다 같이 계급의 차별 없이, 적의도 없이, 동포애에 결합되어—기도하자.' 나따샤는 생각했다.

"높고 높은 평안과 우리의 영혼의 구원을 위해!"

'천사들과, 우리의 머리 위에 살아 있는 모든 무형의 존재의 영혼의 평안을 위하여.' 나따샤는 기도했다.

장병들을 위해 기도했을 때, 그녀는 오빠와 데니쏘프를 상기했다. 바다와 육지를 가는 자를 위해서 기도했을 때, 그녀는 안드레이를 상기하여 그를 위해서 기도하고, 자기가 그에게 범한 죄를 하느님이 용서해 주시도록 기도했다. 우리를 사랑하는 자들을 위해서 기도했을 때, 가족에 대하여, 아버지, 어머니, 쏘냐를 위해서 기도하고, 그들에 대한 자신의 죄를 새삼 깨닫고, 그들에 대한 자신의 사랑의 힘을 느끼는 것이었다. 우리를 증오하는 자를 위해서 기도했을 때, 그녀는 그러한 사람들에 대해서 기도하기 위해서, 적과, 자기를 증오하는 자들을 생각해냈다. 그녀는 적 안에 채권자나, 아버지와 관계가 있는 사람들을 모두 포함시켰다. 그리고 또 적이나 미워하고 있는 자들을 생각할 때마다 그녀는 자기에게 그토록 나쁜 짓을 한 아나똘리를 상기하였다. 그리고 그는 자기를 증오하고 있는 자는 아니었지만, 적으로서 기꺼이 그를 위해서 기도했다. 오직 기도를 올리고 있을 때에만, 그녀는 안드레이도, 아나똘리도 분명하고 냉정하게 상기할 수가 있다는 것을 느꼈다. 하느님에 대한 두려움과 경건한 마음에 비한다면, 이 사람들에 대한 자기의 감정 등은 사라져 버렸기 때문이다. 황실과 종무원(종교 관계의 국가최고기관)을 위해서 기도했을 때에는, 그녀는 비록 자기로서는 알 수 없어도 의심을 품을 수는 없고, 여하간 권능이 있는 종무원을 사랑하고 있으며, 그 때문에 기도를 하고 있다고 자신에게 타이르면서 한층 머리를 낮게 숙이고 성호를 긋는 것이었다.

여러 가지 기원을 끝마치자 부사제는 가슴 근처 스톨(사제가 목에 감아 앞으로 늘어뜨린 긴 천)에 성호를 긋고 말했다.

"이 몸과 목숨을 하느님이신 그리스도께 바치리이다."

'이 몸을 하느님께 바치리이다.' 나따샤도 속으로 되뇌었다. '하느님이시여, 이 몸을 당신 마음에 맡기겠나이다.' 그녀는 생각했다. '나는 아무것도 바라지도 원하지도 않습니다. 제발 저에게 가르쳐 주옵소서. 나는 어떻게 하면 좋습니까, 자기 의지를 어디에 쓰면 좋겠습니까! 저를 손에 잡아주옵소서, 잡아주옵소서.' 감격에 벅찬 기분을 마음 속에 느끼면서, 나따샤는 성호를 긋지 않고 가는 손을 늘어뜨린 채, 당장에라도 눈에 보이지 않는 힘이 자기를 붙잡고 자기 자신으로부터, 자기의 미련, 희망, 비난, 기대, 죄에서 구해주기를 바라고 있는 것처럼 말하였다.

백작 부인은 기도하는 동안에 몇 차례 딸에게 감동하였다. 눈이 반짝이고 있는 딸의 감격에 찬 얼굴을 돌아다보고는 딸을 도와주시도록 하느님께 빌었다.

기도 도중 뜻하지 않게, 나따샤가 잘 알고 있는 순서를 벗어나, 부사제가 성령강림제날(부활제 후 제7 일요일)에 무릎을 꿇고 기도할 때 쓰는 조그마한 의자를 꺼냈다. 사제가 여느 때의 자줏빛 비로드 모자를 쓰고 나와서 머리를 매만지고는 간신히 무릎을 꿇었다. 모두들 따라서 무릎을 꿇고, 미심쩍은 듯이 서로의 얼굴을 마주보았다. 그것은 방금 종무원에서 도착한 기도, 적의 공격에서 러시아를 구해달라는 기도였다.

"주이신 힘의 하느님이시여, 우리의 구원의 하느님이시여!" 사제는 교회 슬라브어의 낭독자에게만 있는, 러시아인의 가슴을 강하게 찌르는 뚜렷하면서도 거창하지 않은, 부드러운 음성으로 시작했다. "주이신 힘의 하느님이

시여, 우리의 구원의 하느님이시여! 이제 자비와 은혜로써 당신의 온순한 종을 수호하시고, 박애의 마음을 가지시고 우리의 청을 들어 주시고, 우리를 용서하시고, 우리를 불쌍히 여기소서. 당신의 땅을 소란케 하고, 온 세계를 황폐화하려는 적은 우리에게 맞섰나이다. 이 무법한 무리는 당신의 재산을 멸망시키고, 영광스런 당신의 예루살렘, 당신이 지극히 사랑하시는 러시아를 황폐화하기 위해서, 게다가 당신의 성당을 더럽히고, 제단을 뒤집어엎고, 우리의 성스러운 것을 모독하기 위해서 모인 자들이나이다. 주여, 죄인들은 언제까지 칭송을 받을 수 있을 것이옵니까? 언제까지 율법을 위배한 자들이 권력을 가질 수 있을 것이옵니까?

우리 주이신 하느님이시여! 당신께 기도하는 우리의 소리를 들으소서. 당신의 힘으로 고결하고 위대한 절대 군주 알렉산드르 황제의 몸을 굳게 하시고, 황제의 정의와 온화함을 기억하시고, 그 인자함에 보답해 주소서. 당신이 사랑하시는 이스라엘도 황제의 자비심으로 수호하게 하소서. 황제의 의지와 계획과 사업을 축복하소서. 당신의 전능하신 힘으로 그의 제국을 굳게 하고, 모세가 아말레크에, 기데온이 미데안에, 다윗이 골리앗에게 이긴 것처럼, 황제가 적에게 이기도록 하여 주옵소서. 황제의 군을 지키시고, 당신을 위하여 적에 맞선 자의 손에 구리활을 주시고, 싸울 힘을 지니게 하소서. 무기와 방패를 들고 일어나서 우리를 도와주옵소서. 그러면 우리에게 악을 꾀한 자도 치욕을 받고, 바람에 흩날리듯 먼지처럼 당신의 충실한 군 앞에서 흩어지리이다. 당신의 힘찬 천사로 하여금 그들에게 굴욕을 주고, 쫓아 버리도록 하소서. 그물은 어느덧 그들을 뒤덮고, 덫은 몰래 그들을 잡고, 그들은 당신의 하인 발 밑에 쓰러져서 아군에 유린당하오리다. 주여! 큰 것이나 작은 것이나 당신이 구할 수 없는 것은 없나이다. 당신은 신이시며, 사람은 당신을 거역할 수 없기 때문입니다.

우리 아버지이신 하느님이시여! 옛적부터 끊임없는 당신의 너그러움과 자비를 잊지 마소서. 우리를 당신 앞에서 쫓지 마시고, 우리들의 부족함을 혐오하지 마시고, 위대한 자비를 가지고, 끝없는 너그러움을 가지고, 우리들의 무법과 죄를 책하지 마옵소서. 우리의 마음을 깨끗이 하시고, 우리들의 가슴 속에 정의의 마음을 새롭게 해 주옵소서. 당신에 대한 신앙으로 우리들을 굳세게 하시고, 희망으로 우리를 강하게 하시고, 서로의 참사랑으로 우리를 고무하시고, 우리와 우리 조부에게 주신 부의 올바른 수호를 위해서 단결의 무기를 주시고, 파렴치한 자의 권력이 성스러운 국민의 운명을 지배하지 않도록 하소서.

주이신 우리의 하느님이시여, 우리는 하느님을 믿고, 하느님께 희망을 기대하나이다. 당신의 자비를 기대하는 우리에게 치욕을 주지 마시고, 선에 대한 표시를 보여 주옵소서. 그러면 우리와 우리의 정교의 신앙을 증오하는 자는 이것을 보고 치욕을 받고 멸망하리이다. 그러므로 모든 나라는 당신의 이름이 하느님이요, 우리가 당신의 종임을 아오리다. 주여, 이제 우리에게 당신의 자비를 보여 주시고, 당신의 구원을 베풀어 주소서. 당신의 자비를 가지고 당신의 종의 마음을 기쁘게 하소서. 우리의 적을 격파하고, 속히 당신을 믿는 자의 발밑에 괴멸시키소서. 당신은 당신을 의지하는 자의 편이시며, 도움이며, 승리입니다. 우리는 아버지와 아들과 영광을 바치나이다. 지금과 그리고 영원히. 아멘."

나따샤는 마음이 열린 상태에 있었기 때문에, 이 기도는 강하게 그녀의 가슴을 찔렀다. 그녀는, 아말레크에 대한 모세의, 미데안에 대한 기데온의, 골리앗에 대한 다윗의 승리나, 당신의 예루살렘의 멸망 등에 대한 한 마디 한 마디 말에 귀를 기울이고, 그녀의 마음에 넘쳐흐르는 부드럽고 온화한 마음으로 하느님께 빌었다. 그러나 이 기도로써 자기가 무엇을 하느님께 원했는지 잘 알 수가 없었다. 그녀는 올바른 마음을 가지고 신앙과 희망으로 마음을 굳게 하며 사랑으로 마음을 고무하는 기도에는 진심으로 공명할 수가 있었다. 그러나 몇 분 전에 적을 사랑하고 그들을 위해서 기도하기 위해 되도록 많은 적을 가지기를 바랐던 그녀로서는, 적을 발 밑에 짓밟을 기도를 할 수는 없었다. 그렇다고 해서 지금 무릎을 꿇고 하고 있는 기도가 올바르다는 것을 의심할 수도 없었다. 그녀는 사람들이 죄 때문에, 특히 자기 죄 때문에 받는 벌에 대해서 경건하고 가슴 떨리는 공포를 마음 속에 느끼고, 하느님이 모든 사람들과 자기를 용서하고 모든 사람들과 자기에게도 인생의 평온함과 행복을 주도록 하느님께 기도했다. 그리고 그녀는 하느님이 그 기도를 들어 주셨다는 마음이 들었다.

19

삐에르가 로스또프네에서 나와 감사에 찬 나따샤의 눈을 상기하면서 하늘에 떠 있는 혜성을 바라보고 자기에게 무슨 새로운 것이 계시되었다고 느꼈던 그날부터, 지상에 있는 것은 모두 헛되고 어리석다는, 끊임없이 그를 괴롭히던 의문이 그의 머리에 떠오르지 않게 되었다. 무엇 때문에? 무엇을 목표로? 라고 하는, 이전에는 무슨 일을 하고 있을 때에도 떠오른 저 무서운 물음이 지금은 다른 물음도 아니고 이전의 물음에 대한 대답도 아닌, 그 사람의 모습으로 대체되었다. 부질없는 잡담을 듣거나 인간의 시시함이나 무의미함에 대해서 읽거나 알아도, 그는 이전처럼 무서운 기분은 들지 않았다. 모든 것이 덧없고 알 수가 없는데 인간은 무엇을 생각하고 안절부절못하고 있는가 하고 자기에게 묻거나 하지도 않고, 자기가 마지막으로 본 모습으로 그녀를 떠올리고 있었다. 그러면 그의 의문은 사라지고 마는 것이었다. 그것은 그녀가 그의 머리에 떠오른 의문에 대답했기 때문이 아니라, 그녀의 모습을 떠올리면 그는 순식간에 옳은 것도 죄 많은 것도 있을 수 없는 밝은 정신 활동의 세계, 살아갈 가치가 있는 아름다움과 사랑의 세계로 옮아가기 때문이었다. 이 세상의 그 어떤 추악한 일이 마음에 떠올라도 그는 마음 속으로 말하는 것이었다.

'누군가가 국가와 황제를 희생물로 삼아 국가와 황제가 그에게 높은 지위를 주고 있다면 주어도 좋다. 그 사람이 오늘 나에게 웃는 얼굴로 와달라고 했다. 그리고 나는 그 사람을 사랑하고 있고, 아무도 그것을 절대로 알아채지 못하고 있는 것이다.' 그는 생각했다.

삐에르는 여전히 사교계에 드나들며 많은 술을 마시고, 이전과 같이 향락적인 타락한 생활을 보내고 있었다. 왜냐하면 로스또프네에서 보내는 시간 이외에 남은 시간도 보내야 했고, 습관이기도 하지만 모스크바에서 만든 교제 관계가 어쩔 수 없이 그를 끌어넣은 생활에 사로잡혀 있었기 때문이다. 그러나 전장으로부터 더욱 불안한 소문이 전해오고, 나따샤가 건강을 회복하기 시작하여 이제까지와 같이 배려와 깊은 동정의 마음을 삐에르의 마음 속에 불러일으키지 않게 된 요즈음, 그는 자기 자신도 이해할 수 없는 불안에 차차 사로잡히게 되었다. 그는 자기가 지금 빠져 있는 상태가 오래 갈 리가 없다는 것, 자기의 모든 생활을 바꾸어버릴 대변동이 다가오고 있다는 것을 느끼고, 차차 다가오는 그 파국의 징후를 초조한 생각으로 모든 것 중에서 찾고 있었다. 삐에르는 '요한 계시록'에서 꺼낸 다음과 같은 나폴레옹에 대한 예언을 프리메이슨의 한 동지로부터 들었다.

계시록 제13장 18절은 이렇게 말하고 있다. '지혜가 여기 있으니, 총명한 자는 그 짐승의 수를 세어 보라. 그 수는 사람의 수이니, 666이니라.'

그리고 이 장의 5절에는 이렇게 씌어 있다. '또 짐승이 큰 말과 참람된 말을 하는 입을 받고, 또 마흔 두 달 일할 권세를 받느니라.'

프랑스의 문자는 처음 10개 문자가 10까지의 수를, 다음으로 이어지는 문자가 10단위의 숫자를 나타내는 헤브라이어의 수의 표기와 마찬가지로 다음과 같은 뜻을 가지고 있다.

a b c d e f g h i j k l m n o p q r s t u v w x y z
1 2 3 4 5 6 7 8 9 10 20 30 40 50 60 70 80 90 100 110 120 130 140 150 160

이 알파벳에 대응하는 수에 의해서 '황제 나폴레옹(l(e) Empereur Napoleon)'이라는 말을 숫자로 나타내면, 그 수의 합은 꼭 666이 된다. 따라서 나폴레옹은 바로 계시록에 예언되어 있는 짐승이라는 것이 된다. 뿐만 아니라, 역시 이 알파벳에 의하여 '42(quarantedeux)', 즉 이 짐승이 장담과 참람된 말을 하는 데에 종지부가 찍히는 한계를 나타내면 42라는 문자의 합은 역시 666이 되어, 나폴레옹의 권력의 종말은 이 프랑스 황제가 42세가 되는 1812년에 온다는 것을 알 수가 있다. 이 예언은 삐에르를 몹시 놀라게 했다. 그리고 그는 짐승, 즉 나폴레옹의 권력에 종지부를 찍는 것은 도대체 누구인가라는 물음을 여러 번 자신에게 묻고, 역시 숫자를 적용하여 계산함으로써 말의 문자가 가지고 있는 뜻을 해명하는 방법을 바탕으로, 자기를 사로잡고 있는 의문에 대한 답을 발견하려고 하였다. 삐에르는 이 의문에 대답하기 위해서, 황제 알렉산드르? 러시아 국민? 하고 써보았다. 그는 문자의 수를 계산하였으나 숫자의 합계는 666보다 훨씬 많아지기도 하고, 적어지기도 했다. 어느 때 이 계산을 하다가 그는 삐에르 베주호프 백작(Comte Pierre Besuhoff)이라는 자기 이름을 써보았다. 숫자의 합은 역시 전혀 달랐다. 그는 철자를 바꾸어서 S 대신에 z를 써 넣기도 하고, de를 붙여 보기도 하고, 관사 le를 덧붙여 보았지만, 역시 바라는 결과는 얻지 못했다. 그때 그는 구하고 있는 물음의 답이 그의 이름 속에 있다면, 그 해답에는 반드시 자기의 민족성이 포함되어 있을 것이라는 생각이 들었다. 그는 Le Russe Besuhoff (러시아 사람 베주호프)라고 쓰고, 숫자를 계산하자 671이 됐다. 다섯이 더 많았다. 5를 나타내는 것은 e, 즉 L'empereur(황제)라는 말 앞의 관사에서 생략되는 e다. 정칙은 아니지만 그와 마찬가지로 e를 제외하고 삐에르는 구하고 있던 답을 얻었다—l'Russe Besuhoff로 정확히 666이 된다. 이 발견은 그를 흥분시켰다. 어째서, 어떤 연관으로 자기가 계시록에 예언되고 있는 것과 같은 위대한 사건에 결부되어 있는가, 그는 알 수가 없었다. 그러나 그는 이 결부를 한 순간도 의심하지 않았다. 나따샤에 대한 자기의 사랑, 반(反)그리스도, 나폴레옹의 침입, 혜성, 666, 황제 나폴레옹, 러시아인 베주호프—이들 모두가 무르익고 터져서, 마법에 걸린 것과 같은 시시한 모스크바의 습관의 세계, 그 속에서 그가 자기 자신을 영어(囹圄)의 몸처럼 느끼고 있는 세계에서 그를 끌어내어, 위대한 공적과 위대한 행복으로 도달시킬 것임에 틀림없었다.

삐에르는 기도가 봉독된 일요일 전날, 자기가 잘 알고 있는 라스또쁘친 백작한테서 러시아 국민에게 보내는 격문과 군으로부터의 최근 정보를 가져다 주겠다고 로스또프네 사람들에게 약속하고 있었다. 아침 일찍 라스또쁘친 백작에게 들렀을 때 삐에르는 군에서 막 도착한 급사(急使)와 마주쳤다.
급사는 삐에르에게도 낯익은 모스크바 무용수의 한 사람이었다.
"부탁입니다. 저의 짐을 가볍게 해주실 수 없을까요?" 급사는 말하였다. "제 가방은 양친에게 보내는 편지로 가득 차 있습니다."
그 편지 속에는 아버지에게 보낸 니꼴라이의 편지도 있었다. 더욱이 라스또쁘친 백작은 지금 막 인쇄가 끝난 모스크바에 대한 황제의 격문과, 군에 내려진 최신의 명령과 자기의 최신의 전단을 건네주었다. 군에 내려진 명령을 훑어보고 삐에르는 그 중 하나인, 사상자, 서훈자(敍勳者)의 보도 속에 오스뜨로브나 전투에서 보인 용감성으로 게오르기 4등 훈장을 받은 니꼴라이의 이름을 발견하였다. 또 같은 명령 속에 안드레이 볼꼰스끼 공작이 추격병 연대장에 임명되었다는 것을 알았다. 로스또프네 사람들에게 안드레이의 일을 상기시키고 싶지는 않았지만, 그래도 삐에르는 아들의 서훈 소식으로 그들을 즐겁게 해주고 싶은 마음을 억제할 수가 없었다. 그래서 격문과 전단, 다른 명령은 자기에게 남겼다가 식사 때 직접 가지고 가기로 하고, 인쇄된 명령서 한 장과 편지를 심부름꾼에게 들려 로스또프네로 가져다 주게 하였다.

라스또쁘친 백작과의 대화, 걱정스럽고 다급해 보이는 백작의 태도, 군의 정세가 매우 나쁘다는 것을 태평스럽게 이야기하던 급사와의 만남, 모스크바에서 발견된 스파이와, 가을까지 러시아의 두 수도(모스크바와 뻬쩨르부르그)에 들어간다고 나폴레옹이 약속한 것이 적힌 전단이 온 모스크바를 굴러다니고 있다는 소문이며, 내일로 예정된 황제의 귀환 이야기 등, 이 모든 것이 혜성이 출현한 이래, 특히 전쟁이 시작된 이래 마음을 떠나지 않았던 흥분과 기대를 새로운 힘으로 삐에르의 마음 속에 불러일으켰다.

삐에르는 상당히 이전부터 군에서 복무하려는 생각을 가지고 있었다. 그리고 만약에 방해가 없었다면 그는 오래 전에 이 생각을 실행했을 것이다. 그 방해란 첫째, 그가 프리메이슨 결사에 속해 있다는 것이고—그는 선서에 의해서 이 결사에 결부되어 있었고 그것은 항구적인 평화와 전쟁의 절멸을 널리 전파하고 있었던 것이다— 둘째, 군복을 입고 애국심을 말하고 있는 많은 모스크바내기를 보고 있으면, 왜 그런지 군대에 들어간다는 것이 쑥스러워졌기 때문이다. 그러나 군에 복무하려는 자신의 의도를 실행에 옮기지 않았던 중요한 원인은, 자기는 짐승의 수 666을 가지고 있는 L'Russe Besuhof(러시아인 베주호프)다, 그렇기 때문에 자기가 큰 소리를 치고 참람된 말을 하는 짐승의 권력에 종지부를 찍는 위대한 사업에 참가한다는 것은 개벽 이래 정해져 있다, 따라서 자기는 아무것도 하지 않고, 필연적으로 성취되기로 되어 있는 것을 기다려야 한다고 막연히 생각하고 있었던 데에 있었다.

20

로스또프네에서는 여느 때의 일요일처럼 두서너 사람의 친한 사람들이 식사를 하기로 되어 있었다.

삐에르는 로스또프네 가족들만 있을 때 가기 위해 일찍 찾아갔다.

삐에르는 지난 1년 동안 몹시 살이 쪄서, 만약 키가 이토록 크지 않고 손 발이 이토록 튼튼하여 체격이 건장하지 않았었다면 보기 흉했을 것이다.

그는 숨을 헐떡이며 무엇인가 혼잣말을 중얼거리면서 계단을 올라갔다. 그의 마부는 기다릴까요 하고 묻지도 않았다. 백작이 로스또프네를 방문하 면 12시 가까이가 되어야 나온다는 것을 알고 있었던 것이다. 로스또프네의 시종들은 기꺼이 뛰어와서 그의 코트를 벗기고, 단장과 모자를 받아들었다. 삐에르는 클럽의 습관대로 단장도 모자도 곁방에 놓고 들어갔다.

그가 로스또프네에서 처음 만난 것은 나따샤였다. 아직 그녀의 모습을 보 기도 전에 곁방에서 코트를 벗으면서 그녀의 음성을 들었다. 그녀는 홀에서 솔페지(도래미파연습)를 부르고 있었다. 그는 그녀가 병이 든 이래 노래를 부르지 않는 것을 알고 있었기 때문에, 그녀의 노랫소리에 놀라기도 하고 기쁘기도 했다. 살그머니 문을 열어 보니, 미사에 입고 갔던 자줏빛 드레스를 입은 그 녀가 방 안을 거닐면서 노래 부르고 있는 모습이 눈에 띄었다. 마침 그가 문 을 열었을 때, 그녀는 등을 보이고 걷고 있다가 휙 돌아서서 삐에르의 살찐 놀란 얼굴을 보았다. 그녀는 얼굴을 붉히고 빠른 걸음으로 그의 곁으로 다가 왔다.

"다시 노래를 부르고 싶어서." 그녀는 말하였다. "이것도 역시 공부니까 요." 그녀는 변명이라도 하듯이 덧붙였다.

"훌륭하십니다."

"와 주셔서 정말 기뻐요! 오늘 난 무척 행복해요!" 그녀는 삐에르가 오랫 동안 보지 못했던, 이전 그대로의 명랑을 되찾고서 말했다. "알고 계시죠? 니꼴라이가 게오르기 훈장을 받았어요. 난 이런 오빠를 두어 무척 자랑스러 워요."

"알고말고요. 명령서는 내가 전달한 걸요. 그건 그렇고, 나는 방해하고 싶 은 마음은 없어요." 그는 이렇게 말하고 객실로 들어가려고 했다.

나따샤는 그를 멈춰 세웠다.

"백작님! 이건 어떨까요, 제가 노래를 부른다는 것은 나쁜 일일까요?" 그 녀는 얼굴이 빨개졌으나 눈을 떼지 않고 물어보듯이 삐에르를 바라보면서 말했다.

"아닙니다……. 어째서요? 오히려……. 그런데 왜 나한테 그걸 물으시는 겁니까?"

"나 자신도 모르겠어요." 나따샤는 다급히 대답했다. "하지만 나는 당신 마음에 들지 않는 것은 아무것도 하고 싶지 않아요. 나는 무슨 일이든지 당신을 믿고 있어요. 당신은 모르시겠지만, 당신은 나에게 몹시 소중한 분이고 나를 위해서 정말 많은 일을 해 주셨어요……!" 그녀는 이 말에 삐에르가 얼굴을 붉힌 것도 알아채지 못하고 빠른 말로 말하였다. "나는 같은 명령서에서 보았어요. 그분, 볼꼰스끼 씨는(그녀는 빠른 말로 목소리를 낮추어 이 말을 하였다), 그분은 러시아에 있고 아직도 근무하고 계십니다. 당신은 어떻게 생각하세요?" 그녀는 빠르게 이렇게 말하였다. 자신의 견디는 힘에 자신이 없어서 말하는 것을 서두르는 것 같았다. "그분은 언젠가 나를 용서해 주실까요? 나에 대해서 원한을 품지 않을까요? 어떻게 생각하세요, 네? 어떻게 생각하세요?"

"내 생각으로는 말입니다……." 삐에르는 말했다. "그 사람으로서는 용서하고 말고 할 것도 없어요……. 만약 내가 그 사람의 입장이라면……." 추억의 연상으로 삐에르는 자기가 그녀를 위로하면서, 만약에 자기가 이러한 모습이 아니라 세계에서 가장 훌륭한 사람이며 더욱이 자유의 몸이라면 무릎을 꿇고 당신의 손을 구한다고 말한 때로 순간적으로 옮아갔다. 그러자 역시 같은 연민의 정, 부드러운 마음, 사랑의 마음이 그를 사로잡았다. 그리고 그때와 같은 말이 그의 입에 떠올랐다. 그러나 그녀는 말할 틈을 주지 않았다.

"하지만 당신은, 당신은" 마음 속으로부터 즐거운 듯이 이 당신이라는 말을 하면서 그녀는 말했다. "다릅니다. 당신보다 친절하고 마음이 넓고 훌륭한 분을 난 알지도 못하고 또 있을 리가 없습니다. 만약 그때, 아니 지금도, 당신이 안 계셨더라면 나는 어떻게 되었을는지 모를 거예요. 왜냐하면……." 갑자기 눈물이 그녀의 눈에 솟구쳤다. 그녀는 등을 돌리고 악보를 눈높이에 추켜들어 노래를 부르기 시작하며, 다시 홀을 거닐기 시작했다.

이때 객실로부터 뻬쨔가 뛰어나왔다.

뻬쨔도 이제는 뺨이 빨간, 토실토실한 입술의 열다섯 살이 된 잘생긴 소년으로 나따샤를 닮고 있었다. 그는 대학에 들어갈 공부를 하고 있었지만, 요즈음은 친구인 오볼렌스끼와 남몰래 경기병이 되기로 결정하고 있었다.

뻬쨔는 중대한 일을 상의하기 위하여 자기와 같은 이름인 삐에르에게로 뛰어온 것이다 (뻬에르도 뻬쨔도
정식 이름은 뻬뜨르).

그는 자기가 경기병으로 채용될 수 있을 것인지 확인해 달라고 삐에르에게 부탁하고 있었던 것이다.

삐에르는 뻬쨔의 말을 들으려고도 하지 않고 객실을 지나갔다.

뻬쨔는 상대방의 주의를 끌려고 그의 손을 잡아당겼다.

"저, 제 용건은 어떻게 되었어요? 베주호프 씨, 부탁합니다. 당신만 믿고 있으니까요."

"아, 그래, 그래, 자네의 용건! 경기병이 되겠다는 거였지? 말하지, 오늘 모두 말해 주지."

"그런데 어떻게 되었습니까? 베주호프 씨, 조칙(詔勅)은 입수했습니까?" 노백작이 물었다. "딸 녀석이 라즈모프스끼네의 미사에 가서 새로운 기도를 듣고 왔다더군요. 매우 훌륭하다고 말하고 있던데."

"가져왔습니다." 삐에르는 대답했다. "황제께서는 내일 돌아오십니다……. 특별 귀족회의가 있고, 1000명에 10명의 비율로 징병이 있다고 합니다. 아 그렇지, 아드님 일 축하합니다."

"고맙소, 덕택에. 그런데 군으로부터는 무슨 소식이?"

"아군은 또 퇴각했습니다. 이제 스몰렌스크 부근이라고 합니다." 삐에르는 대답했다.

"큰일났군, 큰일났어!" 백작이 말했다. "그래, 조칙은 어디 있소?"

"격문이에요! 아, 그렇지!" 삐에르는 서류를 찾으려고 호주머니 속을 뒤졌지만 발견되지 않았다. 그는 이쪽저쪽의 호주머니를 두드리면서, 마침 들어온 백작 부인 손에 키스하고, 분명히 나따샤를 기다리고 있는 듯이 안절부절못하고 사방을 둘러보고 있었다. 그녀는 이미 노래를 부르고 있진 않았지만 객실에도 나타나지 않았다.

"이상한데, 어디에 두었을까?" 그는 말했다.

"늘 물건을 잊고 다니시는군요." 백작 부인이 말했다.

나따샤는 부드럽고 흥분된 얼굴로 들어오자 말없이 삐에르를 바라보면서 앉았다. 그녀가 방으로 들어오자마자 그때까지 흐려 있던 삐에르의 얼굴은 밝아지고, 그는 여전히 서류를 찾으면서 몇 번인가 그녀 쪽을 바라보았다.

"잠깐 갔다 오겠습니다. 틀림없이 집에 잊고 왔을 겁니다. 틀림없이……."

"그러나 식사에 늦으십니다."

"아, 그렇지, 마부도 가 버렸고."

그러나 서류를 찾으러 곁방으로 갔던 쏘냐가 삐에르의 모자 속에서 그것을 찾아냈다. 그는 모자 안에 댄 가죽에 정성껏 접어서 끼워 두었던 것이다. 삐에르는 곧 그것을 읽으려고 했다.

"아니, 식사를 마친 후에 합시다." 분명히 이 낭독에 커다란 즐거움을 예상하고 있는 듯한 노백작이 말했다.

새로운 게오르기 훈장 수령자의 무사를 기원하고 샴페인으로 건배한 식사 자리에서 신신이 노그루지아 공비(公妃)가 병에 걸린 일, 메쩨비에가 모스크바에서 사라진 일, 라스또쁘친한테로 정체를 알 수 없는 독일인을 끌고 와서 이것은 샴삐니온 (프랑스말의 에스피온(스파이)을 흉내 낸 것) 이라고 말했다(고 라스또쁘친 백작 자신이 말했다)는 일, 라스또쁘친 백작은 모두에게 이것은 샴삐니온이 아니라 단지 오래된 독일 버섯이다 라고 말하고 그 샴삐니온을 석방하라고 명령했다는 일 등, 시중에 떠도는 뉴스를 이야기하였다.

"많이 잡히고 있어." 백작은 말했다. "그래서 나도 아내에게 말하고 있답니다. 되도록 프랑스말을 쓰지 말라고. 지금은 시기가 나쁘거든."

"그런데, 들으셨나요?" 신신이 말했다. "고리찐 공작이 러시아인 교사를 고용해서 러시아말을 공부하고 있답니다. 시중에서 프랑스말을 하는 것은 위험해졌거든요."

"그런데 어떻습니까, 백작님. 민병을 모으게 되면 당신도 말을 타지 않으면 안 되나요?" 노백작은 삐에르를 돌아다보고 말했다.

삐에르는 식사하는 동안 말이 없었고 깊은 생각에 잠겨 있었다. 그는 백작이 이렇게 말을 걸어와도, 무슨 말인지 이해가 가지 않는 듯 백작을 바라보았다.

"네, 네, 전쟁으로 말이죠." 그는 말했다. "야아, 내가 군인이라니! 나 같은 사람이 무슨 군인입니까! 그렇지만 모든 것이 참으로 이상합니다. 정말로 이상해요! 나 자신에게도 납득이 가지 않습니다. 모르겠습니다. 나는 전쟁의 취미와는 인연이 없는 편이지만, 지금과 같은 세상이 되면 자기가 무슨 짓을 할 것인지 아무도 자신에 대해서 보증을 할 수가 없으니까요."

식사가 끝나자 백작은 느긋하게 안락의자에 앉아, 낭독의 명수로 정평이 있는 쏘냐에게 근엄한 얼굴로 낭독을 부탁했다.

'우리의 옛 수도 모스크바에 고한다.

적은 대군을 거느리고 러시아 영토로 침입하였다. 적은 우리의 사랑하는 조국을 황폐하게 만들려고 진격중이다.'

쏘냐는 높은 음성으로 열심히 읽었다. 백작은 지그시 눈을 감고, 군데군데 짧게 한숨을 몰아쉬면서 듣고 있었다.

나따샤는 똑바로 몸을 펴고 아버지와 삐에르를 살피듯이 똑바로 보면서 앉아 있었다.

삐에르는 자기에게 쏠려 있는 그녀의 시선을 느끼고, 그쪽을 보지 않으려고 애를 쓰고 있었다. 백작 부인은 조칙의 위엄 있는 표현을 들을 때마다 마음에 들지 않는 것처럼 화가 난 듯이 고개를 저었다. 그녀가 그 모든 말 속에서 느낀 것은 자기의 아들을 위협하고 있는 위험이 곧 없어지지 않을 것이라는 것이었다. 신신은 비웃듯이 입술을 일그러뜨리고, 놀림거리가 나오면 쏘냐의 낭독이건, 백작의 말이건, 격문 그 자체이건, 적당한 구실이 없으면 놀려주려고 기다리고 있는 것 같았다.

러시아를 위협하고 있는 위기와 황제가 모스크바에 대해서, 특히 유서 깊은 이곳 귀족들에게 걸고 있는 기대에 관해서 낭독을 한 후, 쏘냐는 무엇보다도 모두가 주의를 집중해서 듣고 있기 때문에 떨리는 목소리로 마지막 말을 읽었다. '우리는 지체없이 이 수도에서, 또 우리나라와 그 밖의 땅에서 자진해서 민중 속에 떨치고 일어나자꾸나. 협의를 위해, 또 현재 적의 진격을 저지하고 새로 적이 나타나는 모든 곳에서 이를 격멸하기 위해 조직된 우리의 전체 의용군의 지휘를 위하여. 적이 우리에게 가하려는 파멸이 그들의 머리 위에 떨어지고, 예속에서 해방된 유럽은 러시아의 이름을 찬양하리라!'

"그렇고말고!" 백작은 젖은 눈을 뜨고, 마치 강한 질산염이 든 병을 코 앞에 들이댄 것처럼, 코를 실룩거리면서 몇 번이나 말이 막히면서 외쳤다. "폐하께서 분부만 내려 주시면, 우리는 모든 것을 희생하고 아무것도 아까워하지 않을 거다."

신신이 백작의 애국심에 대해서 준비해 둔 농담을 말할 틈도 없이 나따샤가 자리에서 일어나서 아버지한테로 달려갔다.

"정말 훌륭하셔요, 아빠는!" 그녀는 아버지에게 키스하면서 말하였다. 그리고 기운을 되찾음과 동시에 그녀 속에 되살아난 저 무의식의 교태를 머금고 다시 삐에르를 흘끗 바라보았다.

"이거야말로 대단한 애국 소녀로군!" 신신이 말했다.

"조금도 애국자는 아녜요, 다만……." 나따샤는 발끈해서 대꾸했다. "당신에게는 모든 것이 우스꽝스럽겠지만, 그러나 이것은 절대로 농담이 아녜요……."

"농담이라니!" 백작도 되뇌었다. "다만 폐하께서 한 마디만 말씀해 주시면 우리는 모두 뒤따른다……. 우리는 독일 사람하고는 달라……."

"그런데 알아채셨습니까?" 삐에르는 말했다. "'협의를 위해서' 라는 말이 있다는 것을."

"그것이 무엇을 위한 것이건……."

이때 아무도 주의하고 있지 않았던 뻬쨔가 아버지 옆으로 와서 얼굴을 붉히면서 거칠기도 하고 높기도 한, 변성기의 독특한 목소리로 말했다.

"이렇게 된 바에는 아빠, 난 단호히 말하겠어요―엄마에게서 무슨 말을 듣든지―난 단호하게 말하겠어요. 저를 군대에 보내 주세요. 나는 참을 수가 없어요……. 그것뿐이에요……."

백작 부인은 움찔해서 눈을 들고, 저도 모르게 손뼉을 치고는 화난 듯이 남편에게 말했다.

"봐요, 당신 말이 마침내 이렇게……." 그녀는 말했다.

그러나 백작은 그 순간 흥분에서 제정신으로 돌아왔다.

"호오." 그는 말했다. "이거 대단한 군인이군. 바보 같은 짓은 그만 두고 공부나 해라."

"바보 같은 짓이 아녜요, 아빠. 오볼렌스끼네의 페쨔는 나보다 어리지만 그래도 간대요. 무엇보다 나는 지금과 같은 때에는 공부를 할 수가 없어요……." 뻬쨔는 말이 막혀 땀이 날 정도로 빨개졌지만 그래도 끝까지 말을 했다. "조국이 위기에 빠져 있는 이때에."

"그만, 그만, 부질없는 말은 그만해라."

"그러나 아버지는 모든 것을 희생한다고 스스로 말씀하셨잖아요."

"빼쨔, 입을 다물라니까." 파랗게 질려 가라앉은 눈으로 막내둥이를 바라보고 있는 아내 쪽을 돌아다보면서 백작이 소리쳤다.

"아녜요, 전 말하겠어요. 이 베주호프 씨가 말해 줄 거예요."

"말해 두겠는데, 그건 헛소리다. 아직 젖내도 가시지 않은 주제에 군대에 가다니! 얘, 알겠니?" 그리고 백작은 자기 전에 다시 한 번 서재에서 읽을 생각인 듯, 서류를 가지고 방에서 나가려고 일어섰다.

"베주호프 씨, 어떻소. 한 대 피우러 가지 않겠소……?"

삐에르는 난처해서 우물거리고 있었다. 상냥함 이상의 표정으로 끊임없이 자기에게 향하고 있는, 여느 때와 달리 빛나고 활기에 차 있는 나따샤의 눈이 그를 이와 같은 상태로 만든 것이다.

"아니, 이제 나는 집으로 가는 편이 좋을 것 같습니다……."

"왜 가신다는 거요? 당신은 오늘 밤 우리와 함께 보내고 싶다고 하지 않았소……? 그렇지 않아도 요즘은 잘 오시지 않았는데. 그리고 이애가……." 백작은 나따샤를 가리키면서 악의 없이 말했다. "당신이 있을 때에만 명랑해지거든……."

"그런데 잊고 있었습니다……. 꼭 집으로 돌아가야 합니다……. 볼일이 있어서요……." 황급히 삐에르가 말했다.

"그래요? 그럼 또 만납시다." 백작은 방 밖에까지 배웅하면서 말했다.

"왜 가세요? 왜 안절부절못하세요? 왜 그러세요?" 나따샤는 도전하듯이 삐에르의 눈을 바라보면서 말하였다.

'당신을 사랑하고 있기 때문입니다!' 그는 이렇게 말하고 싶었으나 차마 입 밖에 내지 못하고 눈물이 나도록 빨개져서 눈을 떨구었다.

"나는 별로 댁에 오지 않는 것이 좋기 때문입니다…… 그것은…… 아니, 볼일이 있기 때문입니다……."

'어째서요? 아녜요, 말씀해 주세요.' 나따샤는 단호히 이렇게 말하려다가 갑자기 입을 다물었다. 두 사람은 놀란 듯이 당황해서 서로를 바라보고 있었다. 그는 비꼬는 미소를 지으려고 했으나 그렇게 할 수 없었다. 그 미소는 괴로움을 띠는 것이 되고 말았다. 그는 잠자코 그녀의 손에 키스하고 나갔다.

삐에르는, 앞으로 다시는 로스또프네를 방문하지 않으리라고 마음먹었다.

삐쨔는 단호한 반대를 받고 나서 자기 방으로 물러가자, 아무도 못 들어오게 하고는 슬픈 눈물을 흘렸다. 울어서 부은 눈에 침울한 낯으로 차 마시러 나왔을 때 모두는 아무것도 모르는 체했다.

다음 날 황제가 도착하였다. 로스또프네의 하인 몇 사람도 외출 허가를 받아 황제를 보러갔다. 이날 아침 삐쨔는 오랫동안 걸려서 옷을 길아입고 머리에 빗질을 하고 어른처럼 깃을 갖추었다. 그는 거울 앞에서 얼굴을 찌푸려 보기도 하고 몸짓도 해보고 어깨도 움츠려 보고 나서, 아무한테도 말하지 않고 모자를 쓰고 들키지 않도록 조심하면서 뒤쪽 층계로 빠져나갔다. 삐쨔는 직접 황제가 있는 곳으로 가서, 시종에게(삐쨔에게는 황제란 언제나 시종들에게 둘러싸여 있다고 여겨졌다) 나는 로스또프 백작으로 나이는 어리지만 조국에 봉사하고 싶습니다, 어린 나이는 충성에 방해되지 않습니다, 저는 각오를 굳히고…… 라고 설명할 결심을 하고 있었다. 삐쨔는 채비를 하면서 시종에게 할 말을 많이 준비해두고 있었다.

삐쨔는 자기가 바로 어린아이기 때문에(자기의 나이에 모두가 놀랄 것이라고 삐쨔는 생각하고 있었다) 황제에 대한 알현이 잘 되어갈 것이라고 기대하고 있었으나, 그러면서도 깃 모양이나 머리형, 침착한 걸음걸이 등으로 자기를 나이 든 사람으로 여기게 하려고 애썼다. 그러나 앞으로 나아감에 따라, 또 끊임없이 크레믈린 옆으로 오는 군중에 정신이 팔려감에 따라, 그는 어른다운 태도를 유지하는 것을 잊고 말았다. 크레믈린에 가까이 가자 떠밀리지나 않을까 그것만이 걱정이 되어 마음을 단단히 먹고 험한 표정을 짓고 팔꿈치를 폈다. 그러나 뜨로이쯔끼 문(3위1체)까지 오자 그가 제아무리 결의를 굳히고 있어도, 그가 얼마나 거창한 애국심을 가지고 크레믈린으로 가고 있는가를 모르는 사람들이 그를 벽 쪽으로 강하게 밀어붙였기 때문에 그는 그것에 거역할 수가 없어, 아치 아래로 소리를 내며 몇 대의 마차가 문 안으로 들어가는 동안 그대로 서 있지 않으면 안 되었다. 삐쨔 둘레에는 서민 여인들과 같이 온 하인, 상인 두 사람과 제대 군인이 서 있었다. 삐쨔는 잠시 문 있는 곳에 서 있었으나, 마차가 모두 지나가는 것을 기다리지 못하고 남보다 먼저 앞으로 가려고 팔꿈치를 마구 놀리기 시작하였다. 그러나 그의 바로 앞에 서 있던 여자가 맨 처음 팔꿈치에 맞고 소리를 질렀다.

"이봐요, 젊은이. 밀면 안 돼. 좀 보란 말이야, 모두 이렇게 서 있잖아. 끼어들 수 있을 것 같아?"

"그래도 모두 들어가고 있어." 하인은 이렇게 말하고, 그도 팔꿈치로 밀어 뻬쨔를 냄새가 나는 문 구석으로 밀어넣어 주었다.

뻬쨔는 온통 땀이 밴 얼굴을 두 손으로 닦고 나서, 모처럼 집에서 어른 흉내를 내서 멋있게 갖추었으나 땀에 흠뻑 젖어버린 깃을 고쳤다.

뻬쨔는 자기 모습이 초라한 것을 깨닫고, 이런 모습으로 시종 앞에 나서면 여간해서는 폐하께 안내해 주지 않을 것 같아 걱정이 되었다. 그러나 이와 같은 혼잡으로는 매무새를 매만지기는커녕 몸을 움직일 수조차도 없었다. 마차로 지나가는 장군 중 한 사람이 로스또프네와 아는 사람이었다. 뻬쨔는 그 사람의 도움을 받아 보려고 생각했지만 그것은 남자답지 못한 일이라고 여겨졌다. 마차가 모두 지나가 버리자 군중이 와락 밀려나와서, 뻬쨔도 이미 인파로 뒤덮인 광장으로 밀려나왔다. 광장만이 아니라 둑에도 지붕에도 온통 사람으로 메워져 있었다. 뻬쨔가 광장으로 들어가자마자 크레믈린 전체에 울려 퍼지는 종소리와 즐거운 군중의 이야기소리가 뚜렷이 들려왔다.

광장으로 나와 잠시 여유가 생겼으나, 갑자기 모든 사람이 모자를 벗고 어딘지 앞쪽으로 몰려갔다. 뻬쨔는 숨도 쉬지 못할 만큼 떠밀렸다. 모두 외치기 시작했다. "만세! 만세! 만세!" 뻬쨔는 발끝으로 서서 떠밀기도 하고 잡아당겨 보기도 했지만, 자기 주위의 군중 이외에는 아무것도 눈에 띄지 않았다.

모든 사람의 얼굴에는 공통된 감동과 환희의 표정이 나타나 있었다. 뻬쨔 옆에 서 있던 한 여상인은 하염없이 눈물을 흘리며 소리내어 울었다.

"폐하님, 천사님!" 그녀는 손끝으로 눈물을 닦으면서 이렇게 외치고 있었다.

"만세!" 여기저기에서 외쳤다.

순간 군중은 잠시 같은 장소에 서 있었지만, 이윽고 다시 앞으로 나아갔다.

뻬쨔는 제정신이 아닌 듯 이를 악물고 짐승처럼 눈을 부릅뜬 채 팔꿈치로 밀어내면서 "만세!"를 외쳤다. 마치 이 순간 자신도 죽고 다른 사람도 모두 죽일 듯한 기세로 앞쪽으로 나아갔다. 그러나 그의 양쪽에서도 역시 마찬가지로 짐승 같은 얼굴이 "만세!"를 외치면서 서로 밀치고 있었다.

'그렇다, 이것이 황제라는 것이다!' 뻬짜는 생각했다. '안 되겠다, 폐하께 원서를 내다니 도저히 안 될 일이다. 너무 뻔뻔스럽다!' 그러면서도 그는 여전히 안간힘을 다하여 앞으로 헤치고 나갔다. 그러자 앞사람들의 등 사이로 빨간 양탄자를 깔아놓은 통로가 보였다. 그러나 그때 군중이 뒤로 밀렸다— 너무나 행렬 가까이에 밀려온 사람들을 앞에서 경관이 밀어낸 것이다. 황제는 궁전에서 우스펜스끼 대성당으로 향하는 길이었다—그때 뻬짜는 느닷없이 늑골에 심한 일격을 얻어맞고 밀려났기 때문에 눈앞이 캄캄해지면서 의식을 잃고 말았다. 그가 제정신을 차렸을 때에는 뒤로 한 묶음 백발을 묶고 다 해진 푸른 법의를 입은, 분명히 부사제인 듯한 성직자가 한 손으로 그의 겨드랑이를 부축하고, 한 손으로 밀려드는 군중을 막고 있었다.

"귀족 아이가 깔렸다! 무슨 꼴이야! …… 조심해…… 깔렸어, 깔렸다고!"

황제는 우스펜스끼 대성당으로 들어갔다. 군중은 다시 원래대로 줄을 지었기 때문에 성직자는 파랗게 질려서 숨도 못 쉬는 뻬짜를 '대포의 왕' (크레믈린 안에 전시 되어 있는 옛날 거포) 쪽으로 끌어냈다. 몇 사람이 뻬짜를 가엾게 여겼다. 그러자 군중이 모두 그에게 와서 이번에는 그의 둘레에서 서로 떠밀기 시작했다. 가까이에 서 있던 사람들은 그를 돌봐주었다. 저고리 앞을 벌려 펼쳐주기도 하고 대포 포대에 앉히기도 하고, 누군지는 모르지만 뻬짜를 짓밟은 사람들을 비난하기도 했다.

"이러다가는 눌려 죽겠군. 대체 이게 뭐야! 사람 죽이는지도 모르고! 봐요, 가여워라. 백지장같이 되어 버렸어." 여러 사람의 목소리가 말했다.

뻬짜는 곧 의식을 되찾아 얼굴에 핏기가 살아나고 아픔도 가셨다. 이 일시적인 달갑지 않은 일을 당한 탓으로 그는 대포 위의 자리를 얻게 되어, 여기서라면 틀림없이 궁으로 돌아갈 때 이곳을 지나갈 황제를 볼 수 있으리라고 생각했다. 뻬짜는 이제 배알 같은 것은 생각도 하고 있지 않았다. 그저 황제의 모습을 보기만 하면 좋았다. 그것만으로 그는 행복하다고 생각하고 있었다.

우스펜스끼 대성당에서 미사를 올리는 동안—그것은 황제의 귀환에 따른 기도와 터키와의 강화 체결을 감사하는 기도를 함께 한 것이었다—군중은 약간 흩어졌다. 큰 소리를 지르며 끄바스 (러시아 사람이 즐기는 음료), 러시아풍 진자 쿠키, 뻬짜가 유달리 좋아하는 양귀비 씨를 파는 행상이 나타나고 흔한 잡담도 들렸다. 한 상인 아낙네는 해진 숄을 보이며 비싼 돈을 내서 샀다고 선전하고 있었다. 다른 아낙네가 요즘은 비단으로 만든 것은 무엇이든지 비싸졌다고 말했다. 삐쨔를 구해준 성직자는 관리를 상대로, 오늘 주교와 함께 미사를 올리고 있는 사람은 이러이러한 사람들이라고 설명해주고 있었다. 성직자는 "대중과 성자가 다 같이"라고 삐쨔가 알아들을 수 없는 말을 몇 번인가 되풀이하였다. 두 젊은이가 나무 열매를 깨물고 있는 하녀들과 이야기를 하고 있었다. 이러한 이야기가, 특히 삐쨔 또래에게는 유달리 흥미가 있는 여자 상대의 농담이 지금은 삐쨔의 마음을 끌지 않았다. 그는 여전히 황제와 황제에 대한 자기의 애모의 정을 생각하고 가슴을 설레면서 대포 포대 위의 자기 자리에 앉아 있었다. 짓눌릴 뻔했을 때의 무서움과 아픔이 감격과 한데 섞여, 이 한 순간이 매우 중요하다는 의식을 그의 마음 속에 한층 강하게 심어주었다.

갑자기 강가 거리에서 포성이 들렸다(이것은 터키와의 강화를 기념해서 축포를 발사한 것이었다). 그러자 군중은 대포를 쏘는 것을 보려고 강 쪽으로 쇄도했다. 삐쨔도 그쪽으로 달려가고 싶었지만 귀족 아이의 보호자역이 된 성직자가 가지 못하게 했다. 포성이 계속되는 동안에 우스펜스끼 대성당에서 장교와 장군, 시종들이 뛰어나왔다. 이번에는 그다지 서두르지 않고 다른 사람들도 나왔다. 또 대포를 구경하러 갔던 사람들도 뛰어 돌아왔다. 마침내 군복을 입고 훈장 리본을 단 사나이 네 명이 대성당 문에서 나왔다. "만세! 만세!" 다시 군중이 외치기 시작했다.

"어느, 어느 분입니까?" 삐쨔는 울먹이는 소리로 주위 사람들에게 물었으나 아무도 대답하지 않았다. 모두들 너무 열중하고 있었던 것이다. 삐쨔는 너무 기뻐서 눈에 넘치는 눈물 때문에 뚜렷이 분간할 수 없는 네 사람 중의 한 사람을 골라─실제로 그것은 황제가 아니었지만─온갖 감격을 그 사람에게 집중하여 "만세!" 하고 필사적으로 외치고, 내일은 무슨 일이 있더라도 군인이 되리라고 결심했다.

군중은 황제의 뒤를 따라 달리기 시작하여 궁전까지 황제를 배웅하고 사방으로 흩어지기 시작했다. 이미 시간도 늦었으나 삐쨔는 아무것도 먹지 않았다. 땀은 비오듯 했다. 그러나 그는 집으로 돌아가지 않고, 줄기는 했지만 아직 적지 않게 남은 군중과 함께 황제가 식사를 하는 동안 궁전 앞에 서서, 아직 무엇인가를 기대하면서 궁전의 창문을 바라보고 있었다. 황제와의 식사를 위해 현관으로 마차를 몰고 오는 고관들과, 창문에 어른거리는 식탁 시중을 드는 시종들을 모두들 부러운 눈초리로 바라보았다.

황제의 식사석에서 발루에프(크레믈린 무기고의 장관)가 창 쪽을 돌아다보고 말했다.

"민중은 아직 폐하의 모습을 보고 싶어하고 있습니다."

식사는 이미 끝났다. 황제는 비스킷을 먹으면서 일어나서 발코니로 나갔다. 군중은 뻬쨔를 가운데에 세우고 발코니 쪽으로 밀려왔다.

"천사님, 아버지시여! 만세! 폐하……!" 군중도 뻬쨔도 소리쳤다. 그리고 또 아낙네들과 뻬쨔도 포함해서 심약한 사나이들은 행복한 나머지 울음을 터뜨리고 말았다. 황제가 손에 들고 있던 비스킷의 꽤 큰 조각이 쪼개져서 발코니 난간 위로, 난간 위에서 땅으로 떨어졌다. 가장 가까이 서 있던 민족풍의 코트를 입은 마부가 그 조각에 달려들어 그것을 잡았다. 군중 속의 몇 사람이 마부 쪽으로 밀려들었다. 이것을 본 황제는 비스킷이 담긴 접시를 가져오게 하여, 직접 비스킷을 발코니에서 던지기 시작했다. 뻬쨔의 눈에는 핏발이 서고 짓눌릴지도 모른다는 위험이 그를 한층 흥분시켰다. 그는 비스킷을 향하여 돌진했다. 그는 까닭은 몰랐지만 황제의 손으로부터 비스킷을 꼭 하나 가져야 했고, 져서는 안 된다고 생각했다. 그는 돌진해서 비스킷을 주우려던 노파를 밀어 쓰러뜨리고 말았다. 그러나 노파는 땅에 쓰러지면서도(그녀는 비스킷을 잡으려고 했지만 손이 닿지 않았다) 비스킷을 포기하지 않았다. 뻬쨔는 무릎으로 노파의 손을 떼밀고 비스킷을 쥐고, 마치 늦으면 큰일이라는 듯이 다시 "만세!" 하고 외쳤으나 목소리는 이미 쉬어 있었다.

황제는 물러갔다. 그리고 대부분의 군중도 흩어지기 시작했다.

"그것 봐, 그래서 좀 더 기다리라고 말한 거야. 잘 되잖았어?" 여기저기 군중 사이에서 기쁜 듯한 소리가 들렸다.

뻬쨔는 자못 행복했지만, 오늘의 즐거움도 이것으로 끝나고 집으로 돌아가야 한다고 생각하니 역시 슬픈 마음이 앞섰다. 그는 크레믈린에서 집으로 돌아가지 않고 친구 오볼렌스끼한테로 갔다. 오볼렌스끼는 열다섯 살이며 역시 군대에 들어가려는 생각을 하고 있었다. 집으로 돌아오자 뻬쨔는, 단호한 태도로 만약 군에 보내주지 않으면 집을 나가겠다고 선언했다. 그리고 이

튼날, 아직 절대로 완전히 꺾인 것은 아니었지만, 로스또프 백작은 뻬쨔를 어떻게 하면 되도록 안전한 곳에 입대시킬 수 있을까 알아보려고 집을 나섰다.

22

그로부터 사흘 후인 15일 아침, 슬로보츠꼬이 궁전 앞에 수많은 마차가 머물러 있었다.

홀은 만원을 이루고 있었다. 첫째 홀에는 제복을 입은 귀족들이, 둘째 홀에는 메달을 달고 턱수염을 기르고 푸른 긴 상의를 입은 상인들이 있었다. 귀족 회의의 홀 앞에서는 웅성거리는 소리가 들리고 사람의 움직임이 보였다. 황제 초상 아래의 커다란 테이블 앞에는 높은 등받이가 달린 의자에 가장 높은 고관들이 앉아 있었지만, 대부분의 귀족들은 홀을 걸어다니고 있었다.

귀족은 모두 삐에르가 클럽이나 그들 집에서 매일 만나는 사람들로, 모두가 귀족의 제복을 입고 있었다. 어떤 사람은 예까쩨리나 시대의, 어떤 사람은 빠베르 시대의, 어떤 사람은 새로운 알렉산드르 시대의, 어떤 사람은 일반 귀족의 제복을 입고 있었다. 그 제복이 지니는 공통된 성격이 이들 가지각색의 노인과 청년의 낯익은 얼굴에 무엇인가 기묘하고 환상적인 느낌을 더하고 있었다. 특히 눈을 휘둥그레하게 만든 것은, 눈이 잘 안보이고 치아가 없는, 머리가 벗겨지고 누런 지방으로 부어 있는 주름투성이가 된 여윈 노인들이었다. 그들은 대부분 자리에 앉아서 잠자코 있었으나, 걷거나 이야기를 할 때에는 누군가 젊은 사람들과 함께 하고 싶어했다. 뻬쨔가 광장에서 본 군중의 얼굴과 같이, 이 모두의 얼굴에도 놀라울 정도로 뚜렷이 대조적인 특징이 나타나 있었다. 무엇인가 엄숙한 것을 기대하는 공통된 기분과, 어제의 보스턴 승부나, 요리사 뻬뜨르시까, 지나이다 드미뜨리에브나 같은 여성의 건강 등에 관한 일상적인 일이었다.

삐에르는 몸에 꽉 끼어 편안하지 않은 귀족의 제복을 입고서 아침부터 홀에 앉아 있었다. 그는 흥분하고 있었다. 귀족뿐만이 아니라 상인도 포함된 복수의 계급, 즉 계급이 종합된 이례적인 집회가, 훨씬 예전에 잊었으나 마음 속 깊이 파고든 사회계약론과 프랑스 혁명을 둘러싼 여러 가지 생각을 그의 머릿속에 불러일으켰다. 국민과 협의하기 위해 황제가 귀환한다는, 격문 속에 있던 그가 주목한 말이 그에게 이런 생각을 확신시키고 있었다. 그리고 그는 이 뜻으로 무엇인가 중대한 것, 자기가 훨씬 이전부터 기다리고 있는 것이 가까이 다가오고 있다는 것을 예상하면서, 홀 안을 걸어다니기도 하고 사람들의 안색을 살펴보기도 하며 이야기에 귀를 기울이고 있었다. 그러나 그가 관심을 가지고 있는 생각을 엿볼 수 있는 증후는 아무데서도 찾아볼 수가 없었다.

황제의 조칙이 낭독되어 감격을 불러 일으킨 후 모두 잡담을 하면서 여기 저기 흩어져 있었다. 여느 때와 다름없는 화제 외에 삐에르는 황제가 들어올 때 귀족단장들은 어디에 서 있으면 좋은가, 황제를 위해 언제 무도회를 개최 하면 좋은가, 군(郡)마다 나뉘는 것이 좋은가 그렇지 않으면 모두 함께 하는 것이 좋은가…… 등등을 서로 이야기하는 것을 들었다. 그러나 화제가 전쟁과 무엇 때문에 귀족이 소집되었느냐는 것에 미치자마자, 이야기는 활기가 무뎌져서 애매한 것이 되었다. 모든 사람은 이야기하기보다는 듣는 편을 바랐다.

퇴역 해군 군인 제복을 입은 용기가 가득 찬 잘생긴 한 중년남자가 어떤 홀에서 이야기를 하고 있고, 그 둘레에 사람들이 모여 있었다. 삐에르는 그의 둘레에 모인 사람들에게로 가서 귀를 기울였다. 로스또프 노백작은 예까쩨리나 시대 지방장관의 제복을 입고 상냥한 미소를 지으며 사람들 사이를 걸어다니고 있었다. 그는 모두와 얼굴을 아는 사이라서 역시 이 그룹으로 가까이 갔다. 그리고 남의 이야기를 들을 때에 흔히 하듯이 선량한 미소를 짓고 듣기 시작하여, 이야기하는 사람에게 찬동하는 표시로 옳다는 듯이 고개를 끄덕이고 있었다. 퇴역 해군 군인은 꽤 대담한 말을 하고 있었다. 그것은 듣는 사람들의 얼굴 표정으로나, 더없이 얌전해서 조용하다는 평판을 삐에르가 듣고 있는 사람들이 이 사나이에게 찬성하지 않는다는 듯이 곁을 떠나거나 반대하는 것으로도 알 수 있었다. 삐에르는 사람들 한가운데로 밀고 들어가 귀를 기울였다. 그리고 이야기하고 있는 사람은 분명히 자유사상가이지만, 삐에르 자신이 생각하는 것과는 다른 뜻에서 그렇다고 확신하였다. 해군 군인은 유난히 잘 들리는, 노래하는 것 같은 귀족다운 저음으로 '르'음을 프랑스풍으로 듣기 좋게 발음하고 자음을 짧게 하면서 이야기하고 있었다.

그는 앞뒤 가리지 않고 권력을 휘두르는 버릇을 목소리에 느끼게 하면서 말하고 있었다.

"스몰렌스크 녀석들이 폐하에게 민병을 제의했다고 해서 그게 어쨌다는 겁니까. 그 녀석들이 그것을 우리에게 지시할 까닭이 어디 있단 말입니까? 모스크바 현의 유서 깊은 귀족이 필요하다고 여기면 다른 방법으로 황제 폐하께 충성을 피력할 수 있을 겁니다. 우리들이 1807년의 민병을 잊었단 말입니까? 다만 신부(스페란스끼를
풍자한 것)와 도둑놈들이 사복을 채웠을 뿐이 아닙니까……."

로스또프 노백작은 싱글싱글 웃으면서 맞장구를 치고 있었다.

"그래, 어떻게 되었다는 겁니까? 우리 민병이 국가에 도움이 되었습니까? 절대로 아닙니다! 단지 우리의 경제를 엉망으로 만들었을 뿐입니다. 차라리 징병 쪽이 낫습니다…… 그렇지 않으면, 당신한테로 돌아오는 것은 병사도 아니요, 농민도 아니요, 한낱 망나니에 지나지 않습니다. 귀족은 목숨을 아끼지 않습니다. 모두 스스로 앞장서서 신병을 이끌고 갑니다. 폐하의 분부만 떨어지면 우리는 모두 폐하를 위해 죽을 것입니다." 웅변가는 신이 나서 이렇게 덧붙였다.

로스또프 노백작은 만족한 나머지 몇 번이나 침을 삼키고 삐에르를 찔렀다. 마침 삐에르도 말하고 싶어진 참이었다. 그는 자기가 흥분한 것을 느끼면서도, 아직은 왜 흥분했는지, 무엇을 말해야 좋을지를 모르고 앞으로 나아갔다. 그가 말문을 열려는 순간 웅변가 옆에 서 있던 이가 하나도 없는, 총명한 듯하나 성깔이 있어보이는 얼굴을 한 대심원 판사가 삐에르를 가로막았다. 그는 토론을 하고 문제를 분산시키지 않는 데에 분명히 익숙한 태도로, 조용하나 잘 들리는 음성으로 말하기 시작하였다.

"내 생각으로는" 치아가 없는 입을 우물거리면서 대심원 판사는 말했다. "지금 이 시점에서 우리가 여기에 소집된 것은, 징병과 민병의 어느 쪽이 국가에 이로운가 하는 것을 심의하기 위한 것은 아닙니다. 우리는 황제 폐하께서 내리신 조칙에 보답하기 위해서 소집된 것입니다. 징병과 민병 중 어느 쪽이 좋은가 하는 논의는 최고 권력에 맡기기로 합시다……."

삐에르는 별안간 자기 흥분의 배출구를 발견했다. 그는 촉박한 귀족 계급의 임무에 이토록 융통성이 없고 편협한 견해를 도입하려고 하는 대심원 판사에게 욱 하는 생각이 들었다. 삐에르는 앞으로 나아가 판사의 말을 막았다. 그는 자기 자신도 무슨 말을 하려는 것인지 몰랐지만 열의를 가지고 때로는 프랑스어로 타개하기도 하고, 러시아어의 문어적인 표현을 사용하면서 말하기 시작했다.

"실례입니다만, 각하." 그는 말문을 열었다(그는 이 대심원 판사를 잘 알고 있었으나 여기서는 격식을 차리고 불러야 한다고 생각하였다). "나도 이분에게…… (삐에르는 말이 막혔다. 그는 프랑스어로 '나의 존경하는 반대자'라고 말하고 싶었던 것이다) 이…… 내가 알아뵐 영광을 가지지 못하는 이분에게 찬성하지 않습니다. 귀족 계급은 자기의 공감과 감동을 표현하는 외에, 우리가 조국을 도울 수 있는 수단을 심의하기 위해서도 소집된 것이라고 생각합니다. 내 생각으로는" 그는 차차 열기를 띠고 말했다. "폐하께서도 틀림없이 불만이실 겁니다. 만약에 우리가 단순히 폐하께 제공하는 농민의 소유자에 지나지 않고, 또 우리 자신이…… 대포의 먹이가 되는 데에 지나지 않다는 것을 보실 뿐, 우리에게서 도움말을 발견하실 수 없으시다면 말입니다."

많은 사람들은 대심원 판사의 얕잡아 보는 듯한 엷은 웃음을 보고, 삐에르가 분별없는 말을 하고 있다는 것으로 알고 그 자리를 떠났다. 로스또프 노백작만은 일반적으로 마지막에 들은 이야기가 마음에 드는 것처럼, 해군 군인과 대심원 판사의 의견만큼 삐에르의 의견도 마음에 들었다.

"내 생각으로는, 이 문제를 논하기 전에" 삐에르는 말을 이었다. "우리는 폐하께 질문을 해야 합니다. 우리에게 알려주시도록 엎드려 부탁해야 합니다. 우리의 병력은 어느 정도인가, 우리 부대나 군은 어떤 상태에 있는가. 그러면……"

그러나 삐에르가 그 말을 다 하기도 전에 별안간 그는 세 곳으로부터 공격을 받았다. 가장 심하게 공격한 것은 옛 친지이며, 늘 그에게 호의를 가지고 있던 보스턴 노름 친구인 아쁘라끄신이었다. 아쁘라끄신은 제복을 입고 있었는데 그 제복 때문인지 또는 다른 이유에서인지, 삐에르가 눈앞에 보고 있는 그는 이전과는 전혀 다른 사람 같았다. 아쁘라끄신은 갑자기 노인다운 심술궂은 얼굴로 삐에르에게 소리를 질렀다.

"당신한테 말해둡니다만 첫째, 우리에게는 그런 것을 폐하께 여쭈어 볼 권리는 없습니다. 둘째로, 설사 그러한 권리가 러시아 귀족에게 있다고 하더라도 폐하께서 대답하시지는 않습니다. 군은 적의 움직임에 따라서 움직이고 있습니다. 군은 줄기도 하고, 늘기도 하는 겁니다……."

또 다른 목소리가 삐에르를 가로막았다. 그는 집시 여자와 함께 있는 것을 삐에르도 본 적이 있는, 행실이 좋지 않은 카드 도박꾼으로 알려진 중간 키에 40세 전후의 남자였다. 그는 제복을 입은 탓에 평소와 달라 보였다. 그가 삐에르에게로 다가와서 하는 말이 아쁘라끄신의 말을 압도하였다.

"게다가 이러쿵저러쿵 논쟁할 때가 아닙니다." 그 귀족의 목소리가 말했다. "필요한 것은 행동입니다. 전쟁은 러시아에서 행해지고 있습니다. 적이 다가오고 있습니다. 러시아를 멸망시키기 위해, 우리 선조의 무덤을 더럽히기 위해서, 처자를 빼앗아 가려고." 귀족은 자기 가슴을 두드렸다. "우리는 모두 궐기해야 합니다. 모두 다 같이 가야 합니다. 모두의 아버지이신 황제 폐하를 위해서!" 그는 핏발이 선 눈을 부릅뜨고 외쳤다. 몇 사람의 찬성하는 소리가 군중 속에서 들렸다. "우리 러시아 사람은 신앙과 옥좌와 조국을 지키기 위해서 자신의 피를 아끼지 않습니다. 만약 우리가 조국의 아들이라면 부질없는 헛소리는 그만 둬야 합니다. 우리는 러시아가 러시아를 위해서 궐기하는 모습을 유럽에 보여 줘야 합니다." 귀족은 이렇게 외쳤다.

삐에르는 반론하려고 했지만 한 마디도 할 수 없었다. 그는 자기 말이 어떠한 사상을 포함하고 있든 간에 그의 말은 열의에 찬 귀족의 말만큼 듣는 사람들의 귀에 잘 들어가지 않을 것이라는 것을 느끼고 있었다.

로스또프 노백작은 사람들 뒤쪽에서 고개를 끄덕이고 있었다. 말이 끝나려고 할 때, 몇몇 사람들이 말하는 사람 쪽으로 어깨를 획 돌리고 말하였다.

"그렇다, 그대로다! 잘한다!"

삐에르는 자기는 돈도, 농민도, 자기 자신을 희생하는 것도 마다하지 않는다, 그러나 원조를 하기 위해서는 정세를 알아야 한다고 말하려 했지만 말할 수가 없었다. 많은 사람의 목소리가 일시에 외치기도 하고, 이야기를 하고 있었으므로 로스또프 노백작은 모두에게 맞장구를 칠 틈이 없었다. 그리고 이 그룹은 사람이 늘어나기도 하고 갈라졌는가 하면 다시 한데 뭉쳐 모두 함께 낮은 목소리로 이야기하면서 큰 홀의 커다란 테이블 쪽으로 향하였다. 삐에르는 이야기할 기회를 잃었을뿐더러, 난폭하게 이야기를 방해당하고 떠밀리고, 모두의 적인 양 외면을 당하기도 했다. 그것은 그의 이야기의 취지에 불만이었기 때문은 아니었다—그의 이야기는, 그 후 많은 이야기가 나왔기 때문에 잊혀져 있었다—그러나 군중을 활기차게 하기 위해서는 실감할 수 있는 애정의 대상과 미움의 대상이 있어야 한다. 삐에르는 그 미움의 대상이 되어버린 것이다. 열의에 찬 귀족이 말한 후에 많은 사람들이 이야기를 하였다. 그리고 모두 같은 어조로 이야기하였다. 대부분의 이야기는 훌륭했고 독특한 점들이 있었다.

〈러시아 소식〉의 발행인 글린까는—그를 알아차리고 "작가다, 작가다!" 하는 소리가 군중 속에서 들렸다—지옥은 지옥으로써 물리치지 않으면 안 된다, 번개가 치고 천둥이 울리고 있을 때 싱글싱글 웃고 있는 어린애를 본 일이 있지만, 우리는 그러한 어린아이가 되어서는 안 된다고 말했다.

"그렇다, 그렇다, 우레 소리는 울리고 있다!" 뒤쪽 줄에서 찬동하는 소리를 되풀이하는 사람이 있었다.

군중은 큰 테이블로 가까이 갔다. 거기에는 70세쯤 되어 보이는 나이 든 중신들이 제복을 입고 수장이 달린 훈장을 걸고 백발과 대머리를 보이고 앉아 있었다. 그 노인들 대부분은 각자 집에서 어릿광대를 상대하거나 클럽에서 보스턴 노름을 하며 시간을 보낸다는 것을 삐에르는 보고 알고 있었다. 사람들은 여전히 웅성거리면서 테이블로 다가갔다. 밀려드는 군중 때문에 의자의 높은 등받이에 떠밀리면서 차례로, 때로는 두 사람이 같이 입을 열었다. 뒤쪽에 서 있던 사람들은 이야기하는 사람이 빠뜨린 말이 있다는 것을 알고 재빨리 그 말을 보충하려고 서둘렀다. 또 어떤 사람은 이 더위와 혼잡 속에서 무슨 좋은 생각은 없나 하고 자기 머리를 짜서 그것을 말하려고 초조해 했다. 삐에르에게 낯익은 중신 노인들은 앉아서 이 사람 저 사람을 돌아보고 있었는데, 그 대부분의 표정은 더워서 견딜 수 없다는 눈치였다. 삐에르는 그래도 흥분하여 마음이 들떴다. 자기들은 어떠한 일도 두렵지 않다는 것을 보이려고 하는 모두의 기분이—그것은 말의 뜻보다는 오히려 목소리나 얼굴 표정에 나타나 있었다—그에게도 전달되었다. 그는 자기 의견을 철회한 것은 아니었지만 무엇인가 나쁜 짓을 한 것처럼 느껴져서 변명을 하고 싶었다.

"내가 말한 것은, 단지 무엇이 필요한가를 안다면 기부를 하기 쉽다는 것입니다." 그는 다른 목소리를 자기 목소리로 억누르려고 하면서 말했다.

바로 옆에 있던 한 노인이 그를 돌아다보았지만 곧 테이블 건너편에서 일어난 고함에 정신이 팔리고 말았다.

"그렇다, 모스크바는 함락됩니다! 모스크바가 희생물이 됩니다!" 어떤 사람이 소리쳤다.

"저 녀석은 인류의 적입니다!" 또 한 사람이 외쳤다. "말을 하게 해 주시오…… 여러분, 당신들은 나를 짓누르고 있습니다……."

23

그때 장군 제복 차림에 어깨에 훈장 리본을 걸고, 튀어나온 턱과 재빨리 움직이는 눈을 한 라스또쁘친 백작이 들어왔다. 그는 좌우로 갈라진 귀족들 앞을 빠른 걸음으로 지나갔다.

"황제 폐하께서 곧 오십니다." 라스또쁘친이 말했다. "나는 지금 거기서 돌아왔습니다. 제가 생각하기에는 현재 우리가 놓여 있는 상태로서는, 이러쿵저러쿵 논의할 것은 없다고 생각합니다. 폐하께서는 우리와 상인 계급을 소집하셨습니다." 그는 말을 이었다. "돈은 얼마든지 저쪽에서 흘러들어올 테니까(그는 상인들이 있는 홀을 가리켰다), 우리가 할 일은 민병을 내놓고 자신의 몸을 아끼지 않는 일입니다……. 이것이 우리가 할 수 있는 최소한의 일입니다!"

테이블 앞에 앉아 있는 중신들 사이에서만 협의가 시작됐다. 협의는 줄곧 정숙 이상으로 조용히 진행되었다. 어떤 사람은 "찬성", 또 어떤 사람은 변화를 주기 위해 "나도 동감"이라고 말하는, 노인 냄새가 나는 목소리가 드문드문 들리자 이제까지 줄곧 소란스러웠던 분위기에 비해서 적적한 느낌마저 들었다.

모스크바 시민은 스몰렌스크 시민과 마찬가지로 1000명당 10명의 병사와 완전한 장비를 제공한다는 모스크바 귀족단의 결의를 기록하라고 서기에게 명령했다. 회의를 하고 있던 사람들이 홀가분해진 듯이 일어나자, 의자를 치우고 누군가의 팔을 끼고 잡담을 하면서 다리를 풀기 위해서 홀을 걷기 시작했다.

"폐하다! 폐하다!" 갑자기 홀에 소리가 울려 퍼지고, 귀족들은 출구 쪽으로 몰려들었다.

귀족들 사이의 넓은 통로를 지나 황제가 홀로 들어왔다. 모든 사람의 얼굴에는 경건함과 놀라운 듯한 호기심이 나타나 있었다. 삐에르는 상당히 멀리 서 있었으므로, 황제의 말을 충분히 들을 수가 없었다. 그가 이따금 들은 것만으로 알게 된 것은, 황제는 국가가 직면한 위기와 그가 모스크바의 귀족에게 걸고 있는 기대에 관해서 이야기하고 있다는 것뿐이었다. 황제에 대해서 다른 소리가 대답하여 방금 결정된 귀족의 결의를 보고하였다.

"여러분!" 황제는 떨리는 소리로 말했다. 모인 군중은 옷깃을 스치는 소리를 내고 다시 조용해졌다. 그리고 삐에르는 부드럽고 인간적인, 감동한 황제의 목소리를 분명히 들었다. 황제는 이렇게 말하고 있었다.

"나는 이제까지 러시아 귀족의 열의를 한 번도 의심해 본 적이 없소. 그러나 오늘날 귀족 여러분은 나의 기대 이상이오. 조국을 대신해서 감사하오. 여러분, 행동합시다. 시간은 무엇보다 귀중하오……."

황제는 입을 다물었다. 군중은 그의 주위로 다가가기 시작하여 사방에서 감격어린 외침 소리가 들렸다.

"그렇다, 무엇보다 귀중한 것은…… 폐하의 말씀이다." 아무것도 들리지 않고 모두 자기 나름대로 해석하고 있던 로스또프 노백작의 목소리가 흐느껴 울리면서 뒤에서 이렇게 말했다.

황제는 귀족의 홀에서 상인들의 홀로 들어갔다. 그는 거기서 10분쯤 머물러 있었다. 황제가 상인의 홀에서 감격의 눈물을 글썽이면서 나오는 것을 삐에르는 다른 사람들 속에 끼어서 보았다. 나중에 안 일이지만, 황제는 상인들에게 이야기를 시작하자 이내 눈에서 눈물이 솟구쳐 떨리는 목소리로 간신히 말을 마쳤다는 것이었다. 삐에르가 황제를 보았을 때, 두 상인의 부축을 받으며 나오고 있었다. 한 사람은 삐에르에게도 낯익은 징세업자이고 또 한 사람은 어딘가의 우두머리로, 마르고 가는 턱수염을 기른 생기 없는 얼굴을 하고 있었다. 두 사람 모두 울고 있었다. 마른 편은 눈물을 글썽이고 있었으나 살찐 징세업자는 어린이처럼 울면서 연방 이렇게 되풀이하고 있었다.

"생명도 재산도 받으십시오, 폐하!"

삐에르는 이 순간, 모두가 자기에게는 사소한 일이다, 자기는 모든 것을 희생할 각오라는 것을 보이고 싶은 마음 이외에는 아무것도 느끼지 않았다. 그의 입헌주의적인 발언은 비난의 투가 깃든 것처럼 자신에게도 여겨졌다. 그는 그것을 보상할 기회를 찾고 있었다. 마모노프 백작이 1개 연대를 제공한다는 것을 알자 삐에르도 즉석에서 1000명의 의용병과 그 유지비를 제공한다고 언명하였다.

로스또프 노백작은 이날의 일을 눈물 없이는 아내에게 전할 수가 없었다. 그리고 곧 뻬쨔의 부탁을 들어주고, 자신이 뻬쨔의 지원을 제출하러 갔다.

이튿날 황제는 출발하였다. 모였던 귀족들은 제복을 벗고, 다시 각자의 집과 클럽에 자리를 잡았다. 그리고 한숨을 쉬면서 지배인에게 민병에 대한 명령을 내렸다. 그리고 자기들이 저지른 일에 깜짝 놀랐다.

제2부

1

　나폴레옹이 러시아와 전쟁을 시작한 것은 그가 드레스덴에 오지 않을 수 없었기 때문이며, 숭배를 받아 우쭐하지 않을 수 없었기 때문이다. 또 폴란드 군복을 입고 6월 아침의 의욕이 넘치는 인상(印象)의 포로가 되지 않을 수 없었기 때문이며, 꾸라긴이나 그 후 발라쇼프 앞에서 분노의 폭발을 억제할 수가 없었기 때문이다.

　알렉산드르 황제가 모든 교섭을 거부한 것은, 자기가 개인적으로 모욕을 당했다고 느꼈기 때문이다. 바르끌라이 드 똘리가 그 이상 없을 정도로 훌륭하게 군을 통치하려고 노력한 것은 자기 의무를 다하고, 위대한 지휘관이라는 명성을 획득하기 위해서였다. 니꼴라이가 말을 달려 프랑스군을 공격한 것은, 평탄한 광야를 말로 달리고 싶은 마음을 억제할 수 없었기 때문이다. 이와 마찬가지로 이 전쟁에 참가한 수많은 사람들은 자기의 개인적인 성질이나 습관, 조건, 목적에 따라서 행동한 것이다. 그 사람들은 자기들이 하고 있는 것을 스스로 알고 있었다. 그리고 자기를 위해 그것을 하고 있는 것이라고 생각하면서 두려워하고, 허영을 구하고, 기뻐하고, 분개하고, 생각을 궁리하고 있었다. 그러나 실은 모든 사람이 자유 의사가 없는 역사의 도구였으며, 그 사람은 알 수 없었지만 지금의 우리에게는 이해가 되는 일을 하고 있었던 것이다. 이것은 실제로 행동하고 있는 사람의 항상 변하지 않는 운명인 것이다. 그리고 인간 사회 안에서 높은 지위에 있을수록 자유는 적다.

　지금은 1812년에 활동한 사람들은 오래 전에 무대를 떠나고 그 개인적인 관심은 흔적도 없이 사라졌지만, 당시의 역사적인 결과는 우리의 눈앞에 놓여 있는 것이다.

　그러나 유럽 사람들이 나폴레옹의 통솔하에 러시아 깊숙이 들어와서 거기서 파멸될 운명이었다고 가정한다면, 이 전쟁에 참가한 사람들의 자기 모순에 찬 무의미하고 잔인한 행동을 우리는 이해할 수 있게 된다.

섭리가 이 모든 사람을 움직여 어찌할 수 없이 각자의 개인적인 목적 달성을 목표로 하게 하면서도, 그 누구도(나폴레옹도, 알렉산드르도, 더욱이 전쟁 참가자 어느 누구도) 예기하지 않았던 하나의 거대한 결과를 이룩하는 데에 도움을 준 것이다.

1812년에 프랑스군이 괴멸한 원인은 무엇이었던가. 우리는 지금 그것을 분명히 알 수가 있다. 나폴레옹의 프랑스군이 괴멸한 원인은 겨울철 원정 준비도 없이 여름이 끝나갈 무렵에 러시아 안쪽 깊숙이 침입했다는 것이고, 또 한편으로는 러시아의 모든 도시를 불태워 러시아 민중에게 적개심을 불러일으키게 한 전쟁의 성격에 있었다는 것은 아무도 반론하지 않을 것이다. 그러나 당시 최고의 지휘관에 의해 통솔된 세계 최고의 80만 군대가 경험이 없는 지휘관들에 의해 통솔된, 반밖에 되지 않는 러시아군과 충돌해서 괴멸할 가능성이 있었다고 한다면, 이러한 경과를 밟지 않으면 안 되었으리라는 것을(지금은 명백한 것처럼 여겨지고 있지만) 누구 한 사람 꿰뚫어본 사람이 없었다. 누구 한 사람 꿰뚫어보지 못했을 뿐만 아니라 러시아군 쪽에서 한 모든 노력은 러시아를 구할 수 있는 유일한 방법을 방해하는 방향으로만 나아갔고, 프랑스군 쪽에서는 나폴레옹의 풍부한 경험과 이른바 군사적 천재성에도 불구하고, 그 노력은 모두 여름이 끝날 무렵 모스크바까지 전선을 연장시키기 위해, 그야말로 자신을 틀림없이 멸망시키게 되는 일을 하는 데에 안간힘을 다하고 있었던 것이다.

1812년을 다룬 역사 저작물 중에서 프랑스인 저작자들은 나폴레옹이 전선 연장의 위험을 알고 있었고, 그의 편에서 전투 시기를 찾고 있었으며, 원수(元帥)들이 그에게 스몰렌스크에 머물도록 진언했다느니 하여, 그 당시에 이미 이 전쟁의 위험을 알고 있었던 것 같은 논거를 꺼내기를 매우 좋아하고 있다. 이에 못지 않게 러시아 저작자들은, 전쟁 초기부터 나폴레옹을 러시아 깊숙이 끌어들이는 스키타이(기원전 6~3세기에 유라시아에 / 번창했던 이란계 기마 민족)식 작전이 있었다고 말하는 것을 좋아한다. 어떤 사람은 쁘플, 어떤 사람은 어느 프랑스인, 어떤 사람은 똘리(러시아 장군. / 작전면에서 활약함), 어떤 사람은 알렉산드르 황제 자신이 그 계획을 세웠다고 말하고, 이를 암시하는 메모와 계획안과 편지들을 내놓고 있다. 그러나 생겼던 일을 예견했었다고 하는 이러한 여러 가지 암시가 프랑스 쪽에서나 러시아 쪽에서 지금에 와서 표면에 나타나고 있는 것은, 생긴 사건이 그 암시와 같은 결과가 된 것에 지나지 않는다. 만약에 그러한 사건이 일어나지 않았다면 이들 암시도 잊혀졌을 것이다. 그 당시에 나돌고 있었지만 옳지 않다는 것이 판명된, 이와는 반대되는 수 만, 수백만의 암시나 예상이 오늘날 잊혀지고 있는 것과 마찬가지다. 또 진행 중인 어떤 사건의 결과에 대해서 실로 많은 예측이 있는 법이고 그것이 그 어떠한 결과로 끝났더라도, 무수한 예상 가운데에는 전적으로 반대되는 것도 있다는 것을 모두 잊고, '나는 그때 이미 그렇게 되리라고 예언했다'고 말하는 사람들이 나타나는 법이다.

나폴레옹은 전선 연장의 위험을 의식하고 있었다. 그리고 러시아 사람 쪽에서 보자면, 러시아 깊숙한 곳으로 적을 유인하려고 했다는 추측은 분명히 이 부류에 속한다. 그래서 심한 왜곡을 하지 않는 한, 역사가는 이러한 생각을 나폴레옹이나 그 측근인 원수들이 가지고 있었다거나, 이러한 계획을 러시아 지휘관들이 가지고 있었다고 주장할 수는 없다. 나타난 사실은 모두 이와 같은 추측과는 완전히 상반되고 있다. 전쟁 전 기간을 통해서 러시아군 쪽에는 프랑스군을 러시아 깊숙이 유인하려는 의도는 없었을 뿐만 아니라, 프랑스군이 러시아에 침입해 온 당초부터 모든 일은 그들을 저지하는 데에 전력을 다하고 있었다. 또 나폴레옹 쪽에서도 전선의 연장을 두려워하지 않았을 뿐더러 오히려 일보 전진할 때마다 이것을 승리로서 기뻐하고, 과거의 전쟁 때와는 달리 전투에 임하는 의욕이 매우 결핍되어 있었던 것이다.

전쟁이 시작되자마자 아군은 분단되어, 우리측이 노리는 유일한 목적은 군을 합류시키는 일이었다. 그러나 퇴각하여 적을 나라 깊숙이 유인하기 위해서는, 군을 합류시켜도 유리하지는 않았다. 황제가 군과 같이 있었던 것은 적이 러시아의 국토를 한 발자국도 밟지 않게 지키기 위해 군을 고무하려던 것이지, 퇴각을 위한 것이 아니었다. 쁘플의 계획에 따라서 거대한 드릿싸 진지가 구축되고, 그 이상의 후퇴는 예상하고 있지 않았다. 황제는 한 발짝 퇴각할 때마다 사령관을 힐책했다. 모스크바를 불태우는 것은 물론 적을 스몰렌스크까지 오게 하는 것조차도 황제에게는 상상할 수도 없었던 일이었고, 군이 합류하려 하고 있을 때 황제는 스몰렌스크가 점령된 데다가 불타버리고 그 성벽 앞에서 결전이 이루어지지 않았다는 것을 분개하고 있었던 것이다.

황제가 이런 식으로 생각하고 있었으니, 러시아 지휘관이나 모든 러시아 사람에게 아군이 나라 깊숙이 퇴각하고 있다는 것은 생각만 해도 더욱더 분할 일이었다.

나폴레옹은 러시아군을 분단시킨 후 국내 깊이 진격하면서도 몇 번인가 전투 기회를 놓치고 있었다. 8월에 그는 스몰렌스크에서 어떻게 해서든 앞으로 나아갈 일만을 생각하고 있었다. 그러나 지금 우리가 알고 있는 바와 같이 그 전진은 분명히 파멸에 이르는 것이었다.

사실이 명백히 말하고 있는 것처럼, 나폴레옹은 모스크바로의 진격에 위험을 예상하고 있지 않았다. 알렉산드르와 러시아 지휘관들도 당시는 나폴레옹을 유인하는 일은 생각하고 있지 않았고 그 반대의 일을 생각하고 있었다. 나폴레옹을 국내 깊숙이 유인한다는 것은 누군가의 계획에 의해 생긴 것이 아니라(아무도 그런 일이 가능하다고는 믿고 있지 않았다) 당연히 일어날 사태, 즉 러시아의 유일한 구원이 되는 사태를 통찰하지 않았던 전쟁 참가자들의 여러 가지 음모, 목적, 희망의 복잡하기 짝이 없는 장난에 의해 생긴 것이다. 군은 전쟁이 시작되었을 때 분단되었다. 러시아 쪽은 분명히 전투에 도전하고 적의 진격을 저지하려는 명확한 목적을 가지고 군을 합류시키려고 노력하였다. 병력이 우세한 적과 전투를 피하고 사태의 추이에 따라 급각도로 북동쪽으로 후퇴하면서, 아군은 프랑스군을 스몰렌스크까지 끌어들였다. 그러나 아군이 급각도로 후퇴하고 있었다고 하는 것만으로는 모자란다. 왜냐하면 프랑스군은 러시아의 두 군단 사이를 진격하고 있었으므로, 아군의 후퇴가 더욱더 급각도로 되어갔기 때문이다. 그리고 또 인기가 없는 독일인 똘리가 (바르끌라이의 지휘하에 들어가기로 되어 있던)바그라찌온과 반목하고 있었고, 제2군을 지휘한 바그라찌온은 바르끌라이의 지휘하에 들어가지 않기 위해 될 수 있는 대로 그와 합류하는 때를 늦추고 있었기 때문에, 아군은 더욱더 안쪽으로 후퇴해 갔다. 바그라찌온이 오랫동안 합류를 하지 않은 것은(그것이 상층부 전체의 주요 목적이었는데), 합류를 위한 행군으로 자기 군을 위험에 노출시키게 될 것 같았고, 또 자기에게 가장 유리한 것은 측면과 배후로부터 적을 위협하면서, 군을 우크라이나에서 정돈하면서 더욱더 왼쪽으로 향하여 남쪽으로 후퇴하는 일이라고 여겨졌기 때문이다. 그러나 그가 그렇게 생각한 가장 큰 이유는 자기와 반목하고 있는, 자기보다 계급이 아래인 독일인 바르끌라이의 지휘하에 들어가는 것을 바라지 않았기 때문이었던 것 같다.

황제는 사기를 북돋우기 위해 군에 나가 있었다. 그러나 그의 존재가 오히려 군 지휘관들의 결단에 걸림돌이 되었고 조언자나 계획이 너무 많았기 때문에, 제1군의 에너지는 감소되어 군은 후퇴를 계속하였다.

처음 예정으로는 드릿싸의 진지에서 막아내기로 되어 있었으나, 총사령관의 지위를 노리는 빠울루치가 타고난 솜씨로 뜻하지 않게 알렉산드르 황제를 움직였기 때문에, 쁘플의 계획은 모두 파기되고 만사가 바르끌라이에게 일임되었다. 그러나 바르끌라이는 신용이 없어서 그의 권한은 제한되고 말았다.

군은 분열되었고 지휘에 통일성이 없었으며 바르끌라이는 인기가 없었다. 그런데 이 혼란과 분열, 독일인 총사령관이 인망이 없는 탓으로 한편으로는 망설임과 전투 회피가 일어났고(만약 군이 통합되어 있고, 바르끌라이가 아닌 다른 사람이 지휘관이었다면 전투를 하지 않을 수 없었을 것이다), 다른 한편으로는 독일인에 대한 분노와 애국심이 더욱더 높아지고 있었다.

마침내 황제는 군에서 떠나갔다. 그가 퇴거하는 유일하고 가장 편리한 구실로서, 국민 전쟁을 일으키기 위해서 두 수도의 국민을 고무할 필요가 있다는 의견이 선택되었다. 그리고 황제가 모스크바로 돌아감으로써 러시아군은 힘을 세 배로 높인 것이다.

황제는 총사령관의 권력을 압박하지 않기 위해서 군을 떠났고, 앞으로는 좀 더 단호한 방책이 취해지리라는 기대를 품었다. 그러나 군 상층부의 상태는 더욱더 혼란에 빠져 약화되었다. 베니그쎈, 대공, 시종 무관들이 총사령관의 행동을 지켜보고 정력적인 활동으로 몰아세우기 위해 군에 남은 것이다. 바르끌라이는 이러한 황제의 감시자의 눈 앞에서 더욱더 자신을 부자유스럽게 느꼈고, 과감한 행동을 취하는 데에 더욱 신중해져서 전투를 회피하고 말았던 것이다.

바르끌라이는 신중함을 지켰다. 황태자(대공)는 그것은 배신이라고 트집을 잡아 결전을 요구한다. 류보미르스끼, 브라니쯔끼, 블로쯔끼(새 사람 모두 알렉산 드르 1세의 측근 장군) 등의 시종 무관들이 이 소동을 너무 선동했기 때문에, 바르끌라이는 황제에게 서류를 전달한다는 구실하에 폴란드 인 시종 무관들을 뻬쩨르부르그로 파견하여, 베니그쎈과 대공을 상대로 공공연한 싸움을 시작했다.

바그라찌온이 그토록 원하지 않았는데도, 마침내 군은 스몰렌스크에서 합류했다.

바그라찌온은 마차를 타고 바르끌라이가 있는 집으로 온다. 바르끌라이는 목도리를 하고 마중 나가 계급이 위인 바그라찌온에게 보고한다. 바그라찌온은 아량을 보여, 계급이 위인데도 바르끌라이의 지휘하로 들어간다. 그러나 지휘하에 들어가서 더욱더 그가 하는 말을 듣지 않게 된다. 바그라찌온은 개인적으로—황제의 명령에 따라서—황제에게 보고한다. 그는 아라끄체에프에게 편지를 보낸다. "모든 것은 폐하의 뜻대로이지만, 저는 도저히 대신(바르끌라이)과 같이 있을 수가 없습니다. 제발 저를 연대장으로라도 좋으니 파견해 주십시오. 이곳에서는 도저히 근무할 수 없습니다. 그리고 총사령부는 온통 독일인으로 차 있으므로 러시아 사람은 지탱해갈 수 없고, 아무 일도 할 수 없습니다. 저는 폐하와 조국에 봉사하려고 생각하고 있었습니다만, 실은 바르끌라이에게 봉사하고 있습니다. 솔직히 말씀드리자면, 저는 싫습니다." 브라니쯔끼, 빈찐게로데와 같은 사람들은 사령관끼리의 관계를 한층 악화시켜, 그 결과 통일은 더욱더 희박해져갔다. 바르끌라이는 스몰렌스크 앞쪽에서 프랑스군을 공격하려고 하였다. 진지의 시찰에 장군이 파견되었다. 이 장군은 바르끌라이를 미워하고 있었기 때문에, 명령에 따르지 않고 친구인 군단 사령관에게로 가서 거기에서 온종일 앉아 있다가 돌아왔다. 그러고는 가 보지도 않은 전장 예정지를 모든 점에서 비난했다.

전장 예정지를 둘러싸고 논의와 음모가 진행되는 동안에, 아군은 프랑스군의 위치를 잘못 잡고, 프랑스군은 네베로프스끼 여단과 정면으로 충돌, 마침내 스몰렌스크 성벽에 육박해 왔다.

우군의 연락을 지켜내기 위해서는 스몰렌스크에서 예기하지 않았던 전투에 응하지 않으면 안 되었다. 전투가 벌어지고, 쌍방에서 많은 전사자가 생겼다.

황제와 온 국민적 의지에도 불구하고 스몰렌스크는 포기되었다. 게다가 스몰렌스크는 지사(知事)에게 속은 주민들의 손으로 불태워졌다. 무일푼이 된 주민들은 다른 러시아 사람들에게 본보기가 되어 모스크바로 향하며, 오로지 자기들이 받은 손실만을 생각하고 적에 대한 증오를 불태운다. 나폴레옹은 더욱 전진하고 아군은 퇴각하였다. 이로써 나폴레옹을 틀림없이 패배시킬 사태가 일어나고 있었던 것이다.

2

아들이 떠난 이튿날, 볼꼰스끼 노공작은 마리야를 방으로 불렀다.

"어떠냐, 이젠 만족하냐?" 그는 딸에게 말했다. "부자간에 싸움을 붙였으니까! 만족하겠지? 넌 다만 그것을 바랐으니 말이다! 만족했겠지?······ 그러나 나는 괴롭다, 괴로워. 나는 늙고 약해졌는데도, 너는 그것을 원했다. 자, 기뻐해라, 기뻐해라······!" 그리고 그 뒤 마리야는 일주일 동안 아버지와 얼굴을 대하지 않았다. 그는 몸이 불편해서 서재에서 나오지 않았던 것이다.

놀랍게도 마리야는 노공작이 아픈 동안에 부리엔 양까지도 가까이 하지 않는다는 것을 알았다. 다만 찌혼만이 노공작을 돌보고 있었다.

일주일이 지나자 노공작은 서재에서 나와 종전과 같은 생활을 다시 시작하고 건축과 정원 일에 유달리 열성을 보이며 몰두했지만, 부리엔 양과의 관계는 일체 끊고 말았다. 노공작의 표정과 마리야에 대한 냉정한 태도는, 마치 이렇게 말하고 있는 것만 같았다. '자, 보는 그대로다. 너는 나에 대해서 있지도 않은 일을 꾸며, 나와 그 프랑스 아가씨와의 관계에 관해서 안드레이에게 멋대로 씨부렁거려서 나와 아들을 싸우게 했다. 그런데 보란 말이다. 내게는 너도 프랑스 아가씨도 필요없다.'

마리야는 반나절을 니꼴렌까의 공부를 보아주고, 러시아어와 음악을 가르쳐 주거나 데사르와 이야기를 하면서 니꼴렌까의 방에서 보냈다. 남은 반나절은 자기 방에서 책과 늙은 유모와, 이따금 뒷문으로 그녀를 찾아오는 순례자들과 함께 보냈다.

전쟁에 관해서 마리야는 일반적으로 여성들이 전쟁에 대해서 생각하는 것처럼 생각하고 있었다. 그녀는 전장에 있을 오빠를 걱정하고, 전쟁의 뜻을 모른 채 서로 죽이는 인간의 잔인성에 전율하였다. 그리고 이 전쟁도 이제까지의 모든 전쟁과 마찬가지로 그녀는 여기고 있었다. 늘 말벗이 되어주고 전황에 큰 관심을 보이고 있는 데사르가 그녀에게 자기의 생각을 열심히 설명해 주었다. 그녀에게 찾아오는 순례자들도 반(反)그리스도의 침략을 둘러싼 민간의 소문에 대하여 무서운 이야기를 해 주었다. 또 그녀와 서신 교환을 재개한 줄리, 지금은 도르베쯔꼬이 공작 부인이 된 줄리가 모스크바로부터 애국심에 불타는 편지를 그녀에게 보내왔다. 그럼에도 그녀는 이 전쟁의 뜻을 이해하지 못했다.

'친애하는 마리야, 러시아어로 이 편지를 씁니다.' 줄리는 약간 딱딱한 러시아어로 써 보내왔다. '왜냐하면 나는 프랑스 사람 모두에게, 그리고 프랑스말에 증오를 품고 있어서 그것을 듣고 있을 수가 없기 때문입니다…….

우리 모스크바 사람들은, 모두 그지없이 존경하는 우리들의 폐하께 영성을 가지고 감격하고 있습니다.

남편은 가엾게도 유대인 선술집에서 굶주림을 견디고 있습니다만, 나에게 들려오는 소식이 더욱 나를 고무시켜 줍니다.

당신은 틀림없이, 두 아들을 안고서 "이 애들과 같이 죽어도 움직이지 않겠다"고 말한 라에프스끼 씨의 용감한 행동에 대해서 들으셨을 것입니다. 그리고 정말로 적은 아군보다도 두 배나 우세했지만, 아군은 까딱도 하지 않았습니다. 우리는 우리 나름대로 시간을 보내고 있습니다. 싸움터에는 싸움터의 생활이 있습니다. 공작의 따님 아리나와 쏘피는 매일 나와 같이 앉아 있습니다. 그리고 우리처럼 남편과 생이별을 한 불행한 과부들은 무명을 잘라서 붕대를 만들면서 즐겁게 지껄이고 있습니다. 다만 당신이 없어서 쓸쓸하기는 합니다만……'

마리야가 이번 전쟁의 의의를 잘 이해할 수 없었던 것은 노공작이 전혀 그 이야기를 하지 않고 이 전쟁을 인정하지 않았으며, 이 이야기를 하는 데사르를 식사 때에 놀리고 비웃었기 때문이다. 노공작의 태도가 너무나도 침착하고 자신에 차 있었기 때문에 마리야는 이것저것 생각하지 않고 아버지를 믿고 있었던 것이다.

7월 한 달 동안 노공작은 특히 활동적이며 힘이 넘치고 있었다고 해도 좋았다. 그는 또 새 정원과 하인들의 방을 늘리기 위한 건물의 신축 공사를 시작하였다. 다만 마리야의 걱정거리는 아버지가 잘 자지를 못하며, 서재에서 자는 습관을 바꾸고 매일처럼 잠자리를 옮기는 일이었다. 때때로 그는 자기의 행군용 침대를 복도에 차려놓게 하기도 하고, 때로는 객실의 소파나 볼테르풍 안락의자에 그대로 앉아서 옷을 갈아입지도 않고 선잠을 자기도 하였다. 그동안 부리엔 양이 아니라 사내아이 뻬뜨루샤가 그에게 책을 읽어주었다. 때로는 식당에서 밤을 새웠다.

8월 1일에 안드레이로부터 두 번째 편지가 왔다. 그의 출발 후 얼마 안 있다가 받은 첫 번째 편지에서 안드레이는 아버지에게 한 무례한 말을 용서해 달라고 정중하게 사과하고, 전과 다름없는 자애를 베풀어 주시기를 부탁하고 있었다. 이 편지에 대해서 노공작은 정이 담긴 답장을 쓰고 그 편지를 보낸 후, 그로부터 프랑스 여자를 멀리하였다. 안드레이의 두 번째 편지는 프랑스군에 점령된 비테부스크 부근에서 쓴 것으로, 지도를 덧붙인 전쟁 전체의 간단한 설명과 장차의 전국의 전망에 대한 생각이 적혀 있었다. 이 편지에서 안드레이는 부대가 이동하는 선 바로 위 전장 근처에 아버지 집이 있다는 것은 위험하다는 것을 분명히 하고 모스크바로 옮기도록 권했다.

그날 식사 때에, 소문에 의하면 이미 프랑스군은 비테부스크에 들어간 것 같다고 말한 데사르의 말을 듣고, 노공작은 문득 안드레이 공작의 편지를 생각해 냈다.

"안드레이한테서 오늘 편지가 왔다." 그는 마리야에게 말했다. "읽지 않았니?"

"아뇨, 아버지." 마리야는 놀라며 대답했다. 편지가 온 것조차 모르고 있었기 때문에 읽었을 리가 없었다.

"이번 전쟁 이야기를 써 보냈더라." 공작은 이번 전쟁 이야기를 할 때 늘 습관이 되어버린 비웃는 듯한 미소를 띠고 말했다.

"그건 틀림없이 재미있겠습니다." 데사르가 말했다. "안드레이 공작께서는 무엇이든지 아실 지위에 계시니까……."

"재미있을 것 같은데요." 부리엔 양도 말했다.

"그럼 가서 가져오시오." 노공작은 부리엔 양에게 말했다. "알고 있죠? 조그마한 테이블의 문진 밑에 있으니까."

부리엔 양은 기쁜 듯이 일어섰다.

"아, 아냐." 그는 이맛살을 찌푸리면서 말했다. "자네가 좀 갔다와 주게, 미하일 이바노비치!"

미하일 이바노비치는 일어나자 서재로 갔다. 그러나 근심스러운 듯이 그의 뒤를 돌아보고 있던 노공작은, 그가 나간 순간 냅킨을 놓고 몸소 나갔다.

"무엇 하나 제대로 하는 것이 없어. 뒤죽박죽을 만든단 말이야."

노공작이 갔다오는 동안 마리야와 데사르, 부리엔, 그리고 니꼴렌까지 잠자코 얼굴을 마주보고 있었다. 노공작은 미하일 이바노비치를 데리고 편지와 설계도를 가지고 돌아왔지만, 식사하는 동안은 그것을 아무에게도 읽히지 않고 곁에 놓아두고 있었다.

객실로 자리를 옮기고 나서 그는 편지를 마리야에게 건네주었다. 그리고 자기 앞에 새 건축 설계도를 펼쳐놓고, 그것을 들여다보면서 편지를 낭독하라고 말했다. 편지를 다 읽고 나자, 마리야는 물어보는 듯한 눈으로 아버지를 흘끗 보았다. 아버지는 자기만의 생각에 골몰하고 있는 듯이 설계도를 바라보고 있었다.

"이것을 어떻게 생각하십니까, 공작님?" 데사르가 용기를 내어 물었다.

"내가? 내가 말인가?" 마치 불쾌한 잠에서 깨어나는 듯이 공작은 건축 도면으로부터 눈을 떼지 않고 말했다.

"전장이 이곳으로 접근해 오고 있는 것도 있을 법합니다만……."

"하하하! 전장의 무대라!" 노공작이 말했다. "내가 늘 말하고 있듯이, 전장은 폴란드야. 적은 절대로 네만 강에서 이쪽으로 들어오지 못해."

적이 이미 드네쁘르 강에 와 있는데 네만 강 이야기를 하고 있는 노공작을, 데사르는 놀란 눈으로 바라보았다. 그러나 네만 강의 지리적 위치를 잊고 있던 마리야는 아버지가 하는 말이 옳다고 생각했다.

"눈이 녹으면 폴란드의 늪에 빠진다. 놈들은 다만 앞이 보이지 않는 거야." 공작은 분명히 1807년의 전쟁을 생각하면서 말했다. 그것은 극히 최근의 일처럼 그에게는 여겨졌던 것이다. "베니그쎈은 더 빨리 프러시아에 들어가야 했어, 그러면 사태는 더 달라졌을 거야……."

"그러나 공작님." 데사르가 머뭇머뭇 거리며 말했다. "확실히 편지에는 비테부스크에 관해서 씌어 있습니다만."

"뭐, 편지에? 음……." 불만스럽게 공작이 말했다. "그렇지……. 그렇지……." 그의 얼굴은 별안간 어두운 표정이 되었다. 그는 잠시 침묵했다. "그렇지, 프랑스군이 격파되었다고 씌어 있었지. 그것은 어느 강 근처였지?"

데사르는 눈을 내리깔았다.

"안드레이님은 그런 말은 아무것도 쓰지 않으셨습니다." 그는 소리를 떨구고 말했다.

"뭐, 쓰지 않았다고? 그럼 내가 지어내서 말했단 말인가?" 모두 오랫동안 침묵하고 있었다.

"그렇다……. 그래……. 그럼, 미하일 이바노비치." 문득 얼굴을 들고 설계도를 가리키면서 말했다. "자네는 이것을 어떻게 개조하려는 것인가……."

미하일 이바노비치는 설계도로 다가갔다. 그리고 공작은 그와 새로운 신축 설계 이야기를 하고 나서, 마리야와 데사르는 화난 듯이 흘끗 보고 자기 방으로 가 버렸다.

마리야는 아버지를 향한 데사르의 놀라고 당황한 시선을 보았고, 그가 침묵하고 있다는 것을 알아챘다. 그리고 아버지가 아들의 편지를 객실 테이블에 잊어버리고 놓고 간 것에도 놀랐다. 그러나 그녀는 데사르에게 당황하는 원인을 묻고 이야기하는 것을 두려워했을 뿐 아니라, 그것을 생각하는 것조차 두려워했다.

그날 저녁에 미하일 이바노비치가 노공작의 심부름으로, 객실에 잊고 놓고 온 안드레이의 편지를 가지러 마리야한테로 왔다. 마리야는 편지를 내 주었다. 그녀는 싫었지만 용기를 내어 아버지는 무엇을 하고 계시냐고 미하일 이바노비치에게 물었다.

"무척 바쁘신 모양입니다." 정중하지만 얕잡아 본 듯한 미소를 띠고 미하일 이바노비치가 말했다. "새 집에 대해 몹시 걱정하시는 것 같습니다. 독서도 좀 하시고 지금은" 목소리를 낮추고, 미하일 이바노비치는 말했다. "책상에 앉아계십니다. 아마 유언장을 쓰고 계실 겁니다(요즘 공작이 좋아하는 일 중의 하나는 죽은 뒤에 남길 서류의 집필이며, 그것을 유언장이라고 부르고 있었던 것이다)."

"알빠뚜이치를 스몰렌스크로 보내실 건가요?" 마리야가 물었다.

"물론이죠. 벌써부터 기다리고 있습니다."

3

미하일 이바노비치가 편지를 가지고 서재로 돌아왔을 때, 공작은 안경을 쓰고 눈과 양초에도 차광 갓을 씌우고, 펼쳐진 사무용 책상 앞에 앉아 멀리 내민 한쪽 손에 서류를 쥐고 약간 위엄 있는 자세로 자기 서류(그는 그것을 각서라고 부르고 있었다)를 읽고 있었다. 그것은 그가 죽은 뒤에 황제께 제출하도록 되어 있었다.

미하일 이바노비치가 들어갔을 때, 공작의 눈에는 지금 읽고 있는 것을 썼던 당시를 추억하는 눈물이 괴어 있었다. 미하일 이바노비치의 손에서 편지를 받아들자 호주머니에 집어넣고 서류를 치우고는, 아까부터 오랫동안 대기하고 있는 알빠뚜이치를 불렀다.

그가 가지고 있는 한 장의 종이에는 스몰렌스크에서 해야 할 일이 적혀 있었다. 그리고 그는 문간에서 대기하고 있는 알빠뚜이치 곁을 지나 방 안을 걸어다니며 명령을 주기 시작했다.

"첫째는 편지지다. 알겠나? 오십 첩이다. 자, 견본이다. 금 테두리의 것을……. 이것이 견본이니까 반드시 이것과 같은 것이라야 한다. 그리고 바니시와 봉랍, 이것은 미하일 이바노비치의 메모대로 해라."

그는 방 안을 조금 걷고 메모를 들여다보았다.

"다음에는 지사에게 직접 편지를 전해야 한다. 등록의 건으로 말이야."

그리고 새 건물의 문에 다는 빗장도 필요했지만, 그것도 반드시 공작 자신이 고안한 형이 아니면 안 되었다. 그리고 유언장을 챙겨 둘 엮은 바구니도 주문해야 했다.

알빠뚜이치에게 주는 지시는 2시간 이상이나 계속되었다. 공작은 도무지 그를 놓아 주지 않았다. 그는 앉아서 생각에 잠기고, 눈을 감고 졸기 시작했다. 알빠뚜이치는 약간 몸을 움직였다.

"좋아, 가라, 가도 좋아. 볼일이 있으면 사람을 보낼 테니까."

알빠뚜이치는 나갔다. 공작은 다시 책상으로 다가가서 속을 들여다보고, 한 손으로 서류를 만져보고, 다시 뚜껑을 닫자 지사에게 보내는 편지를 쓰기 위해서 책상에 앉았다.

편지의 봉(封)을 하고 일어났을 때는 이미 밤도 깊었다. 그는 졸렸지만 잠이 잘 올 것 같지도 않았고, 잠자리에 들면 몹시 불쾌한 망상이 마음 속에 떠오를 것을 알고 있었다. 찌혼을 불러서 오늘 밤의 잠자리를 채비할 장소를 명령하기 위해, 각 방을 돌기 시작했다. 그는 구석구석을 물색하면서 걸어다녔다.

어느 곳도 시원찮게 여겨졌지만, 가장 좋지 못한 곳은 서재에 있는 늘 익숙한 소파였다. 그가 이 소파를 두려워한 까닭은, 거기에 누우면 괴로운 생각이 이것저것 떠올라 그를 괴롭히기 때문이었다. 어디도 좋지 않았으나 그 중에서 그나마 괜찮은 곳은 휴게실의 피아노 뒤의 구석이었다. 그는 한 번도 거기서 잔 일이 없었던 것이다.

찌혼과 하인이 침대를 날라다가 차려놓기 시작했다.

"그렇게 하는 게 아냐! 그렇게 하는 게 아냐!" 공작이 외치고는 몸소 20 ㎝쯤 구석에서 떼어놓았다가 다시 조금 붙였다.

'자, 이제 마침내 자리를 바꿔 놓았다. 이것으로 쉴 수 있겠지.' 공작은 이렇게 생각하고, 찌혼에게 옷을 갈아입혀달라고 하였다. 저고리와 바지를 벗기 위해 하지 않으면 안 되는 노고에 못마땅한 듯이 얼굴을 찌푸리면서 공작은 옷을 갈아입었다. 그러고는 힘없이 침대에 앉아 자기의 누렇게 마른 두 다리를 비웃듯이 바라보았다. 그는 생각에 잠겨 있는 것처럼 보였으나, 그것은 생각에 잠긴 것이 아니라 이 두 다리를 들어서 침대 위에 옮겨야 할 괴로움을 눈앞에 두고 주저하고 있었던 것이다. '아, 귀찮다! 이런 귀찮은 일을 빨리 끝내서 너희들이 나를 해방시켜 주면 좋겠다!' 그는 생각했다. 그는 입술을 깨물고, 스무 번이나 옆으로 누울 노력을 한 끝에 자리에 누웠다. 그러나 누운 순간 갑자기 침대 전체가 크게 숨을 쉬듯이 서로 밀듯이 몸 밑에서 일정한 리듬으로 전후로 움직이기 시작하였다. 이것은 그에게는 거의 매일 밤 일어나는 것이었다. 그는 감으려던 눈을 다시 떴다.

"마음을 놓을 수도 없구나, 제기랄!" 그는 누군가에게 화를 내며 중얼거렸다. '그렇지, 그렇지, 아직 무엇인가 중요한 일이 있었지. 매우 중요한 일을 나는 잠들기 전에 침대에서 생각하기 위해 간직해 두었었지. 빗장이었나? 아냐, 그것은 이미 말했어. 아냐, 무엇인가 그 객실에서 있었던 일이야. 마리야가 무슨 바보 같은 말을 했어. 데사르도 무엇인가—그놈의 바보도—말했어. 호주머니에 무엇이…… 기억이 나지 않는 걸.'

"찌혼! 식사 때 무슨 이야기가 나왔지?"

"안드레이 공작님에 대한 것과 미하일……."

"입 다물어, 입!" 공작은 한 손으로 테이블을 쳤다. "음, 알았다. 안드레이 공작의 편지다. 마리야가 읽었지. 데사르가 비테부스크에 관해서 무슨 말을 했었지. 지금 읽어볼까.”

그는 호주머니에서 편지를 꺼내라고 분부하고, 레모네이드와 꼰 초—고급 초가 놓여 있는 조그만 테이블을 침대 옆으로 잡아당기도록 하고 안경을 쓰고 읽기 시작하였다. 그때 밤의 정적 속의 초록빛 등피 밑에서 흘러나오는 약한 불빛에 편지를 읽고 나자 그는 비로소 순간적으로 그 뜻을 깨달았다.

‘프랑스군은 비테부스크에 있고, 4행정으로 스몰렌스크에 도착할 지도 모른다. 어쩌면 이미 와 있는지도 모르겠다.’

“찌혼!” 찌혼이 벌떡 일어났다. “아냐, 됐어, 볼일은 없어!” 그는 소리쳤다.

그는 촛대 밑에 편지를 감추고 눈을 감았다. 그러자 그의 뇌리에 다뉴브 강과 밝은 대낮과 갈대와 러시아군의 진영들이 떠올랐다. 그리고 그는 얼굴에는 주름살 하나 없고, 생기에 넘치고 밝고 혈색이 좋은 뺨을 가진 젊은 장군이 되어 있었다. 그는 뽀쬬므낀(예까쩨리나 2세의 총애를 받고 있던 원수)의 아름다운 색채의 막사로 들어간다. 그러자 그 총신에 대한 선망의 마음이 당시와 다름없이 강하게 그를 흔들었다. 그리고 뽀쬬므낀과 처음 만났을 때 나눈 말이 모두 생각났다. 그러자 이번에는 그의 뇌리에, 기름진 얼굴에 누런 빛이 감도는 몸집이 작고 살찐 여성—국모 여제 폐하가 떠오르고, 그녀가 처음으로 부드러운 태도로 그를 맞았을 때의 미소와 말이 떠오른다. 그리고 관 속의 같은 여자의 얼굴과, 그때 그 관 앞에서 여제 손에 키스하는 권리를 둘러싸고 주보프(예까쩨리나 2세의 만년의 총신)와 충돌한 일들이 생각난다.

‘아, 빨리, 빨리, 그때로 돌아가고 싶다. 그리고 지금과 같은 모든 일들이 빨리 끝나면 좋겠다. 모두들 나를 가만히 놔 두면 좋겠다!’

4

볼꼰스끼 노공작의 영지인 ‘벌거숭이 산’은 스몰렌스크에서 약 60㎞ 떨어진 모스크바 쪽으로 치우쳐, 모스크바 가도에서 3㎞ 들어간 곳에 있었다.

노공작이 알빠뚜이치에게 지시를 한 그날 밤, 데사르는 마리야에게 면회를 청했다. 그는 공작은 완전히 건강하다고는 말할 수 없으며, 자신의 안전을 위해서 아무 수단도 강구하지 않는 것 같고, 안드레이 공작의 편지에 의하면 이 ‘벌거숭이 산’에 머무르는 것은 안전하지 않으므로, 마리야가 직접 스몰렌스크의 현 지사에게 편지를 써서 알빠뚜이치를 시켜 전하게 하여, 전쟁의 상황과 '벌거숭이 산'이 처한 위험의 정도에 대해 정보를 알려달라고 부탁하면 어떠냐고 간절히 권했다. 데사르가 마리야 대신에 지사에게 보내는 편지를 쓰고 마리야가 서명했다. 그리고 그 편지는 지사에게 전하도록 알빠뚜이치에게 위탁되었다. 위험할 때는 될 수 있는 대로 속히 돌아오라고 일렀다.

모든 분부를 받자 알빠뚜이치는 집안 사람들의 전송을 받으면서 공작의 선물인 흰 털모자를 쓰고 공작처럼 지팡이를 가지고, 세 마리 살찐 얼룩말이 끄는 가죽을 씌운 포장마차를 타러 밖으로 나왔다.

종은 끈으로 묶고, 방울에는 종이가 끼워져 있었다. 공작은 '벌거숭이 산'에서는 아무도 종을 울리며 마차를 타고 다니지 못하게 했다. 그러나 알빠뚜이치는 먼 길을 떠날 때에는 종과 방울을 울리며 가는 것을 좋아했다. 알빠뚜이치의 정신(廷臣)과 같은 측근들, 즉 서기와 사무원, 요리사와 두 노파, 그리고 까자크 풍의 복장을 한 소년 심부름꾼과 마부들, 그 밖의 여러 하인들이 그를 전송했다.

딸이 등 뒤와 좌석에 나사 덮개에 털을 넣어서 만든 쿠션을 놓았다. 처형인 노파는 남몰래 무엇인가 꾸러미를 밀어넣었다. 한 마부가 그의 손을 잡고 마차에 태웠다.

"이것 참, 여자들의 치장 같군! 여자야, 여자!" 알빠뚜이치는 숨을 가쁘게 쉬면서 공작이 하는 것과 똑같이 빠른 말로 말하고 마차에 올라탔다. 서기에게 여러 가지 일에 관해서 마지막 지시를 하고 나서 이번에는 공작의 흉내를 내지 않고, 알빠뚜이치는 모자를 벗고 성호를 세 번 그었다.

"여보, 만일 무슨 일이 있으면……. 제발 빨리 돌아오세요. 부탁이에요, 우리를 불쌍하게 생각해서." 그의 아내가 전쟁과 적군의 소문을 넌지시 암시하면서 소리쳤다.

"여자, 여자, 온통 여자들뿐이군." 알빠뚜이치는 혼잣말을 하고 노랗게 익은 호밀, 촘촘히 돋아난 아직 새파란 귀리, 다시 갈기 시작한 거무스름한 밭을 둘러보면서 출발하였다. 알빠뚜이치는 금년 봄에 파종한 보리의 보기 드문 풍작에 흐뭇해 하며, 여기저기서 거두어 들이기 시작한 귀리밭의 고랑을 보면서 앞으로 나아갔다. 그는 씨뿌리기와 수확에 대한 일, 공작의 분부에서 잊은 것은 없는가 등의 일로 깊은 생각에 잠겼다.

도중에서 두 번 말을 먹이고, 8월 4일 저녁때가 다 되어서 알빠뚜이치는 읍내에 들어섰다.

도중에 알빠뚜이치는 수송대 마차의 대열과 군대를 만나 그것을 앞질렀다. 스몰렌스크에 가까이 가자 멀리서 포성이 들리고 있었지만, 그 소리는 그를 별로 놀라게 하지 않았다. 그를 가장 놀라게 한 것은, 스몰렌스크 가까이에 왔을 때 훌륭한 귀리밭이 눈에 들어왔는데, 거기에서 어딘가의 병사가 아마도 말의 사료로 쓰려는 듯 보리를 베고 있고 그 밭에서 야영을 하고 있다는 것이었다. 이러한 광경은 알빠뚜이치를 놀라게 했지만, 그는 자기가 할 일을 생각하는 동안에 곧 그것을 잊어버렸다.

알빠뚜이치의 인생에 대한 온갖 관심은 이미 30년 이상이나 공작의 의지에만 한정되어 있었고, 한 번도 그 테두리에서 벗어나지 않았다. 공작의 분부를 실행하는 데에 관계가 없는 일은 모두 관심이 없었을 뿐더러, 알빠뚜이치에게는 전혀 존재하지 않는 거나 다름없었다.

알빠뚜이치는 8월 4일 저녁때 스몰렌스크에 도착하자 도니에쁘르 강 건너편 고을 변두리의 가첸스꼬에에 있는, 페라뽄또프가 경영하는 여인숙에 묵었다. 그가 여기서 숙박하는 것은 이미 30년이나 된 습관이었다. 페라뽄또프는 20년 전에 알빠뚜이치의 말을 듣고 공작으로부터 숲을 사들여서 장사를 시작, 이제는 현청사무소가 있는 고을에 집과 여인숙과 밀가루 가게를 가지고 있었다. 페라뽄또프는 살이 찌고 머리가 검으며 얼굴이 붉은 40세 가량의 농부로, 두툼한 입술에 코는 혹처럼 커다랗고, 찌푸린 검은 눈썹 위에 코와 같은 모양의 혹이 있고 배는 불쑥 나와 있었다.

페라뽄또프는 조끼에 사라사 셔츠를 입고 거리를 향한 가게에 있었다.

알빠뚜이치를 보자 그는 옆으로 다가갔다.

"어서 오십시오, 알빠뚜이치님. 모두들 읍에서 나가는 판인데 당신은 읍내로 들어오시다니." 주인이 말했다.

"읍에서 나가다니, 그것은 또 무슨 까닭이지?" 알빠뚜이치가 물었다.

"그래서 나도 말하는 거죠, 모두들 바보라고요. 줄곧 프랑스군을 두려워하고 있거든요."

"여자들이 하는 부질없는 소리지! 여자들이 하는 소리야!" 알빠뚜이치가 말했다.

"나도 그렇게 생각합니다, 알빠뚜이치 씨. 저도 말하고 있어요. '적을 들여놓지 말라는 명령이 있다. 그렇다면 틀림없어.' 그런데 농민들은 짐마차 한 대에 3루블이나 달라고 하잖습니까. 그놈들에게는 양심이란 조금도 없습니다!"

알빠뚜이치는 적당히 듣고 있었다. 그는 사모바르와 말에 줄 건초를 부탁하고, 차를 듬뿍 마시고 잠자리에 들었다.

밤새도록 여인숙 옆길을 군대가 지나갔다. 이튿날, 알빠뚜이치는 읍에서만 입는 조끼를 입고 볼일을 보러 나갔다. 잘 개인 아침으로 8시가 지나자 더워졌다. 보리를 거두어들이는 데는 이상적인 날이라고 알빠뚜이치는 생각했다. 교외에서는 이른 아침부터 총성이 들리고 있었다.

8시가 지나자 총성에 포성이 끼어들었다. 거리에는 어디론가로 급히 서두르는 많은 사람들이 있었지만, 여느 때처럼 대절 마차가 다니고, 가게 앞에는 상인들이 서 있고, 교회에서는 아침 미사를 올리고 있었다. 알빠뚜이치는 상점과 관청, 그리고 우체국을 거쳐 현 지사를 두루 돌아보았다. 모든 곳에서 모두가 부대 이야기, 이미 읍을 공격하기 시작한 적의 이야기를 하고 있었다. 모두가 어떻게 하면 좋은가 서로 물어보고, 서로 안심시켜 주려고 애쓰고 있었다.

지사 저택 옆에서 알빠뚜이치는 많은 사람들과 까자크 병과 지사의 전용 여행 마차를 보았다. 현관 층계에서 귀족 두 사람을 만났는데, 그 중 한 사람을 알빠뚜이치는 알고 있었다. 잘 알고 있는, 전에 경찰서장이었던 이 귀족은 열심히 웅변을 토하고 있었다.

"정말 이것은 웃어 넘길 순 없다니까." 그는 말했다. "혼자라면 상관없어. 몸 하나로 가난하다면—혼자로 끝나지만, 열셋이나 가족이 있는데다가 더욱이 전 재산…… 모두 잃게 될 상태로 만들어버리고, 이렇게 되면 당국이 다 뭐야? …… 제기랄, 그놈의 강도들을 모두 교수형에 처해야 해……."

"여봐, 그쯤 해 둬." 다른 한 사람이 말했다.

"난 어떻게 되든 상관 없어. 그 녀석 귀에 들어가기만 하면 돼! 우리는 개새끼가 아냐!" 전 경찰서장은 말했다. 그리고 뒤를 돌아보고 알빠뚜이치가 있다는 것을 알아챘다.

"야, 알빠뚜이치. 뭣하러 왔소?"

"나리의 분부로 지사님을 뵈러 왔습니다." 알빠뚜이치는 자랑스럽게 고개를 들고 손을 호주머니에 넣은 채 대답했다. 그는 공작에 관한 이야기를 할 때에는 언제나 그런 동작을 했다. "정세를 확인해보라는 분부였습니다." 그는 말했다.

"그럼 알아봐요." 지주가 소리쳤다. "짐마차 하나 없는, 아무것도 없는 곳까지 왔어! …… 바로 저것이야, 들리지?" 그는 총성이 들려오는 쪽을 가리키면서 말했다.

"모두 파멸이라는 지경에 몰아넣고 말았어……. 도둑놈들 같으니!" 그는 다시 이렇게 말하고 현관 층계를 내려갔다.

알빠뚜이치는 고개를 절레절레 흔들고 층계를 올라갔다. 대기실에는 상인, 여자와 관리들이 말없이 서로 마주보면서 앉아 있었다. 서재 문이 열리자 모두들 일어나서 앞으로 나아갔다. 문에서 한 관리가 나와서 무엇인가 상인에게 말하고 목에 십자가를 건 뚱뚱한 관리더러 따라오라고 말하더니, 자기에게로 쏠리고 있는 여러 사람의 시선과 질문을 분명히 피하면서 다시 문 안으로 사라졌다. 알빠뚜이치는 사람들을 헤치고 앞으로 나가, 관리가 다시 나왔을 때, 단추를 낀 프록코트 아래에 손을 넣고 두 통의 편지를 내주면서 말하였다.

"육군 원수 볼꼰스끼 공작께서 아쉬 남작(스몰렌스크 현 지사)님에게 보내시는 편지입니다." 그가 실로 당당하고 엄숙하게 말하자 관리는 그에게 몸을 돌려 편지를 받아들었다. 몇 분이 지나자, 지사가 알빠뚜이치를 불러들여 성급하게 말했다.

"공작과 공작 따님에게 보고해 주게. 나는 아무것도 모르고 있었다, 폐하의 명령에 따라 행동하고 있었다고 말이야."

그는 알빠뚜이치에게 서장을 건네주었다.

"그러나 공작은 건강이 좋지 않으시니까, 모스크바로 옮기시도록 나는 권하네. 나도 곧 갈 생각이야. 이렇게 말씀드려 주게……." 그러나 지사는 끝까지 말을 맺지 못했다. 먼지를 뒤집어쓰고 땀투성이가 된 장교가 문으로 뛰어들어와서, 무엇인가 프랑스말로 말하기 시작했다. 지사의 얼굴에 공포의 빛이 나타났다.

"가 보세." 그는 알빠뚜이치에게 턱을 끄덕여 보이고는 장교에게 무엇인가 묻기 시작했다. 알빠뚜이치가 지사의 서재에서 나왔을 때 겁에 질리고 불안스러운 듯한, 파고드는 시선들이 알빠뚜이치에게 집중되었다. 이제는 훨씬 가까워져서 차차 심해져 가는 사격 소리에 싫어도 귀를 기울이면서 알빠뚜이치는 숙소로 서둘러 갔다. 지사가 알빠뚜이치한테 건네준 서장은 다음과 같은 것이었다.

'단언해 두지만, 스몰렌스크 시는 아직 어떠한 위험에도 처해 있지 않으며, 앞으로도 위험에 처하는 일은 없을 것이라 확신한다. 본인이 한쪽에서, 바그라찌온 공작이 다른 한쪽에서, 스몰렌스크 전방에서 합류하기 위해 전진하고 있다. 합류는 22일에 실현될 것이므로, 그렇게 되면 양 군은 서로 협력하여 조국의 적을 격퇴할 때까지, 또는 우리의 용맹한 전열에서 마지막 병사가 쓰러질 때까지 귀하에게 맡겨진 현의 동포를 방어할 것이다. 이로써 명백한 바와 같이 귀하는 스몰렌스크 시민을 안심시킬 완전한 권리를 가지고 있다. 왜냐하면 이토록 용감한 양 군에 의해서 방위되고 있는 자는 당연히 그 승리를 확신할 수 있기 때문이다.' (바르끌라이 드 똘리가 스몰렌스크 현 지사 아쉬 남작에게 보낸 1812년의 지시서)

군중이 거리를 다급히 오가고 있었다.

식기, 의자, 찬장들을 산더미처럼 실은 짐마차가 끊임없이 집집 문에서 나와 거리를 지나갔다. 페라뽄또프의 이웃집에는 여러 대의 짐마차가 늘어서 있고, 여자들이 작별 인사를 나누면서 울부짖고 푸념하고 있었다. 개가 짖으면서 마차에 맨 말 앞에서 뛰어다니고 있었다.

알빠뚜이치는 여느 때보다 빠른 걸음으로 마당으로 들어가 곧장 자기 말과 마차가 있는 헛간 뒤로 갔다. 마부는 자고 있었다. 그는 마부를 깨워서 말을 달도록 이르고 현관으로 들어갔다. 주인 방에서 아이들의 우는 소리와 찢어지는 듯이 울부짖는 여자의 목소리, 그리고 화가 난 페라뽄또프의 쉰 고함 소리가 들렸다. 알빠뚜이치가 현관에 들어가자, 요리하는 하녀가 놀란 암탉처럼 펄떡펄떡 뛰었다.

"죽도록 때렸어요. 아주머니를 때렸어요! …… 때리고 때리고 질질 끌고 다녔어요!"

"어째서 그랬지?" 알빠뚜이치가 물었다.

"피난을 가자고 졸랐어요. 여자니까요! 여기서 데리고 나가주세요, 저를, 저와 어린 아들을 개죽음 시키지 말아요, 하고 말이에요. 모두들 달아났는데 우리는 어떻게 되느냐고 했습니다. 그러자 대뜸 때리기 시작했어요. 마구 때리고 머리채를 잡아 질질 끌었어요!"

알빠뚜이치는 그 말을 듣고 그것으로 좋다는 듯이 고개를 끄덕이고는, 더이상 알아보려고도 하지 않고 집주인 방 맞은편의 방으로 발을 돌렸다. 거기에는 그가 산 물건들이 놓여 있었다.

"당신은 악당이에요, 살인자!" 이때 여위고 창백한 여자가 갓난애를 안고, 스카프를 머리에서 늘어뜨린 채 문에서 뛰쳐나와 안마당 쪽으로 층계를 내려가면서 소리쳤다. 페라뽄또프가 그 뒤를 따라 나왔다. 그리고 알빠뚜이치를 보자 조끼와 머리를 매만지고 하품을 하고 나서 알빠뚜이치를 따라서 방으로 들어왔다.

"설마 지금 가시는 겁니까?" 그가 물었다.

그 질문에는 대답도 하지 않고 주인을 돌아보지도 않은 채 자기가 산 물건을 정리하면서, 알빠뚜이치는 여관비는 얼마냐고 물었다.

"지금 계산해 드리겠습니다! 그래, 지사님한테는 가셨습니까?" 페라뽄또프가 물었다. "어떻게 되었습니까?"

알빠뚜이치는 지사는 아무런 뚜렷한 말을 하지 않았다고 대답했다.

"우리 같은 사람들이 어찌 도망갈 수가 있겠습니까?" 페라뽄또프가 말했다. "도로고부지까지 짐마차 한 대에 7루블을 내라는 겁니다. 그러니까 내가 말하지 않았습니까, 놈들에게는 양심이 없다고!" 그는 말했다.

"쎌리바노프 말인데, 녀석이 목요일에 와서 군에 밀가루를 한 포대에 9루블이나 받고 팔았답니다. 어떻습니까, 차 한 잔 드시겠습니까?" 그는 말을 덧붙였다. 마차 채비가 되는 동안 알빠뚜이치는 페라뽄또프와 차를 마시고, 곡물 값과 수확과 곡식을 베어 들이는 데 안성맞춤인 날씨에 관해서 이야기하고 있었다.

"이제 조용해졌군요." 차를 석 잔 마시고 나서 일어나면서 페라뽄또프가 말했다. "틀림없이 아군이 이긴 것입니다. 못 들어오게 한다는 거죠. 즉, 힘이 있는 겁니다. …… 소문에 의하면 요전만 해도, 쁠라또프 장군(돈 까자크의 수령. 러시아군에서 인망이 높았다. 1751~1818)이 그놈들을 마리나 강에 몰아넣고, 단 하루에 1만 8000명을 익사시켰다는 것입니다."

알빠뚜이치는 산 물건을 챙기자 때마침 들어온 마부에게 내주고 주인과 셈을 끝냈다. 나가는 포장마차의 바퀴, 말굽, 방울 소리가 문 근처에서 들렸다.

이미 한낮은 훨씬 지나 있었다. 거리의 절반은 그늘져 있고 나머지 반은 햇살에 밝게 비치고 있었다. 알빠뚜이치는 창 밖을 내다보고 문쪽으로 갔다. 별안간 멀리서 휘파람을 불고 요란하게 부딪히는 것 같은 이상한 소리가 들리더니, 뒤이어 포격 소리가 낮게 울리면서 창문 유리가 흔들렸다.

알빠뚜이치는 밖으로 나갔다. 두 사나이가 다리 쪽으로 거리를 달려갔다. 사방에서 포탄 소리가 휘파람처럼 들려오고, 파열하는 소리, 시내로 쏟아지는 유탄(榴彈)이 터지는 소리가 났다. 그러나 이러한 소리들은 시외에서 들려 오는 포성에 비하면 거의 들리지 않는 거나 다름없었고, 주민들의 주의도 끌지 않았다. 그것은 오후 4시가 지나서 나폴레옹이 시내를 향하여 130문의 포를 발사하라고 명령한 포격이었다. 시민은 처음에는 이 포격의 뜻을 알지 못했다.

떨어지는 유탄과 포탄 소리는 처음에는 호기심을 불러 일으켰을 뿐이었다. 그때까지 헛간 그늘에서 울부짖고 있던 페라뽄또프의 아내도 울음을 그치고, 어린애를 안고 문쪽으로 나와서 잠자코 군중을 바라보고는, 여러 가지 소리를 가만히 듣고 있었다.

요리하는 하녀와 점원도 문쪽으로 나왔다. 모두들 들뜬 호기심에서 머리 위를 날아가는 포탄을 보려고 애썼다. 거리 모퉁이에서 몇 명의 사나이들이 신나게 이야기하면서 나왔다.

"굉장한 위력인 걸!" 한 사나이가 말했다. "지붕도 천장도 눈 깜짝할 사이에 산산조각으로 만들어 버렸어."

"마치 돼지가 땅을 파헤친 것 같았어." 다른 또 한 사람이 말했다.

"정말 굉장해, 덕택에 용기가 나던데!" 웃으면서 사나이가 말했다. "저쪽으로 날아가 주어서 고맙군. 그렇잖으면 넌 산산조각났을 거야."

모두들 그들 쪽으로 눈을 돌렸다. 그들은 걸음을 멈추고 서서 자기네 바로 옆집에 포탄이 떨어진 광경을 이야기하고 있었다. 그동안에도 여러 가지 다른 포탄이, 때로는 대포 탄환이 빠르고 둔하게 윙 소리를 내면서, 때로는 유탄이 듣기 좋은 휘파람 같은 소리를 내면서 군중의 머리 위를 연이어 날아갔다. 알빠뚜이치는 포장마차에 올라탔다. 주인은 문쪽에 서 있었다.

"무엇을 보고 싶은 거야!" 그는 빨간 스커트를 입고 소매를 걷어올려 드러낸 팔을 흔들면서 이야기를 듣기 위해 거리 모퉁이 쪽으로 가려고 한 요리하는 하녀를 꾸짖었다.

"정말 큰일 났어!" 그녀는 말하다가 주인의 목소리를 듣고, 걷어 올렸던 스커트를 내리면서 돌아왔다.

그러자 다시 이번에는 훨씬 가까이에서, 마치 위에서 날아내려오는 새처럼 무엇인가 휙 소리를 내고 거리 한복판에서 불이 번쩍이더니, 무엇인가가 파열하여 거리가 연기에 싸였다.

"망할 년, 뭘 하려는 거야?" 주인이 하녀한테로 달려들면서 소리쳤다.

그 순간 여기저기서 여자들이 비명을 지르며 갓난애가 겁에 질려 울기 시작하고, 새파랗게 질린 군중이 하녀 주위에 모여들었다. 그 군중 속에서 한층 뚜렷하게 하녀의 신음 소리가 들렸다.

"아, 친절하신 여러분! 마음이 고우신 여러분! 날 죽게 하지 마세요! 네, 여러분!"

5분 후, 밖에는 아무도 남아 있지 않았다. 하녀는 유탄의 파편으로 넓적다리가 부서진 채 취사장으로 운반되었다.

알빠뚜이치와 마부와 페라뽄또프의 처자 그리고 정원지기들은 지하실에서 귀를 기울이며 웅크리고 있었다. 포성과 포탄의 울림, 온갖 소리를 제압하며 들려오는 하녀의 신음 소리는 잠시도 그치지 않았다. 안주인은 갓난애를 흔들어 달래기도 하고, 지하실로 들어오는 모든 사람에게 거리에 남아 있던 우리 남편이 어디에 있을까요 하고 속삭이는 목소리로 물어보곤 하였다. 지하실에 들어온 점원이, 주인은 다른 사람들과 같이 대성당으로 갔다고 말해주었다. 그리고 거기서 기적을 낳는 스몰렌스크의 성상을 들어내려 하고 있다는 것이었다.

해가 지기 전, 포격은 잠잠해지기 시작하였다. 알빠뚜이치는 지하실에서 나와 문간에 섰다. 조금 전까지 맑게 개어 있던 저녁 하늘은 온통 연기에 뒤덮여 있었다. 그 연기를 통해 높은 하늘에 걸려 있는, 낫처럼 생긴 초승달의 모습이 보이고 있었다. 조금 전까지의 무서운 포성이 멈춘 뒤의 시내에는 정적이 깔리고, 그 정적을 깨뜨리는 것은 시내 전체에 퍼져나가는 것으로 여겨지는 발소리와 신음 소리, 먼 곳으로부터의 고함 소리와 불꽃이 튀는 소리뿐이었다. 하녀의 신음 소리도 조용해졌다. 좌우에서 화재의 시커먼 연기의 소용돌이가 솟아 퍼지고 있었다. 거리에는 갖가지 군복 차림의 병사들이 대열도 짓지 않고, 부서진 개미총에서 기어나온 개미처럼 여러 방향으로 걷거나 달려가고 있었다. 알빠뚜이치 눈 앞에서 그들 중 몇 사람이 페라뽄또프의 마당으로 뛰어들어갔다. 알빠뚜이치는 문쪽으로 나갔다. 어딘가의 연대가 서로 밀치고 당황하면서 거리를 가득 메우며 퇴각하고 있었다.

"시가지를 포기한다. 도망가라, 도망가!" 그의 모습을 본 장교가 말하고는, 곧 부하 병사들을 돌아다보고 소리쳤다.

"집 마당을 빠져 나가도 좋다!" 그는 소리쳤다.

알빠뚜이치는 집으로 돌아가 마부를 불러 출발을 명령했다. 알빠뚜이치와 마부를 뒤따라 페라뽄또프의 집안 사람들도 모두 나왔다. 화재의 연기뿐 아니라 지금은 이미 깔리기 시작한 땅거미 속으로 내다보이는 불길이 눈에 띄자, 그때까지 잠자코 있던 여자들이 느닷없이 울기 시작했다. 거기에 응하듯이 거리 반대쪽에서도 같은 울음소리가 들렸다. 알빠뚜이치는 마차에 매어 놓은 말의 얽힌 고삐와 줄을 마부와 함께 떨리는 손으로 풀었다.

문에서 마차를 타고 나가려고 했을 때, 알빠뚜이치는 활짝 열려 있는 페라뽄또프의 가게에서, 열 명 가량의 병사가 큰 소리로 이야기하면서 푸대나 배낭에 밀가루와 해바라기씨를 퍼넣고 있는 것을 보았다. 이때 거리에서 가게로 돌아온 페라뽄또프가 들어왔다. 병사들을 보자 무엇인가 소리치려고 했지만, 문득 멈추고 머리를 움켜쥐고 큰 소리로 울면서 웃기 시작했다.

"자, 병사 여러분, 다 가져가요! 악마들에게 뺏기지 말아요." 그는 손수 푸대를 거리로 내던지면서 외쳤다. 깜짝 놀라서 달아나는 병사도 있었고, 부지런히 털어넣고 있는 병사도 있었다. 알빠뚜이치를 보자 페라뽄또프는 말하였다.

"끝났소! 러시아는!" 그는 소리쳤다. "알빠뚜이치 씨! 이제는 끝났소! 차라리 내가 불을 질러 버리겠다. 이제는 끝장이다……." 페라뽄또프는 마당으로 달려갔다.

거리를 가득 메우고 끊임없이 병사들이 걸어가고 있어서 알빠뚜이치는 마차로 지나가지 못하고 기다려야만 했다. 페라뽄또프의 아내도 아이들과 같이 출발할 수 있게 되기를 기다리면서 짐마차에 앉아 있었다.

이제 완전히 밤이었다. 하늘에는 별이 나타나 있고, 이따금 초승달이 연기에 가리어지면서 비치고 있었다. 도니에쁘르 강으로 내려가는 언덕길에서 병사와 그 밖의 마차 열 속을 천천히 나아가고 있던 알빠뚜이치와 마나님 마차는 멈추지 않으면 안 되었다. 짐마차가 선 네거리에서 멀지 않은 골목에서, 집 한 채와 몇 채의 상점이 불타고 있었다. 이미 불길은 약해지고 있었다. 불꽃은 기세가 꺾여서 검은 연기 속에서 꺼지기도 하고 갑자기 확 타오르며, 네거리에 서 있는 사람들의 얼굴을 뚜렷하게 비추어내기도 하였다. 화재 앞을 사람의 검은 그림자가 오가고, 불꽃이 끊임없이 튀는 소리 속에서 이야기하는 소리와 고함 소리가 들리고 있었다. 알빠뚜이치는 마차에서 내려, 자기 마차가 빨리 지나갈 수 없다는 것을 알자 골목길을 꺾어들어 화재를 구경하러 갔다. 병사들이 화재 현장 옆을 끊임없이 우왕좌왕하고 있었다. 알빠뚜이치는 두 병사와 두툼한 외투를 입은 사나이가, 거리 건너편 이웃집 마당에서 타고 있는 통나무를 끌어내고 있고, 다른 사람들이 건초를 안고 나르고 있는 것을 보았다.

알빠뚜이치는 요란스러운 불길에 싸여서 타고 있는 높은 창고 앞에 서 있는 많은 사람의 무리로 다가갔다. 벽은 완전히 불꽃에 싸여 있고 뒤쪽은 쓰러지고 없었다. 얇은 판자 지붕도 무너졌으며 대들보도 타고 있었다. 군중은 지붕이 무너지는 순간을 기다리고 있는 것 같았다. 알빠뚜이치도 그것을 기다리고 있었다.

"알빠뚜이치!" 갑자기 귀에 익은 목소리가 노인을 불렀다.

"아, 도련님." 알빠뚜이치는 곧 젊은 공작의 목소리임을 알아채고 대답했다.

안드레이가 레인코트를 입고 검은 말을 타고 군중 뒤에 서서 알빠뚜이치를 바라보고 있었다.

"왜 이런 데 있지?" 그는 물었다.

"도……도련님." 알빠뚜이치는 이렇게 말하고는 소리내어 울기 시작했다. "도…… 도련님……. 우리는 이젠 틀렸습니까? 우리는…… 아버님께서는……?"

"왜 이런 데 있지……?" 안드레이 공작이 말을 되풀이했다.

이때 불길이 밝게 타오르면서, 알빠뚜이치에게 젊은 주인의 피로에 지친 창백한 얼굴을 비추어냈다. 알빠뚜이치는 자기가 심부름으로 왔으며 간신히 여기까지 왔다는 이야기를 했다.

"어떻습니까, 도련님. 우리는 이젠 틀렸습니까?" 그는 다시 물었다.

안드레이는 이에는 대답하지도 않고 수첩을 꺼내자, 한쪽 무릎을 세우고 찢은 종이에 연필로 쓰기 시작했다. 그는 여동생에게 썼다.

'스몰렌스크는 함락된다.' 그는 썼다. '일주일 후에는 '벌거숭이 산'도 적에게 점령될 것이다. 곧 모스크바로 떠나라. 언제 출발했는지, 우스브야시로 사람을 보내어 곧 회답하여라.'

편지를 써서 알빠뚜이치에게 주고 나서, 그는 노공작과 여동생과 아들과 가정교사들의 출발을 어떻게 수배하면 좋은가, 또 어떻게 해서 어디로 자기에게 답장을 보내면 좋은가를 구두로 전했다. 그가 미처 이 명령을 다 끝내기 전에 수행원들을 데리고 참모부의 간부가 그에게로 말을 타고 달려왔다.

"당신은 연대장이오?" 참모부의 간부가 독일 사투리로 안드레이에게 귀에 익은 목소리로 외쳤다. "눈앞에서 집에 불을 지르고 있는데 멍청히 서 있는 거요? 이게 어떻게 된 거요? 책임을 묻게 될 거요." 베르그가 이렇게 소리쳤다. 그는 지금 제1군 보병부대 좌익 참모부 차장이 되어 있었다. 이것은 베르그의 말대로, 실로 쾌적하고 눈에 띄는 지위였다.

안드레이는 그를 보고 대답도 하지 않고 알빠뚜이치 쪽을 향하여 말을 계속했다.

"이렇게 말해 주게. 열흘까지는 대답을 기다리지만, 만일 열흘이 지나도 모두 나갔다는 소식을 받지 못하면 만사를 제치고 내가 직접 '벌거숭이 산'으로 가지 않으면 안 된다고 말이야."

"내가 말하고 있는 것은, 공작." 베르그는 안드레이라는 것을 알아차리고 말했다. "다만 명령을 이행하지 않으면 안 되기 때문입니다. 이것만은 정확하게 언제나 실행하고 있으니까요……. 제발 양해해 주십시오." 베르그는 무엇인가 변명을 하려고 하였다.

불꽃 속에서 무엇인가 튀는 소리가 났다. 불꽃은 일순 가라앉았다. 시커먼 연기의 소용돌이가 지붕 밑으로부터 뿜어나왔다. 또 무엇인가 불꽃 속에서 무섭게 튀고, 무엇인가 거대한 것이 무너져 내렸다.

"와아!" 창고의 천장이 무너져내리자—창고 안으로부터는 불탄 곡물이 내는 비스킷 같은 냄새가 떠돌아 왔다—군중이 소리쳤다. 불꽃이 세차게 타오르자 화재터 주위에 서 있던 사람들의 활기를 띤, 기뻐보이는 듯하면서도 피로한 얼굴을 비추어내고 있었다.

기친 나사 외투를 입은 사나이가 손을 들고 소리쳤다.

"굉장하다! 무너지기 시작했다! 야아, 굉장하다! ……."

"저분은 이곳 주인이야." 몇 사람의 목소리가 들렸다.

"알았지?" 안드레이는 알빠뚜이치를 돌아다보고 다짐했다. "내가 말한 대로 모두 전해야 한다." 그리고 옆에서 잠자코 있는 베르그에게는 한 마디도 대답하지 않고, 말을 몰아 골목으로 들어갔다.

5

스몰렌스크로부터 부대는 퇴각을 계속했다. 적은 그 뒤를 쫓아 진격하였다. 8월 10일, 안드레이가 지휘하는 연대는 가도를 지나 '벌거숭이 산'으로 통하는 큰길을 지나갔다. 더위와 일조(日照)가 3주일 이상이나 계속되고 있었다. 날마다 하늘에는 조각구름이 흘러가고 이따금 태양을 가리기도 했지만, 저녁때에는 다시 활짝 개어 태양은 붉은 자줏빛 안개 속으로 가라앉았다. 다만 깊은 밤중에 흥건한 이슬이 대지를 신선하게 되살릴 뿐이었다. 아직 베어들이지 않은 보리알은 햇볕에 타서 떨어져 흩어졌다. 늪도 말라붙어 버렸다. 가축은 볕에 타버린 초원에서 먹이를 찾지 못하고 굶주림으로 울고 있었다. 다만 밤이 되어 아직 이슬이 남아 있는 동안에는 시원했다. 그러나 길이나 부대가 지나가는 대로에는, 밤에도 그러한 선선함은 없었다. 짓밟혀서 20㎝ 이상이나 된 모래 먼지 위에서는 이슬은 찾아볼 수 없었다. 날이 새자마자 행군이 시작되었다. 수송 마차와 대포를 실은 수레 위까지, 보병은 밤 동안에도 식지 않은 숨이 막히는 뜨거운 먼지에 파묻혀 소리 없이 앞으로 나아가고 있었다. 그 모래 먼지의 일부는 발과 바퀴로 짓이겨지고, 나머지는 날아올라 구름이 되어 부대 위를 뒤덮고 이 길을 나아가는 사람과 동물의 눈, 머리카락, 귀, 콧구멍, 특히 폐로 스며들었다. 해가 높이 떠오르면 떠오를수록 먼지의 구름도 높이 날아올라, 이 엷은, 무더운 먼지를 통해서 보면 구름에 덮여 있지 않은 태양을 육안으로도 볼 수 있을 정도였다. 태양은 커다란 새빨간 공처럼 보였다. 바람은 없었다. 장병들은 이 움직이지 않는 대기 속에서 허덕이고 있었다. 장병들은 손수건으로 코와 입을 막고 나아갔다.

마을에 도착하자 일제히 모두 우물을 향하여 몰려갔다. 그러자 물 싸움이 일어나고 진흙이 드러날 때까지 물을 마셨다.

안드레이는 연대를 지휘하고 있었으므로 연대의 통제와 연대 병사들의 물질적 안전, 그리고 명령에 관한 일로 머리가 가득 차 있었다. 스몰렌스크의 화재와 포기는 안드레이에게는 획기적인 일이었다. 적에 대한 증오라고 하는 새로운 감정이 자기의 슬픔을 잊게 해 주었다. 그는 연대 일에 골몰하고, 부하 장병에게 세심한 배려를 하며 그들을 친절하게 대했다. 연대에서는 그를 '우리들의 공작님'이라 부르고, 그를 자랑으로 알고 따르고 있었다. 그러나 그가 친절하고 부드럽게 대한 사람은 찌모힌 등, 전혀 새롭고 별개 계층의 사람들, 그의 과거를 알 리도 이해할 리도 없는 사람들에 대해서뿐이었다. 누군가 전부터 알고 지내는 사람들이나 참모부 사람을 만나면 그는 곧 심술이 사나워졌다. 심술궂고 비꼬며 남을 얕잡아보는 것처럼 되었다. 자기를 과거와 결부시키는 모든 일에 반발을 느끼고 있었기 때문에, 그는 이와 같은 과거의 세계에 대해서는 그저 불공평해지지 않도록 하고, 자기 의무만은 다하려고 노력하고 있었다.

확실히 안드레이에게는 모든 것이 암담하고 음울하게 보였다. 특히 스몰렌스크(이 고을은 그의 생각에 의하면 방위할 수 있었고 또 방위해야만 했다)를 8월 6일에 버리고 난 뒤, 병든 아버지가 모스크바로 피난하고, 그토록 사랑하고 여러 가지로 손을 써서 마을을 만들어 사람을 살게 해 온 '벌거숭이 산'을 적의 약탈에 내맡기지 않을 수 없게 된 이후에는 특히 그러했다. 그러나 그럼에도 불구하고 연대 덕택으로, 안드레이는 일반적인 문제와는 전혀 관계도 없는 일을, 자기 연대에 관한 일을 생각할 수가 있었다. 8월 10일, 그의 연대를 포함한 종대가 '벌거숭이 산' 옆까지 왔다. 이틀 전에, 안드레이는 아버지와 아들과 누이동생이 모스크바로 피난했다는 연락을 받았다. 그는 '벌거숭이 산'에서 할 수 있는 일은 아무것도 없었지만, 새삼 슬픔을 불러일으키고 싶다는 그다운 생각으로 '벌거숭이 산'에 가지 않으면 안 된다고 마음먹었다.

그는 말에 안장을 놓으라고 분부하고, 행군 도중에서 말을 몰아 자기가 태어나서 소년 시절을 보낸 아버지의 영지로 향했다. 항상 수십 명의 아낙네들이 이야기꽃을 피우면서 속옷이나 침대보를 빨래방망이로 두드리기도 하고 헹구고 있었던 연못가를 지나면서, 안드레이는 지금은 연못에 아무도 없고, 매어놓았던 밧줄이 끊어져 반쯤 물이 든 작은 뗏목이 옆으로 쓰러져 연못 한 가운데에 떠 있는 것을 보았다. 안드레이는 파수막으로 가까이 갔다. 입구인 석문 옆에는 아무도 없었고 문은 활짝 열린 채로 있었다. 정원의 좁은 길에는 이미 잡초가 우거져 있고, 송아지와 말이 영국식 정원을 걸어다니고 있었다. 안드레이는 온실로 가 보았다. 유리는 깨지고 화분의 나무는 쓰러져 있는 것도 있고, 어떤 것은 말라죽어 있었다. 그는 정원사 따라스를 불렀다. 대답하는 사람은 아무도 없었다. 온실 모서리를 돌아 화분 선반 쪽으로 나가니, 문양을 판 벽이 완전히 파괴되고 자두나무 열매는 가지째 꺾여 있었다. 늙은 농민 한 사람(안드레이는 어렸을 때 문 옆에서 그를 자주 보았다)이 녹색 벤치에 앉아서 나무 껍데기로 신을 엮고 있었다.

노인은 귀가 멀어서 안드레이가 다가오는 것도 듣지 못했다. 그는 노공작이 즐겨 앉던 벤치에 앉아 있고, 그 옆에는 무참하게 가지가 꺾여 시들어버린 목련 가지에 보리수나무 껍데기가 매달려 있었다.

안드레이는 본채 옆으로 갔다. 해묵은 정원에 있는 몇 그루의 보리수는 베여 쓰러져 있고, 새끼가 딸린 얼룩말 한 마리가 저택 바로 앞의 장미나무 사이를 돌아다니고 있었다. 본채는 미늘창이 못질이 되어 있었고, 아래쪽 창문 하나만 열려 있었다. 소년 심부름꾼이 안드레이를 알아채고 집 안으로 뛰어들어갔다.

알빠뚜이치는 가족을 보내고 나서 홀로 '벌거숭이 산'에 남아 있었다. 그는 집에 들어박혀서 마침 '성자전(聖者傳)'을 읽고 있었다. 안드레이가 왔다는 것을 알고 그는 안경을 콧등에 걸친 채 웃옷 단추를 꿰면서 집에서 나와, 급히 다가와서 안드레이 무릎에 키스하면서 아무 말도 하지 않고 울기 시작했다.

그리고 그는 자신의 연약함에 화를 내고 얼굴을 돌리더니 현황을 보고하기 시작했다. 값비싼 귀중품은 모두 보구차로보로 옮겨 놓았고, 곡식류 역시 30t 가량 실어냈다. 알빠뚜이치의 이야기로는 건초와 보기 드문 금년의 봄보리의 풍작이 덜 여문 채로 베어져서 군에 징발되었다는 것이었다. 농민들은 무일푼이 되어 일부는 역시 보구차로보로 떠나고 소수만이 남아 있었다.

안드레이는 끝까지 듣지 않고 아버지와 누이동생은 언제 떠났느냐고 물었다. 그것은 언제 모스크바로 떠났느냐는 뜻이었다. 그런데 알빠뚜이치는 보구차로보로 떠난 것을 묻는 줄로만 알고 7일에 떠났다고 대답하고, 또 지시할 일이 있으면 하시라고 하면서 집안 일에 대해서 여러 가지로 이야기하기 시작하였다.

"영수증을 받고 군대에 귀리를 내주도록 할까요? 집에는 아직도 20t 가량 남아 있습니다." 알빠뚜이치가 물었다.

'어떻게 대답할까?' 안드레이는 햇살을 받아 번쩍이는 노인의 대머리를 바라보면서, 이 사나이가 자기 자신도 이런 질문이 이미 때가 늦은 것이라는 것을 알고 있으면서도, 다만 자신의 슬픔을 씻기 위해 이런 식으로 물어보고 있다는 것을 얼굴의 표정에서 읽으면서 생각하였다.

"응, 내주게." 그는 말했다.

"정원이 어지러워진 걸 보셨으리라 생각합니다만." 알빠뚜이치가 말했다. "막아 낼 길이 없었습니다. 세 연대가 머무르고 갔으니까요. 특히 용기병에게는 손을 들었습니다. 청구서를 내기 위해서 지휘관의 계급과 이름을 적어 두었습니다."

"그래, 자넨 앞으로 어떻게 할 작정인가? 적에게 점령되어도 남아 있을 작정인가?" 안드레이는 그에게 물었다.

알빠뚜이치는 안드레이 쪽으로 얼굴을 돌리고 그를 바라보았다. 그리고 문득 엄숙한 손짓으로 한 손을 높이 들었다.

"하느님이 보살펴 주십니다. 하느님의 의사에 따르겠습니다!" 그는 말했다.

농민과 하인들의 무리가 모자를 벗고 안드레이 쪽으로 가까이 왔다.

"그럼, 잘 있어요!" 안장 위에서 알빠뚜이치에게로 몸을 숙이며 안드레이는 말했다. "가질 수 있는 데까지 물건을 가지고 달아나요. 농민들에게도 랴잔이나 모스크바 교외의 영지로 피난가도록 말해 줘요." 알빠뚜이치는 그의 다리에 몸을 대고 울기 시작했다. 안드레이는 살며시 그를 떼어놓고 빠른 걸음으로 말을 몰아 가로수 길을 달려 내려갔다.

화분 선반 옆에서는 노인이 앉아서 마치 죽은 사람의 얼굴에 앉은 파리처럼, 무관심한 태도로 나무 껍데기 신을 만드는 작업대를 두드리고 있었다. 두 여자아이가 온실 나무에서 딴 자두를 스커트 자락에 싸서 달려 나오다 안드레이와 마주치고 말았다. 젊은 나리를 알아챈 나이 많은 소녀는 깜짝 놀란 얼굴로 나이 어린 친구의 손을 잡고, 흘러 떨어진 파란 자두를 주워 담을 겨를도 없이 자작나무 뒤로 숨어 버렸다.

안드레이는 자기가 본 것을 눈치 채지 않게 하려고 놀란 듯이 다급히 시선을 돌렸다. 겁에 질린 그 귀여운 소녀가 가엾다는 마음이 들었다. 그는 그 아이를 보는 것이 두려웠으나 그러면서도 아무래도 보고 싶었다. 그 소녀들을 보고, 자기에게는 전혀 인연도 없지만 그래도 역시 자기의 마음을 사로잡고 있는 것과 같은, 정당한 인간적인 관심이 존재하고 있다는 것을 깨달았을 때, 그는 새롭고 기쁘고 안도와 같은 기분에 사로잡혔다. 이 아이들은 분명히 누구에게도 붙잡히지 않고 그 파란 자두를 가져다가 다 먹고 싶다는, 오직 그것만을 필사적으로 원하고 있을 것이다. 안드레이도 이 아이들과 함께 그 큰일의 성공을 바랐다. 그는 그 아이들을 보지 않으려고 하면서도 다시 한번 보지 않을 수가 없었다. 소녀들은 이젠 안전하다고 생각했는지 숨은 곳에서 뛰쳐나와서 무엇인가 가는 목소리로 지저귀듯이 말하면서 치맛자락을 누르고, 햇볕에 그을은 작은 맨발로 즐거운 듯이 재빨리 초원을 뛰어갔다.

안드레이는 군대가 이동하고 있는 대로의 모래먼지 지대에서 벗어나서 잠시 생기를 되찾았다. 그러나 '벌거숭이 산'에서 조금 나선 곳에서 다시 대로로 나오자, 작은 연못의 둑 옆에서 휴식 중인 자기 연대를 따라잡았다. 오후 1시가 지나 있었다. 모래먼지 속의 새빨간 공처럼 보이는 태양이 검은 군복을 통하여 견디기 어려울 만큼 등을 내리쬐고 몸을 태웠다. 먼지는 여전히 마찬가지였고, 낮은 목소리로 웅성거리고 있는 정지된 부대 위에 자욱이 퍼져 있었다. 바람도 없었다. 안드레이가 있는 둑 위의 길에 연못의 진흙탕 냄새와 차가운 공기가 떠돌았다. 그는 물속으로 뛰어들고 싶었다. 아무리 진흙탕물이라도 상관없었다. 그는 고함과 웃음소리가 들려오는 연못 쪽을 바라보았다. 작고 흐린, 수초가 나 있는 연못은 3, 40㎝나 물이 불은 것 같았다. 그 속에서 헤엄을 치고 있는 빨간 벽돌색의 손, 얼굴, 목이 달린 인간들의, 병사들의 흰 알몸으로 가득 차 있었기 때문이다. 이 벌거벗은 하얀 인간의 육체가 모두 웃음소리를 내고, 환성을 지르며 이 더러운 물구덩이 속에서 고기 바구니 속의 붕어처럼 허우적거리고 있는 것이다. 그것은 즐겁게 보였다. 그러나 그 때문에 그것은 한층 슬퍼보였다.

한 젊은 금발 병사는—전부터 안드레이는 이 사나이를 알고 있었다—제3 중대 소속이었는데, 장딴지 아래에 귀중품을 묶는 끈을 단 채 힘차게 물속으로 뛰어들기 위해 성호를 그으면서 뒤로 물러났다. 또 한 사람의, 항상 데리고 있는 검은 머리의 하사관이 허리까지 닿는 물속에서 기쁜 듯이 부르르 콧숨을 내쉬면서 자기 머리에 물을 끼얹고 있었다. 서로 물을 끼얹는 소리와 고함, '와!' 하는 함성이 들렸다.

물가에서도 둑에서도 연못 속에서도 어디서나 하얗고 건강하고 건장한 근육이 있었다. 장교인 찌모힌은 빨간 코를 하고 둑 위에서 몸을 닦으면서 공작을 보고 쑥스러운 표정을 짓더니 용기를 내어 말을 걸었다.

"참 기분 좋습니다. 공작님은 어떠십니까!" 그는 말했다.

"물이 더러운 걸." 얼굴을 찌푸리며 안드레이는 말했다.

"지금 곧 깨끗이 해 드리겠습니다." 그리고 찌모힌은 벌거벗은 채 모두 쫓아내려고 달려갔다.

"공작님이 들어가신다!"

"누구? 우리 공작님이?" 여러 음성이 말하였다. 그리고 모두가 당황했기 때문에 안드레이는 그것을 진정시키느라고 무척 고생했다. 그는 곳간에서 샤워를 하는 것이 좋다고 생각한 것이다.

'육체, 몸, 대포를 위한 육체!' 그는 자기 나체를 바라보면서 생각했다. 그리고 몸서리를 쳤다. 그것은 추위 때문이라기보다는 오히려 그 더러운 연못에서 목욕을 하고 있던 많은 육체들을 보고 자기 자신도 이해할 수 없는 혐오와 공포를 느꼈기 때문이었다.

8월 7일, 바그라찌온 공작은 스몰렌스크 대로의 미하일로브까의 숙영지에서 다음과 같은 편지를 썼다.

'친애하는 아라끄체에프 백작님.'

(그는 아라끄체에프 앞으로 썼지만 이 편지를 황제께서도 읽으리라는 것을 알고 있었으므로, 되도록 한마디 한마디를 신중하게 생각했다)

'대신(바르끌라이 드 똘리)께서 이미 스몰렌스크가 적의 수중에 들어갔다는 것을 보고했으리라고 생각합니다. 실로 괴롭고 슬픈 일이며, 가장 중요한 지점을 보람 없이 포기했다는 데에 군 전체가 낙담하고 있습니다. 저로서도 그에게 최선을 다해서 요망했고 마침내는 편지도 썼지만 아무런 동의도 얻지를 못했습니다. 명예를 걸고 맹세합니다만 나폴레옹은 전에 없이 독 안의 쥐가 되어 있었으므로, 군의 절반을 잃을 정도로 힘을 쏟아부었더라도 스몰렌스크를 빼앗을 수는 없었을 것입니다. 아군은 일찍이 본 일이 없을 만큼 용감하게 싸웠으며, 현재도 싸우고 있습니다. 저도 1만 5000의 군사를 가지고 35시간 이상을 견디며 적을 격파하였으나, 그는 14시간도 버티려 하지 않았습니다. 이것은 수치스러운 일이며 아군의 오점입니다. 제가 생각하기에 그는, 이 세상에 살 가치도 없는 인물입니다. 만일 그가 막대한 손실이라고 보고했다면 그것은 거짓말입니다. 사상자는 많아야 4000명을 넘지 않을 것이며, 어쩌면 그보다도 적을 것입니다. 설사 1만이라고 해도 하는 수 없습니다. 그것이 전쟁이니까요! 그러나 그 대신 적은 무수한 손해를 입었을 것입니다…….

이틀을 더 버티는 데 얼마만큼의 노고가 필요했단 말입니까? 적어도 적은 스스로 퇴각했을 것입니다. 왜냐하면 병사와 말에 먹일 물이 없었기 때문입니다. 대신은 후퇴하지 않는다는 언질을 저에게 주었으면서도 갑자기 밤중에 퇴각한다는 작전 명령서를 보내왔던 것입니다. 이와 같은 형편으로는 도저히 전투를 할 수 없으며, 아군은 아마도 곧 적군에게 모스크바 침입을 허용할지도 모릅니다…….

각하께서 강화를 생각하고 계시다는 소문이 퍼지고 있습니다. 강화라는 것은 당치도 않은 일입니다! 온갖 희생을 다하고, 이토록 바보같은 퇴각을 거듭해 온 이 마당에 강화라니 무슨 말입니까? 각하는 온 러시아를 적으로 삼게 되고, 우리는 모두 군복을 입은 것을 굴욕으로 생각하게 될 것입니다. 이미 사태가 이렇게 된 이상, 러시아가 싸울 수 있는 한은 한 명의 병사가 남을 때까지라도 싸워야 합니다…….

지휘는 한 사람이 해야 하는 것이지, 두 사람이 하는 것은 아닙니다. 대신은 아마 대신직에서는 탁월한 인재일 것입니다. 그러나 장군으로서는 맞지 않을 뿐 아니라 무능하기 짝이 없는 인간입니다. 그런 인물에게 조국의 운명이 맡겨진 것입니다……. 저는 실로 분해서 미칠 지경입니다. 솔직히 터놓고 적는 것을 용서해 주십시오. 강화를 체결해야 한다거나 대신에게 군의 지휘를 맡겨야 한다고 진언하는 자는 아마도 폐하를 경애하는 마음이 없고, 우리 모두의 멸망을 바라고 있는 자일 것입니다. 그래서 저는 당신에게 진실을 적고 있는 것입니다. 민병을 준비해 주십시오. 왜냐하면 대신이 매우 훌륭한 솜씨로 수도에 손님을 끌어들이려 하고 있기 때문입니다. 요즘 전군에는 시종 무관 볼쪼겐에 대한 의혹이 들끓고 있습니다. 소문에 의하면, 그는 우리 편이라기보다 오히려 나폴레옹파라고 일컬어지고 있습니다. 더욱이 그 인간이 대신에게 모든 것을 조언하고 있는 것입니다. 저는 그보다 고참이기는 합니다만, 그에 대해서는 예의를 잃지 않고 마치 하사관처럼 복종하고 있습니다. 이것은 괴로운 일입니다. 인자하신 폐하를 경애하기 때문에 복종하고 있는 것입니다. 다만 그와 같은 인간에게 영광스러운 군을 맡기신 데 대해서 폐하를 유감스럽게 생각하는 바입니다. 이번 퇴각으로 우리는 피로 때문에 많은 장병을 잃고, 지금 병원에는 1만 5000이 넘는 병사가 입원해 있다는 것을 생각하여 주시기 바랍니다. 만약에 공격했었더라면 이와 같은 일은 없었을 것입니다. 제발 가르쳐 주십시오, 우리 러시아는—우리의 모국인 러시아는—과연 뭐라고 말할까요? 우리는 무엇을 이토록 두려워하고, 대체 무엇 때문에 이토록 선량하고 근면한 조국을 파렴치한 인간에게 맡겨 국민 한 사람 한 사람의 마음에 증오와 굴욕을 심어 주려고 하는 것일까요? 무엇을 주저하고 누구를 두려워하고 있는 것일까요? 대신이 우유부단하고 겁쟁이이며, 무분별하고 교만하고 갖가지 결점을 가지고 있는 것은 저의 책임은 아닙니다. 전군이 비분강개하고, 그를 더없이 통렬히 비난하고 있습니다……'

6

인생의 여러 가지 현상에 대해서 할 수 있는 수많은 분류의 하나로서, 모든 현상을 내용이 뛰어난 것과 형식이 뛰어난 것으로 분류할 수가 있다. 이와 같은 분류의 하나로서 시골이나 지방자치단체의 중심지나 현청 소재지, 더 나아가서는 모스크바의 생활까지도 대비시켜서 뻬쩨르부르그의, 특히 살롱의 생활을 들 수가 있다. 이 생활은 변하지 않는다.

1805년 이후 우리는 보나빠르뜨와 강화를 하기도 하고 싸우기도 하였다. 우리는 여러 가지 헌법을 제정하려 하기도 하고 개정도 해 왔다. 그러나 안나 셰레르의 살롱과 엘렌의 살롱은 여전히—한쪽은 7년 전, 다른 한쪽은 5년 전과—조금도 다름이 없었다. 안나 셰레르의 집에서는 보나빠르뜨의 성공을 반신반의하며 화제로 삼았다. 그의 성공도, 유럽의 군주들이 보나빠르뜨를 너그럽게 보고 있는 것도 악의에 찬 음모이며, 그 유일한 목적은 안나를 대표로 하는 궁정 모임을 불쾌하게 만들고 동요시키기 위한 것이라고 보고 있었다. 마찬가지로 엘렌의 객실에서도—루미안체프까지도 그녀에게로 자주 왔고, 그녀를 머리가 매우 좋은 여성이라고 생각하고 있었다—1808년과 똑같이 1812년에도 역시 위대한 프랑스 국민과 위대한 인물 나폴레옹을 감격을 가지고 화제로 삼고, 프랑스와의 불화를 유감스럽게 보고 있었다. 엘렌의 살롱에 모이는 사람들 의견은, 이 불화가 화해로 끝나야 한다는 것이었다.

얼마 전 황제가 군에서 돌아온 이래 이 대립하는 살롱 그룹에 다소의 동요가 일어나서, 서로 대항하여 다소의 시위가 있었지만 두 모임의 경향은 여전히 같았다. 안나의 모임에는 프랑스 사람 중에서도 순수한 왕당파밖에 받아들여지지 않았고, 프랑스 극장에 가서는 안 된다, 그 극단을 유지하는 데는 대군단을 하나 유지하는 것과 같은 돈이 든다는 등의 애국적인 생각이 입에 오르내렸다. 전쟁의 여러 사건에는 열심히 주목하고 있었고, 러시아군에 더없이 유리한 소문이 나돌고 있었다. 루미안체프파, 프랑스파인 엘렌의 모임에서는 적군이나 전쟁은 잔인한 것이라고 하는 풍문이 배척되고, 강화에 대한 나폴레옹의 온갖 시도가 논의되었다. 이 모임에서는 궁정의 여러 기관이나 국모 황태후 폐하의 비호 아래 있는 여자 교육기관은 까잔으로 이전할 준비를 하라고 하는, 너무나도 성급한 진언을 하는 사람들을 비난하고 있었다. 대체로 엘렌의 살롱에서는 전쟁 전체가 겉치레의 시위처럼 여겨지고 있었고 그것은 머지않아 강화로 끝날 것이었다. 이들에게는 빌리빈의 의견이 큰 영향력을 행사하고 있었다. 빌리빈은 뻬쩨르부르그에 온 뒤로 엘렌의 집에서 가족과 다름없이 지내고 있었다(좀 똑똑하다는 사람이라면 누구나 엘렌의 집에 드나들어야 했던 것이다). 그는 일을 결정하는 것은 화약이 아니라 그것을 생각해 낸 사람이라는 의견을 가지고 있었다. 이 모임에서는 신중하기는 했지만 매우 정확하게 모스크바의 감격을 비웃고 있었다—이러한 소식은 황제의 도착과 함께 뻬쩨르부르그로 전달되었던 것이다.

안나의 모임에서는 이와 반대로 이 감격하는 모습에 감동하여, 플루타르코스(그리스 말기의 역사가. 그리스, 로마 영웅의 전기 《영웅전》을 썼다)가 고대 영웅들의 이야기를 하듯 이에 대한 이야기를 하고 있었다. 여전히 요직에 있는 바씰리 공작은, 이 두 그룹을 연결하는 고리 역할을 하고 있었다. 그는 친한 친구 안나의 집에도, 딸의 외교적인 살롱에도 드나들었다. 끊임없이 두 곳을 오갔기 때문에 언제나 항상 혼란을 일으켜, 엘렌의 살롱에서 말해야 할 것을 안나의 살롱에서 말하기도 하고, 또 반대로 하기도 하였다.

황제가 돌아온 지 얼마 뒤, 바씰리 공작은 안나의 집에서 전쟁에 대한 이야기를 나누었다. 그는 바르끌라이 드 똘리를 심하게 비난하고 있었는데, 누구를 총사령관에 임명할 것이냐 하는 데는 결심이 서질 않았다. '잘난 점이 많은 사람'이라는 별명으로 알려져 있는 손님 중의 한 사람이, 자기는 오늘 뻬쩨르부르그 민병 사령관으로 선출된 꾸뚜조프가 민병을 받아들이기 위한 현청 재무국에서 회의를 열고 있는 것을 보았다는 말을 하고, 꾸뚜조프라면 모든 조건을 만족시켜주는 인재가 아닌가 하는 예상을 신중하게 말해보았다.

안나는 슬픈 듯한 미소를 띠고, 꾸뚜조프는 불쾌한 일 이외는 아무것도 폐하에게 한 일이 없다고 말했다.

"나는 귀족 회의에서도 말하고 또 말했습니다만" 바씰리 공작이 끼어들었다. "아무도 들어주지 않았습니다. 그를 민병대 사령관으로 뽑은 것은 폐하 마음에 들지 않을 것이라고 나는 말했습니다만, 아무도 귀담아 들으려고 하지 않았어요."

"어쩐지 불평불만 패거리뿐이군." 그는 말을 계속하였다. "그것도 누구에 대해서? 더욱이 모든 것을, 부질없는 모스크바의 감격을 흉내 내려고 하기 때문이야." 바씰리 공작은 순간적으로 착각을 일으키고, 엘렌의 살롱에서는 모스크바의 감격을 비꼬아야 하지만 안나의 집에서는 칭찬해야 한다는 것을 잊고서 말했다. 그러나 그는 곧 고쳐 말했다. "들어봐요. 꾸뚜조프 백작이, 러시아에서 가장 나이 든 장군이 관청에서 회의를 하다니 제대로 된 일입니까? 헛일이죠! 도대체 총사령관으로 임명될 수 있을까요? 말도 제대로 타지 못하고 회의에서는 졸기만 하고 인격은 가장 형편없는 사람을! 그는 이미 부까레스트에서 정체를 드러내고 있지 않습니까 (_{1812년 5월의 러시아와 오스만 터키 사이의
강화 교섭에서 꾸뚜조프가 전권 대표였다}). 새삼스럽게 장군으로서의 그의 수완을 논할 생각은 없습니다만, 대체 이런 시기에 그와 같이 늙은 애꾸눈 사나이를 임명할 수 있을까요 (_{꾸뚜조프는
애꾸눈이었다})? 참 근사할 거야, 눈이 보지 않는 장군이라니! 그 사나이는 아무것도 보지 못할 거야. 눈 가리고 하는 술래잡기지. 전혀 아무것도 보이지 않을 거야."

아무도 이 말을 반론하지 않았다.

7월 24일에는 이 말이 옳았다. 그런데 7월 29일에 꾸뚜조프에게 공작 칭호가 주어졌다. 공작 칭호는 성가신 사람을 쫓아내려는 뜻으로도 볼 수 있기 때문에 바씰리 공작은 이제 성급하게 자기 의견을 말하지 않았지만, 그 의견은 여전히 옳은 것이었다. 그런데 8월 8일, 싸르뚜이꼬프 원수, 아라끄체에프, 뱌즈미찌노프, 로쁘힌, 꼬추베이(모두 황제의 측근으로 중신)로 구성된 위원회가 전황 검토를 위해 소집되었다. 위원회는 패전의 원인이 지휘권의 분열이라고 판단하였다. 그래서 위원회를 구성하고 있던 사람들은 꾸뚜조프가 황제의 마음에 들지 않는다는 것을 알고 있었으나, 간단한 협의 끝에 꾸뚜조프를 총사령관으로 임명하도록 진언하였다. 그리고 그날 중으로, 꾸뚜조프는 전군과 군대가 차지하고 있는 모든 지역의 전권 총사령관으로 임명되었다.

8월 9일, 바씰리 공작은 또 안나 셰레르 집에서 다시 '잘난 점이 많은 사람'을 만났다. '잘난 점이 많은 사람'은 황태후의 여자 학원의 장학관으로 임명하여 주기를 바라는 사정이 있어서 안나 셰레르를 따라다녔다. 바씰리 공작은 행복한 승자와 같은, 자기가 희망하던 목적을 이룬 사람과 같은 얼굴로 방으로 들어왔다.

"여러분, 중대한 뉴스를 아십니까? 꾸뚜조프 공작이 원수가 되었습니다. 이것으로 엇갈린 의견은 다 끝났습니다. 나는 정말 행복하오. 이렇게 기쁜 일은 없소!" 바씰리 공작은 말했다. "마침내 인재를 얻었습니다." 그는 정색하여 이렇게 말하고는 객실에 있던 모든 사람들을 의미심장하고 엄숙한 눈으로 둘러보았다. '잘난 점이 많은 사람'은 지위를 얻고 싶은 마음은 있었지만, 바씰리 공작으로 하여금 이제까지의 그의 의견을 상기시키지 않을 수 없게 하였다(이것은 안나의 객실에서는 바씰리 공작에 대해서나, 또 이 소식을 기꺼이 받아들이고 있는 안나 셰레르에 대해서도 예의에 어긋나는 일이었지만 그는 참을 수가 없었다).

"그러나 그 사람은 장님이라지 않습니까, 공작님?" 그는 바씰리 공작에게 본인의 말을 상기시키면서 말하였다.

"천만에……. 그분의 눈은 잘 보입니다." 바씰리 공작은 헛기침을 하면서 재빨리 낮은 목소리로 말하였다. 그것은 그가 모든 귀찮은 일을 해소시키려고 하는 여느 때의 목소리와 기침이었다. "그분의 눈은 잘 보여요." 그는 되풀이하였다. "게다가 반갑게도" 그는 말을 이었다. "폐하께서 모든 군과 모든 지역에 대한 완전한 권력을 주신 것입니다. 이제까지 어느 총사령관도 가지지 않았던 권력을 말이에요. 전제 군주가 또 한 사람 생긴 것입니다." 그는 의기양양한 듯이 미소를 띠고 마무리지었다.

"그렇게 되어 주기를. 제발 그렇게 되어 주기를." 안나는 말했다. '잘난 점이 많은 사람'은 궁정 사회에서는 아직 신참자였기 때문에, 안나에게 아부하려고 이 문제에 대한 의견 중에서 일부러 예전 안나의 견해를 꺼냈다.

"폐하께서는 이 권한을 마지못해 꾸뚜조프에게 위임하셨다면서요? '군주와 조국은 귀하에게 이 영예를 주노라' 말씀하시면서, 폐하는 '죠곤다' ^(라 퐁텐의 관능)를 들은 처녀처럼 새빨개지셨다는 겁니다."
<small>(라 퐁텐의 관능
적인 운문 소설)</small>

"아마도 본심은 그렇지 않았는지도 몰라요." 안나는 말했다.

"아니, 천만에, 그럴 리는 없습니다." 바씰리 공작이 열심히 변호했다. 이제 그는 누구한테도 꾸뚜조프에 대해서 쓸데없는 관여를 하게 할 수가 없었다. 바씰리 공작의 생각으로는, 꾸뚜조프 자신이 훌륭할 뿐만 아니라 모두가 그를 숭배하고 있었다. "아니, 그럴 리는 없습니다. 폐하는 전부터 그 사람을 높이 평가하고 계셨으니까요."

"제발 꾸뚜조프 공작이" 안나는 말했다. "실권을 잡고, 누구의 방해도 받지 않게 되었으면 좋겠어요."

바씰리 공작은 이 '누구의'라는 것이 누구를 말하는 것인지 곧 깨달았다. 그는 낮은 소리로 말했다.

"나는 분명하게 알고 있지만, 꾸뚜조프는 절대 조건으로서 황태자가 군에 있지 않을 것을 요구하셨습니다. 그분이 폐하께 뭐라고 말씀하셨는지 아십니까?" 바씰리 공작은 꾸뚜조프가 황제에게 말했다고 전해지고 있는 말을 되풀이하였다. "만약 황태자가 실수를 하더라도 벌할 수는 없을 것이요, 공을 세우더라도 포상할 수도 없는 노릇입니다 라고 말예요. 정말 머리가 좋은 분입니다, 꾸뚜조프 공작은. 그리고 그의 성격은 정말…… 나는 전부터 잘 알고 있습니다."

"이런 소문도 있습니다." 아직 궁정 사회에 익숙하지 않은 '잘난 점이 많은 사람'이 말했다. "공작 각하는 황제 자신도 군에 오지 않는 것을 절대 조건으로 정했다죠?"

그가 이렇게 말하자, 바씰리 공작과 안나는 동시에 외면하고 그의 단순함에 한숨을 쉬면서 슬픈 듯이 서로 얼굴을 바라보았다.

7

이러한 일이 뻬쩨르부르그에서 일어나고 있을 때, 프랑스군은 이미 스몰렌스크를 통과하여 차차 모스크바에 접근하고 있었다. 나폴레옹 사가(史家) 티에르는 다른 나폴레옹 사가(史家)들과 마찬가지로 자기 영웅을 변호하면서, 나폴레옹은 본의 아니게 모스크바의 성벽에 끌려들었다고 쓰고 있다. 다른 역사가들과 마찬가지 뜻에서, 역사적 사건의 설명을 한 인간의 의지에서 구해 보려고 하는 티에르의 의견은 정당한 것이라고 할 수 있다. 이것은 러시아 지휘관들의 책략에 의해서 나폴레옹을 모스크바로 끌어들였다고 주장하는 러시아 역사가와 마찬가지로 정당하다. 여기에는 과거의 모든 일을, 발생한 사실의 전제라고 생각되는 소급(역행)의 법칙 이외에, 모든 사태가 얽혀 있는 상호 관계라는 것도 있다. 명수(名手)는 장기에 지면 자기의 패전은 자기가 잘못 둔 수 때문이라고 마음 속으로 믿고, 그 잘못을 초반에 발견하려고 한다. 그러나 국면 전체를 통해서, 각 수마다 같은 실수가 있는 법이어서 어느 한 수도 완전한 것은 없다는 사실을 잊고 있다. 그가 자신의 잘못을 알아차릴 수 있었던 것은, 상대가 그것을 이용했기 때문이다. 이에 비하면 전쟁이라는 게임은 얼마나 복잡한가? 그것은 일정한 시대의 조건 속에서, 더욱이 한 사람의 의지가 생명이 없는 기계를 지배하고 있는 것이 아니라 여러 가지 자유 의지가 무수하게 얽혀 있는 데에서 생기고 있는 것이다.

스몰렌스크 이후 나폴레옹은 도로고부지(군청이 있는 도시) 앞의 뱌지마 부근에서, 다음에는 짜료보 자이미시체(뱌지마에서 40 킬로 떨어진 마을) 부근에서 전투를 하려고 하였다. 그러나 수많은 사정이 서로 얽혀서, 모스크바에서 120km 떨어진 보로지노까지 러시아군은 싸움에 응할 수가 없었다. 따라서 나폴레옹은 뱌지마로부터 곧장 모스크바로 진격하라는 명령을 내렸다.

모스크바, 대제국의 아시아적 수도 모스크바, 알렉산드르 백성의 성스러운 도시, 중국의 탑 모양을 한 수많은 교회를 가진 모스크바, 그 모스크바가 나폴레옹의 공상을 잠시도 안정시키지 않았다. 뱌지마에서 짜료보 자이미시체로 행군하는 도중 나폴레옹은 영국식으로 꼬리를 짧게 자른, 발이 빠른 엷은 황색털 말을 타고 근위병과 위병, 소년 시종과 부관들을 거느리고 행진했다. 참모장 베르쩨는 기병이 붙잡은 러시아 포로를 심문하기 위해 대열에서 떨어졌다. 그는 통역인 를로름 디드뷰를 데리고, 빠른 걸음으로 나폴레옹을 뒤따라가서 명랑한 얼굴로 말을 멈추었다.

"뭔가?" 나폴레옹이 물었다.

"쁠라또프군의 까자크 병이, 쁠라또프군은 주력군과 합류하려 하고 있고 꾸뚜조프가 총사령관으로 임명되었다고 합니다. 머리가 날카롭고 말이 많은 자입니다!"

나폴레옹은 미소를 짓고, 그 까자크에게 말을 주어 자기한테로 데려오라고 명령했다. 몸소 그 포로와 이야기하고 싶어진 것이다. 부관 몇이 말을 타고 달려갔다. 그리고 한 시간쯤 지나자, 전에 데니쏘프의 농노로 니꼴라이에게 넘겨진 라브루시까가 병졸 제복을 입고 프랑스 기병의 안장에 앉아 주정꾼 같은 한가한 얼굴로 나폴레옹 곁으로 왔다. 나폴레옹은 자기와 나란히 가도록 명령하고 묻기 시작했다.

"자네는 까자크인가?"

"까자크입니다, 장교님."

티에르는 이 일화에 대해 이렇게 말하고 있다.

"나폴레옹의 소탈한 태도 때문에 황제가 눈 앞에 있다고는 동양적인 머리로는 상상도 할 수 없었으므로, 자기가 어떠한 인물을 상대하고 있는지를 모른 채, 허물없이 이 전쟁 상황에 대해 이야기하였다."

라브루시까는 술에 잔뜩 취해서 주인에게 식사도 주지 않고 내버려 두었기 때문에 전날 밤에 몹시 얻어맞았고, 닭을 훔치러 마을로 내려와 거기서 약탈에 열중하다가 프랑스군에게 포로로 잡힌 것이다. 라브루시까는 세상 물정을 다 알고 있고 무슨 일이든지 더러운 방법으로 비열하고 교활하게 하는 것을 당연하다고 생각하였고, 주인을 위해서라면 무슨 일이든지 주인의 득이 되게 하려고 하였다. 또 주인의 좋지 않은 생각, 특히 허영이나 인색한 근성을 빈틈없이 관찰하는, 마음이 비뚤어지고 뻔뻔스런 타입의 종졸이었다.

라브루시까는 나폴레옹을 상대하게 되었을 때 그가 어떤 인물인가를 충분히 손쉽게 알아챘으나 조금도 기가 죽는 일 없이, 다만 새로운 주인의 마음에 들기 위해 마음 속으로부터 노력했을 뿐이었다.

그는 상대가 나폴레옹이라는 것을 잘 알고 있었지만, 나폴레옹이 눈 앞에 있어도 니꼴라이나 채찍을 가지고 있는 상사의 존재 이상으로 그를 주눅들게 할 리가 없었다. 왜냐하면, 상사나 나폴레옹도 그에게서는 빼앗을 수 없는 것이 아무것도 없었기 때문이다.

그는 종졸들 사이에서 소문이 나 있던 말을 닥치는 대로 지껄여댔다. 그것은 대부분 사실이었다. 그러나 나폴레옹이 그에게, 러시아인은 보나빠르뜨에게 이길 수 있다고 생각하느냐 묻자 라브루시까는 실눈을 뜨고 생각에 잠겼다.

라브루시까와 같은 인간들은 언제 어떠한 일에서나 상대의 속마음을 보고 있다. 이 경우에도 그는 교묘한 속마음을 읽고서 이맛살을 찌푸리고는 잠시 입을 다물었다.

"결국 전쟁이 있게 되면" 그는 말했다. "그것도 지금 당장이라면, 그야 분명히 그렇습니다. 그렇지만, 오늘부터 사흘이 지나면 전쟁은 오래 끌 겁니다."

이 말은 나폴레옹에게 다음과 같이 통역되었다. '만약 전투가 사흘 안에 벌어진다면 프랑스군이 이기겠지만, 만약에 더 늦어진다면 어떻게 될 것인가는 하느님만이 아십니다.' 를로름 디드뷰는 미소지으면서 이렇게 전했다. 나폴레옹은 분명히 더없이 기분이 좋은 것 같았지만, 웃는 얼굴은 보이지 않고 그 말을 다시 한번 되풀이하라고 명령했다.

라브루시까는 그것을 알아채고는, 나폴레옹을 기쁘게 해주려고 상대가 누군지 모르는 체하면서 말했다.

"우리는 알고 있습니다, 당신들 편에 보나빠르뜨가 있다는 것을. 그 사나이는 온 세계를 정복했지만, 우리의 경우에는 사정이 조금 다를 겁니다……." 그는 도대체 어떻게 해서 말 끝에 허풍 같은 애국적인 언사가 튀어나왔는지 자기도 모르는 채 말했다. 통역이 마지막 부분은 생략하고 이 말을 나폴레옹에게 전하자 그는 빙그레 웃었다.

"이 젊은 까자크는 위대한 말상대를 미소짓게 했다." 이렇게 티에르는 말하고 있다. 묵묵히 몇 발짝 걸어간 뒤에 나폴레옹은 베르쩨를 돌아다보고,

이 돈 강의 아들이 이야기하고 있는 상대가 황제 자신이며, 피라미드에 불멸의 승리의 이름을 새겨놓은 바로 그 황제라는 것을 알린다면 그는 어떤 반응을 보일 것인지 시험해 보고 싶다고 말했다.

이 말은 전달되었다.

라브루시까는(그것이 자기를 당황케 하기 위해서 이루어졌다는 것과, 또 나폴레옹이 자기가 깜짝 놀랄 것이라 생각하고 있다는 것을 알고) 새 주인들의 비위를 맞추기 위해서 이내 깜짝 놀란 시늉을 하고, 눈을 부릅뜨고는 채찍을 맞으러 끌려나갈 때 짓는 것과 같은 표정을 지어 보였다. "나폴레옹의 통역이" 티에르는 말하고 있다. "그 말을 하자마자 까자크는 놀라움에 사로잡혀, 더는 한 마디도 하지 못하고, 동방의 대초원을 넘어 자기에게까지 이름이 전해진 정복자에게서 눈을 떼지 않고 말없이 앞으로 나아갔다. 그의 수다스러움은 사라지고, 소박하고 말없는 감격의 마음과 침묵에 자리를 양보했다. 나폴레옹은 그에게 상을 주고, 마치 새를 고향이라고 여겨지는 들판에 돌려주듯이 그에게 자유를 주었다."

나폴레옹은 그의 상상을 사로잡은 모스크바를 마음 속에 그리면서 전진을 계속하였다. 고향인 들로 돌아간 새는 있지도 않은 일을 자기가 아군으로 돌아가면 이야기하기 위해 미리 생각해 내려고 하면서, 전초점을 향하여 말을 몰았다. 그는 실제로 있었던 일을 이야기할 생각은 없었다. 왜냐하면 그런 일은 이야기할 가치가 없다고 여겼기 때문이다. 그는 까자크 부대가 있는 곳으로 가서 쁠라또프 지대(支隊)에 속해 있는 연대는 어디에 있느냐고 묻고 다닌 끝에, 그날 저녁에 얀꼬보에 주둔하고 있는 니꼴라이를 찾아냈다. 니꼴라이는 일리인과 함께 부근 마을로 산책하기 위해서 방금 말에 오른 참이었다. 니꼴라이는 또 하나의 말을 라브루시까에게 주고 같이 데리고 갔다.

8

마리야는 안드레이가 생각하고 있었던 것처럼 모스크바에 있지도 않았고, 위험이 미치지 않는 곳에 있었던 것도 아니었다.

알빠뚜이치가 스몰렌스크에서 돌아오고 나서부터 노공작은 마치 갑자기 꿈에서 깨어나 제정신으로 돌아온 것 같았다. 그는 각 마을에서 민병을 모집하여 무장시키라고 명령했다. 그리고 총사령관에게 편지를 써서, 자기는 끝까지 '벌거숭이 산'에 남아서 방위할 결심을 했으며, 러시아의 한 노장군이 포로가 되거나 전사하게 될지도 모르는 이 '벌거숭이 산'을 지키기 위해 수단을 강구하느냐의 여부는 총사령관의 재량에 맡긴다고 전했다. 그는 가족들에게도 자기는 '벌거숭이 산'에 남겠다고 선언하였다.

그러나 자기는 '벌거숭이 산'에 남으려고 하면서도, 딸과 데사르를 딸려서 소공작 니꼴렌까를 보구차로보로, 다시 거기서 모스크바로 보내도록 지시했다. 마리야는 이제까지 넋이라도 빠진 듯했던 아버지가 열에 들뜬 듯한 모습으로 잠도 자지 않고 바삐 움직이는 데 놀랐다. 그녀는 이런 아버지를 혼자 남겨두고 떠날 결심이 서지 않아 난생 처음 아버지의 말에 따르지 않았다. 그녀는 가는 것을 거절하였다. 그러자 노공작의 무서운 노여움의 폭풍우가 그녀 위로 떨어졌다. 그는 어느 때 자기가 올바르지 못했는가 대보라고 마리야를 윽박질렀다. 공작은 딸을 야단쳤다. "너는 나를 언제나 괴롭게 만들었다. 너는 나와 아들 사이를 갈라놓고 나에게 괘씸한 의심을 품었다. 나의 인생을 괴롭게 하는 것이 네 삶의 목적이구나. 네가 나가지 않아도 나는 상관없다." 그러고는 그녀를 서재에서 쫓아냈다. 공작은, 네가 있던 없던 상관하지 않지만 나의 눈에 띄지 않도록 미리 경고해 둔다고 말했다. 그녀의 걱정과는 달리, 아버지는 강제로 출발을 명령하지도 않고 자기 눈 앞에 모습을 나타내지 말라고 한 데에 지나지 않았다는 것이 마리야를 기쁘게 만들었다. 이것은 자기가 떠나지 않고 집에 남은 것을 아버지가 내심 기뻐하고 있는 증거라는 것을 알았기 때문이다.

다음 날 니꼴렌까가 출발한 뒤, 노공작은 오전 중에 정식 군복을 입고 총사령관을 방문할 채비를 했다. 포장마차는 이미 현관에 와 있었다. 그가 군복을 입고 있는 대로 훈장을 모두 달고, 무장한 농민과 하인들을 검열하기 위해 정원으로 가는 것을 마리야는 보았다. 마리야는 창가에 앉아서 정원으로부터 울려오는 아버지의 목소리에 귀를 기울이고 있었다. 갑자기 가로수 길에서 몇몇 사람들이 놀란 얼굴로 뛰어 나왔다.

마리야는 현관에서 양쪽에 꽃을 심은 오솔길로, 그리고 가로수길로 뛰어 나갔다. 그녀 쪽으로 많은 민병과 하인들이 다가와, 그 가운데에 수 명의 사나이가 군복에 훈장을 단 몸집이 작은 노인의 겨드랑을 안고서 오고 있었다. 마리야는 아버지 곁으로 달려갔다. 보리수의 가로수 그림자 사이로 새어나오는 빛이 조그마한 고리가 되어 흔들리고 있어서, 아버지 얼굴에 어떤 변화가 생겼는지 그녀는 알아차릴 수가 없었다. 그녀의 눈에 들어온 것은 아까의 엄하고 결연한 그의 표정이 머뭇거리는 온순한 표정으로 변하고 있다는 것이었다. 딸을 보자 그는 힘없이 입술을 움직이고 쉰 목소리를 냈다. 그가 무엇을 바라고 있는지 알 수가 없었다. 팔을 잡고 그를 안아올려 서재로 모셔, 요즘 그가 몹시 무서워하고 있는 소파에 뉘였다.

그날 밤 불려 온 의사는 피를 뽑아본 뒤, 공작은 뇌졸중으로 오른쪽 반신이 마비되었다고 진단하였다.

'벌거숭이 산'에 남아 있는 것은 더욱 위험해졌으므로, 발작을 일으킨 이튿날 노공작은 보구차로보로 옮겨졌다. 의사도 함께 갔다.

보구차로보에 도착했을 때 데사르와 소공작은 이미 모스크바로 출발한 뒤였다.

뇌졸중을 일으킨 노공작은 모든 것이 같은 상태로 악화도 되지 않고 회복도 되지 않은 채, 안드레이 공작이 세운 보구차로보의 새 집에서 3주 내내 누워 있었다. 노공작은 의식이 없었다. 그는 보기 흉한 송장처럼 누워 있었다. 그는 눈썹과 입술에 경련을 일으키면서 끊임없이 무엇인가 중얼거리고 있었지만 주위의 사정을 이해하고 있는지 어떤지 알 수가 없었다. 다만 확실한 것은 그가 괴로워하고 있고 아직 무엇인가 말하고 싶어한다는 것이었다. 그러나 그것이 무엇인지 아무도 몰랐다. 병 때문에 반쯤 제정신을 잃은 병자의 횡설수설인지, 전쟁에 관한 일인지, 그렇지 않으면 가정에 관한 것이었는지 아무도 알 수 없었다.

의사는 공작이 불안한 표정을 하는 것은 아무런 뜻도 없는, 육체적인 원인에 의한 것이라고 말했다. 그러나 마리야는 무엇인가 아버지는 자기에게 말을 하고 싶어한다고 생각했다(그녀가 있으면 언제나 아버지의 불안이 더해진다는 것이 그녀의 추측을 뒷받침하고 있었다). 그는 분명히 육체적으로나 정신적으로 괴로워하고 있었다.

회복할 가망은 없었다. 다른 곳으로 옮긴다는 것은 무리였다. '도중에서 죽으면 어떻게 될까? 차라리 끝나버리는 편이 낫지 않을까? 완전히 끝나 버리는 편이?' 이따금 마리야는 생각했다. 낮에도 밤에도 거의 눈을 붙이지 않고 아버지를 간호했다. 그리고 말하기도 무서운 일이지만, 간병을 하면서 회복할 징후를 발견하려는 희망에서가 아니라 임종이 가까운 징후를 발견하기를 바라는 마음에서 몇 번인가 병든 아버지를 지켜본 일이 있었다.

이러한 기분을 마음 속에 의식한다는 것이 제아무리 기이한 일일지라도, 그것은 그녀의 마음 속에 엄연히 존재한 심정이었던 것이다. 그리고 마리야가 더욱 무서웠던 것은 아버지의 발병 이래(아니, 그 이전이라고 해도 좋을 무렵, 무엇인가를 기대하고 아버지와 함께 여기에 머문 무렵이었을지도 모른다), 그녀 속에서 잠자고 있었고 잊혀져 있던 개인적인 희망이나 기대가 남김없이 눈을 떴다는 사실이었다. 여러 해 동안 그녀의 머리에 떠오르지 않았던 일—아버지를 두려워하지 않고 살 수 있는 자유로운 생활에 대한 끊임없는 생각, 더 나아가서 사랑이나 가정의 행복도 있을지도 모른다는 생각까지 악마의 유혹처럼 끊임없이 그녀 뇌리에 오갔다. 제아무리 마음으로부터 뿌리치려고 해도, 자기는 앞으로 자기의 인생을 어떻게 이룩해 나갈 것인가 하는 물음이 끊임없이 그녀의 머리에 떠올랐다. 그것은 악마의 유혹이었다. 마리야는 그것을 알고 있었다. 그녀는 그것에 대항하는 유일한 수단이 기도임을 알고 있었으므로, 기도를 하려고 애썼다. 그녀는 기도하는 자세로 서서 성상을 바라보며 기도의 말을 외워 보았지만, 기도를 할 수가 없었다. 그녀는 지금 자기가 딴 세계, 자유로운 활동의 세계에 사로잡혀 있음을 느꼈다. 자기가 그때까지 갇혀 있던, 기도를 가장 큰 위로로 삼고 있던 그 도덕적인 세계와는 전혀 반대되는 세계였다. 기도할 수도 울 수도 없이 실생활의 잡념에 사로잡혀 있었다.

보구차로보에 남아 있는 것도 위험해졌다. 접근해 오는 프랑스군의 소문은 곳곳에서 들려왔고, 보구차로보에서 15km쯤 떨어진 곳에 있는 마을은 프랑스군의 약탈로 황폐해졌다.

의사는 노공작을 더 먼 곳으로 옮겨야 한다고 역설했다. 귀족 단장은 관리를 마리야에게 보내어 되도록 빨리 떠나라고 권했다. 경찰서장도 보구차로보로 와서 같은 말을 했다. 프랑스군은 이미 40km 지점까지 와 여러 마을에 전단을 뿌리고 있으니, 만약 마리야가 아버지를 데리고 15일까지 피난하지 않으면 자기는 어떤 책임도 지지 않겠다는 것이었다.

마리야는 15일에 출발할 결심을 했다. 갖가지 준비를 거들고 해야 할 일을 지시하는 일에 온종일 매달렸다. 14일에서 15일에 걸친 밤을 그녀는 여느 때처럼 옷도 벗지 않고 노공작이 자고 있는 방 옆방에서 보냈다. 몇 번인가 눈을 뜨고 그녀는 아버지의 신음소리와 중얼거림, 철대가 삐걱거리는 소리를 듣고, 아버지의 몸을 뒤쳐주는 찌혼과 의사의 발소리를 들었다. 그녀는 몇 번인가 문가에서 귀를 기울였다. 오늘 밤은 여느 때보다 아버지가 큰 소리로 중얼거리고, 몸 뒤치는 것도 빈번하다고 생각되었다. 그녀는 잘 수가 없어서 몇 번이나 문가로 다가가서 귀를 기울이고, 안으로 들어가려고 하면서도 그렇게 할 결심이 서지 않았다. 아버지는 말로는 하지 않았지만, 자기의 몸을 걱정하는 듯한 표정을 보이면, 그것이 어떠한 것이 되었든 간에 그에게는 불쾌한 일이라는 것을 그녀는 알고 있었다. 이따금 무의식적으로 그를 물끄러미 바라보는 그녀의 시선에 아버지가 불쾌한 듯이 얼굴을 돌리는 것을 그녀는 알아차리고 있었다. 깊은 밤과 같이 때아닌 때에 아버지 방으로 들어가는 것은 아버지를 초조하게 한다는 것을 그녀는 알고 있었다.

그러나 아버지를 잃는 것이 이토록 슬프고 무섭게 느껴졌던 일은 한 번도 없었다. 그녀는 아버지와 같이 보낸 생애를 모두 떠올렸다. 그리고 아버지 말 하나하나, 행하였던 일 하나하나에 자기에 대한 애정이 나타나 있었다는 것을 알았다. 이따금 그녀의 뇌리에는 이들 추억 사이사이에 악마의 유혹이 끼어들었다. 아버지가 죽은 뒤엔 어떻게 될 것인지, 자기의 자유로운 새 인생이 어떻게 펼쳐질 것인지에 대한 생각이었다. 그러나 그녀는 이와 같은 생각을 혐오스런 마음으로 털어버렸다. 새벽에 아버지는 조용해지고 그녀도 잠이 들었다.

그녀는 아침 늦게 잠이 깼다. 눈을 떴을 때 으레 느끼는 맑은 마음 속에, 아버지의 병에 대한 염려가 가장 크게 차지하고 있다는 것을 그녀는 분명히 느꼈다. 그녀는 문 저쪽 동정에 귀를 기울였다. 아버지의 신음 소리를 듣자, 그녀는 한숨을 쉬고 역시 여전하다고 혼잣말로 중얼거렸다.

'그럼, 어떻게 하면 좋단 말인가? 나는 무엇을 바라고 있었지? 나는 아버지의 죽음을 바라고 있는 거야.' 그녀는 자기 자신에게 심한 혐오를 느끼면서 마음 속으로 외쳤다.

옷을 갈아입고 세수를 하고 기도를 올린 뒤 현관 계단으로 나갔다. 말을 매지 않은 마차가 현관 계단에 와 있고 짐을 싣고 있었다.

흐리고 따뜻한 아침이었다. 마리야는 추잡한 자기의 마음에 섬뜩하면서,

아버지 방에 들어가기 전에 생각을 가다듬으려고 애쓰며 현관 계단에 서 있었다.

의사가 계단을 내려와서 그녀 쪽으로 걸어왔다.

"오늘은 좀 괜찮으신 것 같습니다." 의사는 말했다.

"아가씨를 찾았습니다. 하시는 말씀도 조금은 알아들을 수 있습니다. 의식이 어느 정도 뚜렷해지신 것 같습니다. 자, 가십시다. 아가씨를 부르고 계십니다⋯⋯."

이 소식을 듣자 마리야의 가슴은 심하게 두근거리기 시작했다. 그녀는 새파랗게 질려 쓰러지지 않으려고 문에 몸을 기댔을 정도였다. 마리야의 마음이 온통 저 무섭고 죄 많은 유혹에 가득 차 있는 지금, 아버지의 얼굴을 보고 아버지와 이야기하고 아버지의 시선을 받는 것은 괴롭기도 하고 기쁘기도 하고 또 무섭기도 했다.

"갑시다." 의사가 말했다.

마리야는 아버지의 방으로 들어가서 침대로 다가갔다. 아버지는 상반신을 높이 하고 반듯하게 누워 있었다. 보랏빛 혈관으로 덮인, 부푼 것 같은 조그맣고 앙상한 두 손을 모두 이불 위에 내놓고 있었다. 오른쪽 눈은 바로 앞을 바라보고, 왼쪽 눈은 옆을 향하고 눈썹과 입술은 움직이지 않았다. 온몸이 여위어서 작고 비참했다. 얼굴은 마르거나 녹아 버린 것 같았고 온통 잔주름이 덮여 있었다. 마리야는 옆으로 가서 아버지 손에 키스했다. 왼손이 그녀의 손을 쥔 것으로 보아 아버지가 훨씬 전부터 그녀를 기다리고 있었다는 것을 알 수 있었다. 그는 마리야의 손을 당겼다. 눈썹과 입술이 성난 듯이 꿈틀거리기 시작했다.

그녀는 아버지가 자기한테 무엇을 바라고 있는지를 알아채려고 애쓰면서 겁먹은 눈으로 바라보았다. 그녀가 몸의 위치를 바꾸어 자기의 얼굴이 왼쪽 눈으로 들어가도록 가까이 가자 그는 안심하고 얼마 동안 눈을 떼지 않았다. 이윽고 입술과 혀가 움직이기 시작하고 소리가 들렸다. 그는 머뭇거리듯, 기도하는 듯이 그녀를 보면서, 자기가 하는 말을 알아듣지 못하지나 않을까 하고 분명히 불안하게 생각하면서 입을 열기 시작하였다.

마리야는 온갖 주의력을 집중하여 아버지를 바라보았다. 아버지가 혀를 움직이고 있는 우스꽝스러운 노력을 보고, 마리야는 저도 모르게 눈을 내리

뜨고 목구멍에 치밀어오르는 오열을 간신히 억눌렀다. 아버지는 되풀이하면서 무엇인가 말했다. 마리야는 그것을 알아들을 수 없었다. 그러나 그녀는 아버지의 말을 알아채려고 애쓰면서, 아버지가 한 말을 되묻듯 되풀이했다.

"무…… 무서…… 무서." 그는 여러 번 되풀이했다.

그 말은 아무래도 이해할 수 없었다. 의사는 알아들었다는듯 그 말을 되풀이하면서 물었다. "아가씨가 무서워하고 있다고요?" 그는 고개를 가로 짓고 다시 같은 말을 되풀이했다.

"마음이, 마음이 괴로워요?" 마리야가 말 뜻을 풀고 이렇게 말했다. 그는 그렇다는 듯이 신음하고, 딸의 손을 잡아 정말 아픈 곳을 찾아내려는 듯이 자기 가슴의 이곳저곳에 손을 대기 시작했다.

"생각하는 것은 모두! 너의 일…… 생각은." 이윽고 그는 자기가 하는 말을 이해한다는 것을 확신하고 이번에는 이제까지보다 분명히 알기 쉽게 발음하였다. 마리야는 오열과 눈물을 감추려고 아버지의 손에 얼굴을 꼭 대었다.

그는 한 손으로 딸의 머리카락을 쓰다듬었다.

"밤새도록 널 불렀었다……." 그는 말했다.

"그러신 줄 알았다면……." 눈물을 머금고 마리야가 말했다. "그러나 들어오면 안 되는 줄 알았어요."

그는 딸의 손을 꼭 쥐었다.

"자지 않았니?"

"네, 한잠도." 부정하듯 고개를 가로로 흔들면서 마리야는 말했다. 모르는 사이에 아버지를 흉내 내면서, 그녀는 이제 아버지와 같은 말투를 써가며 마치 자기도 간신히 혀를 움직이고 있는 것처럼 그저 몸짓으로 말하고 있었다.

"귀여운 내 딸……." 그렇지 않으면 "좋은 딸"이었는지 마리야는 구분을 할 수 없었다. 그러나 아버지의 눈 표정으로 봐서 틀림없이 여태까지 한 번도 입 밖에 낸 일이 없는 상냥하고, 정다운 말을 했으리라고 여겨졌다. "왜 와주지 않니?"

'그런데 나는 아버지의 죽음을 바라고 있었다, 바라고 있었어!' 마리야는 생각했다. 아버지는 잠시 말이 없었다.

"고맙다…… 마리야, 귀여운 딸……. 모든 것을, 모든 것을…… 용서해 다오……. 고맙다……. 용서해 다오……. 고맙다!" 그의 눈에서 눈물이 흘렀다. "안드레이를 불러다오." 느닷없이 그는 말했다. 이 부탁을 할 때에 무엇인가 앳되고 겁에 질린, 의심스러운 빛이 그의 얼굴에 나타났다. 마치 자기 부탁이 무의미하다는 것을 자기도 알고 있는 것만 같았다. 적어도 마리야에게는 그렇게 여겨졌다.

"오빠한테서 편지를 받았어요." 마리야가 대답했다.

그는 의아스럽다는 듯이 머뭇거리며 딸을 바라보았다.

"그 애는 어디 있니?"

"군대에요, 아버지. 스몰렌스크라나봐요."

그는 눈을 감고 오랫동안 잠자코 있었다. 이윽고 자신의 의심에 대답하듯, 또 이젠 모든 것을 이해하고 상기했다는 것을 확인하듯 고개를 끄덕이고 눈을 떴다.

"그렇지." 그는 나직한 목소리로 뚜렷이 말하였다. "러시아는 멸망했지! 멸망했어!" 그리고 그는 또 흐느껴 울었다. 눈에서 눈물이 흘렀다. 마리야도 더 참지 못하고 아버지의 얼굴을 바라보면서 울었다.

그는 다시 눈을 감았다. 흐느낌도 그쳤다. 그는 한 손을 눈에 대는 시늉을 했다. 찌혼이 그것을 알아채고는 눈물을 닦아 주었다.

그러고 나서 그는 눈을 뜨고 무엇인가 말했으나 오랫동안 아무도 그것을 이해하지 못했다. 겨우 찌혼이 이해하고 모두에게 전했다. 마리야는 조금 전에 아버지가 말한 그 기분에서 아버지의 말의 뜻을 찾아내려고 했다. 그녀는 아버지가 러시아에 대해서 말하고 있다고 생각하기도 하고, 안드레이에 관한 것이라고 생각하기도 하고, 자기에 대한 일, 손자에 대한 일, 아버지 자신에 대한 일이라고 생각하기도 하였다. 그리고 그 때문에 그녀는 아버지의 말을 판단할 수 없었다.

"그 흰 옷을 입어라, 나는 그것을 좋아한다." 아버지는 말하고 있었던 것이다.

그 말을 이해하자 마리야는 더욱 큰 소리로 울기 시작했다. 의사가 팔을 잡아 방에서 테라스로 데리고 나가서 진정시킨 다음, 출발 준비를 하라고 말했다. 마리야가 방에서 나간 뒤에 공작은 다시금 아들 이야기와 전쟁, 황제 이야기를 시작하고, 화난 듯이 눈썹을 꿈틀거리며 쉰 목소리를 높이기 시작했다. 그리고 마지막 두 번째 발작이 일어났다.

마리야는 테라스에 서 있었다. 하늘이 활짝 개고, 햇살도 밝고 더웠다. 그녀는 아무것도 몰랐고, 아무것도 생각할 수 없었다. 아버지에 대한 열렬한 애정 외에는, 지금 이 순간까지 자기도 몰랐던 것처럼 여겨지는 사랑 외에는 아무것도 느낄 수가 없었다. 그녀는 정원으로 뛰어나갔다. 그리고 소리를 내어 울면서, 안드레이가 심은 어린 보리수의 가로수길을 연못 쪽으로 뛰어내려갔다.

"그렇지…… 내가…… 내가…… 내가 아버지의 죽음을 바라고 있었다! 그래, 빨리 끝났으면 하고 바라고 있었어……. 나는 안정을 바라고 있었던 거야……. 그것으로 나는 어떻게 되지? 아버지가 돌아가시면 그깟 안정이 무슨 소용이란 말인가!" 소리를 내어 중얼거리면서 마리야는 빠른 걸음으로 정원을 걸어다니며, 오열이 경련적으로 치밀어오르는 가슴을 두 손으로 누르고 있었다. 정원을 한 바퀴 돌고 나서 다시 집 쪽으로 돌아오는 길에, 그녀는 자기 쪽으로 오는 부리엔 양과(그녀는 보구차로보에서 떠나려 하지 않았다) 낯선 사나이를 보았다. 그는 곧 출발할 필요가 있다고 분명히 전달하기 위해 직접 마리야에게로 온 군의 귀족 단장이었다. 마리야는 단장이 하는 말을 들으면서도 이해를 할 수가 없었다. 그녀는 단장을 집 안으로 안내하여 식사를 권하고 같이 식탁에 앉았다. 그 뒤에 귀족 단장에게 미리 양해를 얻어 노공작의 방문으로 다가갔다. 의사가 당황한 얼굴로 그녀 쪽으로 나오더니 들어오면 안 된다고 말했다.

"저쪽으로 가 주십시오, 아가씨. 저쪽으로, 저쪽으로!"

마리야는 다시 정원으로 나가서 언덕 아래 연못가의, 남의 눈에 띄지 않는 곳, 풀 위에 앉았다. 그녀는 얼마 동안 그곳에 있었는지 몰랐다. 누군가 오솔길을 뛰어오는 여자 발소리가 들리자 제정신이 들었다. 그녀는 일어서서 아무래도 자기를 데리러 온 것 같은 하녀 두냐샤가 자기의 얼굴을 보고 깜짝 놀란 듯이 멈춰 서는 것을 보았다.

"어서 오세요, 아가씨……. 나리께서……." 두냐샤는 다급한 목소리로 말했다.

"곧 가요, 가." 두냐샤에게 말을 다 할 여유를 주지 않고 마리야는 재빨리 대답했다. 그러고는 두냐샤를 보지 않으려고 하면서 집으로 달려갔다.

"아가씨, 하느님의 뜻이 이루어지려 하고 있습니다. 무슨 일이든지 각오하셔야 합니다." 귀족 단장이 문 앞에서 그녀를 맞으며 말했다.

"상관 말아주세요. 그런 거 거짓말이에요." 그녀는 단장에게 모난 목소리로 외쳤다. 의사가 그녀를 만류하려고 했다. 마리야는 그를 제치고 문가로 달려갔다. '무엇 때문에 이 사람들은 겁에 질린 얼굴로 나를 만류하려고 하지? 나는 아무에게도 볼일은 없어. 이 사람들은 여기서 무엇을 하고 있는 거야?' 그녀는 문을 열었다. 조금 전까지 어둑어둑했던 방의 밝은 낮 햇살이 그녀를 섬뜩하게 했다. 방에는 여자들과 유모가 있었다. 그녀들은 마리야에게 길을 내주기 위해서 침대에서 물러섰다. 아버지는 여전히 침대에 누워 있었다. 그러나 편안한 얼굴의 준엄한 표정이 마리야를 문지방 위에 멈춰 세웠다.

'아냐, 아버지는 죽지 않으셨어, 그럴 리가 없어!' 마리야는 아버지 옆으로 가서 자기를 감싸고 있는 무서움을 억제하면서 그의 뺨에 자기 입술을 눌렀다. 그러나 그녀는 얼른 입술을 떼었다. 그녀가 자기 마음 속에 느끼고 있던 아버지에 대한 상냥한 기분은 모두 힘을 잃고, 자기 앞에 누워 있는 것에 대한 공포감으로 변했다. '아버지는 이제 안 계셔. 돌아가셨어! 아버지는 안 계시고 이 같은 자리에, 아버지가 계셨던 자리에 아무런 인연도 없는, 적의에 찬, 무엇인가 무서운, 사람이 다가설 수 없는 신비가 있다……' 마리야가 두 손으로 얼굴을 감싸고 의사에게로 쓰러지자 그는 마리야를 떠받쳤다.

찌혼과 의사의 눈 앞에서 여자들이 공작의 몸을 씻고, 열린 입이 그대로 굳어지지 않도록 천으로 얼굴을 묶고, 또 하나의 천으로 벌어진 두 다리를 묶었다. 그리고 여자들은 작고 메마른 몸에 훈장이 달린 군복을 입히고 테이블 위에 뉘었다 (유체를 테이블 위에 뉘는 것이 러시아의 습관이다). 누가 언제 이런 일에 배려를 했는지 모르지만 모든 것이 저절로 이루어진 것처럼 진행되었다. 밤이 되자 관 둘레에는 촛불이 켜지고, 관 위에는 덮개가 씌워졌다. 마루에는 노가주 나뭇잎이 뿌려지고, 죽은 사람의 마른 머리 밑에는 인쇄된 기도문을 깔았다. 한쪽 구석에서는 부제가 시편을 읽으며 서 있었다.

죽은 말을 내려다보면서 말들이 떼를 지어 뛰며 콧김을 부는 것과 마찬가지로 객실의 관 둘레에는 집 밖 사람들과 집안 사람들—귀족 단장도, 이장도, 여자들도 모두 겁먹은 듯이 안정된 눈으로 성호를 긋고 머리를 숙여 노공작의 차가운 굳은 손에 키스를 하였다.

9

보구차로보는 안드레이가 거기에 정착할 때까지는 줄곧 주인의 눈이 닿지 않은 영지였다. 보구차로보 농민들은 '벌거숭이 산' 농민들과는 전혀 다른 성격을 지니고 있었다. 그들은 '벌거숭이 산' 농민들과는 말은 물론 옷차림과 풍습도 달랐다. 그들은 대초원의 백성이라고 불리었다. 노공작은 이곳 농민들이 '벌거숭이 산'으로 와서 수확을 거들어 주고 연못과 도랑을 파기 위해 왔을 때, 참을성 있는 일 솜씨는 칭찬했지만, 그들의 조잡한 기질은 좋아하지 않았다.

최근에는 안드레이가 이 보구차로보에서 병원과 학교, 소작료의 경감 등 여러 가지 새로운 일을 도입했지만 농부들의 기질을 부드럽게 하지 못했고, 반대로 노공작이 조잡하다고 한 성격이 그들 사이에서 강해졌다. 그들 사이에는 늘 막연한 소문이 퍼지고 있었다. 모두가 까자크에 편입된다느니, 새 종교로 개종된다느니, 무슨 황제의 포고가 나온다느니, 1797년의 빠베르 황제에 대한 선서라든지(이것에 관해서는 이미 그때 농노 해방령이 내렸는데, 지주들이 이것을 취소해 버렸다고 말하고 있었다), 7년 뒤에 뾰뜨르 3세 _(뾰뜨르 3세는 1762년에 살해되어 아내인 예까쩨리나 2세가 즉위 하였다. 그러나 민간에서는 뾰뜨르 3세의 생존설이 떠돌고 있었다)가 제위에 오르기로 되어 있어서, 그렇게 되면 만사가 자유롭고 단순해져서 모든 것이 무(無)로 돌아갈 것이라는 소문이 나돌고 있었다. 전쟁이나 나폴레옹과 그 침략들에 관한 소문은 그들에게는 역시 마찬가지로 막연한 반(反)그리스도, 세상의 종말, 순수한 자유 등의 이미지와 결부되어 있었다.

보구차로보 부근은 모두 큰 마을로 국유나 연공제(年貢制)의 지주의 영지였다. 이 지역에 살고 있는 지주는 고작 몇몇이었다. 저택에서 일하는 하인이나 읽고 쓸 수 있는 사람도 아주 적었다. 이 지방 농민의 생활에는 현대인에게는 설명할 수 없는 원인과 의미를 갖는, 러시아 민중 생활의 신비적인 흐름이 다른 지방보다 눈에 띄고 강력했다. 이러한 현상의 하나는 약 20년 전에 이 지방 농민들 사이에 일어났던, 어딘가 따뜻한 강 쪽으로 이주하려는 움직임이었다. 보구차로보 마을 주민도 포함해서 수백 명의 농민들이 갑자기 자기들의 가축을 팔아버리고, 가족들과 함께 어딘가 동남쪽으로 이주하기 시작한 것이다. 새들이 어딘가의 바다 너머로 날아가듯, 이들은 처자를 데리고 아무도 가 본 적이 없는 동남 지방을 향하여 떠났다. 그들은 무리를 이루어 행동을 일으키고, 각자 몸값을 갚고 자유의 몸이 되거나, 도망쳐서 마차와 도보로 따뜻한, 먼 강을 향해서 갔다. 그러나 많은 사람이 처벌되어 시베리아로 유배되거나, 추위와 굶주림 때문에 도중에서 죽었다. 또 많은 사람이 스스로 돌아와 이 움직임은 시작한 때와 마찬가지로, 뚜렷한 원인도 없이 가라앉고 말았다. 그러나 그 저류는 여전히 이 사람들 속에 흐르고 있어서, 전과 같이 기묘하게 갑자기, 그와 동시에 단순하고 자연스럽게, 힘차게 나타날 무엇인가 새로운 힘을 형성하기 위해 하나로 뭉치려 하고 있었다. 지금 이 1812년에, 이 저류가 힘차게 움직이기 시작하여 이윽고 나타날 것 같은 예감이 민중과 가까이 접하고 있는 사람에게 느껴지고 있었다.

알빠뚜이치는 노공작이 죽기 조금 전에 보구차로보로 와서 몇 가지 사실을 알았다. 농민들 사이에 불온한 움직임이 생기고 있다는 것, 반지름 60km에 걸친 '벌거숭이 산' 지대에서는 농민들이 모두(자기들 마을을 까자크가 약탈하는 대로 내버려 두고) 떠나버렸는데, 거기에서 일어나고 있는 일과는 반대로 보구차로보 근처의 대초원 지대에서는, 소문에 의하면 농민들이 프랑스군과 연락을 취하고 있고, 무엇인가 문서를 입수해 그것을 민중 사이에 퍼뜨리며 자기들이 사는 곳에 머무르고 있다는 것이었다. 그가 자기에게 충실한 하인들을 통해서 안 바에 의하면, 농촌 공동체에 커다란 영향력을 가지고 있는 농민 까르프가 며칠 전 공용 짐마차를 따라 나가서, 주민이 떠난 마을에서 까자크가 약탈을 하고 있지만 프랑스군은 주민들의 재산에 전혀 손대지 않는다는 정보를 가지고 돌아왔다. 알빠뚜이치가 안 바에 의하면 또 다른 농민이 어제 프랑스군이 주둔하고 있는 비슬로우호보라는 마을에서 프랑스군의 장군이 낸 문서까지 가지고 돌아왔는데, 거기에는 주민에게 아무 해를 끼치지 않을 것이며, 마을에 남아 있는 한 징발한 것에 대해서는 모두 돈을 지불한다고 되어 있었다. 그 증거로, 농민은 건초 값의 선금으로 받은 100루블 지폐를 가지고 돌아왔다(그는 그것이 위조 지폐라는 것을 몰랐다).

그리고 알빠뚜이치는 또 하나 가장 중요한 사실을 알게 되었다. 공작 따님의 짐을 보구차로보에서 실어내기 위해 짐마차를 모으도록 이장에게 명령한 바로 그날 아침 일찍 마을에서 집회가 열려, 모두 마을을 떠나지 않고 상황을 보기로 결정을 한 것이다. 한편, 이제 시간은 절박해 있었다. 귀족 단장은 노공작이 죽은 날, 즉 8월 15일에, 위험해졌기 때문에 그날 중에 출발하도록 마리야에게 역설하였다. 그는 16일 이후에는 어떤 책임도 질 수 없다고 말했다. 공작이 죽은 날 그는 저녁때에 돌아갔지만, 다음날 장례에는 참석하겠다고 약속했다. 그런데 이튿날 그 자신이 입수한 정보에 의하면 프랑스군이 뜻밖에도 가까이까지 와있었기 때문에 올 수가 없었고, 자기 영지에서 자기 가족과 귀중품을 모두 운반해 내는 것이 고작이었다.

약 30년 동안 보구차로보를 도맡아 관리해 온 사람은, 노공작이 드로 공(公)이라고 부르던 이장 드론이었다.

드론은 육체적으로나 정신적으로나 튼튼한 농민이었다. 그는 나이가 들자 털보가 되었으나 60, 70세가 되어도 얼굴은 거의 변함이 없었다. 흰 머리카락 하나 나지 않고 이도 하나 빠지지 않았으며, 30대와 마찬가지로 허리도 꼿꼿하여 정정했다.

드론은 자기도 다른 사람과 마찬가지로 참가한 따뜻한 강으로의 이주 바로 뒤에, 보구차로보 마을의 이장 겸 장원 관리인이 되어, 그 이래 23년 동안 그 직에서 나무랄 데가 없이 일을 처리해 왔다. 농민들은 그를 지주보다도 더 무서워하고 있었다. 주인들은, 노공작도 젊은 공작도 지배인도 그를 존중하여 농담으로 대신이라고 부르고 있었다. 그 직에 있는 동안 줄곧 그는 한 번도 술에 취한 일도, 병에 걸린 일도 없었다. 여러 날 밤 자지 않은 뒤에도, 아무리 심한 일을 한 뒤에도, 조금도 피로한 기색을 보이지 않았다. 읽고 쓰지는 못했지만, 자기가 팔아치우는 막대한 양의 밀가루의 금액이나 무게의 계산도, 보구차로보의 밭 1 정보마다 수확되는 곡류 다발의 양도, 한 번도 착오를 일으킨 일이 없었다.

황폐해진 '벌거숭이 산'에서 온 알빠뚜이치는, 노공작의 장례식 날 이 드론을 불러서 마리야 아가씨의 마차를 위해 말 열두 마리와, 보구차로보에서 가지고 가야 할 짐을 위해 열여덟 대의 짐마차를 준비하라고 명령했다. 농민들은 소작인들이긴 했지만, 이 마을에는 230호 가량의 농가가 있었고 농부들은 유복했기 때문에, 이 명령을 실행하는 일은 알빠뚜이치의 생각으로는 곤란할 게 없었다. 그러나 이장인 드론은 명령을 듣고 나서 눈을 떨구었다. 알빠뚜이치는 자기가 아는 농민들의 이름을 들어가면서, 그들로부터 마차를 내게 하라고 명령했다.

드론이 그 농민들의 말은 운송 일에 동원되었다고 대답했다. 알빠뚜이치가 다른 농민들의 이름을 들자, 그들에게도 말이 없었다. 공용으로 사용되고 있는 말도 있고, 약해서 쓸모가 없는 말도 있고, 사료가 없어서 죽은 말도 있다는 것이었다. 드론의 의견에 따르면, 짐마차 뿐만 아니라 타기 위해서도 말은 모을 수가 없었다.

알빠뚜이치는 물끄러미 드론을 바라보고 얼굴을 찌푸렸다. 드론이 전형적인 농민 출신 이장이었다면, 알빠뚜이치는 20년 동안 공연히 노공작의 영지를 관리해 온 것이 아니었으며 역시 전형적인 지배인이었다. 그는 자기와 관계가 있는 농민들의 요구와 본능을 직감으로 이해하는 최고의 능력을 지니고 있었다. 그래서 그는 훌륭한 지배인이었던 것이다. 그는 드론을 흘끗 보고 곧 깨달았다. 드론의 대답은 본인의 생각을 나타낸 것이 아니라 보구차로 보 마을 전체의 기분을 나타낸 것으로, 이장도 지금은 그것에 묶여 있었다. 그러나 그와 동시에 돈을 벌어 농민들로부터 미움을 받고 있는 드론이, 주인과 농민 사이에 끼여서 틀림없이 동요하고 있다는 것도 그는 잘 알고 있다. 상대 눈초리에서 이 동요를 알아채고, 알빠뚜이치는 눈썹을 찌푸린 채 드론 쪽으로 다가갔다.

"이봐, 드로 공, 잘 들어!" 그는 말했다. "나에게 시시한 말을 해서는 안 돼. 안드레이 공작께서 몸소 나한테 말씀하셨어. 농민을 모두 다른 데로 옮기고, 절대로 적군한테 맡겨 두지 말라고 말이야. 이것은 폐하의 명령이기도 하다. 남는 놈은 폐하에 대한 모반자야. 알겠지?"

"알고 있습니다." 드론은 눈을 들지 않고 대답했다.

알빠뚜이치는 이 대답으로 가라앉지 않았다.

"이봐, 드론, 나중에 좋지 않게 돼!" 알빠뚜이치는 고개를 흔들며 말했다.

"제발 원하시는 대로!" 드론이 슬픈 듯이 말했다.

"이봐, 드론, 적당히 해둬!" 알빠뚜이치는 되풀이하고 품에 낀 손을 빼서, 그 손으로 엄숙하게 드론의 발밑에 있는 바닥을 가리켰다. "난 네 뱃속을 들여다볼 정도가 아니라, 네 발 밑 2m까지 꿰뚫어보고 있다." 드론의 발밑 마루를 보면서 그는 말했다.

드론은 당황해서 재빨리 알빠뚜이치를 흘끗 바라보고 다시 눈을 내리깔았다.

"시시한 말은 집어치우고 농민들에게 전해라. 집을 나와 모스크바로 갈 채비를 하라고, 또 내일 아침까지 아가씨의 짐을 운반할 마차를 준비하라고 말이다. 그리고 너는 모임에 가면 안 된다, 알았지?"

드론은 느닷없이 그의 발 밑에 엎드렸다.

"알빠뚜이치 씨, 저를 해고해 주십쇼! 제발 저에게서 금고 열쇠를 빼앗고 해고해 주십쇼!"

"그만둬!" 알빠뚜이치는 엄하게 말했다. "네 발 밑 2m까지 뚫어보고 있다." 그는 되풀이하였다. 그는 자기가 양봉의 명인으로, 언제 귀리를 파종하면 좋은가를 알고 있고, 20년 동안이나 노공작의 마음에 들었기 때문에 일찍이 마법사라는 평을 받고 있으며, 또 마법사는 인간의 발 밑 2m 속까지 들여다볼 수 있는 능력이 있는 것으로 여겨지고 있다는 것을 알고 있었던 것이다.

드론은 일어나서 무슨 말을 하려고 했지만, 알빠뚜이치는 말을 가로챘다.

"대체 너희들은 무슨 생각을 하는 거냐, 응? …… 무슨 생각을 하고 있느냐 말이다!"

"제가 모두를 어떻게 할 수 있단 말입니까?" 드론이 말했다. "완전히 사나워졌습니다. 그야 저도 같은 말은 해 보았습니다만……."

"내가 말한 그대로다." 알빠뚜이치는 말했다. "그놈들은 마시고 있나?" 그는 정통으로 물었다.

"모두들 거칠어져서, 알빠뚜이치 씨, 술을 두 통째 꺼냈습니다."

"그럼 말이다, 나는 경찰서장한테 갔다올테니 너는 모두에게 알려라. 그런 짓은 그만두라고. 그리고 짐마차를 내라고 말이야."

"알았습니다." 드론이 대답했다.

알빠뚜이치는 그 이상 끈덕지게 말하지 않았다. 그는 오랫동안 농민을 다스려왔으므로 사람을 따르게 하기 위한 중요한 방법은, 그들이 복종하지 않을지도 모른다는 의심을 상대에게 보이지 않아야 한다는 것을 알고 있었다. 드론으로부터 '알았습니다' 하는 온순하고 솔직한 대답을 얻자 알빠뚜이치는 그 대답으로 만족하였다. 그러나 실은 의심을 하고 있었을 뿐만 아니라, 작은 부대라도 군의 힘을 빌리지 않으면 마차는 낼 수 없을 것이라는 것을 거의 확신하고 있었다.

과연 저녁때가 되어도 짐마차는 모이지 않았다. 마을 선술집 옆에서 다시 집회가 열리고, 그 자리에서 말은 숲으로 몰아넣고 짐마차는 내지 않기로 결의되었다. 그 일에 대해서 마리야는 아무 말도 하지 않았다. 알빠뚜이치는 '벌거숭이 산'에서 온 말에서 자기 짐을 내려놓고, 그 말을 마리야의 마차에 달라고 명령하고 자기는 경찰서장에게로 갔다.

10

아버지 장례가 끝난 뒤에, 마리야는 자기 방에 틀어박혀서 아무도 들어오지 못하게 했다. 하녀가 문가로 다가와서, 알빠뚜이치가 출발 지시를 받으러 왔다고 전했다(이것은 알빠뚜이치가 드론과 이야기하기 전의 일이었다). 마리야는 누워 있던 소파에서 몸을 일으키자, 굳게 닫힌 문 밖을 향해 자기는 아무데도 절대로 가지 않을 테니 조용히 내버려두어 달라고 말했다.

마리야가 자고 있던 방의 창문은 서쪽을 향하여 나 있었다. 벽 쪽으로 얼굴을 돌리고 소파에 누워서, 가죽 베개의 단추를 손가락으로 만지작거리면서 그 베개만을 보고 있었다. 그리고 막연한 그녀의 생각은 한 가지 일에 집중되고 있었다. 그녀는 죽음이란 되돌릴 수 없다는 것과, 여태까지 자기는 몰랐지만, 아버지의 병중에 나타났던 자기 마음의 추악함에 대해서 생각하고 있었던 것이다. 기도하고 싶었지만 기도를 할 수 없었다. 지금과 같은 마음으로는 하느님을 마주할 수가 없었다. 그녀는 그렇게 오랫동안 누워 있었다.

태양이 집 저편으로 지고, 열린 창으로 비스듬히 스며드는 저녁 햇살은 방과 마리야가 바라보고 있는 모로코 가죽 베개의 일부를 비추고 있었다. 그녀는 생각의 흐름을 문득 멈췄다. 그녀는 무의식중에 몸을 일으켜 머리를 매만지고 일어나 창가로 가서, 활짝 개기는 했지만 바람이 많은 저녁 냉기를 저도 모르게 들이마셨다.

'그래, 이것으로 이제 당신은 석양의 경치를 넋을 잃고 바라보아도 상관없어! 그분은 이제 안 계셔. 아무도 당신을 방해하지 않아요.' 그녀는 혼잣말을 하고 의자에 앉아서 머리를 대고 창턱에 엎드렸다.

누군가가 뜰 쪽에서 상냥하고 낮은 목소리로 그녀를 부르고 머리에 키스를 했다. 그녀는 돌아보았다. 부리엔이 검은 옷을 입고 상장(喪章)을 달고 있었다. 그녀는 살며시 마리야에게로 다가오더니 한숨과 함께 그녀에게 키스하고 이내 울기 시작했다. 마리야는 그녀 쪽을 돌아보았다. 이제까지의 그녀와의 모든 말다툼이, 그녀에 대한 질투가 마리야의 마음에 떠올랐다. 그분이 마지막에는 부리엔에 대한 태도가 달라지고 그녀와 얼굴을 대하는 것도 싫어했다는 것, 즉 마리야가 마음 속으로 그녀에게 하고 있던 비난이 옳지 않았다는 것도 깨달았다. '정말로 내가, 아버지의 죽음을 바라고 있던 내가 누구를 비난할 수 있단 말인가?' 그녀는 생각했다.

마리야는 머릿속으로, 최근 자기와의 교제가 멀어지기는 했지만, 자기를 의지하며 남의 집에서 살고 있는 부리엔 양의 입장을 분명하게 떠올렸다. 그녀는 부리엔 양이 불쌍하게 여겨졌다. 그녀는 부드럽게 물어보듯이 상대를 바라보며 손을 내밀었다. 부리엔 양은 이내 울기 시작하더니 그녀의 손에 키스를 하고, 마리야에게 닥친 슬픔에 대해 이야기하며 자기도 그 슬픔을 나누려고 하였다. 그녀는, 자기 슬픔의 유일한 위안은 아가씨가 자기와 이 슬픔을 나누어 갖는 것이라고 말했다.

그녀는, 이제까지의 모든 오해는 이 큰 슬픔 앞에서 당연히 사라져야 할 것이며, 자기는 누구에게 대해서도 결백하다고 여기고 있다, 그분도 저승에서 자기의 애정과 감사의 마음을 알아 주실 거라고 말했다. 마리야는 그녀의 말의 뜻을 이해하지 못한 채, 때로는 그녀를 보면서 그녀의 목소리에 귀를 기울이면서 듣고 있었다.

"아가씨는 우리보다 곱절이나 무서운 처지에 있습니다." 잠시 잠자코 있다가 부리엔 양이 말했다. "아가씨가 자기 자신에 대해서 생각할 수 없었고, 지금도 생각할 수 없다는 것을 잘 알고 있어요. 그렇지만 당신에 대한 애정으로 이것만은 꼭 말씀드리겠어요……. 알빠뚜이치가 여기 오셨죠? 출발에 대한 상의를 하셨죠?"

마리야는 대답하지 않았다. 그녀는 어디로 누가 가야 하는지를 몰랐던 것이다. '도대체 지금 무엇인가를 하려고 하거나 무엇인가를 생각할 수가 있을까? 어느 쪽이나 마찬가지 일이 아닐까?' 그녀는 대답을 하지 않았다.

"아시겠지만, 마리야 아가씨." 부리엔 양이 말했다. "알고 계시겠죠, 우리가 위험에 처해 있고, 프랑스군에 포위되어 있다는 것을. 지금 떠나는 것은 위험해요. 만약에 떠난다면 포로가 될 것이 틀림없어요. 그렇게 되면 무슨 일이 일어날지……."

마리야는 자기 친구를 바라보고 있었으나 그녀가 무엇을 말하고 있는지 알 수가 없었다.

"아, 나는 지금 모든 일이 어떻게 되든 상관 없어요. 그것을 누가 알아주었으면 좋겠어요." 그녀는 말했다. "물론 나는 무슨 일이 있어도, 아버지 곁에서 떠나고 싶지 않아요……. 알빠뚜이치가 출발에 대해서 무슨 말을 하고 있었지만……. 그분과 상의해 주세요. 나는 아무것도 할 수 없고, 하고 싶지도 않아요……."

"이미 이야기해 보았어요. 그분은 내일 우리가 떠나도 늦지 않다고 생각하고 있어요. 그러나 나는 지금, 이대로 남아 있는 편이 낫다고 생각해요." 부리엔 양은 말했다. "그 까닭을 말씀드리면 납득해 주실 겁니다, 아가씨. 도중에 병사나 난동을 부리고 있는 농민 손에 잡히면 무서운 결과가 될테니까요." 부리엔 양은 손가방에서 러시아 것이 아닌 색다른 종이에 쓰인 프랑스군 라모 장군의 포고를 꺼내서 마리야에게 주었다. 그 포고에는 주민들은 집을 떠나지 말도록 하고, 주민에게는 프랑스의 군 당국에 의해서 응분의 보호가 주어지리라고 적혀 있었다.

"저는 이 장군께 연락을 해보는 것이 좋다고 생각합니다." 부리엔 양이 말했다. "아가씨에게도 상당한 경의를 보여 주리라고 믿어요."

마리야는 포고를 읽었다. 눈물이 나지 않는 흐느낌으로 그녀의 얼굴이 굳어졌다.

"당신은 누구에게서 이것을 얻었죠?"

"틀림없이 이름으로 보아 내가 프랑스 사람이라는 것을 알았겠죠." 얼굴을 붉히며 부리엔 양이 말했다.

마리야는 포고를 손에 쥔 채 창가에서 일어났다. 그러고는 창백한 얼굴로 방을 나와, 전에 안드레이의 서재였던 방으로 갔다.

"두냐샤! 알빠뚜이치나 드론이나, 누구라도 좋으니 여기에 불러줘요." 마리야가 말했다. "그리고 부리엔은 내 방에 들어오지 않도록 말해 줘요." 부리엔 양의 목소리를 듣고, 그녀는 이렇게 덧붙였다. "빨리 출발해야지! 한

시 바삐 출발해야지!" 자기가 프랑스군 수중에 남게 될지도 모른다는 생각에 섬뜩하면서 마리야는 말했다.

'내가 프랑스군 지배하에 있다고 안드레이 오빠가 안다면! 이 니꼴라이 볼꼰스끼 공작의 딸이, 라모 장군에게 보호를 청하고 그 은혜를 받는다면!' 이 생각은 그녀를 공포에 몰아넣고, 전율을 느껴, 얼굴을 붉히게 했으며, 여태까지 맛보지 못했던 증오와 긍지의 충동을 느끼게 했다. 자기 입장의 괴로움, 특히 굴욕적인 것이 모두 똑똑히 그녀의 마음 속에 떠올랐다. '그들이, 프랑스군이 이 집에 들어온다. 라모 장군이 안드레이 오빠의 서재를 점령하고, 장난삼아 오빠의 편지와 서류를 뒤지거나 읽을 것이다. 부리엔 양이 보구차로보의 귀빈으로서 그들을 맞을 것이다. 나는 동정을 받아 작은 방 하나가 주어질 것이다. 병사들은 십자형 훈장과 성형(星形) 훈장을 뜯어내기 위해서 아버지의 무덤을 파헤칠 것이다. 그리고 나에게 러시아군에 거둔 승리를 자랑삼아 늘어놓고, 나의 슬픔에 대해서 겉으로 동정을 보일 것이다……' 마리야는 자기가 아닌, 아버지와 오빠의 마음으로 이렇게 생각했다. 그녀 자신은 어디에 있건, 자기가 어떻게 되든 상관이 없었다. 그러나 그녀는 그와 동시에 자기를, 죽은 아버지와 안드레이 공작의 대신이라고 생각하였다. 그녀는 자기도 모르게 오빠의 사고 방식으로 생각하고 그 감정으로 느끼고 있었다. 아버지나 오빠라면 했을 말, 그리고 두 사람이 했을 동작, 그녀는 바로 그것을 해야 한다고 느꼈다. 그녀는 안드레이의 서재로 가서 자기 입장을 생각하며 그의 생각에 젖으려고 하였다.

아버지의 죽음과 더불어 사라져 버렸다고 생각했던 인생의 욕구가 갑자기 새로운, 이제까지 몰랐을 만큼 새로운 힘으로 마리야의 마음 속에서 솟아올라 그녀를 사로잡았다.

흥분으로 빨개지면서, 마리야는 방 안을 돌아다니면서 알빠뚜이치, 미하일 이바노비치, 찌혼, 드론을 자기에게로 불러오라고 말했다. 두냐샤와 유모와 하녀들은 모두 부리엔 양이 공언한 말이 어느 정도까지 옳은지 아무 말도 할 수 없었다. 알빠뚜이치는 집에 없었다. 그는 서장한테로 가고 없었던 것이다. 호출된 건축 기사 미하일 이바노비치는 잠이 덜 깬 눈으로 마리야에게로 왔으나 아무 말도 할 수 없었다. 그는 15년 동안 줄곧 노공작이 무슨 말을 하면 자기 의견은 말하지 않고 웃는 얼굴로 대답하는 버릇이 되어 있었는데, 여전히 그대로 자기 의견은 말하지 않고 지당하신 말씀입니다 하는 얼굴로 마리야의 질문에 대답했을 뿐, 그의 대답으로부터는 아무것도 뚜렷한 일은 끌어내지 못했다. 호출을 받은, 나이 든 하인 찌혼은 몹시 여윈 얼굴에 어찌할 수 없는 슬픔을 담고, 마리야에게 무슨 질문을 받아도 "네, 그렇습니다" 말할 뿐이며, 그녀를 바라보면서 흐느낌을 간신히 참고 있었다.

마침내 이장 드론이 방으로 들어와서, 영양에게 공손히 절을 하며 문지방 옆에 섰다.

마리야는 방을 가로질러, 그의 바로 앞에 섰다.

"드론." 마리야는 이 사나이야말로 자기의 친구인 것이다, 해마다 뱌지마의 장으로 갔다 돌아오는 길에 자기에게 특별한 과자를 사서 싱글벙글 웃는 얼굴로 주던 그 드론임에 틀림없다고 생각하며 말했다. "드로누쉬까, 지금 그런 불행이 있었던 뒤에……." 그녀는 말을 하려다가 더 하지 못하고 입을 다물고 말았다.

"모든 일은 하느님의 뜻대로 움직이고 있습니다요." 그는 한숨을 쉬며 말했다. 두 사람은 잠시 말이 없었다.

"드로누쉬까, 알빠뚜이치가 어디로 가버렸기 때문에 상의할 사람이 없어요. 나는 떠나면 안 된다고들 하지만 정말일까?"

"왜 떠나시면 안 됩니까, 아가씨. 떠나셔도 상관없습니다." 드론이 말했다.

"적이 있으니까 위험하다는 거예요. 나는 아무것도 할 수 없고, 아무것도 몰라요. 같이 있어 줄 사람도 없고. 그러나 나는 오늘 밤이나 내일 아침 일찍 출발하고 싶어요."

드론은 잠자코 있었다. 그는 마리야를 흘끗 보더니 입을 열었다.

"말이 없어요. 나는 알빠뚜이치 씨에게도 말해 두었습니다."

"왜 없지?"

"모든 것이 하느님의 벌입니다." 드론이 말했다. "군에 징발된 말도 있고, 죽기도 하고, 금년은 그런 해 같습니다. 말의 사료는커녕 우리들 자신이 굶어죽을 지경인 걸요! 그렇지 않아도 사흘이나 먹지 못하고 앉아 있답니다. 아무것도 남아 있지 않습니다. 송두리째 약탈당했습니다."

마리야는 드론이 하는 말을 주의깊게 듣고 있었다.

"농민들이 알몸이 되었다고요? 먹을 것이 없나요?"

"모두 굶어죽기 직전이랍니다. 짐마차가 다 무엇입니까."

"왜 그런 일을 말해 주지 않았지, 드로누쉬까? 도와줄 수 없는 것도 아니잖았어? 내가 할 수 있는 일이라면 무엇이든지 하겠어요······." 마리야는 이토록 슬픔이 마음을 가득 메우고 있는 지금 이런 순간에, 부한 자와 가난한 자가 존재하고, 부한 자가 가난한 자를 돕지 않는 일이 있을 수 있었는가 하고 생각하니 묘한 기분이 들었다. 그녀는 지주의 보리라는 것이 있어서 그것을 농민들에게 나누어 줄 수가 있다는 것을 막연히 알고 있었고, 들은 적도 있었다. 그녀는 또 오빠도 아버지도 농민이 필요한 것을 거절하지는 않았을 것이라는 것을 알고 있었다. 그녀는 다만 자기가 처분하려는 보리를 농민들에게 나누어 주는 데에 대해, 무엇인가 잘못된 일을 말하지 않을까, 그것만을 걱정하고 있었다. 양심의 가책을 받지 않고 자기의 슬픔을 잊을 수가 있는 배려를 하지 않으면 안 되는 구실이 생긴 것을 그녀는 기쁘게 생각하였다. 그녀는 농민들에게 필요한 것과, 보구차로보에 있는 지주의 것에 대해서 드론에게 소상히 묻기 시작했다.

"집에 지주의 보리가 있죠? 오빠 것이요."

"지주님 보리는 손을 대지 않고 그대로 있습니다." 드론이 자랑스러운 듯이 말했다. "나리께서 팔지 말라고 하셨습니다."

"그것을 농민들에게 나누어 줘요. 필요한 만큼 모두. 내가 오빠의 이름으로 당신에게 허가합니다."

드론은 아무 대답도 하지 않고 깊은 한숨을 쉬었다.

"그 보리를 모두 나누어 주어요. 만약에 그것으로 골고루 다 줄 수 있다면 모든 사람들에게 나누어 주도록 해요. 오빠를 대신해서 내가 명령합니다. 그리고 모두에게 말하세요, 우리 집에 있는 것은 농민들의 것이라고. 우리는 농민을 위해서라면 아까울 것은 하나도 없어요. 그렇게 전해 줘요."

드론은 마리야가 이렇게 말하는 동안 그녀를 골똘히 바라보고 있었다.

"아가씨, 저를 해고해 주십쇼. 아가씨, 부탁입니다. 제발 저에게서 열쇠를 거두도록 분부해 주십쇼." 그는 말했다. "저는 23년이나 봉사해 왔습니다만, 나쁜 일은 하나도 하지 않았습니다. 제발 해고해 주십쇼. 부탁합니다."

마리야는 그가 무엇을 원하고 있는지, 왜 해고해 달라고 말하는 건지 알 수가 없었다. 그녀는 그에게, 이제까지 한 번도 그의 충실성을 의심해 본 일이 없었고, 그와 농민을 위한 것이라면 무슨 일이라도 할 생각이라고 대답했다.

11

그러고 나서 한 시간쯤 지난 뒤였다. 하녀 두냐샤가 마리야에게로 와서, 드론이 왔으며, 농민들 모두가 아가씨의 명령에 따라서 창고 옆에 모여 아가씨와 이야기를 하고 싶어한다고 알렸다.

"나는 농민들을 부른 적은 없어요." 마리야가 말했다. "나는 다만 드론에게 보리를 농민들에게 나누어 주라고 말했을 뿐이야."

"하지만 아가씨, 농민들을 쫓아보내라고 말씀해 주세요. 그 사람들한테 가시면 안 됩니다. 속을 뿐이니까요." 두냐샤가 말했다. "알빠뚜이치가 돌아오면 우리도 출발해요……. 아가씨께서는 제발……."

"속이다니 무슨 뜻이지?" 마리야는 놀라서 물었다.

"그야 저는 이미 잘 알고 있습니다. 제발 제 말을 들어주십시오. 부탁입니다. 유모에게도 물어보시면 아실 겁니다. 모두들 아가씨의 명령대로 나가는 데에는 불만이랍니다……."

"네 말은 어딘지 이상하구나. 나는 나가라고 명령한 적은 없어……." 마리야는 말했다. "드론을 불러 다오."

들어온 드론은 두냐샤의 말을 인정하였다. 농민들은 아가씨의 명령으로 모였다는 것이다.

"그렇지만 나는 농민들을 부른 일은 없어요." 마리야는 말했다. "아마도 당신이 잘못 전한 거야. 나는 다만 모든 사람에게 보리를 나누어 주라고 말했을 뿐이야."

드론은 대답을 하지 않고 한숨을 쉬었다.

"명령하신다면 모두 해산할 것입니다."

"아니야, 아니야, 나도 가겠어, 모두가 있는 곳으로."

두냐샤와 유모가 만류하는데도 불구하고, 마리야는 현관 층계로 나갔다. 드론과 두냐샤, 유모, 미하일 이바노비치가 따라왔다.

'농민들은 틀림없이 이렇게 생각하고 있을 거야. 내가 보리를 나누어 준다고 말한 것은 농민들을 이곳에 남겨두고, 프랑스군이 제멋대로 하도록 내버려둔 채 내가 도망가려 하는 것이라고 말이야.' 마리야는 생각했다. '나는 모스크바 교외의 영지에서 매달의 의식과 살 집을 주겠다고 약속하리라. 오빠가 내 입장이라면 그 이상의 일을 했을 거야.' 그녀는 창고 옆의 가축장에 모여 있는 군중을 향하여 황혼 속을 앞으로 걸어가면서 생각하였다.

군중은 서로 가까이 모여 꿈틀거리며 재빨리 모자를 벗었다. 마리야는 눈을 내리깔고 옷자락에 다리가 휘감기면서 그들 쪽으로 가까이 다가갔다. 늙고 젊은 온갖 눈들이 그녀에게 쏠려있었다. 너무도 많은 갖가지 얼굴들이 거기에 있었기 때문에, 마리야는 한 사람의 얼굴도 보이지 않고 한꺼번에 모두에게 이야기해야 한다는 것을 느끼고 어찌할 줄을 몰랐다. 그러나 자기는 아버지와 오빠의 대리라는 의식이 힘을 주었기 때문에 그녀는 과감하게 말하기 시작했다.

"저는 여러분이 와 주신 것을 정말 기쁘게 생각합니다." 마리야는 눈을 떨구고 심장이 두근거리는 것을 느끼면서 말하기 시작했다. "여러분들이 전쟁 때문에 혼이 났다는 것을 드론 씨로부터 들었습니다. 이것은 우리 모두의 재난이므로, 저는 여러분을 돕는 일이라면 무엇이든지 아끼지 않겠습니다. 저는 이곳을 떠납니다. 왜냐하면 이제 여기는 위험하고 적이 가까이 와 있기 때문입니다. 저는 물러갈 작정입니다. 왜냐하면, 여긴 위험하기 때문이에요 ……. 나는 여러분에게 무엇이든지 드리겠습니다. 남김없이 우리의 보리를 가져가서 부족함이 없도록 해 주십시오. 만약에 내가 여러분을 여기에 남게 하기 위해 보리를 준다고 말하는 사람이 있으면 그것은 오해입니다. 나는 오히려 반대로, 여러분이 재산을 모두 가지고 모스크바 근교의 우리 영지로 피난해 주실 것을 부탁드립니다. 거기에 가서 모두가 곤란을 받지 않도록 내가 책임을 지고 약속하겠어요. 모두에게 집도 보리도 주겠습니다." 마리야는 말을 끊었다. 군중 속에서는 한숨 소리가 들릴 뿐이었다.

"나는 나 혼자의 생각만으로 이런 일을 하는 것은 아니에요." 마리야는 말을 계속했다. "여러분의 좋은 주인이었던 돌아가신 아버지의 이름으로, 또 오빠를 대신해서, 오빠의 아이를 대신해서 이런 일을 하려고 하는 것입니다."

그녀는 다시 말을 끊었다. 아무도 그녀의 침묵을 깨뜨리지 않았다.

"재난은 우리 모두에게 닥쳤습니다. 따라서 모든 것을 반씩 나누어 가지기로 해요. 내 것은 모두 당신들 것입니다." 그녀는 자기 앞에 서 있는 사람들의 얼굴을 둘러보면서 말했다.

모든 눈이 똑같은 표정을 짓고 그녀를 바라보고 있었는데, 그 표정의 뜻을 그녀는 이해할 수가 없었다. 그것은 호기심인지 충실성인지 감사인지 혹은 놀라움과 불신인지 알 수 없었지만, 어쨌든 어느 얼굴의 표정도 한결같았다.

"아가씨의 자비는 대단히 감사하게 생각합니다만, 우리는 지주님의 보리를 받을 수는 없습니다요." 뒤쪽에서 목소리가 들렸다.

"그건 또 왜 그렇죠?"

마리야의 말에 아무도 대답하지 않았다. 마리야는 군중을 둘러보면서, 그녀와 시선이 마주치자 모든 사람이 눈을 내리깔고 있다는 것을 알았다.

"대체 왜 싫다는 거예요?" 그녀는 다시 물었다. 아무도 대답하려 하지 않았다.

마리야는 이 침묵이 견딜 수 없었다. 그녀는 누군가의 시선을 잡으려고 애썼다.

"왜 잠자코들 있지요?" 지팡이에 팔꿈치를 괴고 앞에 서 있는 노인에게 그녀는 물었다. "말해 주세요. 또 원하는 것이 있다면 나는 무엇이든지 하겠어요." 그녀는 노인의 시선을 붙잡고 이렇게 말했다. 그러나 노인은 그 말에 화를 내듯이 고개를 푹 수그리고 말했다.

"무엇이든지 들어주시겠습니까? 우리는 보리가 필요 없습니다."

"어째서 우리에게 모든 것을 내던지라는 거죠? 싫습니다, 정말 싫습니다……. 찬성할 수 없습니다. 아가씨에게는 미안하지만 우리는 찬성할 수 없습니다. 가세요, 혼자 떠나가시란 말입니다. 혼자서……." 군중 속 여기저기서 목소리가 들렸다. 그리고 다시 이 군중의 모든 얼굴에는 같은 표정이 나타났다. 이번에는 확실히 호기심과 감사의 표정이 아니라, 적의에 찬 결의의 빛이 있었다.

"잘 알지 못하고 계시군요." 쓸쓸한 미소를 띠며 마리야가 말했다. "어째서 여러분은 가려고 하지 않아요? 나는 여러분들에게 살 곳을 주고 음식을 주겠다고 약속하고 있어요. 그러나 여기에 있으면 적에게 모든 것을 빼앗기게……." 그러나 그 목소리는 군중 소리에 파묻혔다.

"찬성할 수 없습니다. 적이 빼앗으려면 빼앗으라지! 당신 보리 같은 것은 필요없습니다. 찬성할 수 없습니다!"

마리야는 다시 군중 속에서 누군가의 시선을 잡으려고 애썼지만, 그녀에게 집중되고 있는 시선은 하나도 없었다. 어느 눈도 분명히 그녀를 피하고 있었다. 그녀는 쑥스럽고 이상한 기분이 들었다.

"봐, 제법 설교를 잘 하고 있군 그래. 자기를 따라와서 노예가 되라는 거야. 집을 버리고 노예가 되라는 거야! 어이가 없군. 보리를 준다지 않아!" 군중 속에서 이런 소리가 들렸다.

마리야는 고개를 수그리고, 군중을 떠나 집으로 돌아왔다. 내일 출발을 위해서 말을 준비하라고 거듭 드론에게 분부하고 나서, 그녀는 자기 방으로 돌아가 홀로 생각에 잠겼다.

12

그날 밤 마리야는 오랫동안 열어젖힌 자기 방의 창가에 앉아, 마을에서 들려오는 농민들의 이야기 소리에 귀를 기울이고 있었다. 그러나 농민들에 대한 일을 생각하고 있었던 것은 아니었다. 아무리 생각해 봐도 자기는 농민들을 이해할 수 없다는 느낌이 들었다. 그녀는 줄곧 단 한 가지 일, 자기 슬픔만을 생각하고 있었다. 그것은 지금, 현재에 관련된 마음 고생으로 단절된 이래 이미 그녀에게 과거의 것이 되어 있었다. 그녀는 지금에 와서는 회상할 수도 있었고, 울 수도 기도할 수도 있었다. 해가 지자 바람도 가라앉았다. 밤은 고요하고 차가웠다. 11시가 지나자 사람들 소리도 조용해지기 시작했다. 닭이 울고 보리수의 그늘에서 보름달이 나타나자, 상쾌하고 하얀 밤 이슬을 머금은 안개가 피어 오르고, 마을도 저택도 정적에 싸였다.

차례로 그녀의 마음에 가까운 과거, 아버지의 병과 임종의 정경이 떠올랐다. 그리고 그녀는 지금 이러한 영상을 쓸쓸한 환희 속에서 마음에 새겼다. 다만, 아버지 죽음의 마지막 정경만은 무서운 마음으로 쫓아버리고 말았다. 그녀는 이렇듯 조용한 신비로운 밤에는 상상에서조차도 그 일을 떠올릴 수 없다는 생각이 들었다. 그리고 그 장면이 너무나 뚜렷이, 너무나 자상하게 그녀의 마음에 떠올랐기 때문에 그것은 그녀에게 현실같기도 하고, 과거나 미래같기도 하였다.

'벌거숭이 산'에서 아버지가 발작을 일으켜 정원에서 부축을 받으며 업혀 들어와서, 힘없는 혀로 무엇인가 중얼거리면서 흰 눈썹을 꿈틀거리고 불안하게 머뭇거리듯이 그녀를 보고 있던 그 순간이 뚜렷이 떠올랐다.

'아버지는 그때도, 임종 날에 나에게 말을 하고 싶으셨던 것이다.' 그녀는 생각했다. '아버지는 나에게 하실 말씀을 늘 생각하고 계셨어.' 그러자 아버지가 발작을 일으키던 전날, 마리야가 불행을 예감하여 아버지의 뜻을 거스르고 그의 곁에 남았던 저 '벌거숭이 산'의 밤이 하나하나 떠올랐다. 그녀는 잠이 오지 않아 밤중에 발소리를 죽여가며 아래로 내려가, 그날 밤 아버지가 자고 있던 꽃이 놓인 방 문으로 가까이 가서 그 소리에 귀를 기울였던 것이다. 아버지는 고통스러운, 피로에 지친 듯한 목소리로 무엇인가 찌혼에게 이야기하고 있었다. 아버지는 아무래도 이야기하고 싶어하는 것 같았다.

'어째서 아버지는 나를 부르시지 않았을까? 왜 찌혼 대신에 나를 있게 해주시지 않았을까?' 그때나 지금이나 마리야는 이렇게 생각했다. '이제 아버지는 절대로 누구한테도 마음을 털어 놓을 수는 없게 되셨어. 아버지가 하고 싶은 말을 남김없이 말씀하시고, 찌혼이 아니라 내가 듣고 이해해 드릴 수도 있었던 그런 때는 이제 아버지에게나 나에게 돌아오지 않아. 어째서 나는 그때 방에 들어가지 않았을까? 어쩌면 임종 날에 하신 말씀을 그때 말해 주셨을는지도 모른다. 그때 찌혼과 이야기하시면서, 두 번이나 나에 대해 물어보셨어. 아버지는 나를 보고 싶으셨던 거야. 그런데도 나는 바로 문 밖에 서 있었어. 아버지는 자기를 알아주지 못하는 찌혼과 이야기하는 것이 슬프고 괴로우셨던 거야. 나는 기억하고 있어. 아버지는 리자를 살아 있는 사람처럼 찌혼에게 이야기하셨지. 언니가 죽은 것을 잊어버리고 계셨어. 그래서 찌혼이 리자는 살아 있지 않다는 것을 말씀드리자 아버지는 '바보!' 하고 외치셨지. 아버지는 괴로우셨던 거야. 나는 문 뒤에서 들었어. 아버지가 침대에 누워서 신음하면서 큰 소리로 '아, 하느님!' 하고 소리치신 것을. 어째서 나는 그때 들어가지 않았지? 들어갔다고 해서 아버지는 날 어떻게 하셨을까? 나에게 무슨 손해가 있었단 말인가? 어쩌면 그때 아버지는 안심하시고 나에게 그 말을 하셨을지도 모르는데.'

그리고 마리야는 아버지가 돌아가시기 전에 자기에게 말한 그 상냥한 말을 입 밖에 내 보았다. "귀·여·운·딸!" 마리야는 이 말을 되풀이하고, 마음이 가벼워지는 눈물을 흘리면서 흐느껴 울었다. 그녀는 지금 눈 앞에 아버지의 얼굴이 보였다. 그것은 그녀가 철이 든 이래 알고 있는 얼굴, 그녀가 늘 먼발치에서 보았던 얼굴이 아니었다. 마지막 날에 아버지의 말을 들으려고 입가에 몸을 굽혀 그 잔주름과 모든 것을 포함해서 처음으로 가까이에서 보았던, 겁에 질려 약해보이는 얼굴이었다.

"귀여운 딸!" 그녀는 되풀이했다.

'이 말을 하셨을 때, 아버지는 무엇을 생각하고 계셨을까? 지금은 무엇을 생각하고 계실까?' 문득 이런 물음이 떠올랐다. 그리고 그것에 대한 대답으로서, 그녀는 흰 천을 얼굴에 감고 관 속에 누워 있는 아버지의 표정을 눈 앞에 보았다. 그리고 그녀가 아버지를 만져보고 이것은 아버지가 아닐뿐더러 무엇인가 알 수 없는, 접근하기 어려운 그 무엇이라고 확신했을 때 그녀의 마음을 사로잡은 그 공포가 다시 그녀를 사로잡았다. 그녀는 다른 것을 생각하고 기도하려 했지만, 아무것도 할 수 없었다. 그녀는 크게 뜬 눈으로 달빛과 그림자를 바라보고 아버지의 죽은 얼굴이 보이기를 기다렸다. 집 위와 안에 깔려 있는 정적이 꼼짝도 못 하게 자기 몸을 잡아매고 있다는 것을 느꼈다.

"두냐샤!" 그녀는 나직이 불렀다. "두냐샤!" 그녀는 거친 음성으로 소리치고는, 정적에서 벗어나 하녀 방 쪽으로, 자기 쪽으로 달려오는 유모와 하녀에게로 달려갔다.

13

8월 17일, 니꼴라이 로스또프와 일리인은 포로에서 막 풀려나 라브루시까와 전령인 경기병을 데리고, 보구차로보 마을에서 15km쯤 떨어진 숙영지 얀꼬보 마을에서 말을 타고 출발했다. 일리인이 새로 사들인 말을 타볼 겸, 근처 마을에 건초가 있는지 어떤지 알아보기 위해서였다.

보구차로보 마을은 요즘 사흘 동안 프랑스, 러시아 두 군 사이에 끼여 있었기 때문에, 러시아 후위 부대나 프랑스 전위 부대가 손쉽게 들를 수 있었다. 그 때문에 머리가 잘 돌아가는 중대장인 니꼴라이는 보구차로보에 남아 있던 식량을 프랑스군보다 먼저 이용하려고 생각했던 것이다.

니꼴라이와 일리인은 더없이 명랑한 기분이었다. 많은 하인과 귀여운 아가씨들이 있을 거라고 기대되는 공작의 저택이 있는 영지 보구차로보로 가는 도중, 두 사람은 라브루시까에게 나폴레옹에 관해서 여러 가지로 물어보고 그 이야기에 흥겹게 웃기도 하고, 일리인의 새 말을 시험해 보기 위해서 경주를 하기도 했다.

니꼴라이는 앞으로 가는 마을이, 여동생의 약혼자였던 그 볼꼰스끼의 영지라는 것을 알지 못했고 생각해 보지도 않았다.

니꼴라이와 일리인은 보구차로보 앞의 언덕에서 마지막 경주를 했다. 일리인을 앞지른 니꼴라이는 보구차로보 마을의 거리로 먼저 달려 들어갔다.

"당신이 이겼습니다." 얼굴이 새빨개진 일리인이 말했다.

"그렇지, 언제든지 그랬잖았어? 초원에서도, 여기서도 말이야." 흠뻑 땀이 밴, 돈 강산(産) 애마를 한 손으로 쓰다듬으면서 니꼴라이는 대답했다.

"내 것은 프랑스말이니까요, 대장님" 라브루시까가 말했다. 프랑스말이라고 한 것은 자기의 경작용 짐말을 가리키는 말이었다. "앞지를 수도 있었지만, 망신을 시켜드리면 안 되겠다고 생각했으니까요."

그들은 많은 농민들이 모여 있는 창고 쪽으로 느린 걸음으로 접근해 갔다.

농민들 중에는 모자를 벗는 자도 있었지만, 모자를 벗지 않고 접근해 오는 기마대를 바라보는 자도 있었다. 주름투성이로 얼굴에 엷은 볼수염을 기른 후리후리한 키의 늙은 농민 두 사람이 선술집에서 나와, 웃는 낯으로 휘청거리면서 무슨 가락이 맞지 않는 노래를 부르면서 장교 곁으로 다가왔다.

"대단하시군!" 웃으면서 니꼴라이가 말했다. "어떤가, 건초는 있나?"

"너무나도 닮았는데요……." 일리인이 말했다.

"몹시 즐…… 거운, 이…… 야기……" 즐거운 미소를 띤 한 농민이 노래 부르고 있었다.

군중 속에서 한 농민이 나와서 니꼴라이 옆으로 걸어왔다.

"당신들은 어느 쪽이십니까?" 농민이 물었다.

"프랑스군이지." 웃으면서 일리인이 대답했다. "바로 이분이 나폴레옹이시다." 라브루시까를 가리키며 말했다.

"이를테면 러시아군이란 말이죠?" 농민이 되물었다.

"당신네 부대는 이 근처에 많이 있습니까?" 몸집이 작은 다른 농민이 다가와서 물었다.

"많지, 많고 말고." 니꼴라이는 대답했다. "당신네들은 왜 거기 모여 있지?" 그는 덧붙였다. "축제라도 있나?"

"마을 일로 늙은 사람들이 모인 거죠." 농민은 그에게서 물러가면서 대답했다.

이때 지주 저택으로 통하는 길에 장교들 쪽을 향해서 걸어오는 두 여자와 하얀 모자를 쓴 사나이의 모습이 보였다.

"장미색은 내 거다, 손을 대면 용서 없어!" 단호한 태도로, 달려오는 두냐샤를 보고 일리인이 말했다.

"공동으로 합시다!" 윙크를 하며 라브루시까가 일리인에게 말했다.

"아름다운 아가씨, 무슨 일입니까?" 빙그레 웃으며 일리인이 물었다.

"여러분은 어느 연대이며, 이름은 무엇인지 알아보고 오라는 아가씨의 분부이십니다."

"이쪽이 기병 중대장 로스또프 백작, 나는 당신의 충실한 하인입니다."

"이…… 야…… 기!" 술취한 농민이 행복스럽게 웃고, 두냐샤와 이야기하고 있는 일리인을 바라보면서 노래를 불렀다. 두냐샤를 따라서 알빠뚜이치가 멀리서 모자를 벗고 니꼴라이 쪽으로 걸어왔다.

"귀찮게 해 드려서 죄송합니다, 장교님." 그는 공손하기는 하지만 이 젊은 장교를 약간 깔보는 말투로, 한 손을 가슴에 찌른 채 말했다. "우리의 여주인, 즉 이달 15일에 돌아가신 육군 원수 볼꼰스끼 공작의 따님이 이자들의 무례한 행동에 애를 먹으시고" 그는 농부들을 가리켰다. "당신께서 와 주셨으면 하십니다…… 어떠십니까?" 알빠뚜이치는 침울한 미소를 짓고 말했다. "잠깐 떨어져 주시지 않겠습니까? 그렇지 않으면 난처하실 겁니다. 곁에 이……" 알빠뚜이치는 말에 모여 드는 파리처럼 그의 주위를 서성거리는 농부 두 사람을 가리켰다.

"야! …… 알빠뚜이치 씨…… 대단하셔! 미안하지만 대단해! 응? ……" 농민들은 즐거운 듯이 웃으면서 알빠뚜이치에게 말했다. 니꼴라이는 술취한 농민들을 바라보면서 빙그레 웃었다.

"그렇지 않으면 혹시 나리께서는 이것이 위안이라도 되십니까?" 알빠뚜이치는 가슴에 지르고 있지 않은 손으로 늙은 사람들을 가리키면서 침착한 태도로 말했다.

"아니, 여기는 별로 즐겁지 않은데." 니꼴라이는 말하고 거기를 떠났다. "대체 어떻게 된 거지?" 그는 물었다.

"죄송하지만 말씀드리겠습니다. 이곳 난폭한 농민들은 아가씨를 영지에서 내보내지 않으려고 마차에서 말을 떼겠다고 위협하고 있습니다. 그 때문에 아침부터 짐을 다 실었는데도 아가씨는 출발하지 못하고 있답니다."

"그럴 수가 있나!" 니꼴라이가 소리쳤다.

"사실을 말씀드리고 있습니다." 알빠뚜이치는 되풀이했다.

니꼴라이는 말에서 내리자 전령병에게 말을 맡기고는, 사정을 자세히 물으면서 알빠뚜이치와 함께 저택 쪽으로 걸어갔다. 정말로 어제 공작 따님이 농민들에게 보리를 제공하려고 했다는 것, 그녀가 드론과 그곳에 모인 농민들과 이야기한 것이 사태를 완전히 악화시켜, 드론이 단호하게 열쇠를 반환하고 농민들에게 가담하여 알빠뚜이치의 부름에도 나타나지 않았고, 게다가 아침 일찍 공작 따님이 출발하려고 말을 마차에 매라고 분부하자 농민들은 떼지어 창고로 몰려가서 사람을 보내어, 자기들은 영양을 마을에서 내보내지 않겠다, 가재(家財)를 가지고 나가지 못하게 하라는 명령이 있으므로 말을 마차에서 떼어내겠다고 전해 온 것이다. 알빠뚜이치는 그들을 설득하려고 나가 보았지만 그들의 대답은(주로 지껄인 사람은 까르프이며, 드론은 군중에 모습을 나타내지 않았다) 영양을 내줄 수가 없다, 이에 대해서는 명령이 나와 있다, 영양이 남아 있는다면 자기들은 예전대로 섬기고, 무엇이든지 명령에 따르겠다는 것이었다.

니꼴라이와 일리인이 가도를 말로 달려온 바로 그때, 마리야는 알빠뚜이치와 유모가 말리는 것도 듣지 않고 마차의 준비를 명령하고 출발하려고 하였다. 그러나 달려온 기병을 보자 그것을 프랑스군으로 잘못 알고 마부는 달아나 버리고, 집 안에서는 여자들의 울음 소리가 들렸다.

"아, 고마워라! 하느님! 하느님이 보내 주신 거다!" 니꼴라이가 현관을 지나갈 때 감격에 찬 소리가 이렇게 말했다.

마리야가 어찌할 줄을 모르고 힘없이 홀에 앉아 있을 때, 그녀에게로 니꼴라이가 안내되어 왔다. 그녀는 그 사나이가 누군지, 무엇 때문에 왔는지, 자기가 어떻게 될 것인지도 몰랐다. 그의 러시아 사람 같은 얼굴을 보고, 들어왔을 때의 동작과 처음 입 밖에 낸 말에서 자기와 같은 계층의 인간임을 알아챘다. 마리야는 그녀 특유의 반짝이는 깊은 눈초리로 그를 보고, 흥분 때문에 떨리는 음성으로 이야기하기 시작했다. 니꼴라이는 이내 이 만남에서 무엇인가 로맨틱한 것을 느꼈다. '지켜줄 사람도 없는, 슬픔에 짓눌린 아가씨가 홀로 남겨져, 난폭하게 반항하는 농민들에게 휘둘리고 있다! 그리고 무엇인가 기묘한 운명이 나를 여기에 오게 한 것이다.' 니꼴라이는 그녀의 이야기를 듣고, 그녀를 바라보면서 생각했다. '얼마나 온화하고 말로는 할 수 없는 기품이 이 아가씨의 얼굴 생김새와 표정에 나타나 있는가!' 그는 그녀의 머뭇거리듯이 하는 이야기에 귀를 기울이면서 생각했다.

이런 일이 모두 아버지의 장례식이 끝난 다음날에 일어난 일이라고 말하기 시작했을 때, 그녀의 목소리는 떨리기 시작했다. 그녀는 외면했다가 자기 말이 동정을 구하는 것으로 니꼴라이가 받아들이지는 않았을까 하는 것을 두려워하는 것처럼 묻는 듯한, 겁먹은 듯한 눈으로 그를 보았다. 니꼴라이의 눈에는 눈물이 괴어 있었다. 마리야는 그것을 알아채고는 못생긴 용모를 잊게 할 만큼 저 빛나는 눈초리로, 감사하듯 로스또프를 바라보았다.

"아가씨, 우연히 이곳에 들러 도와드리게 된 것을 얼마나 행복하게 생각하는지 나는 말로 표현할 수 없습니다." 니꼴라이는 일어나면서 말했다. "제발 출발해 주십시오. 그렇게 하시면 제가 명예를 걸고 책임을 지겠습니다. 저에게 호위를 허락해 주신다면 누구 한 사람 당신에게 불쾌한 짓을 하지 못하게 하겠습니다." 그리고 황족 여인을 대하는 것처럼 공손하게 인사를 하고 문 쪽으로 향하였다.

그 공손한 태도로, 니꼴라이는 그녀를 알게 된 것을 다행으로 생각하고는 있지만, 그녀와 숙친해지기 위해서 상대방의 불행을 이용하고 싶지는 않다는 마음을 보이려고 하는 것 같았다.

마리야도 그 태도를 이해하고 고맙게 생각하였다.

"정말, 정말 감사해요." 마리야는 그에게 프랑스말로 말했다. "그렇지만 이것은 모두 한낱 잘못 생각한 것으로, 아무에게도 책임이 없다고 알고 있습니다." 마리야는 갑자기 울기 시작했다. "실례했습니다." 그녀는 말했다.

니꼴라이는 다시 한 번 공손히 인사를 하고 방을 나갔다.

14

"어땠습니까, 귀엽죠? 로스또프님, 장밋빛 아가씨 말이에요. 두냐샤라고 한대요……." 그러나 일리인은 니꼴라이의 얼굴을 보고 입을 다물었다. 그는 그의 동경의 대상이자 중대장이기도 한 니꼴라이가 전혀 다른 생각을 하고 있다는 것을 눈치챘기 때문이다.

니꼴라이는 밉살스러운 듯이 일리인을 노려보더니 그에게는 대답도 하지 않고 빠른 걸음으로 마을을 향하여 갔다.

"두고 보라지, 혼을 내줄 테다, 도둑놈들 같으니!" 그는 혼잣말을 했다.

알빠뚜이치는 뛰지 않으려고 하면서, 헤엄을 치는 것과 같은 빠른 걸음으로 간신히 니꼴라이를 따라잡았다.

"그래, 어떻게 결정했습니까?" 그는 니꼴라이를 따라잡자 말했다.

니꼴라이는 걸음을 멈추고 주먹을 쥐고 별안간 알빠뚜이치에게 대들었다.

"결정? 무슨 결정이야? 거지 같은 늙은이!" 그는 알빠뚜이치에게 소리쳤다. "당신은 뭘 보고 있었소, 응? 농민들이 소동을 일으키는데 진압하지도 못했나? 당신이야말로 배반자다. 나는 당신들을 잘 알고 있어. 모두 혼을 내 주겠다……." 그리고 치솟은 화가 아까운 것처럼 그는 알빠뚜이치를 내버려 두고 빠른 걸음으로 앞으로 걸어갔다. 알빠뚜이치는 모욕감을 억누르고, 헤엄치는 듯한 걸음걸이로 니꼴라이를 뒤따라 가면서 자기 생각을 계속 늘어놓았다. 농민들은 고집을 부리고 있습니다, 지금 이 순간에 군대도 없이 대결한다는 것은 현명하지 않습니다, 우선 군대를 부르러 보내는 것이 좋지 않겠습니까 하고 말하였다.

"내가 놈들에게 군대가 되어주겠다…… 내가 그들에게 맞서 주겠다." 니꼴라이는 분별없는 동물적인 증오와, 그 증오를 발산시키고 싶은 욕구에 숨을 헐떡이면서 의미도 없는 말을 내뱉었다. 그는 무엇을 어떻게 하겠다는 생각도 하지 않고, 무의식중에 단호한 빠른 걸음으로 군중 쪽으로 다가갔다. 그가 다가감에 따라 알빠뚜이치는 이 분별없는 행위가 좋은 결과를 가져올지도 모른다는 생각이 차차 들었다. 그의 단호한 빠른 걸음걸이와 잔뜩 이맛살을 찌푸린 결의에 찬 얼굴을 바라보고 농민들도 같은 것을 느끼고 있었다.

경기병들이 마을로 들어오고 니꼴라이가 마리야에게로 간 뒤에, 군중 사이에서는 동요와 대립이 생겼다. 일부 농민들은, 지금 온 사람들은 러시아군이니까 마리야를 그만 놓아 주어 그들을 화나게 하지 않는 것이 좋다고 말하였다. 드론도 같은 의견이었다. 그러나 그가 그 말을 하자마자 까르프와 다른 농민들이 이제까지 이장이었던 그에게 대들었다.

"너는 오랫동안 마을에서 사복을 채웠잖아!" 까르프가 소리쳤다. "너에게는 아무래도 좋겠지! 돈 궤짝을 파내서 가지고 달아나려는 거지? 우리들의 집이 엉망이 된다고 해도 아무렇지도 않다는 말이지?"

"움직이지 마. 아무도 집에서 나가지 마, 아무것도 내지 말라는 포고가 나왔다. 이것저것 쓸데없는 말 할 필요 없어!" 다른 사람이 외쳤다.

"이번에는 네 아들 차례였는데, 너는 그 뚱뚱한 아들을 내보내는 것이 아까웠지?" 느닷없이 몸집이 작은 노인이 빠른 말로 지껄이며 드론에게 대들었다. "그래서 우리 바니까를 병정으로 빼앗겼어. 빌어먹을, 에라, 모두 죽어 버리자!"

"그래, 그래, 모두 죽어 버려!"

"나는 여러분에게 반대하는 건 아냐." 드론이 말했다.

"뭐? 반대하지 않는다고? 사복을 채운 주제에!"

키가 큰 두 농부는 자기들 이야기를 하고 있었다. 니꼴라이가 일리인, 라브루시까, 그리고 알빠뚜이치를 데리고 군중에 다가가자마자 까르프가 손가락을 혁대 사이에 찔러넣고, 약간 엷은 미소를 지으면서 앞으로 나섰다. 드론은 반대로 뒷줄로 물러서고, 군중은 더욱 몸을 가까이 하고 한데 모여들었다.

"어이! 여기 이장은 누구냐?" 빠른 걸음으로 군중한테로 다가가면서 니꼴라이는 소리쳤다.

"이장이라고요? 무슨 일이시죠?" 까르프가 물었다.

그러나 그는 말을 다 하기도 전에 한 대 얻어맞아 모자가 날아가고 머리가 옆으로 휘청했다.

"모자를 벗어, 배반자!" 니꼴라이의 혈기왕성한 목소리가 외쳤다. "이장은 어디 있어?" 그는 날카로운 목소리로 소리쳤다.

"이장이라고? 이장을 부르고 있다…… 드론, 너를 부르는게 아냐?" 여기저기서 다급해 보이는 기가 죽은 음성이 들리고 모두 모자를 벗었다.

"우리가 소동을 일으키다니 당치도 않습니다. 질서를 지키고 있습니다."

까르프가 말했다. 그 순간 뒤에서 몇 사람의 목소리가 갑자기 말했다.

"어르신네들이 정한 대로 한 걸요. 나리들이 많아서 어떻게 되는 일인지 통……."

"무엇을 이러쿵저러쿵 늘어놓는 거야. 폭동이다! 도둑놈! 배반자!" 뜻도 없이 날카로운 목소리로 니꼴라이는 떠들면서 까르프의 멱살을 움켜쥐었다. "이놈을 묶어라, 묶어!" 라브루시까와 알빠뚜이치 이외에는 묶을 사람이 아무도 없는데도 그는 소리쳤다.

여하간 라브루시까가 까르프에게로 달려가서 그의 손을 뒤로 돌려 붙잡았다.

"산 밑에 있는 부대를 부르시겠습니까?" 그는 소리쳤다.

알빠뚜이치는 농민들을 향하여, 두 사람의 이름을 불러내어 까르프를 묶으라고 했다. 두 농민은 순순히 군중 속에서 나와 띠를 풀기 시작했다.

"이장은 어딨어?" 니꼴라이가 소리쳤다.

드론이 이맛살을 찌푸린 창백한 얼굴로 군중 속에서 나왔다.

"네가 이장이냐? 묶어라! 라브루시까." 니꼴라이는 이 명령에 방해가 끼어들 리가 없다는 듯이 소리쳤다. 그리고 사실, 그 밖에 두 농민이 드론을 묶기 시작했고, 드론은 두 사람에게 협력하는 양 자기 혁대를 풀어 그들에게 내주었다.

"모두들 내 말을 잘 들어." 니꼴라이는 농민들을 향해서 말했다. "지금 곧 자기 집으로 돌아가라, 그리고 너희들 목소리가 나에게 들리지 않게 하라."

"무슨 말씀을 하시는 겁니까? 우리들은 나쁜 짓을 하지 않았습니다. 우리는 다만 잠깐 바보 같은 짓을 했을 뿐입니다. …… 그래서 내가 이런 짓은 기율에 어긋나는 일이라고 말하지 않았어?" 서로 비난하는 소리가 들렸다.

"그래서 나도 말하지 않았나." 알빠뚜이치는 자기 힘을 되찾으면서 말하였다. "좋지 않은 일이다, 모두들."

"우리들이 바보였습니다, 알빠뚜이치." 많은 목소리가 대답했다. 군중은 곧 해산하여 마을로 흩어졌다.

묶인 두 농민은 지주 저택으로 끌려갔다. 술 취한 두 농민이 뒤따라갔다.

"거 꼴 좋다!" 그 중 한 사람이 까르프를 향해서 말했다.

"나리들한테 그게 무슨 말버릇이냐? 넌 무얼 생각하고 있었어?"

"바보야." 또 한 사람이 맞장구를 쳤다. "정말 바보야!"

약 두 시간 후, 보구차로보의 집 안마당에 짐마차가 머물러 있었다. 농민들이 부지런히 주인의 짐을 날라 마차에 싣고 있었다. 또 마리야의 희망으로 갇혀 있던 헛간에서 석방된 드론이 마당에서 농민들을 지휘하고 있었다.

"그렇게 쌓는 놈이 어디 있어." 둥근 얼굴에 싱글벙글 미소를 띄운 키가 훤칠한 농부가 하녀의 손에서 문갑을 받으면서 말했다. "이것도 비싼 문갑이다. 왜 그렇게 내던지거나 새끼로 매다는 거야? 흠이 나잖아. 그렇게 하는 것은 나는 싫다. 모든 것을 정직하게 깔끔히 해야지. 그래, 그래, 이렇게 거적을 덮고 마른 풀로 덮어두면 돼. 됐어. 잘 됐어."

"야, 이건 책이 아닌가, 많기도 하구나." 안드레이 공작의 책장을 날라온 다른 농민이 말했다. "긁히지 않게 해. 참 거창한 책들이다!"

"그렇지, 쉬지도 않으시고 늘 쓰고 계셨으니까!" 키가 큰 얼굴이 둥근 농민이 맨 위에 얹혀 있던 사전을 가리키면서, 뜻있게 눈짓을 하고 말했다.

니꼴라이는 강요하듯이 마리야와 친해지는 것을 바라지 않기 때문에 그녀의 집에는 가지 않고, 마을에 머물면서 그녀가 나가는 것을 기다리고 있었다. 니꼴라이는 마리야의 마차가 집에서 나갈 때까지 기다렸다가 말을 타고 보구차로보에서 12km 쯤 떨어진, 우군이 장악하고 있는 도로까지 말을 타고 배웅했다. 얀꼬보의 여인숙에서 그는 정중하게 작별인사를 하고 비로소 그녀의 손에 키스했다.

"천만의 말씀입니다." 마리야가 자기를 구조해 준(그녀는 니꼴라이의 행위를 그렇게 부르고 있었다) 것을 감사하자, 그는 얼굴을 붉히며 말하였다. "어느 경찰서장도 같은 일을 했을 겁니다. 우리가 농민만을 상대해서 싸우는 거라면, 이렇게 깊숙이 적을 끌어들이지 않아도 됐을 겁니다." 그는 어쩐지 부끄럽게 여기며 화제를 돌리려고 하면서 말했다. "사귀게 된 기회를 얻은 것만으로도 난 행복합니다. 그럼 실례하겠습니다, 아가씨. 행복과 마음의 위안이 있으시기를 빌겠습니다. 그리고 더 행복한 환경에서 만날 수 있기를 바랍니다. 제가 부끄럽게 여기지 않게 하시려면 제발 감사의 인사는 하지 마십시오."

마리야는 더 그 이상의 말로 고맙다고 하지는 않았지만, 감사와 상냥함이 넘치는 얼굴 표정으로 고맙다는 뜻을 나타내고 있었다. 그녀는 감사하다고 말할 이유가 없다고 하는 니꼴라이의 말을 믿을 수가 없었다. 오히려 만약 그가 와 주지 않았더라면, 틀림없이 자기는 반항한 농민과 프랑스군 때문에 가엾은 최후를 맞이했을지도 모른다, 이 사람은 자기를 구하기 위해 분명히 예측된 무서운 위험을 무릅쓴 것이라고 믿어 의심치 않았다. 그리고 더 나아가서 이분이 자기의 입장과 불행을 제대로 이해해 준, 높고 훌륭한 마음씨의 사람이라는 것도 의심치 않았다. 그녀 자신이 눈물을 흘리며 아버지의 죽음을 그에게 이야기했을 때 눈물이 스며나오던, 선량하고 성실한 니꼴라이의 눈이 그녀의 머리에서 떠나지를 않았다.

그와 작별하고 혼자 남자, 마리야는 갑자기 눈에 눈물이 넘치는 것을 느꼈다. 그리고 그때가 처음은 아니었지만 그녀의 마음에 묘한 물음이 떠올랐다. 나는 그분을 사랑하고 있는 것은 아닐까?

그 후 모스크바로 가는 도중 마리야가 놓인 입장은 즐거운 것은 아니었지만, 같이 마차를 타고 있던 두냐샤는 마리야가 마차의 창문에서 몸을 내밀고, 무엇인가 즐거운 듯하면서도 슬프게 미소짓고 있는 것을 몇 번이나 보았다.

'하지만 어떻다는 거지? 가령 내가 그 분이 좋아졌다 하더라도.'
마리야는 생각했다.

어쩌면 영원히 자기를 사랑해 주지 않을지도 모르는 사람을, 자기 편에서 먼저 사랑하게 된 것을 자기에게 고백하는 것이 제아무리 부끄러웠다고 해도, 그녀는 아무도 이것을 알 리는 없다, 가령 처음이자 마지막으로 사랑을 느낀 사람을 죽을 때까지, 그것을 아무에게도 말하지 않고 계속 사랑했다고 해도 자기가 나쁜 것은 아니라고 스스로를 위로하였다.

그녀는 가끔 그의 눈동자와 그의 친절하게 돌보는 마음, 또 그가 한 말을 상기하였다. 그러자 행복은 있을 수 없는 일이 아니라는 생각이 들었다. 그리고 마침 그럴 때에 두냐샤는 그녀가 미소를 띠고 마차의 창을 내다보고 있는 것을 알아차리는 것이었다.

'그분이 보구차로보로 오다니, 더욱이 마침 그런 때에!' 그녀는 생각했다. '그리고 그분의 누이동생이 안드레이 오빠를 거절했다니!' 이 모든 것에서 마리야는 운명을 조종하는 의지를 보았다.

마리야가 니꼴라이에게 준 인상은 매우 느낌이 좋은 것이었다. 그녀를 생각하면 그는 즐거워졌다. 동료들이 보구차로보에서의 그의 사건을 알고, 자네는 건초를 찾으러 갔다가 러시아에서 가장 돈이 많은 신부의 한 사람을 낚았다고 놀리면 니꼴라이는 화를 냈다. 그가 화를 낸 까닭은, 자기가 호감을 느낀 온화하고 막대한 재산을 가진 공작의 딸 마리야와 결혼한다는 생각이 자기의 의사에 반해서 가끔 머리에 떠올랐기 때문이다. 그 자신으로 말하자면 니꼴라이는 마리야 이상의 신부를 바랄 수가 없었다. 그녀와 결혼하면 백작 부인 즉, 자기의 어머니를 행복하게 해 드릴 수 있을 것이고 아버지의 재산을 재건할 수가 있다. 더욱이—니꼴라이는 그것을 느끼고 있었다—마리야를 행복하게 해 줄 수도 있는 것이다.

그러나 쏘냐는? 그녀와의 약속은? 이 때문에 니꼴라이는 볼꼰스끼 공작의 따님에 관해서 놀림을 당하면 화를 내는 것이었다.

15

전군의 지휘를 맡자 꾸뚜조프는 안드레이 공작을 상기하고, 총사령부로 오도록 명령을 보냈다.

안드레이가 짜료보 자이미시체에 도착한 것은 꾸뚜조프가 최초의 열병을 하던 그날 바로 같은 시각이었다. 안드레이는 이 마을에서 총사령관의 마차가 머물러 있던 사제(司祭)의 집 앞에 말을 세우고, 문 옆의 벤치에 앉아서 '공작 각하'를 기다렸다. 지금은 모두 꾸뚜조프를 그렇게 부르고 있었다. 마을 변두리의 들판에서는, 군악대 소리와 새 총사령관에 대해서 "우라!"를 외치는 수많은 환성이 들렸다. 안드레이로부터 열 발짝쯤 떨어진 문 옆에, 총사령관이 외출하여 부재인 데다가 날씨도 좋은 것을 핑계로 종졸 두 사람과 마부와 측근 종이 서 있었다. 머리카락과 눈이 검고 콧수염과 턱수염을 기른, 몸집이 작은 경기병 중령이 문으로 말을 몰고 와 안드레이를 흘끗 보고, 공작 각하는 여기에 머무르고 계시느냐, 곧 돌아오시느냐고 물었다.

안드레이는, 자기는 총사령부 소속이 아니라 다른 곳에서 온 사람이라고 대답했다. 경기병 중령은 정장을 한 병졸에게 물었다. 그러자 병졸은, 총사령관 소속의 병졸이 장교들과 이야기할 때의 그 특유한 깔보는 듯한 어조로 대답했다.

"각하 말입니까? 틀림없이 곧 오실 겁니다. 무슨 볼일이죠?"

경기병 중령은 병졸의 말투를 듣고 수염 속에서 씁쓸하게 웃으면서 말에서 내렸다. 그는 말을 전령병에게 맡기고 안드레이에게로 가까이 와서 가볍게 인사를 하였다. 안드레이는 벤치 끝으로 몸을 옮겼다. 경기병 중령은 그 옆에 앉았다.

"역시 총사령관님을 기다리고 계십니까?" 경기병 중령이 말했다. "소문에 의하면 고맙게도 누구나 만나주신다지요? 이에 반해 상대방이 순대(독일 사람을) 녀석이라면 큰일입니다! 에르몰로프가 독일인으로 해달라고 말한 것은 무리가 아닙니다. 지금은 러시아 사람도 입을 열 수가 있는 것 같습니다. 정말 여태까지는 무엇을 하고 있었는지 통 알 수 없습니다. 퇴각만 하고 있었으니까요. 당신도 실전에 나가셨습니까?" 그는 물었다.

"네, 덕택에" 안드레이는 대답했다. "퇴각에 참가했을 뿐만 아니라 그 퇴각으로 소중한 것을 모두 잃고 말았습니다. 영지나 생가는 말할 것도 없고…… 아버지까지도. 아버지는 슬픈 나머지 돌아가셨습니다. 나는 스몰렌스크 사람이니까요."

"아, 그럼 당신은 볼꼰스끼 공작이십니까? 알게 되어 참 기쁩니다. 데니쏘프 중령입니다. 바시까라는 이름이 더 유명합니다만." 데니쏘프는 안드레이의 손을 잡고 다정하게 그의 얼굴을 물끄러미 바라보면서 말하였다. "네, 말씀은 들었습니다." 그는 동정어린 어조로 말하고, 잠시 잠자코 있다가 말을 이었다. "이건 스키타이식 전쟁입니다(스키타이 사람은 퇴각을 전술로 했다). 뭐 그것도 좋겠지만, 다만 남의 뒤치다꺼리를 하는 인간에게는 어울리지 않습니다. 그래, 당신은 안드레이 볼꼰스끼 공작이시군요." 그는 고개를 흔들었다. "정말 기쁩니다, 공작. 사귀게 되어 참 기쁩니다." 그는 안드레이의 손을 잡으면서, 또 슬픈 듯한 미소를 띠고 덧붙였다.

안드레이는 나따샤가 맨 처음 구혼자 이야기를 해주어서 데니쏘프의 이름을 알고 있었다. 그가 요즘 오랫동안 생각하고 있지 않았지만 그 추억은 역시 마음 속에 남아 있던 쓰라릴 정도의 감촉으로 그를 다시 감미롭고 애절하게 이끌어갔다. 최근에는 스몰렌스크의 포기, '벌거숭이 산'의 방문, 얼마 전에 받은 아버지의 부고 등, 그 밖의 너무나 많은 인상과 감각을 맛보았기 때문에 그 추억은 이제 그의 마음에 떠오르지 않고, 또 떠올랐다고 해도 이

전과 같은 힘으로 그에게 작용하지 않았다. 데니쏘프에게도 볼꼰스끼라는 이름이 불러 일으킨 일련의 회상은, 야식과 나따샤의 노래가 끝난 뒤에 자기도 어째서 그러는지 모른 채 열다섯 살 소녀에게 구혼했던, 그 아득한 로맨틱한 과거였다. 그는 당시의 회상과 나따샤에 대한 자기의 사랑에 미소를 짓고, 곧 지금의 자기의 마음을 강력히 사로잡고 있는 것으로 옮아갔다. 그것은 퇴각할 때, 전초선에서 근무하면서 그가 생각해 낸 작전 계획이었다. 그는 그 계획을 바르끌라이 드 똘리에게 상신한 일이 있었지만, 이번에는 꾸뚜조프에게 상신할 작정이었다. 그 계획의 골자는, 프랑스군의 전선이 너무 확대되어 있기 때문에 적의 진로를 가로막고 정면에서 공격하는 대신, 또는 정면 공격을 하면서 프랑스군의 보급선에 공격을 가할 필요가 있다는 것이었다. 그는 이 계획을 안드레이 공작에게 설명하기 시작했다.

"적은 이 보급선을 전부 지탱할 수가 없습니다. 그것은 불가능합니다. 저는 책임지고 놈들을 차단하겠습니다. 나에게 병사 500명을 준다면 보기 좋게 끊어보이겠습니다. 정말입니다! 방법은 오직 한 가지—파르티잔 전법입니다."

데니쏘프는 일어나자 몸짓을 섞어가면서 볼꼰스끼에게 작전을 설명했다. 그러는 도중에 이제까지보다 더 산발적으로 더 넓게 음악과 노래가 서로 융합된 군대의 함성이 들렸다. 말굽 소리와 외치는 소리가 마을에서 들렸다.

"나리께서 돌아오신다!" 문 옆에 서 있던 까자크가 소리쳤다. "돌아오신다!"

볼꼰스끼와 데니쏘프는 일단의 병사들(의장병)이 서 있는 문 쪽으로 다가가서, 조그마한 밤색 털 말을 타고 이쪽으로 오고 있는 꾸뚜조프의 모습을 보았다. 수많은 막료 장교들이 뒤따르고 있었다. 바르끌라이도 거의 나란히 서서 말을 몰고 있었다. 일단의 장교들이 두 사람의 뒤와 주위를 달리면서, "우라!"를 외치고 있었다.

꾸뚜조프를 앞서서 부관들이 뜰로 말을 몰고 들어왔다. 꾸뚜조프는 그의 무거운 몸으로 헤엄을 치듯, 상당한 속도로 달리고 있는 말에 성급하게 박차를 가하면서 끊임없이 고개를 끄덕이면서, 머리에 쓴(빨간 테두리의 차양이 없는) 하얀 근위기병 모자에 손을 대고 거수 경례를 하고 있었다. 그에게 경례를 하고 있는, 대부분 기병과 척탄병에서 선발된 당당한 의장대 옆으로 오자 그는 순간 말없이 상관다운 눈초리로 그들을 주의 깊게 바라보더니 자기 주위에 있는 장군과 장교들을 돌아다보았다. 그 얼굴은 갑자기 미묘한 표정을 띠었다. 그는 어리둥절한 모습으로 어깨를 잠깐 움츠렸다.

"이토록 용사들이 모여 있는데도 퇴각을 거듭하다니!" 그는 말했다. "그럼 실례합니다, 장군." 이렇게 덧붙이자, 그는 안드레이와 데니쏘프의 옆을 지나 문 쪽을 향하여 말을 몰고 갔다.

"우라! 우라!" 뒤에서 환성이 일어났다.

안드레이가 만나지 않은 이래 꾸뚜조프는 더욱 살이 찌고, 피부가 느슨해지고 지방이 끼어 있었다. 그러나 눈에 익은 깊은 하얀 애꾸눈도, 상처도, 얼굴과 몸에 나타나 있는 피로의 기색도 여전하였다. 그는 프록코트형 제복을 입고(가는 가죽 끈으로 어깨에서 채찍을 매달고 있었다), 흰 기병 모자를 쓰고 있었다. 그는 무거운 듯이 흔들리면서 씩씩한 말에 올라타 있었다.

"휴…… 휴…… 휴……" 그는 뜰에 들어서면서 간신히 들리는 휘파람을 불었다. 그의 얼굴에는 전군의 통수 임무를 다한 후 쉬려는 사람의, 마음이 놓이는 기쁨이 나타나 있었다. 그는 왼쪽 발을 등자에서 빼고, 몸 전체를 기울여 얼굴을 찌푸리면서 간신히 발을 안장 위에 들어 올리고, 무릎을 꿇고 신음 소리를 내고는, 그를 받치려 하는 까자크와 부관들의 팔로 내려갔다.

그는 자세를 가다듬고, 눈을 가늘게 뜨고 주위를 둘러보았다. 그리고 안드레이를 보았지만, 그 얼굴을 알아채지 못했는지 잠수하는 듯한 걸음걸이로 현관 쪽으로 걸어갔다.

"휴…… 휴…… 휴……" 그는 휘파람을 불고, 다시 한 번 안드레이를 되돌아보았다. 안드레이의 얼굴의 인상이 수 초 지나자 간신히(노인에게 흔히 있듯이) 특정 개인의 추억과 결부되었다.

"여, 잘 있었나, 공작. 잘 왔네, 자, 들어가세……." 사방을 둘러보면서 피로한 듯이 말했다. 그리고 그의 몸의 무게로 삐걱거리는 현관 층계를 올라갔다. 그는 저고리 앞을 열고 현관 층계에 있는 벤치에 앉았다.

"그래, 부친께서는 어떠신가?"

"어제 부고를 받았습니다." 안드레이는 짧막하게 대답했다.

꾸뚜조프는 놀란 듯이 눈을 크게 뜨고 안드레이를 바라보고, 모자를 벗어 들더니 성호를 그었다. "고이 잠드소서! 모든 우리 위에 하느님의 마음이 있으시기를!" 그는 가슴 깊숙이 무거운 한숨을 쉬고 잠시동안 침묵했다. "나는 춘부장을 사랑했고 존경했네. 진심으로 애도하네." 그는 안드레이를 끌어안아 살찐 가슴에 대고 언제까지나 놓지 않았다. 그에게서 떨어지자 안드레이는 꾸뚜조프의 부푼 입술이 떨리고, 눈에 눈물이 괴어 있는 것을 보았다. 꾸뚜조프는 한숨을 쉬고, 일어나려고 두 손으로 벤치를 붙잡았다.

"가세, 내 방으로 가서 이야기하세." 그는 말했다. 그러나 이때 상관에 대해서도 적에 대해서도 겁낼 줄을 모르는 데니쏘프가, 현관 계단 옆에서 부관들이 화난 듯한 작은 음성으로 만류하는데도 불구하고 박차 소리를 계단에 울리면서 거리낌없이 층계를 올라왔다. 꾸뚜조프는 두 손으로 벤치를 잡은 채로 못마땅한 듯이 데니쏘프 쪽을 바라보았다. 데니쏘프는 성명을 대고, 조국의 안녕을 위해서 매우 중요한 문제를 보고하겠다고 말했다. 꾸뚜조프는 피로한 눈으로 데니쏘프를 보고는 마땅찮은 몸짓으로 두 손을 벤치에서 떼고 배 위에 끼더니 그의 말을 되풀이하여 말했다. "조국의 안녕을 위해서라고? 그래 뭐가? 얘기해 보게." 데니쏘프는 처녀처럼 새빨개져서(이 수염이 난 나이 든 술고래의 얼굴이 빨개진 것을 본다는 것은 실로 묘한 느낌이었다) 스몰렌스크와 뱌지마 사이에서 적의 행동 전선을 차단하는 자기 계획을 당당하게 말하기 시작했다. 데니쏘프는 이 지방에 산 일이 있어 지형을 잘 알고 있었다. 그의 계획은 틀림없이 훌륭한 것으로 여겨졌다. 특히 그의 말에 깃든 힘찬 확신이 그렇게 여기게 하였다. 꾸뚜조프는 자기 발을 바라보고 이따금 이웃집의 뜰을 돌아보고 있었다. 그것은 마치 거기에서 무슨 불쾌한 일이 일어날 것 같은 예감이 든다는 태도였다. 그가 바라보고 있던 농가에서 정말로, 데니쏘프가 이야기를 하는 동안에, 가방을 낀 장군 한 사람이 모습을 나타냈다.

"어떻소?" 데니쏘프의 설명 도중, 꾸뚜조프가 말했다. "준비가 되었소?"

"됐습니다, 각하." 장군이 대답했다. 꾸뚜조프는 '어떻게 혼자서 모든 것을 할 수 있었지' 하고 말하는 것처럼 고개를 흔들어 보이고, 계속해서 데니쏘프의 말을 들었다.

"러시아 장교로서 맹세코 말씀드립니다." 데니쏘프가 말했다. "반드시 나폴레옹의 보급선을 차단하겠습니다."

"보급 총감 끼릴 데니쏘프군은 자네와 어떤 관계인가?" 꾸뚜조프는 그의 말을 가로막았다.

"숙부입니다, 공작 각하."

"호, 그래! 내 친구였어." 꾸뚜조프는 기쁜 듯이 말했다. "좋아, 좋아, 이 사령부에서 자게. 내일 이야기하세." 그는 데니쏘프에게 끄덕이며 되돌아보고는 꼬노비니쩐이 가져온 서류에 손을 내밀었다.

"각하, 방으로 들어가시면 어떻습니까?" 당직 장교가 불만스러운 목소리로 말했다. "계획서의 검토와 두서너 가지 서류의 서명을 하셔야 합니다." 문에서 나온 부관이 숙사 안에 모든 준비가 다 되었다고 보고했다. 그러나 꾸뚜조프는 용무를 다 끝내고 나서 방으로 들어가고 싶어하는 것 같았다. 그는 이맛살을 찌푸렸다.

"아냐, 여기 작은 테이블을 가져오라고 명령해 주게. 여기서 볼 테니까." 그는 말했다. "자네는 아직 가지 말게." 그는 안드레이를 돌아다보고 이렇게 덧붙였다. 안드레이는 현관 층계에 남았다.

보고가 계속되는 동안에 안드레이는 입구 그늘에서 여자의 속삭이는 소리와 비단 드레스가 스치는 소리를 들었다. 몇 번인가 그쪽을 보는 동안에, 그는 장미색 옷을 입고 보랏빛 비단 스카프를 머리에 쓴, 뚱뚱하고 혈색 좋은 아름다운 여인이 손에 접시를 들고, 총사령관이 들어오기를 기다리고 있다는 것을 알았다. 꾸뚜조프의 부관이 나직한 소리로 안드레이에게 그녀는 이집의 주부인 사제의 아내이며, 각하에게 환영의 상징인 빵과 소금을 바치려하고 있는 것이라고 설명하였다 (손님을 진심으로 환영하는 뜻을 표시하는 민간의 풍습. 빵과 소금은 흔히 케이크와 은접시로 대용된다). 남편은 교회에서 십자가를 바치고 각하를 환영했고, 아내는 집에서 환영하려는 것이었다. "무척 아름다운 여자죠." 부관이 빙그레 미소 짓고 덧붙였다. 꾸뚜조프는 그 말에 돌아다보았다. 꾸뚜조프는 당직 장교의 보고(그 요점은 짜료보자이미시체 주변 진지에 대한 비판이었다)를 데니소프의 이야기를 듣고 있었을 때와 같은 모습으로, 또 7년 전 아우스터리츠 작전 회의의 논쟁을 듣고 있었을 때와 같은 모습으로 듣고 있었다. 그에게도 귀가 있어서—한쪽 귀에는 배의 로프를 풀어서 틀어넣고는 있었지만 (옛날, 선원이 로프를 풀은 실을 귀마개로 사용했다)—싫어도 들리게 되므로 듣고 있다는 태도였다. 그러나 당직 장교가 하는 말은 무엇 하나 그를 놀라게 하거나 그의 흥미를 끌지 못했고, 상대방이 자기에게 하는 말은 모두 미리부터 알고 있었다. 그것은 마치 시작한 기도를 끝까지 들어야 하는 것처럼 전부 들어야만 하기 때문에 듣고 있다는 태도였다. 데니쏘프가 한 말은 모두 적절하며 현명하였다. 당직 장교가 한 말은 그 이상으로 적절하고 현명하였으나, 분명히 꾸뚜조프는 지식도 두뇌도 멸시하고 일을 결정하는 무엇인가 다른 것—두뇌나 지식에 좌우되지 않는 무엇인가 다른 것이 있다는 것을 알고 있었다. 안드레이는 총사령관의 표정을 주의깊게 바라보고 있었다. 그리고 그 속에서 찾아낼 수 있었던 유일한 표정은 따분함과 문 저쪽의 여자의 속삭임은 무엇을 뜻하는 것인가 하는 호기심의 표정이며, 보기 흉한 자세를 유지하고 싶다는 소원이었다. 분명히 꾸뚜조프는 두뇌와 지식을, 아니 데니쏘프가 보란 듯이 표시한 애국심마저도 멸시하고 있었는데, 두뇌나 감정이나 지식에 의해서 멸시하고 있었던 것이 아니라(왜냐하면 그는 그것들을 자랑삼아 보일 마음이 없었기 때문이다) 무엇인가 다른 것에 의해서 멸시하고 있었다. 그는 그러한 것들을 자기의 연륜과 자기의 인생 경험으로 멸시하고 있었던 것이다. 이 보고에 대해서 꾸뚜조프가 스스로 내린 지시는, 러시아군의 약탈에 관한 것뿐이었다. 당직 장교는 보고의 마지막에 서류를 하나 내밀고 서명을 요청했다. 그것은 푸른 오토 보리를 약탈해 간 데 대한 지주의 호소에 따라서, 각 군의 지휘관으로부터 벌금을 징수한다는 통지서였다.

꾸뚜조프는 그 건을 듣고 혀를 차며 고개를 저었다.

"페치카에…… 불 속에 넣어버려! 두 번 다시 말하지 않을 테니 잘 들어두게." 그는 말했다. "그러한 서류는 모두 불에 태워 버려라. 곡물을 베어들이고 장작을 피워도 상관 없다. 나는 그것을 명령하거나 허가하지는 않았지만 제재는 할 수 없다. 그러한 일을 하지 않을 수가 없다. 장작을 패면 나무 부스러기가 튄다고 하지 않는가." 그는 다시 한 번 서류를 보았다. "아, 독일식이군, 꼼꼼하단 말이야!" 그는 고개를 흔들면서 말했다.

16

"자, 이것으로 끝이다." 마지막 서류에 서명하면서 꾸뚜조프는 말하고, 천천히 일어나서 희고 포동포동 살찐 목의 주름살을 펴면서 즐거운 듯한 표정으로 문 쪽을 향해 갔다.

사제의 아내가 갑자기 얼굴을 붉히고 쟁반을 들었다. 그토록 오랫동안 그녀는 기회를 엿보고 있었는데 알맞은 때에 그것을 내놓을 수가 없었다. 공손하게 절을 하면서 그녀는 그것을 꾸뚜조프에게 바쳤다.

꾸뚜조프의 눈이 가늘어졌다. 그는 미소짓고, 한 손으로 그녀의 턱을 잡고 말했다.

"정말 대단한 미인인데! 고맙소, 부인."

그는 바지 호주머니에서 금화 몇 닢을 꺼내서 쟁반 위에 얹었다.

"요즘 살아가기가 어떻소?" 자기에게 할당된 방 쪽으로 가면서 꾸뚜조프는 말했다. 사제의 아내는 혈색이 좋은 얼굴에 보조개를 지어 빙그레 웃으면서 뒤따라 방으로 들어갔다. 부관이 현관 층계에 있는 안드레이에게로 나와서 식사를 권했다. 30분 후에 안드레이는 다시 꾸뚜조프에게로 불려갔다. 꾸뚜조프는 프록코트의 단추를 끄른 채 안락의자에 앉아 있었다. 프랑스어 책을 가지고 있다가, 안드레이 공작이 들어가자 거기에 칼을 끼워 책을 덮었다. 안드레이 공작은 표지를 보았다. 그것은 마담 드 장리스의 소설 '백조의 기사'였다.

"자, 앉게나. 이야기 좀 하세." 꾸뚜조프가 말했다. "슬픈 일이야, 정말 슬픈 일이야. 그러나 잊지 말게, 나는 자네의 아버지나 다름없네. 두 번째 아버지야……." 안드레이는 아버지의 최후에 관해서, 또 '벌거숭이 산'을 통과했을 때에 본 것을 아는 대로 모두 꾸뚜조프에게 이야기했다.

"그렇게…… 그렇게까지 되어 버렸나!" 안드레이의 이야기로 러시아가 빠져 있는 상태를 뚜렷이 상상했는지, 꾸뚜조프는 갑자기 흥분한 음성으로 말했다. "잠시 시간을 주게, 시간을." 그는 얼굴에 증오의 표정을 나타내며 이렇게 말하고, 이토록 자기를 흥분시킨 화제를 계속하는 것을 싫어하며 말했다. "내가 자네를 부른 것은 내 옆에 두기 위해서야."

"고맙습니다, 각하." 안드레이 공작이 대답했다. "그러나 저는 이젠 참모부에 볼일은 없다고 생각하는데요." 그는 미소를 띠며 말했지만 꾸뚜조프는 그 미소를 알아채고 물어보듯이 그를 보았다. "무엇보다" 안드레이 공작은 말을 이었다. "저는 연대에 익숙해져서 장병들이 좋아졌고, 부하들도 저를 좋아하고 있는 것 같습니다. 저는 연대를 떠날 수가 없습니다. 그러니 제가 각하 옆에 있을 수 있는 영광을 사양한다 하더라도 절대로 그것은……."

총명하고 선량해 보이고, 동시에 미묘하면서도 놀리는 듯한 표정이 꾸뚜조프의 통통한 얼굴에 반짝였다. 그는 안드레이의 말을 가로막았다.

"유감이군. 자네는 나에게 필요한 사람인데. 그러나 자네 말이 옳아, 옳은 말이야. 우리가 인간을 필요로 하는 곳은 이런 곳이 아냐. 조언하는 사람은 항상 많이 있지만 인재가 없거든. 만약 조언자가 모두 자네처럼 연대에서 근무해 준다면, 연대도 이렇게는 되지 않았을 거야. 나는 자네를 아우스터리츠 이래 잘 기억하고 있네…… 기억하고 있지, 있다마다. 군기를 가지고 말이야, 기억하고 있네." 꾸뚜조프는 말했다. 그러자 그것을 회상하던 안드레이의 얼굴에 홍조가 물들었다. 꾸뚜조프는 그의 손을 잡아 끌어당기면서 자기 뺨을 안드레이에게 내밀었다. 그리고 안드레이는 다시 노인의 눈에서 눈물을 발견했다. 안드레이는 꾸뚜조프가 눈물을 잘 흘린다는 것, 또 아버지를 잃은 것에 동정을 표시하고 싶어서, 특히 지금은 자기를 귀여워해 주고 동정해 주고 있다는 것을 깨닫고 있었지만 그래도 역시 안드레이에게 아우스터리츠의 회상은 즐겁기도 하고 기분이 좋았다.

"자네는 자기 길을 걸어가게. 나는 알고 있네, 자네의 길, 그것은 명예의 길이지." 그는 잠시 침묵했다. "나는 부까레스트에서 자네가 없어서 유감이었네. 사자를 파견할 필요가 있었거든." 그리고 화제를 바꾸어 꾸뚜조프는 터키 전쟁과 체결된 강화조약 이야기를 시작했다. "그래, 나는 무척 비난을 받았었네." 꾸뚜조프는 말했다. "전쟁을 하긴, 강화를 하건…… 그런데 모든 것이 좋을 때에 왔지. 기다릴 줄 아는 자에게는 모든 것이 좋을 때에 오는 법이야. 그러나 거기에서도 조언을 하는 자가 여기보다 적지 않았어……." 그는 조언자의 이야기로 되돌아가면서 말을 이었다. 아무래도 그것이 마음에 거슬렸던 모양이었다. "아, 조언자, 조언자!" 그는 말하였다. "만약 모든 사람이 하는 말을 들었더라면, 우리는 저 터키에서 강화도 체결할 수 없었고, 전쟁도 끝내질 못했을 거야. 무엇이든지 빨리빨리 하고 재촉하지만 서두르면 오래가지 못해. 까멘스끼는 설사 전사하지 않았다 해도 몸을 망쳤을 거야. 그는 30만의 병력을 가지고 요새를 공격했지. 요새를 점령하는 것은 그다지 어려운 일이 아냐. 어려운 것은 전쟁에 이기는 것이지. 그러나 이를 위해서는 돌격하거나 공격할 필요는 없다. 필요한 것은 인내와 시간이다. 까멘스끼는 루시추크^(다뉴브 강 우안의 터키 요새)에 병력을 보냈지만, 나는 이 두 가지(인내와 시간)만을 보내어 까멘스끼보다 많은 요새를 점령했고, 터키인에게 말고기를 먹여 주었지." 그는 고개를 저었다. "프랑스군도 같은 꼴을 보게 해 줄 테다! 내 말을 믿어 주게." 힘을 주어 꾸뚜조프는 가슴을 치면서 말했다. "틀림없이 말고기를 먹게 해 줄 테다!" 그의 눈은 눈물에 덮여 빛났다.

"그러나 전쟁을 걸어온다면 응해야 하지 않을까요?" 안드레이는 말했다.

"모든 사람이 그것을 원한다면 해야지, 할 수 없지…… 그러나 이것은 정말이야, 여보게, 인내와 시간, 이 두 용사보다 강한 것은 없어. 이 두 가지가 모든 것을 해주네. 그런데 조언자들은 그러한 귀로는 들어주지 않아. 그것이 곤란하단 말이야. 어떤 사람은 하자고 말하고 어떤 사람은 싫다고 말한다. 어떻게 하면 좋지?" 그는 대답을 기다리듯이 이렇게 물었다. "자, 자네라면 어떻게 하라고 말하겠나?" 그는 되풀이했다. 그리고 그의 눈은 깊은 총명한 표정으로 반짝였다. "어떻게 하면 좋은지 가르쳐 주지." 안드레이가 여전히 대답하지 않자 그는 말했다. "어떻게 하면 좋은지, 내가 어떻게 하고 있는지 가르쳐 주지. 여보게, 의심을" 그는 사이를 두고 말했다. "억제하는 거야."

"그럼, 잘 가게. 나는 충심으로 자네의 슬픔을 알고 있고, 나는 자네에게 각하도 공작도 총사령관도 아니며 자네의 아버지라는 것을 잊지 말게. 무엇인가 볼일이 있으면 직접 나한테 오게. 그럼, 잘 가게." 그는 다시 안드레이를 포옹하고 키스했다. 그리고 안드레이가 아직 문에서 다 나가기도 전에 꾸뚜조프는 자기 마음을 가라앉히려는 듯이 한숨을 짓고, 쟝리스 부인의 소설 '백조의 기사'를 집어 들었다.

왜 이렇게 되었는지 안드레이는 설명을 하라고 해도 절대로 할 수 없었을 테지만, 꾸뚜조프와의 대면 후 그는 전체의 전황에 대해서, 또 그것을 위임 맡은 사람에 대해서 안심하고 자기 연대로 돌아왔다. 저 노인에게는 개인적인 것이 일체 없고, 마치 욕망의 습성밖에 남아 있지 않으며 (여러 가지 일을 정리하여 결론을 내는) 지성 대신에 일의 추이를 정관하는 능력밖에 남아 있지 않은 것을 보면 볼수록, 그는 무엇이든지 당연히 될 대로 되어갈 것이라고 더욱더 안심이 되는 것이었다. '그분은 자기 자신의 것은 아무것도 가지지 않을 것이다. 그분은 아무것도 생각해 내지도 않고, 계획도 하지 않을 것이다.' 안드레이는 생각했다. '그러나 그분은 무엇이든지 충분히 듣고 모든 것을 기억에 새겨둔다. 모든 것을 제자리에 가져다 놓고, 유익한 일은 절대로 방해하지 않으며 해로운 것은 절대로 용서하지 않을 것이다. 그분은 무엇인가 자기의 의지보다 강하고 중대한 것이 있다는 것을 이해하고 있다. 그것은 사건의 필연적인 경과이다. 그리고 그분은 그것을 꿰뚫어 볼 수 있고 이해할 수도 있다. 그리고 그 뜻을 알고 있기 때문에 일어난 일에 개입하는 것을 삼가고, 다른 방향으로 향하려고 하는 자기 의지를 억제할 수가 있다. 그리고 무엇보다도, 안드레이는 생각했다. '왜 그분을 믿느냐 하면, 그것은 그분이 러시아 사람이기 때문이다. 비록 쟝리스 여사의 소설을 읽거나 프랑스어 속담을 말하기도 하지만, "그렇게까지 되어 버렸나!" 하고 말했을 때 그분의 목소리가 떨렸고, "말고기를 먹여 주겠다"고 말하면서 울었기 때문이다.' 궁정 측근의 생각에 반대하여 국민이 꾸뚜조프를 총사령관으로 선택했을 때 모두의 생각이 일치하고 누구나가 찬성한 것은, 바로 이와 같이 다소라도 모두가 막연하게 느끼고 있던 마음이 있었기 때문이다.

17

황제가 모스크바를 떠난 후 모스크바의 생활은 여느 때처럼 다시 흐르기 시작했다. 그리고 이 생활의 흐름이 여느 때와 전혀 변함이 없었기 때문에 이전의 애국적인 감격과 열광의 나날을 상기하기도 어려웠고, 실제로 러시아가 위기에 빠져 있고 영국 클럽의 회원들이 조국을 위해 어떠한 희생도 마다하지 않는 충실한 국민이라는 것을 믿기가 어려울 정도였다. 황제의 모스크바 체류 중에 볼 수 있었던, 모두의 감격어린 애국적인 기분을 상기시키는 유일한 것은, 인원과 돈의 기부를 요구받는 일이었다. 그것이 요구되면, 곧 법률적이며 공적인 형태가 갖추어져 어쩔 수 없이 하지 않을 수 없는 기분이 드는 것이었다.

적이 모스크바로 가까이 옴에 따라, 자기들의 상황에 대한 모스크바 시민들의 생각은 심각해지지 않았을 뿐만 아니라, 반대로 닥쳐오는 큰 위험을 눈앞에 보고 있는 사람들에게서 항상 볼 수 있는 것처럼 한층 경박(輕薄)해지고 말았다. 위험이 닥치면 반드시 두 가지 목소리가 다 같이 강하게 사람들의 마음 속에서 들리는 법이다. 한쪽 목소리는 위험의 성격 그 자체와 그것을 피하는 수단을 잘 생각하라고 실로 이치에 맞는 말을 한다. 다른 한쪽 목소리는 모든 것을 예견하고 전체의 흐름에서 빠져나오기란 인간의 힘에 겨운 일이고, 위험이 닥쳐온다는 것을 생각하기란 괴롭고 쓰라린 일이므로, 따라서 괴로운 일이 닥쳐올 때까지 그것으로부터 딴 데로 눈을 돌리고 즐거운 일을 생각하는 것이 좋다고, 한층 더 이치에 닿는 말을 한다. 혼자의 경우에는 인간은 대체로 첫 번째 소리에 따르지만, 집단에서는 반대로 두 번째 소리에 따른다. 지금 모스크바의 주민들의 경우가 그러했다. 이때처럼 모스크바에서 사람들이 즐겼던 일은 오랫동안 없었다.

라스또쁘친이 배포한 전단 중에, 위쪽에 술집과 그 주인인 모스크바 상인 까르뿌쉬까 치기린의 그림이 그려져 있고 '이 사나이가 민병 속에 섞여서 시끄러운 술집에서 술을 마신 끝에 다시 한 잔 했을 때, 보나빠르뜨가 모스크바로 향한 것 같다는 소문을 듣고 욱하는 마음이 들어 프랑스 사람을 닥치는 대로 욕을 하고 술집을 뛰쳐나와, 러시아 제국의 독수리 문장 아래에 모여 있던 사람들에게 말을 걸었다'는 것이 있었다. 이 전단이 바씰리 푸시킨 _{(18세기 말에서 19세기 초의 인기} _{시인, 유명한 푸시킨의 큰아버지)}의 경쾌한 최신의 브리메 _{(주어진 운에 따라} _{만들어진 유머러스한 시)}와 마찬가지로 읽혀 논쟁의 대상이 되었다.

클럽에서 구석 방에 모여 이 전단을 읽은 일부 사람들에게는, 까르뿌쉬까가 "프랑스 사람은 캐비지를 먹으면 부풀어오르고, 러시아풍의 죽을 먹으면 배가 터지게 되며, 캐비지 수프를 먹으면 목이 멘다. 프랑스인은 모두 꼬마여서, 농부 아낙네 한 사람이 세 사람을 갈퀴로 찔러 내던진다"고 말함으로써 프랑스인을 매도한 것이 마음에 들었다. 일부 사람들은 이러한 말투에 찬성하지 않고, 이것은 저속하고 터무니 없는 일이라고 말하고 있었다. 프랑스 사람뿐만이 아니라, 라스또쁘친이 모든 외국인들을 모스크바에서 추방하였다. 그 안에 나폴레옹의 스파이와 앞잡이도 끼여 있다는 것이 화제가 되었는데, 그것이 화제가 된 것은 주로 그것을 계기로 라스또쁘친이 외국인을 추방할 때 말한 신랄한 말을 전하기 위해서였다. 외국인을 거룻배에 태워서 니지니 노브고로드로 보낼 때, 라스또쁘친은 그들에게 이렇게 말했다. "쓸데없는 생각은 버리고 이 배를 타시오. 그리고 이 작은 배가 당신들에게 가론 _{(황천으로 가는 나룻배.} _{그리스의 신화)}의 배가 되지 않게 하시오." 이미 모스크바에서 모든 관청이 소개되었다는 이야기가 나오자 이내 이것만으로도 모스크바는 나폴레옹에게 감사해야 한다는 신신의 농담이 첨가되었다. 마모노프가 제공하는 1개 연대는 80만 루블쯤 들거라느니, 베주호프는 자기 민병에 더 돈을 썼지만 삐에르의 행동 중에서 가장 훌륭한 것은 그가 몸소 군복을 입고, 말을 타고 연대의 선두에 서서 앞으로 나아갔고, 더욱이 그것을 구경하는 사람들로부터 자릿값을 한 푼도 받지 않았다는 등의 이야기도 나왔다.

"당신네들은 아무도 용서하지 않는군요." 도르베쯔꼬이 부인인 줄리는 반지를 가득 낀 가는 손가락으로 붕대용으로 푼 낡은 무명실 덩어리를 모아서 정리하면서 말하였다.

줄리는 내일 모스크바를 떠나기로 되어 있어 송별회를 열고 있었던 것이다.

"베주호프는 우스꽝스러운 분입니다만, 무척 선량하고 정다운 분이에요. 그런 독설을 퍼붓고 무엇이 즐거우세요?"

"벌금이요!" 줄리가 나의 기사라고 부르고 함께 니지니 노브고로드로 가도록 되어 있는 민병 제복을 입은 젊은이가 말했다.

줄리의 모임에서는 모스크바의 많은 모임과 마찬가지로 러시아말로만 이야기하기로 정해져 있었고, 잘못해서 프랑스말을 사용한 사람은 기부위원회를 위해 벌금을 지불하기로 되어 있었다.

"프랑스말을 썼으니까 또 하나 벌금이군요." 객실에 있던 러시아 작가가 말했다. "'무엇이 즐거우세요'는 러시아말이 아니거든요."

"당신은 아무한테도 용서하지 않는군요." 줄리는 작가의 말에는 귀도 기울이지 않고, 민병 제복을 입은 사나이에게 말을 계속했다. "코스체크라고 한 것은 잘못했어요. 그러니까 지불하겠어요. 하지만 진실을 이야기하는 만족을 위해서라면 더 지불해도 좋아요. 프랑스식 말투는 나의 책임이 아니에요." 그녀는 작가에게 말했다. "나는 고리찐 공작처럼 선생을 고용해서 러시아어를 배울 돈이나 여가가 없었어요…… 아, 오셨어요?" 줄리가 말했다. "마침 저…… 아네요, 아네요." 그녀는 프랑스어로 말하려다가 민병 제복을 입은 사나이에게 말하였다. "붙잡히지 않아요. 호랑이도 제 말 하면 온다더니." 줄리가 여주인으로서 삐에르에게 애교있게 미소지으면서 말했다. "방금 당신 이야기를 하고 있었어요." 줄리는 사교계 여성 특유의 거짓말을 거침없이 섞어가며 말했다. "우리는 말하고 있었어요. 당신 연대는 틀림없이 마모노프보다 훌륭할 것이라고 말이에요."

"아, 우리 연대 이야기는 하지 마세요." 삐에르는 여주인의 손에 키스를 하고 그 옆에 앉으면서 대답하였다. "정말 정이 떨어지고 말았습니다!"

"하지만 틀림없이 직접 지휘를 하시는 거죠?" 줄리는 민병 복장의 사나이와 의미심장하게 놀리듯이 눈을 마주보며 말하였다.

민병 제복의 사나이는 삐에르 앞에서는 이제는 아까와 같이 '독설가'가 아니고, 그의 얼굴에는 줄리의 미소가 무엇을 뜻하는 것인지 모르겠다는 의아스러운 표정이 나타났다. 삐에르는 사람이 좋고 좀 어리숙한 데가 있었지만, 그를 놀리려는 시도는 그의 인품 앞에서 모조리 사라지고 없었다.

"아니오." 웃으면서 삐에르는 자신의 크고 뚱뚱한 몸집을 둘러보면서 대답했다. "이런 몸집이니 프랑스 병이 겨눠 쏘기도 쉽고, 게다가 말 위까지 올라갈 것 같지도 않고……"

여러 사람을 차례로 화제에 올리는 동안에, 줄리의 모임은 로스또프네의 사람들도 화제에 올렸다.

"소문으로는 생활이 몹시 궁한 모양이에요." 줄리가 말했다. "게다가 백작 자신이 고집불통이거든요. 라주모프스끼네가 그 집과 모스크바 교외의 영지를 사려고 했지만, 여태까지 이야기는 질질 끌고 있어요. 비싸게 부르고 있기 때문이에요."

"아니, 곧 매매가 될 것 같습니다." 누군가가 말했다. "하기야 이런 때에 모스크바에서 무엇을 산다는 것은 제정신이 아니지만요."

"어째서요?" 줄리가 말했다. "그럼, 당신은 모스크바도 위험하다고 생각하십니까?"

"그렇지 않다면, 당신은 왜 피난하시는 거지요?"

"나요? 확실히 이상하죠, 내가 피난하는 것은. 그것은…… 말하자면 여러분이 피난하시기 때문이에요. 그리고 나는 잔 다르크도 여장부도 아니니까요."

"과연 그렇군요. 저에게 헝겊을 좀 더 주세요."

"만약에 그분이 경영을 잘 할 수만 있다면 빚을 다 갚을 수 있을 텐데요." 민병 제복의 사나이가 로스또프 백작의 이야기를 계속했다.

"마음씨가 좋은 노인입니다만 정말 가엾은 분이에요. 게다가 무엇 때문에 그 사람들은 그렇게 오랫동안 머물러 있을까요? 오래 전부터 시골로 가고 싶다고 말하고 있었는데. 나따샤는 이제 건강해진 것 같지요?" 의미심장하게 미소지으면서 줄리가 삐에르에게 물었다.

"그분들은 막내 아들을 기다리고 있어요." 삐에르가 말했다. "막내 아들이 오볼렌스끼 부대의 까자크 부대로 들어가서 베라야 제르꼬피로 갔어요. 거기서 연대가 편성되고 있어요. 그러나 이번에 그 아이를 나의 연대로 편입시켰기 때문에 매일 기다리고 있어요. 백작은 상당히 이전부터 떠나고 싶어하고 있습니다만, 백작 부인이 아들이 돌아올 때까진 도무지 모스크바에서 떠나기가 싫다는 겁니다."

"나, 그저께 아르하로프 댁에서 그분들을 만났어요. 나따샤는 다시 아름다워지고 명랑해졌어요. 그분이 로맨스를 한 곡 불러 주었어요. 정말로, 무슨 일이든지 손쉽게 겪어 버리는 사람도 있어요!"

"겪다니, 무엇을 겪었다는 거죠?" 재미없다는 듯이 삐에르가 물었다. 줄리가 미소지었다.

"아시잖아요, 백작님. 당신 같은 기사(騎士)는 '수자 부인'의 소설밖엔 나오지 않아요."

"기사란 무슨 뜻입니까? 왜 그렇습니까?" 얼굴을 붉히면서 삐에르가 물었다.

"어머, 시치미 떼지 마세요, 백작님." 줄리는 마침내 프랑스어로 되돌아가서 말했다. "이것은 온 모스크바가 다 알고 있습니다. 솔직히 말해서 정말 놀랐어요."

"벌금! 벌금!" 민병이 말했다.

"네, 좋아요. 말도 못하겠어요. 정말 싫어요!"

"무엇이 온 모스크바가 알고 있다는 겁니까?" 삐에르가 일어나면서 화난 듯이 말했다.

"그만 하세요, 백작님. 다 아시면서!"

"아무것도 모릅니다." 삐에르가 말했다.

"당신이 나따샤와 친하다는 것은 알고 있어요. 그러니까…… 아니, 나는 언제나 베라와 친하게 지내고 있어요. 정말 아름다운 저 베라하고!"

"아닙니다, 부인." 삐에르는 불만스러운 말투로 계속했다. "나는 절대로 로스또프네 아가씨의 기사 역할을 맡은 일도 없고, 게다가 나는 한 달 가까이 그 집에는 가지 않았습니다. 난 모르겠어요, 왜 그토록 엄한지……."

"변명하는 사람은 죄가 있다는 증거예요." 천을 푼 실을 흔들면서 프랑스어로 줄리가 말했다. 그리고 자기의 말이 마지막 결정타인 양 곧 화제를 바꾸었다. "그런데 말예요, 오늘 들은 일이지만, 가엾은 볼꼰스끼 공작의 따님 마리야가 어제 모스크바에 도착했다더군요. 들으셨어요? 그분 아버지를 잃으셨다죠?"

"네? 정말입니까? 그분은 어디 있습니까? 꼭 만나고 싶습니다." 삐에르가 말했다.

"난 어젯밤에 쭉 같이 있었어요. 오늘이나 내일 아침에 조카님과 같이 모스크바 교외의 영지로 가신답니다."

"그래, 어떻습니까. 몸은 건강한가요?" 삐에르는 말했다.

"별다른 일은 없습니다. 침울해 보였지만. 그런데 누가 그분을 구해 준 줄 아십니까? 이거야말로 대단한 로맨스예요. 니꼴라이 로스또프예요. 마리야는 여러 사람에게 둘러싸여 죽을 뻔했고 하인들도 크게 다쳤다나봐요. 그곳에 그분이 달려가서 구해냈다는 거예요……."

"또 로맨스군." 민병이 말했다. "확실히 이렇게 총퇴각을 하고 있는 것은 노처녀들이 모두 결혼하기 위해서군요. 까쩨리나가 첫 번째고 볼꼰스끼 공작 따님이 두 번째."

"어떻습니까, 제 생각으로는 확실히 그녀는 약간 그 청년에게 마음이 있다고 생각합니다만."

"벌금! 벌금! 벌금!"

"하지만 그런 말을 어떻게 러시아말로 할 수가 있겠어요?"

18

집으로 돌아오자 삐에르는, 이날 보내온 라스또쁘친의 전단 두 장을 받았다.

첫 장에는 모스크바로부터의 퇴거를 라스또쁘친 백작이 금지했다는 소문은 전혀 터무니없는 일이며, 오히려 라스또쁘친 백작은 모스크바로부터 귀족 부인과 상인의 아낙네들이 퇴거해 주기를 환영한다고 씌어 있었다. '그러면 불안이 줄고, 소문도 적어질 것이다'라고 그 전단에는 씌어 있었다. '그러나 나는 목숨을 걸고 보증한다…… 악당은 모스크바에는 들어오지 못한다' 이 말을 읽고 삐에르는 비로소 분명히 프랑스군은 모스크바에 들어올 것이라는 것을 깨달았다. 다른 또 한 장에는, 아군의 통수부가 뱌지마에 있다는 것, 비트겐슈타인 백작이 프랑스군을 격파했다는 것, 그러나 많은 시민이 무장할 것을 희망하고 있기 때문에, 병기창에 준비된 무기—사벨, 권총, 소총 등을 시민은 싼 값으로 입수할 수 있다는 것 등이 씌어 있었다. 두 번째 전단의 말투는, 이미 여태까지의 치기린의 이야기같은 익살맞은 농담조는 아니었다. 삐에르는 그 전단을 앞에 놓고 생각에 잠겼다. 그가 마음 속으로부터 열심히 불러들이려고 하면서도, 그와 동시에 어찌할 수 없는 공포를 자기 마음 속에 불러일으키는 무서운 뇌운(雷雲)이 틀림없이 접근하고 있었던 것이다.

'군무에 종사하여 군대로 갈 것인가, 그렇지 않으면 기다릴 것인가'. 이미 백 번이나 삐에르는 이 질문을 스스로 하고 있었다. 그는 옆의 테이블 위에 있던 트럼프를 집어 점을 치기 시작했다.

'만약 점을 칠 수 있다면' 그는 트럼프를 쳐서 그것을 손에 들고, 위쪽을 바라보면서 마음 속으로 말했다. '만일 칠 수 있다면, 그것은…… 어떻다는 것인가?' 즉 어떤 뜻인지 채 결정하기도 전에, 서재 저쪽에서 들어가도 좋으냐고 묻는 공작 큰딸의 목소리가 들렸다.

'그때는 나는 부대에 들어가야 한다는 뜻이다.' 삐에르는 자신에게 말했다. "들어와요, 들어와." 그는 공작 영양을 향해 말하였다.

(허리가 길고, 돌 같은 얼굴을 한 공작 큰딸이 여전히 삐에르 집에서 살고 있었다. 밑의 두 딸은 결혼하였다.)

"죄송해요, 방해해서." 그녀는 책망하는 것 같은 흥분한 목소리로 말했다. "하지만 마침내 무엇인가 결심을 하지 않으면 안 되겠죠! 도대체 이것은 어떻게 될까요? 모두 모스크바를 떠나 버리고, 하층 사람들은 폭동을 일으키고 있어요. 왜 우리는 남아 있는 거죠?"

"반대죠, 오히려 만사는 조용한 것 같은데." 항상 공작 따님의 은인이라는 역할을 쑥스러운 생각으로 견디고 있는 삐에르가 그녀에 대해서 몸에 지니게 된, 이제는 버릇이 되어버린 어리둥절한 어조로 말하였다.

"어머, 이것이 조용하다고요…… 조용해서 좋군요! 오늘 바르바라 이바노브나한테서 들었어요, 아군이 얼마나 눈부신 활약을 하고 있는가에 대해서. 분명히 훌륭하다고 해도 좋을 정도예요. 게다가 한층 사람들은 완전히 방황해서 말을 듣지 않고 하녀까지 난폭해졌어요. 이대로 가다가는 우리들은 곧 살해될 거예요. 거리도 걸어다니지 못할 지경이에요. 무엇보다도 오늘이나 내일에는 프랑스군이 온다는데, 우리는 무엇을 기다리고 있는 거예요! 한 가지 부탁이 있어요." 공작 영양이 말했다. "저를 뻬쩨르부르그로 보내도록 명령해 주세요. 제가 어떤 여자든 간에 보나빠르뜨의 지배하에서는 살아갈 수 없어요."

"이젠 그만 해요. 대체 어디서 그런 정보를 얻어 오는 거요? 오히려 반대예요……."

"난 당신이 좋아하는 나폴레옹에게 복종하기는 싫어요. 다른 사람은 마음대로 하라죠…… 만약 해주시기 싫으시다면……."

"아니, 하겠소, 곧 명령하겠소."

영양은 아무래도 화풀이할 상대가 없는 것이 화가 나는 것 같았다. 그녀는 무엇인가 중얼거리면서 의자에 앉았다.

"그러나 당신이 들은 이야기는 잘못된 것이오." 삐에르는 말했다. "거리는 조용하기만 하고, 위험은 조금도 없어요. 보세요, 지금도 막 이것을 읽고 있던 참이에요……." 삐에르는 영양에게 전단을 내보였다. "라스또쁘친 백작이 쓰고 있잖아요. 적은 모스크바로 오지 않는다고, 목숨을 걸고 보증한다고."

"아, 당신이 좋아하는 그 따위 백작은" 밉살스러운 듯이 영양이 말했다. "그는 위선자예요. 자신이 민중에게 폭동을 일으키게 한 악당이에요. 그 사람 아니에요? 누구든 상관없이 수상한 자의 목덜미를 잡아 경찰에게 끌고 가라고 쓴 것은 바로 이 사람이 아니던가요! 터무니없는 일이에요. 그런 어리석은 전단을 쓰다니! 잡은 사람은 그 공을 칭찬받는다고 하니, 그렇게까지 아양을 떨지 않아도 되잖아요. 바르바라 이바노브나의 말로는, 그분은 프랑스어로 잠깐 이야기한 탓으로 하마터면 죽을 뻔했다는 거예요……."

"아니에요, 대단한 일은 아니에요…… 당신은 너무 신경이 예민해요." 삐에르는 이렇게 말하고 다시 점을 치려고 트럼프를 늘어놓기 시작했다.

트럼프 점은 잘 되었지만, 삐에르는 군대에 들어가지 않고 텅 빈 모스크바에 남아 여전히 같은 불안과 주저와 공포와 그리고 동시에 기쁨에 싸이면서,

무엇인가 무서운 것을 기다리고 있었다.

이튿날 저녁때 공작 영양이 떠나간 뒤 총지배인이 삐에르에게로 와서, 영지 하나를 팔지 않으면 연대의 장비를 갖추기 위해 삐에르가 요구하는 돈을 마련할 수 없다고 보고하였다. 총지배인은 이러한 연대를 만들겠다는 생각은 삐에르를 틀림없이 파산시키고 말 것이라는 것을 대충 설명하였다. 삐에르는 총지배인의 말을 들으면서 간신히 미소를 참고 있었다.

"그럼, 팔면 되겠지." 그는 말했다. "할 수 없어, 이제 와서 거절할 수도 없으니 말이야!"

모든 사태가, 특히 자기 사태가 나빠지면 나빠질수록 삐에르는 즐거워지고, 자기가 기다리고 있는 대변동이 가까워지고 있다는 것이 더욱더 분명해지는 것이었다. 이제 삐에르가 아는 사람은 거의 모스크바에 남아 있지 않았다. 줄리도 떠나고, 마리야도 떠났다. 친한 사람들 중에는 로스또프네밖에 남아 있지 않지만 삐에르는 로스또프네에 가지 않았다.

이날 삐에르는 기분 전환 삼아 레삣히(네덜란드 태생의 농민, 기구 제작가)가 적을 공격하기 위해 제작하고 있는 대기구(大氣球)와, 내일 날리기로 되어 있는 시험용 기구를 보기 위해 모스크바 교외의 보론쬬보 마을로 갔다. 그 기구는 아직 완성되어 있지 않았다. 삐에르가 안 바에 의하면, 그것은 황제의 희망에 의해서 만들어진 것이었다. 황제는 이 기구에 관해서 라스또쁘친에게 다음과 같이 써 보냈다.

'레삣히의 준비가 끝나는 대로 성실하고 유능한 사람으로 이 기구의 승무원을 편성하고, 미리 알리기 위해 꾸뚜조프 장군에 급사를 보내라. 나는 이 일에 관해서 이미 그에게 통고하였다.

실패하거나 적의 손에 들어가지 않기 위해 최초로 착륙하는 장소에 주의하도록 레삣히에게 잘 일러두기 바란다. 레삣히는 그의 움직임을 총사령관의 움직임과 일치시켜야 한다.'

삐에르는 보론쬬보 마을에서 집으로 돌아오는 도중, 볼로뜨나야 광장을 지나갈 때 붉은 광장의 고대(高臺)에 사람의 무리를 발견하고 마차를 멈추고 내렸다. 스파이 혐의를 받은 프랑스인 요리사에 대한 태형이 집행되고 있었다. 처형은 방금 끝난 참이어서, 빨간 턱수염을 기르고 파란 긴 양말에 푸른색 재킷을 입은 집행인이 처량하게 신음 소리를 내고 있는 뚱뚱한 사나이를 처형대에서 풀고 있었다. 다음 죄인은 여위고 창백한 사나이로 역시 거기에 서 있었다. 두 사람 모두 용모로 봐서 프랑스 사람이었다. 삐에르는 메마른 프랑스인과 같이 놀라 긴장된 얼굴로, 붐비는 사람을 헤치고 들어갔다.

"이건 뭐요? 누구요? 어찌된 일이오?" 그는 물었다. 그러나 군중의—관리, 시민, 상인, 농민, 외투와 털 반코트 차림의 여자 등의—주의는 처형대에서 이루어지고 있는 일에 집중되고 있었기 때문에 누구 하나 삐에르에게 대답한 사람은 없었다. 뚱뚱한 사나이가 일어나서 이맛살을 찌푸리고 어깨를 움츠렸다. 그리고 자신의 굳은 의지를 보이려는 듯이 주위를 보지도 않고 소매가 없는 재킷을 입기 시작했다. 그러나 갑자기 그의 입술은 떨리고, 자기 자신에게 화를 내면서 혈기왕성한 사람이 하듯이 엉엉 울기 시작했다. 군중은 큰 소리로 이야기하기 시작하였다. 삐에르의 느낌으로는, 그것은 자기자신의 마음 속에서 동정의 마음을 지우기 위한 것이었다.

"요리사야, 어느 공작의……."

"어떤가, 무슈, 러시아의 소스는 프랑스 사람에게는 좀 신 것 같군……잇몸이 들떴어……." 프랑스 사람이 울기 시작하자, 삐에르 곁에 서 있는 주름투성이의 하급 관리가 말했다. 하급 관리는 자기 농담을 남이 받아들일 것이라고 기대하면서 주위를 둘러보았다. 일부 사람들은 웃었고, 다른 일부 사람들은 다음 죄인의 옷을 벗기고 있는 집행인을 겁먹은 듯이 바라보고 있었다.

삐에르는 코를 훌쩍이고 얼굴을 찌푸리더니 급히 등을 돌려 마차 쪽으로 돌아갔지만, 걸어가면서도 마차에 오르면서도 무엇인지 계속 중얼거리고 있었다. 도중 몇 번이나 몸을 떨고 큰 소리를 질렀기 때문에, 그럴 때마다 마부가 그에게 물어볼 정도였다.

"무슨 말씀을 하셨는지요?"

"어디로 가는 거야?" 삐에르는 루뱐까 거리로 나가려는 마부를 향해 소리쳤다.

"총사령관에게로 가라고 말씀하셨기에." 마부가 대답했다.

"바보 같으니!" 좀처럼 없는 일이지만 삐에르는 마부를 꾸짖고 외쳤다. "집으로 가라고 이르지 않았어. 빨리 가, 바보. 오늘 중에 떠나야 해." 삐에르는 혼자 중얼거렸다.

삐에르는 벌을 받은 프랑스 사람과 처형대를 둘러싼 군중을 보고, 이 이상 모스크바에 머물러 있을 수는 없다, 오늘 중에라도 곧 군대로 가자 하고 결심을 하였기 때문에, 자기는 그것을 마부에게 말했다고 생각하였다. 그렇지 않으면 마부가 스스로 당연히 알았어야 했을 것이 아니냐는 생각이 들었던 것이다.

집으로 돌아오자 삐에르는 모르는 것이 없고 못 하는 것이 없어 온 모스크바에서도 소문이 난 마부 엡스따피에비치에게, 자기는 오늘 밤 모자이스크의 군대로 갈 테니 자기 말 두서너 마리를 그쪽에 보내 두라고 명령했다. 이런 일을 그날 중에 모두 할 수 없으므로 엡스따피에비치의 의견에 따라 바꿔탈 말을 가도에 배치할 시간을 벌기 위해서, 삐에르는 이튿날까지 출발을 연기하지 않으면 안 되었다.

24일은 궂은 날씨도 활짝 개어서 삐에르는 점심을 먹은 후 모스크바를 나왔다. 밤늦게 뻬르후쉬꼬보에서 말을 갈아탈 때, 삐에르는 그날 저녁에 대규모 전투가 있었다는 것을 알았다. 이 뻬르후쉬꼬보에서도 포격으로 땅이 울렸다고 한다. 어느 쪽이 이겼느냐는 삐에르의 질문에는 아무도 대답을 하지 못했다 (이것은 24일의 셰바르지노 부근의 전투였다). 새벽녘에 삐에르는 모자이스크에 가까이 갔다.

모자이스크의 민가는 모두 군의 주둔으로 점령되어 있었다. 삐에르의 조교사(調敎師)와 마부가 삐에르를 기다리고 있던 여관에는 빈 객실은 없었고 모두 장교들로 가득 차 있었다.

모자이스크에서도, 모자이스크의 전방에도, 가는 곳마다 군대가 주둔하거나 행군하고 있었다. 어디서나 까자크 병, 보병, 기병, 수송차, 탄약 상자, 그리고 대포가 여기저기에 보였다. 삐에르는 빨리 앞으로 가려고 서둘렀다. 그리고 모스크바로부터 멀리 떨어져 이 군대의 바다 속으로 깊이 들어갈수록 그는 불안한 가슴의 두근거림과, 여태까지 맛보지 못했던 새로운 기쁨에 사로잡혀 갔다. 그것은 황제가 왔을 때 슬로보츠꼬이 궁전에서 경험한 것과 흡사한, 즉 무엇인가를 하고 무엇인가를 희생하지 않으면 안 된다는 기분이었다. 지금 그는 인간의 행복을 형성하고 있는 모든 것, 안락한 생활이나 재산, 나아가서는 인생 그 자체까지도 이 무엇인가에 비하면 기꺼이 내버릴 수 있는 보잘것없는 것이라는 것을 의식하여 상쾌한 기분을 맛보고 있었다…… 그 무엇이란 도대체 무엇일까? 삐에르는 그것을 자신에게 분명히 설명할 수가 없었고, 자기는 누구를 위해 무엇 때문에 모든 것을 희생하는 것이 특별히 훌륭하다고 생각하는가를 분명히 밝히려 들지 않았다. 무엇 때문에 희생하려는 것인지 그것이 문제가 아니라 희생 그 자체가 그에게는 새로운 기쁨이 되어 있었던 것이다.

19

24일에는, 셰바르지노 다면 보루(토루, 해자 등으로 둘러싸여 여러 방면으로부터의 공격을 막는 방루) 부근에서 전투가 있었다. 25일에는 쌍방이 모두 한 발의 포탄도 발사하지 않았고, 26일에는 보로지노의 전투가 일어났다.

무엇 때문에, 어떻게 해서 셰바르지노와 보로지노 부근에서 전투가 시작되어 여기에 응전했는가? 무엇 때문에 보로지노 전투가 있었는가? 이 전투는 프랑스군이나 러시아군에 아무런 뜻을 지니고 있지 않았다. 이 전투의 직접적인 결과로 생긴 일, 또 당연히 생겨야 했던 일은, 러시아군에는 모스크바의 파멸이 가까워졌다는 것(이것은 우리가 이 세상에서 가장 두려워하고 있었던 일)이고, 프랑스군에는 전군의 파멸이 가까워졌다는 것(이것도 그들이 이 세상에서 가장 두려워하고 있었던 일)이었다. 이와 같은 결과는 그 당시 이미 너무나 명백했는데도 불구하고 나폴레옹은 이 전투를 걸어왔고, 꾸뚜조프는 여기에 응전했던 것이다.

만일 쌍방의 사령관이 이성적인 이유에 따라서 행동을 했더라면, 2000km나 깊이 들어와서 전군의 4분의 1을 잃을 공산이 큰 전투를 벌인다면 틀림없이 멸망의 길을 걷게 된다는 것쯤은 나폴레옹도 명백히 알았을 것이다. 또 싸움에 응해서, 역시 전군의 4분의 1을 잃을지 모를 모험을 감행한다면 틀림없이 모스크바를 잃게 된다는 것도 명백했을 것이다. 꾸뚜조프에게 이것은 수학적으로 명백한 일로, 그것은 마치 장기를 둘 때 내 쪽 말이 상대방보다 하나 적은데도 서로 빼앗기를 하면 반드시 진다, 따라서 빼앗기를 하면 안 된다는 것이 명백한 것과 마찬가지였다.

상대방의 말이 열여섯 개이고 이쪽이 열네 개라면 이쪽은 상대방보다 8분의 1이 약할 뿐이지만, 만약 열세 개의 말을 서로 빼앗아 버린다면 상대방은 이쪽보다 세 배나 강해지는 것이다.

보로지노 전투가 있기 전까지 아군과 프랑스군의 병력은 거의 5대 6이었지만, 전투 후에는 1대 2가 되고 말았다. 즉 전투 전에는 10만 대 12만이었던 것이, 전투 후에는 5만 대 10만이 되어버린 것이다. 그런데도 현명하고 경험이 풍부한 꾸뚜조프가 전투에 응했던 것이다. 한편 천재적인 지휘관이라고 일컬어지는 나폴레옹은 전쟁을 걸어 군의 4분의 1을 잃고, 게다가 더욱 자군의 전선을 확대해 가면서 도전했다. 만약에 나폴레옹이 모스크바를 점령하면 빈 점령과 마찬가지로 그것으로 전쟁이 끝난다고 생각했던 것이라고 말하는 사람이 있다면, 그것에 대한 반증은 얼마든지 있다. 나폴레옹의 사가(史家)를 자신이 이렇게 말하고 있는 것이다―그는 스몰렌스크 때부터 이미 진격을 중지할 생각이었으며, 확대된 자군의 전선의 위험함도 알고 있었고, 모스크바 점령이 전쟁의 종결이 되지 않는다는 것도 알고 있었다. 왜냐하면 스몰렌스크 이후, 그는 러시아의 여러 도시가 어떤 상태로 포기되었는가를 목격해 왔고, 화평 교섭의 희망을 몇 번이나 표명했는데도 불구하고 한 번도 대답을 얻지 못했기 때문이다.

보로지노의 전투를 걸고 이 전투에 응함으로써 꾸뚜조프와 나폴레옹은 자기의 의지에 의하지 않고 무의미한 행동을 하였다. 그러나 역사가들은, 세계 여러 사건의 의지를 갖지 않은 도구 중에서 가장 노예적이고 자유 의사가 없는 사람들인 지휘관들의 선견지명이나 천재성을 증명하는 증거를 교묘하게 날조하여, 이미 생긴 사실에 그것을 후에 적용시키고 있다.

고대 사람들은 영웅 서사시의 전형(典型)을 우리에게 남겼다. 그 속에서 영웅이 역사의 모든 흥미를 형성하고 있다. 그 때문에 현대의 인간적인 시대에 이런 종류의 역사는 뜻을 갖지 않는다는 것에 우리는 여전히 익숙하지 못하다.

보로지노의 회전과 그 이전의 셰바르지노의 전투가 어떻게 해서 일어났느냐고 하는 또 하나의 물음에 대해서는 역시 마찬가지로 실로 명확하고 잘 알려져 있는, 전혀 그릇된 생각이 존재하고 있다. 모든 역사가 상황을 다음과 같이 그리고 있다.

러시아군은 스몰렌스크로부터 퇴각하면서 결전을 위해 가장 좋은 진지를 찾고 있었으며, 그와 같은 진지가 보로지노 부근에서 발견되었다.

러시아군은 미리 그들의 진지를 가도의 왼쪽(모스크바에서 스몰렌스크를 향해서)으로, 길에 대해서는 거의 직각으로, 보로지노에서 우치짜에 걸쳐 바로 전투가 일어난 장소에 굳히고 있었다.

이 진지의 전방에는 적을 감시하기 위해서 수비를 단단히 한 전초점을 셰바르지노의 언덕에 두고 있었다. 24일 나폴레옹이 이 전초점을 공격해서 점령했다. 그리고 26일이 되자 보로지노의 들판에 있던 러시아 전군을 공격했다.

역사에는 이렇게 적혀 있지만 그것은 모두 완전히 잘못된 것이다. 사건의 본질을 탐구하려는 자라면 누구나 쉽사리 이 잘못을 확인할 수가 있을 것이다.

러시아군은 가장 좋은 진지를 찾고 있지 않았으며, 오히려 퇴각할 때 보로지노보다 훨씬 좋은 진지를 수없이 그대로 지나쳤다. 러시아군은 그 어느 진지에서도 머무르려고 하지 않았다. 그것은 꾸뚜조프가 자기가 고르지 않은 진지를 받아들이는 것을 바라지 않았기 때문이며, 국민적인 전투의 요구가 아직 충분히 강력하게 나타나지 않았기 때문이다. 또 아직 밀로라도비치가 민병을 인솔하고 도착하지 않았기 때문이며, 그 밖에 헤아릴 수 없는 원인이 있었기 때문이기도 하였다. 그러나 사실은 이전의 진지 쪽이 강력했고, 보로지노의 진지(전투가 있었던 진지)는 강력하지 않았을 뿐 아니라, 아무렇게나 지도에 핀을 꽂아서 표시할 수 있는 러시아 제국 안의 모든 다른 장소에 비해서 그 어떤 점에서도 뛰어난 진지가 결코 아니었다는 것이다.

러시아군은 가도의 왼쪽과 직각의 위치에 있는 보로지노의 들판(전투가 있었던 장소)의 진지를 굳히지 않았을 뿐만 아니라, 이곳에서 전투가 일어날지도 모른다는 것은 1812년 8월 25일까지 한 번도 생각한 일이 없었다. 그 증거가 되는 것은 첫째, 25일까지는 이 장소에 방어 진지가 없었을 뿐만 아니라, 25일에 구축하기 시작했으나 26일에도 완성되지 않았다는 것이다. 두 번째로 증거가 되는 것은 셰바르지노 보루의 위치다. 이 보루는 실제로 전투에 맞대응한 진지의 전방에 있는 것으로 아무런 뜻도 가지고 있지 않다. 무엇 때문에 이 보루는 다른 어떤 지점보다도 견고하게 방어되어 있었는가? 또 무엇 때문에 그것을 24일 심야까지 지켜서 전력(全力)을 소진하고 6000의 병력을 잃었는가? 적을 감시하기 위한 것이라면 까자크의 척후대로 충분했었다. 전투가 벌어졌던 진지가 예상되어 있었던 것은 아니며 셰바르지노 보루가 그 진지의 전초점이 아니었다는 세 번째 증거는, 바르끌라이 드 똘리와 바그라찌온이 25일까지 셰바르지노 보루를 진지의 좌익이라고 확신하고 있었으며, 또 꾸뚜조프가 전투 후에 흥분이 가라앉지 않은 상태에서 쓴 보고서에서 셰바르지노 보루를 진지의 좌익이라고 부르고 있다는 점에 있다. 훨씬 후에 자유로운 입장에서 보로지노 회전에 관한 보고가 쓰였을 때 (아마 실수가 용인되지 않는 총사령관의 잘못을 정당화하기 위해)사실이 왜곡되었다. 셰바르지노 보루가 전초점 역할을 하고 있었던 것처럼, 또 보로지노 전투는 전혀 예기치 않은 거의 진지를 굳히지 않은 장소에서 일어났는데도, 마치 굳혀져 있던 미리 골라둔 진지에서 이루어진 것처럼 옳지 않은 기묘한 증언이 꾸며진 것이다.

중요한 점은 분명히 이러했다. 국도를 직각으로가 아니라 예각으로 가로지르고 있는 꼴로차 강을 따라 진지가 선택되었기 때문에 좌익은 셰바르지노, 우익은 노보에 마을 부근, 중앙은 꼴로차 강과 보이나 강이 합류하는 보로지노에 있었다. 이 진지는 꼴로차 강에 의해 수비되어 있기 때문에, 스몰렌스크 가도를 따라 모스크바를 향하여 진격하는 적을 저지하는 것을 목적으로 하는 군에게 이 진지 구축이 당연한 일이라는 것이, 전투의 실제의 경과를 염두에 두지 않더라도 보로지노 평야를 바라보면 누구든지 납득할 수 있을 것이다.

나폴레옹은 24일에 와르에보로 나아갔으나 그에게 (역사에서 말하고 있는 것처럼) 우치짜에서 보로지노에 걸친 러시아군 진지는 보이지 않았고(그런 진지는 존재하지 않았으므로 보일 리가 없었다), 러시아군의 전초 진지도 보이지 않았다. 러시아군의 후위 부대를 추격하는 동안에 러시아군 진지의 좌익인 셰바르지노 보루에 부딪혀, 러시아군으로 하여금 그들의 예상을 깨고 꼴로차 강을 건너게 하였다. 그래서 러시아군은 결전에 들어갈 겨를도 없이 확보를 예정하고 있던 진지에서 좌익을 퇴각시켜, 예상하지도 않았고 굳히지도 않았던 새로운 진지를 차지했다. 나폴레옹은 (러시아군 쪽에서 보아) 꼴로차 강의 좌측, 즉 가도의 왼쪽으로 이동하자 그 후의 전투를 모두 오른쪽에서 왼쪽으로 이동시켜 우치짜, 셰묘노프스꼬에, 보로지노 사이의 들판에(진지로서, 러시아의 다른 모든 평야보다도 유리한 것을 아무것도 가지지 않은 이 평야로) 옮겨, 이 들판에서 26일의 모든 전투가 있었던 것이다. 예정된 전투와 실제로 일어난 전투의 약도는 대충 다음(1046~1047페이지 지도)과 같은 것이 될 것이다.

만약 나폴레옹이 24일 석양에 꼴로차 강으로 진출하지 않고, 그날 밤 바로 보루 공격을 명령하지도 않고 이튿날 아침에 공격을 시작했다면, 셰바르지노 보루가 우리 진지의 좌익이라는 것을 아무도 의심하지 않았을 것이며, 전투도 우리가 예기한 대로 이루어졌을 것이다. 그렇게 되면 아마 아군은 더욱더 셰바르지노 보루, 즉 아군의 좌익을 완강히 지켰을 것이다. 나폴레옹은 중앙이나 우익을 공격하여, 방어를 굳게 한 예정된 진지에서 24일에 결전이 이루어졌을 것이다. 그런데 공격은 아군의 좌익을 향하여 아군의 후위대 철퇴에 이어, 즉 그리도네바 부근의 전투 직후 저녁에 일어났다. 러시아군 지휘관들은 같은 24일 밤에 결전을 시작하는 것을 원하지 않았거나 혹은 여유가 없었기 때문에, 보로지노 회전의 최초의 중요한 전투는 이미 24일 중에 패배로 끝나고, 그것은 분명히 26일에 있었던 전투의 패배로 이어진 것이다.

셰바르지노 보루의 함락으로 25일 아침 아군은 좌익의 진지를 아무 방비도 없이 잃어버렸기에, 하는 수없이 좌익을 후퇴시켜 어디든 적당한 장소에 급히 진지를 굳히지 않을 수 없게 되었다.

그러나 8월 26일 러시아군은 빈약한 미완성 보루에만 의지하여 진을 치고 있었을 뿐만 아니라, 러시아 지휘관들이 완전히 현실로 발생한 사실(좌익 진지가 없어져서 앞으로의 싸움터 전체가 우에서 좌로 옮겨진 일)을 인정하지 않아, 노보에 마을에서 우치짜까지 길게 늘어진 진지에 머물러 있었다. 그 결과 전투가 한창인 때에 군을 오른쪽에서 왼쪽으로 이동하지 않으면 안 되었다. 이렇게 해서 전투가 이루어진 동안에 줄곧 러시아군은 자기 군대의 좌익으로 향한 프랑스군의 반도 안 되는 병력밖에 가지고 있지 않았다(프랑스군 우익의, 우치짜에서의 우바로프의 부대에 대한 뽀냐또프스끼의 행동은 전투 전체의 움직임과는 다른 행동이었다).

이상과 같이 보로지노 전투가 이루어진 과정은 (우리 군 지휘관들의 잘못을 감추려다가 오히려 러시아군과 민중의 명예를 떨어뜨렸다) 기술되어 있는 것과는 전혀 다르다. 보로지노 전투는 방어를 굳힌 선택된 진지에서 러시아군이 약간 열세의 병력으로 싸운 것이 아니다. 셰바르지노 보루가 함락되었기 때문에, 러시아군은 보로지노 전투가 벌어졌을 때 거의 방비도 없는 허허벌판에서 프랑스군에 비해 절반도 안 되는 열세한 병력을 가지고 맞서지

보로지노 전투(1) 〔똘스또이의 주장〕

모스끄바 강
말로에
베즈보보
보이나 강
노보에
자하리노
보로지노
고르끼
도보르
스비야기나
따따리노보
모스크바
끄냐지꼬보
프사레보
셰묘노프스꼬에
와르에보
신스몰렌스크 가도
꼴로차 강
알렉신끼
셰바르지노
러시아군 실전진지
프랑스군 실전진지
도로니노
우치짜
구스몰렌스크 = 모스크바 가도

＊지도는 똘스또이의 원문에 있다. 셰바르지노는 좌익 러시아군의 예정진지였으나 프랑스군이 남하하여 점거하게 되면서 그 동쪽이 전투의 중심지가 되었다.

미시나

보로지노 전투(2) 개전 직전 8월 26일 새벽

모스끄바 강
베즈보보
말로에
노보에
마스로보
보이나 강
자하리노
보로지노
고르끼
꾸르간엄
도보르
스비야기나
따따리노보
끄냐지꼬보
와르에보
신스몰렌스크 가도
꼴로차 강
라에프스끼포대
(대다면보)
프사레보
알렉신끼
셰바르지노
셰묘노프스꼬에
나폴레옹
네이
답
우치짜
뮈러
도로니노
구스몰렌스크 = 모스크바 가도
셰바르지노 다면보
에르나

다면보
돌각보
방어대

＊ ^^^^ 셰바르지노전(8월 24일) 이전의 러시아군 포진전선
＊ 셰바르지노전의 러시아군 이동방향
＊ 셰바르지노전의 프랑스군 이동방향
＊ 8월 26일 새벽 러시아군 포진
8월 26일 새벽 프랑스군 포진
＊ 굵은 글씨는 장군의 이름

보로지노 전투⑶　8월 26일 오전 양군의 격돌

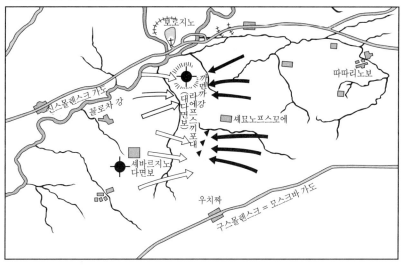

보로지노 전투⑷　8월 26일 오후 양군의 위치

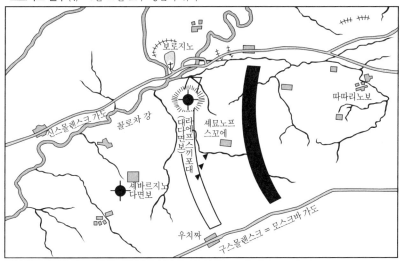

＊러시아군에게서 대규모 후퇴는 보이지 않는다.

않을 수가 없었던 것이다. 10시간 넘게 육탄전을 벌이고, 전투의 우열을 알 수 없게 하는 일 같은 것은 생각할 수 없었을 뿐만 아니라, 완전한 궤멸과 패주에서 3시간 동안 군을 지키는 것조차도 생각할 수 없는 그러한 조건에서 행해진 것이다.

20

25일 아침, 삐에르는 모자이스크를 출발했다. 산 정상 오른쪽에 서 있는 대성당 옆을 지나서, 도시 밖으로 통하는 깎아지른 찌그러진 원 모양의 커다란 언덕을 내려가는 고갯길에서—대성당에서는 마침 미사가 이루어지고 있고 그것을 알리는 종이 울리고 있었다—삐에르는 말에서 내려 걷기 시작했다. 삐에르 뒤에서 군가대를 선두로 한, 어딘가의 기병 연대가 산길을 내려갔다. 어제 있었던 전투의 부상병을 태운 짐마차의 열이 삐에르 쪽을 향하여 올라왔다. 마부인 농민들은 말을 꾸짖기도 하고, 채찍으로 두드리며 좌우로 뛰어다니고 있었다. 3, 4명씩 부상병이 눕거나 앉아 있는 짐마차는 가파른 오르막에 포장 대신 깔아놓은 자갈 위에서 덜커덩거렸다. 넝마로 붕대를 한 부상병들은 입술을 깨물고 이맛살을 찌푸리며 창백한 낯을 하고, 가로대를 붙잡은 채 흔들리며 서로 부딪히고 있었다. 거의 모두가 어린애 같은 호기심으로 삐에르의 하얀 모자와 초록색 연미복을 바라보고 있었다.

삐에르의 마부는 부상병들의 짐마차를 향하여 한쪽으로 비켜서라고 화난 듯이 소리쳤다. 기병 연대가 군가를 부르며 산을 내려와서 삐에르의 마차를 따라잡고 길을 좁혔다. 삐에르는 언덕을 깎아 만든 길 옆에 몸을 비키고 걸음을 멈추었다. 언덕의 사면이 그늘을 이루어 햇빛은 길을 파놓은 곳까지 닿지 않아, 그곳은 춥고 습기가 차 있었다. 삐에르의 머리 위에는 활짝 갠 8월의 아침 하늘이 펼쳐져 있고, 교회의 종소리가 즐겁게 울리고 있었다. 부상병을 태운 짐마차가 삐에르의 눈 앞에서 멈추었다. 나무껍데기신을 신은 마부가 헐떡이며 짐마차로 달려와서 바퀴 밑에 돌을 괴고, 멈추어 선 말의 엉덩이의 끈을 고쳐매기 시작했다.

손을 붕대로 잡아맨 연배의 부상병 한 사람이 마차 뒤를 따라 걸으면서 부상하지 않은 손으로 마차를 잡고 삐에르를 돌아다보았다.

"어떻소, 노형, 우리들이 여기서 죽는 건 아닙니까? 그렇지 않으면 모스크바까지 견딜 수 있을까?" 그는 말했다.

삐에르는 깊은 생각에 잠겨 있었기 때문에 이 질문이 들리지 않았다. 지금 그는 부상병들의 마차의 열과 마주친 기병 연대를 보기도 하고, 자기 옆에 서 있는 마차를 차례로 바라보고 있었다. 마차 안에는 부상병이 세 사람 타고 있었는데, 두 사람은 앉아 있었고 한 사람은 누워 있었다. 거기에, 이러한 것들 속에, 자기의 마음을 사로잡고 있는 물음에 대한 답이 숨어 있는 것 같은 생각이 들었다. 마차에 앉아 있는 두 병사 중의 한 사람은 뺨에 부상을 입고 있는 것 같았다. 얼굴은 온통 넝마 같은 붕대로 감겨 있었고 한쪽 뺨은 갓난애 머리만큼 부어 있었다. 입과 코는 옆으로 비뚤어져 있었다. 그 병사는 대성당을 보고 성호를 그었다. 또 한 젊은 사나이는 갸름한 얼굴에 전혀 핏기가 없고 창백한 금발의 신병으로, 긴장되고 선량한 미소를 짓고 골똘히 삐에르를 바라보고 있었다. 엎드리고 있는 또 한 사람의 얼굴은 보이지 않았다. 기병의 군가대가 짐마차 바로 옆을 지나쳤다.

'아, 행방불명되었도다
빡빡머리 병사가 되어
더욱이 이국땅에서……'

기병들은 병사의 춤 노래를 열심히 부르고 있었다. 그것에 화합하듯이, 그러나 전혀 다른 명랑한 가락으로 교회 종의 금속적인 음향이 산꼭대기에서 울려퍼지고 있었다. 그리고 그것과는 다른 밝기로 건너편 사면 꼭대기에 무더운 햇살이 쏟아지고 있었다. 사면 아래쪽의 부상병을 태운 짐마차 옆에는, 즉 삐에르가 서 있는 옆에서 헐떡이고 있는 마른 말 근처는 축축하고 어둠침침하고 쓸쓸했다.

볼이 부은 병사는 화난 듯이 기병 군가대를 바라보았다.

"쳇, 기분 좋은 모양이군!" 그는 나무라듯 말했다.

"오늘은 병사뿐 아니라 농민까지 보았어. 농민까지 동원된 거요." 마차 뒤에 서 있던 병사가 쓸쓸한 미소를 지으면서 삐에르에게 말했다. "지금은 구별이 안 돼요…… 국민 모두가 밀고 나가자는 거지. 요컨대 모스크바죠. 어쨌든 결말을 내려는 거지." 이 병사의 말은 분명하지 않았지만, 삐에르는 상대방이 하려는 말을 다 알아들었으므로 그렇다는 듯이 고개를 끄덕였다.

길이 트이자 삐에르는 산을 내려가 마차를 몰고 앞으로 나아갔다.

삐에르는 마차를 몰고 가면서 길 양쪽을 둘러보고 낯익은 얼굴을 찾았지만, 가는 곳마다 만나는 것은 여러 부대의 낯선 군인의 얼굴뿐이었다. 그들은 모두 그의 하얀 모자와 초록색 연미복을 바라보고 있었다.

4km쯤 갔을 무렵 그는 비로소 아는 사람을 만나 기뻐서 말을 걸었다. 그는 상급 군의관의 한 사람이었다. 그는 포장마차에 젊은 의사와 나란히 앉아서 삐에르 쪽으로 오고 있었다. 그리고 삐에르를 알아채자 마부 대신에 마부석에 앉아 있는 까자크 병에게 마차를 멈추게 하였다.

"백작님! 백작님께서 어찌 이런 곳에?" 군의관이 물었다.

"뭐, 잠깐 보고 싶어서……."

"그렇죠, 그렇죠, 볼 만한 것이 많으니까요……."

삐에르는 마차를 내려서 걸음을 멈추고, 자기가 전투에 참가하려고 하는 의도를 설명하면서 군의와 이야기를 나누었다.

군의는 직접 총사령관에게 부탁하라고 삐에르에게 충고하였다.

"어떻게 되겠습니까? 전투 때 어디에 있으면 좋을지도 모르고, 아무것도 모르고 계시면." 그는 젊은 동료와 얼굴을 마주보면서 말했다. "아무튼 각하는 당신을 알고 계시니까 친절하게 맞아주실 겁니다. 그러니 부디 그렇게 하십시오." 군의는 말했다.

군의는 피로해 보이고, 갈 길을 서두르고 있는 것 같았다.

"그렇게 생각하십니까…… 그런데 한 가지 더 물어보고 싶은데, 진지는 어디에 있습니까?" 삐에르가 말했다.

"진지 말입니까?" 군의가 말했다. "그건 내 분야가 아닙니다. 따따리노보를 지나가시면 거기서 무엇인가 열심히 파고 있을 겁니다. 거기에서 언덕 위에 올라가 보시면 보일 겁니다." 군의가 말했다.

"거기서 보인다고요? …… 그럼 괜찮으시다면……."

그러나 군의는 그의 말을 가로막고, 마차 쪽으로 걸어갔다.

"안내해 드리고 싶습니다만 솔직히 말해서, 보시는 바와 같이 (군의는 몹시 급하다는 뜻을 나타내기 위하여 목을 가리켰다) 군단장에게로 급히 가고 있는 길입니다. 아군의 상황을 알고 계시죠? 백작님, 내일은 전투입니다. 10만의 군사로 그 중 적어도 2만의 부상자를 예상해야 합니다. 게다가 우리에게는 들것도, 침대도, 간호병도, 군의도 6천 명분밖에 없습니다. 짐마차는

1만 대 있습니다만, 다른 것도 필요하거든요. 알아서 하라고 하니……."

명랑하고 원기왕성한 듯이 삐에르의 모자를 바라보던 수 만의 살아 있는 건강한 젊은이나 늙은이 중, 아마도 2만 명은(어쩌면 바로 자기가 눈 앞에 보고 있는 사람들이) 부상하거나 죽을 운명에 있는 것이라는 기묘한 생각이 삐에르를 놀라게 하였다.

'이 친구들은 어쩌면 내일 죽을지도 모른다. 무엇 때문에 이 친구들은 죽음 이외의 무엇인가 다른 것을 생각하고 있을까?' 그러자 무엇인가 불가사의한 연상으로 갑자기 그의 뇌리에 모자이스크의 언덕을 내려오는 고갯길, 부상자를 태운 짐마차, 교회의 종, 비스듬히 비치는 태양 광선, 기병들의 군가가 똑똑히 떠올랐다.

'기병들은 전투에 나가고 도중에 부상병을 만난다. 그리고 그들은 기다리고 있는 운명 같은 것은 생각하려고도 하지 않고, 옆을 지나면서 부상병에게 눈짓을 한다. 그러나 이 친구들 전원 중 2만 명은 죽을 운명인데도, 나의 모자를 기가 막힌 듯 바라보고 있다! 이상한 일이다!' 삐에르는 계속 따따리노보로 향하면서 이렇게 생각했다.

길 왼쪽 지주의 저택 옆에 마차, 수송차, 종졸의 무리와 보초병이 서 있었다. 거기에 공작 각하가 숙박하고 있었던 것이다. 그러나 삐에르가 도착했을 때 그는 없었고, 사령부 사람들은 거의 한 사람도 없었다. 모두 기도에 간 것이다. 삐에르는 다시 고르끼를 향하여 마차를 몰고 갔다.

언덕의 오르막길로 들어가 마을의 조그마한 길로 나섰을 때, 삐에르는 모자에 십자가를 달고 하얀 셔츠를 입은 농민들로 조직된 민병을 처음으로 보았다. 그들은 큰 소리로 이야기하고 웃어대면서, 땀을 흘리며 힘차게, 길 오른쪽의 풀이 우거진 커다란 언덕 위에서 무엇인가 일을 하고 있었다.

어떤 사람은 삽으로 언덕의 사면을 파고, 어떤 사람은 손수레에 흙을 담아서 깔아놓은 널빤지 위를 따라 운반하기도 하고, 또 어떤 사람은 아무것도 하지 않고 서 있었다.

장교 두 명이 언덕 위에 서서 지휘를 하고 있었다. 아직은 병사의 입장을 즐기고 있는 것 같은 이 농부들을 보고 삐에르는 다시 모자이스크의 부상병을 떠올렸다. 그러자 그는 "국민 모두가 밀고 나가자는 거지" 하고 말한 그 병사가 표현하려던 뜻을 이해할 수 있었다. 괴상한, 꼴사나운 장화를 신고 목이 땀투성이가 되어, 그 중 어떤 사람은 깃을 벌릴 수 있게 되어 있는 러시아풍의 셔츠 앞가슴을 열고 햇볕에 탄 쇄골(鎖骨)을 내보이고 있었다. 이 수염투성이 농민들을 보고 삐에르는 현 시점의 엄숙함, 중대함에 대해서 이제까지 보고 들은 그 어떤 일보다도 강한 감명을 받았다.

21

삐에르는 마차에서 내려 일하고 있는 민병들의 옆을 지나서, 의사의 말에 의하면 전장을 바라볼 수 있다는 언덕 위로 올라갔다.

오전 11시 무렵이었다. 해는 약간 왼쪽 뒤에 있어서, 차차 높아지는 지형에 따라 원형 극장처럼 눈 앞에 전개되고 있는 거대한 파노라마를 시원하고 맑은 공기를 통해서 밝게 비추고 있었다.

이 원형 극장을 잘라 나누듯이 스몰렌스크 가도가 위쪽으로 왼쪽을 향해 구불구불 지나면서, 흰 교회가 있는 마을을 빠져 나가고 있었다. 그 마을은 언덕 전방 500보 정도의 낮은 곳에 있었다(그곳이 보로지노였다). 길은 마을 근처에서 다리를 건너 오르막길과 내리막길을 지나 굽이쳐 차차 올라가면서, 5, 6km쯤 앞쪽에 보이는 와르에보 마을 쪽으로 향하고 있었다(거기에 지금 나폴레옹이 진을 치고 있었다). 와르에보 마을 저편에서 길은 지평선 위에 누렇게 보이는 숲 속으로 사라지고 있었다. 이 자작나무와 왜전나무 숲 속에, 길을 향해 오른쪽에 꼴로차 수도원의 십자가와 종루가 햇볕에 빛나고 있었다. 이 파란 원경(遠景) 전체에 걸쳐 숲과 길 좌우에 여기저기 연기가 피어오르는 모닥불과 적인지 아군인지 분명치 않은 군의 집단이 보였다. 오른쪽의 꼴로차 강과 모스크바 강의 흐름을 따라 골짜기와 언덕이 많았다. 그 저편 골짜기 사이에는 베즈보보 마을과 자하리노 마을이 보였다. 왼쪽 지형은 훨씬 평탄해서 보리밭이 있고, 다 타서 아직 연기를 내고 있는 한 마을이 눈에 들어왔다. 그것은 셰묘노프스꼬에 마을이었다.

삐에르가 좌우에서 본 것은 모두 분명치 않은 것이었기 때문에, 들판의 오른쪽과 왼쪽도 그의 상상을 만족시켜 주는 것은 아니었다. 어느 쪽을 보아도 그가 예상하고 있던 전장이 아니라 밭과 숲 속의 빈터, 군대, 숲, 모닥불 연기, 마을, 언덕, 시내였다. 그리고 삐에르가 아무리 자세히 보아도 이 삶이 숨쉬고 있는 지점에 진지를 발견할 수도 없었고, 아군과 적의 구별조차도 할 수가 없었다.

'알고 있는 사람에게 물어야지.' 그는 이렇게 생각하고, 자기의 군인답지 않은 커다란 모습을 호기심에 찬 눈으로 바라보고 있는 한 장교에게 물었다.

"실례합니다만" 삐에르는 장교에게 말했다. "저 앞쪽에 있는 것은 무슨 마을입니까?"

"부루지노라고 했던가? 무어라고 했지?" 장교는 동료에게 물으면서 말하였다.

"보로지노야." 또 한 사람이 정정하면서 말하였다.

말할 기회가 생긴 것을 기뻐하듯 장교는 삐에르 쪽으로 다가왔다.

"저것은 아군입니까?" 삐에르가 물었다.

"네. 그러나 그 앞쪽에는 프랑스군도 있습니다." 장교가 말했다. "저기, 보이죠?"

"어디, 어딥니까?" 삐에르는 물었다.

"육안으로 보입니다, 저기!" 장교는 강 건너편 왼쪽에 보이는 연기를 손으로 가리켰다. 그의 얼굴에는, 삐에르가 여태까지 만난 수많은 사람에게서 본 것과 같은 엄하고 진지한 표정이 떠올랐다.

"아, 저것이 프랑스군입니까? 그럼 저쪽은?" 삐에르가 그 옆에 보이는 왼쪽 언덕을 가리켰다.

"저것은 아군입니다."

"아, 우리 편입니까! 그럼 저쪽은? ……" 삐에르는 골짜기 사이에 보이는 마을 옆의, 커다란 나무가 한 그루 서 있는 또 하나의 먼 언덕을 가리켰다. 그 마을 옆에도 역시 모닥불 연기가 오르고 무엇인가 검게 보였다.

"저것은 역시 적입니다." 장교가 말했다(그것은 세바르지노 보루였다). "어제는 아군 것이었지만 오늘은 그놈들의 것입니다."

"그럼, 우리 편 진지는 어떻게 되어 있습니까?"

"진지?" 장교는 의기양양한 듯한 미소를 띠며 말했다. "그 설명이라면 분명히 해드릴 수 있습니다. 왜냐면 우리 측 보루는 모두 제가 만들었기 때문이죠. 저기, 보입니까? 우군의 중앙은 보로지노에 있습니다. 저깁니다." 그는 앞쪽에 보이는 하얀 교회가 있는 마을을 가리켰다. "저기에 꼴로차 강의 도강점이 있습니다. 자, 저기 보이죠. 아직 낮은 땅에 벤 풀이 가지런히 놓여 있는 곳 말입니다. 거기에 다리가 있습니다. 저것이 우군의 중앙입니다. 우군의 우익은 저깁니다(그는 오른쪽으로 돌아서서 멀리 내다보이는 골짜기를 가리켰다). 저기는 모스크바 강인데, 우군은 거기에 견고한 세 개의 방형 보루를 만들었습니다. 매우 튼튼하게 말입니다. 좌익은……" 여기서 장교는 말을 머뭇거렸다. "실은 좀 설명하기가 어렵습니다만…… 어제 우군의 좌익은 바로 저기 셰바르지노에 있었습니다. 바로 떡갈나무가 있는 곳입니다. 그런데 우리는 좌익을 뒤로 옮겨 지금은 저깁니다. 마을과 연기가 보이죠? 저것이 셰묘노프스꼬에 마을입니다. 그런데 이쪽을 봐주세요." 그는 라에프스끼 언덕을 가리켰다. "아마 저기서는 전투가 일어나지 않을 겁니다. 적이 군을 이쪽으로 이동시킨 것은 위장 전술입니다. 그들은 틀림없이 모스크바 강 오른쪽으로 우회할 겁니다. 그러나 어쨌든 내일은 우리 병력이 크게 줄어들 겁니다!" 장교가 말했다.

장교가 이야기하는 동안 그의 옆에 와 있던 한 나이 든 하사관이 상관의 이야기가 끝나기를 말없이 기다리고 있었다. 그러나 그는 이야기가 여기까지 미치게 되자, 분명히 장교 말이 못마땅한 듯이 가로채어 말했다.

"흙바구니(보루의 흙이 무너지는 것을 막기 위해서/흙을 담아 다지는 밑이 없는 둥근 바구니)를 가지러 가야겠습니다." 그는 엄숙한 말투로 말했다.

장교는 약간 당황한 빛을 띠었다. 내일, 어느 정도 많은 병력을 잃게 될 것인가는 생각해도 좋으나 입 밖에 내서는 안 된다는 것을 그는 알아챈 것 같았다.

"응, 그렇군. 그럼 다시 제3중대를 보내." 장교는 다급히 말했다.

"그런데, 당신은 뉘십니까? 군의십니까?"

"아니, 나는 단지 잠깐." 삐에르는 대답했다. 그리고 그는 다시 민병 옆을 지나 언덕을 내려갔다.

"빌어먹을 것들!" 삐에르를 뒤따라 온 장교가 일하고 있는 민병 옆을 코를 쥐고 달려나가면서 말했다.

"저기 봐! …… 운반해 온다, 왔어…… 자…… 곧 돌아온다……" 갑자기 몇 사람의 목소리가 들리더니, 장교, 병사, 민병들이 큰길을 앞쪽으로 달려갔다.

보로지노로부터 언덕 그늘을 나와 교회의 행렬이 올라왔다. 먼지가 나는 길을 선두에는 보병이 모자를 벗어들고, 총을 아래로 내리고 정연하게 전진해 왔다. 보병 뒤에서는 교회 합창대의 노랫소리가 들려왔다.

삐에르를 앞지르면서, 앞으로 다가오는 사람들을 맞으러 병사와 민병들이 모자를 벗고 달려갔다.

"성모님을 옮겨오신다! 수호신인 성모님이시다! 이베르스까야 사원의 성모님이시다……."

"스몰렌스크의 성모님이야." 다른 사나이가 정정했다.

민병들은—마을에 있던 사람도, 포대에서 일하고 있던 사람도—삽을 내던지고 교회의 행렬을 맞으러 달려갔다. 먼지투성이의 큰길을 전진해오는 대대의 뒤를, 법의를 입은 사제들, 두건을 쓴 한 노인, 그를 따르는 사제와 합창대가 걸어오고 있었다. 뒤이어 병사와 장교들이 황금 테두리를 한 검은 얼굴의 커다란 성상화를 나르고 있었다. 이것은 스몰렌스크로부터 반출되어 그 후 줄곧 군과 더불어 이동하고 있는 성상화였다. 성상화 뒤에도 주위에도 앞이나 사방팔방에도 모자를 벗은 병사들의 무리가 걷고, 달리고, 머리를 땅에 닿도록 숙이고 있었다.

산 위로 올라가자 성상화는 멈추었다. 수건을 어깨에 깔고 그 위에 성상화를 메고 왔던 사람들이 교대되고, 하급 성직자가 향로에 새로 불을 붙이고 기도가 시작되었다. 뜨거운 햇볕이 위에서 내리쬐고 상쾌한 산들바람이 모자를 벗은 머리의 머리카락과, 성상화를 장식하고 있는 리본을 흔들었다. 한없이 펼쳐진 하늘에 노랫소리가 메아리쳤다. 모자를 벗은 장교와 병사, 민병들이 커다란 무리를 이루어 성상화를 둘러싸고 있었다. 사제와 하급 성직자의 뒤, 넓은 곳에 고관들이 서 있었다. 목에 게오르기 훈장을 건 한 대머리 장군이 사제 뒤에 서서 성호를 긋지 않고(아마도 독일 사람일 것이다), 기도가 끝나기를 참을성 있게 기다리고 있었다. 그는 아마도 러시아 국민의 애국심을 불러일으키기 위해, 그 기도를 끝까지 들어야 한다고 생각한 것 같았다. 또 한 장군은 당장이라도 싸울 것 같은 자세로 서서 주위를 둘러보면서, 가슴 앞에서 손을 가끔 흔들고 있었다. 농민들의 무리에 끼어 서 있던 삐에르는, 이들 고관 속에서 몇 사람 아는 사람을 알아냈다. 그러나 그는 그들을 보고 있지 않았다. 그의 주의는 무리 속에서 한결같이 빨려들듯이 성상화를 바라보고 있는 병사와 민병들의 진지한 표정에 끌려들고 있었다. 피곤한 하급 성직자들(스무 번째의 기도를 하고 있었다)이 나른하고 타성적으로, "당신의 종을 재난으로부터 구하소서, 성모여" 하고 외우자 이내 사제와 보제가 뒤를 받았다. "우리는 견고한 성채이며 비호자이신 당신에게 의지합니다." 모든 사람의 얼굴에 다시 다가오고 있는 순간의 중대함을 의식하는 표정이 확! 하고 타올랐다. 그것은 삐에르가 모자이스크의 산 기슭에서 보았고, 이날 아침 만난 실로 많은 사람들의 얼굴에서도 이따금 보았던 것과 같은 표정이었다. 그리고 사람들은 더욱더 빈번하게 머리를 숙이고, 한숨을 쉬고 손으로 가슴을 치면서 성호를 가슴에 그었다.

성상화를 둘러싸고 있던 군중이 갑자기 사방으로 흩어지더니 삐에르를 밀어댔다. 사람들이 다급히 비켜선 것으로 보아, 누군가 상당히 높은 사람이 성상화로 다가오는 것 같았다.

그것은 진지를 순찰 중이던 꾸뚜조프였다. 그는 따따리노보로 돌아가는 도중 기도하는 장소로 발길을 돌린 것이다. 모두와는 다른 독특한 모습이었으므로 삐에르는 곧 그가 꾸뚜조프라는 것을 알았다.

살찐 거구에 긴 프록코트형 군복을 입고 약간 굽은 등에 모자를 벗어 백발을 드러낸, 부은 얼굴에 붙어 있는 눈은 찌부러져서 하얗게 된 꾸뚜조프가 여느 때처럼 헤엄을 치듯 흔들거리는 걸음걸이로 무리 속으로 들어가 사제 뒤에 섰다. 그는 익숙한 손짓으로 성호를 긋고 한 손을 땅 위에 대고 무거운 한숨을 몰아쉬더니 백발머리를 수그렸다. 꾸뚜조프 뒤에는 베니그쎈과 막료들이 서 있었다. 고관들 모두의 주목을 한몸에 모으고 있는 총사령관이 있는데도 민병과 병사들은 그쪽은 돌아보지도 않고 기도를 계속하고 있었다.

기도가 끝나자 꾸뚜조프는 성상화 곁으로 다가가서 깊숙이 머리를 숙이면서 무거운 몸짓으로 무릎을 꿇었다. 조금 뒤 일어나려고 애를 써 보았지만 몸이 무겁고 쇠약해져 있었기 때문에 일어설 수가 없었다. 백발머리는 애를 쓸 때마다 경련을 일으키듯 떨리고 있었다. 그는 간신히 일어나자 어린애처럼 순진하게 내민 입으로 성상화에 입을 맞추고, 다시금 한 손을 땅에 대고 절을 했다. 장군들이 그를 따랐다. 그리고 장교들은 물론, 병사와 민병들까지 다시 그의 뒤를 이어서 발을 구르고 헐떡이며 서로 밀치면서 흥분한 얼굴로 앞으로 나왔다.

삐에르는 인파에 말려들어 휘청거리면서 자기 주위를 둘러보았다.

"백작님, 베주호프씨! 어떻게 이런 곳에?" 누군가의 목소리가 들렸다. 삐에르는 돌아다보았다.

보리스 도르베쯔꼬이가 흙이 묻은 무릎을 손으로 털면서(아마도 성상화에 무릎을 꿇고 키스를 했을 것이다) 미소를 지으며 삐에르 곁으로 다가왔다. 보리스는 품위 있으면서도 야전 용사다운 느낌의 복장을 하고 있었다. 그는 꾸뚜조프처럼 긴 프록코트형 군복을 입고 채찍을 어깨에 걸고 있었다.

한편 꾸뚜조프는 그동안에 마을로 다가가서 가장 가까운 집 그늘의 걸상에 앉았다. 까자크 한 사람이 달려가 운반해 온 걸상에 또 한 사람이 급히 양탄자를 깐 것이었다. 수많은 요란한 막료들이 총사령관을 둘러쌌다.

성상화는 군중과 함께 앞으로 움직이기 시작하였다. 삐에르는 꾸뚜조프로부터 30보 정도 떨어져 보리스와 이야기하고 있었다.

삐에르는 전투에 참가하여 진지를 둘러보고 싶다는 생각을 털어 놓았다.

"그럼, 이렇게 하십시오." 보리스가 말했다. "숙사는 내가 제공하겠어요. 전체를 가장 잘 볼 수 있는 곳은 베니그쎈 백작이 진을 친 곳일 것입니다. 나는 그에게 소속되어 있습니다. 그에게는 내가 보고해 두겠습니다. 만약 진지를 돌아보고 싶으시다면 같이 가십시다. 우리들은 지금부터 좌익으로 가는 길입니다. 우리 숙사에 묵으십시오. 한판 합시다. 당신은 분명히 드미뜨리 쎄르게이치를 알고 계시죠? 그는 바로 저기 묵고 있습니다." 그는 고르끼 마을의 세 번째 집을 가리켰다.

"그러나 나는 우익을 보고 싶습니다. 매우 견고하다는 말을 들어서요." 삐에르가 말했다. "나는 모스크바 강에서 시작해서 진지 전체를 돌아보고 싶습니다."

"그건 나중에라도 할 수 있습니다. 중요한 것은 좌익입니다……."

"그렇군요. 그런데 볼꼰스끼 공작의 연대는 어딥니까? 가르쳐주시지 않겠습니까?" 삐에르가 물었다.

"안드레이 볼꼰스끼 씨 말입니까? 그 옆을 지나가니까 안내해 드리겠습니다."

"좌익은 어떻게 되어 있습니까?" 삐에르가 물었다.

"우리끼리의 이야기입니다만, 솔직히 말해서 아군의 좌익이 어떠한 상태에 있는지 잘 모르겠습니다." 보리스는 비밀을 털어놓는 것처럼 소리를 죽이면서 말하였다. "베니그쎈 백작이 예상한 것과는 딴판입니다. 백작은 저기저 언덕을 방루로 굳힐 예정이었으나 그렇게 할 수 없었습니다……." 보리스는 어깨를 움츠렸다. "공작 각하는 그럴 마음이 없으신지, 아니면 여러 가지들은 말이 있었겠죠. 워낙……" 보리스는 끝까지 말할 수 없었다. 이때 꾸뚜조프의 부관 까이사로프가 삐에르에게로 가까이 왔기 때문이다. "아! 까이사로프 씨." 보리스는 극히 자연스러운 웃는 얼굴로 까이사로프를 향하여 말했다. "지금 나는 이렇게, 백작에게 진지의 설명을 하고 있는 참입니다. 공작 각하께서 이토록 프랑스군의 계략을 정확하게 간파하시다니 놀라운 일입니다!"

"그건 좌익에 대한 이야기입니까?" 까이사로프가 말했다.

"네, 바로 그렇습니다. 우리 군의 좌익은 지금 매우 강력하니까요."

꾸뚜조프는 사령부에 불필요한 인원을 모두 내쫓아 버렸는데도, 보리스는 꾸뚜조프가 실시한 개혁 후에도 총사령부에 남아 있을 수가 있었다. 보리스는 베니그쎈 백작의 측근이 되어 있었던 것이다. 베니그쎈 백작은 보리스가 섬긴 모든 사람들과 마찬가지로, 이 젊은 도르베쯔꼬이 공작(보리스)을 둘도 없는 능력이 있는 인물로 여기고 있었다.

군 수뇌부에는 뚜렷이 갈라진 두 파가 있었다. 꾸뚜조프 파와 참모장 베니그쎈 파였다. 보리스는 후자에 속해 있었다. 그리고 보리스만큼 꾸뚜조프에게 비굴할 만큼 존경을 표하면서도, 그 늙은이는 쓸모가 없고 만사는 베니그쎈이 꾸려가고 있다는 것을 느끼게 할 수 있는 사람은 한 사람도 없었다. 지금, 전투의 결정적인 순간이 왔다. 그것은 꾸뚜조프를 때려눕히고 권한을 베니그쎈에게 넘기느냐, 아니면 설사 꾸뚜조프가 전투에 승리를 거두더라도 모든 것은 베니그쎈의 공적이라고 틀림없이 느끼게 하느냐 하는 중요한 순간이었다. 어쨌든 내일의 전투에 대해서는 대대적인 포상이 있고, 신인이 발탁될 것이다. 그 때문에 보리스는 이날 온종일 초조한 긴장에 사로잡혀 있던 것이다.

까이사로프를 뒤이어 몇 명의 아는 사람들이 더 삐에르 곁으로 왔다. 삐에르는 그들이 모스크바에 관해 퍼붓는 질문에 대답할 겨를도 없었고, 모든 사람이 해 주는 이야기를 모두 들을 겨를도 없었다. 모든 사람의 얼굴에는 활기와 불안의 빛이 서려 있었다. 그러나 삐에르에게는, 이들 몇 사람의 얼굴에 나타나 있는 홍분의 원인이 그들 개인의 성공 문제에 있는 것처럼 느껴졌다. 그리고 자기가 다른 사람의 얼굴에서 본 개인적인 문제가 아니라, 보편적인 삶과 죽음의 문제를 나타내고 있는 다른 표정이 그의 머리에서 떠나지를 않았다. 꾸뚜조프는 삐에르의 모습과 그 둘레에 모여 있는 사람들의 무리를 알아챘다.

"저 사람을 이리 불러 주게." 꾸뚜조프가 말했다. 부관이 공작 각하의 희망을 전하자 삐에르는 걸상 쪽으로 갔다. 그런데 그보다 먼저 꾸뚜조프 곁으로 한 민병대 병사가 다가갔다. 그것은 돌로호프였다.

"저 사나이가 어떻게 이 곳에 있죠?" 삐에르가 물었다.

"저 녀석은 어디나 끼어듭니다!" 누군가 삐에르에게 대답했다. "지금 저 녀석은 장교의 지위를 박탈당하고 있습니다. 그래서 앞으로 밀고 올라가지 않으면 안 됩니다. 무슨 계획을 내서 밤중에 적의 전선에 잠입하려는 생각인 것입니다…… 하여간 대단한 녀석입니다! ……"

삐에르는 모자를 벗어 들고 꾸뚜조프 앞에서 공손히 머리를 숙였다.

"저는 결단하였습니다. 제가 각하께 말씀드리면 각하는 저를 쫓아내시든가, 제가 말씀드리는 것을 알고 있다고 말씀하실지 모르지만, 그래도 저는 손해는 보지 않는다고……." 돌로호프는 말했다.

"음."

"만약 제 말이 옳다면, 저는 목숨을 바칠 각오를 하고 있는 조국을 위해 이익을 가져오게 됩니다."

"음."

"만약 각하께서 자기의 목숨을 아끼지 않는 인간이 필요하시다면 그땐 절 상기해 주시길 바랍니다……. 저는 각하의 도움이 될지도 모릅니다."

"음." 가늘게 뜬 눈에 미소를 담고 삐에르를 바라보면서 꾸뚜조프는 되풀이했다.

그때 보리스는 궁정인 특유의 민첩한 동작으로, 삐에르 옆에 붙어서 사령관들 가까이로 나아가, 마치 이제까지 하고 있던 이야기를 계속하는 것처럼 극히 자연스러운 태도로 삐에르에게 말했다.

"민병들은—그들은 깨끗한 흰 셔츠를 입고 죽을 각오를 하고 있군요. 실로 훌륭한 일입니다, 백작님!"

보리스가 삐에르에게 이렇게 말한 것은 분명히 각하가 들었으면 하는 생각에서였다. 그는 꾸뚜조프가 이 말에 주의를 돌릴 것을 잘 알고 있었다. 과연 꾸뚜조프는 그에게 말을 걸었다.

"자네는 민병에 대해서 뭐라고 말했나?" 그는 보리스에게 물었다.

"각하, 민병들은 내일 전투에서 죽음에 대비해서 흰 셔츠를 입고 있습니다."

"아! …… 훌륭한, 비할 데 없는 국민이군." 꾸뚜조프는 말했다. 그리고 눈을 감고 고개를 흔들었다. "비할 데 없는 국민이야!" 그는 한숨을 쉬고 말했다.

"화약 냄새를 맡고 싶다는 겁니까?" 그는 삐에르에게 말했다. "분명히 좋은 냄새죠. 주제넘은 일이지만, 나도 당신 부인의 숭배자입니다. 부인께서는 건강하십니까? 나의 숙사를 쓰시기 바랍니다." 그리고 노인에게 흔히 있는 일이지만, 꾸뚜조프는 자기가 해야 할 말과 해야 할 행동을 잊어버린 것처럼 멍청히 주변을 둘러보기 시작했다.

이윽고 찾고 있던 것을 상기한 듯이 그는 자기 부관의 동생인 안드레이 까이사로프를 곁으로 불렀다.

"뭣이었지? 뭣이었지? 마린(알렉산드르 1세의 시종)의 시는 어떤 시였지? 게라꼬프(사관학교의 역사 교사로 애국적인 작가. 그의 작품은 때때로 조소의 대상이 되었다)를 뭐라고 썼지? —'사관학교에서는 교사가 되리라……'였던가. 가르쳐 주게, 가르쳐 줘." 꾸뚜조프는 분명히 웃으려고 하면서 말했다. 까이사로프는 시를 읊었다. 꾸뚜조프는 웃으면서 시의 박자에 맞추어 고개를 끄덕였다.

삐에르가 꾸뚜조프의 옆을 떠날 때 돌로호프가 옆으로 다가와서 그의 손을 잡았다.

"여기서 만나게 되어 정말 기쁩니다, 백작님." 그는 삐에르에게 큰 소리로, 남이 있는 것도 아랑곳하지 않고 유난히 단호하고 점잖게 말했다. "우리들 중 누가 살아남을지 모를 내일을 앞두고, 이제까지 우리 두 사람 사이에 있었던 오해를 내가 유감으로 생각하고 있다는 것을 말씀드릴 기회를 얻어 기쁩니다. 제발 언짢게 여기지 마십시오. 제발 저를 용서해 주십시오."

삐에르는 미소를 지으면서 뭐라고 말하면 좋을지 몰라 돌로호프를 바라보고 있었다. 돌로호프는 눈에 눈물을 글썽이며 삐에르를 껴안고 키스했다.

보리스가 직속 장군에게 무엇인가 말했다. 그러자 베니그쎈 백작은 삐에르 쪽을 향하여 같이 전선을 둘러보자고 권했다.

"당신한테도 흥미가 있을 것입니다." 그가 말했다.

"네, 흥미가 있습니다." 삐에르가 말했다.

30분 후에 꾸뚜조프는 따따리노보로 떠나고, 베니그쎈은 삐에르를 포함한 막료들을 거느리고 전선 시찰을 하러 떠났다.

23

베니그쎈은 고르끼에서 큰길을 지나 다리 옆으로 내려갔다. 그것은 장교가 진지의 중앙이라고 해서, 언덕 위에서 삐에르에게 가리켰던 다리로, 그 부근 물가에는 건초 냄새가 나는 베어들인 풀이 널려 있었다. 그들은 다리를 건너 보로지노 마을로 들어가서, 거기서 왼쪽으로 꺾어들어 수많은 군대와 대포 옆을 빠져나와 민병들이 흙을 파고 있는 높은 언덕으로 나왔다. 그것은 아직 이름이 붙여지지 않았지만 나중에 라에프스끼 방형 보루, 혹은 언덕 포대라 불린 곳이었다.

삐에르는 이 방형 보루에는 별로 주의를 하지 않았다. 그는 이 장소가 자기에게 보로지노 전야(戰野)의 어느 장소보다 가장 추억 어린 장소가 되리라고는 미처 알지 못했다. 그들은 골짜기를 건너 셰묘노프스꼬에 마을로 향했다. 거기에는 병사들이 농가나 곡물 건조장을 부숴서 남은 통나무를 가져가고 있었다. 거기서 언덕을 오르내리면서 우박을 맞은 것처럼 부러지고 황폐해진 호밀밭을 넘어갔다. 그리고 농경지의 울퉁불퉁한 흙덩어리 위에 포병대가 새로 낸 길을 지나, 아직도 파고 있던 돌각 보루(정점이 적을 향하는 둔각 삼각형의 보루. 두 방면의 적의 공격을 견딜 수 있다.)로 나갔다.

베니그쎈은 여러 개의 돌각 보루가 있는 곳에서 말을 멈추고, 전면의 (어제까지는 우군의 것이었던) 셰바르지노 방형 보루를 바라보기 시작하였다. 거기에는 몇 명의 말을 탄 사람이 있었다. 장교들은 거기에 나폴레옹이나 뮤러가 있다고 말했다. 그래서 일동은 뚫어지게 그들을 바라보았다. 삐에르도 역시 간신히 보이는 사람들 중 누가 나폴레옹인지 확인하려고 그쪽을 바라보고 있었다. 그러나 마침내 말 탄 사람들은 언덕을 내려가 모습을 감추었다.

베니그쎈은 자기 곁으로 온 장군에게 우군의 배치 전체를 설명하기 시작했다. 삐에르는 눈앞의 싸움의 본질을 이해하기 위해서 온갖 지력(知力)을 짜내어 베니그쎈의 말을 귀담아 듣고 있었지만, 자기 지력이 거기에 미치지 않는다는 것을 느끼고 실망했다. 그는 아무것도 이해할 수가 없었다. 베니그쎈은 이야기를 멈추었다. 그리고 옆에서 열심히 듣고 있는 삐에르의 모습을 보자 느닷없이 그에게 말했다.

"재미가 없으신 모양이죠?"

"아뇨, 천만의 말씀, 대단히 흥미가 있습니다." 삐에르는 본심이라고 말할 수 없는 대답을 하였다.

돌각 보루에서, 그들은 크지는 않지만 잘 우거진 자작나무 숲 속을 누비고 있는 길을 지나 다시 왼쪽으로 말을 몰고 나갔다. 이 숲 한가운데서 발이 하얀 갈색 토끼가 일행 앞길로 튀어나왔다. 많은 말발굽 소리에 놀라서 정신을 잃고 일행의 눈을 끌고 웃음을 자아내면서 오랫동안 모두의 앞장을 서서 길을 뛰어갔다. 그리고 몇 사람이 고함을 지르자 겨우 길을 비켜 숲 속으로 모습을 감추었다. 2km쯤 나가자 일동은 좌익을 지키는 임무를 띠고 있는 뚜치꼬프 군단이 있는 빈터로 나왔다.

이 최좌익에서 베니그쎈은 몹시 열변을 토하고 나서, 삐에르의 느낌으로는 군사적으로 중요한 지시를 하였다. 뚜치꼬프 군이 진을 치고 있는 전방에 고지가 있었다. 이 고지에는 부대가 없었다. 베니그쎈은 큰 소리로 그 잘못을 지적하고, 부근 일대를 지배하는 고지를 비어두고 그 아래에 군을 배치한다는 것은 어리석은 일이라고 꾸짖었다. 일부 장군들도 같은 의견을 말했다. 특히 한 사람은 군인다운 몹시 격렬한 어조로, 이런 곳에 군을 주둔시키는 것은 죽기 위해 있는 거나 다름없다고 말했다. 베니그쎈은 자기 이름으로 군대를 고지로 옮기라고 명령했다.

이 좌익의 포진은 더욱더 삐에르에게 전쟁을 이해하는 자기 능력을 의심하게 하였다. 언덕 아래에 군을 배치한 것을 비난하고 있는 베니그쎈과 장군들의 말을 듣고 있으면, 삐에르는 그들의 생각을 잘 이해할 수 있었고 그들의 의견에 찬성하였다. 그러나 바로 그 결과로서, 그는 군을 여기에 배치한 사람이 어떻게 해서 이렇게 한눈으로 알 수 있는 심한 과오를 저질렀는지 이해할 수가 없었다.

삐에르는 이 부대가 베니그쩬이 생각하고 있었던 것처럼 진지의 방어를 위해서 배치된 것이 아니라, 가까이 오는 적에게 기습을 가하기 위해서 보이지 않는 장소에 배치되어 매복해 있었다는 것을 몰랐다. 베니그쩬은 그것을 모르고, 총사령관에게 알리지도 않고 혼자 생각으로 군대를 옮기고 만 것이다.

24

안드레이는 8월 25일의 활짝 갠 저녁, 자기 연대 진지의 끝에 있는 끄냐지꼬보 마을의 부서진 헛간 속에서 팔꿈치를 괴고 누워 있었다. 무너진 벽 틈으로 울타리를 따라서 뻗어 있는, 아랫가지를 쳐낸 30년 묵은 자작나무의 열과, 귀리 다발이 흩어져 있는 밭과 병사들이 취사를 하고 있는 모닥불의 연기가 보이는 관목 숲을 바라보고 있었다.

지금 안드레이에게 자기의 인생이 제아무리 답답하고 아무에게도 도움이 되지 않는 거추장스러운 것으로 느껴지고 있다고 해도, 그는 7년 전의 아우스터리츠의 회전 전날 밤과 마찬가지로 흥분하여 가만히 있을 수 없는 심정을 느끼고 있었다.

내일의 전투를 위한 명령은 이미 내려졌고, 그는 이미 그것을 받고 있었다. 그는 이제 아무것도 할 일이 없었다. 그러나 더할 나위 없이 단순명쾌하고 그 때문에 무서운 생각이 그에게서 떨어지지를 않았다. 그는 내일의 전투가 이제까지 자기가 참가한 어느 전투보다도, 틀림없이 가장 무서운 것이 되리라는 것을 알고 있었다. 그리고 죽을지도 모른다는 생각이 난생 처음으로 실생활과는 아무런 상관도 없이, 또 그것이 남에게 어떤 영향을 미칠 것인가 하는 생각도 없이 다만 자기 자신에 대한, 자기 영혼에 대한 것으로 생생하고 거의 의심할 여지없이 노골적으로 무섭게 떠오른 것이었다. 이제까지 자기를 괴롭히고 붙잡고 있었던 모든 것이 이 상상의 절정에서 갑자기 차가운 백일(白日)에 노출되어, 그림자도 원근도 윤곽의 구별도 없어지고 말았다. 인생 전체가 이제까지 오랫동안 렌즈를 통해서 인공적인 조명 아래에서 보고 있던 환등처럼 그에게는 느껴졌다. 지금 그는 갑자기 렌즈를 통하지 않고, 밝은 대낮의 광선 밑에서 조잡하게 마구 그려진 그림을 본 것이다. '그렇다, 그렇다. 이것이 내 마음을 흔들고 기쁘게 하고 괴롭혔던 환상인 것이다.' 그는 자기 인생의 환등의 주요 장면을 하나하나 회상하고는, 지금은 그것을 죽음에 관한 명백한 생각이라고 하는 밝은 낮의 햇볕에 대고 바라보면서 마음 속으로 말했다. '이거다, 조잡하게 그린 바로 이 그림인 것이다. 무엇인가 훌륭하고 신비스럽게 여겨졌던 것은 명예, 공공의 복지, 여자에 대한 사랑, 조국 그 자체였다. 이러한 영상이 나에게는 실로 위대하게 여겨졌었다. 실로 깊은 뜻에 차 있는 것처럼 여겨졌던 것이다! 그리고 나를 위해 밝아오기 시작하는, 아니 밝아오고 있다는 느낌이 드는 아침의 차가운 백일을 받으면 그것은 모두 매우 단순하고, 퇴색하고, 조잡한 것이다.' 그의 인생의 세 가지 큰 슬픔이 특히 그의 마음에 걸렸다. 여자에 대한 사랑, 아버지의 죽음, 러시아의 반을 빼앗은 프랑스의 침공. '사랑! …… 신비스러운 힘에 가득 차 있는 것처럼 나에게 여겨졌던 그 아가씨. 용케도 내가 그런 아가씨를 좋아하게 됐던 거야! 나는 사랑과 그녀와의 행복에 대해서 여러 가지 로맨틱한 계획을 세웠다. 참 귀여운 철부지다!' 그는 증오스러운 듯이 입 밖으로 외마디 소리를 냈다. '용케도, 나는 내가 없는 만 1년 동안 나를 위해 그녀가 틀림없이 정절을 지켜줄 것이라고, 무엇인가 이상적인 사랑의 힘을 믿고 있었던 것이다! 이야기 속에 나오는 상냥한 작은 비둘기처럼, 그 아이는 나와 헤어져 있는 동안에 야위었어야 했어. 그러나 이런 일은 모두 훨씬 단순하다…… 이런 일은 모두 무서우리만치 단순하고 추잡한 일이나!'

　'아버지만 해도 역시 '벌거숭이 산'에서 건축을 하시며 이것은 자신의 장소, 자신의 토지, 자신의 공기, 자신의 농민이라고 생각하고 있었다. 그런데 나폴레옹이 와서 아버지의 존재 같은 것은 아랑곳없이 길가의 나무 부스러기처럼 내팽개쳤기 때문에 아버지의 '벌거숭이 산'도 아버지의 모든 인생도 무너지고 만 것이다. 마리야는 이것은 하느님이 주신 시련이라고 말하고 있다. 그러나 무엇을 위한 시련인가? 아버지는 이미 안 계시고, 앞으로도 계시지 않는데. 이제는 절대로 계시지 않는데! 아버지는 안 계신다! 그렇다면 이런 시련이 누구에 대한 시련인가? 조국도, 모스크바의 파멸도! 나도 내일은 죽게 될 몸이다. 그것도 프랑스인이 아니라 우리 편에 의해서 말이다. 어제 병사가 내 귓전에서 총을 폭발시킨 것처럼, 그리고 프랑스 병이 와서 내 다리와 머리를 들어 운반하여, 내가 놈들 코끝에 싫은 냄새를 풍기지 않도록 구멍 속에 처넣는다. 그리고 새로운 생활 조건이 생긴다. 그것은 다른 사람들에게는 여전히 평범한 것이지만 나는 그것을 알 바가 아닌 것이다. 나는 이미 존재하지 않게 되는 것이다.'

　그는 햇빛을 받아 반짝이는 자작나무들, 움직이지 않는 노란색과 초록색 잎사귀와 하얀 껍질을 바라보았다. '죽는다. 나는 내일 살해당한다. 나는 이 세상에서 사라지고…… 이 모든 것은 남아있고 나 하나만이 사라진다.' 그는 이 인생에서 자기가 없어지는 광경을 생생하게 그려보았다. 그러자 저 빛과 그늘을 가진 자작나무도, 저 솜털 같은 구름과 모닥불의 연기도, 주위의 모든 것이 그의 눈에는 모습을 바꾸어 무엇인가 무서운 위협적인 것으로 느껴졌다. 저도 모르게 등골이 오싹해졌다. 그는 급히 일어나서 헛간 안을 걷기 시작했다.

　헛간 뒤쪽에서 사람들의 목소리가 들렸다.

　"누구야?" 안드레이는 소리쳤다.

　전에는 돌로호프의 중대장이었고 지금은 장교가 모자랐기 때문에 대대장이 된, 코가 빨간 찌모힌 대위가 머뭇거리며 헛간으로 들어왔다. 뒤이어 부관과 연대의 경리 장교도 들어왔다.

　안드레이는 급히 일어나 장교들이 전하는 근무 보고를 들었다. 그도 몇 가지 명령을 주고 돌려보내려고 했을 때, 헛간 뒤쪽에서 귀에 익은 목소리가 들렸다.

　"제기랄!" 무엇에 발이 걸린 듯한 사람의 목소리가 났다.

　안드레이는 헛간에서 내다보고 이쪽으로 걸어오는 삐에르를 보았다. 삐에르는 발밑에 나둥그러져 있는 통나무에 발이 걸려 하마터면 넘어질 뻔했다. 안드레이는 자기 계층의 사람을 만나는 것이, 그것이 누가 되었든 간에 싫었다. 게다가 자기가 마지막으로 모스크바에 갔을 때 겪은 쓰라린 일을 모두 상기시켜주는 삐에르는 특히 싫었다.

　"어, 자넨가!" 그는 말했다. "어찌된 운명의 해후인가! 정말 뜻밖일세."

　이렇게 말했을 때 그의 눈과 얼굴 전체의 표정에는 무뚝뚝하다기보다는 적의가 있었고, 삐에르도 그것을 알아챘다. 삐에르는 자못 쾌활한 기분으로 헛간으로 왔지만 안드레이의 표정을 보자, 어딘지 모르게 거북스럽고 쑥스러운 기분이 들었다.

"내가 온 건······ 그건······ 내가 온 건······ 흥미가 있어서요." 삐에르는 이날 몇 번이나 무의미하게 되풀이했던 이 '흥미가 있어서'라는 말을 했다. "나는 전투를 보고 싶습니다."

"그렇군, 그렇군. 그러나 프리메이슨 형제들은 전쟁에 대해서 뭐라고 말하고 있지? 어떻게 하면 전쟁을 미연에 방지할 수 있지?" 안드레이는 놀리듯이 말하였다. "그런데, 모스크바는 어떤가? 어떻게 하고 있어? 우리 집 식구들은 결국 모스크바로 나왔나?" 그는 정색을 하고 물었다.

"도착했습니다. 줄리 씨가 나에게 가르쳐 주었습니다. 나는 가 보았지만 만나지 못했습니다. 가족들은 모두 모스크바 교외의 영지로 떠나신 뒤였으니까요."

25

장교들은 인사를 하고 돌아가려고 했지만, 안드레이는 마치 친구인 삐에르와 단둘이 남아 있기가 싫었던지 좀 더 차라도 마시고 가라고 권했다. 의자와 차가 나왔다. 장교들은 약간 놀란 듯이 삐에르의 뚱뚱한 거구를 보면서, 그가 모스크바에 대한 이야기와 순시할 기회를 가졌던 우군의 배치에 관해서 하는 이야기를 듣고 있었다. 안드레이는 잠자코 있었다. 그의 얼굴이 너무나도 불쾌해 보였으므로, 삐에르는 안드레이보다도 사람이 좋은 대대장 찌모힌을 상대로 말을 하고 있었다.

"그럼, 군의 배치는 다 알았단 말인가?" 안드레이가 그의 말을 가로챘다.

"글쎄요, 어느 정도 알았느냐고 묻고 있는 겁니까?" 삐에르가 말했다. "저는 군인이 아니니까 완전히라고는 말할 수 없습니다만, 아무튼 대체적인 배치는 알았습니다."

"그럼 자네는 누구보다 앞서 있는 셈이군." 안드레이가 말했다.

"설마!" 삐에르는 안경 너머로 안드레이를 바라보면서 아무래도 잘 알 수 없다는 듯이 말했다. "그런데 꾸뚜조프의 임명을 어떻게 생각하시죠?" 그가 물었다.

"나는 이 임명을 무척 기쁘게 생각했지. 내가 알고 있는 것은 그것뿐이야." 안드레이는 말했다.

“그럼, 바르끌라이 드 똘리에 대해서는 어떻게 생각하고 계십니까? 모스크바에서는 무어라 말할 수 없는 소문이 있었습니다. 당신은 그를 어떻게 판단하고 있습니까?”

“그건 이 사람들한테 물어보게나.” 안드레이는 장교들을 가리키면서 말했다.

삐에르는 상냥하게 물음을 던지는 것 같은, 웃는 얼굴로 찌모힌을 바라보았다.

“한숨 놓았습니다, 백작님. 공작 각하께서 취임하셔서 말이죠.” 찌모힌은 머뭇거리며, 연방 자기 연대장의 얼굴을 살피면서 말했다.

“그건 또 어째서죠?” 삐에르가 물었다.

“그건 말씀드리자면, 이를테면 장작이나 건초에 관해서도 말입니다. 우리가 스벤짜느이에서 퇴각했을 때 마른 나뭇가지 하나, 건초 다발 하나에도 손을 대서는 안 된다는 명령이었습니다. 그렇게 되면 우리는 떠나고 그것들은 모두 적의 손에 넘어가지 않겠습니까. 그렇잖습니까, 연대장님?” 그는 안드레이를 향해 말했다. “그래도 너희들은 안 된다는 겁니다. 우리 연대에서도 장교가 그 건으로 두 사람이나 군법회의에 회부되었습니다. 그런데 공작 각하가 취임하신 후부터는 이 문제도 몹시 간단해졌습니다. 휴우, 하고 안도의 한숨을 내쉬었죠…….”

“그럼, 그분은 어째서 그것을 금지했을까요?”

찌모힌은 이런 질문에 무엇을 어떻게 대답하면 좋을지를 몰라서 난처한 듯이 주위를 돌아다보았다. 삐에르는 똑같은 질문을 안드레이 공작에게 했다.

“그야 적에게 남기고 가는 곳을 황폐하게 하지 않기 위해서지.” 안드레이는 심술궂게 비꼬듯이 말했다. “그것은 대단히 근거가 있는 일이야. 어떤 고장을 황폐화시키거나 군대가 약탈에 익숙해지게 해서는 안 되기 때문이지. 그리고 스몰렌스크에서도 그분은 올바른 판단을 했어. 프랑스군은 아군을 우회할지도 모른다, 또 프랑스군 쪽이 병력이 훨씬 많다고 말이야. 그러나 그는 알지 못했어!” 안드레이는 분출하는 듯한 가는 목소리로 소리쳤다. “그러나 그는 알지 못했던 거야. 우리가 처음으로 거기에서 러시아의 국토를 위해서 싸우고, 군에는 내가 이제까지 본 일이 없는 사기가 넘쳐 이틀 동안 계속해서 프랑스군을 격퇴하였으며, 그 승리가 우리 군의 힘을 열 배로 높이고 있었다는 것을. 그는 후퇴를 명령했다. 그래서 모든 노력과 희생이 허사가 되고 말았어. 그는 배반을 할 생각은 없었어. 최선을 다하려고 노력하고 모든 것을 잘 생각했어. 그러나 그랬기 때문에 아무런 쓸모가 없었다. 그 사나이가 쓸모 없는 까닭은 모든 것을 빈틈없이 꼼꼼하게 생각하기 때문이야. 독일 사람이라면 누구나 당연히 그렇겠지만. 자네에게 어떻게 말하면 좋을까…… 그렇지, 예컨대 자네 부친한테 독일인 하인이 있다고 하세. 그는 흠잡을 데가 없는 하인이며, 부친의 요구라면 무엇이든 자네보다 훨씬 만족하게 처리한다고 하자. 따라서 근무를 시키고 있으면 된다. 그러나 부친이 병에 걸려 죽어간다면 자네는 그 하인을 내쫓고 익숙지 못한 서투른 솜씨로 부친을 간호하게 되겠지만, 그래도 솜씨가 좋은 남보다는 자네 편이 훨씬 부친의 마음을 안정시킬 거야. 바르끌라이의 경우가 바로 그랬어. 러시아가 건강했을 동안에는 타인도 러시아를 섬길 수가 있어서 훌륭한 대신이기도 했지. 그러나 러시아가 일단 위기에 빠지면 집안 사람이 필요하게 되는 거야. 그런데 자네 모임에서는 그를 배반자로 단정하고 있지도 않은 일을 생각해 냈어! 그를 배반자라고 중상한 탓으로 후에 자기의 그릇된 비난을 부끄럽게 여기고, 그 배반자를 갑자기 영웅이나 천재로 만드는 것이 고작이지. 그것이 더 옳지 않은 일이지만 말이야. 그는 성실하고 실로 꼼꼼한 독일 사람이야.”

“그러나 그분은 뛰어난 지휘관이란 이야기군요.” 삐에르가 말했다.

“나는 모르겠어, 훌륭한 지휘관이란 도대체 어떤 뜻인지.” 안드레이가 얕잡아보듯이 말했다.

“노련한 사령관이란” 삐에르가 말했다. “온갖 우연성을 예견할 수 있는 사람…… 즉, 적의 속셈을 통찰할 수 있는 사람입니다.”

“그러나 그런 것은 불가능해.” 안드레이는 훨씬 이전에 해결된 일처럼 말했다.

삐에르는 놀라서 친구를 보았다.

“그렇지만 전쟁은 장기 같은 것이라고 하지 않습니까?”

“그렇지.” 안드레이가 말했다. “다만 약간 다른 데가 있지. 장기에서는 말을 하나 움직이는 데 충분히 생각할 수 있어서 시간에는 묶이지 않아. 게다가 이런 차이도 있지. 나이트는 반드시 병졸보다 강하고 두 개의 졸은 항상

한 개의 졸보다 강하다. 그러나 전장에서는 일개 대대가 때로는 일개 여단보다 강할 때도 있고, 또 때로는 중대보다 약할 때도 있다. 즉, 군대의 상대적인 힘이라는 것은 누구든 알 수가 없는 법이야. 정말이야." 그는 말을 이었다. "만일 만사가 사령부의 명령 여하에 따라서 결정된다면, 나도 거기서 명령을 했을 거야. 그것을 하지 않고 이곳 연대에서 제군들과 더불어 근무하는 영광을 누리고 있는 것은, 내일의 전투도 실은 우리들의 힘으로 결정되는 것이지, 그들 사령부의 명령에 좌우되는 것이 아님을 생각하기 때문이야……전쟁의 승리라는 것은 절대로 과거에 있어서나 장래에 있어서나 진지나 장비나 병력에 달려 있는 것이 아니다. 특히 진지 같은 것은 가장 문제가 되지 않아."

"그럼 무엇으로 결정됩니까?"

"기분이지, 나나 이 사나이의 마음 속에 있는." 그는 찌모힌을 가리켰다. "병사 한 사람 한 사람의 마음 속에 있는."

놀라 의아한 얼굴로 자기 대장을 바라보고 있는 찌모힌에게로 안드레이는 시선을 돌렸다. 조금 전까지 자신을 억제하고 있던 침묵과는 달리, 안드레이는 지금은 흥분하고 있는 것 같았다. 그는 아무래도 뜻하지 않게 머리에 떠오른 생각을 말하지 않을 수 없는 것 같았다.

"이긴다고 확신하는 사람이 싸움에 이긴다. 왜 우리는 아우스터리츠 전투에서 패배했는가? 아군의 피해는 프랑스군과 거의 같았는데. 우리는 너무나 성급하게 우리 편이 졌다고 말했다. 그래서 진 거야. 우리가 그렇게 말한 것은 거기에서 싸울 아무런 이유도 없었기 때문이었다. 될 수 있는 대로 빨리 싸움터에서 도망치고 싶었기 때문이었어. '졌다. 자 도망치자!' 이렇게 해서 우리는 도망친 거지. 만약 저녁때까지 우리가 그런 말을 하지 않았더라면 어떻게 되었을지 몰라. 그러나 내일 우리는 그런 말을 하지 않는다. 자네는 우리 진지의 좌익이 약하다느니, 우익은 너무 뻗어 있다느니 말하고 있네." 그는 말을 계속했다. "그런 건 모두 시시한 일이야. 그런 것은 절대로 있을 수 없어. 내일 우리를 기다리고 있는 것은 무엇인가? 그것은 1억 가지나 있는 갖가지 우연으로, 적이나 아군이 도망치거나 도망치려고 하거나, 저쪽이 죽는가 이쪽이 죽는가에 따라 순간적으로 결정된다. 이에 비하면 지금 하고 있는 일은 모두 장난이지. 문제는 말이야, 자네가 함께 진지를 보고 다닌 친구들은 전체의 전국에 힘이 되지 않을뿐더러 오히려 그것을 방해하고 있어. 그들은 자기만의 조그마한 이해에 사로잡혀 있단 말이야."

"이런 순간에?" 삐에르는 쾌씸하다는 듯이 말했다.

"이런 순간이지." 안드레이는 되풀이했다. "그들의 입장에서 보자면, 지금은 경쟁자의 발 밑에 함정을 파거나 훈장이나 수장을 더 받을 수 있는 순간에 지나지 않아. 그러나 나에게는 내일이란 이런 날이지. 10만의 러시아군과 10만의 프랑스군이 부딪쳐서 싸운다. 그리고 그 20만이 서로 상대방보다 맹렬하게 싸워서 자기의 몸을 아끼지 않는 사람이 많은 편이 승리를 거두게된다. 원한다면 나의 의견을 말하겠는데, 무슨 일이 있더라도, 상부에서 무슨 혼란이 일어나더라도 우리는 내일 싸움에 이길 것이다. 내일은 무슨 일이 있더라도 우리는 싸움에 이긴다!"

"그렇습니다, 대장님, 정말 그렇습니다." 찌모힌이 말했다. "이런 때에 몸을 아끼다뇨! 사실 지금 우리 대대의 병사들은 술을 마시려 하지 않습니다. 그럴 날이 아니라고 해서 말입니다." 모두 입을 다물고 말았다.

장교들은 일어났다. 안드레이는 부관에게 마지막 명령을 주면서 장교들과 함께 헛간 뒤로 나갔다. 장교들은 가버렸다. 삐에르는 안드레이 곁으로 갔다. 그리고 이야기를 하려고 한 순간 헛간의 가까운 길에서 세 마리 말의 말굽 소리가 들렸다. 그쪽을 흘끗 엿보고, 안드레이는 그것이 까자크 병이 딸린 볼쪼겐과 클라우제비츠(프러시아 장군, 러시아
군에 근무하고 있었다)라는 것을 알았다. 그들은 잡담을 하면서 옆을 지나갔는데, 삐에르와 안드레이는 본의 아니게 다음과 같은 대화를 들었다.

"전쟁은 넓은 공간으로 옮겨져야 해. 이와 같은 생각은 아무리 강조해도 모자란다고 생각하네." 한 사람이 말했다.

"그래." 다른 사람이 말했다. "목적은 적을 약하게 하는 데에 있으니까, 개인의 희생을 문제 삼을 수는 없어."

"음, 넓은 장소라." 세 사람이 지나갔을 때 안드레이는 되풀이하였다. "그 넓은 장소라는 곳에 나의 아버지가 남아 있었어. 아들도, 누이도 남아 있었어. 그에게는, 그런 것은 아무래도 좋아. 내가 아까부터 말하고 있는 것은 바로 이거야. 그 독일 사람들은 내일 전투에 이길 생각은 하고 있지 않아. 기분 나쁜 심정을 터뜨리려는 거야. 그들의 머릿속에는 부엌의 먼지만도 못한 이치밖에 없고 마음 속에는 내일 필요한 유일한 것, 찌모힌 속에 있는 것이 없기 때문이야. 녀석들은 전 유럽을 그 녀석에게 인도해 놓고 우리를 가르치러 왔어. 훌륭한 교사지!" 다시 안드레이의 목소리가 높아졌다.

"그럼, 내일 전투는 이긴다고 생각하시는군요?" 삐에르가 말했다.

"그래, 그래." 안드레이는 건성으로 말했다. "나에게 권력이 있다면, 할 일은 단 한 가지." 그는 다시 말을 시작했다. "포로를 잡지 않는 일이야. 도대체 포로란 뭐야? 기사도 정신이지. 프랑스군은 우리 집을 황폐하게 하고 모스크바를 엉망으로 만들기 위해 오고 있다. 그리고 나의 자존심에 끊임없이 상처를 입혀왔고 지금도 상처를 입히고 있다. 놈들은 나의 적이야. 내 생각으로는 그들은 모두 범죄자다. 찌모힌도 그렇게 생각하고 있고, 군 전체도 그렇게 생각하고 있어. 그들을 처벌하지 않으면 안 돼. 그들은 나의 적인 이상, 설사 틸지트에서 무슨 이야기를 하든지 우리의 친구가 될 수는 없어."

"그렇습니다, 그렇습니다." 삐에르는 눈을 반짝이며 안드레이를 바라보면서 말했다. "나는 정말, 정말 당신에게 찬성입니다!"

모자이스크의 언덕부터 이날 온종일 삐에르의 마음을 괴롭게 한 문제가, 지금 완전히 분명해져서 모두 해결된 것처럼 여겨졌다. 그가 오늘 온종일 보아온 모든 것, 흘끗 본 사람들 얼굴의 뜻 깊은 엄숙한 표정이 그의 눈에는 새로운 빛으로 비친 것이다. 그는 물리학에서 말하는 애국심의, '잠열(潛熱)'을 이해하였다. 그것은 그가 만난 모든 사람들이 가지고 있었던 것으로, 그 사람들이 왜 침착하게 가벼운 기분처럼 죽음의 준비를 하고 있는가를 설명해 주는 것이었다.

"포로를 잡아서는 안 돼." 안드레이는 말을 계속했다. "전쟁 전체를 바꾸고 그 잔혹함을 적게 하는 방법은 이것밖에 없다. 그것을 하지 않고 우리는 전쟁을 게임처럼 해 온 거야. 이것은 혐오스러운 일이다. 우리는 관대하다는 것을 자랑하기도 하고 그와 비슷한 일을 하거나 하고 있다. 이러한 관대한 것 같은 태도나 감수성이 예민한 것은 송아지가 도살되는 것을 보고 기분이 나빠지는 아가씨의 그것과 같은 것이다. 이 아가씨들은 피를 보지 못할 만큼 마음씨가 약하지만, 그 송아지를 요리해 소스를 치면 식욕이 나서 잡수신단 말이야. 우리도 전쟁 규칙이니, 기사도 정신이니, 군사(軍使) 교환 규정이니, 불행한 자를 불쌍히 여기라느니 하는 말을 듣고 있어. 그러나 모두 헛소리야. 나는 1805년에 기사도와 군사의 교환 등을 보아 왔지만, 우리는 속았고 상대도 속았다. 남의 집을 약탈하고, 위조 지폐를 발행하고, 무엇보다 좋지 않은 것은—나의 아들을 죽이고 나의 아버지를 죽이고서 전쟁 규칙이니, 적에 대한 관용이라느니 말하고 있다. 포로 같은 것은 잡지 않는다. 죽이고, 죽음을 향해 나아가는 거다. 나처럼 여기까지 이른 사람은 같은 고통을 통해서……."

스몰렌스크를 점령당한 이상 모스크바가 점령되건 말건 자기에게는 마찬가지라고 생각하고 있던 안드레이는, 갑자기 목구멍이 막히는 경련에 말을 멈추고 침묵하고 말았다. 그는 말없이 몇 번인가 좌우로 돌아다녔다. 그의 눈은 열병에 걸린 것처럼 반짝이고, 다시 이야기를 시작했을 때에는 입술은 떨리고 있었다.

"만약 전쟁에 겉치레의 관대함이 없다면 우리는 지금처럼 분명히 죽음에 뛰어들 만한 가치가 있을 경우에만 전쟁에 나가게 될 걸세. 그렇게 되면 빠베르가 미하일을 모욕한 것쯤만으로는 전쟁은 일어나지 않는다. 만약 지금과 같은 전쟁이라면 본격적인 전쟁이 된다. 그렇게 되면 군대의 강도는 지금 같은 것은 아닐 거야. 그렇게 되면, 나폴레옹이 거느리고 있는 베스트팔렌 사람들이나 헤센 사람들이 그를 뒤따라서 러시아에 침입해 오지도 않을 것이요, 우리들도 무엇 때문인지 이유도 모르고 오스트리아나 프로이센으로 전쟁하러 가는 일도 없을 거야. 전쟁은 애교가 아니라, 인생에 있어서 가장 혐오스러운 것이므로 그것을 깨닫고 전쟁 게임을 하지 않도록 해야 해. 이 무서운 필연성을 엄격하고도 진지하게 받아들여야 한다는 거지. 요컨대 이렇게 되어야 해. 거짓을 버려야 하네. 전쟁은 어디까지나 전쟁이며 절대로 놀이가 아냐. 그렇지 않으면, 전쟁이란 할 일이 없는 안이한 생각을 하는 인간들이 가장 좋아 하는 놀이가 되어 버린다…… 군인이라는 계층은 가장 존경을 받는다. 그렇지만 대관절 전쟁이란 무엇인가, 전쟁에서 이기기 위해서는 무엇이 필요한가, 군인 사회의 기풍이란 어떠한 것인가? 전쟁의 목적은 살인이 아닌가. 전쟁의 수단은 스파이 행위, 배반이나 배반의 장려, 주민 생활의 황폐, 군의 물자 조달을 위한 약탈이나 도둑질이다. 군사 상의 책략이라고 불리는 거짓말과 기만이다. 군인 계급의 기풍은 자유가 없다는 것, 즉 규율, 무위, 무지, 잔인, 방탕, 음주다. 그런데도 불구하고 이것이 모두 사람의 존경을 받는 최고의 계급인 것이다. 중국을 제외하고는 어느 황제나 군복을 입고 있다. 그리고 사람을 많이 죽인 자일수록 큰 상을 받고 있어…… 내일이 되면 서로 죽이기 위해 모여서, 수만에 이르는 사람을 모조리 죽이고 불구로 만들 거야. 그리고 많은 인간을 죽인(그 수는 더욱 늘어나고 있지만) 감사의 기도가 올려지고, 죽인 수가 많으면 많을수록 공적도 많다고 생각하고 승리를 축하하게 되지. 대체 하느님은 어떤 얼굴로 하늘에서 보거나 듣거나 하고 계실까!" 안드레이는 비명에 가까운 소리로 외쳤다. "여보게, 나는 요즈음 사는 것이 괴로워졌네. 나는 분명히 너무나도 많은 것을 알게 된 것 같아. 그러나 인간은 선악의 지혜를 아는 나무열매를 맛보지 않는 것이 좋아…… 그러나 이제 길지는 않아!" 그는 덧붙였다. "그런데, 자네는 자고 있군. 나도 자야지. 고르끼로 가게." 갑자기 안드레이는 말했다.

"아니, 안 갑니다!" 삐에르는 놀라 동정어린 눈으로 안드레이를 바라보면서 대답했다.

"가게, 가. 전투 전에는 충분히 자야 하네." 안드레이는 되풀이했다. 그는 재빨리 삐에르에게로 다가가서 포옹하고 키스했다. "안녕, 자, 가게." 그는 소리쳤다. "또 만날 날이 있을지, 어떨지……." 그리고 그는 급히 몸을 돌려 헛간 쪽으로 들어가버렸다.

이미 어두워졌기 때문에 삐에르는 안드레이의 얼굴 표정—미움이 깃들어 있었는지 상냥했는지—을 분별할 수가 없었다.

삐에르는 안드레이를 뒤따라갈 것인지, 그렇지 않으면 숙사로 돌아갈 것인지 망설이면서 잠시 잠자코 서 있었다. '아냐, 저 사람에게는 필요 없는 일이야!' 삐에르는 스스로 마음 속에서 판단하였다. '그리고 나는 알고 있다, 이것이 마지막 작별이라는 것을.' 그는 무거운 한숨을 쉬고 고르끼로 되돌아갔다.

안드레이는 헛간으로 돌아와서 양탄자 위에 누웠으나 잠을 이룰 수가 없었다.

그는 눈을 감았다. 온갖 영상이 차례로 떠올랐다. 그 추억 중 한 영상에 그는 오랫동안 즐거운 마음으로 머물렀다. 그는 뻬쩨르부르그의 어느 밤이 떠올랐다. 나따샤가 생기발랄한 흥분된 얼굴로 버섯을 따러 갔다가 작년 여름 깊은 숲에서 길을 잃었던 이야기를 했던 것이다. 그녀는 숲 속 인기척이 없는 장소와 자기 기분과 도중에서 만난 벌 치는 사람과의 대화 등을 두서없이 그에게 설명해 주면서, 끊임없이 이야기를 중단하고는 이렇게 말했다. "안 되겠어요, 이야기를 잘 할 수가 없어요. 제 이야기가 어쩐지 이상해요. 당신은 알아듣지 못하고 계실 거예요." 그런데 안드레이는 잘 알아듣고 있다며 그녀를 달랬고, 사실 그는 그녀가 말하려고 한 것을 모두 알고 있었던 것이다. 나따사는 자기의 말에 불만이있다. 그녀는 이날 경험한, 그리고 그것을 밖으로 잘 나타내고 싶은 정열적이고 로맨틱한 느낌을 잘 표현할 수 없다는 느낌이 들었던 것이다. "그 할아버지는 정말 훌륭했어요. 그리고 숲 속은 어찌나 어두운지…… 그리고 그 할아버지는 정말로 사람이 좋은 것 같은…… 안 되겠어요. 나는 잘 표현할 수가 없어요." 그녀는 얼굴을 붉히고 흥분하면서 말했다. 안드레이는 그때 그녀의 눈을 바라보면서 지었던, 기쁨에 넘친 미소를 지금 그의 얼굴에 떠올리고 있었다. '나는 그녀의 마음을 이해하고 있었다.' 안드레이는 생각했다. '이해하고 있었던 것만이 아니다. 그 영혼의 힘을, 그 성실함을, 그 마음의 천진난만함을, 그 영혼을, 마치 육체에 속박되어 있는 것 같은 그 영혼을, 나는 그녀의 마음 속에서 사랑하고 있었던 것이다…… 정말로 강하게, 정말로 행복하게 사랑하고 있었던 것이다……' 그러자 갑자기 그는 자기의 사랑이 어떠한 형태로 끝났는가를 상기했다. '그 사나이에게는 그런 것은 아무것도 필요 없었던 것이다. 그는 그런 것은 아무것도 보지 못하고 알지도 못했던 것이다. 그는 다만 그녀를 귀엽고 생기에 넘치는 여자아이로 보고 있었던 것이다. 녀석은 그녀와 자기 운명을 결부시키려고까지는 생각하지 않았던 것이다. 그런데 나는? 더구나, 그는 지금도 잘 있고 즐기고 있을 것이다.'

안드레이는 마치 누군가가 자기에게 화상이라도 입힌 것처럼 벌떡 일어나 헛간 앞을 다시 걷기 시작했다.

26

8월 25일 보로지노 회전 전날, 프랑스 황제의 궁정 장관 보쎄와 파비에 대령은—보쎄는 파리에서, 파비에 대령은 마드리드에서—와르에보 부근에 숙영하고 있는 나폴레옹 황제에게로 왔다.

정신(廷臣) 옷으로 갈아입자, 보쎄는 황제에게 가지고 온 짐을 우선 운반해 두라고 명령하고 나폴레옹의 막사 입구에 가장 가까운 칸막이 방으로 들어갔다. 그리고 자기 주위에 모인 나폴레옹의 부관들과 이야기를 나누면서 상자를 하나씩 열었다.

파비에는 막사에 들어가지 않고, 낯익은 장군들과 이야기하면서 입구 옆에 서 있었다.

나폴레옹 황제는 아직 침실에서 나오지 않고 몸차림을 끝내려 하는 참이었다. 그는 살찐 등과 털이 난 기름진 가슴을 돌리면서 시종에게 브러시로 몸을 문지르게 하고 있었다. 또 한 시종이 손가락으로 유리병을 누르면서 어디에 얼마만큼 뿌려야 하는가를 자기만이 알고 있다는 표정으로, 손질이 잘된 황제 몸에 오데코롱을 뿌리고 있었다. 나폴레옹의 짧은 머리털은 젖어서 이마에서 엉키고 있었다. 얼굴은 부어서 누르스름했지만 육체적으로 만족해 있다는 기분을 얼굴에 나타내고 있었다. "세게 문질러…… 더 세게." 그는 문지르고 있는 시종에게 몸을 움츠리기도 하고 신음 소리를 내면서 말했다. 어제의 전투에서 잡은 포로의 수를 황제에게 보고하기 위해 침실로 들어온 부관이 용건을 전하고 나자, 물러가도 좋다는 말을 기다리면서 문 옆에 서 있었다. 나폴레옹은 얼굴을 찌푸리면서 눈을 치켜뜨고 부관을 보았다.

"포로가 없다?" 그는 부관의 말을 되뇌었다. "다 죽여달라는 건가. 그것은 러시아군에겐 오히려 불리하지." 그는 말했다. "더 세게 문질러, 더 세게." 그는 몸을 앞으로 숙이고 살찐 두 어깨를 내밀면서 말했다.

"좋아! 보쎄를 들어오게 해. 그리고 파비에도." 그는 고개를 끄덕이고는 부관에게 말했다.

"알겠습니다, 폐하." 부관은 천막 입구로 사라졌다.

두 시종이 급히 황제에게 옷을 입혔다. 그는 파란 근위병 제복을 입고, 침착하고 빠른 걸음으로 응접실로 나갔다.

보쎄는 그때 자기가 가지고 온, 황후가 보내는 선물을 황제가 들어오는 정면의 의자 위에 놓으려고 바쁘게 손을 움직이고 있었다. 그러나 황제가 뜻밖에 빨리 몸차림을 하고 나왔기 때문에 깜짝 놀라 선물을 충분히 갖추어놓지 못했다.

나폴레옹은 보쎄가 무엇을 하고 있는지 곧 알아채고 그들이 아직 준비가 다 되지 않은 것을 알았다. 그는 뜻하지 않은 선물을 하려는 모처럼의 그들의 기쁨을 빼앗고 싶지가 않았다. 그는, 보쎄는 못 본 체하고 파비에를 가까이 불렀다. 나폴레옹은 엄숙하게 이마를 찌푸리고, 파비에가 유럽의 다른 한쪽 끝에 있는 살라망카(마드리드 북서 170킬로에 있는 도시) 부근에서, 오직 황제의 이름을 더럽히지 않고 황제의 뜻을 거역하는 것만을 두려워하면서 싸운 나폴레옹 군대의 용맹성에 대해 이야기하는 것을 말없이 듣고 있었다. 전투 결과는 비참했다. 나폴레옹은 파비에의 이야기 도중에, 자기가 없으면 그런 결과가 나온다 해도 이상할 것 없다는 듯이 이따금 비꼬는 의견을 끼워넣었다.

"내가 모스크바에서 그것을 만회해야겠군." 나폴레옹은 말했다. "그럼 또." 그는 이렇게 덧붙이고, 보쎄를 불렀다. 보쎄는 그동안에 이미 무엇인가를 의자 위에 세우고 그 위에 덮개를 씌워 뜻하지 않은 선물의 준비를 끝마치고 있었다.

보쎄는 부르봉 왕조의 중신이 아니면 할 수 없는 프랑스 궁정식 절로 머리를 낮게 숙이고 다가와서 봉투를 건넸다.

나폴레옹은 기분이 좋은 듯 그에게로 몸을 돌리고 귀를 살짝 잡아당겼다.

"서둘러서 왔군, 매우 기뻐요. 그래, 파리에서는 뭐라고 말하고 있나?" 그는 이제까지의 엄한 표정을 갑자기 더없이 상냥한 표정으로 바꾸며 말했다.

"폐하, 파리는 온통 폐하께서 안 계시는 것을 유감으로 생각하고 있습니다." 당연한 대답으로 보쎄가 말했다. 그러나 나폴레옹은 보쎄가 이것 아니면 이와 비슷한 말을 해야 한다는 것을 알고 있었고, 머리가 개운할 때에는 그것이 거짓말이라는 것도 알고 있었으나, 그것을 보쎄로부터 듣는다는 것은 기분이 좋은 일이었다. 그는 다시 보쎄에게 귀가 만져지는 영광을 주었다.

"이토록 먼 여행을 시켜서 안 됐네." 나폴레옹이 말했다.

"폐하! 저는 적어도 모스크바 성문 아래에서 폐하를 배알할 것으로 기대하고 있었습니다." 보쎄가 말했다.

나폴레옹은 빙그레 웃었다. 그리고 무심코 고개를 들고 오른쪽을 돌아다보았다. 부관은 헤엄치듯이 황금 담뱃갑을 가지고 다가와서 그것을 바쳤다. 나폴레옹은 그것을 받아들었다.

"그래, 자네에게는 좋은 기회였지." 그는 열린 담뱃갑을 코 밑으로 가져가면서 말했다. "자네는 여행을 좋아하고, 사흘 후에는 모스크바도 볼 수 있으니 말이야. 설마 자네는 아시아의 수도를 보리라고는 생각지도 않았을 거야. 이제부터 유쾌한 여행을 할 수 있네."

보쎄는 자기의 (이제까지 자기도 몰랐던)여행 취미를 이렇게 유의해 준데에 대한 감사의 마음으로 머리를 숙였다.

"아! 그것은 무엇인가?" 나폴레옹은 측근들이 모두 덮개가 씌워진 무엇인가를 바라보고 있는 것을 알아채고 말했다. 보쎄가 조신의 독특한 재치 있는 몸가짐으로, 등을 보이지 않은 채 반쯤 몸을 틀어 두서너 발짝 뒤로 물러서면서, 동시에 덮개를 재빨리 벗기고 말했다.

"황후께서 폐하께 보내시는 선물입니다."

그것은 선명한 색으로 제라르(프랑스 초상화가)가 그린, 나폴레옹과 오스트리아 황제의 딸 사이에 태어난 사내아이의 초상이었다. 그 아이는 왜 그런지 로마 왕이라고 불리고 있었다.

바티칸 궁전 시스티나 예배당 성모상의 그리스도의 눈과 비슷한, 매우 아름다운 고수머리 소년이 공놀이를 하고 있는 모습이 그려져 있었다. 공은 지구를 나타내고, 한쪽 손에 쥔 막대기는 왕자의 홀을 본따 있었다.

이른바 로마 왕이 지구를 뜻하는 공을 찌르려 하는 모습을 그림으로써 화가가 도대체 무엇을 나타내려 했는지 확실히 알 수 없었으나, 이 그림을 파리에서 본 사람들과 마찬가지로 나폴레옹도 분명히 안 것 같았고 자못 마음에 크게 든 것 같았다.

"로마 왕이라." 그는 품위 있는 손짓으로 초상화를 가리키면서 말했다 "훌륭하다!" 마음 먹은 대로 얼굴 표정을 바꿀 수 있는 이탈리아인 특유의 재능을 보이고, 그는 초상화로 다가가서 생각에 잠긴 듯 상냥한 표정을 지었다. 그는 자기가 지금 말하고 하는 일이 바로 역사라는 것을 느끼고 있었다. 그리고 자기가 지금 할 수 있는 가장 좋은 일, 그것은 아들이 지구를 가지고 공놀이를 할 수 있을 정도로 위대함을 가진 자기가 그 위대함과는 대조적으로, 더할 나위 없이 소박한 아버지의 애정을 나타내는 일이라고 느꼈다. 그의 눈은 흐려졌다. 그는 가까이 걸어가서 의자를 돌아보고(재빨리 의자가 운반되었다) 초상화를 마주보고 앉았다. 그리고 가볍게 손짓을 하자, 모두는 이 위대한 사람을 스스로의 감정에 잠기게 해주기 위해서 홀로 남겨 두고 발끝으로 걸어 물러나갔다.

그는 얼마 동안 앉아 있다가 자기도 왜 그런지 까닭을 모른 채 초상화의 하이라이트 부분의 거칠거칠한 표면을 손으로 만져보았다. 그런 뒤 그는 일어서서 다시 한 번 보쎄와 당직 장교를 불렀다. 그는 초상화를 막사 앞으로 운반하도록 일러, 막사 주위에 있는 옛 근위대가 존경하는 황제의 영식이자 후계자인 로마 왕을 보는 행복을 박탈당하지 않도록 해주었다.

배식(陪食)의 영광을 입은 보쎄와 함께 아침 식사를 하고 있을 때, 그가 예상한 대로 초상화를 보러 달려온 옛 근위 사단의 장병들의 감격에 찬 환호성이 막사 앞에서 들렸다.

"황제 폐하 만세! 로마 왕 만세! 황제 폐하 만세!" 열광한 음성이 들렸다.

아침 식사를 마치자 나폴레옹은 보쎄가 있는 앞에서 군에 관한 명령을 구술(口述)하였다.

"간결하고 힘차다!" 나폴레옹은 고치지도 않고 단숨에 쓰인 포고문을 몸소 읽고 나서 말했다. 명령은 다음과 같았다.

'장병 여러분! 마침내 여러분이 기다리고 기다리던 싸움이 다가왔다. 승리는 여러분에게 달려 있다. 우리에겐 승리가 절대로 필요하다. 승리는 우리에게 필요한 모든 것을 가져온다. 쾌적한 숙사도, 조속한 귀국도. 싸워라, 여러분이 아우스터리츠, 프리틀란드, 비테부스크, 스몰렌스크에서 싸운 것처럼. 오늘의 여러분의 훈공(勳功)을 후세의 자손들에게 자랑스럽게 상기시켜라. 그리고 여러분 한 사람 한 사람에 대해서 '저 사람은 모스크바 부근의 대회전에 참가했다'고 말하게 하라!'

"모스크바로!" 나폴레옹은 되풀이하였다. 그리고 여행을 좋아하는 보쎄에게 산책을 권하여 천막에서 나와 이미 안장이 놓여 있는 말 쪽으로 다가갔다.

"폐하, 너무 황송하옵니다." 보쎄는 황제의 수행을 권고받고서 말했다. 실은 졸리기도 했고 게다가 승마 솜씨가 서툴러서 무서웠던 것이다.

그러나 나폴레옹은 이 여행 애호가 보쎄에게 잠시 고개를 끄덕여 보였으므로 보쎄는 동행하지 않을 수 없었다. 나폴레옹이 막사에서 나오자, 그의 아들 초상화 앞에 모여 있던 근위병들의 환성은 한층 높아졌다. 나폴레옹은 이맛살을 찌푸렸다.

"저것을 내려 놔." 그는 품위 있고 엄숙한 손짓으로 초상화를 가리키면서 말했다. "저 아이에게 전장을 보이기에는 너무 일러."

보셰는 눈을 감고 머리를 떨구며 깊은 한숨을 쉬었다. 그는 그 동작으로 자기가 황제의 말의 가치를 깨닫고 이해하는 능력이 있다는 것을 보여 주었다.

27

역사가들의 말에 의하면, 나폴레옹은 8월 25일의 하루를 지형을 돌아보고, 원수들이 제출하는 계획을 검토하고 장군들에게 몸소 명령을 내리면서 온종일 말 위에서 보냈다.

꼴로차 강을 따라 배치된 러시아군의 최초의 전선은 분쇄되고, 그 선의 일부분, 즉 러시아군의 좌익은 24일에 셰바르지노의 방형 보루가 점령되었기 때문에 후방으로 옮겨지고 말았다. 이 부분은 보루도 없고 강으로 방어되어 있지도 않으며, 그 전방에는 더욱 넓고 평탄한 장소가 펼쳐져 있었다. 군인은 물론, 군인이 아닌 사람의 눈으로 보아도 프랑스군은 전선의 이 부분을 공격해야 한다는 것은 명백했다. 이를 위해서는 그다지 생각할 필요는 없었고, 황제나 원수들의 배려나 심로(心勞)도 필요 없었다. 나폴레옹이 가지고 있었다고 곧잘 일컬어지는 천재라는 이름의 저 특수한 최고의 능력 등도 전혀 필요 없는 것으로 여겨졌었다. 그런데 후에 이 사건에 대해서 말한 역사가들에 따르면, 그때 나폴레옹 주위에 있던 사람들이나 그 자신도 그렇게 생각하고 있지 않았다는 것이다.

나폴레옹은 들판을 돌아다니면서 의미심장하게 지형을 보고 혼자서 납득을 한 것처럼, 또는 미심쩍은 듯이 고개를 흔들며, 자기 주위에 있는 장군들에게 자기의 결정을 이끌어낸 뜻 깊은 과정은 알리지도 않고 명령이라는 형태로 최종적인 결론만을 그들에게 전달하였다. 에끄뮐 대공이라고 불리는 다부가 러시아군의 좌익을 우회하면 어떻겠느냐 제안하자 나폴레옹은 그럴 필요는 없다고 말했으나, 왜 그런가는 설명하지 않았다. 한편 자기 여단으로 하여금 숲을 통과시키고 싶다는 꼼빵 장군(그는 돌각 보루를 공격하도록 되어 있었다)의 제안에 대해서는 이른바 엘힌겐 대공, 즉 네이가 숲 통과는 위험하기도 하거니와, 여단을 혼란시킬 위험이 있다고 주장했음에도 불구하고 나폴레옹은 찬성의 뜻을 나타냈다.

셰바르지노 방형 보루의 건너편 지형을 시찰하고 나서, 나폴레옹은 잠시 말없이 생각에 잠겼다. 그런 뒤 러시아군의 보루를 공격하기 위해 포병 2개 중대를 내일 아침까지 배치할 장소와 그것과 나란히 야전 포대를 배치할 장소를 지시하였다.

이 밖에도 그는 몇 가지 명령을 하고, 숙사로 돌아가서, 그의 구술에 의해서 전투 명령서가 작성되었다.

프랑스 역사가들이 감복(感服)하고, 그 밖의 역사가들이 깊은 경의를 가지고 말하고 있는 이 작전 명령서는 다음과 같았다.

'에끄뮬 공이 포진할 평지에 야간에 배치된 새로운 포병 2개 중대는, 날이 새자마자 전방에 위치한 적의 포병 2개 중대에 대하여 포화를 연다.

이와 동시에 제1군단 포병 지휘관 뻬르네찌 장군은, 꼼빵 여단의 포 30문과, 데쎄, 프리앙 두 여단의 곡사포를 모두 끌고 전진하여 포문을 열고 적 포병 중대에 유탄을 퍼붓는다. 이 포병 중대에 공격을 가하는 것은

근위 포병대의 포 24문

꼼빵 여단의 포 30문

프리앙, 데쎄 두 여단의 포 8문

계 62문

제3군단 포병 사령관 푸셰 장군은 좌익 보루의 포격을 임무로 하는 포병 중대의 양익에, 제3 및 제8군단의 모든 곡사포, 총 16문을 놓고 좌익 보루에 대해 총 40문을 편성한다.

쏘르비에 장군은 처음 명령에 따라 근위 포병대의 모든 곡사포를 가지고 좌우 어느 하나의 보루를 공격할 수 있도록 준비할 것.

포격 중에 뽀냐또프스끼 공작은 마을과 숲을 향하여 적진의 배후로 돌아간다.

꼼빵 장군은 제1 보루를 점령하기 위하여 숲을 지나 이동한다.

이와 같이 해서 전투에 돌입한 후, 적의 행동에 따라 명령이 내려진다.

좌익의 포격은, 우익의 포격이 들리자마자 동시에 개시된다. 모랑 여단과

부왕(副王) (^{이탈리아} _{부왕 보가르네}) 여단의 저격병은 우익의 공격 개시를 보고 치열한 포화를 가한다.

부왕은 마을(보로지노)을 점령하고, 세 개의 다리를 건너 한 고지에서 모랑, 제라르 두 여단과 함께 진격한다. 두 여단은 부왕의 지휘 아래 방형 보루로 향하여, 다른 부대와 더불어 전선으로 들어간다.

이상은 모두 가능한 한 부대를 후비(後備)로 남기면서 질서 정연하게 행할 것.

모자이스크 근교 황제 본영에서 (^{이 일자는 신력에 의한 것이,} _{구력보다 13일 빠르다})

1812년 9월 6일

극히 애매하고 두서없이 쓰인 이 작전 명령서는—나폴레옹의 천재에 대해서 종교적 공포를 가지지 않고 대담하게 이 명령서에 접해보면—4가지 점, 즉 4개의 지시를 포함하는 것이었다. 그 지시는 하나도 수행할 수가 없었고 사실 수행되지도 않았다.

작전 명령서 가운데는 첫째, 나폴레옹이 선정한 지점에 배치된 포병대가 그것과 나란히 배치되게 되어 있는 뻬르네찌와 푸셰의 포와 함께 총 102문으로 포문을 열고, 러시아의 돌각 보루와 방형 보루에 집중 포격을 가하도록 되어 있다. 이것은 할 수 있는 일이 아니었다. 왜냐하면 나폴레옹이 지정한 지점에서는 포탄이 러시아군 보루까지 미치지 못했고, 이들 102문의 포는, 가장 가까이 있던 지휘관이 나폴레옹의 명령을 어기고 포를 앞으로 옮길 때까지 공연히 발포하고 있었기 때문이다.

둘째 지령은, 뽀냐또프스끼가 숲의 마을로 향해서 러시아군의 좌익을 우회하라는 것으로 되어 있다. 이것도 실행할 수가 없었고 되지도 않았다. 그 까닭은 뽀냐또프스끼는 숲 속의 마을로 향하자 이를 저지하는 뚜치꼬프 장군을 만나, 러시아군 진지를 우회할 수가 없었기 때문이다.

셋째 지령은, 꼼빵 장군이 제1 보루를 점령하기 위해 숲으로 이동하는 것이었다. 꼼빵 여단은 제1 보루를 점령하지 못하고 격퇴당하고 말았다. 왜냐하면 숲을 나왔을 때 나폴레옹이 예상도 하지 않았던 적의 산탄 포격을 받았고, 그 상황하에서 대열을 정비하지 않으면 안 되었기 때문이다.

넷째 지령은, 부왕이 마을(보로지노)을 점령하여 세 개의 다리를 건너, 한 고지에서 모랑, 프리앙의 두 여단과 더불어 앞으로 나아가(이 두 여단에 관해서는 언제 어디로 / 이동하는가는 기술되지 않았다), 두 여단은 부왕 지휘하에 방형 보루로 향하여 다른 부대와 더불어 전선에 들어가는 것이었다.

그 이해할 수 없는 복잡한 문장 때문이 아니라 부왕이 자기에게 주어진 명령을 실행하기 위해서 행한 시도에서 미루어보아, 부왕은 당연히 보로지노를 거쳐 좌익에서 방형 보루로 진출해야 했고, 모랑, 프리앙의 두 여단은 동시에 전선에서 이동하지 않으면 안 되었던 것이다.

이것은 모두 작전 명령서의 다른 점과 마찬가지로 수행되지 않았고 수행할 수도 없었다. 보로지노를 통과한 직후 부왕은 꼴로차 강에서 격퇴되어 그 이상은 진격할 수가 없었다. 모랑과 프리앙의 두 여단도 방형 보루를 점령하지 못하고 격퇴되고, 방형 보루는 이미 전투가 끝날 무렵에 기병대가 점령했던 것이다(아마 이것은 나폴레옹에게는 예상조차 하지 않은, 들어보지도 못했던 일이었을 것이다). 이리하여 작전 명령서의 지령 중 어느 하나도 실행되지 않았고 또 될 수도 없었던 것이다. 그러나 작전 명령서에는, 이와 같이 해서 싸움에 들어간 후 적의 행동에 따라 명령이 내려진다고 되어 있는 것으로 봐서, 전투 사이에 나폴레옹에 의해서 필요한 지시가 모두 행하여졌을 것이라고 생각할지도 모른다. 그러나 그러한 일은 없었고 있을 수도 없었다. 왜냐하면 전투 중 나폴레옹은 멀리 떨어진 곳에 있었기 때문에 (나중에 판명된 바에 의하면) 전투의 경과를 알 수도 없었고, 전투 중에 그의 지시는 어느 것 하나 수행할 수가 없었던 것이다.

28

보로지노의 싸움에서 프랑스군이 이길 수 없었던 것은 나폴레옹이 코감기에 걸려 있었기 때문이며, 만일 그가 코감기에 걸리지 않았더라면 전투 전이나 전투 중에 그가 내린 지령은 훨씬 천재적인 것이었을 것이며, 러시아는 멸망하고 세계의 모습은 일변했을 것이라고 많은 역사가들이 말하고 있다. 한 사람의 인간, 뾰뜨르 대제의 의지에 의해서 러시아가 생기고 한 사람의 인간, 나폴레옹의 의지에 의해서 프랑스가 공화국에서 제국이 되어, 프랑스군이 러시아로 향하였다는 것을 인정하는 역사가에게, 러시아가 강국으로서 남을 수 있었던 것은 8월 26일에 나폴레옹이 심한 코감기에 걸렸기 때문이라고 하는 것과 같은 종류의 추론이—전술한 것과 같은 역사가들로서는—필연적으로 나오는 것이다.

만약 나폴레옹의 의지에 의해서 보로지노 전투를 하느냐 안 하느냐가 결정되고 그의 의지에 의해 여러 가지 명령이 결정된다면, 그의 의지를 나타내는 데에 영향을 갖는 코감기가 러시아를 구하는 원인이 될 수 있었다. 그렇다면 24일에 나폴레옹에게 방수 장화를 내놓는 것을 잊었던 시종이 러시아의 구세주였다는 것은 분명한 일이다. 이렇게 생각해 본다면, 이러한 결론은 당연한 것이다. 농담삼아(자기도 무엇을 농담삼은지도 모르고), 성 바르톨로뮤 축제일의 학살 (<small>1572년 8월, 파리에서 일어난
구교도에 대한 신교도 학살</small>)이 일어난 것은, 샤를르 9세의 위가 나빴기 때문이라고 한 볼테르의 결론과 같을 정도로 당연한 것이다. 그러나 뾰뜨르 1세라는 한 인간의 의지에 의해서 러시아가 만들어졌다거나, 프랑스 제국의 성립과 러시아와의 전쟁이 나폴레옹이라는 한 인간의 의지에 의해 일어났다는 것을 인정하지 않는 사람에게는, 이러한 추론은 잘못된 불합리한 것일 뿐만 아니라 인간의 전 존재에 위배되는 것처럼 여겨진다. 역사적 사건의 원인을 형성하는 것은 무엇인가라는 물음에 대해서는 다른 대답을 생각할 수가 있다. 세계적 사건의 흐름은 미리 하늘에 의해서 정해져 있고, 이들 사건에 관여하는 사람들의 전체 의지의 총합(總合)에 의해 결정되는 것이며, 이들 사건의 흐름에 대한 나폴레옹의 영향은 단지 표면적인 허구에 불과하다는 것이다.

샤를르 9세가 명령을 내린 성 바르톨로뮤의 학살은 그의 의지에 의해서 일어난 것이 아니라 자기가 그것을 하도록 명령했다고 착각한 데에 지나지 않았고, 보로지노 평야에서의 8만 학살은 나폴레옹의 의지에 의해서 생긴 것이 아니라(전투 개시나 전투의 흐름에 대해서는 그가 명령을 내렸지만) 자기가 그것을 명령했다고 착각한 데에 지나지 않았다는 추측은 언뜻 보기에 기묘하게 여겨질지 모른다. 그러나 우리가 위대한 나폴레옹 이상의 인간은 아니라 할지라도, 그보다 이하의 인간도 아니라고 나를 향해 말하는 인간적 존엄의 마음이, 지금 말한 것과 같은 문제의 해결을 인정하도록 명령하고 있는 것이다. 더욱이 역사의 여러 가지 연구 결과가 이 추측을 충분히 뒷받침하고 있다.

보로지노 회전에서 나폴레옹은 어느 누구에게도 발포하지 않았고 단 한 사람도 죽이지 않았다. 그것을 한 것은 병사들이었다. 즉 사람을 죽이려 한 것은 나폴레옹이 아니었다.

프랑스군 병사가 보로지노 전투에서 러시아 병을 죽이기 위해 앞으로 나온 것은 나폴레옹의 명령에 따른 것이 아니라, 자기 자신의 희망에 의한 것이었다. 전군이, 해진 군복에 굶주리고 행군에 지친 프랑스인과 이탈리아인, 독일인과 폴란드인들은 자기들로부터 모스크바를 지키고 있는 군대를 보고, '마개를 뺀 술을 마셔야 한다'고 느낀 것이다. 만약 나폴레옹이 그때 러시아군과의 전투를 금지했다면, 그들은 나폴레옹을 죽이는 한이 있더라도 러시아군과 전투를 하려고 했을 것이다. 왜냐하면 그들에게 그것은 필연적인 일이었기 때문이다.

그들이 부상을 입거나 죽는 데에 대한 위로로, 또 모스크바 전투에 참가했다고 틀림없이 이야기할 자손들의 말을 들먹이면서 내린 나폴레옹의 명령을 듣자 그들은 '황제 폐하 만세!' 하고 소리쳤다. 그것은 마치 공놀이를 하는 소년의 모습을 보고 '황제 폐하 만세!' 하고 외친 것과 똑같았다. 그들을 향한 그 어떤 무의미한 말을 들어도 '황제 폐하 만세!' 하고 외쳤음에 틀림없었을 것이다. 그들은 '황제 폐하 만세!'라고 외치고, 음식과 승리자의 휴식을 구하여 싸움으로 나가는 외에는 아무것도 할 일이 남아 있지 않았던 것이다. 즉, 그들이 자기와 비슷한 인간들을 죽이려고 한 것은 나폴레옹의 명령 때문이 아니었던 것이다.

더욱이 전투의 경과를 지배한 것은 나폴레옹이 아니었다. 왜냐하면 그의 작전 명령서 중에서 그 어떤 것 하나도 실행되지 않았고, 전투 중에도 그는 자기 앞에 생기고 있는 일을 몰랐기 때문이다. 그 인간들이 어떻게 서로 죽였느냐 하는 것도 나폴레옹의 의지에 의한 것이 아니라, 그와는 관계없이 전투 전체에 참가한 수십만의 인간의 의지에 의해서 이루어진 것이다. 나폴레옹은 다만 모두가 자기의 의지에 의해 행하여졌다고 느껴졌을 뿐이었다. 따라서 나폴레옹이 코감기에 걸려 있었느냐의 여부는, 역사상 최하급 수송병의 코감기 문제 이상의 관련을 가지고 있지 않다.

하물며 나폴레옹의 코감기 탓으로 그 작전 명령서와 전투 중의 지시가 종전의 것에 비해서 좋지 않았다는 문필가들의 말은 전적으로 옳지 않은 것이므로, 8월 26일의 나폴레옹의 코감기 같은 것은 더욱더 의미가 없는 것이다.

여기에 발췌한 작전 명령서는 이제까지 승리를 거두어 온 그 이전의 모든 작전 명령서에 비해서 조금도 뒤떨어지지 않을 뿐만 아니라 오히려 좋은 편이다. 전투 중의 실효가 없는 명령도 역시 이전의 것보다는 나쁘지 않고 여느 때의 것과 똑같았다. 그러나 이 작전 명령이나 지령이 이제까지의 것보다 나쁘다고 여겨지는 것은 보로지노의 싸움이 나폴레옹이 이길 수 없었던 최초의 전투였다는 데 지나지 않는다. 더없이 훌륭히 잘 짜인 작전 명령서나 지령이 그것에 의해 수행된 전투에서 이길 수 없었을 때에는 매우 나쁜 것으로 여겨지고, 학식이 있는 군인은 누구나 그럴듯한 표정으로 그것을 비난한다. 그러나 더할 나위 없이 나쁜 작전 명령서나 지령으로 전투에서 승리를 거두는 날에는 매우 훌륭하게 여겨지고, 진지한 체하는 사람들이 여러 권의 저서에서 나쁜 지령의 장점을 증명하고 있다.

아우스터리츠 전투에서 바이로터가 작성한 이 작전 명령서는 이러한 종류의 문장으로서는 완벽한 본보기였지만, 그래도 비난을 받았던 것이다. 너무나 완벽했고 지나치게 상세했기 때문에 비난을 받은 것이다.

나폴레옹은 보로지노 전투에서 권력의 대표자로서 해야 할 일을 다른 전투에서와 마찬가지로, 아니 그 이상으로 수행하였다. 그는 전투의 진행에 해로운 일은 아무것도 하지 않았다. 그는 될 수 있는 대로 이치에 닿는 의견을 채택하려고 하였다. 그는 당황하지도 않고, 자가당착에 빠지지도 않고, 놀라지도 않고 전장에서 달아나지도 않았으며, 천성인 뛰어난 임기응변의 재주와 전쟁 경험을 가지고 가공의 지휘 통솔의 역할을 침착하고 훌륭하게 다했던 것이다.

29

신중하게 배려한 두 번째의 전선 시찰에서 돌아오자 나폴레옹은 말했다.

"장기짝은 다 배치하였다. 승부는 내일 시작된다."

나폴레옹은 펀치 술을 가져오라고 분부하고 보쎄를 가까이 불러 파리 이야기와 황후의 거처에서 바꾸려고 생각하고 있는 몇 가지 점에 대해서 그와 이야기했다. 그는 궁중 관계의 자상한 일까지 모든 것을 잘 기억하고 있어 궁내 대신을 놀라했다.

그는 자상한 일에 흥미를 보이고, 보쎄의 여행 취미를 놀리거나 한가하게 농담을 하기도 했다. 그것은 자기 일에 자신이 있는 유명한 외과 의사가 수술복을 입고 소매를 걷어올리거나 환자를 수술대에 묶어놓고 있을 때와 같았다. '모든 것은 내 손과 머릿속에 있고, 분명하고 정확하게 정리되어 있다. 일을 착수하기만 하면, 나는 아무도 흉내 낼 수 없으리만큼 해치울 수 있지만, 지금은 농담을 해도 좋을 때다. 내가 농담을 하면 할수록, 태연하면 할수록 너희들은 더욱 자신을 가지고, 침착해지고, 내 천재에 틀림없이 감탄할 것이다.'

두 잔째의 펀치 술을 마시고 나서, 나폴레옹은 내일로 박두했다고 자신이 느끼고 있는 중대한 일을 앞에 놓고 휴식을 취하러 갔다.

그는 눈앞에 다가오고 있는 일에 강하게 마음이 끌려 있었기 때문에 잠을 잘 수가 없었다. 그리고 밤의 습기 때문에 코감기가 심해졌는데도 불구하고, 밤 3시에 큰 소리를 내어 코를 풀면서 막사 안의 홀로 나왔다. 그는 러시아 군이 퇴각하지 않았느냐고 물었다. 적의 모닥불은 여전히 같은 장소에 머물러 있다는 대답이었다. 그는 그것으로 좋다는 듯이 고개를 끄덕였다.

당직 부관이 막사 안으로 들어왔다.

"어때, 랏프, 오늘 우리의 일이 잘 될 거라고 생각하나?" 나폴레옹은 당직 부관에게 말했다.

"그건 아무 염려도 없습니다, 폐하." 랏프가 대답했다.

나폴레옹은 그를 보았다.

"폐하, 스몰렌스크에서 저에게 하신 말씀을 기억하고 계십니까?" 랏프가 말했다. "마개를 뺀 술병은 마셔야 한다고 말씀하셨지요."

나폴레옹은 이맛살을 찌푸리고, 팔꿈치를 괸 두 손으로 머리를 감싸고 말 없이 오랫동안 앉아 있었다.

"이 비참한 군대." 그는 갑자기 말했다. "군은 스몰렌스크 이래 눈에 띄게 줄어 버렸다. 운명이란 매춘부 같은 거야, 랏프. 나는 늘 그렇게 말해 왔지만 그것을 느낀 것은 이번이 처음이다. 그래도 랏프, 근위대는 무사하겠지?" 그는 물어보듯이 말했다.

"네, 폐하." 랏프가 대답했다.

나폴레옹은 알약을 한 개 집어서 입에 넣고는 시계를 보았다. 그는 자고 싶지는 않았다. 아침까지는 아직 시간이 있었다. 그러나 시간을 보내기 위해 명령을 내는 것도 이제는 할 수 없었다. 모든 명령은 다 내려져서 지금은 실시할 때가 되었다.

"근위대에 비스킷과 쌀을 지급했나?" 나폴레옹은 엄한 말투로 물었다.

"네, 폐하."

"쌀은?"

쌀에 관한 황제의 명령은 전달했다고 랏프가 대답했다. 그러나 나폴레옹은 자기의 명령이 실행되었다고는 믿지 못하는 듯이 불만스럽게 고개를 저었다. 시종이 펀치 술을 들고 들어왔다. 나폴레옹은 랏프에게도 한 잔 주라고 분부하고, 말없이 야금야금 마셨다.

"맛도 냄새도 모르겠다." 그는 술잔의 향을 맡으면서 말했다. "이놈의 코감기는 정말 지긋지긋하군. 의사들은 의학 강의만 하고 있어. 코감기 하나 못 고치는 주제에 의학이 다 뭐야? 꼬르비자르(프랑스 의료계의 제1인자. 나폴레옹의 주치의)가 이 알약을 주었지만 통 듣질 않아. 그자들은 무엇을 고칠 수 있단 말인가? 고칠 수 없어. 우리들의 몸은 살기 위한 기계다. 몸은 살기 위해 만들어져 있다, 그것이 몸의 본성이다. 몸 안의 생명을 좋을 대로 내버려 두면 돼, 생명이 스스로 자기를 지키도록. 그렇게 하면 약으로 방해를 해서 속박하는 것보다는 더 좋은 일을 생명이 해준다. 우리의 몸은 일정한 시간 일을 하도록 의무가 지워진 시계와 똑같다. 시계방은 그것을 열 수가 없고 눈을 가린 채 손으로 더듬어서 다룰 수밖에 없다. 그렇다, 우리들의 몸은 살기 위한 기계다, 그것뿐이다." 그리고 나폴레옹은 좋아하는 정의(定義), 프랑스어로 말하자면 디피니시옹의 연쇄로 들어간 것처럼 그는 갑자기 새로운 정의를 하였다. "알고 있나? 랏프, 전술이란 무엇인가?" 그는 물었다. "어느 순간에 적보다 강해지는 기술이다. 그것뿐이다."

랏프는 아무 대답도 하지 않았다.

"내일 우리는 꾸뚜조프와 싸운다!" 나폴레옹은 말했다. "두고 보자. 그가 브라우나우에서 군을 지휘하고 있었을 때, 3주일 동안 단 한 번도 진지 시찰을 하기 위해서 말을 타지 않았다. 기억하고 있겠지. 어디 두고 보기로 하자!"

그는 시계를 흘끗 보았다. 아직 4시였다. 졸리지는 않았다. 펀치 술도 다

마셔 버렸다. 그래도 할 일은 아무것도 없었다. 그는 일어나서 이리저리 돌아다니다가 두툼한 프록코트와 모자를 쓰고 막사를 나섰다. 습기가 축축히 감도는 어두운 밤이었다. 희미하게 피부에 느껴지는 습기가 위에서 내려왔다. 가까이에 있는 프랑스군 근위대에서 모닥불이 희미하게 불타고 있고, 저 멀리에서는 연기를 통해 러시아군의 전선에서 불빛이 보였다. 사방은 고요하고, 진지를 차지하기 위해 행동을 개시한 프랑스군의 웅성거림과 말굽 소리가 뚜렷이 들렸다.

나폴레옹은 막사 앞을 거닐면서 불을 바라보고, 발소리에 귀를 기울였다. 푹신한 털모자를 쓴 키가 큰 근위병이 자기 막사 옆에 보초를 서 있다가 황제가 모습을 나타내자 검은 기둥처럼 부동자세를 취했다. 나폴레옹은 그 앞을 지나가다가 그의 정면에서 걸음을 멈추었다.

"몇 년부터 근무하고 있나?" 그는 늘 병졸에게 말을 걸 때 습관이 되어 있는, 짐짓 무뚝뚝하면서도 상냥한 데가 있는 군인다운 태도로 물었다. 근위병은 대답했다.

"음, 고참이군! 연대로 보낸 쌀은 받았나?"

"받았습니다, 폐하."

나폴레옹은 고개를 끄덕이고 그 자리를 떠났다.

5시 30분에 나폴레옹은 말을 타고 셰바르지노 마을로 향했다.

날이 새기 시작하고, 하늘은 활짝 개어 있었다. 동녘 하늘에 구름이 하나 떠 있을 뿐이었다. 타다 남은 모닥불이 아침의 희미한 빛 속에서 꺼져가고 있었다.

오른쪽에서 묵직한 포성이 한 발 울려 퍼지더니, 주위의 정적 속으로 사라졌다. 몇 분이 지났다. 두 번째, 세 번째 포성이 나더니 공기가 떨렸다. 네 번째, 다섯 번째 포성은 근처 어딘가 오른쪽에서 울렸다.

처음 몇 발의 포성이 미처 사라지기 전에 다음 포성이, 또 다음 포성이, 다시 또 다음 포성이 서로 융합되고 서로 방해하였다.

나폴레옹은 막료를 거느리고 셰바르지노 방형 보루로 가서 말에서 내렸다. 게임이 시작된 것이다.

30

안드레이와 헤어져 고르끼로 돌아오자 삐에르는 조마사에게 말을 몇 마리더 준비하고 아침 일찍 깨워달라고 분부하고는, 보리스가 양보해 준 구석진칸막이 안에서 곧 잠이 들었다.

이튿날 삐에르가 눈을 떴을 때, 이미 농가에는 아무도 없었다. 작은 창문의 유리들이 덜거덕거리며 울리고 있었다. 조마사가 옆에 서서 흔들어 깨우고 있었다.

"나리, 나리……" 삐에르를 보지 않고, 분명히 깨울 마음을 단념한 듯이끈질기게 그의 어깨를 흔들면서 조마사는 말하고 있었다.

"뭐야? 시작했나? 이미 시간이 됐나?" 삐에르가 눈을 뜨고 물었다.

"포성을 들어 보십쇼. 일제 사격입니다." 병사 출신 조마사가 말했다. "이미 모두들 가셨습니다. 공작 각하께서도 벌써 지나가셨습니다."

삐에르는 급히 옷을 입고 현관 계단으로 달려나갔다. 바깥은 밝고 상쾌하며 이슬이 내려서 시원해 보였다. 태양은 방금 가리고 있던 구름 사이에서빠져나와 반은 굴절된 햇살을 길 맞은편의 지붕 너머로, 이슬이 내려 깔린길 위의 먼지와 집집마다의 벽과 담장 구멍, 농부 집 옆에 서 있는 삐에르의말에 내리쬐고 있었다. 밖에서는 포성이 더욱 뚜렷이 들렸다. 부관이 까자크병을 데리고 거리를 전속력으로 달려갔다.

"자, 이제 시작입니다. 백작님, 드디어 시작입니다!" 부관이 소리쳤다.

뒤에서 말을 한 마리 끌고 따라오라고 이르고, 삐에르는 어제 전장을 바라보았던 언덕을 향하여 거리를 걷기 시작했다. 그 언덕 위에는 많은 장병들이있어 참모들의 프랑스말 소리가 들리고, 빨간 테두리가 달린 군모를 쓴 꾸뚜조프의 백발 뒷머리가 보였다. 꾸뚜조프는 망원경으로 큰길을 따라 앞을 보고 있었다.

언덕 오르막길의 계단을 올라가면서 삐에르는 앞을 바라보고, 그 광경의아름다움에 몸이 움츠러들 정도로 감동하였다. 그것은 어제 그가 넋을 잃고바라보았던 것과 같은 파노라마였다. 그러나 지금 그 일대는 군대와 초연에뒤덮여 있고, 삐에르 뒤에서 비치는 밝은 태양의 사광(斜光)이 끝없이 맑은아침 공기 속에서, 금빛과 장밋빛이 섞인 진하고 긴 그림자를 그 지대에 던지고 있었다. 마치 황록색의 보석으로 조각이라도 해 놓은 것 같은 먼 숲이 나뭇가지의 곡선을 지평선 위에 그리고 있고, 와르에보 저편의 숲 사이에는 스몰렌스크 가도가 꿰뚫고 있고 그것을 온통 군대가 뒤덮고 있었다. 그 약간 앞쪽에는 큰 숲에서 조금 떨어진 곳에 황금색 밭과 어린 나무 숲이 반짝이고 있었다. 오른쪽에도 왼쪽에도 어디에나 군대가 보였다. 모든 것이 활기에 차 있고 웅장하여 뜻하지 않았던 광경들이었다. 그러나 무엇보다도 삐에르에게 강한 인상을 준 것은 전장 그 자체, 즉 보로지노와 꼴로차 강 양쪽 물가의 낮은 땅의 정경이었다.

꼴로차 강 위쪽과 보로지노 마을과 그 양쪽, 특히 습지대 양쪽 물가 사이의 보이나 강이 꼴로차 강과 합치고 있는 근처에는 안개가 자욱이 끼어 있고, 밝은 태양이 떠오르자 그것은 엷어지고 투명해져서 안개를 통해서 보이는 모든 것이 매혹적인 색채와 윤곽을 이루고 있었다. 그 안개와 포연이 이르는 곳에 아침 햇살이 번개처럼 빛나고 있었다. 물에 번쩍이고, 안개에 번쩍이고, 물가나 보로지노 마을에 떼지어 있는 군대의 총검 위에도 온통 아침 햇살이 반짝이고 있었다. 그 안개를 뚫고 하얀 교회나 보로지노 마을 농가의 지붕과, 여기저기 밀집한 병사의 무리와 녹색 포탄 상자와 대포가 보였다. 그리고 이것들이 모두 움직이기도 하고, 안개와 연기가 그 일대에 끼어 있기 때문에 움직이고 있는 것처럼 보이기도 하였다. 안개로 뒤덮인 보로지노 마을 부근 일대의 저지에도, 또 그 밖의 보다 더 높은 곳이나 특히 왼쪽 전선에도, 숲이나 밭에도, 저지나 고지 꼭대기에도 끊임없이 무(無)에서 저절로 대포의 연기가 피어올랐다. 때로는 하나하나, 때로는 무리를 지어서, 때로는 천천히 사이를 두고, 때로는 연이어 생겨나 그것이 부풀어오르고 커지고 고리를 그리며 하늘로 날아올라 서로 융합되면서 근처 일대에 보였다.

묘한 표현이긴 하지만 이 포연과 그 소리가 이 광경의 주요한 아름다움을 이루고 있었다.

"팍!"—느닷없이 둥글고 짙은 보라색과 잿빛과 유백색의 연기가 나타나는가 싶더니 그로부터 1초 가량 지나자 펑 하는 그 연기 소리가 울렸다.

"팍, 팍!" 연기가 두 개, 서로 부딪치고 융합되면서 하늘로 올라갔다. 그러자, "펑, 펑!" 눈에 보인 것을 소리가 확인해 주었다.

삐에르는 둥글고 짙은 공과 같은 모양이었을 때 눈길을 떼었던 최초의 연기 쪽을 돌아보았다. 그러자 그 연기가 있던 장소에는 옆으로 늘어진 여러

개의 연기 덩어리가 팍(사이를 두고) 팍, 팍…… 다시 3개, 그리고 4개로
갈라졌다. 뒤이어 그 하나하나에 같은 간격을 두고 펑…… 펑, 펑, 펑 하고,
아름답고 야무지며 정확한 소리가 이에 대답하였다. 그 연기는 때로는 달리
고 있는 것 같기도 하고 때로는 머물러 있어서, 그 곁을 숲과 들과 반짝이는
총검이 달리고 있는 것처럼 보였다. 왼쪽의 들판이나 관목숲 근처에 끊임없
이 이러한 큰 연기가 생겨나 여기에 당당한 소리가 호응하였다. 더 가까운
저지나 숲에서는 작은 둥근 고리 모양을 이룰 틈이 없는 소총의 연기가 나오
고, 작지만 마찬가지로 이에 대답하는 작은 소리가 울렸다. 탕, 타, 타, 탕
하는 소총 소리는 빈번하기는 하지만 포성에 비하면 고르지 못하고 초라했
다.

삐에르는 그 연기와 반짝이는 총검과 대포, 그 움직임, 그 소리가 나는 곳
으로 가보고 싶어졌다. 그는 자기의 인상을 다른 사람들과 대조해 보기 위해
서 꾸뚜조프와 막료들을 돌아다보았다. 삐에르의 느낌으로는, 모든 사람이
자기와 같은 기분으로 앞을, 전장을 바라보고 있었다. 모든 사람의 얼굴에서
는, 어제 삐에르가 알아채고 안드레이와 이야기한 뒤에 완전히 이해했던, 감
정의 잠열(潛熱)이 반짝이고 있었다.

"그럼, 갔다오게. 성공을 비네." 꾸뚜조프는 자기 옆에 서 있는 장군을 향
하여 전장에서 눈을 떼지 않고 말했다.

명령을 듣고 나서, 그 장군은 삐에르 옆을 지나 언덕의 내리막길로 향했다.

"도강 지점으로!" 참모 한 사람이 어디로 가느냐고 물은 데 대해, 그 장
군은 냉정하고 엄격하게 말하였다.

'나도, 나도 가자.' 삐에르는 이렇게 생각하고, 장군이 가는 쪽으로 따라갔
다.

장군은 까자크가 끌고 온 말을 타려 하고 있었다. 삐에르는 두서너 마리의
말을 맡고 있는 자기의 조마사에게로 갔다. 삐에르는 어느 말이 좀 얌전하냐
고 묻고 나서 그 말을 잡아타고 갈기를 붙잡고는, 다리를 안짱다리로 하고
두 다리의 발꿈치를 말 배에 댔다. 그리고 안경이 미끄러져 떨어지려는 것을
느끼면서도 갈기와 고삐에서 손을 뗄 수가 없다는 것을 느끼면서 말을 달려,
언덕 위에서 그를 바라보고 있는 참모들의 미소를 자아냈다.

삐에르가 말을 달려 뒤를 쫓아간 장군은 언덕을 내려가자 갑자기 왼쪽으로 돌아갔다. 때문에 삐에르는 그의 모습을 놓치고, 앞을 걸어가던 보병 대열로 뛰어들고 말았다. 그는 그 속에서 왼쪽이나 오른쪽으로 나가려고 애를 썼다. 그러나 도처에 모두가 걱정스러운 얼굴을 하고, 무엇인지 알 수는 없으나 분명 어떤 중대한 일에 종사하고 있는 병사들이 있었다. 모두가 똑같이 불만스러운 묻는 듯한 눈으로, 무엇 때문인지는 모르나 자기들을 말발굽으로 짓밟으려고 하는 이 하얀 모자의 살찐 사나이를 바라보고 있었다.

"무엇 때문에 대대 한가운데로 말을 타고 들어온 거야!" 그에게 한 사람이 소리쳤다. 다른 한 사람이 개머리판으로 말을 찔렀기 때문에 삐에르는 뛰어오른 말을 안장 앞고리에 달라붙어 간신히 누르면서 병사들 앞쪽의 약간 넓은 곳으로 달려나갔다.

그의 앞에는 다리가 있고, 다리 옆에는 다른 병사들이 서서 사격을 하고 있었다. 삐에르는 그 옆으로 다가갔다. 그는 자기도 모르는 사이에 고르끼 강과 보로지노 사이의 전투 최초의 행동으로(보로지노를 점령한 후) 프랑스 군이 공격했던, 꼴로차 강에 걸린 다리 옆으로 들어온 것이다. 삐에르는 자기 앞에 다리가 있고, 다리 양쪽과 풀밭에서도 어제 그가 연기 때문에 볼 수 없었던 늘어놓은 건초 다발 사이 연기 속에서 병사들이 무엇인가를 하고 있는 것을 보았다. 그러나 그 장소에서는 끊임없이 사격을 하고 있는데도, 삐에르는 이곳이 전장이라는 생각이 전혀 들지 않았다. 그에게는 사방에서 울리는 총탄 소리와 머리 위를 날아가는 포탄 소리도 들리지 않았고, 건너편 물가에 있는 적도 눈에 띄지 않았다. 가까이에서 많은 사람이 쓰러지고 있는데도, 사상자를 오랫동안 알아채지 못했다. 그는 계속 얼굴에 미소를 담은 채 주위를 둘러보고 있었다.

"무엇 때문에 전선 앞에서 말을 몰고 다니는 거야?" 다시 누가 그에게 소리쳤다.

"왼쪽으로 가, 오른쪽으로 가." 그에게 소리치는 사람이 있었다.

삐에르는 말을 오른쪽으로 돌렸고, 거기서 뜻밖에도 라에프스끼 장군의 부관을 만났다. 그 부관은 화가 난 듯 그를 보고 역시 소리를 치려고 했으나, 삐에르라는 것을 알고 가볍게 인사를 하였다.

"당신이 어찌 이런 데에?" 부관은 말하고 그대로 앞으로 달려갔다.

삐에르는 자기가 어울리지 않는 곳에 있고, 하는 일도 없다는 것을 느끼고 또 누군가의 방해가 되는 것을 두려워하여 부관 뒤를 따라 달려갔다.

"여기서 무슨 일이 벌어지는 겁니까? 당신과 같이 있어도 괜찮겠습니까?" 그가 물었다.

"잠깐, 잠깐 기다리십시오." 부관은 대답하고는, 풀밭에 서 있는 뚱뚱한 장군에게로 말을 달려 무엇인가를 전하고 나서 삐에르에게 말하였다.

"당신은 어째서 여기까지 왔습니까? 백작님." 그는 미소지으면서 말했다. "역시 호기심 때문입니까?"

"네, 네." 삐에르는 말했다. 그러나 부관은 말머리를 돌려 앞으로 갔다.

"이곳은 아직 나은 편입니다." 부관은 말했다. "좌익의 바그라찌온군 쪽에서는 굉장한 격전입니다."

"정말입니까?" 삐에르는 물었다. "그것은 어느 쪽입니까?"

"그럼 같이 언덕으로 갑시다. 그곳이라면 잘 보입니다. 우리 포병 진지는 아직 견딜 수 있을 겁니다." 부관이 말했다. "어떻게 하시겠습니까, 가시겠습니까?"

"네, 같이 가겠습니다." 삐에르는 주위를 둘러보고 자기 조마사를 눈으로 찾으면서 말했다. 그때 비로소 삐에르는 비틀거리거나 들것으로 운반되고 있는 부상병들을 보았다. 어제 그가 말을 타고 지나갔던 향기로운 건초를 죽 늘어놓은 풀밭에, 어색하게 목을 구부리고 모자가 미끄러져 떨어진 한 병사가 거북스럽게 움직이지 않고 누워 있었다. "왜 이 사람을 일으키지 않습니까?" 삐에르는 말하려다가, 역시 그쪽을 돌아다본 부관의 엄격한 얼굴을 보고 입을 다물고 말았다.

삐에르는 자기의 조마사를 발견하지 못하였기 때문에, 부관과 함께 저지 (低地)를 지나 라에프스끼 군의 언덕으로 향했다. 삐에르의 말은 자주 부관으로부터 뒤떨어지고, 일정한 리듬으로 삐에르를 흔들어 올리고 있었다.

"보아하니 승마에 익숙하지 않으신 것 같습니다, 백작님." 부관이 물었다.

"아니, 염려없습니다. 그런데 왜 그런지 이 녀석이 마구 뛰어서." 삐에르는 이해할 수 없다는 듯이 말했다.

"아니! …… 이 말은 부상을 당했군요." 부관이 말했다. "오른쪽 앞다리입니다. 무릎 약간 위! 틀림없이 소총알입니다. 축하합니다, 백작님." 그는 말했다. "포화의 세례입니다."

그들은 전진하면서 귀가 먹을 것 같은 포격을 하고 있는 포병대 뒤쪽, 제6군단 사이를 뚫고 연기 속을 지나 조그마한 숲에 도착했다. 숲 속은 서늘하고 조용하며 가을의 정취가 풍기고 있었다. 삐에르와 부관은 말에서 내려 도보로 언덕길을 올라갔다.

"장군은 어디 계십니까?" 언덕에 접근하면서 부관이 물었다.

"방금 계셨습니다만, 저쪽으로 가셨습니다." 오른쪽을 가리키면서 누군가가 대답했다.

부관은 이번에는 이 사람을 어떻게 하면 좋을지 난처하다는 듯이 삐에르를 돌아보았다.

"걱정마십시오." 삐에르가 말했다. "나는 언덕에 올라가 보겠습니다. 괜찮겠죠?"

"네, 갔다오십시오. 거기서라면 전체가 보이고 그다지 위험하지도 않습니다. 나중에 마중하러 가겠습니다."

삐에르는 포대로 향하고 부관은 앞으로 갔다. 두 사람은 그 뒤로 만나지 않았다. 훨씬 나중에, 삐에르는 이날 그 부관이 한쪽 팔을 잃었다는 것을 알았다.

삐에르가 올라간 언덕은 (후에 러시아군 사이에서는 언덕 포대, 혹은 라에프스끼 포대, 프랑스군 측에서는 대 방형 보루, 운명의 방형 보루, 중앙 방형 보루 등의 이름으로 알려졌다) 유명한 장소로, 그 주위에 수만의 인간이 쓰러진 곳이다. 프랑스군은 그곳을 진지의 가장 중요한 거점으로 보고 있었던 것이다.

이 방형 보루는 3면에 참호를 판 언덕으로 되어 있었다. 참호를 둘러 판 곳에는 토루의 구멍에서 내민 10문의 포가 있었고, 이 포들이 계속 쏘아대고 있었다.

이 언덕과 한 줄로 나란히 양쪽에도 대포가 있어서 역시 쉬지 않고 쏘아대고 있었다. 대포의 약간 뒤에 보병대가 있었다. 이 언덕으로 올라가면서 삐에르는, 조그만 참호를 둘러 파고 수 문의 포가 나란히 포격을 하고 있는 이 장소가 전투에서 가장 중요한 장소라고는 전혀 생각하지 않고 있었다.

삐에르는 반대로 이 장소는 (자기가 여기 있다는 이유에서) 전장 중에서 가장 무의미한 곳의 하나라는 생각을 하고 있었다.

언덕에 올라가자 삐에르는 포대를 둘러싸고 있는 참호 한쪽 끝에 앉아 무의식중에 즐거운 미소를 띠면서, 자기 주위에서 일어나고 있는 일들을 바라보고 있었다. 가끔 삐에르는 여전히 미소를 띤 채 일어나서, 대포를 장전하거나 움직이며 자루와 탄약을 가지고 끊임없이 옆을 달려가는 병사들의 방해가 되지 않도록 주의하면서, 포대를 이리저리 걸어다녔다. 그 포대에서 대포가 끊임없이 발사되어 귀가 먹을 것 같은 소리와 화약 냄새가 근처 일대를 뒤덮고 있었다.

엄호하는 보병들 사이에 느껴지는 으스스한 기분과는 반대로, 적은 수의 사람들이 정해진 일을 하며 참호도 다른 곳으로부터 분리되어 있는 이곳 포대에서는 같은 종류이며 모두에게 공통된, 말하자면 가족적인 활기를 느낄 수가 있었다.

하얀 모자를 쓴, 군인이 아닌 삐에르의 모습이 나타난 것은, 처음에는 이 사람들에게 불쾌한 놀라움을 주었다. 병사들은 그의 옆을 지나가면서 신기한 듯, 아니 깜짝 놀란 듯이 그의 모습을 곁눈질했다. 키가 크고 다리가 긴 곰보인 고참 포병 장교는, 맨 끝의 포의 기능을 살펴보는 체하며 삐에르 곁으로 다가와서 신기한 눈으로 바라보았다.

아직 앳된 데가 있고 사관학교를 갓 나온 듯한 젊고 둥근 얼굴의 장교가, 자기에게 맡겨진 2문의 포를 열심히 지시하면서 삐에르에게 엄격한 말투로 말했다.

"죄송합니다만 길을 좀 비켜주시오." 그는 말했다. "여기 계시면 안 됩니다."

병사들은 삐에르를 바라보면서 딱하다는 듯이 고개를 저었다. 그러나 하얀 모자를 쓴 이 사나이가 방해되는 일은 아무것도 하지 않을 뿐만 아니라, 토루 사면에 얌전하게 앉아 있거나 소심한 미소를 짓고 병사들에게 공손하게 길을 비켜 주면서, 포격 아래에서도 흡사 가로수 길이라도 산책하듯이 태연하게 포대를 걸어다니고 있는 것을 모두가 확인하자, 삐에르에 대한 납득하지 못하는 마음은 상냥하고 놀리는 듯한 호감으로 변해갔다. 그것은 병사들이 부대에서 기르고 있는 개, 닭, 염소 등과 같은 자기네들의, 동물에 대해 품고 있는 기분과 비슷했다. 이 병사들은 곧 마음 속으로 삐에르를 가족에 넣고 자기 것으로 만들어 그에게 별명까지 붙였다. 그들은 그를 '우리 나리'라고 부르고 그를 따뜻한 마음으로 놀리고 있었다.

포탄 한 발이 삐에르로부터 두서너 발짝 떨어진 곳에서 땅을 후벼 팠다. 그는 포탄으로 튄 옷의 흙을 털면서 미소를 띠고 사방을 둘러보았다.

"야아, 용케도 무서워하지 않는군요, 나리!" 어깨가 넓은 빨간 얼굴의 병사가 튼튼해 보이는 하얀 치아를 드러내면서 삐에르에게 말했다.

"그럼, 자넨 무섭단 말인가?" 삐에르가 물었다.

"무섭다마다요?" 병사가 대답했다. "이건 인정사정도 없는걸요. 한 개 얻어맞으면 뼈도 못 추리거든요. 무서워하지 않을 수 있겠습니까?" 그는 웃으면서 말했다.

쾌활하고 상냥한 표정을 한 몇 명의 병사가 삐에르 옆으로 와서 섰다. 마치 그들은 삐에르가 남과 다른 말을 하리라고는 생각지도 않았다는 듯이 이 발견이 못 견디게 유쾌한 듯 기뻐했다.

"우리들이야 병사들이지만, 저 나리한테는 놀랐는 걸. 과연 나리는 달라!"

"제자리에!" 젊은 장교가 삐에르의 둘레에 모여 있던 병사들에게 소리쳤다. 그 젊은 장교는 자기 임무를 집행하는 것이 처음이 아니면 두 번째인지, 그 때문에 병사에 대해서나 상관에 대해서 규칙대로 하고 있는 것 같았다.

물결치는 것처럼 울리는 대포와 소총의 일제 사격이 들판 전체에, 특히 왼쪽 바그라찌온의 돌각 보루 쪽에서 차차 심해졌다. 그러나 포연 때문에 삐에르가 있는 곳에서는 거의 아무것도 보이지 않았다. 게다가 포대에 있는 가족과 같은(다른 사람들로부터 격리된) 한 줌의 사람들을 지켜보는 데에 삐에르의 주의는 온통 쏠려 있었다. 전장의 광경과 포성으로 불러 일으켜진 최초의 무의식적인 기쁜 흥분은, 지금 특히 초원에 홀로 쓰러져 있던 그 병사를 보고 나서는 다른 감정으로 변하고 있었다. 지금 그는 참호의 사면에 앉아서 주위 사람들의 얼굴을 지켜보고 있었던 것이다.

10시 무렵까지 이미 20명쯤 되는 병사들이 포대에서 실려나가고 두 문의 포가 파괴되었다. 더욱더 빈번하게 포탄이 떨어지고, 멀리서 총탄이 낮게 으르렁대면서 날아왔다. 그러나 포대에 있는 병사들은 마치 그것을 모르고 있는 것 같았다. 사방에서 쾌활한 이야기 소리와 농담이 들리고 있었다.

"속이 꽉 찬 유탄이다!" 윙윙거리면서 날아오는 유탄을 보고 한 병사가 소리쳤다. "이쪽이 아냐! 보병 쪽이다!" 유탄이 엄호 부대에 떨어진 것을 보고, 다른 병사가 크게 웃으면서 말했다.

"뭐야, 잘 아는 사이인가?" 머리 위로 날아간 포탄에 허리를 굽히고 머리를 숙인 농부를 보고 다른 병사가 웃었다.

몇 명의 병사가 보루 옆에 모여 앞쪽에서 생기고 있는 일을 바라보고 있었다.

"산병선도 철수했어. 봐, 뒤로 물러났어."

"자기 일에 주의해라." 고참 하사관이 그들을 꾸짖었다. "뒤로 물러난 것은 뒤에서 할 일이 있다는 뜻이다." 그리고 하사관은 한 병사의 어깨를 잡고 무릎으로 한 대 먹였다. 폭소가 터졌다.

"5번 포, 앞으로 가라!" 한쪽에서 누군가가 소리쳤다.

"한꺼번에, 힘을 합해서, 배를 끄는 식으로." 대포의 방향을 바꾸고 있던 병사들의 명랑한 목소리가 들렸다.

"아이쿠, 우리 나리께서 하마터면 모자를 떨어뜨릴 뻔했네." 얼굴이 빨간 익살꾼이 이를 드러내고 삐에르를 보며 웃었다. "쳇, 엉망이다." 그는 바퀴와 병사 발에 명중한 포탄을 보고 꾸짖듯이 말을 덧붙였다.

"뭐야, 어이, 여우!" 부상병을 운반하러 포대로 들어오는, 등을 웅크린 민병을 보고 다른 병사가 웃었다.

"뭐야, 죽이 맛이 없나? 이 겁쟁이들, 발이 움직이지 않는군!" 한쪽 다리가 달아난 병사 앞에서 망설이고 있는 민병에게 누군가가 소리를 질렀다.

"여보게." 병사들은 농민들의 말을 흉내 냈다. "대단히 싫으신 모양이군!"

포탄이 떨어지고 사상자가 날 때마다 모두의 활기가 더욱 불타오르고 있음을 삐에르는 알았다.

마치 다가오는 번개 구름에서 나오기라도 하는 듯이, 그 모두의 얼굴에 (지금 생기고 있는 일에 저항하는 것처럼) 감추어진 불타오르는 불의 번개가 더욱더 밝게 번쩍이는 것이었다.

삐에르는 앞쪽의 전장은 보지 않았고 거기서 생기고 있는 일을 알아보려는 흥미도 없었다. 그는 더욱더 격렬하게 불타오르는 불에 넋을 잃고, 그것에 완전히 압도되어 있었다. 그리고 그 불길은 그의 마음 속에서도 똑같이

(그것을 그는 느끼고 있었다) 타오르는 것이었다.

10시에 포대 앞쪽의 덤불 속과 까멘까 강가에 있던 보병들은 퇴각했다. 그들이 짜맞춘 소총에 부상병을 얹어 운반하면서 뒤로 달려가는 모습이 포대에서 보였다. 누군지 알 수 없는 장군이 막료를 데리고 언덕에 올라와서 대령과 이야기를 나누고, 화가 난 듯이 삐에르를 보고 포대 뒤쪽에 있는 엄호부대의 사격에 노출되지 않도록 엎드려 있으라고 명령하고 다시 아래로 내려갔다. 그 뒤를 이어 포병 오른쪽의 보병 대열 사이에서 북소리와 호령이 들리고, 보병의 대열이 앞으로 이동하는 것이 포대에서 보였다.

삐에르는 보루 너머를 바라보고 있었다. 한 얼굴이 유달리 그의 눈에 띄었다. 그것은 축 처진 군도를 끌고 뒤로 가면서 불안스럽게 돌아보고 있는 젊고 얼굴이 창백한 장교였다.

보병의 대열은 연기 속에 사라지고 길게 울리는 함성과 빈번한 소총 소리가 들렸다. 잠시 후에 부상자와 들것의 무리가 그쪽에서 왔다. 포대에는 더욱더 요란하게 탄환이 떨어지기 시작했다. 몇 사람은 수용되지 않은 채 쓰러져 있었다. 포 둘레에서는 병사들이 더욱 바쁘게 활기를 띠고 움직이고 있었다. 이미 아무도 삐에르에게 주의하는 사람은 없었다. 두서너 번 그가 길을 막고 있다고 고함을 치는 사람이 있었다. 고참 장교는 얼굴을 찡그리고 성큼성큼 빠른 걸음으로 포에서 포로 옮겨갔다. 앳된 젊은 장교는 아까보다도 더 얼굴을 붉히고 더욱더 열심히 병사를 지휘하고 있었다. 병사들은 탄약통을 건네주고 대포의 방향을 바꾸기도 하고 포에 장전하면서 긴장하며 맵시 있게 자기 일을 하고 있었다. 그들은 스프링이라도 달린 것처럼 활발하게 움직이고 있었다.

소나기 구름이 차차 접근해 오고, 삐에르가 타오르는 것을 지켜보던 불이 모두의 얼굴에 빨갛게 비치고 있었다. 삐에르는 고참 장교 옆에 서 있었다. 앳된 젊은 장교가 거수경례를 하면서 고참 장교에게로 달려왔다.

"보고합니다, 대령님. 탄약통은 여덟 개 밖에 남아 있지 않습니다. 포격을 계속 명령하시겠습니까?" 그는 물었다.

"산탄!" 보루 너머 앞쪽을 바라보던 고참 장교가 대답 대신에 소리쳤다.

그때 별안간 젊은 장교가 "앗!" 하고 소리지르더니 땅에 웅크렸다. 마치 날고 있는 새가 총을 맞은 것 같았다. 삐에르의 눈에는 이 모든 것이 기묘하고 분명치 않고 구름에 덮여 있는 것 같았다.

포탄은 연달아 윙윙거리며 날아와서 흙벽과 병사와 포에 명중했다. 이제까지 이러한 소리가 귀에 들어오지 않았던 삐에르에게는, 지금은 그 소리만이 귀에 들렸다. 포대 옆 오른쪽에서 "우라!" 하고 외치면서 병사들이—삐에르의 느낌으로는—앞이 아니라 뒤쪽으로 뛰어갔다.

포탄이 삐에르가 서 있는 앞의 보루의 맨 끝에 명중하여 사방으로 흙을 뿌렸다. 이어 눈 앞에 검은 공과 같은 것이 날아가, 그 순간 무엇인가에 철컥 맞았다. 언덕으로 올라오려던 민병들은 뒤로 돌아 도망갔다.

"모두 산탄을 써라!" 장교가 소리쳤다.

하사관이 고참 장교에게로 달려와서, 겁먹은 작은 목소리로(식사 때 요리사가 주인이 요구한 술이 다 떨어졌다고 알리듯이) 탄환이 없다고 말하였다.

"제기랄, 무얼 하고 있는 거야!" 장교는 소리치고 삐에르에게로 얼굴을 돌렸다. 고참 장교의 얼굴은 새빨갛게 상기된 채 땀에 젖어 있었고 찌푸린 눈은 번득였다. "예비대로 달려가서 탄약 상자를 가져와라!" 화난 듯이 삐에르를 쏘아보며 부하 병사에게 소리쳤다.

"제가 가겠습니다." 삐에르가 말했다.

장교는 대답하지 않고, 성큼성큼 걸어서 반대쪽으로 갔다.

"사격 중지! …… 대기!" 그는 외쳤다.

탄약을 가지러 갈 명령을 받은 병사가 삐에르와 부딪쳤다.

"아이쿠, 나리, 여긴 당신이 있을 곳이 아니에요." 병사는 말하고 아래쪽으로 뛰어 내려갔다. 삐에르는 젊은 장교가 웅크리고 있는 장소를 피해 병사 뒤를 따라서 달려갔다.

한 발, 두 발, 세 발의 포탄이 그의 머리 위를 날아가고, 앞과 옆과 뒤쪽에 떨어졌다. 삐에르는 아래로 달려내려갔다. '나는 어디로 가는 거지?' 이미 파란 탄약 상자 가까이 다다랐을 때, 문득 그는 생각했다. 그는 돌아갈 것인지, 앞으로 갈 것인지 망설이며 걸음을 멈추었다. 갑자기 무서운 충격이 그를 뒤쪽으로 튕겨 땅 위에 때려눕혔다. 동시에 커다란 불이 번쩍여 그를 비추고 고막을 찢는 듯한 소리가 울리면서 터졌다.

정신을 차려 보니 삐에르는 땅에 두 손을 짚고 엉덩방아를 찧고 주저앉아 있었다. 그가 가까이까지 접근했던 상자는 없었다. 다만 불에 타 그은 초록색 판자와 천 조각이 불탄 풀 위에 뒹굴고 있을 뿐이었다. 그리고 말 한 마리가 부러진 수레 채를 질질 끌면서 삐에르로부터 달아나고, 다른 또 한 마리는 삐에르처럼 땅바닥에 쓰러진 채 가늘고 길게 비명을 지르고 있었다.

32

삐에르는 무서운 나머지 벌떡 일어나, 자신을 둘러싼 온갖 공포로부터 빠져나오는 유일한 피난처인 포대로 뛰어갔다.

삐에르가 참호에 들어가려고 했을 때, 포대에는 포격 소리가 나지 않았으나 누군가 몇몇 사람이 무엇인가를 하고 있다는 것을 알았다. 삐에르는 그것이 어떠한 사람들인지 알 겨를도 없었다. 그는 고참 대령이 마치 무엇인가 아래쪽에 있는 것을 바라보는 것처럼 이쪽으로 엉덩이를 돌리고 보루 위에 누워 있는 것을 보았다. 그의 눈에 띈 한 병사가, 자기 손을 누르고 있는 사람들을 뿌리치고 앞으로 가려고 하면서 "형제!" 하고 외치는 것을 보았다. 그리고 아직도 무엇인가 이상한 것이 보였다.

그러나 그는 아직 대령이 전사했다는 것도, "형제!"라고 외친 자가 포로가 되었다는 것도, 자기 눈 앞에서 다른 병사가 등에 총검으로 찔린 것을 잘 이해할 겨를이 없었다. 그가 참호에 채 뛰어들기도 전에, 푸른 군복을 입은 메마르고 흙빛을 한 땀에 젖은 얼굴의 사나이가 손에 칼을 쥐고 무엇인가 외치면서 그를 향해 뛰어왔다. 두 사람은 서로 상대방을 보지 않고 마주 달려왔기 때문에, 삐에르는 본능적으로 충돌을 피하려고 두 손을 내밀어 그 사나이의(그것은 프랑스군 장교였다) 어깨를 한 손으로, 그리고 또 한 손으로 목을 휘어잡았다. 장교는 칼을 버리고 삐에르의 목덜미를 붙잡았다.

수 초 동안 그들 두 사람은 겁에 질린 눈으로 낯선 상대방 얼굴을 노려보며, 자기들이 무엇을 했는지, 무엇을 하면 좋은지 갈피를 못 잡고 망설이고 있었다. '나는 포로가 된 것인가, 그렇지 않으면 이놈이 내 포로가 된 것인가?' 그들은 서로 이렇게 생각했다. 그러나 프랑스 장교 쪽이 자기가 포로가 되었다고 더 강하게 생각하는 것 같았다. 그것은 삐에르의 힘센 팔이 저도 모르게 솟아나는 공포로 말미암아 더욱더 힘을 주어 그의 목을 죄고 있었기 때문이다. 프랑스인이 무슨 말을 하려고 한 순간, 포탄이 두 사람의 머리 위를 낮게, 무섭게 소리를 내면서 날아갔다. 그리고 삐에르에게는 프랑스 장교의 목이 비틀어 떨어져 나간 것처럼 여겨졌다. 그 정도로 그는 재빨리 목을 움츠린 것이다.

삐에르도 고개를 수그리고 손을 놓았다. 이제 누가 누구를 포로로 잡았느냐는 생각하지 않고, 프랑스인은 포대로 달려가고, 삐에르는 자기 발을 붙잡을 것만 같이 느껴지는 사상자들에게 발이 걸려 휘청거리면서 언덕을 뛰어 내려갔다. 그러나 산기슭까지 다 내려가기도 전에, 이쪽을 향하여 달려오는 러시아 병들의 밀집 집단과 마주쳤다. 병사들은 쓰러지기도 하고 발이 걸려 휘청거리기도 하면서, 함성을 지르며 폭풍처럼 포대를 향하여 뛰고 있었다 (이것은 에르몰로프가 자기의 공적으로 돌려 자기의 용기와 행운에 의해서 비로소 이뤄진 수훈이라고 말했던 공격이며, 그가 호주머니에 있던 게오르기 훈장을 언덕을 향해 내던지려 했다고 일컬어진 공격이었다).

포대를 점령하고 있던 프랑스군은 도망가기 시작했다. 우군은 "우라!" 소리를 지르면서 프랑스군을 포대 멀리까지 쫓아냈다. 오히려 너무 깊이 추격하지 않도록 러시아 병을 제지하는 데 애를 먹을 정도였다.

포대에서 포로를 데리고 갔지만 그 중에는 부상한 프랑스 장군도 있어서, 그 주위를 장교들이 둘러싸고 있었다. 삐에르가 알고 있는 사람이나 모르는 사람, 러시아인이나 프랑스인 부상병들이 고통으로 일그러진 얼굴로 걷기도 하고 기기도 하고, 들것에 실려 포대에서 내려갔다. 삐에르는 자기가 한 시간 이상이나 시간을 보낸 언덕으로 올라갔다. 그를 받아들였던 가족적인 모임은 한 사람도 찾아볼 수가 없었다. 거기에는 낯모를 시체가 수없이 있었다. 그러나 몇 사람은 알아볼 수 있었다. 그 앳된 젊은 장교는 여전히 몸을 웅크린 채, 보루 끝의 피바다 속에 앉아 있었다. 얼굴이 빨간 병사는 팔딱팔딱 움직이고 있었지만 아직 후송되지 않고 있었다.

삐에르는 아래로 뛰어내려갔다.

'이제 그들은 이런 짓을 그만 둘 것이다. 이젠 자기들이 한 일에 몸서리칠 거야.' 삐에르는 전장에서 이동해 가는 들것 무리의 뒤를 목적도 없이 걸으면서 생각했다.

그러나 초연에 싸인 태양은 여전히 높고 앞쪽에서는, 특히 왼쪽 셰묘노프스꼬에 마을 부근에서는 연기 속에서 무엇인가 들끓고, 총격이나 포격이 약해지지 않을 뿐만 아니라 필사적일 정도까지 강해지고 있었다. 그것은 남아 있는 힘을 쥐어짜 울부짖고 있는 인간 같았다.

33

 보로지노 회전의 주요한 전투는, 보로지노 마을과 바그라찌온 돌각 보루 사이의 약 2000m에 걸친 지역에서 이루어졌다(이 공간 이외에서는 정오 무렵 러시아군에 의해서 양동 작전이 이루어지고, 반대쪽에서는 우치짜 강의 앞쪽에서 뽀나또프스끼 군과 뚜치꼬프 군의 충돌이 있었다. 그러나 이것은 전장 한가운데에서 이루어진 것에 비하면 두 개의 고립된 소규모 전투에 지나지 않았다). 보로지노 마을과 돌각 보루 사이 숲 옆의 들판에서, 가로막는 것 없이 양쪽에서 잘 보이는 곳에서 더할 나위 없이 단순하게, 책략이고 뭐고 없이 주요한 전투가 이루어진 것이다.

 전투는 쌍방의 수백 문의 포격으로 시작되었다.

 초연이 온 들판을 뒤덮자 그 연기 속에서 (프랑스군 쪽에서 보아) 오른쪽에서는 데쎄와 꼼빵의 2개 여단이 돌각 보루를 향하여, 왼쪽으로부터는 부왕의 몇 개 연대가 보로지노를 향하여 움직이기 시작하였다.

 나폴레옹이 있던 셰바르지노 방형 보루에서 돌각 보루는 약 1km 거리에 있었으나, 보로지노는 직선으로 2km 이상의 거리에 있었다. 그 때문에 나폴레옹은 거기에서 일어나고 있는 것을 볼 수가 없었다. 더군다나 연기가 안개에 융합되어 전 지역을 뒤덮고 있었기 때문에 더욱 그러했다. 돌각 보루로 향한 데쎄 여단의 병사들은, 돌각 보루와 그들을 갈라놓고 있는 골짜기로 내려갈 때까지밖에 보이지 않았다. 그들이 골짜기로 내려가자마자, 돌각 보루의 포격과 총격의 연기가 갑자기 짙어져서 골짜기 저편의 오르막길을 덮고 있었다. 연기를 통해서 무엇인가 검은 것―아마도 사람―과 이따금 총검이 번쩍였다. 그러나 그것이 움직이고 있는 것인지 멈추어 있는 것인지, 프랑스군인지 러시아군인지 셰바르지노 방형 보루에서는 보이지 않았다.

 태양은 밝게 떠올라, 손을 이마에 대고 돌각 보루를 내다보고 있던 나폴레옹의 얼굴에 햇볕이 비스듬히 비치고 있었다. 연기는 돌각 보루 앞쪽에 퍼져서 때로는 그 연기가 움직이고 있는 것처럼, 때로는 군대가 움직이고 있는 것처럼 보이기도 했다. 이따금 총성의 틈을 타서 사람들이 외치는 소리가 들리기도 했지만, 그들이 거기서 무엇을 하고 있는지는 알 수 없었다.

 나폴레옹은 언덕 위에 서서 망원경으로 내다보고 있었다. 망원경의 조그마한 동그라미 속에 초연과 인간을, 때로는 우군, 때로는 러시아 병을 보고 있었다. 그러나 다시 한 번 눈으로 보면 지금 본 것이 어디 있는지 알 수가 없었다.

 그는 언덕에서 내려가 그 앞을 이리저리 걷기 시작했다.

이따금 그는 걸음을 멈추고 포성에 귀를 기울이기도 하고 전장을 바라보기도 하였다.

그가 서 있는 언덕의 낮은 곳에서는 물론, 지금 몇 사람의 장군들이 서 있는 언덕 위에서는 그곳에서 무슨 일이 벌어지는지 알 수가 없었다. 또한 러시아군과 프랑스군, 죽은 자나 상처를 입은 자, 살아 있는 자나 겁에 질린 자, 그리고 미친 것 같은 병사들이 한데 뒤섞이거나 떨어져나가는 돌각 보루에서도, 자신들이 있는 바로 그 장소에서 대체 무슨 일이 일어나고 있는지 도저히 알아차릴 수가 없었다. 몇 시간에 걸쳐서 그곳에는 쉴새없이 소총과 대포의 사격이 한창인 가운데 때로는 러시아 병만, 때로는 프랑스 병만, 때로는 보병만, 때로는 기병만 나타났다. 나타나자마자 쓰러지고 총을 쏘고, 서로 부딪치면서 무엇을 하고 있는지도 모른 채 외치기도 하고 뒤로 도망가기도 하였다.

전장으로부터 끊임없이 나폴레옹에게로, 그가 보낸 부관이나 그의 원수들의 전령병이 전황에 대한 보고를 가지고 말을 몰고 왔다. 그러나 그 보고들은 모두가 오보였다. 그것은 전투가 한창일 때 지금 이 순간에 무엇이 일어나고 있는가를 말하는 것은 불가능했고, 대개의 부관들이 전투 현장에는 가지도 않고 남한테서 들은 것을 그대로 전했기 때문이다. 게다가 부관이 나폴레옹이 있는 데까지 2, 3km의 거리를 말을 몰고 오는 동안에 전황이 달라져서, 가져온 보고가 이미 부정확한 것으로 돼 버리는 탓도 있었다. 예를 들어 부왕으로부터 부관이 달려와서 보로지노가 점령되고 꼴로차 강의 다리는 프랑스군 수중에 있다는 소식을 알려왔다. 부관은 나폴레옹에게 군대의 도강을 명령할 것인가의 여부를 물었다. 나폴레옹은 건너편 강가에서 대열을 갖추고 대기하라고 명령했다. 그러나 나폴레옹이 이 명령을 내렸을 때뿐만 아니라 부관이 보로지노를 출발한 직후에, 다리는 이미 전투 초기에 삐에르가 본 백병전에서 러시아군에 탈환되어 불태워졌던 것이다.

돌각 보루로부터 새파랗게 질린 겁먹은 얼굴로 달려온 부관이 공격이 격퇴되고 꼼빵이 부상했으며, 다부가 전사했다고 나폴레옹에게 보고했다. 그런데 실은 프랑스군이 격퇴되었다고 부관이 말하는 동안에 돌각 보루는 다른 부대에 의해 점령되었고, 다부도 가벼운 타박상을 입은 데 지나지 않았다. 이와 같이 아무래도 거짓말이 되지 않을 수 없는 보고에 따라 나폴레옹은 명령을 내렸는데, 그것은 그가 명령을 내리기 전에 이미 수행되어 있던가 수행하는 것이 불가능했거나 수행되지도 않았다.

전장으로부터 가장 가까운 거리에 있었지만, 역시 나폴레옹과 마찬가지로 전투 자체에는 참가하지 않고, 가끔 포화 밑으로 말을 몰고 간 데 지나지 않았던 원수와 장군들은, 나폴레옹의 명령을 기다리지 않고, 어디를 향해서 어디에서 쏘면 되는가, 또 기병은 어디로 말을 달리고 보병은 어디로 뛰어가면 좋은가에 대해 나름대로 지시를 하고 명령을 내리고 있었다. 그러나 그들의 지시까지도 나폴레옹의 명령과 마찬가지로 실행되는 일이 극히 드물었다. 대개는 그들이 명령을 내린 것과는 반대의 결과가 되었다. 전진 명령을 받은 병사들은 산탄 사격을 받고 퇴각했다. 그 자리에 머물라는 명령을 받은 병사들은 갑자기 자기들 앞에 나타난 러시아군을 보고 때로는 퇴각하기도 하고, 때로는 앞으로 돌진하기도 하였다. 또 기병은 기병대로 퇴각하는 러시아군을 명령도 없이 추격하였다. 예를 들어, 기병 2개 연대는 셰묘노프스꼬에 골짜기를 넘어 올라가기 시작하다가 곧 방향을 돌려 전속력으로 뒤로 되돌아왔다. 마찬가지로 보병도 때로는 명령된 것과는 전혀 다른 방향으로 달리면서 이동하였다. 어디에 언제 대포를 움직이는가, 언제 보병을 내서 발포할 것인가, 언제 기병을 내서 러시아 보병을 유린할 것인지 하는 모든 명령을, 전장에서 가장 가까운 전열에 있던 각 부대장들은 나폴레옹뿐만 아니라 네이나 다부나 뮤러에게까지도 물어보지 않고 직접 내렸다. 전투에서는 모든 일이 인간에게 있어 가장 중요한 것, 즉 자신의 생명에 관계되기 때문이다. 그래서 그들은 명령 불이행이나 독단적 명령의 견책 등을 무서워하지 않았고, 때로는 구원이 뒤로 달리는 데에, 때로는 앞으로 달리는 데에 있는 것처럼 여겨져 그때의 기분에 따라 행동을 한 것이다. 실제로 이러한 전진이나 후퇴는 모두 부대의 상태를 편하게도 하지 않고 바꾸지도 않았다. 그들이 서로를 향해서 뛰거나 말을 달린 것은 모두 그들에게 피해를 발생시키지 않았다. 피해, 즉 죽음이나 폐질(廢疾)을 가져온 것은 이 친구들이 우왕좌왕하고 있는 지역 도처에서 날아오는 포탄이나 총탄이었다. 이 친구들이 포탄이나 총탄이 날아오는 공간으로부터 나오자마자 후방에 서 있던 지휘관들이 곧 그들을 정돈하고 군기에 복종시켜, 그 군기의 힘으로 다시 그들을 포화 속으로 끌어들여, 거기에서 그들은 다시(죽음의 공포의 힘으로) 군기를 잃고 될 대로 되라는 식의 군중심리로 우왕좌왕하는 것이었다.

34

이 포화의 범위 가까이에 있었기 때문에 때로는 그 범위 속에 들어가기도 한 나폴레옹의 장군들인 다부, 네이, 뮤러 등은 몇 차례에 걸쳐 이 포화의 범위 안으로 정연한 대군을 투입하였다. 그러나 이제까지의 온갖 전투에서 반드시 일어났던 것과 달리, 기대했던 적군 패주의 소식 대신에 정연한 대군이 지리멸렬의 혼란에 빠진 겁에 질린 무리가 되어 거기에서 되돌아왔다. 장군들은 군을 다시 편성했지만 인원은 점점 줄어들고 있었다. 정오 무렵 뮤러는 나폴레옹에게 자기 부관을 보내어 증원을 요구했다.

나폴레옹이 언덕 기슭에 앉아 펀치 술을 마시고 있을 때 뮤러의 부관이 말로 달려와서, 폐하께서 앞으로 1개 여단을 보내 주신다면 러시아군을 확실히 격멸할 수 있다고 전했다.

"증강?" 나폴레옹은 마치 그 말을 이해할 수 없다는 듯이, (뮤라의 머리처럼) 길고 검은 머리카락이 곱슬곱슬한 아름다운 소년과 같은 부관을 바라보며 엄격하면서도 놀라운 표정으로 말하였다. '증강!' 나폴레옹은 생각했다. '그들은 무슨 증원을 요구하고 있는 거야? 군의 절반을 수중에 가지고 별로 방비도 없는 약한 러시아군의 한 부분을 공격하고 있으면서.'

"나폴리 왕에게 전하라." 나폴레옹은 엄격한 말투로 말했다. "아직 정오가 되지 않았고, 나는 아직 장기판이 뚜렷이 안 보인다고 말이야. 가라……"

머리가 긴 미소년 같은 부관은 거수경례를 한 채 크게 한숨을 쉬고, 다시 살인을 저지르고 있는 곳으로 달려갔다.

나폴레옹은 일어나서 꼴란꾸르와 베르쩨를 불러, 두 사람을 상대로 전투와는 아무 관계도 없는 이야기를 하기 시작했다.

나폴레옹의 흥미를 끌기 시작한 이야기 도중에 베르쩨의 눈은, 땀투성이의 말을 타고 언덕을 향하여 달려오는 한 장군에게로 쏠렸다. 그것은 벨랴르였다. 그는 말에서 내리자 빠른 걸음으로 황제에게로 다가와서, 대담하고 큰 소리로 증강의 필요를 역설하기 시작했다. 황제가 앞으로 1개 여단을 더 보내 준다면 러시아군을 반드시 궤멸시키겠다고 그는 명예를 걸고서 맹세하는 것이었다.

나폴레옹은 어깨를 움츠리며 아무 대답도 하지 않고 계속해서 어슬렁어슬렁 걷고 있었다. 벨랴르는 자기를 둘러싼 막료 장군들과 열띤 목소리로 이야기를 시작하였다.

"벨랴르, 자네는 너무 흥분하고 있어." 나폴레옹은 말을 타고 달려온 벨랴르 장군 쪽으로 다시 다가가면서 말했다. "포화가 한창일 때에는 자칫 실수를 하기 쉬운 법이야. 가서 잘 보고 나서 다시 나한테 오게."

벨랴르가 아직 시야에서 사라지기도 전에, 전장에서 온 새로운 전령이 반대쪽에서 말을 몰고 왔다.

"뭐야, 또 무슨 일인가?" 나폴레옹은 계속되는 방해에 초조해진 말투로 말했다.

"폐하, 대공이……" 부관이 말하기 시작했다.

"증강을 바라는 건가?" 화난 몸짓으로 나폴레옹은 말하였다. 부관은 그렇다는 듯이 고개를 숙이고 보고를 하기 시작했다. 그러나 황제는 외면하고, 두서너 걸음 걷다가 발을 멈추고 뒤로 돌아와서 베르쩨를 불렀다. "예비군을 보내야겠다." 그는 약간 어이가 없다는 듯이 양손을 펼치면서 말했다. "누구를 보내면 좋을까, 자넨 어떻게 생각하나?" 그는 그 후 '내가 독수리로 만든 거위 새끼'라고 부른 베르쩨에게 말했다.

"폐하, 끌라빠레드 여단을 파견하시면 어떻겠습니까?" 모든 여단, 연대, 대대를 기억하고 있는 베르쩨가 말했다.

나폴레옹은 찬성한다는 듯이 고개를 끄덕였다.

부관이 끌라빠레드 여단으로 말을 몰았다. 그리고 몇 분 후에는 언덕 뒤쪽에 있던 새로운 근위대가 그 위치에서 움직이기 시작했다. 나폴레옹은 말없이 그 방향을 바라보고 있었다.

"아냐." 느닷없이 그는 베르쩨에게 말했다. "끌라빠레드를 보낼 수는 없다. 프리앙 여단을 보내게." 그는 말했다.

끌라빠레드 대신에 프리앙 여단을 보내는 것이 유리하다는 점은 하나도 없었고, 오히려 지금에 와서 끌라빠레드를 남겨 두고 프리앙을 파견한다는 것은 분명히 형편이 나빴으며 정체가 생길 것이었지만, 그 명령은 정확하게 수행되었다. 나폴레옹은 자기가 내린 처방약으로 자기 부대에 해를 끼치는 의사의 역할을—자기가 그토록 올바르게 이해하고 비난하고 있던 역할을—

하고 있다는 것을 알아차리지 못했다.

프리앙 여단도 다른 부대와 마찬가지로 전장의 초연 속으로 사라졌다. 사방에서 부관들이 달려와서는 상의라도 한 것처럼 똑같은 말을 했다. 모두가 증강을 원하고, 러시아군이 아직도 그들의 진지를 지키고 있고 지옥의 불과 같은 포화를 퍼부어 오기 때문에 프랑스군의 수는 눈에 띄게 줄고 있다고 말하였다.

나폴레옹은 생각에 잠겨 접는 의자에 앉아 있었다.

아침부터 시장기를 느끼고 있던, 여행을 좋아하는 보쎄가 황제에게로 다가가더니 공손히 절을 하고 나서 조반을 들 것을 권했다.

"이젠 폐하께 전승의 축하를 드려도 좋다고 생각합니다만." 그는 말했다.

나폴레옹은 말없이 고개를 가로저었다. 이 부정(否定)은 승리에 관한 것이지 조반하고는 관계가 없다고 생각한 보쎄는, 식사를 할 수 있을 때 그것을 방해할 이유는 이 세상에는 없다고 익살스러우면서도 공손한 말투로 말했다.

"물러가게……." 느닷없이 나폴레옹은 언짢은 듯이 이렇게 말하고는 외면했다. 미련과 후회와 감격이 뒤섞인 행복스러운 미소가 보쎄의 얼굴에 확 피어올랐다. 그리고 그는 헤엄치는 듯한 걸음걸이로 다른 장군들이 있는 쪽으로 물러갔다.

나폴레옹은 기분이 무거웠다. 그것은 무턱대고 돈을 퍼부어 언제나 돈을 따온 항상 운이 좋았던 노름꾼이, 이제까지와는 달리 승부의 온갖 가능성을 생각하여 써야 할 가장 좋은 수를 쏟아 부었는데도 불구하고 더욱더 돈을 잃을 가능성이 확실해지는 것을 느끼는 것과 비슷했다.

군대도 이전과 다르지 않았고, 장군들도 변함없었다. 전투 준비와 작전 계획도 이전과 다름없었다. 포고도 마찬가지로 간결하면서 힘차고, 그 자신도 달라진 것이 없었다. 그는 이전에 비해서 훨씬 경험이 풍부해졌고 노련해진 것도 알고 있었다. 적도 아우스터리츠나 프리틀란드 때와 똑같았다. 그런데, 무서운 기세로 내리친 손이 마법에 걸린 것처럼 힘없이 풀린 것이다.

모든 것이 항상 성공을 거두었던 이전과 같은 방법이었다. 포병대의 한 지점에 대한 집중도, 전선 돌파를 위한 예비대의 반격도, 강철 같은 기병대의 공격도. 그러한 모든 방법이 이미 다 사용되었는데도 승리를 얻을 수가 없을 뿐더러, 사방으로부터 장군들의 사상(死傷)이나 증원의 필요, 러시아군 격파의 불가능함이나 군의 혼란 등이 보고되었다.

이전 같으면 두서너 가지 명령을 내리고, 두서너 마디 정해진 말을 하면 그것으로 끝이었다. 장군이나 부관들이 축하의 말을 가지고 밝은 얼굴로 말을 몰고 와서, 수 개 군단의 포로나 적의 군기나 독수리 문장(紋章)의 다발, 더 나아가서는 대포와 수송차 등을 전리품으로서 보고했었다. 그리고, 뮈러도 그저 수송차의 수용을 위해 기병대를 보내달라고 요청할 뿐이었다. 로디, 마렌고, 아르꼴레(이상 북이탈리아의 지명), 이에나, 아우스터리츠, 바그람 등에서의 전투가 모두 그러했다. 그런데 이번에는 무엇인가 이상한 일이 나폴레옹의 군대에서 일어나고 있는 것이었다.

돌각 보루를 점령했다는 소식이 있었음에도 불구하고 나폴레옹은 그것이 이제까지의 자기의 전투에 있었던 것과는 다르다는 것, 전혀 다르다는 것을 알아차리고 있었다. 그는 자기가 느끼고 있는 것과 같은 기분을, 전투의 기분을 쌓은 자기 주위에 있는 사람들도 느끼고 있다는 것을 알고 있었다. 모든 사람의 얼굴이 침울하고 모두의 눈이 서로를 피하고 있었다. 다만 보셰만이 일어나고 있는 일의 뜻을 이해하지 못했다. 나폴레옹은 전쟁의 오랜 경험을 쌓고 있었기 때문에, 여덟 시간에 걸친 모든 노력을 했음에도 불구하고 공격측이 이길 수 없는 전투라는 것이 무엇을 의미하는지 잘 알고 있었다. 그는 이것이 거의 진 전쟁이고, 극히 사소한 우연이 지금에 와서는—지금 전투가 처해 있는 극한에 이른 긴장점(緊張點)에서는—자기와 자기의 군을 파멸시킬 염려가 있다는 것을 알고 있었다.

승리를 거둔 전투는 하나도 없었고, 두 달 동안에 군기도 대포도 군단도 손에 넣을 수 없었다. 이 기묘한 러시아 원정 전체를 여러 가지로 머리에 떠올리고, 주위 사람들의 슬픔을 감춘 얼굴을 보고 러시아군이 여전히 버티고 있다는 보고를 듣고 있으면, 나폴레옹은 꿈속에서 느끼는 것과 같은 무서운 기분을 느꼈다. 그리고 자기를 파멸시킬지도 모르는 갖가지 불행한 가능성이 머리에 떠올랐다. 러시아군이 나폴레옹의 좌익을 공격할지도 모른다. 한가운데를 돌파할지도 모른다. 유탄이 자기 자신을 쏴 죽일지도 모른다. 그러한 일이 일어날 수가 있었다. 이제까지의 전투에서 그는 오직 승리의 가능성밖에 생각하지 않는데, 이번에는 무수한 불행한 가능성이 떠오르고, 더욱이 그 모든 것을 그는 각오하고 있었다. 그것은 바로 꿈속에서 악한의 습격을 받아, 반드시 상대방을 타도할 수 있을 것이라고 자신하면서 있는 힘을 다하여 손을 들어올려 악한을 내리쳤을 때, 그 손이 넝마처럼 힘이 빠져, 비참한 죽음을 피할 수 없는 공포가 무력하고 무원(無援)의 인간을 사로잡을 때의 느낌과 비슷했다.

러시아군이 프랑스군의 좌익을 공격하고 있다는 보고가 나폴레옹의 마음에 이러한 공포를 불러 일으켰다. 그는 고개를 떨구고 두 팔꿈치를 무릎에 세우고 말없이 언덕 아래의 접는 의자에 앉아 있었다. 베르쩨가 다가와서, 전황이 어떻게 돌아가고 있는지 확인하기 위해 전선을 시찰하시면 어떻냐고 권했다.

"뭐, 뭐라고?" 나폴레옹은 말했다. "그렇군, 말을 내라고 일러 주게."

그는 말을 타고 셰묘노프스꼬에 마을로 향했다.

나폴레옹이 말을 몰고 간 지역 일대에 걸쳐서 천천히 퍼져 나가는 초연 속에, 피바다 속에, 말과 사람이 점점이 또는 무더기가 되어 쓰러져 있었다. 이와 같이 무서운 광경을, 이토록 작은 지역에 이토록 많은 죽은 자를 나폴레옹도 부하 장군들 그 누구도 아직 한 번도 본 일이 없었다. 10시간 동안 끊임없이 울리고 있는 포성이, (활인화(活人畫)의 반주 음악처럼) 그 광경에 특별한 의미를 부여하고 있었다. 나폴레옹은 셰묘노프스꼬에 고지로 나왔다. 그러자 그의 눈에는 익지 않은 낯선 색깔의 제복을 입은 병사들의 대열이 연기를 통해서 보였다. 그것은 러시아군이었다.

러시아군은 셰묘노프스꼬에 마을과 언덕 배후에 밀집을 이루어 서 있었다. 그리고 화포는 전선 전체에 걸쳐 끊임없이 울리며 연기를 올리며 있었다. 전투는 이미 존재하지 않았다. 존재한 것은 연이어 계속되는 살인이었고, 러시아측에서도 프랑스측에서도 쓸데없는 살육이 있을 뿐이었다. 나폴레옹은 말을 멈추고, 베르쩨에 의해 방해된 명상에 다시 잠겼다. 그는 자기 앞과 주위에서 생기고 있는 일, 자기가 지배하고, 자기에 의해서 좌우되고 있다고 여겨지는 일을 저지할 수가 없었다. 그리고 성공하지 못한 결과로서 이 전투가 그에게 처음으로 쓸데없는, 무서운 것으로 여겨졌다.

나폴레옹에게로 달려온 장군 중 한 사람이 근위대를 전투에 투입해줄 것을 과감히 진언하였다. 나폴레옹 옆에 있던 네이와 베르쩨는 서로 얼굴을 마주보고 이 장군의 무의미한 진언에 비웃듯이 엷은 웃음을 띠었다.

나폴레옹은 고개를 숙이고 오랫동안 잠자코 있었다.

"프랑스로부터 3200km나 떨어진 곳에서 공연히 근위병을 괴멸시킬 순 없다!" 그는 이렇게 말하고, 말머리를 돌려 셰바르지노로 향하였다.

35

꾸뚜조프는 백발 머리를 늘어뜨리고 묵직한 몸을 융단을 깐 의자에 파묻고, 삐에르가 아침에 그를 본, 같은 장소에 앉아 있었다. 그는 아무런 지시도 하지 않고, 다만 진언되는 일에 찬성하거나 찬성하지 않거나 할뿐이었다.

"그렇지, 그렇지, 그렇게 해 주게." 그는 온갖 제안에 대해서 이렇게 대답하는 것이었다. "그래, 그래, 자네, 좀 가서 보고 오게." 그는 측근의 한 사람에게 이렇게 말하기도 하고, 혹은 또 "아냐, 그럴 필요는 없어. 조금 기다리는 것이 낫네." 하고 말하는 것이었다. 그는 그에게로 오는 보고를 듣고 부하가 요구할 때에는 명령을 내렸다. 그러나 보고를 들으면서도 그는 상대방이 말하고 있는 말의 뜻에는 관심이 없고, 보고하는 사람의 표정과 말투 안에 있는 무엇인가 다른 것에 관심이 끌리는 것 같았다. 죽음과 싸우고 있는 10만이 넘는 인간을 단 한 사람이 지휘할 수 없다는 것을 그는 다년간에 걸친 전쟁 경험과 노인의 지혜로 알고 있었다. 그는 전투의 운명을 결정하는 것은 총사령관의 지시도, 각 부대가 차지하고 있는 위치도, 대포나 죽은 자의 수도 아니라는 것을 알고 있었다. 그것은 바로 부대의 사기라고 하는, 파악할 수 없는 힘이었다. 그래서 그 힘을 주시하고, 자기의 힘으로 할 수 있는 범위 안에서 그 힘을 지배하려고 했던 것이다.

꾸뚜조프 얼굴 전체의 표정은, 약하고 나이먹은 육체의 피로를 집중된 주의력과 긴장감으로 간신히 이겨내고 있는 것 같았다.

오전 11시에 프랑스군에 점령되었던 돌각 보루는 러시아군이 다시 탈환했지만, 바그라찌온 공작이 부상했다는 보고가 들어왔다. 꾸뚜조프는 "아!" 하고 외치고 고개를 저었다.

"바그라찌온 공작한테 가서 사정을 자세히 듣고 와 주게." 그는 한 부관에게 말하고 뒤이어 뒤에 서 있던 비르텐베르히 대공에게 말했다.

"전하께서 제1군 (실제로는 제2군)의 지휘를 해 주시겠습니까?"

대공이 출발한 후 아직 셰묘노프스꼬에에 도착하기 전에 대공의 부관이 돌아와서, 대공이 증원군을 요청하고 있다고 총사령관에게 보고했다.

꾸뚜조프는 이맛살을 찌푸리고 도프뚜로프에게 제2군을 지휘하라는 명령을 보냈다. 그리고 대공에게는 이 중대한 순간에 대공이 곁에 없으면 자기가 곤란하다고 하면서 돌아와 달라고 부탁했다. 뮤러를 포로로 했다는 보고가 들어왔다. 참모들이 꾸뚜조프에게 축하를 하자 그는 미소를 지었다.

"잠깐만, 여러분." 그는 말했다. "전투는 이겼으니 뮤러를 사로잡았다는 것쯤은 별로 신기할 것이 없소. 그러니 기뻐하는 것은 좀 기다려요." 이렇게 말은 했지만, 그는 이 소식을 부관을 시켜서 각 부대에 전달했다.

그러나 뒤이어 프랑스군이 돌각 보루와 셰묘노프스꼬에를 점령했다는 보고를 가지고 좌익으로부터 시체르비닌이 달려왔다. 꾸뚜조프는 전장의 포성과 시체르비닌의 얼굴 표정으로 좋지 않은 소식이라는 것을 눈치 채고, 두 다리를 푸는 체하고 일어나서 팔을 잡고 옆으로 끌고 갔다.

"좀 갔다와 주지 않겠나?" 그는 에르몰로프에게 말했다. "무슨 수가 없나, 가서 보고 와 주게."

꾸뚜조프는 러시아군 진지의 중앙이 되는 고르끼에 있었다. 나폴레옹이 아군의 좌익에 가해 온 공격은 수차에 걸쳐서 격퇴되었다. 중앙에서도 프랑스군은 보로지노보다 앞으로 전진하지 못했다. 좌익에서는 우바로프의 기병대가 프랑스군을 퇴각시켰다.

2시가 지나서 프랑스군의 공격은 중단되었다. 전장에서 돌아오는 사람들의 모든 얼굴과 주위에 서 있는 사람들의 얼굴에서 꾸뚜조프는 극도로 긴장된 표정을 읽었다. 꾸뚜조프는 예상을 웃도는 이날의 성공에 만족했다. 그러나 노인의 체력은 한도가 있었다. 몇 번인가 그의 머리는 떨어질 듯이 나직이 수그러지고 졸기 시작했다. 그에게 식사가 들어왔다.

식사하는 동안에 시종 무관 볼쪼겐이 꾸뚜조프한테로 왔다. 그는 다름 아닌 어젯밤 안드레이 공작의 숙소 옆을 지나면서 전쟁은 넓은 장소로 옮겨야 한다고 말한 그 사람이었다. 그는 그 말 때문에 바그라찌온으로부터 몹시 미움을 받고 있었다. 볼쪼겐은 바르끌라이로부터 좌익의 전황에 관한 보고를 가지고 온 것이다. 신중한 바르끌라이 드 똘리는 패주하는 부상병의 무리와 몹시 혼란에 빠진 후방 부대를 목격하고, 모든 상황을 고려한 끝에 전투는 패했다고 판단하여 그 보고를 심복 부하를 시켜 총사령관에게 보내 온 것이다.

꾸뚜조프는 구운 닭고기를 간신히 씹으면서, 가늘어지고 즐거운 표정의 눈으로 볼쪼겐을 바라보았다.

볼쪼겐은 아무렇게나 움직여 다리를 풀면서 약간 얕잡아보는 듯한 미소를 입가에 띠고 가볍게 경례를 하고는 꾸뚜조프 옆으로 다가갔다.

볼쪼겐은 약간 고의적인 무례한 태도로 공작 각하를 대하였다. 자기는 교양이 높은 군인으로서 이와 같은 무용지물인 늙은 노인을 러시아인에게 우상으로 만들어주었지만, 자기 자신은 상대하고 있는 사람이 어떤 사람인가 알고 있다는 것을 보여주기 위한 것이었다. '이 퇴물 노인(독일 사람들 사이에서는 꾸뚜조프를 이렇게 부르고 있었다)은 상당히 느긋하군.' 볼쪼겐은 이렇게 생각하였다. 그리고 꾸뚜조프 앞에 놓여 있는 접시를 흘끗 바라보고는, 바르끌라이한테서 받은 명령대로, 또 그 자신이 보고 이해한 대로 좌익의 전황을 퇴물 노인에게 보고했다.

"아군 진지의 모든 거점은 적의 수중에 떨어지고, 탈환할 방법이 없습니다. 군이 없기 때문입니다. 군은 패주하고 있어 이것을 제지하기는 도저히 불가능합니다."

꾸뚜조프는 씹는 것을 멈추고 마치 무슨 말을 듣고 있는지 이해가 가지 않는다는 듯이 의아스러운 눈으로 물끄러미 볼쪼겐을 바라보았다. 볼쪼겐은 이 퇴물 노인의 동요를 눈치 채고 미소지으며 말했다.

"저는 제가 목격한 것을 각하에게 숨길 권리는 없다고 생각하였으며…… 군은 완전히 혼란 상태에 있습니다……."

"자네가 보았다고? 자네가 보았나?" 꾸뚜조프는 이마를 찌푸리며 벌떡 일어나서 볼쪼겐한테로 다가서면서 소리쳤다. "자네가 어떻게…… 나에게 그런 말을!" 부들부들 떨리는 손으로 위협하는 듯한 몸짓을 하고 목이 메이면서 그는 외쳤다. "자네가 어떻게 그런 말을 나에게 할 수 있나? 자넨 아무것도 모르네. 내 말이라고 바르끌라이 장군에게 전해 주게. 그의 정보는 옳지 않아. 정확한 전황은 내가, 총사령관인 내가 그보다는 훨씬 잘 알고 있다고 말이야."

볼쪼겐이 무엇인가 반박하려고 했지만 꾸뚜조프는 그것을 가로막았다.

"적은 좌익에서 격퇴되었고, 우익에서도 패했다. 만약에 잘못 본 것이라면 자기가 모르는 일은 함부로 말하지 말란 말이야. 바르끌라이 장군에게로 가서, 내가 내일 적을 공격할 각오를 단단히 하고 있다고 전해 주게." 꾸뚜 조프는 엄격하게 말했다. 그리고 헐떡이는 노장군의 가쁜 숨소리만이 들렸다. "적은 도처에서 격파되었다. 그것을 나는 하느님과 우리의 용감한 군대에 감사하고 있다. 적은 패했다. 내일은 녀석들을 성스러운 러시아의 영토에서 쫓아 버린다." 성호를 그으면서 꾸뚜조프는 이렇게 말했다. 그리고 복받쳐 오르는 눈물 때문에 흐느꼈다. 볼쪼겐은 어깨를 움츠리고 입을 일그러뜨리고, 퇴물 노인의 독단에 놀라면서 말없이 옆으로 물러섰다.

"그래, 저 사나이야, 나의 영웅은." 꾸뚜조프는 그때 언덕으로 올라온 뚱뚱한 몸집의, 아름답고 검은 머리의 장군을 향하여 말했다. 그것은 온종일 보로지노 전장의 중요 거점에서 지냈던 라에프스끼였다.

라에프스끼는 우군이 각자 맡은 곳을 굳게 지키고 있고, 프랑스군은 이미 공격할 기력이 없다고 보고했다.

그 말을 끝까지 듣고 나서 꾸뚜조프는 프랑스말로 말했다.

"그렇다면 자네는 다른 사람처럼 아군이 퇴각하지 않으면 안 된다고는 생각하지 않는 거지?"

"반대입니다, 각하. 승패가 정해지지 않은 싸움에서 승리자가 되는 것은 보다 더 완강한 자입니다." 라에프스끼가 대답했다. "제 의견으로는⋯⋯."

"까이사로프!" 꾸뚜조프는 자기 부관을 불렀다. "앉아서 내일의 명령을 써 주게. 그리고 자네는" 그는 또 다른 한 부관에게 말했다. "전선을 돌아다니며 포고해라. 내일 우리 군은 공격한다고 말이야."

꾸뚜조프가 라에프스끼와 이야기하고 명령을 구술하는 동안에 볼쪼겐은 바르끌라이로부터 돌아와서, 바르끌라이 드 똘리 장군이 총사령관께서 내린 명령을 확인하는 문서를 받기를 바란다고 보고했다.

꾸뚜조프는 볼쪼겐을 보지 않은 채 부관에게 그 명령을 써 주라고 명령했다. 전 총사령관이 그것을 받고 싶어하는 것은 개인적인 책임을 회피하기 위해서 지극히 당연한 일이었다.

그리고 군의 사기(士氣)라고 일컬어지는, 즉 전쟁의 중추 신경을 형성하고 있는 공통된 하나의 기분을 전군 속에 유지되도록 하는 파악할 수 없는 불가사의한 연결을 통해서 꾸뚜조프의 말, 내일의 전투를 위한 명령이 군의 구석구석까지 동시에 전해졌다.

그렇지만 결코 말이 그대로, 명령이 그대로 이 연결 사슬의 마지막 고리까지 전해진 것은 아니었다. 군 여기저기의 말단에서 서로 전한 말 가운데에는, 꾸뚜조프가 한 말과 비슷한 것은 하나도 없을 정도였다. 그러나 그의 말의 뜻은 도처에 전달되었다. 왜냐하면 꾸뚜조프가 한 말은 잔재주를 부린 생각에서가 아니라, 러시아 병 각자의 마음과 총사령관의 마음에 깃들어 있는 감정에서 우러나온 것이었기 때문이다.

　따라서 내일 아군이 적을 공격한다는 것을 알고, 자기네들이 믿고 싶은 일의 뒷받침을 군의 상층부로부터 들었을 때, 지치고 동요하고 있던 병사들이 안심하고 분발했던 것이다.

36

　안드레이 공작의 연대는 예비군에 속해 있었다. 예비군은 1시가 지날 때까지 아무것도 하지 않고 포병대의 격렬한 포화를 받으면서 셰모노프스꼬에 마을 후방에 있었다. 1시가 지났을 때 연대는 이미 200명을 잃고 전방의 짓밟힌 귀리밭으로 이동하였다. 거기는 셰모노프스꼬에와 언덕 포대의 중간점으로 이날 여기에서 많은 병사가 전사하였고, 1시가 지나서 적은 이곳에 수백 문에 이르는 강력한 집중 포화를 퍼부었다.

　연대는 이 장소에서 물러나지도 않고, 한 발의 포탄도 쏘지 못한 채 다시 인원의 3분의 1을 잃었다. 전방과 특히 오른쪽에 채 사라지지도 않은 초연 속에서 포가 울리고, 전면 일대를 뒤덮고 있는 수수께끼 같은 연기의 나라에서, 빠르고 거칠게 소리를 내는 포탄과 천천히 피리처럼 울리는 유탄이 끊임없이 날아왔다. 이따금 마치 휴식 시간이라도 주려는 듯이 15분 가량 지나는 사이에 포탄도 유탄도 모두 머리 위를 날아갔지만, 때로는 1분 동안에 수 명의 병사가 연대에서 사라지고, 끊임없이 죽은 자가 끌려나갔으며 부상병이 운반되었다.

　새로 명중할 때마다 아직 죽지 않은 사람들에게는 살아남을 확률이 점점 적어졌다. 연대는 대대마다 종대를 짜고 300보 거리 사이에 진을 치고 있었는데, 연대 전원은 모두 같은 기분에 지배되어 있었다. 연대 사람들은 모두가 말이 없고 침울했다. 간혹 열 안에서 이야기하는 소리가 들렸지만, 그 소리도 포탄이 떨어지는 소리와 "들것!" 하고 외치는 소리가 들릴 때마다 곧 잠잠해지는 것이었다. 연대 병사들은 연대장의 명령으로 대부분의 시간을 땅바닥에 앉아 있었다. 어떤 사람은 군모를 벗어들고 꼼꼼하게 주름을 펴기도 하고, 또 주름을 잡고 있었다. 그런가 하면 마른 진흙을 손바닥으로 부숴서 그것으로 총검을 닦는 자도 있었다. 어떤 사람은 검대를 비벼서 부드럽게 하기도 하고 견대의 쇠고리를 다시 매고 있었다. 어떤 사람은 각반을 꼼꼼히 펴서 다시 매기도 하고, 구두를 고쳐 신는 자도 있었다. 몇몇 사람은 밭의 자갈로 조그마한 집을 짓기도 하고, 베어들인 뒤의 밭에 있는 짚으로 엮어서 세공품을 만들기도 했다. 모두들 그런 일에 열중하고 있는 것처럼 보였다. 누군가 부상을 입거나 죽거나 할 때에, 들것이 줄을 잇고 있을 때에, 연기를 통해 적의 대군이 보이고 있을 때에, 아무도 그런 것들에 주의하는 사람은 없었다. 그런데 포병과 기병이 진격해 가고 우군 보병의 움직임이 보이면 그것을 격려하는 소리가 사방에서 들리는 것이었다. 그러나 가장 많은 주의를 끈 것은, 전투와는 아무 관계도 없는 전혀 다른 사건이었다. 이 정신적으로 지쳐 있는 사람들의 주의는 이와 같이 흔히 있는 일로 휴식을 취하는 듯했다. 포병 중대가 연대의 열 앞을 지나갔다. 포병대의 한 탄약차를 끌고 있던 부마(副馬)가 탄약차를 매단 줄을 밟았다. "이봐, 부마! …… 발을 빼! 쓰러진다…… 체, 보이지 않나!" 온 연대의 열에서 다 같이 외치는 소리가 들렸다. 다음에는 꼬리를 곤두세운 조그마한 갈색 개가 모두의 주의를 끌었다. 그것은 어디서 나타났는지 알 수 없었지만, 불안스러운 듯이 빠른 걸음으로 부대 앞으로 나왔다. 그리고 갑자기 가까이에 떨어진 포탄에 비명을 지르고는 꼬리를 말고 옆으로 비켜났다. 온 연대 안에 폭소와 환성이 일어났다. 그러나 이와 같은 종류의 위안은 수 분 동안밖에 지속되지 않았다. 이미 그들은 8시간 이상이나 아무것도 먹지 않고 아무것도 하지 않고, 사라지지 않는 죽음의 공포 아래에 있었다. 그리고 창백하고 찌푸린 얼굴이 더욱더 창백해지고 찌푸려지는 것이었다.

안드레이는 연대의 다른 사람들과 같이 이마를 찌푸린 창백한 얼굴로 두 팔을 뒤로 돌리고 고개를 숙인 채 귀리밭 옆 풀밭을, 이랑에서 이랑으로 발을 옮기면서 여기저기 돌아다니고 있었다. 그는 할 일도 명령할 것도 없었다. 모든 것이 저절로 돌아가고 있었다. 죽은 자는 열 밖으로 끌려나가고, 부상자는 운반되어 가고 열의 간격은 좁혀졌다. 설사 뛰어서 그 자리를 이탈하는 병사들이 있어도 곧 되돌아 오는 것이었다. 처음 안드레이는 병사들의 사기를 고무하고 그들에게 모범을 보여 주는 것이 의무라고 생각하고 대열 앞을 걷고 있었다. 그러나 이윽고 그들에게 가르쳐 줄 것은 아무것도 없고 가르칠 방법도 없다고 확신하였다. 그의 내면적인 힘은 모두 어느 병사들과 마찬가지로, 자신들이 놓여 있는 상태의 공포를 바라보는 것을 피하는 일에 무의식적으로 쏠리고 있었다. 그는 가끔 다리를 끌거나 풀을 밟아 소리를 내고 장화를 뒤덮는 먼지를 바라보면서 풀밭을 걷고 있었다. 때로는 풀을 베는 인부들이 풀밭에 남겨 놓은 발자국을 따라가려고 성큼성큼 걸어 보기도 하고, 때로는 걸음 수를 세면서 밭두렁에서 밭두렁까지 몇 번 왕복하면 1㎞가 되는지 계산해 보기도 했다. 또 밭두렁에 나 있는 쑥꽃을 따서 꽃을 손바닥으로 비벼, 숨이 막히도록 코를 찌르는 강렬한 냄새를 맡아 보기도 했다. 어제 생각했던 일 중에서 남아 있는 일은 하나도 없었다. 그는 아무것도 생각하지 않고 있었다. 그는 날아가는 포탄의 휘파람 같은 소리와 낮은 발사 소리를 구별하고 피로한 귀로 여전히 같은 소리를 들으면서, 자신을 물끄러미 바라보는 제1대대 병사들의 얼굴을 가끔 바라보며 기다리고 있었다. '왔다! …… 또 이쪽이다!' 자욱이 낀 연기 나라에서 다가오고 있는 그 무엇인가의 가는 울림 소리에 귀를 기울이면서 그는 생각했다. '한 발, 또 한 발! 또 하나! 맞았다…….' 그는 걸음을 멈추고 대열을 보았다. '아냐, 넘어갔다. 그러나 어딘가에 맞은 모양이군!' 그리고 그는 다시 걷기 시작하여 열여섯 발짝으로 밭두렁까지 가기 위해 보폭을 크게 잡았다.

"풍!" 하고 으르렁거리는 소리와 함께 큰 폭발음이 울렸다. '명중했다!' 그로부터 다섯 발짝쯤 떨어진 곳에서 마른 흙이 파헤쳐지고, 포탄이 보이지 않게 되었다. 자기도 모르게 그는 등골이 오싹했다. 그는 다시 한번 대열을 보았다. 많은 사람이 당한 것 같았다. 제2대대 옆에 많은 사람이 모여 있었다.

"부관!" 그는 소리쳤다. "뭉쳐 있지 말라고 명령하게." 부관이 명령을 완수하고 나서 안드레이 곁으로 왔다. 반대쪽에서 대대장이 말을 타고 다가왔다.

"조심해!" 놀란 병사의 외치는 소리가 들렸다. 피리처럼 울면서 쏜살같이 날아 땅으로 내려오는 작은 새처럼, 안드레이로부터 두서너 발짝쯤 떨어진 대대장 말 옆에 유탄이 둔한 소리를 내고 떨어졌다. 말은 콧김 소리를 내고, 소령을 흔들어 떨어뜨릴 것처럼 몸을 꼿꼿이 세우고 옆으로 물러섰다. 말의 공포가 사람들에게 전해졌다.

"엎드려!" 땅바닥에 엎드린 부관이 소리쳤다. 안드레이는 망설이면서 서 있었다. 유탄은 연기를 내뿜으면서, 그와 엎드린 부관 사이의, 밭과 풀밭의 끝에 있는 쑥이 우거진 곳 근처에서 팽이처럼 빙빙 돌고 있었다.

'정말 저것이 죽음이란 것인가?' 안드레이는 전혀 새로운 부러움이 깃든 눈으로 풀과 쑥과 돌고 있는 검은 공에서 소용돌이치는 연기의 흐름을 보면서 생각하였다. '나는 죽을 수 없다, 죽고 싶지 않다, 나는 인생을 사랑하고 있다, 이 풀, 대지, 공기를 사랑하고 있다……' 그는 생각하였다. 그리고 그와 동시에 모두가 자기를 보고 있다는 것을 잊지 않았다.

"부끄럽지 않나, 장교!" 그는 부관에게 말했다. "무슨……" 그는 말을 끝까지 하지 못했다. 파열음, 창틀이 부서진 것 같은 파편 소리, 숨이 확 막힐 것 같은 화약 냄새가 동시에 느껴지면서 안드레이는 옆으로 날려가, 한 손을 든 채 엎어져 쓰러지고 말았다.

장교 몇 명이 그에게로 달려왔다. 배 오른쪽에서 풀 위에 피의 얼룩이 퍼져 있었다.

동원된 민병들이 들것을 가지고 장교들의 뒤에 서 있었다. 안드레이는 얼굴을 풀에 닿을 정도로 깊이 숙이고 엎드려 괴로운 듯이 숨을 헐떡이고 있었다.

"뭘 멍청히 서 있는 거야, 이리 와!"

농부들이 가까이 와서 안드레이의 어깨와 다리를 잡았으나, 그가 고통스럽게 신음 소리를 내자 농부들은 서로 마주보고 다시 손을 놓고 말았다.

"들어서 태워. 아무튼 마찬가지다!" 누군가의 소리가 외쳤다. 안드레이는 다시 한번 어깨를 들려 들것에 태워졌다.

"아아, 야단났군! 안 되겠다! 도대체 어떻게 된 거야?…… 배다! 틀렸다! 큰일났어!" 장교들 사이에서 여러 소리가 들렸다. "귓전을 아슬아슬하게 스쳐갔어." 부관이 말했다. 농부들은 들것을 어깨에 메고, 자기들이 밟아다져 놓은 좁은 길을 붕대소로 급히 향했다.

"보조를 맞춰서 걸어…… 쳇! 바보같으니라고!" 제멋대로 걸어가며 들것이 흔들리고 있는 농군들의 어깨를 잡아 세우면서 한 장교가 소리쳤다.

"보조를 맞추란 말이야, 효도르, 응? 효도르." 선두에 선 농부가 말했다.

"그래 그래, 잘 한다." 뒤쪽 농부가 보조를 맞추면서 기쁜 듯이 말했다.

"연대장님이? 뭐? 공작님이?" 달려온 찌모힌이 들것을 들여다보면서 떨리는 목소리로 말했다.

안드레이는 눈을 뜨고 머리가 깊숙이 파묻힌 들것에서 이야기하는 사람을 보고는 다시 눈을 감았다.

민병들은 안드레이를 숲으로 운반해 왔다. 거기에는 유개마차가 머물러 있고 붕대소가 있었다. 붕대소는 자작나무 숲 변두리에 자락을 걷어올린 3개의 천막으로 되어 있었다. 자작나무 숲에 유개마차와 말이 서 있었다. 말들은 사료 자루에 머리를 쳐박고 귀리를 먹고 있었고, 참새들이 말 옆으로 날아와서 떨어진 낟알을 쪼아 먹고 있었다. 까마귀들이 피 냄새를 맡고 기다릴 수 없다는 듯이 까, 까 하고 울면서 자작나무 위를 날아다니고 있었다. 천막 주위에는 3000헥타르 이상의 지역에 걸쳐서, 갖가지 옷차림을 한 피투성이가 된 사람들이 누워 있기도 하고, 앉거나 서 있었다. 부상병 둘레에는 긴장된 침울한 얼굴로 들것을 나르는 병사들이 서 있고, 정리를 하는 장교들이 그 병사들을 그 자리에서 내보내려 하고 있었으나 소용이 없었다. 병사들은 장교의 말을 듣지 않고, 들것을 지팡이처럼 짚고 마치 이 광경의 어려운 뜻을 이해하려는 것처럼, 자기들 앞에서 벌어지는 일을 물끄러미 지켜보고 있었다. 천막 안에서는 큰 소리로 울부짖는 소리와 신음 소리가 들려왔다. 이따금 거기서 간호병이 물을 길러 나오기도 하고, 다음에 들어갈 환자를 지정하고 있었다. 부상병들은 천막 옆에서 순번을 기다리면서 쉰 목소리를 지르기도 하고, 신음하고 울고 외치고 욕지거리를 하며 보드카를 조르고 있었다. 어떤 사람은 헛소리를 하고 있었다. 안드레이는 연대장이었으므로, 아직 붕대를 하지 않은 부상병들을 타고 넘어 한 천막 가까이로 운반되어 지시를 기다리고 있었다. 안드레이는 눈을 떴다. 그는 자기 주위에서 일어나고 있는 일을 오랫동안 이해할 수 없었다. 풀밭, 쑥, 밭, 빙빙 돌고 있는 검은 공, 그리고 삶에 대한 자기의 열렬한 애정의 분출이 머리에 떠올랐다. 그의 두서너 발짝쯤 떨어진 옆에, 머리에 붕대를 감은 훤칠한 키의, 검고 아름다운 머리카락을 가진 하사관이 굵은 나뭇가지를 지팡이로 짚고 서 있었다. 그는 큰 소리로 이야기를 하며 모두의 주의를 자기에게 끌고 있었다. 그는 머리와 다리에 총상을 입고 있었는데, 그의 주위에 부상자와 들것 담당 병사들이 모여 그의 이야기를 열심히 듣고 있었다.

"우리들이 놈들을 거기서 호되게 때려 부쉈더니, 놈들은 모든 걸 내버리고 달아났어. 아무튼 왕까지도 포로로 잡았단 말이야!" 불타는 듯한 검은 눈을 빛내면서 병사는 자기 주위를 둘러보며 떠들어댔다. "다만 그때 때를 맞추어 예비군이 와 주기만 했더라면 말이야, 그놈들을 흔적도 없이 없애 버렸을 텐데. 그래서 내가 말한 대로⋯⋯."

안드레이도 이야기하는 사람을 둘러싸고 있는 모든 사람들과 같이 눈을 반짝이며 상대방을 바라보고 마음이 위로되는 기분을 느꼈다. '그러나 이제는 어떻게 되든 상관없는 일이 아닌가.' 그는 생각했다. '저 세상에는 무엇이 있을까, 그리고 이 세상에는 무엇이 있었던가? 어째서 나는 이렇게 인생과 헤어지는 것에 미련을 두는가? 이 인생에는 내가 이해하지 못했던, 그리고 지금도 이해할 수 없는 그 무엇이 있는 것이다.'

37

의사 한 사람이 피투성이가 된 수술복을 입고, 피투성이가 된 한쪽 손에는 잎담배를 (더럽히지 않기 위해) 새끼손가락과 엄지손가락 사이에 끼고 천막에서 나왔다. 이 의사는 얼굴을 들고 좌우를, 아니 부상병들 위쪽을 둘러보기 시작했다. 그는 잠깐 쉬고 싶었던 모양이었다. 잠시 고개를 좌우로 움직이고 나서 그는 한숨을 쉬고 눈을 내리깔았다.

"좋아, 지금." 그는 안드레이를 가리키고 있는 간호병의 말에 대답하고 천막 안으로 들여오라고 명령했다.

차례를 기다리고 있던 부상병의 무리 속에서 불평하는 소리가 들렸다.

"역시, 저 세상에서도 나리들만이 잘 살 수 있을 거야." 한 사람이 뇌까렸다.

안드레이는 운반되어 간호병이 무엇인가를 씻어내고 깨끗하게 해 놓은 수술대에 뉘어졌다. 안드레이는 천막 안에 있는 것을 하나하나 분별할 수가 없었다. 사방으로부터 들려오는 고통스러운 신음 소리와 넓적다리, 복부 등의 괴로운 고통이 주의의 집중을 방해하였다. 보이는 모든 것이 그의 눈에는 벌거벗은 피투성이가 된 인간의 모습이라고 하는 하나의 전체적인 인상에 녹아들어, 그 몸이 낮은 천막을 가득 채우고 있는 것처럼 여겨졌다. 그것은 수주일 전 그 무더운 8월에, 그와 같은 몸이 스몰렌스크 가도의 더러운 연못을 가득 메우고 있었던 것과 비슷했다. 그렇다, 그것은 그때 이미 지금의 모습을 예고하는 것처럼 그의 마음에 공포를 불러 일으킨 바로 그 육체, 바로 '대포의 먹이' 그것이었던 것이다.

천막 안에는 수술대가 세 개 있었다. 두 개는 차 있었기 때문에 세 번째 것에 안드레이 공작은 뉘어졌다. 잠시 그는 홀로 방치되어 있었기 때문에 다른 두 대의 모습을 볼 수 있었다. 옆의 수술대에는 내던져진 군복으로 봐서 까자크로 여겨지는 타타르인이 앉아 있었다. 병사 넷이 그를 누르고 있었다. 안경을 쓴 군의가 타타르인의 갈색 등에서 무엇인가를 절개하고 있었다.

"으, 으, 으!" 타타르인은 마치 돼지처럼 신음 소리를 내고, 갑자기 광대뼈가 불거진 거무스름한 매부리코의 얼굴을 치켜들고 하얀 이빨을 드러내며 몸부림치면서 귀를 찌를듯한 비명을 질렀다. 많은 사람이 모여 있는 다른 또 하나의 수술대에는, 몸집이 크고 살찐 사나이가 머리를 뒤로 젖히고 (고수 머리와 그 빛깔과 머리 모양이 이상하게도 안드레이에게는 낯익은 듯한 느낌이 들었다) 반듯이 누워 있었다. 수 명의 간호병이 그 사나이의 가슴을 덮치듯이 누르고 있었다. 희고 커다란 살찐 다리가 쉬지 않고 열에 떨리듯이 경련을 일으키고 있었다. 그 사나이는 옥죄듯이 울부짖으며 눈물로 목이 메어 있었다. 군의 두 사람이 말없이—한 사람은 창백한 얼굴로 떨고 있었다—이 사나이의 다른 한쪽, 빨간 다리에 몸을 숙이고 무엇인가 하고 있었다. 타타르인의 수술을 끝내자 안경을 쓴 군의는 손을 닦으면서 안드레이 곁으로 다가왔다.

군의는 안드레이의 얼굴을 흘끗 보고 다급히 외면했다.

"옷을 벗겨! 뭘 멍청히 서 있는 거야?" 군의는 화난 듯이 간호병을 꾸짖었다.

간호병이 소매를 걷어올린 손으로 다급히 단추를 풀러 옷을 벗기고 있을 때, 안드레이에게는 먼 옛날의 유년시절이 떠올랐다. 군의는 상처 위에 몸을 숙이고 그 상처를 만져보고 무거운 한숨을 쉬었다. 그리고 그는 누구에겐가 신호를 했다. 뱃속의 심한 아픔으로 안드레이는 의식을 잃고 말았다. 정신이 들었을 때에는, 넓적다리의 부서진 뼈는 제거되고 살이 몇 조각 잘리고 상처에는 붕대가 감겨 있었다. 그의 얼굴에 물이 끼얹어졌다. 안드레이가 눈을 뜨자 군의는 몸을 굽혀 그의 입술에 키스하고는 급히 그 자리에서 물러갔다.

고통을 참고 나자 안드레이는 오랫동안 맛보지 못했던 깊은 행복감을 느꼈다. 자기의 인생에서 가장 좋고 가장 행복했던 때가 과거의 일이 아니라 현실의 일처럼 그의 머릿속에 떠올랐다. 그 당시 그는 옷이 벗겨지고 침대에 뉘어졌다. 그러자 유모가 그를 재우면서 자장가를 불러 주었다. 그는 베개에 얼굴을 파묻고 다만 살아 있다는 의식만으로 행복을 느꼈다.

머리 모양이 안드레이 공작에게 본 기억이 있다고 여겨진 그 부상병 둘레에서, 군의들이 바쁘게 일하고 있었다. 그를 안아 일으켜서 진정시키려 하고 있었다.

"보여줘요…… 오오, 오오! 오!" 놀라움과 고통에 굴복한 신음 소리가 울부짖는 소리에 끊기면서 들렸다. 그 신음 소리를 듣고 있는 동안에 안드레이도 울고 싶어졌다. 자기가 아무 명예도 세우지 못하고 죽어가기 때문인지, 인생과 헤어지는 것이 아쉬웠기 때문인지, 저 돌아오지 않는 유년시대의 추억 때문인지, 자기가 고통을 받고, 다른 사람이 고통을 받고, 이 사나이가 자기 앞에서 너무나도 가엾게 신음하고 있기 때문인지, 어쨌든 그는 어린애 같은 선량하고 거의 기쁨에 가까운 눈물을 흘리며 울고 싶었다.

부상자는 장화 속의 피가 눌어붙은 절단된 다리를 보았다.

"오! 오오, 오오!" 그는 여자처럼 소리를 지르며 울부짖었다. 부상자 앞에 서서 그의 얼굴을 가로막고 있던 군의가 물러갔다.

'아! 이건 어떻게 된 거야? 왜 저 사나이가 여기 있을까?' 안드레이 공작은 혼잣말로 중얼거렸다.

방금 한쪽 다리가 절단되어 울부짖고 있는, 불행하고 무력한 인간이 아나똘리 꾸라긴이라는 것을 안드레이는 알았다. 아나똘리를 여러 사람들이 껴안고 컵의 물을 권했지만, 부은 입술이 떨려서 컵을 입에 대지 못했다. 아나똘리는 괴로운 듯이 흐느껴 울고 있었다. '그렇다, 바로 그 사나이다. 저 사나이와 나 사이에는 무엇인가 밀접한 괴로운 관계가 있다.' 안드레이는 자기 눈앞의 사실을 아직 뚜렷이 이해하지 못한 채 생각하였다. '이 사나이와 나의 유년시대, 나의 인생과의 연관 관계는 대체 무엇이란 말인가?' 그는 자신에게 물어보았지만 대답을 찾지 못했다. 그러자 문득, 어렸을 때의 깨끗하고 사랑에 찬 세계 깊숙한 곳으로부터 새롭고 뜻하지 않은 추억이 안드레이의 마음에 떠올랐다. 그는 1810년의 무도회에서 처음 본, 가는 목과 가는 팔을 하고 한껏 생기에 넘친 행복스러운 얼굴을 한 나따샤를 상기하였다. 그러자 그녀에 대한 사랑과 그리움이 어느 때보다도 생생하고 강렬하게 그의 마음 속에 되살아났다. 지금 그는 울어서 부은 눈에 넘쳐흐르는 눈물을 통해서 멍청하게 자기를 바라보고 있는 이 사나이와 자기와의 관계를 상기하였다. 안드레이는 모든 것을 상기했다. 그러자 이 사나이에 대한 감동에 찬 연민과 사랑이 그의 행복한 마음에 넘쳤다.

안드레이는 이제 더 이상 참지 못하고 사람들과 자기의 미망에 대하여, 또 남과 자기에게 상냥한 사랑에 찬 눈물을 흘리며 울기 시작했다.

'동정, 동포에 대한, 사랑해 준 사람에 대한 사랑, 우리를 미워하는 사람에 대한 사랑, 적에 대한 사랑. 그렇다, 하느님이 지상에서 설교하신 마리아가 나에게 가르쳐 준, 내가 이해하지 못했던 저 사랑인 것이다. 그래서 나는 삶에 미련이 있었던 것이다. 바로 이거다, 아직 남겨진 것은. 만약 내가 살아날 수만 있다면 이것이야말로 나에게 남겨진 유일한 것이다. 그러나 이제는 이미 늦었다. 나는 그것을 알고 있다!'

38

시체와 부상병으로 뒤덮인 전장의 처참한 광경은 머리의 답답한 느낌과 함께, 20명 남짓한 낯익은 장군들의 전사자와 부상자에 대한 보고, 그리고 이제까지 힘이 넘쳤던 자신의 손의 무력함을 의식한 것 등과 결부되어, 나폴레옹에게 뜻밖의 인상을 불러 일으켰다. 여느 때의 그는 전투가 끝난 뒤 사상자를 점검하며 자기의 정신력을 시험(그는 그렇게 생각하고 있었다)하는 것을 좋아했다. 그러나 이날 전장의 무서운 광경이, 자기의 뛰어난 점이자 위대한 점이라고 나폴레옹 자신이 생각하고 있던 정신력을 무너뜨리고 말았다. 그는 급히 전장을 떠나 셰바르지노 언덕으로 돌아갔다. 그는 생기 없는 부은 얼굴로, 나른한 듯이 흐린 눈과 빨간 코와 쉰 목소리를 하고 접는 의자에 앉았다. 그는 무심코 일제사격의 소리에 귀를 기울이면서 눈을 들 생각을 하지 않았다. 다만 이 일의 원인은 자기에게 있다고 생각하면서도, 자기로서도 어찌할 수 없는 일들이 끝나기를 가슴이 아플 정도로 초조하게 기다리고 있었다. 인간적인 감정이 오랫동안 그가 섬겨왔던 인공적인 인생의 환상을 순간적이나마 압도하였다. 그는 자기가 전장에서 본 고통이나 죽음을 자기 몸으로 옮겨 보았다. 머리와 가슴의 답답한 괴로움이, 자기에게도 괴로움과 죽음이 있을 수 있다는 것을 상기시켰다. 그는 이 순간 자기를 위해서는 모스크바도 승리도 명예도 바라지 않았다(이 이상 무슨 영광이 필요하단 말인가!). 지금 그가 원하고 있는 것은 단 한 가지, 휴식과 평안과 자유였다. 그러나 셰묘노프스꼬에 고지로 갔을 때, 포병 대장이 끄냐지꼬보 앞에 밀집해 있는 러시아군에 대해 포격을 강화하기 위해서, 이 고지에 포병 수 개 중대를 내줄 것을 나폴레옹에게 진언했다. 나폴레옹은 이에 동의하고, 그 포병 중대가 어떠한 결과를 가져왔는가를 보고하라고 명령했다.

부관이 와서, 황제의 명령대로 포 200문을 러시아군에 들이댔지만 러시아군은 여전히 버티고 있다고 보고했다.

"아군의 포화는 적을 계속해서 쓰러뜨리고는 있습니다만, 그래도 버티고 있습니다." 부관이 말했다.

"더 얻어맞고 싶은 게지." 나폴레옹은 쉰 목소리로 말했다.

"네?" 잘 알아듣지 못한 부관이 되물었다.

"더 얻어맞고 싶은 거야." 이맛살을 찌푸리고 나폴레옹은 쉰 목소리로 되풀이했다. "그렇다면 더 먹여 줘."

그의 지시가 없어도 이미 그가 원하는 대로 행해지고 있었지만, 그는 단지 자기의 명령을 기다리는 자가 있다고 생각했기 때문에 지시를 한 것에 지나지 않았다. 그리고 다시 위대하고 인공적인, 이제까지와 같은 환상의 세계로 들어가자(탈곡기의 버섯형 동륜(動輪)에 매어 빙빙 돌고 있던 말이 자기는 자기를 위해 무엇인가를 하고 있다고 생각하는 것처럼) 그는 자기에게 정해져 있는, 가혹하며 비통해하고 괴로워하는 비인간적인 역할을 다하기 시작했다.

그리고 이 사건에 관계된 다른 그 누구보다도 답답하게, 이 사건의 모든 중압감을 자신의 몸에 짊어지고 있던 이 인간의 이성과 양심이 흐려진 것은 이날뿐만이 아니었다. 그는 생애가 끝날 때까지 선도 아름다움도, 진실도 자기 행위의 뜻도 이해하지 못했다. 그 행위가 선과 진실과 너무나 대립하고, 또 모든 인간적인 것으로부터 너무나도 동떨어져 있었기 때문에 그는 그 뜻을 이해할 수 없었던 것이다. 그는 세상의 절반이 칭찬하고 있는 자기 행위를 거부할 수가 없었기 때문에, 진실과 선과 모든 인간적인 것을 거부하지 않으면 안 되었다.

사자(死者)와 폐인이 된 사람들(그의 생각으로는 그것은 그의 의지에 의한 것이었다)로 가득 찬 전장을 돌아보면서 그가 이들 인간을 보고, 프랑스 병사 1인당 러시아 병이 몇 명이 되는가를 계산하여, 프랑스 병 한 사람에 대해서 러시아 병 다섯 명이 된다는 것으로 자기 자신을 속이고 기뻐할 이유를 발견한 것은 이날 하루만이 아니었다. 전장에 5만의 시체가 있다는 이유로 '전장은 훌륭하다'고 파리에 편지를 쓴 것은 이날 하루만이 아니었다. 세인트 헬레나 섬에서 독거의 정적 속에서까지도 역시 그러했다. 그는 거기서 한가한 시간을 자기가 한 위대한 사업을 기술하는 데에 바칠 작정이라고 말하고, 이렇게 썼던 것이다.

'러시아 전쟁은 현대에서 가장 민의에 합당하는 것이었다. 왜냐하면 그것은 양식과 참된 이익을 위한 싸움이자, 만인의 평안과 안전을 위한 싸움이었기 때문이다. 그것은 순전히 평화적, 보수적인 전쟁이었던 것이다.

그것은 대의(大義)를 위한 것이었고, 우연한 일들의 끝이자 평안의 시작이었다. 새로운 지평, 새로운 사업이 만인의 복지와 번영으로 가득 차서 열릴 것이고 유럽 체제의 기초가 놓였을 것이며, 문제는 다만 그것을 어떻게 짜맞추느냐에 지나지 않았을 것이다.

이렇게 위대한 여러 점에 만족하고 어디에 있거나 평안할 수만 있다면, 나도 나 자신의 회의와 신성동맹을 가졌을 것이다. 그것은 나한테서 훔쳐간 아이디어였다. 이 위대한 군주들의 모임에서 우리는 그 이해를 가족적으로 논의하고, 마치 서기가 주인에게 하는 것처럼 국민들의 의견을 물었을 것이다.

이렇게 해서 유럽은 이윽고 하나의 민족 외에는 아무것도 아닌 것이 되고, 모든 사람이 어디를 여행해도 항상 공통된 조국에 있게 될 것이다. 모든 강은 만인이 항해할 수 있는 곳이 되고, 바다는 공동의 소유가 되며, 방대한 상비군은 앞으로 군주의 단순한 친위군으로 축소되도록 요구될 것이다.

만약 위대하고 힘차며 웅대하고 평안한 영광의 조국인 프랑스의 가슴에 돌아간다면, 나는 그 국경을 불변한 것으로 선언하고, 장래의 전쟁은 모두 순수하게 방위적이며 모든 새로운 확장은 반국가적이라는 것을 선언했을 것이다. 나는 내 아들을 제국의 통치에 참가시켜, 나의 독재는 끝나고 입헌 정치가 시작되었을 것이다.

파리는 세계의 수도가 되고, 프랑스 사람은 온갖 민족의 선망의 대상이 되었을 것이다!

그 후 나는 내 아들이 제왕 교육을 받는 틈을 타서, 황후와 함께 진짜 시골 부부처럼 내 말을 타고 여행하며 여가와 여생을 보낼 생각이었다. 국내 방방곡곡을 두루 방문하여 민원을 듣고 부정을 바로잡고, 전국 곳곳에 기념 건축물과 선행을 베풀었을 것이다.'

여러 국민의 사형 집행인이라고 하는, 비참하고 부자유한 역할이 섭리에 의해서 정해져 있던 이 사나이가 자기 행위의 목적은 여러 국민의 복지이며, 자기는 수백만 명의 운명을 지배하여 권력을 사용해서 선행을 베풀 수 있다고 자기 자신에게 들려주고 있었던 것이다!

'비슬라 강을 넘은 40만 중에서' 그는 러시아 전쟁에 관해서 계속 썼다.

'그 절반은 오스트리아인, 프러시아인, 색슨인, 폴란드인, 바바리아인, 뷔르템베르크인, 스페인인, 이탈리아인, 나폴리인들이었다. 제국 군대는 엄밀하게 말하자면, 3분의 1은 네덜란드인, 벨기에인, 라인 강가의 주민, 피에몬트인, 스위스인, 제네바인, 토스카나인, 로마인, 제32군관구 주민, 브레멘, 함부르크 등의 주민들로 이루어져 있었다. 그 중 프랑스말을 쓰는 사람은 겨우 14만에 지나지 않았다. 러시아 원정은 프랑스 그 자체에 대해서는 5만 명 이하의 손실이었다. 러시아군은 빌나 강에서 모스크바까지의 후퇴 사이의 여러 전투에서, 프랑스군보다 4배나 되는 손실을 입었다. 모스크바의 화재는 숲 속에서 추위와 굶주림으로 죽은 러시아인 10만의 목숨이라는 대상(代償)이 필요했다. 마지막으로, 모스크바에서 오데르 강으로 진격하는 동안에 러시아군도 역시 혹독한 추위 때문에 많은 피해를 입었다. 러시아군은 빌나 강에 도착했을 때 겨우 5만을 헤아리는 데에 지나지 않았고, 칼리시^(바르샤바 서쪽 약
200km의 폴란드 도시)에서는 1만 8000명 이하였다.'

그는 러시아와의 전쟁이 자기의 의지에 의해서 생긴 것이라고 생각하고 있었으므로, 행해진 사실의 무서움은 그에게 충격을 주지 않았다. 그는 사건의 모든 책임을 대담하게도 자신이 지고, 그의 흐려진 이성은 무참히 죽은 수십 만의 사람들 중에서 헤센인이나 바바리아인에 비해서 프랑스 사람 쪽이 적었다는 것에 정당화의 구실을 발견한 것이다.

39

몇만의 인간이 지주 다비도프네와 국유 농민들의 것인 밭이나 풀밭에 여러 가지 군복차림과 자세로 시체가 되어 누워 있었다. 그곳은 보로지노, 고르끼, 셰바르지노, 셰모노프스꼬에 마을 농민들이 동시에 작물을 수확하여, 가축에게 풀을 먹이던 곳이었다. 구호소에서는 약 1000m²의 범위에 걸쳐 풀과 흙이 피에 젖어 있었다. 여러 부대마다 부상을 입은 자나 부상을 입지 않은 자의 무리가 겁먹은 얼굴로 한쪽에서는 모자이스크로, 다른 한쪽에서는 와르에보를 향하여 절룩거리며 퇴각해 갔다. 다른 무리가 피로와 굶주림에 지쳐 있으면서도 상관에게 인솔되어 전진하고 있었다. 또 다른 무리는 제자리에 남아서 사격을 계속하고 있었다.

아까까지 그토록 명랑하고 아름답고 아침 햇살에 총검이 반짝이며 연기가 피어오르던 들판에 지금은 습기와 연기가 아지랑이가 되어 끼어 있고, 초연과 피의 이상한 냄새가 감돌고 있었다. 비구름이 모여들어 전사자와 부상병과 겁먹은 자, 그리고 녹초가 된 자, 의심을 품고 있는 사람들 위에 후두둑 비를 뿌리기 시작했다. 비는 마치 이렇게 말하고 있는 것 같았다. '이젠 됐어, 그만, 충분하다, 인간들이여. 그만…… 제정신을 차려라. 대체 너희들은 뭘 하고 있는 거야?'

음식도 먹지 못하고 휴식도 하지 못한 인간들은 이쪽이나 저쪽에서, 아직도 서로 죽여야 하나? 하는 의심에 사로잡히기 시작하였다. 그리고 모두의 얼굴에 동요의 빛이 보이고, 모두의 마음에 의문이 일고 있었다. '무엇 때문에, 누구를 위해서 나는 죽이고, 죽음을 당해야 한단 말인가? 죽이고 싶은 자는 죽이란 말이다. 멋대로 하란 말이다. 그렇지만 나는 싫다!' 저녁이 가까워지면서 모두의 마음에 이와 같은 생각이 익어갔다. 지금도 이들 모두가 자기네들이 한 일에 대해 겁을 먹고, 모든 것을 팽개치고 마음 내키는 대로 달아나고 싶은 것 같았다.

그러나 전투가 끝나갈 무렵 사람들은 자기들 행위의 무서움을 뼈저리게 느끼고 기꺼이 전투를 중지하고 싶어했는데도, 무엇인가 알 수 없는 불가사의한 힘이 아직도 그들을 지배하고 있었다. 포 3문에 한 사람밖에 남아 있지 않은 포병들은 땀에 젖어 화약 냄새와 피를 뒤집어쓴 채 피곤해서 발이 걸려 휘청거리거나 숨을 헐떡이면서도, 탄약을 운반해 장전하고 조준을 맞추어 불을 붙이고 있었다. 그리고 포탄은 여전히 재빨리 잔혹하게 양쪽으로부터 날아가 인간의 육체를 망가뜨렸다. 그리하여 인간의 의지에 의해서가 아니라, 인간과 세계를 지배하고 있는 자의 의지에 의해서 이루어지고 있는 무서운 사태가 벌어지고 있었다.

혼란에 빠진 러시아군의 후방을 본 사람은, 프랑스군이 조금만 더 밀고 나갔더라면 러시아군은 소멸되었을 것이라고 말했을 것이다. 또 프랑스군의 후방을 본 사람은 러시아군이 조금만 더 힘을 썼다면, 프랑스군은 멸망했을 거라고 말했을 것이다. 그러나 프랑스군도 러시아군도 더 밀지 않고 전투의 불꽃은 서서히 꺼져가고 있었다.

러시아군이 더 밀지 않은 것은, 그들 쪽에서 프랑스군을 공격하지 않았기 때문이었다. 전투 초기에 그들은 다만 모스크바로 통하는 길에 진을 치고 모스크바를 지키고 있었다. 그리고 전투가 끝났을 때에도 전투 초기와 마찬가지로 계속 같은 장소에서 버티고 있었다. 그러나 만약 러시아군의 목적이 프랑스군을 격퇴하는 데에 있었다고 해도, 러시아군은 최후의 일격을 가할 수는 없었을 것이다. 왜냐하면 러시아군은 모두 격파되어 있었고 전투에서 피해를 입지 않은 부대는 하나도 없었으며, 그들 진지에 머물러 있으면서도 병력의 반수를 잃었기 때문이었다.

프랑스군은 지난 15년 동안의 승리를 모두 기억하고 있고 나폴레옹의 불패를 확신하고 있었다. 그리고 자기들이 전장의 일부를 제압했다는 것, 또 병력의 4분의 1정도를 잃었을 뿐이며 자기들에게는 아직 2만의 근위병이 있다는 것을 의식하고 있었으므로 최후의 일격은 쉬운 일이었다. 진지에서 쫓아낸다는 목적을 가지고 러시아군을 공격하고 있던 프랑스군으로서는 당연히 그러한 노력을 했어야 했을 것이다. 왜냐하면 러시아군이 전쟁 이전과 같이 모스크바로 통하는 가도를 막고 있는 동안은 프랑스군의 목적은 이루어지지 않고, 그 노력과 손실은 모두 쓸모없이 끝나버리기 때문이었다. 그러나 프랑스군은 그 노력을 하지 않았다. 일부 역사가는 나폴레옹이 고스란히 남아 있는 옛 근위대를 투입하기만 했다면 전쟁은 승리로 끝났을 거라고 말하고 있다. 나폴레옹이 만약 근위대를 투입했더라면 어떻게 되었을까 하고 말하는 것은, 봄이 가을이 되면 어떻게 되었을까 하고 말하는 것과 같다. 그런 일은 있을 수 없었다. 나폴레옹이 바라지 않았기 때문에 근위대를 내보내지 않은 것이 아니라 그렇게 할 수가 없었던 것이다. 프랑스군의 장군, 장교, 병사는 모두 그것을 할 수 없다는 것을 알았다. 왜냐하면 저하된 사기가 그것을 허용하지 않았기 때문이다.

무서운 힘으로 추켜든 손이 맥없이 늘어지는 꿈과도 같은 기분을 맛보고 있었던 것은 비단 나폴레옹만이 아니었다. 전쟁에 참가했건 안 했건 간에 프랑스군의 모든 장군들과 모든 병사들이 느끼고 있었다. 이제까지의 모든 전투를 경험하면서 (이제까지는 이 10분의 1의 노력에도 적은 도망가 버렸다) 병력의 반을 잃고 전쟁이 끝나갔음에도 불구하고, 초기와 마찬가지로 무섭게 버티고 있는 적에 대해서 나폴레옹은 공포를 느끼고 있었던 것이다. 공격하는 프랑스군의 정신력이 소진된 것이다. 빼앗은 천 조각, 군기라고 불리는 막대기 끝에 단 헝겊 조각이나 군대가 서 있던 또는 서 있는 공간 등에 의해 결정되는 승리가 아니라, 상대방에 대한 정신적 우월과 상대방 자신의 무력함을 깨닫게 하는 정신적인 승리가 보로지노에서 러시아군에 의해서 쟁취되었다. 러시아를 침공한 프랑스군은 세차게 달리는 동안에 상처를 입어 미쳐 날뛰는 짐승처럼, 자신의 파멸을 느끼고 있었다. 그러나 그것은 멈출 줄을 몰랐다. 그것은 전력이 반으로 약해진 러시아군이 퇴각하지 않을 수 없었던 것과 마찬가지였다. 일격을 받은 후에도 프랑스군은 모스크바까지 굴러갈 수가 있었다. 그러나 거기에서는 러시아군 쪽에서 새로운 힘을 가하지 않아도, 프랑스군은 보로지노에서 받은 치명상 때문에 많은 피를 흘리고 멸망하지 않을 수가 없었다. 보로지노 회전의 직접적인 결과는 모스크바로부터의 이유 없는 나폴레옹의 도주, 구(舊)스몰렌스크 가도를 통한 귀국과 50만 침입군의 괴멸, 그리고 보로지노 전에서 처음으로 정신적으로 우세한 적에게 압도된 나폴레옹과 프랑스군의 파멸이었던 것이다.

제3부

1

　인간의 이성으로는 운동의 절대적인 연속성이라고 하는 것을 이해할 수가 없다. 어떠한 운동이건 그 법칙이 인간에게 이해되는 것은, 인간이 임의로 선택한 운동의 단위를 관찰할 때에 지나지 않는다. 그러나 그와 동시에 연속적 운동을 그와 같이 멋대로 작은 단위로 나눔으로써, 대부분의 인간의 잘못이 생긴다.

　아킬레스는 거북이보다 10배나 빨리 나아가고 있는데도 앞을 걸어가는 거북을 절대로 따라잡을 수 없다는, 이른바 고대인의 궤변은 유명하다. 아킬레스가 자기와 거북 사이의 거리를 나아가는 동안에 그 거북은 그 거리의 10분의 1을 앞으로 나아간다. 아킬레스가 그 10분의 1을 나아가면 거북은 100분의 1을 나아가는 식으로 무한히 계속되는 것이다. 이 문제는 옛날 사람들에게는 해결할 수 없는 것처럼 여겨졌다. 이 해답의 무의미함_(아킬레스가 절대로 거북을 따라잡을 수 없다는 것)은 아킬레스와 거북이의 운동이 끊임없이 계속되고 있는데도, 운동의 단편적인 단위를 멋대로 가정한 데서 생긴 것이다.

　운동의 단위를 작게 잡아서 이를 생각해본다 해도, 그것으로 우리는 다만 문제의 해결에 접근할 뿐이지 절대로 해결에 도달하지는 못한다. 무한히 작은 수와 거기에서 출발하여 10의 1까지에 이르는 급수(級數)를 생각하여, 그 기하급수의 합계를 구함으로써 비로소 우리는 문제의 해결에 도달한다. 수학의 새로운 분야는 무한히 작은 수를 다루는 기술을 습득하여, 한때는 해결 불가능한 것처럼 보였던 더욱 복잡한 여러 문제의 물음에 있어서도, 지금은 해답을 주고 있다.

　고대인이 몰랐던 이 새로운 수학의 분야는 운동의 문제를 검토할 때에, 무한히 작은 수, 즉 운동의 주요 조건(절대적 연속성)이 복원될 수 있는 수량을 인정하고 그것에 의해서, 인간의 이성이 연속적인 운동이 아닌 운동 개개의 부분을 추

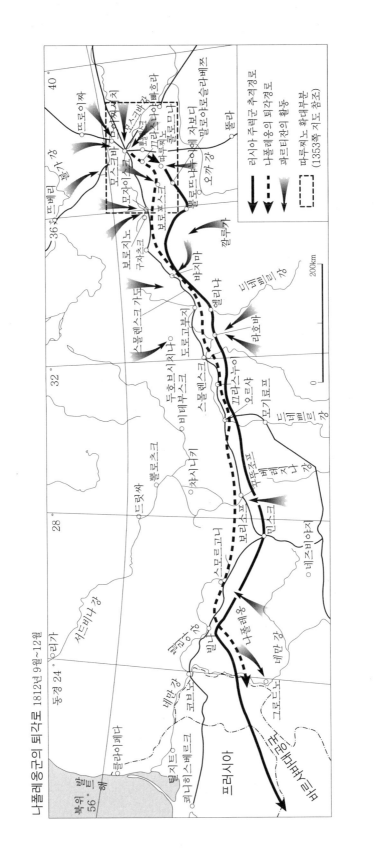

나폴레옹군의 퇴각로 1812년 9월~12월

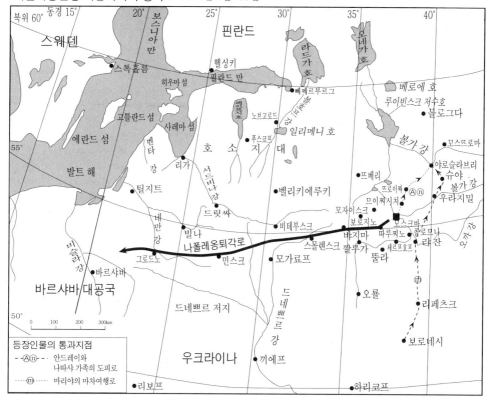

구할 때 반드시 저지르고 마는 필연적인 과오를 고쳐주고 있다.

역사의 운동 법칙을 구할 경우에도 이와 똑같은 일이 생긴다.

인류의 운동은 무수한 인간의 자의적인 의지에서 생기면서 연속해서 이루어지고 있다.

이 운동의 법칙을 파악하는 것이 역사의 목적이다. 그러나 인간의 자의적인 의지의 총계가 연속적으로 운동해 갈 때의 법칙을 파악하기 위해, 인간의 이성은 멋대로 단편적인 단위를 가정한다. 역사학의 제1의 방법은, 일련의 연속적인 사건 중에서 임의로 한 토막을 선택해서 그것을 다른 것과 별도로 떼어서 관찰하는 데에 있다. 그런데 실은 어떠한 사건에도 시발점은 없고, 또 있을 리가 없다. 그러나 반드시 하나의 사건은 늘 다른 사건으로부터 끊어지지 않고 생기고 있는 것이다. 제2의 방법은 황제나 사령관 등, 한 인간의 행위를 사람들의 자의적인 의지의 총계로서 관찰하는 일이다. 그런데 실은 인간의 자의적인 의지의 총계는 결코 한 사람의 역사적 행위에 나타나는 것은 아니다.

역사학은 그 움직임 속에서 끊임없는 관찰을 하기 위해서, 점차로 작은 단위로 분할하고 이를 들추어냄으로써 진리에 접근하려고 한다. 그러나 역사가 들춘 부분이 제아무리 작아도, 다른 것으로부터 분리된 단위를 가정하거나 그 어떤 현상의 발단을 가정하거나, 모든 인간의 자의적인 의지가 한 사람의 역사적 인물의 행동에 표현된다고 가정하는 것은 그 자체가 잘못이라고 우리는 느끼는 것이다.

역사의 결론은 그 어떤 것이든 간에, 비판하는 쪽에서 아무런 노력을 하지 않아도 먼지처럼 흔적도 남기지 않고 무너져 없어진다. 그 때문에 비판하는 쪽은 그것보다 크거나 작은 단편적인 부분을 관찰 대상으로 고르기만 하면 된다. 비판하는 쪽은 그 권리를 항상 가지고 있다. 왜냐하면, 역사가 들춘 단위는 자의적인 것이기 때문이다.

관찰을 위해서 무한히 작은 단위—역사의 미분(微分), 즉 사람들의 동질적 욕구를 인정하고, 적분(그 무한히 작은 단위를 합치는) 방법을 터득할 때 비로소 우리는 역사의 법칙을 파악할 수 있다는 기대를 가질 수가 있는 것이다.

19세기의 처음 15년 동안, 유럽에서는 무수한 인간의 이상한 움직임이 나타난다. 사람들은 각자의 평소의 일을 팽개치고 유럽 한쪽 끝에서 다른 한쪽 끝으로 나아가, 서로 약탈하고 죽이며 승리를 자랑하거나 절망한다. 생활의 흐름 전체가 바뀌고, 긴장된 움직임을 나타내고 그것이 처음에는 고조되었다가 이윽고 약해지면서 진행된다. 여기서 이 움직임의 원인은 무엇인가, 또는 어떤 법칙에 의해서 그것은 생겼는가 하고 인간의 이성은 묻는다.

역사가들은 이 물음에 대답하기 위해, 파리 시내의 한 건물에 모인 수십 명의 행동과 말들을 우리에게 전하고, 그 행동이나 말에 혁명이라는 이름을 붙인다. 그리고 나폴레옹과 그에게 호의 또는 적의를 가지고 있던 몇몇 사람의 전기를 자세히 제시하고, 그 인물들의 일부가 다른 사람에게 준 영향에 대해 이야기하고 그 결과 그러한 움직임이 생긴 것이며, 이것이 그 법칙이라고 말한다.

그러나 인간의 이성은 이러한 설명을 거부할 뿐더러, 이 설명 방법이 옳지 않다고 분명히 말하고 있다. 왜냐하면 이 설명에서는 약한 쪽의 현상이 강한

쪽의 원인이 되어 있기 때문이다. 인간의 자의적인 의지의 총계가 혁명이나 나폴레옹을 만들어 냈고, 혁명이나 나폴레옹을 감수하거나 파멸시킨 것도 이 자의적인 의지의 총계 바로 그것이었던 것이다.

"그러나 침략이 있을 때마다 침략자가 있었다. 쿠데타가 있을 때마다 위대한 인물이 있었다." 역사는 이렇게 말한다. 그러나 침략자가 나타날 때마다 전쟁도 있었다고 인간의 이성은 대답한다. 이것은 침략자가 전쟁의 원인이고, 전쟁의 법칙을 한 인간의 개인적 행위에서 발견할 수 있다고 하는 증거는 되지 않는다. 내가 시계를 들여다보고 바늘이 10에 가까워오고 있는 것을 볼 때마다 이웃 교회에서 예배를 알리는 종소리가 들리기 시작한다. 그러나 바늘이 10에 가까워질 때마다 예배를 알리는 종소리가 들린다고 해서, 바늘의 위치가 종이 움직이는 원인이라고 결론을 내릴 근거를 나는 가지고 있지 않다.

나는 증기 기관차가 움직이는 것을 볼 때마다, 기적 소리를 듣고 밸브가 열리고 바퀴가 움직이는 것을 본다. 그러나 그렇다고 해서 기적과 바퀴의 움직임이 기관차를 움직이는 원인이라고 결론지을 근거를 나는 가지고 있지 않다.

농민들은 늦은 봄에 찬 바람이 부는 것은 졸참나무의 싹이 부풀기 때문이라고 말한다. 확실히 봄에는 언제나 졸참나무의 싹이 틀 무렵에 찬 바람이 분다. 그러나 졸참나무의 싹이 틀 무렵에 부는 찬 바람의 원인을 나는 잘 모르지만, 바람의 힘은 싹이 주는 영향 밖에 있다는 이유만으로도, 찬 바람의 원인이 졸참나무의 싹이 부풀기 때문이라고 말하는 농민들에게 나는 찬성할 수가 없다. 나는 다만 온갖 생활 현상 속에 있는 여러 가지 조건이 일치하고 있다는 것만은 봐서 알고 있고, 제아무리 자상하게 시곗바늘이나 증기 기관차의 밸브와 바퀴, 졸참나무의 눈을 관찰해도 예배의 종소리, 증기 기관차의 움직임, 봄바람의 원인은 알 수가 없다는 것은 알고 있다. 원인을 알기 위해서는 나의 관찰 시점을 전적으로 바꾸어, 증기, 종, 바람의 움직임을 관찰하지 않으면 안 된다. 이와 마찬가지 일을 역사도 하지 않으면 안 되는 것이다. 그리고 그 시도는 이미 이루어지고 있다.

역사의 법칙을 연구하기 위해 우리는 관찰의 대상을 완전히 바꿔서 황제나 대신, 장군 등은 제쳐두고, 대중을 움직이는 동질(同質)의 무한히 작은 요소를 연구하지 않으면 안 된다. 이 방법으로 역사 법칙의 이해에 도달하는 일이 인간에게 어느 정도 가능한가, 그것은 아무도 말할 수 없다. 그러나 역사 법칙을 파악할 가능성이 있는 방법은 오직 이것 뿐이다. 그리고 인간의 이성은 아직도 황제나 지휘관, 대신의 업적은 기술하면서, 그 업적에 입각한 자기 견해의 서술에 기울인 노력의 100분의 1도 이 방법을 위해 기울이지 않는다는 것 또한 분명한 사실이다.

2

열 손가락이 넘는 유럽 여러 나라의 군대가 러시아로 쏟아져 들어왔다. 러시아의 군대와 주민은 충돌을 피하여 스몰렌스크까지, 다시 스몰렌스크에서 보로지노까지 후퇴했다. 프랑스군은 돌진하는 힘을 끊임없이 강화하면서 자기들 운동의 목적지인 모스크바를 향하여 매진했다. 그 돌진력은 목표지가 가까워짐에 따라, 낙하하는 물체의 속도가 지상에 접근할수록 증가하듯이 증대했다. 후방에는 식량이 떨어진 적 영토가 수천 km에 걸쳐 있고, 전방에는 목적지까지 겨우 수십 킬로를 남겨 놓고 있을 뿐이다. 나폴레옹군의 병사는 누구나 이것을 느끼고 있었기 때문에, 침공은 저절로 돌진하는 힘만으로 움직였다.

러시아군 안에서는 퇴각함에 따라, 적에 대한 적개심이 더욱 강렬히 불타올랐다. 퇴각하는 동안에 증오가 집중되어 보로지노 부근에서 충돌이 일어났다. 어느 쪽 군도 붕괴되지 않았지만, 러시아군은 충돌 직후에 피할 수 없는 결과로서 후퇴했다. 마치 한 개의 공이 더 힘차게 굴러오는 다른 공과 부딪혔을 때 필연적으로 뒤로 튕겨 굴러가는 것과 마찬가지였다. 그리고 역시 필연적으로, (충돌로 자기 힘을 모두 잃었음에도 불구하고) 굴러온 침공의 구슬은 여세를 몰아 어느 정도의 공간을 계속 굴러갔다.

러시아군은 120km 뒤쪽, 모스크바 후방까지 퇴각했다. 프랑스군은 모스크바에 도착하여 거기서 멈추었다. 그 후 5주일 동안에 걸쳐 단 한 번의 전투도 없었다. 프랑스군은 움직이지 않았다. 많은 피를 흘리면서 자기 상처를 핥고 있는, 치명적인 중상을 입은 짐승처럼, 프랑스군은 5주일 동안 아무것도 하지 않고 모스크바에 머물렀다. 그 뒤 갑자기 아무런 새로운 이유도 없이 퇴각하여 그들은 깔루가 가도로 쏟아져 들어가(승리 후에도 그랬다. 말로야로슬라베쯔 부근에서도 그들은 또 전장을 확보했던 것이다), 단 한 차례의 본격적인 전투를 하려고도 하지 않고 더욱더 속도를 내어 스몰렌스크로, 스몰렌스크 후방으로, 그리고 빌리나 후방 또 베레지나 후방으로 도망간다.

8월 26일 밤에는, 꾸뚜조프도 러시아군 전체도 보로지노의 전투에 이겼다고 확신하고 있었다. 꾸뚜조프는 황제에게 그렇게 써 보냈다. 꾸뚜조프가 적에게 결정타를 먹이기 위해 새로운 전투에 대비하도록 명령한 것은 누군가를 속이려고 한 것이 아니라, 그가 이 전투에 참가한 모든 사람과 마찬가지로 적이 패한 것을 알고 있었기 때문이다.

그러나 그날 밤과 그 다음 날에 걸쳐, 이제까지 없었을 정도의 피해를 입어 군의 절반을 잃었다는 소식이 연이어 도착했다. 누가 봐도 이제 새로운 전투는 불가능했다.

아직 정보도 부족했고 부상자도 수용되지 않았다. 포탄도 보충되지 않았고, 전사자의 수도 알 수 없었으며, 전사한 지휘관의 후임도 임명되지 않았다. 병사들이 충분한 식사도 수면도 하지 못했는데 전투를 시작한다는 것은 불가능한 일이었다.

한편, 그와 동시에 전투 직후, 즉 다음 날에 프랑스군은(이제 마치 거리의 제곱에 반비례하는 것처럼 강화된 운동의 돌진력에 의해서) 저절로 러시아군을 향하여 돌진해 나아갔다. 꾸뚜조프는 이튿날 공격할 작정이었고 전군도 그것을 원하고 있었다. 그러나 공격하기 위해서는 그것을 하겠다는 의욕만으로는 모자랐다. 그것을 할 수 있는 가능성이 필요했다. 그런데 그 가능성이 없었던 것이다. 한 행정(行程)만큼 퇴각하지 않을 수가 없었다. 그리고 역시 마찬가지로 또 한 행정, 다시 또 한 행정 후퇴하지 않을 수가 없었다. 그리고 마침내 9월 1일, 군이 모스크바 가까이 갔을 때, 대열 안에 고조된 감정이 제아무리 강했다고 해도 사태의 경과는 군이 모스크바 후방으로 퇴각하도록 요구하였다. 그래서 군은 또 한 행정, 마지막 후퇴를 하여 모스크바를 적에게 내주고 말았던 것이다.

전쟁이나 전투 계획은 지휘관들에 의해서 만들어지는 것이고, 그것은 자기 서재에서 지도를 바라보면서 이러저러한 전투에서 자기라면 어떤 식으로 지휘할 것인가, 또 어떻게 지휘를 했을까 하고 궁리하는 것이라고 생각하는 데에 익숙해 있는 사람들에게는 여러 가지 의문이 생기게 된다. 왜 꾸뚜조프는 퇴각할 때 이런 식으로, 또 저런 식으로 행동하지 않았는가, 왜 그는 필리(모스크바 교외의 마을)에 도달하기 전에 진지를 잡지 않았는가, 왜 그는 곧 깔루가 가도로 퇴각하지 않고 모스크바를 포기했는가 등등. 이러한 생각을 하는 데에 익숙해진 사람들은 항상 모든 사령관이 행동을 취할 경우의 필연적인 조건을 잊고 있거나 모르고 있는 것이다. 사령관의 행동은, 우리가 서재에 한가하게 앉아서 일정한 수의 군대가 쌍방에 있고, 일정한 지역에서 이루어지는 지도 위의 전투를 분석하여, 자기의 생각을 일정한 시점에서 시작할 때에 공상하는 행동과는 전혀 다르다. 총사령관은 우리가 항상 그 어떤 사건을 관찰할 경우처럼 그 사건의 발단의 시점에 있는 것은 결코 아니다. 총사령관은 항상 움직이고 있는 일련의 사건 속에 있는 것이며, 어떠한 순간에도 절대로 현재 일어나고 있는 사건의 의미나 전체를 생각할 수 없는 입장에 있다. 그 사건은 자기도 모르는 사이에 시시각각으로 부각되어 그 뜻을 형성해 가는 것이다. 그런 식으로 연속적으로 끊어지지 않고 사건이 부각되는 개개의 시점에서 총사령관은 복잡하기 그지없는 책동, 음모, 심로, 종속, 권력, 제안, 조언, 협박, 기만의 와중에 있으며, 자기에게 제출되는 항상 서로 모순된 무수한 질문에 대답하지 않으면 안 되는 입장에 놓여 있는 것이다.

학식이 있는 군인들이 우리에게 진지하게 말하는 바에 의하면, 꾸뚜조프는 필리로 가기 훨씬 이전에 군을 깔루가 가도로 옮겼어야 했다고 한다. 그러나 총사령관 앞에는, 특히 사태가 곤란할 때에는 단 하나의 제안뿐 아니라 으레 수십 개의 제안이 동시에 존재한다. 그리고 전략이나 전술에 입각한 그 안 하나하나가 서로 모순되어 있는 것이다. 총사령관이 할 일은 이들 제안 중에서 하나를 골라내는 일이라고 여겨질지도 모른다. 그러나 그런 일을 총사령관은 할 수가 없다. 사건과 시간이 기다려주지 않는 것이다. 총사령관이 가령 28일에 깔루가 가도로 이동해야 한다는 제안을 받았다고 하자. 그런데 그때 밀로라도비치의 부관이 뛰어와서, 지금 프랑스군과 전투를 개시할 것인지 퇴각할 것인지를 물어보았다고 하자. 총사령관은 즉석에서 그 순간의 명령을 내려야 한다. 그런데 후퇴 명령이 깔루가 가도로부터 아군이 멀어지게 만든다. 더욱이 부관에 이어 회계관이 식량을 어디로 운반하면 좋으냐고 묻고, 야전 병원장은 부상병을 어디로 옮기면 좋은가를 묻는다. 뻬쩨르부르그로부터의 급사(急使)는 모스크바 포기를 허락하지 않는다는 황제의 친서를 가져오고, 총사령관의 경쟁자이며 늘 그를 함정에 빠뜨리려고 노리는 자는(이런 인간은 반드시 있다. 더욱이 한 사람이 아니라 여러 사람이 있는 법이다) 깔루가 가도로 나가려는 계획과는 전혀 반대가 되는 새 제안을 제출한다. 그런데 총사령관 자신의 힘은 잠을 자고 기력을 회복하지 않으면 안될 처지에 놓여 있다. 행상(行賞)에 빠진 높은 장군이 푸념을 하러 오고, 주민은 보호를 요청한다. 지형 조사에 파견된 장교가 돌아와서 그 전에 파견된 장교의 말과는 정반대의 보고를 한다. 척후, 포로, 정찰을 하고 있던 장군 등 모두가 적군의 배치를 다른 형태로 설명한다. 모든 총사령관의 행동에 필연적으로 수반되는 이러한 조건을 이해하지 않거나 잊어버리는 습관이 있는 사람들은, 예를 들어 필리에 있어서의 군의 위치를 제시하고 더욱이 총사령관이 9월 1일에 모스크바를 포기할 것인가, 방위할 것인가라는 문제를 전적으로 자유롭게 결정할 수 있었다고 가정하는 것이다. 그러나 실은 모스크바에서 5km 지점에 러시아군이 있었을 때에는 그런 문제의 해결은 불가능한 것이었다. 그렇다면 도대체 언제 그 문제가 결정되었는가? 그것은 드릿싸에서도 스몰렌스크에서도 결정되었으나, 가장 뚜렷하게 느껴진 것으로는 24일의 셰바르지노와 26일의 보로지노의 싸움에서였다. 그리고 보로지노에서 필리로 퇴각하는 동안의 매일, 매시간, 매분마다 결정되었던 것이다.

3

러시아군은 보로지노로부터 후퇴한 후 필리 부근에 주둔하고 있었다. 진지를 시찰하러 나갔던 에르몰로프가 꾸뚜조프 원수에게로 돌아왔다.

"이 진지에서 싸우는 건 무리입니다." 그는 말했다. 꾸뚜조프는 놀란 듯이 그를 보고 다시 한 번 그 말을 반복시켰다. 에르몰로프가 말을 끝내자 꾸뚜조프는 그에게 손을 내밀었다.

"손을 내보게." 꾸뚜조프는 말하고, 맥을 짚어볼 수 있도록 에르몰로프의 손을 뒤집고 말했다. "자네는 몸 상태가 좋지 않군. 자기가 한 말을 생각해 보게."

꾸뚜조프는 도로고밀 관문(關門)에서 6km쯤 떨어진 뽀끌론나야 언덕에서 마차를 내리자 길가의 벤치에 앉았다. 많은 장군들이 그를 둘러쌌다. 라스또쁘친 백작이 모스크바에서 달려와 그 자리에 끼어 있었다. 이 화려한 일행은 몇 개의 그룹으로 나뉘어 서로 진지의 유리함과 불리함, 군의 위치, 예상되는 계획과 모스크바의 상태 등 전반적인 군사 문제에 관해서 서로 이야기하고 있었다. 그 때문에 소집된 것도 아니고 그러한 명칭이 붙은 것도 아니었지만, 이것은 군사 회의라고 모두가 느끼고 있었다. 화제는 모두 일반적인 문제의 범위에 머물러 있었다. 만약에 누군가가 개인적인 소식을 전하거나 확인하려고 할 경우에는 소리를 낮추어 이야기하고, 이내 일반적인 문제로 되돌아오는 것이었다. 농담도, 웃음소리도, 미소까지도 이 사람들 사이에서는 보이지 않았다. 분명히 모든 사람들이 고조된 그 자리의 분위기에서 벗어나지 않으려고 애쓰고 있었다. 그리고 어느 그룹도 자기들 사이에서 이야기를 하면서 총사령관 가까이 있도록 애쓰고(그의 벤치는 이 몇 개의 그룹의 중심을 차지하고 있었다), 자기들의 이야기가 그에게 들리도록 이야기하고 있었다. 총사령관은 주위의 이야기에 귀를 기울이고 때로는 자기 주위에서 한 이야기를 캐묻기도 했으나, 자기는 이야기에 참가하지 않고 아무 의견도 말하지 않았다. 대개는 어느 그룹의 이야기를 잠시 듣고 나서, 실망한 듯이―그들이 이야기하고 있는 것은 자기가 알고 싶었던 것과는 전혀 다르다는 듯이―외면하는 것이었다. 일부는 선택된 진지에 관해서 이야기하면서, 진지 그 자체보다 오히려 그것을 선택한 사람들의 머리의 정도를 비판하고 있었다. 또 다른 그룹은, 실패는 이미 전에 저질러진 것이고 그저께 이미 전투에 응했어야 했다는 것을 논증하려 하고 있었다. 세 번째 그룹은, 방금 스페인 군복차림으로 도착한 프랑스 사람 끄로싸르(나폴레옹의 스페인 원정에 참가한 프랑스군 장교)가 이야기한, 살라망카(스페인의 도시) 부근의 전투 이야기를 하고 있었다(이 프랑스 사람은 러시아군에서 근무하고 있는 한 독일 공작과 같이 사라고사의 포위전을 분석하여, 그와 마찬가지로 모스크바를 지킬 수 있다고 예상하고 있었다). 네 번째 그룹에서는 라스또쁘친 백작이, 자기는 모스크바의 민병대와 함께 수도의 성벽 아래에서 죽을 각오를 하고 있었는데, 역시 자기가 아무것도 모르고 있었다는 것을 유감으로 생각지 않을 수 없다, 만약 자기가 일찍 이것을 알고 있었다면 다른 결과가 되었을 텐데…… 하고 말하고 있었다. 다섯 번째 그룹은 자기들의 전략적인 생각의 깊이를 과시하면서, 군이 취할 방향에 대해서 이야기하고 있었다. 여섯 번째 그룹은, 전혀 무의미한 일을 화제로 삼고 있었다. 꾸뚜조프의 얼굴은 차차 걱정스럽고 우울해져 갔다. 이러한 모든 대화에서 꾸뚜조프가 깨달은 것은 단 한 가지뿐이었다. 그것은 모스크바를 지킨다는 것은 틀림없이 물리적으로는 전혀 불가능하다는 것이었다. 누군가 머리가 이상한 사령관이 전투를 하라는 명령을 냈다 해도 혼란이 생겨서 전투는 일어나지 않는다고 할 정도로 가능성이 없었던 것이다. 어하간 진투는 일어나지 않을 것이라고 생각한 것은, 최고 지휘관들이 자기들끼리의 이야기 도중 모두 이 진지를 무리한 것으로 보고 있었을 뿐만 아니라, 이 진지가 포기된 후에 틀림없이 일어날 것으로 여겨지는 일만을 논의하고 있었기 때문이다. 지휘관이 스스로 무리라고 생각하는 전장에 과연 자기 군을 인솔하고 갈 수가 있을까? 하급 지휘관이나 병사들까지도(그들도 판단은 한다) 역시 이 진지를 무리라고 생각하고 있었으므로, 패배를 확신하면서까지 전투에 나갈 수는 없었다. 가령 베니그쎈이 이 진지의 방어를 주장하고 다른 사람들이 더 논의를 했다고 해도 그 문제는 이미 그 자체로서는 의미가 없고, 다만 논의나 음모를 위한 구실로밖에 뜻을 가지고 있지 않았다. 이것을 꾸뚜조프는 알게 되었다.

베니그쎈은 자신이 이 진지를 선택했기 때문에, 자기의 러시아적인 애국심을 열렬히 나타내어(꾸뚜조프는 그것을 이마를 찌푸리지 않고서는 듣고 있을 수가 없었다) 모스크바 방위를 주장했다. 꾸뚜조프에게는 베니그쎈의 속셈이 뻔히 들여다보였다. 실패할 경우에는 싸우지 않고 참새 언덕(현재 모스크바 대학이 있는 레닌 언덕)까지 군을 철퇴시킨 꾸뚜조프에게 죄를 전가시키고, 성공한 날에는 자기의 공으로 삼으며, 받아들여지지 않았을 경우에는 모스크바 포기의 죄를 자기가 뒤집어 쓰지 않아도 된다는 것이었다. 이런 음모와 같은 문제는 지금 이 노인에게는 관심이 없었다. 그가 관심을 가지고 있었던 문제는 단 한 가지뿐이었다. 그러나 그 문제에 대한 해답은 그 누구에게서도 들을 수 없었다. 지금 그를 괴롭히는 문제는 이러한 것이었다. '도대체 나폴레옹을 모스크바까지 오게 한 것은 누구인가. 정말 나일까? 그리고 대체 언제 내가 그런 일을 했단 말인가? 이것은 언제 결정되었는가? 어제 내가 쁠라또프에게 후퇴 명령을 냈을 때인가? 그렇잖으면 내가 졸면서 베니그쎈에게 지휘를 하라고 명령했던 그저께 밤인가? 그렇지 않으면, 그 이전인가? …… 그러나 언제, 도대체 언제 이 무서운 일이 결정되었는가? 모스크바는 버리지 않으면 안 된다. 군은 후퇴하지 않으면 안 된다. 그 명령을 낼 필요가 있는 것이다.' 이 무서운 명령을 내린다는 것은 그에게는 군의 지휘를 버리는 것과 같다고 여겨졌다. 게다가 그는 권력을 좋아하고 그것에 익숙해 있을 뿐만 아니라(그는 터키에서 자기의 상관이었던 쁘로조로프스끼(1806년 러시아-터키 전쟁에서 러시아군 총사령관. 꾸뚜조프는 그의 오른팔이었다)가 누린 존경에 자극받았던 것이다), 러시아를 구제하는 일이 자기의 사명이 되어 있고, 그렇기 때문에 황제의 뜻을 거역하여 민중의 의지에 따라서 자기가 총사령관에 선출되었다고 믿고 있었다. 그는 이 곤란한 조건 하에서 군의 정점에 머물 수 있는 것은 자기뿐이며, 불패의 나폴레옹이 호적수로 인정했으며 나폴레옹을 두려워하지 않는 사람은 온 세계에서 자기뿐이라고 믿고 있었다. 그래서 그는 자기가 내려야 할 명령을 생각하니 섬뜩해진 것이다. 그러나 무엇인가 결정하지 않으면 안 되었다. 너무나도 자유스러운 분위기를 띠기 시작한 자기 주위의 대화를 중지시키지 않으면 안 되었다.

그는 계급이 높은 장군들을 자기 곁으로 불렀다.

"내 머리가 좋든 나쁘든 그 이외에는 의지할 것이 없단 말이야." 벤치에서 일어나면서 그는 말했다. 그리고 마차가 대기하고 있는 필리로 향하였다.

4

농부 안드레이 싸보스찌야노프의 통나무로 지은 넓고 좋은 민가에서 2시에 회의가 열렸다. 대가족인 농부네의 남자와 여자와 아이들은 현관을 지나 아궁이에 굴뚝이 없는 허름한 집에 옹색하게 모여 있었다. 다만 안드레이의 손녀인, 여섯 살 난 여자아이인 말라샤가 큰 건물의 아궁이 위에 남아 있었다(러시아의 아궁이 위에는 사람이 잘 수 있는 침대와 같은 것이 있다). 공작 각하가 그 아이를 귀엽게 여겨 설탕 한 조각을 주었다. 말라샤는 차례로 집 안으로 들어와 성상을 안치한 방 구석과 성상 아래에 있는 폭넓은 걸상에 앉아있는 장군들의 얼굴이나 제복, 십자훈장을 아궁이 위에서 머뭇거리며 즐거운 듯이 바라보고 있었다. 가장 높은 할아버지는—말라샤는 마음 속으로 꾸뚜조프를 이렇게 부르고 있었다—모두로부터 혼자 떨어져서 아궁이 뒤쪽 어두운 구석에 앉아 있었다. 그는 접는 안락의자에 깊숙이 몸을 묻고 앉아서 연방 끙끙하며 신음을 내고 있었지만, 그래도 목을 조르는 듯한 프록코트형 군복의 깃을 매만지고 있었다. 잇달아 들어오는 장군들이 원수에게로 가까이 갔다. 그는 어떤 사람은 손을 잡아주고, 어떤 사람에게는 가볍게 고개를 끄덕였다. 부관인 까이사로프가 꾸뚜조프 앞 창문의 커튼을 열려고 하자 꾸뚜조프가 화난 듯이 손을 내저었다. 까이사로프는 공작 각하가 얼굴을 보이기 싫어한다는 것을 알아챘다.

농가의 전나무 탁자 위에는 지도, 겨냥도, 연필, 서류가 놓여 있고, 그 주위에 병졸들이 벤치 하나를 더 가져와서 탁자 옆에 놓을 정도로 많은 사람이 모였다. 가지고 온 벤치에는 다른 데에서 온 에르몰로프, 까이사로프, 똘리가 앉았다. 성상 바로 밑의 맨 윗자리에는 게오르기 훈장을 목에 걸고 환자처럼 창백한 얼굴을 한, 넓은 이마가 대머리와 구별이 되지 않는 바르끌라이드 똘리가 앉아 있었다. 이미 그는 이틀 동안이나 열에 시달렸고, 이때도 한기가 들어서 마디마디가 아팠다. 그 옆에는 우바로프가 앉아 있고 작은 목소리로 (다른 사람들과 마찬가지로) 무엇인가 재빠른 손짓을 하면서 바르끌라이에게 전하고 있었다. 몸집이 작고 통통한 도프뚜로프는 눈썹을 약간 추켜올리고, 두 손을 배 위에 깍지끼고 골똘히 귀를 기울이고 있었다. 맞은편에는 팔꿈치를 짚고 그 손 위에 거칠고 선이 굵은, 눈이 번쩍번쩍 빛나는 폭이 넓은 얼굴을 얹은 오스테르만 똘스또이 백작이 앉아서 자기 생각에 잠겨 있었다. 라에프스끼는 초조한 표정으로, 버릇이 되어 있는 여느 때의 손짓으로 관자놀이의 검은 고수머리를 앞쪽으로 감으면서 꾸뚜조프와 입구를 번갈아 바라보고 있었다. 꼬노비니찐의 튼튼하고 단정하며 선량한 얼굴에는 상냥하고 빈틈 없는 미소가 반짝이고 있었다. 그는 말라샤의 시선과 마주치자, 아이가 웃지 않을 수 없는 눈짓을 해보였다.

모두들 베니그쎈을 기다리고 있었지만, 그는 새 진지를 둘러본다는 구실로 혼자서 맛있는 점심을 남김없이 먹고 있었다. 모두는 그를 4시에서 6시까지 기다리면서 그동안 회의에는 들어가지 않고, 낮은 목소리로 그와 관계 없는 잡담을 하고 있었다.

베니그쎈이 농가로 들어서자 꾸뚜조프는 자기가 있던 구석에서 일어나 탁자 곁으로 다가갔지만, 탁자 위의 촛불이 얼굴을 비추지 않는 곳에서 걸음을 멈추었다.

베니그쎈은, '싸우지도 않고 러시아의 신성한 고도(古都)를 포기할 것인가, 그렇지 않으면 방위할 것인가?' 하는 문제를 가지고 회의를 시작하였다. 일동의 오랜 침묵이 계속되었다. 어느 얼굴이나 이마를 찌푸리고 있었고, 고요 속에서 꾸뚜조프의 화난 듯한 신음과 기침 소리가 들렸다. 모든 사람의 눈이 그를 보고 있었다. 말라샤도 역시 할아버지를 보고 있었다. 소녀는 누구보다도 꾸뚜조프 가까이에 있었으므로, 그의 얼굴이 쪼글쪼글해진 것을 보았다. 그는 마치 당장 울음을 터뜨릴 것만 같았다. 그러나 그것은 오래 계속되지 않았다.

"러시아의 신성한 예부터의 서울!" 꾸뚜조프는 갑자기 화난 목소리로 베니그쎈의 말을 되풀이하고, 그것으로 이 말의 과장된 베니그쎈의 어조를 분명히 깨닫게 하면서 말했다. "한 마디 하겠는데, 장군, 그런 문제는 러시아인에게는 아무런 뜻이 없어요(그는 무거운 몸을 앞으로 내밀었다). 그런 문제를 내놓으면 안 돼요. 그런 문제는 의미가 없어. 여러분을 이 자리에 모신 것은 군사적인 문제 때문이오. 바로 이런 거요. '러시아의 구원은 군에 있다. 도전을 받아들여서 군과 모스크바를 잃는 위험을 저지르는 것과, 싸우지 않고 모스크바를 내주는 것 중 어느 쪽이 유리한가.' 이러한 문제에 대해서 나는 여러분의 의견을 듣고 싶소."(그는 안락의자의 등받이에 등을 기댔다).

토론이 시작되었다. 베니그쎈은 아직 승부에 졌다고는 생각하지 않았다. 필리 부근에서 방어전을 하는 것은 불가능하다고 말하는 바르끌라이와 다른 사람들의 의견을 인정하면서도, 그는 러시아적 애국심과 모스크바에 대한 애정을 품고, 밤중에 군을 우익에서 좌익으로 옮겨 이튿날 프랑스군의 우익에 일격을 가할 것을 제안하였다. 의견은 갈라지고 찬부 양론이 벌어졌다. 에르몰로프, 도프뚜로프, 라에프스끼가 베니그쎈의 의견에 찬성했다. 수도를 포기하기 전에 희생을 지불해야 한다는 감정에 지배된 탓인지, 혹은 개인적인 고려 때문인지, 어쨌든 이들 장군들은 이 회의가 이제는 사태의 필연적인 경과를 변경할 수 없으며, 모스크바는 이제 포기되었다는 것을 이해 못하고 있는 것 같았다. 다른 장군들은 그것을 이해하여 모스크바 문제는 잠시 놔두고, 퇴각할 때에 군이 취할 방향을 화제로 삼고 있었다. 자기 앞에서 이루어지고 있는 것을 눈을 떼지 않고 바라보던 말라샤는, 이 회의의 뜻을 다르게 해석하고 있었다. 그녀에게 이것은 다만 '할아버지'와 '옷자락이 긴 사람'(그녀는 베니그쎈을 이렇게 부르고 있었다) 사이의 개인적인 싸움에 지나지 않다고 여겨졌다. 그녀는 두 사람이 서로 이야기하면서 으르렁대고 있는 것을 보고 마음 속으로 할아버지 쪽을 응원하고 있었다. 회의 도중에 그녀는 할아버지가 베니그쎈에게 던진, 성깔 있어 보이는 시선을 보았다. 그리고 뒤이어 기쁘게도 할아버지가 긴 옷자락에게 무슨 말을 하고 상대방을 골려 준

것을 보았다. 베니그쎈은 갑자기 얼굴을 붉히고 화난 듯이 방 안을 서성거렸다. 이토록 베니그쎈에게 효과를 보인 말은 베니그쎈의 제안, 즉 프랑스군의 우익을 공격하기 위해서 밤중에 군을 우익에서 좌익으로 옮기는 데에 대한 득실에 대해서, 조용하고 낮은 목소리로 꾸뚜조프가 말한 의견이었다.

"여러분, 나는" 꾸뚜조프가 말했다. "베니그쎈 백작의 계획에는 찬성할 수가 없습니다. 적으로부터 아주 가까운 거리에서 군을 이동한다는 것은 항상 위험한 일이며, 전사(戰史)에서도 이와 같은 견해를 뒷받침하고 있습니다. 예컨대……(꾸뚜조프는 실례를 찾으면서 밝고 티없는 눈초리로 베니그쎈을 바라보며 생각에 잠긴 듯했다) 그렇지, 예컨대 프리틀란드의 전투만 해도, 그것은 백작도 잘 기억하고 있으리라 생각합니다만…… 별로 성공했다고는 말할 수 없어요. 그 이유는 단 한 가지, 적으로부터 너무 가까운 거리에서 아군이 진형(陣形)을 바꾸었기 때문이오." 그 뒤에 잠시 침묵이 계속되었으나, 모든 사람들에게는 무척 길게 느껴졌다.

논의가 다시 시작되었지만 줄곧 중단되고 이제 더 할 말은 없다는 생각이 들었다. 대화가 중단되었을 때 꾸뚜조프는 무엇인가 말하려고 하는 것처럼 한숨을 쉬었다. 모두 그를 돌아다보았다.

"그런데 여러분, 아무래도 깨진 항아리의 대가는 제가 지불해야 할 것 같군요(책임을 진다는 뜻의 프랑스어)." 그는 말했다. 그리고 천천히 일어나서 탁자 옆으로 다가갔다. "여러분, 나는 여러분의 의견을 잘 들었습니다. 나의 의견에 찬성하지 않는 분도 계실 겁니다. 그러나 나는(그는 여기서 말을 멈추었다), 황제 폐하와 조국이 맡긴 권한으로 나는—퇴각을 명령합니다."

그리고 나서 장군들은 흡사 장례식이 끝나고 집으로 돌아가는 것처럼 엄숙하고 말없이 신중한 태도로 흩어져 갔다.

몇몇 장군들은 회의 때와는 전혀 다른 작은 목소리로 총사령관에게 무엇인가 잠깐 전했다.

꽤 오래전부터 저녁밥을 먹으려고 기다리고 있던 말라샤는 아궁이의 움푹 들어간 곳에 맨발을 걸치고 조심성있게 돌아서서 아궁이 위의 침대에서 내려와, 장군들의 다리 사이로 끼어들어 문 밖으로 빠져 나왔다.

장군들을 돌려보내고 나자 꾸뚜조프는 오랫동안 탁자에 팔꿈치를 괴고 앉아서, 여전히 무서운 물음을 계속 생각하고 있었다. '도대체 언제, 도대체 언제, 결국 모스크바를 포기한다는 것이 최종적으로 결정되었는가? 이 문제를 결정적으로 만든 일이 언제 생겼는가? 그리고 그 책임은 누구에게 있는가?'

"이런, 이런 일을 나는 예기치 않았다." 이미 밤이 깊어져서 방으로 들어온 부관인 쉬나이데르에게 그는 말했다. "이런 일은 예기하지 않았다! 이런 일은 생각지도 않았다!"

"각하, 주무셔야 합니다." 쉬나이데르가 말했다.

"아냐, 안 돼! 놈들에게 터키인과 마찬가지로 말고기를 먹여줄 테다." 대답도 하지 않고 꾸뚜조프는 토실토실한 주먹으로 탁자를 치면서 소리쳤다. "여하간 먹게 해줄 테다."

5

같은 시각에 꾸뚜조프와는 대조적으로, 싸우지 않고 군을 퇴각시키는 것보다 더 중요한 일, 즉 모스크바를 포기하고 불태운 일에 대해서 우리에게는 그 사건의 주모자라고 여겨지고 있는 라스또쁘친은 전혀 다른 행동을 하였다.

이 사건 즉, 모스크바를 포기하고 불태워버린다고 하는 것은, 보로지노 전투 이후 군이 싸우지 않고 모스크바 후방으로 퇴각하는 것과 마찬가지로 필연적이었다.

러시아 사람이라면 누구나 논리를 바탕으로 해서가 아니라 우리 속에 잠재하는, 우리의 조상들 속에도 잠재하고 있던 감각을 바탕으로 해서 이 사건을 예언할 수 있었을 것이다.

스몰렌스크에서 시작하여 러시아의 다른 모든 도시와 모든 마을에서, 라스또쁘친이나 그의 선전 전단의 도움을 받지 않아도 모스크바에서 생긴 것과 똑같은 일이 일어나고 있었다. 민중은 태평스럽게 적을 기다리고 있었다. 반란도 일으키지 않고 동요도 하지 않았다. 아무도 갈기갈기 찢어죽이지도 않고, 가장 괴로울 때 해야 할 일을 발견하는 힘이 자기 속에 있다는 것을 느끼면서, 침착하게 자기 운명을 기다리고 있었다. 그리고 적이 접근해 오자, 곧 주민 중의 부유층은 자기 재산을 버리고 달아나기 시작하였다. 빈곤층은 남아서, 버린 것에 불을 질러 흔적도 남기지 않았다.

이렇게 될 것이다, 언제나 이렇게 될 것이라는 의식이 러시아인의 마음 속에 잠재해 있었고, 잠재해 있다. 그리고 이 의식이, 아니, 모스크바는 점령될 것이라는 예감이 1812년의 러시아의 모스크바 사회에 잠재하고 있었다. 7월과 8월 초순에 이미 모스크바를 떠나기 시작한 사람들은, 그들이 그것을 예기하고 있었다는 것을 몸소 증명하였다. 집과 재산의 절반을 남기고, 우선 가질 수 있는 데까지 물건을 가지고 피난한 사람들은 잠재적인 애국심으로 그러한 행동을 했다. 잠재적인 애국심이라고 하는 것은 미사여구나 조국을 구하기 위해 아이들을 죽이는 일 또는 그 밖의 부자연스러운 행위에 의해 나타난 것이 아니라, 눈에 띄지 않거나 소박하게 몸에 익숙한 모양으로 나타났으며, 그러했기 때문에 더할 나위 없이 강한 결과를 가져온 것이다.

"위험으로부터 도피하는 것은 수치다. 모스크바로부터 도망치는 것은 겁쟁이뿐이다"라는 말을 그들은 들어왔다. 라스또쁘친은 그 선전 전단으로, 모스크바에서 달아나는 것은 수치스러운 일이라고 타이르려 하였다. 그들은 겁쟁이라는 오명을 쓰는 것이 부끄러웠다. 떠나는 것이 부끄러웠다. 그러나 그래도 역시 그렇게 하는 것이 필요하다고 깨닫고 떠났다. 그들은 왜 떠났는가? 나폴레옹이 정복한 땅에서 행한 가공할 일을 알려서 그들을 겁먹게 했기 때문이라고는 여겨지지 않는다. 떠나려고 생각했고, 맨 처음에 떠난 것은 유복하고 교양이 있는 사람들로 그들은 빈이나 베를린이 상처를 입지 않고 무사히 남았으며, 거기에서는 나폴레옹 점령 중에 시민들이 매력적인 프랑스인과 함께 즐겁게 지냈다는 것을 알고 있었다. 더욱이 그 프랑스인들을 당시의 러시아 사람들, 특히 여자들은 좋아했던 것이다.

그들이 떠난 것은, 모스크바에서 프랑스인에 의해 지배되는 것이 좋은가 나쁜가 하는 문제는 러시아인에게는 전혀 관심 밖의 일이었기 때문이다. 프랑스인에게 지배된다고 하는 것은 있을 수 없는 일이었다. 그것은 무엇보다도 나쁜 일이었다. 그들의 퇴거는 보로지노 전투 이전에도 이미 있었고, 보로지노 전투 후 그 속도는 더욱 빨라져서 방위의 호소에도 귀를 기울이지 않았다. 이베르스까야 예배당의 성모상을 들고 싸움에 나설 각오라고 말한 모스크바 총사령관의 언명이나, 틀림없이 프랑스군을 괴멸시킬 것이라고 하는 기구(氣球)는 본체만체하고, 또 라스또쁘친이 선전 전단에 쓴 여러 가지 부질없는 소리 같은 건 거들떠보지 않았다. 그들은, 군은 싸울 의무가 있다는 것, 만약 군이 싸울 수 없다면 딸들이나 하녀들을 데리고 나폴레옹과 싸우기 위해 모스크바의 뜨리 고르이(모스크바 로 갈 수는 없다는 것, 자기의 재산을 남단의 관문)로 갈 수는 없다는 것, 자기의 재산을
버리고 못 쓰게 만드는 것이 아무리 아깝더라도 떠나지 않으면 안 된다는 것
을 깨닫고 있었다. 그래서 그들은 떠났다. 그리고 주민의 버림을 받고, 아마
도 불타버릴(버려진 커다란 목조의 도시는 분명 소각될 것임에 틀림없었다)
이 거대하고 풍요로운 수도의 장대한 의의(意義)에 대해서는 생각하지 않았
다. 그들은 각자가 자기 자신을 위해서 떠났지만, 그러면서도 그들이 떠났기
때문에 러시아 민족의 가장 빛나는 영광으로서 영원히 남는 사건이 성취된
것이다. 이미 6월 경에 흑인 하인이나 여자 어릿광대들을 데리고 모스크바
로부터 사라또프의 마을로 떠난 귀족 부인이, 자기는 보나빠르뜨의 하인이
아니라고 막연히 의식하고, 라스또쁘친의 명령으로 억류되는 것을 두려워하
면서, 러시아를 구한 위대한 사업을 소박하고 거짓 없이 수행한 것이다.

한편 라스또프친 백작은 떠나는 자들을 책망하며, 관청을 나누어 대피시
키고, 아무 쓸모도 없는 무기를 술 취한 무뢰한들에게 나누어 주었다. 성상
을 반출하거나, 반대로 아우구스찐 주교에게 성골이나 성상을 가지고 나가
는 것을 금하기도 했다. 이어 모스크바에 있던 개인 짐마차를 모두 징발하
여, 레뻿히가 만들고 있는 기구를 136대의 짐마차에 싣고 운반했다. 그리고
모스크바를 태워버리겠다고 암시하며, 자기 집을 불태운 것을 자랑스럽게
이야기했다. 자기가 세운 양육원을 프랑스군이 파괴하자 그 행위를 거창한
어조로 비난하는 성명을 써서 프랑스군에 보냈다는 이야기도 했다. 모스크
바 소실의 명예를 자기 것으로 하거나 그것을 부정했으며, 스파이를 모두 잡
아 자기에게로 데리고 오도록 민중에게 명령하고서는, 그에 따랐다고 해서
민중을 비난했다. 또 프랑스인을 모두 모스크바에서 추방하면서, 모스크바
프랑스인들의 중심 인물인 오베르 샬르메는 머무르게 했다. 이렇다 할 죄도
없는 늙은 우체국장 끌류차레프(러시아의 작가. 모스크바 우체국장. 프리메이슨의 한 파의 중심 인물로, 반정부 운동을 했다고 해서 국장직 파면, 후에 대심원 판사)를 체포
하여 유형에 처하도록 명령하기도 했다. 프랑스군과 싸우기 위해 민중을 뜨
리 고르이에 집합시키고, 이번에는 그 민중을 내쫓기 위해 그들에게 한 사람
을 죽이게 하고는 자기는 뒷문으로 빠져나가기도 했다. 그러고는 자기는 모
스크바의 불행을 견딜 수가 없다고 말하며, 앨범에는 프랑스어로 자기가 이
일에 관련되어 있다는 뜻의 시를 써보는 것이었다. 즉, 이 사나이는 자신이
성취하려 하는 사건의 의미를 이해하지 못하고, 다만 스스로 무엇인가를 하

고 누군가를 놀라게 하며, 무엇인가 애국적·영웅적인 일을 이룩하려고 애쓸 뿐이었다. 그리하여 모스크바 포기와 소실이라는 장엄하고 필연적인 사건 앞에서 어린애처럼 떠들고 돌아다니면서, 그 자신까지도 밀어붙이려고 하는 거대한 민중의 흐름을 조그마한 손으로 촉진시키기도 하고 억제하기도 했던 것이다.

6

엘렌은 궁정 일행과 함께 빌리나에서 뻬쩨르부르그로 돌아온 이래 쓰라린 입장에 있었다.

뻬쩨르부르그에서 엘렌은 국가 최고 지위의 하나를 차지하고 있는 중신(重臣)으로부터 특별한 비호를 받고 있었다. 그러나 빌리나에서 그녀는 어느 외국의 젊은 왕자와 친한 사이가 되어 있었다. 그녀가 뻬쩨르부르그로 돌아왔을 때 왕자와 중신 두 사람은 모두 뻬쩨르부르그에 있었고, 두 사람 모두 자기의 권리를 주장하고 있었다. 그래서 그 어느 쪽도 상처를 입히지 않고 양쪽 모두에게 친한 관계를 유지한다고 하는, 이제까지 그녀의 인생 항로에 없었던 문제가 엘렌에게 생긴 것이다.

다른 여성에게는 어렵고 불가능하게 여겨지는 일이라도, 엘렌을 생각에 잠기게 하는 일은 한 번도 없었다. 그녀가 더없이 총명한 여성이라는 평판을 누리고 있었던 것은 그만한 이유가 있었다. 가령 그녀가 자기의 행실을 감추고 처신을 잘 해서 어색한 입장에서 벗어나려고 했다면, 다름 아닌 그 일로 해서 자기를 나쁜 여자로 인정하고 일을 망쳐버렸을 것이다. 그런데 엘렌은 그와는 반대로, 하고 싶은 일은 무엇이든지 할 수 있는 참된 거물처럼, 곧 자기를 올바른 입장에 놓고 그 올바름을 스스로 마음 속으로 믿고, 다른 사람 모두를 나쁜 사람의 입장에 놓고 말았다.

처음으로 젊은 외국 왕자가 용기를 내서 그녀를 책망했을 때, 그녀는 아름다운 얼굴을 오만하게 쳐들고 비스듬히 그를 향하여 서서 단호한 어조로 말했다.

"그것이 남성의 이기주의와 무자비성이란 거예요! 저는 그 이상은 기대하지도 않았지만, 여자가 당신을 위해 희생하고 고통을 받은 그 보답이 이거란 말이군요. 전하, 무슨 권리가 있어서 나의 우정과 애정까지 간섭하시는 거죠? 그분은 나에게는 아버지 이상이었던 분이에요.”

왕자는 무슨 말을 하려고 했다. 엘렌은 말을 가로챘다. “네, 그래요.” 그녀는 말했다. “그야 그분의 저에 대한 기분은 아버지다운 것이라고만 말할수는 없지만, 그렇다고 해서 그분의 방문을 거절할 수는 없어요. 저는 남성처럼 배은망덕하지는 않아요. 저의 진정한 마음에 관해서는 하느님과 양심에게만 책임을 지겠어요. 제발 이것을 전하께서는 이해하셔야 해요.” 그녀는 풍만하게 부풀어오른 아름다운 가슴에 한 손을 대고, 하늘을 바라보면서 말을 맺었다.

“하지만 부디, 내가 하는 말을 들어 주세요.”

“저와 결혼해 주세요. 그러면 전 당신 노예가 되겠어요.”

“하지만 그건 불가능합니다.”

“당신은 저와 결혼할 만큼 몸을 낮추려고 하시지 않는군요. 당신은……” 엘렌은 울면서 말했다.

왕자는 달래기 시작했다. 엘렌은 (제정신을 잃은 듯이) 울면서, 결혼을 방해할 만한 것은 하나도 없다, 예는 있다(당시에는 아직 예가 적었지만, 그녀는 나폴레옹이나 그 밖의 유명 인사의 이름을 들었다), 자기는 한 번도 남편의 아내였던 적은 없다, 자기는 희생을 당했을 뿐이라고 말했다.

“그러나 법률이, 종교가……” 이제 항복이 가까워진 듯 왕자는 말했다.

“법률, 종교…… 만약에 이런 일도 할 수 없다면 무엇 때문에 그런 것을 생각해 냈을까요!” 엘렌이 말했다.

그녀는 이와 같은 간단한 이치가 머리에 떠오르지 않는 것을 이상하게 생각하고, 자기와 친한 관계에 있는 예수회의 성직자와 상의를 했다.

그로부터 며칠 후 엘렌은 까멘느이 오스뜨로프(빼쩨르부르그의 북부)에 있는 자기 별장에서 개최한 매력이 가득 찬 축하연에서, 이미 젊지 않지만 눈과 같이 흰 머리와 번쩍번쩍 빛나는 검은 눈이 매력적인, 짧은 옷을 입은 예수회 회원 죠베르를 소개받았다. 그는 일루미네이션의 빛과 음악이 흐르는 정원에서, 오랫동안 엘렌과 함께 하느님과 그리스도, 성모의 마음에 대한 애정과 유일하고 참된 종교인 가톨릭교에 의해 이 세상에서도 저 세상에서도 주어지는 위안에 대해서 이야기하였다. 엘렌은 감동했다. 그리고 그녀와 죠베르의 눈에는 몇 번인가 눈물이 떠오르고 목소리가 떨렸다. 파트너가 되고 싶다는 남성이 엘렌에게 춤을 권하러 왔기 때문에 그녀와 앞으로 그녀의 양심의 인도자와의 대화는 중단되었으나, 다음 날 해가 진 후 죠베르는 혼자서 엘렌을 찾아왔고 그 후부터는 자주 그녀 집에 드나들게 되었다.

어느 날 그는 엘렌을 가톨릭 대성당으로 데리고 갔다. 거기서 그녀는 재단 앞에 인도되어 무릎을 꿇었다. 젊지 않은, 매력적인 프랑스인은 그녀 머리에 손을 놓았다. 그러자, 나중에 그녀가 말한 바에 의하면, 그녀는 무엇인가 상쾌한 바람 같은 것이 마음 속으로 불어 들어오는 것 같은 느낌이 들었다. 그것이 '하느님의 은총'이라는 설명을 들었다.

그 후 그녀한테로 '긴 옷을 입은' 신부를 모셔왔고, 그 신부는 그녀의 고해(告解)를 듣고 그 죄를 용서해 주었다. 이튿날 집에 두고 쓰라며 그녀에게로 성찬이 든 상자가 보내졌다. 며칠 후 엘렌은 만족스럽게도 이제 자기는 진정한 가톨릭교에 들어갔다는 것과, 2, 3일이 지나면 로마 교황도 그녀에 대해서 알게 되어 무엇인가 서류를 보내올 것이라는 것을 알았다.

이 시기에 그녀의 주위와 그녀에게서 일어난 모든 것, 실로 머리가 좋은 사람들이 자기에게 쏟아준, 더욱이 실로 느낌이 좋은 세련된 모양으로 보여 준 모든 관심, 그리고 또 그녀를 지금 감싸고 있는 비둘기와 같은 순결함 (그녀는 이 무렵 줄곧 하얀 리본을 장식한 흰 옷을 입고 있었다)—이러한 모든 것이 그녀에게 충만한 기분을 가져다 주었다. 그러나 그녀는 그 만족 때문에 잠시도 자신의 목적을 잃지는 않았다. 그리고 교활한 일에 있어서는 오히려 어리석은 인간 쪽이 영리한 자를 속여넘기는 것처럼, 엘렌도 이 모든 말과 관심의 목적이 오로지 자기를 가톨릭교로 개종시켜서 예수회 조직을 위해서 그녀로부터 돈을 끌어내려는 것에 있다는 것을 깨닫고, 돈을 내기 전에, 자기를 남편으로부터 해방해 주는 여러 가지 절차를 강구해 달라고 요구했다. 그녀의 생각으로는 온갖 종교의 의의는 인간적인 욕망을 만족시키면서 일정한 품위를 유지시키는 데에만 있었다. 그래서 그녀는 어느 날, 이와 같은 목적을 이룩하기 위해서 청죄 사제(聽罪司祭)와의 대화 때에, 결혼이 어느 정도 자기를 속박하고 있느냐는 질문에 대답해 달라고 끈질기게 요구했다.

두 사람은 응접실 창가에 앉아 있었다. 해질녘이었다. 창으로부터 꽃향기가 감돌고 있었다. 엘렌은 가슴과 어깨가 비쳐 보이는 흰 옷을 입고 있었다.

깨끗하게 면도질을 한 건강해보이는 통통한 턱과, 느낌이 좋은 야무진 입을 하고 흰 손을 공손하게 무릎에 깍지긴 신부가 엘렌 옆에 앉아, 입술에 품위 있는 미소를 띠고 점잖게 그녀의 아름다움에 황홀해진 눈으로 가끔 그녀의 얼굴을 바라보면서, 두 사람을 사로잡고 있는 문제에 대해 자신의 생각을 말하고 있었다. 엘렌은 초조한 듯한 미소를 지으면서 신부의 고수머리와 반들반들하게 면도질한 거무스름한 살쩐 볼을 바라보고, 화제가 바뀌기를 이제나저제나 기다리고 있었다. 그러나 신부는 분명히 상대방의 미모를 곁에 두고 즐기면서 자신의 설교 수완에 열중하고 있었다.

양심의 인도자가 말하는 논의의 줄거리는 이러했다. 당신은 자신이 하려고 하는 일의 뜻을 모르면서 한 인간에게 정절(貞節)의 맹세를 하고 말았다. 그 남자 자신으로서도 결혼의 종교적 뜻을 믿지 않고 결혼하여 모독적인 행동을 하게 되었다. 이 결혼은 당연히 그것이 가져야 할 이중의 뜻을 지니고 있지 않았다. 그러나 그런데도 불구하고 당신의 맹세는 당신을 속박하고 있었다. 당신은 그 맹세를 배반했다. 그것으로 당신은 무엇을 했는가? 용서받을 죄일까, 아니면 영원한 죄일까? 용서받을 죄이다. 왜냐하면 당신은 나쁜 의도를 가지지 않고 그 행위를 했기 때문이다. 만약 당신이 지금 아이를 가질 목적에서 새 결혼 생활에 들어간다면, 당신의 죄는 용서 받을 수 있을 것이다. 그러나 여기서 문제는 두 갈래로 갈라진다. 첫째는…….

"그렇지만, 제 생각으로는" 지루해진 엘렌이 그 매혹적인 미소를 띠며 갑자기 말했다. "저는 참된 종교에 들어갔으므로, 거짓 종교가 저에게 지운 것에 속박될 필요는 없어요."

양심의 인도자는 이렇게 단순하게 자기 앞에 세워진 이 콜럼버스의 달걀에 깜짝 놀랐다. 그는 자기 제자의 뜻하지 않은 빠른 진보에 감격하였지만, 머리를 짜내어 쌓아올린 논증의 건물을 포기할 수가 없었다.

"서로 잘 이해해 봅시다, 백작 부인." 그는 미소를 띠며 말했다. 그리고 자기 종교상의 말의 논법을 반박하기 시작하였다.

7

이 문제는 엘렌이 이해한 종교적인 견지에서 본다면 지극히 간단하고 쉬운 일이지만, 그녀의 인도자들은 단지 속세간의 권력이 이 문제를 어떻게 보고 있는가가 걱정이 된 나머지, 일을 어렵게 만들고 있는 것이었다.

그래서 엘렌은 상류 사회에서 이 문제에 대한 사전 준비를 해 둘 필요가 있다고 판단했다. 그녀는 늙은 중신의 질투심을 자극하여, 처음에 요구한 남자에게 한 것과 같은 말을 그에게도 하였다. 즉, 자기에 대해서 권리를 얻는 유일한 방법은 자기와 결혼하는 일이다 하는 형식으로 문제를 제기한 것이다. 그는 처음 한 순간 처음의 젊은 사람처럼, 살아 있는 남편을 버리고 결혼하려는 이 제의에 깜짝 놀랐다. 그러나 이것은 미혼 아가씨의 결혼과 마찬가지로 간단하고 자연스러운 일이라고 엘렌이 확고부동한 신념을 가지고 있었으므로, 그도 그럴 마음이 생겼다. 만약에 엘렌 자신에게 조금이라도 동요하거나 부끄러워하거나 꺼림칙한 기색이 보였다면 그녀가 하려고 했던 일은 틀림없이 실패로 돌아갔을 것이다. 그러나 그러한 꺼림칙하거나 부끄러워하는 기색이 조금도 없었을 뿐더러, 오히려 터놓고 천연스럽게 자기의 친한 친구에게(뻬쩨르부르그 전체에 대해서였지만) 자기는 왕자로부터도, 중신으로부터도 결혼 신청을 받았다, 자기는 두 사람 모두 좋아하므로 어느 쪽에도 슬픈 생각을 가지게 하기는 싫다고 말하고 있었다.

뻬쩨르부르그에는 순식간에 이 소문이 퍼졌다. 그것은 엘렌이 남편과 이혼을 하려 하고 있다는 것이 아니라(만약에 그런 소문이 퍼졌다면, 율법에 어긋나는 이와 같은 기도를 상당히 많은 사람들이 반대했을 것이다), 불행하고 매력적인 엘렌이 두 사람 중 어느 쪽과 결혼할까 망설이고 있다는 소문이 갑자기 퍼진 것이다. 이제 문제는 그것이 어느 정도 가능하느냐 하는 것이 아니라, 어느 쪽 혼담이 유리한가와 궁정에서는 이것을 어떻게 볼 것인가 하는 것이었다. 분명히 개중에는 이 문제의 높이에까지 도달하지 못하고 이와 같은 의도를 결혼의 신비성을 모독하는 것이라고 보는 뒤늦은 사람들도 있었다. 그러나 그러한 사람은 소수인데다가 더욱이 침묵을 지키고 있었고, 대부분의 사람들은 엘렌을 사로잡고 있는 행복 문제와 어느 쪽을 선택하는 편이 유리하느냐는 문제에 관심을 가지고 있었다. 살아 있는 남편을 버리고 결혼하는 것이 좋으냐 나쁘냐는 화제가 되지 않았다. 왜냐하면 그 문제는 자기들보다도 현명하거나 현명하다고 말해지고 있는 사람들에게는 이미 해결된 것 같았으므로, 그 문제의 해결에 대해서 의심을 품는다는 것은 자신의 어리석음과 세상을 모르고 있다는 것을 폭로하는 것이 될 염려가 있었기 때문이었다.

다만 이해 여름, 아들을 만나기 위해서 뻬쩨르부르그로 온 아흐로씨모바 만은 세상 여론과는 다른 자기 의견을 서슴지 않고 표명했다. 무도회에서 엘렌을 만나자 아흐로씨모바는 홀 한가운데서 그녀를 불러 세우고, 모두가 가만히 있는 가운데 천성인 굵은 목소리로 말했다.

"당신네들이 사는 이 도시에서는 살아 있는 남편을 버리고 결혼해도 좋도록 되어버렸군요. 당신은 어쩌면 이러한 일을 새롭다고 생각하고 있는 건 아닌가요? 선수를 친 사람이 있어요. 미안하지만 먼저 한 사람이 있답니다. 여느 이부자리 속에서도 마찬가지로 하고 있어요." 이렇게 말하고 여느 때의 버릇인 위협하는 듯한 몸짓으로, 넓은 소매를 걷어 올리고 엄한 눈으로 사방을 둘러보면서 방을 질러나갔다.

뻬쩨르부르그에서는 모두들 아흐로씨모바를 무서워하면서도 어릿광대 취급을 하고 있었다. 그렇기 때문에 그녀가 한 말 중에서 품위 없는 단어 하나만을 귀담아듣고, 그것을 서로 되풀이하면서 속삭이고 있었다. 그들은 그 단어에만 이야기의 요점이 있는 것으로 여기고 있었던 것이다.

요즘 특히 자기가 한 말을 곧잘 잊고, 같은 말을 백 번씩이나 되풀이하게 된 바씰리 공작은 딸을 볼 때마다 으레 이렇게 말하는 것이었다.

"엘렌, 너한테 할 말이 있다." 그는 딸을 옆으로 데려가서 그녀의 손을 아래로 잡아당기면서 말했다. "나는 어떤 계획을 들었는데…… 알고 있겠지. 아버지로서도 기쁘다. 너도 꽤 쓰라린 꼴을 겪었으니까 말이야…… 너도 잘 참았다…… 그러나 엘렌, 마음이 명령하는 대로 따르면 되는 거다. 내가 하고 싶은 말은 이것뿐이다." 그리고 여느 때처럼 흥분을 감추면서 그는 자기 뺨을 딸의 뺨에 대고 떨어져 나가는 것이었다.

최고로 머리가 좋은 사람이라는 평판을 잃지 않고 엘렌의 사심이 없는 친구이며 화려한 여성 주위에 으레 항상 붙어 있는 친구, 즉 절대로 애인 역할로 변할 리가 없는 남자 친구의 한 사람이었던 빌리빈은, 어느 날 친한 사이끼리의 조그마한 모임에서 이 문제 전체에 대해서 자기 생각을 친구인 엘렌에게 말했다.

"이봐요, 빌리빈(엘렌은 빌리빈과 같은 친구들을 늘 성으로 불렀다)." 이렇게 말하고 그녀는 반지를 여러 개 낀 하얀 손으로 그의 연미복을 만졌다.

"저를 여동생이라고 생각하고 말해 주세요. 저는 어떻게 하면 좋아요? 두 사람 중의 어느 쪽?"

빌리빈은 이마를 찌푸리고 입가에 미소를 띠면서 생각에 잠겼다.

"아시다시피 그건 나에게는 그다지 아닌 밤중의 홍두깨 식의 질문은 아닙니다만" 그는 말했다. "친구의 한 사람으로서, 나는 벌써부터 이 문제를 생각하고 또 생각해 보았습니다. 그래서 말입니다, 만약 왕자(이것은 젊은 사나이를 말한 것이다)와 결혼한다면" 그는 손가락을 한 개 꼬부렸다. "당신은 영원히 또 한 사람과 결혼할 기회를 잃게 되고, 게다가 궁정의 불만을 사게 됩니다(아시는 바와 같이 궁정 같은 건 친척과 같은 것이니까). 그런데 만약 당신이 그 노백작과 결혼하면, 당신은 그 사람의 만년을 행복하게 해 주실 수 있을 거고, 게다가 고관의 미망인으로서…… 왕자는 당신과 결혼해도 어울리지 않을 것은 없습니다." 이렇게 말하고서 빌리빈은 이마의 주름살을 폈다.

"역시 진짜 친구예요!" 활짝 밝아진 얼굴이 된 엘렌이 다시 한 번 빌리빈의 소매에 손을 대면서 말했다. "그렇지만, 저는 두 사람 다 좋아서 누구도 슬프게 하고 싶지 않아요. 두 사람을 위한 행복이라면 목숨이라도 바치겠어요."

빌리빈은 그러한 괴로움을 자기로서는 구할 길이 없다는 표시로 어깨를 움츠려 보였다.

'대단한 여자다! 뻔뻔스럽다는 것은 이런 것을 두고 하는 말일 거야. 이 여자라면 남자 셋과 한꺼번에 결혼할지도 모른다.' 빌리빈은 생각했다.

"그런데 어떻습니까? 바깥 주인께서는 이 일을 어떻게 생각하실까요?" 그는 자기의 평판이 굳어져 있기 때문에, 이 정도의 순진한 질문을 했다고 해서 평판이 나빠질 염려는 없다고 생각하고 말했다. "찬성해 줄까요?"

"아! 그이는 날 무척 사랑하고 있어요!" 왜 그런지 삐에르도 자기를 사랑하고 있다고 생각하고 엘렌은 말했다. "그이는 나를 위한 것이라면 무슨 일이든지 해 줘요."

빌리빈은 재미있는 말이 준비되어 있다는 것을 나타내기 위해서 이마를 찌푸렸다.

"이혼까지도." 그는 말했다.

엘렌은 웃기 시작했다.

계획되고 있는 결혼이 합법적인가 어떤가를 의심하는 사람 중에는 엘렌의 어머니인 꾸라긴 공작 부인도 있었다. 그녀는 항상 딸을 부러워하는 마음으로 괴로워하고 있었는데, 이번에는 선망의 대상으로 변하였기 때문에 이 생각에 타협할 수가 없었다. 그녀는 남편이 살아 있는 동안에 이혼하여 새로 결혼한다는 것이 어느 정도로 가능한 것인지를 러시아인 사제에게 상의해 보았다. 그러자 사제는 그건 불가능하다고 말하고, 살아 있는 남편을 버리고 결혼하는 가능성을 정면으로 부정하고 있다고 여겨지는 복음서의 한 구절을 그녀에게 보여주었다.

반박할 여지가 없다고 생각되는 이 논거를 무기 삼아, 공작 부인은 아침 일찍 딸이 혼자 있는 기회를 타기 위해 그 집으로 갔다.

어머니의 반대를 다 듣고 나자 엘렌은 비웃듯이 상냥하게 미소지었다.

"글쎄, 뚜렷이 써 있지 않니. 이혼한 여자를 아내로 맞이하는 자는……" 노공작 부인이 말했다.

"아, 어머니도, 시시한 말 하지 마세요. 어머니는 아무것도 모르고 계셔요. 제 입장으로는 의무가 있어요." 엘렌은 이야기를 러시아어에서 프랑스어로 옮아가면서 말하였다. 러시아어로는 자기 문제가 어딘지 분명치 않다는 느낌이 항상 들었던 것이다.

"그렇지만 말이다……."

"어머니, 왜 이해를 못하세요? 죄를 사하실 권리를 가지고 있는 교황님이 ……."

그때, 엘렌의 집에서 살고 있던 말벗인 부인이 방으로 들어와서, 전하가 홀에 오셔서 엘렌을 만나고 싶어한다고 전했다.

"싫어요, 그분에게 말해줘요, 만나고 싶지 않다고. 그분 때문에 매우 화가 나 있다고, 그것은 약속을 깨뜨렸기 때문이라고 말해줘요."

"백작 부인, 모든 죄에 관용을." 얼굴과 코가 긴 금발머리의 젊은 사나이가 방으로 들어오면서 말했다.

노공작 부인은 일어나서 공손히 허리를 굽혔다. 들어온 젊은 사나이는 그녀에게는 눈도 돌리지 않았다. 공작 부인은 딸에게 고개를 끄덕여 보이고 미끄러지듯이 문쪽으로 향하였다.

'그래, 딸의 말이 옳아.' 공작 부인은 생각하였다. 왕자가 나타나서 그녀의 신념은 모두 무너지고 말았다. '그애 말이 옳다. 그렇지만, 어째서 이런 일을 우리는 두 번 다시 돌아오지 않는 청춘시대에 몰랐을까? 이렇게도 간단한 것을.' 마차를 타면서 노공작 부인은 생각하는 것이었다.

8월 초에 엘렌의 문제는 완전히 결정되어, 그녀는 (자기를 매우 사랑하고 있다고 생각하는) 남편에게 편지를 써서 자기가 아무개와 결혼할 생각이라는 것, 자기는 유일한 참다운 종교로 들어갔다는 것, 이 편지를 전하는 자가 말하는 이혼에 필요한 일체의 절차를 해 주었으면 좋겠다고 알렸다.

"이에 덧붙여서 하느님의 성스럽고 힘찬 가호가 당신에게 있기를 빕니다. 당신의 친구, 엘렌."

이 편지는 삐에르가 보로지노 전장에 가 있는 동안에 그의 집으로 전달되었다.

8

이미 보로지노의 싸움이 끝나갈 무렵 삐에르는 다시금 라에프스끼 포대(砲臺)에서 달려 내려와, 여러 병사들의 무리와 더불어 골짜기를 따라서 끄냐지꼬보를 향하여 붕대소가 있는 곳까지 간신히 도착하였다. 그러자 피가 보이고 비명과 신음이 들렸기 때문에 그는 당황해서 병사들의 무리에 끼여 앞으로 나아갔다.

지금 삐에르가 충심으로 원하고 있는 것은 단 한 가지, 자기가 이날 살아온 저 무서운 인상으로부터 될 수 있는 대로 빨리 빠져나가 여느 때의 생활 환경으로 돌아가서, 방 안 자기 침대에서 조용히 자고 싶을 뿐이었다. 여느 때의 생활 환경으로 돌아감으로써 비로소 그는 자기 자신과 자기가 목격하고 경험한 모든 것을 이해할 수 있게 될 것이라는 느낌이 들었다. 그러나 그러한 여느 때의 생활 환경 같은 것은 어디에도 없었다.

삐에르가 걷고 있는 이 도로에는 포탄이나 총탄이 으르렁대는 소리는 들리지 않았지만, 주위의 광경은 전장과 조금도 다르지 않았다. 역시 마찬가지로 괴로워하고, 피곤하고, 때로는 이상하리만큼 무관심한 사람들의 얼굴, 역시 같은 피, 역시 같은 군복의 외투, 멀지만 역시 공포를 불러일으키는 사격

소리가 있었다. 게다가 무더움과 먼지도 있었다.

모자이스크 대가도를 3㎞쯤 걷고 나서 삐에르는 길가에 주저앉았다.

황혼이 내리깔렸다. 그리고 포성도 잠잠해졌다. 삐에르는 한쪽 팔꿈치를 괴고 어둠 속에서 옆을 지나가는 그림자를 바라보면서 그대로 오랫동안 누워 있었다. 끊임없이 무서운 소리를 내며 포탄이 자기를 향하여 날아오는 것만 같았다. 그는 부르르 떨며 몸을 일으켰다. 얼마 동안을 거기서 보냈는지 기억이 나지 않았다. 한밤중에 병사 셋이 나뭇가지를 끌고 와서 그의 옆에 자리잡고 불을 피우기 시작했다.

병사들은 삐에르를 곁눈질해 보면서, 불을 피워 그 위에 냄비를 걸고 그 속에 비지를 넣었다. 기름진 음식의 흐뭇한 냄새가 연기 냄새와 융합되었다. 삐에르는 잠시 몸을 일으키고 한숨을 쉬었다. 병사들은(세 사람이었다) 삐에르는 아랑곳하지 않고 식사를 하면서 자기들끼리 이야기하고 있었다.

"넌 어느 부대야?" 한 병사가 삐에르에게 말을 걸었다. 분명히 이 질문으로 삐에르의 속셈을 떠보려는 것 같았다. 먹고 싶다면 줄 수도 있지만 제대로 된 인간인지 어떤지 말해 보라는 뜻이 포함되어 있는 것 같았다.

"나? 나 말인가? ……" 삐에르는 되도록 병사들과 가까워져서 이해받기 위해 될 수 있는 대로 자기 신분을 낮추지 않으면 안 되겠다고 생각하면서 말했다. "나는 실은 민병 장교지만, 우리 부대는 여기에는 없어. 전투에서 부하를 잃어버렸거든."

"안됐군!" 한 병사가 말했다.

또 한 사람이 고개를 저었다.

"할 수 없지. 어때? 먹고 싶으면 먹어, 잡탕(雜湯)이야!" 처음 말한 병사가 나무숟가락을 핥고서 삐에르에게 내주었다.

삐에르는 불 옆에 앉아서 잡탕을, 냄비 안에 있는 음식을 먹기 시작하였다. 그것은 그가 지금까지 먹어 본 온갖 요리 중에서 가장 맛있다고 여겨졌다. 그가 냄비 위에 몸을 숙이고 커다란 숟가락으로 연방 게걸이 들린 듯이 먹는 동안, 병사들은 모닥불 속에 떠오른 그의 얼굴을 잠자코 바라보고 있었다.

"이제 어디로 가나? 말해 봐!" 또 한 사람이 물었다.

"모자이스크까지."

"그러고 보면, 넌 나리님인가?"

"그래."

"이름은?"

"베주호프."

"그럼, 베주호프 나리, 같이 가세. 배웅해 주지."

깜깜한 어둠 속을 병사들은 삐에르와 함께 모자이스크를 향해 걷기 시작하였다.

그들이 모자이스크에 도착해서 도시의 가파른 언덕길을 오르기 시작했을 때에는 이미 닭이 시간을 알리고 있었다. 삐에르는 자기 숙소가 언덕 기슭에 있다는 것도, 이미 지나온 것도 잊고 병사들과 더불어 걷고 있었다. 그를 찾아 온 거리를 헤매다가 여관으로 돌아가려고 하던 삐에르의 조마사를 언덕길 도중에서 만나지 않았더라면, 그는 숙소가 언덕 아래에 있다는 것도 생각하지 않았을 것이다(그는 그토록 멍청해 있었다). 조마사는 어둠 속에서 하얗게 보이는 모자로 삐에르를 알아보았다.

"나리!" 그는 말했다. "이미 단념하고 있었습니다. 걸어오시다니 어찌 된 일입니까? 어디로 가시려고, 자, 이리!"

"아아, 그렇군." 삐에르가 말했다.

병사들은 잠깐 걸음을 멈추었다.

"뭐야, 동료를 찾았나?" 한 사람이 말했다.

"그럼, 잘 있어! 베주호프 나리라고 했지? 잘 있어, 베주호프 나리!" 다른 두 사람도 말했다.

"잘 가게." 삐에르는 말하고 조마사와 함께 여관으로 향했다.

'저 사람들한테 사례를 해야지!' 삐에르는 호주머니에 손을 대고 생각하였다. '아냐, 주지 않는 게 나을 거야.' 다른 목소리가 그에게 말했다.

여관에는 빈 방이 없었다. 방은 모두 손님으로 차 있었다. 삐에르는 뜰로 나가서 외투를 뒤집어쓰고 자기의 포장마차 속에 누웠다.

9

삐에르는 베개에 머리를 얹어 놓자마자 깊은 잠이 드는 것을 느꼈다. 그러나 별안간 마치 현실처럼 뚜렷하게 쿵, 쿵, 쿵 하는 포격 소리가 들리고, 신음과 비명과 포탄이 퍽 하고 떨어지는 소리가 들리고 피비린내와 화약 냄새가 코를 찌르는 무서움과 죽음의 공포감이 그를 사로잡았다. 삐에르는 깜짝 놀라서 눈을 뜨고 외투 밑에서 고개를 추켜들었다. 뜰은 모든 것이 조용했다. 다만 문간에서 정원지기와 이야기를 하면서 진창을 절벅거리며 어딘가의 종졸이 걷고 있었다. 삐에르의 머리 위에 있는 판자 처마의 어두운 아래쪽에서, 삐에르가 몸을 일으켰을 때의 움직임에 놀라서 비둘기가 날개를 펄럭거렸다. 정원 가득히 은은한, 그때의 삐에르에게는 기쁘게 느껴진 여관의 강렬한 냄새가 차 있었다. 그것은 건초와 퇴비와 타르의 냄새였다. 두 개의 검은 처마 사이로 맑은 별 하늘이 보이고 있었다.

'고맙게도 그것은 이제는 없다.' 삐에르는 다시 머리에 외투를 뒤집어쓰면서 생각했다. '아, 그 무서운 공포, 나는 그토록 보기 싫게 공포에 떨고 말았다! 그러나 그들은…… 그들은 최후까지 태연하고 침착했다…….' 그는 생각했다. 그의 머릿속에 있는 그들이란 병사들—포대에 있던 병사들, 그에게 먹을 것을 준 병사들, 성상화에 기도를 올리던 병사들이었다. 그들이, 삐에르가 이제까지 알지 못했던 저 기묘한 그들이, 분명히 뚜렷하게 그의 머릿속에서 다른 모든 사람들과 구별되어 있었다.

'병사가 되는 거야, 그냥 병사가!' 삐에르는 잠들면서 생각하였다. '온 몸과 마음을 다해 저 전체적인 생활로 들어가는 거다. 그들을 그런 식으로 만들고 있는 것에 푹 젖는 거다. 그러나 어떻게 해서 이 쓸데없고 성가신 외면적인 인간의 무거운 짐을 나의 몸에서 털어버리면 좋단 말인가? 한때 나도 그러한 인간이 될 수 있었던 시기가 있었다. 나는 원하는 대로 아버지로부터 도망칠 수도 있었다. 돌로호프와 결투를 한 후에도 아직 병사로서 군대에 갈 수도 있었을 것이다.' 그러자 삐에르의 머릿속에 돌로호프에게 결투를 신청했을 때의 클럽의 만찬회가 떠오르고, 또르조크에서의 은사가 떠올랐다. 그리고 이번에는 삐에르의 머리에 성대한 만찬 집회가 떠올랐다. 그 집회는 영국 클럽에서 열리고 있다. 어느 낯익고 친근한 소중한 사람이 테이블 끝에 앉아 있다. 그것이 그 사람인 것이다! 그것이 은인인 것이다! '그러나 그 사람은 이미 죽지 않았는가!' 삐에르는 생각했다. '그렇다, 죽었다. 그러나 그 사람이 살아 있다는 것을 난 몰랐다. 그 사람이 죽은 것은 정말로 유감이다. 그리고 그 사람이 아직 살아 있다는 것은 정말 얼마나 기쁜가!' 테이블

한 쪽에는 아나똘리, 돌로호프, 네스비쯔끼, 데니쏘프, 그 밖의 사람들이 앉아 있었다(이들의 유별(類別)은, 그들이라고 삐에르가 부르고 있던 사람들의 유별과 마찬가지로 꿈속에서 분명히 삐에르의 마음 속에서 정해져 있었다). 그리고 이들, 아나똘리와 돌로호프 등이 큰 소리로 외치고 노래를 부르고 있었다. 그러나 그 외치는 소리를 통해서 쉴새없이 이야기를 하는 은인의 목소리가 들리고, 그 말의 울림은 전장의 포성과도 같이 뜻이 깊고 끊어지지 않았다. 그러나 그것은 기분이 좋았고 위로가 되었다. 삐에르는 은인이 이야기하고 있는 것을 이해할 수 없었지만 은인이 선(善)의 이야기를 하고 있다는 것, 그들과 같은 인간이 될 수 있는가 어떤가에 대한 이야기를 하고 있다는 것을 알았다(사상의 유별 역시 꿈속에서도 명확했다). 그리고 그들이 사방팔방에서 저 소박하고 선량하고 의연한 얼굴을 하고 은인을 둘러싸고 있었다. 그러나 그들은 선량하기는 했지만, 삐에르는 거들떠보지도 않고 삐에르에 대해서 알지도 못했다. 삐에르는 그들의 주의를 자기에게로 끌어서 말을 하고 싶었다. 그는 잠깐 몸을 일으켰으나 그 순간 두 다리가 차가워지는 것을 느꼈다. 외투가 흘러내려 다리가 드러난 것이다.

그는 부끄러웠다. 그리고 외투가 미끄러져 떨어진 다리를 손으로 가렸다. 순간 삐에르는 외투를 바로잡으면서 눈을 뜨고 여전히 같은 처마와 기둥과 뜰을 보았다. 지금은 그 모든 것이 푸른 빛을 띠고 이슬이나 서리에 어렴풋이 밝게 빛나고 있었다.

'날이 새는구나.' 삐에르는 생각했다. '그러나 그런 것은 문제가 아니다. 나는 은사의 말을 끝까지 잘 듣고 이해해야만 한다.' 그는 다시 외투를 뒤집어썼지만 집회장의 식당도 은인도 이제 없었다. 있는 것은 단지 말로 분명히 표현되는 생각, 누군가가 말했거나 또는 삐에르 자신이 여러 가지로 숙고하고 있던 생각뿐이었다.

삐에르는 후에 이 생각을 상기하면서, 그것이 이날의 인상으로 환기된 것이었는데도, 누군가 자기 밖에 있는 사람이 자기에게 그것을 말한 것이라고 믿었다. 이제까지 살아오면서 자기가 이토록 생각하고 이토록 자기 생각을 표현할 수 있었던 적은 한 번도 없었다는 생각이 들었다.

'전쟁이란 인간의 자유가 하느님의 법칙에 따르는 가장 괴로운 경우인 것이다.' 그 소리는 말하였다. '소박함이란 하느님에 대한 순종이다. 하느님으로부터 도망칠 수는 없다. 그러니까 그들은 소박한 것이다. 그들은 말하지 않고 행동한다. 이미 한 말은 은이지만, 하지 않은 말은 금이다. 인간은 죽음을 두려워하고 있는 동안은 아무것도 자기 것으로 할 수가 없다. 그러나 죽음을 두려워하지 않는 자는 모든 것을 소유한다. 만약에 고뇌가 없으면 인간은 자기의 한계를 모르고 자기 자신을 알 수가 없을 것이다. 가장 어려운 것은(삐에르는 꿈속에서 여전히 생각하거나 듣고 있었다) 자기 마음 속에서 모든 것의 의의를 잘 결부시키는 일이다. 모든 것을 결부시킨다?' 삐에르는 마음 속으로 말하였다. '아니, 결부시키는 것이 아니다. 생각을 결부시킬 수는 없다. 이러한 생각을 모두 연결하는 것이다. 그것이 필요하다! 그렇다, 연결하지 않으면 안 된다. 연결해야 한다!'—삐에르는 바로 이 말로, 바로 이 한 마디 말로 자기가 표현하고 싶은 것이 표현되고, 자기를 괴롭히고 있는 문제가 모두 해결되었다는 것을 느끼면서 마음 속 깊이 감격하고 혼자 되풀이했다.

"그렇다, 연결해야 한다. 이젠 연결해도 좋을 때다."

"말을 매야 합니다, 이미 맬 시간입니다. 나리! 나리!" 누군가의 목소리가 되풀이했다. "말을 매야 합니다, 맬 시간입니다……."

그것은 삐에르를 깨우고 있는 조마사의 목소리였다. 태양이 정면에서 삐에르의 얼굴을 비추고 있었다. 그는 지저분한 여관을 바라보았다. 부지(敷地) 복판에 있는 우물 옆에서 병사들이 야윈 말에게 물을 먹이고 있고, 짐마차가 잇달아 문에서 나가고 있었다. 삐에르는 안타까운 생각으로 얼굴을 돌려 눈을 감고 급히 포장마차 좌석에 누웠다. '아냐, 나는 이런 일은 싫다. 이런 것을 보거나 이해하는 것은 싫다. 나는 꿈속에서 제시된 것을 이해하고 싶다. 앞으로 1초만 더 있었다면 모든 것을 깨달았을 것을. 도대체 나는 어떻게 하면 좋단 말인가? 연결시킨다 하더라도 어떻게 해서 모든 것을 연결시킨단 말인가?' 그리고 삐에르는 자기가 꿈에서 보고 생각했던 것의 뜻이 모두 무너져버린 것을 느끼고 무서워졌다.

조마사와 마부와 문지기가 번갈아 삐에르한테 와서 말한 바에 의하면, 한 장교가 프랑스군이 모자이스크 근교로 육박하고 있고 아군은 퇴각 중이라는 보고를 가져왔다는 것이었다.

삐에르는 일어나서 말을 매고 자기 뒤를 따라오라고 명령하고, 걸어서 도시를 빠져나가기 위해 출발하였다.

군대는 이미 출발했으며, 약 1만의 부상병들이 방치되어 있었다. 이들 부상병들은 뜰과 집집마다의 창문 속에 보이고, 거리에 무리를 이루고 있었다. 부상병들을 운반하기로 되어 있는 짐마차 주위의 거리에서는 외치는 소리, 욕지거리, 서로 치고 패는 소리가 들렸다. 삐에르는 자기를 따라온 포장마차를 아는 사이인 부상한 장군에게 사용하도록 제공하고, 그 장군과 함께 모스크바까지 같이 가기로 했다. 도중에서 삐에르는 처남 아나똘리와 안드레이 공작의 죽음을 알았다.

10

30일에 삐에르는 모스크바로 돌아왔다. 관문 바로 옆에서 그는 모스크바의 총사령관 라스또쁘친 백작의 부관을 만났다. "우리는 당신을 백방으로 찾아다녔습니다." 부관이 말했다. "라스또쁘친 백작이 꼭 만나뵙고 싶으시답니다. 몹시 중대한 용건으로 지금 곧 와 주시기를 바라고 계십니다."

삐에르는 집에도 들르지 않고 대절 마차를 타고 총사령관에게로 갔다.

라스또쁘친 백작은 그날 아침, 쏘꼴리니끼 교외에 있는 별장에서 막 돌아온 참이었다. 백작 집의 대기실과 응접실은 청원(請願)하러 왔거나 명령을 받기 위해 온 관리들로 가득했다. 바씰리치꼬프와 쁠라또프 두 장군이 이미 백작을 만나 모스크바 방위는 불가능하며, 언젠가는 함락되리라는 것을 그에게 설명했다. 이 정보는 시민들에게는 비밀로 되어 있었지만 관리들은, 즉 여러 관청의 우두머리들은 라스또쁘친이 알고 있는 것과 마찬가지로 모스크바가 적에게 떨어질 것을 알고 있었다. 그리고 그들은 모두 자기 책임을 면하기 위해서, 자기가 맡고 있는 부서를 어떻게 처리할 것인지를 물어보기 위해 총사령관에게로 온 것이다.

삐에르가 응접실에 들어갔을 때, 군으로부터 파견되어 온 급사(急使)가 백작 방에서 나오고 있었다.

급사는 집중되는 질문에 대해서 어찌할 수 없다는 듯이 손을 흔들고 홀을 질러갔다.

응접실에서 차례를 기다리면서 삐에르는 방에 있는 노인이나 젊은이, 군인이나 문관, 높은 사람이나 높지 않은 사람들, 그 방 안에 있는 여러 관리들을 피로한 눈으로 둘러보고 있었다. 모든 사람이 불만스럽고 불안해 보였다. 삐에르는 얼굴을 아는 한 사람이 끼어 있는 관리들의 한 그룹으로 다가갔다. 삐에르와 인사를 나누고 나서 그들은 다시 자기네의 이야기를 계속했다.

"어떻게 해서 도시에서 내보내고 다시 돌아오게 하는가는 까다로운 문제는 아니잖아요. 게다가 이러한 상황에서는 무슨 일이든 책임을 질 수 없어요."

"그러나 제대로, 봐요, 저 사람이 쓰고 있어요." 다른 사람이 손에 쥐고 있는 인쇄물을 보이면서 말했다.

"그건 별문제야. 민중에게는 그런 것이 필요해." 처음 사람이 말했다.

"그것은 뭡니까?" 삐에르가 물었다.

"새 전단입니다."

삐에르는 그것을 받아들고 읽기 시작했다.

'꾸뚜조프 공작 각하는, 각하에게로 향하는 부대와 될 수 있는 대로 빨리 합류하기 위해 모자이스크를 넘어, 적이 급격히 습격할 수 없는 견고한 진지를 점령하셨다. 여기서 각하에게로 48문의 포가 포탄과 함께 보내지고, 각하는 모스크바를 마지막 피 한 방울 남을 때까지 사수할 것이며 시가전도 불사한다고 언명하셨다. 형제들이여, 관공서가 폐쇄되었다고 해서 걱정하지 말라. 일시적인 공무의 정리는 필요하다. 우리는 우리의 심판에 의해 악당들과 결말을 지을 것이다! 무슨 일이 있을 때 나에게는 용감한 도시 사람이나 농촌 사람이 필요하다. 나는 일이 일어나기 2, 3일 전에 호소할 생각이지만 지금은 필요가 없으므로 이렇게 가만히 있는 것이다. 도끼도 좋고, 엽창(獵槍)도 나쁘지 않지만 가장 좋은 것은 삼지(三枝) 갈퀴이다. 프랑스 병은 귀리 다발보다 무겁지 않다. 내일 점심 식사 후, 나는 이베르스까야의 성모상을 예까쩨리나 병원의 부상병에게로 보낸다. 거기서 성수식(聖水式)을 갖자. 그렇게 되면 그들의 회복은 빨라질 것이다. 나도 이제 건강하다. 한쪽 눈이 아팠지만 지금은 두 눈을 뜨고 잘 보고 있다.'

"제가 군인들로부터 들은 이야기로는" 삐에르가 말했다. "도시 안에서는 절대로 전투를 할 수 없고 진지는……"

"그렇습니다, 방금 우리들도 그 이야기를 하고 있습니다." 처음 관리가 말했다.

"그런데, '나는 전에는 한쪽 눈이 아팠지만 지금은 두 눈을 뜨고 잘 보고 있다'는 무슨 뜻입니까?" 삐에르가 말했다.

"백작 눈에 다래끼가 났었죠." 부관이 웃으면서 말했다. "그래서 어떻게 되었느냐고 모두가 알고 싶어한다고 말씀드렸더니 백작께서는 무척 신경을 쓰고 계셨습니다. 그런데, 어떻습니까? 백작님." 부관이 느닷없이 미소를 띠며 삐에르를 돌아다보면서 말했다. "댁에서는 집안에 걱정거리가 있다던데요. 뭔가 부인께서……."

"나는 아무 말도 못 들었는데요." 삐에르는 무관심하게 대답했다. "무슨 말을 들으셨습니까?"

"아니, 워낙 흔히 있지도 않은 일이 소문이 나니까요. 그냥 들었다는 것뿐입니다."

"그래, 어떤 말을 들었습니까?"

"네, 소문에는" 부관은 다시 미소를 띠며 말했다. "부인께서 외국에 갈 채비를 하고 계신다더군요. 아마 뜬소문이겠죠……."

"그럴지도 모릅니다." 삐에르는 무심히 주위를 둘러보면서 말했다. "저 사람은 누굽니까?" 그는 깨끗한 푸른 나사의 긴 겉옷을 입고, 눈처럼 하얀 커다란 턱수염에 흰 눈썹을 한 혈색이 좋은, 키가 작은 노인을 가리키면서 물었다.

"저분 말입니까? 그는 상인입니다. 술집 주인인 베레시차긴이라는 사나이입니다. 아마 선전 전단 사건을 들으셨겠죠?"

"아, 그럼 그가 베레시차긴입니까?" 삐에르는 늙은 상인의 단호하고 침착한 얼굴을 물끄러미 바라보고, 그에게서 반역자다운 표정을 찾아내려고 하면서 말했다.

"저건 본인이 아닙니다. 선전 전단을 쓴 사나이의 아버지입니다." 부관이 말했다. "아들은 옥에 갇혀 있습니다. 아무튼 나쁜 결과가 될 것 같습니다."

성형(星形) 훈장을 단 한 노인과 또 한 사람 십자가를 목에 건 독일인 관리가 이야기를 하고 있는 사람 곁으로 다가왔다.

"실은" 부관이 말했다. "이건 좀 복잡한 얘기입니다만 그 당시, 이미 두 달 전에 이 선전 전단이 나와서 백작님에게 보고가 있었습니다. 백작님이 조사를 명령하셔서 가브릴로 이바노비치가 조사한 바에 의하면, 이 선전 전단은 꼭 63명의 손에서 손으로 건너가 있었습니다. 그 중의 한 사람한테 가서 '누구로부터 받았습니까?' 물으면 '아무개한테서 받았습니다' 대답합니다. 그래서 그 아무개라는 사람을 찾아가서 '누구로부터?' 하고 묻는 식으로 더듬어가 마침내 베레시차긴의 이름이 나오게 된 것입니다······(〈함부르크 신문〉에 게재된 나폴레옹의 편지와 연설의 번역이 전단이 되어 모스크바에 나돌아, 그 작성자로서 상인 베레시차긴이 체포되었다). 학문도 별로 없는 젊은 상인으로, 흔히 있는 건방진 젊은 상인입니다." 부관은 엷은 미소를 띠면서 말했다. "그 사람에게 누구한테 받았느냐고 물어 보았습니다. 누구한테 얻었는지 이쪽은 다 알고 있었죠. 베레시차긴이 입수할 수 있는 것은 우체국장 이외에는 없으니까요. 두 사람 사이에는 밀약이 있었던 것 같습니다. 누구한테 받은 것은 아니며 자기가 쓴 것이라고 말하는 것입니다. 그래서 위협도 하고 달래도 보았습니다만, 자기가 썼다고 우겨대고 있었습니다. 그래서 백작님에게 그대로 보고했더니 백작님이 그를 불러오라고 했습니다. '당신은 이 선전 전단을 누구한테 받았소?' '제가 썼습니다.' 백작님의 기질은 여러분도 아시죠?" 의기양양하고 즐거운 듯한 미소를 띠고 부관이 말했다. "백작님은 무섭게 화를 내셨지요. 그리고 생각해 보세요, 이런 뻔뻔스러운 거짓말과 고집이라니!······."

"아! 백작은 우체국장 끌류차레프를 지명할 필요가 있었겠죠. 알만합니다!" 삐에르는 말했다.

"그럴 필요는 전혀 없습니다." 부관이 놀라서 말했다. "끌류차레프에게는 그렇지 않아도 유형(流刑)에 처할 만한 죄가 있었으니까요. 문제는 백작이 몹시 화를 내셨다는 것입니다. '어떻게 네가 썼다는 말이냐?' 하고 백작은 말하면서 테이블에서 〈함부르크 신문〉을 집었습니다. '자, 이거다! 너는 쓴 것이 아니라 번역한 것이다. 그것도 서투른 번역이야. 무리도 아니지, 너는 프랑스말을 모르기 때문이야.' 그런데 말입니다, '아닙니다, 저는 신문 같은 건 전혀 읽은 일이 없습니다. 제가 썼습니다' 하는 겁니다. '그렇다면 너는 반역자이니까 널 재판에 회부하겠다. 그렇게 되면 넌 교수형이다. 자, 누구한테 받았나 말해봐.' '저는 신문 같은 것은 전혀 보지 않고 썼습니다.' 두 사람의 대화는 그것으로 끝났습니다. 백작은 아버지도 불러냈지만 고집으로 일관하는 겁니다. 그래서 재판에 회부되고 징역을 언도한 것 같습니다. 그런데 이번에는 아버지가 탄원하러 온 것입니다. 정말 쓸모 없는 젊은 녀석입니다. 저런 상인의 아들, 멋쟁이 색골은 어딘가에서 연설을 들으면 무서운 것이 없습니다. 지독한 건달입니다. 아버지는 이 까멘느이교(橋) 근처에서 술집을 차리고 있는데, 그 술집에 말입니다, 하느님의 성상이 있는데 한 손에는 홀을, 또 다른 한 손에는 왕자의 표시인 십자가가 달린 황금 공이 그려져 있습니다. 그 녀석은 이 성상을 4, 5일 집으로 가지고 돌아가서 무슨 짓을 했다고 생각하십니까? 돌팔이 화가를 찾아서……."

11

이 새로운 이야기 도중에 삐에르는 총사령관 방으로 불려갔다.

삐에르는 라스또쁘친 백작의 서재로 들어갔다. 삐에르가 들어갔을 때, 라스또쁘친은 얼굴을 찌푸리고, 이마와 눈을 손으로 문지르고 있었다. 몸집이 작은 사나이가 무슨 말을 하고 있다가 삐에르가 들어가자 입을 다물고 나갔다.

"여어, 안녕하십니까, 위대한 전사여." 그 사나이가 나가자 이내 라스또쁘친은 말했다. "당신의 분전(奮戰)에 대해서는 듣고 있었습니다! 그러나 문제는 그것이 아닙니다. 우리끼리만의 이야기지만, 당신은 프리메이슨이시죠?" 라스또쁘친은 엄격한 어조로 말하였다. 그것은 프리메이슨이라는 것은 무슨 좋지 않은 일이지만, 자기는 그것을 용서할 작정이라고 말하는 것 같았다. 삐에르는 잠자코 있었다. "이봐요, 나는 잘 알고 있어요. 그러나 프리메이슨에도 여러 가지가 있다는 것도 알고 있고, 설마 당신은 인류를 구하는 체하며 러시아를 멸망시키려는 패는 아니리라고 생각합니다."

"분명히 저는 프리메이슨입니다." 삐에르는 대답했다.

"역시 그렇습니까? 당신은 스뻬란스끼와 마그니쯔끼 두 사람이 당연히 보내어질 곳으로 보내진 것을 모르지는 않겠죠. 끌류차레프 씨도 같은 꼴을 당했습니다. 솔로몬의 성당을 세운다는 명목으로 조국의 전당을 파괴하려고 애쓰고 있는 다른 사람들도 마찬가지입니다. 당신은 아실 겁니다. 여기에는 이유가 있는 일이고, 만약에 해로운 인물이 아니라면, 내가 이곳 우체국장을 유형에 처하지 않아도 되었다는 것을. 이제 나는 알게 되었습니다만, 당신은 국장이 시외로 나가는 데에 당신의 마차를 제공하고 더욱이 그 사나이로부터 보관을 위해 서류를 받으셨습니다. 나는 당신을 좋아하고 당신에게 나쁜 일이 생기는 것을 바라지 않습니다. 게다가 당신은 나보다도 두 배나 젊으니까 나는 아버지로서 당신에게 충고합니다. 그런 종류의 인간과 일체 관계를 끊고 당신 자신도 되도록 속히 여기서 떠나는 것이 좋겠습니다."

"그렇지만 백작님, 끌류차레프의 죄는 뭡니까?" 삐에르가 물었다.

"그것은 내가 알고 있을 일이지 당신이 나에게 질문할 것은 못됩니다." 라스또쁘친은 소리쳤다.

"만약 나폴레옹의 선전 전단을 뿌렸다는 것으로 그 사람이 비난을 받고 있다면, 그것은 증거가 불충분하지 않습니까?" 삐에르는 (라스또쁘친을 보지 않고) 말했다. "게다가 베레시차긴도……."

"그것이 문제입니다." 갑자기 이맛살을 찌푸리고 삐에르의 말을 가로채면서 전보다도 더 큰 목소리로 라스또쁘친이 소리쳤다. "베레시차긴은 반역자이며 매국노로서 당연한 처벌을 받을 겁니다." 라스또쁘친은 모욕을 받았다는 것을 상기했을 때처럼 미움에 가득 차서 말했다. "그러나 내가 당신을 부른 것은 내가 한 일을 비판하기 위한 것이 아니라 당신에게 충고를 하기 위한 것입니다. 감히 말하자면 명령이라고 해도 좋을 겁니다. 끌류차레프 같은 패거리와는 관계를 끊고 이곳에서 떠나십시오. 나는 설사 누가 바보 같은 생각을 가지고 있든지 그것을 쫓아내겠습니다." 그리고 아직 아무 죄도 없는 삐에르를 야단치고 있는 자기를 알아차렸는지 그는 누그러진 태도로 삐에르의 손을 잡고 덧붙였다. "우리는 모두가 파멸하는 순간에 처해 있기 때문에, 나는 나와 관련이 있는 사람 모두에게 친절하게 대하고 있을 겨를이 없습니다. 때로는 어지러울 때도 있습니다! 그런데, 당신은 당신 개인으로서 무엇을 하실 작정이십니까?"

"별로 아무것도." 여전히 눈을 내리깐 채, 생각에 잠긴 듯한 얼굴 표정을 바꾸지도 않고 삐에르는 대답했다.

라스또쁘친은 눈살을 찌푸렸다.

"이것은 친구로서의 충고입니다. 되도록 빨리 떠나십시오. 당신에게 해줄 말은 이것뿐입니다. 듣는 귀를 가진 자에 복이 있으라! 안녕, 베주호프 씨. 아, 그렇지." 그는 문 안에서 소리쳤다. "백작 부인이 예수회 신부들의 손에 떨어졌다는 것은 정말입니까?"

삐에르는 아무 대답도 하지 않고 여태까지 보지 못한 찌푸린 얼굴을 하고, 화가 난 태도로 라스또쁘친 집에서 나왔다.

그가 집에 돌아왔을 때는 이미 어둑어둑했다. 그날 밤 그의 집에는 여덟 명 가량 되는 사람들이 왔다. 위원회 서기와 그의 지휘하에 있는 대대의 대장, 지배인, 청지기, 그 밖에 여러 청원자들이었다. 모두 삐에르에게 볼일이 있었고, 그는 그것을 해결하지 않으면 안 되었다. 삐에르는 아무것도 모르고, 그 용건에 관심도 없고 모든 질문에 대해서 다만 자기를 이 친구들로부터 해방해줄 만한 대답을 한 데에 지나지 않았다. 간신히 혼자가 되자 그는 아내의 편지를 뜯어 읽었다.

'그들—포대의 병사들, 안드레이 공작은 전사…… 노인…… 소박함은 하느님에 대한 순종이다. 고민하지 않으면 안 된다…… 온갖 것의 뜻을…… 연결하지 않으면 안 된다…… 아내가 결혼하려 하고 있다…… 잊고, 이해해 줘야지…….' 그는 침대에 다가가자 옷도 벗지 않고 쓰러져서 곧 잠이 들었다.

이튿날 그가 눈을 뜨자 하인 우두머리가 들어와서, 라스또쁘친 백작으로부터 파견된 경찰이 베주호프 백작이 이미 떠났는지, 아니면 떠나는 채비를 하고 있는지 알아보기 위해서 왔다고 알렸다.

삐에르에게 용무가 있는 여러 사람들이 열 명 가량 객실에서 그를 기다리고 있었다. 삐에르는 급히 옷을 입자 자기를 기다리고 있는 사람들에게로 가는 대신 뒤쪽 계단으로 가서, 거기서 문을 빠져나갔다.

그때부터 모스크바가 황폐해질 때까지 찾아다녔는데도 불구하고 베주호프 네 사람들은 누구 하나 삐에르를 다시 본 사람이 없었고, 어디에 있는지조차 알지 못했다.

12

로스또프 일가는 9월 1일까지, 즉 적이 모스크바에 들어오기 전날까지 시내에 머물러 있었다.

뼤쨔가 오볼렌스끼 장군의 까자크 연대에 입대하여, 이 연대의 편성이 이루어지고 있는 베라야 제르꼬피로 떠난 뒤에, 백작 부인은 공포에 사로잡혔다.

아들이 둘이나 전장에 나가 있고 두 사람 모두 자기의 품 안에서 떠나 버렸으며, 오늘이나 내일이나 그 어느 쪽이, 아니 어쩌면 아는 부인이 세 아들을 잃은 것처럼 전사할지도 모른다는 생각이 이번 여름에 비로소 잔인할 만큼 뚜렷이 그녀의 머리에 떠오른 것이었다. 그녀는 니꼴라이를 곁으로 불러 보려고도 하고, 몸소 뻬쨔한테로 가서 그를 뻬쩨르부르그에서 취직을 시켜 보려고도 생각해 보았지만 모두 불가능하다는 것을 알았다. 뻬쨔는 연대와 같이 오든지 아니면 다른 실전 연대로 전속하는 이외에는 뻬쩨르부르그로 돌아올 가망은 없었다. 니꼴라이는 군에 참가하여 어디에 있는지, 공작의 딸 마리야와 만난 이야기를 소상히 써 보낸 마지막 편지 이후는 소식을 알 수 없었다. 백작 부인은 잠을 못 자고, 잠이 들면 아들들이 전사하는 꿈을 꾸었다. 백작은 온갖 조언도 하고 상의도 한 끝에 마침내 부인을 안심시키는 방법을 생각해냈다. 뻬쨔를 오볼렌스끼 연대에서, 모스크바에서 편성 중이던 삐에르의 부대로 전속시킨 것이다. 뻬쨔가 군무에 남아 있는 데에는 변함이 없었지만, 이 전속으로 백작 부인은 아들 중의 한 사람이나마 자기의 날개 밑에서 볼 수 있다는 위안을 얻게 되었다. 그리고 다시는 아들을 놔주지 않고 절대로 전투에 끌려들지 않는 부서에 소속시킬 수 있도록 언제라도 손을 쓸 수 있다는 희망을 가질 수가 있었다. 니꼴라이 혼자만이 위험에 처해 있었던 동안은 백작 부인은 이 장남이 다른 어떤 아이보다도 귀엽다는 생각을 하고 있었다(그리고 그것을 떳떳하지 못하게 여기고 있었다). 그런데 막내이자 장난꾸러기로 공부도 하지 않고 집안 물건은 무엇이든지 부숴서 모두가 싫어한 뻬쨔가, 그 명랑한 검은 눈에 혈색이 좋고 겨우 볼에 솜털이 나기 시작한 사자코의 뻬쨔가 무섭고 잔인한 어른들이 전쟁에 참가하여 그것을 재미있어 하는 곳에 빠져들어가자, 이번에는 어머니로서 뻬쨔가 다른 어느 아이보다 훨씬 귀엽다는 마음이 들었다. 기다리던 뻬쨔가 모스크바로 돌아오는 날이 다가올수록 백작 부인의 불안은 더욱 커졌다. 그녀는 이제 그 행복이 찾아올 때까지 기다릴 수가 없을 것 같았다. 쏘냐만이 아니라 귀여운 나따샤와 남편이 있어도 그녀는 초조했다. '나는 이런 사람들에게 아무 볼일이 없다. 나는 뻬쨔 이외에 아무도 필요없어!' 그녀는 생각하는 것이었다.

8월 하순 무렵, 로스또프네는 니꼴라이로부터 두 번째 편지를 받았다. 그것은 그가 말의 징발을 위해 파견된 보로네시 현에서 보낸 것이었다. 이 편지는 백작 부인을 안심시키지는 않았다. 한 아들이 안전함을 알자 그녀는 더욱 뻬쨔의 일이 걱정되었다.

이미 8월 20일 경부터 로스또프네가 아는 사람들은 거의 모두가 모스크바에서 떠났다. 모든 사람이 백작 부인에게 되도록 빨리 떠나기를 권했는데도, 그녀는 자기의 보배인 가장 사랑하는 뻬쨔가 돌아올 때까지는 떠나라는 이야기는 들으려고도 하지 않았다. 8월 28일에 뻬쨔가 돌아왔다. 열여섯 살의 장교에게는 어머니가 자기를 맞은, 이상하리만치 격렬한 애정이 마음에 들지 않았다. 어머니는 이제 아들을 자기 품에서 놓치지 않겠다는 생각을 감추고 있었지만, 뻬쨔는 어머니의 속셈을 눈치 채고 어머니에게 끌려서 마음이 약해지는 것을(그는 속으로 그렇게 생각하고 있었다) 본능적으로 두려워하였다. 그래서 어머니에게 냉정한 태도를 취하며 어머니를 피하고, 모스크바 체류 중 줄곧 나따샤하고만 지냈다. 그는 나따샤에 대해 항상 특별한, 반했다고 해도 좋을 육친의 사랑을 품고 있었다.

백작의 여느 때와 같은 느긋함 때문에 8월 28일에도 출발 채비는 아직 하나도 돼 있지 않았고, 전 재산을 집에서 반출하기 위하여 랴잔과 모스크바 영지에서 오기로 되어 있는 짐마차가 30일이 되어서야 겨우 도착했다.

8월 28일에서 31일에 걸쳐, 온 모스크바 시내는 어수선하게 움직이고 있었다. 도로고밀 관문에 보로지노 회전 때의 많은 부상병이 운반되어 모스크바 이쪽저쪽에 운반되어 갔다. 또 많은 짐마차가 주민이나 재산을 싣고 다른 관문에서 나갔다. 라스또쁘친의 전단에도 불구하고 그것과는 관계없이, 또는 그 결과로 매우 모순된 기묘한 소문이 시중에 나돌고 있었다. 어떤 사람은 아무도 나가서는 안 된다는 명령이 나왔다고 말하고 있었다. 어떤 사람은 반대로 교회의 성상이 모두 반출되고 모두 강제적으로 퇴거되고 있다고 말했다. 어떤 사람은 보로지노의 회전 후에 또 전투가 있어서 프랑스군이 격파되었다고 말하고 있었다. 반대로 어떤 사람은 러시아군이 전멸했다고 말하고 있었다. 또 어떤 사람은 모스크바의 민병대가 사제들을 선두로 뜨리 고르이로 향하고 있다고 말하고 있었다. 어떤 사람은 아우구스찐 주교가 퇴거를 금지당했다느니, 배반자가 잡혔다느니, 농민들이 폭동을 일으켜서 피난민을 약탈하고 있다느니 하며 수군거리고 있었다. 그러나 그것은 한낱 소문에 지나지 않았으며, 실제는 피난한 자나 머물러 있는 자나(모스크바 포기를 결정한 필리의 작전 회의는 아직 열리지 않았는데도) 모두가 말은 하지 않았지만, 모스크바는 반드시 함락될 것이며 자기들도 될 수 있는 대로 빨리 피난해서 자기 재산을 구하지 않으면 안 된다고 느끼고 있었다. 모든 것이 갑자기 산산이 흩어지고 변해버릴 것이라는 느낌이 들고 있었으나, 9월 1일까지는 아직 아무 변화도 일어나지 않았다. 형장으로 끌려가는 죄인이 자기는 곧 죽는다는 것을 알면서 사방을 둘러보기도 하고 쓴 모자의 매무새를 매만지는 것과 같이, 모스크바도 약속된 일에 지나지 않는 습관이 되어버린 생활 관계가 모두 파괴되리라는 것을 알면서, 여느 때와 같은 생활을 계속하고 있었다.

모스크바 점령에 앞선 이 사흘 동안, 로스또프네 사람들은 모두 각기 다른 바쁜 실생활에 쫓기고 있었다. 가장인 로스또프 백작은 끊임없이 마차를 타고 시중을 돌아다니면서 거리에 퍼져 있는 소문을 여기저기서 모아 왔고, 집에 돌아오면 출발 채비를 위해 막연하고 표면적인 어수선한 지시를 하고 있었다.

백작 부인은 짐을 치우는 감독을 하고 있었는데 매사에 불만이었으며, 어머니로부터 빠져나가려는 뻬쨔의 뒤를 끊임없이 쫓아다니고 있었다. 그녀는 뻬쨔가 언제나 시간을 같이 보내고 있는 나따샤에게 질투를 느끼고 있었다. 다만 쏘냐 한 사람만은 실무적인 면 즉, 짐 꾸리는 일을 지시하고 있었다. 그러나 쏘냐는 요즘 줄곧 매우 적적한 듯했고 말수가 적었다. 마리야에 대해서 쓴 니꼴라이의 편지를 읽고, 백작 부인은 마리야와 니꼴라이의 만남을 자기는 하느님이 인도하신 것으로 생각한다고 쏘냐가 있는 앞에서 기쁜 듯이 이야기했던 것이다.

"난 기쁘다고 생각한 적은 한 번도 없었단다." 백작 부인은 말했다. "안드레이 공작이 나따샤의 약혼자였을 때는 말이야. 그런데 나는 니꼴라이가 공작 따님과 결혼하는 것을 항상 원하기도 했고 예감도 하고 있었지. 그렇게 되면 얼마나 좋을까!"

쏘냐는 그것은 사실이라는 것, 로스또프네의 경제 상태를 재건하는 유일한 가망은 부자 딸과 결혼해야 한다는 것, 공작 따님은 좋은 상대라는 것을 느끼고 있었다. 그러나 쏘냐는 그것이 매우 괴로웠다. 자기의 슬픔에도 불구하고, 아니 어쩌면 슬펐기 때문에 그녀는 짐 정리와 짐 포장을 지시하는 가장 귀찮은 일을 도맡아서 매일 바쁘게 일했다. 백작과 백작 부인은 무슨 분부할 일이 생기면 그녀를 의지했다. 뻬쨔와 나따샤는 반대로 양친을 돕지 않았을 뿐만 아니라 대개의 경우 집안 사람들이 모두 싫어하고 방해가 되었다. 그리고 거의 온종일 집안에서 두 사람이 뛰어다니거나 소리를 지르거나 이유도 없이 웃어젖히는 소리가 들렸다. 두 사람이 웃거나 기뻐하거나 한 것은 결코 웃을 이유가 있어서가 아니라 마음이 기쁘고 즐거웠기 때문으로, 무슨 일이 일어나면 그것이 모두 두 사람에게는 기뻐하거나 웃거나 하는 이유가 되는 것이었다. 뻬쨔가 즐거웠던 것은, 자기가 집을 나왔을 때는 아이였지만 돌아왔을 때는(모두가 그에게 한 말이지만) 훌륭한 젊은 남자가 되어 있었기 때문이었다. 그가 즐거웠던 것은 자기가 집에 있기 때문이며, 당분간 전장이 될 가망이 없는 베라야 제르꼬피로부터, 앞으로 사흘 동안에 싸움이 있게 될 모스크바로 올 수 있었기 때문이었다. 즐거움의 가장 큰 이유는, 자기가 항상 그 기분에 끌리는 나따샤가 즐거웠기 때문이었다. 나따샤가 즐거웠던 것은 너무나도 오랫동안 슬펐는데도, 지금은 무엇 하나 슬픔의 원인을 상기시킬 만한 것이 아무것도 없었기 때문이며 건강했기 때문이었다. 게다가 그녀가 즐거웠던 것은 자기에게 열중한 사람이 있고(남이 열중해 준다는 것은 그녀의 기계가 완전히 원활하게 움직이기 위해 꼭 필요한 윤활유였다), 더욱이 뻬쨔가 그녀에게 열중하고 있었기 때문이었다. 무엇보다도 그들이 즐거웠던 것은 전쟁이 모스크바 가까이에 다가왔기 때문이었다. 관문 옆에서 일어날 전투에 대비해 무기가 배급되고, 모두가 어디론가 도망쳐 달아나려고 하기 때문이며, 전체적으로, 항상 인간에게 있어서, 특히 젊은이에게 있어서 즐거운 무엇인가 이상한 일이 생기고 있었기 때문이었다.

13

8월 31일 토요일, 로스또프네에서는 모든 것이 온통 발칵 뒤집힌 것 같은 느낌이었다. 문이란 문은 모두 활짝 열리고 가구는 모두 반출되든가 놓는 장소가 바뀌고, 거울과 그림은 떼어냈다. 방에는 수납 상자가 나열되고 건초와 포장지, 새끼가 뒹굴고 있었다. 짐을 실어 내는 농민과 하인들은 무거운 다리로 나무 마루를 걸어다니고 있었다. 뜰에는 농민의 짐마차가 붐비고, 이미 산더미처럼 짐을 싣고 새끼를 친 것도 있고 아직 비어 있는 것도 있었다.

많은 하인과 짐마차와 함께 온 농민들의 목소리나 발소리가 뜰과 집 안에서 서로 호응하듯이 울리고 있었다. 백작은 아침부터 어디론가 나가고 없었다. 백작 부인은 분주함과 소란으로 두통을 일으켜, 식초를 적신 천을 머리에 동여매고 새로운 휴게실에 누워 있었다. 뻬쨔도 집에 없었다(그는 민병대에서 실전 부대로 옮기려고 서로 약속을 한 친구한테 가 있었다). 쏘냐는 홀에서 유리 식기와 도자기의 짐을 꾸리는 것을 지시하고 있었다. 나따샤는 엉망이 된 방에서 마루 위에 내던져져 있는 옷과 리본과 숄 사이에 앉아서, 꼼짝도 하지 않고 마루를 골똘히 바라보면서 낡은 무도회용 드레스를 들고 있었다. 그것은 그녀가 처음 뻬쩨르부르그의 무도회에서 입었던(이미 유행에 뒤떨어진) 그 옷이었다.

나따샤는 모두가 이렇게 바쁠 때에 집에 있으면서도 아무것도 하지 않는 것이 미안하게 여겨져, 아침부터 몇 차례나 일을 해보려고 했다. 그러나 그녀는 그 일이 마음이 내키지 않았다. 그녀는 무슨 일이든지 진심으로 전력을 다하는 일이 아니면 무슨 일을 할 수 없었고 하는 방법도 몰랐다. 그녀는 도자기류의 짐을 꾸리고 있는 쏘냐를 내려다보면서 잠시 서서 도와주려고 했지만 곧 그만두고, 자기 짐을 챙기기 위해서 방으로 돌아와버렸다. 그녀는 처음에는 옷과 리본을 하녀들에게 나누어 주는 것이 즐거웠지만, 결국 남은 물건은 포장하지 않으면 안 되게 되자 시시해졌다.

"두냐샤, 너 이것 좀 챙겨 주겠니? 응? 해주겠지?"

두냐샤가 무슨 일이라도 해주겠다고 기꺼이 약속해주자 나따샤는 마루에 앉은 채 낡은 무도회용 드레스를 손에 들고, 지금 생각하지 않으면 안 되는 일과는 전혀 다른 생각에 잠기기 시작하였다. 생각에 잠겨 있던 나따샤를 명상에서 끌어낸 것은 옆의 하녀 방에서의 하녀들의 이야기 소리와, 뒤쪽 계단으로 다급히 나가는 그녀들의 발소리였다. 나따샤는 일어나서 창문으로 내다보았다. 거리에는 부상자를 태운 마차의 긴 대열이 멈추어 있었다.

하녀, 하인, 하녀 우두머리, 유모, 요리사, 마부, 마차의 마부, 요리 견습들이 문 옆에 서서 부상자들을 바라보고 있었다.

나따샤는 하얀 손수건을 머리에 쓰고 끝을 두 손으로 누르면서 밖으로 나갔다.

전에 하녀 우두머리였던 마브라 노파가 문 옆에 모여 있는 사람들로부터 떨어져서 거적으로 포장을 씌운 짐마차 옆으로 다가가서, 그 짐마차에 누워 있는 젊은 창백한 장교와 이야기를 하고 있었다. 나따샤는 대여섯 발짝 다가가서 손수건을 누른 채 마브라 노파가 하는 말을 듣고 있었다.

"그럼, 당신은 모스크바에는 아는 사람이란 아무도 없단 말인가요?" 마브라가 말했다. "어딘가 집에라도 들어가면 편해지실 텐데…… 좋으시다면 우리 집에라도. 주인들께서는 곧 떠나시니까."

"글쎄, 허가가 날까요." 장교가 약한 목소리로 말했다. "저기에 상관이…… 물어봐 주세요." 그리고 그는 짐마차의 대열을 따라서 거리를 되돌아오고 있는 뚱뚱한 몸집의 소령을 가리켰다.

나따샤는 겁먹은 듯한 눈으로 부상한 장교의 얼굴을 흘끗 보고 이내 소령 쪽으로 걸어갔다.

"부상하신 분들을 우리 집에 머물게 해도 괜찮을까요?" 그녀는 물었다.

소령은 빙그레 웃고 거수 경례를 했다.

"누구한테 볼일이 계십니까, 아가씨?" 그는 눈을 가늘게 뜨고 미소지으면서 말했다.

나따샤는 침착하게 자기 질문을 되풀이했다. 그리고 그녀의 얼굴과 태도 전체가—여전히 손수건 끝을 누르고 있었지만—매우 진지했기 때문에 소령은 미소를 거두고, 어느 정도라면 가능한가를 스스로 물어보듯 생각했다가 마침내 좋다는 대답을 했다.

"네, 좋습니다."

나따샤는 가볍게 머리를 숙이고 나서, 장교를 내려다보듯이 서서 안쓰럽다는 듯이 동정의 빛을 띠고 그 장교와 이야기를 하고 있는 마브라에게로 돌아갔다.

"괜찮대요. 저분이 그렇게 말하셨어요, 괜찮다고요!" 나따샤는 낮은 목소리로 말했다.

덮개가 달린 마차 안의 장교는 로스또프네의 뜰로 들어갔고, 부상병을 태운 수십 대의 짐마차가 주민들의 초청을 받아 뽀바르스까야 거리에 있는 여러 집의 뜰로 들어가 현관으로 가까이 갔다. 나따샤는 새로운 사람들과의, 평소의 생활 조건의 틀을 벗어난 이러한 상황이 마음에 드는 것 같았다. 그녀는 마브라와 더불어 될 수 있는 대로 많은 부상자를 자기 집 뜰에 넣으려

하였다.

"역시 나리께 보고를 해야죠?" 마브라가 말했다.

"괜찮아요, 괜찮아요, 어쨌든 마찬가지예요! 하루만 객실로 옮기면 돼요. 방을 몽땅 저분들에게 제공할 수 있어요."

"어머, 정말로, 그런 당치도 않은 소릴, 아가씨! 외딴 집이나 독신 방이나 유아실이라도 역시 여쭈어 봐야 해요."

"그럼, 내가 물어볼께요."

나따샤는 집 쪽으로 뛰어가서 식초와 진정제 냄새가 나는, 반쯤 열린 휴게실 문 안으로 발소리를 죽이고 들어갔다.

"주무셔요, 어머니?"

"아니, 잠이 다 뭐냐!" 졸려던 백작 부인은 눈을 뜨면서 말했다.

"어머니." 나따샤는 어머니 앞에 무릎을 꿇고서, 어머니 얼굴 가까이로 얼굴을 갖다대면서 말했다. "잘못했어요, 용서하세요, 이젠 어머니를 깨우지 않겠어요. 난 마브라의 부탁을 받고 왔어요. 우리 집에 부상한 장교들이 운반돼 와 있어요. 괜찮겠죠? 그분들은 갈 곳이 없대요. 저는 알고 있어요, 어머니는 틀림없이 허락해 주실 거라고……" 그녀는 숨도 쉬지 않고 빠르게 말했다.

"장교라고? 어떤 장교들이지? 무슨 영문인지 통 알 수가 없구나." 백작 부인이 말했다.

나따샤가 웃자 부인도 힘없이 미소지었다.

"허락해 주실 거라고 나는 알고 있었어요…… 그럼 그렇게 말하고 올게요." 나따샤는 어머니에게 키스하자 일어서서 문 쪽으로 걸어갔다.

홀에서 그녀는 나쁜 소식을 가지고 돌아온 아버지와 마주쳤다.

"우리는 너무 머뭇거렸다!" 백작은 분하다는 듯이 말했다. "클럽도 폐쇄되었고 경찰도 모두 떠났단다."

"아버지, 부상한 사람들을 집에 들였는데 괜찮겠죠?" 나따샤가 말했다.

"물론 괜찮지." 백작은 건성으로 말했다. "그런 것은 문제가 아니지만, 이제부터는 부질없는 일에 관여하지 말고 짐 꾸리는 걸 도와주었으면 좋겠다. 그리고 출발하자, 내일 출발이다……." 백작은 하인 우두머리와 하인들한테도 같은 분부를 했다. 점심 식사 때 돌아온 뻬쨔가 새 소식을 전했다.

그의 이야기에 의하면 오늘 민중들이 크레믈린에서 무기를 분배하고 있고, 라스또쁘친의 전단에는 이틀 전에 호소한다고 씌어 있었지만, 내일이라도 민중은 무기를 가지고 뜨리 고르이로 가라는 확실한 명령이 나와 있고 거기에서 큰 전투가 있을 것이라는 것이었다.

아들이 그 이야기를 하는 동안, 백작 부인은 아들의 상기된 즐거운 듯한 얼굴을 겁먹은 두려운 마음으로 바라보고 있었다. 자기가 그 전투에는 가지 않았으면 좋겠다고 한 마디라도 한다면(그녀는 뻬쨔가 눈앞에 박두한 이 전투를 기뻐하고 있다는 것을 알고 있었다) 아들은 틀림없이, 남자의 의무니 명예니 조국이니 하고 반론할 수 없는, 무엇인가 뜻을 알 수 없는 남자 특유의 고집 센 말을 해서 오히려 일을 망쳐버리고 만다는 것을 알고 있었다. 그래서 그렇게 되기 전에 모스크바를 떠나 뻬쨔를 자기네들의 호위 겸 보호자로서 데려가고 싶은 마음에서, 그녀는 뻬쨔에게는 아무 말도 하지 않고 식사가 끝나자 백작을 불러서 한시 바삐, 가능하면 오늘 밤이라도 피난가자고 울면서 애원했다. 지금까지 전혀 무서운 것을 모르는 사람처럼 보이던 백작 부인은 갑자기 여자다운 무의식적인 사랑의 기교를 써서, 만약 오늘 밤에 떠나지 못한다면 무서움 때문에 죽어버릴 거라고 말하였다. 그녀는 지금 과장하는 것이 아니라, 정말로 모든 것이 무서웠다.

14

딸한테 갔다 온 쇼스 부인은, 먀스니쯔까야 거리의 술집에서 목격한 이야기를 하여 백작 부인의 공포를 더욱 부채질했다. 쇼스 부인은 그 거리에서 돌아오던 도중, 술집 앞에서 떠들고 있는 술주정꾼의 무리 때문에 그곳을 지나 집으로 돌아올 수가 없었다. 그녀는 대절 마차를 잡아 옆길로 들어가 멀리 돌아서 집으로 돌아왔다. 대절 마차의 마부가 그녀에게 이야기한 바에 의하면, 군중이 술집 술통을 부수고 있었고 그렇게 하라는 명령이 있었다는 것이다.

식사 후, 로스또프네 사람들은 모두들 기쁜 마음으로 들떠 짐 포장과 출발 준비에 서둘러 착수했다. 노백작은 갑자기 일에 착수하여 식후 줄곧 뜰에서 집 안으로, 집 안에서 뜰로 쉴 사이 없이 오가면서 마음이 조급한 하인들을 마구 꾸짖고는 더욱 재촉했다. 뻬쨔는 마당에서 지시를 하고 있었다. 쏘냐는 백작의 모순된 명령 덕분으로 어떻게 하면 좋을까를 몰라 어리둥절하고 있었다. 하인들은 외치고 의논하고 떠들면서 집 안과 안마당을 뛰어다니고 있었다. 나따샤는 무슨 일이든지 열중하는 성질로 그녀도 갑자기 일에 착수했다. 처음에는 짐을 꾸리는 일에 대한 간섭을 모두들 불신하는 눈으로 보았다. 항상 나따샤로부터는 농담밖에 기대할 수 없었으므로 모든 사람은 그녀의 말을 귀담아 들으려고 하지 않았다. 그러나 그녀는 끝까지 고집스럽게 열심히 자기가 하는 말을 들으라고 요구하고, 한 말을 들어주지 않는다고 화를 내며 울상이 되어서, 마침내 모두 그녀를 믿게 되었다. 그녀가 몹시 고생을 해서 사람을 움직이는 힘을 얻은 최초의 성과는 양탄자를 꾸리는 일이었다. 백작 집에는 비싼 고블랭직(織)과 페르시아제(製) 양탄자가 있었다. 나따샤가 일에 착수했을 때, 홀에는 뚜껑이 열려 있는 두 개의 수납 상자가 놓여 있었다. 한쪽에는 거의 위까지 가득 도자기가 들어 있었고, 또 하나에는 양탄자가 들어 있었다. 도자기류는 아직도 테이블 위에 가득 쌓여 있었고, 또 창고에서 계속 운반되고 있었다. 새로운 세 번째 궤짝이 필요하게 되어 하인이 궤짝을 가지러 갔다.

"쏘냐, 잠깐만. 이대로 다 집어넣어 보자." 나따샤가 말했다.

"무리예요, 해 보았어요." 식당 하인이 말했다.

"아니, 잠깐만 기다려봐." 그리고 나따샤는 종이에 싼 큰 접시와 작은 접시를 궤짝에서 꺼냈다.

"접시는 이쪽 양탄자 속에 넣어야 해." 그녀는 말했다.

"그렇지만, 아직 양탄자만 해도 세 궤짝은 있습니다." 식당 하인이 말했다.

"괜찮으니, 잠깐만." 나따샤는 재빨리 솜씨 있게 골라내기 시작했다. "이건 필요없어요." 끼에프제(製) 작은 접시였다. "이것은 필요해요, 양탄자 속으로." 그녀는 작센제(製) 큰 접시에 대해서 말했다.

"그냥 둬, 나따샤. 우리들이 할게." 쏘냐가 나무라듯이 말했다.

"아니, 아가씨!" 하인 우두머리가 말했다. 그러나 나따샤는 지지 않고 물건을 다 꺼냈다. 그리고는 가족용 싸구려 양탄자와 나머지 식기는 다 가져갈 필요가 없다고 단정하고, 다시 짐을 꾸리기 시작했다. 전부 꺼냈다가 다시 짐을 꾸리기 시작한 것이다. 가지고갈 만한 가치도 없는 싼 물건을 전부 꺼내놓고 보니, 비싼 물건을 모두 두 궤짝에 넣을 수 있었다. 다만 양탄자의 뚜껑이 닫히지가 않았다. 물건을 다시 꺼내도 좋았지만, 나따샤는 억지로 자기 생각대로 하려고 하였다. 그녀는 힘주어 누르거나 바꾸어 넣어보고, 억지로 비틀어 넣어보기도 했다. 식당 하인과 그녀가 짐을 꾸리기 위해 데리고 온 뻬쨔에게 뚜껑을 누르게 하고, 자기도 안간힘을 다했다.

"이제 됐어, 나따샤." 쏘냐가 말했다. "알았어, 네 말이 옳아. 그렇지만 맨 윗 것을 하나 꺼내야 해."

"싫어." 나따샤는 땀이 밴 얼굴에 헝클어진 머리카락을 한 손으로 누르고 반대쪽 손으로 양탄자를 누르면서 떠들어댔다. "자, 눌러줘, 뻬쨔, 누르라니까! 바씰리이치 아저씨, 힘껏 눌러줘요!" 그녀는 외쳤다. 양탄자가 눌려 뚜껑이 닫혔다. 나따샤는 손뼉을 치면서 기쁜 나머지 비명을 질렀다. 눈물이 눈에서 나왔다. 그러나 그것은 잠깐이었다. 곧 그녀는 다음 일에 착수하였다. 이미 그녀는 모든 사람의 신용을 얻었다. 백작도 나따샤가 자기의 명령을 취소했다고 말해도 화를 내지 않았다. 하인들도 짐마차에 새끼를 칠 것인지, 실은 짐은 충분한지 일일이 나따샤에게로 물으러 왔다. 나따샤의 지시 덕택으로 일은 순조롭게 진척되었다. 불필요한 물건은 남겨지고, 가장 비싼 물건은 빈틈없이 꾸렸다.

그러나 모든 사람이 열심히 노력을 했지만, 깊은 밤이 되어도 짐 꾸리기는 끝나지 않았다. 백작 부인은 잠이 들고, 백작도 출발을 아침으로 연기하고 자러갔다.

쏘냐와 나따샤는 옷을 입은 채 휴게실에서 잤다.

그날 밤 또 한 사람의 부상자가 뽀바르스까야 거리에서 운반되어, 문가에 서 있던 마브라가 그 부상자를 로스또프네에 수용했다. 그 부상자는 마브라의 판단으로는 몹시 신분이 높은 사람 같았다. 부상자는 앞 덮개를 씌우고 포장을 완전히 내린 마차로 운반되어 왔다. 마부 좌석에는 마부와 나란히 품위가 있는 노인 시종이 앉아 있었다. 뒤따르고 있는 짐마차에는 군의와 병졸 두 사람이 타고 있었다.

"우리 집으로 오십시오. 주인 나리께서는 출발하시므로 온 집안이 텅 비어 있습니다." 노파가 늙은 시종에게 말했다.

"할 수 없지." 한숨을 쉬면서 시종이 말했다. "집까지는 갈 것 같지 않

고! 우리도 모스크바에 집이 있습니다만, 먼 데다가 아무도 살고 있지 않고
……."

"어서 우리 집으로, 우리 집에는 무엇이든지 있으니까요. 자, 어서." 마브
라가 말했다. "그런데 몹시 나쁘신가요?" 그녀는 말을 덧붙였다.

시종은 가망이 없다는 듯이 손을 흔들었다.

"도저히 끝까지 갈 수가 없을 것 같군! 군의한테 물어 보아야지." 시종은
마부대에서 내려서 짐마차 쪽으로 갔다.

"좋겠죠." 군의가 말했다.

시종은 다시 포장마차 쪽으로 걸어가서 들여다보고 고개를 젓고는, 마부
에게 안뜰로 들어가라고 명령하고 마브라 옆에서 걸음을 멈추었다.

"아, 하느님!" 그녀는 중얼거렸다.

마브라는 부상자를 집 안으로 옮길 것을 권했다.

"주인께서는 아무 말씀도 하지 않으십니다." 그녀는 말했다. 그러나 층계
를 올라가는 것은 피해야 했기 때문에, 부상자는 딴채로 운반되어 전에 쇼스
부인이 있었던 방에 뉘어졌다. 이 부상자는 안드레이 공작이었다.

15

모스크바의 마지막 날이 왔다. 맑게 개인, 마음이 들뜰 것 같은 가을 날씨
였다. 일요일이었다. 여느 때의 일요일과 마찬가지로 어느 교회에서나 미사
를 알리는 종소리가 울리고 있었다. 아무도 모스크바의 눈앞에 다가오고 있
는 일을 아직 이해 못 하고 있는 것 같았다.

다만 사회 상태의 두 가지 지표만이 모스크바가 놓여 있는 상황을 나타내
고 있었다. 그것은 서민, 즉 빈민 계층과 물가였다. 공장 노동자, 하인, 농
민들이 큰 집단을 이루고, 여기에 관리, 신학생, 귀족들도 휩쓸려서 그날 아
침 일찍 뜨리 고르이로 나갔다. 잠시 그곳에 서 있었지만 기다려도 라스또쁘
친이 오지 않았으므로 모스크바는 함락될 것이라고 확신하고, 이 무리는 온
모스크바의 술집으로 향하였다. 이날은 물가도 정세의 지표가 되어 있었다.
무기, 금, 짐마차, 말 값은 마구 뛰고, 지폐와 시중 생활에 필요한 물건의
값은 점점 내려갔다. 정오 무렵에는 나사 같은 비싼 물건을 대절 마차 마부
가 서로 공짜로 나누어 반출하기도 하고, 농민의 말 한 마리에 500루블을

지불하는 경우도 있었다. 한편, 가구, 거울, 청동(靑銅) 같은 것은 거저 나누어주고 있었다.

짜임새가 있는 오래된 집안인 로스또프네에서는 이제까지의 생활 조건의 붕괴는 매우 미미하게밖에 나타나지 않았다. 하인들에 대해서 말하자면, 수많은 하인 중에서 세 사람만이 밤중에 행방을 감추었을 뿐 도난을 당한 것은 아무것도 없었다. 물가 면에서도 시골로부터 온 30대의 짐마차는 많은 사람들이 부러워하는 대단한 재산으로, 거액의 돈을 지불하겠다고 나서는 사람도 있었다. 그뿐만 아니라 전날 밤부터 9월 1일 이른 아침에 걸쳐 로스또프네의 뜰에 부상한 장교들이 보낸 종졸이나 하인들이 와서, 또 로스또프네나 이웃집들에 있는 부상자가 스스로 기어나와 모스크바로부터 나가기 위한 짐마차를 빌려주도록 주선해 달라고 로스또프네 하인들에게 애원하는 것이었다. 그러한 부탁을 받은 하인 우두머리는, 부상자에게는 안됐지만 그런 일은 백작님에게 전달할 수 없다고 분명히 거절하였다. 남는 부상자들이 아무리 불쌍하다고 하더라도 한 대의 짐마차를 내면 연이어 내야 하고, 그렇게 되면 가족들이 타고 가야 할 마차까지 내지 않을 수 없게 된다. 30대의 짐마차로는 부상자를 구출할 수 없고, 모두가 재난을 당하고 있을 때에는 자기와 자기 가족들을 먼저 생각하지 않을 수가 없었다. 하인 우두머리는 주인의 입장이 되어 이렇게 생각한 것이다.

9월 1일 아침, 로스또프 백작은 눈을 뜨자, 새벽녘에야 겨우 잠이 든 부인을 깨우지 않으려고 슬그머니 침실을 빠져나와, 여느 때의 보랏빛 비단 가운을 걸친 채 현관으로 나왔다. 새끼를 친 짐마차가 뜰에 머물러 있었다. 현관 계단 옆에는 승용마차가 머물러 있었다. 하인 우두머리가 마차 대는 계단 옆에 서서 늙은 종졸과, 한쪽 팔에 붕대를 감은 창백한 젊은 장교와 이야기하고 있었다. 하인 우두머리는 백작을 보자 장교와 종졸에게 빨리 물러가라는 듯이 의미심장하게 엄한 낯을 지어 보였다.

"어때, 채비는 다 되었나, 바씰리이치?" 대머리를 문지르면서, 호인 냄새가 나는 눈빛으로 장교와 종졸을 보고 가볍게 고개를 끄덕이며 말했다(백작은 처음 보는 사람을 좋아했다).

"당장에라도 말을 달 수 있습니다, 나리."

"그래, 잘 됐어. 부인이 일어나면 곧 출발이다! 그런데 당신들은 누굽니까?" 그는 장교에게 말을 걸었다. "우리 집에서 묵으셨나요?" 장교가 옆으로 가까이 다가왔다. 창백한 얼굴은 갑자기 불타듯이 빨개졌다.

"백작님, 부탁입니다. 제발 봐 주십시오…… 평생의 소원입니다…… 댁의 마차 한 구석에라도 태워 주실 수가 없을까요? 저는 여기에서 아무것도 가지고 있지 않습니다…… 저는 짐마차라도…… 상관없습니다……" 장교가 말을 채 끝내기도 전에 종졸이 자기 주인을 위해서 같은 청을 백작에게 했다.

"아! 좋아요, 좋아요." 백작은 급히 말했다. "기꺼이 태워드리지요. 바씰리이치, 자네가 저쪽 짐마차를 한두 대 비워서 채비해 드리게. 그리고 또 저쪽 것도…… 저…… 만약 필요하다면……" 어딘지 모르게 애매한 말로 무엇인가 명령하면서 백작은 말했다. 그러나 그 순간 장교의 불타는 듯한 감사의 표정은, 이제 그가 명령하려고 한 일을 확고부동한 것으로 만들어버렸다. 백작은 사방을 둘러보았다. 뜰에, 문간에, 외딴 창에 부상자와 종졸들이 보였다. 그들은 모두 백작을 바라보고 현관 계단 쪽으로 기어왔다.

"나리, 잠깐 화랑 쪽으로 와 주십시오, 거기 있는 그림을 어떻게 하면 좋겠습니까?" 하인 우두머리가 말했다. 그리고 백작은 태워달라는 부상병을 거절하지 말라는 명령을 되풀이하면서, 하인 우두머리와 함께 집 안으로 들어갔다.

"할 수 없지, 무엇인가 내려놓으면 되겠지." 그는 누가 들으면 곤란하다는 듯이 작고 비밀스러운 목소리로 덧붙였다.

9시에 백작 부인이 일어나자, 전에는 백작 부인의 시녀였으나 지금은 부인에 대해서 헌병대장 역할을 하고 있는 마뜨로나가 와서, 옛날의 아가씨에게 쇼스 부인이 몹시 화를 내고 있다는 것과, 아가씨들의 여름옷을 여기 두고 갈 수는 없다고 보고했다. 왜 쇼스 부인이 화를 내고 있느냐고 백작 부인이 여러모로 캐묻자, 그녀의 수납 상자가 짐마차에서 내려졌다는 것과, 짐마차의 새끼가 모두 풀려 짐이 내려지고 많은 부상병들을 함께 데려가려고 한다는 것, 백작이 예의 호인다운 배려로 데려가도록 명령했다는 것을 알았다. 백작 부인은 남편을 자기에게로 불러오라고 일렀다.

"여보, 이건 어떻게 된 거예요? 내가 듣기에는, 또 짐을 내려놓고 있다지 않아요?"

"글쎄, 여보, 당신한테 말하려고 생각했었는데…… 들어봐요…… 나한테 장교 한 사람이 와서 부상자를 위해 짐마차를 몇 대 내달라고 하잖아. 그런 물건은 모두 다시 살 수 있지 않소. 그 사람들이 뒤에 남게 되면 어떻게 되는지 생각 좀 해봐요! 사실 우리 집 뜰 안에 있고, 그들을 불러들인 것은 이쪽이니. 거기에는 장교들도 끼어 있거든…… 여보…… 태워주잔 말이오…… 서두르는 여행도 아니고……" 백작은 돈이 화제가 되었을 때 으레 하는 어조로 머뭇거리며 이렇게 말했다. 백작 부인은 화랑이나 온실을 만들 때나, 집 안에서 연극이나 음악회를 열 때와 같이, 아이들을 파산시킬 만한 일을 앞두고 항상 나오는 남편의 이러한 말투에는 익숙해져 있었다. 익숙해 있었기에 이 머뭇거리듯이 하는 말에 대해서는 반드시 반대하는 것을 의무라고도 생각하고 있었다.

그녀는 여느 때처럼 울상이 된 표정으로 남편에게 말했다.

"여보, 당신은 집을 팔아도 아무것도 남지 않을 정도로 했으면서, 이번에는 우리의…… 아이들의 재산을 못쓰게 하려 하시는군요. 이 집에는 10만 루블이나 되는 물건이 있다고 당신 자신이 말씀하시지 않았어요? 나는 찬성하지 않아요, 여보, 찬성할 수 없어요. 마음대로 하세요! 부상병에게는 정부가 있어요. 그 사람들이 잘 알고 있어요. 보세요, 앞집 로쁘힌네 집에서는 이미 그저께 모든 것을 깨끗하게 실어냈어요. 다들 그렇게 하고 있단 말이에요. 우리만 바보 같은 짓을 하고 있어요. 나는 그렇다 해도 아이들만이라도 가엾게 생각해 주셔야죠."

백작은 양손을 내젓고는 아무 말도 하지 않고 방을 나가버렸다.

"아빠, 무슨 얘기예요?" 아버지를 뒤따라 방으로 들어온 나따샤가 말했다.

"아무것도 아냐! 네게는 관계 없는 일이다!" 백작은 화를 내며 말하였다.

"아녜요, 다 들었어요." 나따샤가 말했다. "왜 어머니는 싫어하실까?"

"네가 알 일이 아니다!" 백작은 소리쳤다. 나따샤는 창가로 물러가서 생각에 잠겼다.

"아빠, 베르그 씨가 오셨어요." 창 너머로 내다보면서 그녀는 말했다.

16

로스또프네의 사위인 베르그는 이미 블라지미르 훈장과 안나 훈장을 가진 대령으로 여전히 참모장 보좌, 즉 제2군 참모장 부속 제1과 보좌라는 한가하고 편안한 자리를 차지하고 있었다.

그는 9월 1일에 일선 부대에서 모스크바로 왔다.

그는 모스크바에 별로 볼일은 없었다. 그러나 모두가 군에서 휴가를 얻어 모스크바로 가서 무엇인가를 하고 있는 것을 알고서, 자기도 집에 볼일과 가정 문제로 휴가를 받을 필요가 있다고 생각했던 것이다.

베르그는 항간의 공작들이 하는 그대로 살찐 얼룩무늬말 두 필이 끄는 단정한 여행용 마차를 타고 장인 집으로 왔다. 그는 뜰 안의 짐마차들을 물끄러미 바라보고, 입구 층계를 올라가면서 깨끗한 손수건을 꺼내 매듭 하나를 만들었다.

현관에서 베르그는 미끄러지듯 촌각을 다투는 것 같은 발걸음으로 객실로 뛰어들어 백작을 껴안고, 나따샤와 쏘냐의 손에 키스하고는 장모는 건강하시냐고 물었다.

"이런 때에 건강이 다 뭐야. 자, 어서 이야기나 해주게." 백작은 말했다. "군대는 어떤가? 퇴각 중인가, 그렇지 않으면 한바탕 싸움이 있겠나?"

"아버님, 오직 하느님만이" 베르그가 말했다. "조국의 운명을 결정할 수 있습니다. 군대는 용맹한 사기에 불타고 있고 지금 지휘관들은 회의를 열고 있습니다. 앞으로 어떻게 될 것인지 아직은 모릅니다. 그러나 대강 말씀 드린다면, 아버님, 26일의 그 싸움에서 러시아의 각 부대가, 아니 러시아군이 (그는 고쳐 말했다) 나타낸, 그들이 보여준 그토록 용맹한 사기는, 고대에 못지 않은 그러한 용맹한 사기는 말로는 제대로 표현할 수가 없습니다…… 정말입니다. 아버님(그는 자기 앞에서, 어떤 장군이 가슴을 두들긴 것처럼 자기도 가슴을 쳐보았다. 그러나 원래 '러시아군'이라는 말에서 가슴을 쳐야 했지만 약간 늦었다), 솔직히 말씀드립니다만, 우리들 지휘관은 병사를 몰아세우거나 하는 일은 할 필요가 없을 뿐만 아니라 간신히 그들을 억제할 수가 있었습니다. 저, 저…… 그렇습니다, 용감하고 고대에서 본 것과 같은 분전(奮戰)을 말입니다." 그는 빠른 말로 말했다. "바르끌라이 드 똘리 장군은 어디에서나 군의 선두에 서서 자기 목숨을 희생하려 했습니다. 정말입니다. 우리 군단은 산 중턱에 배치되어 있었습니다. 상상해 보십시오!" 그리고 베르그는 요 며칠 동안에 들은 여러 가지 이야기를 생각나는 대로 남김없이 이야기했다. 나따샤는 베르그가 당황해하는 시선을 떼지 않고 그를 바라보고 있었다. 그것은 마치 그의 얼굴에서 무슨 물음의 해결이라도 찾아내려고 하는 것 같았다.

"어쨌든, 러시아 병사들이 발휘한 그와 같은 영웅적 정신은 도저히 상상할 수도 없으며, 참으로 칭찬할 만합니다!" 베르그는 나따샤 쪽을 돌아보고, 그녀의 기분을 맞추기라도 하려는 듯이 미소로써 그녀의 집요한 시선에 응답했다. "러시아는 모스크바에 있는 것이 아니라, 백성의 마음 속에 있느니라! 그렇지 않습니까? 아버님." 베르그는 말했다.

그때 휴게실에서 피로하고 시무룩한 얼굴로 백작 부인이 나왔다. 베르그는 급히 벌떡 일어나서 백작 부인의 손에 키스하고 건강을 물어보고는, 고개를 끄덕여 동정하는 마음을 나타내면서 그녀 옆에 섰다.

"그렇습니다, 어머님, 정말 지금은 모든 러시아 사람에게는 괴롭고 슬픈 시대입니다. 그런데 왜 그렇게 걱정하십니까? 아직 떠날 여유는 있습니다……"

"하인들이 무엇을 하고 있는 것인지 난 모르겠어요." 백작 부인은 남편을 돌아다보고 말했다. "방금 들은 이야기에 의하면 아직 아무런 준비도 되어 있지 않다지 않습니까? 누군가 지시할 사람이 필요한 거예요. 이럴 때 드미뜨리가 없는 것이 참으로 아쉬워요. 이렇게 되면 언제까지고 끝이 나지 않아요."

백작은 무슨 말을 하려다가 참는 것 같았다. 그는 의자에서 일어나자 문 쪽으로 향했다.

이때 베르그가 코라도 푸는 것처럼 손수건을 꺼내서, 매듭을 들여다보면서 슬픈 듯이 그리고 의미 있는 듯이 고개를 저으면서 생각에 잠겼다.

"저, 저는, 아버님, 특별히 부탁할 일이 있는데요." 그는 말했다.

"뭔데?" 백작은 걸음을 멈추면서 말했다.

"저는 방금 유수뽀프 집 옆을 지나왔습니다만." 베르그는 웃으면서 말했다. "낯익은 지배인이 뛰어나와서 뭣 좀 사달라고 말하지 않겠어요. 그래서 호기심에서 잠깐 들렀더니, 장롱과 화장대가 있었어요. 기억나시죠? 베라가 그것을 가지고 싶어했고, 저희가 그 일로 싸움을 했다는 것을(베르그는 장롱과 화장대 이야기를 하면서 자기들의 쾌적한 생활을 생각하고 자기도 모르게 신이 나는 말투가 되었다). 게다가 그것은 정말 훌륭한 물건입니다!

앞으로 열리고 영국식의 크리스탈 유리가 붙어 있습니다. 아시겠죠? 베라가 전부터 원하고 있었던 겁니다. 그래서 저로서는 깜짝 놀랄만한 선물을 해 주고 싶었거든요. 지금 안뜰에는 많은 농민들이 눈에 띕니다만, 한 사람 빌려 주실 수 없겠습니까? 수고 값은 충분히 주겠습니다. 그리고……."

백작은 얼굴을 찡그리고 기침을 했다.

"안사람에게 부탁해 보게, 내가 지시를 하고 있는 것이 아니니까."

"곤란하시다면 괜찮습니다만" 베르그는 말했다. "저는 베라를 위해서 꼭 가지고 싶을 뿐이니까요."

"아, 자네들은 모두 악마에게라도 가버리게, 악마에게 가버리란 말이야! ……" 노백작은 소리쳤다. "현기증이 난다." 그리고 그는 방에서 나가버렸다.

백작 부인은 울기 시작했다.

"그렇습니다, 어머님. 참으로 괴로운 시대입니다!" 베르그가 말했다.

나따샤는 아버지와 같이 나가서 무엇인가 열심히 생각하는 것처럼 아버지 뒤를 따라갔으나 이윽고 아래로 뛰어내려갔다.

현관 층계에서는 뻬짜가 서서 모스크바에서 퇴거하는 하인들에게 무기를 주고 있었다. 뜰에는 여전히 짐을 실은 짐마차가 서 있었다. 그 중의 두 대는 새끼가 풀려 있고, 그 중 한 대에 종졸의 부축을 받으면서 장교가 올라타고 있었다.

"왜 그런지 알아?" 뻬짜가 나따샤에게 물었다(나따샤는 뻬짜가, 왜 아버지와 어머니가 싸움을 했는지 묻고 있다는 것을 알았다). 그녀는 대답하지 않았다.

"아빠가 짐마차를 모두 부상자들에게 빌려주시려고 했기 때문이야." 뻬짜가 말했다. "나에게 바씰리이치가 말해 주었어. 내 생각으로는……."

"내 생각으로는." 느닷없이 나따샤는 화난 얼굴을 뻬짜에게로 돌리면서 외치듯이 말했다. "내 생각으로는, 이건 추악한 일이야. 정말 추악해, 정말…… 난 모르겠어! 우리는 독일 사람이 아니잖아? ……" 그녀의 목소리는 흐느끼는 듯한 울음으로 떨렸다. 그리고 그녀는 마음이 약해져서, 안에 고였던 미움을 쓸데없이 밖으로 노출해서는 안 된다는 듯이 휙 등을 돌리고는 단숨에 계단을 뛰어올라갔다. 베르그는 백작 부인 옆에 앉아 친척답게 자못 공손한 태도로 그녀를 위로하고 있었다. 백작은 파이프를 손에 쥐고 방을 걸어다니고 있었다. 그때 나따샤가 증오로 일그러진 얼굴로 폭풍처럼 방으로 뛰어들어와 빠른 걸음으로 어머니에게로 다가갔다.

"그건 추악해요! 더러운 일이에요!" 그녀는 외쳤다. "엄마가 명령했다고는 생각할 수 없어요."

베르그와 백작 부인은 영문을 모르고 깜짝 놀라 그녀를 바라보았다. 백작은 귀를 기울이면서 창가에서 걸음을 멈추었다.

"엄마, 그건 안 돼요, 뜰을 좀 보세요!" 그녀는 소리쳤다. "저 사람들은 남게 돼요!"

"너, 왜 그러니? 저 사람들이란 누구 말이냐? 어떻게 하라는 거냐?"

"누구라니, 부상한 사람들 말이에요! 그건 안 돼요, 어머니. 당치도 않은 일이에요…… 안 돼요, 어머니, 네? 그건 안 돼요, 부탁이에요, 어머니…… 대체 우리가 가져갈 것이 뭐란 말이에요. 뜰 좀 보세요…… 어머니! 그런 게 어디 있어요!"

백작은 창가에 서서 얼굴을 돌리지도 않은 채 나따샤의 말을 듣고 있었다. 별안간 그는 코를 훌쩍거리고 얼굴을 창문에 댔다.

백작 부인은 딸을 흘끗 보았다. 어머니 때문에 모욕감을 느끼고 있는 그녀의 얼굴과 그녀의 흥분을 보고, 또 어째서 남편이 이쪽을 바라보지 않는가를 깨닫고 난처하다는 듯이 주위를 둘러보았다.

"아, 그럼, 좋도록 해라! 내가 누굴 방해라도 한다는 말이냐!" 그녀는 이내 항복은 하지 않고 말했다.

"엄마, 용서하세요!"

그러나 백작 부인은 딸을 밀어제치고 백작 곁으로 갔다.

"여보, 당신이 지시를 해주세요, 제대로…… 저는 이런 일 모르겠어요." 그녀는 죄송하다는 듯이 눈을 내리깔고 말했다.

"업은 아이로부터…… 업은 아이로부터 배우게 되는 군…….." 흐뭇한 눈물을 머금고 백작이 말하며 아내를 끌어안았다. 그녀는 쑥스러워진 얼굴을 남편 가슴에 묻었다.

"아빠, 엄마! 지시해도 되는 거죠? 괜찮지요?" 나따샤는 물었다. "그래도 가장 필요한 것은 다 가져가게 돼요…….."

백작이 그렇다고 하는 듯이 고개를 끄덕였다. 나따샤는 숨바꼭질을 할 때처럼 재빨리 뛰어서 홀을 지나 현관으로 가서 계단을 내려가 뜰로 나갔다.

하인들은 나따샤의 주위에 모였다. 그러나 짐마차를 모두 부상자들에게 제공하고 수납 상자는 모두 창고로 운반하라는, 나따샤가 전한 기묘한 명령을 믿을 수가 없었다. 백작 자신이 그 명령이 틀림 없다고 아내의 이름으로 말하자 그제서야 하인들은 기꺼이, 부지런히 새로운 일에 착수했다. 하인들은 이제는 그것을 이상하게 여기지 않았을 뿐만 아니라, 반대로 이것 외에는 있을 수 없다는 생각까지 들었다. 이보다 15분 전까지는 부상자를 남겨두고 짐을 가져가는 것을 이상하게 여기지 않을뿐더러 그렇게 하지 않으면 안 된다고 여겼던 것과 똑같았다.

집안 사람들은 모두, 이제까지 자기들이 그것을 하지 않았었다는 것을 보상이라도 하듯이 부상자를 나누어 태우는 새로운 일에 부지런히 착수하였다. 부상자들은 자기들 방으로부터 기어나와서 즐거운 듯한, 창백한 얼굴로 짐마차 주위에 모여들었다. 근처 집에도 로스또프네의 마당에 짐마차가 있다는 소문이 나서 부상자들이 오기 시작하였다. 대개의 부상자들은 짐은 내리지 않고 다만 그 위에 태워주면 좋다고 부탁하였다. 그러나 일단 시작된 짐 내리기 작업은 이제 그만둘 수가 없었다. 다 남기거나 반을 남기거나 마찬가지였다. 전날 밤 그렇게도 정성들여서 꾸렸던 식기, 청동, 그림, 거울 등이 든 상자가 그대로 내팽개쳐져 있었으나, 아직도 이러저러한 물건을 내릴 수 있고 연이어 짐마차를 제공할 수가 있다는 것을 모두 알고 있었다.

"아직 네 명은 더 태울 수 있어요." 지배인이 말했다. "내 마차도 제공하죠. 그렇잖으면 저 많은 사람을 어디다 태웁니까?"

"아니에요, 내 의상 마차도 제공할게요." 백작 부인이 말했다. "두냐샤는 나하고 같이 유개마차에 탈 테니까."

의상 마차 한 대가 더 제공되어, 두 집 건너 이웃의 집에 있는 부상자들을 데리러 사람을 보냈다. 가족도 하인도 모두 즐겁게 활기를 띠고 있었다. 나따샤도 오랫동안 느껴 보지 못한, 가슴이 설레는 듯한 행복한 기분에 싸여 있었다.

"이것을 어디다가 잡아 맬까요?" 상자 하나를 폭이 좁은 유개마차 뒤쪽에 밀어넣으면서 하인들이 말했다. "가능하다면 한 대라도 짐마차를 남겨 둘 필요가 있는데."

"그건 뭐가 들어 있어요?" 나따샤가 물었다.

"백작님의 책입니다."

"남겨 두세요. 바씰리이치가 치울 테니까. 그런 것은 필요 없어요."

승용 마차도 만원이었다. 뻬쨔가 탈 곳이 있는지 알 수가 없었다.

"마부대가 좋아요. 마부대도 괜찮지, 뻬쨔?" 나따샤가 소리쳤다.

쏘냐도 쉬지 않고 부지런히 일하고 있었다. 그러나 그녀가 부지런히 일을 하는 목적은 나따샤의 목적과는 정반대였다. 그녀는 남겨두고 가야 할 물건을 정리하여, 백작 부인의 희망으로 그것들을 메모하여, 될 수 있는 대로 많은 물건을 가져가려고 애쓰고 있었다.

17

1시가 지나자 짐을 다 싣고, 말을 단 네 대의 마차가 현관에 머물러 있었다. 부상자를 태운 짐마차는 잇달아 안뜰에서 나갔다.

안드레이 공작을 실은 포장마차가 현관 계단 옆을 지나갈 때 쏘냐의 눈을 끌었다. 그녀는 마차 대는 곳에 있는 높은 대형 유개마차 속에서 백작 부인을 위한 좌석을 마련하고 있었다.

"저건 누구의 마차지?" 쏘냐가 유개마차 창문으로 목을 내밀고 물었다.

"어마, 모르셨나요, 아가씨?" 하녀가 대답했다. "공작님이 부상하셨어요. 어젯밤 우리 집에 묵으시고, 우리들하고 같이 떠나십니다."

"그래, 어떤 분이지? 성함은?"

"전에 이댁 약혼자였던 그분이에요. 안드레이 공작이에요!" 하녀는 한숨을 쉬면서 대답했다. "무척 위독하시답니다."

쏘냐는 유개마차에서 튀어나가 백작 부인한테로 달려갔다. 백작 부인은 이미 여행복을 입고 숄에다 모자까지 쓰고는, 문을 꽉 닫고 출발 전의 기도를 하기 위해 가족들이 모이기를 기다리면서 피로한 듯이 방 안을 걸어다니고 있었다. 나따샤는 방에 없었다.

"어머니." 쏘냐가 말했다. "안드레이 공작이 여기 계시대요. 부상하시고 중상이래요. 우리하고 같이 떠나신대요."

백작 부인은 놀란 듯이 눈을 뜨고 쏘냐의 손을 잡자 사방을 돌아다보았다.

"나따샤는?" 그녀는 말했다.

쏘냐에게도 백작 부인에게도 이 소식은 처음 순간엔 단 한 가지 의미밖에 지니고 있지 않았다. 두 사람은 나따샤의 기질을 알고 있었기 때문에, 이 소식을 들으면 그녀가 어떻게 될까 하는 두려움 때문에, 두 사람도 좋아했던 안드레이에 대한 동정이 완전히 사라지고 말았다.

"나따샤는 아직 모르고 있어요. 그러나 그분은 우리하고 같이 가십니다." 쏘냐가 말했다.

"죽을 것 같다고?"

쏘냐가 고개를 끄덕였다.

백작 부인은 쏘냐를 껴안고 울기 시작했다.

'하느님의 길은 알 수가 없어!' 현재 일어나고 있는 모든 것에, 이제까지 사람들의 눈에는 숨겨져 있던 하느님의 전능하신 손길이 나타나기 시작한 것을 느끼면서 그녀는 생각했다.

"자, 엄마, 채비가 다 됐어요. 어머, 왜 그러세요?" 나따샤가 방으로 달려 들어오자마자 활기찬 낯으로 물었다.

"아무것도 아니다." 백작 부인이 말했다. "채비가 됐다면 출발하자." 백작 부인은 당황한 얼굴을 감추기 위해서 손가방 쪽으로 몸을 숙였다. 쏘냐는 나따샤를 껴안고 키스했다.

나따샤는 물어보는 듯한 눈으로 쏘냐를 보았다.

"왜 그래? 쏘냐, 무슨 일이 있었니?"

"아니…… 아무 일도……."

"나에게 나쁜 일이야? …… 대체 뭐야?" 민감한 나따샤가 물었다.

쏘냐는 한숨을 쉬고 아무 대답도 하지 않았다. 백작, 뻬쨔, 쇼스 부인, 마브라, 바씰리이치가 객실로 들어와서 문을 닫고, 모두들 무릎을 꿇고는 잠자코 서로 보지도 않은 채 몇 초 동안 가만히 있었다.

백작이 먼저 일어나서 크게 한숨을 내쉬고, 성상(聖像)을 향하여 성호를 그었다. 모두 뒤따랐다. 그리고 나서 백작은 모스크바에 남도록 되어 있는 마브라와 바씰리이치를 안았다. 그리고 두 사람이 백작 손을 잡고 그 어깨에 키스하는 동안, 그는 두 사람의 등을 가볍게 두드리면서 무엇인가 분명치 않은 부드러운 위안의 말을 해주고 있었다. 백작 부인은 성상실로 갔다. 쏘냐가 그곳에 가보니 백작 부인은 벽에 군데군데 남아 있는 성상 앞에 무릎을 꿇고 있었다(예부터 집안에 전해져 내려오는 말에 의해서 가장 귀중한 성상은 가져가기로 되어 있었다).

현관과 안뜰에서는 떠나는 사람들이 삐쨔에게서 무기로서 받은 단도와 사벨을 가지고 바지 자락을 장화 속에 접어 넣고, 혁대나 끈으로 허리를 졸라매고, 남는 사람들과 작별 인사를 나누고 있었다.

하인 두 사람이 유개마차의 열어젖힌 문과 발판 양쪽에 상당히 오랫동안 서서 백작 부인을 태우려고 대기하고 있었다. 그러나 여행을 떠날 때 늘 그러하듯이, 잊은 물건도 있고 짐을 잘못 꾸린 것도 많았으므로, 그 사이에 하녀들이 쿠션이나 보따리를 가지고 집 안에서 유개마차와 포장마차, 스프링 없는 마차 쪽으로 뛰어가기도 하고 또 되돌아오기도 하였다.

"노상 잊어버리고 있군!" 백작 부인이 말했다. "내가 그렇게 앉지 못한다는 것을 알고 있잖아." 이 말을 듣고 두냐샤는 대답도 하지 않고, 이를 악물고 불평을 하고 싶은 표정을 하면서도 마차 속으로 올라가 좌석을 손보았다.

"아, 이 친구들은 정말!" 고개를 흔들면서 백작이 말했다.

늙은 마부 에핌은(이 마부와 함께가 아니면 백작 부인은 갈 마음이 내키지 않았다) 자신의 높은 마부 자리에 앉아서, 뒤에서 하고 있는 일은 돌아보지도 않았다. 그는 30년 동안의 경험으로, "자, 가자!" 하는 소리를 들을 때까지에는 아직 여유가 있음을 잘 알고 있었다. 출발한 뒤에도 두 번쯤은 마차를 멈춰 세워서 잊은 물건을 가져오게 하고, 그 뒤에도 다시 한 번쯤 더 세워, 백작 부인이 몸소 창문에서 얼굴을 내밀어 제발 언덕길은 조심하라고 부탁하리라는 것을 잘 알고 있었다. 그는 그것을 잘 알고 있었기 때문에 말보다도(특히 한 발로 땅을 차기도 하고, 재갈을 연방 씹으며 소리 내고 있는 왼쪽 밤색의 '매'라는 이름의 말보다도) 참을성 있게 진행되는 일을 기다리고 있었다. 이윽고 모두 자리에 앉았다. 발판은 거두어져서 유개마차 안으로 들어가고, 문이 탕! 닫혔다. 귀중품용 궤짝도 가져오게 하고, 백작 부인이 얼굴을 내밀고 할 말도 했다. 그러자 에핌은 천천히 모자를 벗어들고 성호를 그었다. 선두 마부와 하인들도 모두 뒤따랐다.

"출발!" 모자를 쓰고 에핌이 말했다. "자, 가자!" 선두 마부가 움직이기 시작했다. 두 마리의 말 중 오른쪽 말이 멍에로 끌려들어가 높은 스프링이 삐걱거렸다. 그리고 차체가 흔들렸다. 하인이 달리면서 마부대에 뛰어 탔다.

저택에서 울퉁불퉁한 포장 도로로 나설 때 마차는 크게 흔들렸다. 다른 마차도 똑같이 흔들렸다. 그리고 마차의 열은 거리를 올라가기 시작했다. 유개마차, 포장마차, 사륜 포장마차 속에서 모두가 맞은편의 교회를 향하여 성호를 그었다. 모스크바에 남은 하인들이 모두를 전송하면서 마차 양쪽을 따라 걸어갔다.

나따샤는 유개마차의 백작 부인 옆에 앉아서 자기 옆을 천천히 움직이고 있는, 뒤에 남는 소연(騷然)한 모스크바의 성벽을 보면서 난생 처음 맛보는 형용할 수 없는 기쁨에 가슴이 두근거렸다. 그녀는 가끔 유개마차의 창에서 목을 내밀고 뒤를 돌아다보기도 하고, 앞서 가는 부상자들의 마차의 긴 대열을 바라다보기도 했다. 거의 맨 선두에 포장을 내린 안드레이의 마차가 보였다. 그녀는 그 안에 누가 타고 있는지 모른 채, 자기들 마차의 범위를 알려고 할 때는 언제나 그 포장마차를 눈으로 찾았다. 그녀는 그것이 선두임을 알고 있었던 것이다.

꾸드리노에 이르렀을 때, 니끼쯔까야에서, 쁘레스냐로부터, 뽀드노빈스꼬에로부터 로스또프네의 마차대와 같은 마차의 열이 여러 개가 모여들어서, 사도보에의 환상(環狀) 도로에서는 두 줄이 되어 전진하고 있었다.

수하리 탑의 모서리를 돌아갈 때 마차와 걸어가는 사람들을 신기하듯이, 재빠른 시선으로 바라보고 있던 나따샤는 갑자기 기쁜 듯한 놀란 소리로 외쳤다.

"어머, 엄마, 쏘냐, 저기 봐. 그분이야!"

"누구? 누구지?"

"봐요, 틀림없이 삐에르 씨예요!" 나따샤는 마차 창문에서 목을 내밀고, 긴 마부 외투를 입고는 있지만 그 걸음걸이와 도도한 태도로 봐서 변장한 귀족임에 틀림없는, 키가 크고 뚱뚱한 남자를 보면서 말했다. 그 사나이는 값싼 나사 외투를 입은 누런 얼굴의 볼수염이 없는 노인과 나란히 수하리 탑의 아치 밑으로 걸어오고 있었다.

"정말! 삐에르 씨예요. 긴 상의를 입고 어딘지 어린애 같은 할아버지와 함께 있어요. 정말이에요." 나따샤가 말했다. "보세요, 보시라니까요!"

"아냐, 그분이 아냐. 그런 터무니없는 일이 있을 수가 없어!"

"엄마." 나따샤가 소리쳤다. "내 목을 걸어도 좋아요, 확실히 그분이에요,

틀림없어요. 세워 줘요, 세워 줘요!" 그녀는 마부에게 소리쳤다. 그러나 마부는 세울 수가 없었다. 메시찬스까야 거리로부터 더욱 꼬리를 몰고 짐마차와 승용마차가 밀려나와서, 로스또프네 마차를 향하여 꾸물거리며 다른 사람의 방해를 하지 말라고 외치고 있었기 때문이다.

확실히 전보다는 멀어져 있었지만 로스또프네 사람들은 모두, 삐에르인지, 또는 긴 마부 상의를 입고 고개를 숙이고 심각한 얼굴로 종복인 듯한 수염이 없는 노인 옆을 걸어가고 있는 이상하리만큼 삐에르를 닮은 남자를 보았다. 그 노인은 마차에서 목을 내밀고 자기 쪽을 보고 있는 얼굴을 알아채고는, 공손히 삐에르의 팔꿈치에 손을 대고 마차를 가리키면서 무엇인가 그에게 말을 했다. 삐에르는 노인이 하는 말을 얼마 동안 이해를 하지 못했다. 아마 그토록 오랫동안 자기 생각에 몰두한 것 같았다. 간신히 노인의 말을 깨닫고 가리키는 방향을 바라보고서는 나따샤임을 알아채자, 순간적인 충동으로 빠른 걸음으로 유개마차 쪽을 향하였다. 그러나 열 발짝쯤 걸어가다가 무슨 생각이 난 듯이 발길을 멈추고 말았다.

마차에서 내다보고 있는 나따샤의 얼굴은 농담어린 상냥한 빛으로 빤짝이고 있었다.

"삐에르 씨, 오세요! 우리는 다 알아챈 걸요! 놀랐어요!" 그녀는 한손을 삐에르에게로 내밀면서 소리쳤다. "어떻게 되신 거예요! 옷차림이 왜 그래요?"

삐에르는 내민 손을 잡고, (마차가 움직이고 있어서) 걸어가면서 어색하게 그녀 손에 키스했다.

"어떻게 되신 거예요, 백작?" 백작 부인은 동정어린 놀란 음성으로 물었다.

"어떻게 됐냐고요? 왜 그러냐고요? 그건 묻지 마십시오." 삐에르는 말하고, 기쁜 듯한 매력에 넘친 눈으로 그를 바라보고 있는(그는 그녀를 보지 않아도 그것을 느꼈다) 나따샤를 돌아보았다.

"어떻게 하실 건가요? 설마 모스크바에 남으실 작정인가요?" 삐에르는 잠시 잠자코 있었다.

"모스크바에요?" 그는 물어보듯이 말했다. "그렇습니다, 모스크바에. 그럼 안녕!"

"아, 나도 남자였다면 좋았을 텐데. 그러면 당신하고 같이 남았을 텐데.

아, 정말로 훌륭해요!" 나따샤가 말했다. "엄마, 괜찮죠? 나 남겠어요." 삐에르는 멍청히 나따샤를 바라보고 무슨 말을 하려고 했지만 백작 부인이 그것을 가로챘다.

"전장에 나가셨다면서요? 우리들도 들었어요."

"네, 나갔습니다." 삐에르가 대답했다. "내일도 또 전투가 있을 겁니다……" 그가 말하려고 하였으나 이번에는 나따샤가 가로챘다.

"그런데 어떻게 되신 거예요, 백작님? 달라진 모습으로……."

"아, 묻지 마십시오, 제발 묻지 마십시오. 나 자신도 통 알 수 없습니다. 내일은…… 아니, 그렇지 않습니다! 그럼, 안녕, 안녕히." 그는 말했다. "무서운 시대입니다!" 그리고 마차 곁을 떠나 보도로 걸어갔다.

나따샤는 상냥하면서도 약간 놀리는 듯한, 기쁜 미소로 빛나는 얼굴을 그에게로 돌리고 오랫동안 창에서 목을 내밀고 있었다.

18

삐에르는 자기 집에서 모습을 감춘 이래, 죽은 바즈데에프의 주인 없는 집에서 이미 이틀 동안이나 살고 있었다. 이렇게 된 것은 다음과 같은 사정에 의해서였다.

삐에르는 모스크바로 돌아와서 라스또쁘친과 만난 이튿날, 눈을 뜨자 자기가 어디에 있는지, 사람들이 자기에게 무엇을 원하고 있는지를 오랫동안 이해할 수가 없었다. 응접실에서 자기를 기다리고 있는 다른 사람들의 이름 속에 섞여 아내인 엘렌으로부터의 편지를 가지고 온 프랑스인까지 자기를 기다리고 있다는 보고를 받았을 때, 그는 원래 빠지기 쉬운 혼란과 절망의 기분으로 갑자기 빠져들고 말았다. 그는 이렇게 되면 이제 모든 것은 끝장이다, 모든 것은 엉망이 되어 무너지고 말았다, 옳은 사람도 나쁜 사람도 없으며 앞으로는 아무것도 없고 이 상태에서 빠져나갈 출구는 아무 데도 없다는 생각이 갑자기 들었다. 그는 부자연스러운 엷은 미소를 짓고, 무엇인가 중얼거리면서 절망적인 자세로 소파에 앉았다가는 일어나서 문 쪽으로 걸어가서 문틈으로 응접실을 들여다보기도 하고, 두 손을 흔들면서 다시 돌아와서 책을 집어들기도 했다. 하인 우두머리가 다시 말을 전하러 왔다. 엘렌의 편지를 가져온 프랑스 사람이 잠깐이라도 좋으니 만나뵙고 싶어하고 있고, 바즈데에프의 미망인한테서도 사람이 와서 부인이 시골로 가셨기 때문에 책을 받아주시면 좋겠다고 부탁을 하고 있다고 보고했다.

"아, 그래, 곧 갈테니까 잠깐만…… 그렇잖으면, 아니…… 아니 기다리지 않아도 좋아, 곧 간다고 전해 주게." 삐에르는 하인에게 말했다.

그러나 하인이 나가자마자 삐에르는 테이블 위에 있던 모자를 집어들고 서재에서 뒤쪽 문으로 나갔다. 복도에는 아무도 없었다. 삐에르는 긴 복도를 쭉 가서 층계에 이르자, 얼굴을 찌푸리고 양손으로 이마를 문지르면서 첫 층계참까지 내려갔다. 현관지기가 현관 문 옆에 서 있었다. 삐에르가 내려간 층계참으로부터는 다른 계단이 뒷문으로 통해 있었다. 삐에르는 계단을 지나서 뜰로 나갔다. 아무도 눈에 띄지 않았다. 그러나 그가 문을 나선 순간, 도로에서 마차와 나란히 서 있는 마부와 문지기 하인이 주인을 보고는 모자를 벗었다. 자기에게 쏠리는 시선을 느끼자 삐에르는 남의 눈에 띄지 않도록, 머리를 덤불 속에 감추는 거위 같은 행동을 하였다. 그는 고개를 수그리고 발걸음을 빨리하여 거리를 걷기 시작했다.

이날 아침 삐에르가 당면하고 있던 모든 일 중에서 바즈데에프의 책과 서류를 고르는 일이 그에게는 가장 중요한 일로 여겨졌다.

그는 처음 만난 대절마차를 잡아 바즈데에프 미망인의 집이 있는 빠뜨리아르세 쁘루두이로 가자고 말했다.

모스크바로부터 나가는 사람들의 마차의 행렬이 사방팔방에서 움직이고 있는 것을 끊임없이 바라보고, 덜거덕거리는 낡은 마차에서 미끄러 떨어지지 않도록 뚱뚱한 몸을 바로잡으면서, 삐에르는 마치 학교에서 빠져나온 아이처럼 즐거운 기분을 느끼며 마부와 이야기를 주고받았.

마부는 오늘 크레믈린에서는 무기의 분배가 있었고, 내일은 모두 뜨리 고르이 관문 밖으로 나가 거기서 일대 전투가 벌어질 것이라고 말했다.

빠뜨리아르세 쁘루두이에 도착하자, 삐에르는 오랫동안 방문하지 않았던 바즈데에프의 집을 간신히 찾았다. 그는 작은 문으로 다가갔다. 삐에르가 5년 전에 또르조크에서 바즈데에프를 만났을 때 같이 있던, 얼굴이 누렇고 턱수염이 없는 작은 하인 게라씸이 노크 소리를 듣고 나왔다.

"집에 계신가?" 삐에르는 물었다.

"요즘 정세 때문에 마나님께서는 아이들을 데리고 또르조크 마을로 가셨습니다, 백작님."

"어쨌든 들어가야겠네, 책의 정리를 해야 하니." 삐에르가 말했다.

"자, 어서 들어오십시오. 돌아가신 나리의—천국에 편히 잠드소서! —나리의 동지이신 마까르님은 남아 계십니다. 아시다시피 몸이 약해서서." 늙은 하인이 말했다.

마까르는 삐에르가 알고 있는 바로는 반쯤 미친 사람으로, 술을 많이 마시는 바즈데에프의 동생이었다.

"음, 알고 있어. 자, 들어가자." 삐에르는 말하고 집으로 들어갔다. 키가 큰 나이 든 남자가 가운을 입고 빨간 코를 하고, 맨발에 덧신을 신고 현관에서 있었다. 삐에르를 보자 그는 화가 난 듯이 무엇인가 중얼거리고 나서 복도로 들어가 버렸다.

"대단히 머리가 좋은 분이었지만, 지금은 보시다시피 완전히 쇠약해지셔서." 게라씸이 말했다. "서재로 가시겠습니까?" 삐에르는 고개를 끄덕였다. "서재는 봉인을 한 그대로 있습니다. 만약에 나리한테서 사람이 오면 책을 내주도록 하라는 분부가 있었습니다."

삐에르는 아직 은사의 생전에 그토록 설레는 가슴을 안고 들어간 일이 있는 음침한 서재로 들어갔다. 그 서재는, 지금은 먼지를 뒤집어쓰고 바즈데에프가 죽은 이래 손도 대지 않아 더욱 음침했다.

게라씸은 덧창문을 하나 열고 발끝으로 방을 나갔다. 삐에르는 서재를 한 바퀴 돌아 수사본(手寫本)이 있는 책장으로 다가가서 한때 가장 중요했던, 교단의 신성한 보물 하나를 꺼냈다. 그것은 은사가 주석을 단 진정한 스코틀랜드 문서였다. 그는 먼지를 뒤집어쓴 책상 앞에 앉아, 앞에 수사본을 놓고 펴보기도 하고 덮기도 하다가 그것을 밀어놓고, 턱을 괴고 생각에 잠겼다.

게라씸은 몇 번인가 슬그머니 서재를 들여다보고, 삐에르가 여전히 같은 자세로 앉아 있는 것을 보았다. 두 시간 이상이 지났다. 게라씸은 삐에르의 주의를 끌려고 용기를 내어 문가에서 소리를 냈다. 삐에르에게는 그것이 들리지 않았다.

"마차는 돌려보내도 좋습니까?"

"아, 그렇군." 제정신을 차린 삐에르는 급히 일어나면서 말했다. "그런데 말이야." 그는 게라씸의 프록코트 단추를 잡고 번쩍번쩍 빛나는 차분한 기쁨이 넘치는 눈으로 노인을 내려다 보면서 말했다. "그런데 말이야, 내일 전쟁이 있다는 것을 알고 있나?"

"소문은 듣고 있습니다." 게라씸이 대답했다.

"내가 누군지 아무에게도 말하지 말기를 바라네. 그리고 내가 말한 대로 해 주지 않겠소?"

"알겠습니다." 게라씸이 말했다. "무엇을 드시겠습니까?"

"필요 없어. 내가 필요한 건 다른 거야. 내가 필요한 것은 농민복과 권총이야." 삐에르는 저도 모르게 빨개지며 말했다.

"알았습니다." 잠깐 생각하고 나서 게라씸은 말했다.

그날 온종일 삐에르는 혼자서 은인의 서재에서 지냈다. 게라씸이 듣고 안 바에 의하면, 그는 방 구석에서 구석으로 불안하게 걸어다니며 무엇인가 혼자서 중얼거리고 있었다. 그리고 거기에 마련된 침대에서 밤을 새웠다.

게라씸은 이제까지 기괴한 일을 수없이 많이 보아온 하인의 습관으로, 삐에르가 이곳으로 옮겨온 것을 놀라지 않고 받아들이고, 자기가 돌볼 사람이 생긴 것에 만족하고 있는 것 같았다. 그는 그날 밤 바로, 무엇 때문에 필요한지 자기 자신에게도 물어보지를 않고 삐에르에게 농민 저고리와 모자를 얻어 주고, 권총은 이튿날 입수하겠다고 약속하였다. 마까르는 그날 밤 두 번 가량 덧신을 질질 끌면서 문가로 가까이 가서 멈추어 선 채 기분을 맞추려는 듯이 삐에르를 바라보았다. 그러나 삐에르가 돌아다보자마자 부끄러운 듯이, 또는 화가 난 듯이 가운을 여미고 급히 물러갔다. 삐에르는 게라씸이 얻어서 증기로 소독까지 해 준 마부용 저고리를 입고, 수하리 탑 근처에서 권총을 사기 위해 가는 도중에 로스또프네 일행과 만났던 것이다.

19

9월 1일 밤, 모스크바를 통과해서 랴잔 가도로 퇴각하라는 꾸뚜조프의 명령이 러시아군에 내려졌다.

선두 부대는 밤중에 이동을 개시했다. 밤중에 이동해 간 부대는 당황하지 않고 천천히 엄숙하게 나아갔다. 그러나 새벽녘에 이동한 부대는 도로고밀 다리 가까이까지 왔을 때, 끝없이 이어지는 부대의 행렬을 보았다. 전방의 건너편 물가에서는 서로 밀치면서 급히 다리를 건너 언덕을 오르면서 큰 거리와 뒷길을 메우고 있었고, 후방에서도 병사들이 끊임없이 밀어닥쳤다. 까닭 모를 초조함과 불안이 부대를 사로잡았다. 모두가 다리 옆으로, 다리 위로, 얕은 여울과 보트를 향해 밀어닥쳤다. 꾸뚜조프는 뒷길을 돌아서 모스크바 맞은편으로 돌아가도록 자기 마차에 명령했다.

9월 2일 오전 10시 무렵 시의 서쪽 입구에 있는 도로고밀에는, 넓은 장소에 후위 부대밖에 남아 있지 않았다. 군은 이미 모스크바 반대쪽 끝과 모스크바 외곽에 있었다.

이와 같은 시각, 즉 9월 2일 오전 10시에 나폴레옹은 뽀끌론나야 언덕의 자기 군대 사이에 서서, 눈앞에 펼쳐진 광경을 바라보고 있었다. 8월 26일부터 9월 2일까지, 보로지노 전투에서 적이 모스크바로 들어갈 때까지 이 어수선하고 기억에 남는 일주일 동안, 항상 사람을 감탄하게 하는 보기 드문 가을 날씨가 연일 계속되었다. 이런 날씨에는 낮은 태양이 봄날보다 뜨겁게 내리쬐고, 맑게 개인 희박한 공기 속에서는 모든 것이 눈을 찌를 만큼 반짝였다. 가슴은 향기 높은 가을 공기를 들이마셔 상쾌해지고, 생기가 돌고 밤은 따뜻했다. 이러한 따뜻한 칠흑 같은 밤에는 하늘에서 끊임없이 사람을 놀라게 하고 기뻐하게 만들면서 금빛 별이 쏟아지는 것이었다.

9월 2일 오전 10시도 그와 같은 날씨였다. 아침의 햇빛은 마법과 같았다. 뽀끌론나야 언덕에서 보는 모스크바는 강과 들과 교회와 함께 널따랗게 퍼져 있고, 햇빛 속에서 교회의 둥근 지붕을 별처럼 빛내며 자기의 삶을 숨쉬고 있는 것 같았다.

나폴레옹은 여태까지 본 일도 없는 모양의 이상한 건축들의 기묘한 도시를 보고, 자기들 일은 모르는 남의 생활 형태를 보았을 때 느끼는 약간 부럽고 불안한 호기심을 느꼈다. 분명히 이 도시는 자기의 삶을 힘차게 살고 있었다. 멀리에서도 살아 있는 육체와 시체를 틀림없이 구별할 수 있는 미묘한 특징으로 판단해서 나폴레옹은 뽀끌론나야 언덕에서 이 도시의 생명의 고동을 알아챘고, 이 거대하고 아름다운 몸이 숨을 쉬고 있다는 것을 느꼈다.

"무수한 교회를 가진 이 아시아의 도시, 성스러운 모스크바. 마침내 거기에 있다, 이 유명한 도시가! 때는 왔다." 나폴레옹은 이렇게 말하고 말에서 내려 모스크바 지도를 앞에 펼쳐놓으라고 명령하고, 통역 를로름 디드뷰를 불렀다. '적에게 점령된 도시는 정조를 잃은 처녀 같다.' 그는 (스몰렌스크에서 뚜치꼬프에게 말한 것처럼) 생각했다. 그리고 그러한 관점에서 눈 앞에 가로놓여 있는, 이제까지 본 일이 없는 동방의 미녀를 바라보고 있었다. 그는 불가능하게 생각되던 자기의 오랜 숙원이 마침내 이루어졌다는 것이 자기로서도 이상하게 여겨졌다. 밝은 아침 햇살 속에서 그는 도시와 지도를 번갈아 보고는 이 도시를 상세히 확인하고 있었다. 그리고 내 것으로 만들었다는 확신이 그를 흥분시키는 동시에 두려운 마음을 느끼게 했다.

'그러나 이 이외의 일이 있을 수 있었을까?' 그는 생각했다. '어떻게, 이 수도가 자기 운명을 기다리면서 내 발 밑에 있다. 지금 알렉산드르는 어디 있고 무엇을 생각하고 있을까? 불가사의하고, 아름답고 장엄한 도시! 그리고 불가사의하고 장엄한 이 순간! 나는 그들의 눈에 얼마나 빛나게 보일 것인가!' 그는 자기 군을 생각하였다. '보라, 이것이 의심 많은 자 모두에게 주는 포상이다.' 그는 측근들과 가까이 와서 정렬하고 있는 부대를 둘러보면서 생각했다. '나의 한마디, 내 손의 움직임으로 이 러시아 황제의 옛 도시는 파멸이다. 그러나 나의 자비심은 항상 정복된 자에게 맨 먼저 내려진다. 나는 관대해야 하며 진정 위대해야 한다. 아냐, 그렇지 않다. 내가 모스크바에 있다는 것은 거짓말이다.' 문득 이러한 생각이 머리에 떠올랐다. '그러나 보라, 모스크바는 금빛 둥근 지붕과 십자가를 햇살 속에서 반짝이고 떨면서 내 발 아래 가로놓여 있다. 그러나 나는 이 녀석을 용서해 준다. 야만과 전체의 낡은 비석 위에 나는 정의와 자비의 위대한 말을 새겨 주겠다…… 알렉산드르는 누구보다 이것을 뼈저리게 깨달을 것이다. 나는 그를 알고 있다(지금 생기고 있는 일의 가장 큰 의의는 자기와 알렉산드르와의 개인적인 싸움에 있는 것처럼 나폴레옹은 느끼고 있었다). 크레믈린의 꼭대기에서—그렇다, 저것이 크레믈린이다. 그렇다—나는 그들에게 정의의 법률을 가르쳐 주고, 나는 그들에게 참된 문명의 의의를 보여주겠다. 나는 러시아 귀족들의 자자손손까지 정복자의 이름을 사랑의 마음으로 상기시키도록 하겠다. 나는 전권 대표단에게, 나는 전쟁 같은 것은 바라지 않았고 지금도 바라고 있지 않다, 나는 너희들 궁정의 잘못된 정치와 싸운 데에 지나지 않다, 나는 알렉산드르를 경애하고 있다, 나는 나와 나의 국민에게 어울리는 강화 조건을 모스크바에서 받아들일 것이라고 말해 주겠다. 나는 존경하는 황제를 모욕하기 위해서 승리의 행운을 이용하고 싶지는 않다. 귀족들이여, 하고 나는 말해주겠다. 나는 전쟁을 바라지 않고 평화와 나의 신하 모든 사람들의 안녕을 바라고 있다고, 여하간 나는 알고 있다. 나는 놈들이 눈 앞에 있으면 기분이 용솟음쳐서 여느 때처럼 명쾌하고 당당하고 훌륭하게 말할 수가 있다. 그렇지만 내가 모스크바에 있다는 것은 정말일까? 그렇다, 바로 저것이 모스크바다!'

"러시아 귀족들을 데려 와." 그는 시종에게 말했다. 한 장군이 화려한 막료를 데리고 곧 귀족들을 마중하러 말로 달려갔다.

두 시간이 지났다. 나폴레옹은 아침 식사를 끝내고 다시 뽀끌론나야 언덕의 같은 장소에 서서 전권 대표단을 기다리고 있었다. 귀족들에 대한 그의 말은 이미 머릿속에 준비가 되어 있었다. 그 말은 위엄과 나폴레옹이 이해하고 있는 위대함으로 차 있었다.

모스크바에서 자기가 행동할 때 보이려고 마음먹고 있던 관대한 태도가 자신의 마음을 거나하게 만들었다. 그는 러시아 황제의 궁전에서 있을 집회 날짜를 머릿속에서 정해 놓고 있었다. 그 집회에는 러시아의 중신들이 프랑스 황제의 중신들과 한자리에서 만날 것이었다. 그는 시민을 끌어당길 수 있는 총독을 마음 속에서 임명하려 하고 있었다. 모스크바에는 자선 시설이 많다는 것을 알고 있었기 때문에, 그는 속으로 그와 같은 모든 시설에 그의 은혜를 베풀 생각을 하고 있었다. 그는 아프리카에서는 아리비아풍의 코트를 입고 회교 사원에 가야 했던 것처럼, 모스크바에서는 러시아 황제처럼 자비롭게 해야 한다고 생각하고 있었다. 그리고 러시아 사람의 마음을 철저하게 뒤흔들기 위해서, 나의 사랑스러운, 나의 상냥한, 나의 가엾은 어머니라는 표현을 쓰지 않고서는 감동적인 일을 나타낼 수 없는 프랑스인과 마찬가지로, 그는 모든 시설에 커다란 글자로 나의 사랑스러운 어머니에게 바치는 시설이라고 쓰도록 명령하리라고 마음먹었다. 아니, 간단하게 '나의 어머니의 집'이 좋다고 그는 마음 속으로 결정하였다. '그런데 나는 정말 모스크바에 있는 것일까? 그렇다, 보라, 모스크바가 내 눈 앞에 있다. 그런데 시의 대표단은 왜 이렇게 늦는 거야?' 그는 생각했다.

한편, 황제 시종들의 뒤편에서는 장군과 원수들 사이에서 나직한 음성으로 소곤소곤 걱정스러운 상의가 이루어지고 있었다. 대표단을 맞으러 간 사람들이 돌아와서 모스크바는 텅 비어 있고, 주민은 모두 나가버렸다고 알려온 것이다. 상의하고 있던 사람들의 얼굴은 파랗게 질리고 불안에 싸여 있었다. 그들을 겁먹게 한 것은, 주민이 모스크바를 포기했다는 것이 아니었다 (이 일이 제아무리 중대하게 느껴졌다고 해도). 그것은 바로, 황제 폐하를 프랑스어로 '우스꽝스러운 입장'이라고 불리는 무서운 입장에 세우지 않고 어떻게 이 사실을 전할 것인가, 그가 이토록 오랫동안 헛되이 귀족들을 기다리고 있었다는 것, 술 취한 사람은 있어도 그 이외에는 아무도 없다는 것을 어떻게 알리면 좋은가 하는 것이었다. 어떤 사람은, 하여간 누가 되었든 대표단 비슷한 것을 긁어모아야 한다고 말하였다. 다른 사람들은 그 의견에 반대하여, 신중하게 잘 황제에게 마음을 준비하게 해서 진실을 말해주어야 한다고 주장하였다.

"아무튼 알려야 한다⋯⋯." 시종들이 말했다. "그렇지만, 여러분⋯⋯" 황제가 자기의 인자한 계획을 생각하고, 참을성 있게 좌우로 걸으면서 가끔 손을 이마에 대고는 모스크바 쪽을 바라보고 즐거운 듯이, 자랑스러운 듯이 미소를 짓고 있기 때문에 더욱 어려웠다.

"그러나 무리다⋯⋯." 시종들과 막료들은 말 없이도 이미 알고 있는 '우스꽝스럽다'는 무서운 이 한 마디를 입 밖에 낼 결심을 하지 못한 채, 어깨를 움츠리며 말하는 것이었다⋯⋯.

그러는 동안에 황제는 헛되이 기다리는 것에 지쳐서 타고난 배우와 같은 육감으로, 위대한 순간이 너무 오래 계속되어 그 위대함이 상실되어가고 있다는 것을 느끼고 손으로 신호를 하였다. 단 한 발 신호의 포성이 울리고, 여기저기에서 모스크바를 포위하고 있던 부대가 모스크바 시내로―뜨베리 관문, 깔루가 관문, 도로고밀 관문을 향하여 움직이기 시작했다. 각 부대는 점점 빨리 서로 앞지르면서 빠른 걸음으로 일고 있는 먼지 구름 속에 모습을 감추고, 하나로 녹아드는 함성이 대기에 울려퍼졌다.

군대의 움직임에 이끌려서 나폴레옹도 함께 도로고밀 관문까지 갔다. 거기서 다시 멈추어 서서 말에서 내리자, 대표단을 기다리면서 오랫동안 까메르꼴레기야 보루 옆을 거닐었다.

20

그러나 모스크바는 텅 비어 있었다. 거기에는 아직 사람들이 있었다. 거기에는 아직, 이제까지 있었던 시민의 50분의 1이 남아 있었다. 그러나 그것

모스크바 전도 (현재)

*도로 이외의 지명은 지역명

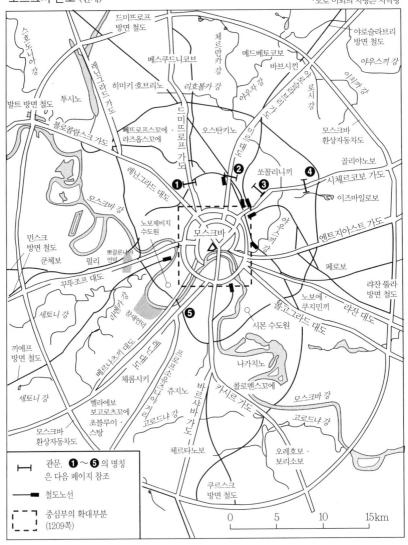

스혼도니아 강
드미뜨로프 방면 철도
체르만카 강
야로슬라브리 방면 철도
야우스끼 강
베스쿠드니코브
메드베토코보
바브시낀
히미키 호브리노
리호볼카 강
이치까 강
레닌그라드 가도
발트 방면 철도
투시노
아우자 강
시베구 끼프 만따개뽀우 강
볼로콜람스크 가도
레프뜨로프스꼬에 · 라즈옵스꼬에
드미뜨로프 가도
오스탄끼노
모스크바 환상자동차도
밀데
골리야노보
모스크바 강
쏘꼴리니끼
❶
❷
❸
❹
시체르코보 가도
레닌그라드 대도
이즈마일로보
민스크 방면 철도
쿤체보
노보제비치 수도원
필리
뽀끌론나야 언덕
모스크바
야우스까 강
엔트지아스트 가도
꾸뚜조프 대도
화색연덕
페로보
세토니 강
라멘까 강
베르나츠끼 대도
노보에 · 쿠지민끼
랴잔 돌라 방면 철도
랴잔 대도
롤고그라드 대도
시몬 수도원
❺
끼에프 방면 철도
모또 군레
체롬시키
프리마노제메
나가치노
세토니 강
쥬지노
고로드냐 강
바를샤바 가도
카시르 가도
콜로멘스꼬에
모스크바 강
벨라에보 보고로츠꼬에
초블루이 · 스탕
모스크바 환상자동차도
체르타노보
고로드냐 강
오레호보 · 보리소보
쿠르스크 방면 철도

관문. ❶～❺의 명칭
은 다음 페이지 참조

철도노선

중심부의 확대부분
(1209쪽)

0   5   10   15km

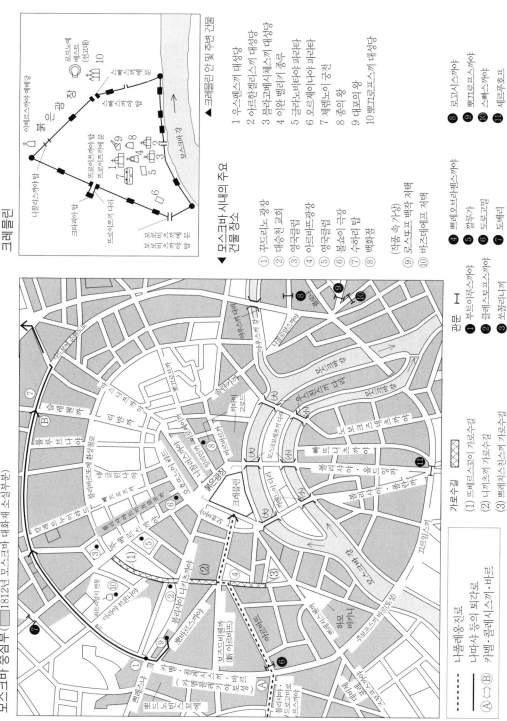

모스크바 중심부 (□ 1812년 모스크바 대화재 소실부분)

크레믈린

▶ 모스크바 시내의 주요 건물·장소

▲ 크레믈린 안 및 주변 건물

죽어가는 벌집이 텅 비어 있는 것과 같은 모습이었다.

여왕벌이 없는 벌집은 이미 생명은 없는 것이지만, 겉으로 보면 그것은 다른 벌집과 마찬가지로 생명을 유지하고 있는 것처럼 느껴진다.

대낮의 뜨거운 햇살 속에서, 꿀벌들이 생명이 있는 다른 벌통과 마찬가지로, 여왕벌이 없어진 벌집 둘레를 즐거운 듯이 날아다니고 있다. 마찬가지로 멀리에서 꿀 냄새가 풍기고 있고, 꿀벌들이 그 속으로 드나들고 있다. 그러나 좀 더 주의해서 들여다보면, 그 벌집에는 이미 생명이 없다는 것을 알 수가 있다. 생명이 있는 벌통은 벌들이 나는 방법이 다르다. 향기도, 날개 소리도 다르다는 데에 양봉가는 놀란다. 병든 벌집 벽을 양봉가가 두들기면 이제까지처럼 순간적이고 일제히 일어나는 반응 대신에, 엉덩이를 움츠리고 날개를 허둥대며 생명력이 있는 공기 소리를 내는 수만 마리 꿀벌의 윙윙거리는 소리 대신에, 텅 빈 벌집의 여기저기서 둔하게 울리는 제각각의 날개 소리가 날 뿐이다. 벌집 입구에서는 이제까지처럼 알코올 성분을 머금은 향기로운 꿀과 독소의 냄새가 나지 않고, 벌이 가득 찬 온기(溫氣)도 나오지 않고 꿀냄새에 공허(空虛)와 부패의 냄새가 섞여 있다. 입구에는 집을 지키기 위해 죽음을 각오하고 엉덩이를 높이 쳐들어 경보를 울리는 파수벌도 없다. 물이 끓는 소리와 비슷한, 저 완만하고 조용한 소리와 기세 좋게 노동하는 소리는 이제 없고, 고르지 않은 제각각의 무질서한 소음이 들릴 뿐이다. 꿀에 젖은 검고 가느다란 도둑벌이 남몰래 재빨리 벌집 속을 드나들고 있다. 그러한 벌은 쏘지도 않고 위험해지면 도망가버린다. 이제까지는 반드시 꿀벌이 먹이를 가지고 들어왔다가 빈손으로 나갔는데, 지금은 먹이를 가진 벌이 나간다. 양봉가는 아래 뚜껑을 열고 벌집 밑부분을 들여다본다. 이제까지처럼 검게 살찐 벌들이 서로 다리를 붙잡고 끊임없이 일하는 소리를 내면서 밀랍을 내며, 축축한 벌집 밑바닥까지 가지처럼 늘어져 있는 대신에, 마르고 졸린 듯한 벌이 벌집 바닥이나 벽을 정처없이 여기저기 헤매고 있다. 깨끗하게 아교를 촘촘히 바르고 날개로 깨끗이 쓸어낸 바닥 대신에, 밀랍 조각과 벌똥과 다 죽게 되어 발버둥치는 벌들이 완전히 죽은 벌들과 함께 아직 치워지지 않은 채 뒹굴고 있다.

양봉가는 뚜껑을 열고 벌집 위쪽을 들여다본다. 벌집의 온갖 구멍이라는 구멍에 눌어붙어서 새끼를 따뜻하게 해주고 있는 벌들의 틈새가 없는 열 대신에, 교묘하고 복잡하게 만들어진 벌집이 양봉가의 눈에 들어온다. 하지만 그것은 이미 전과 같이 깨끗한 모습이 아니다. 모두 황폐하고, 더러워진 도둑벌—검은 벌—이 재빨리 작업장인 벌집 구멍에 스며들어와 있다. 집에 있는 벌들은 말라서 몸도 짧아지고 늙은이처럼 기운이 없다. 아무도 방해하지 않고, 아무런 의욕도 없이 살아 있는 의식을 상실하여 느릿느릿 기어다니고 있다. 수벌, 무늬말벌, 호박벌, 나방들이 날면서 무턱대고 벌집 벽에 부딪친다. 죽은 새끼가 든 밀랍과 꿀 사이 군데군데에서 이따금 화가 난 듯한 날개 소리가 들린다. 어디에선가 벌 두 마리가 옛 습관과 기억으로 무엇 때문에 그렇게 하고 있는지 자신도 모른 채 벌집을 청소하고, 힘에 겨운 꿀벌과 호박벌의 사체를 끌어내려고 안간힘을 다하고 있다. 다른 구석에서는 늙은 벌 두 마리가 나른하게 싸움을 하고 있는지 그렇지 않으면 서로 몸을 씻어주고 있는지 뒤엉켜 있거나 또는 서로 먹이를 먹여주고 있는데, 그러고 있는 것이 미움의 감정에서 나온 것인지 친밀한 감정에서 나온 것인지 자신들도 모르고 있다. 또 한쪽 구석에서는 꿀벌의 무리가 밀고 밀리면서 한 마리의 희생자에게 덤벼들어 숨통을 끊으려 하고 있다. 그러자 약해진, 또는 살해당한 벌은 날개처럼 가볍게 그리고 천천히 위쪽에서 사체 더미 속으로 떨어져간다. 벌 치는 사람은 벌집을 보려고 가운데의 봉방(蜂房)을 좌우로 연다. 이제까지처럼 등과 등을 맞대고 일족의 최고 신비를 지키고 있는, 빈틈없는 무수한 검은 벌의 고리 모양 대신에 무기력하게 죽어가는, 잠들고 있는 벌의 사체가 보인다. 그들은 자기들이 지켜왔지만 이미 없어진 신성한 것의 위에 머물러, 자기 자신도 그것을 모른 채 거의 모두 죽음을 맞는다. 거기서는 썩은 냄새와 죽은 냄새가 풍기고 있다. 다만 그 중의 몇 마리만이 꿈틀거리고 일어나서 힘없이 날아 적의 손에 앉지만, 적을 쏘고 죽을 힘도 없다. 다른 벌들은 죽어버리고 물고기 비늘처럼 가볍게 허물허물 아래로 떨어져 버린다. 벌 치는 사람이 뚜껑을 닫고 벌통에 백묵으로 표시를 해 놓았다가 적당한 시기에 떼어서 태워버린다.

이와 마찬가지로 모스크바가 텅 비어버렸을 때, 나폴레옹은 지치고 불안해져서 얼굴을 찌푸리고 까메르꼴레기야 보루 옆을 서성거리면서, 외면적일 망정 그가 꼭 필요하다고 생각하고 있는 예절이 지켜지기를, 즉 대표단이 오는 것을 기다리고 있었다.

아직도 모스크바의 이 구석 저 구석에서는 사람들이 다만 무의미하게 옛 습관대로 이리저리 움직이고 있었는데, 자기들이 무엇을 하고 있는지도 알지 못한 채 꿈틀거리고 있었다.

그러나 모스크바는 텅 비었다고 신중히 배려해서 나폴레옹에게 보고하자, 그는 그것을 보고한 사람을 화난 듯이 쏘아보고 외면하고는 말없이 계속 걷고 있었다.

"마차를 내라." 그는 말했다. 그는 당직 부관과 나란히 유개마차에 올라타자 시에 인접한 마을로 향하였다.

'모스크바가 비어 있다니! 도저히 믿을 수 없는 일이다!' 그는 혼잣말로 중얼거렸다.

그는 시내로 가지 않고 도로고밀로프 시 경계의 마을인 도로고리르의 여관에 머물렀다.

연극의 클라이맥스는 실패로 끝난 것이다.

21

러시아군은 오전 2시부터 오후 2시에 걸쳐서 모스크바를 통과하고, 피난 가는 마지막 시민과 부상병을 뒤에 데리고 갔다.

군 이동 때 가장 심한 혼잡은 까멘느이, 모스크보레쯔끼, 야후즈스끼 등의 다리에서 생겼다.

크레믈린 주위에서 군이 둘로 나뉘어 모스크보레쯔끼와 까멘느이 다리에 밀집했을 때, 많은 수의 병사들이 정체와 혼잡을 틈타 다리에서 뒤로 되돌아갔다. 그들은 슬그머니 바씰리 브라젠느이 사원 옆을 지나 보로비쯔끼 문 근처로 돌아서, 언덕을 올라가 붉은 광장으로 스며들었다. 일종의 육감으로 그들은 거기에서 힘들이지 않고 남의 물건을 가질 수가 있다고 느끼고 있었던 것이다. 할인 판매할 때와 같은 군중이 사방으로 난 백화점의 통로를 메우고 있었다. 그러나 점원들의 상냥하고 달콤한 손님 끄는 소리는 없고 행상인이나 물건을 사러 온 갖가지 색깔의 여자 손님들도 없었다. 있는 것은 오직 총도 가지지 않고 말없이 짐을 가지고 매장에서 나오고, 짐을 가지지 않고 매장으로 들어가는 병사들의 군복과 외투뿐이었다. 상인이나 점원들은(그 수는 적었다) 망연자실한 상태로 병사들 사이를 걸어다니며 자기 매장을 열거

나 닫거나 하고 있었다. 때로는 점원과 함께 상품을 어디론가 운반하는 상인
도 있었다. 백화점 옆의 광장에는 고수(鼓手)가 서서 집합을 알리는 북을
치고 있었다. 그러나 북소리는 도둑 병사들을 이제까지와 같이 구보로 모이
게 하기는커녕, 그와는 반대로 북으로부터 멀리 뛰어가게 만들 뿐이었다. 병
사들에 섞여 매장이나 통로 사이에 회색 까프딴(옷자락이 긴 농민 외투)을 입은 머리 깎은
죄수들이 보였다. 두 장교 중 한 사람은 군복에 목도리를 감고 메마른 짙은
회색 말을 타고 있고, 또 한 사람은 제복 외투를 입고 도보로 일리인가 거리
의 모서리에 서서 무엇인가 이야기를 하고 있었다. 거기에 또 다른 한 장교
가 말을 몰고 달려왔다.

"무슨 일이 있더라도 당장 다 쫓아버리라는 장군의 명령이시다. 대체 이
게 무슨 꼴이야! 절반이나 되는 병사가 흩어져버리다니."

"이봐, 어디로 가는 거야? …… 너희들은 어딜 가? ……" 그는 총도 가지
지 않고 외투 자락을 접어 올리고 자기 옆을 빠져나가 상점으로 들어가는 세
명의 병사를 보고 소리쳤다. "서, 이 자식들!"

"저자들을 모으려고 하다니." 다른 장교가 말했다. "도저히 모을 수는 없
어. 그것보다는 남은 자들을 놓치지 않도록 빨리 전진해야 해. 그러는 길밖
에 없어."

"어떻게 전진하란 말이야? 다리 위에서 꼼짝하지 않잖아. 아니면, 마지막
놈들이 도망가지 않도록 비상선을 칠 수도 없고."

"어쨌든 저기로 가요! 놈들을 쫓아내!" 고참 장교가 소리쳤다.

목도리를 한 장교가 말에서 내려서 고수를 불러 함께 아치 밑으로 지나갔
다. 몇 명의 병사가 떼를 지어 뛰어나왔다. 코 옆의 뺨에 빨간 여드름이 나
있는 상인이 침착하면서도 태연스럽고 타산적인 표정을 짓고는, 바쁘고 뽐
낸 모습으로 양손을 내저으면서 장교에게로 다가왔다.

"장교님." 그는 말했다. "제발 도와주십시오. 우리들은 손해 같은 건, 많
지만 않다면 어떻게 되든 상관 없습니다. 기꺼이 드리겠습니다. 제발 나사
천을 가지고 가세요. 훌륭한 분을 위해서라면 두 장이라도 기꺼이 드리겠습
니다! 우리는 그렇게 생각하고 있습니다. 그런데 이것은 어떻게 된 일입니
까? 정말 강도나 다름이 없잖습니까! 제발 도와주십시오! 보초라도 세워주
신다면, 차라리 가게 문이라도 닫게 해 주신다면……"

상인 몇 사람이 장교 둘레로 모여들었다.

"이봐! 지껄여봐야 소용없어." 그 중의 엄한 얼굴을 한 여윈 사나이가 말했다. "목을 잘리고 나서 머리털을 아까워하는 놈이 어디 있어. 누구든지 가지고 싶은 만큼 가지고 가!" 그리고 그는 힘주어 손을 흔들고는 장교를 외면해버렸다.

"이반 씨도르이치, 너는 그렇게 말해도 좋지만 우린 그렇지 않아." 처음 상인이 화난 듯이 말했다. "제발 도와주십시오, 나리."

"할 말은 아무것도 없어!" 여윈 사나이가 말했다. "나는 이곳 세 가게에 10만 루블이나 되는 물건을 갖고 있어. 그러나 지킬 수가 없어. 군대가 나가버리면 어찌 무사할 수가 있단 말인가. 참 기막힌 놈들이군. 하느님의 힘은 인간의 손으로는 어떻게 할 수 없어!"

"제발, 장교님." 처음 상인이 허리를 굽히면서 말하였다. 장교는 망설이며 서 있었다. 그의 얼굴에는 어찌할 바를 모르는 표정이 스며나왔다.

"그것이 내게 무슨 상관이 있단 말이야!" 그는 별안간 소리를 지르고 빠른 걸음으로 매장의 열을 따라 앞으로 나아갔다. 문이 열린 한 매장에서 때리는 소리와 욕하는 소리가 들렸다. 장교가 다가가자 농민 외투를 입은 머리를 박박 깎인 사나이가 문에서 떠밀려 굴러 나왔다.

사나이는 몸을 굽히더니 상인과 장교 옆을 급히 빠져 달아났다. 장교는 매장 안에 있던 병사들을 꾸짖었다. 그러나 그때 모스크보레쯔끼 다리에서 군중들의 무서운 고함이 들려 장교는 광장 쪽으로 달려갔다.

"뭐야? 왜 그래?" 그는 동료에게 물었지만, 동료는 고함이 들리는 방향을 향해서 바씰리 브라젠느이 성당 옆으로 말을 몰고 갔다. 장교는 말을 타고 그 뒤를 쫓아갔다. 다리 옆에까지 왔을 때, 그는 포차(砲車)에서 떼어낸 두 문의 포와, 다리를 걸어가는 보병과, 뒤집어진 몇 대의 짐마차와, 겁에 질린 몇몇 얼굴과 웃고 있는 병사들의 얼굴을 보았다. 포 옆에는 두 마리 말을 맨 짐마차가 한 대 서 있었다. 짐마차 뒤에는 목에 끈을 맨 네 마리 보르조이 사냥개가 바퀴 옆에 모여 있었다. 짐마차 위에는 짐이 산더미처럼 쌓여 있고, 그 맨 꼭대기에는 다리를 거꾸로 해서 매단 어린이용 의자 옆에 여자가 앉아서 찢어지는 듯한 소리를 지르고 있었다. 동료들이 장교에게 들려준 바에 의하면, 군중의 고함과 여자의 찢어지는 듯한 소리가 일어난 것은, 이 군중과 부딪친 에르몰로프 장군이 병사들이 상점을 약탈하고, 피난민의 무리가 다리를 막고 있는 것을 알자 포를 떼어 다리를 포격하겠다고 위협한 데서 일어났던 것이다. 군중은 짐마차를 뒤집어 엎고 서로 밀치며 결사적인 소리를 지르면서 다리를 비웠다. 그리고 군대가 전진하기 시작하였다.

22

한편, 시내 그 자체의 내부는 텅 비어 있었다. 거리에는 거의 아무도 없었다. 문과 가게는 모두 닫혀 있었고, 군데군데 선술집 근처에서 제각기 외치는 고함과 술꾼의 노랫소리만 들릴 뿐이었다. 누구 하나 거리를 마차로 지나가는 사람도 없고, 걸어가는 사람의 발소리도 거의 들리지 않았다. 뽀바르스까야 거리는 쥐죽은 듯이 조용하고 텅 비어 있었다. 로스또프네의 큰 정원에는 먹다 남은 건초와, 많이 모여 있었던 짐마차 말의 말똥만이 뒹굴 뿐 사람의 그림자는 볼 수가 없었다. 가재도구가 고스란히 남아 있는 로스또프네 집에는 하인 두 사람이 커다란 객실에 남아 있었다. 그것은 집지기인 이그나트와 까자크 옷을 입은 어린 하인 미쉬까로, 그는 바씰리이치의 손자였기 때문에 할아버지와 함께 모스크바에 남은 것이다. 미쉬까는 클라비코드의 뚜껑을 열고 한 손가락으로 타고 있었다. 집지기는 허리에 손을 대고 기쁜 듯이 미소지으면서 커다란 거울 앞에 서 있었다.

"잘하죠! 이그나트 할아버지?" 소년은 갑자기 양손으로 건반을 두들기면서 말했다.

"이 녀석!" 거울에 비치는 자기 얼굴이 더욱더 미소로 풀리는 것을 보고 놀라면서 이그나트는 대답했다.

"파렴치한 놈들 같으니! 어쩌면 그렇게도 파렴치할까." 두 사람의 등 뒤에서 조용히 들어온 마브라가 말했다. "그놈의 쟁반 만한 얼굴에 이빨을 드러내고 말이야. 무슨 꼴이람! 그런 일 때문에 당신들을 남게 한 건 아냐. 저쪽에서는 무엇 하나 정리된 것이 없어. 바씰리이치가 정신 없이 바쁘게 돌아다니고 있어. 혼났을 거야!"

이그나트는 띠를 고쳐매고 웃음을 멈추고는 얌전히 눈을 내리깔고 방을 나갔다.

"할머니, 나도 슬슬 할 거예요." 소년이 말했다.

"나는 슬슬 너를 혼내줄 테다, 장난꾸러기!" 마브라는 소년에게 손을 들어올리면서 말했다. "할아버지한테 가서 사모바르나 준비해라."

마브라는 먼지를 털고, 클라비코드의 뚜껑을 닫고 무거운 한숨을 쉬고는 객실을 나가서 입구의 문을 닫았다.

마당으로 나가자 마브라는 이제부터 어디로 갈 것인지―차를 마시러 별채의 바씰리이치한테로 갈까, 그렇지 않으면 아직 정리되지 않은 것을 정리하기 위해 창고로 갈까 생각에 잠겼다.

조용한 거리에서 급한 발소리가 들렸다. 발소리는 쪽문 앞에서 멎었다. 문을 열려고 하는지 손 아래에서 고리쇠 소리가 났다.

마브라는 쪽문으로 다가갔다.

"누굴 만나러 오셨습니까?"

"백작입니다, 일리야 로스또프 백작 말입니다."

"그래, 당신은 누구시죠?"

"나는 장교입니다. 꼭 만나 뵙고 싶습니다." 러시아풍의 인상이 좋은 귀족적인 목소리가 말했다.

마브라는 쪽문을 열었다. 그러자 뜰 안에 열여덟 정도의 둥근 얼굴의 장교가 들어왔다. 생김새가 로스또프네 사람들을 닮아 있었다.

"떠나셨는데요, 엊저녁에 떠나셨습니다." 마브라는 상냥하게 말했다.

젊은 장교는 들어갈까 말까 망설이는 기색을 보이더니 쪽문 밑에 선 채 혀를 찼다.

"아, 분한데!" 그는 말하였다. "어제라면…… 아, 정말로 분하다!"

그 사이에 마브라는 이 청년의 로스또프네의 혈통 같은 낯익은 얼굴 생김새와, 그가 몸에 걸치고 있는 찢어진 외투며 해진 장화들을 동정어린 눈으로 물끄러미 바라보고 있었다.

"백작님께 무슨 일로 오셨나요?" 그녀가 물었다.

"아니, 뭐…… 할 수 없죠!" 장교는 분한 듯이 말하고, 갈 심산인지 쪽문에 손을 댔다. 그러나 결심이 안 서는지 다시 걸음을 멈추었다.

"실은" 갑자기 그는 말했다. "나는 백작님의 친척입니다. 백작님이 항상 저에게 친절하게 해 주셨습니다. 그래서 보시는 바와 같이(그는 호인 같은 밝은 미소를 띠고 자기 외투와 구두를 보았다), 입은 것은 넝마 같고 돈은 하나도 없고. 그래서 백작님에게 부탁 좀 하려고……."

마브라는 말을 끝까지 시키지 않았다.

"잠깐만 기다려 주세요, 나리, 잠깐만." 그녀는 말했다. 그리고 장교가 쪽문에서 손을 채 놓기도 전에 마브라는 등을 돌리고 서둘러, 그러나 노파다운 침착한 걸음으로 자기 방이 있는 뒤뜰로 향하였다.

마브라가 자기 방으로 뛰어가는 동안, 장교는 고개를 숙이고 자기의 해진 장화를 보고 잠시 미소를 띠며 마당을 걷고 있었다. '정말 유감이구나, 아저씨를 만나지 못해서. 하지만 좋은 할머니다. 어디로 달려가셨을까? 지금쯤 로고시스까야 가까이 가고 있을 연대를 따라잡으려면 어느 길이 가까울까?' 그 사이에 젊은 장교는 생각하고 있었다. 마브라는 겁먹은 것 같은, 그러면서도 단호한 얼굴로 격자 무늬 손수건에 싼 것을 들고 집 모퉁이에서 나타났다. 그녀는 장교로부터 몇 걸음 앞에서 손수건을 펼치고 하얀 25루블 지폐를 내서 급히 그것을 장교에게 건넸다.

"백작님이 집에 계셨더라면 틀림없이 친척으로서 후한 대접을 해드렸을 테지만…… 우선 이것만이라도." 마브라는 머뭇거리며 당황했다. 그러나 장교는 거절도 하지 않고 침착한 태도로 지폐를 받아 들고는 마브라에게 감사했다. "백작께서 계셨더라면 얼마나 좋았을까." 아직도 미안한 듯이 마브라가 말했다. "제발 조심하세요. 무사하길 빕니다." 마브라는 인사를 하고 배웅하면서 이렇게 말했다. 장교는 자신을 비웃듯이 미소를 짓고 고개를 흔들면서, 자기 연대를 따라잡기 위해서 인기척이 없는 거리를, 야후즈스끼 다리쪽을 향하여 거의 날듯이 달려갔다.

마브라는 오랫동안 생각에 잠긴 듯이 고개를 흔들면서, 낯선 젊은 장교에 대하여 어머니와 같은 애정과 동정을 느끼면서 젖은 눈으로 닫힌 쪽문 앞에서 있었다.

23

아직 다 지어지지는 않았으나, 아래층이 술집으로 되어 있는 바르바르까 거리의 건물 안에서 술 취한 사람들의 고함과 노랫소리가 들리고 있었다. 작고 더러운 방 탁자 주위의 걸상에는 열 명 가량의 공장 노동자들이 앉아 있었다. 모두들 취기를 띤 데다 땀투성이가 된 채 흐린 눈을 하고, 커다란 입을 벌리고 무슨 노래인가를 기를 쓰며 부르고 있었다. 그들은 각자가 억지로 악을 쓰면서 극성스럽게 노래를 부르고 있었다. 분명히 그것은 노래를 부르고 싶어서가 아니라, 자기들이 술에 취해서 떠들고 있다는 것을 증명하기 위한 것에 지나지 않아 보였다. 그 중 한 사람인, 깨끗하고 파란 겉옷을 입고 훤칠한 키의 금발 머리를 한 청년이 모두를 내려다보듯이 서 있었다. 악문듯한 끊임없이 움직이는 엷은 입술과 흐릿하고 찡그린 움직이지 않는 눈이 없었다면, 섬세하고 콧날이 선 그 얼굴은 아름다웠을 것이다. 그는 노래 부르고 있는 사람들을 내려다보듯이 서서 무엇인가 공상을 하고 있는 양, 팔꿈치까지 걷어 올린 하얀 팔을 머리 위에서 위엄 있고 어색하게 흔들면서 더러운 손가락을 부자연스럽게 펼치려 애쓰고 있었다. 겉옷 소매가 끊임없이 미끄러져 내려가고, 사나이는 하얗고 억센 팔을 드러내는 데에 무슨 중대한 뜻이라도 있는 것처럼, 열심히 왼손으로 소매를 걷어 올리는 것이었다. 노래가 한창일 때 현관과 현관 계단에서 다투는 소리와 때리는 소리가 들렸다. 키가 큰 사나이는 단념한 듯이 손을 한 번 휘둘렀다.

"그만둬!" 그는 명령하듯이 소리쳤다. "싸움이다!" 그리고 그는 소매를 계속 걷어 올리며 현관 계단으로 나갔다.

노동자들이 그 뒤를 따라갔다. 이날 아침 술집에서 술을 마시고 있던 노동자들은 키가 큰 젊은이가 주동이 되어, 술 도매상 겸 주점을 하고 있는 주인에게 공장에서 가지고 나온 가죽을 주고 그 대신 술을 얻어먹고 있었던 것이다. 그런데 근처 대장간 직공들이 선술집에서 소란이 일자 술집이 파괴되고 있다고 생각하고 힘으로 밀고 들어오려고 하였다. 이렇게 해서 현관 계단에서 싸움이 벌어진 것이다.

술집 주인은 문간에서 대장간 직공과 맞붙어 싸우고 있었다. 그리고 노동자들이 나오려고 하였을 때 대장간 직공은 술집 주인에게 내동댕이쳐져서 포장 도로 위에 엎어지고 말았다.

다른 대장간 직공 하나가 문 안으로 밀고 들어와서 가슴으로 술집 주인을 밀어붙였다.

소매를 걷어 올린 사나이가 문으로 밀고 들어온 대장간 직공의 얼굴을 쥐어박고 나서 거친 소리로 외쳤다.

"여보게들! 우리 패가 얻어맞았다!"

그때 맨 처음의 대장간 직공이 땅바닥에서 일어나서 깨진 얼굴의 피를 훑어 내면서 우는 소리로 아우성을 쳤다.

"사람 살려! 얻어맞았다…… 사람 죽인다! 형제들!"

"와! 큰일이다, 죽도록 얻어맞았다, 사람이 맞았다!" 옆 문에서 나온 아낙네가 날카로운 소리를 질렀다. 피투성이가 된 대장간 직공 둘레에 군중이 모여들었다.

"넌 여러 사람한테서 실컷 빼앗아 먹고, 내의까지 벗기고도 모자란 거냐?" 술집 주인에게 누군가 말했다. "어쩌자고 사람까지 치는 거냐? 도둑놈!"

키가 큰 사나이는 현관 계단 위에 서서, 이번에는 누구하고 싸우면 좋은지를 생각하는 것처럼 선술집 주인과 대장간 직공을 흐린 눈으로 번갈아 바라보고 있었다.

"살인자!" 느닷없이 그는 선술집 주인을 향해 소리쳤다. "모두들 이놈을 묶어라!"

"뭐라고? 나만 묶는 법이 어디 있어!" 선술집 주인은 자기에게 덤벼드는 패들을 뿌리치고 이렇게 소리치며 모자를 벗어 땅 위에 내던졌다. 이 동작이 마치 무엇인가 불가사의하게 사람을 위협하는 뜻을 지니고 있었는지, 술집 주인을 둘러싸고 있던 노동자들은 망설이며 그 자리에 섰다.

"규칙이라면 난 잘 알고 있단 말이야. 나는 경찰서장에게 가겠다. 내가 안 간다고 생각하나? 요즘은 누구나 도둑질을 해서는 안 되게 돼 있어!" 술집 주인은 모자를 주워 들면서 떠들어댔다.

"좋아, 그럼 같이 가자! 뭐 네까짓 놈은! …… 좋아, 가자!" 술집 주인과 키가 큰 젊은이는 서로 이렇게 되풀이하였다. 그리고 거리를 걸어 올라갔다. 피투성이가 된 대장간 직공도 두 사람과 나란히 걸어갔다. 노동자들도, 아무 관계도 없는 자들도 떠들어 대고 소리를 지르면서 그 뒤를 따라갔다.

마로셰이까 거리 모퉁이의, 구두 가게 간판이 걸려 있고 덧창문이 닫힌 커다란 집 앞에, 침울한 얼굴을 한 20명 가량의 구두 직공들이 서 있었다. 모두들 여위고 피로에 지친 자들로 잠옷에 다 떨어진 외투를 걸치고 있었다.

"빌어먹을 놈, 지불할 것은 제대로 지불하란 말이야!" 턱수염이 엷고 이마를 찌푸린 메마른 직공이 말했다. "남의 피를 마구 빨아먹고―그것으로 계산은 끝났다니. 꼬박 일주일 동안이나 마구 부려먹고는 결국 막판에 와서 자기만 달아나다니."

군중과 피투성이 사나이를 보자, 지껄이고 있던 직공은 입을 다물고 말았다. 그리고 구두 직공들은 모두 성급한 호기심을 드러내며 걸어가는 군중에 합류했다.

"모두들 어딜 가는 거요?"

"뻔하지 않아, 당국이지."

"그런데, 정말 러시아가 졌단 말인가?"

"그럼, 넌 어떻게 생각하고 있었나? 잘 들어봐. 모두들 뭐라고 말하고 있는지."

이렇게 주고받는 소리가 들렸다. 술집 주인은 군중이 늘어난 틈을 타서 모두로부터 떨어져 자기 가게로 돌아갔다.

키가 큰 사나이는 싸움 상대인 술집 주인이 사라진 것도 모르고, 드러낸 한 팔을 내젓고 그것으로 모두의 주의를 끌면서 연방 지껄여대고 있었다. 군중은 이 사나이 쪽에 모여들고 있었다. 자기네가 관심을 가지는 온갖 문제의 해결을 이 사나이한테서 얻을 수 있으리라고 생각했던 것이다.

"놈은 제대로 규칙을 제시하라는 거야, 법을 말이야. 그 때문에 당국이 있는 게 아냐! 그렇지, 여러분?" 키가 큰 사나이는 엷은 미소를 띠면서 말했다.

"녀석은 당국이 없다고 생각하고 있나? 당국이 없어도 괜찮단 말인가? 없다면 빈털터리가 되는 것으로도 모자라!"

"무슨 쓸데없는 소릴 하는 거야!" 군중 속에서 누군가가 말했다. "어때, 이대로 모스크바를 버리고 간다는 건가? 농담으로 한 말인데 정말인 줄 알았어. 우리 군대도 넉넉히 나아가고 있지 않은가. 그런데도 적을 들여놓다니! 그 때문에 당국이 있는 게 아냐. 이봐, 세상 사람의 이야기를 들어보란 말이야." 키가 큰 사나이를 가리키면서 사람들은 이렇게 말했다.

끼따이 고로드(붉은 광장에서 좀 떨어진 곳에 있는 중국풍의 성벽을 둘러싼 한 지대)의 성벽 옆에서 다른 조그마한 군중이 손에 종이를 든, 조촐한 제복의 외투를 입은 사나이를 둘러싸고 있었다.

"포고다, 포고를 읽고 있다!" 군중 속에서 소리가 들리자 사람들은 읽고 있는 사람에게로 쇄도했다.

외투의 사나이는 8월 31일자 전단을 읽고 있었다. 군중이 자기를 둘러싸자 그는 당황한 듯했지만, 사람들을 헤치고 다가선 키가 큰 사나이의 부탁으로 가볍게 떨리는 음성으로 그 전단을 처음부터 읽기 시작했다.

"나는 내일 아침 일찍 공작 각하한테 간다." 그는 읽었다(공작 각하한테로 말이다! 하고 키가 큰 사나이는 위엄 있게, 입은 웃고 있었지만 이마는 찌푸리고 되풀이하였다). "각하와 협의하고 행동하여, 군이 악당들을 괴멸시키는 것을 돕기 위해서다. 떨치고 일어나서 우리도 놈들의 숨통을⋯⋯" 읽고 있는 사나이는 계속했다. 그리고 사이를 두었다("어때?" 젊은이는 뽐내듯 소리쳤다. "총사령관께서 모든 것을 해결해 주신다⋯⋯"). "숨통을 끊어 이 손님들을 악마에게로 보내는 거다. 나는 점심때까지 돌아온다. 그리고 나서 행동에 착수하자, 착수하자, 철저히 해치우자, 악당들을 응징하자!"

마지막 말을 다 읽었을 때 모두 조용했다. 키가 큰 사나이는 슬픈 듯이 고개를 숙였다. 분명히 이 마지막 구절은 아무도 이해하지 못한 것 같았다. 특히 '나는 내일 점심때까지 돌아온다'는 말에는, 읽는 사람이나 듣는 사람이나 다 같이 실망했을 정도였다. 군중의 이해하려는 기분은 높았는데, 이것은 너무나 단순하고 말하지 않아도 알 수 있는 일이었다. 이것은 누구나 할 수 있는 말로서, 최고 권력에서 나온 포고가 할 말은 아니었다.

모두들 맥 풀린 침묵 속에 서 있었다. 키가 큰 사나이는 입술을 움직이면서 몸을 흔들고 있었다.

"저 사람한테 물어봐야 해! ⋯⋯ 저 사람이 정말로 그분인가? ⋯⋯ 그래, 물어보자! ⋯⋯ 저분이 가르쳐 줄 거야⋯⋯." 갑자기 군중 뒷줄에서 이런 소리가 들렸다. 그리고 일동의 주의는 용기병 둘을 거느리고 광장으로 나온 경찰장관의 마차로 쏠렸다.

이날 아침 경찰장관은 라스또쁘친의 명령으로 거룻배를 불태웠는데, 이 작업 덕분에 많은 돈을 손에 넣을 수 있었다. 그는 자기를 향해서 오는 사람의 무리를 보고 마부에게 마차를 멈추라고 명령하였다.

"누구냐?" 그는 흩어져서 머뭇거리며 마차 쪽으로 다가오는 사람들에게 소리를 질렀다. "누구냐고 묻고 있지 않아!" 대답이 없자 경찰장관이 되풀이했다.

"각하, 이 자들은." 나사 외투를 입은 하급 관리 한 사람이 말했다. "이

자들은, 각하, 백작 각하의 포고에 따라 목숨을 아끼지 않고 봉사하기를 원하고 있는 자들입니다. 절대로 백작 각하 말씀에 있었던 그러한 폭도들은 아닙니다……."

"백작은 떠나신 게 아냐, 여기 계신다. 너희들에 대해서는 머지 않아 지시가 있을 것이다." 경찰장관이 말했다. "자, 가자!" 그는 마부에게 명령했다. 군중은 장관 말을 들은 사람들 둘레에 모여서 멀리 사라지는 마차를 바라보면서 서 있었다.

경찰장관은 그때 겁먹은 낯으로 돌아다보고 무엇인가 마부에게 말했다. 그러자 마차는 더욱 속력을 내어 달리기 시작했다.

"속았다, 여러분! 백작님에게로 데리고 가라!" 키가 큰 젊은이가 소리쳤다. "놓치지 말아, 모두들! 분명히 설명하게 해야 한다! 잡아라!" 여러 목소리가 소리쳤다. 그리고 군중은 일제히 마차를 뒤쫓았다.

경찰장관의 뒤를 쫓는 군중이 와자지껄하게 루반까 쪽으로 향했다.

"어째서 나리와 상인들은 다 달아나 버리고 우리들이 대신 죽어야 하지? 우리들이 개새끼란 말인가!" 군중 속에서 더욱더 이런 소리가 높아갔다.

24

9월 1일의 석양 무렵 라스또쁘친은 모스크바로 돌아왔다. 그는 꾸뚜조프와 만난 후 자기가 작전 회의에 초대되지 않았고, 수도 방위에 참가하고 싶다는 자기의 제안을 꾸뚜조프가 문제 삼지 않은 데에 크게 실망하고 자존심에 상처를 입었다. 게다가 돌아오는 길의 야영 중에, 수도의 평안이나 수도의 애국적인 기분 같은 건 2차적이기는 커녕 전혀 쓸데없는 일이며 일고의 가치도 없다는 것을 새삼스레 깨닫고 스스로도 깜짝 놀랐다. 백작은 야식을 마치고 나서 옷도 벗지 않은 채 소파에 누웠지만, 12시가 지나서 꾸뚜조프의 편지를 전하러 온 급사(急使) 때문에 잠을 깼다. 편지에는 군이 모스크바 시외의 랴잔 가도로 퇴각하므로, 군의 시중 통과를 위해 경관을 파견해줄 수 없느냐고 적혀 있었다. 라스또쁘친에게는 이 소식은 새로운 것은 아니었다. 라스또쁘친은 모스크바가 포기되리라는 것을 알고 있었다. 그것은 어제 뽀끌론나야 언덕에서 꾸뚜조프를 만난 뒤 알게 된 것이 아니었다. 그보다 훨씬 전인 보로지노 전투 이래, 모스크바로 오는 장군들이 모두 입을 모아

다시 전투를 한다는 것은 불가능하다고 말하고, 백작의 허가로 매일 밤 관유 (官有) 재산이 반출되며, 시민의 반수가 도시를 떠나버렸을 때 이미 분명해 진 결과였다. 그러나 그래도 역시 꾸뚜조프로부터의 명령을 곁들인 메모 형 태로 야밤에 전해진 이 소식은 백작을 놀라게 하고 초조하게 만들었다.

훗날 그 당시의 자기 행동을 설명하면서 라스또쁘친은 자기 수기 속에서, '그 무렵 나는 두 가지 목적을 가지고 있었다. 그것은 모스크바의 평온을 유 지하는 일과, 시민을 퇴거시키는 일이었다'고 여러 차례 쓰고 있다. 이 이중 목적을 인정한다면, 라스또쁘친의 모든 행동은 비난할 것이 하나도 없는 것 이 된다. 왜 모스크바의 성물(聖物)과 무기, 탄약, 화약, 저장된 식량 등을 반출하지 않았는가? 왜 많은 모스크바 시민들이 모스크바가 함락되지 않는 다는 말에 속아 넘어가서 무일푼이 되었는가? 이것은 수도의 평안을 유지하 기 위한 것이라고 라스또쁘친의 설명은 대답하고 있다. 무엇 때문에 관청으 로부터 불필요한 서류 더미가 반출되고, 레뼷히의 기구나 그 밖의 물건들이 반출되었는가? 그것은 모스크바를 비우기 위한 것이라고 라스또쁘친의 설명 은 대답한다. 무엇인가가 민중의 평온을 위협하고 있었다는 것을 인정하기 만 하면 모든 행동은 정당화되는 것이다.

온갖 테러에 대한 공포는 오로지 민중의 평온을 배려한 데에서 나오고 있 었던 것이다.

1812년에 모스크바의 민중의 평안을 라스또쁘친이 걱정하고 있었던 것은 도대체 어떤 근거가 있었던가? 어떤 이유에서 시내에 폭동의 경향이 있다고 예측하고 있었을까? 시민은 피난을 가고 있었고, 군대는 철퇴하면서 모스크 바를 꽉 메우고 있었다. 어떻게 해서 그 결과, 민중이 폭동을 일으키지 않으 면 안 되었을까?

모스크바뿐만 아니라 러시아 전체에 걸쳐서 적이 침입해 왔을 때 폭동 같 은 것은 하나도 일어나지 않았다. 9월 1일과 2일에는 1만여 명의 인간이 모 스크바에 남아 있었지만, 총사령관의 마당에 모인 군중과 총사령관 자신이 모은 군중 이외에는 아무도 눈에 띄지 않았다. 만약 보로지노 전투 후 모스 크바 포기가 분명해졌을 때, 혹은 적어도 그럴 가능성이 있었을 때에, 만약 에 그때 무기나 전단을 배포해서 민중을 동요시키는 대신에 라스또쁘친이 성물과 화약, 포탄, 돈 등의 반출 조치를 하여, 모스크바는 포기된다고 솔직하게 표명했다고 한다면 분명히 민중의 동요를 예기할 필요는 한층 적어졌을 것이다.

흥분하기 쉽고 성질이 급한 인간으로 항상 행정의 최상층부 사람들과 접촉하고 있었던 라스또쁘친은 애국적인 감정은 가지고 있었지만, 자기가 지배하고 있다고 생각한 민중에 대해서는 아무것도 몰랐다. 적이 스몰렌스크로 침입했던 초기부터 라스또쁘친은 민중의 감정, 즉 러시아의 마음을 지도하는 인간의 역할을, 자기 공상 속에서 자기를 위해 만들어냈다. 그는 모스크바 시민의 외면적인 행동을 지배하고 있다고 여기고 있었을 뿐만 아니라(행정을 맡는 자는 누구나 그렇게 생각하고 있다), 민중이 자기들 사이에서는 멸시하고 있고, 그것을 사용하는 것을 상층 사람들이 들어도 이해할 수 없는 천한 말로 쓰인 전단을 수단으로 해서 민중들의 기분을 지배하고 있다고 생각하고 있었다. 민중 감정의 지도자라고 하는 의젓한 역할이 라스또쁘친에게는 매우 마음에 들어, 그는 그것에 매우 익숙해져 있었다. 때문에 무엇 하나 영웅적인 인상을 주지 않고 이 역할을 그만두지 않으면 안 되는 상태, 즉 모스크바를 포기하지 않으면 안 될 상태에 놓이게 되자, 그는 자기가 서 있던 지반을 갑자기 잃고 어떻게 하면 좋을지 전혀 알 수 없게 되었다. 그는 알고는 있었지만 마지막 순간까지 모스크바 포기를 마음 속으로는 믿지 않았고 그 목적을 위해서는 아무것도 하지 않았다. 시민이 떠난 것은 그의 희망에 위배되는 일이었다. 관공서가 퇴거했다고 해도 그것은 관리들의 요구에 따른 것이고, 백작은 그것을 마지못해 동의한 것이었다. 그 자신은 자기를 위해서 만들어 놓은 역할에만 몰두하고 있었다. 왕성한 상상력이 풍부한 사람에게 흔히 있듯이, 그는 모스크바가 포기된다는 것을 이미 오래전부터 알고 있었지만 그것을 이성으로써만 알고 있었을 뿐, 상상력은 그 새로운 상태로 옮겨가지 못하고 마음 속으로는 그것을 믿지 않았다.

그의 활동은 모두 열성적이고 정력적이어서(그것이 어느 정도 소용이 있었고 민중에게 영향을 끼쳤는지는 별문제다), 그의 활동은 모두 자기 자신이 느끼고 있는 기분, 즉 프랑스인에 대한 애국적인 증오와 자신을 믿는 기분을 시민의 가슴 속에 불러 일으키는 데에 집중되고 있었다.

그러나 사태가 본격적이고 역사적인 규모가 되었을 때, 프랑스인에 대한 증오를 말로만 표현하는 것으로는 불충분하다는 것을 알았을 때, 전투를 통해서까지도 그 증오를 표현할 수 없게 되었을 때, 모스크바의 문제에 관해서 자신(自信)이 별 소용이 없다는 것을 알았을 때, 전 시민이 마치 한 사람의 인간처럼 자기 재산을 내던지고 모스크바에서 나가고, 이 부정적인 행위에 의해서 자기들의 민중 감정의 힘을 남김없이 나타냈을 때—그때 라스또쁘친이 택한 역할은 갑자기 무의미한 것이 되었다. 그는 문득 자신이 고독하고, 무력하고, 우스꽝스럽고, 발밑의 지반을 잃은 것 같은 생각이 들었다.

잠에서 깨어나 꾸뚜조프로부터의 냉랭한 명령조의 편지를 받아든 라스또쁘친은 자신의 책임을 느끼면 느낄수록 더욱 초조한 감정을 느꼈다. 모스크바에는 다름 아닌 자기에게 맡겨진 모든 것이, 그가 반출하지 않으면 안 될 관유물(官有物)이 모두 남아 있었다. 전부 반출한다는 것은 불가능했다.

'도대체 이것은 누구의 책임인가, 누가 이렇게 만들었단 말인가?' 그는 생각했다. '물론 나는 아니다. 나는 모든 준비를 갖추고 있었다. 나는 이처럼 모스크바를 지탱해 왔다! 그런데 그놈들이 사태를 이렇게 만들어버린 것이다! 비열한 놈, 배반자들 같으니!' 그는 생각했다. 그는 비열한 배반자가 대체 누구인지 분명히 구명한 것은 아니었지만, 자기가 지금 부자연스럽고 우스꽝스러운 상태에 놓인 데에 대해 책임이 있는 그 누군가의 배반자를 미워하지 않을 수 없다는 것을 느낀 것이다.

그날 밤, 그는 밤새도록 모스크바 여기저기에서 명령을 받으러 오는 사람들에게 명령을 내리고 있었다. 측근자들은 백작이 이처럼 침울하고 초조해하는 것을 본 일이 없었다.

'각하, 세습령(世襲領) 관리국에서 왔습니다. 국장의 지시로 명령을 받으러…… 관구(管區) 감독국으로부터, 대심원에서, 대학에서, 양로원에서, 부사제로부터 심부름꾼이…… 찾아왔습니다…… 소방서에는 어떤 명령을? 형무소에서 소장이…… 정신병원에서도 원장이……' 밤새도록 쉴 사이 없이 백작에게로 전달되었다.

이와 같은 모든 질문에 대해서 백작은 짤막하면서도 화가 난 듯한 대답을 주었다. 그것은, 지금은 자기 명령 같은 건 필요 없다, 자기가 열심히 준비해 온 모든 것이 지금은 누군가에 의해서 모두 쓸모가 없게 되었다, 그러니 그 누군가가 지금 일어나려 하는 모든 일에 책임을 질 것이라고 말하려고 하는 것 같았다.

"홍, 그놈의 바보한테 말해 주게." 그는 세습령 관리국의 문의에 대한 대답으로 말하였다. "남아서 서류라도 지키라고 말이야. 그리고 소방서는 무슨 그런 쓸데없는 걸 물어보는 거야. 말이 있으면―블라지미르로 보내면 돼. 프랑스군을 위해 남길 수는 없겠지."

"각하, 정신병원장이 와 있습니다만, 어떻게 할까요?"

"어떻게 하다니? 모두 멋대로 가면 돼, 그뿐이다…… 정신병자들은 시중에 풀어놓으면 돼. 이 나라는 미치광이가 군을 지휘하고 있으니까. 저 친구들에게 하느님이 명령해 주실 거다."

감옥에 갇혀 있는, 족쇄가 채워진 죄수들에 대해서 묻자 백작은 화가 나서 소장에게 고함을 질렀다.

"뭐라고, 2개 중대의 호위 부대를 내라는 건가? 석방해, 그뿐이다."

"각하, 정치범이 있습니다. 메쉬꼬프, 베레시차긴."

"베레시차긴? 아직 놈은 교수형을 받지 않았나?" 라스또쁘친은 소리쳤다. "이리 데리고 와."

25

군대가 이미 모스크바를 통과한 오전 9시 경에는 아무도 백작의 지시를 받으러 오지 않았다. 떠날 수 있는 자는 모두 자기 나름대로 떠나버렸다. 남은 자는 자기가 해야 할 일을 스스로 결정하고 있었다.

백작은 쏘꼴리니끼에 가기 위해서 마차의 채비를 명령하고 나서, 이마를 찌푸리고 생기 없는 얼굴로 말없이 팔짱을 끼고 자기 서재에 앉아 있었다.

행정관은 누구나 안정된, 동요가 없는 시기에는 자기 지배하에 있는 주민 전체가 자기의 노력만으로 움직이고 있는 것처럼 느끼고, 자기는 없어서는 안 되는 존재라는 의식 속에, 자신의 노고와 노력에 대한 최대의 보상을 느끼는 법이다. 위정자나 행정관은 역사의 바다가 잔잔할 동안에는, 불안한 작은 배를 타고 민중이라는 배에 삿대를 짚어 자기쪽이 움직여지고 있는데도, 그가 지탱하고 있는 민중의 배가 그의 힘에 의해 움직여지고 있는 것처럼 느낄 것이다. 이것은 이해할 수 있는 일이다. 그러나 폭풍이 일고 바다가 거칠어지고 배 자체가 움직이기 시작하면 이제 그런 착각은 불가능하게 된다. 배는 혼자서 움직이기 시작하고, 삿대는 움직이기 시작한 배까지 닿지 않으며,

위정자는 갑자기 지배자나 힘의 원천이라는 자기 입장에서 보잘것없고 쓸모없는 약한 인간으로 바뀌고 만다.

라스또쁘친도 그것을 느끼고 바로 그 일로 말미암아 그는 초조해하고 있었다.

좀 전에 군중에 의해 발이 묶였던 경찰장관이, 말의 채비가 다 되었다고 알리러 온 부관과 함께 백작 방으로 들어왔다. 두 사람은 모두 파랗게 질려 있었다. 경찰장관은 자기 임무를 다했다는 보고를 전하고 나서, 백작의 뜰에 수많은 군중이 몰려와서 면회를 요구하고 있다고 알렸다.

라스또쁘친은 한마디도 대꾸하지 않고 일어나서, 빠른 걸음으로 화사하고 밝은 객실로 나갔다. 그리고 발코니의 문에 다가가 손잡이를 잡았으나, 그것을 놓고 군중 전체가 더 잘 보이는 창 쪽으로 갔다. 키가 큰 사나이가 앞줄에 서서 험한 표정으로 손을 내저으면서 무엇인가 지껄이고 있었다. 피투성이가 된 대장장이가 침울한 얼굴로 옆에 서 있었다. 닫힌 창문을 통해서 웅성거리는 소리가 들렸다.

"마차 채비는 됐나?" 라스또쁘친은 창문에서 물러서면서 말했다.

"돼 있습니다, 각하." 부관이 말했다.

라스또쁘친은 다시 발코니의 문으로 다가갔다.

"대체 저자들은 뭘 원하고 있는 건가?" 그는 경찰장관에게 물었다.

"각하, 저자들은 각하의 명령을 따라서 프랑스군하고 싸우기 위해서 모였다고 하면서 배반이니 뭐니 하고 떠들고 있습니다. 그러나 저들은 폭도나 다름없습니다. 저도 간신히 빠져나왔습니다, 각하. 건방진 생각인지는 모르겠습니다만……."

"가 주게, 나는 무엇을 할 것인가 자네가 지시를 하지 않아도 알고 있네." 화가 나서 라스또쁘친이 소리쳤다. 그는 군중을 바라보면서 발코니의 문가에 서 있었다. '놈들은 러시아를 이렇게 만들어 버렸어! 놈들이 날 이렇게 만들어 버렸어!' 라스또쁘친은 자기 마음 속에 솟아오르는 노여움을 느끼면서 생각하였다. 그것은 일어난 모든 일의 원인을 떠맡길 수 있는 그 누군가에 대한 노여움이었다. 흥분하기 쉬운 사람에게 흔히 있듯이, 그는 이미 노여움에 싸여 있었는데 아직도 화를 낼 대상을 찾고 있었다. '저기에 천한 녀석들이 있다! 민중의 찌꺼기가 있다.' 그는 군중을 바라보면서 생각했다.

'어리석기 때문에 난리를 일으킨 백성들이다. 녀석들에게는 희생이 필요하다.' 그는 손을 휘두르고 있는 키 큰 사나이를 보면서 문득 생각했다. 그리고 그런 생각이 머리에 떠오른 것은, 그 자신에게도 그러한 희생, 즉 분노의 대상이 필요했기 때문이었다.

"마차 채비는 다 됐나?" 그는 거듭 물었다.

"돼 있습니다, 각하. 베레시차긴에 대해서는 어떤 명령을? 그 사나이는 현관에서 기다리고 있습니다." 부관이 대답했다.

"아!" 라스또쁘친은 갑자기 무엇인가를 생각하고는 놀란 듯이 소리쳤다.

그리고 재빨리 문을 열자 결심한 듯한 걸음으로 발코니로 나갔다. 이야기 소리가 뚝 멈추고, 모자가 벗겨지고, 모두의 눈이 백작에게로 쏠렸다.

"안녕하십니까, 여러분!" 백작은 큰 소리로 빨리 말했다. "잘 와 주었습니다, 고맙습니다. 이제 곧 여러분한테로 가겠지만, 그 전에 우리는 한 악당을 처분해야 합니다. 모스크바 파멸의 원인이 된 악당을 처벌해야 합니다. 잠깐만 기다려 주시오!" 이렇게 말하고 나서 백작은 급히 방으로 돌아오자 큰 소리가 날 정도로 문을 꽉 닫아버렸다.

군중 사이에서 그런대로 만족한 듯한 웅성거림이 들렸다. "저분은 악당들을 송두리째 처분하려는 거다. 그런데 너는 저분을 프랑스 사람이라고 말하다니…… 백작님이 모두 분명히 해주실 거다!" 모두는 마치 각자의 의심을 서로 비난하는 것처럼 말하고 있었다.

몇 분 후, 현관문에서 다급히 장교 한 사람이 나와서 무슨 명령을 내리자 용기병들이 정렬하였다. 군중은 굶주린 것처럼 발코니에서 현관 계단 쪽으로 몰려왔다. 라스또쁘친은 화가 난 빠른 발걸음으로 현관 계단으로 나오자 누군가를 찾는 듯이 바쁘게 사방을 둘러보았다.

"놈은 어딨어?" 백작이 말했다. 그리고 이렇게 말한 순간, 두 명의 경기병 사이에 끼여 저택의 모서리에서 나온, 머리카락의 절반은 깎이고 절반은 더부룩하게 자라기 시작한 목이 긴 젊은 사나이를 보았다. 그 젊은 사나이는 전에는 멋이 있었을, 바깥에 푸른 나사를 댄 해진 여우가죽 외투에 더러운 죄수의 삼베 바지를 입고, 닦지도 않은 찌그러진 가느다란 장화 속에 그것을 찔러넣고 있었다. 가늘고 약해 보이는 발에 족쇄가 무겁게 매달리고, 그것이 그 청년의 머뭇거리는 걸음걸이를 더욱 곤란하게 하고 있었다.

"아!" 라스또쁘친은 여우 외투를 입은 젊은이로부터 급히 시선을 돌려 현관 계단의 맨 아래를 가리키면서 말했다. "그놈을 여기 세워!" 젊은이는 족쇄를 절거덕거리면서 가리켜진 계단 위에 괴로운 듯이 발을 올려놓고, 거북한 외투 깃을 손가락으로 누르고 긴 목을 두어 번쯤 돌리더니 한숨을 내쉬었다. 그러고는 가늘고 노동을 한 적이 없는 손을 얌전하게 배 앞에 모아 깍지를 끼었다.

몇 초 동안, 젊은이가 단 위에 제대로 서는 동안 침묵이 계속되었다. 다만 한구석으로 밀치고 있던 사람들 뒤에서 신음 소리, 서로 떼미는 소리, 발을 옮겨 밟는 소리가 들릴 뿐이었다.

라스또쁘친은 젊은이가 지시된 장소에 서는 것을 기다리면서 이마를 찌푸리고 손으로 얼굴을 훔치고 있었다.

"여러분!" 라스또쁘친은 금속과 같은 잘 울리는 목소리로 말했다. "이 사나이, 베레시차긴이라는 자가 바로 모스크바를 망쳐 놓은 장본인입니다."

여우 가죽 외투를 입은 젊은이는 손끝을 배 앞에 깍지 끼고, 약간 몸을 숙이고 얌전한 자세로 서 있었다. 머리를 깎아서 보기 흉하게 된 이 젊은 사나이는 여위고 절망적인 표정을 띤 채, 고개를 숙이고 있었다. 백작의 처음 말을 듣자 그는 천천히 얼굴을 들고 마치 백작에게 무슨 말을 하려는 것처럼, 또는 상대방의 시선만이라도 잡고 싶은 듯이 아래에서 백작을 올려다보았다. 그러나 라스또쁘친은 그를 보려고 하지 않았다. 젊은이의 길고 가는 목 위에서, 귀 뒤의 혈관이 새끼처럼 부풀어 올라서 파랗게 되더니 갑자기 얼굴이 빨갛게 물들었다.

모든 사람의 눈이 그에게로 쏠렸다. 그는 군중을 바라보았다. 그리고 사람들의 얼굴에서 알아챈 표정에 힘입은 듯이 슬프고 나약한 미소를 띠었다. 그리고 다시 고개를 떨구더니 단 위의 발 위치를 고쳐잡았다.

"이놈은 자기의 황제와 조국을 배반하였습니다. 이 녀석은 나폴레옹에게 붙은 자입니다. 모든 러시아 사람 중에서 이놈만이 러시아 사람의 이름을 욕되게 했습니다. 모스크바는 이 사나이 때문에 멸망하고 있습니다." 라스또쁘친은 억양이 없는 날카로운 음성으로 말했다. 그리고 여전히 얌전한 자세로 서 있는 베레시차긴을 갑자기 재빨리 내려다보았다. 마치 그 시선이 그를 폭발시킨 것 같았다. 그는 한 손을 들어 군중을 향해서 거의 외치듯이 말했다.

"이놈을 마음대로 재판하시오! 이 사나이를 여러분에게 맡깁니다."

군중은 침묵하고 있었다. 그리고 서로서로 더욱더 밀치기를 하고 있을 뿐이었다. 이 전염된 듯한 사람의 훈김 속에서 옴짝달싹도 못한 채, 무엇인지 모르는 알 수 없는 무서운 것을 기다리고 있다는 것이 견딜 수 없게 되었다. 앞줄에 서서 눈앞에서 일어나고 있는 모든 것을 보고 듣고 있던 사람들은, 모두 놀란 듯이 눈을 크게 부릅뜨고 입을 멍하니 벌린 채, 안간힘을 다하여 등으로 뒤에 있는 사람들의 압력을 견디고 있었다.

"이놈을 쳐라! …… 이런 배반자는 녹초가 되게 쳐서 러시아 사람의 이름을 욕되게 하지 말아라!" 라스또쁘친은 소리쳤다. "베어! 내가 명령한다!" 라스또쁘친의 말이라기보다는 분노에 불타는 소리를 듣고, 군중은 신음 소리를 내고 다가왔으나 다시 멈추고 말았다.

"백작님!" 다시 찾아든 짧은 침묵 속에서 겁에 질린, 그러면서도 연극조의 베레시차긴의 목소리가 말하였다. "백작님, 우리는 같은 하느님을 모시고……" 고개를 들고 베레시차긴이 말했다. 그러자 또 가느다란 목에 굵은 혈관이 다시 충혈되고, 얼굴은 갑자기 빨개지더니 곧 사그러들고 말았다. 그는 하고 싶은 말을 다 하지 못했다.

"이 녀석을 베어라! 내가 명령한다!" 라스또쁘친은 베레시차긴처럼 갑자기 파랗게 질려서 소리쳤다.

"칼을 빼!" 장교가 용기병에게 외치면서 자기도 사벨을 뺐다.

또 하나 더욱 격렬한 물결이 군중 속에 높아졌다. 그리고 앞줄까지 밀어닥치자, 그 물결은 앞에 있는 사람들을 움직이고 비틀거리게 하면서 현관 계단 바로 앞까지 밀어붙였다. 키가 큰 사나이는 굳은 얼굴로 들어올린 손을 멈춘 채 베레시차긴 옆에 서 있었다.

"베어!" 장교가 거의 속삭이듯이 용기병들에게 말했다. 그러자 한 병사가 증오에 일그러진 얼굴로, 둔하고 폭이 넓은 곧은 칼로 베레시차긴의 머리에 일격을 가했다.

"앗!" 짧게, 깜짝 놀란 듯이 베레시차긴은 외치고 겁에 질린 눈으로 사방을 둘러보고, 왜 이런 꼴을 당하는지 이해할 수 없다는 표정을 지었다. 마찬가지로 놀라움과 공포의 신음 소리가 군중 사이를 스쳐갔다.

"아, 하느님!" 누군가의 슬픈 외침 소리가 들렸다.

그러나 베레시차긴의 입에서 나온 놀란 고함 소리에 이어 그는 아픔 때문에 비명을 질렀다. 그리고 그 비명이 그의 몸을 망쳤다. 막다른 한도까지 긴장된 군중을 억누르고 있던 인간 감정의 한계가 순간적으로 터졌다. 범죄가 시작된 것이다. 마지막까지 그것을 밀고 나가지 않으면 안 되었다. 구슬픈 비난의 신음 소리는 군중의 무서운 노여운 함성 속에 사라지고 말았다. 배를 때려부수는 마지막 일곱 번째의 큰 물결처럼 뒤의 열에서 마지막의 억누를 수 없는 파도가 일어나, 앞줄에까지 이르러 밀어뜨리고 모든 것을 삼키고 말았다. 일격을 가한 용기병은 다시 한 번 내리치려고 하였다. 베레시차긴은 공포의 비명을 지르고는 두 손으로 머리를 막으면서 군중 쪽으로 달려갔다. 베레시차긴의 몸에 부딪힌 키가 큰 젊은이는 두 손으로 그의 가는 목을 붙들어 거칠게 소리를 지르더니, 밀려와서 떼어놓으려고 하는 군중의 발 아래 베레시차긴과 함께 넘어졌다.

어떤 자는 베레시차긴을, 어떤 자는 키가 큰 사나이를 때리며 갈라놓으려고 하였다. 그리고 짓밟힌 자나 키가 큰 사나이를 도우려고 하는 자들의 고함은 오직 군중의 격노를 부채질할 뿐이었다. 피투성이가 되어 반쯤 죽도록 얻어맞은 노동자를 용기병은 얼마 동안 구해낼 수가 없었다. 그리고 군중은 일단 시작한 일을 끝까지 해치우려고 흥분하여 서두르고 있었는데도 불구하고, 베레시차긴을 때리고 누르고 끌어당기던 사람들은 좀처럼 그를 죽일 수가 없었다. 그런데 군중은 사방에서 그들을 가운데에 놓고 한 덩어리가 되어 좌우로 흔들리면서, 베레시차긴을 죽이지도 내던지지도 못하게 하고 있었다.

"도끼로 찍어죽이면 어때? …… 짓밟아 눌러버려…… 배반자, 그리스도를 팔았어! …… 아직 살아 있다…… 제가 자청한 일이지…… 빗장으로 쳐! …… 아직도 살아 있나?"

희생자가 이제 저항을 그만 두고, 그 외치는 소리가 꼬리를 끌어 쉰 목소리로 변하였을 때 비로소 군중은 쓰러져 있는 피투성이 시체 주위에서 바쁘게 앞으로 나오기도 하고 뒤로 물러나기도 하였다. 각자가 곁으로 가서 이미 저지른 일을 보고, 공포와 비난과 놀라운 표정을 하며 사람들을 헤치고 뒤로 물러갔다.

"아, 하느님, 인간이란 짐승과 마찬가지다. 이래서야 살아 있는 인간은 어디에 있으면 된단 말인가!" 군중 속에서 이런 소리가 들렸다. "보아하니 아직 젊은이 아닌가…… 틀림없이 상인이야. 이런 거야, 인간이란! 아, 이 사람이 아니라잖아…… 틀림없이 저 사나이가 아냐…… 아, 하느님! 다른 사람을 죽이다니, 이미 숨도 끊어졌어…… 이 무슨 사람들이람…… 이렇게 죄를 두려워하지 않는 인간이 있나?" 지금은 같은 패거리늘이 경련을 일으킨 것 같은 동정의 빛을 보이면서 시체를 보고 있었다. 검푸른 그 얼굴은 피와 먼지투성이가 되어 있고, 가느다란 목은 칼로 잘려 있었다.

직무에 충실한 한 경관이 백작 저택에 시체가 뒹굴고 있는 것이 보기에 안됐다고 생각하고, 시체를 거리로 끌어내라고 용기병에게 명령했다. 용기병 두 명이 무참한 꼴이 된 두 다리를 잡고 시체를 끌고 갔다. 긴 목 위에 붙어 있는 피와 먼지투성이의 죽은 머리가 반쯤 깎인 채로, 긴 목에 매달려 건들거리면서 땅 위로 끌려갔다. 군중은 시체에서 몸을 피하려고 서로 밀치닥거렸다.

베레시차긴이 쓰러지고 군중이 짐승처럼 으르렁거리며 밀려와서 그 위에서 요동치기 시작했을 때, 라스또쁘친은 갑자기 창백해져 마차가 기다리고 있는 뒷문으로 가는 대신에, 어디로 무엇을 하러 가는 것인지 자기도 모른 채 아래층 방으로 통하는 복도를 고개를 숙이고 빠른 걸음으로 걷기 시작했다. 백작의 얼굴은 창백하고 열병처럼 아래턱이 떨리는 것을 억제하지 못했다.

"각하, 이쪽입니다…… 어딜 가시렵니까? 이쪽으로 오십시오." 뒤에서 겁에 질린 떨리는 음성이 말했다. 라스또쁘친은 아무 대답도 할 수가 없었다. 그리고 하라는 대로 방향을 바꾸어 가라는 방향으로 걷기 시작하였다. 뒷문에 포장마차가 머물러 있었다. 으르렁대는 군중의 목소리가 멀리, 낮게 거기까지 들렸다. 라스또쁘친은 급히 마차에 올라 교외의 쏘꼴리니끼에 있는 자기 집으로 가라고 일렀다. 먀스니쯔까야 거리로 나와 이제 군중이 외치는 소리가 안 들리게 되자 그는 후회하기 시작했다. 그는 자기가 부하들 앞에서 보였던 동요와 놀라움을 지금 상기하고 불만을 느꼈다. '우민(愚民)은 무섭다, 구역질이 난다.' 그는 프랑스어로 생각했다. '그들은 고기를 주지 않으면 수그러들지 않는 늑대와 같다.' '백작님, 우리는 같은 하느님을 모시고' 문득 베레시차긴의 말이 상기되자 불쾌한 오한이 라스또쁘친의 등골을 스쳐갔다. 그러나 그 느낌은 순간적이었고, 라스또쁘친은 자신을 멸시하듯 쓴웃음을 지었다. '내게는 다른 의무가 있었던 것이다.' 그는 생각했다. '민중을 달래야 했었다. 공공의 복지를 위해 다른 많은 희생이 있었고, 앞으로도 있을 것이다.' 그리고 그는 자기 가족, 자기의(그에게 위임되어 있는) 수도에 대한 전반적인 의무에 대해서, 또 자기 자신—뾰뜨르 라스또쁘친으로서가 아니라 (뾰뜨르 라스또쁘친은 자신이 공공의 복지를 위해 자기를 희생하고 있다고 생각했다) 총사령관으로서의 권력의 대표자이며 황제의 전권 대리로서의 자기 자신의 일을 생각하기 시작하였다. '만일, 내가 일개 뾰뜨르 라스또쁘친에 지나지 않는다면 내 행동의 궤적은 전혀 다른 모습으로 그려졌을 것이지만, 나는 총사령관의 생명과 위엄을 모두 지켜야 했던 것이다.'

마차의 부드러운 스프링에 가볍게 흔들리면서, 이미 군중의 무서운 외침도 들리지 않게 되어 항상 그렇게 되는 법이지만, 라스또쁘친은 육체적으로 안정되고 동시에 두뇌가 그를 위해 정신적인 안정의 이유도 만들어 주었다. 라스또쁘친을 안정시킨 생각은 별로 신기한 것은 아니었다. 세계가 존재하고 인간이 서로 죽이게 된 이래, 다름 아닌 이 생각으로 자기를 위로하면서 자기와 같은 인간에 대해서 범죄를 저지르지 않았던 인간은 한 사람도 없었다. 그 생각이라고 하는 것은 공공의 복지, 즉 머릿속에서 생각하는 타인의 복지였다.

욕망에 사로잡히지 않은 사람이 아니고서는 이 복지는 절대로 알 수가 없다. 그러나 범죄를 범하는 인간은 그 복지가 어떠한 것인지 언제나 확실하게 알고 있다. 라스또쁘친도 지금 그것을 알고 있었다.

그는 자기의 생각 속에서 자기가 한 행위를 책망하지 않았을 뿐만 아니라 그 좋은 기회를 잘 이용해서, 범죄자를 처벌함과 동시에 군중을 달랬다는 것에 자기 만족의 이유를 발견하였다.

'베레시차긴은 재판을 받고, 사형을 선고 받은 인간이다.' 라스또쁘친은 생각했다(실은 베레시차긴은 대심원에서 징역의 언도를 받고 있었을 뿐이었다). '그는 매국노로 배반자다. 나는 녀석을 처벌하지 않을 수 없었고 나는 일석이조의 효과를 거두었다. 나는 민중에게 희생물을 주어 그들을 달래고 악인을 처형하였다.'

자기의 교외 집에 도착하여 가사의 지시를 하기 시작하자 라스또쁘친은 완전히 안정을 되찾았다.

30분 후, 백작은 발이 빠른 말을 맨 마차로 쏘꼴리니끼의 들을 지나가면서, 이제 지나간 일은 생각하지 않고 앞일만을 생각하고 있었다. 그는 지금 야우스끼 다리 쪽으로 향하고 있었다. 거기에 꾸뚜조프가 있다는 것을 들은 것이다. 라스또쁘친은 꾸뚜조프가 속인 일에 대해서 말하려고 생각하고, 노여움이 깃든 신랄한 비난을 머릿속에 준비해놓고 있었다. 그는 수도의 포기와 러시아의 파멸(라스또쁘친은 이렇게 생각하고 있었다)에서 생기는 모든 불행의 책임은 오직 꾸뚜조프의 노망 든 늙은 머리로 떨어진다는 것을 조정의 교활한 늙은 여우에게 알려줄 작정이었다. 꾸뚜조프에게 할 말을 미리 생각하면서, 라스또쁘친은 노여움에 불타 포장마차 속에서 몸을 비꼬고 화난 듯이 사방을 둘러보고 있었다.

쏘꼴리니끼의 들은 황량했다. 다만, 들 변두리에 있는 양로원과 정신병원 부근에 하얀 옷을 입은 한 무리의 사람들과 각자 흩어진, 역시 같은 몇몇 사람들이 보였다. 그들은 무엇인가 외치고 두 손을 흔들면서 들판을 걷고 있었다.

그 중의 한 사람이 라스또쁘친의 마차를 가로지르듯이 달려왔다. 라스또쁘친 자신도 마부도 용기병들도 모두 무서움과 호기심으로, 멋대로 돌아다니게 놓아둔 이 정신병자들을, 특히 자기들에게로 달려오는 사람을 바라보고 있었다.

여위고 긴 다리를 휘청거리며 흰옷을 바람에 펄럭이면서, 그 환자는 라스또쁘친에게서 눈을 떼지 않고 그에게 무언가 쉰 목소리로 외치고는, 마차를 세우라고 신호하면서 곧장 달려왔다. 턱수염이 몇 개 고르지 않게 덩어리가 되어 나 있는 어둡고 엄숙한 그 얼굴은 야위고 생기가 없었다. 검은 마노(瑪瑙)같은 그 눈동자는 사프란과 같은 누런 흰자위 아래에서 불안스럽게 움직이고 있었다.

"서라! 서! 서라니까!" 그는 째지는 듯한 소리로 외치고, 계속해서 숨을 헐떡이며 고압적인 억양과 몸짓으로 외쳤다.

그는 마차 옆까지 오자 나란히 달렸다,

"나는 세 번 죽고, 세 번 죽은 자 속에서 부활했다. 놈들은 나를 돌로 쳐

죽이고 십자가에 못박았다…… 나는 부활한다…… 부활한다…… 부활할 거다. 나의 몸은 갈기갈기 찢겼다. 하느님의 왕국은 무너져 사라진다…… 세 번 그것을 무너뜨리고 세 번 재건한다.” 그는 더욱 목소리를 높이면서 외쳤다. 라스또쁘친은 군중이 베레시차긴에게 덤벼들었을 때처럼 갑자기 창백해졌다. 그는 외면했다.

“빨리…… 빨리 가자!” 그는 떨리는 목소리로 마부에게 소리쳤다.

포장마차는 전속력으로 질주했다. 그런 뒤에도 오랫동안 라스또쁘친에게는 차차 멀어져 가는 미치광이의 필사적으로 외치는 소리가 뒤에서 들려오고, 눈앞에는 여우 가죽 외투를 입은 배반자의 겁에 질린 피투성이 얼굴만이 아롱거렸다.

이 기억은 눈 앞에 보는 것처럼 생생했고, 라스또쁘친은 지금 그것이 자기의 가슴 속 깊이 피 속까지 스며드는 것을 느꼈다. 그는 지금 이 기억의 피투성이 흔적이 절대 치유되지 않을 것이며, 오히려 반대로 멀리 가면 갈수록 이 무서운 추억이 자기 가슴 속에서 혐오스럽게, 괴롭고 죽을 때까지 살아 있을 것이라고 느끼고 있었다. 그는 지금도 자기 말이 들리는 것 같은 생각이 들었다. ‘이놈을 베어라, 모두 나에게 목숨을 걸고 나에게 보답해라!’— ‘왜 나는 그런 말을 했을까? 나도 모르게 뇌까린 것이다. 나는 그런 말을 하지 않아도 좋았을 것이다(이렇게 그는 생각했다). 그러면 아무 일도 없었을 것이다.’ 그는 일격을 가한 용기병의 놀란 듯한, 이어 갑자기 잔인한 표정을 띤 얼굴과, 여우 가죽 외투를 입은 그 어린애 같은 청년이 자기에게 던진 무언의 비난 어린 겁먹은 눈초리를 떠올렸다……. ‘그러나 나는 나 자신을 위해서 그런 짓을 한 건 아니다. 나는 그렇게 하지 않으면 안 되었던 것이다. 천민, 악당…… 공공의 복지.” 그는 생각했다.

야우스끼 다리 부근에서는 여전히 군대가 웅성대고 있었다. 무더웠다. 꾸뚜조프가 이마를 찡그리고 힘없이 다리 옆의 벤치에 앉아서 채찍을 모래 위에 움직이고 있을 때, 포장마차 한 대가 소리를 내며 가까이 왔다. 장군 제복을 입고 깃털 장식이 달린 모자를 쓴, 화가 난 것도 아니며 그렇다고 겁내는 것도 아닌 눈망울로 두리번거리는 사나이가 꾸뚜조프에게로 다가와서 무엇인가 프랑스말로 말했다. 그는 라스또쁘친이었다. 그는 꾸뚜조프에게 모스크바와 수도는 이미 없고, 있는 것은 군대뿐이기 때문에 여기로 왔다고 말했다.

"만약 각하께서 일전을 하지 않고는 모스크바를 포기하는 일은 없다고 저에게 말씀하시지 않았다면 사태는 달라지고, 설마 이꼴은 되지 않았을 것입니다!" 그는 말했다.

꾸뚜조프는 라스또쁘친을 바라보고 있었다. 그리고 자기에게 한 말의 뜻을 알 수 없다는 듯이, 이야기하는 상대방의 얼굴에 적혀 있는 무슨 예사롭지 않은 것을 읽어내려고 열심히 노력하고 있었다. 라스또쁘친은 당황해서 입을 다물었다. 꾸뚜조프는 가볍게 고개를 흔들고, 떠보려는 듯한 시선을 라스또쁘친 얼굴에서 떼지 않고 조용히 말했다.

"그래, 싸우지 않고는 모스크바를 내놓지 않아."

이렇게 말하면서 꾸뚜조프는 전혀 다른 생각을 하고 있었는지, 아니면 그 말의 무의미함을 알고서 일부러 이런 말을 한 것인지 라스또쁘친은 알 수가 없었다. 아무튼 라스또쁘친은 아무 대답도 하지 않고, 급히 꾸뚜조프로부터 물러났다. 그리고 묘한 일이 벌어졌다! 자존심이 강한 모스크바 총사령관인 라스또쁘친 백작은 채찍을 손에 들자 다리 옆으로 다가가서, 떼지어 모여 있는 짐마차를 큰 소리로 쫓기 시작했다.

26

오후 3시가 지나서 뮤러의 부대가 모스크바로 들어갔다. 선두에는 뷔르템베르크 경기병 부대가 앞장서고, 뒤에는 많은 막료를 거느린 나폴리 왕 뮤러 자신이 말을 타고 나아갔다.

아르바뜨 거리의 니꼴라 야블렌누이 교회 부근에서 뮤러는 시중의 요새 '르 크레믈랑'이 어떤 상황에 있는지, 선도대로부터의 소식을 기다리면서 말을 멈추었다.

뮤러 주위에 모스크바에 남은 한 줌의 시민들이 모여들었다. 모두는 머뭇거리는 의아한 표정으로 깃털과 황금으로 장식된 머리가 긴 지휘관을 보고 있었다.

"옳아, 저것이 다름 아닌 그쪽 황젠가? 대단하군!" 작은 목소리가 들렸다.

통역이 군중 쪽으로 말을 가까이 댔다.

"모자를 벗어…… 모자를." 군중 속에서 서로 말하기 시작하였다. 통역은

한 늙은 집지기를 향하여 크레믈린까지는 머냐고 물었다. 집지기는 귀에 익지 않은 폴란드식 사투리를 어리둥절한 얼굴로 듣고 있다가 통역이 하는 말소리가 러시아말이라고 생각하지 않았기 때문에, 그 말을 이해하지 못하고 다른 사람들 뒤로 숨어버렸다.

뮤러는 통역에게 다가가서 러시아군이 어디 있는지 물어보라고 명령했다. 러시아인 한 사람이 무엇을 물어보고 있는지를 알았다. 그러자 몇 사람의 목소리가 일제히 통역에게 대답했다. 선발대의 프랑스 장교가 뮤러 옆으로 다가가서, 요새의 문은 닫혀 있고 아마도 복병이 있는 것 같다고 보고했다.

"좋아." 뮤러는 말하고, 막료 한 사람을 돌아다보고는 경포(輕砲) 네 문을 내서 문을 포격하라고 명령했다.

포병대는 뮤러를 따라온 대열에서 구보로 달려나와 아르바뜨 거리를 전진하였다. 보즈드비젠까 거리의 막다른 곳까지 내려가자 포병대는 정지하고 광장에 포열을 폈다. 프랑스 장교 몇 명이 포를 지시하고 배치하면서 망원경으로 크레믈린을 바라보았다.

크레믈린 안에서는 저녁 미사를 알리는 종이 울려 퍼지고 그 종소리가 프랑스군을 동요시켰다. 그들은 그것을 전투 준비 신호로 생각했기 때문이다. 보병 몇이 꾸따피에프스끼에 문 쪽으로 달려갔다. 문에는 통나무와 나무 방패가 뒹굴고 있었다. 장교가 부대를 거느리고 문을 향하여 달려가기 시작하자 문 안쪽에서 두 발의 총성이 울렸다. 대포 옆에 서 있던 장군이 장교에게 명령을 내리자 장교와 병사들이 달려 돌아왔다.

문에서 또 세 발의 총성이 들렸다.

한 발이 프랑스 병의 발을 스쳐갔다. 방패 저쪽에서도 몇 명의 이상한 함성이 들렸다. 프랑스군의 장군, 장교, 병사들의 얼굴에는 마치 호령이라도 받은 것처럼 일제히, 지금까지의 쾌활하고 침착했던 표정 대신에 싸움과 고통을 각오한 완고하고 집중된 표정이 나타났다. 원수(元帥)에서 일개 병졸에 이르기까지 모든 프랑스군 장병에게, 이 장소는 보즈드비젠까 거리도, 모호바야 거리도, 꾸따피야 문도, 뜨로이쯔끼 문도 아니었다. 여기는 아마도 피비린내 나는 전투가 일어날 새 장소, 새로운 전장이었다. 그리고 모두가 그 전투를 각오하고 있었다. 문 안에서 들리던 고함은 가라앉았다. 포가 끌려나왔다. 포수가 도화(導火) 막대의 불을 붙였다. "발사!" 장교가 호령하였다. 그러자 휘파람을 부는 것 같은 쇳소리가 두 번 잇달아 울렸다. 산탄이 문의 돌이며 통나무, 방패에 맞았다. 연기 구름이 두 개, 광장 위에 흔들거렸다.

석조 크레믈린에 대한 사격이 멎고 얼마 안 있다가 프랑스군의 머리 위에서 이상한 소리가 들렸다. 수많은 갈까마귀 대군이 성벽 위로 날아올라 까악, 까악 울면서 수천의 날개를 펄럭이며 하늘을 빙빙 돌기 시작했다. 그 소리와 함께 문이 있는 곳에서 단 한 사람의 외치는 소리가 들리더니, 연기 속에서 모자도 안 쓰고 농민 외투를 입은 사람의 그림자가 나타났다. 그 사나이는 총으로 프랑스군을 겨누고 있었다. "발사!" 포병 장교가 다시 한 번 외쳤다. 동시에 한 발의 총성과 두 발의 포성이 울렸다. 연기가 다시 문을 뒤덮었다.

방패 저쪽에는 이미 아무것도 움직이지 않았다. 프랑스군 보병이 장교와 함께 문 쪽으로 향했다. 문 있는 곳에는 부상병 셋과 전사자 넷이 쓰러져 있었다. 농민 외투를 입은 두 사람이 성벽을 따라서 낮은 곳을 지나 즈나멘까 쪽으로 달아났다.

"이것을 치워!" 장교가 통나무와 시체를 가리키면서 말했다. 그러자 프랑스 병들은 부상자에게 최후의 일격을 가하고 시체를 담 아래 바깥쪽으로 내던졌다. 그들이 누구인지는 아무도 몰랐다. "이녀석을 치워라" 하고 말했을 뿐이었다. 그리고 그들의 시체는 내던져지고 악취가 나지 않도록 처리되었다. 다만, 찌에르(프랑스 정치가, 역사가)만이 몇 줄의 미사여구(美辭麗句)를 그들을 기리기 위해 바치고 있다. '이 가엾은 사람들은 신성한 요새에 숨어들어가 병기고의 총을 꺼내 들고 프랑스군에 발포했다. 그 중 몇 명은 칼을 맞아 살해되어, 크레믈린에서 이들은 일소(一掃)되었다.'

뮤러는 길이 깨끗이 치워졌다는 보고를 받았다. 프랑스군은 문 안으로 들어와 대심원 광장에 야영을 쳤다. 병사들은 대심원 창문에서 의자를 광장에 내던지고 그것으로 모닥불을 피웠다.

다른 몇몇 부대는 크레믈린을 통과하여 마로쎄이까, 루뱐까, 뽀끄로브까 등에 진을 쳤다. 또 다른 부대는 보즈드비젠까, 즈나멘까, 니꼴리스까야, 뚜베르스까야 등에 나뉘어 진을 쳤다. 가는 곳마다 집 주민들이 없었으므로, 프랑스군은 도시 안의 숙사라고 하느니보다는 도시 속에 만들어진 야영지에 진을 치는 꼴이 되었다.

프랑스 병들은 옷은 찢어지고 굶주림과 피로에 지쳐서 그 병력도 애초의 3분의 1까지 줄어들기는 했지만 아직은 정연하게 모스크바로 들어왔다. 그들은 극도로 지쳐 있기는 했지만 아직 전투력이 있는 무서운 군대였다. 그러나 그것이 군대였던 것은 이 군대의 병사들이 각기 숙사로 분산할 때까지였다. 각 부대의 병사들이 텅 빈 호화스러운 집으로 흩어지기 시작하자, 영원히 군대는 없어지고 주민도 병사도 아닌, 약탈병이라고 불리는 중간적인 것이 되고 만 것이다. 5주일 후, 같은 사람들이 모스크바에서 나갔을 때, 그들은 이미 군대가 아니었다. 그것은 약탈자의 무리에 지나지 않았다. 그들 각자가 값이 있거나 필요하다고 여기는 물건을 수레에다 산더미처럼 쌓거나 어깨에 메기도 했다. 모스크바를 나갈 때 그들 누구나가 가지고 있었던 목적은 이전과 같이 싸워서 가지는 것이 아니라, 약탈한 것을 지키는 것으로 되어 있었다. 마치 목이 가는 병에 손을 집어넣어 호두를 한 주먹 잔뜩 쥐고, 모처럼 쥔 것을 잃지 않으려고 주먹을 피지 않아 그 때문에 자신을 망쳐버린 원숭이와 마찬가지로, 모스크바를 나갈 때의 프랑스군은 약탈한 것을 메고 가는 결과로서 분명히 파멸할 것임에 틀림없었다. 그러나 약탈한 것을 버린다는 것은 원숭이가 호두를 쥔 주먹을 펼 수 없는 것과 같이 불가능한 일이었다. 프랑스군의 각 연대가 모스크바 시내의 어느 구로 진주하여 10분이 지난 후에는, 이제 병사나 장교는 한 사람도 없었다. 집들의 창문에는 웃으면서 방 안을 걸어다니는, 제복 코트에 군화를 신은 사람의 그림자가 보였다. 움과 지하실에서도 이와 같은 사람들이 식료품을 제멋대로 취하고 있었다. 뜰에서는 같은 패들이 헛간과 마구간의 문을 열기도 하고 부수기도 하였다. 부엌에선 불을 피우고, 소매를 걷어 올리고 굽거나 반죽을 하거나 끓였다. 혹은 여자와 아이를 위협하기도 하고, 웃기고 달래기도 하였다. 이러한 사람들이 도처에, 가게에도 집에도 많이 있었다. 그러나 이제 군대는 어디에도 없었다.

바로 그날 중에, 프랑스군 사령관들에 의해서 연이어 명령이 내려졌다. 군이 시중에 흩어지는 것을 금하고, 시민에 대한 폭행과 약탈을 엄금하고, 그날 밤중에 점호를 실시한다는 것이었다. 그러나 이제까지 군을 형성하고 있던 사람들은 그 어떤 명령에도 아랑곳 하지 않고 설비와 저장품이 푸짐한 텅 빈 시중으로 흩어져 나갔다. 굶주린 짐승의 무리는 황량한 들판을 무리를 이루어 앞으로 나아가지만, 풍요로운 목장을 만나면 이내 억누를 수 없이 사방으로 흩어진다. 그와 마찬가지로 군도 풍요로운 도시 안에서 억제할 길이 없이 흩어진 것이다.

모스크바에는 주민이 없었으므로 병사들은 물이 모래에 빨려들어가는 것처럼 도시로 빨려들어, 맨 먼저 들어간 크레믈린에서 사방팔방으로 방사선 모양으로 억제할 수 없이 흩어져 갔다. 기병들은 가재도구가 모두 그대로 남아 있는 상인의 집으로 들어가, 자기의 말을 넣을 수 있을 뿐만 아니라 자리가 남아도는 마구간을 발견했음에도 불구하고 그래도 더 좋아보이는 다른 집을 점령하러 갔다. 많은 병사들은 여러 채의 집을 점령하고는 백묵으로 누가 점령한 집인가를 표시하고, 다른 부대와 말다툼을 하거나 격투까지 하는 소동을 벌였다. 막 도착하여 안정하기도 전에 병사들은 도시를 돌아보기 위해 거리로 뛰어나가서, 모든 것이 고스란히 남아 있다는 소문을 듣고는, 귀중품을 거저 얻을 수 있을 만한 곳으로 쇄도해 갔다. 대장들은 병사들을 제지하기 위해 돌아다녔으나 저도 모르는 사이에 같은 행위에 말려들어 갔다. 마차 시장에는 마차를 늘어놓은 가게가 몇 군데 남아 있었고, 장군들은 거기로 몰려서 포장마차와 유개마차를 고르고 있었다. 남아 있던 주민은 약탈을 면하려는 마음에서, 대장들을 자기 집으로 초대했다. 물자는 산더미처럼 있어서 끝이 없는 것 같았다. 프랑스 병이 점령하고 있는 장소의 주변 도처에 아직 손을 대지 않은 지역이 있었고, 병사들은 거기에 더 많은 물자가 있으리라 여겼다. 그리하여 모스크바는 더욱더 깊숙이 그들을 빨아들였다. 물을 마른 땅 위에 부으면 물도 마른 땅도 사라지는 것과 마찬가지로, 굶주린 군대가 풍요한 텅 빈 도시로 들어간 결과, 굶주린 군대는 없어지고 풍요로운 도시도 없어졌다. 그리고 진창이 생기고 화재와 약탈이 일어난 것이다.

프랑스 사람은 모스크바의 화재를 라스또쁘친의 광폭한 애국심 탓으로 돌리고, 러시아 사람은 프랑스군의 잔인성 때문이라고 하였다. 그렇지만 이 화재를 한 사람 또는 몇몇 사람의 책임으로 돌리는 뜻이라면 실제로는 그러한 원인은 없었고 또 있을 수도 없었다. 모스크바가 불탄 것은 시내에 130개의 허술한 소화 호스가 있었느냐 없었느냐에 상관 없이, 목조 도시라면 모두 불탈 것이라는 조건하에 놓였기 때문이었다. 모스크바는 주민들이 나가버린 결과 타는 것이 당연했다. 그것은 수일 동안 불똥이 계속 떨어진 산더미 같은 대팻밥이 당연히 타는 것과 마찬가지로 피할 수 없는 일이었다. 집에 주인이 있고 경찰이 있어도 여름에는 거의 매일 화재가 있는 목조 도시에서 주민이 없어지고, 파이프 담배를 피워대며, 대심원 광장에서 대심원 의자를 태워서 불을 피우고 하루에 두 번 음식을 취사하는 군대가 있다면 불타지 않을 수가 없었다. 평화시에도, 군대가 어딘가 지방 마을에 주둔하면 이내 그 지방의 화재 건수가 늘어난다. 외국 군대가 진을 친 텅 빈 목조 도시에서 화재의 확률은 얼마나 커질까? 라스또쁘친의 광폭한 애국심이나 프랑스군의 잔인함은 이 경우에는 아무런 책임이 없다. 모스크바는 파이프와 취사, 또 모닥불 때문에, 적의 병사들, 즉 집의 소유주가 아닌 주민들의 부주의에 의해서 불탄 것이다. 가령 방화가 있었다고 해도(이것은 매우 의심스럽다. 왜냐하면 그 누구에게도 방화할 이유 같은 것은 전혀 없었으며, 무엇보다 귀찮기도 하고 위험한 일이었기 때문이다) 이것을 화재의 원인으로 볼 수는 없다. 왜냐하면 방화가 없어도 마찬가지 결과가 되었을 것이기 때문이다.

프랑스인으로서는 라스또쁘친의 만행을 책망하고, 러시아 사람으로서는 악인 나폴레옹을 비난하거나, 그 후 자기 국민이 수도를 불태워 영웅적인 행위를 했다고 생각하는 것이 제아무리 기분이 좋은 일이라 해도, 그러한 직접적인 화재의 원인은 있을 수 없었다고 인정하지 않을 수가 없다. 그 까닭은 주인이 나가고 타인을 들여놓아 제멋대로 하게 하고 죽 같은 것을 끓이게 하면 어떤 마을이나 공장, 집이라도 틀림없이 불탈 것이라는 것과 마찬가지로, 모스크바도 불타지 않을 수가 없었기 때문이다. 모스크바는 주민에 의해 불태워졌다. 그것은 분명한 사실이다. 그러나 거기에 남아 있던 주민에 의해서가 아니라 거기에서 나간 주민에 의해서 저질러진 것이다. 적에게 점령된 모스크바는 주민이 프랑스군에 환영의 소금과 빵과 열쇠를 바치지 않고 도시에서 나가버린 것만으로도, 베를린이나 빈, 그 밖의 도시와 마찬가지로 상처 없이 남을 수는 없었던 것이다.

27

모스크바에 방사상(放射狀)으로 퍼진 프랑스군의 침투는, 9월 2일 석양 무렵에 지금 삐에르가 살고 있는 구획에까지 도달했다.

삐에르는 최근 이틀 동안 여느 때와는 달리 혼자 지내고 난 뒤 광기(狂氣)에 가까운 상태에 있었다. 그의 전신전령(全身全靈)이 오직 한 가지 집요한 생각에 사로잡혀 있었다. 그 자신도 어떻게 해서 언제부터 그렇게 되었는지 알 수 없었으나 그 생각이 지금은 그를 사로잡고, 무엇 하나 과거의 일은 떠오르지도 않고, 무엇 하나 현재의 일을 이해할 수 없을 정도가 되어 있었다. 그리고 그가 보고 듣는 것은 모두 마치 꿈을 꾸고 있는 것처럼 그의 앞에서 일어나고 있었다.

삐에르가 집을 나온 것은 그를 사로잡고 있고 더욱이 그때의 상태로는 풀수가 없는, 복잡하게 얽힌 생활의 여러 가지 요구에서 빠져나오기 위한 것에 지나지 않았다. 그는 고인(故人)의 책과 서류를 정리한다는 구실로 바즈데에프의 집으로 갔으나 그것은 단지 실생활의 풍파로부터 한숨 돌리기 위한 것이었다. 바즈데에프의 추억은 지금 그가 말려들어갈 것 같다고 느끼고 있는 불안한 분규와는 정반대의, 영원하고 조용하고 엄숙한 사상의 평안과 그의 마음 속에서 결부되어 있었던 것이다. 그는 바즈데에프의 서재에 조용한 피난처를 구하였고 실제로 그것을 발견하였다. 그가 서재의 죽은 것 같은 정적 속에서 팔꿈치를 괴고 먼지를 둘러쓴 고인의 책상 앞에 앉자, 머릿속에는 조용하고 의미심장하게 차례로 지난 며칠 동안의 일이 생각났다. 특히 보로지노 전투와 그들이라는 이름으로 마음에 새겨진 사람들의 진실, 소박, 힘에 비해서 자기는 시시한 가짜라는 막연한 감각이 떠올랐다. 삐에르는 게라씸이 명상에서 그를 깨웠을 때, 자기가 이해하는 한에서 예상되는 모스크바의 국민적 방위에 직접 참가한다는 생각을 마음 속에 품고 있었다. 그리고 그 목적을 위해 그는 곧 게라씸에게 까프딴과 권총을 구해달라고 부탁하고, 신분을 감춘 채 바즈데에프 집에 머무르고 싶다는 뜻을 말했다. 그 후 고독과 무위로 보낸 처음 하루 동안(삐에르는 프리메이슨의 사본에 주의를 집중하려고 여러 번 노력하였으나 할 수 없었다), 이제까지도 여러 번 떠오른 적이 있었지만, 보나빠르뜨라는 이름과 결부된 자기 이름의 신비한 뜻이 지금도 막연하게 머릿속에 상기되었다. 그러나 자기가, 러시아인 베주호프가 짐승의 권력에 종지부를 찍을 천명(天命)을 짊어지고 있다는 생각은 아직 이유도 없고, 흔적도 간직하지 않고 뇌리를 스치고 지나가는 몽상의 하나로서 머리에 떠오르는 데에 지나지 않았다.

까프딴을 사고(다만 모스크바의 국민적 방어에 참가하기 위해서), 로스또 프네 사람들을 만나고 나따샤가 그에게 "남으세요? 어머, 참 훌륭해요!" 라고 한 말을 들었을 때, 그의 머리에는 비록 모스크바가 점령되더라도 자기는 머물러서 천명을 다하면 정말 훌륭할 것이라는 생각이 번뜩였다.

그 이튿날 그는 몸을 아끼지 않고, 무슨 일에서도 그들에게 뒤지지 않으려는 생각만을 하면서 뜨리 고르이의 관문 밖까지 갔다가 왔다. 그러나 모스크바는 방위할 수 없다고 확신하고 돌아왔을 때, 그는 이제까지 단지 가능성으로만 여겨졌던 일이 이제는 필연적이고 피할 수 없는 것이 되었다는 것을 느꼈다. 그는 자기가 파멸하든가, 그의 생각으로 보자면 나폴레옹 한 사람 때문에 생기고 있는 전 유럽의 불행을 단절하든가 그 어느 쪽을 지향하든, 자기 이름을 숨긴 채 모스크바에 머무르면서 나폴레옹을 만나 그를 죽여야만 했다.

삐에르는 1809년 빈에서 독일인 학생이 보나빠르뜨를 죽이려고 했던 사건을 모두 알고 있었고, 그 학생이 총살되었다는 것도 알고 있었다. 그리고 자기 계획을 실행하는 이상, 자기 생명에 닥치는 위험성이 그를 한층 고무하는 것이었다.

두 가지 강한 감정이 똑같이 피할 수 없게 삐에르를 그 계획으로 끌어당겼다. 하나는 전체의 불행을 의식해서 희생과 고통을 구하는 감정이었다. 그것이 바탕이 되어 25일 그는 모자이스크로 가서 전투가 한창인 와중으로 뛰어들었으며, 이번에는 자기 집을 도망쳐 나와, 익숙했던 사치와 쾌적한 생활환경 대신에 옷도 벗지 않고 딱딱한 소파에서 자고 게라씸과 같은 음식을 먹고 있었던 것이다. 또 하나는—모든 조건적인 것, 인공적인 것, 인간적인 것, 대다수의 인간에 의해서 이 세상 최고의 행복이라고 여겨지고 있는 모든 것에 대한 막연한 멸시감, 즉 전적으로 러시아적인 감정이었다. 삐에르는 이 기묘하고 매력적인 감정을 슬로보츠꼬이 궁정에서 처음으로 맛보았다. 부(富)도 권력도 인생도—인간이 이렇게 열심히 이룩하고 지키려고 하는 모든 것—가령 여기에 그 어떤 가치가 있다고 한다면, 그 가치는 이들 모든 것을 버렸을 때 맛볼 수 있는 쾌감에 있다는 것을 갑자기 느꼈던 것이다.

이 감정이 바탕이 되어 지원병 신병은 마지막 1꼬뻬이까까지 마시고, 주정꾼은 아무런 뚜렷한 까닭도 없이, 더욱이 그것이 자기로 하여금 없는 돈을 몽땅 털게 한다는 것을 알면서도, 거울이나 유리를 닥치는 대로 깨뜨리게 되는 것이다. 이 감정이 바탕이 되어 사람은 (비속한 뜻으로) 미치광이 같은 짓을 하면서 인생에 대해서는 인간의 여러 약속된 일들과는 다른, 최고의 심판이 있다고 공언하고, 마치 자기 개인의 권력과 힘을 시험하는 것과 같은 일을 하는 것이다.

삐에르가 처음으로 이 감정을 슬로보츠꼬이 궁전에서 맛본 그날부터 그는 줄곧 그 영향을 받아왔지만, 이제 비로소 그것에 대한 충분한 만족을 발견한 것이다. 더욱이 지금에 와서는 이미 이 방향으로 나아가면서 삐에르가 해온 일이 그의 계획을 지탱하고 있으며 그것을 단념할 가능성을 없애버리고 말았다. 만약 그가 다른 사람과 마찬가지로 모스크바를 빠져나갔더라면, 그가 해온 모든 일이 그 지니는 뜻을 상실했을 뿐만 아니라 멸시를 받고, 웃음거리가 되었을 것이다. 삐에르는 이런 일에 대해서 민감했다.

삐에르의 육체적인 상태는 여느 때와 같이 정신적인 상태와 일치하고 있었다. 익숙지 못한 변변찮은 식사, 요 며칠 동안 마신 보드카, 포도주와 잎담배의 결핍, 갈아입지도 않은 더러워진 속옷, 이불도 없는 짧은 소파에서 보낸, 절반은 잠을 이루지 못한 이틀 밤—이러한 모든 것이 삐에르를 광기에 가까운 초조한 상태에 빠뜨리고 있었던 것이다.

이미 오후 1시가 지난 시각이었다. 프랑스군은 이미 모스크바에 들어와 있었다. 삐에르는 그것을 알고 있었지만, 행동을 하는 대신에 앞으로 일어날 극히 사소한 일을 남김없이 상기하면서 자기가 하려고 하는 일을 생각하고 있을 뿐이었다. 삐에르는 그의 공상 속에서 나폴레옹에게 일격을 가할 절차 그 자체도 나폴레옹의 죽음도 생생하게 상상할 수는 없었지만, 자신의 비명의 죽음과 영웅적인 용기는 이상하리만큼 선명하고 슬픔이 깃든 기쁨으로 상기되는 것이었다.

'그렇다, 만인을 대신해서 나 혼자 하든가, 파멸하든가 해야 한다!' 그는 생각했다. '그렇다. 나는 접근한다…… 그리고 순간적으로…… 권총으로 할까, 단도로 할까?' 삐에르는 생각했다. '어느 쪽이나 마찬가지다. 내가 처벌하는 것이 아니라 하느님의 손이 널 처벌하시는 거다…… 이렇게 나는 말한다.'(삐에르는 자기가 나폴레옹을 죽일 때에 할 말을 생각하고 있었다) '자, 상관 없다, 잡아라, 나를 처형해라.' 다시 이어서 삐에르는 스스로 자신을 향해 슬픈 듯, 그러나 야무진 표정을 얼굴에 띠며 고개를 숙이고 말했다.

삐에르가 방 한가운데에 서서 이렇게 혼자서 이 생각 저 생각을 하고 있을 때에, 서재의 문이 열리고 지금까지는 늘 머뭇거리던 마까르의 완전히 변한 모습이 문지방에 나타났다. 가운은 앞이 넓게 벌려 있었다. 얼굴은 빨갛고 추악했다. 분명히 취해 있었다. 삐에르를 보자 그는 첫 순간 당황했지만, 삐에르의 얼굴에서도 당황한 빛을 알아채자 이내 활기를 띠고 휘청거리는 가는 다리로 방 안으로 들어왔다.

"놈들은 겁을 먹었어." 그는 쉰, 믿음에 찬 목소리로 말했다. "나는 말하고 있는 거야. 항복하지 않는다고 말하고 있는 거야…… 그렇죠, 나리?" 그는 생각에 잠겨 있다가, 갑자기 탁자 위의 권총을 발견하자 뜻하지 않은 재빠른 동작으로 그것을 쥐곤 복도로 뛰어나갔다.

마까르의 뒤를 따라온 게라씸과 집지기가 그를 현관에서 붙잡고 권총을 빼앗으려고 했다. 삐에르는 복도로 나와 반 미친 노인을 안쓰러운 듯이 혐오에 찬 눈으로 바라보았다. 마까르는 있는 힘을 다하여 얼굴을 찌푸리고 권총을 쥐고, 무슨 굉장한 일이라도 상상하고 있는지 쉰 목소리로 소리쳤다.

"무기를 들어라! 해치워라! 어리석게…… 빼앗을 수 있나 봐라."

"이젠 그만두세요, 제발, 부탁입니다, 제발 놔 주세요. 자, 제발, 나리……." 게라씸은 조심스럽게 마까르의 팔꿈치를 잡고 문 쪽으로 데리고 가려고 하면서 말했다.

"넌 누구야? 보나빠르뜨로군!" 마까르는 소리쳤다.

"안 됩니다, 나리. 방으로 가서 쉬십시오. 그리고 권총을 이리……."

"저리 가, 이 새끼야! 손 대지 마! 이게 눈에 안 보이나?" 마까르는 권총을 휘두르면서 소리쳤다. "해치워라!"

"붙들어." 게라씸이 집지기에게 말하였다.

마까르는 두 손을 잡혀 문가로 끌려갔다.

현관은 격투를 하는 소리와 숨을 헐떡이는 주정뱅이의 쉰 목소리로 가득 찼다.

별안간 현관 계단 쪽으로부터 귀를 찌르는 듯한 새로운 여자의 외치는 소리가 들리고, 여자 요리사가 현관으로 뛰어 들어왔다.

"그놈들이 왔어요! 여러분! …… 확실히 그놈들이에요. 기병이 네 명이나!" 그녀가 소리쳤다.

게라씸과 집지기는 마까르를 놔주었다. 그리고 조용해진 복도에 몇 사람의 손이 문을 두들기는 소리가 뚜렷이 들렸다.

28

자기 계획을 실행할 때까지는 신분과, 프랑스말을 알고 있다는 것을 밝혀서는 안 된다고 남몰래 결심하고 있었던 삐에르는, 프랑스 병이 들어오면 곧 몸을 숨기려고 생각하면서 반쯤 열려 있는 복도의 문가에 서 있었다. 그러나 프랑스 사람이 들어왔는데도 삐에르는 아직 문에서 물러서지 않았다. 억제할 수 없는 호기심이 그를 붙잡아 놓은 것이다.

프랑스인은 두 사람이었다. 한 사람은 장교로 훤칠한 키의 말쑥한 미남이었다. 다른 한 사람은 병사 아니면 종졸 같았는데, 볼이 패이고 얼굴 표정이 둔하며 여위고, 볕에 그을은 키가 작은 사나이였다. 장교는 지팡이를 짚고 약간 절뚝거리면서 앞장서서 걸어왔다. 대여섯 발짝 내디디고 장교는 이 집이 좋다고 마음의 결심을 한 듯이 걸음을 멈추고는, 문간에 서 있던 병사들을 돌아다보고 지휘관다운 큰 소리로 말을 끌어 들이라고 소리쳤다. 그것이 끝나자 장교는 맵시 좋은 손짓으로 팔꿈치를 높이 올려 콧수염을 매만지고는 모자에 손을 댔다.

"안녕하십니까, 여러분!" 그는 미소 짓고 사방을 둘러보면서 명랑하게 프랑스어로 말했다.

아무도 대답하지 않았다.

"자네가 주인인가?" 장교는 게라씸에게 말을 걸었다.

게라씸은 놀라서 의아한 표정으로 장교를 바라보았다.

"숙사야, 숙사. 머무를 곳이야." 장교는 친절하게 돌보는 듯한 사람이 좋아 보이는 미소를 띠고 몸집이 작은 사나이를 위에서 아래로 내려다보면서 말했다. "프랑스 사람은 마음씨가 좋으니 염려 말아요. 화 같은 건 내지 않아요, 아저씨." 그는 겁에 질려 잠자코 있는 게라씸의 어깨를 가볍게 두드리면서 말하였다.

"여보게, 여기에는 프랑스말을 할 수 있는 사람은 없나?" 사방을 둘러보고, 삐에르와 시선을 마주치면서 그는 덧붙였다. 삐에르는 문에서 옆으로 비켜섰다.

장교는 다시 게라씸에게 말을 걸었다. 게라씸에게 방을 보여달라고 요구했다.

"주인 없어…… 모르겠어…… 나 당신……" 게라씸은 러시아말을 비틀어 말함으로써 자기 말을 알기 쉽게 하려고 애쓰면서 말했다.

프랑스 장교는 엷은 미소를 띠고, 자기도 상대방의 말을 알아들을 수 없다는 듯이 게라씸의 코 끝에 두 손을 펼쳐 보였다. 그리고 발을 끌면서 삐에르가 서 있는 문 쪽으로 걸어왔다. 삐에르는 그로부터 몸을 숨기기 위해 그곳을 떠나려 하였다. 그러나 바로 그때 권총을 손에 들고 열려 있는 부엌 문에서 몸을 내민 마까르가 눈에 들어왔다. 빈틈 없는 태도로 마까르는 프랑스인을 흘끗 보자 권총을 들어 겨누었다.

"해치워라!" 취한은 권총 방아쇠에 손가락을 걸려고 하면서 소리쳤다. 프랑스군 장교가 고함 소리가 나는 쪽을 돌아다보았다. 그 순간 삐에르는 취한에게 덤벼들었다. 삐에르가 권총을 잡고 위로 쳐들었을 때 마까르의 손가락이 방아쇠에 닿아 총성이 울렸다. 모든 사람의 귓전을 때리며 주위가 화약 연기에 휩싸였다. 프랑스인은 새파랗게 질려서 문 쪽으로 물러섰다.

자기가 프랑스어를 알고 있다는 것을 밝히지 않으려고 마음 먹은 것도 잊고 삐에르는 권총을 빼앗아 내던진 뒤 장교한테로 달려가서 프랑스말로 말하였다.

"다치지는 않았습니까?" 그는 말했다.

"괜찮습니다." 장교는 몸을 만지면서 대답했다. "그러나 위험할 뻔했습니다." 떨어진 벽의 회반죽을 가리키면서 그는 덧붙였다. "저 사람은 누굽니까?" 삐에르를 엄하게 노려보며 장교는 말했다.

"아, 이런 일이 일어나서 참 유감입니다." 자기 역할을 까맣게 잊고 삐에르는 빠른 말로 말했다. "저 자는 불행한 미치광이며, 자기가 무엇을 했는지도 모릅니다."

장교는 마까르로 다가가서 목덜미를 잡았다.

마까르는 마치 잠들고 있는 것처럼 입술을 벌린 채 벽에 기대고는 몸을 흔들고 있었다.

"악당 같으니라고, 혼을 내주겠다." 프랑스인은 손을 놓으면서 말했다.

"우리는 승리했으므로 관대하게 대하고는 있지만 배반자는 용서할 수 없다." 어두운 엄숙한 표정을 얼굴에 띠고 보기 좋은 힘찬 몸짓으로 덧붙였다.

삐에르는 이 술 취한, 머리가 이상해진 인간을 벌하지 말아달라고 프랑스 말로 장교를 설득했다. 프랑스인은 어두운 표정을 바꾸지 않고 잠자코 듣고 있었다. 그리고 문득 미소를 지으며 몇 초 동안 말없이 삐에르를 보았다. 그의 아름다운 얼굴이 비창하고 유화적인 표정으로 바뀌면서 손을 내밀었다.

"당신은 나의 목숨을 구해주었습니다! 당신은 프랑스 사람입니다." 그는 말했다. 프랑스인에게는 이 결론은 의심할 여지가 없는 것이었다. 훌륭한 일을 할 수 있는 것은 프랑스인뿐이었고, 제13경장비연대 대위 무슈 랑발의 목숨을 구한 것은 틀림없이 가장 위대한 행위였기 때문이다.

그러나 그 장교의 결론과 그에 입각한 장교의 확신이 아무리 의심할 여지가 없었다 하더라도, 삐에르는 장교의 기대를 실망시키지 않으면 안 된다고 느꼈다.

"나는 러시아 사람입니다." 삐에르는 빠른 말로 말했다.

"쳇, 그런 소리는 다른 사람한테 하시오." 프랑스인은 자기 코 앞에서 손가락 하나를 흔들고 웃으면서 말했다. "곧 당신은 나한테 모든 것을 털어 놓을 겁니다." 그는 말했다. "동포를 만나다니 참 반갑습니다. 그런데 이 사나이를 어떻게 할까요?" 그는 이미 형제에게라도 말하듯이 삐에르를 향하여 말을 덧붙였다. 설사 삐에르가 프랑스 사람이 아니라 할지라도, 일단 이 세상에서 최고의 이름을 부여받은 이상은 그것을 거절할 수는 없을 거라고 프랑스 장교의 표정과 어조는 말하고 있었다. 마지막 질문에 대해서 삐에르는 다시 한 번 마까르가 어떤 인물인가를 설명하고, 프랑스 병이 오기 직전에 이 술 취한 미치광이가 총알이 든 권총을 훔쳐 내서 그것을 빼앗을 겨를이 없었다는 것을 이야기했다. 그리고, 그의 행동을 벌하지 말고 못 본 체 해달라고 부탁했다.

프랑스인은 가슴을 내밀고 손으로 황제와 같은 몸짓을 했다.

"당신은 나의 목숨을 구해주었습니다. 당신은 프랑스 사람입니다. 당신은 이 사나이를 용서하라고 하시는 거죠? 알았습니다. 이 사나이를 데리고 가시오." 프랑스인 장교는 자기 목숨을 구해 준 답례로 프랑스인으로 승격시켜 준 삐에르의 팔을 잡고 빠른 어조로 말하였다. 그리고 그와 함께 집 안으로 들어갔다.

뜰에 있던 병사들이 총성을 듣고 현관으로 들어와 무슨 일이 일어났느냐고 묻고, 일을 저지른 사람을 처벌하자고 제의하였다. 그러나 장교는 엄하게 그들을 말렸다.

"필요할 때 너희들을 부르겠다." 그는 말했다. 병사들은 나갔다. 그 동안에 재빨리 부엌을 들여다보고 온 병졸이 장교한테로 다가왔다.

"대위님, 부엌에는 수프와 구운 양고기가 있습니다." 그는 말했다. "가져올까요?"

"음, 그리고 술도." 대위가 말했다.

29

프랑스 장교는 삐에르와 같이 집 안으로 들어갔다. 삐에르는 자기가 프랑스 사람이 아니라는 것을 다시 한 번 대위에게 잘 납득시키는 일을 자기의 의무라고 생각하였다. 그래서 나가려고 하였지만 프랑스 장교는 아예 들을 생각도 하지 않았다. 그가 너무나도 공손하고 상냥하고 선량하며, 목숨을 구해 준 것을 진심으로 감사하고 있었기 때문에 삐에르는 거절할 용기가 나지 않아서 그와 함께 홀에 앉았다. 그것이 두 사람이 들어간, 입구에 가장 가까운 방이었다. 자기는 프랑스 사람이 아니라고 삐에르가 주장하는 것을 보고, 대위는 어째서 이렇게 기분 좋은 칭호를 거절할 수 있는지 이해가 가지 않는다는 듯이 어깨를 움츠리고, 굳이 러시아 사람으로 행세하고 싶다면 그래도 상관없지만, 그런 것과는 상관없이 자기는 역시 목숨을 구해준 데 대한 감사의 마음으로 영원히 당신과 맺어져 있다고 말했다.

만약 이 사나이가 남의 감정을 이해하고, 삐에르가 느끼고 있는 것을 성찰하는 능력이 조금이라도 있었다면 삐에르는 아마도 이 사나이의 곁에서 떠났을 것이다. 그러나 자기 자신의 것이 아닌 것에 대한 이 사나이의 생기가 넘치는 둔감(鈍感)에 삐에르는 지고 만 것이다.

"프랑스 사람 아니면 신분을 감춘 러시아 공작이겠죠." 더럽지만 품위 있는 삐에르의 셔츠와 손가락에 긴 반지를 보고 프랑스 사람은 말했다. "나는 당신에게 목숨을 빚졌으니까 당신에게 우정을 바치겠습니다. 프랑스 사람은 모욕을 당한 일도 신세를 진 일도 잊지 않습니다. 난 당신에게 우정을 바칩니다. 내가 말할 수 있는 것은 이것뿐입니다."

이 장교의 목소리와 얼굴 표정과 몸짓에 선량한 마음과 기품이(프랑스적인 의미에서) 넘쳐 흐르고 있었기 때문에, 삐에르는 프랑스인의 미소에 무의식적으로 미소로 대답하면서 내민 손을 잡았다.

"제13경장비연대의 랑발 대위입니다. 7일의 전투에서 훈장을 받았습니다." 그는 의기양양하게 미소를 띠며 자기를 소개했다. 그 미소가 콧수염 아래의 입술에 주름을 잡았다. "자, 이제 이야기해 주시지 않겠습니까? 내가 저 이상한 사나이의 총알을 받고 붕대소에 누워 있기는커녕 이렇게 즐겁게 이야기를 할 수 있게 해주신 상대방이 누구이신지를."

삐에르는 이름을 말할 수 없다고 대답하고 가짜 이름을 생각해 내려고 하면서, 자기가 그것을 말할 수 없는 이유를 말하려고 하였으나 프랑스인은 그것을 급히 가로막았다.

"좋습니다." 그는 말했다. "당신의 말은 알겠습니다. 당신은 분명 장교입니다…… 어쩌면 고급 장교일지도 모르겠습니다. 아마도 당신은 우리에게 무기를 겨누었을 겁니다. 그러나 그것은 나에게는 상관 없는 일입니다. 나는 당신 덕분에 목숨을 건졌습니다. 나는 그것으로 충분합니다. 나는 당신을 위해서 무슨 일이라도 하겠습니다. 당신은 귀족이죠?" 그는 질문하듯 덧붙였다. 삐에르는 고개를 끄덕였다. "당신의 세례명은? 만약에 지장이 없으시다면, 그 이상은 묻지 않겠습니다. 무슈 삐에르라고 하십니까? …… 그것으로 충분합니다. 내가 알고 싶은 것은 그것뿐입니다."

양고기, 오믈렛, 사모바르, 보드카, 여기에 러시아풍의 창고에서 프랑스인이 직접 가지고 온 와인이 나오자 랑발은 이 식사에 동석하도록 삐에르에게 부탁하였다. 그리고 그는 곧 건강하고 배가 고픈 사람답게 게걸스럽게 먹기 시작하여 튼튼한 이빨로 성급히 씹으면서, 끊임없이 입맛을 다시고는 맛있다, 최고다! 하고 말하고 있었다. 그의 얼굴은 상기되고 땀이 배어나왔다. 삐에르도 시장했기에 기꺼이 식사에 끼었다. 종졸인 모렐은 더운 물을 담은 냄비를 가지고 와서 그 속에 빨간 포도주를 한 병 담갔다. 그 밖에 부엌에서 맛을 보았던 크바스(호밀 등으로
만든 술)가 든 병도 가져왔다. 이 음료는 이미 프랑스 사람들에게 알려져 있어 이름까지 붙어 있었다. 그들은 크바스를 '돼지 레모네이드'라는 이름으로 부르고 있었다. 모렐은 부엌에서 발견한 이 '돼지 레모네이드'를 칭찬했다. 그러나 대위는 모스크바로 이동할 때 입수한 포도주가 있었기 때문에, 크바스는 모렐에게 주고 자기는 보르도의 병을 열었다. 그는 병을 목까지 냅킨으로 싸서 자기와 삐에르에게 따랐다. 공복이 가시고 술을 마신 탓으로 대위는 더욱 활기를 띠었다. 그는 식사하는 동안 끊임없이 지껄여댔다.

"그렇습니다, 무슈 삐에르. 나는 당신에게 큰 신세를 지고 있습니다. 저이상한 사나이로부터 목숨을 구해주신…… 나는 보시다시피, 지금 이 몸에들어 있는 탄환만으로 충분합니다. 자, 이것은(하고 그는 옆구리를 보았다)바그람에서, 또 하나는 스몰렌스크에서 받은 것입니다." 그는 볼의 상처를보았다. "그리고 이 다리는 보시다시피 움직이질 않습니다. 이것은 모스크바 근교의 7일의 대전투(프랑스 사람은 보로지노 전투를 이렇게 부르고 있었다) 때 것입니다. 아! 정말 대단했죠! 볼만했습니다. 포화의 홍수였습니다. 당신들에게 우리들은 몹시 고전했지요. 당신네들은 그것을 자랑할 만합니다. 분하지만 말입니다! 솔직히 말해서 거기서 나는 이런 상처는 받았지만 다시 한 번 해보고 싶은 마음이 듭니다. 그것을 보지 않았던 사람들은 가엾습니다."

"나도 거기 있었습니다." 삐에르가 말했다.

"허, 정말입니까? 그렇다면 더욱 좋습니다." 프랑스 사람은 말을 계속했다. "당신네들은 무서운 적입니다. 그 방형 보루를 훌륭하게 지켰으니까요. 정말 덕택에 우리는 많은 희생자를 냈습니다. 나는 거기에 세 번 갔습니다. 실은 세 번 우리는 포대를 점령하면서 세 번 다 트럼프의 병정처럼 내던져졌습니다. 정말 대단했습니다, 무슈 삐에르! 당신네 척탄병(擲彈兵)은 정말 굉장했습니다. 나는 그들이 여섯 번이나 대열을 정돈해서 마치 열병식 때처럼 전진해 오는 것을 보았습니다. 굉장한 용사들입니다. 이러한 일에 경험이 많은 우리 나폴리 왕도, '브라보!' 하고 소리쳤으니까요. '마치 아군 병사나 다름없는 친구들이군'이라고 말입니다." 그는 잠시 잠자코 있다가 싱글벙글 웃으면서 말했다. "그러는 편이 좋습니다, 무슈 삐에르. 전장에서는 무서워서……" 그는 빙그레 웃고 윙크를 했다. "미인에게는 상냥한, 그것이 프랑스 사람이에요. 무슈 삐에르, 그렇잖아요?"

대위가 너무나 순진하고 선량하고 쾌활하고 솔직하게 자기 만족에 빠져 있었기 때문에, 삐에르까지도 즐거운 듯이 그를 바라보면서 윙크를 할 뻔했다. '상냥한'이라는 말이 대위로 하여금 모스크바의 상태에 대해 생각하게 한 것 같았다.

"그건 그렇고, 잠깐 물어 보겠습니다만, 여성들이 모두 모스크바에서 떠났다는 것은 정말입니까? 이상한 생각이군요. 무엇을 무서워했을까요?"

"그럼, 만약 러시아군이 파리에 침입해도 프랑스 여성들은 떠나지 않을까요?" 삐에르가 말했다.

"핫, 핫, 핫!" 프랑스 사람은 삐에르의 어깨를 가볍게 두드리면서 재미있다는 듯이 정력적으로 크게 웃어댔다. "야! 한 대 맞았는데!" 그는 말했다. "파리를? …… 그러나 파리는…… 파리는……."

"파리는 세계의 서울이죠." 상대방의 말을 거들듯이 삐에르는 말했다.

대위는 삐에르를 바라보았다. 그는 이야기하는 도중에 문득 입을 다물고 미소를 띤 상냥한 눈으로 상대방을 물끄러미 바라보는 버릇이 있었다.

"아니, 만약 당신이 나는 러시아 사람이라고 말하지 않았더라면 나는 당신을 파리 태생이라고 내기라도 했을 것입니다. 당신에게는 뭐라고 할까, 어딘지 모르게……" 이렇게 알랑거리고, 그는 다시 잠자코 상대방을 바라보았다.

"나는 파리에 있었던 일이 있습니다. 여러 해를 거기서 보냈답니다." 삐에르가 말했다.

"아, 그건 알고 있습니다. 파리! …… 파리를 모르는 인간은 야만인입니다. 파리 사람은 10km 앞에서도 알아볼 수 있지요. 파리, 그것은 딸르마(프랑스 배우)이며, 듀셰노아(비극 여배우)이며, 포띠에(법학자 재판관)이며, 소르본이며, 가로수길입니다." 그리고 마지막의 맺는 말이 앞의 말에 비해서 약하는 것을 알아채고는 급히 덧붙였다. "온 세계에 파리 외에는 없습니다. 당신은 파리에 가 보신 일이 있는 데도 여전히 러시아 사람이라니. 그러나 역시 당신에 대한 존경에는 변함이 없습니다."

포도주를 마신 탓도 있고 또 침울한 생각을 품고 고독 속에서 며칠을 보낸 뒤이기도 해서, 삐에르는 이 명랑하고 선량한 사나이와 이야기하는 것이 자기도 모르게 즐거워졌다.

"러시아 여자에 대한 이야기로 화제를 돌려봅시다. 러시아 여성은 몹시 아름답다고 하더군요. 모처럼 프랑스군이 모스크바로 왔는데 광야로 달아나 다니, 정말 바보 같은 생각입니다! 그녀들은 다시 없는 기회를 놓친 것입니다. 러시아의 농민, 이것은 별개의 사람들입니다. 그러나 당신네들과 같은 교양이 있는 사람들이라면 그들보다도 더 우리를 잘 알고 있을 겁니다. 우리는 빈, 베를린, 마드리드, 나폴리, 로마, 바르샤바, 세계의 모든 수도를 점령하였습니다…… 우리는 두려움의 대상이 되어 있지만 사랑도 받고 있습니다. 우리를 알 만한 가치가 있습니다. 게다가 황제는……" 그는 말을 하려고 했으나 삐에르가 가로챘다.

"황제." 삐에르가 되풀이하였다. 그리고 그의 얼굴에는 별안간 슬픈 듯한, 당황한 것 같은 표정이 떠올랐다. "황제란 무엇입니까?"

"황제? 그것은 관대, 인자, 정의, 질서, 천재입니다. 그것이 황제입니다! 이것은 내가, 이 랑발이 당신에게 말하고 있는 것입니다. 실은 8년 전까지는 나는 황제의 적이었습니다. 나의 아버지는 망명한 백작이었습니다…… 그러나 황제는 나를 이겼습니다. 나를 사로잡고 말았습니다. 나는 프랑스를 뒤덮은 그분의 위대함과 영광을 보고 거기에 거스를 수가 없었습니다. 그분이 바라고 있는 것을 이해했을 때, 그분이 우리를 위해서 월계수의 잠자리를 마련하려는 것을 보았을 때, 나는 나 자신에게 이렇게 말하였습니다. —이분이야말로 황제다. 그리고 나는 그에게 온몸을 바친 것입니다. 그렇게 된 겁니다. 그렇습니다. 정말 그는 과거와 미래를 통해서 가장 위대한 인물입니다."

"황제는 모스크바에 계십니까?" 삐에르는 죄를 진 것 같은 얼굴로 더듬더듬 말하였다.

프랑스 사람은 삐에르의 죄를 범한 것 같은 얼굴을 보고 엷은 미소를 지었다.

"그분은 내일 들어오십니다." 그는 말하고서 자기 이야기를 계속하였다.

두 사람의 이야기는 문 옆에서 몇 사람의 소리가 나고 모렐이 들어왔기 때문에 중단되었다. 모렐은 뷔르템베르크 경기병이 들어와서, 대위의 말이 매여 있는 같은 안뜰에 말을 세우게 해달라고 말하고 있다고 대위에게 보고하였다. 옥신각신한 주요 원인은 경기병들에게 이쪽 말이 통하지 않았기 때문이었다.

대위는 고참 하사관을 자기에게 데려오라고 명령하고서 엄격한 목소리로 그에게 어느 연대에 속해 있는가, 대장은 누군가, 이미 사람이 들어 있는 숙사를 감히 점령하려고 하는 것은 무슨 이유에선가를 물었다. 프랑스어를 잘 모르는 독일인은 처음 두 가지 질문에 대해서 자기 연대와 자기 대장의 이름을 말하였으나, 마지막 질문에 대해서 그는 대위가 하는 말을 알아듣지 못하고 서툰 프랑스어를 독일어에 끼워넣으면서 자기는 연대의 숙사 담당으로, 모든 집을 닥치는대로 확보하라는 명령을 대장으로부터 받았다고 말하였다. 독일어를 아는 삐에르가 대위에게 독일인이 하는 말을 통역하고, 대위의 대답을 독일어로 뷔르템베르크 경기병에게 전했다. 들은 말을 이해하자 독일인은 양보하고 자기 부하를 데리고 되돌아갔다. 대위는 큰 소리로 무엇인가 명령을 주면서 현관 계단으로 나갔다.

대위가 방으로 돌아왔을 때 삐에르는 손을 머리에 대고 이제까지와 같은 장소에 앉아 있었다. 그의 얼굴에는 고뇌의 빛이 나타나 있었다. 그는 분명히 그때 고민을 하고 있었다. 대위가 나가고 삐에르가 혼자 있게 되자, 그는 문득 제정신을 차리고 자기가 지금 있는 상태를 의식하였다. 그 고민은 모스크바가 점령되었다는 것이 아니었으며, 이 행복한 승리자들이 모스크바에서 제멋대로 행동하고, 그에게 보호자처럼 행동하고 있다는 것도 아니었다. 삐에르가 그것을 제아무리 괴롭게 느끼고 있다고 해도, 지금 이 순간 그를 괴롭히고 있는 것은 그것이 아니었다. 그가 괴로워한 것은 자신이 무력하다는 것을 의식했기 때문이었다. 몇 잔인가 포도주를 마시고 선량한 이 사나이와 이야기를 했기 때문에, 삐에르가 요 며칠 동안 심사숙고했고 자기의 목적을 다하기 위해 없어서는 안 되었던 집중된 기분이 없어지고 말았던 것이다. 권총도 단검도, 농민 외투도 준비되어 있었다. 나폴레옹은 내일 들어온다. 삐에르는 여전히 악인을 죽이는 것은 유익하고 당연한 일로 생각하고 있었다. 그러나 지금 그는 자기는 그것을 하지 않을 것이라는 느낌이 들었다. 왜 그런가? 그는 그 이유를 몰랐으나, 자기가 계획을 수행하지 않으리라는 것을 예감하고 있는 것 같았다. 그는 자기가 약하다는 생각과 싸우고 있었는데, 자기는 그 약점을 극복하지 못할 것이며, 이제까지 품고 있던 복수, 살인, 자기 희생을 둘러싼 어두운 일련의 생각이, 맨 처음 만난 인간의 접촉으로 먼지처럼 날아가 버린 것을 막연히 느끼고 있었다.

대위가 약간 절뚝거리며 무엇인가 휘파람을 불면서 방으로 들어왔다.

이제까지 삐에르를 즐겁게 해 주던 프랑스인의 지껄임도 이제 그는 싫다고 느껴졌다. 휘파람으로 불고 있는 노래도, 걸음걸이도, 콧수염을 만지작거리는 손 동작도—모두가 지금은 남을 얕잡아보는 것처럼 느껴졌다.

'나는 지금 곧 나간다. 나는 이 사나이와 더 이상 말을 하지 않는다.' 삐에르는 생각했다. 그는 그렇게 생각하면서도 여전히 같은 장소에 앉아 있었다. 무엇인가 기묘한 무력감이 그를 그 자리에 묶어두고 있었던 것이다. 그는 일어나서 나가려고 하였으나 나갈 수가 없었다.

반대로 대위는 몹시 유쾌해 보였다. 그는 두 번 방을 오갔다. 그의 눈은 반짝이고 콧수염이 가늘게 떨려, 마치 무엇인가 즐거운 일을 생각해 내어 마음 속으로 혼자 미소짓는 것처럼 보였다.

"굉장하다." 그는 느닷없이 말했다. "저 뷔르템베르크 부대의 대장은! 그는 독일 사람이다. 그러나 용감한 사람이다. 그래도 역시 독일 사람이다."

그는 삐에르 앞에 앉았다.

"그런데, 당신은 독일말도 아시는군요?"

삐에르는 잠자코 그를 바라보았다.

"독일말로 피난소를 뭐라고 합니까?"

"피난소?" 삐에르는 되물었다. "피난소는 독일말로 운테르쿤프트입니다."

"뭐라고 한다고요?" 대위는 믿어지지가 않는다는 듯이 되물었다.

"운테르쿤프트." 삐에르는 다시 한 번 말했다.

"온테르코프." 대위는 말하고는 웃음을 머금은 눈으로 삐에르를 바라보았다. "독일 사람이란 지독한 녀석들입니다. 그렇잖습니까, 무슈 삐에르." 그는 이렇게 매듭을 지었다.

"그런데 모스크바의 보르도를 한 병 더 어떻겠습니까? 괜찮겠죠? 모렐이 한 병 더 데워줄 거예요. 모렐!" 대위는 즐거운 듯이 소리쳤다.

모렐이 양초와 포도주를 한 병 가지고 왔다. 대위는 촛불 밑에서 삐에르를 바라보았다. 그리고 자기 말상대의 실망한 얼굴에 놀란 것 같았다. 랑발 대위는 마음 속으로부터의 슬픔과 동정을 얼굴에 띠고 삐에르에게로 다가가서 몸을 굽혀 들여다보았다.

"왜 그러십니까, 슬픈 건가요?" 그는 삐에르의 손을 잡으면서 말했다. "내가 당신 기분을 상하게 한 것은 아닙니까? 아니, 정말, 내게서 무슨 좋지 않은 느낌이라도 받으셨나요?" 그는 끈질기게 물었다. "그렇지 않으면 당신의 슬픔은 시국에 관한 것입니까?"

삐에르는 아무 대답도 하지 않았지만, 프랑스인의 눈을 상냥하게 바라보았다. 이런 동정어린 말이 그에게는 기분이 좋았다.

"솔직한 이야기로, 은혜를 받은 것을 말하지 않더라도 나는 당신에게 우정을 느끼고 있습니다. 당신을 위해서 해 드릴 것은 뭐 없습니까? 무엇이든지 말해 주십시오. 하늘에 두고 맹세하겠습니다. 나는 가슴에 손을 얹고 말하고 있는 겁니다."

"고맙습니다." 삐에르는 말했다. 대위는 피난소를 독일말로 뭐라고 하는지를 알았을 때와 마찬가지로 골똘히 삐에르를 바라보았다. 그의 얼굴은 갑자기 밝아졌다.

"그러면 우리의 우정을 위해서 건배합시다!" 두 컵에 포도주를 따르면서 그는 말하였다. 삐에르는 가득히 찬 컵을 집어 들이켰다. 랑발은 자기 컵을 마시고 다시 한 번 삐에르와 악수하자 생각에 잠긴 듯한 우울한 자세로 탁자에 팔꿈치를 괴었다.

"그렇습니다, 정말 이것은 운명의 장난입니다." 그는 말을 시작했다. "내가 군인이 되어, 보나빠르뜨라고 옛날에 일컬었던 사나이에게 용기병 대위로서 섬기다니 누가 상상이라도 했겠습니까. 그런데 나는 이렇게 해서 그 사나이와 함께 모스크바에 와 있으니까요. 당신에게 말해 두지 않으면 안 될 일은⋯⋯" 그는 긴 이야기를 시작하려는 사람에게 흔히 있는 슬픈 듯한, 그러나 차분한 어조로 말을 이었다. "우리 집 가명(家名)은 프랑스에서도 가장 오래된 명문의 하나입니다."

그리고 대위는 프랑스 사람다운 경쾌하고 소박하고 솔직한 태도로, 자기 선조의 역사와 자기의 유년시대, 소년시대, 청년시대, 자기 친척, 재산, 가족 관계를 남김없이 이야기했다. '나의 불쌍한 어머니'는 물론 이 이야기 속에서 중요한 역할을 하였다.

"그러나 이런 것은 모두 인생의 무대 장치에서 상연된 데에 지나지 않습니다. 배경의 깊숙한 내부는 사랑입니다. 사랑! 그렇잖습니까, 무슈 삐에르." 그는 활기를 띠면서 말했다. "자, 한 잔 더."

삐에르는 또 잔을 비우고 자기 잔에다 석 잔째를 따랐다.

"아, 여자, 여자!" 대위는 정열적으로 반짝이기 시작한 눈으로 삐에르를 바라보면서 연애와 자기의 정사(情事)에 대해서 이야기하기 시작하였다. 연애 이야기는 무척 많았지만, 대위의 의기양양하고 아름다운 얼굴과 그가 여성에 대해서 열성적으로 이야기하는 것을 보고서 그 이야기를 쉽사리 믿을 수가 있었다. 랑발의 연애 이야기는 모두 프랑스 사람이 연애의 최고의 매력과 시정(詩情)이라고 여기고 있는 에로틱한 점이 있었지만, 대위는 연애의 진미를 남김없이 체험하여 그것을 터득한 것은 자기 한 사람이라고 믿고 자기 이야기를 했고, 생생하게 여성을 묘사했기 때문에 삐에르도 호기심에 끌려 귀를 기울였다.

이 프랑스 사람이 이토록 좋아하는 사랑은 삐에르가 이전에 아내에 대해서 느꼈던 저속하고도 노골적인 종류의 사랑이 아니었고, 또 나따샤에 대해서 느끼고 있는 자기 스스로 과장하고 있는 로맨틱한 사랑도 아니었다(어느 종류의 사랑도 랑발은 마찬가지로 경멸하고 있었다—하나는 인력거꾼의 사랑이었고 또 하나는 얼간이의 사랑이었다). 이 프랑스인이 숭상하고 있는 사랑은 주로 여성에 대한 관계가 부자연스럽고 여러 가지 이상한 조건이 얽힌 것, 즉 변태적인 것으로, 그것이 커다란 매력을 사랑의 감각에 더하고 있는 것이었다.

그리하여 대위는 어느 35세의 매력적인 후작 부인과, 그 후작 부인의 딸인, 아름답고 순결한 열일곱 살의 처녀와 동시에 진행된 사랑 이야기를 하였다. 모녀 사이의 관용의 경쟁은, 결국 어머니가 자신을 희생하여 딸을 자기 연인의 아내로 제의한 것이 이제는 이미 옛 추억인데도 불구하고, 지금도 대위의 마음을 뒤흔드는 것이었다. 그리고 그는 남편이 애인 역할을 하고 애인이 남편 역할을 했다는 에피소드와, 피난소가 운테르쿤프트이고, 남편들은 초에 절인 양배추를 먹고, 젊은 아가씨들은 너무나 지나치게 금발이라는 독일의 추억 중에서 몇 가지 우스꽝스러운 에피소드도 이야기했다.

마침내 마지막 에피소드는 아직도 대위의 기억에 생생한 폴란드에서 일어난 일로, 그것을 그는 재빠른 손짓과 몸짓으로 얼굴을 붉히며 이야기하였다. 그가 어느 폴란드인의 목숨을 구했는데(대체로 대위의 이야기에는 인명 구조의 에피소드가 빈번하게 등장하였다), 그 폴란드 사람이 자기의 매력적인 (마음은 파리 여자인) 아내를 그에게 맡기고 자기는 프랑스군에 입대했다는 이야기였다. 대위는 행복했다. 매혹적인 폴란드 여자는 그와 함께 달아나자고 하였다. 그러나 관대한 마음이 작용해서 대위는 남편에게 아내를 돌려주고 이렇게 말했다. "나는 당신의 목숨을 구했습니다. 그리고 당신의 명예도 구한 것입니다!" 이 말을 되풀이하면서 대위는 눈물을 훔치면서, 이 감동적인 추억과 함께 자기를 사로잡은 약한 마음을 털어버리려는 것처럼 몸서리를 치는 것이었다.

대위의 이야기를 듣고 있는 동안 삐에르는 밤 늦게 술에 취했을 때 흔히 있는 것처럼, 대위의 이야기를 남김없이 잘 듣고 남김없이 이해하면서도 동시에, 갑자기 왜 그런지 자기의 뇌리에 떠오른 자기 자신의 추억들을 쫓고 있었다. 이러한 여러 가지 연애 이야기를 듣고 있자니까 그에게는 나따샤에 대한 자신의 사랑이 문득 생각났다. 그리고 그는 자기 뇌리에서 이 사랑의 여러 장면을 차례로 상기하면서 그것을 랑발의 이야기와 마음 속에서 비교해 보았다. 사랑과 의무의 갈등이라는 이야기를 듣고 있는 동안에, 삐에르는 수하리 탑 옆에서의 사랑하는 사람과의 마지막 만남이 생생하게 눈앞에 떠올랐다. 그때 그 만남은 그에게 아무런 작용도 하지 않았다. 그런데 지금 그는 그 만남이 무엇인가 매우 뜻 깊은, 로맨틱한 것을 포함하고 있는 것처럼 여겨지는 것이었다.

"삐에르 씨, 이리 오세요, 난 알아챘어요!" 그는 자기에게 한 말을 지금 귀로 듣고, 그녀의 눈, 미소, 여행용 모자, 삐져나온 머리카락 등을 눈 앞에 보는 것이었…… 그리고 무엇인가 마음을 움직이는 감동적인 것이 그 모든 것에서 느껴졌다.

매혹적인 폴란드 여자의 이야기를 끝내자 대위는 삐에르에게, 이러한 사랑을 위한 자기 희생의 기분과 정식 남편에 대한 선망을 경험한 일이 있느냐고 물었다.

이 질문에 끌려서 삐에르는 얼굴을 들고 자기 마음을 차지하고 있는 생각을 털어놓을 필요를 느꼈다. 그는 자기가 여성에 대한 사랑을 약간 다른 형태로 이해하고 있다는 것을 설명하기 시작하였다. 그는 생애를 통해서 오직 한 여성만을 사랑했고 지금도 사랑하고 있지만, 그 여성은 절대로 자기 것이 될 수 없다고 말했다.

"호오!" 대위가 말했다.

그리고 삐에르는 이렇게 설명하였다. 자기는 그 여성을 아주 젊었을 때부터 사랑하고 있었지만, 상대방이 너무 어리고 자기는 서자(庶子)로 이름도 없었기 때문에 그녀를 생각할 용기가 없었다. 또 그 뒤, 자기가 이름과 부를 얻었을 때에는 너무나도 상대방을 사랑하고 온 세계보다 더 위에, 자신보다도 훨씬 높은 곳에 올려 놓고 있었기 때문에, 그녀를 생각할 용기가 없었다. 여기까지 이야기를 하고 삐에르는 대위에게 이와 같은 기분을 알겠느냐고 물었다.

대위는 비록 알 수 없더라도 여하간 이야기를 계속해 달라는 몸짓을 했다.

"플라토닉 러브, 구름 같군……." 그는 중얼거렸다. 마신 술 탓인지 마음을 털어놓고 싶은 욕구 탓인지, 아니면 이 사람은 이 이야기의 등장인물을 아무도 모르고 알 수도 없을 것이라는 생각 때문인지, 그렇지 않으면 그러한 것이 모두 합해진 탓인지 삐에르의 혀는 풀어지고 말았다. 그리고 그는 입을 우물거리고 눈을 빛내면서 어딘가 먼 곳을 바라보고 자기 신상 이야기를 남김없이 하고 말았다. 자기의 결혼 이야기도, 자기의 가장 친한 친구와 나따샤의 사랑의 사연이며 그녀의 배반, 그녀에 대한 자기의 담담한 관계도 모두 이야기하였다. 게다가 람발의 질문에 끌려서 그는 처음에 감추고 있었던 상류 사회에서의 자기의 지위도 모두 이야기하였고 자기의 이름마저 밝히고 말았다.

삐에르의 이야기 속에서 무엇보다도 대위를 놀라게 한 것은, 삐에르가 엄청난 부자이며 모스크바에 굉장한 저택을 둘씩이나 가지고 있다는 것과, 그가 그 모든 것을 포기하고 이름과 신분을 감춘 채, 모스크바를 떠나지 않고 시내에 머물러 있다는 것이었다.

이미 밤이 깊어진 뒤에 두 사람은 함께 거리로 나섰다. 따뜻하고 밝은 밤이었다. 집 왼쪽에 모스크바에서, 뻬뜨로프까 거리에서 처음으로 일어난 화재의 불길이 밝게 빛나고 있었다. 오른쪽에는 낫과 같은 초승달이 높이 떠 있고, 달 반대쪽에는 삐에르의 마음 속에서 그의 사랑에 결부되어 있는 밝은 혜성이 반짝이고 있었다. 문 옆에는 게라씸, 여자 요리사, 프랑스 병 두 사람이 서 있었다. 서로 통하지도 않는 말로 지껄이고 있는 그들의 이야기와 웃음소리가 들렸다. 그들은 시중에 보이는 화재의 놀을 바라보고 있었다.

별이 총총한 높은 하늘과 달과 혜성과 화재의 놀을 바라보면서 삐에르는 즐거운 감동을 느꼈다. '어떠냐, 참 훌륭하지 않은가. 어때, 이 밖에 무엇이 필요하지?' 그는 생각했다. 그러나 문득 자기의 계획을 상기하자 현기증이 일고 기분이 나빠져 쓰러지지 않도록 벽에 몸을 기댔다.

삐에르는 자기의 새 친구에게 작별 인사도 하지 않고, 휘청거리는 걸음걸이로 문에서 물러나서 자기 방으로 돌아가 소파에 눕자 곧 잠이 들고 말았다.

30

9월 2일에 처음 일어난 화재의 놀을, 도보와 마차로 피난해 가는 사람들과 퇴각 중인 군대는 여러 갈래의 길에서 갖가지 생각을 품고 바라보았다.

로스또프네 일행은 이날 밤, 모스크바에서 20km쯤 떨어진 므이찌시치에 머물고 있었다. 9월 1일에 그들은 늦게 출발한데다가 길은 짐마차와 군대로 몹시 붐볐고, 잊어버리고 온 것이 많이 있어서 사람을 보내서 가져오게 하였기 때문에, 그날 밤은 모스크바에서 5km쯤 되는 곳에서 머물게 되었다. 이튿날도 늦게 출발하였고, 또 도중에 꽤 지체가 되어 겨우 대(大)므이찌시치 마을에 이르렀을 뿐이었다. 10시에 로스또프네 가족과 함께 이동하고 있던 부상병들은 마을의 정원이나 농가에 분산되었다. 로스또프네의 하인, 마부, 부상병에 딸려 있는 종졸들은, 주인들을 안정시킨 뒤 야식을 하고 말에 사료를 주고 난 뒤에야 현관 계단으로 나갔다.

이웃 농가에는 라에프스끼의 부관이 손목이 부러진 채 자고 있었다. 그리고 무서운 아픔을 느끼고 있었기 때문에 부관은 신음 소리를 내고, 그 신음 소리는 가을 밤의 어둠 속에서 무섭게 들리고 있었다. 첫날 밤, 이 부관은 로스또프네 사람들이 숙박하고 있던 같은 부지(敷地)에서 밤을 샜다. 백작 부인은 이 신음 소리 때문에 눈을 붙일 수가 없었다고 푸념을 하고, 므이찌시치에서는 이 부상자로부터 되도록 멀리 떨어지고 싶어서 초라한 농가로 옮겼다.

하인 한 사람이 마차 대는 곳 옆에 서 있는 유개마차의 차체 그늘에서 또하나의 다른 작은 화재의 놀을 발견했다. 또 하나의 놀은 벌써부터 보이고 있었고, 그것은 마모노프 부대의 까자크들에 의해서 불태워진 소(小)므이찌시치라는 것을 모두가 알고 있었다.

"저건 분명히 모두 각기 다른 불이 아닌가." 종졸이 말했다.

모두가 그 놀 쪽으로 주의를 돌렸다.

"므이찌시치 마을에 마모노프의 까자크들이 불을 질렀다지 않아."

"저것이? 아냐, 저것은 므이찌시치가 아냐. 저것은 더 멀어."

"봐, 저것은 틀림없이 모스크바야."

두 하인이 현관 계단에서 내려와서, 유개마차까지 나가서 마차 발판에 앉았다.

"저건 더 왼쪽이야, 틀림없어. 므이찌시치는 이쪽인데 저건 방향이 전혀 달라."

하인 몇몇이 먼저의 두 사람에게 합류했다.

"마구 타고 있네." 한 사람이 말했다. "저건, 여러분, 확실히 모스크바의 불이다. 스시초프스까야가 아니면, 로고시스까야야."

이 판단에는 아무도 대답하지 않았다. 그리고 상당히 오랫동안 이 사람들은 모두 말없이 멀리서 불타오르고 있는 새 화재의 불꽃을 바라보고 있었다.

백작의 시종(이라고 불리고 있던) 다닐로 노인이 군중 쪽으로 다가가서 미쉬까에게 말을 걸었다.

"뭘 그렇게 신기하게 보고 있는 거야, 바보…… 백작께서 부르시는데 아무도 없잖아. 가서 옷을 치워드려."

"난 물을 길러 왔어." 미쉬까가 말했다.

"그런데 어떻게 생각하세요, 다닐로 씨? 저 화재 놀은 모스크바 같지 않아?" 한 하인이 말했다.

다닐로가 아무런 대답도 하지 않았다. 모두들 오랫동안 침묵했다. 화재의 놀은 더욱 퍼지고 점점 멀리 흔들리며 움직여갔다.

"큰일났군! …… 바람이 있는 데다가 건조하니 말이야." 또 한 사람이 말했다.

"봐요, 저 불길이 퍼지는 꼴을. 아, 하느님이시여! 불똥이 튀는 것까지 보이잖아. 하느님이시여! 죄 많은 우리를 불쌍히 여기소서!"

"끌 거야, 곧."

"누가 끈단 말인가?" 그때까지 잠자코 있던 다닐로의 목소리가 들렸다. 그 음성은 조용하고 침착했다. "역시 모스크바야, 여러분." 그는 말했다. "우리들의 어머니인 수도다……" 그의 음성이 끊어지면서, 그는 별안간 노인답게 흐느껴 울었다. 모든 사람들도 멀리 바라보이는 화재의 놀이, 자기들에게 어떤 뜻을 지니고 있는가를 이해하기 위해서, 다닐로의 목소리만을 기다리고 있는 것 같았다. 한숨과 기도의 말과 늙은 시종의 흐느껴 우는 소리가 들렸다.

31

시종이 돌아와서 모스크바가 타고 있다는 것을 로스또프 노백작에게 보고했다. 백작은 가운을 걸치고 보러 나갔다. 그와 함께 아직 옷을 벗지 않고 있던 쏘냐와 쇼스 부인도 같이 나갔다. 방에는 나따샤와 백작 부인만이 남았다(뻬쨔는 이미 가족과 함께 있지 않았다. 그는 뜨로이짜를 향하여 자기 연대와 함께 먼저 앞으로 나아간 것이다).

모스크바의 화재 소식을 듣고, 백작 부인은 울음을 터뜨리고 말았다. 나따샤는 창백한 얼굴로 눈을 한 곳에 못박은 채 성상 밑의 벤치에 앉아서(그녀는 이곳에 도착했을 때부터 줄곧 그곳에 앉아 있었다), 아버지 말에도 귀를 기울이지 않았다. 그녀는 세 집 앞에서 들려오는 부관의 끊임없는 신음 소리에 귀를 기울이고 있었던 것이다.

"아, 무서워라!" 뜰에서 몸이 얼어서 돌아온 쏘냐가 겁에 질린 듯이 말했다. "아마 온 모스크바가 타버릴 것 같아. 하늘이 굉장히 새빨개! 나따샤, 좀 봐, 이 창문에서 다 보여." 어떻게 해서든지 상대방의 기분을 전환시키려는 듯이, 그녀는 사촌 동생에게 말했다. 그러나 나따샤는 무슨 말을 들었는지도 모르는 듯이 흘끗 그녀를 보고, 다시 난로의 한 구석으로 눈을 돌렸다. 쏘냐는 무엇 때문이었는지는 모르지만, 안드레이 공작이 부상했다는 것과 자기들과 함께 마차대에 있다는 것을 나따샤에게 알릴 필요가 있다고 판단하고는, 그만 그것을 그녀에게 이야기하고 말았다. 그리하여 백작 부인을 놀라게 하고 화나게 한 이래, 즉 오늘 아침부터 줄곧 나따샤는 이와 같은 굳은 상태에 있었던 것이다. 백작 부인은 보기 드물게 쏘냐에게 몹시 화를 냈다. 쏘냐는 울며 용서를 구하고, 지금은 자기 죄를 보상하려고나 하는 것처럼 끊임없이 사촌 동생를 따라다니고 있었다.

"저것 봐, 나따샤, 정말 무섭게 불타고 있어." 쏘냐는 말했다.

"뭣이 타고 있어?" 나따샤가 물었다. "아, 참, 모스크바가?"

그리고 매정하게 굴어서 쏘냐의 기분을 상하게 하지 않으려고, 더욱이 그녀를 가버리게 하기 위해서, 그녀는 얼굴을 창문에 가까이 하고 분명히 아무 것도 눈에 들어오지 않는 것처럼 흘끗 바라보더니 다시 처음 위치에 앉았다.

"그렇게 해선 제대로 보이지 않잖아?"

"아니야, 보였어, 정말." 그녀는 가만히 둬 달라고 애원하는 듯한 목소리로 말했다.

모스크바도, 모스크바의 화재도, 그 무엇이 되었던 간에 당연히 나따샤에게는 아무런 뜻도 가질 수 없다는 것을 백작 부인이나 쏘냐는 알고 있었다.

백작은 다시 칸막이 뒤로 가서 누웠다. 백작 부인은 나따샤한테로 다가가서 딸이 아팠을 때 곧잘 한 것처럼 손바닥을 뒤집어 딸의 머리를 만져보고, 열이 있는지 어떤지를 알아보려고 하듯이 입술을 이마에 살며시 대고 그녀에게 키스했다.

"꽁꽁 얼었구나. 온몸이 떨리고 있잖니? 누우렴." 그녀는 말했다.

"자라고요? 네, 좋아요, 자겠어요. 곧 자겠어요." 나따샤가 말했다.

나따샤는 오늘 아침, 안드레이가 중상의 몸으로 자기들과 같이 여행을 하고 있다는 말을 듣고 나서, 처음에는 여러 가지 것을 물어보았다. 어디에? 왜? 병의 상태는? 부상은 생명에는 관계 없느냐? 만날 수 있을까? 그러나 그를 만날 수는 없다, 그는 중상이지만 생명에는 별 지장이 없다는 말을 듣고 나서는, 그녀는 분명히 그 말을 믿고 있지 않았으나 몇 번 물어도 같은 대답밖에 들을 수 없을 것이라고 확신하고, 더 이상 묻지도 않고 이야기하는 것도 그만두고 말았다. 도중에 줄곧 눈을 크게 뜨고—백작 부인은 그 눈을 잘 알고 있고, 그 표정이 무서웠다—나따샤는 꼼짝도 하지 않고 유개마차 구석에 앉아 있었다. 그리고 지금도 마찬가지로 같은 자세로 처음 앉았던 걸상에 그대로 앉아 있는 것이었다. 무엇인가를 그녀는 생각해 내려 하고 있고, 무엇인가를 지금 머릿속에서 결정하려 하고 있거나 결정해 버린 것 같았다. 백작 부인도 이것을 잘 알고 있었지만, 그것이 무엇인지 알지 못했다. 그리고 그것이 백작 부인을 불안스럽게 하고 또 괴롭히고 있었다.

"나따샤, 옷을 벗고 내 잠자리에서 자거라."(백작 부인에게만 침대에 침구가 깔려 있었다. 쇼스 부인과 두 딸은 마루 위에 마른 풀을 깔고 자지 않으면 안 되었다)

"아네요, 엄마, 난 이 마루 위에서 자겠어요." 나따샤는 화난 듯이 말하고 창가로 다가가서 창문을 열었다. 열린 창문으로부터 더 뚜렷이 부관의 신음 소리가 들려왔다. 그녀는 습기 찬 밤 공기 속에 얼굴을 내밀었다. 가느다란 그녀의 어깨가 흐느낌으로 떨리고 있는 것이 백작 부인에게도 보였다. 나따샤는 그 신음 소리가 안드레이가 아니라는 것을 알고 있었다. 그녀는 안드레이가 자기들과 같은 지붕 밑에서, 현관을 사이에 두고 별채의 조그만 방에 누워 있다는 것도 알고 있었다. 그러나 이 무서운 끊임없는 신음 소리가 그녀를 흐느껴 울게 한 것이다. 백작 부인은 쏘냐와 눈을 마주보았다.

"자거라, 나따샤, 자거라." 백작 부인은 나따샤의 어깨에 살포시 손을 대면서 말했다. "자, 자라니까."

"네, 네에…… 지금 곧 자겠어요." 나따샤는 급히 옷을 벗고 스커트의 끈을 홱 뜯어내듯이 풀면서 말했다. 옷을 벗고 잠옷을 입자 그녀는 무릎을 꿇고 마루에 준비된 잠자리 위에 앉아, 길지도 않은 가늘게 땋아 늘인 머리를 어깨 너머로 앞으로 늘어뜨리고 그것을 다시 고쳐 땋기 시작했다. 가늘고 긴 익숙한 손가락이 재빠르고 솜씨 있게 머리를 풀고, 땋고, 잡아 맸다. 나따샤의 머리는 습관이 된 동작으로 좌로 우로 방향을 바꾸었으나, 열에 들뜬 것 같이 크게 뜬 눈은 골똘히 정면을 응시하고 있었다. 밤의 몸차림이 끝나자 건초 위에 깐 시트 위에 조용히 몸을 뉘었다.

"나따샤, 가운데서 자." 쏘냐가 말했다.

"괜찮아." 나따샤가 말했다. "자, 모두 자는 거예요." 그녀는 초초하듯이 덧붙였다. 그리고 베개에 얼굴을 파묻었다.

백작 부인, 쇼스 부인, 쏘냐는 급히 옷을 갈아입고 누웠다. 방에는 조그마한 등명(燈明)만이 남았다. 그러나 밖은 2km 앞의 소(小)므이찌시치의 화재 때문에 밝았다. 그리고 마모노프 연대의 까자크들이 맞은편 거리에 만든 선술집에서 취객들이 떠드는 소리가 들리고, 여전히 부관의 신음 소리가 들리고 있었다.

나따샤는 방 안팎에서 들려오는 소리에 귀를 기울이면서 꼼짝도 하지 않았다. 처음에 어머니의 기도와 한숨과 삐걱거리는 침대 소리가 들리고, 이어 귀에 익은 휘파람 같은 쇼스 부인의 코 고는 소리와 쏘냐의 조용한 숨소리가 들려왔다. 그러자 백작 부인이 나따샤에게 말을 걸었다. 그러나 나따샤는 대답을 하지 않았다.

"잠든 것 같아요, 어머니." 쏘냐가 나직한 목소리로 대답했다. 백작 부인은 잠시 잠자코 있다가 다시 불렀지만 아무도 대답하지 않았다.

그 후 곧 나따샤는 어머니의 규칙적인 숨소리를 들었다. 나따샤는 조그마한 맨발이 모포에서 삐져나와 노출된 마루에서 차가워졌는데도 꼼짝도 하지 않았다.

모두를 패배시킨 것을 축하하는 것처럼 어느 틈바귀에서 귀뚜라미가 울기 시작했다. 멀리서 닭이 홰를 치자 가까이에서 이것을 따랐다. 선술집의 외침 소리도 잠잠해지고, 부관의 신음 소리만 들릴 뿐이었다. 나따샤는 몸을 일으켰다.

"쏘냐, 자고 있어? 엄마?" 그녀는 속삭였다. 아무도 대답하지 않았다. 나따샤는 조용히 조심스럽게 일어나서 성호를 긋고, 맨발로 더러워진 차가운 마루를 살며시 밟았다. 마루가 삐걱거렸다. 그녀는 재빨리 발을 옮겨, 새끼 고양이처럼 댓 발짝 달려가서 문의 찬 손잡이를 잡았다.

무엇인가 무거운 것이, 규칙바르게 농가의 벽이란 벽은 모두 두들기고 있는 것처럼 그녀에게는 여겨졌다. 그것은 무서움 때문에 멎을 것 같은, 공포와 사랑으로 찢어질 것 같은 그녀의 심장이 맥박치는 소리였다.

그녀는 문을 열고 문지방을 넘어 현관의 젖은 차디찬 흙을 밟았다. 냉기가 전신을 감싸고 그녀의 기분을 긴장시켰다. 그녀는 맨발로 자고 있는 사람을 더듬고, 그것을 넘어서 안드레이가 자고 있는 농가의 문을 열었다. 집 안은 어두웠다. 무엇인가가 누워 있는 침대 옆의, 안쪽 구석에 있는 걸상에는 흐른 촛물로 버섯처럼 된 짐승기름 초가 서 있었다.

나따샤는 오늘 아침, 안드레이가 부상을 입고 여기에 있다는 말을 들었을 때부터 그를 꼭 만나야겠다고 결심하고 있었다. 그녀는 무엇 때문에 그렇게 하지 않으면 안 되는지 알 수 없었으나, 그 대면이 괴로우리라는 것은 알고 있었다. 그렇기 때문에 더욱 그녀는 꼭 그래야만 한다고 굳게 마음먹고 있었던 것이다.

밤이 되면 안드레이를 만날 수 있다는 희망만으로 온종일을 보낸 그녀였다. 그런데 지금 그 순간에 닥치고 보니, 그녀는 만나는 것이 무서워졌다. 그는 어느 정도나 보기 흉해졌을까? 이전의 모습이 얼마나 남아 있을까? 끊임없는 저 부관의 신음 소리처럼 되었을까? 그렇다, 그는 그와 마찬가지로 되어 있을 것이다. 나따샤의 상상 속에서 그는 저 무서운 신음 소리의 화신(化身)이 되어 있었다. 그녀는 구석 쪽에 분명치 않은 덩어리를 발견하고 모포 밑에서 세운 무릎과 어깨라고 잘못 알았을 때, 무엇인가 무서운 육체를 상상하고 공포에 휩싸여 걸음을 멈추었다. 그러나 억제할 수 없는 힘이 그녀를 앞으로 밀었다. 그녀는 살며시 한 발을 내디디고는 또 한 발, 그리하여 발을 옮겨놓을 자리도 없는 작은 농가 한가운데까지 왔다. 농가의 성상 아래에는 가늘고 긴 의자 위에 또 한 사람이(그것은 찌모힌이었다) 자고 있었고, 바닥에는 그 밖에 누군가 두 사람이 자고 있었다(그것은 군의와 시종이었다).

시종이 약간 몸을 일으켜서 무엇인가 속삭였다. 찌모힌은 부상한 한쪽 발의 고통으로 좀처럼 잠들지 못했다. 그는 흰 속옷에 재킷을 걸치고 나이트캡을 쓴 아가씨의 이상한 출현을 눈을 부릅뜨고 바라보고 있었다. "무슨 볼일로 오셨습니까?" 하는 잠에 취한, 놀란 듯한 시종의 말은, 오히려 나따샤의 발을 재촉하여 구석에 누워 있는 사람에게로 가까이 가게 했을 뿐이었다. 그 육체가 제아무리 무섭고 인간답지 않아도 그녀는 그것을 보지 않으면 안 되었다. 그녀는 시종 곁을 지나갔다. 다 타버린 초의 심지가 쓰러졌다. 그리고 그녀는 모포 위에 두 손을 내놓고 누워 있는 안드레이를 분명히 보았다. 그것은 그녀가 언제나 보았던 것과 같은 안드레이였다.

그는 여느 때와 같았다. 그러나 불타는 듯한 안색, 환희에 차서 그녀에게로 쏠리고 있는 반짝이는 눈, 특히 내복의 열린 깃에서 내밀고 있는 앳된 목이, 그녀가 여태까지 안드레이 공작에게서 본 일이 없었던 독특하고 순진한 어린애 같은 모습을 보여주고 있었다. 그녀는 그의 옆으로 다가가서 활기있고 재빠르고 부드러운 동작으로 무릎을 꿇었다.

그는 빙그레 미소 짓고 그녀에게 손을 내밀었다.

32

안드레이는 보로지노 야전붕대소에 들어온지 7일이 지났다. 그 동안 줄곧 그는 거의 의식 불명 상태에 있었다. 안드레이에게 딸린 의사의 의견에 의하면 고열과 상처를 입은 장의 염증이 치명적인 것이었다. 그런데 7일째에 그는 빵 한 조각과 차를 맛있게 먹었고, 의사는 전체적으로 열이 내린 것을 인정하였다. 안드레이는 아침 일찍 의식을 회복하였다. 모스크바를 출발한 첫날 밤은 매우 따뜻했기 때문에 안드레이는 그대로 포장마차에 남아 있었다. 그러나 므이찌시치에서는 안드레이 자신이 마차에서 나와 차를 달라고 요구했다. 그런데 농가로 운반될 때의 고통으로 안드레이는 큰 소리로 신음하고 다시 의식을 잃고 말았다. 행군용 침대에 뉘어졌을 때도, 그는 오랫동안 눈을 감은 채 꼼짝도 하지 않고 있었다. 그러더니 갑자기 눈을 뜨고 작은 음성으로 속삭였다. "차는 어떻게 됐어?" 생활의 사소한 일을 이렇게 잘 기억하는 것에 의사는 놀랐다. 그는 맥을 짚어보고 좋아진 것을 알고는 놀라기도하고, 불만스럽게도 여겼다. 의사가 그것을 알고 불만스럽게 생각한 것은, 그의 오랜 경험으로 안드레이는 살 수가 없고, 가령 지금 죽지 않는다 해도 얼마 후 더 고통을 받고 죽을 것이라고 확신하고 있었기 때문이었다. 안드레이와 함께 모스크바에서 이 일행에 낀 안드레이 연대의 소령, 코가 빨간 찌모힌도 운반되었다. 그도 역시 보로지노 전투에서 다리를 부상한 것이다. 이두 사람에게는 의사, 안드레이의 시종과 마부, 종졸이 두 사람 딸려 있었다.

안드레이에게 차를 가지고 왔다. 그는 차를 맛있게 마시면서, 무엇인가를 이해하고 생각해내려는 듯이 자기 앞의 문을 열에 들뜬 눈으로 바라보고 있었다.

"이제 필요 없어. 찌모힌은 있나?" 그는 물었다. 찌모힌은 걸상 위를 기어 안드레이 곁으로 가까이 왔다.

"여기 있습니다, 공작님."

"상처는 어떤가?"

"제 상처 말입니까? 괜찮습니다. 그것보다 공작님은?"

안드레이 공작은 무엇을 상기하려는 듯이 다시 생각에 잠겼다.

"책은 얻을 수 없나?" 그는 말했다.

"무슨 책입니까?"

"복음서. 나한테 없어서 말이야."

군의는 구해주겠다고 약속하고, 기분은 어떠냐고 물었다. 안드레이는 의사의 모든 질문에 마지못해 조리있게 대답하였다. 그리고 나서 몸 밑에 쿠션이라도 대주면 좋겠다, 그렇지 않으면 잠자리가 불편하고 몹시 아프다고 말했다. 군의와 시종은 몸에 덮여 있는 외투를 벗겨, 상처에서 발산하는 썩는 살의 악취에 얼굴을 찡그리면서 그 무서운 곳을 조사하기 시작했다. 군의는 무엇인가 몹시 불만한 모습으로, 여느 때와 다른 조치를 하고는 부상자를 난폭하게 뒤쳐 놓았기 때문에, 안드레이는 심한 아픔으로 신음 소리를 냈다. 그는 다시 의식을 잃고 헛소리를 하기 시작했다. 빨리 그 책을 가져다가 몸 밑에 넣어 달라고 끊임없이 되뇌이고 있었다.

"별로 힘든 일은 아니잖아!" 그는 말했다. "나는 갖고 있지 않아, 제발 구해 줘. 잠깐 동안이라도 여기다 넣어 줘." 그는 슬픈 소리로 이렇게 말했다.

군의는 손을 씻으러 현관으로 나갔다.

"에잇, 몰인정한 놈들이군, 정말." 군의는 자기 손에 물을 끼얹어 주는 시종에게 말했다. "자네들은 상처를 아래로 해서 공작을 눕혔겠지. 잠시 눈을 떼면 이렇단 말이야. 그것은 보통 아픈 게 아냐. 용케 참고 있는 것이 놀랍다."

"우리는 아래에 대는 것을 넣었다고 생각하는데요. 맹세코 말씀드립니다만." 시종이 말했다.

안드레이가 처음으로 자기가 어디 있으며 자기 몸에 무슨 일이 일어났는지를 이해하고, 자기가 부상했다는 것과 어떻게 부상을 당했는가를 상기한 것은, 포장마차가 므이찌시치에 머무르고 그가 집 안으로 넣어달라고 했을 때였다. 고통 때문에 다시 아무것도 모르게 된 후, 그는 집 안에서 차를 마신 뒤에야 겨우 의식을 회복했다. 이때 또 기억 속에서 자기 몸에 일어난 일을 모두 상기하였으나, 무엇보다도 그가 가장 뚜렷하게 상기한 것은 그가 미워하고 있는 인간의 고통을 보고, 그 새로운 행복을 약속해 주는 생각이 마음에 떠오른 그 순간이었다. 그리고 그 생각이 흐릿하고 막연했지만 지금 또 다시 그의 마음을 사로잡았다. 그는 지금 자기에게는 새로운 행복이 있다는 것, 더욱이 그 행복이 복음서와 무엇인가 공통된 것을 가지고 있다는 것을 상기했다. 그래서 그는 복음서를 부탁한 것이다. 그러나 상처가 좋지 않은 위치에 놓이고 새로 몸의 위치가 바뀌자 다시 그의 생각은 혼란에 빠지고 말았다. 그리고 그가 세 번째로 삶으로 의식이 돌아온 것은 이미 밤중의 완전한 정적 속에서였다. 그의 주위에서는 모두가 자고 있었다. 귀뚜라미가 현관 하나를 사이에 두고 울고 있고, 거리에서는 누군가가 소리를 지르며 노래를 부르고 있었다. 바퀴가 탁자와 성상(聖像)과 벽 위를 기어다니고, 살이 찐 가을 파리가 그의 베갯머리의, 녹아 흘러 커다란 버섯 모양이 되어 서 있는 짐승기름 초 주위를 날아다니고 있었다.

그의 마음은 정상적인 상태가 아니었다. 건강한 사람이라면 보통 무수한 일을 동시에 생각하고 느끼고 상기하고, 거기서 일련의 생각이나 현상만을 골라내어 그 일련의 현상에 자기의 주의를 모두 집중하는 제어 기능과 힘을 가지고 있다. 그러나 건강한 사람은 더할 나위 없이 깊은 사색을 할 때에도 잠시 거기에서 떠나, 들어온 사람에게 정중한 인사를 하고 다시 자기 사색으로 돌아가는 법이다. 그러나 안드레이의 마음은 이런 점에서 정상 상태에 있지 않았다. 그의 마음의 힘은 어느 때보다도 활발하고 분명했지만, 그것은 그의 의지와는 관계없이 움직이고 있었다. 갖가지 생각이나 이미지가 동시에 그를 사로잡았다. 가끔 그의 생각은 갑자기 활동을 하기 시작했다. 더욱이 건강한 상태에서는 한 번도 작동한 일이 없었던 힘과 명확함과 깊이를 가지고 있었다. 그런데 그 활동이 한창일 때, 그것이 갑자기 중단되어 무엇인가 뜻하지 않은 공상으로 대체되면 애초의 활동으로 되돌아갈 수가 없었다.

'그렇다, 나에게는 인간으로부터 떼어놓을래야 떼어놓을 수 없는 새로운 행복이 열렸다.' 그는 어두컴컴하고 조용한 농가 속에 누운 채, 열에 들뜬 눈을 크게 뜨고 앞을 바라보면서 생각했다. '물질적인 힘 밖에 있는, 인간에 대한 물질적·외면적 영향 밖에 있는 행복, 오직 마음만의 행복, 사랑의 행복이다! 이것은 누구나 이해할 수 있지만, 이것을 의식하고 지시할 수 있는 것은 하느님 뿐이다. 그러나 어떻게 해서 하느님은 이런 율법을 정했을까? 왜 하느님의 아들은? ……' 그리고 갑자기 이 생각의 흐름이 끊기고, 안드레이는 (환각인지, 현실적으로 들리는 것인지는 알 수 없지만) 무엇인가 남몰래 속삭이는 목소리를 들었다. 그것은 쉴새없이 박자를 맞추어 '이 피찌 피찌 피찌', 그리고 '이 찌 찌', 그리고 또 '이 피찌 피찌' 하고 되풀이하고 있었다. 그와 함께 이 속삭이는 듯한 음악 소리에 맞추어서 자기 얼굴 위에, 얼굴 한 가운데 위에, 가는 바늘이나 나무 조각으로 만든 두둥실 뜬 묘한 건물이 세워지는 것이었다. 그는 (괴롭기는 하였지만) 이 건축 중인 건물이 쓰러지지 않도록 안간힘을 다하여 균형을 유지해야 한다고 느끼고 있었다. 그러나 역시 그것은 무너지고, 같은 가락으로 속삭이고 있는 음악의 소리에 따라서 다시 천천히 세워지는 것이었다. '뻗는다! 뻗는다! 뻗어서 마구 뻗는다!' 안드레이는 중얼거렸다. 속삭이는 소리를 듣고, 세워져 가는 바늘의 건물을 느끼면서, 그와 동시에, 안드레이는 이따금 둥근 테두리처럼 비치는 빨간 촛불을 보기도 하고, 바퀴가 기어다니는 소리와 베개와 그의 얼굴에 부딪치는 파리 소리를 듣고 있었다. 그리고 파리가 얼굴에 닿을 때마다 타는 듯한 감촉을 느꼈다. 그러면서도 그의 얼굴 위에 세워지는 건물이 바로 그 부분에 부딪치면서 파리가 그것을 파괴하지 않는 것을 이상하게 생각하고 있었다. 그러나 그 밖에 또 하나 중요한 것이 있었다. 그것은 문 옆의 하얀 것이었다. 그것은 스핑크스 상이었다. 그리고 그것도 역시 그를 압박하고 있었다.

'그러나 어쩌면 저것은 탁자 위의 내 셔츠인지도 모른다.' 안드레이는 생각했다. '아니, 저것은 나의 다리이고, 저것은 문이다. 그러나 도대체 어떻게 해서 모든 것이 뻗어나와서, 피찌 피찌 피찌, 찌찌—그리고 피찌, 피찌인가…… 이제 그만, 그만둬, 제발 내버려둬.' 누군가를 향해서 안드레이는 괴로운 듯이 부탁했다. 그러자 느닷없이 다시 명석하고 힘차게 생각과 감정이 떠오르기 시작하였다.

'그렇다, 사랑이다(그는 또 완전히 명석하게 생각하였다). 그러나 무엇인가의 교환으로, 무엇인가를 위해서, 또는 무슨 이유가 있어서 사랑하는 사랑이 아니라, 내가 죽어가고 있고, 자기 적을 만나면서도 역시 그 적을 사랑하게 되었을 때에 처음으로 느낀 사랑인 것이다. 나는 영혼의 가장 본질적이며, 대상을 필요로 하지 않는 사랑의 감정을 맛본 것이다. 나는 지금도 그 행복한 감정을 맛보고 있다. 이웃을 사랑하는 것이다, 자기 적을 사랑하는 것이다. 모두를 사랑하는 것이다…… 온갖 형태로 나타난 하느님을 사랑하는 것이다. 소중한 사람을 사랑하는 일은 인간의 사랑으로 할 수 있다. 그러나 적을 사랑한다는 것은 하느님의 사랑으로밖에 할 수가 없다. 그래서 내가 그 사나이를 사랑하고 있다고 느꼈을 때, 그토록 기쁨을 맛볼 수 있었던 것이다. 그 사나이는 어떻게 하고 있을까? 살아 있을까…… 인간의 사랑으로 사랑하고 있으면, 사랑에서 미움으로 옮아갈 수도 있다. 그러나 하느님의 사랑은 변하지 않는다. 어떠한 것도, 죽음으로도 이 사랑을 파괴할 수는 없다. 이것은 영혼의 본질인 것이다. 그런데도 나는 지금까지 얼마나 많은 사람을 미워했는가. 그리고 모든 사람 중에서 그녀만큼 내가 싫어하고 미워한 사람은 없었다.' 그리고 그는 나따샤를 이전처럼, 자기를 기쁘게 한 그녀의 매력 만을 생각한 것이 아니라 처음으로 그녀의 영혼을 떠올렸다. 그러자 그는 그 녀의 기분, 그녀의 고통, 수치, 후회를 이해했다. 그는 지금 처음으로 자기 가 거절했던 잔혹성을 이해하고, 자기가 그녀와 절연했던 잔혹함을 깨달았 다. '만약에 한 번만 더 그녀를 만날 수 있다면, 한 번만이라도 그 눈을 보 면서 말해 주고 싶다……'

피찌 피찌 피찌, 찌 찌, 피찌 피찌―윙 하고 파리가 부딪혔다…… 그러자 그의 주의는 갑자기 현실과 환각의 별세계로 옮아가, 거기에서 무엇인가 특 별한 모양이 생기고 있었다. 여전히 마찬가지로 이 세계에서도 부서지지 않 고 건물이 세워지고, 역시 마찬가지로 무엇인가가 뻗고 있었으며, 마찬가지 로 빨간 테두리를 이루고 초가 타고 있었고, 같은 셔츠의 스핑크스가 문 옆 에 있었다. 그러나 이러한 모든 것 외에 무엇인가가 삐걱거리고, 시원한 바 람의 향기가 나고, 새로운 흰 스핑크스가 문 앞에 나타났다. 그리고 그 스핑 크스의 머리에는 그가 방금 생각하고 있던, 바로 나따샤의 창백한 얼굴과 반 짝이는 눈이 있었다.

'아, 싫다, 이렇게 연이어 환상이 나타나다니!' 안드레이는 자기 상상 속 에서 그 얼굴을 쫓아내려고 하면서 생각하였다. 그러나 그 얼굴은 현실적인 힘을 간직하고 그의 앞에 서 있었다. 더욱이 그 얼굴이 가까이 오는 것이었 다. 안드레이는 아까까지의 순수한 사색의 세계로 되돌아가려고 했지만 할 수가 없었다. 더욱더 환각의 영역 속으로 끌려 들어가는 것이었다. 조용한 속삭임 소리가 일정한 어조로 더듬거리고 있었다. 무엇인가가 압박하고 뻗 어 있었다. 그리고 이상한 얼굴이 그의 눈앞에 서 있었다. 안드레이는 제정 신을 차리려고 안간힘을 다했다. 그는 몸을 약간 움직였다. 그러자 갑자기 귀가 울리고 눈앞이 캄캄해지며 물에 잠기는 사람처럼 의식을 잃었다. 그가 제정신이 들었을 때 나따샤가, 조금 전에 그에게 계시된 새롭고 순수한 하느 님 같은 사랑으로, 온 세계의 모든 사람 중에서 가장 사랑하고 싶다고 생각 하고 있는 바로 그 나따샤가 그의 앞에 무릎을 꿇고 있었다. 그는 그것이 정 말 살아 있는 나따샤라고 깨달았다. 그리고 놀라지 않고 차분한 기쁨을 느꼈 다. 나따샤는 무릎을 꿇고 겁은 먹고 있었지만 못박힌 것처럼(그녀는 움직 일 수가 없었다) 그를 보면서 흐느낌을 참고 있었다. 그녀의 얼굴은 창백하고 굳어 있었다. 다만 그 아래쪽에서 무엇인가 떨리고 있었다.

안드레이는 마음을 편하게 하려는 듯이 한숨을 쉬고, 미소 짓고는 손을 내밀었다.

"당신이었군요?" 그는 말했다. "정말 행복합니다!"

나따샤는 민첩하고 조심스러운 동작으로 그에게로 다가가서 무릎을 꿇으며 조용히 그의 손을 잡고, 그 위에 얼굴을 숙이고 살며시 입술을 대면서 그 손에 키스했다.

"용서해 주세요!" 그녀는 고개를 들고 그를 바라보면서 속삭이듯 말했다.

"나는 당신을 사랑하고 있습니다." 안드레이는 말했다.

"용서해 주세요……."

"용서하라니, 뭘 말입니까?" 안드레이는 물었다.

"용서해 주세요, 제가 한…… 일을." 간신히 들리는 음성으로 나따샤는 속삭이듯이 말하였다. 그리고 가볍게 입술을 대면서 또다시 그의 손에 키스했다.

"나는 당신을 전보다 더 강하게, 전보다 더 깊이 사랑하고 있습니다." 안드레이는 그녀의 눈을 볼 수 있도록 한 손으로 그녀의 얼굴을 추켜올리면서 말했다.

행복한 눈물이 넘치는 그 눈은, 머뭇거리며 동정 어린 기쁨과 사랑에 찬 표정으로 그를 바라보고 있었다. 부은 듯한 입술을 한, 여위고 창백한 나따샤의 얼굴은 추한 것을 넘어 무서웠다. 그러나 안드레이에게는 그 얼굴이 눈에 들어오지 않았다. 그에게 보이는 것은 아름답고 빛나는 눈이었다. 두 사람 뒤에서 이야기 소리가 들렸다.

이제 완전히 잠에서 깨어난 시종 뾰뜨르가 군의를 깨웠다. 다리의 고통 때문에 자지 못하고 있던 찌모힌은 벌써부터 모든 것을 보고 있었다. 그리고 알몸을 시트로 열심히 감추려고 하면서 걸상 위에서 몸을 움츠리고 있었다.

"대체 어떻게 된 겁니까?" 군의가 자기 잠자리에서 일어나면서 말했다. "돌아가십시오, 아가씨."

마침 그때 한 하녀가 문을 두드렸다. 그녀가 없어진 것을 알아차린 백작부인이 보낸 것이다.

자는 도중에 눈을 뜬 몽유병자처럼 나따샤는 방을 나와서 자기 방으로 돌아오자 왁! 하고 흐느끼면서 자기 침상에 쓰러졌다.

그날부터 로스또프네의 여행이 계속되는 동안 줄곧, 휴식이나 숙박 때마다 나따샤는 부상 당한 안드레이의 곁을 떠나지 않았다. 그리고 의사도, 젊은 아가씨가 이렇게 마음이 굳세고, 이렇게 부상자를 잘 돌볼 줄은 미처 생각하지 못했다고 인정하지 않을 수가 없었다.

안드레이가 여행 도중에 아가씨의 팔에 안겨 죽을지도 모른다(군의의 말로는 충분히 있을 수 있는 일이었다)는 생각에 백작 부인은 몸이 오싹했으나, 제아무리 무서운 일이라 해도 그녀는 나따샤를 반대할 수가 없었다. 지금 부상한 안드레이와 나따샤 사이에 굳은 유대가 생겼기 때문에 상처가 치유되었을 경우 이전의 약혼자 끼리의 관계가 부활될 것으로 여겨졌으나, 나따샤와 안드레이 공작은 물론 아무도 그것을 입 밖에 내는 사람은 없었다. 안드레이뿐만 아니라 러시아 위에 내리깔리고 있는 해결되지 않은 생사의 문제가 다른 모든 예측을 방해하고 있었던 것이다.

33

삐에르는 9월 3일 아침 늦게야 눈을 떴다. 머리가 아프고, 벗지 않고 잔 옷이 몸을 죄었다. 그리고 어젯밤에 무슨 부끄러운 짓을 했다는 막연한 의식이 마음 속에 서려 있었다. 그 부끄러운 일이란 랑발 대위와 나눈 대화였다.

시계는 11시를 가리키고 있었지만, 밖은 유달리 침침하게 흐려 있었다. 삐에르는 일어나서 눈을 비볐다. 게라씸이 다시 책상 위에 놓은, 개머리 부분에 조각되어 있는 권총이 눈에 띄자 삐에르는 자기가 있는 장소와, 바로 오늘 자기가 하도록 되어 있는 일을 상기하였다.

'이미 늦은 것은 아닐까?' 삐에르는 생각했다. '아냐, 아마도 녀석이 모스크바에 입성하는 것은 12시 전은 아닐 거야.' 삐에르는 눈앞에 박두한 일을 이리저리 생각하지 않고 될 수 있는 대로 빨리 행동하려고 서둘렀다.

삐에르는 입은 채로 있는 옷매무새를 잠깐 매만지고 나서 권총을 집어 들고 나가려고 했다. 그러나 그때 비로소 이 무기를 어떻게 밖에서 가지고 다닐 것인가, 손에 들고 다닐 수는 없을 것이라는 생각이 머리에 떠올랐다. 헐렁한 까프딴 밑에 커다란 권총을 감춘다는 것도 어려운 일이었다. 띠 사이에도, 겨드랑이 아래에도 눈에 띄지 않도록 넣을 수는 없었다. 더욱이 권총은 총알을 빼놓았기 때문에 삐에르는 장전할 수가 없었다. '어차피 마찬가지다, 단도로 하자.' 삐에르는 혼잣말을 했다. 그러나 그는 자기 계획의 실행을 검토할 때마다, 1809년 어느 학생이 저지른 커다란 잘못은 나폴레옹을 단도로 죽이려고 한 데 있다고 남몰래 여러 번 결론을 내리고 있었다. 그러나 삐에르의 중요한 목적은 계획을 수행하는 일이 아니라, 다만 자기는 계획을 단념하지 않고 그것을 위해 전력을 다하고 있다는 것을 자기 자신에게 확인하는 데에 있었다. 삐에르는 자기가 수하리 탑 옆에서 권총과 함께 산, 녹색 칼집에 든 칼날이 무딘 단검을 급히 쥐고 그것을 조끼 밑에 감추었다.

까프딴의 띠를 매고 모자를 깊이 눌러 쓰자, 삐에르는 소리도 내지 않고 대위를 만나지 않도록 애쓰면서 복도로 빠져나가 거리로 나섰다.

어제 저녁 그가 그토록 태연하게 바라보고 있던 화재는 하룻밤 사이에 상당히 퍼져 있었다. 모스크바는 이미 사방에서 불타고 있었다. 동시에 마차 시장 거리도, 자모스크보레체(모스크바 강을 사이에 둔 크레믈린 맞은편의 시의 동남부 일대)도, 마키트 거리도, 뽀바르스까야 거리도, 모스크바 강의 거룻배도, 도로고밀로프 다리 옆의 장작 시장도 한꺼번에 타고 있었다.

삐에르가 가는 길은, 몇 개의 골목길을 지나서 뽀바르스까야 거리로 나가, 거기에서 아르바뜨 거리의 니꼴라 야블렌누이 교회로 향하고 있었다. 그 근처가 그의 공상 속에서는, 자기가 해야 할 일이 성취되는 데에 가장 알맞은 장소로서 훨씬 이전부터 정해져 있었다. 대부분의 집은 문과 빗장을 잠그고 있었다. 거리도 골목길도 한산했다. 공기에서는 탄내와 연기 냄새가 났다. 가끔 불안한 듯한, 겁에 질린 얼굴을 한 러시아 사람이나, 도시 안이 아니라 야영장에 있는 것과 같은 차림으로 거리 한가운데를 걸어가는 프랑스 병들을 만났다. 러시아인도, 프랑스인도 이상하다는 듯이 삐에르를 보았다. 큰 키와 비대한 몸에 기묘하고 음울하며, 생각에 잠기고 고민에 찬 얼굴 표정, 그 모습 전체 이외에도 러시아인이 삐에르를 주목한 것은, 이 사람이 어떤 계층에 속하는지 짐작이 가지 않았기 때문이었다. 프랑스인이 이상하게 그를 바라본 것은, 불안하고 신기한 눈빛으로 프랑스인을 바라보는 다른 러시아인과 달리 삐에르는 프랑스 사람은 거들떠보지도 않았기 때문이었다. 어느 집 문 옆에서, 프랑스어를 모르는 러시아인에게 무엇인가를 설명하고 있던 프랑스인 세 사람이 삐에르를 불러세워 프랑스어를 아느냐고 물었다. 삐에르는 고개를 가로젓고는 계속 나아갔다.

다른 뒷골목에서는 녹색 탄약 궤짝 옆에 서 있던 보초가 그에게 고함을 쳤다. 삐에르는 무서운 고함 소리가 되풀이되고 보초가 총을 겨눈 소리가 났을 때 비로소 길 반대쪽으로 돌아가야 한다는 것을 알았다. 그는 자기 주위의 그 무엇도 들리지 않았고 눈에 띄지도 않았다. 그는 자기 계획을, 무엇인가 겁이 나고 자기에게 인연도 관계도 없는 일처럼 마음이 초조하고 무섭다는 생각으로 가슴에 안고 가면서, 어젯밤의 영향을 받아 그 계획을 어느 순간에 잃게 되지나 않을까 두려워하고 있었다. 그러나 삐에르는 자기가 가려고 하는 그 장소에 이르기까지 자기 기분을 그대로 유지할 수 있는 운명은 아니었다. 게다가 도중에 아무런 방해가 들어오지 않았다 해도, 그의 계획은 실행될 수가 없었다. 왜냐하면 나폴레옹은 4시간 이상이나 전에, 시의 경계에 있는 도로고밀로프 관문에서 아르바뜨 거리를 지나 크레믈린으로 들어가, 지금은 크레믈린 궁전 안의 황제의 서재에 더없이 음울한 기분으로 앉아서 소화(消火)와 약탈 방지와, 주민의 안정을 위해 즉각 취해야 할 처치에 관해서 상세하고 치밀한 명령을 내리고 있었기 때문이었다. 그러나 삐에르는 그것을 몰랐다. 눈앞에 박두한 일에 온 정신이 팔려서 할 수도 없는 일을—어려워서가 아니라 그 일이 본성에 맞지 않기 때문에 할 수도 없는 일을—집요하게 하려고 하는 사람들이 고민하는 것처럼 삐에르도 고민하고 있었다. 그는 결정적인 순간에 마음이 약해져서, 그 결과 자기에 대한 존경을 잃게 되지나 않을까 하는 두려움에 괴로워하고 있었다.

그는 주위의 모든 것이 하나도 눈에 들어오지 않았고 들리지도 않았지만, 직감으로 길을 판단하여, 뽀바르스까야 거리로 나가는 골목에 착오를 일으키지 않았다.

삐에르가 뽀바르스까야 거리로 가까이 갈수록, 연기는 더욱 심해지고 화염으로 열기까지 느껴졌다. 이따금 집들의 지붕으로부터 불길이 솟구쳐 올랐다. 거리에서 차차 많은 사람들을 만나게 되고, 그들은 이제까지 이상으로 불안한 것 같았다. 그러나 삐에르는 무엇인가 매우 이상한 일이 일어나고 있다고는 느끼고 있으면서도, 자기가 화재 쪽으로 접근하고 있다는 것은 알아차리지 못했다. 한쪽은 뽀바르스까야 거리에 접하고, 또 한쪽은 그루진스끼 공작의 저택 정원에 접하고 있는, 집이 서 있지 않은 빈터의 좁은 길을 지나가고 있을 때, 삐에르는 갑자기 자기 옆에서 절망적인 여자의 울음소리를 들었다. 그는 꿈에서 깨어난 듯이 걸음을 멈추고 머리를 들었다.

작은 길 옆의 시들고 먼지를 뒤집어쓴 풀 위에, 털이불, 사모바르, 성상, 수납 상자 등의 가재 도구가 산더미처럼 쌓여 있었다. 수납 상자 옆의 땅바닥에 뻐드렁니가 난 젊지 않은 야윈 여자가 검은 외투에 보닛을 쓰고 앉아 있었다. 그 여자는 몸을 흔들고 무엇인가 중얼거리면서 흐느껴 울고 있었다. 열 살이나 열두 살쯤 되는 두 여자아이가 더러운 짧은 옷에 외투를 입고, 겁에 질린 창백한 얼굴에 당황한 표정으로 어머니를 바라보고 있었다. 일곱 살쯤 돼 보이는 막내둥이 아들은 외투를 입고 남의 커다란 모자를 쓴 채, 나이 먹은 유모 팔 속에서 울고 있었다. 하녀인 듯한 더러운 맨발의 여자는 상자 위에 앉아서, 희끄무레한 땋아 늘인 머리를 풀어서 햇볕에 바랜 머리카락을 잡아당기면서 그 냄새를 맡고 있었다. 관리 제복을 입고 차바퀴처럼 둥근 볼수염을 기른, 키가 작은 새우등의 남편은 반듯이 쓴 모자 밑으로 잘 빗어붙인 귀밑털을 드러낸 채, 굳은 얼굴로 쌓아올린 수납 상자를 내려 놓고 그 아래에서 무엇인가 옷가지를 꺼내려 하고 있었다.

여자는 삐에르를 보자, 그의 발 아래 몸을 던질 듯이 왔다. "나리, 정교도 나리, 도와주십시오, 힘을 빌려주십시오, 여보! …… 누구든 제발 도와주십시오." 그녀는 울부짖으며 호소하였다. "여자애를! …… 딸을! …… 우리 막내딸을 내버리고 왔어요! …… 타 죽습니다. 오오오! 애써 곱게 키웠는데 이런 일을 당하다니…… 오오오!"

"그만 해요, 여보." 나직한 목소리로 남편은 아내에게 말했다. 그것은 아무 관계도 없는 사람에게 변명을 하기 위한 것에 지나지 않은 것 같았다. "틀림없이 누이가 데려갔을 거야. 다른 데로 갈 데가 없잖아!" 그는 덧붙였다.

"멍텅구리! 악당!" 여자는 갑자기 울음을 멈추고 증오에 차서 소리쳤다. "당신에게는 인정이 없어요. 내 자식을 불쌍하게 생각하지도 않아요. 다른 사람 같으면 불속에서라도 구해 냈을 거야. 이런 멍텅구리는 인간도, 아버지도 아냐…… 당신은 훌륭하신 분입니다." 흐느끼면서 빠른 말로 삐에르에게 말했다. "이웃이 타기 시작하여 우리 집으로 옮겨붙은 것입니다. 불이야 하고 하녀가 소리치길래, 급히 짐을 꾸려서 입은 옷 그대로 뛰어나왔습니다……… 가지고 나온 것이란, 이것뿐이에요…… 시집 왔을 때의 침구 뿐이며, 다른 것은 모두 못쓰게 되었어요. 정신이 들어서 아이들을 찾아보니까, 까짜가 없어요. 오오오, 하느님! ……" 여자는 또 울기 시작하였다. "귀여운 딸이 타죽었어요! 타죽었어!"

"도대체 어딥니까? 그 아이는 어디에 남겨놓았습니까?" 삐에르는 말했다. 활기를 띤 그의 얼굴을 보고, 여자는 이 사람이라면 구해줄지 모른다고 생각했다.

"나리, 부탁입니다!" 그녀는 소리치고 그의 발에 매달렸다. "은인이여, 제 마음만이라도 가라앉게 해주십시오…… 아니스까, 가요, 가서 안내해 드려요." 그녀는 화가 나서 입을 크게 벌리고, 그 때문에 더욱 긴 앞니를 드러내면서 하녀에게 말했다.

"안내해 줘요, 안내를, 내가…… 내가 해보겠소." 삐에르는 헐떡이는 목소리로 급히 말했다.

더러운 하녀가 수납 상자 뒤에서 나오더니 땋아 내린 머리를 묶고 한숨을 짓고 나서, 맨발의 안짱다리로 작은 길을 따라 앞장서서 나갔다. 삐에르는 정신을 잃은 후 갑자기 깨어난 것과 같은 느낌이었다. 그는 이제까지보다도 높이 머리를 들고 눈은 생기를 띠었다. 그리고 그는 빠른 걸음으로 하녀 뒤를 따라가, 그녀를 앞질러서 뽀바르스까야 거리로 나섰다. 거리는 온통 검은 연기의 구름에 뒤덮여 있었다. 그 구름 속에서 불꽃의 혀가 치솟고 있었다. 많은 군중이 불 앞에서 서로 밀치며 웅성거리고 있었다. 거리 한가운데에는 프랑스군 장군이 서서, 주위 사람들에게 무엇인가 말을 하고 있었다. 삐에르는 하녀와 함께 장군이 서 있는 장소로 다가가려고 했다. 그러자 프랑스 병이 그를 저지했다.

"통행금지다." 한 사람이 삐에르에게 말했다.

"여기예요! 아저씨!" 하녀가 말했다. "뒷길을 따라서 골목에서 니꿀린네의 마당을 지나가요."

삐에르는 뒤로 되돌아와서, 하녀로부터 처지지 않기 위해 이따금 뛰듯이 그녀를 따라갔다. 소녀는 거리를 가로질러, 왼쪽 골목으로 꺾어서 세 채의 집을 지나 오른쪽 문으로 들어갔다.

"다 왔어요, 여기예요." 하녀는 말하고 뜰로 뛰어가서 판자벽 쪽문을 열고 멈추어 서서, 활활 불타고 있는 조그마한 외딴 목조집을 삐에르에게 가리켰다. 한쪽은 이미 무너져 떨어지고, 다른 한쪽은 한창 타고 있었다. 그리고 불꽃이 창문 틈과 지붕 밑에서 빨갛게 내뿜고 있었다.

쪽문으로 들어간 삐에르는 열풍에 휩싸여 저도 모르게 걸음을 멈추었다.

"어디냐, 어느 집이냐?" 그는 물었다.

"아앗!" 외딴 집을 가리키며 소녀는 외쳤다. "저기예요, 저게 우리 집이었어요. 타버렸어요, 우리 집의 소중한 까쩨치까는 타죽었어요! 우리의 귀여운 아가씨가, 아앗!" 하녀 아니스까는 불을 보자 자기 기분도 표시해 두지 않으면 안 된다고 느끼고 소리쳤다.

삐에르는 외딴 집으로 다가갔으나 열기가 너무 강해 들어갈 수가 없었다. 그는 할 수 없이 외딴채 주위를 한 바퀴 돌아서, 아직 한쪽만 타고 있는 큰 집 옆으로 나갔다. 그 집 둘레에는 프랑스 병들이 우글거리고 있었다. 삐에르는 무엇인가를 끌고 있는 이들 프랑스 병들이 무엇을 하고 있는지 처음에는 모르고 있었다. 그러나 무딘 단검으로 농민을 때리면서 여우 가죽 외투를 빼앗으려 하는 프랑스 병을 보고, 삐에르는 여기서 약탈이 이루어지고 있구나 하고 막연하게 알아챘으나 그런 생각에 관여하고 있을 겨를이 없었다.

무너지는 벽과 천장의 우지끈! 꽝! 하는 소리, 불길의 획획! 쉿쉿! 거리는 소리, 군중의 활기 띤 외치는 소리를 듣고, 때로는 시커멓게 뭉치고 때로는 불타오르는 연기 구름과 튀기는 불꽃, 곳에 따라서는 뭉쳐서 다발과 같은 모양으로 빨개지고, 곳에 따라서는 비늘처럼 금빛으로 벽을 타고 있는 불꽃을 보고, 열기와 연기의 빠른 움직임을 느끼자 삐에르는 여느 때의 버릇대로 화재의 힘에 의해 용솟음치는 힘을 느꼈다. 그 힘이 특히 강하게 삐에르에게 작용한 것은, 그 화재를 보고 그가 무거운 짐이 되어 있던 생각으로부터 갑자기 해방된 기분을 느꼈기 때문이었다. 그는 자기가 젊고 명랑하고 민첩하며 결단력을 가지고 있다는 마음이 들었다. 그는 몸채에서 별채를 따라 뛰어가 아직 무너지지 않은 부분으로 뛰어들려고 하였다. 그때 바로 머리 위에서 몇 사람의 외치는 소리가 들리더니, 뒤이어 그의 바로 옆에 무슨 무거운 것이 떨어져서 튀는 소리가 났다.

삐에르는 돌아다보았다. 그러자 프랑스 병들이 무슨 금속품이 가득 들어 있는 장롱의 서랍을 내던지고 있는 모습이 몸채의 창문에 보였다. 밑에 서 있는 프랑스 병들이 서랍에 달려들었다.

"뭐야, 자네는 무슨 용무야?" 한 프랑스 병이 삐에르에게 소리쳤다.

"집 안에 아이가 하나 있는데, 못보았나?" 삐에르가 말했다.

"무슨 소릴 지껄이는 거야? 빨리 꺼져!" 여러 사람의 소리가 들렸다. 그리고 한 병사는 서랍에 들어 있는 은이나 청동을 삐에르가 가로채기라도 하면 큰일이라는 듯, 위협하듯이 그에게로 다가섰다.

"어린이라고?" 위에서 프랑스 병이 소리쳤다. "그리고 보니 뜰에서 빽빽울고 있는 것을 들었어. 어쩌면 이 사람 아들인지도 몰라. 인정이 있어야 하겠지, 안 그래? ……."

"어디야!" 삐에르가 물었다.

"이쪽, 이쪽!" 창가에서 그 프랑스 병은 소리치고 몸채 뒤에 있는 마당을 가리켰다. "기다려, 곧 내려갈 테니까."

그리고 정말로 얼마 후에 뺨에 무엇인가 얼룩 같은 것이 있는 검은 눈의 프랑스 병이 1층 창문으로부터 뛰어나왔다. 그는 삐에르의 어깨를 두드리더니, 함께 뜰 쪽으로 뛰어갔다.

"빨리 해, 모두들." 그는 동료들에게 소리쳤다. "뜨거워졌다."

집 뒤의 모래를 뿌린 좁은 길로 달려 나가자, 프랑스 병은 삐에르의 손을 잡아당겨 원형의 빈터를 가리켰다. 벤치 밑에 장미색 옷을 입은 세 살쯤 된 여자아이가 누워 있었다.

"저기, 당신 아이는 저기 있다. 아, 계집애로군, 그럼 더 좋아." 프랑스 병은 말했다. "그럼, 안녕, 뚱보야. 인간답게 살아야 해. 우리는 모두 같은 사람들이니까." 볼에 얼룩이 있는 프랑스 병은 동료 쪽으로 달려 돌아갔다.

삐에르는 기쁨에 숨을 헐떡이면서, 여자아이 옆으로 달려가 안아 들려고 했다. 그런데 병적인 어머니를 닮은, 보기에도 귀엽지 않은 여자아이는 낯선 사람을 보고 소리를 지르며 뛰기 시작하였다. 그러나 삐에르는 그 아이를 잡아서 안아 들었다. 여자아이는 있는 힘을 다하여 소리를 지르며 울기 시작하고 고사리 같은 손으로 삐에르의 손을 밀어젖히려고 하면서, 코를 흘린 입으로 그의 손을 물었다. 삐에르는 무슨 작은 동물을 만졌을 때 느끼는 혐오감에 사로잡혔다. 그러나 그는 여자아이를 내던지지 않으려고 하면서 아이를 안고 몸채 쪽으로 되돌아갔다. 그러나 이미 같은 길을 돌아갈 수는 없었다. 하녀 아니스까의 모습도 이미 보이지 않았다. 그래서 삐에르는 가엾음과 혐오감이 뒤섞인 기분으로, 슬프게 울부짖는 눈물에 젖은 여자아이를 껴안고 다른 길을 찾기 위해 마당을 가로질러 뛰어갔다.

34

삐에르가 집집 마당과 뒷길을 돌아서 뽀바르스까야 거리 모퉁이에 있는 그루진스끼네의 마당이 있는 곳으로 아이를 안고 다시 나왔을 때, 처음에는 그곳이 어린이를 찾으러 나갔던 애초의 장소라는 것을 알아채지 못했다. 그 정도로 거기에는 군중과 여기저기에서 끌어낸 가재 도구로 가득 차 있었다. 가재도구를 안고 화재를 피하려고 하는 러시아인 가족들 외에, 거기에는 여러 옷차림을 한 몇몇 프랑스 병도 끼여 있었다. 삐에르는 그들에게는 눈도 돌리지 않았다. 그는 어머니에게 딸을 데려다 주고 또 누군가를 도우러 가기 위해 관리 일가를 찾아내려고 초조하게 서둘렀다. 삐에르는 아직 무엇인가 많은 일을 될 수 있는 대로 빨리 하지 않으면 안 된다는 생각이 들었다. 열기를 쬐면서 뛰어다녔기 때문에 몹시 흥분한 삐에르는 이때 이제까지 보다도 더 힘이 넘치고, 여자아이를 구하러 뛰어갔을 때 자기를 사로잡은 젊음과 활기와 결단력을 줄곧 느끼고 있었다. 여자아이는 이제는 조용해져서 작은 손으로 삐에르의 저고리를 잡고 그의 팔에 안겨, 작은 야수 새끼처럼 사방을 둘러보고 있었다. 삐에르는 이따금 여자아이를 보고는 희미하게 미소를 지었다. 삐에르는 이 겁먹은, 병적인 어린 얼굴에 무엇인가 감동적인 순진함과 천사와 같은 것이 보이는 것 같았다.

애초의 장소에는 이미 관리도 그의 아내도 없었다. 삐에르는 지나가는 여러 사람의 얼굴을 둘러보면서 빠른 걸음으로 군중 사이를 돌아다니고 있었다. 그는 그루지야 사람이나 아르메니아 사람 같은 가족에게 자기도 모르게 문득 주의가 끌렸다. 그들은 아름다운 동양적인 얼굴을 하고 새로운 모피 코트를 입고 새로운 장화를 신은 꽤 나이가 든 남자와, 마찬가지로 동양적인 노파와 젊은 여자의 가족들이었다. 젊은 여자는 초승달 같이 뚜렷한 검은 눈썹과, 길고 보기 드문 부드러운 붉은 빛이 감도는 아름다운, 그러나 무표정한 갸름한 얼굴을 하고 있었다. 삐에르에게 그녀는 동양적인 아름다움의 극치로 여겨졌다. 광장에 흩어진 가재 도구 사이의 군중 속에서, 호화로운 비단 외투에 밝은 보랏빛 스카프를 머리에 쓴 그녀는 눈 위에 내던진 온실의 꽃 같았다. 그녀는 노파 뒤쪽의 보따리 위에 앉아서, 속눈썹이 길고 검으며 눈초리가 째진 커다란 눈으로 골똘히 땅을 응시하고 있었다. 분명히 자신의 미모를 알고 그것을 두려워하고 있는 듯했다. 그 얼굴이 삐에르를 깜짝 놀라게 하였다. 그리고 그는 급히 서두르고 있었으면서도 울타리를 따라 지나가면서 여러 번 그녀를 돌아다보았다. 울타리 옆까지 갔으나 역시 찾는 사람을 발견하지 못하여 삐에르는 주위를 돌아보면서 그 자리에 서 있었다.

어린아이를 안은 삐에르의 모습이 전보다도 더욱 남의 눈에 띄어서, 그의 주위에 러시아인 남녀 몇 사람이 모여들었다.

"저, 여보세요, 누구를 잃으신 게 아닌가요? 당신은 신분이 높으신 양반 같은데." 사람들은 제각기 물었다.

삐에르는, 이 아이는 좀 전에 아이를 데리고 여기에 앉아 있던 검은 외투를 입은 여자의 애라고 말하고, 누가 그 여자를 모르느냐, 어디로 갔느냐고 물었다.

"분명히 그것은 안표로프 일가가 틀림없어." 늙은 집사가 곰보 여자에게 말했다. "주여 불쌍히 여기소서, 주여 불쌍히 여기소서." 익숙해진 낮은 음성으로 그는 덧붙였다.

"안표로프 일가는 아니야." 여자가 말했다. "안표로프네는 벌써 아침에 떠나 버렸어. 이 애는 마리야 니꼴라브나 아니면 이바노프의 아이야."

"이 사람은 그저 여자라고 말하고 있지만, 마리야 니꼴라브나는 마나님 아냐." 머슴 같은 사나이가 말했다.

"당신네들은 그 여잘 알고 있군요. 이빨이 긴 여윈 여자죠." 삐에르가 말했다.

"그럼 역시 마리야 니꼴라브나예요. 그 사람들은 이 늑대들이 밀려오자 정원 쪽으로 갔어요." 여자는 프랑스 병들을 가리키면서 말했다.

"오, 주여 불쌍히 여기소서." 집사가 덧붙였다.

"저쪽으로 가 보세요. 거기 있을 테니까. 역시 그 여자예요. 무척 슬퍼하고 울고 있었어요." 또 여자가 말했다. "역시 그 여자예요. 자, 이쪽이에요."

그러나 삐에르는 여자의 말을 듣고 있지 않다. 이미 얼마 동안 자기로부터 댓 발짝 떨어진 곳에서 일어나고 있는 일을 바라보고 있었다. 그는 그 아르메니아인 일가와, 그 일가 곁으로 간 프랑스 병 두 사람을 보고 있었다. 그 중의 한 병사인, 몸집이 작고 침착하지 못한 사나이는 파란 군복을 입고 새끼로 허리를 잡아매고 있었다. 머리에는 둥근 모자를 쓰고 있었지만 발은 맨발이었다. 특히 삐에르의 눈을 끈 다른 한 사람은 후리후리한 키에 등이 굽고, 동작이 느리고 얼빠진 표정을 한, 여윈 금발머리의 사나이였다. 그는 허리가 가는 조촐한 나사 외투를 입고 파란 바지에다 찢어진 커다란 장화를 신고 있었다. 장화가 없는 파란 외투의 몸집이 작은 프랑스 병은, 아르메니아인 가족한테로 다가가자 무슨 말을 하고는 갑자기 노인의 다리를 붙잡았다. 그러자 노인은 이내 다급히 장화를 벗기 시작하였다. 또 허리가 가는 외투 차림의 사나이는 아르메니아 미인의 정면에서 걸음을 멈추고, 잠자코 두 손을 호주머니에 넣은 채 그녀를 응시하고 있었다.

"받아요, 이 아이를 받아." 삐에르는 여자아이를 내밀면서 여자를 향하여 다급히 명령조로 말했다. "이 애를 그 사람들에게 돌려줘요, 돌려주는 거요!" 울기 시작한 여자아이를 땅에 내려놓으면서, 그는 거의 외치듯이 여자에게 말하고서 프랑스 병과 아르메니아인 일가를 돌아다보았다. 노인은 이미 맨발로 앉아 있었다. 몸집이 작은 프랑스 병은 남은 한쪽의 장화도 벗겨서 그 두 개를 탁탁 털고 있었다. 노인은 흐느끼면서 무슨 말을 하고 있었지만, 삐에르에게는 그것이 순간적으로 눈에 띄었을 뿐이었다. 그의 주의는 모두 외투 차림의 프랑스 병 쪽으로 쏠렸다. 그때 그 프랑스 병은 천천히 몸을 흔들면서 젊은 여자한테 다가가더니 호주머니에서 두 손을 빼서 그녀의 목덜미를 잡았다.

아르메니아 미인은 긴 속눈썹을 떨군 채 여전히 꼼짝도 하지 않고 앉아서, 병사가 자기에게 하려는 일이 눈에 들어오지도 않고 느껴지지도 않는 것 같았다.

삐에르가 자기와 프랑스 병 사이의 댓 발짝의 거리를 달려가는 동안에, 외투를 입은 키가 큰 약탈병은 벌써 아르메니아 여자가 걸고 있는 목걸이를 목에서 낚아채려 하고 있었고, 젊은 여자는 두 손으로 목을 잡고 날카로운 소리를 지르고 있었다.

"그 여자에게 손대지 마!" 삐에르는 미친 듯이 쉰 목소리로 외치면서 키가 크고 등이 굽은 병사의 어깨를 잡자 내동댕이쳤다. 병사는 쓰러졌다가 일어나서 달아나버렸다. 그러나 그의 한패는 장화를 내던지고 단검을 빼들고는 무서운 얼굴로 삐에르에게로 다가왔다.

"이봐, 바보 같은 짓은 그만둬!" 그는 소리쳤다.

삐에르는 아무것도 기억나지 않고, 힘이 10배가 되는 것 같은 감격 비슷한 광기에 싸여 있었다. 그는 맨발의 프랑스 병에게 덤벼들자 상대방이 아직 칼을 뽑을 틈도 주지 않고 밀어 넘어뜨리고는 주먹으로 힘껏 두들겨 팼다. 주위에서 군중의 함성이 들렸다. 그와 동시에 프랑스군 창기병의 기마순찰대가 거리 모퉁이로부터 모습을 나타냈다. 창기병들은 빠른 걸음으로 삐에르와 프랑스 병에게로 다가와서 두 사람을 둘러쌌다. 그 후 어떻게 되었는지 삐에르는 아무것도 기억하고 있지 않았다. 그가 기억한 것은 자기가 누군가를 패고, 자기도 얻어맞고, 마침내는 자기 손이 묶이고 한 떼의 프랑스 병이 자기 주위에 서서 자기 옷을 더듬고 있는 것을 느꼈을 뿐이었다.

"이놈은 단도를 가지고 있습니다, 중위님." 삐에르가 이해한 최초의 말이었다.

"아, 무긴가!" 장교가 말하고 삐에르와 더불어 체포된 맨발의 병사를 돌아다보았다.

"좋아, 그런 일은 모두 군법회의에서 이야기하게." 장교는 말했다. 그리고 삐에르 쪽을 돌아다보았다. "자네는 프랑스말을 할 줄 아나?"

삐에르는 핏발이 선 눈으로 사방을 둘러보고 대답을 하지 않았다. 아마도 그의 얼굴이 몹시 무섭게 보인 모양이었다. 왜냐하면 장교가 무엇인가 소리를 낮추어 말하자, 다시 창기병 네 명이 대열에서 떨어져나와 삐에르 옆에 섰기 때문이다.

"프랑스말을 할 수 있나?" 장교는 그에게서 좀 떨어져서 같은 질문을 되물었다. "통역을 데려와." 대열 뒤에서 러시아풍의 평복을 입은, 몸집이 작은 사나이가 나왔다. 삐에르는 옷차림과 말투로 봐서, 곧 그가 모스크바의 어느 상점에 있던 프랑스 사람이라는 것을 알았다.

"이 사람은 평민 같지 않습니다." 통역이 삐에르를 돌아다보고 말했다.

"아, 이놈은 방화범 같은데." 장교가 말했다. "누군가 물어 봐." 그는 덧붙였다.

"너는 누군가?" 통역이 러시아어로 질문했다. "너, 대장에게 대답해야 해." 그는 말했다.

"나는 내가 누군지 너희들한테는 말할 수 없다. 나는 너희들의 포로다. 데려가란 말이야." 느닷없이 삐에르는 프랑스말로 말했다.

"아, 아!" 장교는 이맛살을 찌푸리며 말했다. "좋아, 가자!"

창기병 둘레에 군중이 모였다. 삐에르 가장 가까이에 여자아이를 안은 그 곰보 여자가 서 있었다. 순찰대가 움직이기 시작하자 그녀는 앞으로 나섰다.

"당신은 어디로 끌려가는 겁니까, 네?" 그녀는 말했다. "만약 이 애가 그 사람들의 애가 아니라면, 누구한테 주란 말입니까?" 여자가 말했다.

"이 여자는 무슨 말을 하는 거야?" 장교가 물었다.

삐에르는 마치 술에 취해 있는 기분이었다. 자기가 구해낸 여자아이를 보자 이 도취 상태는 더욱 심해졌다.

"이 여자가 무슨 말을 하고 있느냐고?" 그는 말했다. "이 여자는 내가 방금 불 속에서 구해낸 내 딸을 데려온 거요." 그는 이어 여자에게 말했다. "그럼, 잘 있어." 그리고 그는 이와 같은 거짓말이 어떻게 해서 입에서 튀어나왔는지 자기도 모른 채, 의기양양하고 단호한 걸음걸이로 프랑스 병 사이에 끼여서 걷기 시작했다.

이 프랑스군 기마순찰대는 듀로넬 장군의 명령으로 약탈의 저지와 특히 방화범을 체포하기 위해서 모스크바의 모든 거리에 파견된 부대 중 하나였다. 그날 프랑스 고관들 사이에 나온 일반적인 의견에 의하면 방화범이 화재의 원인이었다. 몇 개의 거리를 순찰하고 기마대는 다시 다섯 명의 수상한 러시아 사람—점원 한 명, 신학생 두 명, 농민 한 명, 하인 한 명—과 수명의 약탈병을 잡았다. 그러나 모든 용의자 중에서도 가장 의심스럽게 여겨진 것은 삐에르였다. 그들 전원이 경비 본부가 설치된 주보프스끼 보루(堡壘)의 커다란 집으로 밤을 보내기 위해 끌려왔을 때, 삐에르는 엄중한 감시 밑에 독방에 수용되었다.

제4편

제1부

1

이 무렵 뻬쩨르부르그의 상류사회에서는 여느 때보다도 훨씬 격렬하게 루미안체프 파(派), 프랑스인 그룹, 황태후 마리야 표도로브나 파, 황태자 파, 그 밖의 각 파벌의 복잡한 투쟁이, 여느 때처럼 무의도식의 궁정 수벌떼의 윙윙거리는 소리에 파묻히면서 계속되고 있었다. 그러나 평안하고 사치스럽고 마음에 걸리는 일이라고는 생활의 환영(幻影), 즉 생활의 그림자에서밖에 생기지 않는 뻬쩨르부르그의 생활은 전과 다름없이 흘러가고 있었다. 그리고 러시아 국민이 놓여 있는 위험과 곤경을 이 생활의 흐름 속에서 인식하기 위해서는 상당한 노력을 하지 않으면 안 되었다. 여전히 같은 알현, 무도회, 같은 프랑스 극장, 같은 궁중의 관심, 같은 근무의 관심, 음모 등이 있었다. 다만 최상층 모임에서는 현상(現狀)의 곤란을 상기시키기 위한 노력이 이루어지고 있었다. 이러한 곤란한 상황 아래에서 황후와 황태후가 서로 전혀 상반되는 행동을 하고 있다는 소문이 몰래 전해지고 있었다. 황태후 마리야 표도로브나는 자기 관할 밑에 있는 자선 기관이나 교육 기관의 안전을 걱정하여 모든 시설을 까잔으로 옮기도록 지시하고, 이러한 시설물은 이미 모두 포장이 되어 있었다. 그런데 황후 엘리자베타 알렉쎄브나는 어떤 지시를 내리실 작정입니까 하는 질문에 대해서, 국가의 시설에 대해서 자기는 지시할 수가 없다, 왜냐하면 그것은 황제 폐하에 관한 일이기 때문이라고 천성인 러시아적인 애국심을 발휘해서 대답하였다. 또 그녀 자신에 관한 일에 대해서는, 자기는 마지막으로 뻬쩨르부르그를 출발할 작정이라고 말했다.

안나 셰레르의 집에서는 8월 26일, 바로 보로지노 전투가 있었던 날에 파티가 있었다. 이 파티에서는 성(聖)세르기의 성상을 황제에게 보냈을 때에 쓰인 대주교의 서한 낭독이 핵심적인 행사로 되어 있었다. 이 서한은 애국적인 교회인의 전형적인 명문장이라고 여겨지고 있었다. 낭독할 사람은 다음 아닌, 낭독 잘 하기로 유명한 바씰리 공작이었다(그는 황후 앞에서도 낭독의 경험이 있었다). 낭독의 묘기라고 하는 것은 거창한 신음 소리와 나끈나 끈한 중얼거림을 섞어가면서, 뜻과는 전혀 관계 없이 어떤 말에는 신음 소리가, 다른 말에는 중얼거림이 붙도록 하여 큰 소리로, 노래하듯이 말을 차례로 이어가는 데에 있는 것으로 여겨지고 있었다. 이 낭독은 안나의 모든 파티의 경우와 마찬가지로 정치적인 의의를 가지고 있었다. 이 파티에는, 프랑스 극장에 드나드는 것은 수치스러운 일이라는 것을 알게 하고 애국적인 기분을 북돋아주지 않으면 안 될 몇몇 중요 인물이 출석하도록 되어 있었다. 벌써 상당히 많은 사람들이 모여 있었지만, 안나는 아직 필요한 사람들이 모두 객실에 보이지 않았기 때문에 낭독은 잠시 미루고 일반적인 잡담으로 분위기를 이끌고 있었다.

이날의 새로운 정보는 베주호프 백작 부인 엘렌의 병이었다. 백작 부인은 며칠 전에 갑자기 병이 나서, 그녀가 중심이 되어 있는 몇몇 모임에 결석했다. 소문에 의하면 아무도 만나려고 하지 않고, 늘 치료를 받고 있던 유명한 뻬쩨르부르그의 의사 대신에 누군지 이탈리아인 의사를 믿고 그 의사가 무엇인가 새로운 특별한 방법으로 치료를 하고 있다는 것이었다.

아름다운 백작 부인의 병이 난 것은 두 남자와 동시에 결혼할 수 없기 때문으로, 이탈리아인의 치료는 그 불편을 제거하는 데에 있다는 것은 모두가 잘 알고 있는 사실이었다. 그러나 안나 앞에서는 그것을 아무도 생각하지 않았을 뿐더러 전혀 모르는 체하고 있었다.

"불쌍한 백작 부인은 병세가 무척 심하시답니다. 의사의 말로는 가슴의 염증이라나요."

"가슴의 염증? 어머나, 그건 무서운 병이 아닙니까!"

"라이벌 두 사람이 이 병 때문에 화해했다나봐요."

가슴의 염증이라는 말은 자못 기분 좋게 되풀이되었다.

"노백작의 모습은 몹시 안쓰러웠대요. 의사로부터 위독하다는 말을 듣고는 어린애처럼 울음을 터뜨렸답니다."

"그럴 거예요, 만약의 일이라도 생기면 큰 손해니까요. 아름다운 여성이니까요."

"불쌍한 백작 부인의 이야기군요." 안나가 다가오면서 말했다. "나도 사람을 보내서 문병을 시켰어요. 좀 나았다고 하더군요. 정말 그분은 절세의 미인이에요." 안나는 자신의 들뜬 감격에 잠깐 미소지으며 말했다. "우리는 각기 다른 파에 속해 있지만, 그렇다고 해서 그분의 공적을 존경하는 방해는 되지 않아요. 그분은 정말 불행한 분이에요." 안나 빠블로브나는 덧붙였다.

이 말에 의해 안나가 엘렌의 병의 장막을 약간 들어올리려 하고 있다고 지레짐작을 한 어느 경솔한 젊은이가, 유명한 의사를 부르지 않고 위험한 약을 처방할 염려가 있는 엉터리 의사의 치료를 받는다는 것은 이상한 일이라고 넉살 좋게 말하였다.

"그야 당신이 나보다는 더 잘 아실지는 모르지만" 별안간 안나는 경험이 모자란 젊은이에게 심술궂게 대들었다. "그러나 내가 확실한 방면에서 들은 바로는 그 의사는 대단히 학식이 풍부하고 노련한 분이라던데요. 그분은 스페인 왕의 시의(侍醫)래요." 이렇게 처세에 서툰 젊은이에게 쏘아붙이고 나서 안나는 빌리빈 쪽으로 몸을 돌렸다. 빌리빈은 다른 모임에 끼여서 예의 경구(警句)를 한 마디 하려고 찌푸렸던 이맛살을 펴면서, 오스트리아인의 이야기를 하고 있었다.

"나는 그것을 훌륭하다고 생각합니다!" 그는 뻬쩨르부르그의 영웅(이라고 뻬쩨르부르그에서는 불리고 있었다) 비트겐슈타인이 탈취한 오스트리아 군기를 빈으로 돌려 보낼 때 붙여 보낸 외교 문서에 관해서 이야기하고 있었다.

"그것은 어떤 거예요?" 안나는 빌리빈에게 말하고 나서, 자기는 이미 다 알고 있는 경구를 다른 사람들에게 들려주기 위해서 일동을 침묵시켰다.

그러자 빌리빈은 자기가 기초한 외교 문서의 다음과 같은 구절을 원문대로 되풀이했다.

"황제 폐하는 길을 잃고 헤매던 우방의 군기(이제까지 동맹국이었던 오스트리아가 나폴레옹 쪽에 붙은 것을 비꼰 것)를 발견하시어, 이제 그것을 오스트리아에 반송하노라." 빌리빈은 이마의 주름을 펴고, 말을 맺었다.

"훌륭합니다! 훌륭해요!" 바씰리 공작이 말하였다.

"혹시 그것은 바르샤바 가도(街道)가 아닙니까?" 큰 소리로 갑자기 이뽈리트 공작이 말했다. 그가 무슨 말을 하려는 것인지를 알지 못하고 모두 그 쪽을 돌아다보았다. 이뽈리트 공작도 기죽지 않고, 자기도 이상하다는 듯이 주위를 돌아보고 있었다. 그도 다른 사람처럼, 자기가 한 말이 무엇을 뜻하고 있는지 몰랐던 것이다. 그는 이런 식으로 느닷없이 한 말이 가끔 기발한 뜻을 지닌 것이 되어버린다는 것을, 외교관으로 근무하고 있는 동안에 여러 번 경험하여 알고 있었다. 그래서 그는 문득 머리에 떠오른 말을 무조건 내뱉어 본 것이다. '어쩌면 상당히 잘 될지도 모른다.' 그는 생각했다. '잘 되지 않더라도 모든 사람이 나름대로 바로잡아 주겠지.' 정말로 쑥스러운 침묵이 찾아들었을 때, 안나가 세뇌시키려고 기다리고 있던 애국심이 모자란 인물이 들어왔다. 그러자 그녀는 웃는 얼굴로 이뽈리트를 힐책하는 것처럼 손가락을 하나 세우고는 바씰리 공작을 테이블 옆으로 불러, 그의 앞에 초 두 개와 원고지를 가지고 와서 낭독을 시작하도록 부탁했다. 사방이 조용해졌다.

"자비로우신 황제 폐하여!" 바씰리 공작은 엄숙히 다 읽고 나서, 누군가 여기에 반대하는 자가 있는지 묻는 것처럼 청중을 돌아보았다. 그러나 아무도 반대하는 사람은 없었다. "예로부터의 서울 모스크바, 새로운 예루살렘은 저의 그리스도를 맞으려 하도다." 그는 갑자기 '저의'라는 말에 힘을 주었다. "어머니가 진심 어린 아들을 안듯이 솟아오르는 안개를 뚫고 그대의 나라의 빛나는 영광을 멀리 내다보고 환희에 넘쳐 노래 부른다. 오, 신이어, 미래를 축복하여 주시기를!" 바씰리 공작은 마지막 구절을 우는 듯한 음성으로 말했다.

빌리빈은 자기 손톱을 골똘히 보고 있었고, 대개의 사람들은 도대체 우리가 무슨 잘못을 했나요 하고 묻는 듯이 겁에 질려 있었다. 안나는 노파가 영성체의 기도를 올리는 것처럼 작은 목소리로, "비록 오만 불손한 골리앗이 ......" 하며 공작을 앞질러 서한을 읊었다.

바씰리 공작은 낭독을 계속했다.

"비록 오만 불손한 골리앗이 프랑스 국경에서 러시아 영토로 죽음의 공포를 가져오더라도 겸손한 신앙, 즉 러시아의 다윗의 이 투석기(投石器)는 곧 피에 굶주린 오만한 자의 머리를 부수리. 여기에 우리 조국의 행복을 수호한 옛날의 성(聖) 세르기의 상을 황제 폐하에게 바치는 바이다. 나의 힘이 노쇠한 탓으로 용안을 뵙지 못함을 한탄한다. 열렬한 기도를 하늘에 바치고, 전능의 신이시여, 올바른 자를 칭찬하시고, 폐하의 소원을 받아들여 주옵시기를 기도하나이다."

"굉장한 박력이다! 대단한 명문이다!" 낭독자와 필자에 대한 찬사가 들렸다. 이 낭독에 감격한 안나의 손님들은 그 후도 오랫동안 조국의 상태를 이야기하고, 머지 않아 행해질 전투의 결과에 관해서 자기 나름대로의 예상을 말했다.

"이제 아시게 될 거예요." 안나가 말했다. "내일 폐하의 생신에는 틀림없이 좋은 소식이 있을 거예요. 좋은 예감이 들어요."

2

안나의 예감은 분명히 적중했다. 이튿날 황제 생일을 축하하여 궁중에서 기도를 하고 있을 때, 볼꼰스끼 공작은 교회에서 불려나와서 꾸뚜조프 공작으로부터의 한 통의 봉서를 받았다. 그것은 전투 당일 따따리노보에서 쓴 꾸뚜조프의 보고서였다. 꾸뚜조프는, 러시아군이 한 발자국도 후퇴하고 있지 않다, 프랑스군은 우리 측보다 훨씬 심한 피해를 입고 있다, 자기는 아직 최신 정보를 수집할 틈이 없이 전장에서 급히 보고하고 있다고 쓰고 있었다. 그렇다면 이것은 승리다. 그래서 그는 교회에서 바로 나오지 않고 그 자리에서 창조주의 가호와 승리에 대한 감사의 기도를 올렸다.

안나의 예감이 적중해서, 시중은 오전 내내 축제 기분이 지배하고 있었다. 누구나 승리는 틀림없다고 믿고, 개중에는 벌써 나폴레옹을 포로로 잡아 그를 퇴위시켜서 프랑스를 위해 새로운 원수를 선출해야 한다고들 이야기하고 있었다.

궁정 생활의 환경 속에서는 실제 상황에서 멀리 떨어져 있어, 일어난 일이 완전히 있는 그대로의 박력으로 투영된다는 것은 매우 어렵다. 어찌된 일인지 전반적인 사건이 하나의 개별적인 사건을 중심으로 마무리되고 만다. 예를 들어 지금과 같은 경우도, 정신(廷臣)들의 가장 큰 기쁨은 아군 승리의 소식이 바로 황제 생일날에 도착했다는 점에 있었다. 이것은 성공을 거둔 예상 외의 선물과 같은 것이었다. 꾸뚜조프의 보고서에는 러시아군의 손해에 대해서도 씌어 있어서, 그 중에는 뚜치꼬프, 바그라찌온, 꾸따이쏘프(세 사람 모두 러시아의 유명한 장군)들의 이름도 거명되고 있었다. 역시 이 사건의 슬픈 면도 이곳 뻬쩨르부르그 세계에서는 왜 그런지 하나의 사건—꾸따이쏘프의 죽음—을 중심으로 정리되었다. 그는 모든 사람에게 알려져 있었고, 황제의 총애도 받고 있는 젊고 매력적인 인물이었다. 이날 모든 사람이 만날 때마다 이런 말을 주고받았다.

"참으로 이상한 일입니다. 기도식이 한창일 때 승전 소식이 도착하다니. 그렇지만 꾸따이쏘프를 잃은 것은 아까운 일입니다! 아, 참으로 유감입니다!"

"나는 여러분들에게 꾸뚜조프에 대해서 뭐라고 말했죠?" 바씰리 공작은 이제 예언자인양 뽐내며 말했다. "나는 늘 나폴레옹에게 이길 수 있는 것은 그 사람뿐이라고 말하잖습니까."

그러나 이튿날은 군으로부터의 소식이 없었기 때문에 모두의 목소리는 불안해졌다. 정신(廷臣)들은 황제가 상황을 잘 알지 못해서 초조해 하는 것을 생각하고 괴로워하고 있었다.

"폐하의 심정은 어떠실까?" 조신들은 말하고, 이제는 그저께처럼 꾸뚜조프를 칭찬하지 않고 오히려 황제의 불안의 원인이 된 그를 비난하는 것이었다. 바씰리 공작도 이날은 자기의 단골인 꾸뚜조프를 자랑하지도 않고, 총사령관이 화제에 오르면 침묵을 지키고 있었다. 뿐만 아니라 이날 저녁 무렵에 뻬쩨르부르그의 주민에게는, 불안과 혼란에 빠뜨리기 위해서 모든 것이 하나로 결부된 것과 같은 또 하나의 무서운 뉴스가 전해졌다. 베주호프 백작 부인인 엘렌이, 그토록 사람들이 재미있어 하던 그 무서운 병 때문에 급사한 것이다. 두 파의 상류 사회에서는 표면상으로는 베주호프 백작 부인은 가슴 염증의 무서운 발작으로 사망했다고 말해지고 있었지만, 숙친한 사이에서는 더 깊은 이야기가 오갔다. 스페인 여왕의 시의가 어떤 효과를 내기 위해서 모종의 약을 조금씩 엘렌에게 처방해 주었다. 그런데 엘렌은 노백작의 의심을 샀다는 것과, 편지를 남편(저 불행한 타락을 한 삐에르)에게 써보냈는데 답장이 오지 않은 일로 고민하고 있었는데, 처방된 약을 갑자기 다량으로 마시고 응급 치료를 할 겨를도 없이 괴로워하다가 죽었다는 것이었다. 바씰리 공작과 노백작이 이탈리아인을 문책하려고 하였으나, 이탈리아인이 불행하게 죽은 엘렌의 모종의 편지를 보였기 때문에 그는 곧 사면되었다.

모두의 화제는 세 가지 슬픈 사건, 황제가 정세를 모르고 있다는 것, 꾸따이쏘프의 전사, 엘렌의 죽음에 집중되었다.

꾸뚜조프의 보고가 있은지 3일째에 뻬쩨르부르그로 모스크바로부터 한 지주가 왔다. 그리고 프랑스군에 모스크바를 내주었다는 소식이 시 전체에 퍼졌다. 이것은 무서운 일이었다! 황제의 심정은 어떠했을까! 꾸뚜조프는 배반자였다. 그리고 바씰리 공작은 딸의 죽음을 애도하는 문상객이 왔을 때, 전에는 그토록 칭찬했던 꾸뚜조프에 대해(슬픈 나머지 전에 말한 것을 잊은 것은 할 수 없는 일이었다), 애꾸눈의 호색가로부터는 그 밖의 일은 기대할 수 없었다고 말했다.

"어떻게 그런 인간에게 러시아의 운명을 맡길 수 있는지, 그저 놀랄 따름입니다."

이 정보가 아직 비공식이었던 동안에는 그것을 의심해 볼 여지는 있었지만, 이튿날 라스또쁘친 백작으로부터 다음과 같은 보고가 들어왔다.

'꾸뚜조프 공작의 부관이 저에게 편지를 가져왔습니다. 그 편지에서 꾸뚜조프 공작은 랴잔 가도까지 군과 같이 가기 위해 경부급 경찰관을 내주기를 요구하고 있었습니다. 그는 유감스럽게도 모스크바를 포기하겠다고 말하고 있습니다. 폐하! 꾸뚜조프의 행위는 폐하의 수도와 제국의 운명을 결정합니다. 러시아의 위대함이 집약되어 있고 황조의 유해가 있는 이 도시가 명도되었다는 것을 안다면 러시아는 아연실색할 것입니다. 저는 군의 뒤를 따릅니다. 모든 것을 다 바친 지금 저에게 남겨진 것은 내 조국의 운명을 슬퍼하는 일뿐입니다.'

이 보고를 받은 황제는 볼꼰스끼 공작에게 들려서 다음과 같은 칙서(勅書)를 꾸뚜조프에게 보냈다.

'미하일 일라리오노비치 꾸뚜조프 공작! 8월 29일 이래, 나는 경으로부터 아무런 보고도 받지 않았다. 그런데 9월 1일자로 나는 모스크바 총사령관으로부터 야로슬라브리 경유로, 경이 군대와 더불어 모스크바를 포기할 결심을 하였다는 슬픈 보고를 받았다. 이 소식이 나에게 준 충격이 어떠한 것인지는 경 자신도 상상하기 어렵지 않으리라고 생각하지만, 경의 침묵은 더욱더 나의 놀라움을 크게 하고 있다. 내가 이 서면을 맡겨 시종 무관 볼꼰스끼 공작을 파견하는 까닭은, 경으로 하여금 이와 같은 비장한 결심을 하게 된 원인과 우군의 상황을 경으로부터 상세히 알기 위해서다.'

3

모스크바를 포기한 날로부터 9일이 지난 뒤, 뻬쩨르부르그에 꾸뚜조프의 사자가 모스크바 포기의 공식 소식을 가지고 왔다. 이 사자는 프랑스 사람 미쇼로 러시아말은 몰랐으나, 그는 자신에 대해서 말할 때 외국인이기는 하지만 마음과 영혼은 러시아인이라고 말하고 있었다.

황제는 곧 까멘느이 오스뜨로프 궁전의 자기 서재에서 이 사자를 인견했다. 이번 전쟁까지 한 번도 모스크바를 본 일이 없고 러시아말을 모르는 미쇼도 역시 인자하시고 높으신 군주(라고 그는 적고 있다) 앞에, 불꽃으로 그가 오는 길을 비추던 모스크바 화재 소식을 가지고 황제 앞으로 나아가자 감동을 느꼈다.

무슈 미쇼의 슬픔의 근원은 러시아 사람들의 슬픔의 근원과는 달랐겠지만, 그는 황제의 서재에 안내되었을 때 너무나 비통한 얼굴을 하고 있었기에 황제는 곧 이렇게 질문했다.

"나쁜 소식을 가지고 왔나? 대령."

"매우 슬픈 소식입니다, 폐하." 한숨과 더불어 눈을 내리깔면서 미쇼는 대답하였다. "모스크바의 포기입니다."

"싸우지 않고 유서 깊은 고도(古都)를 버린다는 건가?" 갑자기 욱 하고 성을 내며 황제가 빠르게 말했다.

미쇼는 꾸뚜조프로부터 전달하라고 명령받은 일, 즉 모스크바 부근에서는 전투가 불가능하며 군과 모스크바를 잃든가 아니면 모스크바만을 잃든가, 오직 한 가지 선택밖에 남아 있지 않았기 때문에 원수께서는 후자를 선택하지 않으면 안 되었다는 것을 공손히 아뢰었다.

황제는 미쇼를 보지 않고 말없이 마지막까지 들었다.

"적은 시중에 있는가?" 황제는 물었다.

"네, 폐하. 더욱이 시가는 지금쯤 재가 되어 있을 것입니다. 제가 떠날 때 온통 불바다였습니다." 미쇼는 단호하게 말했다. 그러나 황제를 흘끗 보고 자기가 한 말에 섬뜩했다. 황제의 숨결이 괴로운 듯이 빨라지고, 아랫입술이 떨리기 시작하면서 아름다운 파란 눈이 삽시간에 눈물로 글썽거렸기 때문이었다.

그러나 그것은 불과 한순간에 지나지 않았다. 황제는 마치 자신의 약한 마음을 꾸짖듯이 갑자기 이맛살을 찌푸렸다. 그리고 머리를 약간 들고 단호한 음성으로 미쇼에게 말했다.

"아무래도 대령, 이번 일을 곰곰 생각해 보니 하느님은 우리에게 큰 희생을 요구하고 계시는 것 같다…… 나는 그 모든 의지에 따를 작정이다. 그러나 말해 주었으면 하는데, 미쇼, 귀관이 출발할 때 군은 어떤 상태였는가? 싸우지 않고 나의 옛 서울을 버리는 것을 보고 낙담하지는 않던가?

인자함과 높으신 자기 군주가 침착한 모습을 되찾은 것을 보자 미쇼도 마음이 가라앉았지만, 솔직한 대답을 구하고 있는, 핵심을 찌른 황제의 질문에 그는 아직 대답을 준비할 겨를이 없었다.

"폐하, 성실한 군인답게 아뢰는 것을 허락하여 주시겠습니까?" 시간을 벌기 위해서 그는 말했다.

"대령, 내가 항상 바라고 있는 것도 바로 그것이오." 황제는 말했다. "아무것도 숨기지 마시오. 나는 모든 걸 사실대로 알고 싶으니까."

"폐하!" 미쇼는 가볍고, 예에서 벗어나지 않은 말의 유희 형식으로 대답을 준비할 여유를 얻고 입술에 미묘하게 간신히 눈에 띌 정도의 미소를 띠고 말했다. "폐하! 제가 출발할 때 전군은 사령관으로부터 한 병졸에 이르기까지, 한 사람도 빠짐없이 심한 절망적인 공포에 빠져 있었습니다……."

"뭐라고?" 심각하게 이맛살을 찌푸리면서 황제가 말을 가로막았다. "우리 러시아군의 장병이 불행 때문에 사기가 떨어지다니…… 설마!"

이것은 자기가 생각하던 말의 유희를 끼어 넣기 위해 미쇼가 기다리던 말이었다.

"폐하!" 그는 공손하고 익살맞은 표정을 짓고 말했다. "그들은 다만 두려워하고 있습니다. 폐하께서 너그러우신 마음에서 강화를 체결하실까봐, 그것만을 두려워하고 있습니다. 그들은 전투 의식에 불타고 있습니다." 러시아 국민의 전권 사절은 말했다. "그리고 스스로의 목숨을 희생시킴으로써 폐하께 얼마나 충성스러운가를 보이기 위해 불타고 있습니다……."

"아!" 황제는 안심한 듯이, 눈에 상냥한 빛을 띠고는 미쇼의 어깨를 두드리면서 말했다. "자네는 나를 안심하게 해 주었네, 대령."

황제는 고개를 떨구고 잠시 잠자코 있었다.

"그럼, 군으로 돌아가게." 그는 몸을 쭉 펴고서 상냥하고도 위엄에 찬 몸짓으로 미쇼를 향하여 말했다. "그리고 용감한 우리 군에게 말해주게. 자네가 지나가는 곳곳의 충성스러운 신민에게 말해주게. 만약 최후의 한 병사까지 잃는 경우가 있더라도, 그때 나는 나 자신이 귀족들과 충성스러운 농민들의 앞장에 서서, 우리 제국의 마지막 자원까지 모두 사용할 작정이다. 그것은 적이 생각하고 있는 것보다 훨씬 많다." 황제는 차차 흥분의 빛을 더해 가며 말했다. "그러나 만약 하느님의 섭리가 명하는 데에 따라서" 그는 감정이 깃들어 빛나는, 아름답고 온화한 눈으로 하늘을 보며 말하였다. "나의 가계(家系)가 조상의 왕좌를 차지하는 것을 그만 두도록 정해져 있다면, 내가 지배할 수 있는 수단을 모두 다 사용한 뒤 나는 턱수염을 여기까지(황제는 손으로 가슴 중간쯤을 가리켰다) 기르고 가장 가난한 농부와 함께 감자를 먹을 작정이다. 내 조국과 나의 사랑하는 국민의 치욕에 서명하는 것보다도 나는 국민의 희생을 평가할 수 있는 방법을 알고 있다……." 이 말을 흥분한 목소리로 말하자 황제는 눈에 넘치는 눈물을 미쇼로부터 감추려는 듯이, 갑자기 얼굴을 돌려 서재 안으로 가 버렸다. 거기서 수 초 동안 서 있다가 그는 큰 걸음으로 미쇼 곁으로 돌아와 힘찬 동작으로 그의 팔을 잡았다. 황제의 부드러운 얼굴은 빨갛게 상기되고 눈은 결단과 분노의 빛에 불타고 있었다.

"미쇼 대령, 내가 여기서 지금 말한 것을 잊지 말기를 바라네. 어쩌면 우리는 어느 날엔가 기쁨을 가지고 그 일을 상기할지도 모른다…… 나폴레옹인가 나인가." 황제는 가슴에 손을 대면서 말하였다. "우리는 함께 통치할 수는 없다. 나는 그 사나이를 이해하는 것을 배웠다. 이제 그 사나이는 나를 속일 수는 없다……." 그리고 황제는 이맛살을 찌푸리고 입을 다물었다. 미쇼는 이 말을 들으며 황제의 눈에 나타난 굳은 결의를 보고는, 외국 사람이라고는 하지만 마음과 영혼은 러시아 사람이므로 이 엄숙한 순간에 귀에 들은 모든 것에 감격을 느꼈다(고 그는 훗날에 쓰고 있다). 그리고 그는 다음과 같은 표현으로 자기 자신의 기분과, 자기가 그 전권 대표라고 생각하고 있는 러시아 국민의 기분을 나타냈다.

"폐하!" 그는 말했다. "폐하는 지금 이 순간에 국민의 영광과 유럽의 구제를 위해서 서명하셨습니다!"

황제는 가볍게 고개를 끄덕이고 미쇼를 물러가게 했다.

4

러시아가 국토의 절반까지 점령당하여 모스크바 시민들도 멀리 여러 현으로 피난가고 민병대가 조국 방위를 위해서 잇달아 궐기했을 때에는, 러시아인은 모두 늙은이나 젊은이나 오직 자기 한 몸을 내던져 조국을 구하거나 또는 조국의 파멸을 한탄하고만 있었을 것이라고, 당시에 살지 않은 우리들은 흔히 그렇게 상상하기 쉽다. 당시의 일을 이야기하거나 묘사한 것은 예외 없이 러시아인의 자기 희생, 조국애, 절망, 슬픔, 영웅적인 활약만을 들추고 있다. 그러나 실제로는 그렇지 않았다. 우리에게 그렇게 여겨지는 것은, 우리가 지나간 일들 중에서 당시의 일반적인 역사적 관심만을 보고 당시 사람들이 가지고 있었던, 모든 개인적인 인간적 관심을 보지 않은 데에 지나지 않는다. 그런데 실은 눈앞의 개인적 관심은 일반적 관심보다는 훨씬 중요하므로, 그것에 방해되어 일반적 관심은 결코 느껴지지 않는(전혀 눈에 띄지 않을 정도의) 것이다. 당시 사람들의 태반은 전반적인 사태의 행방에는 아무런 주의도 기울이지 않고, 다만 눈앞의 개인적인 관심에 지배되어 있었다. 그리고 그 사람들이야말로 당시의 가장 쓸모 있는 활동가였던 것이다.

한편, 전반적인 사태를 이해하려고 노력하고 자기 희생이나 영웅적인 행위로 여기에 참가하려고 애쓰는 사람들은, 가장 쓸모 없는 사회의 구성원이었다. 그들은 모든 것을 거꾸로 보고 있었고, 그들이 유익하다고 생각해서 한 일은 모두 러시아의 마을들을 약탈한 삐에르나 마모노프의 민병대처럼, 또 귀부인들이 천을 풀어서 만들었는데도 부상자들에게까지 도달한 적이 한 번도 없는 붕대용 무명처럼, 실제로는 쓸모없고 부질없는 것들이었다. 똑똑한 체하고 자기 감정을 나타내는 것을 좋아하며 러시아의 현황에 대해 여러 설명을 하고 있던 사람들까지도 자신들도 모르게 자기 말 속에, 겉치레나 거짓말, 또는 아무런 책임이 있을 리가 없는 일로 책망 받고 있는 사람들에 대한 쓸데없는 비난이나 증오를 나타내고 있었다. 지혜의 나무 열매를 먹어서는 안 된다는 것은 역사상의 사건인 경우에 가장 뚜렷하게 나타난다. 오직 무의식적인 행위만이 성과를 가져오는 것이며, 역사상의 사건에서 어떤 역할을 하고 있는 사람은 절대로 그 역사적 사건의 뜻을 이해하지 못하고 있다. 만약에 그 인간이 그 뜻을 이해하려고 시도한다면, 그것에 아무런 성과가 없다는 것을 알고 놀랄 것이다.

당시 러시아에서 진행되고 있던 사건의 의미는 어떤 인간이 거기에 가깝게 관련되어 있으면 있을 수록 눈에 띄지 않았다. 뻬쩨르부르그나 모스크바로부터 멀리 떨어진 현청 소재지에서는 귀부인들이나 민병 제복을 입은 남자들이 러시아와 수도의 비운을 탄식하고 자기 희생 등을 말하고 있었다. 그런데 모스크바 밖으로 퇴각하는 군대에서는 거의 모스크바 이야기를 하거나 생각하는 사람은 없었고, 모스크바의 화재를 봐도 누구 한 사람 프랑스군에 대한 복수를 맹세하는 사람도 없었다. 다만 다음 달 분의 봉급과, 다음 숙영지와, 주보(酒保) 마나님 여자 마뜨료쉬까 등을 생각할 뿐이었다.

니꼴라이 로스또프는 전혀 자기 희생을 목적으로 한 바는 없었고, 다만 우연히 군대 복무 중에 전쟁이 일어났기 때문에 조국의 방위에 오랜 동안 직접 참가한 것이다. 따라서 절망이나 어두운 생각에 사로잡히지 않고 당시 러시아에서 일어나는 일들을 보고 있었다. 만약 그에게 러시아의 현 상황을 어떻게 생각하고 있느냐고 물었다면, 자기는 그런 일은 생각하지 않아도 좋다, 이를 위해 꾸뚜조프와 같은 사람이 있는 것이다, 자기가 들은 바에 의하면 부대가 보충되고 있는 것 같다, 틀림없이 긴 전투가 계속될 것이고, 지금 상태로는 2년이 지나면 자기는 틀림없이 연대를 하나 맡게 될 것이라고 말했을 것이다.

그는 이런 식으로 사태를 보고 있었기 때문에, 마지막 전투에는 참가하지 못하고 여단의 군마 보충을 위하여 보로네시로 출장 명령을 받았다는 것을 유감으로 생각하지 않았을 뿐만 아니라, 크게 기뻐하고 그것을 감추려고도 하지 않고, 동료들도 그 기분을 충분히 잘 이해한 것이다.

보로지노 전투를 며칠 앞두고, 니꼴라이는 돈과 서류를 받아들고 경기병들을 먼저 출발시키고 나서 역마차로 보로네시로 향했다.

그것을 경험한 사람, 즉 수개월 계속해서 군대의, 전쟁의 생활 분위기 속에 있던 사람이 아니면, 사료 징발, 양말(糧秣) 수송, 병원 등으로 군의 힘이 미치고 있는 지역으로부터 니꼴라이가 빠져나와 병사도 수송차도 야영의 더러운 흔적도 없는 남녀 농부가 있는 마을 지주의 저택, 가축들이 풀을 뜯고 있는 들판이나 역장이 졸고 있는 역사 등을 보았을 때 맛본 즐거움을 이해할 수가 없을 것이다. 특히 오랫동안 그를 놀라게 하고 기뻐하게 한 것은 젊고 건강한 여자들이었다. 그녀들 주위에는 한 사람에게 열 명이나 되는 장교가 딸려 있지도 않고, 오히려 지나가는 한 장교가 농담하는 것을 듣고도 기뻐하는 것이었다.

더없이 즐거운 기분으로 니꼴라이는 밤중에 보로네시의 여관에 도착하자, 군대에서 오랫동안 먹지 못했던 것을 몽땅 주문했다. 이튿날 말쑥이 수염을 깎고 오랫동안 입지 않았던 예복으로 갈아입고는 상관에게로 출두했다.

민병대장은 칙임(勅任) 문관의 노인으로 자신의 군인 직함과 관등을 즐기고 있는 것처럼 보였다. 그는 화난 듯(그렇게 하는 것이 군인답다고 여기고) 니꼴라이를 만나고, 마치 자기에게는 그렇게 할 권리가 있다는 듯이, 또 전황 전체를 비판하는 것처럼 찬성하기도 하고 반대하면서 니꼴라이에게 여러 가지 질문을 하였다. 니꼴라이는 매우 즐거운 기분이었기 때문에 이런 일도 다만 재미있게 느껴질 뿐이었다.

그는 민병대장이 있는 곳으로부터 현 지사(縣知事)가 있는 곳으로 갔다. 지사는 몸집이 작은 활기에 찬 사나이로 몹시 상냥하고 소탈했다. 그는 니꼴라이에게 말을 구할 수 있을 만한 양마장(養馬場)을 몇 곳 가르쳐 주고, 좋은 말을 가지고 있는 시내의 말 중개인과 시에서 20㎞ 정도 떨어진 곳에 있는 지주를 소개해 주고 그 밖에 모든 협력을 약속했다.

"당신은 로스또프 백작의 영식이신가요? 내 아내는 자당과 무척 친한 사이입니다. 우리 집에서는 매주 목요일에 손님들을 모시고 있습니다만, 오늘은 마침 목요일이니까 가벼운 마음으로 와 주실 수 있겠습니까." 지사는 그를 배웅하면서 말했다.

지사로부터 나오자 그대로 역참마다 말을 바꾸는 마차를 얻어서 하사관을 태우고 20㎞쯤 떨어진 양마장 지주에게로 곧장 달려갔다. 보로네시에 머물러 있는 처음 동안은 니꼴라이에게는 모든 것이 즐겁고 간단했다. 그리고 기분이 좋을 때 흔히 그렇듯이 만사가 순조롭게 잘 되어갔다.

니꼴라이가 찾아간 지주는 나이가 든 기병 출신의 늙은 독신자로 수렵가이자 양탄자 공장 주인이며, 향료가 든 백 년이나 묵은 술과 매우 오래된 형

가리 와인과 훌륭한 말을 가지고 있었다.

니꼴라이는 이번 말 조달의 특품으로서(라고 그는 말했다) 고르고 고른 수말 열일곱 필을 6000루블을 주고 즉석에서 샀다. 식사를 하고 약간 과하게 헝가리 와인을 마시자, 니꼴라이와 지주는 이제 '자네, 나' 하는 사이가 되어 버렸다. 니꼴라이는 지주와 열렬한 키스를 나누고 나서 더없이 즐거운 기분으로 마차를 몰고 돌아가, 현 지사의 파티에 시간을 대기 위해서 끊임없이 마부를 재촉하였다.

옷을 갈아입고 향수를 뿌리고 찬물로 세수를 하고 나서, 니꼴라이는 늦었지만 '늦어도 안 가는 것보다 낫다'는 문구를 좇아서 지사에게로 갔다.

그것은 무도회가 아니었다. 그러나 댄스를 한다고는 말하지 않았으나, 까쩨리나 뻬뜨로브나가 클라비코드로 왈츠나 에꼬쎄즈를 연주하고 댄스가 있다는 것을 알고 있었기 때문에 모두는 그것을 염두에 두고 무도회 복장으로 모였다.

1812년의 현의 생활은 여느 때와 마찬가지였고, 다른 점이 있다면 모스크바로부터 많은 부유한 가족이 뒤를 이어 피난해 왔기 때문에 시중은 여느 때보다 활기를 띠고 있었다는 것과, 당시 러시아에서 일어나고 있었던 온갖 일에서 볼 수 있듯이 일종의 특별한 위세, 즉 이런 일은 아무것도 아니며 인생 같은 건 대단한 것이 아니라는 태도를 볼 수 있었다는 것, 게다가 또 사람과 사람 사이에 없어서는 안 되는, 이제까지는 날씨나 서로 아는 사람들을 화제로 삼고 있던 잡담이 지금은 모스크바, 군대, 나폴레옹 등을 화제로 삼고 있다는 것이었다.

지사 집에 모인 사람들은 보로네시의 최상류층 사람들이었다.

여인들은 많이 있었고, 니꼴라이가 모스크바에서 아는 사람도 몇 사람 있었다. 그러나 남자 중에는 게오르기 훈장을 가지고 있고 군마조달계의 경기병 장교이며, 더욱이 마음씨가 좋고 집안이 좋은 니꼴라이 로스또프 백작과 어깨를 견줄 만한 인물은 한 사람도 없었다. 남자들 중에는 프랑스군 장교였던 이탈리아인 포로가 있었고, 이 포로가 있다는 것이 자기의 의의, 즉 러시아의 영웅이라는 자기의 의의를 더욱 높이고 있는 것처럼 니꼴라이는 느꼈다. 이탈리아인은 마치 전리품 같은 것이었다. 니꼴라이는 그것을 느꼈고 또 모든 사람이 그러한 눈으로 이탈리아인을 보고 있는 것처럼 느껴져서, 니꼴라이는 품위 있고 겸손한 태도로 이 장교를 부드럽게 대했다.

니꼴라이가 향수와 포도주 냄새를 사방에 뿌리면서 경기병 복장으로 들어와서, '오지 않는 것보다 늦은 편이 낫다'고 하는 말을 자신도 말하고 주위 사람들로부터 몇 번인가 그런 말을 듣자 이내 사람들에게 둘러싸이고 말았다. 모두의 시선이 자기에게로 집중되어 그는 곧 자기가 모두의 인기를 끌고 있다는 것을 알았다. 더욱이 지금, 오랫동안 부자유스럽게 지내온 후였으므로 더더욱 만족감에 취할 수 있는 입장에 서 있다는 것을 느꼈다. 역참과 여인숙과 지주의 양탄자 공장의 하녀들만이 그의 눈길을 끌었다며 우쭐해하는 것이 아니었다. 이곳, 현 지사의 파티에서도 니꼴라이가 자기에게 눈을 돌려줄 것을 이제나저제나 기다리고 있는 젊은 귀부인이나 귀여운 아가씨들이 셀 수 없을 정도로 있었다(고 니꼴라이에게는 여겨졌다). 귀부인이나 아가씨들은 그에게 애교를 보이고, 할머니들은 처음 만난 순간부터 이 젊은 경기병을 결혼시켜서 몸을 굳히려고 안간힘을 쓰기 시작하였다. 이 할머니들 중에는 현 지사 부인도 있어서, 그녀는 니꼴라이를 가까운 친척처럼 맞아들여 그를 '니꼴라이'라고 부르고 한 가족처럼 말을 터놓고 지냈다.

까쩨리나 뻬뜨로브나가 왈츠와 에꼬쎄즈를 타기 시작하고 댄스가 시작되자 니꼴라이는 그의 민첩한 동작으로 더욱더 이곳의 상류 사회를 매료시키고 말았다. 그는 독특하고 분방한 댄스로 모두를 놀라게 하였다. 니꼴라이 자신도 이날 밤의 자기 춤솜씨에 약간 놀랐다. 그는 모스크바에서는 이렇게 추어 본 일이 한 번도 없었고, 이와 같이 너무나 분방한 춤 태도는 버릇없는 악취미라고까지 여겨졌을 것이다. 그러나 여기에서는 모든 사람을 무엇인가 기발한 것으로, 서울에서는 보통인데 시골에 사는 자기들은 아직 모르고 있다고 모두가 생각하고 있는 것으로, 놀라게 해주고 싶은 마음이 들었다.

그날 밤 밤새도록 니꼴라이는 현의 어느 관리의 아내이자 파란 눈의 살이 찐 귀여운 금발 미인에게 가장 마음이 끌리고 있었다. 남의 아내는 자기를 위해서 만들어져 있다는 신멋이 든 젊은이들의 순진한 신념으로, 니꼴라이는 이 부인으로부터 떠나지 않고 남편에 대해서도 마음을 터놓고, 그러면서도 속에 무엇인가 있는 듯한 태도를 취하고 있었다. 그것은 마치 자기들, 즉 니꼴라이와 그 남편의 아내는 서로 마음이 잘 맞을 것이라는 것을 두 사람은 말로는 하지 않지만 알고 있다는 듯한 태도였다. 그러나 남편 쪽은 그러한 신념에는 동감이 가지 않는 듯, 애써 니꼴라이에게 언짢은 태도를 취하려 하는 것 같았다. 그런데 니꼴라이의 사람이 좋은 순진성에는 끝이 없었기 때문에, 때로는 남편은 저도 모르게 니꼴라이의 매우 들뜬 기분에 끌려들 뻔 하기도 했다. 그러나 파티가 끝날 무렵에 아내의 얼굴이 점점 빨갛게 상기되어 생기를 띠어 가자 남편의 얼굴은 더욱더 침울하고 창백해졌다. 그것은 마치 활기의 분량이 두 사람에게는 일성하고, 그것이 아내 쪽에서 증가함에 따라서 남편 쪽에서는 줄어드는 것 같은 느낌이었다.

5

니꼴라이는 얼굴에 미소를 계속 띠고 안락의자에 약간 몸을 숙이고 앉아, 금발의 여인에게 몸을 가까이 하고 그녀에게 뮤즈네 비너스네 하며 겉치레의 말을 하고 있었다.

다리의 위치를 힘차게 바꾸기도 하고 향수 냄새를 사방에 풍기며 상대방 부인과, 자기 자신에게 꼭 맞는 승마 바지에 싸인 자기의 아름다운 다리 모양을 넋을 잃고 바라보며 니꼴라이는 금발의 여성에게, 자기는 이 보로네시에 있는 어느 여성을 유괴하고 싶다고 말했다.

"그분은 어떤 분이에요?"

"매력적이며 여신 같은 분입니다. 그분의 눈은(하고 니꼴라이는 상대 여성을 바라보았다) 파랗고, 입은 산호 같으며, 하얀 살결……" 그는 어깨를 보았다. "어깨나 가슴은 다이애나 여신입니다……."

남편이 두 사람한테로 다가와서 무슨 이야기를 하고 있느냐고 어두운 얼굴로 아내에게 물었다.

"아! 니끼따 이바노이치." 니꼴라이는 예의 바르게 일어나면서 말했다. 그리고 니끼따 이바노이치도 자기의 농담에 참가해 주기를 바라는 듯이, 그에게도 어떤 금발 미인을 납치하려는 계획을 들려주었다.

남편은 침울했으나 아내는 미소를 띠고 있었다. 마음씨가 좋은 지사 부인은 찬성할 수 없다는 얼굴로 그들에게로 다가왔다.

"마리빈쩨프 부인이 당신을 만나고 싶대요, 니꼴라이." 그녀가 마리빈쩨프라는 이름을 말할 때의 어조로 보아, 니꼴라이는 이 마리빈쩨프 부인이 매우 지체 높은 부인이라는 것을 짐작할 수 있었다. "가십시다, 니꼴라이. 당신을 이렇게 불러도 괜찮겠죠?"

"네, 아주머니. 그런데 어떤 분입니까?"

"마리빈쩨프 부인은 조카딸로부터 당신에 대해서 들은 것 같아요. 당신이 그분의 조카딸을 구했다고…… 짐작이 가시겠죠? ……"

"내가 구한 사람은 한두 사람이 아닙니다!" 니꼴라이가 말했다.

"그분의 조카딸은 볼꼰스끼 공작의 따님 마리야예요. 그분이 여기에, 아주머니와 함께 보로네시에 있어요. 어머, 저렇게 빨개지다니! 왜 그래요, 혹시?"

"그런 일, 생각한 적도 없어요. 적당히 해두세요, 아주머니."

"네, 좋아요, 좋아요. 오, 정말 순진한 사람이야!"

지사 부인은 방금 이곳의 일류 명사들과 트럼프 놀이를 한 판 끝낸, 키가 크고 매우 뚱뚱하고 파란 모자를 쓴 할머니에게로 니꼴라이를 데리고 갔다. 그녀는 마리야의 어머니 쪽의 숙모가 되는 마리빈쩨프로 항상 보로네시에서 살고 있는, 유복하지만 아이가 없는 미망인이었다. 니꼴라이가 옆으로 왔을 때, 그녀는 트럼프 승부를 청산하면서 서 있었다. 니꼴라이는 그녀에게로 가까이 갔다. 그녀는 엄격하고 거드름을 피우는 표정으로 눈을 반쯤 감고 니꼴라이를 흘끗 바라보고, 여전히 자기에게 이긴 장군에게 불평을 하고 있었다.

"정말로 기뻐요." 그녀는 한 손을 내밀면서 말했다. "우리 집에도 꼭 들러 주세요."

마리야와, 별로 좋아하지 않았던 것 같은 죽은 마리야 아버지에 대해서 잠깐 이야기하고, 니꼴라이가 알고 있는 안드레이 공작의 소식을 이것저것 묻고 나서—아무래도 안드레이도 그녀의 마음에 들지 않은 것 같았다—높은 할머니는 자기 집에 와달라고 다시 한 번 말하고는 니꼴라이를 놓아주었다.

니꼴라이는 방문을 약속하고 마리빈쩨프 부인에게 실례하겠습니다 하고 말하면서 다시 얼굴이 빨개졌다. 마리야의 이름을 듣자 니꼴라이는 자기 자신도 알 수 없는 기가 죽은 마음을, 아니 오히려 무서운 것 같은 기분을 느끼는 것이었다.

마리빈쩨프 부인 곁을 떠나면서 니꼴라이는 댄스 쪽으로 되돌아가려고 했지만, 몸집이 작은 지사 부인이 토실토실한 손을 니꼴라이의 소매에 대고 할 이야기가 있다면서 그를 휴게실로 데리고 갔다. 거기 있던 사람들은 지사 부인의 방해가 되지 않도록 물러갔다.

"저, 나 좀 봐요." 부인은 조그마한, 사람이 좋아보이는 얼굴에 진지한 표정을 띠고 말했다. "이거야말로 정말 어울리는 연분이에요. 좋으시다면 내가 중매할까요?"

"누구 말씀입니까, 아주머니?" 니꼴라이가 물었다.

"공작 따님 말이에요. 까쩨리나 뻬뜨로브나는 릴리가 좋다고 말하지만 나는 그렇지 않아요. 역시 공작 따님이에요. 어때요? 그러면 당신 어머니도 감사할 거라고 생각해요. 정말 좋은 아가씨예요, 훌륭해요! 게다가 못생긴 것도 아니고."

"못생기다니요." 화가 난 듯이 니꼴라이가 말했다. "아주머니, 전 군인으로서 당연히 어디로 보내달라고 스스로 부탁하지도 않고, 무엇 하나 거부하지도 않습니다." 니꼴라이는 자기가 하고 있는 말을 생각해 볼 겨를도 없이 이렇게 말해버리고 말았다.

"그럼, 기억해 두겠어요. 이것은 농담이 아니니까요."

"농담이라뇨!"

"그럴 거야, 그럴 거야." 혼잣말처럼 지사 부인은 말했다. "그리고 또 하나. 말이 나온 김에, 당신은 다른 사람, 저 금발 여자에게 너무 달라붙어 있어요. 남편이 너무 가엾을 정도예요, 정말……."

"아닙니다, 저는 그 사람하고도 사이가 좋습니다." 니꼴라이는 단순한 마음으로 말했다. 자기가 이토록 즐거운 시간을 보내고 있는데, 누군가가 그것을 즐겁지 않다고 느낄지도 모른다는 것은 미처 생각해보지도 않았다.

'그렇지만 나는 지사 부인에게 어쩌자고 바보 같은 소릴 했을까!' 야식 때 문득 니꼴라이는 생각하였다. '저 부인은 당장에라도 중매를 하려들 것이다. 그럼 쏘냐는?……' 그래서 지사 부인에게 작별 인사를 할 때, 그녀가 미소를 띠며 거듭 그에게 "그럼, 그 일을 잊지 말아요" 하고 말하자 그는 부인을 옆으로 끌고 갔다.

"그렇지만 실은 말입니다, 사실대로 말씀드립니다만, 아주머니……."

"대체 무슨 이야기를 하려고요? 일단 저쪽으로 갑시다. 여기 앉아요."

니꼴라이는 갑자기 자기 마음 속에 간직한(어머니에게도, 누이동생에게도, 친구에게도 이야기한 일이 없는) 생각을, 거의 남이나 다름없는 이 부인에게 말하고 싶은 마음과 이야기하지 않을 수 없는 마음을 느꼈다. 후일에, 아무런 원인도 없었고 설명도 할 수 없었지만 자기에게 중대한 결과를 가져온 이 분출하는 듯한 솔직함을 상기하였을 때, 니꼴라이는 다만 어쩐지 바보 같은 생각을 했다고 느꼈다(이러한 일을 사람들은 항상 그렇게 생각하는 법이다). 그러나 그러면서도 이 분출된 솔직함이 다른 여러 가지 작은 사건과 합해서 그와 가족 전체에 매우 중요한 결과를 가져오게 되었던 것이다.

"실은 아주머니, 어머니는 벌써부터 저를 부잣집 딸과 결혼시키고 싶어하고 계십니다. 그러나 저는 그런 건 생각만 해도 싫어집니다. 돈을 위해서 결혼하다니요."

"오, 그렇고말고, 잘 알겠어요." 지사 부인은 말했다.

"그러나 볼꼰스끼 공작의 따님은 별문제입니다. 우선 솔직히 말씀드리자면, 그 사람이 저는 무척 마음에 듭니다. 제 기분에 꼭 맞습니다. 게다가 그런 상태에서, 그와 같이 이상하게 만난 뒤부터는 저는 줄곧 이것은 운명이려니 하는 생각이 듭니다. 특히 생각 좀 해 보세요. 어머니는 오래 전부터 이 일을 생각하고 있었습니다만, 나는 그 사람을 만날 기회가 없었습니다. 그냥 그렇게 만날 수가 없었습니다. 더욱이 나따샤가 그 사람 오빠와 약혼하고 있던 당시에 나로서는 그 사람과 결혼한다는 것은 생각할 수가 없었죠. 그런데 공교롭게도 마침 나따샤의 약혼이 깨지고, 그 후 여러 가지 일이 있은 뒤에 내가 그 사람을 만나게 되다니…… 실은 말입니다, 나는 이것을 아무한테도 이야기한 적 없고, 앞으로도 하지 않을 것입니다. 하지만 당신에게만은 예외입니다."

지사 부인은 감사의 표시로 그의 팔꿈치를 잡았다.

"아주머니는 제 사촌 쏘냐를 알고 계십니까? 저는 그녀를 사랑하고 있습니다. 결혼 약속도 했고, 결혼할 생각입니다…… 그래서 아시다시피 이번 일은 얘기할 여지도 없습니다." 얼굴이 빨개지면서 니꼴라이는 말했다.

"아니, 당신은 무슨 말을 하시는 거예요? 글쎄, 쏘냐는 아무것도 가진 게 없잖아요. 그런데 당신은 당신 아버지의 재정 상태가 매우 나쁘다고 말씀하시지 않았어요? 게다가 당신 어머니는? 무엇보다, 그런 일을 하면 어머니를 죽이는 거나 다름없어요. 그리고 쏘냐만 해도, 그 애가 인정이 있는 애라면 결혼 뒤의 생활이 어떻게 되는 것쯤은 알 거예요. 어머니는 절망하고, 재정은 엉망이 되고…… 안 돼요. 당신도 쏘냐도 그것을 이해해야 해요."

니꼴라이는 잠자코 있었다. 이와 같은 결론을 들으면 기분이 좋았다.

"여하간 아주머니, 그런 일은 있을 수 없습니다." 그는 잠시 잠자코 있다가 한숨을 쉬며 말했다. "그리고 그 공작 영양이 나한테 올까요? 더욱이 지금 상중이 아닙니까. 그런 것은 생각할 수 없잖습니까!"

"설마 당신은 내가 지금 곧 당신을 결혼시키려 하고 있다고 생각하지는 않겠죠? 나름대로 좋은 방법이 있어요." 지사 부인이 말했다.

"참으로 훌륭한 중매인이십니다, 아주머니……." 니꼴라이는 그녀의 토실토실한 손에 키스하면서 말했다.

6

마리야는 니꼴라이와 만난 뒤 모스크바에 도착하자 조카와 가정교사가 와 있고, 숙모 마리빈쩨프 부인이 있는 보로네시로 가는 길을 알려주는 안드레이의 편지가 와 있다는 것을 알았다. 이전(移轉)에 대한 마음 고생, 오빠의 몸을 걱정하는 마음, 새로운 집에서 생활을 정리하는 일, 새로운 사람들, 조카의 교육—이러한 모든 일 때문에 마리야의 마음 속에서는 아버지가 아팠을 때나 돌아가신 후에, 특히 니꼴라이와 만난 후 그녀를 괴롭히고 있던 마치 유혹과 같은 감정이 모두 사라지고 없었다. 그녀는 슬픈 것 같았다. 아버지를 잃은 충격이 러시아의 괴멸과 결부되어, 그 이후의 평온한 생활 환경 속에서 한 달 동안을 보냈던 지금, 더욱더 강력히 느껴지는 것이었다. 그녀는 불안했다. 자기의 오빠가, 자기에게 남겨진 가장 가까운 단 한 사람인 오빠가 노출되어 있는 위험을 생각하고 그녀는 끊임없이 괴로워하고 있었다. 그녀는 조카의 교육에 신경을 쓰고 있었으나 자기에게는 그런 재능이 없다고 항상 느끼고 있었다. 그러나 그녀의 깊은 마음 속에는 자기 자신에게 납득이 가는 생각이 있었다. 그것은 니꼴라이가 나타남으로써 고개를 쳐들기 시작한 개인적인 공상이나 기대를, 자기 내부에서 억눌렀다고 하는 의식에서 생긴 것이었다.

지사 부인은 자기 집에서 파티를 개최한 그 이튿날, 마리빈쩨프 부인에게로 가서 자기 계획을(지금과 같은 사정으로는 정식 중매 같은 것을 생각할 수는 없지만, 그래도 역시 젊은 사람들을 만나게 해서 서로의 인품을 알게 하는 것은 상관없다고 전제를 한 후) 그녀에게 이야기했다. 숙모인 마리빈 쩨프의 승인을 얻고 나서, 지사 부인은 마리야 앞에서 니꼴라이를 화제로 삼아 그를 칭찬하고, 마리야에 대해서 이야기했을 때 그가 얼굴을 붉혔다는 이야기를 하였다. 마리야는 기쁘다기보다 오히려 괴로운 심정을 느꼈다. 마음의 조화는 이제 없어지고, 또 기대와 의심과 비난과 희망이 고개를 들었다.

이 소식을 들었을 때부터 니꼴라이가 방문할 때까지의 이틀 동안, 마리야는 니꼴라이에게 어떤 태도를 취하면 좋은가를 끊임없이 생각하고 있었다. 그가 숙모 집에 오면 자기는 응접실에 가지 않기로 마음 먹었고, 자기는 대상(大喪) 중에 있는 몸이니까 손님을 만나는 것은 바람직하지 않다고 결정하기도 하였다. 니꼴라이가 자기에게 해준 일을 생각하면 그러한 일은 무례한 일이라고 생각하기도 하였다. 자기 숙모와 지사 부인이, 자기와 니꼴라이에 대해서 무슨 계획을 가지고 있다는 생각도 들었다(두 사람의 눈초리와 말이 가끔 그 추측을 뒷받침하고 있다는 느낌이 들었다). 자기는 죄가 많은 사람이므로 두 사람을 그렇게 생각하고 있는 데에 지나지 않으며, 자기가 아직 상장(喪章)도 떼지 못하는 상태에 있을 때 이런 혼담을 꺼낸다는 것은, 그녀 자신에게나 아버지의 기억에도 예의에 어긋난다는 것을 두 사람이 잊을 리가 없다고 마음에 타이르기도 하였다. 자기가 그의 앞에 나갈 경우를 상상하면서, 마리야는 그가 자기에게 할 말과 자기가 그에게 할 말을 생각해 보려고 하였다. 그러자 때로는 그 말이 부당하게 냉정한 것처럼 여겨지기도 하고, 때로는 너무나 큰 뜻을 가지고 있는 것처럼 여겨졌다. 무엇보다도 그녀는 니꼴라이를 만났을 때, 자기 자신을 잃게 되지나 않을까 두려워하고 있었다. 자기는 그를 만나면 자기 자신을 잃고, 그것이 자기 마음을 노출시키는 결과가 된다고 그녀는 느끼고 있었다.

그러나 일요일의 미사 후에 하인이 객실로 와서 로스또프 백작의 내방을 알렸을 때, 마리야는 당황하는 빛을 보이지 않았다. 다만 희미하게 얼굴이 붉어지고 눈에 반짝이는 새 빛을 띠었을 뿐이었다.

"숙모님, 그분을 만나셨어요?" 마리야는, 어떻게 해서 자기가 이렇게 표면적으로는 침착하게 있을 수 있는지 자기도 알지 못한 채, 침착한 목소리로 말하였다.

니꼴라이가 방으로 들어왔을 때, 마리야는 숙모와 인사를 하는 시간을 손님에게 주려는 듯이 순간적으로 고개를 숙였다. 그리고 니꼴라이가 자기 쪽을 향할 것이라고 여겨지는 바로 그때에 머리를 들고 번쩍번쩍 빛나는 눈으로 그의 시선을 받았다. 품위와 우아함에 찬 동작으로 그녀는 기쁜 미소를 띠고 일어나 그에게 가늘고 화사한 손을 내밀어, 처음으로 여자다운, 가슴속에서 우러나오는 듯한 새로운 목소리로 이야기하기 시작했다. 객실에 있던 부리엔 양은 의아스러운 눈으로 마리야를 바라보고 있었다. 더없이 농간에 능하고 요염한 자기 자신도 마음에 들게 해야 할 남자를 만났을 때, 그 이상으로 잘 처신할 수는 없었을 것이다.

'그녀에게는 검은 옷이 그렇게도 잘 어울리도록 되어 있는 것일까. 아니면 그렇게 아름다워진 것을 내가 알아채지 못하고 있었단 말인가. 어쨌든 대단해, 저 몸가짐과 우아함!' 부리엔 양은 생각했다.

만약 마리야가 이때 생각하는 힘을 가지고 있었더라면 자신 내부에서 일어난 변화에 부리엔 양 이상으로 놀랐을 것이다. 그의 그립고 사랑스러운 얼굴을 본 순간 무엇인가 새로운 생명력이 그녀를 사로잡아, 그녀의 의사에 상관없이 이야기하게 하고 행동하게 하였다. 그녀의 얼굴은 니꼴라이가 들어왔을 때부터 갑자기 변했다. 마치 색칠을 하고 조각을 한 각등(角燈) 측면이, 이제까지는 조잡하고 어둡고 무의미하게 보였던 측면이 안에 불을 켜자 갑자기 복잡하고 정교한 예술적인 세공이 되어 나타나는 것처럼 마리야의 얼굴이 갑자기 바뀌었다. 그녀가 이제까지 살아가는 지주로 삼아 왔던 순결하고 정신적인 내부 활동이 모두 처음으로 밖으로 나타난 것이다. 그녀의 내면적이며 자기에게 불만족했던 활동, 그녀의 고뇌, 선에 대한 갈망, 순종, 사랑, 자기 희생, 이와 같은 모든 것이 그녀의 반짝이는 눈과 미묘한 미소, 그리고 상냥한 얼굴의 윤곽 하나하나에 빛나고 있었다.

니꼴라이는 마치 그녀의 인생 전체를 알고 있었던 것처럼 분명히 이 모든 것을 알아챘다. 그는 자기 앞에 있는 존재가 이제까지 만났던 모든 사람과는 전혀 다른, 그보다 더 뛰어난 사람이며 무엇보다도 자기 자신보다도 뛰어난 존재라는 것을 느꼈다.

이야기는 극히 단순하고 사소한 것이었다. 두 사람은 전쟁 이야기를 하면서 자기도 모르게 모두와 마찬가지로 거창하게 그 사건을 슬퍼하고, 그 동안의 만남에 대해서 이야기하고—그때 니꼴라이는 이야기를 다른 것으로 옮기려고 애썼다—사람이 좋은 지사 부인에 대한 이야기, 니꼴라이나 마리야의 친척들에 대한 이야기도 하였다.

마리야는, 숙모가 안드레이 이야기를 하자마자 곧 화제를 돌려 오빠 이야기는 하지 않았다. 러시아의 불행에 대해서는 그녀는 겉을 꾸며 이야기할 수가 있었으나, 오빠는 너무나 자기의 마음에 가까운 대상이었기 때문에 겉핥기로 이야기할 마음이 들지 않았고 이야기할 수도 없을 것 같았다. 니꼴라이는 그것을 알아차렸다. 그가 원래 자기의 격에는 맞지 않는 날카로운 관찰력으로, 마리야의 모든 성격의 뉘앙스까지 알아차리고 있었기 때문이었다. 그 결과 그녀가 특별한, 보기 드문 존재라는 그의 확신을 더욱더 굳힐 뿐이었다. 니꼴라이는 마리야 이야기를 들으면, 아니 그녀를 생각하기만 해도 그녀처럼 얼굴이 붉어졌는데, 막상 그녀가 앞에 있자 마음이 자유로워지고 미리 준비했던 일과는 전혀 다른, 순간적으로 그때그때 머리에 떠오른 일을 이야기할 수가 있었다.

니꼴라이는 짧은 침묵이 찾아오면, 의례적인 방문 때 어린아이가 있는 곳에서 항상 하는 것처럼 안드레이의 아이에게 구원을 구하여 그 아이를 어르기도 하고, 경기병이 되고 싶지 않으냐고 묻기도 했다. 그는 두 손으로 아이를 안아 들고 즐겁게 빙빙 돌려주면서 마리야를 돌아다보았다. 감동어린 행복스러운 그녀의 시선이, 사랑하는 사람의 팔에 안긴 사랑하는 사내아이를 바라보고 있었다. 니꼴라이는 이 시선도 알아채고 그 뜻을 깨달은 듯이, 만족한 나머지 얼굴을 붉히고는 자못 선량하고 즐거운 듯이 아이에게 키스했다.

마리야는 상중이므로 외출하지 않았고, 니꼴라이도 이 집을 자주 드나드는 것은 예의가 아니라고 생각하고 있었다. 그러나 지사 부인은 그런 것은 아랑곳없이 중매 역할을 계속하였다. 마리야가 니꼴라이에 대해서 한, 마음이 솔깃해지는 말을 그에게 전하고 그 반대되는 일도 하면서, 니꼴라이에게 마리야와 서로 이야기를 나누도록 끈질기게 설득하였다. 이를 위해 부인은 낮 기도식에 앞서 고위 성직자가 있는 곳에서 젊은 두 사람이 만날 수 있도록 주선하였다.

니꼴라이는 지사 부인에게, 자기는 마리야와 나눌 이야기는 아무것도 없다고 말했으나 가기로 약속하였다.

틸지트에 있을 때, 니꼴라이는 모든 사람이 좋다고 인정한 것에 대해서는 그것이 과연 좋은지 나쁜지를 감히 의심하지 않았다. 그와 똑같이 지금도 자기 인생을 자기 이성에 따라서 구축하려고 하는 시도와, 상황에 얌전하게 따르려고 하는 기분 사이에서 짧지만 진지하게 투쟁을 한 후, 후자를 골라 거스를 수 없이 어딘가로 끌고 가는 힘에 자신을 맡겼다. 그는 쏘냐에게 약속을 한 처지에 마리야에게 자기 마음을 털어놓는 것은 자기가 비열하다고 여기는 행위가 된다는 것을 알고 있었다. 더욱이 자기는 절대로 비열한 행위는 하지 않을 것이라는 것도 알고 있었다. 그러나 그는 지금, 자기를 움직이고 있는 상황이나 인간들이 하는 대로 몸을 맡기고 있으면, 무엇인가 매우 중요한 일, 태어나서 이제까지 한 번도 한 일이 없는 중요한 일을 하게 될지도 모른다는 것을 깨닫고 있었다(아니 마음 속 깊이 느끼고 있었다).

마리야와 만난 뒤, 그의 생활은 표면상은 이전과 다름이 없었지만, 지금까지의 즐거움은 모두 그에게는 매력이 없는 것이 되었고, 그는 마리야를 되풀이해서 생각하는 것이었다. 그러나 사교계에서 만나는 모든 영양들에 대해서 예외 없이 생각하고 있었던 것과 같은, 또 한때 오랫동안 환희에 찬 마음으로 쏘냐를 생각하고 있었던 방식으로는 한 번도 마리야를 생각해본 일이 없었다. 대부분의 진지한 젊은이와 마찬가지로 그는 모든 영양들을 미래의 아내로서 생각하고, 공상 속에서 그 영양들에게 하얀 실내복, 사모바르를 앞에 둔 아내, 아내의 유개마차, 아이들, '엄마'와 '아빠', 자기 부모님과 그녀의 관계 등등, 결혼 생활의 모든 조건을 적용해 보았다. 그리고 그러한 미래의 상상이 그를 좋은 기분으로 몰아넣는 것이었다. 그러나 자기가 결혼을 하게 될지도 모르는 마리야를 생각했을 때에는 그는 미래의 결혼 생활을 한 번도 그릴 수가 없었다. 비록 그려보려고 해도 모든 것이 마무리가 되지 않아 조작된 것이 되고 마는 것이었다. 그리고 그는 무서운 마음이 들 뿐이었다.

7

보로지노의 전투나 아군의 전사, 부상에 의한 손해를 전하는 무서운 소식, 더 나아가서는 모스크바를 잃었다는 가장 무서운 소식이 보로네시에 도착한 것은 9월 중순이었다. 니꼴라이는 마리야가 신문에서 안드레이의 부상을 알았을 뿐 분명한 소식은 아무것도 얻지 못하였기 때문에 직접 오빠를 찾으러 가려고 한다는 이야기를 들었다(그는 마리야를 만나지 않고 있었다).

보로지노 전투와 모스크바 포기의 소식을 받자 니꼴라이는 절망과 미움, 복수심과 같은 기분을 느낀 것은 아니지만, 갑자기 보로네시의 모든 것이 매력이 없어지고 화가 나 어쩐지 창피하고 어색한 생각이 들었다. 그는 자기가 듣는 모든 대화가 속이 들여다 보이는 것 같았다. 그는 이러한 모든 일에 어떤 판단을 내리면 좋은가를 몰랐고, 연대로 돌아가면 모든 것이 분명해지리라고 느꼈다. 그는 군마 구입을 서둘렀고 가끔 종졸과 하사관에게 까닭 없는 화를 냈다.

니꼴라이가 출발하기 며칠 전에, 대성당에서 러시아군이 거둔 승리를 기념하기 위한 기도회가 열려, 니꼴라이는 그 기도회에 나갔다. 그는 갖가지 일을 생각하면서 지사의 바로 뒤에 서서 기도회에 어울리는 진지한 태도로 기도회가 끝날 때까지 서 있었다. 기도회가 끝났을 때 지사 부인이 그를 자기 옆으로 불렀다.

"마리야를 만났어요?" 그녀는 성가대 뒤에 서 있는 검은 옷의 귀부인을 목을 돌려 가리키면서 말했다.

니꼴라이는 곧 그것이 마리야라는 것을 알았다. 모자 밑에서 내다보이는 옆얼굴 때문이라기보다도 이내 그를 사로잡은, 살며시 감싸주려는 마음과 무서움과 연민의 정 때문이었다. 마리야는 자기 생각에 잠겨 있는 듯, 교회에서 나오기 전의 마지막 성호를 긋고 있었다.

니꼴라이는 이상하다는 듯이 그녀의 얼굴을 바라보았다. 그것은 그가 지금까지 보아온 얼굴과 같은 얼굴이었다. 역시 그 속에는 미묘한 정신적인 내면적 활동이 전체적으로 나타나 있었는데, 그것은 지금과 전혀 다른 빛을 띠고 있었다. 슬픔과 기도, 기대하는 감동적인 표정이 그 얼굴에 나타나 있었다. 니꼴라이는 이제까지도 그녀 앞에서는 그랬지만, 지사 부인의 독촉을 기다리지 않고 여기 교회 안에서 그녀에게 말을 거는 것이 좋은 일인가, 예의에 합당한 일인가의 여부를 자기에게 물어보지도 않고, 그녀에게로 다가가서 그 슬픔을 듣고 진심으로 동정하고 있다고 말했다. 그의 목소리를 듣자 이내 밝은 빛이 그녀의 얼굴에 불타올라 슬픔과 기쁨을 동시에 비쳐냈다.

"나는 단 한 가지, 당신에게 꼭 말씀드리고 싶었습니다, 아가씨." 니꼴라이가 말했다. "다름이 아니라 만약 안드레이 공작이 살아 있지 않으시다면,

적어도 연대장이므로 반드시 신문에 발표되었으리라고 생각합니다.”

마리야는 그의 말을 이해를 못했으나 그의 얼굴에 나타나 있는 동정의 빛을 기쁘게 느끼면서 그를 바라보고 있었다.

“그리고 제가 아는 바로는 파편에 의한 상처는(신문에는 유탄에 의해서라고 쓰여 있었죠), 곧 목숨을 잃거나 그렇지 않으면 매우 가볍거나 둘 중의 하나입니다.” 니꼴라이는 말했다. “그래서 좋은 쪽을 기대해야 합니다, 게다가 저는 믿고 있습니다…….”

마리야는 그를 가로막았다.

“아녜요, 그런, 너무나도 무서운……” 그녀는 말하려다가 흥분 때문에 말을 다 하지 못하고, 우아한 몸동작으로 고개를 숙이고(그녀가 니꼴라이 앞에서 하는 모든 동작이 그러했다) 감사의 눈으로 그를 보고는 숙모를 따라 걸어갔다.

그날 밤, 니꼴라이는 어디에도 방문하지 않고 말을 판 사람들과 다소의 셈을 끝내기 위해서 숙소에 남아 있었다. 일을 끝냈을 때는 어디로 외출하기에는 이미 늦은 시간이었지만, 그렇다고 잠자리에 들기에는 아직 일렀다. 니꼴라이는 보기 드물게, 자기 인생에 대해 생각을 하면서 오랫동안 방 안을 이리저리 거닐었다.

마리야는 스몰렌스크 교외에서 그에게 좋은 인상을 주었다. 그때 그와 같은 특수한 사정에서 그녀를 만났기 때문에, 더욱이 돈 많은 결혼 상대로서 어머니가 한때 다름 아닌 그녀를 지목하고 있었기 때문에, 니꼴라이는 마리야에게 특별한 주의를 하게 되었던 것이다. 보로네시에서 그가 방문했을 때, 그 인상은 느낌이 좋았을 뿐만 아니라 강력한 것이었다. 니꼴라이는 그때 자기가 그녀 안에서 발견한 뛰어난 정신적인 아름다움에 감동을 받았다. 그러나 그러면서도 그는 떠나려 하고 있었다. 더욱이 보로네시를 떠남으로써 마리야를 만날 기회를 잃게 된다는 것도 머리에 떠오르지 않았다. 그러나 오늘, 마리야와 교회에서 만났다는 것이 자기가 예측하고 있었던 것 이상으로 깊이(니꼴라이는 그것을 느끼고 있었다), 또 자기가 마음의 평안을 위해 바라고 있던 이상으로 깊이 마음에 스며들었다. 그 창백하고 메마른 적적한 듯한 얼굴, 빛나는 눈동자와 조용하고 우아한 몸동작, 그리고 무엇보다도 그녀의 얼굴 전체에 나타나 있는, 깊은 청초한 슬픔이 그의 마음을 소란스럽게 하고 동정을 불러 일으켰다. 니꼴라이는 남성에게서 높은 정신 생활의 발로를 보는 것은 몹시도 싫었고(그래서 그는 안드레이가 싫었다), 그것을 얕잡아보고 철학이나 공상이라고 일컫고 있었다. 그러나 마리야의 경우에 니꼴라이는 다름 아닌, 자기에게는 인연이 없는, 정신세계의 깊이를 남김없이 나타내고 있는 그 슬픔 속에 겨역할 수 없는 매력을 느낀 것이었다.

'훌륭한 아가씨임에 틀림없다! 그야말로 천사다!' 그는 혼잣말을 했다. '왜 나는 자유로운 몸이 아닐까. 왜 쏘냐와의 일을 서둘렀을까?' 그리고 저도 모르게 그는 두 사람을 비교해 보았다. 니꼴라이가 가지고 있지 않고, 그러기 때문에 몹시 높이 평가하고 있던 정신적 자질이, 한 사람은 풍부하고 다른 한 사람은 희박했다. 그는 만약 자기가 자유의 몸이라면 어떻게 할 것인가를 그려보려고 하였다. 어떻게 그는 청혼을 해서, 그녀가 자기 아내가 될 수 있을까? 아니, 그는 그것을 상상할 수가 없었다. 그저 무서운 생각만 들고 아무런 뚜렷한 이미지가 떠오르지 않았다. 쏘냐하고라면 그는 훨씬 이전에 미래의 정경을 만들어놓고 있었으나, 그것은 모두 머리로 만들어낸데다가 그는 쏘냐 안에 있는 모든 것을 속속들이 알고 있었기 때문에 단순 명쾌했다. 그러나 마리야가 상대가 되면 장래의 인생을 그려낼 수가 없었다. 왜냐하면 그는 그녀를 이해하고 있지 않았고 다만 사랑하고 있었기 때문이었다.

쏘냐를 생각하면 어딘지 모르게 즐겁고 놀이 같은 데가 있었다. 그러나 마리야를 생각하는 것은 늘 괴로웠고 약간 무서웠다.

'그녀는 야무지게 기도하고 있었지!' 그는 회상하였다. '그녀의 영혼은 완전히 기도에 젖어 있는 것 같았다. 그렇다, 그것은 산이라도 움직인다고 하는 기도다. 그러니까 그녀의 기도는 보답되리라고 나는 믿고 있다. 어째서 나는 내가 구하는 것을 기도드리지 않는가?' 그는 회상했다. '나는 무엇을 구하고 있는가? 자유, 쏘냐와 결말을 짓는 일이다. 그분이 한 말은 옳다.' 그는 지사 부인의 말을 상기했다. '쏘냐와 결혼하면 불행밖에 없다. 혼란, 어머니의 슬픔…… 재정 상태…… 혼란이다, 무서운 혼란이다. 게다가 나는 그녀를 사랑하고 있지 않다. 그렇다, 진정으로 사랑하고 있지 않다. 아, 하느님! 저를 이 무서운, 출구도 없는 상태에서 구해 주옵소서!' 그는 갑자기

기도하기 시작했다. '그렇다, 기도는 산도 움직인다. 믿지 않으면 안 된다. 그리고 어렸을 적에 나따샤와 함께 눈이 설탕이 되어달라고 기도하고, 정말 눈이 설탕이 되었는지 보러 뜰로 뛰쳐나갔던 것과는 다른 기도를 해야 한다. 그러나 지금 나는 그런 부질없는 기도를 하고 있는 것은 아니다.' 그는 방 한 구석에 파이프를 놓고 두 손을 깍지끼고 성상 앞에 서서 말했다. 마리야의 회상에 가슴을 두근거리면서 그는 여느 때에 없었던 기도를 열심히 올렸다. 눈과 목에 눈물이 솟아올랐을 때, 라브루시까가 무엇인가 서류를 가지고 들어왔다.

"바보같은 놈! 부르지도 않았는데 왜 들어오는 거야!" 급히 자세를 바꾸면서 니꼴라이가 말했다.

"지사님한테서" 라브루시까가 잠에서 덜 깬 듯한 목소리로 말했다. "급한 심부름꾼이 왔습니다. 편지입니다."

"아, 좋아, 수고했어, 물러가!"

니꼴라이는 두 통의 편지를 받았다. 한 통은 어머니로부터, 또 한 통은 쏘냐로부터 온 것이었다. 필적으로 알아보고, 먼저 쏘냐로부터 온 편지를 뜯었다. 몇 줄을 채 읽기도 전에 그의 얼굴은 파랗게 질리고, 눈은 놀라움과 기쁨에 크게 벌어졌다.

"아냐, 그럴 리는 없어!" 그는 소리내어 말했다.

그 자리에 앉아 있을 수가 없어서 그는 편지를 쥔 채 그것을 읽으면서 방 안을 걷기 시작했다. 대강대강 읽고 나서 다시 한 번, 두 번 읽었다. 그리고 어깨를 움츠리고 두 손을 벌리면서, 입을 벌리고 눈을 한 곳에 못박은 채, 방 한가운데서 걸음을 멈추었다. 하느님이 반드시 들어주리라는 확신을 가지고 방금 기도드린 것이 실현된 것이다. 그러나 니꼴라이는 그것이 무엇인가 이상한 일이라도 되는 것처럼, 그것을 자기로서는 전혀 기대하지 않은 것처럼, 그것이 이렇게 빨리 성취되었다는 그 자체가 그가 기도한 하느님의 덕택이 아니라 흔히 있는 우연에서 생긴 일임을 증명하고 있는 것처럼 느껴져 깜짝 놀랐다.

니꼴라이의 자유를 속박하고 있던, 도저히 풀 수 없다고 생각되었던 유대가 이 뜻하지 않은(니꼴라이에게는 그렇게 여겨졌다), 아무런 계기도 없는 쏘냐의 편지에 의해서 풀어진 것이다. 쏘냐는 최근의 여러 가지 불행한 사정과 모스크바에 있는 로스또프네의 거의 전 재산이 상실됐다는 것, 그리고 여러 차례 거론된, 니꼴라이가 볼꼰스끼 공작 따님과 결혼하면 좋겠다고 하는 백작 부인의 소원, 여기에 최근의 니꼴라이의 침묵과 냉담―이러한 것이 모두 하나가 되어, 그녀는 니꼴라이의 약속을 거절하고 그에게 완전한 자유를 줄 결심을 했다고 쓰고 있었다.

'제가 큰 은혜를 입고 있는 가정의 슬픔과 불화의 원인이 될지도 모른다고 생각하는 것은 너무나도 고통스럽습니다.' 그녀는 쓰고 있었다. '게다가 저의 사랑은, 제가 사랑하는 사람들의 행복만을 바라고 있습니다. 따라서 니꼴라이 님, 부탁드립니다. 자기 자신을 자유라고 생각해 주십시오. 그리고 어떤 일이 있더라도 당신의 쏘냐보다 더 강하게 당신을 사랑할 수 있는 사람은 한 사람도 없다는 것을 알아주시기 바랍니다.'

두 편지 모두 뜨로이짜에서 발송된 것이었다. 또 한 통의 편지는 백작 부인으로부터 온 것이었다. 그 편지에는 모스크바에서의 최후의 나날, 출발, 화재, 전 재산을 잃었다는 일이 적혀 있었다. 그 편지에서 다른 일과 함께, 백작 부인은 안드레이가 부상자의 한 사람으로서 자기들과 함께 이동하고 있다, 그의 상태는 몹시 위중하지만, 지금은 회복될 가망이 점점 커지고 있다고 의사가 말하고 있다, 쏘냐와 나따샤가 간호사처럼 그의 곁을 지키고 있다고 적고 있었다.

그 편지를 가지고 이튿날, 니꼴라이는 마리야에게로 갔다. 니꼴라이도 마리야도 '나따샤가 안드레이 곁에 있다'고 하는 말이 어떤 뜻을 가질 가능성이 있는가에 대해서는 한 마디도 하지 않았다. 그러나 이 편지 덕택으로 니꼴라이는 급하게 마리야와는 거의 친척처럼 친해졌다.

다음날 니꼴라이는 마리야를 야로슬라브리로 배웅하고 며칠 후 자기는 연대로 돌아갔다.

8

니꼴라이의 기도를 실현시켜준 쏘냐의 편지는 뜨로이짜에서 보낸 것이었다. 그 편지를 쓰게 된 내력은 이러했다. 니꼴라이의 결혼 상대는 부잣집 딸로 하고 싶다는 생각이 노백작 부인의 마음을 더욱더 크게 차지하게 되었다. 그녀는, 이를 위해서는 쏘냐가 가장 큰 장해가 된다는 것을 알고 있었다. 그래서 쏘냐의 생활은 최근, 특히 보구차로보 마을에서 마리야를 만났다는 니꼴라이의 편지가 온 이후는, 백작 부인의 집에서 더욱 괴로운 것이 되어갔다. 백작 부인은 쏘냐에게 마음에 상처를 주는, 냉혹하게 빈정거릴 기회를 단 한 번도 놓치지 않았다.

그러나 모스크바를 떠나기 며칠 전, 지금 생기고 있는 모든 일에 동요하고 흥분하여 백작 부인은 쏘냐를 불러서 책망하고 요구하는 대신에, 쏘냐가 자기를 희생하여 니꼴라이와의 관계를 끊음으로써, 우리 집에서 그녀가 이제까지 신세진 일에 보답해 달라고 눈물을 흘리면서 부탁하였다.

"나는 네가 그것을 약속해 줄 때까지는 마음을 놓을 수 없단다."

쏘냐는 매우 격하게 울부짖고 통곡하면서, 자기는 무슨 일이라도 하겠다, 어떠한 각오도 되어 있다고 대답을 했지만 확실한 약속은 하지 않았다. 자기에게 요구된 일을 과감하게 실천으로 옮길 수가 없었기 때문이다. 자기를 길러주고 교육을 시켜준 집안의 행복을 위하여 자기를 희생할 필요가 있었다. 다른 사람의 행복을 위해 자기를 희생하는 일은 쏘냐에게는 습관이 되어 있었다. 이 집에서의 그녀의 입장은 오직 희생이라는 방법으로밖에 자기의 좋은 점을 보일 수가 없는 것이었기 때문에, 그녀는 자기를 희생하는 데에 익숙해져 있었고 또 그것을 좋아하고 있었다. 그러나 이제까지의 모든 희생적인 행위의 경우, 그녀는 자기를 희생하면서 바로 그 일로 해서 자기 눈이나 남의 눈으로 보나 자기의 가치를 높이고, 자기가 이 세상에서 가장 사랑하는 니꼴라이에게 가장 어울리는 사람이 되어간다는 것을 의식하고서 기뻤다. 그러나 이번의 희생은, 모든 보상과 생활의 모든 희망을 단념해야 하는 것이었다. 그래서 그녀는 은혜를 주었고 그 결과로 한층 더 자기를 괴롭히는 일이 되어버린 사람들에 대해서, 태어나서 처음으로 원망 비슷한 감정을 느꼈다. 그리고 한 번도 이런 경험을 한 일이 없고, 한 번도 희생이 될 필요가 없이 자기 때문에 남을 희생하게 하면서도 모든 사람의 사랑을 받고 있는 나따샤에 대해서 부러움을 느꼈다. 그리하여 처음으로 쏘냐는, 니꼴라이에 대한 자기의 온건하고 깨끗한 사랑에서 갑자기 계율도 선도 종교도 초월한 정열적인 감정이 생기는 것을 느꼈다. 그래서 예속(隷屬)의 생활에서 마음을 감추는 것을 터득했던 쏘냐는 추상적이며 분명하지 않은 말로 백작 부인에게 대답을 하고, 그녀와의 이야기를 피하고 니꼴라이와 만나는 기회를 기다리기로 마음먹었다. 만나서 그를 자유롭게 해주기 위한 것이 아니라, 반대로 자기와 그를 영원히 결합시키기 위한 것이었다.

로스또프네가 모스크바에 머무른 마지막 며칠 동안의 분주함과 공포는 쏘냐를 괴롭히고 있던 어두운 생각을 지워버리고 말았다. 그녀는 그러한 생각으로부터의 해방을 실제적인 활동에서 발견하고 기뻐하였다. 그러나 자기들 집에 안드레이가 있는 것을 알게 되자 그와 나따샤에 대해서 진심으로 동정을 느꼈지만, 하느님은 자기가 니꼴라이와 헤어지는 것을 원하지 않는다는, 기쁘면서도 미신 같은 감정이 그녀를 사로잡았다. 그녀는 나따샤가 사랑한 것은 안드레이뿐이었으며, 지금도 여전히 그를 사랑하고 있다는 것을 알고 있었다. 지금 이와 같은 무서운 상황에서 만나게 되면 두 사람은 다시 서로 사랑하게 될 것이며, 그렇게 되면 니꼴라이는 그들 사이에 생기는 친척 관계 때문에 마리야와 결혼할 수 없게 되는 것도 쏘냐는 알고 있었다. 모스크바에서의 마지막 며칠 동안과 여행의 처음 며칠 동안에 생긴 여러 가지 무서운 사건에도 불구하고 그 감정, 즉 자기의 개인적인 일에 하느님의 뜻이 작용하고 있다는 의식이 쏘냐를 기쁘게 했다.

뜨로이짜 대수도원에서 로스또프 일가는 이번 여행 중 처음으로 하루 동안 휴식을 취했다.

수도원의 숙박소에서는 커다란 방 세 개가 로스또프 일가에 제공되어, 그 중 하나를 안드레이 공작이 썼다. 상처를 입은 안드레이는 이날 병세가 상당히 좋아져 있었다. 나따샤가 옆에서 시중을 들었다. 옆방에는 백작 부인 부처가 있었는데, 오랫동안 아는 사이이자 기부자인 로스또프네 사람들을 찾아준 원장과 정중하게 이야기를 나누고 있었다. 쏘냐도 거기에 있었다. 그리고 그녀는 안드레이가 나따샤와 무슨 이야기를 하고 있을까 하는 호기심에 고민하고 있었다. 그녀는 문 너머로 두 사람의 이야기 소리를 듣고 있었다. 안드레이의 방문이 열렸다. 나따샤가 상기된 얼굴을 하고 나오자, 그녀를 맞으러 일어나서 오른손의 넓은 소매를 잡은 수도원장도 아랑곳하지 않고 쏘냐 옆으로 다가가서 그녀의 손을 잡았다.

"나따샤, 왜 그러니? 이쪽으로 와." 백작 부인이 말했다.

나따샤가 축복을 받으러 다가가자, 수도원장은 하느님과 하느님을 섬기는 자의 도움을 구하도록 충고했다.

수도원장이 나가자, 나따샤는 어렸을 때부터의 친구의 손을 잡고 비어 있는 방으로 데리고 갔다.

　"쏘냐, 그렇지? 그분 살겠지?" 그녀는 말했다. "쏘냐, 난 정말 행복해. 그렇지만 무척 불행해! 쏘냐, 모든 것이 이전대로야. 다만 그분이 살아 있기만 한다면. 하지만 그분은 안 돼…… 왜냐하면, 왜냐하면…… 그것은……" 그리고 나따샤는 울기 시작하였다.

　"그래! 난 알고 있었어! 하느님 덕택으로." 쏘냐는 말했다. "그분은 분명 회복하실 거야!"

　쏘냐는 자기 친구에 못지 않게 흥분하였다. 그 근원은 그녀의 공포와 슬픔 때문이기도 했고, 그 누구에게도 말하지 않은 자기의 개인적인 생각 때문이기도 했다. 그녀는 흐느껴 울면서 나따샤에게 키스하고 위로했다. '그분이 살아만 준다면!' 그녀는 생각했다. 잠시 동안 울면서 이야기한 뒤 눈물을 닦고, 두 친구는 함께 안드레이의 문으로 다가갔다. 나따샤가 조심스럽게 문을 열고 방 안을 들여다 보았다. 쏘냐는 그녀와 나란히 반쯤 열린 문 옆에 서 있었다.

　안드레이는 세 개 포개 놓은 쿠션 위에 높이 누워 자고 있었다. 그의 창백한 얼굴은 편안한 표정을 짓고 눈은 감겨 있었으며, 숨결도 고른 것 같았다.

　"아, 나따샤!" 갑자기 쏘냐가 사촌 동생의 손을 잡고, 문에서 뒷걸음질하면서 거의 외치듯이 말했다.

　"뭐야? 왜 그래?" 나따샤가 물었다.

　"저거야, 저거, 바로……" 쏘냐는 창백한 얼굴로 입술을 파들파들 떨면서 말했다.

　나따샤는 조용히 문을 닫고 무슨 말인지 알아채지 못한 채 쏘냐와 함께 창문 옆으로 갔다.

　"기억하고 있지?" 겁에 질린 듯한 엄숙한 낯으로 쏘냐가 말했다. "내가 너 대신에 거울을 들여다 보았을 때…… 오뜨라도노에 마을에서 크리스마스 때…… 내가 무엇을 봤는지 기억하고 있지? ……"

　"그래, 그래!" 눈을 크게 뜨고 나따샤는 그때 쏘냐가 누워 있는 안드레이를 보고 무엇인가 말한 것을 희미하게 상기하면서 말했다.

　"기억하지?" 쏘냐는 말을 계속했다. "나는 그때 보고 모두에게 말했어.

너에게도 두냐샤한테도. 난 그분이 침대에 누워 있는 것을 봤어." 그녀는 하나하나 자상한 점을 말할 때마다 손가락을 하나 세운 손으로 무엇인가 흉내를 내면서 말하였다. "그분이 눈을 감고 있는 것도, 마침 핑크색 모포를 덮고 있는 것도, 손을 깍지끼고 있는 것도." 쏘냐는 방금 본 자세한 이야기를 해나감에 따라서, 바로 그것을 그때 자기가 보았다고 믿으면서 말했다. 그때 그녀에게는 아무것도 보이지 않았다. 다만, 자기의 머리에 떠오른 것을 본 것처럼 이야기한 것이다. 그러나 그때 자기가 생각해낸 것이, 모든 다른 추억과 마찬가지로 그녀에게는 현실적으로 느껴졌다. 그녀가 그때, 안드레이가 돌아보고 미소를 짓고 무엇인가 빨간 것에 덮여 있었다고 한 것을 그녀는 기억하고 있었을 뿐만 아니라, 이미 그때 자기는 안드레이가 핑크색인 것, 바로 핑크색 모포를 덮고 눈을 감고 있는 것을 보았고 그렇게 말했다고 확신하였다.

"그래, 그래, 확실히 핑크색이었어." 지금도 역시 핑크색이라고 말한 것을 기억하고 있는 것 같은 생각이 든 나따샤가 말했다. 그리고 다름 아닌 그것에 이 예언의 가장 중요한, 예사롭지 않은 뜻과 불가사의한 점을 알아챈 것이다.

"그런데 그것은 도대체 무슨 뜻일까?" 나따샤가 생각에 잠겨서 말했다.

"아, 나는 모르겠어. 모든 것이 좀처럼 없는 것들이야!" 머리를 감싸면서 쏘냐가 말했다.

몇 분이 지나서 안드레이가 방울을 울리자 나따샤가 그의 방으로 들어갔다. 쏘냐는 보기 드문 흥분과 감동을 느끼면서, 창가에 남아서 지금 일어난 예사롭지 않은 뜻을 곰곰이 생각하고 있었다.

그날, 군대에 편지를 낼 기회가 있어서 백작 부인은 아들에게 편지를 쓰고 있었다.

"쏘냐." 백작 부인은 조카딸이 옆을 지나갈 때 편지에서 얼굴을 들면서 말했다. "쏘냐, 너도 니꼴라이에게 편지를 쓰지 않겠니?" 백작 부인은 떨리는 나지막한 음성으로 말했다. 피곤한 안경 너머로 보고 있는 눈길 속에서, 쏘냐는 백작 부인이 이 말 속에 담은 뜻을 모두 알아챘다. 그 눈길에는 기도하는 것 같은 소원도, 거절당하는 공포도, 부탁을 해야 할 부끄러움도, 거절당했을 경우 절대로 용서하지 않고 미워하겠다는 각오가 스며나와 있었다.

쏘냐는 백작 부인에게로 다가가서, 무릎을 꿇고 손에 키스를 하였다.

"쓰겠어요, 어머니." 그녀는 말했다.

쏘냐는 이날 일어난 모든 일에, 특히 지금 본 점(占)의 신비로운 적중으로 마음이 누그러지고 흥분하고 감동에 사로잡혀 있었다. 지금 나따샤와 안드레이 공작과의 관계가 부활했기 때문에 니꼴라이는 마리야와 결혼할 수 없다는 것을 알고 있었으므로, 자기가 그 속에서 살기를 좋아하고 익숙했던 자기 희생의 기분이 되돌아오는 것을 기쁜 마음으로 느꼈다. 그리고 눈에 눈물을 머금고 너그러운 행위를 수행하고 있다는 의식을 기쁘게 생각하고, 그녀는 비로드와 같은 검은 눈을 가리는 눈물 때문에 몇 번이나 붓을 중단하면서, 니꼴라이가 받아 들고 그토록 놀란 감동 어린 편지를 쓴 것이었다.

9

삐에르가 끌려간 영창 안에서는, 그를 체포한 장교와 병사들은 경의를 보이면서도 동시에 적의를 가지고 대하였다. 더욱이 그에 대한 장교나 병사들의 태도에는, 이 사나이는 도대체 누구일까(어쩌면 신분이 높은 사람은 아닐까) 하는 의혹과 동시에 자기들이 직접 그와 서로 치고받은 격투, 아직도 기억에 생생한 사건에서 오는 적의도 느껴졌다.

그러나 이튿날 아침 교대가 오자 삐에르는, 자기를 체포한 사람들이 가지고 있던 것과 같은 감정을 새로운 파수병들은—장교도 병사들도—이미 가지고 있지 않다는 것을 느꼈다. 그리고 그들은 분명 이 덩치가 크고 살이 찐 농부의 외투를 입은 사나이를, 약탈병이나 호송병들과 그토록 필사적으로 싸우고 불 속에서 어린이를 구한 사나이라고는 전혀 여기지 않았다. 삐에르는 단지 무엇 때문인지 최고사령부의 명령에 의해 포로가 되어 구류되어 있는 러시아인 17명 중 하나에 지나지 않았다. 무엇인가 특별한 것이 삐에르에게 있었다면, 그것은 그의 겁을 내는 기색도 없이 무엇인가 골똘히 생각에 잠겨 있는 모습과, 프랑스 사람도 놀랄 만큼 유창한 프랑스말이었다. 그런데 이날 동안에 삐에르는 체포된 다른 혐의자와 함께 있게 되었다. 왜냐하면 그가 들어 있던 방이 장교를 위해 필요했기 때문이었다.

삐에르와 함께 구류되어 있던 러시아 사람은 모두가 최하층 사람들이었다. 그리고 그들은 모두 삐에르가 귀족임을 알고 경원했다. 더욱이 그가 프랑스말을 하기 때문에 더욱 그러했다. 삐에르는 자기를 얕잡아서 하는 말을 슬픈 마음으로 듣고 있었다.

다음 날 밤, 삐에르는 구류되어 있는 사람들이 모두(아마 그도 포함해서) 방화범으로서 재판을 받게 된다는 것을 알았다. 사흘째 되던 날 삐에르는 다른 사람들과 함께 어떤 건물로 연행되었다. 거기에는 하얀 콧수염을 기른 프랑스 장군과 대령 두 명, 손에 머플러를 가진 다른 프랑스인들이 앉아 있었다. 그들은 삐에르에게도 다른 사람들과 마찬가지로, 재판 받는 사람에 대해 으레 하는, 인간의 연약함을 넘어섰다고 잘못 여기고 있는 정확성과 엄밀함을 가지고, 너는 누구인가? 어디에 있었는가? 어떤 목적을 가지고 그랬는가? 등을 물었다.

이 질문들은 핵심적인 본질을 뒷전에 밀어놓고 그 본질을 해명할 수 없게 만들면서, 재판에서 하는 모든 질문과 마찬가지로 재판하는 자가 재판 받는 자의 대답을 바라는 방향으로 유도하여 재판 받는 사람을 그들이 바라는 목적, 즉 유죄로 이끌도록 홈통을 설치하는 것만을 목적으로 하고 있었다. 피고가 무엇인가 유죄의 목적에 맞지 않는 말을 하기 시작하면 곧 홈통에 손을 가한다. 그러면 물은 원하는 쪽으로 흘러주는 것이었다. 더욱이 삐에르는 어느 법정에서나 피고가 느끼는 기분—무엇 때문에 이런 모든 질문을 자기에게 하느냐는 의문을 느꼈다. 그는 다만 관대함이나 예의를 위해 이러한 홈통을 설치하는 트릭이 사용되는 것과 같은 느낌이 들었다. 그는 자기가 이런 인간들의 권력 속에 있다는 것, 자기를 이곳에 끌어온 것은 바로 그 권력이라는 것, 질문에 대한 대답을 요구하는 권리를 이 사람들에게 주는 것은 바로 그 권력이라는 것, 이 집단의 유일한 목적은 자기를 유죄로 만드는 데 있다는 것을 알고 있었다. 그렇다고 한다면 권력이 있고 유죄로 만들고 싶다는 마음이 있는 이상, 질문이나 재판 등의 트릭은 필요 없는 것이다. 모든 답변이 유죄에 통한다는 것은 명백했다. 너는 체포되었을 때 무엇을 하고 있었느냐는 질문에 대해서, 삐에르는 불꽃 속에서 구해낸 어린이를 부모에게로 데리고 가는 중이었다고 약간 비장한 어조로 대답하였다. "왜 당신은 약탈병과 격투했나?" 삐에르는 대답하였다. "나는 여성을 지켰습니다. 모욕을 당하려고 하는 여성을 지키는 것은 만인의 의무입니다. 게다가……" 그의 답변은 중단되었다. 그런 것은 이 사건과는 아무 관계도 없었기 때문이었다.

"무엇 때문에 당신은 불이 붙은 집 마당에 있었는가. 거기에 당신이 있었다는 것을 본 목격자가 있다." 그는 대답하였다. "모스크바가 어떻게 되어 있는지 보러 가는 길이었습니다." 그는 다시 중단되었다. 그에게 물은 것은 어디로 가고 있었느냐가 아니라 뭣 때문에 화재 옆에 있었느냐였기 때문이었다. "너는 누구냐?"라고 하는 최초의 질문이 되풀이되었다. 이에 대해서 그는 대답하기 싫다고 했었기 때문이다. 다시 한 번 그는 그것은 대답할 수 없다고 말했다.

"적어두게. 이건 좋지 않아, 매우 좋지 않아." 혈색이 좋은 얼굴에 하얀 수염을 기르고 있는 장군이 엄하게 그에게 말했다.

나흘째 되던 날, 화재는 주보프스끼 보루에서 시작되었다.

삐에르는 다른 열세 명과 함께 끄르임스끼 브로드 거리에 있는 어느 상인 집의 마차 헛간으로 연행되었다. 거리를 걸어가면서 삐에르는 온 도시를 뒤덮고 있는 듯한 연기에 숨이 막혔다. 사방에 불길이 보였다. 삐에르는 그때 아직도 모스크바가 불타고 있는 뜻을 이해하지 못하고, 무서운 기분으로 그 화재를 바라보았다.

끄르임스끼 브로드의 상인 집 마차 헛간에서 삐에르는 다시 나흘을 보내고, 그 동안에 프랑스 병들의 이야기에서 여기에 감금된 사람들은 모두가 원수(元帥)의 결정을 매일 기다리고 있다는 것을 알았다. 어떠한 원수인지, 병사들의 이야기로는 알 수 없었다. 분명히 병사들에게는 원수란 권력의 가장 높은, 약간 신비하게 여겨지는 존재인 것 같았다.

이 처음 며칠 동안, 즉 재차 심문이 이루어진 9월 8일까지가 삐에르에게는 가장 괴로운 나날이었다.

10

9월 8일, 포로들이 있는 오두막으로 장교가 들어왔다. 보초병들이 보인 공손한 태도로 봐서 신분이 상당히 높은 장교인 것 같았다. 그 장교는 참모부 소속인 듯 명부를 손에 들고 있고, 러시아인 전원의 점호를 하고 삐에르를 '성명을 자백하지 않는 자'라고 말하였다. 그리고 냉정하면서도 귀찮은 듯한 눈으로 포로들을 둘러보고 나서, 원수에게로 데려가기 전에 그들의 옷차림을 말쑥하게 시키라고 위병 장교에게 명령했다. 1시간 후에 일개 중대의 병사가 도착하여, 삐에르는 다른 13명과 함께 제비치에 뽈레의 들판으로 연행되었다. 비가 개여 맑고 햇살이 밝은 날로 공기는 보기 드물게 깨끗했다. 삐에르가 주보프스끼 보루의 영창에서 끌려나온 날처럼 연기가 나직이 깔려 있지는 않았다. 맑은 대기 속에서 연기는 기둥처럼 피어오르고 있었다. 불꽃은 아무데도 보이지 않았지만, 사방에서 연기 기둥이 올라가고 있고, 삐에르에게 보이는 한 온 모스크바가 온통 불바다였다. 어느 쪽을 보아도 난로와 굴뚝이 남아 있는 불탄 자리가 보일 뿐이며, 간혹 석조 건물이 불에 타서 그슬린 벽이 눈에 띄었다. 삐에르는 불탄 자리를 자세히 보았지만 잘 알고 있던 도시의 거리를 분간할 수가 없었다. 여기저기 무사히 타다 남은 교회가 보였다. 크레믈린은 파괴되지 않았고 수많은 뾰족한 탑과 이반 대제(大帝) 사원과 함께 멀리 하얗게 내다보였다. 가까이에는 노보제비치 수도원의 둥근 지붕이 즐거운 듯이 반짝이고 거기로부터 미사를 알리는 종소리가 유달리 크게 들려왔다. 그 종소리를 듣고 삐에르는 오늘이 일요일이며 성모 성탄제임을 상기하였다. 그러나 이 축일을 축하하는 사람은 없는 것 같았다. 가는 곳마다 황폐한 불탄 자리가 있을 뿐이며, 가끔 만나는 사람들은 프랑스 병을 보고 겁에 질려 모습을 감추는, 넝마를 입은 러시아 사람들뿐이었다.

분명히 러시아 사람의 보금자리는 파괴되고 뿌리째 뽑힌 것 같았다. 더욱이 이 러시아적인 생활 질서가 뿌리째 뽑힌 이면에서 삐에르가 무의식으로 느낀 것은, 이 파괴된 보금자리 위에 독자적인 전혀 다른 확고한 프랑스풍의 질서가 확립되어 있다는 것이었다. 그는 죄인들을 호송하여 기운차고 즐거운 듯이 정연하게 열을 짓고 앞으로 나아가는 병사들의 모습에서 그것을 느꼈다. 그는 말 두 필이 끄는 포장마차를 타고 한 병사가 몰고 가는, 저편으로부터 와서 스치고 지나간 잘난 듯한 프랑스인 관리의 모습에서 그것을 느꼈다. 또 그는 들판 왼쪽에서 들려오는 군악대의 즐거운 듯한 소리에서도 그것을 느꼈다. 특히 오늘 아침에 온 프랑스군 장교가 포로의 점호를 하면서 읽은 그 명부에서 그것을 느끼고 깨달았다. 삐에르는 병사들의 손에 의해서 다른 십여 명의 사람들이 있는 장소로, 또 다음 장소로 이송되었다. 이제 프랑스군은 삐에르에 대한 일은 잊고 그를 다른 사람들과 똑같이 다루어도 좋을 것 같았다. 그런데 그렇지가 않았다. 심문 때에 그가 한 대답은 '이름을 자백하지 않는 자'라는 호칭이 붙어 그에게로 돌아온 것이다. 더욱이 삐에르에게 무섭게 느껴지는 이 호칭 때문에 그는 지금 어디론가 끌려가고 있는 것이다. 다른 포로들과 함께 삐에르는 그들에게 없어서는 안 되는 필요한 인간이며, 그들이 필요로 하는 곳으로 데리고 간다는 틀림없는 확신이 병사들의 얼굴에 씌어 있었다. 삐에르는 잘 알 수는 없지만, 자기 자신이 규칙적으로 움직이고 있는 기계의 톱니바퀴에 낀 보잘것없는 나무 토막처럼 느껴졌다.

삐에르는 다른 죄인들과 함께 제비치에 뽈레의 오른쪽, 수도원 가까이에 있는, 넓은 정원이 있는 커다란 하얀 저택으로 끌려갔다. 그것은 시체르바또프 공작의 저택으로, 전에 삐에르가 주인을 만나러 자주 온 일이 있었으나, 병사들한테서 들은 바에 의하면 지금은 원수 에끄뮬 대공(大公) 다부가 머물고 있었다.

모두는 현관의 계단으로 끌려가 한 사람씩 집 안으로 들어갔다. 삐에르는 여섯 번째로 들어갔다. 삐에르에게는 낯익은 유리를 낀 회랑과 현관, 곁방을 지나서 가늘고 긴, 천장이 낮은 서재로 안내되었다. 그 문 옆에는 부관이 서 있었다.

다부는 방 끝의 책상에 몸을 숙이듯이 앉아 안경을 콧등에 얹어놓고 있었다. 삐에르는 그의 옆으로 다가갔다. 다부는 자기 앞에 놓여 있는 어떤 서류를 처리하느라 눈도 들지 않았다. 그는 삐에르를 쳐다보지도 않고 작은 목소리로 물었다.

"자네는 누군가?"

삐에르는 한 마디도 말을 할 수가 없었기 때문에 잠자코 있었다. 다부는 삐에르에게는 단순히 프랑스의 장군만은 아니었다. 삐에르에게 다부는 잔인하기로 유명한 인간이었다. 엄격한 교사처럼 갈 때까지 참고 대답을 기다리는 것을 마다하지 않은 다부의 차가운 얼굴을 보면서, 삐에르는 단 1초라도 망설인다면 그만큼 자기 목숨이 위험해진다는 것을 느끼고 있었다. 그러나 그는 무엇을 말하면 좋을지 알 수가 없었다. 처음 심문 때와 같은 대답을 할 결심은 나지 않았다. 신분과 지위를 밝히는 것은 위험하기도 하고 쑥스럽기도 했다. 삐에르는 잠자코 있었다. 그러나 삐에르가 무엇인가 결심을 하기도 전에 다부가 머리를 들고, 안경을 이마 위로 밀어 올리고는 실눈을 뜨고 삐에르를 물끄러미 바라보았다.

"나는 이 사나이를 알고 있어." 분명히 삐에르를 위협할 심산에서, 침착하고 쌀쌀한 음성으로 그는 말했다. 처음에 등줄을 스치고 지나갔던 차가운 소름이 바이스처럼 삐에르의 머리를 죄었다.

"각하, 장군께서 저를 아실 리는 없습니다. 한 번도 만나 뵌 일이 없으니까요……."

"이자는 러시아의 스파이다." 다부는 그의 말을 가로채고, 방 안에 있었으나 삐에르가 알아채지 못했던 다른 장군에게 말했다. 그리고 다부는 외면했다. 삐에르는 자기도 모르게 목소리를 울리듯이 갑자기 빠른 말로 말하기 시작했다.

"아닙니다, 전하……" 그는 문득 다부가 대공(大公)이었다는 것을 상기하고 말하였다. "아닙니다, 전하. 저를 아실 리가 없습니다. 저는 민병 장교이며 모스크바를 떠난 일이 없습니다."

"이름은?"

"베주호프입니다."

"누가 증명하지? 자네가 거짓말을 하고 있지 않다는 것을 말이야."

"전하!" 삐에르는 모욕을 당했다기보다 오히려 애원하는 듯한 목소리로 말하였다.

다부는 눈을 들고 물끄러미 삐에르를 바라보았다. 몇 초 동안 두 사람은 서로 바라보고 있었다. 그리고 그 눈의 표정이 삐에르를 구했다. 그 눈의 표정 속에서 전쟁이나 재판의 모든 속박을 넘어서, 이 두 사람 사이에 인간적인 관계가 이룩되었다. 두 사람은 이 순간에 막연하지만 수없이 많은 일들을 느끼고, 자기들은 인류의 자식이며 형제라는 것을 이해하였다.

인간이 하는 일이나 인생을 번호로 구별하고 있는 명부에서 머리를 쳐든 다부가 처음 흘끗 보았을 때의 삐에르는 하나의 외면적인 상황에 지나지 않았다. 그리고 나쁜 행동이라는 양심의 가책도 받지 않고 다부는 삐에르를 처형해 버렸을지도 모른다. 그러나 지금 그는 삐에르를 인간으로 느끼고 있었다. 그는 잠시 생각에 잠겼다.

"자네 말이 옳다는 것을 어떻게 증명할 건가?" 다부는 냉담하게 말했다.

삐에르는 랑발을 상기하고, 그의 연대와 성명과 숙사가 있는 거리의 이름을 댔다.

"자네는, 자네가 말하고 있는 그러한 사람이 아니야." 다시 다부가 말했다.

삐에르는 떨리는 음성으로 띠엄띠엄 자기의 진술이 옳다는 증거를 대려고 하였다.

그러나 그때 부관이 들어와서 다부에게 무엇인가 보고를 했다.

다부는 부관이 알린 보고를 듣자 갑자기 얼굴이 밝아지더니 저고리 단추를 끼기 시작했다. 그는 삐에르의 일은 완전히 잊어버린 것 같았다.

부관이 포로에 대해서 귀띔하자 그는 미간을 찌푸리며 삐에르 쪽을 턱으로 가리키고 데려가도록 일렀다. 그러나 어디로 끌려가도록 되어 있는지 삐에르는 알지 못했다. —애초의 오두막집인지, 그렇지 않으면 제비치에 뽈레를 지나올 때 포로들이 그에게 가르쳐 준, 처형을 위해 준비가 되어 있는 장소인지도 알 수가 없었다.

그는 고개를 돌렸다. 그러자 부관이 무엇인지 되묻고 있는 것이 보였다.

"그렇지, 물론이지!" 다부가 말했다. 그러나 무엇이 '그렇지'인지 삐에르는 알 수 없었다.

삐에르는 어떻게 해서, 얼마 동안을, 어디로 갔는지 기억에 없었다. 그는 완전히 사고력을 잃은 막막한 상태였기 때문에 주위의 일은 하나도 눈에 들어오지 않았다. 다른 사람들이 멈추어 섰기 때문에 자기도 멈추어 설 때까지 다른 사람들과 함께 발을 움직이고 있었을 뿐이었다. 그 사이에 삐에르의 머리에는 단 한 가지 생각밖에 없었다. 대체 누가, 도대체 누가 그에게 사형을 선고했느냐 하는 것이었다. 그것은 군사위원회에서 그를 심문한 사람들은 아니었다. 그들은 아무도 그것을 원하지도 않았고, 또 할 수도 없었던 것 같았다. 그토록 인간적으로 삐에르를 바라보던 다부도 아니었다. 1분만 지났으면 다부는 자기들이 나쁜 일을 하고 있다고 깨달았을 것이지만, 들어온 부관 때문에 그 1분이 방해를 받고 만 것이다. 그 부관도 분명히 좋지 않은 일을 무엇 하나 바라고 있었던 것이 아니었기 때문에 들어오지 않을 수가 없었던 것이다. 도대체 누가 결국 자기를 죽이려 하고 자기 목숨을 빼앗으려 하고 있는가. 갖가지 추억과 소원과 희망과 생각을 품고 있는 이 삐에르를 누가 죽이려 하고 있는가? 그리고 그것이 그 누구도 아니라는 것을 삐에르는 느꼈다.

그것은 질서였다, 상황의 누적(累積)이었던 것이다.

그 어떤 질서가 자기를, 삐에르를 죽이려 하고 있었다. 자기 생명을, 모든 것을 빼앗으려 하고 있었다. 자기를 말살하려 하고 있었던 것이다.

11

시체르바또프 공작의 집에서 포로들은 제비치에 수도원을 지나서 낮은 지대 쪽으로 곧장 연행되어, 제비치에 수도원 왼쪽 기둥이 한 개 서 있는 울타리가 있는 곳으로 끌려갔다. 기둥 저쪽에는 커다란 구멍이 파여 있고 그 옆에는 막 파낸 새 흙이 쌓여 있었다. 구멍과 기둥 주위에는 많은 군중이 반원형으로 서 있었다. 군중 속에는 소수의 러시아인과 전열을 떠난 많은 프랑스군, 갖가지 제복을 입은 독일인, 이탈리아인, 프랑스인이 있었다. 기둥 좌우에는 빨간 견장이 달린 푸른 제복을 입고 단추가 달린 각반을 차고, 높은 군모를 쓴 프랑스 병이 대열을 이루고 서 있었다.

범인들은 명부에 기재된 순번으로(삐에르는 여섯 번째였다) 기둥 쪽으로 끌려갔다. 몇 개의 북이 갑자기 양쪽에서 울리고, 삐에르는 그 소리와 함께 자기 영혼의 일부가 찢겨나간 듯한 느낌이 들었다. 그는 생각하고 분별하는 능력을 잃고 말았다. 그는 보는 것과 듣는 일밖에 할 수가 없었다. 그리고 단 한 가지 소원밖에 없었다. 그것은 이루어지도록 되어 있는 무엇인가 무서운 일이 될 수 있는 대로 빨리 끝나기를 바라는 소원이었다. 삐에르는 자기 동료를 둘러보고 그들의 상태를 자세히 관찰했다.

끝에 있던 두 사람은 머리를 깎인 죄수였다. 한 사람은 키가 크고 여윈 사나이였고, 다른 한 사람은 머리와 눈이 검고 털이 많은 근육질의 코가 낮은 사나이였다. 세 번째는 하인으로 나이는 45세 정도이며, 머리카락은 희어지기 시작하고 몸은 뚱뚱했으며 영양이 좋은 사나이였다. 네 번째는 매우 잘생기고 훌륭한 엷은 갈색 턱수염을 기른, 눈이 검은 농부였다. 다섯 번째는 혈색이 나쁘고 야윈 젊은 공장 노동자로 나이는 십 칠팔 세쯤 되었으며 가운을 입고 있었다.

프랑스 병들이 어떻게 쏠 것인가, 한 사람씩 할까 그렇지 않으면 두 사람씩 할까? 하고 상담하고 있는 것이 삐에르의 귀에 들어왔다. "두 사람씩이다." 계급이 가장 높은 장교가 냉정하고 침착하게 대답하였다. 병사들의 열에 움직임이 생겨 모두가 서두르고 있는 것이 눈에 띄었다. 더욱이 그것은 자기들이 이해할 수 있는 일을 하기 위해 서두는 것이 아니라, 하지 않으면 안 되지만 불쾌하고 납득이 안 가는 일을 끝마치기 위해 서두는 것 같았다.

머플러를 한 프랑스인 관리가 죄인의 열 오른쪽으로 다가가 러시아어와 프랑스어로 판결문을 읽었다.

뒤이어 프랑스 병이 두 사람씩 두 조가 되어 죄인들에게로 와서 장교의 지시로 맨 끝에 서 있던 두 명의 죄인을 잡았다. 죄인들은 기둥 옆으로 가자 걸음을 멈추고, 자루가 운반되어 오는 동안 말없이 상처를 입은 짐승이 다가오는 사냥꾼을 보는 것처럼 자기 주위를 둘러보고 있었다. 한 사람은 연방 성호를 긋고 있고, 또 한 사람은 등을 긁으면서 약간 미소라도 짓듯이 입술을 움직이고 있었다. 병사들은 바쁘게 두 손을 움직이면서 두 사람의 눈을 가리고 자루를 덮어씌우고는 기둥에 묶기 시작했다.

열두 명의 사격수가 총을 들고, 규칙 바른 단호한 걸음걸이로 열에서 나와 기둥에서 여덟 발짝 떨어진 곳에서 멈추어 섰다. 삐에르는 앞으로 일어나는 일을 보지 않으려고 외면했다. 별안간 튀는 듯한, 으르렁거리는 소리가 들렸다. 그것은 삐에르에게는 더없이 무서운 천둥소리보다도 크게 느껴져 그는 돌아보았다. 연기가 자욱이 퍼지고 프랑스 병들은 창백한 얼굴과 떨리는 손으로 구멍 옆에서 무엇인가를 하고 있었다. 다음 두 사람이 끌려나갔다. 역시 똑같은 눈으로 이 두 사람도 모든 사람들을 바라보고 눈만으로 헛되이 말없이 도움을 구하고 있었다. 그리고 앞으로 일어날 일을 이해할 수도 믿을 수도 없는 것 같은 눈치였다. 그들이 믿을 수 없었던 것은, 자기의 생명이 자기에게 어떠한 것인가를 알고 있는 것은 자기들뿐이었기 때문이었다. 따라서 그 생명을 빼앗을 수 있으리라고는 이해하지 못했고, 믿을 수도 없었던 것이다.

삐에르는 보지 않기 위해서 다시 외면했다. 그러자 또다시 마치 무서운 폭음이 그의 귀를 때리는 것 같은 느낌이 들었다. 그리고 이와 동시에 연기와 누군가의 피와, 떨리는 손으로 서로 밀면서 기둥 옆에서 또 무엇인가 하고 있는 프랑스 병들의 창백하고 겁에 질린 얼굴이 보였다. 삐에르는 크게 한숨을 쉬면서, 도대체 이것은 무엇이냐고 물어보듯이 사방을 둘러보았다. 삐에르의 시선과 마주친 모든 시선 속에도 같은 의문이 깃들어 있었다.

러시아 사람에게서도 프랑스군 병사와 장교들에게서도, 예외 없이 모든 얼굴에서 그는 자기 마음에 있는 것과 같은 놀라움과 공포와 갈등을 읽었다.

'도대체 누가 이러한 짓을 하고 있는 것일까? 결국 그들도 나와 같이 괴로워하고 있는 것이다. 그럼, 누구인가? 대체 누구일까?' 문득 이런 생각이 삐에르 마음에 번뜩였다.

"제 86연대 사격수, 앞으로!" 누군가가 소리쳤다. 삐에르 옆에 서 있던 다섯 번째의 사나이가 끌려나갔다. 삐에르는 자기가 구제되었다는 것도, 자기와 남은 사람들은 처형장에 입회하기 위해서 이곳으로 끌려나왔다는 것을 깨닫지 못하고 있었다. 그는 점점 더해지는 공포를 안은 채 기쁨도 안심도 느끼지 못하고, 눈 앞에서 이루어지고 있는 것을 바라보고 있었다. 다섯 번째는 긴 겉옷을 입은 공장 노동자였다. 몸에 손이 닿자마자, 그는 공포에 사로잡혀 뒤로 물러서서 삐에르에게 달라붙었다(삐에르는 몸서리를 치고 그를 뿌리쳤다). 노동자는 걸을 수가 없었다. 그는 부축을 받고 끌려가면서 무엇인가 소리치고 있었다. 기둥까지 끌려가자 갑자기 조용해졌다. 그는 갑자기 무엇인가를 깨달은 것 같았다. 외쳐도 소용 없다는 것을 깨달았는지, 아니면 자기를 죽일 리는 없다고 생각했는지, 여하간 그는 기둥 옆에 서서 다른 사람들과 마찬가지로 눈이 수건으로 가려지는 것을 기다리면서, 총을 맞아 상처를 입은 짐승처럼 눈을 번뜩이며 사방을 둘러보고 있었다.

삐에르는 이제 외면하거나 눈을 감을 생각이 나지 않았다. 그와 모든 군중의 호기심과 흥분은 이 다섯 번째의 살인 때에 최고조에 달했다. 다른 사람들과 마찬가지로 이 다섯 번째의 사나이도 침착해 보였다. 겉옷을 여미기도 하고 한쪽 맨발로 다른 쪽 다리를 긁기도 했다.

눈이 가려지자 그는 뒤통수에 죄어든 매듭을 자신이 고쳤다. 뒤이어 피투성이의 기둥에 몸이 기대어지자 그는 뒤로 몸을 젖혔으나, 그 자세로는 거북하다고 느꼈는지 자세를 고쳐잡고 두 발을 똑바로 세우고 천천히 몸을 기댔다. 삐에르는 사소한 동작도 놓칠세라 사나이한테서 눈을 떼지 않았다.

틀림없이 호령이 들렸을 것이다. 그리고 호령에 뒤이어 여덟 발의 총성이 울렸을 것이다. 그러나 삐에르는 나중에 아무리 상기해 보아도 전혀 총소리를 들은 것 같지가 않았다. 그는 다만 새끼에 묶인 노동자가 왜 그런지 갑자기 축 늘어지더니 두 군데서 피가 나왔고, 새끼 그 자체가 매달린 몸의 무게로 느슨해져서 노동자가 부자연스럽게 고개를 떨구고 다리를 구부린 채 주저앉는 것을 보았을 뿐이었다. 삐에르는 기둥으로 달려들었다. 아무도 말리는 사람은 없었다. 노동자 주위에서 겁에 질려 파리해진 사람들이 무엇인가를 하고 있었다. 콧수염을 기른 한 늙은 프랑스 병은 새끼를 풀면서 아래턱을 덜덜 떨고 있었다. 시체는 무너져 내렸다. 병사들은 서투른 솜씨로 서둘러 시체를 기둥 뒤로 끌고 가서 구멍 속에 밀어넣었다.

모두가 자기들은 범행의 흔적을 될 수 있는 대로 빨리 감추지 않으면 안되는 범죄자라는 것을 의심할 여지 없이 알고 있는 것 같았다.

삐에르는 구멍을 들여다보았다. 노동자가 무릎을 위로, 머리 근처까지 올리고 쓰러져 있는 것이 보였다. 한쪽 어깨가 이미 다른 한쪽보다 높아지고 있었다. 그리고 그 어깨가 경련을 일으켜 일정한 리듬으로 올라갔다 내려갔다 하고 있었다. 그러나 이미 부삽의 흙이 시체 온몸에 뿌려지고 있었다. 병사 한 사람이 화난 듯이, 심술궂은 병적인 목소리로 자기 자리로 돌아가라고 삐에르에게 소리쳤다. 그러나 삐에르는 그 뜻을 이해하지 못하고 기둥 옆에 서 있었다. 아무도 그를 쫓아내지 않았다.

구멍이 다 메워지자 호령 소리가 들렸다. 삐에르는 자기 자리로 끌려갔다. 기둥 양쪽에 정렬하여 서 있던 프랑스군은 90도 방향을 바꾸어 기둥 옆을 정연한 보조로 지나갔다. 탄환을 뺀 총을 가지고 동그라미 한가운데에 서 있던 24명의 저격병은, 중대가 옆을 지나가자 달려가서 자기 자리에 들어갔다.

삐에르는 두 사람씩 동그라미 속에서 달려나가는 이들 사격수들을 멍청한 눈으로 바라보고 있었다. 한 사람을 빼놓고 전원이 중대에 합류했다. 죽은 사람처럼 창백한 젊은 그 병사는 군모를 뒤로 젖히고 총을 늘어뜨리고는 여전히 자기가 사격을 했던 구멍 앞에 서 있었다. 그는 술 취한 사람처럼 비틀거리며 쓰러질 것 같은 몸을 지탱하기 위하여 전후로 휘청거리고 있었다. 노병 하사관이 열에서 뛰어나와 젊은 병사의 어깨를 잡고 중대 안으로 끌고 갔다. 러시아인과 프랑스인 군중은 흩어지기 시작하였다. 모두 말없이 고개를 숙이고 걷고 있었다.

"방화하면 어떻게 되는지 알게 될 거다." 한 프랑스 사람이 말했다. 삐에르가 뒤돌아보니, 그것은 이 사건 속에서 무엇인가 위안이 될 것을 구하려다가 그것을 할 수 없었던 병사였다. 그는 하던 말을 끝까지 하지 않고 단념한 듯이 손을 내저으며 저편으로 가버렸다.

12

　처형이 끝난 뒤, 삐에르는 다른 피고들과 따로 분리되어 작고 황폐하며 지저분한 교회에 남겨졌다.

　해가 지기 전에 경호 하사관이 병사 두 명을 데리고 교회로 들어와서 삐에르에게, 너는 사면(赦免)되어 이제부터 포로수용소 바라크로 들어가야 한다고 일렀다. 들은 말이 무엇인지도 모른 채 삐에르는 일어나서 병사들과 함께 걷기 시작했다. 그는 들판의 높은 장소에 불에 그슬린 판자와 통나무와 얇은 판자로 만들어진 바라크로 끌려가서 그 중 하나에 수용되었다. 어둠 속에서 20명쯤 되는 갖가지 사람들이 삐에르를 둘러쌌다. 삐에르는 그들이 어떠한 사람들인지, 왜 여기 있는지, 또 자기를 어떻게 하려는 것인지 모르고 다만 그들을 바라보고 있었다. 그들이 그에게 하는 말을 듣기는 했지만 그 말에서 아무런 결론도 끌어내지 못했다. 그 말의 뜻을 몰랐기 때문이었다. 그는 묻는 말에 대답을 하면서도 자기 말을 듣고 있는 사람들이 누군지, 자기 대답이 어떻게 이해되는지 잘 생각을 해 보지 않았다. 그는 사람들의 얼굴과 모습을 보고 있었다. 그리고 그 얼굴이나 모습이 모두 그에게는 마찬가지로 무의미하게 여겨졌다.

　그것을 하고 싶다고 바라지 않았던 사람들에 의해서 수행된 그 무서운 살인을 본 순간부터, 삐에르의 마음 속에서 모든 것을 지탱했고 생명이 있는 것처럼 보이던 용수철이 갑자기 뽑히고 모든 것이 무너져내려 무의미한 쓰레기 더미가 되어 버린 것 같았다. 그 자신이 분명하게 살핀 것은 아니었지만, 그의 내부에서 세계의 좋은 질서에 대한 신앙도, 인간의 마음이나 자기의 마음에 대한 신앙도, 하느님에 대한 신앙도 사라져 없어지고 말았다. 이러한 상태를 삐에르는 전에도 경험한 일이 있었지만 지금처럼 강력히 느껴본 일은 한 번도 없었다. 전에 삐에르가 이와 같은 회의(懷疑)에 사로잡혔을 때, 그 회의는 자기 자신의 죄가 근원이 되어 있었다. 그리고 삐에르는 그럴 때 마음 속 깊은 곳에서, 절망과 회의로부터의 구제는 자기 자신 안에 있다고 느끼고 있었다. 그러나 지금 그는 세계가 자기 눈 앞에서 무너지고 다만 무의미한 폐허만이 남은 원인은 자기 죄가 아니라고 느끼고 있었다. 이미 삶에의 신앙으로 되돌아간다는 것은 자기의 힘이 미치는 일이 아니라고 그는 느끼고 있었다.

그의 주위의 어둠 속에 몇 사람이 서 있었다. 틀림없이 삐에르 안에 있는 그 무엇인가가 그들의 기분을 강하게 끌어당기고 있었던 것이다. 그는 무엇인가 이야기를 듣고, 무엇인가 여러 가지 질문을 받았다. 그러고 나서 그들은 그를 어디론지 데려갔다. 마침내 정신을 차려보니 삐에르는 허술한 판잣집 구석에 서 있었고, 옆에는 정체 모를 사람들이 여기저기에서 이야기를 나누기도 하고 웃기도 하고 있었다.

"여보게들…… 저것이 예의 외국 공작이야, 저 사나이가……" 판잣집 반대쪽 구석에서('저 사나이가'라는 말에 특히 힘을 주어) 누군가가 말했다.

말없이 창가의 짚 위에 앉아서 삐에르는 눈을 떴다 감았다 하고 있었다. 그러나 눈을 감자마자 눈에는 저 무서운, 소박하기 때문에 유달리 무서운 노동자의 얼굴이 그때 그대로 보이고, 불안한 빛을 보이고 있기 때문에 한층 무섭게 보이는, 본의 아니게 살인을 범하고 있는 자들의 얼굴이 보이기 시작했다. 그래서 그는 눈을 다시 뜨고 어둠 속에서 부질없이 사방을 둘러보았다.

그의 옆에 등을 구부리고 누군가 몸집이 작은 사나이가 앉아 있었다. 그 사나이가 있다는 것을 삐에르가 처음으로 안 것은 움직일 때마다 발산하는 강렬한 땀냄새 때문이었다. 그 사나이는 어둠 속에서 자기 다리에 무엇인가 하고 있었다. 삐에르는 사나이의 얼굴은 보이지 않았지만, 그가 끊임없이 자기 쪽을 바라보고 있다는 것을 느꼈다. 어둠 속에서 뚫어지게 바라보자, 그 사나이는 구두를 벗고 있다는 것을 알았다. 그리고 그 벗는 모습에 삐에르는 흥미를 느꼈다.

한쪽 발을 잡아맨 끈을 풀자, 그는 그 끈을 가지런히 감고 삐에르를 바라보면서 다른 발의 끈도 풀기 시작했다. 한쪽 손이 끈을 늘어뜨리고 있는 동안에 다른 한 손이 다른 발의 끈을 풀기 시작하는 것이었다. 이렇게 해서 연이은 완전하고 요령 있는 동작으로 구두를 벗자 사나이는 머리 위에 박아 놓은 말뚝에 구두를 걸고는, 칼을 꺼내서 무엇인가를 잘라내어 베개 아래에 넣고 편한 자세로 앉아서 세운 무릎을 두 손으로 안고 똑바로 삐에르를 바라보았다. 삐에르는 이 사나이의 솜씨 좋은 동작에도, 한쪽 구석에 잘 정돈된 일용품에도, 그 사나이의 체취에서까지도 무엇인가 기분 좋은 것을 느꼈다. 그는 눈을 떼지 않고 그 사나이를 바라보았다.

"나리도 무척 고생을 하셨겠군요, 안 그래요?" 갑자기 몸집이 작은 그 사나이가 말했다. 그리고 그의 노래하는 것 같은 목소리에는 배려와 소박함이 여실히 들어나 있었으므로 삐에르는 대답하려고 했지만 턱이 떨리고 눈물이 솟구치는 것을 느꼈다. 몸집이 작은 사나이는 그 순간 삐에르에게 당황한 빛을 보일 겨를을 주지도 않고 여전히 기분 좋은 목소리로 말했다.

"뭐, 나리, 끙끙 앓지 말아요." 그는 늙은 러시아 농부가 말할 때처럼 상냥하고 노래하는 듯한 애정 어린 어조로 말하였다. "혼자 속을 끓일 건 없습니다. 참는 것은 한때, 인생은 평생이니까요! 정말 그렇습니다, 나리. 이렇게 여기서 살고 있어도, 기가 죽을 것은 없습니다. 같은 인간이라도 나쁜 자도 있고 좋은 자도 있으니까요." 그는 말했다. 그리고 이야기를 하면서 부드러운 동작으로 무릎을 꿇고 몸을 굽혀 일어나자 기침을 하면서 어디론지 나갔다.

"야, 망나니가 왔군!" 판잣집 끝에서 삐에르는 마찬가지로 상냥한 음성을 들었다. "잘 왔다, 망나니, 잊지 않았군. 좋아, 좋아, 이제 그만." 그리고 병사는 덤벼드는 강아지를 밀어젖히면서, 자기 자리로 돌아가서 앉았다. 무엇인가 누더기에 싼 것을 손에 들고 있었다.

"자, 하나 잡수십시오, 나리." 다시 이전의 공손한 말투로 돌아가서, 누더기를 펼쳐 구운 감자 몇 개를 삐에르에게 내주면서 말했다. "식사 때에는 국물이 있었지만 감자가 더 중요합니다!"

삐에르는 온종일 아무것도 먹지 않았기 때문에 감자 냄새가 유달리 맛있게 느껴졌다. 그는 병사에게 감사하고 먹기 시작했다.

"아니, 그대로 잡수십니까?" 미소를 지으면서 병사가 말하고, 감자 한 개를 집어들었다. "이렇게 먹어야 합니다." 그는 다시 칼을 꺼내어 손바닥 위에서 감자를 두 개로 쪼개서 누더기 속의 소금을 뿌려 삐에르에게 내밀었다.

"감자가 무엇보다도 중요합니다." 그는 되풀이하였다. "당신도 이렇게 잡숴 보십시오."

삐에르는 이렇게 맛있는 감자를 지금까지 먹어본 적이 없다는 생각이 들었다.

"아니, 나는 뭐든지 괜찮아요." 삐에르는 말했다. "그런데 무엇 때문에 그들은 그 불행한 사람들을 총살했을까! …… 마지막 사나이는 스무 살쯤밖에 안 되어보였는데……."

"체! ……" 몸집이 작은 사나이는 말했다. "죄야…… 죄스러운 일이야……" 그는 빠른 말로 덧붙였다. 그리고 마치 말이 항상 입 안에서 기다리고 있다가 불쑥 튀어나온 듯이 말을 계속했다. "나리께서는 줄곧 모스크바에 남아 있었던 겁니까?"

"그놈들이 이렇게 빨리 올 줄은 생각하지 않았어. 어쩌다가 그냥 남게 된 거지." 삐에르가 말했다.

"그럼 왜 잡혔습니까, 나리. 집에서 잡혔습니까?"

"아니, 불난 데에 갔다가 거기에서 잡혀 방화범으로서 재판을 받은 거지."

"재판이 있는 데에는 부정이 있는 법이요." 몸집이 작은 사나이가 한 마디 했다.

"그런데, 자네는 쭉 여기 있었나?" 마지막 감자를 다 먹어치우면서 삐에르가 물었다.

"나 말입니까? 나는 일요일에 모스크바의 병원에서 잡혀 끌려나왔답니다."

"당신은 누굽니까? 병사님."

"아쁘셰론스끼 연대의 병사입니다. 열병으로 죽을 뻔했습니다. 우리들은 아무 이야기도 듣지 못했어요. 한 20명쯤 누워 있었습니다만 정말 꿈에도 생각하지 않았습니다. 설마했죠."

"어때, 여기 있다보면 기죽지 않소?" 삐에르가 물었다.

"기가 죽지 않을 리가 없죠. 나리, 나를 쁠라똔이라고 불러주십시오. 까라따에프가 통칭이고요." 그는 삐에르가 자기에게 가벼운 마음으로 말할 수 있게 하려는 듯이 덧붙였다. "부대에서는 미남자라고 불렸었죠. 어찌 기가 죽지 않겠습니까, 나리! 모스크바는 모든 도시의 어머니예요. 그런데 이런 모습을 보고 어찌 기가 죽지 않겠습니까. 벌레는 양배추를 갉아먹지만, 자기가 먼저 지친다고 늙은이들은 곧잘 말하고 있었죠." 그는 빠른 말로 덧붙였다.

"뭐라고, 지금 뭐라고 말했소?" 삐에르는 물었다.

"내가 말입니까?" 까라따에프가 물었다. "내가 말하는 것은, 모든 것이 우리의 머리가 아니라 하느님의 심판으로 정해진다는 겁니다." 지금 한 말을 되풀이할 생각에서 그는 이렇게 말했다. 그리고 이내 말을 이었다. "어떻습니까, 나리는 영지를 가지고 계신가요? 저택도? 그러고 보니 없는 게 없군요! 부인도 있고, 늙은 부모도 건강하신가요?" 그는 물었다. 그리고 삐에르는 어둠 속에서 보이지는 않았지만, 이 병사가 이렇게 물었을 때 억제하고 있는 동정의 미소로 그의 입술에 주름이 잡히고 있다는 것을 느꼈다. 그는 삐에르에게 양친이 없다는 것, 특히 어머니가 없다는 데에 실망한 것 같았다.

"의논은 아내요, 이야기 상대는 장모지만, 친어머니처럼 좋은 사람은 없답니다!" 그는 말했다. "그럼, 아이는 있습니까?" 그는 계속해서 물었다. 삐에르가 없다고 대답하자 그는 또 실망한 것 같았다. 그리고 급히 그는 덧붙였다. "뭐, 아직 젊으시니까, 하느님께서 베풀어 주실 겁니다. 사이 좋게만 살아간다면……."

"그러나 이렇게 된 바에는 아무래도 좋은 일이오." 삐에르는 저도 모르게 말했다.

"아니, 무슨 말입니까!" 쁠라똔이 반대했다. "거지와 감옥은 결코 싫어해서는 안 돼요." 그는 편하게 고쳐 앉고, 긴 이야기라도 시작하려는 것처럼 기침을 했다. "실은 말입니다. 내가 아직 집에 있었을 때에는" 그는 이야기하기 시작했다. "우리 지주의 영지는 대단했습니다. 토지는 많았고 농민들도 잘 살고 있었답니다. 우리 집도 덕택에 괜찮았습니다. 일곱 식구로, 우리 아버지는 풀을 베러 나갔었지요. 잘 살았죠. 진짜 그리스도교도였죠. 헌데 갑자기……" 쁠라똔 까라따에프는, 남의 숲으로 도벌하러 가서 감시인에게 붙잡혀 매로 얻어맞고 재판에 회부되어 군대로 보내어진 긴 이야기를 늘어놓았다. "그런데 말입니다, 나리." 그는 미소때문에 달라져 버린 목소리로 말했다. "불행한 일로 생각했던 것이 행복이 된 것입니다! 만일 내게 죄가 없었다면, 동생이 병정으로 나가야 했으니까요. 동생에게는 어린애가 셋이나 있었는데 내겐 아내 한 사람뿐이거든요. 딸이 하나 있었지만, 내가 군대에 나가기 전에 하느님이 데려가셨습니다. 휴가로 집에 돌아와서 보니까 말입니다, 전보다도 더 잘 살고 있지 않겠습니까. 소와 말은 뜰에 가득 있고, 여자들은 집에 있고 두 형제는 돈벌이하러 나가 있었습니다. 막내둥이 미하일로만이 집에 있었습니다만, 아버지는 말씀하시길, '자식들은 모두 마찬가지다. 어떤 손가락도 물면 아프다. 그때 쁠라똔이 병정으로 뽑혀 가지 않았더라면 미하일로가 가지 않을 수 없었다.' 그리고 우리를 모두 불러 놓고—
어떻게 했다고 생각하십니까—성상(聖像) 앞에 세웠습니다. 그리고 '미하일
로, 이리 와서 저 성상에 무릎을 꿇고 절을 해라. 여보, 당신도 절을 해요.
손자들도, 알았지?' 하고 말씀하셨지요. 그렇습니다, 나리. 운명의 하느님이
분별을 찾아주십니다. 그런데 우리는 늘 그건 안 되니, 이것은 좋지 않으
니 하며 불평만 하고 있습니다. 우리들의 행복은 말입니다, 그물 속의 물 같
은 것입니다. 잡아당기면 부풀지만, 끌어올리면 아무것도 없습니다. 그런 것
입니다." 쁠라똔은 짚 위에 자세를 고쳐 앉았다.

잠시 잠자코 있다가 쁠라똔은 일어났다.

"어떻습니까, 졸리지 않습니까?" 그는 말하고, 재빨리 성호를 긋고는 이
렇게 말했다.

"주 예수 그리스도여, 성 니꼴라여, 프롤라와 라브라여. 주 예수 그리스도
여, 성 니꼴라여! 프롤라와 라브라여. 주 예수 그리스도여—우리를 불쌍히
여기고 구해 주소서!" 그는 말을 맺고, 땅바닥에 닿도록 절을 하고 일어나더
니 한숨을 짓고 짚 위에 앉았다. "자, 이제 됐어. 하느님이시여, 돌멩이처럼
자게 하시고 흰 빵처럼 일으켜 주옵소서." 그는 이렇게 말하고 군복 외투를
끌어올리면서 누웠다.

"지금 외운 것은 어떤 기도인가?" 삐에르가 물었다.

"아?" 쁠라똔은 말했다(이미 그는 잠들고 있었다). "무엇을 외웠느냐고
요? 하느님께 기도를 드린 것입니다. 당신은 기도를 하지 않습니까?"

"아니, 나도 기도는 하지만." 삐에르는 말했다. "그런데 그것은 뭔가? 프
롤라니 라브라니 하는 것 말이야."

"그야 당연하지 않습니까." 쁠라똔이 빠른 말로 대답했다. "말의 제일(祭
日)이니까요. 가축도 불쌍히 여겨줘야 합니다." 까라따에프가 말했다. "봐
요, 장난꾸러기가 몸을 둥글게 하고 자고 있어요, 따뜻하니까." 그는 발 밑
에 누워 있는 강아지를 만져보고 이렇게 말하고는, 몸을 뒤치더니 이내 잠이
들어버렸다.

밖에서는 어딘가 먼발치에서 울음 소리와 외치는 소리가 들리고, 바라크
의 틈 사이로 불빛이 보였다. 그러나 바라크 안은 조용하고 어두웠다. 삐에
르는 오랫동안 잠을 이루지 못하고, 옆에서 자고 있는 쁠라똔의 규칙적인 코

고는 소리를 들으면서, 눈을 뜬 채 어둠 속에서 자기 자리에 누워 있었다. 그리고 좀 전에 무너져버린 세계가 지금 새로운 아름다움을 가지고 이제까지와는 다른 확고한 기초 위에 세워져 가는 것을 그의 마음 속에서 느꼈다.

13

삐에르가 들어가서 4주일을 지낸 바라크에는 병사 23명과 장교 3명, 그리고 관리 2명이 있었다.

훗날 그들은 모두 안개에 싸인 것처럼 희미하게밖에 삐에르의 뇌리에 떠오르지 않았지만, 쁠라똔 까라따에프만은 더없이 강하고 좋은 추억으로서, 모든 러시아적인 선량하고 원만한 것의 화신(化身)으로서 삐에르의 마음에 영원히 남았다. 이튿날 새벽 삐에르는 자기 이웃을 보았다. 무언가 둥글게 느꼈던 첫인상은 완전히 확정되었다. 새끼로 허리를 묶은 프랑스 병의 군복 코트를 입고 군모에다 나무 껍질 구두 차림의 쁠라똔의 모습 전체가 둥글둥글했다. 머리도 완전히 둥글고, 등, 가슴, 어깨, 그리고 늘 무엇인가를 안으려는 모양을 하고 있는 두 손까지도 둥글게 보였다. 느낌이 좋은 미소와 커다란 갈색 눈도 둥글었다.

쁠라똔 까라따에프는 그가 고참 병사로서 참가한 원정 이야기로 판단해보면, 50이 넘었음에 틀림없었다. 그러나 그는 자기가 몇 살인지 알지 못해서 분명히 말할 수가 없었다. 그러나 빛날 정도로 하얗고 튼튼하며, 웃으면(그는 곧잘 웃었다) 두 개의 반원형을 그리며 완전히 드러나는 이는 모두 훌륭했으며 빠진 것은 하나도 없었다. 턱수염과 머리카락에는 흰 것이 한 가닥도 없었고, 온몸은 부드럽고 특히 단단하여 끈질긴 인상을 주고 있었다.

그의 얼굴은 작고 둥근 잔주름이 많이 있었는데도 순진하고 젊은 표정을 하고 있었다. 목소리도 느낌이 좋아 노래를 부르는 것 같았다. 그러나 그의 말투의 가장 큰 특징은 솔직하고 급소를 찌르는 점에 있었다. 그는 자기가 무엇을 말했는지, 무엇을 말할 것인지를 한 번도 생각한 일이 없는 것 같았다. 그 때문에 그의 억양과 속도와 정확성에는 남다른, 거역할 수 없는 설득력이 있었다.

그의 체력과 민첩함은 포로 생활의 초기에는 대단했던 것으로, 피로나 병이란 어떤 것인지 모르는 것처럼 보였을 정도였다. 매일, 아침이나 밤에 잘 때 그는 '주여, 돌처럼 자게 해주시고, 빵처럼 일으켜 주십시오'라고 말했다. 아침 일찍 일어날 때에는 언제나와 같이 어깨를 움츠리고 그는 말하는 것이었다. '잘 때는—둥글게, 일어나면—몸을 부르륵' 정말로 눕기만 하면 돌처럼 푹 잠이 들고, 부르륵 몸을 떨며 일어나면 잠시도 머뭇거리지 않고 어린아이가 일어나자마자 장난감을 손에 잡듯이 무슨 일엔가 착수하는 것이었다. 그는 못 하는 것이 없었다. 잘 하는 것은 아니었지만 그렇다고 서툴지도 않았다. 그는 굽거나 끓이거나 바느질도 하고 대패질도 하는가 하면 장화를 꿰매기도 하였다. 그는 언제나 일을 하고 있었고, 밤에만 이야기를 하고—그는 이야기하는 것을 좋아했다—노래를 부르기로 정하고 있었다. 그의 노래 솜씨는, 노래를 잘 하는 사람이 남이 듣고 있다는 것을 의식하면서 부르는 것과는 달랐다. 마치 새가 노래하고 있는 것과 같은 방식으로 가끔 몸을 펴기도 하고 걸어다니지 않으면 안 되는 듯이, 그 소리를 내지 않으면 안 되기 때문에 노래를 부른다는 식이었다.

포로가 되어 턱수염이 마구 자라자, 그는 자기에게 강요되었던 가식적인 병사의 기질을 벗어던지고 애초의 농민적, 민중적 기질로 되돌아가고 말았다.

"휴가 중의 병사는 바지에서 삐져나온 셔츠 같은 것이야." 그는 곧잘 이렇게 말하는 것이었다. 그는 푸념은 하지 않았지만 군 복무 때의 이야기를 하는 것을 좋아하지 않았고, 군대에 있는 동안 한 번도 얻어맞은 일이 없다는 말을 곧잘 되풀이했다. 이야기를 할 때 그는 주로 옛날의, 아마도 자기에게는 귀중한 농민의 '그리스도교도' 생활의 추억을 이야기하였다. 그의 이야기 속에 많이 섞여 있는 정해진 문구는 대체적으로 병사들이 하는 품위가 없는 마구잡이 말이 아니라, 떼어놓고 생각하면 무의미하게 여겨지지만 적소에서 그것이 사용되면 갑자기 깊은 뜻을 갖게 되는 민중적인 금언이었다.

그는 전에 말한 것과 반대되는 말을 한 경우는 흔히 있었지만 그것은 어느 것이나 옳은 말이었다. 그는 이야기하기를 좋아하고, 애정이 깃든 표현이나 자기가 생각해냈다고 여겨지는 속담으로 자기 말을 장식하면서 이야기를 잘 하였다. 그러나 그의 이야기의 가장 큰 매력은, 극히 평범한, 때로는 삐에르가 보았으면서도 신경도 쓰지 않았던 일도, 그가 말하면 훌륭하게 정리된 느낌을 준다는 것이었다. 아무리 단순한 사건도, 때로는 삐에르가 알아채지도 못하고 있었던 일이라도, 그가 말하기 시작하면 고귀한 아름다운 성질을 띠게 되는 것이었다. 그는 한 병사가 매일 밤 이야기하는(항상 같은) 민화를 듣는 것을 좋아했으나, 무엇보다도 실생활의 이야기를 듣는 것을 좋아했다. 그는 그러한 이야기를 들으면서 때로는 말참견도 하고, 그가 듣고 있는 이야기의 정돈된 모습을, 자신이 분명히 이해할 수 있도록 질문을 통해서 확인하면서 즐거운 듯이 웃었다. 삐에르가 보기에 까라따에프는 집착과 우정과 애정을 전혀 가지고 있지 않았다. 그러나 그는 운명이 자기와 만나게 한 것, 특히 인간—누군가 특정한 인간이 아니라, 자기 눈 앞에 있는 인간—을 사랑하고 다 함께 사이좋게 살아가고 있었다. 그는 자기 강아지를 사랑하고, 동료, 프랑스인을 사랑하고, 자기 옆에 있는 삐에르를 사랑하고 있었다. 그러나 삐에르는 까라따에프가 제아무리 자기에게 친절하고 상냥하게 해 준다고 해도(그는 상냥하게 대함으로써 무의식적으로 삐에르의 정신 생활에 경의를 표하고 있었던 것이었다), 자기와 헤어지는 것을 조금도 슬퍼하지 않을 것이라는 생각이 들었다. 그리고 삐에르도 까라따에프에 대해 같은 감정을 품기 시작했다.

쁠라똔 까라따에프는 다른 모든 포로들에게는 흔히 있는 한 병사에 지나지 않았다. 모두 그를 '매'니, 쁠라뚜샤니 하며 악의 없이 놀리기도 하고, 그에게 심부름을 부탁하기도 했다. 그러나 삐에르에게는 그가 첫날 밤에 느껴진 것처럼 불가사의하고, 원만하고 영원불변한 소박함과 진리의 화신(化身)으로서 언제까지나 그의 마음 속에서 변하지 않고 자리잡고 있었다.

쁠라똔 까라따에프는 자기의 기도의 말 외에는 아무것도 암기하고 있지 않았다. 이야기할 때, 말머리를 꺼내면서도 그것이 어떻게 될지 알지 못하는 것 같았다.

삐에르는 가끔 그의 이야기에 강하게 감동을 받아, 했던 이야기를 다시 한 번 해 달라고 부탁했다. 쁠라똔은 1분 전에 자기가 말한 것을 상기하지 못했다. 그것은, 자기가 좋아하는 노래를 말만으로는 아무리 해도 삐에르에게 전달할 수가 없는 것과 같았다. 그것은 '사랑하는 자작나무여, 나는 애달픈'이라고 하는 것이었는데, 말로만 하면 아무런 뜻도 이루지 못했다. 그는 이야기 속에서 하나씩 분리해서 꺼낸 단어의 뜻을 이해하지 못했고 이해할 수도 없었다. 하나하나의 단어, 하나하나의 행위가 그에게는 알 수 없는 활동의 발로이며 그 활동이 그의 인생이었다. 그러나 그의 인생은, 그의 관점에서 보자면 독립된 인생으로서는 뜻을 지니고 있지 않았다. 그것은, 그가 끊임없이 느끼고 있는 전체적인 것의 한 조각으로서 비로소 뜻을 갖는 것이었다. 그의 말과 행위는 마치 꽃에서 나오는 향기처럼 매끈하고 필연적으로 무의식적으로 넘치고 있었다. 그는 하나로만 분리해서 파악한 행위나 말의 가치도, 뜻도 이해할 수가 없었다.

14

마리야는 니꼴라이로부터, 오빠인 안드레이가 로스또프네 사람들과 함께 야로슬라브리에 있다는 소식을 받자, 숙모가 말리는 것도 듣지 않고 곧 갈 준비를 서둘렀다. 그것도 자기 혼자만이 아니라 조카도 데려갈 생각이었다. 그것이 곤란할지 아닐지, 아니면 가능할지 불가능할지 그녀는 문제 삼지 않았고 알고 싶지도 않았다. 자기의 의무는, 죽어가고 있을지도 모르는 오빠 옆에 자기가 있어야 한다는 것 뿐만 아니라, 하루라도 빨리 오빠에게 그의 아들을 데리고 가는 것이라고 여겼다. 안드레이 자신은 그녀에게 알려오지 않았지만, 마리야는 그것은 오빠가 몹시 쇠약해서 편지를 쓸 수 없기 때문이거나, 아니면 이와 같은 긴 여행이 그녀와 아들에게 너무나 곤란하고 위험하다고 생각했기 때문이라고 해석했다.

며칠 동안 마리야는 여행 채비를 했다. 그녀가 타고 갈 마차는 그녀가 보로네시에 올 때 타고 온 공작 일가의 커다란 유개마차와 포장마차 몇 대, 그리고 짐마차였다. 동행자는 부리엔, 니꼴렌까와 그의 가정교사, 늙은 유모, 하녀 세 명, 찌혼, 젊은 하인, 그리고 숙모가 딸려 보낸 외출용 종자(從者)였다.

정상적인 길로 모스크바로 간다는 것은 생각할 수도 없었기 때문에 돌아가는 길을 택했다. 그런데 마리야가 지나가지 않으면 안 될 리베츠크, 랴잔, 블라지미르, 슈야로 우회하는 길은 매우 길고 또 도처에서 바꿀 말이 없었기 때문에 몹시 험했으며, 소문에 의하면 프랑스 병이 랴잔 부근에 출몰해서 위험하기까지 했다.

이 어려운 여행 동안 부리엔, 데사르, 마리야의 하녀는 그녀의 적극성과 실천력에 놀랐다. 그녀는 가장 늦게 자고 맨 먼저 일어났으며, 어떠한 곤란도 그녀를 주저하게 만들 수는 없었다. 같이 간 사람들에게 용기를 북돋운 그녀의 활동과 에너지 덕택으로, 2주일이 끝날 무렵에는 야로슬라브리에 접근하고 있었다.

보로네시에 머무른 마지막 시기에 마리야는 난생 처음 최대의 행복을 경험했다. 니꼴라이에 대한 사랑은 이제 그녀를 괴롭히지도 않았고 동요시키지도 않았다. 그 사랑은 그녀의 온 마음에 가득 차 있었고 그녀 자신의 뗄 수 없는 일부가 되었기 때문에, 그녀는 더 이상 그것을 거스르려 하지 않았다. 최근에 이르러 마리야는 확신하였다. 그녀는 자기 자신에게 한 번도 분명한 말로 말한 적은 없었으나, 자신이 사랑을 받고 사랑을 하고 있다는 것을 확신한 것이다. 그것을 마리야가 확신한 것은 니꼴라이와 마지막으로 만났을 때의 일로, 안드레이가 니꼴라이 일가와 함께 있다는 것을 그가 마리야에게 알리기 위해 왔을 때였다. 니꼴라이는 지금(안드레이가 회복할 경우), 그와 나따샤의 원래의 관계가 부활할지도 모른다는 것을 한 마디도 암시하지 않았지만, 마리야는 그가 그것을 알고 있고 생각하고 있다는 것을 그의 표정으로 알아챘다. 그리고 그럼에도 불구하고 마리야에 대한 그의 태도는 신중하고 상냥하며 애정에 차 있어서 변함이 없었을 뿐만 아니라, 지금은 자기와 마리야가 친척이나 다름없는 관계가 되었기 때문에, 그녀에 대한 우정이기도 한 애정을 전보다도 자유롭게 표현할 수 있게 된 것을 기뻐하고 있는 것 같았다. 그것은 마리야가 생각하고 있는 그대로이기도 하였다. 마리야는 자기가 생애에 처음이자 마지막 사랑을 하고 있다는 것을 깨닫고 있었고, 자기가 사랑을 받고 있고 그런 점에서 행복하기도 하고 마음이 편안했다.

그러나 이 마음 한 구석의 행복은, 오빠를 둘러싼 슬픔을 충분히 느끼는 것을 방해하지는 않았을 뿐더러, 오히려 반대로 이 편안한 마음은 어떤 면에서는 오빠에 대한 생각에 더욱 골몰할 수 있게 해 주었다. 이 감정은 보로네시를 출발할 당시에 너무나도 강한 것이었기 때문에 그녀를 전송하는 사람들은 그녀의 고민에 지치고 절망한 얼굴을 보고, 그녀는 틀림없이 도중에 병이 날 것이라고 믿고 있었다. 그러나 그녀가 그토록 활동적으로 실천에 옮긴 여행의 쓰라림과 마음 고생이, 그녀를 일시적으로 슬픔에서 구해 주고 그녀에게 활력을 불어넣었다.

여행 중에는 흔히 있는 일이지만, 마리야는 여행의 목적이 무엇이었는가를 잊고 오직 여행 그 자체만을 생각하고 있었다. 그러나 야로슬라브리에 접근해 가면서, 이제 며칠 후가 아니라 오늘 석양에라도 자기 눈 앞에 나타날지도 모르는 것이 재차 분명해지자, 마리야의 불안은 극도에 달했다.

로스또프네 사람들이 어디에 머물고 있는지 또 안드레이의 병세는 어떤지를 알기 위해서 야로슬라브리에 먼저 보낸 외출용 종복은, 관문 입구에서 마침 들어오는 커다란 유개마차를 맞았을 때 마차 창문에서 자기 쪽을 내다본 마리야의 무서울 정도로 창백한 얼굴을 보고 섬뜩했다.

"모든 것을 알았습니다, 아가씨. 로스또프네는 광장에 있는 브론니꼬프라는 상인의 집에 머물고 계십니다. 바로 보르가 강 옆입니다." 종복이 말했다.

마리야는 깜짝 놀라서 물어보듯이 종복의 얼굴을 보고, 그가 자기에게 한 말의 뜻을 알지 못하고 오빠의 병세는 어떠냐는 주요한 질문에 왜 그가 대답하지 않는지 알지 못했다. 부리엔 양이 마리야 대신에 이 질문을 했다.

"공작의 병세는 어떠세요?" 그녀가 물었다.

"나리께서는 그 집에 함께 머물고 계십니다."

'그럼 오빤 살아 있는 것이다.' 마리야는 생각하고 나직한 목소리로 오빠는 어떠냐고 물었다.

"하인들의 말로는 여전하시답니다."

'여전하다'란 무슨 뜻인지 마리야는 물어보려고도 하지 않았다. 다만 자기 앞에 앉아서 도시로 나온 것을 기뻐하고 있는 일곱 살 난 니꼴렌까를 흘끗 보았을 뿐, 고개를 떨구고는 무거운 유개마차가 덜거덕거리며 흔들리기도 하고 뛰기도 하면서 어딘가에서 멈출 때까지 머리를 들지 않았다. 마차의 발판을 내리는 소리가 덜거덕 하고 났다.

마차의 문이 열렸다. 왼쪽에는 큰 강이 있고, 오른쪽에는 현관이 있었다. 계단 위에는 남자 종과 누군지는 알 수 없으나, 숱이 많은 검은 머리를 땋아서 늘어뜨린 뺨이 빨간 아가씨가 있었다. 마리야에게는 그 아가씨가 느낌이 좋지 않은 미소를 띠고 있는 것처럼 느껴졌다(그것은 쏘냐였다). 마리야는 현관 계단을 뛰어올라갔다. 억지 웃음을 띤 그 처녀가 "이쪽입니다, 이쪽입니다!" 하고 말했다. 동양적인 타입의 얼굴을 한 노부인이 감격한 표정으로 발 빠르게 마리야 쪽으로 다가왔다. 백작 부인이었다. 그녀는 마리야를 안고 키스했다.

"나의 딸!" 그녀는 말했다. "나는 당신을 좋아하고 있어요. 벌써부터 당신을 알고 있었어요."

마리야는 흥분하고는 있었지만, 그분이 백작 부인이고, 이분에게 무슨 말을 하지 않으면 안 된다는 것을 깨달았다. 그녀는 자기 자신도 무엇이라고 말해야 좋을지 모른 채, 정중한 프랑스어로, 무엇인가 자기에게 이야기하고 있는 사람들과 같은 어조로 말하고 나서 오빠는 어떠냐고 물었다.

"의사의 말로는 생명의 위험은 없답니다." 백작 부인이 말했지만, 그렇게 말하면서 그녀는 한숨을 쉬고 눈을 위로 들었다. 그 동작에는 그녀의 말과 모순되는 표정이 서려 있었다.

"오빠는 어디 있어요? 만날 수 있나요? 만날 수 있을까요?" 마리야가 말했다.

"네, 이제 곧, 아가씨, 곧 안내하겠습니다. 이분이 아드님인가요?" 백작 부인은 데사르와 같이 들어온 니꼴렌까를 돌아보고 말했다. "우리는 모두 다 같이 살 수 있어요, 집은 넓으니까요. 참 귀여운 도련님이네요!"

백작 부인은 마리야를 객실로 안내했다. 쏘냐는 부리엔과 이야기하고 있었다. 백작 부인은 니꼴렌까의 비위를 맞추고 있었다. 노백작이 마리야에게 인사를 하면서 방으로 들어왔다. 노백작은 마리야가 마지막으로 그를 만났을 때보다 몹시 변해 있었다. 그 무렵에 그는 활달하고, 명랑하고 자신에 찬 노인이었으나 지금은 초라하고 의지할 곳이 없는 사람처럼 보였다. 그는 마리야와 이야기하면서도, 자기가 하고 있는 일이 이래도 되느냐고 모든 사람에게 물어보듯이 사방을 둘러보고 있었다. 모스크바와 자기 재산이 몽땅 파괴된 후, 그는 익숙해진 생활의 궤도에서 벗어나서 자기의 의의를 자각할 수 없게 되고, 자기는 이제 인생에서 차지할 장소가 없다고 느끼고 있는 것 같았다.

마리야는 한시 바삐 오빠를 만나고 싶었는데도, 또 자기가 단 한 가지 오빠를 만나는 것밖에 바라고 있지 않은 때에 자기를 붙잡고 놓지 않거나 일부러 조카를 칭찬하고 있는 것에 화가 났는데도, 그래도 주위에서 일어나고 있는 모든 것에 유의하고 있었다. 그리고 자기가 들어가려 하고 있는 이 새로운 질서에 잠시 따르지 않으면 안 되리라고 느끼고 있었다. 그녀는 이러한 모든 것이 필요하다고 깨닫고 있었고, 그것이 더욱이 괴롭기는 했지만 노백작 부부의 기분을 거스르지 않도록 조심했다.

"이 애는 나의 조카입니다." 백작은 쏘냐를 소개하면서 말했다. "아직 모르셨나요, 아가씨?"

마리야는 그녀 쪽을 돌아다보고, 마음 속에 솟구치는 이 처녀에 대한 적의를 가라앉히려고 노력하면서 그녀에게 키스했다. 그러나 주위 사람들의 기분이 자기 마음 속에 있는 것과는 너무나 동떨어져 있었기 때문에 그녀는 어찌할 수 없다는 기분이 들었다.

"오빠는 어디 있어요?" 그녀는 모든 사람을 향하여 다시 한 번 물었다.

"아래층에 계십니다. 나따샤가 같이 있습니다." 쏘냐가 빨개지면서 대답했다. "지금 보고 오라고 사람을 보냈어요. 무척 피곤하시죠, 아가씨?"

마리야의 눈에는 분한 눈물이 떠올랐다. 그녀는 얼굴을 돌리고 오빠한테는 어떻게 가면 좋으냐고 다시 한 번 백작 부인에게 물으려고 했다. 그때 문에 곧장 달려오는, 경쾌하고 마치 즐거운 듯한 발소리가 들렸다. 마리야는 돌아보고 거의 뛰어들어 오는 것 같은 나따샤를, 훨씬 이전에 모스크바에서 만났을 때 그토록 싫은 생각이 들었던 나따샤를 보았다.

그러나 마리야는 그 나따샤의 얼굴을 채 보기도 전에 그녀야말로 자기와 슬픔을 나눌 수 있는 사람이며, 그러므로 나따샤는 자기의 친구라는 것을 깨달았다. 그녀는 나따샤 쪽으로 뛰어가서, 그녀를 안고 그 어깨 위에서 울음을 터뜨렸다.

안드레이의 머리맡에 앉아 있었던 나따샤는 마리야가 왔다는 것을 알자곤, 마리야에게는 마치 즐겁게 느껴진 재빠른 걸음으로 소리를 죽이고 방을 나와 그녀에게로 달려온 것이다.

그녀가 방에 뛰어들어 왔을 때, 그녀의 흥분한 얼굴에는 단 한 가지 표정밖에 없었다. 그것은 사랑의 표정, 안드레이에 대한, 마리야에 대한, 사랑하는 모든 사람에 대한 끝없는 사랑의 표현, 다른 사람의 기분이 되어 고민하고 그 사람들을 돕기 위해 온몸을 바치겠다는 열망의 표현이었다. 분명히 이 순간 나따샤의 마음 속에는, 자기 자신에 대한 일이나 안드레이와 자기와의 관계에 대해서는 아무런 생각도 없었다.

민감한 마리야는 나따샤의 얼굴을 한 번 보자 모든 것을 이해하고, 슬픔어린 기쁜 마음으로 나따샤의 어깨에 얼굴을 파묻고 울었던 것이다.

"갑시다, 그분한테 가요, 마리야." 나따샤는 그녀를 옆방으로 데리고 가면서 말했다.

마리야는 얼굴을 들어 눈을 닦고 나따샤를 돌아보았다. 자기는, 나따샤로부터 모든 것을 듣고 모든 것을 이해하고 모든 것을 알게 될 것이라고 그녀는 느꼈다.

"어떠세요……." 그녀는 질문을 하려 하다가 갑자기 그만 두었다. 말로써는 물어볼 수도 대답할 수도 없다고 느꼈기 때문이었다. 나따샤의 얼굴과 눈이 모든 것을 더욱 명백하고 더욱 깊이 말해 줄 것이기 때문이었다.

나따샤는 마리야를 보고 있었으나, 자기가 알고 있는 모든 것을 말할 것인지 말하지 말아야 할 것인지 두려워하고 망설이고 있는 것 같았다. 나따샤는 자기 마음의 가장 깊은 곳까지 간파하는 듯한, 빛이 넘치는 마리야의 눈을 앞에 놓고 자기가 알고 있는 그대로의 진실 모두를 말하지 않으면 안 된다고 느낀 것 같았다. 나따샤의 입술이 갑자기 떨리고 일그러진 주름이 입가에 잡혔다. 그리고 그녀는 왈칵 울음을 터뜨리고 두 손으로 얼굴을 감쌌다.

마리야는 모든 것을 깨달았다.

그러나 그녀는 그래도 한 가닥 희망을 걸고 자신도 믿고 있지 않은, 말이라는 도구를 사용하여 물었다.

"하지만, 상처는 어때요? 대체로 오빠의 병세는 어때요?"

"당신이, 당신이…… 보시면 알게 될 거예요." 나따샤는 간신히 이렇게만 말했다.

두 사람은 잠시 아래층의 안드레이 방 옆에 앉아 있었다. 울음을 거두고 침착한 얼굴로 방에 들어가기 위해서였다.

"병은 어떻게 진행되었어요? 꽤 오래 전부터 나빠졌나요? 언제 그것이 일어났나요?" 마리야는 물었다.

나따샤가 말한 바에 의하면, 처음 동안은 고열 증상과 아픔 때문에 위험했지만 뜨로이짜에서 그것은 가시고, 의사가 두려워한 것은 단 한 가지, 탈저증(脫疽症)이었다. 그러나 그 위험도 지나가고 있었다. 야로슬라브리에 도착했을 때 상처가 곪기 시작했다(나따샤는 화농에 대한 것은 모두 알고 있었다). 그리고 의사는 화농도 아마도 정상적인 경과를 거칠 것이라고 말했다. 발열이 시작되었다. 의사는 이 열은 그다지 위험한 것은 아니라고 말했다.

"그런데 이틀 전에" 나따샤는 말했다. "갑자기 그것이 시작됐어요……." 그녀는 복받치는 울음을 참았다. "나는 왜 그런지는 모르겠지만, 그분이 어떻게 되셨는지 보시면 알게 될 거예요."

"쇠약했나요? 여위셨나요?" 마리야는 물었다.

"아녜요, 그런 게 아녜요. 더 나빠요. 이제 아실 거예요. 아아, 마리야, 마리야, 그분은 너무나도 훌륭하셔서 살아갈 수가 없어요, 희망이 없어요, 왜냐면……."

15

나따샤가 마리야를 자기 앞으로 가게 하면서 익숙한 동작으로 안드레이 방의 문을 열었을 때, 마리야는 이미 목구멍까지 치밀어오르는 울음을 느꼈다. 아무리 각오를 하고 냉정하려고 노력해도, 눈물 없이는 오빠의 모습을 볼 수 없으리라는 것을 잘 알고 있었다.

마리야는 나따샤가 그분에게 그것이 이틀 전에 시작되었다는 말로 나타내려고 하는 뜻을 깨달았다. 그것은 안드레이가 갑자기 마음이 잔잔해졌다는 것, 그리고 그 마음의 누그러짐이 죽음의 징조라는 것을 그녀는 깨달았다. 그녀는 문 쪽으로 가까이 가면서 이미 머릿속에 자기가 어릴 적부터 알고 있는, 상냥하고 온순하며 감동을 받아 누그러진 사랑스러운 안드레이 오빠의 얼굴을 상상 속에 그려 보고 있었다. 그것은 안드레이에게서는 좀처럼 볼 수 없는 것이었기 때문에 늘 그녀 마음에 강렬히 작용하는 얼굴이었다. 아버지가 돌아가시기 직전에 하신 것처럼 조용하고 상냥한 말로 오빠가 자기에게 무슨 말인가 하면, 자기는 그것을 듣고 참지 못하고 오빠의 머리맡에서 왁 울음을 터뜨릴 것이라는 것도 잘 알고 있었다. 그러나 그것은 조만간에 일어날 일이었기 때문에 그녀는 방으로 들어갔다. 그녀가 근시의 눈으로 차차 뚜렷이 오빠의 모습을 분간하고 그 용모를 찾아내려고 하는 동안 오열은 더욱더 목구멍에 치밀어 올라왔다. 그리고 마침내 그녀는 오빠의 얼굴을 보고 시선이 마주쳤다.

그는 다람쥐 가죽 가운을 입고 쿠션에 둘러싸여 소파에 누워 있었다. 여위고 얼굴은 파리했다. 수척하고 투명해 보이는 하얀 한쪽 손에는 손수건을 쥐고, 다른 한손은 손가락을 조용히 움직이면서 가느다랗게 자란 콧수염을 만지고 있었다. 그의 눈은 들어오는 사람을 보고 있었다.

오빠의 얼굴을 보고 시선이 마주치자 마리야는 갑자기 걸음 속도를 늦추었다. 그리고 눈물이 갑자기 말라 오열도 멈춘 것을 느꼈다. 오빠의 얼굴과 눈의 표정을 잡자 문득 겁을 집어먹고 무슨 나쁜 일을 한 것 같은 기분이 들었다.

'그러나 내게 무슨 죄가 있단 말인가?' 그녀는 자신에게 물었다. '살아서, 살아 있는 사람의 일을 생각하고 있기 때문이다. 그런데 나는! ……' 그의 차갑고 엄격한 눈초리가 이렇게 대답하고 있었다.

그가 천천히 누이동생과 나따샤를 돌아보았을 때, 자기 내부를 응시하고 있는 깊은 시선 속에는 거의 적의에 가까운 빛이 깃들어 있었다.

그는 여느 때의 두 사람 사이의 습관대로 서로 손에 키스를 했다.

"잘 있었니, 마리야? 여기까지 무사히 잘 왔구나." 그는 눈초리와 같은 담담하고 서먹한 목소리로 말했다. 만일 그가 필사적인 고함을 질렀다 해도, 그의 외침 소리는 오히려 이 목소리보다는 마리야를 섬뜩하게 하지 않았을 것이다.

"니꼴렌까도 데리고 왔니?" 그는 역시 담담하게 천천히, 그리고 분명히 애써 생각해낸 듯이 말하였다.

"지금 어떠세요?" 자기가 한 말에 스스로 놀라면서 마리야는 물었다.

"그건 의사한테 물어봐야지." 그는 말하였다. 그리고 보기에도 더욱 상냥하게 하려고 애쓰려는 듯이, 그는 입만으로 말하였다(그는 분명 자기가 말하고 있는 것을 전혀 생각하지 않고 있었다). "와 주어서 고맙다."

마리야는 오빠의 손을 잡았다. 그는 누이동생의 손에 잡히자 눈에 띌까 말까 할 정도로 얼굴을 찌푸렸다. 그는 잠자코 있었다. 마리야는 무슨 말을 해야 좋을지 몰랐다. 그녀는 이틀 동안에 오빠에게 일어난 일을 이해하였다. 그의 말 속에, 말투 속에, 특히 이 시선 속에—차갑고 거의 적의를 품은 시선 속에—살아 있는 인간에게는 무서운, 이 세상의 모든 것으로부터의 소외가 느껴졌다. 그는 지금 살아 있는 모든 것을 이해하려고 애쓰고 있는 것 같았다. 그러나 그와 동시에 그가 살아 있는 사람을 이해하지 않는 것은 이해하는 힘이 없어서가 아니라, 살아 있는 사람이 이해하지 않고 이해를 할 수 없는 그 무엇인가 다른 것을 그가 이해하고 있고, 그것이 그의 전신전령을 삼켜버리고 있기 때문이라는 느낌이 들었다.

"그래, 정말 기묘한 운명이 우리를 만나게 했지!" 그는 침묵을 깨뜨리고 나따샤를 가리키며 말했다. "이 사람은 줄곧 나를 간호해 주고 있어."

마리야는 듣고 있으면서 오빠가 하는 말을 이해할 수가 없었다. 이 사람이, 민감하고 마음이 상냥한 안드레이가 어떻게 해서 자기가 사랑하고 자기를 사랑하고 있는 여성 앞에서 이런 소리를 할 수가 있을까! 만약 살 생각을 하고 있다면, 이렇게도 냉담하고 모욕적인 어조로는 말하지 않았을 것이다. 자기가 죽는다는 것을 모른다면, 어떻게 그녀를 가엾게 생각하지 않았을까, 어떻게 해서 그녀 앞에서 이런 말을 할 수 있단 말인가! 이에 대한 설명은 한 가지밖에 없었다. 즉, 그에게는 모두가 아무래도 좋았던 것이고, 더욱이 무엇인가 다른 더 중요한 것이 자기 앞에 펼쳐져 있었기 때문에 아무래도 좋았던 것이다.

대화는 식어서 연결이 되지 않고 끊임없이 중단되었다.

"마리야는 랴잔을 지나왔대요." 나따샤가 말했다. 안드레이는 그녀가 누이동생을 식구처럼 마리야라고 부른 것을 알아채지 못했다. 나따샤도 그의 앞에서 그녀를 그렇게 부르고 나서 비로소 자기도 그것을 알아챘다.

"그래서 그것이 어쨌다는 거지?" 그는 말했다.

"마리야가 들은 이야기로는 모스크바가 온통 타서 마치……."

나따샤는 입을 다물었다. 해서는 안 될 말이었다. 그는 분명히 이야기를 들으려고 노력하는 것 같았지만 역시 듣지 못했다.

"그래? 타 버렸다는 건가?" 그는 말했다. "정말 분하다." 그는 멍하니 콧수염을 손가락으로 매만지면서 골똘히 앞을 응시했다.

"그런데 마리야, 너는 니꼴라이 백작을 만났다면서?" 두 사람을 기쁘게 해 주려는 듯이 안드레이는 갑자기 말하였다. "그가 여기에 편지를 보내왔었다, 네가 몹시 마음에 들었다고." 그는 자기의 말이 살아 있는 사람들에 대해서 가지고 있는 갖가지 복잡한 뜻을 이해할 수 없다는 듯 서슴없이 태연하게 말하였다. "만약에 너도 그를 사랑하고 있다면 참 좋은데…… 두 사람이 결혼하면." 그는, 오랫동안 찾고 있다가 간신히 발견한 것을 기뻐하는 것처럼 다소 빠른 말로 이렇게 덧붙였다. 마리야는 오빠의 말을 듣고는 있었지만, 그것은 오빠가 지금 살아 있는 모든 것으로부터 무척 멀리 떨어져버린 것을 증명하는 일 이외에는 그녀에게 있어서 아무런 의미도 지니고 있지 않았다.

"제 이야기 같은 걸 해서 무슨 소용이 있어요?" 그녀는 조용히 말하고 나따샤를 보았다. 나따샤는 그녀의 시선을 느꼈지만, 마리야 쪽을 바라보지 않았다. 다시 모두들 침묵했다.

"오빠, 니꼴……" 마리야는 떨리는 목소리로 갑자기 말했다. "니꼴렌까를 보고 싶으세요? 그 애도 늘 오빠 얘길 하고 있어요."

안드레이는 비로소 간신히 보일 정도로 미소 지었다. 오빠의 표정을 잘 알고 있는 마리야는 오싹해지는 느낌이 들었다. 그것은 기쁨이나 아들을 사랑스럽게 여기는 미소가 아니라, 그의 감각을 불러일으키기 위해서 마리야가 마지막 수단이라고 생각하는 것을 사용했다는 것을 알고 조용히 비웃는 것이었다.

"응, 니꼴렌까가 와줘서 정말 기쁘다. 그 애는 잘 있지?"

니꼴렌까는 안드레이에게로 안내되자 겁에 질린 듯이 아버지를 바라보았지만, 아무도 울지 않자 아이도 울지 않았다. 안드레이는 아이에게 키스했다. 그리고 무슨 말을 하면 좋을지 모르는 것 같았다.

니꼴렌까를 데리고 나올 때 마리야는 다시 한 번 오빠에게로 다가가서 키스하고, 더 참지 못하고 울음을 터뜨리고 말았다.

그는 물끄러미 누이동생을 바라보았다.

"니꼴렌까 생각에 우는 거니?" 그는 말하였다.

마리야는 울면서 끄덕여 보였다.

"마리야, 너도 알고 있지. 복음……" 그러나 그는 갑자기 입을 다물었다.

"뭐라고 하셨어요?"

"아무것도 아냐. 여기서 울지는 마." 그는 여전히 차가운 눈으로 누이동생을 바라보면서 말했다.

마리야가 울었을 때, 그는 누이동생이 니꼴렌까가 아비 없는 자식이 될 것을 슬퍼하여 울었다고 생각하였다. 그는 안간힘을 다하여 삶으로 되돌아가려고 애를 쓰고, 간신히 그들의 시점(視點)으로 몸을 옮겨보았다.

'그렇다, 그들에게는 이것이 가엾게 여겨지고 있는 것이다.' 그는 생각했다. '실은 매우 단순한 일인데!'

'하늘의 새를 봐라. 뿌리지도 않고 베지도 않는다. 그런데도 너희 아버지는 그들을 먹여 살리신다(마태복음 제6장 26절).' 그는 자신에게 이렇게 말하고, 같은 말을 마리야에게 말하려고 했다. '아니, 필요 없다. 누이동생은 자기 나름내로 해석하겠지. 알 리가 없다! 그들이 소중히 하고 있는 갖가지 감정이, 우리에게 매우 중요하다고 여겨지는 우리의 이러한 모든 생각이, 그러한 것은 필요가 없다는 것을 이 친구들은 모르고 있는 것이다. 우리는 서로 이해할 수 없는 것이다.' 그래서 그는 입을 다물고 말았다.

안드레이의 어린 아들은 일곱 살이었다. 그는 제대로 글을 읽을 수도 없고 아무것도 몰랐다. 그는 이날 이후, 지식과 관찰력과 경험을 얻어 많은 것을 체험했다. 그러나 설령 나중에 얻은 온갖 능력을 이때 이미 지니고 있었다 하더라도 아버지나 마리야 또 나따샤 사이에서 자기가 본 장면의 모든 뜻을 지금 이해한 것 이상으로 잘, 깊이 이해할 수는 없었을 것이다. 그는 모든 것을 이해하고 울지 않고 방을 나와 뒤이어 나온 나따샤 곁으로 말없이 다가가서, 생각에 잠긴 듯이 아름다운 눈으로 수줍게 그녀를 바라보았다. 약간 추켜진 빨간 윗입술이 떨리며 그는 나따샤에게 머리를 대고 울음을 터뜨렸다.

그날부터 그는 데사르를 피하고 자기를 귀여워해 주는 백작 부인도 피했다. 홀로 앉아 있거나 아니면 마리야나, 고모인 마리야보다도 더 마음이 끌린 나따샤 곁으로 머뭇거리며 다가가서 조용히 쑥스러운 듯이 응석을 부리는 것이었다.

마리야는 안드레이의 방에서 나오자 나따샤의 얼굴이 자기에게 말한 모든 것을 깨달았다. 오빠의 목숨이 구제될 가망에 대해서 그 이상 나따샤와 화제로 삼지 않았다. 그녀는 나따샤와 교대로 소파 곁에서 시중들면서 더는 울지 않고, 그 대신 이제 죽음으로 가는 사람 위에 존재하고 있다는 것이 절실히 느껴지는, 영원한, 이해를 초월한 것에 마음 속으로 호소하면서 끊임없이 기도를 드리고 있었다.

안드레이는 자기가 죽으리라는 것을 알고 있었을 뿐만 아니라, 지금 죽어가고 있고 이미 절반은 죽었다고 느끼고 있었다. 그는 지상의 모든 것으로부터의 소외를 의식하고, 존재의 기쁘고 기묘한 경쾌함을 의식하고 있었다. 그는 서두르지 않고 차분하게, 자기 앞에 닥치고 있는 것을 기다리고 있었다. 자기가 살아온 동안 줄곧 그 존재를 느껴온 무섭고 영원하며 알 수 없는 먼 것이 지금은 그에게 가까운 것이 되고, 그가 맛보고 있는 존재의 기묘한 경쾌함에 의해서 거의 이해할 수 있고 느껴지는 것이 되고 있었다.

이전에 그는 끝나는 것을 두려워했다. 그는 죽음과 종말의 공포라고 하는 저 무섭고 괴로운 기분을 두 번 체험을 해서, 이제는 이미 그 공포를 이해할 수가 없었다.

처음에 그가 이 기분을 맛본 것은, 유탄이 그의 눈앞에서 팽이처럼 돌고, 그가 베어들인 뒤의 밭이며 관목이며 하늘을 보고 죽음이 자기 앞에 다가오고 있는 것을 깨달았을 때의 일이었다. 부상을 당한 뒤에 제정신이 돌아오고, 그의 마음에 순간적으로 마치 그를 억제하고 있던 삶의 압력으로부터 해방된 것처럼 영원하고 자유로운, 이 세상의 삶에 속박되지 않은, 그 사랑의 꽃이 피었을 때, 그는 이미 죽음을 두려워하지 않고 그것을 생각하지 않았다.

그는 부상당한 뒤에 보낸 괴로운 고독과 혼수상태 때, 자기에게 열린 새로운 영원한 사랑의 원리를 깊이 생각하면 할수록 자기 자신은 그것을 느끼지 못한 채 더욱더 이 세상의 삶을 부정해갔다. 모든 것, 모든 사람을 사랑한다는 것, 항상 사랑 때문에 자기를 희생한다는 것은 아무도 사랑하지 않는다는 것을 의미하고 있었다. 이 현세(現世)의 삶은 살 수 없다는 것을 뜻하고 있었다. 그리고 그가 이 사랑의 원리에 투철하면 할수록 더욱더 삶을 거부하였고, 사랑이 없으면 삶과 죽음 사이에 가로막고 서 있는 저 무서운 장벽을 더욱더 완전하게 파괴해 갔다. 그는 이 최초의 시기에 자기는 죽지 않으면 안 된다는 것을 상기하자 자기 자신에게 말했다. 좋아, 그 편이 낫겠지.

그런데 거의 혼수상태에서 자기 앞에 자기가 바랐던 여자가 나타나, 그가 그 사람의 손을 자기 입술에 대고 조용한 기쁨의 눈물을 흘리며 울었던 저 므이찌시치에서의 밤 이후, 한 여성에 대한 사랑이 저도 모르게 마음에 스며들어 그를 다시 삶에 결부시켰다. 그리고 기쁘기도 하고, 마음을 뒤흔드는 온갖 생각이 떠오르기 시작했다. 아나똘리를 보았던 붕대소에서의 순간을 상기해도 이제는 그 기분에 되돌아갈 수가 없었다. 그 사나이는 살아있을까 하는 물음이 그를 괴롭혔다. 그러나 그는 그것을 물어볼 용기가 나지 않았다.

그의 병은 육체적인 인과(因果)의 순서에 따라서 진행하고 있었으나, 그것이 그이에게 일어났다고 나따샤가 말한 것은, 마리야가 도착하기 2일 전에 그의 몸에 일어났다. 그것은 삶과 죽음 사이의 마지막 정신적인 싸움이며, 그 싸움에서 죽음이 승리를 거둔 것이다. 그것은 나따샤에 대한 사랑 속에서 떠오른 삶을 자기가 아직도 소중하게 여기고 있다고 하는 뜻하지 않은 의식이며, 알 수 없는 것에 대한 마지막 억눌렸던 공포의 분출이었다.

그것은 저녁 무렵이었다. 그는 여느 때와 같이 점심 후의 가벼운 발열 상태였으나 의식은 이상하리만치 뚜렷했다. 쏘냐는 테이블 옆에 앉아 있었다. 그는 꾸벅꾸벅 졸았다. 갑자기 행복의 실감이 그를 감쌌다.

'아, 그녀가 들어왔군!' 그는 생각했다.

정말로 쏘냐가 있던 장소에, 방금 발소리를 죽이고 들어온 나따샤가 앉아 있었다.

그녀가 간호해 주기 시작한 이래, 그는 늘 그녀가 항상 가까이에 있다는 이 육체적인 느낌을 맛보고 있었다. 그녀는 자기 몸으로 촛불을 가로막으면서 그에게로 비스듬히 안락의자에 앉아 양말을 짜고 있었다(어느 때 안드레이가, 양말을 짜고 있는 유모만큼 환자의 간호를 잘 할 수 있는 사람은 없다, 양말을 짜는 것을 보면 어딘지 모르게 마음이 가라앉는다고 말한 후 그녀는 양말 짜는 것을 익혔다). 그녀의 가느다란 손가락이 뜨개바늘을 날렵하게 다루고, 그녀의 생각에 잠긴 수그린 옆얼굴이 뚜렷하게 그의 눈에 보였다. 그녀가 움직였다. 그러자 털실 뭉치가 무릎에서 굴러 떨어졌다. 그녀는 움찔해서 그를 바라보고, 한 손으로 촛불을 가리면서 조심스럽고 부드러운 정확한 동작으로 몸을 굽혀 실 뭉치를 집어 들자 다시 제자리에 앉았다.

그는 꼼짝도 하지 않고 그녀를 바라보았다. 그리고 그녀는 움직인 후 가슴 가득히 숨을 들이마실 필요가 있었는데도 그렇게 할 결심을 내지 못하고, 조심스럽게 숨을 쉬고 있는 것을 그는 보았다.

뜨로이짜 대수도원에서 두 사람은 과거 이야기를 했다. 그때 그는 만일 자기가 살아 있게 된다면, 다시 그녀를 만나게 해 준 이 부상에 대해서 영원히 하느님께 감사할 것이라고 말했다. 그러나 그 이후 두 사람은 한 번도 미래에 대한 이야기를 하지 않았다.

'그런 일은 있을 수 있었을까? 없었을까?' 그는 지금 나따샤를 바라보고, 뜨개질바늘의 가벼운 쇠 소리를 들으면서 생각했다. '운명은 다만 나를 죽게 하기 위해서 우리 둘을 이렇게 만나게 한 것일까?…… 또는 나를 허위 속에서 살게 하기 위해서 내게 인생의 진리를 계시한 것일까? 나는 이 세상에서 무엇보다 그녀를 사랑하고 있다. 그러나 사랑하고 있다면 나는 대체 어떻게 하면 좋단 말인가?' 그는 속으로 이렇게 말했다. 그리고 병고 속에서 몸에 지닌 습관으로 저도 모르게 신음 소리를 냈다.

그 신음 소리를 듣고, 나따샤는 양말을 내려놓고 그의 쪽으로 가까이 몸을 굽혔다. 그리고 갑자기 그의 반짝이는 눈을 알아채고는 가벼운 걸음걸이로 다가가서 들여다보았다.

"주무시지 않으셨어요?"

"네, 나는 아까부터 당신을 보고 있었어요. 당신이 들어왔을 때 느꼈습니다. 당신처럼 나에게 이토록 부드러운 조용함과…… 빛을 주는 사람은 아무도 없습니다. 나는 기뻐서 울음이 나올 것 같습니다."

나따샤는 더욱 가까이 그에게로 다가섰다. 그 얼굴은 감격 어린 기쁨에 반짝였다.

"나따샤, 나는 너무나도 당신을 사랑하고 있어요. 이 세상의 그 무엇보다도."

"그럼, 나는?" 그녀는 순간 외면했다. "왜 너무나도예요?" 그녀는 말했다.

"왜 너무나도라고요?…… 그럼 당신은 어떻게 생각하고 있습니까. 마음속으로는 어떻게 느끼고 있습니까? 나는 살까요? 어떻게 생각하십니까?"

"나는 믿고 있어요. 나는 믿고 있어요!" 나따샤는 격렬한 동작으로 그의 두 손을 잡고 거의 외치듯 말했다.

그는 말이 없었다.

"그렇다면 얼마나 좋을까!" 그리고 그녀의 손을 잡자 키스했다.

나따샤는 행복했고 흥분하고 있었다. 그러나 그녀는 곧 이래서는 안 된다,

그에게는 안정이 필요하다고 생각하였다.

"하지만 당신은 주무시질 않으셨잖아요……." 그녀는 기쁨을 억누르면서 말했다. "주무셔야 해요. …… 제발."

그는 그녀의 손을 꼭 쥐었다가 놓았다. 그녀는 양초 쪽으로 돌아가서 다시 애초의 자리에 앉았다. 두어 번 그녀는 그를 바라보았다. 그때마다 빛나는 그의 눈과 마주쳤다. 그녀는 뜨개질이 한 매듭 끝날 때까지는 그를 돌아다보지 않으리라고 마음먹었다.

사실 그 후 그는 곧 눈을 감고 잠이 들었다. 그러나 잔 것은 잠시였다. 갑자기 식은땀을 흘리고 불안한 기분으로 눈을 떴다.

잠이 들면서 최근에 그가 끊임없이 생각하고 있던 일―삶과 죽음에 대한 일―을 계속 생각하고 있었다. 그것도 죽음에 대한 쪽이 많았다. 그는 자기가 죽음 쪽에 가까이 있다는 것을 느끼고 있었다.

'사랑? 사랑이란 무엇일까?' 그는 생각했다. '사랑은 죽음을 방해한다. 사랑은 생명이다. 내가 이해하고 있는 것은 모두, 사랑하고 있기 때문에 이해할 수 있는 것이다. 내가 사랑하고 있기 때문에 모든 것이 있고, 모든 것이 존재하고 있는 것이다. 모두가 오직 사랑에 의해 맺어지고 있다. 사랑은 신이다. 그리고 죽는다는 것은―사랑의 일부인 나에게 있어서는, 보편적이며 영원의 근원으로 돌아가는 것을 의미하고 있다.' 이러한 생각은 그에게 위안이 되는 것처럼 여겨졌다. 그러나 이것은 한낱 생각에 지나지 않았다. 거기에는 무엇인가가 결여되어 있었다. 무엇인가 일면적이고, 개인적이며, 이지적이며, 머리에서 나온 것에 지나지 않았다―분명한 데가 없었다. 그리고 역시 불안과 애매함이 남아 있었다. 그는 잠이 들었다.

그는 꿈속에서 자기가 실제로 누워있는 같은 방에 누워 있었다. 그러나 부상당하지 않고 건강했다. 보잘것없는 무관심한 온갖 사람들이 안드레이 앞에 나타난다. 그는 그 사람들과 무엇인가 필요 없는 일을 이야기하고 토론을 한다. 그들은 어디론가 가려 한다. 안드레이는 그것이 모두 시시한 생각이 들고, 자기에게는 다른 더 중대한 관심사가 있다고 막연히 생각한다. 모르는 동안에 조금씩 그 사람들은 모두 모습을 감추기 시작하여, 닫힌 문의 문제가 그의 눈 앞에 다가온다. 그는 일어나 문 쪽으로 가서 빗장을 걸어 문을 닫으려고 한다. 자기가 문을 닫을 틈이 있느냐 없느냐에 모든 것이 걸려 있는 것이다. 그는 걸어간다. 서둘지만 다리가 움직이지 않는다. 그는 문을 닫을 여유가 없다는 것을 알고 있다. 그러나 그래도 역시 필사적으로 있는 힘을 다한다. 그리고 괴로운 공포가 그를 사로잡는다. 그 공포는 죽음의 공포이다. 문 밖에 그것이 서 있다. 그러나 그가 힘없이 꼴사나운 모습으로 기어가듯이 문가로 가까이 가는 동안에, 그 무서운 무엇인가는 이미 반대쪽으로부터 문을 밀며 방 안으로 들어오려고 한다. 무엇인가 인간적이 아닌 것, 죽음이 문 안으로 밀고 들어오려고 한다. 이것을 막아야 한다. 그는 문에 달라붙어 마지막 힘을 다한다. 빗장을 지르고 문을 닫을 수는 없다. 최소한 문을 눌러야 한다. 그러나 그의 힘은 약하고 솜씨가 서투르다. 그리고 무서운 것에 밀려 문은 열리기도 하고 닫히기도 하고 있었다.

다시 한 번 그것은 바깥쪽에서 밀어왔다. 마지막의 초자연적인 노력도 보람 없이, 문은 소리도 없이 좌우로 열렸다. 그것이 들어왔다. 그것은 바로 죽음이었다. 그리고 안드레이는 죽은 것이다.

그런데 자기가 죽은 그 순간에, 안드레이는 자기가 자고 있다는 것을 상기하고, 자기가 죽은 그 순간에 안간힘을 다하여 눈을 떴다.

'그렇다, 그것은 죽음이었다. 나는 죽었다가 눈을 뜬 것이다. 그렇다, 죽음은 각성(覺醒)이다.' 갑자기 그의 마음 속에서 번쩍였다. 그리고 지금까지 알지 못하던 것을 덮고 있던 막이 그의 마음의 눈앞에서 잠시 올라갔다. 지금까지 마음 속에 묶여 있던 힘이 해방된 것을 느끼고, 묘한 안도감을 느끼고 그것이 그때 이래 그의 마음을 떠나지 않았다.

그가 식은땀을 흘리고 잠을 깨어 소파에서 몸을 움직이자, 나따샤는 곁으로 와서 왜 그러느냐고 물었다. 그는 대답을 하지 않고 상대방이 무슨 말을 하고 있는지도 모르고, 이상한 눈초리로 그녀를 바라보았다.

이것이 마리야가 도착하기 이틀 전 그에게 일어난 일이었다. 바로 그날부터 의사 말로는, 체력을 소모시키는 열이 사태를 악화시켰다. 그러나 나따샤는 의사의 말에는 관심을 가지지 않았다. 그녀는 이 무서운, 의사의 말 이상으로 의심이 없는 정신적인 징후를 보고 있었기 때문이었다.

이날부터 안드레이에게 있어서 잠에서 깨어남과 동시에 삶에서 깨어나기 시작한 것이다. 그리고 살아온 길이에 비해서 그 삶으로부터의 각성은, 꿈을 꾸고 있던 길이와 비교한 잠으로부터의 각성보다 늦다고는 여겨지지 않았다.

이 비교적 느린 각성에는 무섭거나 격렬한 것은 아무것도 없었다.

그의 마지막 나날과 시간은 평범하게, 아무렇지도 않은 듯이 지나갔다. 그의 옆을 떠나지 않았던 마리야도 나따샤도 그것을 느끼고 있었다. 그녀들은 울지 않고, 몸서리도 치지 않고, 마지막 무렵에는 자신들이 그것을 느끼면서도, 이제 안드레이가 아니라(이제 그는 없었다. 그는 이미 두 사람으로부터 떠난 것이다), 가장 가까운 추억을—그의 육체를 간호하고 있었던 것이다. 그러한 두 사람이 마음으로 느끼고 있는 것이 매우 강했기 때문에 죽음의 표면적인, 무서운 측면은 그녀들을 흔들지 않았다. 그녀들은 자기들의 슬픔을 새삼 북돋울 필요를 인정하지 않았다. 두 사람은 그의 앞에서도 안드레이가 없는 곳에서도 울지 않았을 뿐만 아니라, 한 번도 그에 대해서 자기들끼리 이야기를 주고받지도 않았다. 두 사람은 자기들이 깨닫고 있는 일을 말로써는 나타낼 수가 없다고 느끼고 있었다.

그녀들은 모두 안드레이가 더욱더 깊이, 천천히, 조용히, 자기들 곁을 떠나서 어딘가 멀리 가고 있다는 것을 알아채고 있었다. 그리고 두 사람은 그렇게 되는 것이 당연하고 그것으로 좋다는 것을 알고 있었다.

그는 고해성사를 받고 성체성사를 받았다. 모두가 그에게 마지막 작별을 하러 왔다. 아들을 데리고 왔을 때, 그는 아들에게 입술을 대고서 옆으로 고개를 돌렸다. 그것은 괴롭거나 불쌍하다고 생각해서가 아니라(마리야와 나따샤는 그것을 알고 있었다), 자기에게 요구되고 있는 것은 이것뿐이라는 것을 알고 있었기 때문이었다. 그러나 아들에게 축복을 주라고 하자, 그는 하라는 대로 하고 더 이상 무엇을 하지 않으면 안 되느냐고 묻는 듯이 돌아보았다.

영혼이 떠나가는 육체의 마지막 경련이 일어났을 때, 마리야와 나따샤가 그 자리에 있었다.

"임종이군요." 안드레이의 육체가 이미 몇 분 동안 움직이지 않고 차가워지면서 두 사람 앞에 누워 있자 마리야가 말했다. 나따샤는 가까이 가서 죽은 눈을 보고 급히 그 눈을 감겨주었다. 그녀는 눈을 감겨 주고 거기에는 키스를 하지 않고, 안드레이의 가장 가까운 추억이었던 것에 몸을 기댔다.

'그분은 어디로 가 버렸을까? 지금은 어디 계실까?'

몸을 깨끗이 씻기고 옷을 갈아입힌 유해가 테이블 위의 관에 누워 있을 때 모두가 작별 인사를 하러 다가와서 울었다.

니꼴렌까는 가슴이 찢어지는 듯한 괴로운 회의(懷疑) 때문에 울었다. 백작 부인과 쏘냐는 나따샤를 가엾게 여기고, 안드레이가 이미 없다는 것을 생각하고 울었다. 노백작은 자기의 느낌으로는 자기도 머지않아 이처럼 무서운 첫걸음을 내딛지 않으면 안 된다는 것을 생각하고 울었다.

나따샤와 마리야도 울었지만, 자기의 개인적인 슬픔 때문에 운 것이 아니었다. 그녀들이 운 것은 자기들의 눈앞에서 이루어진 단순하고 엄숙한 죽음의 신비를 의식하고, 마음을 사로잡은 경건(敬虔)한 감동 때문에 울었던 것이다.

제2부

1

인간의 이성으로는 여러 현상의 전체적인 원인은 이해할 수 없다. 그러나 원인을 구명하고 싶다는 욕구는 인간의 마음 속에 심어져 있다. 그래서 인간의 이성은 여러 가지 현상의 조건이 무수히 있어 복잡하고, 각 현상이 독립해서 하나의 원인을 이루는 것처럼 보이는 것을 깊이 생각하지도 않고, 가까운 곳에 있는 가장 알기 쉬운 사물을 파악하여 이것이야말로 그 원인이라고 말한다. 역사적 사건에서는(이 경우 관찰의 대상은 인간의 행위이다) 가장 원초적인 것은 하느님의 의지라고 여겨지고, 가장 가까운 사물은 가장 눈에 띄는 역사상의 위치에 서 있는 사람들, 즉 역사상의 영웅의 의지라고 여겨진다. 그러나 개개의 역사적 사건의 본질, 즉 사건에 관여한 많은 사람들의 활동을 잘 생각해보면, 역사상의 영웅의 의지는 대중의 행동을 지배하고 있지 않을 뿐만 아니라 그 자신이 끊임없이 지배당하고 있다는 것을 확신하게 된다. 역사적 사건의 의미를 어떻게 이해하든 그다지 다르지 않다고 여겨질지도 모른다. 그러나 서유럽의 여러 민족이 동쪽으로 나아간 것은, 나폴레옹이 그것을 원했기 때문이라고 말하는 사람들과, 그것은 당연히 일어나야 할 것이 일어났다고 말하는 사람들이 있다. 이 양자 사이에는 대지가 흔들리지 않고 서 있고 천체가 그 주위를 돌고 있다고 주장하는 사람들과, 대지가 무엇에 의해 지탱되어 있는지는 모르지만 대지의 움직임이나 다른 천체의 움직임에는 양쪽을 지배하고 있는 법칙이 있다는 것은 알고 있다고 말하는 사람들 사이에 존재했던 것과 같은 차이가 존재하고 있다. 역사상의 사건의 원인은 모든 원인의 바탕에 있는 유일한 원인 이외에는 없을 뿐만 아니라 있을 수도 없다. 그러나 여러 가지 사건을 지배하는 법칙은 존재하는 것이고, 일부분은 알려져 있지 않지만 어느 정도는 우리들에게 느껴진다. 이들 법칙의 발견은 우리가 한 인간의 의지 속에서 그 원인을 찾으려는 노력을 완전히 포기할 때 비로소 가능해진다. 그것은 천체 운동의 법칙 발견은, 사람들이 대지는 움직이지 않고 서 있다는 관념을 거부했을 때 비로소 가능해진 것과 전적으로 같다.

보로지노 전투, 적군의 모스크바 점령, 그리고 모스크바 소실 뒤, 1812년 전쟁의 가장 중요한 독립된 측면적인 사건이라고 역사가가 보고 있는 것은, 러시아군의 랴잔 가도에서 깔루가 가도, 더 나아가서 따루찌노 마을의 진지로 향한 이동, 이른바 끄라스나야 빠흐라 남방의 측면 행진이다. 역사가들은 이 천재적인 군공(軍功)의 명예를 여러 인물에게 주기 위하여 그것이 누구의 것인지를 논의하고 있다. 외국의 역사가들, 특히 프랑스의 역사가들까지도, 이 측면 행진에 대해서 이야기할 때에는 러시아 지휘관의 천재성을 인정하고 있다. 그러나 왜 전기(戰記) 작가들이 그 뒤를 따라서 모두가, 러시아를 구하고 나폴레옹을 파멸시킨 이 측면 행진을, 사려가 매우 깊은 누군가 한 인간의 발명이라고 생각하고 있는지 실로 이해하기가 어려운 일이다. 무엇보다 도대체 이 행동의 어디에 깊은 생각과 천재성이 있는지 이해하기 어렵다. 왜냐하면 군대의 최상의 위치는(공격을 받지 않는다면) 식량이 되도록 풍부하게 있는 곳에 있어야 한다고 생각하기 위해서는 그다지 머리를 쓸 필요가 없기 때문이다. 게다가 누구든, 머리가 나쁜 열 두서너 살의 어린이라도 1812년 무렵 군의 가장 유리한 위치는, 모스크바로부터 철수한 후에는 깔루가 가도에 있다는 것은 쉽게 생각할 수가 있기 때문이다. 따라서 첫째, 역사가들은 어떠한 추론(推論)에 의해서 이 작전에서 무엇인가 사려 깊은 것을 찾게 되는지 이해를 할 수가 없다. 둘째, 역사가는 무엇을 가지고 이 작전이 러시아군을 구하고 프랑스군을 파멸시켰다고 보고 있는지 더더욱 이해하기가 어렵다. 왜냐하면 이 측면 행진은 다른 사정이 그 전이나 그 당시, 또는 그 후에 생겼다면, 러시아군을 파멸시키고 프랑스군을 구했을지도 모르기 때문이다. 설령 이 행동이 행해진 이후 러시아군의 상태가 좋아졌다고 해도, 이 행동이 그 호전의 원인이었다고는 결코 말할 수가 없다.

이 측면 행진은, 이에 수반하여 다른 조건이 같이 일어나지 않았더라면 아무런 이익을 가져오지 못했을 뿐만 아니라, 러시아군을 파멸시킬 염려도 있었다. 모스크바가 불타지 않았더라면 어떠했을까? 만약에 뮤러가 러시아군을 놓치지 않았더라면? 만약 나폴레옹이 무위(無爲)의 상태로 있었지 않았더라면? 만일 러시아군이 끄라스나야 빠흐라 부근에서 베니그쎈과 바르끌라이의 권고에 따라서 전투를 했었다면? 만약에 러시아군이 빠흐라 강 남쪽을 진군하고 있었을 때 프랑스군이 공격했었다면 어떻게 되었을까? 만일 그 후 나폴레옹이 따루찌노에 육박했을 때, 스몰렌스크를 공격했을 때의 10분의 1의 병력을 가지고서라도 러시아군을 공격했었다면 어떻게 되었을까? 또 만일 프랑스군이 뻬쩨르부르그로 진격했었다면 어떻게 되었을까?……이와 같은 여러 가지 일을 가정하면 측면 행진의 구제적(救濟的) 성격은 파멸적인 것으로 전환될 염려가 있었던 것이다.

셋째로, 가장 이해가 가지 않는 점은, 이 측면 행진을 누군가 한 사람의 공적으로 삼는다면 안 된다는 것, 누구나 그것을 예상하지 않았다는 것, 이 작전은 필리에서의 퇴각과 마찬가지로 당시에는 아무도 절대로 그 전체상을 예견할 수가 없었고, 한 발자국마다, 각 사건마다, 각 순간마다, 더없이 다종다양한 무수한 조건에서 생긴 것으로 이들이 이루어진 후 과거지사가 되었을 때 비로소 그 전체상이 파악되었다는 것을 역사를 연구하는 사람들이 고의적으로 보려고 하지 않는다는 점에 있다.

필리의 작전회의에서 러시아군 수뇌들 간의 지배적인 생각은 당연히 곧장 뒤로, 즉 니지니 노브고로드 가도를 따라서 퇴각하는 것이었다. 그 증거가 되는 것은, 회의석상에서 대부분의 사람이 이 뜻을 찬성했으며, 무엇보다도 회의가 끝난 뒤에, 총사령관과 병참부장 란스꼬이 사이에 주고받은 유명한 대화이다. 란스꼬이는 총사령관에게, 군의 식량은 주로 오까 강변의 뚜라 갈루가의 두 현에 모여 있으므로, 니지니로 퇴각할 경우 식량의 비축이 오까라는 큰 강에 의해서 군으로부터 격리되게 되어, 초겨울에 강을 건너 운반한다는 것은 불가능하다고 보고하였다. 이것은 그때까지 가장 자연스럽게 여겨지고 있던 니지니에의 직선 코스에서 벗어나는 필연적인 최초의 증후였다. 군은 약간 남쪽으로 랴잔 가도를 따라 식량으로 접근하는 방향을 잡았다. 그 후 러시아군을 놓칠 정도의 프랑스군의 무위(無爲), 뚤라의 공장(제철, 무기 생산 공장) 방위에 대한 배려, 게다가 무엇보다도 자군의 식량에 접근하는 유리함 때문에 군의 방향은 어쩔 수 없이 다시 남쪽으로, 뚤라 가도를 향하여 벗어나고 말았다. 빠흐라 남쪽에서 필사적인 행동으로 뚤라 가도로 옮긴 후 러시아군 지

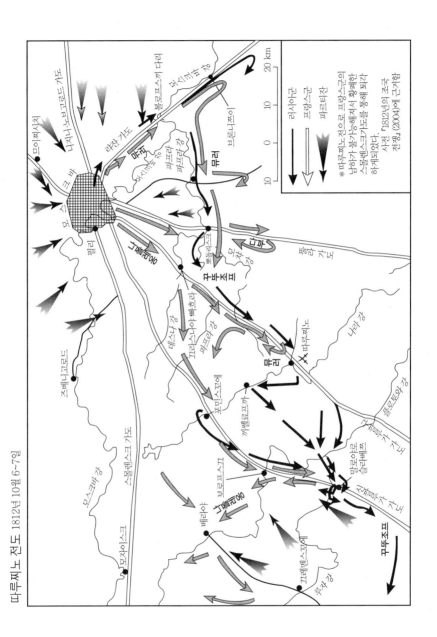

따루찌노 전도 1812년 10월 6~7일

* 따루찌노 전으로 프랑스군의 남하가 불가능해져서 황폐한 스몰렌스크가도를 통해 퇴각하게되었다.
사진 「1812년의 조국전쟁」(2004)에 근거함

러시아군
프랑스군
파르티잔

20 km

모이쩨시치
나지나노브고로드가도
볼로프스키 다리
머시파 강
브론니쯔이
스크바 강
라잔 가도
무라
빨로미지
파프라 파프라 강
아에푸카고드
뽀돌리스크
모차 강
다쁘
동라 가도
쭈바쪼프
나라 강
프란스나야해흐라
파프라 강
메스나 강
따루쩨노
마라
나라 강
즈베니고로드
뻴리스꼬에
꾸민스꼬에
뽈로토와 강
포민스꼬에
키셀료프카
모스끄바 강
동바쪼프
블라베꼬에 뜰라베쯔
스몰렌스크가도
보로프스끄
나라 가도
가도
쭈두쪼프
까르로아
모자이스크
까레넨스꼬에
루자 강

제2부 1353

휘관들은 뽀돌리스크 부근에 머물 것만을 생각하고, 따루찌노 진지는 조금도 생각하고 있지 않았다. 그러나 수많은 사정과, 지금까지 러시아군을 놓치고 있었던 프랑스군이 다시 나타났다는 것, 전투 계획이 있었다는 것, 그리고 무엇보다도 깔루가에는 식량이 풍부하다는 점도 있어서 러시아군은 할 수 없이 더욱 남쪽으로 벗어나 자기네들의 물자 경로 한가운데로, 즉 따루찌노를 향하여 뚤라 가도에서 깔루가 가도로 이동하였다. 언제 모스크바가 포기되었느냐는 물음에 대답할 수 없는 것과 마찬가지로, 도대체 언제 누구에 의해서 따루찌노로의 이동이 결정되었느냐는 물음에도 대답할 수가 없다. 무수한 미분적인 힘의 결과 군이 따루찌노에 도착했을 때 비로소 사람들은 자기들은 이것을 원하고 있었고, 벌써부터 이것을 예견하고 있었다고 자기 자신에게 들려주기 시작했던 것이다.

2

이 이름도 유명한 측면 행진은, 요컨대 러시아군이 공격과는 반대 방향으로 곧장 퇴각을 계속하고 있었는데, 프랑스군의 공격이 중단된 후 처음에 취했던 직선 코스에서 벗어나서, 더욱이 자군의 배후에 추격(追擊)이 없다는 것을 알았기 때문에 풍부한 물자가 끌어당기는 방향으로 자연히 갔다는 데에 지나지 않았다.

가령 러시아군의 정점에 천재적인 사령관이 없고 지휘관이 없는 단순한 군대라고 상상하더라도, 역시 그 군대도 다른 데보다는 물자가 많이 있고 또 풍요한 지방에서 원을 그리며 모스크바로 되돌아갈 수밖에 도리가 없었을 것이다.

니지니 노브고르도 가도에서 랴잔 가도, 뚤라 가도, 깔루가 가도로 향한 이 이동은 극히 자연스러운 것이었기 때문에 바로 이 방향으로 러시아의 약탈병이 대열을 떠나 뛰고, 꾸뚜조프는 바로 이 방향으로 군을 이동하라는 뻬쩨르부르그로부터의 요구를 받았다. 따루찌노에서 꾸뚜조프는 군을 랴잔 가도로 전진시켰다고 해서 황제로부터 거의 힐책에 가까운 서면을 받았다. 그 편지에서 깔루가 전방의 위치를 지시 받았으나, 그는 이미 그 진지에 포진하고 있었다.

전쟁의 전 기간을 통해서, 또 보로지노 전투에서 적으로부터 받은 충격의 방향을 따라서 굴러가고 있던 러시아군이라고 하는 공은, 충격의 힘이 빠졌을 때 새로운 충격을 받지 않았기 때문에 극히 자연스러운 위치를 잡았던 것이다.

꾸뚜조프의 공적은 세상에서 말하는 천재적인 작전 행동에 있는 것이 아니라, 발생하고 있는 사태의 뜻을 이해하고 있었다는 점에 있다. 꾸뚜조프만이 당시에 이미 프랑스군의 행동력 상실의 뜻을 이해하고, 보로지노 전투가 승리였다고 계속 주장하고 있었다. 또 총사령관이라는 입장에서 당연히 공격으로 치달을 것으로 여겨졌던 그 사람만이, 쓸데없는 전투를 피하기 위해서 러시아군을 억제하는 데에 전력을 다하고 있었던 것이다.

보로지노에서 상처를 입은 야수는 달아나버린 사냥꾼이 내버린 그 자리에 쓰러져 있었다. 그러나 그 야수는 살아있는지, 또 아직 힘이 있는지, 잠시 숨어 있는 것인지, 사냥꾼으로서는 알 길이 없었다. 그런데 별안간 이 야수의 신음 소리가 들리기 시작한 것이다.

이 상처를 입은 야수, 즉 프랑스군이 스스로의 파멸을 노출시킨 신음 소리는, 화평을 구하여 꾸뚜조프의 진영으로 로리스똔을 파견한 일이었다.

나폴레옹은 좋은 것이 좋은 것이 아니라 자기의 머리에 떠오른 것이 좋은 것이라고 하는 그의 독특한 확신을 가지고, 그의 머리에 맨 처음 떠오른 아무런 뜻도 가지지 않은 말을 꾸뚜조프에게 썼다. 그는 이렇게 썼던 것이다.

'꾸뚜조프 공작 각하. 나는 여러 가지 중요한 많은 문제에 관해서 각하와 협의하기 위해 부관을 한 사람 파견합니다. 공작 각하가 그가 하는 말을, 특히 본인이 각하에 대해서 품고 있는 존경과 깊은 경의를 그가 표명할 때에는 이것을 믿어 주시기 바랍니다. 끝으로 하느님이 성스러운 보호를 각하에게 베푸시기를 기원합니다.'

모스크바에서 1812년 10월 30일
나폴레옹

'나는 어떠한 일이든지, 거래의 장본인으로 간주되는 일이 있으면 후세의 저주를 받을 것입니다. 이것이 우리 국민의 참다운 정신입니다.' 꾸뚜조프는 이렇게 회답을 보내고, 군을 공세로 전환시키지 않기 위해 전력을 다하고 있었다.

모스크바에서 프랑스군이 약탈을 하고, 러시아군이 따루찌노 부근에서 조용히 머무르고 있던 한 달 동안에, 양군의 힘의 관계(사기와 병력)에 변화가 생겨 그 결과, 힘의 우위는 러시아군 쪽으로 옮아왔다. 프랑스군의 상태, 그 수는 러시아군에게는 불명했음에도 불구하고, 관계가 변화하자 곧, 공격의 필연성이 이내 무수한 징후가 되어 나타났다. 로리스똔의 파견, 따루찌노의 풍부한 물자, 사방으로부터 들어오는 프랑스군의 무위와 무질서에 대한 정보, 신병 징집에 의한 아군의 보충, 좋은 날씨, 러시아군 병사의 장기 휴양, 휴양 때문에 당연히 군대 안에 생기는, 소집의 목적인 일을 빨리 수행하려는 의욕, 오래 전에 모습을 감추어버린 프랑스군에 무슨 일이 생기고 있는지 알고 싶은 호기심, 지금 따루찌노에 있는 프랑스군 주변을 민첩하게 움직이고 있는 러시아군 전초대의 대담함, 농부나 유격대들의 프랑스군에 대한 낙승과 그에 의해서 야기된 부러움, 프랑스군이 모스크바에 있는 한 모든 사람의 마음 속에 있는 복수심, 더 나아가(중요한 것은) 힘의 관계가 지금은 바뀌어서 자기 쪽이 우세해졌다는 막연하기는 하지만, 모든 병사의 마음에 생긴 의식 등이 바로 그 징후들이었다. 본질적인 힘 관계가 변한 이상, 공격도 불가피해졌다. 그리고 곧 시곗바늘이 한 바퀴 돌아 시계탑의 종이 울리고 소리를 연주하기 시작하는 것과 마찬가지로 정확하게, 상층부에서는 본질적인 힘의 변화에 따라서 움직임이 활발해져서 시계의 종이 소리를 내어 울리기 시작한 것이다.

3

러시아군은 꾸뚜조프와 그의 사령부에 의해서, 그리고 뻬쩨르부르그에 있는 황제에 의해서 지휘되고 있었다. 뻬쩨르부르그에서는 아직 모스크바 포기의 소식을 받기 전에 전쟁 전체에 대한 상세한 계획이 작성되어, 지시를 하기 위해 꾸뚜조프에게 보내어졌다. 이 계획은 모스크바가 아직도 우리 수중에 있다는 가정 아래에 작성이 된 것임에도 불구하고, 그것은 사령부에 의해서 승인되어 실행에 옮겨졌다. 꾸뚜조프는 원거리의 견제 행동은 항상 실행하기 어렵다고 편지로 써 보낸 데에 지나지 않았다. 그러자 당면한 난관을 타개하기 위한 새로운 지령과, 꾸뚜조프의 행위를 감시하고 그에 대해서 보고하는 임무를 띤 사람이 파견되어 왔다.

뿐만 아니라 이제 러시아군에서는 사령부 전체가 재편성되려 하고 있었다. 전사한 바그라찌온과, 화를 내고 사직한 바르끌라이의 자리도 보충되려 하고 있었다. A를 B의 자리로, B를 D의 자리로 옮길 것인가, 아니면 반대로 D를 A의 자리에 앉히는 편이 나은지, 진지하게 고려를 하고 있었다. 마치 그것에 의해서 A와 B가 개인적 만족을 이루는 것 이외에도, 그 일로 영향을 받는 사람이 많이 있는 것 같았다.

사령부에서는 꾸뚜조프와 참모장 베니그쎈의 반목과 황제의 뜻을 받은 사람들의 존재, 게다가 이러한 자리 이동 때문에 여느 때보다 더욱 복잡한 파벌 싸움이 벌어지고 있었다. A는 B에 대해서, D는 C에 대해서, 기타 여러 이동과 조합으로 서로 함정을 만들려 하고 있었다. 이렇게 서로 함정을 파는 경우 음모의 대상은 주로 이 사람들이 지휘하려고 노리고 있는 군사 행동이었다. 그러나 그 군사 행동은 그들에 관계없이 바로 그것이 나아가야 할 방향, 즉 사람들이 계획한 것과는 결코 일치하지 않고 대중의 태도의 본질에서 발출(發出)되면서 진행하고 있었다. 이 모든 계획은 교차하고 얽히면서 당연히 일어날 일의 정확한 반영만을 그대로 최상층부 안에 비추어내고 있었던 것이다.

'꾸뚜조프 공작 귀하!' 따루찌노 전투 뒤 10월 2일에 도착한 편지에서 황제는 이렇게 썼다.

'9월 2일 이래 모스크바는 적의 수중에 들어 있소. 귀하의 마지막 보고는 20일자이오. 그 동안에 적에 대한 행동과 고도(古都)의 해방을 위해서 아무것도 계획되지 않을 뿐만 아니라, 귀하의 마지막 보고에 의하면, 더 후퇴를 하고 있소. 쎄르뿌호프는 이미 적의 분견대에 점령되었고, 러시아군에 실로 없어서는 안 될 그 유명한 공장이 있는 뚤라도 위기에 처해 있소. 빈쩬게로데 장군의 보고에 의하면, 1만 명의 적 군단은 뻬쩨르부르그 가도를 향해 진격하고 있소. 그 밖의 수천 병력을 가진 군단은 드미뜨로프까지 다가가고 있소. 제3의 군단은 블라지미르 가도를 따라 전진하기 시작하였소. 상당한 병력의 제4 군단은 루자와 모자이스크 사이에 주둔하고 있소. 나폴레옹 자신은 25일까지 모스크바에 있었다는 것이오. 이 모든 정보로 볼 때, 적이 그 병력을 강력한 몇 개의 지대(支隊)로 분할하고 나폴레옹 자신은 근위대와 함께 아직 모스크바에 있다면, 귀하 앞에 있는 적군이 강력하여 귀하에게 공세를 허락하지 않는다는 일이 있을 수가 있는 일인지? 아마도 그것과는 반대로, 적은 귀하에게 맡겨져 있는 군대보다 훨씬 열세한 몇 개의 지대 혹은 일개 군단을 가지고서 귀하를 추격 중이라는 것을 생각하지 않으면 안 되오. 이와 같은 상황을 이용한다면 귀하는 귀하보다 열세한 적을 유리하게 공격하여 격멸시키든가, 적어도 적을 퇴각시켜서 현재 적에게 점령되어 있는 여러 현(縣)의 대부분을 우리 손에 넣고, 그렇게 함으로써 뚤라와 그 밖의 국내의 도시들로부터 위험을 제거할 수가 있을 것이오. 만약에 적이 뻬쩨르부르그를 향하여, 이 수도에 위협을 가하기 위하여 상당한 군단을 할애할 경우에는 귀하는 책임을 지게 될 것이오. 귀하가 자기에게 맡겨진 군을 가지고 결연히 활동적으로 행동함으로써 이 새로운 재앙을 물리칠 수 있는 모든 수단을 가지고 있기 때문이오. 귀하는 더 나아가 모스크바 함락이라는 치욕을 당한 조국에 책임을 져야만 한다는 것을 상기해야 하오. 내가 귀하를 포상하는 데 있어 인색하지 않다는 것을 귀하도 많은 경험으로써 알고 있을 것이오. 이 생각은 조금도 변하지가 않을 것이오. 이 몸과 러시아는 귀하에게 열성, 불굴, 승리를 기대하는 권리를 가지고 있으며, 이 모든 것은 귀하의 두뇌, 귀하의 군사적 재능과 귀하가 통솔하는 군의 용맹함에 의해서 우리는 예고하고 있소.'

그러나 본질적인 역학 관계가 뻬쩨르부르그에서도 반영되고 있다는 것을 증명하는 이 편지가 아직은 전달 도중에 있었을 때, 꾸뚜조프는 이미 그의 지휘 아래에 있는 군대의 공격을 이 이상 억제할 수 없었고 전투는 이미 개시되고 있었다.

10월 2일, 샤쁘발로프라는 까자크 병이 정찰 중에 토끼 한 마리를 사살하고 다른 한 마리에게도 상처를 입혔다. 부상한 토끼를 쫓아가면서 샤쁘발로프는 숲속 깊이 들어가서, 아무 경계도 하지 않고 주둔하고 있던 뮈러 군의 좌익에 부딪혔다. 까자크는 하마터면 프랑스군을 만날 뻔했다고 웃으면서 동료에게 이야기했다. 소위가 이 이야기를 듣고 대장에게 보고했다.

까자크는 불려나가서 여러 가지 질문을 받았다. 까자크 대장들은 이 기회를 이용해서 말을 탈취하려고 생각했지만, 군 상층부에 아는 사람이 있는 대장이 이 사실을 사령부의 장군에게 전했다. 그 사령부에서는 상황이 매우 긴

장된 분위기 속에 있었다. 에르몰로프는 그 며칠 전에 베니그쎈을 방문하여, 공격을 시작하기 위해서 총사령관에 대한 그의 영향력을 행사해 달라고 간청했다.

"만약 내가 자네를 몰랐다면, 자네는 자기가 부탁하는 일을 바라고 있지 않다고 생각했을지도 모르지. 어쨌든 내가 무엇인가 충고라도 한다면 공작 각하는 아마도 그것과 반대되는 일을 하실 거니까 말이야." 베니그쎈은 대답했다.

척후를 보내어 확인된 까자크의 정보는 시기가 마침내 무르익은 것을 입증하고 있었다. 활줄이 팽팽히 당겨지고, 시계는 찌익거리며 종이 울리기 시작하였다. 꾸뚜조프는 자신의 가상(假想)의 권력, 자기의 두뇌, 경험, 여러 사람에 대한 지식은 제쳐놓고, 직접 황제에게 보고서를 보낸 베니그쎈의 각서, 모든 장군들이 표명한 희망, 꾸뚜조프가 추측한 황제의 희망, 까자크의 정보를 고려해서 이제 필연적인 움직임을 억제할 수가 없어, 자기가 무익하고 해롭다고 생각하고 있는 것에 대해서 명령을 내렸다. 다 이루어진 사실을 축복한 것이다.

4

공격이 불가피하다고 주장한 베니그쎈의 각서와 프랑스군의 좌익이 무방비 상태라고 하는 까자크의 정보는 공격 명령을 내릴 필연성의 마지막 징후에 지나지 않았다. 공격은 10월 5일로 정해졌다.

10월 4일 아침, 꾸뚜조프는 작전 명령서에 서명했다. 똘리는 그것을 에르몰로프에게 낭독해 주고, 금후의 지휘를 맡아 주기를 제안했다.

"알았소. 무척 바빠 틈이 없긴 하지만." 에르몰로프는 이렇게 말하고 농가에서 나갔다. 똘리가 작성한 작전 명령서는 매우 훌륭하였다. 아우스터리츠의 작전 명령서와 같이 독일어는 아니었지만 이렇게 씌어 있었다.

'제1 종대는 어디 어디로 나아가고, 제2 종대는 어디 어디로 나간다' 등등. 그리고 이들 부대는 모두, 서면상으로 지정된 시각에 정해진 위치에 도착하여 적을 격파하도록 되어 있었다. 모든 작전 명령서와 마찬가지로 모두가 훌륭하게 고안되어 있었고, 모든 작전 명령의 경우와 마찬가지로 제 시간에 정확한 장소에 도착한 부대는 하나도 없었다.

작전 명령서가 필요한 부수만큼 준비되자 한 장교가 불려나와, 실행에 옮기기 위한 서류를 에르몰로프에게 건네줄 목적으로 그에게로 파견되었다. 꾸뚜조프의 전령이 된 이 젊은 근위 기병 장교는 부여된 임무의 중대성에 신이 나서 에르몰로프의 숙사로 갔다.

"나가셨습니다." 에르몰로프의 종졸이 대답했다. 근위 기병 장교는 에르몰로프가 잘 들르는 장군에게로 가 보았다.

"안 오셨습니다, 장군도 안 계십니다."

근위 기병 장교는 말을 타고 다른 장군에게로 갔다.

"안 계십니다, 나가셨습니다."

'전달이 늦어져 책임을 지게 되면 큰일인데! 초조한 걸!' 장교는 생각했다. 그는 진영을 모두 돌아다녔다. 에르몰로프가 다른 장군들과 함께 어디론가 가는 것을 보았다고 하는 사람도 있었고, 틀림없이 집에 가 있을 거라고 말하는 사람도 있었다. 장교는 식사도 하지 않고 저녁 6시까지 찾아다녔다. 에르몰로프는 아무데도 없었고 어디로 갔는지 아무도 몰랐다. 장교는 동료한테 가서 급히 간단한 식사를 하고 다시 전위 부대의 밀로라도비치에게로 갔다. 밀로라도비치도 집에 없었지만, 끼긴 장군 댁 무도회에 갔으므로 아마 거기 있을 것이며 에르몰로프도 있을 것이라고 하는 말을 들었다.

"거기가 어딥니까?"

"바로 저 에치끼노입니다." 까자크 장교가 멀리 보이는 지주 저택을 가리키면서 말했다.

"저 근처의 전초선(前哨線) 저편은 어떻게 되어 있죠?"

"아군 2개 연대가 전초선에 파견되었습니다. 지금 거기서는 굉장히 떠들고들 있을 겁니다. 악대가 둘, 합창대가 셋."

장교는 전초선 저편의 에치끼노로 갔다. 아직 멀리서 음성을 맞추어 부르는 병사들의 명랑한 노랫소리가 들려왔다.

'목장에서…… 목장에서! ……' 이따금 외치는 소리에 섞이면서 휘파람과 또르반(우크라이나 현악기의 일종) 소리와 함께 노랫소리가 들렸다. 그 소리에 장교도 마음이 들떴지만, 주어진 중요한 명령이 이처럼 오랫동안 전달되지 않은 것은 자기 책임이라고 느껴지자 무서운 마음이 들었다. 이미 8시가 지났다. 그는 말에서 내리자, 러시아군과 프랑스군의 중간에 있어서 무사히 남아 있는 큰 지주 저택의 현관으로 들어갔다. 조그만 식당과 곁방에서는 술과 요리를 나르는 하인들로 몹시 혼잡했다. 창문 밑에는 합창대가 서 있었다. 장교는 문 안쪽으로 안내되었다. 군의 수뇌인 장군들이 일시에 눈에 띄었다. 그 중에 유난히 눈에 띄는 에르몰로프의 큰 몸집도 보였다. 장군들은 모두 프록코트의 단추를 끄르고 빨간, 활기찬 얼굴을 하고 반원형으로 선 채 큰 소리를 내며 웃고 있었다. 홀 가운데에서는 크지 않은 키의 미남자인 장군이 얼굴을 붉히며 힘차게, 멋있는 솜씨로 뜨레빠크(러시아
민속무용)를 추고 있었다.

"하하하! 멋지다, 니꼴라이 이바노비치, 하하하!"

장교는 이런 때에 중대한 명령을 가지고 들어온 자기가 이중으로 책임이 있다고 느끼고 잠시 기다리기로 했다. 그러나 한 장군이 그를 보고, 그가 온 이유를 깨닫고 에르몰로프에게 말했다. 에르몰로프는 얼굴을 찌푸리고 장교 쪽으로 나와서 용건을 다 듣고 나서, 아무 말 없이 서류를 받았다.

"자네는 그 사람이 우연히 외출하였다고 생각하나?" 그날 밤, 사령부의 동료가 근위 기병 장교에게 에르몰로프 이야기를 했다. "그것은 수단이야. 모두 일부러 한 일이야. 꼬노비니찐을 실각시키기 위한 짓이지. 내일 어떤 소동이 벌어지나 두고 보게."

5

다음 날 아침 일찍, 노쇠한 꾸뚜조프는 일어나자 바로 하느님께 기도를 드리고 옷을 갈아입은 뒤, 마음이 내키지 않는 전투 지휘를 해야 한다는 불쾌한 의식을 가지고 포장마차에 올라탔다. 그는 따루찌노의 후방 약 5km 지점에 있는 레따셰프까를 나와 공격 부대가 집결하기로 되어 있는 곳으로 향했다. 졸기도 하고 눈을 뜨기도 하면서, 오른쪽에 총성이 들리지 않는지, 전투는 시작되지 않았나 하고 귀를 기울이기도 하며 꾸뚜조프는 마차를 타고 갔다. 그러나 여전히 주위는 조용했다. 축축하고 어두침침한 가을날이 막 새기 시작했다. 따루찌노에 접근하자, 꾸뚜조프는 마차가 전진해 가는 길을 가로질러 말에 물을 먹이러 데려가는 기병들을 발견하였다. 꾸뚜조프는 그들을 보고 마차를 멈춰 세우고는 어디 연대냐고 물었다. 기병들은 이미 훨씬 전방에 매복하고 있어야 할 종대였다. '착오가 있었나 보군.' 노사령관은 생각했다. 그러나 더 앞으로 가자 꾸뚜조프는 병사들이 차총(叉銃)을 한 채 죽을 먹거나 팬츠 하나만 입고 장작을 운반하고 있는 보병 연대를 보았다. 장교를 불렀다. 장교는 진격 명령 같은 것은 전혀 없었다고 보고했다.

"없을 리가……" 꾸뚜조프는 말하다 말고서, 입을 다물고는 고참 장교를 불러오라고 명령했다. 마차에서 내려 고개를 떨어뜨리고 괴로운 듯이 숨을 쉬며 말없이 기다리면서 그는 왔다 갔다 거닐었다. 총사령부 소속인 장교 에이헨이 나타나자 꾸뚜조프의 얼굴은 빨개졌다. 그것은 이 장교가 잘못의 장본인이었기 때문이 아니라, 울분을 터뜨리는 데 알맞은 상대였기 때문이었다. 몸을 떨고 숨을 헐떡이며 노인은 격분한 나머지 몸부림할 것만 같은 상태가 되어, 두 손으로 위협하는 시늉을 하기도 하고 소리치기도 하고 야비한 말로 욕지거리를 하면서 에이헨에게 덤벼들었다. 마침 그 자리에 와 있던 브로진이라는 대위도 아무 죄도 없는데 같은 봉변을 당하고 말았다.

"이 비열한 악당 같은 놈들! 네놈들 모두 총살이다!" 그는 두 손을 휘두르고 비틀거리면서 쉰 목소리로 소리쳤다. 그는 육체적인 고통을 느끼고 있었다. 총사령관이며, 공작이며, 러시아에서 여태까지 그만큼 권력을 잡은 사람은 없다고 여겨지고 있는 그가 이런 입장에 놓이게 되어 군 전체의 웃음거리가 된 것이다. '그토록 걱정을 하고 오늘을 위해 기도한 것도 허사였다. 뜬눈으로 밤새도록 이것저것 생각했던 것도 헛된 일이었다!' 그는 혼자 생각에 잠겼다. '내가 풋내기 장교에 지나지 않았을 때에도 날 이렇게 조소하는 자는 없었을 것이다…… 그런데 이제 와서!' 그는 체형(體刑)이라도 받은 것처럼 육체적인 고통을 느꼈다. 그리고 그것을 노여움과 고통에 찬 외침으로 표현하지 않을 수 없었다. 그러나 체력이 약해져서, 사방을 둘러보고 쓸데없는 말을 너무 지껄였다고 느끼면서 마차에 오르자 말없이 돌아갔다.

일단 분출한 분노는 이제는 다시 돌아오지 않았고, 꾸뚜조프는 힘없이 눈을 깜빡이면서 베니그쎈, 꼬노비니찐, 똘리들의 변명과 해명과(에르몰로프 자신은 이튿날까지 출두하지 않았다), 잘 되어가지 않았던 행동과 마찬가지 일을 내일은 하겠다고 우기는 것을 듣고 있었다. 그리고 꾸뚜조프는 여기에 다시 동의하지 않으면 안 되었다.

6

이튿날 저녁때부터 군은 지정된 지점에 집결하여 밤중에 출동했다. 검은 보랏빛 비구름에 덮여 있었지만 비는 오지 않았다. 땅은 젖어 있었지만 질퍽거리지는 않았기 때문에 부대는 소리도 없이 전진하고 있었다. 이따금 포병대의 딸가닥거리는 소리가 들릴 뿐이었다. 큰 소리로 이야기하거나 파이프 담배를 피우거나 불을 붙이는 일은 금지되어 있었다. 말도 울지 못하도록 재갈이 물려 있었다. 행동이 은밀했기 때문에 그 매력은 한층 컸다. 병사들은 즐거운 듯이 앞으로 나아가고 있었다. 일부 행군 종대는 필요한 장소에 도착했다고 생각하고 정지하여 차총(叉銃)하고 나서 찬 땅바닥에 누웠다. 일부의(대부분의) 종대는 밤새도록 행군하였으나, 아무래도 가야 할 장소와는 다른 곳으로 가버린 것 같았다.

까자크 병(다른 어느 부대보다도 병력이 보잘것 없었다)을 거느린 오를로프 데니쏘프 백작만이 지정된 장소의 지정된 시각에 도착했다. 이 지대는 숲 변두리의 스뜨로밀로프 마을에서 드미뜨로프스꼬에 마을로 통하는 오솔길에서 정지하였다.

날이 밝기 전에 졸고 있던 오를로프 데니쏘프는 눈을 떴다. 프랑스군 탈주병이 끌려온 것이다. 그는 뽀냐도프스끼 군단의 폴란드인 하사관이었다. 이 하사관은 폴란드말로 이렇게 설명하였다. 자기는 근무에 관한 일로 부당한 대접을 받았기 때문에 도망 왔다, 자기는 훨씬 이전에 장교가 되어 있어야 했다, 자기는 누구보다도 용감하며, 그러기 때문에 그들을 버리고 그들에게 벌을 주려고 하는 것이다. 그는 뮤러가 여기서 약 1km 되는 곳에 야영하고 있으며, 자기에게 100명의 호위를 붙여 주면 생포해 오겠다고 말했다. 오를로프 데니쏘프는 동료들과 상의했다. 이 제안은 거절하기엔 너무 매력적인 것이었다. 모두들 가겠다고 나서고 해보기를 권했다. 많은 논쟁을 하고 고려한 끝에 그레꼬프 소장이 까자크 2개 연대를 데리고 하사관과 동행하기로 결정했다.

"잘 기억해 둬." 오를로프 데니쏘프는 하사관을 보낼 때 말했다. "만일 거짓말이었다면 개처럼 목을 매 죽이도록 하겠다. 그 대신 정말이라면—10루블 금화 100닢이다."

하사관은 이 말에는 대답하지 않고 단호한 얼굴로 말에 올라, 재빨리 준비를 한 그레꼬프와 함께 출발했다. 그들은 숲 속으로 사라졌다. 오를로프 데니쏘프는 밝기 시작한 아침 냉기에 몸을 움츠리고, 자기 책임하에 계획한 일에 흥분하여 그레꼬프를 배웅하고 나서 숲을 나왔다. 그는 밝아오는 아침과 다 타 가는 모닥불 빛 속에서, 지금은 환상처럼 보이는 적진을 바라보았다. 오를로프 데니쏘프 오른쪽의 펼쳐진 사면에 아군의 종대가 나타날 것이었다. 그는 그쪽을 바라보았다. 그러나 먼발치에서도 보여야 할 그 종대는 눈에 띄지 않았다. 오를로프 데니쏘프도 그것을 느꼈고, 특히 눈이 잘 보이는 부관도 그것을 인정했다. 프랑스군 진지에서는 희미한 움직임이 시작되고 있었다.

"왜 이렇게 늦지?" 적진을 바라보면서 오를로프 데니쏘프가 말했다. 믿어야 할 인간이 눈앞에서 없어졌을 때에 깨닫는 일이 흔히 있는 것처럼, 그는 문득 그 하사관이 가짜라는 것을 깨달았다. 그 하사관은 거짓말을 늘어놓고는 2개 연대를 어딘가 엉뚱한 곳으로 빼돌려 공격 작전 전체를 못 쓰게 만들 속셈일 것이었다. 도대체 이 대군 속에서 총사령관을 어떻게 잡을 수가 있단 말인가?

"확실히 그 놈이 거짓말을 한 것이다." 데니쏘프는 말했다.

"되돌아오게 할 수도 있습니다." 한 막료가 말했다. 이 사나이도 데니쏘프와 마찬가지로 적진을 보고 이 행동에 의심을 품은 것이다.

"정말인가? 자네는 어떻게 생각하나, 중지하는 것이 좋다고 생각하나?"

"되돌아오게 할까요?"

"되돌아오게 해, 되돌아오게 하라고!" 시계를 보면서 오를로프 데니쏘프는 단호히 말했다. "이미 늦었을지도 모른다. 날이 완전히 밝았다."

부관은 말을 달려 숲을 빠져나가서 그레꼬프를 쫓았다. 그레꼬프가 되돌아오자, 중지된 행동과, 여전히 모습을 보이지 않는 보병대를 헛되이 기다리고 있다는 것과, 적이 근처에 있는 것 등으로(그의 지대는 전원이 같은 기분이었다) 흥분한 오를로프 데니쏘프는 공격을 결심했다.

그는 소리를 낮추어 명령을 내렸다. "승마!" 각자 성호를 그었다…….

"성공을 빈다!"

"우라아!" 함성이 숲에 메아리치고 연이어 숲에서 넘쳐흐르듯이, 까자크 기병중대가 까자크 창을 옆에 끼고 시냇물을 건너 적진으로 돌진했다.

처음에 까자크를 목격한 프랑스 병이 겁에 질려 필사적으로 소리를 질렀다. 야영지에 있던 잠에서 덜 깬 자들이 옷도 입지 않은 채 모두 대포, 총,

말을 버리고 발이 가는 대로 달아나기 시작하였다.

까자크가 배후나 주위의 것은 거들떠보지도 않고 프랑스군을 추격했다면, 뮤러를 포함해서 거기 있던 사람들을 모두 잡을 수가 있었을 것이다. 지휘관들은 그것을 원했다. 그러나 전리품과 포로가 있는 곳에 이르자 까자크들은 그곳에서 움직이지를 않았다. 아무도 명령에 귀를 기울이려 하지 않았다. 그 자리에서 1500명의 포로, 38문의 포, 군기, 그리고 까자크에게는 무엇보다도 중요한 말, 안장, 모포, 그 밖의 온갖 물건을 노획하였다. 이것들은 모두 처리하지 않으면 안 되었다. 포로와 포를 압수하기도 하고 전리품을 분배하기도 하고 서로 소리치며 주먹질을 하지 않으면 안 되었다. 까자크들은 이러한 여러 가지 일에 정신이 없었다.

프랑스군은 그 이상 추격당하지 않자, 차차 제정신을 차리고 소부대 별로 집결하여 사격을 개시했다. 오를로프 데니쏘프는 여전히 보병 종대를 기다리며 그 이상 공격을 하지 않았다.

그런데 '제1종대는 전진하라'는 작전 명령서에 따라서, 뒤늦은 보병 종열 부대는 베니그쎈의 명령을 받고 똘리의 지휘하에 제대로 출격하여 여느 때처럼 어딘가에 도착하였으나 명령된 장소는 아니었다. 여느 때처럼 기운차게 출발한 병사들은 지체하기 시작하였고, 불만이나 혼란이 나타나고 어딘가 뒤쪽으로 움직이기 시작하였다. 말을 달려 지나가는 부관과 장군들은 소리를 치고 화를 내며 말다툼을 하면서, 전혀 엉뚱한 곳으로 와버린 데다가 늦었다고 누군가를 야단쳤다. 결국 모두 단념하고 하여간 어디든지 좋으니까 도착하기 위해서 앞으로 나아갔다. '어디에라도 도착하겠지!' 하는 기분이었다. 그러나 분명히 도착하기는 했지만, 그것은 예상했던 데가 아니었다. 어떤 부대는 예정된 장소에 도착하기는 했지만, 아주 늦어져서 도착을 해도 아무 소용이 없었고 오직 사격을 받기 위해서 간 데에 지나지 않았다. 이 전투에서 아우스터리츠에서의 바이로터의 역할을 한 똘리는 열심히 말을 달려 이리저리 뛰어다녔지만, 가는 곳마다 모든 것이 거꾸로 되어가고 있다는 것을 알았다. 예를 들어, 그는 날이 완전히 밝은 뒤에 숲 속에서 바고부트 군단과 마주쳤지만, 이 군단은 훨씬 전에 거기에 오를로프 데니쏘프 군과 함께 있어야 했다. 실패에 불안을 느끼고 실망하여 이것은 누가 책임을 져야 한다고 생각한 똘리는 군단 지휘관이 있는 곳으로 말을 달려가, 이 일은 당연히 총살감이라고 말하면서 사령관을 엄하게 책망했다. 노련하고 용감하며 침착한 노장군 바고부트는 거듭되는 정체와 혼란과 모순으로 지쳐 있었기 때문에, 모든 사람이 놀랐을 정도로 자기 성격과는 전혀 반대로 욱하고 화를 내어, 불쾌한 말을 똘리에게 마구 퍼부었다.

"나는 아무한테서도 설교를 받고 싶지 않습니다. 그 대신 부하들과 함께 죽는 일이라면 누구한테도 뒤지지 않습니다." 그는 이렇게 말하자 1개 여단만을 끌고 진격하였다.

프랑스군의 총탄이 마구 떨어지는 전장에 나서자, 흥분한데다가 용감무쌍한 바고부트는 지금 1개 여단을 거느리고 전투에 참가하는 것이 유용한지의 여부도 생각하지 않고 무턱대고 전진하여, 자기 부대를 적의 포화 밑에 끌어넣고 말았다. 위험, 포탄, 총탄이야말로 화가 난 그에게 필요한 것이었다. 최초의 포탄 한 발이 그를 죽이고, 뒤이은 총탄이 많은 병사를 죽였다. 그리고 그 여단은 한동안 헛되이 적군의 포화 아래에 서 있었다.

7

한편 전선으로부터 다른 종대가 프랑스군을 공격하기로 되어 있었지만, 그 종대에는 꾸뚜조프가 있었다. 그는 자기의 뜻과는 달리 시작된 이 전투로부터는 혼란 이외에 아무것도 생기지 않을 것이라는 것을 잘 알고 있었기 때문에, 그는 자기 권력이 미치는 한 부대를 억제하고 있었다. 그는 움직이지 않았다.

꾸뚜조프는 공격하자는 제안에 귀찮은 듯이 대답하면서, 묵묵히 작은 회색 말을 타고 나아가고 있었다.

"자네들은 말끝마다 공격을 말하지만, 우리가 복잡한 작전을 할 수 없다는 것을 모르고 있나?" 진격을 간청하는 밀로라도비치에게 그는 말했다.

"오늘 아침 뮤러를 생포하는 데 실패했고, 지정된 시각에 지정된 장소에 도착하지도 못했어. 이젠 어찌할 도리가 없어!" 그는 다른 사람에게 말했다.

이제까지 아무도 없었던 프랑스군의 배후에 지금은 폴란드군이 2개 대대 있다는 까자크의 보고를 듣자, 꾸뚜조프는 에르몰로프를 곁눈으로 보았다 (두 사람은 어제부터 말을 하지 않았다).

"이런 식으로 공격하게 해달라고 여러 가지 안건을 내지만 막상 실천에 옮기면 아무런 준비도 되어 있지 않고, 예고를 받은 적군이 그러는 동안에 적당한 조처를 취해 버린단 말이야."

이 말을 듣고 에르몰로프는 실눈을 뜨고 가볍게 미소 지었다. 그는 자기에 대한 폭풍우가 지나간 것을 느꼈다. 꾸뚜조프는 이 빈정댐으로 끝낼 것이라고 깨달았다.

"저것은 나를 놀리는 거야." 에르몰로프는 옆에 서 있는 라에프스끼를 무릎으로 찌르고 작은 목소리로 말했다.

얼마 후 에르몰로프는 꾸뚜조프 앞으로 나가서 공손히 보고하였다.

"아직 때는 늦지 않았습니다, 공작 각하. 적은 도망가지 않았습니다. 공격을 명령하시면 어떻겠습니까? 그렇지 않으면 근위병은 연기도 보지 않고 끝나고 말 겁니다."

꾸뚜조프는 아무 말도 하지 않았지만, 뮤러의 군대가 퇴각하고 있다는 보고를 받자 진격을 명령했다. 그러나 100보마다 45분이나 정지했다.

전투는 오를로프 데니쏘프의 까자크 대가 한 일이 모두였다. 그 밖의 부대는 공연히 수백 명의 장병을 잃었을 뿐이었다.

이 전투 결과 꾸뚜조프는 다이아몬드 훈장을 받았다. 베니그쎈도 다이아몬드와 10만 루블, 다른 사람들도 계급에 따라 역시 많은 포상을 받았다. 그리고 이 전투 뒤에 다시 사령부의 새로운 이동이 있었다.

"러시아군이란 언제나 이렇단 말이야. 모든 것이 반대거든!" 따루찌노 전투 후에 러시아군 장교와 장군들은 이렇게 말했다. 이와 똑같은 말을 지금도 하고 있는데, 누군가 바보 같은 인간들이 그런 식으로 반대가 되는 일을 하고 있지만, 우리 같으면 그런 짓은 하지 않았을 것이라고 남에게 느끼게 하려고 한다. 그러나 이렇게 말하는 사람은 자기가 말하고 있는 것을 모르거나, 혹은 일부러 자기를 기만하고 있는 것이다. 어떤 전투라도, 따루찌노 전투이건, 보로지노 전투이건, 아우스터리츠이건 간에, 모든 것이 지휘관의 예상대로는 이루어지지 않는다. 이것이 기본적인 조건인 것이다.

무수한 자유로운 힘이(왜냐하면 생사에 관한 전투 때만큼 인간이 자유롭게 되는 때는 없기 때문이다), 항상 전투의 방향에 영향을 준다. 그리고 그 방향은 결코 미리 알 수도 없고, 결코 무엇인가 한 가지만의 힘과 일치하는 일은 없다.

만약 한꺼번에 여러 가지 방향으로 향한 많은 힘이 그 어떤 물체에 작용하면 그 물체의 운동 방향은 어느 하나의 힘과도 일치할 수는 없고, 중간적인 최단(最短)의 방향 역학에서는 힘의 평행사변형(平行四邊形)의 대각선에 의해서 나타내는 것이 될 것이다.

역사가, 특히 프랑스의 역사가들의 서술 속에서 그들의 전쟁이나 전투가 미리 정해진 계획에 따라서 수행되었다는 것을 우리가 본다고 해도, 거기에서 얻어지는 유일한 결론은 그 서술이 옳지 않다는 것이 될 수밖에 없다.

따루찌노의 전투는 순서 바르게 작전 계획에 따라서 부대를 전투에 투입한다고 하는 똘리가 의도했던 목적도, 뮤러를 포로로 한다는 오를로프 데니쏘프가 가지고 있었던 것 같은 목적도, 순간적으로 전 군단을 괴멸시킨다고 하는 베니그쎈이나 다른 사람들이 품고 있었던 것 같은 목적도, 또는 전투에 참가하는 기회를 얻어서 군공(軍功)을 세우기를 바라고 있던 장교들의 목적도, 또는 자기가 노획한 것보다 더 많은 전리품을 노획하려고 생각하고 있던 까자크 병의 목적 등, 그 밖의 여러 목적도 실현되지 않았다. 그러나 만약에 실제로 성취된 것, 그리고 또 모든 러시아인에게 있어 당시 전반적인 희망이었던 것(프랑스 병을 러시아로부터 추방하고 그 군대를 격멸하는 일)이 목적이었다고 한다면, 따루찌노 전투는 다름 아닌 뒤죽박죽한 그 성격에도 불구하고 꼭 필요한 일전이었다는 것이 완전히 명백해질 것이다. 실제로 생긴 것 이상으로 목적에 합당했던 이 전투의 결과를 달리 생각해내는 것은 어렵고 불가능하다. 최소의 노력과 최대의 혼란과 최저의 손실로 전쟁의 전 기간을 통해서 가장 큰 성과를 얻어 퇴각에서 공격으로의 전환이 이루어지고, 프랑스군의 약점이 폭로되고, 나폴레옹군이 패주를 시작하기 위해서 오직 기다리고 있던 계기가 주어진 것이다.

8

나폴레옹은 모스크바 근교에서 빛나는 승리를 거두고 모스크바로 입성한다. 승리는 의심할 여지가 없었다. 왜냐하면 전장은 프랑스군 쪽에 남아 있기 때문이었다. 러시아군은 퇴각하고 수도를 내놓았다. 식량, 무기, 포탄, 수많은 물자로 가득 찬 모스크바는 나폴레옹의 손 안에 있었다. 러시아군은 프랑스군에 비해서 반수의 열세로 한 달에 한 번도 공격을 시도하지 않았다.

나폴레옹의 입장은 더없이 빛나는 것이었다. 두 배의 병력으로 러시아군 패잔병에 덤벼들어 그것을 격멸하고 유리한 강화 조건을 획득하기 위해서는, 또는 거절당할 경우에는 뻬쩨르부르그를 위협하는 진군을 하거나, 그것이 실패할 경우에는 스몰렌스크나 빌리나로 돌아가든가, 또는 모스크바에 머물거나 요컨대, 그때 프랑스군이 차지하고 있던 빛나는 입장을 유지하기 위해서는 뛰어난 천재성은 필요하지 않았던 것으로 생각된다. 이를 위해서 필요한 것은 극히 단순하고 간단한 일 즉, 군에 약탈을 허용하지 않고, 모스크바에 전군에 입힐 만큼 충분히 있었을 것으로 여겨지는 동복을 조달하고, (프랑스 역사가들의 증언에 의하면) 전군을 반년 이상이나 먹여 살릴 수 있는 모스크바에 있던 식량을 제대로 장악하는 것이다. 그러나 천재 중의 천재였던 나폴레옹이, 군을 지휘할 권력을 가지고 있었던 나폴레옹이, 이런 일을 하나도 하지 않았던 것이다.

그는 이러한 것을 하나도 하지 않았을 뿐만 아니라, 반대로 눈앞에 있었던 몇 가지 행동 중 가장 어리석고 파괴적인 것을 선택하기 위해 자기 권력을 사용하였다. 나폴레옹이 할 수 있었던 모든 일들—모스크바에서 월동하는 일, 뻬쩨르부르그 방면으로 나아가는 일, 니지니 노브고로드 방면으로 나아가는 일, 북으로 더 가든가, 남쪽으로 치우쳐 후에 꾸뚜조프가 지나간 길을 따라 후퇴하는 일 등—생각할 수 있는 모든 일 중에서 나폴레옹은 가장 어리석고 파괴적인 것을 선택하고 말았다. 즉, 군이 약탈하는 대로 내버려둔 채 10월까지 모스크바에 머무르고 나서, 수비대를 남길 것인가의 여부를 결정하지 못한 채 모스크바를 나와 꾸뚜조프에게 접근하면서, 전투도 시작하지 않고 남서쪽으로 향하여 말로야로슬라베쯔에 도착하였다. 그러나 역시 돌파할 기회가 없이 꾸뚜조프가 통과한 길과는 다른 길을 지나 모자이스크 방면으로, 황폐한 스몰렌스크 가도를 지나 후퇴한 것이다. 결과가 나타내는 것처럼 이보다 어리석고, 군에 대한 파괴적인 일은 생각할 수가 없었다. 나폴레옹의 목적이 자기 군을 파멸시키는 데에 있었다고 가정하고, 누구보다 노련한 전술가에게, 러시아군이 무엇을 기도하더라도 그것에는 일체 상관없이 프랑스군을 전멸시킬 방법을 생각해보라고 한다면, 나폴레옹이 한 일보다 더 완전하고 확실한 다른 일련의 해동을 생각해 낼 수는 없었을 것이다.

천재적인 나폴레옹이 그런 짓을 한 것이다. 그러나 나폴레옹이 자기 군대를 파멸시킨 것은 그가 그것을 원했기 때문이라느니, 혹은 그가 몹시 바보였기 때문이라고 말하는 것은, 마치 나폴레옹이 자기 군대를 모스크바까지 데려온 것은 그가 그것을 원했기 때문이고, 그가 몹시 현명하고 천재적이었기 때문이라고 말하는 것과 마찬가지로 옳지 않다.

어쨌든 그의 개인적인 행동은 모든 병사 이상의 힘을 가지고 있지 않고, 다만 그 현상을 발생시킨 법칙과 일치한 데에 지나지 않는다.

역사가들은 나폴레옹의 힘은 모스크바에서 시들어버렸다고(다만 결과가 나폴레옹의 행동을 배반했다는 이유만으로) 말하고 있으나 그것은 전적으로 잘못되어 있다. 그는 그 이전이나 또 그 후의 1813년 때와 마찬가지로 자기와 자기 군대를 위해서 가장 좋은 일을 하기 위해서 모든 수완과 힘을 기울였던 것이다. 이 시기의 나폴레옹의 활동은 이집트, 이탈리아, 오스트리아, 프러시아의 경우에 못지 않게 눈부셨다. 4000년의 역사가 그의 위대함을 지켜보았던 이집트에서, 나폴레옹의 천재가 어느 정도로 발휘되었는지를 우리는 정확하게는 모른다. 왜냐하면 그 위대한 공적이 모두 프랑스인의 손으로만 서술되어 있기 때문이다. 오스트리아나 프러시아에서의 나폴레옹의 천재성에 대해서 우리는 정확하게 판단할 수가 없다. 왜냐하면 프러시아에서의 그의 활동을 둘러싼 정보는 프랑스와 독일의 자료에서 얻지 않을 수 없기 때문이다. 게다가 많은 군단이 싸우지도 않고, 여러 개의 요새가 포위도 되지 않고 알 수 없는 항복을 했기 때문에, 독일에서 행해진 전쟁에 대한 유일한 설명으로서 독일인이 천재성을 인정하는 경향이 되는 것은 당연하다. 그러나 자신의 수치를 감추기 위해서 나폴레옹의 천재성을 인정해야 할 이유는 우리에게는 없다. 우리는 사실을 솔직하게 똑바로 보는 권리를 갖기 위하여, 그 대상(代償)을 지불한 것이다. 그러니까 우리는 그 권리를 양보하지 않는다.

그의 활동은 모스크바에서도 역시 다른 모든 장소에서와 마찬가지로 천재적이다. 모스크바로 들어왔다가 나갈 때까지 잇달아 명령을 내리고, 계획에 이은 계획이 끊임없이 그에게서 내려졌다. 주민의 퇴거, 대표단의 불참, 모스크바의 화재 자체까지도 그를 당황케 하지 않았다. 그는 자기 군의 안녕도, 적의 행동도, 러시아 여러 민족의 안녕도, 파리의 정무(政務)도, 눈앞의 강화 조건에 대한 외교적인 고려도 그는 간과하고 있지 않았던 것이다.

군사 면에서는, 나폴레옹은 모스크바에 입성하자마자 곧 러시아군의 움직임을 주시하도록 쎄바스찌안 장군에게 엄명을 내리고, 각 군단을 여기저기의 가도로 보내어 뮤러에게는 꾸뚜조프를 찾아내라고 명령하였다. 그런 뒤 그는 크레믈린의 방위 강화에 대해서 꼼꼼하게 배려하고 나서 러시아 전토에 미치는 앞으로의 전쟁의 천재적인 작전을 세웠다. 외교면에서는, 나폴레옹은 약탈을 당하고 누더기 옷을 입고 모스크바에서 탈출할 엄두도 못 내고 있던 야꼬블레브 대위(모스크바의 부호. 모스크바를 빠져나갈 때 잡혀, 잘 아는 뮤러에게 구원을 부탁하고, 나폴레옹의 편지를 알렉산드르에게 전하라는 조건으로 풀려났다)를 불러, 자신의 정책과 관대함을 소상히 이야기하고 나서, 알렉산드르 황제에게 자기는 친구이자 형제인 당신에게 라스또쁘친이 모스크바에서 좋지 않은 처치를 한 것을 전달하는 것을 의무로 생각한다는 편지를 써서 야꼬블레브를 뻬쩨르부르그로 보낸다. 또 뚜똘민(모스크바의 양육원장. 양육원을 지키기 위해서 남아 있었고 나폴레옹의 강화 제안을 위탁받았다)에게도 자상하게 자기의 견해와 관대함을 말하고, 이 노인도 교섭을 위해 뻬쩨르부르그로 보낸다.

법률면에서는 화재 직후에 방화범을 찾아내서 처벌하도록 명령이 내려져 있었다. 악한 라스또쁘친은 벌로서 그의 집을 태워버리도록 명령이 내려진다.

행정면에서는 모스크바에 헌법이 주어지고, 시의회가 설치되고 다음과 같은 것이 공표되었다.

'모스크바 시민 여러분!

여러분의 불행은 참기 어려운 일이지만, 황제이며 국왕이신 폐하께서는 이런 상태가 끝나기를 원하고 계시다. 폐하가 반항과 범죄를 어떻게 처벌하시는가, 많은 무서운 실례가 여러분에게 이를 가르쳐 주고 있다. 혼란을 일소하고 전체적인 치안을 회복하기 위해 조처가 취해졌다. 여러분 자신이 선출한 조상 전래의 행정 기관이 여러분의 자치 기관, 즉 시의회를 구성할 것이다. 그것은 여러분과, 여러분의 요구, 여러분의 이익에 대해 진지하게 생각할 것이다. 시의회 의원은 어깨에 건 빨간 리본으로 식별되며 시장은 그 위에 하얀 띠를 두를 것이다. 그러나 근무 기간 외에는 왼팔에 빨간 리본을 달 뿐이다.

시 경찰은 종전의 규정에 따라서 설치되며, 그 활동으로 이미 개선된 질서가 존재하고 있다. 정부는 위원장 2명, 즉 경찰장관과 위원 20명, 즉 시 전역에 경찰서장을 임명하였다. 여러분은 왼쪽 팔에 두른 흰 리본으로 그것을 식별할 수 있다. 각 종파의 교회도 몇 군데에서 열렸으며 미사는 아무 지장 없이 진행되고 있다. 여러분의 동포들은 매일 자신의 집으로 돌아가고 있고, 그들이 불행을 보상할 원조와 보호를 거기에서 찾아내기 위해서 명령이 내려져 있다. 이것들은 질서를 회복하고 여러분의 곤경을 덜어 주기 위해서 정부가 취한 조처이다. 그러나 그것을 실현하기 위해서는 여러분은 당국에 협력해야 한다. 여러분이 입은 불행을 될 수 있는 대로 잊고, 이보다 가혹하지 않은 운명을 마음 속으로부터 기대하며, 여러분의 신체와, 남은 여러분의 재산을 침해하려는 자에게는 반드시 수치스러운 죽음이 기다리고 있다는 것을 믿고, 신체와 재산이 보호된다는 것을 의심하지 않도록 해야 할 것이다. 왜냐하면 그것은 모든 군주 중에서 가장 위대하고 정의로운 사람의 의지이기 때문이다. 국적을 불문하고 모든 병사와 주민 여러분! 국가의 안녕의 근원인 공공의 신뢰를 회복하고, 형제처럼 살고 서로 도우며 보호하라. 그리고 악의를 가진 자들의 기도를 전복하는 데에 단결하여 군민 당국을 따르라. 그러면 여러분의 눈물도 곧 멎게 될 것이다.'

군의 식량면에서는, 나폴레옹은 전군에 식량 조달을 위해서 순서에 따라 모스크바로 약탈하러 갈 것을 지시하고, 이에 의해서 군이 앞으로의 보장을 얻도록 하려고 하였다.

종교면에서는, 나폴레옹은 사제(司祭)들을 불러다가 교회에서 미사를 다시 시작하도록 명령했다.

상업면에서는, 군에 식량을 공급하기 위해 각처에 다음과 같은 포고가 게시되었다.

포 고

'재난으로 시내를 떠난 양순한 모스크바 시민, 직공, 노동자 여러분, 그리고 까닭 없는 공포 때문에 아직도 들에 머물고 있는 농민 여러분에게 고한다! 평온이 이 수도에 되돌아오고 질서는 회복되고 있다. 여러분의 동포는 자기들이 정중한 대우를 받고 있는 것을 보고 용기를 가지고 은신처에서 나오고 있다. 여러분의 동포와 그 재산에 대해서 가해지는 모든 폭행은 즉시 처벌된다. 황제 폐하이자 국왕 폐하는 여러분의 불행을 끊고 여러분을 집과 가정으로 돌려보내기를 바라고 있다. 황제 폐하의 인자하신 뜻에 따라, 아무 두려움 없이 우리에게로 오기를 바란다. 시민 여러분! 신뢰를 가지고 각자 집으로 돌아가라. 여러분은 곧 곤궁을 메울 방법을 발견할 것이다! 수공업 자, 그리고 근면한 직공 여러분! 곧 자기 직장으로 돌아가라! 주택, 점포, 수비병이 여러분을 기다리고 있다. 또 여러분의 일에 대해서는 마땅한 보수 를 받게 될 것이다! 끝으로 농민 여러분! 공포 때문에 몸을 숨긴 숲에서 나 와 반드시 보호가 된다는 확신을 가지고 걱정 말고 자기 집으로 돌아가라. 직매소를 시내에 설치하여 농민은 거기에 농산물과 남은 저장 물자를 반입 할 수 있다. 정부는 농민 여러분에게 자유 판매를 보장하기 위해서 다음과 같은 조치를 취한다. (1) 오늘부터 농민, 농경에 종사하는 자 및 모스크바 부근에 거주하는 자는 종류 여하를 불문하고 그 저장 물자를 시내로 반입하 여 지정된 두 집적소, 즉 모호바야 거리와 오호뜨느이 랴드 거리의 곡물 시 장으로 반입할 수 있다. (2) 그 식량은 파는 사람과 사는 사람의 쌍방 합의 에 의한 가격으로 거래될 것이나 만일 파는 사람이 요구하는 정당한 가격으 로 팔 수 없을 경우, 파는 사람은 물건을 자기 마을로 가져가는 것은 자유이 며 어떠한 사람도 어떠한 이유로도 이것을 방해할 수는 없다. (3) 매주 일요 일과 수요일은 큰 장날로 정한다. 이 때문에 매 화요일과 토요일에는 각 가 도에 시내에서 그 짐마차를 보호할 수 있는 상당수의 군대가 배치된다. (4) 집으로 돌아가는 농민과 그 짐마차와 말이 방해를 받지 않도록 조치를 취한 다. (5) 정상적인 상거래를 부활시키기 위해서 곧 적당한 방책이 취해질 것이 다. 국적을 불문하고 도시와 농촌 주민 여러분, 노동자와 직공 여러분! 여러분은 황제이시며 국왕이신 폐하의 자애로운 뜻을 실천에 옮기고 폐하와 함께 공공의 복지를 촉진하라. 존경과 신뢰를 폐하께 바치고 지체 없이 우리 와 협력할 것을 주저하지 말기 바란다!'

군과 민중의 사기 앙양을 위해서 끊임없이 열병식이 행해지고 포상이 주 어졌다. 황제는 말을 타고 거리를 순회하고, 주민들을 달랬다. 그리고 국사 에 다망함에도 불구하고 황제는 자기 명령에 의해서 설치된 극장을 친히 방 문하기도 했다.

자선, 즉 왕자의 가장 뛰어난 미덕의 점에서도 나폴레옹은 할 수 있는 데까지 모든 것을 했다. 그는 자선 시설에 '우리 어머니의 집'이라는 간판을 걸게 함으로써, 자식으로서의 상냥한 아들의 정과 군주의 미덕의 위대함을 결부시키려 하였다. 그는 양육원을 방문하여 자기가 구해 준 고아들에게 그의 하얀 손에 키스하게 하고, 원장인 뚜똘민과 친밀한 이야기를 나누었다. 그리고 미사여구를 나열한 찌에르의 서술에 의하면, 그는 자기가 만든 위조 러시아 지폐로 자기 군대에 봉급을 나누어주었다. '자기와 프랑스군대에 어울리는 행위에 의해서 이러한 조치의 가치를 한층 높이기 위해 그는 이재민들도 구조하도록 명령했다. 그러나 대부분이 적인 외국인에게 주기에는 식량은 너무나도 고가였기 때문에, 나폴레옹은 그들에게 현금을 주고 그들 자신이 다른 곳에서 식량을 구하게 하는 것이 낫다고 생각했다. 그래서 그는 시민에게 루블 지폐를 분배한 것이다.'

군의 규율에 관해서는, 군무를 수행하지 않는 경우에 대한 엄벌과 약탈 중지에 대한 명령이 끊임없이 내려졌다.

10

그러나 묘하게도, 동일한 경우에 내려진 다른 명령보다도 결코 뒤지지 않았던 이들 지령, 배려, 계획이 모두 문제의 본질을 벗어나, 마치 기계에서 떼어낸 시계의 문자판의 바늘처럼 톱니바퀴에 맞물리지 않고 제멋대로 돌아가고 있었다.

군사면에서 찌에르가 '그의 천재도, 이 이상 심오하고 교묘하며 그 이상 놀라운 것은 이제까지 생각해 낸 적이 없었다'고 말했던, 또 펜(나폴레옹의 비서. 온갖 전쟁에 동행하였다)과 논쟁을 벌여, 그것이 작성된 것은 10월 4일이 아니라 15일로 해야 한다고 증명하려 하고 있는 천재적인 작전 계획은 현실에 가까운 것을 하나도 포함하고 있지 않았기 때문에, 절대로 실행이 되지 않았고 실행될 리도 없었다. 크레믈린의 방비 보강의 경우를 보면, 이를 위해 회교 사원(나폴레옹은 바셀리 브라젠느의 성당을 이렇게 불렀다)을 파괴해야 했으며, 아무 소용도 없다는 것이 판명되었다. 크레믈린 지하에 지뢰를 부설하는 것도, 모스크바를 퇴거할 때 크레믈린을 폭파해야 한다고 하는, 즉 어린애가 넘어졌을 때 그 마루를 두들기려는 것 같은 황제의 희망을 실현하려는 것밖에 되지 않았다. 나폴레옹으로 하여금 그토록 걱정하게 한 러시아군의 추격은 전대미문의 결과가 되었다. 프랑스군 지휘관들은 6만의 러시아군을 놓쳐버리고, 찌에르의 말에 의하면 뮤러의 수완(역시 천재라고 여겨지는 것) 덕분으로 간신히 한 개의 핀을 찾아내듯 그 6만의 러시아군을 찾아낼 수가 있었던 것이다.

외교면에 있어서 나폴레옹은 뚜똘민에 대해서도, 외투와 짐마차를 입수하는 데에만 골몰하고 있던 야꼬블레프에 대해서도, 자신의 관대함과 공정함을 증명하려고 하였으나 모두 소용이 없었다. 알렉산드르 황제는 이들 사자를 접견하지도 않았고 그들의 사명에 대해서 대답도 주지 않았다.

법률면에서는, 가공의 방화 범인을 처벌한 뒤, 모스크바의 나머지 반이 타버리고 말았다.

행정면에서는 시의회의 설치는 약탈을 근절하지 못하고 다만 그 시의회에서 일할 자리를 얻은 몇 사람과, 질서 유지라는 구실로 모스크바의 물자를 훔치거나 자기 것이 도둑맞는 것을 막았던 자들에게 이익을 가져다 준 데에 지나지 않았다.

종교면에서는, 회교 사원을 방문함으로써 그렇게 간단하게 이집트에서 잘 되어갔던 일이, 여기에서는 아무런 성과도 얻지 못했다. 모스크바에서 찾아낸 두서너 명의 사제가 나폴레옹의 의지를 실행하려고 해 보았지만 한 사람은 미사 때 프랑스 병에게 뺨을 얻어맞았고, 다른 또 한 사람은 프랑스 관리에게 다음과 같이 통보되었다. '본인이 발견하고 미사를 올리도록 데려온 사제는 교회를 깨끗이 소제하고 문을 닫아버렸다. 그런데 그날 밤, 다시 군중이 와서 문을 부수고 서적을 찢는 등 난폭한 짓을 하였다.'

상업면에서는 근면한 직공과 전체 농민에 대한 포고에 아무런 반응도 없었다. 근면한 직공은 없어졌고, 농민들은 이 포고를 너무 오지(奧地)까지 가지고 들어간 위원들을 잡아서 죽여 버렸다.

민중과 군을 연극으로 즐겁게 해주는 면에서도 역시 잘 되지 않았다. 크레믈린과 뽀즈냐꼬프 저택에 설치된 극장은 남녀 배우들의 물건이 도둑을 맞았기 때문에 곧 폐쇄되고 말았다.

자선 사업도 역시 소기의 성과를 가져오지 못했다. 위조지폐와 진짜 지폐가 모스크바에 넘쳐흘러 가치를 잃고 말았다. 노획물을 긁어모으는 프랑스 병에게 필요한 것은 금뿐이었다. 나폴레옹이 그토록 관대하게 불행한 사람들에게 나누어 준 위조지폐가 가치가 없었을 뿐만 아니라, 은도 그 가치 이하로 금과 교환되었다.

그러나 이 시기에 지상 명령이 효과를 가지지 못했다는 것을 가장 분명하게 보여주는 것은, 약탈을 중지시키고 군기(軍紀)를 쇄신하려 하였던 나폴레옹의 노력이었다.

군의 무관들은 다음과 같이 보고하고 있다.

'약탈은 그것을 중지하라는 명령에도 불구하고 시중에서는 아직도 계속되고 있다. 질서도 아직 회복되지 않고 합법적으로 장사를 하고 있는 상인은 한 사람도 없다. 다만 군에 부속된 상인만이 판매를 하고 있는데 그것도 약탈을 한 물건에 지나지 않는다.'

'본인 관할구의 일부는 여전히 제3군단 병사의 약탈을 계속 받고 있습니다. 그들은 지하실에 숨은 불행한 주민들의 얼마 남지 않은 재산을 약탈하는 것만으로는 만족하지 않고, 잔혹하게도 사벨로 살상하는 것을 본인은 자주 목격하였습니다.'

'병사들이 약탈과 강도를 강행하고 있는 일 외에는 아무런 새로운 일은 없음. 10월 9일'

'강도와 약탈이 계속되고 있다. 우리 관구에는 강도단이 활개치고 있고 강력한 방지책으로 그것을 억제하지 않으면 안 된다. 10월 11일'

'황제 폐하는 약탈을 중지하라는 엄명에도 불구하고 크레믈린으로 되돌아오는 근위병의 약탈 행위에 몹시 불만이시다. 구(舊) 근위대에서는 전에 없었던 무질서와 약탈 행위가 어제, 어젯밤, 오늘 또 재발하였다. 폐하는 그것을 눈앞에 보고 마음에 상처를 입으셨는데, 폐하의 몸을 지키기 위해 임명되었고 복종의 모범을 보여야 할 정예(精銳)가 멋대로 규율을 위반하고, 군을 위해 확보된 지하 창고를 파괴할 지경에까지 이르고 있다. 다른 병사들은 보초병이나 경비 장교를 매도하고 구타할 정도로 포악해지고 있다.'

'의전장관이 크게 우려하고 있는 것은' 하고 현(縣) 지사는 적고 있다. '거듭 금지령을 내림에도 불구하고 병사들은 정원 도처에서, 심지어 황제 폐하의 창문 아래까지 용변하러 가는 것을 서슴지 않고 있다.'

이 군대는 마치 방목된 가축의 무리처럼 자신을 기아에서 구해줄 먹이를 발밑에 짓밟으면서, 산산이 흩어져서 쓸데없이 모스크바에 머물러 있는 동안 나날이 파멸을 향해 치닫고 있었다.

그러나 그 군대는 움직이려고 하지 않았다.

그들은 스몰렌스크 가도에서 수송마차가 연이어 빼앗기고, 따루찌노 전투에 의해서 일어나게 된 이루 말할 수 없는 공포에 사로잡혔을 때 비로소 도주하기 시작하였다. 다름 아닌 이 따루찌노 전투의 보고를 나폴레옹은 뜻하지 않게 열병 때 받아, 찌에르의 말에 의하면, 러시아군을 응징해 주고 싶은 마음에 사로잡혔다. 거기서 그는 전군이 요구하고 있던 진격 명령을 내렸던 것이다.

모스크바에서 달아날 때, 이 군대의 장병들은 약탈한 것을 모두 가지고 갔다. 나폴레옹도 자신의 보물을 반출하였다. 군의 커다란 짐이 되어 있는 마차의 행렬을 보고 움찔했다(고 찌에르는 말하고 있다). 그러나 그는 그토록 전쟁 경험이 풍부하면서도, 모스크바에 가까이 갔을 때 한 원수의 짐마차에 대해서 한 것처럼 쓸데없는 마차를 모두 태워버리라고 명령하지 않고, 병사들이 타고 가는 포장마차나 유개마차를 보고 이것은 매우 좋은 일이다, 이 마차는 물자나 환자를 운반하는 데에 유용할 것이라고 말했다.

전군의 상태는, 마치 자신의 파멸을 느끼고 어떻게 하면 좋을지를 모르고 있는 상처를 입은 동물과 같았다. 모스크바 입성에서부터 군의 괴멸에 이르기까지의 나폴레옹과 그 군대의 교묘한 작전이나 그 목적을 연구하는 것은, 치명상을 입은 동물의 단말마적인 도약과 경련을 연구하는 것과 마찬가지다. 상처를 입은 짐승은 바스락거리는 소리를 듣고 사냥꾼의 총소리 쪽으로 돌진하기도 하고 전후로 뛰기도 하여, 스스로 죽음을 재촉하는 일이 흔히 있다. 나폴레옹도 군 전체에 끌려 그와 마찬가지 일을 하였다. 따루찌노 전투라고 하는 바삭거리는 소리가 짐승을 겁먹게 하였다. 그리고 짐승은 앞으로 뛰어나가 총소리 쪽으로 달려갔다가 뒤로 되돌아오고, 또 앞으로 갔다가 뒤로 되돌아와 마침내 모든 짐승과 마찬가지로 가장 불리하고 위험한데도 불구하고, 잘 알고 있는 옛 발자국을 더듬어 뒤로 도망치기 시작한 것이다.

이 모든 움직임을 지휘한 것처럼 여겨지는 나폴레옹은(뱃머리에 새겨져 있는 조각상이 야만인에게는 배를 움직이는 힘처럼 생각되는 것과 마찬가지로) 이 행동의 전체 기간을 통해서, 유개마차 안에 매 놓은 줄을 붙잡고 자기가 마차를 조종하고 있다고 공상하는 어린애와 비슷했다.

10월 6일 아침 일찍, 삐에르는 바라크를 나섰다가 되돌아가서, 문간에서 걸음을 멈추고 재롱을 부리고 있는, 몸통이 길고 발이 짧고 약간 비틀어진 연한 자줏빛 강아지하고 놀고 있었다. 이 강아지는 그들의 바라크에서 살게 되어 밤에는 쁠라똔하고 같이 잤지만, 이따금 어딘가 시내로 나갔다가 다시 돌아오곤 했다. 강아지는 원래 주인도 없었던 것 같았고 지금도 누구의 것도 아니며 이름도 없었다. 프랑스 병들은 이 개를 아쥬르라고 부르고 있었고, 옛날이야기를 잘 하는 병사는 펨갈까, 그리고 쁠라똔이나 그 밖의 병사들은 '쥐' 또는 '늘어진 귀'라고 부르고 있었다. 아무도 기르는 주인이 없고 이름은커녕 종류도, 뚜렷한 털 색깔도 없다는 것을 이 자줏빛 강아지는 아랑곳하지 않는 것 같았다. 숱이 많은 꼬리는 모자의 깃털 장식처럼 둥글게 꼿꼿이 위를 향하고, 구부러진 발도 그 임무를 잘 수행해 주어서 때로는 네 개의 발을 다 쓰는 것이 어리석기라도 한 듯이 뒷다리 한 개를 보기 좋게 들어 올리고 세 다리만으로 솜씨 있게 재빨리 달리는 것이었다. 모두에게 이 강아지는 즐거움을 자아내는 노리개였다. 때로는 기쁨에 겨워 비명을 지르기도 하고, 발딱 뒤로 자빠져서 뒹굴기도 하고, 깊은 생각에 잠긴 의미 있는 듯한 표정을 하고 햇볕을 쬐기도 하고 나뭇조각이나 짚을 가지고 장난을 치기도 했다.

지금 삐에르의 옷차림은, 옛날 옷 중에서 남아 있는 단 하나의 해진 더러운 셔츠와 쁠라똔의 충고에 따라서 보온을 위하여 발목을 끈으로 잡아맨 병사용 각반과, 자락이 긴 저고리와 농민 모자였다. 이 무렵 삐에르는 육체적으로 몹시 변해 있었다. 그는 일족(一族)의 유전인 건강한 큰 몸집을 간직하고 있었지만, 이제는 뚱뚱하다는 느낌은 없었다. 턱수염과 콧수염이 퍼져서 얼굴 아랫부분을 덮고 있었다. 마구 자라서 텁수룩하게 얽히고 이가 들끓고 있는 머리카락은 지금은 곱슬곱슬해져 모자처럼 되어 있었다. 눈의 표정은 야무지고 안정되었으며 생기가 있고 두들기면 울릴 것 같았으며, 그것은 이제까지의 삐에르의 눈초리에는 없었던 분위기였다. 전에는 눈초리에도 나타나 있던 멍청한 표정이 지금은 활동적이어서, 금방이라도 반응을 나타낼 것 같은 야무진 느낌으로 변해 있었다. 발은 맨발이었다.

삐에르는 오늘 아침, 짐마차와 말에 탄 사람들이 바쁘게 움직이고 있는 들판을 내려다보기도 하고, 강 저편을 바라보기도 하고, 장난이 아니라 진짜로 물겠다는 시늉을 하는 강아지를 보기도 하고, 더럽고 굵은 발가락을 움직이면서, 여러 가지 모양으로 바꾸면서 즐기고 있는 자기의 맨발을 바라보고 있었다. 그리고 자기의 맨발을 볼 때마다 그의 얼굴에는 생생한 자기만족의 미소가 떠올랐다. 이 맨발을 보면 그는 자기가 요 얼마 동안에 경험을 하고 이해를 한 일을 남김없이 회상하는 것이었다. 그리고 그러한 추억은 그에게 기분이 좋았다.

날씨는 며칠 동안 계속해서 조용하고 활짝 개어 있었다. 아침에는 다소 찬기를 느끼기는 했지만 맑게 갠 온화한, 이른바 따뜻한 초겨울 날씨였다.

모든 것이, 멀리 있는 것도 가까이 있는 것도, 초겨울의 이 시기에밖에 없는 마법과 같은 투명한 빛을 띠고 있었다. 저 멀리 참새언덕이 마을과 교회, 커다란 하얀 집과 함께 보였다. 헐벗은 나무들과 모래와 돌도, 집집의 지붕도, 교회의 초록색 뾰족탑도, 먼 하얀 집의 모퉁이도, 모든 것이 투명한 대기 속에서 부자연스러우리만큼 선명하고 몹시 섬세한 선을 그리며 부각되고 있었다. 가까이에는 프랑스군에 점령된 절반이 탄 지주 집의 눈에 익은 폐허와, 아직 짙은 녹색인 울타리 부근의 라일락 숲이 보였다. 그리고 흐린 날씨에는 혐오감으로 눈을 돌리는, 폐허가 되고 더러워진 집까지도 지금은 움직이지도 않는 빛 속에서 어딘지 모르게 마음을 가라앉히는 것처럼 느껴지는 것이었다.

프랑스군 하사가 한가하게 겉옷 단추를 끄르고 실내 모자를 쓰고 짧은 파이프를 입에 물고, 바라크 모퉁이에서 나와 정답게 윙크를 하고는 삐에르 옆으로 다가왔다.

"좋은 태양이군요, 무슈 끼릴르(프랑스 병들은 모두 삐에르를 이렇게 부르고 있었다). 봄이라고 해도 좋겠군요." 하사는 문에 기대자 항상 거절하는데도 삐에르에게 언제나 파이프 담배를 권했다.

"이럴 때 행군을 하면 좋을 텐데……."

삐에르는 그에게 이동에 관해서 무슨 이야기를 들었느냐고 물었다. 하사는 거의 모든 부대가 출발하려 하고 있고, 포로에 대해서도 오늘 명령이 나올 것이라고 말해주었다. 삐에르가 있던 바라크에서는 쏘꼴로프라는 한 병사가 병으로 죽어가고 있었기 때문에 삐에르는 하사에게 이 병사를 어떻게 해 주지 않으면 안 된다고 말했다. 하사는, 당신은 안심해도 된다, 이를 위해 이동 병원이나 상설 병원이 있고, 환자에 대해서는 지시가 있을 것이다, 일반적으로 일어날 것 같은 일은 남김없이 수뇌부가 미리 내다보고 있다고 말했다.

"그러니까 무슈 끼릴르, 당신은 대위에게 한 마디만 하면 됩니다. 알다시피…… 그 사람은 무슨 일이든지 잊지 않는 사람이니까요. 순시하러 올 때 대위에게 말해 봐요. 당신의 일이라면 무엇이든지 해 줄 테니까……."

하사가 말하는 대위는 늘 삐에르와 자주 이야기를 나누고 그에게 여러 가지 관대한 조치를 해주고 있었다.

"그 사람은 요전만 해도 이렇게 말한 적이 있어요. '끼릴르라는 사람은 대단히 교양이 있는 사람이다, 프랑스말도 할 줄 아는 사람이다. 그 사람은 러시아의 영주다, 불행한 꼴을 당하고는 있지만 그는 인간이다. 따라서 그는 사물을 알고 있다…… 그 사람이 무슨 필요한 일이 생겨서 부탁해 오면 거절할 것은 없어. 조금이라도 공부한 인간은 문명이니 교양이니 하는 것을 좋아하거든.' 그는 당신을 말하고 있는 거야, 끼릴르. 요전 일만 해도, 만일 당신이 없었다면 나쁜 결과로 끝났을지도 모르니까."

잠시 동안 잡담을 하고 나서 하사는 자리를 떠났다(하사가 말한 일전에 일어난 사건이라는 것은 포로와 프랑스 병 사이에 일어난 싸움으로, 그때 삐에르가 잘 중재했던 것이다). 포로 몇 사람이 삐에르와 하사 이야기를 듣고 있다가 하사가 무슨 말을 했는지 물었다. 삐에르가 출동에 대해서 하사가 말한 것을 동료인 포로들에게 말하고 있는 동안, 바라크 문간에 몹시 야위고 안색이 나쁜 얼굴을 한 누더기 옷을 입은 프랑스 병이 다가왔다. 머뭇거리면서도 재빠른 동작으로 손가락을 이마까지 올리고, 인사 표시를 하더니 삐에르에게, 자기가 셔츠를 지어 달라고 부탁한 쁠라또쉬라는 병사는 이 바라크에 있느냐고 물었다.

약 일주일 전에 프랑스 병들은 장화 가죽과 삼베 천을 배급받아 장화와 셔츠를 지어 달라고 포로 병사에게 부탁했던 것이다.

"됐습니다. 다 됐습니다, 나리!" 단정히 접은 셔츠를 가지고 나오면서 쁠라똔이 말했다.

쁠라똔은 날씨가 따뜻했고 일하는 데 편리해서, 속옷과 흙처럼 검고 찢어진 셔츠밖에 입고 있지 않았다. 머리카락은 직공들이 하는 것처럼 보리수

(菩提樹) 가죽으로 매어 있었기 때문에 둥근 얼굴이 더욱 둥글어 귀엽게 보였다.

"약속은 일의 형제. 금요일까지라고 말했기에 그렇게 만들어 놓았죠." 쁠라똔은 웃으면서 자기가 만든 셔츠를 펼치면서 말했다.

프랑스 병은 불안스럽게 사방을 둘러보고 급히 군복을 벗고 셔츠를 입었다. 프랑스 병은 군복 아래에 셔츠를 입고 있지 않았는데, 벌거벗은 누런 야윈 몸에 길고 기름이 묻은 꽃 모양의 비단 조끼를 입고 있었다. 프랑스 병은 자기를 보고 있는 포로들이 웃지나 않을까 하고 조바심이 난 듯 급히 셔츠에 목을 넣었다. 포로들은 아무도 웃지 않았다.

"어떻습니까, 꼭 맞지요?" 쁠라똔은 셔츠를 당기면서 말했다. 프랑스 병은 머리와 두 손을 끼자 눈을 떨어뜨린 채 셔츠를 둘러보고 솔기를 살폈다.

"할 수 없습니다, 나리. 여기는 재봉 공장이 아닐 뿐더러 제대로 된 기계가 없으니까요. 도구 없이는 이 한 마리도 죽일 수 없으니 말입니다." 쁠라똔은 둥근 느낌이 드는 웃음을 지으면서 스스로 자기 일에 만족한 듯이 말했다.

"좋아, 좋아, 고마워. 그런데 천이 남아 있을 텐데." 프랑스 병이 말했다.

"몸에 익숙해지면 더 잘 맞을 겁니다." 쁠라똔은 여전히 자기 작품에 만족하면서 말했다. "그러면 기분이 더 좋아집니다……."

"고마워, 고마워, 아저씨. 그런데 남은 천은? ……" 프랑스 병은 싱글싱글 웃으면서 되풀이하며 지폐를 꺼내서 쁠라똔에게 주었다. "그래, 남은 천은? ……"

삐에르는 프랑스 병이 말하는 것을 쁠라똔이 이해하고 싶지 않다는 것을 눈치 채고 말참견을 하지 않고 두 사람을 바라보고 있었다. 쁠라똔은 돈에 대해 감사를 하고 자기가 한 일을 넋을 잃고 보고 있었다. 프랑스 병은 천 조각에 미련을 두고 삐에르에게 자기 말을 통역해 달라고 부탁했다.

"남은 천을 어떻게 하려는 것일까?" 쁠라똔이 말했다. "우리에게는 훌륭한 각반이 되는데. 뭐 할 수 없지." 이렇게 말하고 쁠라똔은 갑자기 변한, 쓸쓸한 얼굴을 하고 호주머니에서 천 조각을 꺼내서 상대방의 얼굴을 보지도 않고 그것을 프랑스 병에게 내주었다. "거 참!" 쁠라똔은 이렇게 말하고 뒤로 물러났다. 프랑스 병은 천 조각을 보고 생각에 잠겨 물어보듯이 삐에르를 바라보았다. 그러자 삐에르의 눈초리가 그에게 무엇인가 말한 것처럼 여겨졌다.

"쁠라또쉬, 어이, 쁠라또쉬." 프랑스 병은 갑자기 얼굴을 붉히며 높은 소리로 외쳤다. "받아둬." 그는 천 조각을 내주면서 말하자 뒤로 돌아서서 서둘러 자리를 떴다.

"그것 봐." 쁠라똔은 고개를 흔들면서 말했다. "무정한 사람이라고 하지만 역시 얼은 가지고 있어. 나이든 분들이 곧잘 말했지—땀이 밴 손은 인색하지 않지만 마른 손은 인색하다고. 자기도 알몸이면서도 이렇게 주고 갔거든." 쁠라똔은 생각에 잠긴 듯이 미소 지으면서 천 조각을 바라보고 잠시 말이 없었다. "이봐, 모두들 굉장한 각반이 생긴다." 그는 이렇게 말하고 바라크 쪽으로 돌아갔다.

12

삐에르가 포로로 잡힌 지 4주일이 지났다. 프랑스 병은 그를 병사 바라크에서 장교용 바라크로 옮기자고 제의하였으나 그는 첫날에 들어간 바라크에 머물러 있었다.

황폐하고 타버린 모스크바에서 삐에르는 인간이 견딜 수 있는 거의 극한적인 궁핍을 체험하였다. 그러나 그때까지 자기가 의식하지 않았던 강한 체격과 건강 덕분에, 특히 그 궁핍이 언제 시작되었다고 말할 수 없으리만큼 알지 못하는 사이에 접근해 왔기 때문에, 그는 오히려 홀가분한 마음으로 기꺼이 참고 있었다. 그리고 바로 이 시기에 그가 지향하면서도 도달할 수 없었던 평안과 자기 자신에 대한 만족을 얻은 것이다. 그는 오랫동안 자기 생활 속에서 각 방면에서 그러한 안정, 자기 자신과의 조화, 즉 보로지노 전투 때의 병사들 속에서 그토록 자기에게 충격을 주었던 것을 찾고 있었다. 그는 그것을 자선에서, 프리메이슨에서, 사교계의 생활의 기분 전환에서, 술에서, 훌륭한 자기희생의 행위에서, 나따샤에 대한 로맨틱한 사랑에서 찾고 있었다. 그는 그것을 사상의 도움을 빌려 찾았으나 그 탐구와 시도는 모두 그를 배반하였다. 그러나 그는 자기 자신이 그것을 생각하고 있지 않는 동안에 그러한 평안과 자기 자신과의 조화를, 죽음의 공포를 통해서 궁핍과, 쁠라똔의 내부에서 파악한 것을 통해서 획득한 것이었다. 그가 처형 때 체험한 무서운 몇 분 동안에, 그때까지 그에게 중대한 것으로 여겨졌던 사상이나 감정을, 상상이나 추억 속에서 말끔히 씻어 버린 것 같았다. 그는 러시아의 일도, 전쟁에 대한 일도, 정치도, 나폴레옹에 대한 일도 생각하지 않았다. 그러한 것은 모두 자기에게는 관계가 없는 것, 자기의 사명이 아니라는 것, 따라서 자기는 그러한 것은 모두 판단할 수가 없다는 것을 그는 분명히 깨달았다. '러시아와 여름은 만만치 않아.' 그는 쁠라똔의 말을 되풀이하였다. 그러자 그 말이 묘하게 그를 안정시켜주는 것이었다. 나폴레옹을 죽이려고 했던 자기 계획이나 신비의 수, '묵시록'의 짐승의 수에 대한 계산, 이것들은 지금 그에게 불가해하고 우스꽝스럽게 여겨졌다. 아내에 대한 미움이나 자기 이름이 더럽혀지지 않도록 하려는 불안은 이제 그에게는 시시할 뿐만 아니라 우습게만 여겨졌다. 그 여자가 어딘가 다른 곳에서 자기의 마음에 든 생활을 하고 있다는 것이 자기와 무슨 관계가 있는가? 프랑스군 포로의 이름이 베주호프 백작이라고 하는 것이 알려지건 말건 그것이 누구에게, 특히 자기에게 어떤 관계가 있는가?

지금 그는 안드레이와 나눈 대화를 상기하고 그의 생각에 약간 다른 해석을 하고는 있었지만, 그에게 전적으로 동감이었다. 안드레이는 행복이란 부정적인 것으로 생각하고 슬픔과 아이러니한 뉘앙스로 그렇게 말하고 있었다. 그러면서 그는 다른 생각, 즉 우리 내부에 심어져 있는 전형적인 행복에 대한 동경은 우리를 만족시키기 위해서가 아니라, 고통을 주기 위해 심어진 것이라고 하는 생각을 나타내려 한 것 같았다. 그러나 삐에르는 별다른 다른 뜻도 없이 그 생각이 옳다는 것을 인정하고 있었다. 고민이 없고 욕구가 충족되어 있고, 그 결과로 하는 일, 즉 생활 형태의 자유로운 선택이 지금 삐에르에게는 의심할 여지가 없는 최고의 인간의 행복이라고 여겨졌다. 여기서 비로소 삐에르는 먹고 싶을 때 먹고, 마시고 싶을 때 마시고, 자고 싶을 때 자고, 추울 때 몸을 덥게 하고, 이야기하고 싶을 때나 사람의 목소리를 듣고 싶을 때 사람과 이야기하는 기쁨의 가치를 잘 알 수가 있었다. 욕구의 충족, 즉 좋은 음식, 청결, 자유, 그러한 것들이 포로 생활 때문에 모두 빼앗긴 지금 삐에르에게는 그것이 완전한 행복으로 여겨졌다. 또 생활에서 일의 선택이 몹시 한정되어 있는 지금의 그는 그런 생활이 편하게 느껴졌다. 그리고 이러한 처지에서 생활의 편의가 넘친다는 것은 욕구를 만족시키는 행복을 모두 망쳐버리고, 일을 선택하는 자유가 너무 많다는 것, 즉 그의 인생에서 교양, 부(富), 상류 사회에서의 지위가 그에게 주었던 자유, 바로 그 자유는 일의 선택을 해결할 수 없을 정도로 곤란하게 하고 일의 욕구 그 자체와 가능성을 파괴해 버린다는 것을 잊게 만들 정도였다.

지금 삐에르의 모든 공상은 자기가 자유의 몸이 되었을 때의 일에 집중되어 있었다. 그러나 반대로, 그 후 평생을 통해서, 그는 이 포로 생활의 한 달을, 두 번 다시 돌아오지 않는 강하고 즐거웠던 그 감각을, 그리고 무엇보다도 그가 이 시기에서밖에 느끼지 못했던 완전한 마음의 평안과 완전한 내적 자유를, 감동적으로 상기하고 이에 대해 이야기했던 것이다.

그는 첫날 아침 일찍 일어나서 날이 밝기 전에 바라크를 나섰다. 먼저 노보제비치 수도원의 거무스름한 둥근 지붕과 십자가를 보고, 먼지를 뒤집어쓴 풀잎에 맺힌 언 이슬을 보고, 참새 언덕의 기복과 강 위를 꾸불거리며 연한 자줏빛 저편으로 숨어 있는 숲에 덮인 강변을 보았을 때 상쾌한 공기의 감촉을 느끼고, 모스크바로부터 들판을 날아가는 까마귀 소리를 들었을 때, 그리고 갑자기 동쪽 하늘에서 햇살이 쏟아져 구름 사이에서 태양이 장엄하게 떠올라 둥근 지붕도, 십자가도, 이슬도, 먼 경치도, 강도, 모든 것이 기쁨에 찬 햇살 속에서 빛났을 때, 삐에르는 일찍이 경험하지 못했던 새로운 삶의 기쁨과 끈질긴 감정을 느꼈다.

그리고 이 감각은 포로 생활을 하는 동안 줄곧 그를 떠나지 않았을 뿐더러 환경의 괴로움이 겹칠수록 더욱 그의 마음 속에서 자라났다.

모든 것을 각오하고 정신적으로 긴장된 이 감각을 한층 지탱해 준 것은, 그가 바라크에 들어온 뒤 얼마 안 있다가 동료들 사이에서 요지부동하게 이룩된 그에 대한 높은 평가였다. 삐에르는 외국어를 말할 수 있었고, 프랑스 병의 존경을 받았으며, 자기에게 들어오는 부탁은 무엇이든 들어주었다(그는 1주일에 3루블씩 장교 수당을 받았다). 병사들 앞에서 바라크 벽에 못을 박아 보인 무서운 괴력과, 동료들에게 보인 부드러운 태도와 아무것도 하지 않고 앉아서 생각에 잠기는, 그들에게는 도저히 이해가 되지 않는 능력을 가지고 있었으므로 병사들에게는 약간 신비적이고 숭고한 존재로 보였다. 이제까지 살아온 세계에서는 그에게 해로운 것은 아니었지만 거추장스러웠던 성질, 그의 완력, 생활의 쾌적함에 대한 멸시, 느긋함, 소박함이 여기에서는, 이 인간들 사이에서는 그에게 거의 영웅과 같은 위치를 부여하고 있었다. 그리고 삐에르는 그러한 것들이 자신을 제약하고 있다는 것을 느끼고 있었다.

13

10월 6일부터 7일에 걸친 밤중에 출동하는 프랑스군의 움직임이 시작되었다. 취사장과 가건물이 헐리고, 마차에 짐을 싣고 부대와 마차의 행렬이 움직여 갔다.

아침 7시에 프랑스군의 호송부대가 행군 복장에 군모를 쓰고 총을 들고는 배낭과 커다란 자루를 짊어지고 바라크 앞에 서 있었다. 그리고 활기를 띤 프랑스어 대화가 욕지거리와 뒤섞여 온 대열 속으로 울려 퍼졌다.

바라크 안에서는 전원이 옷도 입고 띠도 두르고 신도 신는 등 채비를 끝내고 출발 명령만을 기다리고 있었다. 창백하고 여위고 눈언저리에 검은 기미가 낀 병든 병사 쏘꼴로프 한 사람만 구두도 신지 않고 옷도 입지 않은 채 자기 자리에 앉아서, 자기를 거들떠보지도 않는 동료들을 여위고 튀어나온 눈으로 묻는 듯이 바라보면서 작은 소리로 일정한 간격을 두고 신음 소리를 내고 있었다. 고통스럽다고 하느니보다는―그는 이질에 걸려 있었다―오히려 홀로 남는 공포와 슬픔 때문에 신음하고 있는 것 같았다.

삐에르는 프랑스 병이 구두창 수리에 쓰기 위해서 가지고 왔던 차 상자의 습기 방지 가죽으로 쁠라똔이 만들어준 구두를 신고, 새끼로 허리를 묶고 환자 곁으로 가서 그 앞에 웅크리고 앉았다.

"괜찮아, 쏘꼴로프. 모두 다 가버리는 것은 아니니까! 여긴 병원이 있어. 어쩌면 우리보다 훨씬 나을지도 몰라." 삐에르는 말했다.

"아, 견딜 수가 없다! 괴로워! 오, 하느님!" 병사는 더욱 큰 소리로 신음하기 시작했다.

"그럼 내가 한번 부탁해 보지." 삐에르는 말하고 바라크의 문 쪽으로 갔다. 삐에르가 문에 가까이 갔을 때, 어제 삐에르에게 파이프를 권했던 하사가 병졸 두 명을 데리고 밖에서 가까이 오고 있었다. 하사도 병사도 행군 복장을 하고 배낭을 메고, 높은 군모를 쓰고 턱끈을 끼고 있어서 그것이 익숙했던 얼굴을 달리 보이게 하였다.

하사는 상관의 명령으로 문을 폐쇄하러 온 것이다. 출발 전에 포로의 인원을 점호해야만 했던 것이다.

"하사님, 병자는 어떻게 되죠?" 삐에르는 말했다. 그러나 이렇게 말한 순간 삐에르는 이것이 낯익은 하사인가, 그렇지 않으면 모르는 다른 사람일까 하고 의심했다. 그토록 이 순간의 하사는 다른 사람처럼 되어 있었다. 더욱이 삐에르가 이렇게 말했을 때 양쪽에서 튕기는 듯한 북소리가 들렸다. 하사는 삐에르의 말에 미간을 찌푸리고 부질없는 욕을 지껄이고는 문을 꽝 닫고 말았다. 바라크 속은 어두워지고 양쪽에서 북소리가 요란스럽게 울리며 병자의 신음 소리를 지워버렸다.

'바로 저것이다! …… 저것이다!' 삐에르는 중얼거렸다. 저도 모르게 오한이 등골을 스쳤다. 돌변한 하사의 얼굴과 그의 목소리에서, 흥분시키고 주위의 소리를 지워버리는 북 소리에서, 삐에르는 자신의 의지와는 반대로 인간으로 하여금 같은 인간의 목숨을 빼앗게 하는 저 불가사의하고 냉혹한 힘, 처형 때 그가 그 작용을 눈앞에 본 그 힘을 느꼈다. 그 힘을 두려워하고 피하려고 하는 것, 그 앞잡이가 된 자들에게 부탁하거나 설득하려고 하는 것은 헛된 일이었다. 지금 삐에르는 그것을 안 것이다. 꾹 참고 기다려야만 했다. 삐에르는 그 이상 병자 옆에 가지 않고 그쪽을 돌아다보지도 않았다. 그는 말없이 이맛살을 찌푸리고 바라크 문가에 서 있었다.

바라크의 문이 열리고 포로들이 양떼처럼 밀치면서 출구에서 웅성거리고 있을 때, 삐에르는 모두를 헤치고 앞으로 나아가, 그를 위해서라면 무슨 일이든지 해 준다고 하사가 말한 그 대위 옆으로 다가갔다. 대위도 행군 복장을 하고 있었고, 그 냉정한 얼굴에는 삐에르가 좀 전에 하사의 말과 북소리 속에서 느낀 '그것'이 역시 나타나 있었다.

"빨리 가, 빨리." 대위는 잔뜩 이맛살을 찌푸리고 자기의 옆을 떼지어 가는 포로들을 바라보면서 말했다. 삐에르는 자기의 시도가 헛된 일이라고 생각하면서 그의 옆으로 다가갔다.

"아니, 무슨 일이오?" 대위는 냉정하게 돌아다보고, 마치 상대방이 누구인지 모르는 것처럼 말했다. 삐에르는 병자에 대해서 이야기를 했다.

"걸을 수 있겠지, 무슨 소리를 하고 있어!" 대위는 말했다. "서둘러, 서둘러라." 그는 삐에르는 보지 않고 말을 계속했다.

"아니, 안 됩니다, 그는 죽어가고 있습니다……" 삐에르는 말하려다 끝을 맺지 못했다.

"적당히 해둘 수 없나!" 불만스러운 듯이 이맛살을 찌푸리고 대위는 소리쳤다.

둥둥, 둥, 둥, 둥, 둥, 둥, 북이 퉁기듯이 울렸다. 삐에르는 이미 불가사의한 힘이 완전히 이 사람들을 사로잡고 있어서 이제는 무슨 말을 해도 소용이 없다는 것을 깨달았다.

장교 포로들은 병사들과 구별되어 앞을 걸어가라는 명령을 받았다. 장교 포로는 삐에르를 포함해서 30명 정도였고, 병사들은 300명 정도였다.

장교 포로들은 다른 바라크에서 나왔기 때문에 모두 낯선 사람들이었고 삐에르보다는 훨씬 좋은 옷차림을 하고 있었다. 그리고 삐에르를, 그 구두를 미심쩍은 서먹서먹한 눈으로 바라보고 있었다. 삐에르 근처를, 동료 포로들의 존경을 받고 있는 듯한 살찐 소령이 수건으로 허리를 맨 까자크풍의 긴 가운을 입고 누렇게 부은 화난 얼굴로 걷고 있었다. 소령은 돈주머니 같은 담배쌈지를 든 한손을 호주머니에 넣고 다른 한손은 긴 담뱃대를 지팡이처럼 짚고 있었다. 소령은 숨을 헐떡이면서, 급히 갈 곳도 없는데 모두가 자기를 밀어젖히면서 서두르고 별 일도 아닌 것에 놀라고 있는 것 같은 느낌이 들어, 그것 때문에 불평을 하면서 모두에게 화를 내고 있었다. 다른 몸집이 작고 여윈 장교는 이번에는 어디로 끌려가는가, 오늘은 어디까지 걸어갈 수 있는가를 예상하면서 모두에게 말을 걸고 있었다. 펠트 장화를 신고 물자 보급 부원의 제복을 입은 관리는 여기저기 뛰어다니며 타 버린 모스크바를 둘러보면서, 무엇이 탔는지, 지금 눈앞에 보이는 모스크바의 여기저기가 어떻게 되어 있는지 자기가 본 것을 전했다. 사투리로 보아 폴란드 태생 같은 또 한 사람의 장교는, 물자보급부의 관리와 토론을 하여 관리에게 모스크바를 잘못 보고 있다는 것을 납득시키려 하고 있었다.

"뭘 다투고 있는 거야?" 소령이 화가 나서 말했다. "니꼴라든 블라스든 (모두 러시아 의 성자), 어느 쪽이든 상관없어. 보다시피 모두 타버렸어. 끝장이야. 뭣 때문에 다투고 있는 거야? 길이 없는 것도 아닌데." 그는 뒤에서 걸어오면서 그를 전혀 밀지도 않는 사나이를 향하여 화난 것처럼 말했다.

"아, 아, 이게 무슨 짓이람!" 소령의 화는 아랑곳하지 않고 탄 자리를 둘러보고 있던 포로들의 목소리가 이곳저곳에서 들렸다. "강 저쪽도, 주보보도, 크레믈린 안도…… 봐, 반쯤은 없어졌어. 그래서 내가 강 저쪽은 전부 타 버렸다고 말한 거야. 어때 그대로지?"

"몽땅 타 버린 것을 알고 있으면, 이러쿵저러쿵 할 건 없잖아!" 소령이 말했다.

하모브니끼(_{몽스크바의 타다 남은}
_{얼마 안 되는 구의 하나})의 교회를 지나고 있을 때, 포로들은 별안간 한 쪽으로 몰렸다. 그리고 무서운 고함소리가 들렸다.

"아, 이 악당들! 정말 지독한 놈들이다. 죽어 있다, 확실히 죽어 있다…… 뭔가 잔뜩 칠해져 있어."

삐에르도 교회 쪽으로 가까이 갔다. 거기에 모두에게 고함을 지르게 한 것이 있었다. 교회 울타리에 기대어 세워 놓은 것이 희미하게 그의 눈에 띄었다. 삐에르는 자기보다 더 잘 본 동료들의 말을 듣고 그것이 인간의 시체이며, 울타리에 세워져 있고 얼굴에 검정이 묻어 있다는 것을 알았다.

"걸어, 걸어! 빌어먹을 자식! 서둘러…… 이 자식들아! ……" 호송병들의 욕지거리가 들렸다. 프랑스 병들은 새삼 격분하며 시체를 보고 있는 포로들을 단검으로 쫓아버렸다.

14

하모브니끼의 골목길을 포로들은 호송병의 호송을 받으며, 호위병의 짐을 싣고 뒤에서 오는 크고 작은 짐마차와 함께 단독으로 나아가고 있었다. 그러나 군용 식료품점이 있는 곳까지 오자 개인 짐마차와 뒤섞여 빈틈없이 움직이고 있는 커다란 포병의 마차 대열 한가운데에 끼고 말았다.

다리 바로 옆에서 모두 서서 앞에 가는 사람들이 나아가는 것을 기다렸다. 다리에서 포로들은 앞뒤로 움직이고 있는 다른 마차대의 끝없는 대열을 볼 수 있었다. 오른쪽의 깔루가 가도가 네스꾸시노에 시(市)의 옆을 구부러져 멀리 뻗어 있는 근처에는 부대와 짐마차의 끝없는 대열이 있었다. 그것은 맨 먼저 출발한 보가르네(_{리히텐베르크 공.}
_{나폴레옹의 의붓아들})의 군단이었다. 그 뒤쪽에는 강변길에서 까멘느이 다리를 지나 네이의 부대와 마차대가 뻗어 있었다.

포로들이 속해 있는 다부의 부대는 끄르임스끼 브로드를 넘어서 일부는 이미 깔루가 가도에 들어서고 있었다. 그러나 마차의 열은 상당히 길게 뻗어

서, 보가르네 군단의 마지막 마차대가 아직 모스크바에서 깔루가 가도에 다
나서기도 전에 네이 부대의 선두는 이미 보리샤야 오르드인까 거리에서 빠
져나오고 있었다.

끄르임스끼 브로드를 지나고 나자 포로들은 몇 걸음 걷고는 멈추어 섰다
가 또 나아갔다. 그리고 사방으로부터 마차와 사람들이 더욱더 밀려들었다.
한 시간 이상 걸려서 다리에서 깔루가 거리까지 수백 보를 걸어, 강 건너 몇
몇 거리가 깔루가 거리와 연결되어 있는 광장까지 이르자 포로들은 한 덩어
리가 되어 걸음을 멈추고 두서너 시간 그 교차점에 서 있었다. 사방에서 파
도 소리와 같은 끊임없는 바퀴 소리와 발소리, 화난 소리와 욕지거리가 들려
왔다. 삐에르는 불에 그슬린 집 벽에 밀려 선 채 자기 머릿속에서 북소리와
함께 융합된 그 소리를 듣고 있었다.

장교 포로 몇 사람이 더 잘 보려고 삐에르가 서 있는 옆의 타다 남은 집의
벽으로 기어 올라갔다.

"굉장한 사람들이군! 굉장해! …… 대포 위까지 올라가 있어! 저기 봐,
모피다…….” 그들은 말했다. "어때, 지독한 녀석이군, 훔쳤어…… 저 뒤의
짐마차 위에 있는 녀석…… 저건 성상(聖像)에서 벗긴 것이 틀림없어! 저
놈은 틀림없이 독일 놈이야. 러시아 녀석들도 있어, 틀림없다…… 아, 지독
한 놈들이다! …… 잔뜩 싣고 간신히 움직이고 있어! 어이가 없는 녀석들이
군. 마차도 훔쳤을 거야. 봐, 수납 상자 위에 앉아 있어. 어떻게 된 일이야
…… 싸움을 시작했어!”

"그렇다, 상판을 한 대 갈겨 줘, 상판을! 이러다간 밤까지 기다려도 소용
없겠다. 봐…… 저건 틀림없이 나폴레옹이다. 보이지? 대단한 말이다! 머
리글자에 왕관이 붙어 있다. 저것은 조립식 주택이다. 자루를 떨어뜨린 것도
모르고 있어. 또 싸움이다…… 갓난애를 안은 여자가 있다. 밉상은 아니군.
그래, 너 같으면 통과시켜 줄 거야…… 봐, 끝이 없어. 러시아의 아가씨도
있다. 정말이야, 아가씨다! 포장마차를 편안하게 타고 가잖아!”

일동의 호기심의 물결은 하모브니끼의 교회 부근 때와 같이, 다시금 모든
포로들을 길 쪽으로 몰려들게 했다. 삐에르는 키가 큰 탓으로 다른 사람들의
머리 너머로, 포로들의 호기심을 이토록 집중시킨 대상을 볼 수 있었다. 탄
약 상자 사이에 끼어든 석 대의 포장마차에 서로 겹치듯이 빡빡하게 올라탄,

화려한 색깔의 옷을 입고 새빨갛게 연지를 칠한 여자들이 무엇인가 날카로운 목소리로 외치면서 지나가고 있었다.

불가사의한 힘이 나타난 것을 의식했을 때부터 삐에르는 장난삼아 그을음이 잔뜩 칠해진 시체도, 어디론지 서두르고 있는 이 여자들도, 모스크바의 탄 자리도 무엇 하나 기이하다거나 무섭게 여겨지지가 않았다. 지금 삐에르의 눈에 보이는 모든 것은 그에게는 거의 아무 인상도 주지 않았다. 마치 그의 마음은 고통스러운 투쟁을 준비하고 있고, 그러한 마음을 약화시킬 염려가 있는 인상을 받아들이지 않으려 하는 것 같았다.

여자들 마차의 열은 지나갔다. 그 뒤를 이어 다시 짐마차, 병사, 왜건형 짐마차, 나무껍질로 만든 비 가리개가 달린 짐마차, 유개마차, 병사, 탄약 상자, 병사 그리고 이따금 여자들이 이어졌다.

삐에르는 인간을 분리해서 보지 않고 그 움직임을 보고 있었다.

이 모든 사람과 말들은 무엇인가 눈에 보이지 않는 힘에 의해 쫓기고 있는 것 같았다. 그것은 모두, 삐에르가 관찰하고 있던 1시간 동안, 될 수 있는 대로 빨리 지나가고 싶다는 소원을 가지고 여기저기의 거리에서 흘러나왔다. 그들은 누구나 마찬가지로 서로 부딪히면서 화를 내고 싸움을 시작하는 것이었다. 하얀 이를 드러내고 잔뜩 눈썹을 찌푸리며 서로 욕지거리를 주고받았다. 그리고 어느 얼굴이나 아침 일찍 북이 울리고 있었을 때 삐에르가 하사의 얼굴에서 보고 깜짝 놀랐던 것과 똑같은 저 위세 좋고 단호한, 그러나 잔인하리만큼 냉정한 표정이 감돌고 있었다.

이미 저녁때가 다 되어서 호위대장은 자기 부대를 집합시켜, 소리치고 언쟁을 하면서 마차의 열 속으로 끼어들었다. 그리고 포로들은 사방에서 둘러싸인 채 깔루가 가도로 나갔다.

그들은 휴식도 하지 않고 빨리 행진하여 해가 질 무렵에 비로소 정지했다. 마차대는 꼬리를 물고 밀려와서, 사람들은 야영 채비를 시작했다. 모두들 화가 나고 불만스럽게 보였다. 오랫동안 여기저기에서 욕지거리와 증오에 찬 외침 소리와 다투는 소리가 들려오고 있었다. 호위대의 뒤를 따라오던 유개마차가 호송대의 짐마차와 충돌하여 끌채에 구멍을 냈다. 병사 수 명이 사방에서 짐마차로 모여들었다. 어떤 사람은 유개마차에 매어 있는 말을 옆으로 끌고 가서 머리를 때리고, 다른 사람들은 서로 싸움을 시작하였다. 삐에르는 한 독일 사람이 단검으로 얻어맞고 머리에 심한 부상을 당한 것을 보았다.

이 사람들은 모두 쌀쌀한 가을 저녁때에 들 한복판에서 정지한 지금, 출발할 때에 모든 사람을 사로잡았던 어딘가로 서둘러 가려고 하는 기분, 오직 어딘가를 목표 삼고 가는 움직임으로부터 눈을 뜨고 불쾌한 감정을 느끼고 있는 것 같았다. 정지해 보니 어디로 가는지 아직도 모르고 있다는 것, 이 행군에는 앞으로 많은 고생과 괴로움이 있다는 것을 모두가 깨달은 것 같았다.

이 휴식 때 호송병들은 포로에 대해서 출발했을 때보다 더 심한 태도를 취했다. 이 휴식 때 비로소 포로들의 고기 요리가 말고기로 바뀌었다.

장교로부터 최하위 병사에 이르기까지 갑자기 이제까지의 우호적인 태도 대신에 포로 전원에 대한 개인적인 미움과 같은 것을 엿볼 수가 있었다.

포로의 인원 점호 때 모스크바를 출발할 때의 혼잡에 틈타서 한 러시아 병이 복통을 가장하고 탈주했다는 것이 밝혀지자, 이 미움은 한층 강해졌다. 삐에르는 러시아 병이 길에서 멀리 떨어졌다고 프랑스 병으로부터 얻어맞는 것을 보았고, 자기 친구인 대위가 러시아 병 탈주의 건으로 하사관을 야단치면서 군법회의에 회부하겠다고 위협하는 것을 들었다. 그 병사는 병 때문에 걷지 못했다고 말하는 하사관의 변명에 대해서 장교는, 낙오하는 자는 사살하라는 명령이 내려져 있다고 말했다. 삐에르는 처형 때 자기를 압도하였으나 포로로 있는 동안에는 알아채지 못했던 저 파멸적인 힘이, 지금 또 자기의 존재를 사로잡고 있다는 것을 느꼈다. 그는 무서웠다. 그러나 파멸적인 힘이 그를 짓누르려고 강하게 나올수록 자기 마음 속에 그것에 지배되지 않은 생명력이 높아지고 강해지는 것을 느끼고 있었다.

삐에르는 말고기가 들어간 호밀가루 수프로 저녁식사를 들고 나서 잠시 동안 동료들과 이야기를 했다.

그 누구도 모스크바에서 본 일도, 프랑스 병의 난폭한 태도도, 그들 일동에게 발표된 사살 명령 같은 것도 화제로 삼지 않았다. 모두가 마치 나쁘게 되어가는 상태에 반발하는 것처럼 새삼 기운차고 명랑했다. 개인적인 추억이나 행군 도중에 목격한 광경들을 이야기하고 현재 상태에 관한 이야기는 묵살하고 있었다.

해는 얼마 전에 지고 없었다. 밝은 별들이 하늘 여기저기서 반짝이기 시작하였다. 떠오르기 시작한 보름달의 빨간, 화재와 같은 빛이 하늘 끝에 퍼져, 거대한 빨간 공이 엷은 회색빛의 아지랑이 속에서 불가사의하게 흔들리고 있었다. 하늘이 점점 밝아졌다. 초저녁은 이미 지났지만 밤은 아직 시작되지 않았다. 삐에르는 일어나서 새 동료들로부터 떨어져 모닥불 사이를 지나서 길 반대쪽으로 갔다. 거기에 포로 병사들이 야영을 하고 있다고 들은 것이다. 그는 병사들과 이야기를 하고 싶었다. 그러나 도로에서 프랑스 병이 그를 불러세우고 돌아가라고 명령했다.

삐에르는 돌아오기는 했지만 동료들이 있는 모닥불 쪽이 아니라 곁에 아무도 없는, 말을 풀어 놓은 짐마차 쪽으로 갔다. 발을 쭈그리고 고개를 떨어뜨리고 짐마차의 차바퀴 옆의 차가운 땅바닥에 앉아서 깊은 생각에 잠긴 채 오랫동안 꼼짝도 하지 않았다. 한 시간 이상이 지나갔다. 아무도 삐에르를 방해하지 않았다. 별안간 그는 타고난 굵직하고 호인 같은 웃음소리로 크게 웃기 시작하였다. 그것이 너무 커서, 사방에서 사람들이 이상하다는 듯이 돌아보고, 이 괴상한, 분명히 상대가 없이 혼자 웃고 있는 그의 모습을 보았다.

"핫, 핫, 핫!" 삐에르는 웃었다. 그리고 소리를 내서 혼잣말을 했다. "병사는 나를 지나가게 하지 않았다. 나를 붙잡았다. 나를 가두었다. 그리고 나를 포로로 했어. 나란 도대체 누구인가? 나를? 이 나를—나의 불멸의 넋을! 핫, 핫, 핫! 핫, 핫, 핫!" 그는 눈에 눈물이 스며 나오도록 웃었다.

누군가 일어나서 이 괴상한, 몸집이 큰 사나이가 혼자 무엇을 웃고 있는지 보려고 다가왔다. 삐에르는 웃음을 거두고 일어나서, 이 호기심이 강한 사나이로부터 될 수 있는 대로 멀리 떨어져서 자기 주위를 둘러보았다.

그때까지 모닥불이 튀는 소리와 사람들의 이야기 소리로 소란했던 끝없이 광대한 야영지도 차차 조용해졌다. 모닥불의 빨간 불도 꺼지고 어두워졌다. 밝은 하늘에 보름달이 높이 떠 있었다. 지금까지 야영지 외에는 보이지 않았던 숲과 들이 지금은 멀리 펼쳐졌다. 그 숲과 들 저 멀리, 밝고 끝없이 흔들거리면서 자기를 부르고 있는 끝없는 머나먼 저편이 내다보였다. 삐에르는 하늘을 보고, 깜빡이며 멀어져 가는 별들의 안쪽을 바라보았다. '이 모든 것은 내 것이고, 이 모든 것이 내 안에 있고 이 모든 것이 나인 것이다.' 삐에르는 생각했다. '그리고 이 모든 것을 놈들은 잡아서 판자를 두른 가건물 속에 넣은 것이다.' 그는 빙그레 미소 짓고 잠들기 위해서 동료들 쪽으로 갔다.

15

10월 초순, 꾸뚜조프에게로 나폴레옹의 편지와 강화의 제안을 가지고 또 군사가 왔다. 거기에는 속여서 모스크바라고 적혀 있었으나 실은 나폴레옹은 꾸뚜조프로부터 얼마 떨어지지 않은 전방, 구(舊) 깔루가 가도에 있었다. 꾸뚜조프는 이 편지에 대해서, 로리스똔이 가져온 최초의 편지 때와 같은 대답을 했다. 강화 같은 것은 당치도 않은 일이라고 말했던 것이다.

그 후 얼마 안 있다가 따루찌노의 서쪽을 움직이고 있던 돌로호프의 유격대로부터, 포민스꼬에 몇 개 부대가 나타났다, 그 부대는 브루셰의 여단으로 구성되어 있으며, 이 여단은 다른 부대에서 떨어져 있기 때문에 간단히 격멸할 수 있다는 보고가 왔다. 병사와 장교들은 또다시 행동을 요구하고 있었다. 따루찌노 부근의 요새의 기억으로 사기가 왕성했던 사령부의 장군들은 꾸뚜조프에게 돌로호프의 진언을 실행에 옮기도록 강하게 요구하였다. 꾸뚜조프는 공격은 일체 필요 없다고 생각하고 있었다. 결과는 중간적인 것으로, 즉 당연히 되어야 할 것으로 낙착되었다. 브루셰 공격의 임무를 띤 소부대가 포민스꼬에로 파견된 것이다.

기묘한 인연으로, 이 가장 곤란하고 가장 중요하다는 것이 후에 판명된 임무를 맡은 것은 도프뚜로프였다. 극히 조심스럽고 몸집이 작은 도프뚜로프 작전 계획을 세우거나 연대의 선두에 서서 돌격하거나, 혹은 포대에 십자훈장을 내던지기도 하는 모습을 누군가가 그린 적도 없고, 결단력과 통찰력이 결여되어 있다는 말을 듣고 있었다. 그러나 아우스터리츠에서 1813년에 이르는 러시아군과 프랑스군의 모든 전쟁 기간을 통해서, 상황이 곤란한 곳에서 으레 가장 중요한 지휘를 맡고 있던 사람은 바로 도프뚜로프였다. 아우스터리츠에서 모두가 도망가고 괴멸하고 후위에 한 사람의 장교도 없었을 때, 그는 최후까지 아우게스트의 둑에 남아 군을 집결하여 구할 수 있는 것은 모두 구하려고 하였다. 그는 병으로 고열이 있었음에도 불구하고 나폴레옹군에 대항해서 스몰렌스크를 지키기 위해 2만의 군을 거느리고 이 도시를 향하여 갔다. 스몰렌스크에서 그는 열의 발작으로 잠이 들려고 하였으나 시내 포격의 소리로 눈을 뜨고, 꼬박 하루 동안 스몰렌스크를 지탱했다. 보로지노 전투의 날 바그라찌온이 전사하고, 아군의 좌익이 10명에 9명의 비율로 죽고 프랑스 포병대의 전력(全力)이 이곳에 집중되었을 때, 여기로 파견된 것은 다름 아닌 바로 이 우유부단하고 통찰력이 없는 도프뚜로프였으며, 꾸뚜조프도 다른 사람을 그곳으로 파견하려다가 급히 자기의 잘못을 시정한 것이다. 그리하여 몸집이 작고 얌전한 도프뚜로프가 그곳으로 가서, 보로지노는 러시아군 최대의 영광이 되었다. 더욱이 많은 영웅이 시나 산문으로 묘사되었지만 도프뚜로프에 관해서는 거의 한 마디도 기술되어 있지 않다.

또다시 그 도프뚜로프가 포민스꼬에로 파견되어 거기에서 다시 말로야로슬라베쯔로 보내어진다. 거기는 프랑스군과의 마지막 전투가 있었던 곳이고, 분명히 거기에서 프랑스군의 파멸이 시작되었다. 이 전투 때 또다시 많은 천재나 영웅이 묘사되었는데, 도프뚜로프에 관해서는 한 마디도 언급하고 있지 않고, 언급하더라도 극히 적거나 그렇지 않으면 회의적으로 기술되어 있을 뿐이다. 그러나 도프뚜로프에 관한 이와 같은 묵살이야말로 무엇보다도 그의 진가를 입증하는 것이다.

기계의 움직임을 이해하지 못하는 사람이 그 움직임을 보고, 그 기계의 가장 중요한 부품은 우연히 그 속에 들어가서 움직임을 방해하면서 이리저리 굴러다니고 있는 나무 부스러기라고 생각하는 것은 자연스러운 일이다. 기계의 구조를 모르는 사람들은 이 움직임을 해치고 방해를 하는 나무 부스러기가 아니라, 소리도 없이 돌고 있는 조그마한 톱니바퀴야말로 기계의 가장 본질적인 부분의 하나임을 이해하지 못한다.

10월 10일, 도프뚜로프는 포민스꼬에까지의 길을 반쯤 통과하여, 부여된 명령을 정확하게 실행할 채비를 갖추면서 아리스또보 마을에 정지했다. 바로 그날, 프랑스의 전 군대는 단말마의 몸부림을 치면서 뮤러의 진지에 이르러, 전투를 개시할 듯한 느낌으로 갑자기 아무런 이유도 없이 서쪽으로 방향을 돌려 신(新) 깔루가 가도로 나오자, 그때까지 브루셰밖에 없었던 포민스꼬에 마을로 들어가기 시작했다. 도프뚜로프의 지휘 아래에는 이때 돌로호프 외에 피그네르와 쎄슬라빈의 두 작은 지대가 있을 뿐이었다.

10월 11일 밤, 쎄슬라빈은 포로로 잡은 프랑스 근위병을 데리고 아리스또보 마을에 있는 사령부로 왔다. 포로의 말에 의하면, 오늘 포민스꼬에로 들어온 군은 대군(大軍) 전체의 전위이며 나폴레옹도 그 중에 있고, 전군은 모스크바를 떠난 지 5일째가 되었다는 것이다. 같은 날 밤, 보로프스크로부터 온 하인 같은 사나이도 굉장한 대군이 도시에 들어가는 것을 보았다고 말했다. 돌로호프 지대의 까자크들도 보로프스크를 향하여 가도를 진군해 가는 프랑스 근위대를 보았다고 보고했다. 이와 같은 모든 정보로부터 명백해진 것은, 지금까지 1개 여단밖에 없다고 생각하고 있던 곳에 지금은 모스크바로부터 의외의 방향으로, 구(舊) 깔루가 가도를 지나온 프랑스의 전군이 있다는 것이었다. 도프뚜로프는 지금 자기의 임무가 어디 있는지 뚜렷이 몰랐기 때문에 모든 계획을 세울 수가 없었다. 그는 포민스꼬에 공격 명령을 받고 있었다. 그러나 전에는 브루셰 한 사람밖에 없었지만 지금은 프랑스의 전군이 그곳에 있었다. 에르몰로프는 독자적인 판단으로 행동하려고 생각했지만 도프뚜로프는 공작 각하로부터 명령을 받아야 한다고 주장하였다. 결국 사령부에 보고하기로 결정했다.

이 때문에 분별 있는 장교인 볼르호비쩨노프가 선출되었다. 그는 서면보고 이외에 구두로 모든 상황을 이야기하지 않으면 안되었다. 밤 11시가 지나서 볼르호비쩨노프는 보고서와 구두 명령을 받자, 까자크 병 한 명과 예비 말 몇 마리를 데리고 총사령부를 향해 말을 달렸다.

16

그날 밤은 어둡고 따뜻한 가을밤이었다. 가랑비가 나흘 동안이나 계속 내리고 있었다. 도중에서 말을 두 번 갈아타고 질퍽거리는 진창길을, 한 시간 반 만에 30km나 달리고 나서, 밤 1시가 지나 볼르호비쩨노프는 레따셰프까 마을에 도착했다. 농가의 나뭇가지로 엮어 만든 울타리 위에 '총사령부'라는 표지가 걸려 있었다. 그는 말에서 내려 어두운 현관으로 들어섰다.

"당직 장군을 곧 불러 주시오! 몹시 중대한 용건이오!" 그는, 현관의 어둠 속에서 일어나서 코를 훌쩍거리고 있는 그 누군가에게 말했다.

"저녁때부터 몹시 몸이 불편하십니다. 이미 사흘 밤이나 주무시지 못하셔서." 종졸 같은 사나이의 음성이 감싸듯 말했다. "우선 대위님을 일어나게 하시면 어떨까요?"

"도프뚜로프 장군으로부터 중대한 용건이오." 더듬으며 열려 있는 문으로 들어가면서 볼르호비쩨노프는 말했다. 종졸은 앞장서서 들어가서 누군가를 깨웠다.

"장교님, 장교님, 급사(急使)입니다."

"뭐야? 누구한테서 온 거야?" 잠이 덜 깬 누군가의 목소리가 말하였다.

"도프뚜로프와 에르몰로프로부터입니다. 나폴레옹이 포민스꼬에 있습니다." 볼르호비찌노프는 자기에게 묻고 있는 사람이 누군지 어두워서 잘 보이지 않았으나 소리로 보아 꼬노비니쯴은 아닌 것 같다고 생각하면서 말했다.

잠에서 깨어난 사나이는 하품을 하고 기지개를 켰다.

"장군님을 깨우고 싶지는 않은데요." 그는 무엇을 더듬으면서 말했다. "몹시 몸이 불편하십니다. 어쩌면 아무 일도 아닌 소문일지도 모르죠."

"이것이 보고서입니다." 볼르호비찌노프는 말했다. "곧 당직 장군에게 건네주라는 명령을 받았습니다."

"잠깐만…… 불을 켜겠습니다. 대체 너는 항상 어디다 두는 거야, 망할 자식!" 기지개를 켠 사나이가 종졸에게 말했다. 그것은 꼬노비니쯴의 부관 시체르비닌이었다. "있다, 여기 있어." 그는 덧붙여 말했다.

종졸은 부싯돌을 쳤다. 시체르비닌은 촛대를 더듬어 찾았다.

"제기랄, 형편없는 녀석들이다." 그는 내뱉듯이 말했다.

불꽃의 빛으로 볼르호비찌노프는 양초를 손에 든 시체르비닌의 젊은 얼굴과, 앞쪽 한 구석에서 아직도 자고 있는 사람을 보았다. 꼬노비니쯴이었다.

유황을 바른 나무가 부싯깃에 닿아 처음은 파랗다가 차차 빨간 불꽃이 되어 타기 시작하자 시체르비닌은 초에 불을 붙이고 사자를 흘끗 보았다. 촛대에서 초를 갉아먹고 있던 바퀴벌레가 달아났다. 볼르호비찌노프는 온몸이 흙투성이였는데 소매로 얼굴을 문질러서 얼굴까지 흙투성이로 만들고 있었다.

"누구의 보고입니까?" 시체르비닌은 봉투를 받아들고 말했다.

"확실한 정보입니다." 볼르호비찌노프가 말했다. "포로도, 까자크도, 척후(斥候)도 이구동성으로 똑같은 보고를 하고 있습니다."

"할 수 없군, 깨워야지." 시체르비닌은 일어나서 나이트캡을 쓰고 외투를 두른 사람 쪽으로 다가서면서 말했다. "장군님!" 그는 말했다. 꼬노비니쯴은 꼼짝도 하지 않았다. "총사령부에서 부르십니다." 그는 이렇게 말하면 틀림없이 상대방을 일어나게 할 수 있다는 것을 알고 있었기 때문에 비시시 웃으면서 말했다. 그러자 나이트캡을 쓴 머리가 이내 일어났다. 열 때문에 볼이 달아 오른 꼬노비니쩐의 늠름한 얼굴에는 잠시 현실에서 멀리 떨어진 꿈 같은 환상의 표정이 남아 있었지만 이윽고 표정이 달라졌다. 그의 얼굴은 여느 때의 온화하고 늠름한 표정을 띠었다.

"뭐야? 누구한테서 온 사람이야?" 그는 불빛에 눈을 깜빡이면서 당황하지 않고 물었다. 장교의 보고를 들으면서 꼬노비니쩐은 봉투를 뜯어 읽었다. 다 읽자마자 털양말을 신은 다리를 토방에 내려놓고 구두를 신었다. 그리고 나이트캡을 벗고 살짝 머리를 쓰다듬고는 군모를 썼다.

"급히 달려왔나 보군. 공작 각하에게로 가세."

꼬노비니쩐은 가져온 정보가 몹시 중요하며 잠시도 지체할 수 없음을 곧 알아챘다. 이 보고가 좋은 것인지 나쁜 것인지 그는 생각하지도 않고 스스로 물어보지도 않았다. 그런 것에는 흥미가 없었다. 그는 전쟁의 상황 전체를 머리나 이치가 아니라 무엇인가 다른 것으로 바라보고 있었다. 그의 마음 속에는 모든 것이 잘 되어갈 것이라는, 말로는 하지 않지만 깊은 확신이 있었다. 그러나 그것을 믿어서는 안 되었고, 하물며 그것을 말해서도 안 되었다. 다만 자기가 해야 할 일을 할 필요가 있을 뿐이었다. 그래서 그는 자기가 해야 할 일을 전력을 다해서 한 것이었다.

꼬노비니쩐은 도프뚜로프와 마찬가지로 이른바 1812년 전쟁의 영웅—바르끌라이, 라에프스끼, 에르몰로프, 쁠라또프, 밀로라도비치 등과 같은 사람들의 명부에 명목상으로 이름을 같이 하고 있는 데 지나지 않았다. 그도 또한 능력이나 지식이 극히 한정된 인물이라는 평판을 받았고, 한 번도 전투 계획을 세워 본 일은 없었지만 항상 위급한 장소에 있었다. 그는 당직 장군으로 임명된 이래 항상 문을 열어놓고 잤고 사자(使者)가 올 때마다 깨우라고 말해 놓고 있었다. 전투 때에는 언제나 포화 밑에 있었기 때문에 꾸뚜조프는 그러한 점을 꾸짖고 그를 파견하는 것을 싫어할 정도였다. 그리고 도프뚜로프와 마찬가지로 덜거덕거리지도 않고 잡음도 내지 않고 기계의 가장 중요한 부분이 되어 있는, 눈에 띄지 않는 톱니바퀴의 하나였던 것이다.

농가에서 어둡고 축축한 밤 속으로 나가면서 꼬노비니쩐은 얼굴을 찌푸렸다. 그것은 심해진 두통 탓도 있었지만, 이 소식을 들으면 사령부 실력자들의 소굴이, 특히 따루찌노전 이래 꾸뚜조프와 모가 나 있는 베니그쎈이 이번에는 어떻게 떠들어댈 것인가, 어떻게 제안과 논의와 명령과 중지가 이루어 질 것인가 하는 생각이 머리에 떠올랐기 때문이었다. 그리고 물론 그렇게 되지 않을 수 없으리라는 것을 알고 있었지만 역시 이 예감은 그에게는 불쾌했다.

과연 그의 생각대로, 똘리에게 가서 이 새 정보를 전하자 똘리는 자기와 같이 살고 있는 장군에게 자기 생각을 곧 말하기 시작했다. 말없이 피곤한 듯이 듣고 있던 꼬노비니찐은 그에게 공작 각하에게로 가지 않으면 안 된다고 주의를 주어야 했다.

17

노인이 늘 그러하듯이 꾸뚜조프는 밤에 잠을 이루지 못했다. 그런 탓으로 낮에 갑자기 조는 일이 자주 있었다. 그러나 밤에는 옷도 벗지 않고 침대에 누운 채 대개는 자지 않고 생각에 잠기곤 했다.

지금도 역시 그는 자기 침대에 누워 두툼한 손으로 얼굴을 받치고 눈을 뜨고 어둠을 바라보면서 생각에 잠겨 있었다.

황제와 서신을 교환하고 있고 사령부 안에서 누구보다도 세력을 가지고 있는 베니그쎈이 자기를 피하게 된 이래, 꾸뚜조프는 쓸데없는 공격에 자기와 군이 다시 참가해야 하는 것은 아닐까 하는 염려에 관해서는 전보다 안심을 할 수가 있었다. 꾸뚜조프에게 있어서는 고통스러운 추억이기도 한 따루 찌노 전투와 그 전날 밤의 교훈이 역시 영향을 줄 것이라고 그는 생각하고 있었다.

'공격을 하면 우리는 질 뿐이라는 것쯤은 그들은 깨달아야 한다. 인내와 시간, 이것이 내가 믿고 있는 용사다.' 꾸뚜조프는 생각했다. 사과는 아직 파랄 때 따서는 안 된다는 것을 그는 알고 있었다. 사과는 익으면 저절로 떨어지는데, 파랄 때 따면 사과도 나무도 상하게 되고, 먹어도 이가 시릴 뿐이다. 그는 노련한 사냥꾼처럼 짐승이 부상당했다는 것, 러시아가 전력을 다하여 상처를 입히고 있다는 것을 알고 있었다. 그러나 치명상인지 아닌지는 아직 분명치 않은 문제였다. 지금은 로리스똔과 베르젤레미(나폴레용의 사자)가 파견되어 왔다는 점이나, 유격대의 보고에 의해서 꾸뚜조프는 적이 치명상을 받고 있다는 것은 거의 알고 있었다. 그러나 아직은 확증이 더 필요했다. 기다려야만 했다.

 '그들은 자기들이 죽인 짐승을 달려가서 보고 싶어하고 있다. 기다려라, 곧 알게 될 것이다. 그런데 항상 행동, 항상 공격 타령이다!' 그는 생각했다. '무슨 소용이 있다는 건가, 항상 눈에 띌 생각만 하다니. 마치 싸우는 데에 무엇인가 즐거운 일이 있는 것 같다. 그들은 마치 어린이 같아서 도대체 어떻게 되었는지 조리 있게 말하지도 못한다. 모두 자기는 싸움을 잘한다는 것을 보이려고 하기 때문이다. 그러나 지금은 그것이 문제가 아니다.'

 '그들은 모두 면밀한, 훌륭한 작전을 제안한다! 그들은 두서너 가지 가능성을 생각해 내면(그는 뻬쩨르부르그에서 보내온 종합 계획을 상기했다), 그것으로 모든 가능성을 생각한 것처럼 여긴다. 그러나 가능성은 무수히 있는 법이다.'

 보로지노에서 입힌 상처가 과연 치명적이었느냐 아니냐 하는 미해결의 의문은 이미 한 달 동안이나 꾸뚜조프의 머리를 차지하고 있었다. 한편에서는 프랑스군은 모스크바를 점령하였다. 그 반면 꾸뚜조프는 자기와 모든 러시아 사람이 힘을 합하여 전력을 다했던 그 무서운 일격은 틀림없이 치명적이었다는 것을 확신하고 있었다. 그러나 증거가 필요했다. 그래서 그는 이미 한 달 동안 그것을 기다리고 있었다. 그리고 시간이 지나면 지날수록 그는 점점 참을 수가 없게 되었다. 잠이 오지 않는 밤, 자리에 누워서 그는 젊은 장군들이 하고 있는 일, 다름 아닌 그가 젊은 장군들을 비난하고 있었던 것과 같은 일을 하고 있었다. 그는 확실한, 이미 이루어져 버린 나폴레옹의 파멸을 나타내는 모든 가능성을 생각해내려고 하였다. 그는 젊은 친구들과 마찬가지로 그 가능성을 생각해내려 하고 있었는데, 다만 다른 점은 그는 예상 위에 아무것도 세우려고 하지 않았고, 또 그 가능성을 둘이나 셋이 아니라 무수히 보고 있었던 것이다. 그가 생각하면 할수록 그 가능성은 더욱더 많이 나타났다. 그는 나폴레옹군의 전체 또는 그 일부가 뻬쩨르부르그에 접근하고, 노리고, 우회하는 모든 종류의 움직임을 생각하였다. 나폴레옹이 자기와 같은 무기로 자기와 싸울 가능성, 즉 자기를 기다리고 모스크바에 남아 있을 가능성도 생각하였다(그는 이것을 가장 두려워하고 있었다). 꾸뚜조프는 나폴레옹군이 메드이니와 유흐노프로 후퇴하는 움직임도 생각하였다. 그러나 그가 예견할 수 없었던 단 한 가지 일, 그것은 실제로 생긴 일, 즉 모스크바를 나온 후 처음 11일 동안의 나폴레옹군의 미친 듯한, 단말마의 몸부림— 이것이야말로 당시의 꾸뚜조프로서는 생각하지도 않았던 프랑스군의 괴멸을 가능하게 했던 것이다. 브루셰 사단에 관한 돌로호프의 보고, 나폴레옹군의 참상에 대한 유격대로부터의 정보, 모스크바로부터의 철퇴 준비의 소문 등, 모두가 프랑스군이 괴멸해서 도망치려 하고 있다는 추측을 뒷받침하고 있었다. 그러나 그것은 한낱 추측에 지나지 않았고, 젊은 사람들에게는 중요하게 생각되었지만 꾸뚜조프에게는 그렇지가 않았다. 그는 60년의 경험으로, 소문에 어느 정도의 무게를 두면 되는지를 알고 있었다. 무엇인가를 바라고 있는 인간은, 바라고 있는 것을 마치 뒷받침이라도 하는 것처럼 모든 정보를 정리하는 경향이 있다는 것을 알고 있었다. 또 그런 경우, 모순되는 것은 모두 자진해서 간과해 버린다는 것도 알고 있었다. 따라서 꾸뚜조프는 그것을 바라면 바랄수록 더욱더 그것을 믿지 않으려고 했다. 이 문제는 그의 온갖 정신력을 사로잡고 있었다. 다른 일은 모두 그에게는 습관적인 삶의 영위(營爲)에 지나지 않았다. 그러한 습관적인 삶의 영위나 삶에의 복종은, 사령부 사람들과의 대화, 따루찌노에서 스탈 부인(프랑스의 문학가. 나폴레옹과 대립 하여 망명. 당시에 러시아에 있었다)에게 적어 보낸 편지, 소설의 애독, 보상의 분배, 뻬쩨르부르그와의 서신 내왕 등이었다. 그러나 그만이 예견하고 있던 프랑스군의 파멸은 그의 마음 속으로부터의 유일한 희망이기도 했다.

11월 1일 밤, 그는 팔꿈치를 괴고 누워서 그 일을 생각하고 있었다.

옆방에서 잠시 움직이는 소리가 나고, 똘리, 꼬노비니찐, 볼르호비찌노프의 발소리가 들렸다.

"이봐, 거기 있는 것은 누구야? 들어와요, 들어와! 무슨 새 소식이라도 있나?" 꾸뚜조프는 소리쳤다.

종복이 촛불을 켜는 동안에 똘리가 정보의 내용을 이야기했다.

"누가 가져왔어?" 촛불이 켜지자 꾸뚜조프는 냉담하리만큼 엄한 얼굴로 똘리를 놀라게 하였다.

"의심할 여지는 없을 것 같습니다, 각하."

"불러 주게, 그 사나이를 이리 불러 주게!"

꾸뚜조프는 한쪽 다리를 침대에서 늘어뜨리고 무릎을 세운 다른 다리에 커다란 배의 무게를 얹고 앉아 있었다. 그는 보이는 한쪽 눈을 가늘게 뜨고 사자를 잘 보려고 하였다. 그것은 마치, 그 사자의 표정에서 자기 마음을 차지하고 있는 것을 알아내려 하고 있는 것 같았다.

"자, 말해 주게, 말해 줘, 여보게." 꾸뚜조프는 펼쳐진 셔츠를 여미면서 노인다운 낮은 음성으로 볼르호비찌노프에게 말하였다. "더 옆으로 오게. 대체 어떤 소식을 가져왔나? 뭐? 나폴레옹이 모스크바에서 철퇴했다고? 그게 정말인가?"

볼르호비찌노프는 명령 받은 대로 모든 것을 처음부터 자세히 보고했다.

"이야기해 주게, 더 빨리 이야기해 주게, 마음을 태우게 하지 말고." 꾸뚜조프는 상대방의 말을 가로챘다.

볼르호비찌노프는 모든 이야기를 하고 나자, 입을 다물고 명령을 기다렸다. 똘리가 무슨 말을 하려고 하자 꾸뚜조프가 가로챘다. 그는 무슨 말을 하려고 했지만 갑자기 얼굴을 찌푸리고 주름투성이가 되었다. 그는 똘리에게 안 된다고 하는 식으로 한 손을 내젓고 반대쪽 농가의 성상을 안치한 한쪽 구석으로 얼굴을 돌렸다.

"주여, 창조주여! 주는 우리의 기도를 들어 주셨나이다……." 그는 두 손을 깍지 끼고 떨리는 목소리로 말했다. "러시아는 구원되었습니다. 주여 감사합니다!" 그리고 그는 울기 시작했다.

18

프랑스군의 모스크바 철퇴 소식부터 전쟁의 종결에 이르기까지 꾸뚜조프의 모든 행동은, 오직 권력, 술책, 요망에 의한 자기 군대의 쓸데없는 공격, 행동, 그리고 파멸해 가는 적과의 충돌을 억제하는 데에 있었다. 도프뚜로프는 말로야로슬라베쯔로 향하지만, 꾸뚜조프는 전군의 출동을 지연시켜 깔루가로 가는 길을 비울 것을 명령한다. 깔루가가 후방까지 철퇴할 가능성이 충분히 있다고 그에게는 여겨졌던 것이다.

꾸뚜조프는 도처에서 퇴각했다. 그러나 적은 그 퇴각을 기다리지 않고 뒤돌아 반대쪽으로 도망갔다.

나폴레옹의 사가(史家)들은 따루찌노와 말로야로슬라베쯔에의 교묘한 이동을 기술하면서, 만일 나폴레옹이 풍요한 남부의 여러 현에 들어갈 수가 있었다면 어떻게 되었을까 하고 추리하고 있다.

그러나 나폴레옹이 이들 풍요한 남부 지방으로 가는 것을 방해하는 것은 아무것도 없었고(러시아군은 그에게 길을 열어 주고 있었던 것이다) 나폴레옹군은 그때 자신의 내부에 이미 피할 수 없는 파멸의 조건을 가지고 있었으므로, 그 어떤 것에 의해서도 구할 수가 없었다는 것을 역사가들은 잊고 있다. 모스크바에서 풍부한 식량을 발견하면서도 그것을 유지하지 못하고 발밑에 짓밟아버린 이 군대가, 또 스몰렌스크에 침입했을 때도 식량을 정리, 분배하지 않고 약탈한 이 군대가, 어찌 깔루가 현에서 대세를 만회할 수 있었으랴!

이 군대는 어디서도 태세를 가다듬을 수가 없었다. 보로지노 전투와 모스크바의 약탈 이래 이 군대는 이미 자기 자신 안에, 말하자면 화학적인 분해 조건을 가지고 있었던 것이다.

한때 군대이기는 했던 이 사람들은 지휘관과 함께 자기들 자신도 어디로 가고 있는지도 모르고(나폴레옹과 모든 병사들은) 단 한 가지 일만을, 즉 막연하기는 했지만 그들 모두가 의식하고 있던 절망적인 상황에서 될 수 있는 대로 빨리 빠져나가는 것만을 바라고 도망치고 있었던 것이다.

그래서 말로야로슬라베쯔에서의 회의에서 장군들이 온갖 의견을 내서 사뭇 협의를 하는 시늉을 하고 있었을 때, 모두가 생각하고 있던 일, 즉 될 수 있는 대로 빨리 도망가지 않으면 안 된다고 발언한, 병사와 같이 단순 소박한 무똔(프랑스 여단장. 익숙한 길을 지나서 모자이스크에서 니멘으로 퇴각해야 한다고 주장했다)의 마지막 의견이 모두의 입을 틀어막고, 누구 한 사람, 나폴레옹까지도, 모두가 의식하고 있는 이 진리에 대해 한 마디의 반대도 할 수가 없었던 것이다.

그러나 퇴각하지 않으면 안 된다는 것은 누구나 알고 있었지만, 도망가지 않으면 안 된다는 것을 인정하는 창피한 마음은 아직 남아 있었다. 따라서 이 수치심을 이겨낼 수 있는 외면적인 계기가 필요했다. 그리고 그것은 필요할 때 나타났다. 그것은 프랑스인이 말하는 '황제 돌격'이었다.

회의 이튿날 나폴레옹은 아침 일찍 부대와, 이제까지의, 그리고 앞으로의 전장을 시찰하고 싶다는 구실 아래 원수들과 호위대를 거느리고 군 배치선의 중간쯤을 말을 타고 지나가고 있었다. 사냥감 주위를 어슬렁거리고 있던 까자크들이 황제 자신과 부딪혀 하마터면 그를 잡을 뻔했다. 그때 까자크가 나폴레옹을 잡을 수 없었던 것은, 프랑스군을 파멸시키고 있던 것과 같은 것이, 즉 따루찌노에서도 여기서도 인간은 제쳐놓고 까자크들이 덤벼든 전리품이 그를 구했기 때문이었다. 그들은 나폴레옹은 거들떠보지도 않고 전리품에 덤벼들었고, 나폴레옹은 그 틈을 타서 도망가고 만 것이다.

'돈 강의 아이들'이 황제 자신을 자신의 군대 한복판에서 하마터면 붙잡을 뻔 했을 때, 잘 알고 있는 가장 가까운 길을 지나 될 수 있는 대로 빨리 도망가는 일밖에 없다는 것이 분명해졌다. 마흔 살의 사나이답게 배가 나온 나폴레옹은 이미 이전과 같은 민첩함과 용기를 자신 속에서 느끼지는 못하고 있었기 때문에 이 사건이 암시하는 것을 깨달았다. 그리고 까자크한테서 받은 공포에 사로잡혀 곧 무뜬의 의견에 찬성하고, 역사가들이 말하는 스몰렌스크 가도에의 퇴각 명령을 내린 것이다.

나폴레옹이 무뜬에 찬성하여 군이 퇴각을 시작했다는 것은 나폴레옹이 그것을 명령한 것이 아니라, 모자이스크 가도로 향하도록 전군에 작용하고 있었던 힘이 동시에 나폴레옹에게도 작용했다는 것을 말하고 있는 것이다.

19

인간은 운동 속에 있을 때는 항상 그 운동의 목적을 자기를 위해 생각해내려고 한다. 1000km의 길을 걷기 위해서, 인간은 그 1000km 저편에 무엇인가 좋은 것이 있다고 생각하지 않을 수가 없다. 운동하는 힘을 가지기 위해서는 희망의 땅을 그려낼 필요가 있다.

프랑스군이 공격하고 있을 때의 희망의 땅은 모스크바였고 퇴각 때에는 조국이었다. 그러나 조국은 너무나 멀었다. 1000km의 길을 가는 사람은 그 거리가 너무 멀어 아무래도 최종적인 목적을 잊은 채 자기에게 이렇게 타이르지 않으면 안 된다. '오늘 나는 40km를 걸어가면 휴식과 숙박할 수 있는 곳에 도착한다.' 그리고 처음 행정(行程)을 가는 동안에는 이 휴식지가 궁극의 목적지를 가리고, 모든 희망과 기대를 그 자체에 집중시킨다. 각 개인 속에 나타나는 갈망은 항상 군중 속에서는 증폭된다.

구(舊) 스몰렌스크 가도를 퇴각해 가는 프랑스군에게 조국이라는 궁극 목적은 너무나 떨어져 있었기 때문에, 군중 속에서 큰 비율로 증폭되면서 모든 희망과 기대가 가는 가장 가까운 목적지는 스몰렌스크였다. 그러나 스몰렌스크에 풍부한 식량과 새로운 군대가 있다는 것을 모두가 알고 있거나 그러한 말을 들어서가 아니라(오히려 반대로 군의 수뇌와 나폴레옹 자신도 거기에는 식량이 부족하다는 것을 알고 있었다), 그것만이 그들에게 움직이는 힘과 당면한 곤궁을 견디어낼 힘을 주었기 때문이었다. 그들은 아는 사람도 모르는 사람도 다 같이 자신을 속이면서 희망의 땅으로서 스몰렌스크를 향하고 있었다.

큰 가도로 나서자 프랑스군은 놀라운 에너지와 전대미문의 속도로 자신이 생각해 낸 목적지를 향하여 치달았다. 프랑스군의 무리를 하나의 집단으로 결합시키고 그들에게 어떤 종류의 에너지를 주고 있는, 이 전체적인 희구(希求)라고 하는 원인 외에 그들을 결집시키고 있는 또 하나의 원인이 있었다. 그것은 그들의 수(數)였다. 그 거대한 집단 자체가 물리적인 인력의 법칙처럼 인간이라고 하는 개개의 원자를 끌어당기고 있었다. 그들은 하나의 국가처럼 10만의 집단을 이루고 움직이고 있었다.

그들 각자는 단 한 가지 일, 포로가 되어 모든 공포와 불행에서 벗어나는 것을 원하고 있었다. 그러나 한편으로는 스몰렌스크라는 목적지로 향하는 전체적인 힘이 모든 사람을 같은 방향으로 끌고 갔다. 또 한편으로는 한 군단이 한 중대의 포로가 될 수는 없었기 때문에 프랑스군이 각기 서로 떨어져서, 조금이라도 그럴 듯한 구실이 있으면 포로가 되기 위한 모든 기회를 이용하려고 했지만 그 구실은 쉽사리 나타나지 않았다. 프랑스군의 수 그 자체나 밀집된 속도가 빠른 움직임 때문에 그 가능성을 빼앗기고, 프랑스 병 집단의 전체 에너지가 깃들어 있는 그 움직임을 억제하는 일이 러시아군으로서는 곤란했을 뿐만 아니라 불가능하게 되어 있었다. 물리적으로 물체를 세분해도 진행되고 있는 분해의 과정을 일정한 한계를 넘어서 촉진시킬 수는 없었던 것이다.

눈 덩어리를 눈 깜짝할 사이에 녹일 수는 없는 것이다. 일정한 시간의 한도라는 것이 있어서 그 어떤 열의 힘도 그보다 빨리 녹일 수는 없다. 반대로 열을 가하면 가할수록 남은 눈은 더욱 굳어진다.

러시아군 지휘관 중에서 꾸뚜조프를 제외하고는 아무도 이것을 이해하고 있지 않았다. 프랑스군이 스몰렌스크 가도를 따라서 퇴각한다는 방향이 정해졌을 때, 꼬노비니찐이 10월 11일 밤에 예상하고 있던 일이 현실로 되기 시작했다. 군의 수뇌들은 모두 전공을 세우려고 프랑스군을 분단하고, 붙잡아 포로로 하고, 패주시키려고 공격을 요구했다.

　오직 꾸뚜조프 한 사람만이 자기의 온갖 힘을(어떠한 총사령관의 경우도 그러한 힘은 그다지 큰 것은 아니다) 공격을 반대하는 데에 쏟고 있었다.

　그는, 지금 우리가 말하고 있는 것과 같은 것을 모두에게 말할 수는 없었다. 전투를 하고, 도로를 차단하고, 아군의 장병을 잃고, 불행한 사람들을 무자비하게 때려눕힐 까닭이 어디 있는가? 그러한 일이 모두 무슨 소용이 있는가. 전투도 하지 않고 모스크바에서 뱌지마까지의 사이에서 그 군대의 3분의 1이 사라져버렸는데……. 그러한 일은 말할 수가 없었다. 그러나 그는 노인다운 지혜로 모두가 이해할 만한 것을 끌어내서 말하였다. 그는 황금의 다리를 놓아 적을 계속 도망하게 하라고 말한 것이다. 그러자 그들은 그를 비웃기도 하고 중상하기도 하고 피살된 짐승을 찢고 내던져 창피를 주었다.

　뱌지마 부근에서 에르몰로프, 밀로라도비치, 쁠라또프 등은 프랑스군 근처에서 프랑스군의 2개 군단을 차단하여 그들을 패주하게 하고 싶다는 기분을 억제할 수가 없었다. 그들은 자기들의 계획을 알리기 위해, 보고서 대신에 봉투 속에 백지 한 장을 넣어 꾸뚜조프에게 보냈다.

　그리고 꾸뚜조프가 아무리 군대를 제지하려고 하여도 아군은 적의 퇴로를 차단하려고 공격을 가했다. 전하는 말에 의하면, 보병대는 군악을 연주하고 북을 치면서 돌격을 감행하여 수천, 수만의 인명을 죽이거나 잃거나 했다.

　그러나 분단시키려고 해도 결국 한 사람도 분단할 수 없었고 패주시킬 수가 없었다. 그리고 프랑스군은 위험 때문에 더욱 굳게 굳어져 일정한 속도로 녹으면서 여전히 스몰렌스크를 향해 파멸의 길을 계속 걸어가고 있었던 것이다.

나폴레옹군의 퇴각로 1812년 9월~12월

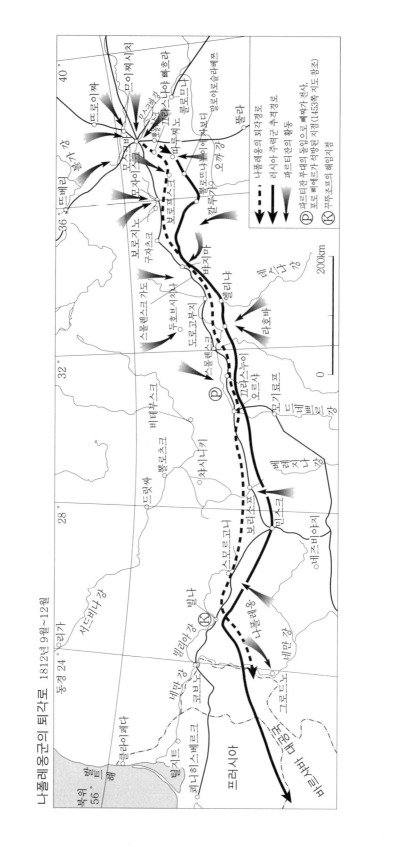

제3부

1

보로지노 전투와 이에 이은 모스크바 점령, 그리고 그 후 아무런 새로운 전투도 없이 이루어진 프랑스군의 퇴각은 역사 중에서 가장 교훈적인 현상의 하나이다.

국가나 국민의 외면적인 행위는 피차간의 충돌이 일어날 경우에 전쟁으로 나타나고, 전쟁의 성과가 크고 작음에 따라 국가나 국민의 정치적인 힘이 증감(增減)된다는 점에서 모든 역사가의 견해는 일치하고 있다.

어떤 왕이나 황제가 다른 왕이나 황제와 싸움을 한 끝에, 군대를 모아 적군과 싸우고 승리를 거두어 3000, 5000, 1만 명의 사람을 죽이고, 그 결과 국가와 수백만의 국민을 복종시켰다고 하는 역사의 서술이 제아무리 기묘하다고 해도, 또 국민 전체 힘의 100분의 1밖에 안 되는 군대가 패배했다고 해서 왜 국민이 복종하지 않으면 안 되는가—하는 것이 아무리 알 수 없는 일이라고 해도, 역사의 사실은 모두(우리가 알고 있는 한) 어떤 국민의 군대에 대한 다른 국민의 군대의 승리의 대소가 국민의 힘의 증감의 원인이거나, 적어도 그 본질적인 징후가 된다는 것을 뒷받침하고 있다. 군대가 승리를 거두면, 곧 이긴 국민의 권리가 패배한 국민을 희생으로 하여 증대하였다. 군이 패배하면 곧 그 패배의 정도에 따라 국민은 권리를 잃고, 자국의 군대가 완전히 패배했을 경우에는 완전히 복종하게 된다.

(역사에 의하면) 고대로부터 현대에 이르기까지 그러했다. 나폴레옹의 전투는 모두 이 법칙을 뒷받침하는 역할을 하고 있다. 오스트리아군의 패배의 정도에 따라서 오스트리아는 그 권리를 잃고, 프랑스의 권리와 힘이 증대한다. 예나와 아우에르슈타트 부근에서의 프랑스군의 승리가 프러시아의 독립국으로서의 존재를 소멸시켜버린다.

그런데 1812년에 갑자기 프랑스군이 모스크바 근교에서 승리를 거두고 모스크바를 점령했는데도, 그 후 새로운 전투가 없는 상태였는데 멸망하게 된 것은 러시아가 아니라 60만의 프랑스군대였고, 더 나아가 나폴레옹의 프랑스제국이었다. 역사의 법칙에 억지로 사건을 발라 맞추어서, 보로지노에서 전장을 유지한 것은 러시아군이고, 모스크바 이후 나폴레옹군을 섬멸시켰다고 말하기란 불가능한 일이다.

프랑스군이 보로지노에서 승리를 거둔 후 전면적인 전투는커녕 전투다운 전투는 한 차례로 없었는데, 프랑스군은 소멸되고 말았던 것이다. 이것은 무엇을 뜻하는가? 가령 이것이 중국 역사의 예라면, 이 현상은 역사적인 것이 아니라고 말할 수가 있을 것이다(무엇인가 자기 기준에 맞지 않은 것이 있을 경우 역사가가 도망가는 상투적인 수단이다). 소수의 군대가 참가한 단기간의 전투라면 그 현상을 예외로 볼 수도 있을 것이다. 그런데 이 사건은 우리 조상들의 눈앞에서 생긴 것으로 우리 조상들의 사활이 걸린 것이었고, 게다가 이 전쟁은 인간들이 알고 있는 모든 전쟁 중에서 최대의 것이었던 것이다.

1812년의 보로지노 전투로부터 프랑스군을 쫓아낼 때까지의 전투가 증명하고 있는 것은, 전투의 승리는 정복의 원인이 아닐 뿐 아니라 정복에 반드시 수반되는 증후도 아니라는 것이며, 또 국민의 운명을 결정하는 힘은 정복자 속에 있는 것도 아니고 군대나 전투 속에 있는 것도 아니며, 무엇인가 별개의 것이라는 것이다.

프랑스의 역사가들은 모스크바로부터 나오기 전의 프랑스군의 상태를 말하면서 이렇게 주장하고 있다. 위대한 군대는 기병, 포병, 마차대를 제외하고는 모두가 정연했지만 소와 말을 먹일 사료가 없었다. 이 불운은 어떻게 구제할 방법이 없었다. 왜냐하면 주변의 농민들은 건초를 모두 태워 버리고 프랑스군에 내주려고 하지 않았기 때문이다.

전투의 승리는 여느 때와 같은 결과를 가져오지 않았다. 프랑스군이 모스크바로 들어온 뒤 짐마차를 끌고 도시를 약탈하러 왔을 때, 개인적으로는 영웅적인 감정을 나타내지 않았던 까르프나 블라스와 같은 수많은 농민들이, 아무리 좋은 값을 준다고 해도 모스크바로 건초를 가지고 오지 않고 태워버렸기 때문이다.

펜싱의 모든 규칙에 따라서 검을 가지고 나타난 두 명의 사나이를 생각해 보자. 펜싱은 상당히 오랫동안 계속되었다. 갑자기 한쪽이 자기가 부상을 당했다는 것을 느끼고, 이것은 장난이 아니라 생명에 관한 일이라고 깨닫고는 검을 버리고 바로 거기 있던 몽둥이를 들어 그것을 휘두르기 시작했다. 그런데 그 검사는 목적을 달성하기 위한 최선의 가장 단순한 방법을 실로 합리적으로 사용하고 있으면서도, 그가 받은 기사도에 대한 교육 때문에 사실을 감추고, 자기는 모든 법칙에 따라서 검으로 이겼다고 주장했다고 가정해 보자. 이런 식으로 이 시합을 서술한다면 어떤 혼란이 생길 것인가를 쉽사리 상상할 수가 있다.

검술의 규칙에 따라서 싸울 것을 요구한 펜싱의 검사(劍士)는 프랑스군이었다. 검을 버리고 몽둥이를 집어든 상대방은 러시아군이었다. 펜싱의 규칙으로 모든 것을 설명하려고 애쓴 사람들은 이 사건에 대해 기술한 역사가들이다.

스몰렌스크의 화재 이래, 종래의 어떠한 전쟁의 전설에도 적용되지 않는 전쟁이 시작되었다. 도시와 마을의 소실, 몇 가지 전투 후의 후퇴, 보로지노에서의 손해, 두 번째의 후퇴, 모스크바의 포기와 화재, 약탈병의 체포, 수송차의 탈취, 유격전 등—이 모든 것은 규칙에서 벗어난 것이었다.

나폴레옹은 그것을 느끼고 있었다. 그래서 그는 검술가의 정규적인 자세로 모스크바에 남아, 상대방이 검 대신에 자기 머리 위에 쳐든 몽둥이를 본 바로 그 순간부터, 꾸뚜조프와 알렉산드르 황제를 향해서 전쟁하는 방법이 규칙에 어긋난다고(마치 사람을 죽이는 데도 무슨 규칙이라도 있는 것처럼) 불평을 계속했다. 지위가 높은 러시아인에게는 몽둥이로 싸운다는 것이 무엇인가 창피한 일로 여겨졌다. 그러나 프랑스 측의 규칙 위반의 불평이 있었는데도 불구하고 제4의 자세나 제3의 자세를 취하기도 하고, 제1의 자세로 보기 좋게 찌르고 싶었는데도 불구하고, 국민 전쟁이라는 몽둥이를 무서운 힘으로 번쩍 들어올려 그 누구의 기호나 법칙에도 아랑곳하지 않고 우둔하리만큼 거칠게, 그러나 목적에 따라서 무조건 내리쳐 침략자 전체가 박멸될 때까지 프랑스군을 후려갈긴 것이다.

1813년의 프랑스군처럼 검술의 모든 법칙에 따라서 인사를 나누고, 칼을 거꾸로 잡고 우아하고 공손한 태도로 관대한 승리자에게 검을 건네주지 않는 국민에게 행복이 있을지어다. 이와 같은 시련 때에 다른 사람들은 어떤 식으로 법칙에 따라 행동했는가는 문제 삼지 않고, 소탈하고 굳은 마음으로 우연히 거기에 있던 몽둥이를 들어올려, 마음 속에서 노여움과 복수심이 멸시와 연민의 마음으로 변할 때까지 몽둥이를 휘두르는 국민에게 행복이 있을지어다.

2

이른바 전쟁 법칙으로부터의 일탈 중에서 가장 분명하고 유리한 것의 하나는, 개개의 인간들이 한 무리로 뭉친 사람들을 향하여 행동하는 일이다. 이와 같은 종류의 행동은 항상 국민적인 성격을 띤 전쟁에서 반드시 나타난다. 이 행동은 집단에 대해서 집단으로 행동하는 대신에, 각자가 뿔뿔이 흩어져 한 사람씩 공격하고, 우세한 군대의 공격을 받으면 곧 달아나고, 다시 기회가 생기면 공격한다. 스페인의 게릴라들이 이런 행동을 하였다. 카프카스의 산지 민족도 이것을 했다. 러시아 사람은 1812년에 이런 방법으로 행동했던 것이다.

이런 종류의 전쟁은 유격전이라고 불리며, 이렇게 부름으로써 그 성격을 명백히 설명한 것처럼 여겨지고 있었다. 그러나 실은 이런 종류의 전쟁은 그 어떤 법칙에도 해당되지 않을 뿐만 아니라, 기성의 완전무결하다고 여겨지는 전술의 법칙에 정면으로 대립한다. 그 법칙에 의하면 공격측은 전투 때 강력해지기 때문에 자군(自軍)을 집중시키지 않으면 안 되는 것이다.

유격전은 (역사가 가리키는 바와 같이 항상 성공하고 있는) 이 법칙에 정면으로 대립한다.

이러한 모순이 생기는 것은 군사학이 군의 힘을 그 수와 동등하게 보고 있기 때문이다. 군사학에 의하면, 군이 크면 클수록 그 힘도 크다. 커다란 군은 항상 도리에 합당한 것이다.

이렇게 주장할 경우, 군사학은 힘을 그 질량과의 관계만으로 고찰하여 질량이 같다, 또 같지 않으니까 그 힘은 같다, 또는 같지 않다고 말하는 역학(力學)과 같은 것이다.

힘(운동량)은 질량과 속도를 서로 곱한 것이다.

전쟁에서 군의 힘은 역시 질량과 무엇인가를, 무엇인가 알 수 없는 x를 곱한 것이다.

군사학은, 군의 질량이 힘과 일치하지 않고 소부대가 대부대를 이기고 있는 실례를 무수히 역사 속에서 보고, 막연하지만 이 알 수 없는 승수(乘數)가 있다는 것을 인정하고 기하학적인 대형이나 무기에, 때로는—이것이 가장 보통이지만—지휘관의 천재에서 그것을 찾아내려고 애쓰고 있다. 그러나 그 승수에 갖가지 수치를 대입해도 역사적으로 일치하는 결과는 나오지 않는다.

그런데 한편으로 이 미지의 x를 발견하기 위해서는, 전시 중 최고권의 명령이 미치는 효력에 대해서 영웅들에게 만족스럽게 고정되어 있는 허위의 관념을 단호히 버리기만 하면 되는 것이다.

그 x란 군대의 사기다. 즉 군을 구성하고 있는 모든 사람들의 싸우려는 의지, 일신을 위험에 드러내놓으려는 의욕의 대소(大小) 바로 그것이다. 그것은 병사들이 천재이거나 천재이지 못한 지휘관의 명령으로 싸우고 있는가, 3열 또는 4열의 전선에서 싸우고 있는가, 몽둥이로 또는 1분간에 30발 쏠 수 있는 총으로 싸우고 있는가하고는 전혀 관계가 없다.

사기야말로 힘을 도출해 내기 위해 질량에 곱하는 승수(乘數)인 것이다. 군의 사기라고 하는 이 알 수 없는 승수의 수치를 밝혀내고 표현하는 것이야말로 학문의 과제인 것이다.

이 과제는 우리가 미지의 x 전체의 수치 대신에, 예를 들어 사령관의 지시, 무기 등과 같이 힘이 나타나는 조건을 승수의 수치와 잘못 알고 생각난 대로 그것을 대입하는 것을 그만 두고, 이 알 수 없는 것을 전체로서 즉, 몸을 내놓고 싸우고 자기를 위험에 노출시키는 의욕의 대소의 정도를 인정할 때 비로소 가능하게 된다. 그때 비로소 이미 아는 역사적 사실을 방정식으로 나타내어, 이 미지수의 상대적인 수치를 비교함으로써 미지수 그 자체를 결정할 수가 있다는 것을 기대할 수가 있다.

10명의 인간, 10개 대대나 여단이, 15명의 인간, 15개 대대나 여단과 싸워서 15 쪽을 이겼다고 하자. 즉 전원을 남김없이 죽이거나 포로로 하고 자기 쪽은 4만을 잃었다고 한다면 한쪽은 4, 다른 한쪽은 15를 잃은 것이 된다. 따라서 4는 15와 같은 것이 되어, $4x=15y$가 된다. 따라서 $x : y=15 : 4$이다. 이 방정식은 미지수의 수치를 주지는 않지만 두 개의 미지수의 대비

(對比)를 설명해 준다. 그리고 이와 같은 방정식에 여러 가지 형태로 파악한 역사상의 기본 요소(개개의 전투, 전쟁 전체, 전쟁의 기간)를 대입하면 일련의 수를 얻을 수가 있게 되어, 거기에는 법칙이 들어가 있을 것이고 또 그것을 발견할 수가 있을 것이다.

공격 때는 집단으로 행동하고 퇴각 때는 분산해서 행동해야 한다는 전술 법칙이 무의식적으로 인정하고 있는 것은, 바로 군의 힘은 그 사기에 의해 좌우된다는 점이다. 인간을 포탄 아래로 데리고 가기 위해서는 공격군을 격퇴하는 일 이상의 규율이 필요하며, 그것은 집단으로 행동함으로써 비로소 얻어진다. 그러나 이 법칙은 군의 사기를 염두에 두지 않고 있기 때문에 옳지 않은 경우가 많고, 특히 사기의 고양이나 저하가 강하게 나타날 경우, 즉 모든 국민적 전쟁의 경우에는 놀라울 정도로 현실과 차질을 가지고 오게 된다.

1812년 퇴각할 때의 프랑스군은, 전술에 따르자면 분산해서 몸을 지켜야 했는데, 집단이 아니면 군을 하나로 유지할 수가 없을 정도로 사기가 저하되어 있었기 때문에 한 덩어리가 되어 몰려다녔다. 그런데 러시아군은 반대로 전술에 따르면 집단으로 공격해야 했는데 실제로는 분산했다. 그것은 사기가 크게 높아져서 개개인이 명령 없이 프랑스군을 공격하여, 자기 몸을 고생과 위험에 노출시키는 데에 강제될 필요가 없었기 때문이었다.

3

이른바 유격전은 적이 스몰렌스크에 진입했을 때부터 시작되었다.

유격전이 우리 정부에 의해서 정식으로 채용되기 전에 이미 많은 적군—본대에서 떨어진 약탈병, 사료 징발 부대 등—이 까자크와 농민들에게 당했다. 그들은 마치 개가 다른 곳으로부터 온 미친개를 무의식중에 물어 죽이는 것과 마찬가지로, 무의식중에 이런 적들을 죽인 것이다. 데니스 다비도프(군인, 작가, 1812년 유격대를 조직)는 군사학의 법칙 등은 아랑곳하지 않고 프랑스군에 타격을 준 몽둥이의 뜻을 러시아적인 직감으로 이해하였다. 그리고 이 전법을 인지시키는 첫걸음을 내디디는 명예를 얻었다.

8월 24일, 다비도프의 최초의 유격 부대가 만들어졌고 이 부대에 이어 다른 부대가 여러 개 만들어졌다. 전쟁이 진행됨에 따라 이런 종류의 부대의 수는 더욱더 많아졌다.

유격대는 많은 정규군을 하나하나씩 격파하였다. 그들은 프랑스군이라고 하는 고목에서 저절로 떨어진 낙엽을 주워 모으기도 하고, 때로는 그 나무를 흔들었다. 프랑스군이 스몰렌스크를 향하여 퇴각하고 있던 10월, 여러 규모와 성격의 이러한 유격대는 수백 개나 있었다. 군대 방식을 고스란히 따서 보병대, 포병대, 참모부, 생활의 여러 설비를 가진 부대도 있었다. 까자크 기병대만 가진 것도 있었다. 보병과 기병의 조그마한 혼성부대도 있었고 아무도 모르는 농민과 지주들의 부대도 있었다. 한 달 동안에 수백 명을 포로로 한 보조 사제도 있었다. 수백 명의 프랑스 병을 죽인 이장 부인 바실리싸라는 여자도 있었다.

10월 하순은 유격전이 최고조에 이른 시기였다. 유격대원들이 자신들의 대담함에 스스로 놀라면서 프랑스군에게 잡히기도 하고 포위될까봐 늘 두려워하면서도, 안장을 끄르거나 거의 말에서 내리지도 않고 당장이라도 추격을 당할 것이라고 각오하고, 숲에서 숲으로 숨어다녔다. 유격전의 최초의 시기는 지나갔다. 지금은 이미 전쟁은 분명한 것이 되고, 프랑스군에 대해서 무엇을 할 수 있고 무엇을 할 수 없는가가 모두에게 분명했다. 그때까지 참모부를 갖는 대부대의 대장만이 법칙에 따라서 프랑스군으로부터 멀리 떨어져서 행동하고, 아직 많은 일들이 불가능하다고 여겨지고 있었다. 그런데 상당히 이전부터 유격대는 독자적인 행동을 시작하고 있었고, 가까이에서 프랑스군을 감시하고 있던 소규모 유격 부대는 큰 부대의 대장들이 엄두도 내지 못한 일을 할 수 있다고 생각하고 있었다. 프랑스군 사이로 잠입한 까자크와 농민들은 지금은 이미 어떠한 일이라도 할 수 있다는 자신감이 있었다.

10월 22일, 유격대원의 한 사람이었던 다비도프는 자기의 유격대와 함께 유격대로서의 정열을 최고로 불태우고 있었다. 아침부터 그는 그의 부하를 끌고 움직이고 있었다. 그는 온종일 가도에 접한 숲 속을 따라 기병용 물자와 러시아 포로를 수송하는 프랑스군 수송대의 뒤를 쫓고 있었다. 이 수송대는 다른 군으로부터 분리되어 강력한 엄호 아래, 척후와 포로로부터 들은 바에 의하면 스몰렌스크로 향하고 있었다. 이 수송대에 대해서는 다비도프나 그 근처를 지나고 있던 돌로호프(역시 소부대를 거느린 유격대원이었다)만이 아니라 참모부를 갖는 대부대의 대장들도 알고 있었다. 모두가 이 수송대를 알고 있었고, 데니쏘프의 말을 빌리자면 그들을 노리고 칼을 갈고 있었던 것이다. 이 대부대의 대장 중의 두 사람이—한 사람은 폴란드인, 다른 또한 사람은 독일인이었다—수송대를 공격하기 위해, 거의 동시에 각자가 자기 부대에 참가하라고 데니쏘프에게 권유장을 보내왔다.

"안 될 말이지. 여보게, 나도 어린애가 아냐." 데니쏘프는 이들 서면을 읽어내려가면서 말했다. 그리고 독일 사람에게는 이렇게도 용감하고 유명한 장군의 지휘 밑에서 근무하고 싶은 마음은 간절하지만, 이미 폴란드인 장군의 지휘하에 들어가 있으므로 그 행복을 단념하지 않을 수 없다고 썼다. 그리고 또 폴란드인 장군한테는 이미 독일인 장군의 지휘하에 들어갔다고 말하고 같은 말을 써 보냈다.

이렇게 처리를 하고 나서 데니쏘프는 상층부에는 보고를 하지 않고, 돌로호프와 함께 자기들의 얼마 안 되는 병력으로 이 수송대를 공격하여 그것을 노획할 마음을 먹고 있었다. 수송대는 10월 22일, 미꿀리나 마을에서 샴세보 마을을 향하고 있었다. 미꿀리나 마을에서 샴세보 마을로 통하는 길 왼쪽에는 커다란 숲이 있어서 곳에 따라서는 그것이 바로 길 옆까지 접근해 있었고, 또 장소에 따라서는 길에서 1km 이상이나 떨어져 있기도 했다. 이 숲을 때로는 안으로 들어가기도 하고 때로는 가장자리까지 나오기도 하면서, 유격대를 거느린 데니쏘프는 이동 중인 프랑스군을 놓치지 않으려고 앞으로 나아가고 있었다. 아침에 미꿀리나 근처의, 숲이 도로에 접근하는 지점에서 데니쏘프 대의 까자크들이 진창 속에 빠져 있는 프랑스군 기병용 안장을 실은 수송 마차 두 대를 잡아 그것을 숲 속으로 끌어들였다. 그때부터 해가 질 때까지 유격대는 공격을 하지 않고 프랑스군의 동정을 감시하고 있었다. 그것은 프랑스군을 놀라게 하지 않고 무사히 샴세보 마을까지 가게 한 뒤, 해가 지기 전에 초소로(샴세보 마을에서 1km쯤 떨어진) 의논하러 오기로 돼 있는 돌로호프와 협동해서, 머리에 눈이 떨어지듯이 새벽에 양쪽에서 급습하여 모두를 일거에 해치우고 사로잡으려는 것이었다.

후방에는 미꿀리나 마을에서 2km 정도 떨어진, 숲이 도로 바로 옆까지 접근하고 있는 곳에 까자끄 병 6명을 남겨두고, 프랑스군의 새 부대가 나타나면 곧 보고하게 하였다.

샴세보 마을 전방에서는 마찬가지로 돌로호프가 길을 잘 살펴서 어느 정도의 거리에 다른 프랑스 병이 있는지 확인하도록 되어 있었다. 수송대에는

1500명이 있는 것으로 예상되고 있었다. 데니쏘프의 부하는 200명, 돌로호프 쪽도 아마도 같은 정도의 수였을 것이다. 그러나 수의 우위는 데니쏘프의 기를 죽이지는 못했다. 그가 확인할 필요가 있었던 것은 단 한 가지—이 부대는 도대체 어떤 성격의 부대인가 하는 것이었다. 그리고 이를 위해 데니쏘프는 '혀'(즉, 적 부대의 인간)를 잡을 필요가 있었다. 아침 치중차를 습격했을 때에는 너무 서두른 탓으로 거기 있던 프랑스 병을 모두 죽여버렸기 때문에, 생포한 것은 소년 고수(鼓手)뿐이었다. 이 소년은 낙오병이었으므로 어느 부대가 대열에 있는지 확실한 말을 하나도 하지 못했다.

부대 전체를 동요시켜서는 안 되었으므로 재차 공격을 하는 것은 위험하다고 데니쏘프는 생각하였다. 그래서 그는 자기 부대에 있던 농부, 이가 빠진 찌혼을 전방의 샴셰보 마을로 보냈다. 가능하면 프랑스 병 한 사람이라도, 거기에 있는 프랑스군 선발대를 잡기 위한 것이었다.

4

비가 오는 따뜻한 가을날이었다. 하늘과 지평선은 다 같이 흐린 물빛이었다. 때로는 마치 안개 같은 것이 내리고, 때로는 갑자기 옆으로 휘몰아치는 큰 빗방울이 되기도 하였다.

카프카스풍의 소매 없는 펠트 코트 차림에 높은 털모자를 쓴 데니쏘프는 순혈종의 여윈 옆구리가 팽팽한 말을 타고, 물방울을 떨어뜨리면서 앞으로 나아가고 있었다. 그는 목을 비스듬히 옆으로 굽히고 귀를 누이고 있는 자기의 말처럼, 옆으로 들이치는 비에 얼굴을 찡그리고 불안스럽게 앞을 응시하고 있었다. 진하고 짧게 검은 턱수염이 난 야윈 얼굴은 화를 내고 있는 것처럼 보였다.

역시 소매가 없는 외투에 털모자를 쓰고 살찐 커다란 돈 강 산 말을 탄 까자크 대위가 데니쏘프와 나란히 함께 가고 있었다.

세 번째 장교인 까자크 대위 로바이스끼는 역시 소매 없는 코트를 입고 털모자를 쓰고 있었는데, 키가 크고 널빤지처럼 납작하고 하얀 얼굴을 한 금발 머리의 사나이였다. 그의 눈은 가늘고 빛이 엷어, 얼굴에도 말을 탄 자세에도 침착하고 자신만만한 표정이 나타나 있었다. 말과 기수와의 특징이 어디 있는지 입으로는 말할 수는 없지만, 까자크 대위와 데니쏘프를 잠깐 비교해

보면, 데니쏘프는 흠뻑 젖은 데다가 기분도 나쁜 표정이어서 말 위에 타고 있는 인간이라는 느낌이 들었지만 대위는 여느 때처럼 기분이 좋고 침착한 태도여서, 이 사나이는 말을 탄 인간이 아니라 인간과 말이 하나가 되어 힘을 합친 존재처럼 보였다.

세 사람 앞쪽에는 흠뻑 젖은 길 안내자인 농민이 긴 회색 저고리를 입고 하얀 둥근 모자를 쓰고 걷고 있었다.

약간 뒤에서는 꼬리와 갈기가 유난히 크고 입술이 찢어져서 피가 스며 나온, 야위고 홀쭉한 키르기스 말을 타고 푸른 프랑스군 제복 코트를 입은 젊은 장교가 뒤따르고 있었다.

그의 옆에는 경기병 한 사람이 나아가고 있었는데, 찢어진 프랑스군 제복을 입고 파란 둥근 모자를 쓴 소년을 뒤에 태우고 있었다. 소년은 추위에 빨개진 두 손으로 경기병을 붙잡고 두 다리를 따뜻하게 하려고 몸을 잘게 움직이며, 놀란 듯한 눈으로 사방을 둘러보고 있었다. 이 소년은 오늘 아침에 잡힌 프랑스군 고수(鼓手)였다.

그 뒤에서는 좁고 길게 뻗은 짓밟힌 좁은 길을 따라서 3, 4명씩 경기병들이 줄을 잇고, 그 뒤를 까자크들이 소매가 없는 외투나 프랑스군 코트를 입거나, 어떤 사람은 말 옷을 머리에 뒤집어쓰고 뒤따르고 있었다. 말들은 빨간 털의 말이거나 밤색 털의 말이거나 모두 줄기차게 내리는 비 때문에 검은 털처럼 보였다. 갈기가 젖어 있어 목도 이상하게 가늘게 보였다. 말의 몸에서는 김이 오르고 있었다. 옷도, 안장도, 고삐도 이 모든 것이 땅바닥이나 길에 흩어져 깔려 있는 낙엽처럼 습기가 차서 끈적거리고 있었다. 모두 털을 곤두세운 새처럼 얼굴을 찡그리고 말에 올라, 몸 안까지 스며든 물을 따뜻하게 하고 안장이나 무릎 아래 또 목 뒤로 새로운 차가운 물이 들어가지 않도록 몸을 움직이지 않으려고 하였다. 길게 뻗은 까자크의 열 중간쯤에는 프랑스군의 말을 매고 안장을 얹은 채로 있는 까자크 말을 보조로 단 대형 수송 마차 두 대가 나무 그루터기와 나뭇가지에 부딪히며 달각달각 소리를 내면서, 물이 괸 바퀴 자국을 따라 절벅절벅 앞으로 나아가고 있었다.

데니쏘프의 말이 길 위에 있던 웅덩이를 피하여 옆으로 비켜서자 그의 무릎이 나무에 부딪혔다.

"제기랄!" 데니쏘프는 화가 난다는 듯이 소리를 지르고는 매로 세 차례

말을 때려 자기와 동료들에게 진흙탕을 튀겼다. 데니쏘프는 기분이 좋지 않았다. 비가 오고 배도 고팠고(모두들 아침부터 아무것도 먹지 않았다), 무엇보다도 돌로호프로부터 아직 아무 정보도 들어오지 않았으며, '혀'(포로)를 잡으러 보낸 사람도 아직 돌아오지 않았기 때문이었다.

'지금처럼 수송대를 습격할 기회는 아마도 다시는 없을 것이다. 우리만으로 공격하는 것은 지나친 모험 같지만, 그렇다고 해서 내일까지 연기하면 누군가 큰 유격대가 눈앞에서 노획물을 빼앗아 갈 것이다.' 데니쏘프는 끊임없이 앞을 바라보고, 기다리고 있는 돌로호프로부터의 사자를 찾으면서 생각하고 있었다.

나무를 잘라낸, 오른쪽 먼 곳까지 내다보이는 숲 속의 빈터로 나서자 데니쏘프는 말을 멈췄다.

"누가 오는군." 그는 말했다.

까자크 대위는 데니쏘프가 가리키는 쪽을 바라보았다.

"두 사람이 옵니다. 장교와 까자크입니다. 그러나 중령 자신이라고는 예측할 수 없습니다." 까자크들의 낯선 말을 쓰기 좋아하는 대위가 말했다.

가까이 오는 사람들은 언덕을 내려가 시야에서 잠시 사라졌으나 몇 분 후에 다시 모습을 나타냈다. 앞에는 짧은 가죽 매로 말을 몰면서 피곤한 걸음으로 장교가 걸어오고 있었다. 머리는 헝클어지고 몸이 흠뻑 젖어서 바지는 무릎 위까지 올라와 있었다. 뒤따라서 등자 위에 일어선 채 까자크가 구보로 말을 달리고 있었다. 이 장교는 아직 몹시 젊은 소년으로, 폭이 넓은 장밋빛 얼굴에 재빨리 움직이는 쾌활해 보이는 눈을 하고 있었다. 그는 데니쏘프 옆으로 말을 몰고 오자 젖은 봉투를 그에게 건넸다.

"장군께서 보내신 것입니다." 장교는 말하였다. "죄송합니다, 약간 젖어 있습니다."

데니쏘프는 이맛살을 찌푸리고 편지를 받아들고 개봉했다.

"늘 위험하다, 위험하다고 말씀하셨습니다만" 데니쏘프가 받은 편지를 읽는 동안에 장교는 까자크 대위에게 말했다. "그러나 나와 꼬마로프는" 그는 까자크를 가리켰다. "준비는 해 두었습니다. 우리는 권총을 두 자루씩…… 아, 저것은 무엇입니까?" 그는 프랑스군 고수를 보고 물었다. "포로입니까? 당신들은 이미 전투를 하셨습니까? 저 사람하고 이야기를 해도 괜찮습니까?"

"로스또프! 뻬쨔!" 그때 받은 편지를 읽은 데니쏘프가 소리쳤다. "왜 자네는 이름을 대지 않나?" 데니쏘프는 미소를 띠고 돌아보자 장교에게 손을 내밀었다.

이 장교는 뻬쨔 로스또프였다.

뻬쨔는 어른으로서, 더욱이 장교로서 어울리도록, 옛날에 알고 지냈었다는 것은 조금도 내색하지 않고 데니쏘프를 대하려고 도중에 줄곧 마음먹고 있었다. 그러나 데니쏘프의 웃는 낯을 보자마자 뻬쨔는 곧 얼굴에 활짝 미소를 띠고 기뻐서 얼굴을 붉히고, 미리 준비했던 딱딱한 형식적인 태도를 잊고 자기는 프랑스군의 옆을 지나왔다는 것, 이런 임무가 주어져서 기쁘다는 것, 이미 뱌지마 부근의 전투에 참가했다는 것, 그리고 거기서 한 경기병이 뛰어난 공을 세웠다는 이야기 등을 하기 시작하였다.

"자넬 만나서 기쁘네." 데니쏘프는 그의 말을 가로챘다. 그리고 그의 얼굴은 다시 걱정스러운 표정을 띠었다.

"미하일 페오끌리뚜이치" 그는 까자크 대위에게 말하였다. "이것은 그 독일 사람한테서 온 거야. 이 사나이는 그의 부하지." 그리고 데니쏘프는 방금 가져온 편지의 내용이 수송대 공격을 위해서 합류해주면 좋겠다는 독일인 장군의 재차의 요구라고 말하였다. "만일 우리가 내일 붙잡지 않으면 그놈은 우리 눈앞에서 노획물을 빼앗아간다." 그는 결론을 내렸다.

데니쏘프가 까자크 대위하고 이야기하는 동안 뻬쨔는 데니쏘프의 냉정한 태도에 당황하여, 그 태도의 원인이 자기 바지의 모양에 있다고 생각하고, 아무도 알지 못하게 밀려서 올라간 바지를 코트 아래에서 고치고 되도록 씩씩한 모습을 하려고 애를 썼다.

"대장님이 하실 명령은 없으십니까?" 그는 한 손을 모자 차양에 대고 자기가 준비해 온 부관과 장군의 관계로 다시 되돌아가려고 하면서 말했다. "그렇지 않으면 대장님 곁에 남을까요?"

"명령?……" 데니쏘프는 깊은 생각에 잠기면서 말했다. "자네는 내일까지 여기 있어도 괜찮은가?"

"네…… 부탁합니다, 여기 남아 있어도 괜찮습니까?" 뻬쨔는 외쳤다.

"그러나 장군으로부터 무슨 명령을 받았지? 곧 돌아오라고 하던가?" 데니쏘프는 물었다. 뻬쨔는 얼굴을 붉혔다.

"별로, 아무 명령도 없었습니다. 저로서는 상관이 없다고 생각합니다." 그는 물어보듯이 말했다.

"그래, 좋아." 데니쏘프는 말했다. 그리고 부하들에게, 부대 전체는 숲 속의 초소 부근의 예정된 휴식지로 가라고 이르고, 키르기스 말을 탄 장교에게는(이 장교는 부관의 역할을 하고 있었다) 돌로호프를 찾아내서 그가 어디에 있는지, 저녁에는 오는지 어떤지를 확인하도록 명령하였다. 데니쏘프 자신은 까자크 대위와 뻬쨔를 데리고 샴셰보 마을에 면한 숲 언저리까지 갈 예정이었다. 그것은 내일 공격을 하도록 되어 있는 프랑스군의 소재지를 보기 위해서였다.

"어이, 수염." 그는 길을 안내하는 농민에게 말했다. "샴셰보로 안내하게."

데니쏘프와 뻬쨔, 까자크 대위는 수 명의 까자크 병과, 포로를 데리고 있는 경기병을 거느리고 숲 변두리를 향하여 골짜기를 지나 왼쪽으로 말을 몰았다.

5

가랑비는 멎었고, 지금은 다만 안개와 나뭇가지에서 물방울이 떨어지고 있을 뿐이었다. 데니쏘프와 까자크 대위와 뻬쨔는 둥근 모자를 쓴 농민의 뒤를 말없이 따라갔다. 농민은 나무껍질로 만든 신을 신고 안짱다리로 가볍게 소리도 없이 나무뿌리와 젖은 낙엽을 밟으면서 그들을 숲 변두리로 안내해 갔다.

경사가 완만한 언덕으로 나오자 농부는 잠시 발을 멈추고 사방을 둘러보고 나서, 잎이 떨어져서 시야가 넓어진 나무들 쪽으로 갔다. 아직 나뭇잎이 다 떨어지지 않은 커다란 떡갈나무 옆에서 그는 걸음을 멈추고는 비밀 어린 태도로 손짓을 하며 불렀다.

데니쏘프와 뻬쨔는 그 곁으로 갔다. 농민이 걸음을 멈춘 곳에서 프랑스군이 내려다보였다. 숲 밖에서는 이제 봄 파종을 한 밭이 느슨한 경사를 이루며 아래로 뻗어 있었다. 오른쪽에는 가파른 골짜기를 사이에 두고 조그마한 마을과 지붕이 무너진 지주 저택이 보였다. 이 마을과 지주 저택에도, 언덕 전체와 과수원과 우물이나 연못 근처에도, 다리에서 마을로 향하여 오르막 길로 되어 있는 길 옆에도, 500m 가량에 걸쳐서 움직이는 안개 속에 사람의 무리가 보이고 있었다. 필사적으로 언덕을 올라오는 짐마차의 말을 모는, 러시아어가 아닌 고함 소리와 서로 주고받는 목소리가 분명히 들려왔다.

"포로를 이리 데려와." 데니쏘프가 프랑스군으로부터 눈을 떼지 않고 작은 목소리로 말하였다.

까자크가 말에서 내려와 소년을 내려놓고 그를 데리고 데니쏘프에게로 다가갔다. 데니쏘프는 프랑스군 쪽을 가리키면서 저것이 무슨 부대냐고 물었다. 소년은 언 손을 호주머니에 집어넣고 눈썹을 치켜세우고 겁에 질린 듯이 데니쏘프를 바라보았다. 그리고 알고 있는 것은 모두 이야기하고 싶은 마음은 분명했는데도 불구하고 대답은 갈피를 못 잡고, 다만 데니쏘프가 묻는 일에 대해서 시인할 뿐이었다. 데니쏘프는 이맛살을 찌푸리고 소년으로부터 얼굴을 돌려 까자크 대위에게 자기의 생각을 전했다.

뻬쨔는 빠른 동작으로 고개를 돌려 고수와 데니쏘프와 까자크 대위, 그리고 마을과 길 위의 프랑스군을 번갈아 보면서 무엇인가 중대한 것을 놓치지 않으려고 애쓰고 있었다.

"돌로호프가 오든지 말든지 저것은 빼앗아야 해! …… 안 그래?" 데니쏘프는 즐거운 듯이 눈을 반짝이며 말했다.

"장소도 좋군요." 까자크 대위도 말을 받았다.

"보병을 낮은 쪽에 보내야 한다, 늪을 지나서." 데니쏘프가 말을 계속했다. "보병은 과수원 옆에 잠복한다. 자네는 까자크를 데리고 저쪽으로 돌아라." 데니쏘프는 마을 건너편 숲을 가리켰다. "나는 여기서 경기병을 데리고 간다. 발포가 신호다……."

"낮은 곳으로 가는 것은 무리입니다. 습지니까요." 까자크 대위가 말했다. "말이 빠지고 맙니다. 더 왼쪽을 돌아가지 않으면 안 됩니다."

두 사람이 이렇게 나직한 소리로 이야기하고 있을 때, 아래쪽 낮은 곳, 연못 근처에서 총성이 한 발 울리고 흰 연기가 올랐다. 뒤이어 또 한 발 울리고 언덕 위에 있던 프랑스 병 수백 명의, 마치 환성과 같은 고함소리가 들렸다. 처음 순간에는 데니쏘프도 까자크 대위도 저도 모르게 뒤로 물러섰다. 그들은 너무 적 가까이에 있었기 때문에 자기들이 이 총성과 함성의 원인이라고 생각했던 것이다. 그러나 발포와 함성은 그들에 대한 것은 아니었다. 낮은 곳의 늪을 따라서 무엇인가 빨간 옷을 입은 사나이가 뛰고 있었다. 분명히 프랑스 병들은 그 사나이를 겨누어 사격하며 외치고 있는 것이었다.

"저것은 우리의 찌혼입니다." 까자크 대위가 말했다.

"그래! 틀림없이 그놈이다!"

"저 녀석!" 데니쏘프가 말했다.

"달아날 수 있습니다!" 눈을 가늘게 뜨고 까자크 대위가 말했다.

그들이 찌혼이라고 부른 사나이는 개울가까지 달려가자 물 속으로 뛰어들어 한 순간 보이지 않다가 온몸이 물에 젖은 채 새까맣게 되어 기어 나오더니 앞으로 달아났다. 뒤를 쫓아가던 프랑스 병들은 걸음을 멈추었다.

"야, 빠르군." 까자크 대위가 말했다.

"할 수 없는 녀석이다." 여전히 화가 난 듯한 표정을 띠고 데니쏘프가 말했다. "그놈은 지금까지 무엇을 하고 있었을까?"

"저건 누굽니까?" 뻬쨔가 물었다.

"저것은 우리 대의 까자크 보병이야. 포로를 잡으러 보낸 거지."

"아, 그렇습니까." 뻬쨔는 데니쏘프의 처음 한 마디를 듣자, 마치 모든 것을 알아챈 것처럼 고개를 끄덕였지만 실은 아무것도 알지 못했다.

이가 빠진 찌혼은 유격대에서 가장 필요한 사람 중의 하나였다. 그는 그자찌 부근의 뽀끄로프스꼬에 마을 출신의 농부였다. 유격대 활동을 시작할 때 데니쏘프는 뽀끄로프스꼬에 마을로 와서 여느 때처럼 이장을 불러내, 농민들이 프랑스군에 관해서 알고 있는 것은 없느냐고 물었다. 이장은 여느 이장처럼 마치 자기 몸을 지키려는 듯이 아무것도 모른다, 전혀 모른다고 대답했다. 그러나 데니쏘프가 자기 목적은 프랑스군을 해치우는 데 있다고 설명하고 이곳에 프랑스 병이 들어온 일이 없느냐고 묻자, 이장은 분명히 약탈병은 왔지만 이 마을에서 그런 일에 관계하고 있는 것은 이가 빠진 찌혼뿐이라고 말했다. 데니쏘프는 찌혼을 불러오게 하여 그 행동을 칭찬하고 나서, 이장 눈앞에서 황제와 조국에 충성을 다할 의무와, 조국의 시민으로 당연히 가져야 할 프랑스군에 대한 적개심에 관해서 두어 마디 말해주었다.

"우리들은 프랑스군에 대해서 아무것도 나쁜 짓은 하고 있지 않습니다." 찌혼은 분명히 데니쏘프의 말에 약간 겁을 먹은 듯이 말했다. "우리는 다만 젊은 사람과 함께 호기심에서 좀 장난을 쳤을 뿐입니다. 확실히 약탈병은 한 20명쯤 죽였습니다만, 나쁜 일은 하지 않았습니다…….” 이튿날 데니쏘프는 이 농부 일은 까맣게 잊어버리고 뽀끄로프스꼬에 마을을 출발했는데, 찌혼 이 부대를 따라와 부대에 남게 해달라고 부탁하고 있다는 보고를 받았다. 데 니쏘프는 남게 해주라고 일렀다.

찌혼은 처음 동안은 모닥불의 준비와 물을 긷는 일과 죽은 말의 가죽을 벗 기는 등의 잡일을 하였지만, 곧 유격전에 대한 비상한 열의와 능력을 나타냈 다. 그는 밤마다 노획물을 찾으러 나가서 항상 프랑스 병의 옷과 무기 등을 가지고 돌아왔으며, 명령을 받으면 포로도 끌고 왔다. 데니쏘프는 찌혼을 잡 일에서 해방시켜 주고 정찰에 데려가게 되었다. 그리고 까자크 대에 편입시 켜 주었다.

찌혼은 말타기를 싫어해서 늘 걸어다녔지만 절대로 기병에 뒤지는 일은 없었다. 그의 무기는 오히려 웃음거리로 가지고 다니는 구식 총과 창과 도끼 였다. 그는 그 도끼를 마치 늑대가 이빨로 털 속에서 이를 잡아내거나 굵은 뼈를 잘게 씹는 데에 사용하는 것과 마찬가지로 자유자재로 다루었다. 또 도 끼를 힘껏 내리쳐서 통나무를 패는 것도, 도끼 등을 쥐고 가느다란 나무를 깎는 등, 마치 스푼을 만드는 것처럼 정확히 해치웠다. 데니쏘프의 유격대에 서 찌혼은 독특한, 그만이 색다른 위치를 차지하고 있었다. 특히 무엇인가 어렵고 싫은 일—짐마차를 진창에서 어깨로 밀어내거나, 늪에 빠진 말의 꼬 리를 붙잡고 잡아당기거나, 말가죽을 벗기거나, 프랑스군 한가운데로 몰래 들어가거나, 하루에 50㎞씩 걷는 등—을 하지 않으면 안 될 처지가 되면 모 두가 웃으면서 찌혼을 가리키는 것이었다.

“이 친구한테는 아무것도 아냐. 힘센 말 같은 녀석이야.” 모두들 그를 이 렇게 말하고 있었다.

언젠가 찌혼에게 붙잡힐 뻔한 프랑스 병이 그에게 권총을 쏘아 어깨 근육 에 명중하였다. 그 상처에 보드카를 바르거나 마셔서 치료했기 때문에 온 부 대 사람들은 이 일을 즐거운 농담거리로 삼았다. 더욱이 찌혼도 기꺼이 받아 들이는 농담이 되었다.

“어때, 여보게, 질렸나? 혼이 났지?” 까자크들은 찌혼에게 웃으며 말했 다. 그러자 찌혼은 일부러 몸을 움츠리고 얼굴을 찡그리며 화가 난 체하고 몹시 우스꽝스러운 욕지거리로 프랑스 병을 매도하는 것이었다. 이 사건이 찌혼에게 준 영향은, 그가 부상을 당한 후 그다지 포로를 데려오지 않게 된 것이었다.

찌혼은 부대 안에서 가장 쓸모가 있고 용감한 사나이였다. 아무도 그보다 더 공격의 기회를 발견하는 사람은 없었고, 그보다 더 많이 프랑스 병을 잡거나 죽이는 사람도 없었다. 그래서 그는 까자크와 경기병들의 광대가 되었고 그 자신도 기꺼이 이 역할을 맡고 있었다. 이번에 찌혼은 밤중에 데니쏘프의 명령에 따라 포로를 잡기 위해서 샴셰보 마을로 파견되었다. 그런데 프랑스 병 한 사람으로는 만족하지 않았기 때문인지 아니면 아침까지 늦잠을 자버린 탓인지, 대낮에 프랑스 병 한가운데에 있는 덤불 속으로 몰래 들어가 데니쏘프가 언덕 위에서 목격한 대로 프랑스군에게 발각이 나고 만 것이다.

6

데니쏘프는 그 후 잠시 동안 대위와 함께 내일의 공격에 대하여 이야기를 나누고 나서—가까이에 있는 프랑스군을 보고 그는 최종적으로 그 계획을 결단한 것 같았다—말머리를 돌려 뒤로 되돌아갔다.

"여보게, 이제 가서 옷이라도 말리세." 그는 뻬쨔에게 말했다.

숲 속의 초소로 접근하자, 데니쏘프는 말을 멈추고 숲 안쪽을 바라다보았다. 숲 속의 나무 사이를 재킷 차림에 나무껍질 신을 신고 까자크식 모자를 쓴, 어깨에 총을 메고 도끼를 허리에 지른 사나이가 긴 발로 가벼운 큰 걸음으로 긴 팔을 내흔들면서 걸어오고 있었다. 그 사나이는 데니쏘프를 보자 황급히 덤불 속에 무엇인가를 내던지고 차양이 늘어진 모자를 벗고 데니쏘프 대장 쪽으로 다가왔다. 찌혼이었다. 곰보와 주름이 잡힌 작고 가는 눈을 한 그의 얼굴은 의기양양한 빛을 띠고 있었다. 그는 고개를 높이 쳐들고 마치 웃음을 참고 있는 것처럼 데니쏘프를 물끄러미 바라보았다.

"어디로 사라졌었나?" 데니쏘프가 말했다.

"어디로 사라졌었냐고요? 프랑스 병을 잡으러 갔었죠." 목소리는 쉬었지만 노래를 부르는 것 같은 낮은 음성으로 겁내는 기색도 없이 빠른 어조로 대답하였다.

"어쩌자고 대낮에 몰래 들어간 거야? 빌어먹을 자식! 그래, 어째서 잡지 못했나? ……."

"잡기는 잡았습니다만." 찌혼이 말했다.

"그럼 어디 있나?"

"그게 말입니다, 날이 새자마자 곧 한 놈을 잡았습니다." 나무껍질 신을 신은 납작한 안짱다리를 약간 넓게 내디디면서 찌혼이 말했다. "그리고 숲속으로 끌어들였습니다만, 잘 보니까 별로 대단치가 않았습니다. 그래서 다시 한 번 가서 좀 더 난 놈을 끌고 오려고 생각했죠."

"체, 역시 그랬군." 데니쏘프는 까자크 대위에게 말했다. "왜 그놈을 데려오지 않았지?"

"그런 놈을 데려와서 뭘 합니까?" 화난 듯이 빠른 말로 찌혼이 말했다. "아무 쓸모도 없습니다. 어떤 놈을 대장님이 원하시는지 이래 봬도 알고 있습니다."

"엉뚱한 놈이군! ……그래서? ……."

"다른 놈을 잡으러 갔습니다." 찌혼이 말을 이었다. "이렇게 숲 속으로 들어가서 엎드렸죠." 찌혼은 어떻게 하였는지를 몸짓으로 보이면서 별안간 부드러운 동작으로 엎드렸다. "갑자기 한 놈이 나타났기에" 그는 계속했다. "그래서 나는 그놈을 이렇게 잡았습니다." 찌혼은 재빨리 가볍게 일어났다. "자, 대장한테 가자고 말했습니다. 그러자 그놈은 갑자기 어찌나 떠들어 대는지. 그놈들은 네 놈이었습니다. 모두 칼을 빼들고 나한테 덤벼들었습니다. 나는 도끼를 이렇게 휘두르면서, 이봐, 이놈들아 각오해라 하고 소리쳤습니다." 찌혼은 두 손을 휘두르며 무섭게 얼굴을 일그러뜨리고 가슴을 내밀면서 소리쳤다.

"옳아. 그래서 우리들은 언덕 위에서 네가 물구덩이를 넘어서 뺑소니를 치는 것을 본 거로군." 까자크 대위는 반짝이는 눈을 가늘게 뜨면서 말했다.

삐쨔는 웃고 싶어서 견딜 수가 없었지만, 보아하니 모두들 웃음을 참고 있었다. 그는 그와 같은 모든 것이 무엇을 뜻하는 것인지 납득이 가지 않은 채 눈을 찌혼에서 까자크 대위로, 그리고 데니쏘프의 얼굴로 옮겼다.

"딴전부리지 마." 데니쏘프는 화난 듯이 기침을 하면서 말했다. "왜 처음 놈을 끌고 오지 않았어?"

찌혼은 한 손으로 등을, 다른 손으로 머리를 긁기 시작했다. 별안간 그의 얼굴은 갑자기 무너져서 얼빠진 미소가 얼굴 전체에 퍼져 이빨이 빠진 것이 보였다(이 때문에 그는 이 빠진 자라는 별명이 있었다). 데니쏘프가 빙그레 웃었기 때문에 뻬쨔도 웃고 찌혼 자신까지도 함께 웃었다.

"그야말로 정말 쓸모없는 녀석이었죠." 찌혼이 말했다. "입고 있는 옷도 지독하고. 그런 놈을 어디로 데려갈 수 있겠습니까. 게다가 몹시 무례한 놈입니다. 나는 장군의 아들이다, 안 간다고 말하지 않겠습니까."

"빌어먹을 자식!" 데니쏘프가 말했다. "여러 가지 물어볼 일이……."

"아니, 제가 물어보았습니다." 찌혼이 말했다. "잘 모르겠다고 하기에 말입니다. 그 녀석 말로는, 놈들은 수는 많지만 모두 보잘것없고, 군이란 이름뿐이니까 강하게 나가면 모두 잡을 수 있을 거라는 것입니다." 찌혼은 데니쏘프를 밝고 단호한 눈으로 똑바로 바라보면서 말을 맺었다.

"이 녀석, 따끔하게 갈겨주면 딴전을 부리지 않겠지." 데니쏘프는 엄격하게 말했다.

"뭐 그렇게 화내실 것 없잖습니까." 찌혼이 말했다. "내가 프랑스 병을 본 일이 없다고 말한 것도 아니고. 이제 어두워지면 원하시는 대로 세 놈이라도 끌고 오겠습니다."

"좋아, 가자." 데니쏘프는 이렇게 말하고 나서, 초소에 도착할 때까지 줄곧 화난 듯이 이맛살을 찌푸리고 말없이 말을 몰고 갔다.

찌혼은 뒤를 따라 갔다. 그가 덤불 속에 내버린 장화 이야기를 까자크들이 찌혼과 함께 웃어대고 놀리고 있는 것이 뻬쨔의 귀에 들렸다.

찌혼의 말을 듣고 그의 웃는 얼굴을 보고 자기 마음 속에 솟아오른 웃음이 가시자, 뻬쨔는 한 순간 저 찌혼이 인간을 죽였다는 것을 깨닫고 거북한 마음이 들었다. 그는 포로가 된 고수를 돌아보고 무엇인가 가슴이 찔리는 느낌이 들었다. 그러나 그 어색한 마음은 한 순간 스쳐갔을 뿐이었다. 그는 지금 자기가 끼여 있는 동료들에게 어울리지 않는 인간이 되지 않으려고 고개를 더욱 높이 추켜들고, 용기를 내어 내일의 작전에 대해서 진지한 얼굴로 까자크 대위에게 질문을 하지 않으면 안 된다고 느꼈다.

연락 장교가 도중에서 데니쏘프를 만나, 돌로호프 자신도 곧 온다는 것과 그쪽도 만사가 순조롭게 되어 가고 있다고 보고했다.

데니쏘프는 갑자기 활기를 띠고 뻬쨔를 가까이 불렀다.

"자, 이젠 자네 이야기를 들려주게." 그는 말했다.

7

뻬쨔는 가족과 헤어져 모스크바를 떠나자마자 연대에 합류하여, 이윽고 큰 지대를 지휘하고 있는 장군의 전령으로 채용되었다. 장교로 승진된 이래, 특히 실전부대에 들어간 이래—이 부대에서 그는 뱌지마 전투에 참가한 것이다—뻬쨔는, 자기는 어른이라는 기쁨으로 항상 행복한 흥분 상태에 있었고, 진짜 영웅을 만날 기회를 놓치지 않으려고 끊임없이 가슴이 설레는 기쁨 속에서 초조해하고 있었다. 그는 군대 안에서 보고 경험한 것 덕택으로 매우 행복했지만, 그와 동시에 지금 자기가 없는 장소에서 정말 영웅적인 일이 이루어질 것 같은 생각이 항상 들고 있었다. 그래서 그는 언제나 지금 자기가 있지 않은 곳으로 급히 가고 싶다고 초조해하고 있었다.

10월 21일, 그의 장군이 누군가를 데니쏘프의 지대로 파견하고 싶다는 말을 꺼내었을 때, 뻬쨔는 자기를 보내달라고 가엾을 정도로 애원을 하였기 때문에 장군도 거절할 수가 없었다. 그러나 그를 파견하면서 장군은 뱌지마 전투에서의 뻬쨔의 분별없는 행동을 상기했다. 이 전투에서 뻬쨔는 자기가 가기로 되어 있는 길을 가지 않고 프랑스군의 산병선을 향하여 포화를 받으며 말을 달렸으며 거기에서 권총을 두 발 발사한 것이다. 장군은 그를 보내면서, 어떠한 일이 있더라도 데니쏘프의 작전 행동에 참가하면 안 된다고 엄격하게 금하였다. 이런 일이 있었기 때문에 남아도 괜찮으냐고 물었을 때 뻬쨔가 얼굴을 붉히고 당황했던 것이다. 숲 변두리로 나설 때까지 뻬쨔는 자기 임무를 엄격하게 수행하고 곧 돌아가지 않으면 안 된다고 생각하고 있었다. 그러나 그는 프랑스군과 찌혼을 보고 새벽까지 반드시 공격이 있으리라는 것을 알자, 한 생각에서 다른 생각으로 쉽사리 옮아가는 젊은 사람에게 흔히 있는 변신으로, 지금까지 그토록 존경해 온 장군은 보잘것없는 한 독일인에 지나지 않으며, 데니쏘프야말로 영웅이다, 또 까자크 대위도 영웅이고, 찌혼도 영웅이다, 게다가 곤란이 닥쳤을 때 이 사람들로부터 이탈하는 것은 부끄러운 일이라고 마음 속으로 혼자 정해버리고 말았던 것이다.

데니쏘프와 뻬쨔와 까자크 대위가 초소에 접근했을 때는 이미 땅거미가 지고 있었다. 희미한 어둠 속에 안장을 놓은 말과 까자크들과, 빈 터에 임시로 조그마한 집을 짓고 (프랑스군에게 연기가 보이지 않게 하려고) 숲의 골짜기에서 빨갛게 불을 피우고 있는 경기병들의 모습이 보였다. 조그마한 농가의 봉당에서는 한 까자크가 소매를 걷어 붙이고 양고기를 썰고 있었다. 농가 안에서는 데니쏘프 부대의 장교 세 명이 문짝으로 식탁을 만들고 있었다. 뻬쨔는 젖은 옷을 벗어 말리도록 병사에게 건네주고 곧 장교들을 도와 식탁 준비에 착수했다.

10분 후에는 냅킨으로 덮은 식탁이 완성되었다. 식탁에는 보드카, 수통에 든 럼주, 흰 빵, 소금을 뿌린 양고기가 놓였다.

장교들과 함께 식탁에 앉아 기름지고 향기로운 양고기를 기름이 흘러 떨어지는 두 손으로 찢으면서, 뻬쨔는 모든 사람들에 대한 상냥한 애정에 찬 어린애 같은 감격어린 기분에 잠겨 있었다. 그 때문에 다른 사람들도 자기에 대해 같은 애정을 가지고 있다고 확신하고 있었다.

"그런데 어떻게 생각하십니까, 데니쏘프 씨." 그는 데니쏘프에게 말하였다. "나 하루쯤 여기 남아도 괜찮겠지요?" 그리고 그는 대답을 기다리지 않고 자기 자신에게 대답했다. "나는 상황을 보고 오라는 명령을 받고 있기 때문에, 지금 그것을 확인해야 해요…… 다만, 날 가게 해 주세요…… 가장…… 중요한…… 나는 상 같은 건 필요 없어요…… 내가 원하는 것은……" 뻬쨔는 이를 악물고, 뒤로 젖힌 머리를 경련하듯이 움직이고 손을 휘두르면서 뒤돌아보았다.

"가장 중요한 곳으로라……" 데니쏘프는 미소를 지으면서 되풀이했다.

"제발 부탁이니까 저에게 부대 하나를 완전히 맡겨주세요. 내가 지휘할 수 있게." 뻬쨔는 계속했다. "그런 것은 당신에게는 아무 일도 아니잖습니까? 아, 칼 말입니까?" 양고기를 자르려고 하는 장교에게 말하였다. 그리고 그는 장교에게 자기의 접는 칼을 건네주었다.

장교는 칼을 칭찬했다.

"그럼, 가지세요. 나는 그런 것을 많이 가지고 있으니까요……." 얼굴이 빨개지면서 뻬쨔는 말했다. "아, 그렇다! 나는 까맣게 잊고 있었다." 그는 갑자기 소리쳤다. "나한테 건포도가 있습니다, 굉장합니다. 바로 그 씨가 없는 건포도가. 우리에게는 새 주보가 있고, 여러 가지 좋은 것들이 있습니다. 난 4kg 샀습니다. 나는 단 것을 먹는 버릇이 생겨서요. 잡수시겠습니까? …

…" 그리고 뻬쨔는 현관에 있는 자기의 까자크 병 쪽으로 달려가서 건포도가 2kg 정도 들어 있는 자루를 가져왔다. "잡수십시오. 여러분, 드십시오."

"그건 그렇고, 커피 주전자는 필요 없습니까?……" 그는 까자크 대위에게 말하였다. "우리 주보상인으로부터 산 겁니다. 훌륭한 겁니다. 그는 좋은 물건들을 취급하고 있습니다. 게다가 매우 정직합니다. 이것이 중요한 점입니다. 나중에 꼭 보내드리겠습니다. 그런데 혹시 부싯돌을 다 써버리지 않으셨나요? 그런 것들은 흔히 금방 닳아 없어지니까요. 나는 가져왔습니다. 여기 있습니다……." 그는 자루를 가리켰다. "백 개쯤 있습니다. 무척 싸게 샀습니다. 필요한 만큼 가지십시오, 좋으시다면 전부라도……" 뻬쨔는 자기가 좀 어리석은 말을 한 것은 아닌가 하고 갑자기 깜짝 놀라 입을 다물고는 빨개졌다.

그는 자기가 또 무슨 부질없는 말을 하지는 않았나 생각해 보려고 하였다. 그리고 오늘 일을 하나하나 상기하는 동안에 문득 프랑스 병 고수 생각이 떠올랐다. '우리들은 이렇게 좋은 기분이지만 그는 어떤 기분일까? 어디로 끌려갔을까? 식사는 얻어먹었을까? 모욕은 당하지 않았을까?' 그는 생각했다. 그러나 부싯돌에 대해서 쓸데없는 소리를 했기 때문에 이번에는 조심하고 있었다.

'물어봐도 좋겠지만' 그는 생각했다. '내가 아직 나이가 어리니까 고수 아이를 불쌍하게 여긴다는 말을 들을지도 모른다. 모두에게 나는 보여줄 테다. 내가 아이인지 아닌지! 물어보면 창피할까?' 뻬쨔는 생각했다. '어느 쪽이건 상관 없어!' 그리고 곧 얼굴이 빨개져서 상대방 얼굴에 비웃음이 떠오르지나 않았을까 하고 머뭇거리며 장교들을 보면서 말했다.

"포로가 된 그 소년을 여기에 불러도 될까요? 무엇이라도 먹여 주고 싶습니다만…… 어쩌면……."

"음, 불쌍한 아이지." 데니쏘프는 그 소년을 상기하게 한 것은 조금도 부끄러운 일이 아니라는 듯이 말했다. "이리 불러와. 방상 보스라는 이름이야. 불러 와."

"내가 불러 오겠습니다." 뻬쨔가 말했다.

"불러 오게, 불러 와, 불쌍한 아이야." 데니쏘프는 되풀이했다.

데니쏘프가 이렇게 말했을 때, 뻬쨔는 출입구에 서 있었다. 뻬쨔는 장교들 사이를 빠져나가 데니쏘프 옆으로 다가갔다.

"제발 당신에게 키스하게 해 주십시오, 데니쏘프 씨." 그는 말했다. "아, 정말 훌륭하십니다! 정말 기분이 좋다!" 그리고 데니쏘프에게 키스하고 나서 그는 밖으로 뛰어나갔다.

"보스! 방상!" 출입구에서 걸음을 멈추고 뻬쨔는 소리쳤다.

"누구에게 볼일이 있습니까?" 어둠 속에서 누군가의 목소리가 들렸다. 뻬쨔는 오늘 붙잡힌 프랑스 소년이라고 대답했다.

"아! 베쎈니 말입니까?" 까자크가 말했다.

방상이라는 소년의 이름은 벌써 바뀌어 있었다. 까자크들은 베쎈니, 농민과 병사들은 비쎄냐라고 고쳐 부르고 있었다. 이 고쳐 부르는 이름은 어느쪽에서도 베스나(봄)를 연상시켜 어린 소년의 이미지와 결부되어 있었다.

"저쪽 모닥불에서 불을 쬐고 있었습니다. 이봐, 비쎄냐! 비쎄냐! 베쎈니!" 어둠 속에서 차례로 전해지는 목소리와 웃음 소리가 들렸다.

"여간 재빠른 애가 아닙니다." 뻬쨔 옆에 서 있던 경기병이 말했다. "아까 먹을 것을 조금 주었습니다만, 무섭게도 굶주리고 있었습니다!"

어둠 속에서 발소리가 들리고 맨발로 진창을 철벅거리면서 고수가 문간으로 다가왔다.

"아, 자네군!" 뻬쨔는 말했다. "뭐 먹고 싶지 않나? 걱정할 것은 없어. 아무도 너한테 나쁜 짓은 하지 않을 테니까." 머뭇거리며 상냥하게 그의 손을 만지면서 그는 프랑스말로 덧붙였다. "들어가게, 들어가."

"고맙습니다." 거의 앳된 떨리는 목소리로 이렇게 대답하고 고수는 자기의 흙투성이 발을 문지방에 문지르기 시작했다. 뻬쨔는 고수에게 할 말이 많았지만 말할 용기가 나질 않았다. 그는 머뭇거리면서 현관에서 상대방 옆에 서 있었다. 그러나 마침내 어둠 속에서 소년의 손을 잡아 꼭 쥐었다.

"들어가게, 들어가." 그는 상냥한 음성으로 이렇게 되풀이할 뿐이었다.

'아, 무엇이라도 해주고 싶다!' 뻬쨔는 혼잣말을 하면서 문을 열어 소년을 자기 옆을 지나 안으로 들어가게 했다.

고수가 집 안에 들어가자 뻬쨔는 그에게 정신이 팔리면 자기 체면에 관계된다고 생각하고 거기서 조금 떨어진 곳에 앉았다. 그는 호주머니 속에서 돈을 만지면서 이것을 고수에게 주는 것은 부끄러운 일은 아닐까 망설이고 있었다.

8

데니쏘프의 명령으로 고수에게 보드카와 양고기를 주었다. 데니쏘프는 또한 고수에게 러시아식 긴 저고리를 입히고 다른 포로들과 함께 보내지 말고 그냥 남겨두라고 했다. 고수에 대한 뻬쨔의 주의를 빼앗은 것은 돌로호프의 도착이었다. 뻬쨔는 정규군에 있었을 때 돌로호프의 뛰어난 용기와 프랑스 병에 대한 잔인한 이야기를 많이 듣고 있었기 때문에, 돌로호프가 농가에 들어온 후 눈을 떼지 않고 그를 바라보고, 위로 젖힌 머리를 경련을 일으키듯이 움직여 더욱더 기운을 북돋아, 돌로호프와 같은 인물과 자리를 같이 해도 부끄럽지 않게 하려고 애를 쓰고 있었다.

돌로호프의 외모는 평범했기 때문에 뻬쨔는 이상한 생각이 들 정도였다.

데니쏘프는 까자크식 겉옷을 입고 턱수염을 기르고 가슴에는 기적을 향한 성자 니꼴라이의 상을 걸었으며, 말투나 모든 태도에도 그의 입장이 특별하다는 분위기를 나타내고 있었다. 한편 돌로호프는 반대로, 이전에 모스크바에 있을 때에는 페르시아식 옷을 입고 있었는데, 지금은 반대로 몹시 딱딱한 근위 기병의 모습을 하고 있었다. 얼굴은 깨끗하게 면도질을 하고, 근위 기병의 솜을 넣은 연미복형 제복을 입고 게오르기 훈장을 달았으며, 장식을 하지 않은 군모를 단정하게 똑바로 쓰고 있었다. 그는 구석에서 소매가 없는 젖은 외투를 벗고 데니쏘프 쪽으로 다가가서, 그 누구에게도 인사를 하지 않고 대뜸 상황에 관해서 묻기 시작했다. 데니쏘프는 큰 부대가 적의 수송대에 품고 있는 계획, 뻬쨔가 파견되어 온 것, 자기가 두 장군에게 어떤 대답을 했는가 하는 것을 돌로호프에게 이야기하였다. 그리고 데니쏘프는 프랑스군의 부대 상황에 관해서도 자기가 알고 있는 것을 모두 이야기했다.

"그렇겠지. 그러나 어떤 부대가 얼마만큼 있는가를 알아야 해." 돌로호프는 말했다. "역시 가봐야 해. 적을 정확하게 모르고서는 실행에 착수할 수가 없어. 나는 일을 빈틈없이 하기를 좋아하니까. 어때, 자네들 중에서 누가 나와 함께 적진에 갈 사람은 없나? 군복은 내가 가지고 왔다."

"내가, 내가…… 내가 같이 가겠습니다!" 뻬쨔가 소리쳤다.

"자넨 절대로 가서는 안 돼." 데니쏘프는 돌로호프를 향하여 말하였다.

"이 친구는 절대 보낼 수 없어."

"참 훌륭하십니다!" 뻬쨔가 소리쳤다. "왜 내가 가면 안 됩니까? ……."

"그야 갈 필요가 없으니까."

"죄송합니다, 왜냐하면…… 저는 꼭 가야겠습니다. 그것뿐입니다. 데리고 가시겠죠?" 그는 돌로호프를 향해서 말했다.

"그야……" 돌로호프는 프랑스 고수 얼굴을 바라보면서 건성으로 대답하였다.

"이 젊은이는 전부터 자네한테 있었나?" 그는 데니쏘프에게 물었다.

"오늘 잡았지만 아무것도 몰라. 나는 여기 놓아두기로 했어."

"그래, 다른 놈들은 어디로 보내려는 거지?" 돌로호프가 말했다.

"어디라고? 포로로 등록하러 보내는 거야!" 갑자기 얼굴을 붉히고 데니쏘프가 외쳤다. "당당하게 말하는 바이지만 나는 양심에 가책을 받을 만한 짓을 아무에게도 하지 않았어. 솔직히 말하지만 군인의 명예를 더럽히기보다는, 30명이건 300명이건 호위를 붙여서 도시로 보내버리는 편이 죽여버리는 것보다 낫지 않은가? 분명히 말하지만 이것은 군인의 명예에 관한 일이야."

"그야 여기 있는 열여섯 살 난 철없는 백작 도련님이라면 그런 상냥한 말을 하는 것도 어울리겠지만" 냉소를 띠고 돌로호프가 말했다. "자넨 이젠 그런 건 버려도 좋을 때야."

"어째서입니까. 나는 아무 말도 하지 않았습니다. 나는 다만 꼭 당신을 따라가고 싶다고 말하고 있을 뿐입니다." 뻬쨔가 머뭇거리며 말했다.

"우리들은 이제 그런 듣기 좋은 말은 그만둘 때야." 돌로호프는 데니쏘프를 초조하게 하는 이 문제를 이야기하는 것이 특히 마음에 들었다는 듯이 말을 계속하였다. "어째서 자네는 이런 아이를 자네한테로 데려온 거야?" 그는 부정이라도 하듯이 고개를 저으면서 말했다. "불쌍한 마음이 들기 때문이겠지? 자네가 말하는 포로 등록 같은 건 우리는 다 알고 있어. 자네가 100명 보내면 도착하는 건 30명이야. 굶어 죽든지 피살되든지 그 어느 쪽이지. 그렇다면 처음부터 잡지 않아도 마찬가지가 아닌가?"

까자크 대위가 엷은 색 눈을 반쯤 감고 그렇다는 듯이 고개를 끄덕였다.

"그런 것은 문제가 아냐. 이러쿵저러쿵할 것은 없어. 다만 나는 내가 책임을 지기가 싫어. 어차피 죽는다고 자네는 말하지만, 그것으로 족해. 다만 그것이 내 탓이 아니라면 말일세."

돌로호프는 웃음을 터뜨렸다.

"프랑스군도 우리를 죽이지 말고 붙잡으라고 스무 번도 넘게 명령할 거네. 하지만 만약 잡히기라도 한다면 나나 자네도, 자네의 기사도 정신도 그저 나뭇가지에 매달릴 뿐이야." 그는 잠시 입을 다물었다. "그러나 어쨌든 할 일은 해야 해. 내 까자크에게 짐을 가져오게 해주게! 나는 프랑스군 군복을 두 벌 가져왔어. 어때, 같이 가겠나?" 그는 뻬쨔에게 물었다.

"나 말입니까? 네, 네, 꼭 가겠습니다." 눈물이 나도록 빨개진 뻬쨔는 데니쏘프 쪽을 살펴보면서 소리쳤다.

다시 돌로호프가 데니쏘프하고 포로를 어떻게 할 것인가에 관해 논의를 시작하였을 때 뻬쨔는 다시 쑥스러움과 초조한 마음을 느꼈다. 그러나 그때도 그들이 이야기하고 있는 것을 차분하게 이해할 여유가 없었다. '어른들이, 이름난 어른들이 그렇게 생각하고 있다면 아마 그래야 할 것이다. 즉, 그것이 옳을 것이다.' 그는 생각했다. '중요한 것은 데니쏘프로 하여금 내가 고분고분 그의 명령에 복종하고 그가 날 지시할 수 있다고 생각하지 않게 해야 한다. 나는 무슨 일이 있어도 돌로호프와 함께 프랑스군 진지로 가겠다. 그가 할 수 있는 일이라면 나도 할 수 있어!'

가지 말라고 아무리 데니쏘프가 설득을 해도 뻬쨔는, 자기도 무엇이든지 깔끔하게 하는 버릇이 있다, 그때그때 적당히 하기는 싫다, 그리고 자기 신변의 위험 같은 것은 생각해 본 일도 없다고 대답할 뿐이었다.

"왜냐하면—인정해 주세요—만약 적이 얼마나 있는지 정확하게 모르면 생명에 관련됩니다. 어쩌면 몇백 명의 목숨을 잃을지 모릅니다. 그런데 이것은 우리 두 사람만의 일입니다. 그리고 나는 무척 가고 싶습니다. 무슨 일이 있어도 꼭 가겠습니다. 저를 말릴 수는 없어요." 그는 말했다. "오히려 역효과가 날 뿐이니까요……."

9

프랑스군 제복 코트와 군모를 쓰고 나서 뻬쨔는 돌로호프와 함께 숲 속으로 난 길로 향하였다. 그것은 데니쏘프가 적의 진지를 관찰하고 있었던 길이었다. 깜깜한 숲을 나서자 낮은 곳으로 내려갔다. 밑으로 내려가자 돌로호프는 따라온 까자크들에게 여기서 기다리라고 이르고는 구보로 길을 따라 다리 쪽으로 말을 몰았다. 뻬쨔는 흥분으로 숨이 막힐 것만 같은 기분으로 그와 나란히 말을 몰았다.

"만일 잡힌다 해도 나는 생포는 되지 않겠습니다. 권총을 가지고 있으니까요." 뻬쨔는 목소리를 낮추고 말하였다.

"러시아말을 쓰면 안 돼." 돌로호프는 빠른 말로 속삭였지만 그때 어둠 속에서 "누구냐?" 하는 외치는 소리와 함께 총을 겨누는 소리가 들렸다.

뻬쨔의 얼굴이 화끈거렸다. 그는 권총을 잡았다.

"제6연대의 창기병이다." 돌로호프는 말을 그대로 몰면서 말하였다. 보초의 그림자가 다리 위에 서 있었다.

"암호는?" 돌로호프는 잠깐 고삐를 죄며 보통 걸음으로 말을 늦추었다.

"제라르 대령은 여기 있나?" 그는 말했다.

"암호는?" 보초는 물음에는 대꾸도 하지 않고 길을 가로막으면서 말했다.

"순찰 중인 장교에게 암호를 묻는 보초도 있나?" 돌로호프는 벌컥 화를 내고 말로 보초를 덮치듯이 하면서 소리쳤다. "대령은 있느냐고 묻고 있잖아!"

돌로호프는 옆으로 비켜선 보초의 대답을 듣지도 않고 느린 걸음으로 언덕을 올라갔다.

길을 가로지르는 그림자를 보자 돌로호프는 그를 불러 세우고 대장이나 장교들은 어디에 있느냐고 물었다. 그 사나이는 자루를 짊어진 병사였는데, 걸음을 멈추고 돌로호프의 말을 손으로 만지면서 옆으로 다가왔다. 그리고 대장과 장교들은 오른쪽 언덕 위에 있는 농장의 저택(그는 지주 저택을 이렇게 말하고 있었다)에 있다고 격의 없는 어조로 말하였다.

양쪽의 모닥불 근처로부터 프랑스말로 하는 이야기 소리가 들려오는 길을 지나자 돌로호프는 방향을 바꾸어 지주 저택의 뜰로 들어갔다. 문을 들어서자 그는 말에서 내려, 활활 타고 있는 커다란 모닥불 쪽으로 걸어갔다. 그 둘레에는 군인들 몇 명이 앉아서 큰 소리로 이야기하고 있었다. 모닥불 가에 걸어 놓은 냄비 속에서는 무엇인가 끓고 있었고, 파란 외투에 둥근 모자를 쓴 병사가 무릎을 꿇고 빨갛게 타는 불을 받으면서, 탄약 재는 쇠꼬챙이로 냄비 속을 휘젓고 있었다.

"끈질긴 악당이다." 모닥불 건너편에 앉아 있던 장교 한 사람이 말했다.

"그놈 같으면 따돌릴 수 있을 거야." 다른 사람이 웃으면서 말했다. 말을 끌고 모닥불 쪽으로 다가오는 돌로호프와 뻬쨔의 발소리를 듣자 두 사람은 어둠 속을 응시하면서 입을 다물었다.

"안녕하십니까, 여러분!" 돌로호프가 큰 소리로 뚜렷하게 말했다.

장교들은 모닥불 뒤에서 슬금슬금 움직이기 시작하고, 목이 길고 키가 큰 장교가 모닥불을 돌아서 돌로호프 쪽으로 다가왔다.

"자넨가, 끌레만?" 그는 물었다. "어디 갔었나……" 그러나 그는 자기가 사람을 잘못 본 것을 알아채고서 끝까지 말하지 않았다. 그리고 그는 시침을 떼고 돌로호프에게 인사를 하면서 무엇인가 해드릴 수 있는 일은 없느냐고 물었다. 돌로호프는 동료들과 함께 자기 연대를 뒤쫓고 있는 길이라고 말하고, 모두에게 제6연대에 대해서 무엇인가 알고 있는 것이 없느냐고 물었다. 그 누구도 알고 있는 것은 아무것도 없었다. 뻬쨔는 장교들이 적의와 의혹에 찬 눈으로 자기와 돌로호프를 바라보기 시작한 것처럼 느껴졌다. 몇 초 동안 모두들 잠자코 있었다.

"야식을 기대하고 오셨다면 좀 늦었군요." 모닥불 저쪽에서 웃음을 억제한 듯한 목소리가 말했다.

돌로호프는 자기들은 배가 고프지 않으며 밤사이에 앞으로 더 가야한다고 대답했다.

그는 냄비를 휘젓고 있던 병사에게 말을 맡기고 목이 긴 장교와 나란히 모닥불 옆에 앉았다. 그 장교는 눈을 떼지 않고 돌로호프를 바라보고 어느 연대냐고 다시 한 번 되물었다. 돌로호프는 질문을 못들은 것처럼 대답을 하지 않고 호주머니에서 꺼낸 프랑스제 파이프에 불을 붙이면서, 앞으로 이 길은 까자크의 습격을 받을 위험이 어느 정도냐고 장교들에게 물었다.

"그 악당들은 어디나 있지." 모닥불 그늘에서 한 장교가 대답했다.

돌로호프는, 까자크가 무서운 것은 자기들과 같은 낙오병뿐이며, 대부대에 대해서는 아무리 까자크라 할지라도 습격할 수 없을 것이라고 물어보듯이 말을 덧붙였다. 아무도 대꾸하지 않았다.

'이쯤 하고 가겠지.' 뻬쨔는 모닥불 앞에 서서 돌로호프의 이야기를 들으면서 끊임없이 생각하고 있었다.

그러나 돌로호프는 일단 끊긴 대화를 다시 시작하여, 여기 대대에는 몇 사람이 있고 몇 개 대대가 있으며 포로는 몇 명이나 있느냐고 까놓고 물어보기 시작했다. 이 부대에 있는 러시아인 포로에 대해서 물어보면서 돌로호프는 말했다.

"그런 시체를 끌고 다니다니 바보 같은 짓이다. 그런 녀석들은 쏘아 죽이는 편이 좋아." 그리고 실로 기묘한 큰 소리로 웃었기 때문에, 뻬쨔는 프랑스 병들이 이 가짜를 당장 알아챌까봐 저도 모르게 모닥불에서 뒤로 물러섰을 정도였다. 돌로호프의 말과 웃음에 대응하는 사람은 하나도 없었다. 그때까지 보이지 않던 프랑스 장교(이 사나이는 외투를 덮고 자고 있었다)가 몸을 일으키더니 동료들에게 무엇인가 속삭였다. 돌로호프는 일어나서 말을 망보고 있는 병사를 불렀다.

'말을 내줄까, 안줄까?' 뻬쨔는 저도 모르게 돌로호프 쪽으로 다가가면서 생각했다.

말은 내주었다.

"그럼 안녕, 여러분." 돌로호프가 말했다.

뻬쨔도 '편히 주무십시오'라고 말을 하려다가 말을 맺지 못하였다. 장교들은 서로 무엇인가 속삭이고 있었다. 돌로호프는 말이 가만히 서 있지 않아서 말을 타는 데 시간이 걸렸다. 이윽고 보통 걸음으로 문을 나갔다. 뻬쨔도 그 옆으로 나란히 나아갔다. 프랑스 병이 뒤따라오는가 돌아다보고 싶었지만 그럴 용기가 나지 않았다.

길로 나서자 돌로호프는 들판으로 되돌아가지 않고 마을을 따라 앞으로 나아갔다. 어느 장소에서 그는 귀를 곤두세우면서 말을 멈추었다.

"들리나?" 그는 말했다.

뻬쨔는 러시아어 말소리를 알아들었고 모닥불 가에 러시아인 포로의 검은 그림자를 보았다. 뻬쨔와 돌로호프는 다리 쪽으로 내려오자, 입을 다물고 침울한 얼굴로 다리 위를 거닐고 있는 보초 옆을 지나서 까자크들이 기다리고 있는 낮은 곳으로 나왔다.

"자, 여기서 헤어지자. 데니쏘프에게 새벽녘의 최초의 총소리가 신호라고 말해주게." 돌로호프는 이렇게 말하고 가려고 했지만 뻬쨔는 그의 손에 매달렸다.

"기다려 줘요!" 그는 소리쳤다. "당신은 정말 훌륭한 용사입니다! 난 당신을 참 좋아합니다."

"그래, 그래." 돌로호프는 말했으나 뻬쨔는 그를 놓지 않았다. 그리고 어둠 속에서 돌로호프는 뻬쨔가 자기 쪽으로 몸을 숙여오는 것을 보았다. 뻬쨔는 키스하고 싶었던 것이다. 돌로호프는 그에게 키스해 주고 말머리를 돌려 어둠 속으로 사라졌다.

10

뻬쨔가 초소로 돌아오자 데니쏘프는 문간에 있었다. 데니쏘프는 뻬쨔를 내보낸 것을 후회하면서 흥분과 불안 속에서 그가 돌아오기를 고대하고 있었던 것이다.

"아, 잘 됐다!" 그는 소리쳤다. "정말 고마운 일이다!" 그는 감격한 뻬쨔의 이야기를 들으면서 되풀이하였다. "제기랄, 난 너 때문에 한숨도 자지 못했어!" 데니쏘프는 말했다. "하지만 잘 됐다. 자, 자라. 아침까지는 한참 잘 수 있다!"

"아닙니다." 뻬쨔는 말했다. "나는 아직 졸리지 않습니다. 그리고 나는 나 자신을 잘 알고 있습니다. 잠이 드는 날에는 마지막입니다. 게다가 나는 전투 전날에는 자지 않는 습관이니까요."

뻬쨔는 잠시 동안 농가 안에 앉아서 오늘 정찰의 소상한 점까지 즐거운 마음으로 상기하고 또 내일의 일을 생생하게 마음 속에 그리고 있었다. 그는 데니쏘프가 잠든 것을 보자, 일어나서 밖으로 나갔다.

밖은 아직 깜깜했다. 비는 그쳤지만 나무에서는 아직 물방울이 떨어지고 있었다. 초소 근처에는 까자크의 가건물과 여러 마리를 한데 묶은 말들의 검은 그림자가 보였다. 농가 뒤에는 대형 마차 두 대가 보이고 그 옆에 말이 서 있었다. 골짜기에는 꺼져가는 불이 빨갛게 보였다. 까자크와 경기병들은 모두가 자고 있는 것은 아니었다. 떨어지는 물방울과 근처의 말이 무엇인가를 씹는 소리에 섞여 여기저기 작은, 마치 속삭이는 것 같은 말소리가 들리고 있었다.

뻬쨔는 현관을 나와 어둠 속에서 사방을 둘러보고, 대형 수송 마차 옆으로 걸어갔다. 수송차 밑에서 누가 코를 골고 있고, 그 둘레에는 안장이 그대로 놓여 있는 말이 귀리를 먹으면서 서 있었다. 어둠 속에서 뻬쨔는, 우크라이나에서 난 말인데도 카라바흐_(코카서스에 있는 말의 산지)라는 이름의 자기 말을 알아내고 그 쪽으로 다가갔다.

"이봐, 카라바흐, 내일은 한바탕 일을 하자." 그는 말의 콧등을 맡아 보고 거기에 키스하면서 말했다.

"왜 그러십니까, 나리. 안 주무십니까?" 수송차 밑에 앉아 있던 까자크가 말했다.

"아냐, 그건 그렇고…… 자네 이름은 리하쵸프였지? 나는 방금 돌아오는 길이야, 프랑스군이 있는 데까지 갔다 왔어." 그리고 뻬쨔는 까자크에게, 자기가 갔다 온 이야기뿐만 아니라 왜 자기가 가는가, 또 왜 정찰도 하지 않고 무턱대고 승부를 하는 것보다는 자기의 목숨을 걸고 조사하는 것이 좋다고 생각하는가에 대한 이유까지 자세히 이야기하였다.

"그렇지만 한잠 주무시는 것이 어떻습니까." 까자크가 말했다.

"괜찮아, 나는 습관이 돼 있으니까." 뻬쨔는 대답했다. "그런데 네 권총의 부싯돌은 달지 않나? 난 가져왔어. 필요하지 않나? 주지."

까자크는 더 가까이에서 뻬쨔를 보기 위해 수송차 밑에서 얼굴을 내밀었다.

"나는 모든 일을 꼼꼼히 하는 버릇이 있어서." 뻬쨔는 말했다. "잘 준비를 하지 않고 나중에 후회하는 사람도 있지만, 나는 그런 것은 싫단 말이야."

"확실히 그렇습니다." 까자크가 말했다.

"아, 그리고 미안하지만 내 사벨을 갈아 주지 않겠나. 무뎌 버려서…….(그러나 뻬쨔는 거짓말하는 것이 두려웠다) 아니, 아직 한 번도 갈아 본 일이 없어서. 해주겠나?"

"물론이죠, 해 드리겠습니다."

리하쵸프는 일어나서 자루 속을 찾았다. 그리고 곧 뻬쨔는 숫돌에 강철을 가는 힘찬 소리를 들었다. 그는 수송마차에 올라가 그 끝에 앉았다. 까자크는 수송차 밑에서 군도를 갈고 있었다.

"어때, 모두들 자고 있나?" 뻬쨔가 말했다.

"자고 있는 자도 있고 이렇게 하고 있는 자도 있습니다."

"그런데 그 소년은 어떻게 하고 있지?"

"베쎈니 말입니까? 저쪽 문간에서 뒹굴고 있습니다. 무서운 생각을 하면 잠이 오는 법입니다. 무척 기뻐하고 있었습니다."

그러고 나서 오랫동안 뻬쨔는 여러 가지 소리에 귀를 기울이면서 잠자코 있었다. 어둠 속에서 발소리가 들리고 검은 그림자가 나타났다.

"뭘 갈고 있나?" 그 사나이는 수송차 옆으로 다가가면서 말했다.

"나리의 군도를 갈아드리고 있어."

"좋은 일이지." 사나이가 말했다. 뻬쨔가 보기에 경기병같았다. "자네 있는 곳에 찻잔은 남아 있지 않나?"

"저기, 바퀴 옆에 있어."

경기병은 찻잔을 집었다.

"곧 날이 새겠군." 경기병은 하품을 하면서 중얼거리고 어디론지 가 버렸다.

뻬쨔는 자기가 도로에서 1㎞쯤 떨어진 숲 속의 데니쏘프의 유격대에 있는 것, 자기는 프랑스군으로부터 빼앗은 수송차에 앉아 있고 그 주위에 말이 매여 있다는 것, 자기 발 밑에서는 까자크인 리하쵸프가 앉아서 사벨을 갈고 있다는 것, 오른쪽에 보이는 커다란 검은 얼룩점은 초소이며 왼쪽 아래에 보이는 빨간 밝은 얼룩은 꺼져가는 모닥불이라는 것, 찻잔을 가지러 온 사나이는 물이 먹고 싶은 경기병이었다는 것도 알고 있었어야 했다. 그러나 그는 그러한 일은 아무것도 몰랐고 알려고도 하지 않았다. 그는 현실과 닮은 데라고는 하나도 없는 마법의 나라에 있었던 것이다. 커다란 얼룩점은 틀림없이 초소였는지도 모르지만 어쩌면 땅 속 깊이 통하는 동굴이었는지도 모른다. 빨간 얼룩점은 불이었는지도 모르지만 혹은 거대한 괴물의 눈이었는지도 모른다. 지금은 확실히 수송차에 앉아 있는지도 모르지만, 혹은 수송차가 아니라 몹시 높은 탑 위에 앉아 있는 것인지도 모른다. 그리고 만일 그 위에서 떨어진다면 온종일 날아도, 꼬박 한 달 동안을 계속해서 날아도 절대로 땅에 닿지 않을지도 모른다. 수송차 밑에 앉아 있는 것은 까자크인 리하쵸프에 지나지 않는지도 모르지만 어쩌면 아무도 모르는, 이 세상에서 가장 선량하고 용감하며 가장 훌륭하고 또 가장 뛰어난 사람인지도 모른다. 경기병은 확실히 물을 마시러 골짜기로 내려갔는지도 모르지만 어쩌면 방금 시야에서 사라진 채 완전히 그대로 없어졌는지도 모른다.

지금의 뻬쨔는 무엇을 보더라도 절대로 놀라지 않았을런지도 모른다. 그는 모든 것이 가능한 마법의 세계에 있었기 때문이다.

그는 하늘을 쳐다보았다. 하늘도 대지와 같이 마법의 세계였다. 하늘은 활짝 개고, 나뭇가지 끝 위에는 마치 감추고 있던 별을 활짝 열어 보여주려는 것처럼 구름이 빨리 달리고 있었다. 때로는 구름이 가시고 검은 구름 한 점 없는 하늘이 나타나는 것처럼 여겨졌다. 때로는 그 검은 얼룩이 비구름처럼 생각되기도 했다. 때로는 하늘이 머리 위 높이 떠올라 가는가 하면, 이번에는 손이 닿도록 아주 낮게 내려오는 것만 같았다.

뻬쨔는 눈을 감고, 몸을 가볍게 흔들기 시작했다.

빗방울이 떨어지고 있었다. 조용한 이야기 소리가 들리고 있었다. 말이 높은 소리로 울기 시작하고 서로 으르렁댔다. 누군가가 코를 골고 있었다.

"싹, 싹, 싹……" 사벨을 가는 소리가 피리처럼 들리고 있었다. 그리고 갑자기 뻬쨔는 엄숙하고 감미로운 찬송가를 연주하는 음악의 잘 조화된 소리를 들었다. 뻬쨔는 나따샤만큼, 그리고 니꼴라이 이상으로 음악적인 소질을 가지고 있었지만 한 번도 음악을 배운 일이 없으며, 음악을 생각한 일도 없었다. 그래서 갑자기 머리에 떠오른 악상(樂想)은 그에게는 특히 새롭고 매력적이었다. 음악은 더욱 뚜렷이 들려왔다. 선율은 더욱 강해지고 한 악기에서 다른 악기로 옮아갔다. 이른바 푸가(둔주곡)라는 것이 완성되어 있었다. 그러나 사실 뻬쨔는 푸가라는 것이 무엇인지 알지 못했다. 때로는 바이올린 비슷한, 때로는 트럼펫과 비슷한—그렇지만 바이올린과 트럼펫보다도 훨씬 아름답고 맑은—하나하나의 악기가 자기 파트를 연주하고 또 다른 모티프의 연주를 끝내기도 전에 다음의, 거의 같은 모티프를 연주하기 시작하면 거기에서 제3의, 다시 제4의 모티프와 융합되어 전체가 하나로 녹아들었다가 다시 따로따로 나뉘고, 다시 융합되어 장엄한 교회적인 가락이 되기도 하고 눈부시게 빛나는 승리의 가락이 되기도 하였다.

'아, 그렇다. 이것은 내가 꿈속에 있기 때문이다." 앞으로 비틀거리며 뻬쨔는 혼잣말을 했다. '이것은 내 귓속의 소리다. 어쩌면 이것은 나의 음악일지도 모른다. 자, 다시 한 번 해라, 나의 음악! 자!'

그는 눈을 감았다. 그러자 전후좌우에서 마치 멀리서 들려오듯이, 여러 가지 음이 떨리기 시작하여 한데 겹쳐지기도 하고 흩어지기도 하고 융합되기도 하며 아까와 마찬가지로 감미롭고 장중한 찬송가가 되기 시작하였다. '아, 정말 훌륭하다! 얼마나 훌륭한가! 내가 원하는 한, 내가 바라는 대로

다.' 뻬쨔는 속으로 말하였다. 그는 이 여러 가지 악기의 일대 합주를 지휘하려고 하였다.

'자, 더 작게, 더 작게, 멈춰야 한다, 거기서.' 그러자 음이 그가 말하는 대로 되었다. '자, 이번에는 더 힘껏 쾌활하게, 더욱더 즐겁게.' 그러자 어딘지 모르는 곳에서 장중한 음이 일어나 차차 강해졌다. '자, 합창대, 뒤를 이어서!' 뻬쨔는 명령했다. 그러자 처음엔 멀리서 남성 합창이, 다음엔 여성 합창이 들렸다. 소리는 일정한 리듬으로 장중하게 강해지면서 점점 커졌다. 뻬쨔는 이 유례없는 아름다움에 귀를 기울이는 것이 무서웠고 즐거웠다.

장중한 승리의 행진곡에 노래가 섞였다. 그리고 빗방울이 떨어지고 싹, 싹, 싹…… 사벨을 가는 소리가 나고 말이 서로 으르렁대며 울어댔지만, 그것은 합창의 방해는 되지 않고 오히려 그 속으로 융합되었다.

뻬쨔는 그것이 얼마 동안이나 계속되었는지 몰랐다. 그는 도취하고 끊임없이 자신의 도취에 놀라면서 그것을 누구한테도 전하지 못하는 것을 안타깝게 생각하였다. 리하쵸프의 상냥한 목소리가 그를 깨웠다.

"됐습니다, 장교님. 이거라면 프랑스 병을 두 동강 낼 수 있습니다."

뻬쨔는 제정신이 들었다.

"이제 새벽이다. 확실히 새벽이야!" 그는 소리쳤다.

아까까지 보이지 않았던 말이 꼬리까지 보이고, 잎이 다 떨어진 가지 너머로 축축하게 젖은 것 같은 엷은 햇살이 보였다. 뻬쨔는 몸을 떨고 벌떡 일어나자 호주머니에서 1루블 은화를 꺼내어 리하쵸프에게 주고는 검을 한바탕 휘둘러 보고 칼집에 넣었다. 까자크들이 말을 끌러 복대 끈을 맸다.

"대장이 오신다." 리하쵸프가 말했다.

초소에서 데니쏘프가 나와 뻬쨔를 불러 집합하라고 명령했다.

11

사람들은 희미한 어둠 속에서 재빨리 말을 골라서 복대 끈을 매고 각 분대로 갈라져 정렬하였다. 데니쏘프는 초소 옆에 서 있었다. 파르티잔 보병대는 보조를 맞추어 새벽 전의 안개에 싸인 나무들 사이로 재빨리 사라졌다. 까자크들에게 대위가 무엇인가 명령하고 있었다. 뻬쨔는 승마 명령이 내리기를 초조하게 기다리면서 말의 고삐를 잡고 있었다. 찬물로 씻었기 때문에 그의 얼굴은, 특히 눈은 불처럼 불타고 있었다. 한기가 등골을 스쳐가고 온몸이 이상하게 빠르고 규칙적으로 떨리고 있었다.

"자, 모두들 준비는 되었나?" 데니쏘프는 말했다. "말을 가져와."

말이 끌려 왔다. 데니쏘프는 복대 끈이 헐겁다고 까자크에게 화를 내고 말을 탔다. 뼤쨔는 등자에 발을 걸었다. 말은 여느 때의 버릇대로 그의 발을 물려고 했지만 뼤쨔는 자신의 체중도 느끼지 않는 듯이 재빨리 안장에 뛰어올라, 등 뒤의 어둠 속에 움직이기 시작한 경기병을 돌아다보면서 데니쏘프 쪽으로 다가갔다.

"데니쏘프, 내게 무슨 임무를 주시겠죠? 제발…… 부탁입니다……." 그는 말했다. 데니쏘프는 뼤쨔의 존재 같은 것은 잊은 것 같았다. 그는 뼤쨔를 돌아다보았다.

"자네에게 부탁할 것이 한 가지 있다." 그는 엄격하게 말했다. "내 명령에 복종하고 주제넘게 나서면 안 돼."

이동하는 동안 데니쏘프는 그 이상 뼤쨔에게 아무 말도 하지 않고 묵묵히 말을 몰고 갔다. 숲 언저리에 가까이 갔을 때 들판은 꽤 밝아져 있었다. 데니쏘프는 까자크 대위와 무엇인가 속삭이고 까자크들은 뼤쨔와 데니쏘프 옆을 지나갔다. 그들이 모두 지나갔을 때 데니쏘프는 말을 몰고 언덕을 내려가기 시작했다. 말은 엉덩이를 땅에 대고 미끄러지면서 기수를 태운 채 낮은 곳으로 내려갔다. 뼤쨔는 데니쏘프와 나란히 나아갔다. 온몸이 더욱 심하게 떨렸다. 사방은 차차 밝아지고 안개가 먼 곳에 있는 것을 감추고 있을 뿐이었다. 아래까지 내려가자 뒤를 돌아보고 데니쏘프는 자기 옆에 서 있는 까자크에게 고개를 끄덕여 보였다.

"신호를 올려라!" 그는 말했다.

까자크가 손을 들었다. 총성이 울렸다. 그러자 그 순간 앞쪽에서 질주하기 시작한 말굽소리와 사방에서 일어나는 함성과 새로운 총성이 들렸다.

말굽 소리와 함성이 처음으로 일어나자 뼤쨔는 채찍으로 말을 치고 고삐를 늦추고, 데니쏘프가 자기에게 무엇인가 소리치는 것을 듣지도 않고 앞으로 돌진하였다. 뼤쨔는 총성이 들린 순간 갑자기 대낮처럼 밝게 활짝 날이 샌 것 같았다. 그는 다리를 향하여 질주했다. 다리 위에서 낙오한 까자크와 부딪혔지만 그대로 앞으로 말을 달렸다. 앞쪽에서는 무엇인가 사람들이—그것은 틀림없이 프랑스 병 같았다—길 오른쪽에서 왼쪽으로 달리고 있었다. 한 사람이 뻬쨔의 말발굽 밑에서 진창에 쓰러졌다.

한 농가 옆에서 까자크들이 모여 무엇인가 하고 있었다. 무리 속에서 무서운 고함 소리가 들렸다. 뻬쨔는 그 군중 쪽으로 달려갔다. 그가 처음 본 것은 창을 들이대고 아래턱을 떨고 있는 프랑스 병의 창백한 얼굴이었다.

"우라! …… 여러분…… 우군이다……" 뻬쨔는 외치며 날뛰는 말의 고삐를 늦추고 앞을 향하여 길을 달렸다.

앞쪽에서는 총성이 들리고 있었다. 길 양쪽에서 뛰고 있는 까자크, 경기병, 누더기 옷을 입은 러시아 포로들이 큰 소리로 무엇인가 제각기 소리치고 있었다. 모자도 쓰지 않고 빨간 얼굴을 찌푸린, 푸른 코트의 기세 당당한 프랑스 병이 총검으로 경기병을 요격하고 있었다. 뻬쨔가 달려갔을 때 프랑스 병은 이미 쓰러져 있었다. 또 늦었구나 하는 생각이 머리를 스쳐갔다. 그래서 그는 총소리가 계속 들리는 쪽으로 달려갔다. 그 총성은 어젯밤 돌로호프와 함께 갔던 그 지주 저택의 뜰에서 울리고 있었다. 프랑스 병들은 나뭇가지로 짠 울타리 뒤, 관목이 무성한 마당에 숨어서 문 옆에 모여 있는 까자크들을 향하여 총을 쏘고 있었다. 문 옆에까지 말을 타고 오자, 뻬쨔는 초연(哨煙) 속에서 돌로호프가 녹색에 가까운 창백한 얼굴을 하고 무엇인가 병사들에게 소리치고 있는 것을 보았다. "우회해라! 보병을 기다려!" 뻬쨔가 뛰어갔을 때 돌로호프는 소리치고 있었다.

"기다리라고? …… 우라! ……" 뻬쨔는 이렇게 소리치자마자 잠시도 주저하지 않고 총소리가 들리고 화약 연기가 더욱 짙은 곳으로 돌진하였다. 일제 사격이 들리고 총탄이 윙윙거리며 맞지 않고 그대로 날아가기도 하고, 무엇에 명중하여 철썩 소리를 냈다. 까자크들과 돌로호프는 뻬쨔 뒤를 따라 문 안으로 뛰어들었다. 프랑스 병들은 흔들리는 짙은 화약 연기 속에서 무기를 버리고 덤불 뒤에서 까자크 쪽으로 달려 나오는 자도 있었고, 못을 향하여 언덕을 달려 내려가는 자도 있었다. 뻬쨔는 지주 저택의 뜰을 말을 탄 채 달리고 있었다. 그리고 고삐를 잡지 않고 두 손을 이상하게 빨리 휘두르면서 차차 안장에서 한쪽으로 미끄러져 떨어졌다. 말이 아침 햇살 속에서 막 꺼져 가는 모닥불에 닿아 앞발을 버티었다. 그리고 뻬쨔는 젖은 땅 위에 털썩 떨어졌다. 까자크들은 뻬쨔의 머리는 조금도 움직이지 않는데 손발만이 가늘게 경련하고 있는 것을 보았다. 탄환이 머리를 관통했던 것이다.

칼에 손수건을 잡아매고 집 안에서 나와 항복을 표명한 프랑스의 고참 장교와의 교섭을 끝내고, 돌로호프는 말에서 내려 두 손을 펼친 채 꼼짝도 하지 않고 누워 있는 빼쨔 옆으로 다가왔다.

"죽었군." 그는 이맛살을 찌푸리며 말하고 이쪽으로 말을 몰고 오는 데니쏘프를 맞으러 문 쪽으로 갔다.

"당했나?" 데니쏘프는 빼쨔의 몸이, 그가 늘 보아온, 분명히 살아 있지 않은 자세로 쓰러져 있는 것을 멀리서 보고 소리쳤다.

"죽었어." 돌로호프는 이 말을 입 밖에 내면 속이 시원하기라도 한 것처럼 되풀이하였다. 그리고 말에서 내린 까자크들에게 둘러싸여 있는 포로들 쪽으로 빨리 걸어갔다. "수용하는 건 그만두지!" 그는 데니쏘프에게 소리쳤다.

데니쏘프는 대답하지 않았다. 그는 빼쨔 옆으로 가 말에서 내려, 피와 흙투성이가 되어 벌써 창백해진 빼쨔의 얼굴을 떨리는 두 손으로 자기 쪽으로 돌렸다.

'나는 단 것을 먹는 것이 버릇이 되었어요. 굉장한 건포도입니다. 다 받아주세요.' 그 말이 그의 기억에 떠올랐다. 까자크들은 개가 짖는 듯한 소리에 깜짝 놀라서 돌아다보았다. 데니쏘프도 그 소리를 듣자마자 재빨리 몸을 돌려 나뭇가지로 짠 울타리 옆으로 가서 그것을 붙잡았다.

데니쏘프와 돌로호프가 탈환한 러시아 포로들 중에는 삐에르가 있었다.

12

삐에르가 있던 포로부대는 모스크바에서 출발한 이래, 프랑스 사령부로부터 아무런 새로운 지시도 없었다. 이 집단은 10월 22일, 모스크바를 같이 출발한 부대와 마차 부대하고는 이미 따로 떨어져 있었다. 처음 몇 행정(行程) 동안 포로의 뒤를 따라오던 건빵을 실은 마차의 반수를 까자크에게 빼앗기고, 나머지 반은 먼저 가버리고 말았다. 앞장서서 걸어가던 기병들은 이제 한 사람도 없었다. 모두 사라진 것이다. 또 처음 몇 행정 동안에 앞쪽에 보이던 포병대 대신에 지금은 베스트팔리아 병의 호위를 받는 쥬노 원수의 수송차대가 보이고 있었다. 포로들 뒤에서는 기병대의 물자를 실은 짐마차가 따라오고 있었다.

그때까지 세 개의 행군 종대로 나아가고 있던 프랑스군은 뱌지마 이래 이제는 한 덩어리가 되어 나아가고 있었다. 모스크바를 출발한 후 최초의 휴식 때에 삐에르가 알아챈 혼란의 징후가 지금은 극에 달하고 있었다.

그들이 나아가고 있는 길 양쪽에는 죽은 말이 여기저기 뒹굴고 있었고, 여러 부대로부터 낙오된, 넝마를 입은 병사들이 끊임없이 교체되면서 행군해 가는 부대에 합류하기도 하고 뒤지기도 했다.

행군 중에 몇 번인가 잘못된 경보가 나가, 호위하는 병사들이 총을 올려 발포하고 서로 밀치면서 쏜살같이 도망치기 시작하였다. 그러나 이윽고 다시 모여 무턱대고 놀라게 하지 말라고 서로 욕지거리를 하는 것이었다.

함께 행군하고 있던 이들 세 집단—기병의 물자 수송대, 포로의 호위대, 쥬노의 수송차대—이 눈에 띄게 줄어들면서, 여전히 어딘지 별개의 것인 듯하면서도 한 덩어리가 된 일체를 이루고 있었다.

처음에 짐마차 120대가 있었던 수송대도 지금은 60대밖에 남아 있지 않았다. 그 밖의 것은 약탈되기도 하고 포기되기도 했다. 쥬노의 수송차대 중에서도 몇 대가 약탈되기도 하고 파기되기도 하였다. 세 대는 다부 군단의 낙오병의 습격을 받아 약탈되었다. 삐에르가 독일 병사에게 들은 바에 의하면, 이 수송차대에는 포로대보다도 더 많은 호위병이 배치되어 있었다. 또 그들의 동료인 한 독일병이 원수의 소유물인 은수저를 가지고 있는 것이 발각되어 바로 그 원수의 명령으로 총살됐다는 것이었다.

이 세 집단 중에서 가장 인원이 많이 줄어버린 것은 포로대였다. 모스크바 출발 당시의 330명 중, 현재 남아 있는 것은 100명도 채 되지 않았다. 포로들은 기병대의 안장이나 쥬노의 수송차 이상으로 호송병들에게는 무거운 짐이 되어 있었다. 안장이나 쥬노의 숟가락이라면 무엇인가 도움이 될지도 모른다는 것을 병사들도 알고 있었다. 그러나 굶주리고 추위에 시달리는 호위병들에게, 똑같이 굶주림과 추위에 시달려 도중에서 차례로 죽고 낙오하고, 낙오하면 닥치는 대로 쏘아죽이라고 명령된 러시아인을 무엇 때문에 망을 보고 지키지 않으면 안 되는가는 이해할 수 없을 뿐만 아니라 참을 수 없는 일이었다. 그래서 호위병들은 자기 자신들이 놓여 있는 이 비참한 상태 속에서, 이전에 자기들이 품고 있었던 포로에 대한 동정에 못 이겨 그로 인해 자기들의 입장을 한층 악화시키는 것을 두려워하고 있기라고 하듯이, 더욱더 엄하게 포로들을 다루는 것이었다.

도로고부지에서 호위병들이 포로를 마구간에 가두고 자기들은 우군의 주보를 약탈하러 나간 틈을 타서, 포로병 수 명이 벽 밑을 파고 탈주했지만 프랑스 병에게 잡혀 총살되었다.

모스크바를 출발할 때에 결정된, 같은 포로라도 장교와 병사는 따로따로 걸으라는 이전의 규정은 이미 오래 전부터 무너지고 말았다. 걸을 수 있는 자는 모두 같이 걷고 있었기 때문에 삐에르도 제3행정부터는 다시 쁠라똔 까라따에프와, 까라따에프를 주인으로 섬기고 있는 발이 굽은 보랏빛 개와 함께 일행이 되었다.

쁠라똔은 모스크바를 나온 지 사흘째 되던 날, 모스크바의 병원에 입원해 있었을 때의 열병이 재발했다. 그리고 그가 쇠약해짐에 따라 삐에르는 그로부터 멀어져 갔다. 삐에르는 왜 그런지는 모르지만 까라따에프가 쇠약하기 시작한 후론 그의 옆으로 가려면 무척 애를 쓰지 않으면 안 되었다. 그리고 휴식 때 그의 옆으로 가면 그가 드러누워 내는 신음 소리를 듣고 이제는 한층 강해진 그의 채취를 맡을 뿐이어서, 삐에르는 되도록 그로부터 멀리 떨어져 그에 대해서 될 수 있는 대로 생각하지 않으려고 하였다.

포로가 되어 수용소에서 삐에르는 머리가 아니라 자기의 전 존재에 의해서, 생명에 의해서—인간은 행복을 위해 만들어져 있는 것이다, 행복은 자기 자신 속에 자연스러운 인간적 욕구를 만족시키는 데에 있는 것이다, 그리고 모든 불행은 부족이 아니라 과잉에서 생긴다는 것을 깨달았다. 그러나 지금 3주간에 걸친 이 행군에서 그는 다시 새로운, 마음을 위로해 주는 진리를 알았다—이 세상에는 무엇 하나 무서운 것이 없다는 것을 안 것이다. 인간이 행복하고 완전히 자유스러울 수 있는 상태가 이 세상에 없는 이상, 인간이 완전히 부자유스러운 상태도 없다는 것을 깨달았다. 그는 고통에는 한계가 있고 자유에도 한계가 있으며, 그 한계는 매우 가깝다는 것을 알았다. 장미 침상에서 꽃잎이 한 개 뒤집혔다고 해서 고민하는 사람은, 현재 자기가 젖은 땅에서 자면서 괴로운 생각을 하고 있는 것과 마찬가지로 고통을 받고 있다는 것, 자기가 꽉 끼는 무도화를 신고 있었을 때도, 지금 완전히 맨발이 되어(그의 신은 이미 오래 전에 해져버렸다) 부스럼딱지 투성이가 된 발로 걷고 있는 것과 마찬가지로 고통을 받았었다는 것을 알았다. 그는 자기가 자유의사라고 여기고 아내와 결혼했을 때에도 밤마다 마구간에 갇혀 있는 현재보다 자유롭지 못했다는 것을 깨달았다. 훗날 그가 스스로 고통이라고 불렀지만 당시에는 거의 느끼지 못했던 모든 것 중에서 가장 큰 고통은, 살이 벗겨져서 부스럼이 생긴 발이었다(말고기는 맛도 있었고 영양도 있었다. 소금 대신에 사용되는 화약의 초석(硝石)의 맛도 좋다고 할만 했다. 추위도 대단하지가 않았고, 낮에 행군을 하고 있을 때에는 항상 덥고 밤에는 모닥불이 있었다. 몸을 무는 이는 몸을 따뜻하게 해주었다). 처음 동안 단 한 가지 괴로웠던 일—그것은 발이었다.

행군 이틀째에 모닥불 옆에서 자기의 부스럼을 살펴보고 삐에르는 이래서는 도저히 걸을 수 없다고 생각했다. 그러나 일동이 일어나자 그도 절뚝거리며 걷기 시작했지만, 이윽고 몸이 더워지자 고통을 느끼지 않고 걸을 수 있었다. 그러나 저녁 때 그는 발을 보기가 무서웠다. 그는 발을 보지 않고 다른 생각을 하고 있었다.

이제 비로소 삐에르는 압력이 일정한 기준을 넘으면 여분의 증기를 방출하는 보일러의 안전판처럼, 인간의 생명력과 그 속에 갖추어진 주의를 전환시키는 구원의 힘을 깨달았다.

그는 낙오한 포로가 총살되는 것을—포로 중 100명 이상이 이미 그러한 형태로 죽었는데도—보지도 않고 듣지도 않았다. 그는 나날이 쇠약해져서 아마도 그와 같은 운명이 될 쁠라똔의 일을 생각하지 않았다. 자기 일은 더욱 생각하지 않았다. 자기 처지가 곤란해지면 해질수록, 또 미래가 무서워지면 무서워질수록 자기가 놓여 있는 상태와는 더욱더 무관하게 즐겁고 마음을 아늑하게 만드는 생각이나 추억, 이미지들이 떠오르는 것이었다.

13

22일 정오, 삐에르는 자기 발과 울퉁불퉁한 길을 바라보면서 질퍽거리며 미끄러운 언덕길을 올라갔다. 이따금 그는 눈을 들어 자기를 둘러싸고 있는 낯익은 무리를 바라보고는 다시 자기 발을 보았다. 어느 것이나 다 같이 그에게는 자기의 것이며 낯익은 것이었다. 발이 굽은 연보랏빛 쎄르이는 즐거운 듯이 길가를 뛰어가다가 이따금 자신의 민첩함과 즐거움을 과시라도 하듯이 뒷다리를 들어 세 다리로 뛰어보이기도 하고, 다시 네 다리로 말의 사체에 앉아 있는 까마귀에게 짖으며 덤벼들기도 했다. 쎄르이는 모스크바에 있을 때보다 쾌활하고 살쪄 있었다. 사방에 인간을 위시해서 말에 이르기까지 온갖 동물의 살덩이가 여러 부패의 단계에서 뒹굴고 있었다. 걷고 있는 사람들이 늑대를 접근시키지 않았기 때문에 쎄르이는 마음껏 먹을 수가 있었다.

아침부터 가랑비가 내리고 있었다. 당장 그치고 하늘이 갤 것 같더니 잠시 후에는 더욱 심하게 퍼부었다. 충분히 비를 빨아들인 길은 이미 물을 받아들이지 못했기 때문에, 수레바퀴 자국을 따라 물은 시내를 이루며 흐르고 있었다.

삐에르는 사방을 둘러보면서 세 발짝씩 세어 손가락을 꼽으며 걸어갔다. 그는 비를 향하여 마음 속으로 말하고 있었다. 자, 더, 더 내려라.

그는 아무것도 생각하고 있지 않은 것 같았다. 그러나 어딘가 먼, 깊은 곳에서 무엇인가 중요한, 마음을 위로할 수 있는 것을 그의 마음은 생각하고 있었다. 그것은 어제 쁠라똔과 나눈 이야기에서 얻은 실로 미묘하고 정신적인 것이었다.

어제, 야간 휴식 때에 꺼진 불 옆에서 추위를 느낀 삐에르는 일어나서 가장 가까운, 이쪽보다 더 잘 타고 있는 바로 옆의 모닥불 쪽으로 갔다. 그가 가까이 간 모닥불 옆에는 쁠라똔이 법의(法衣)처럼 머리부터 외투를 쓰고 앉아, 막히지 않고 듣기는 좋으나 연약한 환자 같은 목소리로, 삐에르도 알고 있는 이야기를 병사들에게 해주고 있었다. 이미 한밤중이 지나 있었다. 쁠라똔이 늘 열병의 발작에서 깨어나서 유달리 활기를 띠는 시간이었다. 모닥불로 다가가 쁠라똔의 나약하고 병적인 목소리를 듣고 불에 밝게 비춰진 참혹한 얼굴을 보자, 삐에르는 무엇인가 싫은 생각에 가슴이 뜨끔했다. 그는 이 사나이를 가엾게 생각하고 있는 것에 놀라서 자리를 뜨려고 했지만 다른 모닥불이 없었기 때문에, 삐에르는 그를 보지 않으려고 애쓰면서 모닥불 옆에 앉았다.

"건강은 어떤가?" 그는 물었다.

"건강이라고요? 병을 한탄하면―하느님은 죽게 해 주시지 않아요." 쁠라똔은 이렇게 말하고 곧 하던 이야기로 돌아갔다.

"……자, 그런데 말이야." 쁠라똔은 여윈 창백한 얼굴에 미소를 담고 눈에는 유달리 즐겁게 보이는 빛을 띠고 말을 계속했다. "그래서 말이야……
……."

삐에르는 그 이야기를 훨씬 이전부터 알고 있었다. 쁠라똔은 그에게도 이미 여섯 번쯤 이야기해 주었지만 늘 특별히 기쁨에 넘치는 감정을 더하여 이야기했다. 그러나 삐에르는 이 이야기를 잘 알고 있기는 했지만 이번에도 무엇인가 새로운 이야기처럼 그것에 귀를 기울였다. 그리고 쁠라똔이 이야기하면서 느끼고 있는 것처럼 보이는 조용한 환희가 삐에르에게도 전해져 오는 것이었다. 이 이야기는 가족과 함께 훌륭하고 경건한 생활을 하는 늙은 상인이, 어느 때 친구인 부유한 상인과 함께 마까리에프(볼가 강변의 항구 도시. 정기 시장으로 유명.)로 간 이야기였다.

여관에 들어 두 상인은 잤다. 그런데 이튿날, 친구인 상인이 살해되고 소지품이 약탈되었다는 것을 알았다. 피투성이가 된 칼이 늙은 상인의 베개 밑에서 발견되었다. 상인은 재판을 받고 태형을 받고, 콧구멍을 찢기고—쁠라똔의 말에 의하면 규정대로—징역에 보내졌다.

"그래서 말이야(삐에르는 여기서부터 쁠라똔의 이야기를 듣기 시작했다), 그 일이 있은 지 10년인가 그 이상 지났을 거야. 노인은 징역을 살았지. 법규에 따라서 나쁜 짓은 하지 않았어. 다만 하느님께 죽게 해달라고 빌었을 뿐이지. 훌륭한 일이야. 그런데 어느 날, 마치 우리들이 이렇게 하고 있듯 죄수들이 모인 일이 있었어. 그 속에 노인도 섞여 있었지. 그러자 누구는 무슨 죄를 지었는가, 하느님께 어떤 죄를 범했는가 하는 이야기가 시작됐어. 어떤 사람은 한 사람을 죽였다, 어떤 사람은 두 사람, 어떤 사람은 방화, 어떤 사람은 탈주병으로 별로 저지른 죄는 없다고 말했지. 그러자 누군가 노인에게 물어봤어. 당신은 무슨 죄요, 할아버지—하고 말이야. 여러분 난, 하고 노인은 말했어. 자신과 인간의 죄 때문에 이렇게 고생하고 있소. 나는 사람을 죽인 일도 없고, 남의 물건을 빼앗은 일도 없소. 가난한 사람에게 물건을 나누어 준 일은 있지만. 여러분, 나는 상인이며 재산도 많이 있었소. 그는 모든 이야기를 순서를 따라 털어 놓았지. 그는 말을 계속했어. 나는 내 일을 슬퍼하지 않아요. 나는 하느님의 눈에 띄었거든. 다만 그지없이 불쌍한 것은 늙은 아내와 아이들이오. 이렇게 말하고 노인은 울기 시작했어. 그런데 그때 마침 그 동료 속에 그 사나이, 즉 상인을 죽인 범인이 있었어. 그놈이 할아버지, 그건 어디서 있었던 사건 이야기죠? 언제, 어느 달의 일이죠? 하고 꼬치꼬치 캐물었지. 그 사나이는 가슴이 아파왔지. 노인 곁으로 가서 털썩 그 발밑에 몸을 던졌어. 할아버지, 당신은 나 때문에 일생을 망치고 말았어요. 이분은 까닭 없이 억울한 죄로 고생하고 있어요. 그 사건을 낸 것은 바로 나이며, 단도를 자고 있는 당신 베개 밑에 틀어넣은 것도 납니다. 용서해 주세요, 할아버지, 제발―하고 말했어."

쁠라똔은 입을 다물고 기쁜 듯이 미소를 띠며 모닥불을 바라보았다. 그리고 장작을 다시 지폈다.

"노인은 말했어. 하느님이 너를 용서해 주실 거야. 우리들은 모두 하느님께 죄를 범하고 있어. 나는 내 죄 때문에 고생하고 있어. 이렇게 말하고 자신도 뜨거운 눈물을 흘리며 울기 시작했어. 그런데 당신들은 어떻게 생각하나?" 쁠라똔은 더욱 밝은 얼굴을 하고 감격에 반짝이면서, 마치 이제부터 이야기하려는 것에 이야기의 가장 중요한 흥미가 있는 것처럼 말하는 것이었다. "당신들은 어떻게 생각해? 이 살인자는 당국에 자수했어. 나는 사람을 여섯 명 죽였지만(대단한 악당이었지), 가장 가엾은 것은 그 할아버지입니다. 그 사람이 날 원망하지 않도록 해 주십시오. 이렇게 자수했기 때문에 당국에서는 그것을 기입하여 서류를 규칙대로 보냈다는 거야. 먼 곳이지. 얼마 동안은 재판이나 소송, 얼마 동안은 규칙대로 여러 가지 서류를 썼지. 여러 관공서를 돌아서 말이야. 그런데 마침내 그것이 폐하의 귀에 들어갔어. 그러는 동안에 폐하의 지시가 내려왔지. 상인을 석방하라, 정해진 것만큼의 배상금을 주라고 말이야. 서류가 도착하고 모두 할아버지를 찾기 시작했어. 억울한 죄로 고생하고 있는 노인은 어디 있나? 폐하의 지시가 내려왔다 하면서." 쁠라똔의 아래턱이 떨렸다. "그런데 하느님은 이미 그 사람을 용서하셨어. 죽은 거야. 그렇게 된 거야, 여러분." 쁠라똔은 말을 맺고 나서도 오랫동안 말없이 미소를 띠고 자기 앞을 바라보고 있었다.

이 이야기 자체가 아니라, 그 이야기를 할 때 그의 얼굴에 빛났던 환희와 심오한 의의가 막연하기는 하지만 삐에르의 마음을 기쁨으로 채우고 있었다.

14

"집합!" 별안간 이렇게 외치는 소리가 들렸다.

포로와 호송병들 사이에 즐거운 혼란과 무엇인가 장대한 것에 대한 기대가 생겼다. 사방에서 호령이 들렸다. 왼쪽에서는 빠른 걸음으로 포로들 옆을 돌아서 훌륭한 말을 타고 좋은 옷을 입은 기병대가 나타났다. 어느 얼굴에나 최고 권력 기관 곁에 있는 인간에게서 흔히 볼 수 있는 긴장의 표정이 떠올라 있었다. 포로들은 한 덩어리가 되어 길에서 밀려나왔다. 호송병들은 정렬하였다.

"황제 폐하다! 폐하다! 원수다! 공작이다!" 피둥피둥 살찐 호위병들이 말을 타고 지나가자 곧 몇 마리의 회색 말을 일렬종대로 맨 유개마차가 요란스러운 소리를 내며 지나갔다. 삐에르는 삼각 모자를 쓴 사람의 여유 있고 아름답고 살찐 흰 얼굴을 흘끗 보았다. 그것은 원수(元帥)의 한 사람이었다. 원수의 시선은 덩치가 큰 삐에르의 모습에 쏠렸다. 이 원수가 이마를 찌푸리고 외면했을 때의 표정에는 동정과 그것을 감추고 싶어하는 기색이 깃들어 있다고 삐에르는 느꼈다.

호위 부대를 지휘하던 장군은 깜짝 놀란 것 같은 붉은 얼굴로 자신의 여윈 말을 몰아 유개마차의 뒤를 쫓아 달려갔다. 몇몇 장교가 모이자 병사들이 그를 둘러쌌다. 모두 흥분하여 긴장된 얼굴을 하고 있었다.

"뭐라고 말했어? 뭐라고 말했어? ……" 이렇게 말하는 목소리가 삐에르에게 들렸다.

원수가 지나가는 동안 포로들은 한 덩어리가 되어 있었기 때문에, 삐에르는 오늘 아침부터 아직 만나지 않고 있는 쁠라똔을 발견했다. 쁠라똔은 여느 때의 외투를 입고 자작나무에 기대어 앉아 있었다. 그 얼굴에는 어제 상인의 죄 없는 고통을 이야기했을 때의 기쁨에 찬 표정 이외에 또 하나의 조용하고 엄숙한 표정이 반짝이고 있었다.

쁠라똔은 지금 눈물에 젖어 있는, 언제나와 같은 선량해 보이는 둥근 눈으로 삐에르를 바라보고 있었다. 분명히 가까이 불러서 무엇인가 말하고 싶은 눈치였다. 그러나 삐에르는 자기의 기분이 동요되는 것이 너무나도 두려웠다. 그는 쁠라똔의 시선을 못 본 체하고 급히 그곳을 떠났다.

포로들이 다시 움직이기 시작했을 때, 삐에르는 뒤를 돌아다보았다. 쁠라똔은 길가의 자작나무 옆에 앉아 있었다. 그리고 프랑스 병 두 명이 그 위에서 무엇인가 이야기를 하고 있었다. 삐에르는 그 이상 돌아다보지 않았다.

그는 다리를 끌면서 언덕길을 올라갔다.

　뒤쪽의 쁠라똔이 앉아 있던 근처에서 총성이 들렸다. 그 총성을 들은 순간 삐에르는, 원수가 통과하기 전에 시작한 스몰렌스크까지 앞으로 몇 행정이나 남아 있는가 하는 계산을 아직 끝내지 않았다는 것을 상기했다. 그래서 그는 계산을 시작했다. 프랑스 병 두 명이 삐에르 옆을 뛰어서 지나갔다. 그 중 한 사람이 어깨에서 내린 아직도 연기가 나고 있는 총을 손에 들고 있었다. 두 사람 모두 창백했고 그 얼굴 표정에는―그 중 한 사람이 머뭇거리며 삐에르를 보았다―처형장에서 그가 젊은 병사의 얼굴에서 본 것과 같은 무엇인가가 서려 있었다. 삐에르는 그 병사를 보고, 그 병사가 그저께 모닥불로 셔츠를 말리고 있는 동안에 태워버려서 모든 사람들의 웃음을 산 일을 상기했다.

　뒤에서 개가, 쁠라똔이 앉아 있던 장소에서 으르렁대고 있었다. '바보 같은 놈, 무엇을 으르렁대고 있을까?' 삐에르는 생각했다.

　삐에르와 나란히 걷고 있던 포로들도 역시 삐에르와 마찬가지로, 총성과 그것에 이어 개가 으르렁대는 소리가 들렸던 곳을 돌아다보지 않았다. 그러나 어느 얼굴에나 긴장된 표정이 서려 있었다.

15

　부대도 포로들도 원수의 수송차대도 샴셰보 마을에서 머물렀다. 모두 모닥불 둘레에 모였다. 삐에르는 모닥불 옆으로 가서 구운 말고기를 먹고 불에 등을 돌리고 눕자 곧 잠이 들었다. 그는 또다시 보로지노 싸움 뒤에 모자이스크에서 잤을 때와 마찬가지로 점점 잠에 빠져들었다.

　또다시 현실의 사건이 꿈과 결합되어 누군가가, 그 자신인지 그렇지 않으면 누군가 다른 사람이 그에게 여러 가지 생각을 이야기하였다. 모자이스크에서 들은 것과 내용까지도 같았다.

　'삶이 전부인 것이다. 삶이 신인 것이다. 모든 것이 변동하고 움직인다. 그리고 그 운동이 신인 것이다. 그리고 살아 있는 동안에는 신을 자각하는 기쁨이 있다. 삶을 사랑해야 한다, 신을 사랑해야 한다. 이 삶을 고뇌 속에서, 죄 없는 고뇌 속에서 사랑하는 일이 무엇보다도 어렵고 무엇보다도 행복한 일인 것이다.'

‘쁠라똔 까라따에프!’ 삐에르는 상기했다.

그러자 갑자기 삐에르의 마음 속에 살아 있는 것처럼 생생하게, 스위스에서 지리를 가르쳐 준, 이미 옛날에 잊어버린 온후한 노인이 떠올랐다. “알겠소?” 그 노인은 말했다. 그리고 삐에르에게 지구의(地球儀)를 보여주었다. 그 지구의는 크기가 분명치 않은, 살아 있는 흔들리는 공이었다. 그 공의 표면은 모두가 서로 밀착한 물방울로 이루어져 있었다. 그리고 그 물방울은 모두 움직이고 이동하고, 몇 개가 하나로 합해지거나 하나에서 여러 개로 갈라졌다. 하나하나의 물방울이 퍼지며 될 수 있는 대로 많은 공간을 차지하려고 애쓰고 있었는데, 다른 물방울도 마찬가지로 그 물방울을 압박하고 때로는 부수기도 하고 때로는 그것과 하나로 합해지기도 하는 것이었다.

“봐요! 이것이 인생이라는 거요.” 노 교사가 말했다.

‘얼마나 단순하고 명료한가.’ 삐에르는 생각했다. ‘왜 여태까지 나는 이것을 몰랐을까?’

“중심에 하느님이 있다. 그래서 모든 물방울은 힘껏 크게 신을 반영시키기 위해서 퍼지려고 애를 쓴다. 그리고 커지기도 하고, 융합되기도 해. 또 밀거나 표면에서 일그러지고 깊숙이 가라앉았다가 다시 떠오른다. 그게 바로 그 녀석이야, 쁠라똔이야. 봐, 퍼졌다가 사라졌다. 알겠니? 내 아들.” 노 교사가 말했다.

“알았지, 이 자식.” 누가 소리쳤다. 삐에르는 눈을 떴다.

그는 몸을 일으켜 앉았다. 방금 러시아 병을 밀어젖힌 프랑스 병이 모닥불 옆에 웅크리고 앉아 총구 소제용 꼬챙이에 꽂은 고기를 굽고 있었다. 소매를 걷어 올린 억센 털투성이 빨간 손이 익숙하게 꼬챙이를 돌리고 있었다. 눈살을 찌푸린 침울한 갈색 얼굴이 숯불 빛 속에서 뚜렷이 보였다.

“그런 놈은 아무래도 좋아.” 그는 뒤에 서 있는 병사를 돌아다보고 말했다. “……강도, 꺼져!”

그 병사는 꼬챙이를 돌리면서 침울한 눈초리로 삐에르를 보았다. 삐에르는 얼굴을 돌리고 그늘 쪽을 바라보았다. 러시아 병 포로 한 사람이—그는 프랑스 병에게 떼밀린 사나이였다—모닥불 옆에 앉아서 무엇인가를 손으로 가볍게 두드리고 있었다. 더 가까이에서 자세히 보고 삐에르는 그것이 연보랏빛 개라는 것을 알았다. 개는 꼬리를 흔들면서 병사 옆에 앉아 있었다.

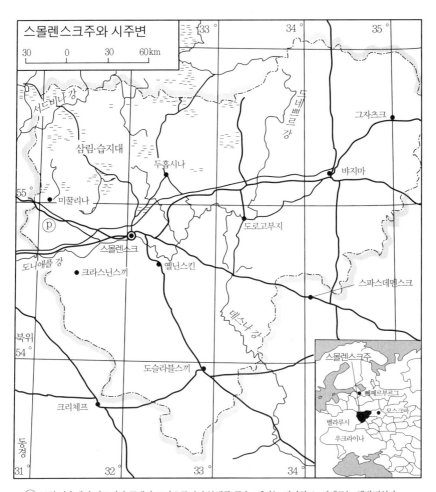

스몰렌스크주와 시주변

30　　0　　30　　60km

서드비나 강

삼림·습지대

두홉시나

미꿀리나

55°

도니애플 강

스몰렌스크

크라스닌스끼

옐닌스킨

북위 54°

도슬라블스끼

크리체프

동경 31°　32°　33°　34°

드네쁘르 강

그자츠크

뱌지마

도로고부지

스파스데멘스크

메스나 강

스몰렌스크주

뻬쩨르부르그

모스끄바

벨라루시

우크라이나

* ⓟ 근처 마을에서 파르티잔 군대가 프랑스군 수송부대를 급습. 뻬짜는 전사하고, 삐에르는 해방되었다.

"아, 왔군?" 삐에르는 말했다. "아, 쁠라……" 그는 말하려다가 도중에서 그만두었다. 쁠라똔이 나무 아래에 앉아서 자기를 바라보던 시선, 그 자리에서 들렸던 총성, 개의 으르렁대는 소리, 자기 옆을 뛰어서 지나간 두 사람의 죄를 범한 얼굴들, 어깨에서 내린 아직 연기가 나고 있는 소총과, 이번 휴식 때에 쁠라똔이 없다는 것 등 여러 기억들이 그의 머릿속에서 하나로 결합되어 떠올랐다. 그리고 그는 이미 쁠라똔은 살해되었다고 깨달을 뻔했다. 그 순간 어디서 나타났는지 모르지만, 어느 여름 끼에프의 그의 집 발코니에서 폴란드 미인과 보낸 밤이 그의 마음 속에 떠올랐다. 그리고 역시 오늘의 여러 가지 추억을 정리하고 그에 대한 결론을 내지 않은 채 삐에르는 눈을 감았다. 그러나 여름의 자연 풍경이 물놀이와 액체가 흔들려 움직이는 공의 기억과 한데 섞였다. 그리고 그는 어느 물 속에 가라앉고 물의 틈새가 그의 머리 위에서 닫히고 말았다.

해가 뜨기 전에, 그는 요란스럽게 울리는 연속적인 총소리와 고함 소리에 눈을 떴다. 삐에르의 옆을 프랑스 병들이 달려갔다.

"까자크다!" 한 프랑스 병이 소리쳤다. 그리고 순식간에 러시아의 얼굴들이 삐에르를 둘러쌌다.

오랫동안 삐에르는 자기의 몸에 일어난 일을 이해할 수가 없었다. 사방에서 그는 동료 포로들이 기뻐서 우는 소리를 들었다.

"형제여! 친구들, 여러분!" 까자크와 경기병을 껴안고 나이 든 병사들은 울면서 소리치고 있었다. 경기병과 까자크들은 포로를 둘러싸고 어떤 사람은 옷을, 어떤 사람은 장화를, 어떤 사람은 빵을 권하고 있었다. 삐에르는 그들 한가운데에 앉아서 소리 내어 울었다. 한 마디도 할 수가 없었다. 그는 맨 먼저 옆으로 다가온 병사를 껴안고 울면서 키스했다.

돌로호프는 무너진 집의 문가에 서서, 무장이 해제된 프랑스 병의 무리를 통과시키고 있었다. 프랑스 병들은 이 사건에 완전히 흥분하여 큰 소리로 서로 지껄이고 있었다. 그러나 채찍으로 자기 장화를 가볍게 두들기면서, 유리 알처럼 차가운, 무엇 하나 좋은 일을 약속하지 않는 눈으로 자기들을 바라보고 있는 돌로호프의 옆을 지나갈 때에는 그들의 이야기 소리는 뚝 멈추고 말았다.

그 반대쪽에서는 돌로호프의 부하인 까자크가 서서 100명이 지나갈 때마다 문에 백묵으로 표시를 하면서 포로를 세고 있었다.

"몇 명이야?" 포로를 세고 있던 까자크에게 돌로호프가 물었다.

"100명이 넘었습니다." 까자크가 대답했다.

"빨리 서둘러라, 빨리." 돌로호프는 말했다. 이 말투는 프랑스 병에게서 배운 것이었다. 그리고 지나가는 포로들과 눈이 마주치자, 그의 시선은 잔인한 빛에 불타는 것이었다.

데니쏘프는 침통한 얼굴로 털모자를 벗고, 뻬쨔 로스또프의 시체를 마당에 판 구덩이로 운반하는 까자크들의 뒤를 따라갔다.

16

10월 28일부터 혹한이 시작되어 프랑스군의 패주는 오로지 비참한 성격을 더해갔다. 모닥불을 쬐다 갑자기 몸이 얼어붙어 죽은 자가 있는가 하면, 황제나 왕 그리고 대공들은 모피코트를 입고 포장마차에 약탈한 보화를 싣고 도망을 계속하였다. 그러나 그 본질에 있어서 프랑스군의 패주와 붕괴의 과정은 모스크바 철퇴 때와 조금도 변하지 않았다.

모스크바에서 뱌지마까지 가는 동안에 7만 3000명의 프랑스군 중에서, (전쟁 동안 줄곧 약탈 외에는 아무것도 하지 않은) 근위병을 계산에 넣지 않고, 7만 3000명 중 3만 6000명밖에 남지 않았다(이 중 전사는 5000명을 넘지 않았다). 이것이 급수의 제1항이며 이에 의해 수학적으로 정확하게 그 이후의 항이 정해진다.

프랑스군은 모스크바에서 뱌지마까지, 뱌지마에서 스몰렌스크까지, 스몰렌스크에서 베레지나 강까지, 베레지나 강에서 빌나까지, 추위와 추격과 퇴로 차단과 그 밖에 개별적으로 제기된 온갖 조건의 강약에 상관없이 같은 비율로 감소하고 소멸해 갔다. 뱌지마 이후, 프랑스군은 세 개의 행군 종대를 그만 두고 한데 뭉쳐 그대로 최후까지 전진해 갔다. 베르쩨는 황제에게 이렇게 썼다(지휘관들이 군의 상태를 말할 때, 얼마나 실정에서 멀어지는가는 주지의 사실이다).

'본관은 최근 사흘 동안 여러 행정(行程)에서 관찰한 여러 군단의 부대 상황을 폐하게 보고하는 것을 의무로 생각합니다. 부대는 거의 해체되고 있습니다. 군기(軍旗) 밑에 남은 병사는 거의 모든 연대에서 기껏해야 4분의 1에 지나지 않고 다른 자들은 식량을 발견하기 위해, 군기(軍紀)로부터 벗어나기 위해 개별적으로 여러 방향으로 제각기 나아가고 있습니다. 일반적으로 그들은 스몰렌스크에서 휴식하여 기운을 회복할 수 있다고 기대하고 있습니다. 최근 며칠 동안 많은 병사가 탄약과 총을 내던지고 있는 것을 알 수 있습니다. 이와 같은 상태에서는 군은 폐하게 아무런 도움이 되지 못합니다. 앞으로 폐하의 전망 여하에 상관없이, 또 목적이 어떠하시든 간에, 스몰렌스크에서 군을 모아 전투력이 없는 자, 말을 잃은 자 모두와 필요 없는 짐, 실질적인 전력이 되지 못하는 포병의 여러 장비를 과감히 버리셔야 합니다. 게다가 며칠 동안의 휴식과 양식이, 굶주림과 피로로 고통받는 병사들에게 필요합니다. 최근 며칠 동안에 노상과 야영지에서 많은 병사들이 죽고 있습니다. 이와 같은 비참한 상태는 나날이 늘어나고 있을 뿐이며, 만일 조속히 대책을 강구하지 않으시면 이미 가까운 장래의 전투 때에 군을 장악할 수 없게 되리라는 것을 염려하는 바입니다. 11월 9일. 스몰렌스크에서 30km 떨어진 지점에서.'

약속의 땅으로 생각되고 있던 스몰렌스크로 몰려든 프랑스군은 식량 때문에 서로 살해하고, 우군의 주보를 약탈하기도 하며, 모든 것을 빼앗은 후에는 도망가기 시작했다.

모두는 어디로 무엇 때문에 가고 있는지 알지도 못하고 나아가고 있었다. 그것을 가장 몰랐던 사람은 천재 나폴레옹이었다. 그것은 아무도 그에게 명령하는 자가 없었기 때문이었다. 그러나 그래도 역시 그와 그 측근자들은 오랜 습관을 지키고 있었다. 명령, 편지, 보고, 일정이 작성되고 서로 '폐하, 나의 사촌, 에끄뮬 공, 나폴리 왕'이라고 부르고 있었다. 그러나 명령이나 보고는 다만 서류뿐이었으며 무엇 하나 그대로 실행할 수가 없었다. 그리고 서로 폐하, 전하, 사촌이라고 부르면서도 그들은 모두 자기네들이 나쁜 짓을 많이 했기 때문에 이제부터 그 죄의 보답을 받을 처지에 놓여 있는 비참하고 더러운 인간이라는 것을 느끼고 있었다. 그리고 그들은 군에 대한 일을 걱정하고 있는 척하면서 모두가 자기만을 생각하고, 어떻게 해서든지 한시바삐 달아나서 구제될 것만을 생각하고 있었던 것이다.

17

모스크바로부터 네만 강에 이르는 역행하는 군사 행동이 이루어진 시기에 러시아군과 프랑스군이 취한 행동은, 두 사람이 눈을 가리고 다른 한 사람이 술래에게 자기 위치를 알리기 위해 가끔 방울을 울리는 술래잡기와 비슷했다. 처음에 잡히는 편은 술래를 무서워하지 않고 방울을 울리지만 사태가 나빠지면 소리를 내지 않고 적으로부터 도망가려고 하고, 자기는 도망가고 있다고 여기면서도 오히려 적의 수중에 곧장 뛰어드는 일이 허다했다.

처음 동안 나폴레옹군은 자기의 위치를 알리고 있었다. 그것은 깔루가 가도를 퇴각하고 있던 초기의 일이었다. 그러나 이윽고 스몰렌스크 가도로 나서자, 그들은 방울의 추를 한 손으로 쥐고 소리를 내지 않고 뛰기 시작하여, 잘 달아날 수 있다고 생각하면서 오히려 러시아군과 정면으로 부딪치는 일이 흔히 있었다.

프랑스군과 그 뒤를 쫓는 러시아군의 속도가 빨라서, 더욱이 그로 말미암아 말이 지쳐 있었기 때문에, 적의 상황을 대강 파악하는 주요한 수단인 기병의 정찰이 존재하지 않았다. 뿐만 아니라 양군의 위치가 자주 급변했기 때문에, 정보가 있었다 해도 필요한 때에 그것을 활용할 수가 없었다. 가령, 그날 적이 어디에 있었다는 정보가 그 다음 날에 도착했다고 하면, 무엇인가 대책을 취할 수 있는 사흘째에는 적군은 이미 2행정이나 전진하여 전혀 다른 위치에 있는 것이었다.

한쪽 군은 도주하고 다른 한쪽은 추적하고 있었다. 스몰렌스크로부터는 프랑스군에게는 여러 길이 있었다. 그리고 프랑스군은 여기에 나흘 동안이나 있었으니까, 적이 어디에 있는가를 확인하고 무엇인가 유리한 일을 생각하거나 새로운 방법을 취할 수가 있었을 것이라는 생각이 들지도 모른다. 그런데 나흘 동안 머문 후 그들은 다시 오른쪽도 왼쪽도 아닌, 아무런 대책이나 생각도 없이 최악의 길을 지나 끄라스누이와 오르샤를 향하여, 즉 이미 나 있는 발자국을 따라서 달아났던 것이다.

적은 뒤가 아니라 앞에 있다고 예상하고 프랑스군은 24시간이나 걸릴 정도의 거리로 늘어서서 뿔뿔이 흩어져 달아났다. 선두에는 황제, 다음에는 몇 사람의 왕, 그리고 또 몇 사람의 대공들이 뒤를 이어 퇴각했다. 러시아군은 나폴레옹이 오른쪽(북쪽)으로 가서 드네쁘르 강을 건너리라고 생각하고—그것이 유일한 합리적인 방법이었다—역시 오른쪽으로 방향을 바꾸어 끄라스누이를 향하여 가로로 나왔다. 그리고 거기에서 소경놀이처럼 프랑스군은 아군의 전위 부대와 마주치고 만 것이다. 뜻밖의 적을 보고 당황한 프랑스군은 그 놀라움이 예상외의 것이었기 때문에 잠시 멈칫했으나, 이윽고 뒤따라오는 우군을 버리고 다시 도주하기 시작했다. 그래서 러시아군의 대열 사이를 빠져나가듯이, 3일에 걸쳐 차례로 프랑스군의 분산된 부대, 우선 부왕(副王) 부대, 그리고 다부, 네이 부대가 지나갔다. 그들은 모두 서로 상대방을 버리고, 자기의 짐과 포 그리고 병사의 절반을 버리고 다만 밤에만 오른쪽으로 반원을 그려 러시아군을 우회하면서 도주한 것이다.

마지막으로 나아가고 있던 네이는(그 부대의 불운한 위치에도 불구하고, 또는 불운한 위치에 있었기 때문에 넘어진 애꿎은 마루를 때리고 싶어하는 어린애처럼, 누구의 방해도 되지 않는 스몰렌스크의 성벽 등을 폭파하느라 마지막이 된 것이다) 1만의 군단을 인솔하고 있었으나, 병사도, 대포도 모두 내던지고 불과 1000명을 거느리고 밤중에 슬그머니 숲을 빠져나와 드네쁘르 강을 건너 오르샤의 나폴레옹에게로 도망쳤다.

오르샤부터도 그들은 역시 추격군과 소경놀이를 하면서 가도를 지나 빌나를 향하여 더 도망갔다. 베레지나 강에서 다시 혼란을 일으켜 수많은 익사자와 투항자를 냈지만, 무사히 강을 건넌 자들은 더욱 앞으로 달아났다. 그들의 총지휘관은 털외투를 입고 썰매에 올라, 동료를 버리고 혼자 치달았다. 그렇게 할 수 있는 자는 역시 그렇게 달아났고, 그렇게 할 수 없는 자는 투항을 하든가 그렇지 않으면 죽었다.

18

프랑스군이 자기 자신을 멸망시키기 위해서 온갖 방법을 다해 깔루가 가도로의 방향 전환에서 사령관이 군을 버리고 패주하기에 이르기까지, 어느 것 하나 아무런 뜻을 가지지 않는 프랑스군의 퇴각이라고 하는 군사 행동에 대해서, 대중의 움직임을 한 사람의 의지로 귀결시키는 역사가들은 이미 그들 나름대로의 방식으로 이 퇴각을 서술할 수 없다고 여길지도 모른다. 그러나 그렇지가 않다. 이 운동에 대해서 역사가들은 산더미처럼 많은 책을 쓰고 있고, 어느 책에나 나폴레옹의 명령이나 심오한 뜻을 가진 계획, 즉 군을 움직이고 있었던 책략, 더 나아가서는 나폴레옹 산하의 원수들의 천재적인 명령에 대해서 서술하고 있다.

양식이 풍부한 지방으로 길이 열려 있었고 나중에 꾸뚜조프가 나폴레옹을 추격했던 평행으로 뻗은 길이 열려 있었는데도 불구하고, 나폴레옹이 말로야로슬라베쯔에서 퇴각했다는 것, 즉 황폐한 길을 지나 쓸데없는 퇴각을 했다는 것이 여러 가지 뜻 깊은 생각에 의해 이루어진 것이라고 우리에게 설명하고 있다. 역시 마찬가지로 의미심장한 생각에 의한 것으로서, 나폴레옹의 스몰렌스크로부터 오르샤에 이르는 퇴각도 서술되고 있다. 그리고 끄라스누이 부근에서의 그의 영웅적인 행동도 기술되고 있다. 거기서 그는 응전하여 스스로 지휘를 할 각오를 하고, 자작나무 지팡이를 짚고 걸으면서 이렇게 말했다고 한다.

"나는 이제 황제의 역할은 더 할 필요가 없다. 장군의 역할을 해야 할 때다." 그것도 그 직후에 뒤에 있던 사분오열 상태의 부대를 운명에 맡긴 채 먼저 도망갔음에도 불구하고 말이다.

그리고 원수들, 특히 네이의 마음이 크다는 것이 서술되고 있다. 그 마음의 크기란, 밤중에 숲을 지나 드네쁘르 강을 건너기 위해 우회하여 군기도 포병도, 군의 90%도 버리고 오르샤로 도망친 것을 말하는 것이다.

그리고 위대한 황제가 마지막으로 영웅적인 군에서 이탈해버린 것을 역사가들은 무슨 위대하고 천재적인 일로서 설명한다. 인간의 언어로는 비열이라고 불리고, 어떠한 아이라도 부끄러운 일이라고 가르침을 받고 있는 이 마지막의 도주 행위까지도 역사가의 말로는 정당화되고 있는 것이다.

아무리 신축자재의 역사적 판단의 실(絲)도 그것이 더 이상 늘어나게 할 수는 없게 되고, 어떤 행동이 이미 인류가 선이라고 부르고 정의라고까지 부르고 있는 것과 분명히 모순되게 되면, 역사가에게는 이에 대한 구원이 되는 '위대'라는 개념이 나타난다. 위대함이란 마치 선악의 한도를 배제해 버리는 것 같다. 위대한 것에는 나쁠 것은 없다. 위대한 인간을 비난하기 위해 제시할 수 있는 말은 아무것도 없는 것이다.

'이건 위대하다!' 역사가는 말한다. 그러면 그때부터 좋은 것도 없고 나쁜 것도 없다. 있는 것은 다만 '위대한 것'과 '위대하지 않은 것'뿐이다. 위대는 좋고 위대하지 않은 것은 나쁘다. 위대란, 그들의 개념에 의하면 자기들이 영웅이라고 부르고 있는 그 어떤 특별한 동물들의 성질인 것이다. 그리고 나폴레옹은 따뜻한 모피 코트를 입고, 파멸에 처한 동지는 물론 (그의 생각에 의하면) 자기가 그곳에 끌고 온 사람들을 버리고 그의 나라로 도망가면서, 이것은 위대한 일이라고 느끼고 그 마음은 편안한 것이다.

"숭고에서(그는 자기 내부에 무슨 숭고한 것을 인정하고 있는 것이다) 우스개 사이의 거리는 불과 한 발짝에 지나지 않는다"고 그는 말하고 있다. 그리고 온 세계가 50년에 걸쳐서 '숭고! 위대! 위대한 나폴레옹! 숭고와 우스개 사이는 단 한 발짝이다!'고 되풀이하고 있다.

그리고 선악의 기준으로는 측량할 수 없는 위대함을 인정하는 것은 다만 자신의 무가치와 한없이 비소(卑小)함을 인정하는 데에 지나지 않는다는 것을 아무도 아는 사람이 없다.

우리에게는 그리스도에 의해서 주어진 선악의 척도가 있으므로 측정 못하는 것은 없다. 그리고 소박, 선, 진실이 없는 곳에 위대함은 없는 것이다.

19

1812년 전쟁 마지막 시기의 서술을 읽고, 분하고 불만스럽고 납득이 가지 않는 무거운 기분을 느끼지 않는 러시아 사람이 있을까? 우리의 삼군(三軍) 전체가 압도적인 수로 프랑스군을 포위했는데, 혼란에 빠진 프랑스군이 굶주리고 얼어붙어 떼를 지어 투항해 왔다. 그리고 (역사가 기술하는 바에 의하면) 러시아군의 목적은 프랑스군을 저지하고 분단하여 전군을 포로로 하는 데에 있었는데도 불구하고, 왜 그들을 포로로 하지도 않고 섬멸하지도 않았는가 하고 스스로 반문하지 않는 사람이 있을까?

프랑스군보다 수에서 열세에 있었던 러시아군이 보로지노에서는 스스로 싸움을 걸었다. 그랬던 러시아군이 이번에는 삼면에서 프랑스군을 포위하고 그것을 잡을 목적을 가지면서도 왜 그 목적을 달성하지 않았을까? 아군이 우세한 병력으로 포위하고 있었을 때, 물리칠 수 없을 정도로 압도적으로 뛰어난 그 무엇을 프랑스군이 아군에 대해서 가지고 있었던 것은 아닐 것이다.

도대체 어째서 그러한 일이 일어날 수 있었을까?

역사는(역사라고 하는 이름으로 불리고 있는 것은) 이 물음에 대답하면서, 이런 일이 생긴 것은 꾸뚜조프, 또르마쏘프, 치차꼬프, 그리고 그 밖에 누군가가 이러저러한 작전을 하지 않았기 때문이라고 말한다.

그렇다면 왜 그들은 그와 같은 작전을 하지 않았는가? 만일 예정된 목적이 수행되지 않은 책임이 그들에게 있다고 한다면 왜 그들은 재판에 회부되어 처형되지 않았는가? 가령 러시아군의 실패의 원인이 꾸뚜조프나 치차꼬프에게 있었다고 해도, ㄲ라스누이와 베레지나 강 부근에서 러시아군이 놓여 있던 그 조건하에서(어느 경우에서도 러시아군은 우세한 병력을 가지고 있었다), 어째서 프랑스군을, 원수, 왕, 황제 할 것 없이 모두 포로로 하지 않았는가? 그것이 러시아의 목적이었다고 하는데 말이다. 이 점 역시 이해할 수가 없다.

이 기묘한 현상을 (러시아의 군사사가들이 하고 있는 것처럼) 꾸뚜조프가 공격을 방해했기 때문이라고 설명하는 것은 근거가 없다. 왜냐하면 꾸뚜조프의 의지로는 뱌지마와 따루찌노 부근의 공격을 억제할 수 없었다는 것을 우리는 알고 있기 때문이다.

보로지노에서는 몹시 열세한 병력을 가지고 힘이 충실했던 적에 대해서 승리를 거둔 러시아군이, 왜 ㄲ라스누이와 베레지나 강에서는 우세한 병력을 가지면서도 혼란에 빠진 프랑스군에 패배하고 말았는가?

만일 러시아군의 목적이 나폴레옹과 원수들을 군대로부터 분단시켜 포로로 하는 데에 있었고, 그 목적이 달성되지 않았을 뿐만 아니라, 그 목적을 달성하기 위한 온갖 시도가 그 때마다 몹시 수치스러운 실패로 무너졌다고 한다면, 이 전쟁의 마지막 시기를 프랑스 사람들이 연전연승이라고 보는 것은 옳고, 러시아의 역사가들이 큰 승리라고 보고 있는 것은 전적으로 그릇된 일이다.

러시아의 군사사가들은 논리에 따르지 않을 수 없는 한, 본의 아니게도 이러한 결론에 도달하고 있다. 그리고 용기와 충성 등을 서정적으로 칭찬하고 있으면서도, 프랑스군의 모스크바 퇴각은 나폴레옹의 승리와 꾸뚜조프의 패배의 연속이라고 인정하지 않을 수가 없다.

그러나 민족적인 자부심은 제쳐놓더라도 이 결론에는 그 자체가 모순을 내포하고 있다고 느껴진다. 왜냐하면 프랑스군은 연승을 한 결과 완전히 괴멸해 버렸고, 러시아군은 연패를 한 결과 적을 전멸시키고 조국에서 내쫓아 버렸기 때문이다.

이 모순의 근원은, 황제와 장군들의 서한, 전투 보고, 상신서, 계획서 등으로 사건을 연구하고 있는 역사가들이 1812년 전쟁 말기의 그릇된, 전혀 존재하지 않았던 목적—퇴로를 차단하여 나폴레옹과 그의 원수들과 군대를 몽땅 포로로 한다는 목적을 멋대로 추측한 데에 있다.

이와 같은 목적은 전혀 있지도 않았고 있을 리도 없었다. 왜냐하면 그와 같은 목적은 의미가 없고 그것을 달성한다는 것은 도저히 불가능했기 때문이다.

이 목적이 아무런 의미도 가지지 않았던 이유는 첫째, 괴멸된 나폴레옹군은 될 수 있는 대로 빨리 러시아로부터 탈출하려 하고 있었다, 즉 러시아 사람이라면 아마도 누구나 원하고 있던 일을 실행하고 있었기 때문이다. 될 수 있는 대로 빨리 퇴각하고 있던 프랑스군에 대해서 도대체 무엇 때문에 여러 가지 조작을 가할 필요가 있었겠는가?

둘째로, 온갖 힘을 도주하는 데에 쏟고 있는 사람들 앞을 가로막는다는 것은 무의미했다.

셋째로, 프랑스군을 격멸하기 위해서 아군을 잃는다는 것은 무의미한 일이었다. 프랑스군은 12월에 국경을 넘은 사람 이상, 즉 전군의 100분의 1 이상은 길을 가로막지 않아도 국경을 넘을 수 없을 정도의 속도로, 외면적인 원인에 상관없이 괴멸해가고 있었던 것이다.

넷째로, 당시 최고의 민완 외교가들(J. 마이스뜨르 등)이 인정하고 있는 바와 같이, 황제나 왕이나 대공들 즉, 러시아군의 행동을 극도로 곤란하게 했을 염려가 있는 사람들을 포로로 한다는 것은 무의미했다. 그 무렵 끄라스누이까지 가는 도중에 아군은 반이 상실되었고, 포로 부대들 때문에 수 개 사단을 호송용으로 할당하지 않을 수 없었다. 더욱이 우군의 병사도 항상 충분한 식량이 지급되어 있었던 것은 아니며, 그때까지 붙잡힌 포로들은 굶주림 때문에 죽어가고 있었던 것이다.

퇴로를 차단하고 군과 함께 나폴레옹을 잡으려는 심원한 계획은, 마치 밭이랑을 마구 짓밟아 놓은 가축을 채소밭에서 쫓아내어 문까지 몰고 가서 그

가축의 머리를 차려는 채소밭 주인의 생각과 같은 것이다. 이 채소밭 주인을 변호하기 위해 할 수 있는 유일한 말은 그가 몹시 화를 내고 있었다는 것이다. 그러나 이와 같은 것까지도 작전의 입안자들에 대해서는 말할 수가 없다. 왜냐하면 밭이랑을 마구 짓밟힌 피해자는 그들이 아니기 때문이다.

그러나 나폴레옹을 군과 함께 분단한다는 것은 무의미했을 뿐만 아니라 불가능했다.

그것이 불가능했던 이유는 첫째로, 5km에 걸친 종대의 행동이 한 전투에서도 작전 계획과 일치하는 일이 절대로 없다는 것이 경험으로 명백한 이상 치차꼬프, 꾸뚜조프, 비트겐슈타인이 결정한 장소에 때에 알맞게 합류하는 확률은 불가능에 가까울 정도로 낮았다. 이미 계획을 받았을 때 먼 거리에 걸친 견제 작전은 바람직한 결과를 가져오지 않는다고 말한 꾸뚜조프도 바로 이것을 염두에 두고 있었던 것이다.

둘째로 불가능했던 이유는, 나폴레옹군이 퇴각해 가는 타력의 힘을 마비시키기 위해서는 러시아군이 가지고 있었던 것과는 비교도 되지 않을 만큼 훨씬 많은 병력이 필요했기 때문이다.

셋째로 이것이 불가능했던 이유는, 분단이나 차단이라는 군사용어는 아무 의미도 가지고 있지 않았기 때문이다. 빵 조각이라면 분단할 수도 있지만 군대는 그럴 수가 없다. 군을 차단하는, 즉 퇴로를 차단한다는 것은 절대로 할 수 없는 일이다. 왜냐하면 우회하여 달아날 수 있는 장소는 주위에 많이 있고, 아무것도 보이지 않는 밤도 있다. 군사학자들은 이것을 끄라스누이와 베레지나의 실례에서 확인할 수가 있었을 것이다. 포로로 잡는다는 것은 잡히는 상대방이 그것에 동의하지 않는 한 절대로 불가능하다. 이것은, 손에 앉으면 제비를 잡을 수가 있지만 그렇지 않으면 절대로 잡을 수 없는 것과 마찬가지다. 포로로 할 수 있는 것은 독일 사람처럼 전략과 전술의 법칙에 따라서 투항해 오는 자들이다. 그런데 프랑스군은 아주 당연한 일이지만, 항복이 유리하다는 것을 인정하지 않았다. 퇴각하나 포로가 되나 다 같이 아사와 동사가 그들을 기다리고 있었기 때문이다.

넷째로 불가능했던 가장 중요한 이유는, 천지가 생긴 이래 1812년 전쟁과 같은 가공할 만한 조건 아래 치러진 전쟁은 없었으며, 러시아군은 프랑스군을 추격하는 데 전력을 다하고 있었고, 자기 군대가 전멸하지 않고는 실제로 하고 있는 일 이상의 것은 할 수 없었기 때문이었다.

따루찌노에서 끄라스누이까지 러시아군이 나아가는 동안 5만 명 즉, 지방 대도시 인구에 해당하는 인원이 병과 낙오 때문에 탈락하고 말았다. 싸우지도 않고 전체 병력의 반을 잃은 것이다.

장화나 모피코트, 식량이 턱없이 부족했고 보드카도 마실 수 없었다. 몇달 동안 영하 15도나 되는 눈 속에서 야영해야 했으며, 하루 중 해가 드는 낮은 겨우 7, 8시간 뿐이었고 나머지는 깜깜한 밤이었다. 그 시기에 군기의 효력이 있을 리 없었다. 병사가 몇 시간 동안 군기가 없는 죽음의 세계로 끌려들어가는 전투의 경우와는 달리, 수개월에 걸쳐 끊임없이 아사와 동사와 싸우면서 한 달 동안에 군의 절반이 비참하게 죽어갔다. 전쟁의 바로 이 시기를 에워싸고, 역사가들은 밀로라도비치는 이러이러한 방향으로, 또르마쏘프는 이러이러한 방향으로 측면 행동을 했어야 했다, 또 치차꼬프는 이러이러한 방향으로 이동했어야 했다(무릎보다 깊은 눈 속을 이동하는 것이다), 누구누구는 이런 식으로 격퇴하고 차단했다는 등으로 우리에게 이야기를 들려주는 것이다.

러시아군은 반이나 죽으면서 러시아 민족에게 어울리는 목적을 수행하기 위해 할 수 있는 일, 해야 할 모든 일을 했다. 그러므로 따뜻한 방에 앉아 있는 다른 러시아 사람들이 하기를 바랐던 일을 다 하지 못했다고 해서 그것은 러시아군의 책임은 아니다. 그것은 불가능한 일이었기 때문이다.

이 기묘한 사실과 역사 서술 사이에 오늘날 이해할 수 없는 차질이 생기고 있는 것은, 이 사건에 대해서 말하고 있는 역사가들이 여러 장군들의 아름다운 감정이나 말의 역사를 쓰고 있을 뿐 사건의 역사를 쓰지 않기 때문이다.

역사가들에게는 밀로라도비치의 말이나 어느 장군이 받은 포상이나 그들의 생각이 매우 흥미 있게 여겨지지만, 각처의 야전 병원과 무덤에 남겨진 5만 명의 문제는 그들의 연구에 포함되어 있지 않기 때문에 그들의 흥미를 끌지도 못한다.

그런데 상신서나 종합 계획 등의 연구에 등을 돌리고, 사건에 직접 참가한 무수한 사람들의 움직임을 파내려가 보면, 이제까지 해결할 수 없는 것으로 여겨졌던 모든 문제가 순식간에, 또 매우 손쉽고 간단하게 의심할 여지도 없이 해결된다.

나폴레옹을 군과 함께 분단하려는 목적은 열 명 정도의 머릿속 외에는 전혀 존재하지 않았다. 그것은 무의미하고 실현 불가능한 것이었기 때문에 존재할 수가 없었다.

국민의 목적은 단 한 가지, 자기들의 영토로부터 침략자들을 소탕하는 것이었다. 이 목적은 첫째, 프랑스군이 퇴각하고 있었으므로 저절로 실현되고 있었다. 그렇다면 단지 그 움직임이 멈추지 않도록 하기만 하면 되었다. 둘째로, 이 목적은 프랑스군을 괴멸시키고 있던 국민 전쟁 활동에 의해서 이루어졌다. 또 셋째로는, 프랑스군의 움직임이 멈추었을 때에는 힘을 사용하기 위해서 러시아의 대군이 프랑스군의 뒤를 밟는 것으로 수행되어가고 있었다.

러시아군은 달아나는 동물에 대한 채찍과 같은 작용을 하면 그것으로 족했다. 경험 있는 소몰이는 동물을 위협하면서 채찍은 들어 올린 채, 뛰고 있는 동물의 머리는 때리지 않는 것이 가장 유리하다는 것을 알고 있는 것이다.

제4부

1

사람은 죽어가는 동물을 보면 공포에 사로잡힌다. 바로 그 자신, 자기의 본질이 눈앞에서 소멸해간다―존재를 그만두는 것이다. 그러나 죽어가는 것이 인간이라면, 더욱이 사랑하는 또는 친근하게 느껴지는 사람이라면, 삶의 소멸을 앞둔 공포 외에 단절감과 정신적인 아픔이 느껴진다. 그리고 그 상처는 육체적인 상처와 마찬가지로 때로는 죽음에 이르고 때로는 완쾌되지만 그럼에도 불구하고 아픔은 사라지지 않고, 또 아픔을 북돋우는 외부로부터의 접촉을 두려워하는 것이다.

안드레이 공작이 죽은 뒤 나따샤와 마리야는 똑같이 이것을 느끼고 있었다. 두 사람은 몸을 웅크리고 머리 위에 다가오는 무서운 죽음의 구름에 눈을 반쯤 감고, 삶을 똑바로 바라보는 것을 두려워하고 있었다. 두 사람은 가차 없이 아픔을 불러일으키는 접촉을 피하고 조심스럽게 벌어진 상처를 감싸고 있었다. 거리를 재빨리 지나가는 마차, 식사를 재촉하는 목소리, 준비할 양복을 묻는 하녀의 물음, 더 나쁘게는 상처의 아픔을 쑤셔대는, 마음이 깃들지 않은 동정의 말 등, 모두가 모욕으로 느껴졌다. 또 그 모든 것들은 두 사람이 아직도 자기의 뇌리에서 울리고 있는 무섭고 엄숙한 합창의 소리에 귀를 기울이기 위해 없어서는 안 될 정적(靜寂)을 교란하고, 두 사람 앞에 순간적으로 나타난 불가사의하고 끝없이 먼 저편을 바라보려고 하는 것을 방해하는 것이었다.

단둘이 있을 때에만 그녀들은 마음의 상처도 입지 않고 아픔도 느끼지 않았다. 두 사람은 서로 별로 이야기를 하지 않았다. 이야기를 한다 해도 매우 평범한 화제였다. 그리고 어느 쪽이나 마찬가지로 무엇인가 미래에 관계되는 이야기는 피하고 있었다.

미래를 생각한다는 것은 안드레이의 추억을 모욕하는 것처럼 두 사람에게는 여겨졌다. 그에 못지않게 조심스럽게 두 사람은 죽은 사람에 관계될 염려가 있는 모든 것을 대화 속에서 피하고 있었다. 그녀들은 자기가 체험하고 느낀 여러 가지 일은 말로써는 표현할 수 없다는 생각이 들었다. 어떤 형태로든 그의 인생의 세부에 대하여 말로써 언급한다는 것은 자기들의 눈앞에서 성취된 신비의 위대함과 신성함에 상처를 입히는 것 같은 생각이 들었다.

끊임없이 말을 억제하고 그에게 말이 미칠지도 모르는 일을 모두 신중하게 피하고 있으면, 즉 입에 올려서는 안 되는 경계선에서 멈춰 서 있으면 자기들이 느끼고 있는 것이 더욱 순수한 형태로 더욱더 뚜렷하게 나타나는 것이었다.

그러나 순수하고 완전한 슬픔이라고 하는 것은 순수하고 완전한 기쁨과 마찬가지로 있을 수가 없다. 마리야는 자기 자신이 자기 운명에 대한 단 한 사람의 의지할 데가 없는 주인이며 조카의 후견인이자 양육자라고 하는 입장 때문에, 처음 2주일 동안 살아왔던 슬픔의 세계로부터 나따샤보다 먼저 실생활로 되돌아왔다. 그녀는 친척으로부터 편지를 받았고 답장을 써야만 했다. 니꼴렌까는 자기가 든 방이 눅눅해서 기침을 하기 시작하였다. 알빠뚜이치가 야로슬라브리로 와서 여러 가지 일을 보고하고, 모스크바의 보즈드비젠까 거리의 저택으로 옮기도록 제안하고 권고했다. 그 저택은 손상을 입지 않고 약간의 수리만 하면 되었던 것이다. 인생은 멈추고 있지 않았기 때문에 살아가지 않으면 안 되었다. 마리야는 이제까지 자기가 살아온 혼자만의 명상의 세계로부터 빠져나오는 것이 아무리 괴롭더라도, 또 나따샤를 혼자 남겨두는 것이 아무리 마음이 허전하고 마치 양심의 가책을 느끼는 심정이었다고 해도 생활의 여러 가지 까다로운 일들에 자기가 관계할 필요가 있었기 때문에, 그녀는 저도 모르는 사이에 거기에 몰두하고 말았다. 그녀는 알빠뚜이치와 수지(收支)를 확인하고, 조카의 일에 대해 데사르와 상의하고, 모스크바로 옮기기 위한 지시나 준비를 하였다.

나따샤는 혼자가 되었고, 마리야가 출발 채비에 착수하자 그녀까지 피하게 되었다.

마리야는 나따샤의 어머니인 백작 부인에게 나따샤를 자기와 함께 모스크바로 가게 하면 어떻겠느냐고 제안했다. 그러자 어머니도 아버지도 기꺼이 그 제의에 찬성하였다. 왜냐하면 딸의 체력이 날로 쇠약해지고 있는 것이 나날이 느껴지던 참이었기에, 장소를 옮겨 모스크바 의사의 치료가 딸에게 유익하다고 생각했기 때문이었다.

"나는 아무 데도 가지 않겠어요." 나따샤는 권고를 받았을 때 대답했다. "제발 가만히 놔 주세요." 그녀는 이렇게 말하고는, 슬픔이라기보다는 오히려 분함과 함께 노여움의 눈물을 간신히 참으면서 방에서 뛰어나갔다.

마리야가 떠나고 혼자서 슬픔 속에 남겨질 자신을 느낀 이래 대부분의 시간을 자기 방에서 혼자 다리를 올리고 소파 구석에 앉아, 가는 손가락에 힘을 주어 무엇인가를 찢기도 하고 구기기도 하면서 눈이 머문 곳을 물끄러미 움직이지 않는 시선으로 바라보고 있었다. 이 고독은 그녀를 지치게 하고 괴롭혔다. 그러나 그녀에게는 그것은 없어서는 안 되는 것이었다. 누가 방 안에 들어오면 그녀는 재빨리 일어나 자세와 눈 표정을 바꾸고, 책이나 편물을 손에 들고 방해한 사람이 물러가기를 초조하게 기다는 모습을 보였다.

그녀는 자기 힘이 미치지 않는 물음을 안고 자기 마음의 눈이 바라보고 있는 것을 지금이라도 당장 알 수 있을 것 같은 생각이 들었다.

12월 말에도 나따샤는 검은 모직 옷을 입고 늘어뜨린 머리를 아무렇게나 묶은 여위고 창백한 얼굴로, 벨트 끝을 힘껏 오므리기도 하고 펴기도 하면서 발을 올리고 소파 가장자리에 앉아 문 한구석을 바라보고 있었다.

그녀는 안드레이가 가버린 곳, 즉 삶의 저쪽을 바라보고 있었던 것이다. 이제까지 그녀가 한 번도 생각한 일이 없고, 이제까지 그녀에게는 매우 멀고 있을 수 없는 곳으로 여겨졌던 삶의 저편이, 지금은 공허와 파괴, 고통과 모욕일 수밖에 없는 삶의 이쪽보다도 더 가깝고 친근하고 알기 쉬운 것으로 되어 있었다.

그녀는 그가 거기에 있다고 알고 있는 저편을 바라보고 있었다. 그러나 그녀는 그가 이 세상에 있었던 모습으로밖에 그를 바라볼 수가 없었다. 그녀는 지금도 므이찌시치와 뜨로이짜와 야로슬라브리에 있을 때와 같은 모습으로 그를 보는 것이었다.

그녀는 그의 얼굴을 보고, 그의 음성을 듣고, 그의 말과 그에게 한 말을 되풀이하였다. 그리고 그때 말할 수도 있었을 새로운 말을 자기나 그의 말로서 상기하는 일도 있었다.

봐! 아직도 그가 여위고 핏기 없는 한쪽 팔꿈치를 짚고, 거기에 머리를 얹고 비로드 코트를 덮어쓰고 안락의자에 앉아 있다. 그의 가슴은 무섭게 우묵하고 어깨는 올라가 있다. 입술은 굳게 다물고 눈은 반짝이고 있다. 그리고 창백한 이마에는 주름살 한 개가 떠올랐다 사라졌다 하고 있다. 한쪽 다리가 겨우 눈에 띨 정도로 재빨리 떨리고 있다. 나따샤는 그가 괴로운 아픔과 싸우고 있다는 것을 알고 있다. '이 아픔은 도대체 뭐예요? 무엇을 위한 아픔이에요? 이 분은 무엇을 느끼고 있는 거예요? 얼마나 아플까?' 나따샤는 생각했다. 그는 나따샤가 바라보고 있다는 것을 알고 눈을 들어 미소도 띠지 않고 입을 열었다.

'단 한 가지 무서운 건' 그는 말했다. '그것은 자기를, 고통을 받고 있는 사람과 영원히 결부시키는 일입니다. 이것은 영원히 고통을 받는 일입니다.' 그리고 그는 살피는 것 같은 눈으로—나따샤에게는 지금도 그 눈이 보였다—그녀를 보았다. 나따샤는 그때 여느 때처럼 자기의 대답을 생각해볼 겨를도 없이 말해버렸다. 그녀는 이렇게 말한 것이다. '이런 일은 그렇게 오래 계속될 리는 없어요. 그런 건 없어져요. 당신은 완전히 기운을 되찾게 돼요.'

나따샤는 지금 다시 그의 모습이 보였고 자기가 그때 느낀 일을 남김없이 지금 또 맛보았다. 그녀는 자기가 그렇게 말했을 때의 그의 길게 이어지는 슬픈 듯한 진지한 시선을 상기하고, 그 길게 이어지는 눈초리의 비난과 절망의 뜻을 깨달았다.

'나는 알았어.' 지금 나따샤는 속으로 말했다. '만일 그분이 언제까지나 고통을 받는 사람 그대로 있으면 무서울 거라고. 내가 그때 그렇게 말한 것은 단지 그것은 그분에게 무척 무서울 것이라고 생각했기 때문이야. 하지만 그분은 그것을 다른 의미로 해석했어. 그분은 그것이 나에게 무서운 것이 될 것이라고 생각했어. 그분은 그때 아직 살고 싶다고 생각하고 계셨어—죽는 것이 무서우셨어. 그런데 나는 그러한 마음에도 없는 바보 같은 소리를 하고 말았어. 나는 그런 것은 생각지도 않고 있었지. 나는 전혀 다른 일을 생각하고 있었어. 만일 내가 생각하고 있던 것을 말했었다면, 나는 틀림없이 이렇게 말했을 거야—그분이 죽어가고 있다고 해도, 나의 눈앞에서 죽어가고 있다고 해도, 나는 지금에 비하면 행복하다. 지금은…… 아무것도, 아무도 없다. 그분은 그것을 알고 계셨을까? 아냐, 알지 못하셨고 영원히 알 수 없을 거야. 그리고 이제는 절대로 그것을 다시 되돌릴 수는 없어.' 그러자 그는 다시 나따샤에게 같은 말을 하였다. 그러나 이번에는 자기 공상 속에서 나따샤는 그에게 다른 대답을 하였다. 그녀는 그의 말을 가로막고 말했다. '무서운 것은 당신에게 무서운 것이지 나는 아녜요. 당신도 아시겠지만 나에게는 당신 이외엔 이 세상에 아무것도 없어요. 그래서 당신과 함께 고민하는 것이 나에게는 가장 행복해요.' 그러자 그는 그녀의 손을 죽기 나흘 전의 그 무서운 밤과 같이 꼭 쥐었다. 그리고 공상 속에서 그녀는 그때 말할 수 있었을지도 모르는, 그러나 이제 더욱 상냥한 애정이 깃든 말을 하였다. '사랑하고 있어요. 당신을 사랑하고 있어요. 사랑하고 있어요……' 그녀는 경련하듯이 손을 쥐고 힘껏 이를 악물면서 말했다.

그러자 감미로운 슬픔이 그녀의 마음을 사로잡고 눈에는 눈물이 글썽거렸다. 그러나 그녀는 느닷없이 자신에게 물었다. 나는 누구에게 이런 말을 하고 있는 걸까? 그분은 어디 계시지? 그분은 지금 누구지? 그러자 다시금 모든 것이 메마르고 거칠거칠한 의문에 싸여, 잔뜩 미간을 찌푸리고 그가 있는 곳을 바라보았다. 그러자 당장에라도 신비를 통찰할 수 있을 것 같은 생각이 들었다…… 그러나 이해할 수 없는 것이 막 풀릴 것 같은 마음이 들었을 때, 문의 손잡이를 돌리는 소리가 그녀의 귓전에 울렸다. 나따샤의 기분은 아랑곳하지 않는 듯이 재빠른 걸음으로, 겁에 질린 낯으로 하녀 두냐샤가 들어왔다.

"어서 아버님한테로 가보세요, 빨리." 두냐샤는 여느 때에는 없었던 상기된 표정으로 말했다. "불행이, 뻬쨔의 일로…… 편지가." 흐느껴 울면서 그녀는 말했다.

2

모든 사람들로부터 소외당했다고 하는 전체적인 기분 외에 나따샤는 그 무렵 자기 가족들로부터도 소외되었다고 하는 특별한 감정을 느끼고 있었다. 가족이 모두—아버지도, 어머니도, 쏘냐도—그녀에게는 너무나도 가깝고 친근하고 너무나 일상적이었기 때문에 그들이 하는 말, 감정은 모두 그녀가 최근 살고 있는 세계를 모욕하는 것처럼 여겨졌다. 그래서 그녀는 무관심하기는커녕 적의를 품고 가족을 보고 있었다. 그녀는 뻬쨔, 불행이라는 두냐샤의 말을 들었으나 그 뜻을 이해하지 못했다.

'그들에게 어떤 불행이, 어떤 불행이 있다는 거지? 그들에게는 모든 것이 낡고 익숙한 타성적이고 안일한 것들뿐인데.' 나따샤는 마음 속으로 말했다.

그녀가 홀에 들어갔을 때, 아버지가 빠른 걸음으로 백작 부인의 방에서 나왔다. 아버지의 얼굴은 주름투성인 데다가 눈물에 젖어 있었다. 그는 분명히 목구멍에 솟구치는 통곡을 실컷 소리 내어 터뜨리기 위해서 방에서 뛰어나온 것 같았다. 나따샤를 보자 아버지는 절망적으로 두 손을 흔들고 별안간 발작적인 울음을 터뜨렸다. 그의 둥글고 부드러운 얼굴은 보기 흉하게 일그러졌다.

"뻬…… 뻬짜가…… 가봐라, 어머니가, 어머니가 부르고 있다." 그리고 그는 어린애처럼 울부짖으면서 쇠약한 다리로 급히 의자 쪽으로 다가가서 두 손으로 얼굴을 감싸자 거의 그 위에 쓰러지듯 몸을 던졌다.

갑자기 전류 같은 것이 나따샤의 온몸을 스쳐갔다. 무엇인가 무서운 힘이 그녀의 마음을 아프도록 내리쳤다. 그녀는 무서운 아픔을 느꼈고, 무엇인가가 그녀 안에서 찢겨나가 자기는 죽는 것이 아닌가 하는 느낌이 들었다. 그러나 아픔에 뒤이어 그녀는 그때까지 자기 위에 얹혀 있던 삶의 금제(禁制)로부터 순식간에 해방되는 것을 느꼈다. 아버지를 보고 문 안쪽에서 들리는 어머니의 무서우리만큼 거친 외침 소리를 듣자, 그녀는 순식간에 자기와 자기의 슬픔을 잊고 말았다. 그녀는 아버지 옆으로 뛰어갔지만 그는 힘없이 손을 흔들고 어머니의 문을 가리켰다. 마리야가 창백한 얼굴로 아래턱을 떨면서 문에서 나오자, 무슨 말을 하면서 나따샤의 손을 잡았다. 나따샤는 마리야가 눈에 들어오지 않았고 귀에도 들리지 않았다. 그녀는 빠른 걸음으로 문으로 들어가 자기 자신과 싸우는 듯 잠깐 걸음을 멈췄다가 어머니 옆으로 달려갔다.

백작 부인은 기묘하고 보기 흉하게 몸을 뻗으면서 안락의자에 누워 머리를 벽에 부딪치고 있었다. 쏘냐와 하녀들이 그녀의 손을 누르고 있었다.

"나따샤! 나따샤를! ……" 백작 부인이 외쳤다. "거짓말, 거짓말이야! …… 그 사람은 거짓말을 하고 있어…… 나따샤를!" 그녀는 주위 사람들을 밀어젖히면서 소리쳤다. "모두 저쪽으로 가줘요, 모두 거짓말이야! 전사! …… 핫, 핫, 핫! 거짓말이야!"

나따샤는 안락의자에 한쪽 팔꿈치를 괴고 어머니 위에 몸을 굽히며 그녀를 껴안고, 얼굴을 안아 일으켜 자기 쪽으로 돌리고 어머니에게 바싹 몸을 가져갔다.

"엄마! …… 나 여기 있어요, 엄마……" 그녀는 잠시도 입을 다물지 않고 계속 속삭였다.

그녀는 어머니를 놓지 않고 상냥하게 어머니를 안아, 베개와 물을 가져오게 하고 어머니 옷의 단추를 끌렀다.

"엄마, 사랑하는 엄마." 그녀는 쉴새없이 속삭이면서 어머니의 머리, 손, 얼굴에 키스하고, 하염없이 폭포처럼 눈물이 흐르는 것을 느꼈다.

백작 부인은 딸의 손을 잡고 눈을 감자 순간 조용해졌다. 별안간 그녀는 여느 때와 달리 재빠르게 일어나서 멍하니 사방을 둘러보고 나따샤를 알아채자, 힘껏 그녀의 머리를 끌어안았다. 그러고 나서 그녀는 고통으로 일그러진 나따샤의 얼굴을 자기 쪽으로 돌리고는 오랫동안 들여다보았다.

"나따샤, 넌 날 사랑하고 있지?" 그녀는 작은, 그러나 굳게 믿는 목소리로 속삭였다. "나따샤, 너는 날 속이지 않겠지? 사실대로 말해 주겠지?"

나따샤는 눈물이 가득 괸 눈으로 어머니를 바라보았다. 그리고 그 얼굴에는 다만 용서와 사랑을 비는 표정밖에 없었다.

"엄마." 그녀는 어머니를 짓누르고 있는 슬픔을 어떻게 해서든지 어머니로부터 자기에게로 옮기기 위해서 자신의 애정의 힘을 있는 대로 쥐어짜면서 되풀이했다.

그러자 어머니는 다시금 현실과 무력한 싸움을 하면서, 생명의 꽃을 피우고 있던 사랑하는 사내아이가 한창인 꽃다운 나이에 전사해도 자기는 앞으로 살아갈 수가 있으리라는 것을 거부하고 광기(狂氣)의 세계로 도피해서 현실로부터의 구원을 얻으려고 하는 것이었다.

나따샤는 그날 하루와 그날 밤 또 그 다음 날, 그 다음 날 밤이 어떻게 지나갔는지 기억에 없었다. 그녀는 자지 않고 어머니 곁을 떠나지 않았다. 끈질기고 참을성 있는 나따샤의 애정은 설득도 아니고 위로도 아닌, 삶으로 불러내는 소리로서 마치 전후좌우에서 끊임없이 백작 부인을 끌어안고 있는 것 같았다. 사흘째 되던 밤, 백작 부인이 잠시 조용해지자 나따샤는 안락의자의 팔걸이에 기대서 눈을 감았다. 침대가 삐걱거리는 소리에 나따샤는 눈을 떴다. 백작 부인이 침대에 앉아 조용히 말했다.

"네가 돌아와서 정말 기쁘다. 피곤하지? 차 마시겠니?" 나따샤는 어머니 곁으로 갔다. "넌 남자답게 어른이 다 됐구나." 딸의 손을 잡고 백작 부인은 말을 계속했다.

"엄마, 무슨 말을 하시는 거예요!"

"나따샤, 그 애는 없다. 이젠 돌아오지 않는다!" 그리고 딸을 껴안자 백작 부인은 처음으로 울음을 터뜨렸다.

3

마리야는 출발을 미뤘다. 쏘냐와 백작은 나따샤와 교대하려고 했지만 할 수가 없었다. 백작 부인이 미칠 것만 같은 절망 상태에 빠지지 않게 할 수 있는 것은 나따샤뿐이라는 것을 두 사람은 깨달았다. 3주일 동안 나따샤는 아무 데도 나가지 않고 어머니 옆에서 지냈다. 어머니 방 안락의자에서 자고, 음식을 먹여주며 쉴새없이 어머니와 이야기를 나누었다. 백작 부인을 안정시키는 것은 그녀의 상냥하고 친절하게 돌보는 목소리뿐이었으므로 계속 말을 하고 있었던 것이다.

어머니의 마음의 상처는 아물지 않았다. 뻬쨔의 죽음이 그녀의 생명의 절반을 앗아가 버린 것이다. 뻬쨔 전사의 소식을 받았을 때는 아직 발랄하고 씩씩한 쉰 살의 여자였던 그녀가 한 달 후에 방에서 나왔을 때에는 반은 죽은, 인생에 아무런 관련이 없는 듯한 노파가 되어 있었다. 그러나 백작 부인을 절반쯤 죽인 것이나 다름없는 상처가, 그 새로운 상처가 나따샤를 삶으로 되돌아오게 하였다.

마음의 살이 찢어져서 생기는 상처는 육체의 상처와 마찬가지여서, 깊은 상처가 낫고 양끝이 붙은 후, 육체의 상처와 마찬가지로 안에서 솟아나는 생명력에 의해서 비로소 낫게 되는 것이다.

그렇게 해서 나따샤의 상처도 나았다. 그녀는 자기의 인생은 끝났다고 생각하고 있었다. 그런데 별안간 어머니에 대한 사랑이 그녀에게 인생의 본질인 사랑이 아직 자기 내부에 살아 있다는 것을 깨닫게 해주었다. 사랑이 눈을 떴다. 그리고 생명도 눈을 뜬 것이다.

안드레이의 최후의 나날이 나따샤와 마리야를 결부시켰다. 새로운 불행이 두 사람을 더욱 가깝게 만들었다. 마리야는 자기의 출발을 연기하고 마지막 3주일 동안은 아픈 어린애를 돌보듯이 나따샤의 시중을 들었다. 나따샤가 어머니 방에서 보낸 최근 몇 주일 동안에 그녀의 체력이 몹시 쇠약해졌기 때문이다.

어느 날, 마리야는 나따샤가 열이 나서 오한으로 떨고 있는 것을 알고 자기 방으로 데려가서 침대 위에 뉘었다. 나따샤는 누웠지만 마리야가 커튼을 내리고 나가려고 하자, 그녀를 곁으로 불렀다.

"난 자고 싶지 않아요, 마리야. 좀 더 여기 있어 주어요."

"당신은 지쳐 있어요. 자야 해요."

"아냐, 안 돼요. 왜 당신은 날 여기로 데려왔어요? 어머니가 찾고 계셔요."

"어머니는 퍽 좋아지셨어요. 어머니는 오늘, 꽤 이야기를 많이 하셨어요." 마리야가 말했다.

나따샤는 침대에 누운 채, 방 안 어둠 속에서 마리야를 골똘히 바라보았다.

'이 사람은 그분을 닮았을까?' 나따샤는 생각했다. '그래, 닮은 것 같기도 하고 닮지 않은 것 같기도 해. 그러나 이 사람은 특별한 색다른 세계에서 온 전혀 새로운, 이해할 수 없는 사람이야. 그런데도 이 사람이 나를 사랑해 주고 있어. 이 사람의 마음 속에 무엇이 있을까? 모든 것이 좋은 것뿐이야. 하지만 어떻게? 이 사람은 어떤 생각을 하고 있을까? 나를 어떻게 보고 있을까? 그래, 이 사람은 훌륭한 사람이야.'

"마리야." 그녀는 상대방의 손을 끌어당기면서 머뭇거리며 말했다. "마리야, 내가 나쁜 여자라고 생각하진 마세요. 그렇지가 않아요. 마리야, 제발. 정말 난 당신이 좋아요. 우린 정말, 정말 친구가 돼요." 그리고 나따샤는 마리야를 껴안고 그 손과 얼굴에 키스했다. 마리야는 이와 같은 나따샤의 감정 표현이 부끄럽기도 하고 또 기쁘기도 하였다.

이날부터 마리야와 나따샤 사이에는 여자 사이에서만 흔히 볼 수 있는 정열적이고 자상한 우정이 생겼다. 두 사람은 연방 키스하고 서로 상냥한 말을 나누며 대부분의 시간을 함께 보냈다. 한 사람이 나가면 다른 한 사람은 침착성을 잃고 급히 뒤따라 나가는 것이었다. 두 사람은 떨어져서 혼자 있기보다는 둘이 있는 편이 더욱 서로의 조화를 느꼈다. 두 사람 사이에는 우정 이상의 강한 감정이 확립되었다. 서로 상대방과 같이 있지 않으면 살아갈 수가 없는 일종의 특별한 감정이었다.

때로는 두 사람은 몇 시간이고 말없이 있었다. 때로는 이미 잠자리에 들어가서 이야기를 시작하여 아침까지 계속하는 일도 있었다. 그녀들은 대개의 경우, 먼 과거의 얘기를 했다. 마리야는 자기의 어린 시절의 일, 자기 어머니와 아버지에 대한 일, 자기의 꿈을 이야기하였다. 그리고 나따샤는 이제까지 이러한 헌신, 순종의 인생, 그리스도교적 자기희생이라는 시적인 감정으로부터 태연하게 얼굴을 돌리고 있었는데, 마리야와 애정으로 맺어지고 있다는 것을 느끼고 있는 지금은 마리야의 과거도 좋아지고, 이제까지 알 수 없었던 인생의 일면을 이해하였다. 그녀는 다른 기쁨을 찾는 데에 익숙해져 있었기 때문에 순종이나 자기희생을 자기 인생에 덧붙일 생각은 하지 않았다. 그러나 그녀는 이제까지 몰랐던 이 미덕을 다른 사람 속에서 이해하고 좋아하게 되었다. 또한 나따샤의 어린 시절이나 청춘시대의 이야기를 들은 마리야에게도 역시 이제까지 알지 못했던 인생의 일면, 삶을 믿고 삶의 기쁨을 믿는 면이 열린 것이다.

두 사람은 여전히 이제까지와 마찬가지로 그의 이야기는 하지 않았다. 그것은 두 사람의 느낌으로는, 자기들 내부에 있는 기분의 높이를 말로써 상처를 입히지 않기 위해서였다. 그러나 이렇게 그에 대한 이야기를 하지 않고 있는 동안에 조금씩, 그렇다고는 믿지 않은 채, 그에 대한 일을 잊어갔다.

나따샤는 여위고 안색이 나빠지고 몸이 매우 약해져서 모두가 끊임없이 그녀의 건강을 화제로 삼을 정도였는데, 그것은 나따샤에게는 기분이 좋은 일이었다. 그러나 때때로 그녀는 갑자기 죽음의 공포, 병이나 쇠약, 아름다움이 상실되는 공포에 휩싸이는 일이 있었다. 그리고 혼자서 드러난 팔을 주의 깊게 바라보기도 하고, 가느다란 팔에 놀라기도 하고, 아침이 되면 거울에서 자기의 길게 늘어진 초라하게 여겨지는 얼굴을 들여다보는 일이 있었다.

언젠가 그녀는 급히 이층으로 올라갔기 때문에 가쁘게 숨을 헐떡인 일이 있었다. 그녀는 곧 무의식적으로 아래층에 볼일이 있다는 것을 알았다. 그리고 힘을 시험하고 자기 상태를 살피기 위해 다시 2층으로 뛰어올라갔다.

어떤 기회에 그녀는 두냐샤를 불렀는데 목이 쉬어 있었다. 그녀는 두냐샤의 발소리가 들리고 있었는데 다시 또 불렀다. 자기가 옛날에 노래를 불렀던 그 가슴에서 나오는 목소리로 불렀다. 그리고 그 목소리에 유심히 귀를 기울였다.

그녀는 그렇다고는 알지도 못했고 또 믿지도 않았겠지만, 그녀의 마음을 덮고 있던 뚫기 어렵게 여겨졌던 진흙층 밑에서 가냘프고 부드러운 어린 풀의 싹이 트고 있었다. 그것은 장차 뿌리를 내려, 그녀를 짓누르고 있던 슬픔이 이윽고 보이지 않게 되고 눈에 띄지 않게 될 때까지 그것을 삶의 어린 싹으로 뒤덮을 것임에 틀림없었다. 상처가 내부에서 나아가고 있었던 것이다.

1월 말, 마리야는 모스크바로 떠나게 되어, 백작은 나따샤도 의사의 진찰을 받게 하기 위하여 마리야와 함께 가게 하였다.

4

꾸뚜조프가 적군을 공격하거나 차단하고 그 밖의 여러 가지 일을 하고 싶다는 아군의 소원을 억제하지 못하고 마침내 뱌지마에서의 충돌을 한 이후, 퇴각하는 프랑스군과 그것을 추격하는 러시아군의 그 후의 행동은 끄라스누이까지 아무 전투도 없이 계속되었다. 적의 도주가 너무나도 빨랐기 때문에 프랑스군의 뒤를 쫓는 러시아군은 이를 따라갈 수가 없어서, 기병대와 포병대의 말들은 프랑스군의 동태를 미처 파악할 수가 없어 프랑스군의 움직임에 대한 정보는 항상 부정확했다.

러시아군 병사들은 하루에 40km라는 끊임없는 행군에 지쳐 있었기 때문에 그 이상 빨리 나아갈 수가 없었다.

러시아군의 피해의 정도를 이해하기 위해서는, 따루찌노로부터의 행군의 전 기간을 통해서 사상(死傷)에 의한 손실은 5000 이하이며 많은 사람들을 포로로 잃지도 않았는데, 10만의 수로 따루찌노를 나왔던 러시아군이 5만이 되어 끄라스누이에 도착했다는 사실의 뜻을 분명히 이해하면 될 것이다.

프랑스군을 추격하는 러시아군의 급격한 추격은 프랑스군의 퇴각과 마찬가지로 러시아군에 괴멸적인 작용을 하였다. 차이는 다만, 러시아군은 프랑스군의 머리 위에 닥치고 있는 파멸의 위협 없이 마음대로 진격한데 반하여, 프랑스군의 낙오된 환자는 적의 수중에 떨어졌고 러시아군의 낙오병은 자기 고국에 머물러 있었다는 것뿐이었다. 나폴레옹군의 감소의 주요 원인은 움직임의 속도였다. 그 확실한 증거가 되는 것은 이와 마찬가지로 러시아군도 감소하고 있다는 점이다.

꾸뚜조프의 행동은 따루찌노나 우쟈마의 경우와 마찬가지로 자기의 힘이 미치는 한 이 프랑스군의 파괴적인 움직임을 정지시키는 일은 하지 않고 (뻬쩨르부르그에서도 군대 내에서도 러시아 장군들은 그것을 바라고 있었다), 오히려 그 움직임을 조장하고 우군의 행동을 편하게 하는 데에만 집중되고 있었다.

그러나 그 외에도 빠른 움직임 때문에 생기는 피로와 방대한 인원의 감소가 각 부대에 나타나기 시작한 이래, 군의 움직임을 지연시키고 기회를 기다리기 위한 이유가 또 하나 꾸뚜조프 앞에 나타났다. 러시아군의 목적은 프랑스군의 추격이었다. 프랑스군의 진로는 몰랐기 때문에, 아군이 프랑스군을 바짝 추격하여 가까이 접근하면 할 수록 많은 거리를 가야만 했다. 어느 정도의 거리를 두고 추격했을 때 비로소 프랑스군이 취하고 있었던 지그재그 행진을 최단 거리로 차단할 수가 있었던 것이다. 장군들이 제안하고 있던 복잡한 작전들은 모두 군의 이동과 행군 행정의 증가에 있었는데, 이치에 맞는 유일한 목적은 그 행정을 줄이는 데에 있었다. 그리고 싸움의 전체를 통해서 모스크바로부터 빌나에 이르기까지, 꾸뚜조프의 행동은 오로지 이 목적에 집중되어 있었던 것이다. 우발적도 아니고 일시적도 아니고 실로 시종일관해서 그는 한 번도 그 목적으로부터 벗어나지 않았다.

꾸뚜조프는 머리나 학문이 아니라, 러시아적인 전신전령으로 러시아의 병사 한 사람 한 사람이 느끼고 있던 것, 즉 프랑스군은 패배했으며 적은 도망가고 있으므로 그대로 물러가도록 하지 않으면 안 된다는 것을 알고 있고 느끼고 있었다. 그러나 그와 동시에 그는 병사들과 한 마음이 되어, 속도와 계절 면에서 이제까지 없었던 행군의 괴로움을 속속들이 느끼고 있었다.

그러나 공을 세워서 누군가를 놀라게 하고 그 무엇인가를 위해서 대공이나 왕을 포로로 하기를 원하고 있었던 장군들, 특히 러시아 사람이 아닌 친구들은, 모든 전투가 꺼림칙하고 무의미한 지금이야말로 전투를 벌여 누군가를 패배시킬 절호의 때라고 여기고 있었다. 꾸뚜조프는 병사를 동원한 기동 계획이 잇달아 제출되자 어깨를 움츠렸을 뿐이었다. 그 작전은, 제대로 된 구두도 신지 못하고 반코트도 없이 반은 굶주린 병사들, 한 달 동안에 전투도 하지 않고 수가 반까지 줄고, 가장 좋은 조건하에서 적의 퇴각이 계속된다고 해도 국경에 도달하기 위해서는 이제까지 지나온 것 이상의 거리를 통과하지 않으면 안 될 병사들과 함께 이를 실시하지 않으면 안 되었던 것이다.

공을 세우거나, 작전을 짜거나, 격멸하거나 분단하고 싶다는 이 욕구는 특히 러시아군이 프랑스군과 충돌했을 때 나타났다.

예를 들어, 프랑스군의 3개 행동 종대의 하나를 발견할 것이라고 생각했다가 1만 6000을 거느린 나폴레옹 자신과 부딪친 끄라스누이 부근에서 그러한 일이 일어났다. 그 파멸적인 충돌을 면하고 아군을 수호하기 위하여 꾸뚜조프는 온갖 수단을 강구했는데도 불구하고, 끄라스누이 부근에서 3일에 걸쳐 피로에 지친 러시아군 병사에 의해서, 괴멸되어 단순한 군중으로 변한 프랑스군에 마지막 일격을 가하는 행위가 계속된 것이다.

똘리는 '제일 종대 진격' 등 독일어로 작전 명령을 썼다. 그리고 여느 때처럼 모든 일이 작전 명령과는 다른 방향으로 흘러갔다. 뷔르템베르크 대공 오이겐은 옆을 도주하는 프랑스군의 무리를 산에서 포격하고 증원대를 요구했지만 증원대는 오지 않았다. 프랑스군은 밤중에 러시아군을 우회해서 도망가 산산이 흩어져서, 숲으로 숨어들어 각자가 될 수 있는 대로 멀리 가버리고 만 것이다.

밀로라도비치는 필요할 때 한 번도 어디에 있는지 알 수도 없었던 부대의 물자나 경제면에 대해서는 알고 싶은 마음이 없다고 말하고, 자기는 '공포와 비난을 모르는 기사'라고 자칭하였다. 그는 프랑스군과의 대화를 매우 좋아하여, 항복을 요구하여 군사(軍使)를 보내서 시간을 낭비하는 등 명령 받은 것과는 다른 일을 하고 있었다.

"여러분, 저 종대를 여러분께 주겠다." 그는 부대에 말을 타고 가까이 가서 기병들에게 프랑스군을 가리키며 말했다. 그러자 야위고 털이 빠져 겨우 움직이는 말에 탄 기병들은 박차와 사벨로 말을 몰아 선사받은 종대, 즉 동상에 걸리고 손이 곱고 굶주림에 빠진 프랑스 병의 무리로 뛰어갔다. 그러자 선사받은 종대는 훨씬 이전부터 그것을 바라고 있었기 때문에 무기를 버리고 투항했다.

끄라스누이 부근에서 2만 6000명의 포로, 수백 문의 대포, 원수의 홀(笏)이라고 불리는 일종의 지팡이 같은 것을 노획하여, 거기에서 누가 눈에 띄는 활약을 했는가가 논의되기도 하고 그것에 만족하거나 했다. 그러나 나폴레옹, 적어도 누군가 영웅이나 원수를 잡지 못한 것을 몹시 분하게 여기고 그 때문에 서로, 특히 꾸뚜조프를 비난했다.

자기의 야욕에 사로잡혀 있는 이런 사람들은 더없이 슬픈 필연의 법칙을 맹목적으로 수행하고 있는 데에 지나지 않았다. 그러면서도 그들은 자신을 영웅으로 생각하고, 자기네가 하고 있는 일이야말로 더없이 훌륭하고 격조가 높은 일이라고 망상하고 있었다. 그들은 꾸뚜조프를 비난하고, 전쟁 초기부 터 그는 자기들이 나폴레옹을 격파하는 일을 방해해 왔다, 그는 자기의 욕망 을 만족시키는 일밖에 생각하지 않았고, 뽈로뜨냐누이에 자보디에서 편안하 게 지내고 있었으므로 거기서 나오고 싶지 않았던 것이다, 그가 끄라스누이 부근에서 진군을 중지시켰던 것은 나폴레옹이 있다는 것을 알고 완전히 당황 했기 때문이다, 그는 나폴레옹과 내통하고 있었다고도 생각할 수가 있다, 그 는 나폴레옹에게 매수를 당하고 있었다는 등 여러 말들을 하고 있었다.

야욕에 정신이 없었던 같은 시대 사람들이 이렇게 말한 것만은 아니다. 후 세 사람과 역사가들도 나폴레옹을 위대하다고 인정하고, 꾸뚜조프에 대해서 는 그 반대로 평가했다. 외국인들은 꾸뚜조프가 교활하고 음탕하고 연약한 조정 사람이라고 보고 있었고, 러시아 사람들도 그를 무엇인가 알 수 없는 인물로 생각하여, 러시아의 이름 외에는 쓸모가 없는 인형같은 취급밖에 받 지 못했던 것이다.

5

1812, 13년에 꾸뚜조프는 그의 잘못을 노골적으로 비난받았다. 황제의 명 령으로 최근 쓰인 역사에서도 꾸뚜조프는 교활한 궁정의 거짓말쟁이이며, 자신의 실패로 말미암아 끄라스누이와 베레지나 강 부근에서 러시아군에게 명예, 즉 프랑스군에 대한 완전한 승리를 잃게 하였다고 기술하고 있다.

이것은 러시아적인 이성이 인정하지 않는 위대한 인간, 그랑 톰(grand -homme)이 아닌 인간의 운명이다. 이것은 신의(神意)를 깨닫고 자신의 의 지를 그것에 종속시켜, 항상 고독하고 드물게 보는 사람의 운명인 것이다. 이러한 사람들은 가장 높은 법칙을 깨달았기 때문에 속인들의 증오와 멸시 라는 벌을 받는다.

러시아의 역사가들에게 있어서는 이런 일을 말하는 것은 기묘하고 무서운 일이지만, 나폴레옹은 한 번도, 그 어디에서도, 유배된 후까지도 인간다운 아름다운 점을 보인 일이 없었던 전혀 보잘것없는 역사의 도구였으나, 그래도 감격과 찬탄의 대상인 것이다. 그는 그랑(위대)인 것이다. 한편 꾸뚜조프 쪽은, 1812년의 활동 시초부터 끝까지, 즉 보로지노에서 빌나까지, 한 번도 자신을 배반하는 일이 없이 역사상 드문 자기희생의 모범과 사건의 장래의 의의를 현재의 시점에서 통찰하는 실례를 보여 준 인물인 꾸뚜조프가 러시아의 역사가들에겐 어딘지 정체를 알 수 없는 가엾은 인간으로 보이고, 꾸뚜조프나 1812년의 일을 이야기할 때 그들은 항상 약간 쑥스러워 보인다.

그러나 실은 그 행동이 이토록 일정불변하게 하나의 목적으로 향했던 역사상의 인물을 상상하기가 어렵다. 또 그 이상으로 훌륭하고 그 이상으로 전국민의 의지와 일치한 목적을 상상하기는 어렵다. 역사상의 인물이 자기에게 부과한 목적이, 1812년의 꾸뚜조프의 전체 활동의 도달 목표였던 목적처럼, 그토록 완전하게 달성된 실례를 역사에서 발견하기는 더욱 어렵다.

꾸뚜조프는 피라미드 위에서 내려다보고 있는 40의 세기(世紀), 자기가 조국에 바친 희생, 자기가 이룩하려 하고 있는 일이나 이룩한 일에 대해서 이야기한 적이 없었다. 그는 자기에 대해서는 아무 말도 하지 않고 아무 역할도 다하지 않았다. 항상 지극히 단순하고 평범한 인간으로 보였고, 극히 단순하고 평범한 말을 하고 있었다. 그는 자기의 딸이나 스탈 부인에게 편지를 쓰거나 소설을 읽기도 하고, 아름다운 여인들과의 교제를 좋아했다. 장군, 장교, 병사들과 농담을 하고, 그에게 무엇인가를 증명하려고 하는 사람에게 결코 거역하지 않았다. 라스또쁘친 백작이 야우스끼 다리에서 꾸뚜조프 곁으로 말을 몰고 와서, 모스크바가 파멸한 것은 누구의 책임이냐고 개인적인 비난을 퍼붓고 "어째서 당신은 싸우지도 않고 모스크바를 포기하지는 않겠다고 약속하셨습니까?" 하고 말했을 때 꾸뚜조프는, 모스크바는 이미 포기돼 있었는데도 불구하고 "나는 싸우지 않고 모스크바를 포기하지 않습니다" 하고 대답했다. 황제로부터 온 아라끄체에프가 에르몰로프를 포병사령관에 임명해야 한다고 말했을 때, 꾸뚜조프는 방금 전에는 전혀 딴 말을 하고 있었는데, "그렇습니다, 나 자신도 방금 그렇게 말했습니다" 하고 대답했다. 분별없는 속인들 속에서 유일하게 사건의 거대한 뜻을 모두 이해하고 있던 꾸뚜조프에게, 라스또쁘친 백작이 수도의 재난을 자기의 탓으로 하든 그의 탓으로 하든 무슨 상관이 있었단 말인가? 하물며 누구를 포병 사령 관으로 임명하느냐 하는 것은 그 이상으로 그의 관심을 끌지 않았던 것이다.

이와 같은 경우뿐 아니라 항상 이 노인은, 사상이나 그 표현의 역할을 하는 말은 인간을 움직이는 힘이 아니라는 것을 인생 경험으로 확신하고 있었기 때문에, 아주 무의미한, 맨 처음에 머리에 떠오른 말을 하고 있었던 것이다.

그러나 자기 말을 그토록 가볍게 보고 있는 바로 이 인간이 전쟁 동안 줄 곧, 자기가 이룩하려 하고 있던 유일한 목적에 합치하지 않는 말은 단 한 마 디도 자기의 활동 전 기간을 통해서 말하지 않았던 것이다. 자기는 분명히 이해를 받지 못할 것이라는 침통한 확신을 가지고 있으면서, 분명히 그는 한 번도 아니게 모든 상황 속에서 자기의 생각을 말하였다. 주위 사람과 그와의 차질이 시작되었던 보로지노 전투 이래, 그만이 보로지노 전투는 승리라고 말하고, 그것을 구두나 전투 보고나 상신서 속에서도 죽을 때까지 되풀이했 다. 그만이 모스크바를 잃은 것은 러시아를 잃은 것은 아니라고 말했다. 그 는 강화를 제의한 로리스똔에 대답하여, 강화는 있을 수 없다, 왜냐하면 국 민의 의지가 그렇기 때문이라고 말하였다. 그만이 프랑스군의 퇴각 때, 아군 의 작전은 모두 쓸데없다, 모두가 저절로, 우리가 바란 것 이상으로 좋은 결 과가 될 것이다, 적에게 황금의 다리를 놓아주고서라도 도망하게 하지 않으 면 안 된다, 따루찌노 전투도, 뱌지마 전투도 끄라스누이 전투도 소용없다, 국경까지 갔을 때 무엇인가는 남아 있어야 한다, 열 사람의 프랑스 병에 대 해서 자기는 한 사람의 러시아 병도 희생하지 않는다고 말하였다.

그리고 황제의 기분을 맞추려고 아라끄체에프에게 거짓말을 한 인간으로 서 묘사되고 있는 이 사나이만이, 빌나에서 국경을 넘어서의 싸움 같은 건 유해무익이라고 해서 황제의 언짢은 기분을 사고 있는 것이다.

그러나 이 말만으로, 그가 당시 사건의 의의를 이해하고 있었다는 증거는 되지 않을 것이다. 그의 행위는 모두 아무런 차질도 없이 같은 목적을 향하 고 있었고, 그 목적은 다음과 같은 세 가지 행위로 표현할 수 있는 것들이었 다. (1)프랑스군과의 충돌에 전력을 다할 것, (2)프랑스군을 격멸할 것, (3)될 수 있는 대로 국민과 군의 피해를 가볍게 하여 러시아로부터 쫓아낼 것.

'인내와 시간'을 모토로 하는 움직임이 느린 꾸뚜조프가, 과감한 행위의

적인 이 사나이가, 이례적인 거창한 형태로 준비를 하여 보로지노 전투에서 싸운다. 아우스터리츠 전투에서는 개전 전에 이 전투에서 패배할 것이라고 단언했던 이 꾸뚜조프가, 보로지노에서는 전투는 진다고 장군들이 단언했는데도 불구하고, 또 이긴 싸움을 하고서도 군이 퇴각하지 않으면 안 된다고 하는 역사상 일찍이 그 예가 없는 결과에도 불구하고, 그 한 사람만이 모두에게 반대하여 죽을 때까지 보로지노 전투는 승리라고 역설하고 있다. 그만이 퇴각하는 동안 줄곧 무익한 전투를 하지 않을 것과, 새로운 전쟁을 시작하지 말 것과 러시아의 국경을 넘지 않을 것을 주장하고 있다.

오늘날 이 사건의 의의를 이해한다는 것은, 10명 정도의 인간의 머리에 있던 무수한 목적을 사람들의 행위에 덧붙이지 않는 한 쉬운 일이다. 왜냐하면 사건 전체가 그 결과를 포함해서 우리의 눈앞에 있기 때문이다.

그러나 어떻게 해서 그 당시 이 노인 한 사람만이 여러 사람의 의견에 반대해서 이 사건의 국민적 의의를 꿰뚫어 볼 수 있었는가? 어째서 당시에 그 의의를 실로 올바르게 간파하고 활동의 전 기간을 통해서 한 번도 배반한 일이 없었는가?

발생하고 있는 현상의 뜻을 통찰하는 이 비범한 힘의 원천은, 그가 그 순수성과 힘을 완전히 간직한 채 자기 속에 유지하고 있었던 국민적 감정에 있었던 것이다.

그의 내부에 이러한 감정을 인정하였기 때문에 국민은 황제의 기분을 상하게 했던 이 노인을, 실로 기묘한 방법으로 국민 전쟁의 대표자로 선정하지 않을 수가 없었던 것이다. 이 감정이 있었기 때문에 그는 최고의 인간적인 위치에 설 수 있었고, 그 높은 지위에 오른 뒤에는 총사령관으로서 자기의 온갖 힘을 인간을 죽이고 말살하는 일이 아니라 인간을 구하고 불쌍히 여기는 데에 돌린 것이다.

소박하고 겸손하고 그렇기 때문에 참으로 위대한 이 인물은, 인간을 지배하는 것으로 여겨지고 있는 유럽적인 영웅이라는 허위의 형식에 들어앉을 수가 없었다. 그 형식은 역사가 생각해낸 것이다.

종복에는 위대한 인간은 있을 수가 없다. 왜냐하면 종복은 종복에게 알맞는 위대함에 대한 독자적인 사고방식을 가지고 있기 때문이다.

11월 5일은 이른바 끄라스누이 전투의 첫날이었다. 저녁 전에 이미 잘못된 방향으로 부대를 끌고 간 장군들이 많은 논쟁과 잘못을 저지른 후, 서로 어긋난 명령을 들려 부관들을 여기저기로 보낸 끝에, 이미 도처에서 적이 퇴각하여 전투 같은 건 있을 수 없고 앞으로도 없을 것이라는 것이 분명해지고 나서 꾸뚜조프는 끄라스누이를 나와 그날 총사령부가 이전된 도브로에로 갔다.

그날은 맑게 갠 몹시 추운 날이었다. 꾸뚜조프는 그에게 불만을 품고 뒤에서 속삭이고 있는 많은 막료 장군들을 거느리고, 살찐 백마를 타고 도브로에로 갔다. 길가 도처에, 오늘 잡힌 프랑스군 포로들이 모닥불을 쬐며 떼지어 모여 있었다(이날 잡힌 포로는 7000명이었다). 도브로에 근처에는 넝마를 걸치고 가지고 있던 것을 목에 감거나 입고 있는 포로의 무리가, 말을 떼어 낸 프랑스군 화포의 긴 열 옆에 웅성거리면서 서 있었다. 총사령관이 접근하자 이야기 소리는 멈추고 모두의 눈이 꾸뚜조프에게로 쏠렸다. 그는 빨간 테두리가 달린 흰 모자를 쓰고, 굽은 등을 혹처럼 감싸고 있는 솜이 든 외투를 입고 천천히 길을 걷고 있었다. 한 장군이 어디에서 포와 포로를 잡았는가를 보고하였다.

꾸뚜조프는 마음에 걸리는 일이 있어서 장군의 말이 귀에 들어오지 않았다. 그는 불만스럽게 실눈을 뜨고 주의 깊게, 특히 비참하게 보이는 포로들의 모습을 바라보고 있었다. 프랑스 병의 대부분은 코와 뺨이 동상에 걸려 변형되어 거의 모두가 눈이 빨갛게 붓고 짓물러 있었다.

한 떼의 프랑스 병이 길가에 서 있고, 두 병사가—그 중 한 사람의 얼굴이 부스럼 투성이었다—손으로 날고기 한 조각을 찢고 있었다. 지나가는 사람들에게 그들이 흘끗 던진 시선에는 무엇인가 무서운 야수와 같은 것이 깃들어 있었다. 부스럼투성이 병사는 원망스러운 듯한 표정으로 꾸뚜조프를 흘끗 보고 곧 얼굴을 돌려 자기가 하던 일을 계속하였다.

꾸뚜조프는 오랫동안 주의 깊게 이 두 병사를 바라보았다. 그는 한층 얼굴을 찌푸리고 실눈을 뜨고 생각에 잠겨 목을 흔들었다. 다른 곳에서 그는 한 러시아 병을 보았다. 그 병사는 웃으면서 프랑스 병의 어깨를 두드리고 무엇인가 상냥한 말을 상대방에게 하고 있었다. 꾸뚜조프는 이때도 같은 표정으로 고개를 저었다.

"무슨 이야긴가?" 꾸뚜조프는 한 장군에게 물었다. 그 장군은 보고를 계속하면서, 쁘레오브라젠스끼 연대의 대열 앞에 세워져 있는, 노획한 프랑스군 군기로 총사령관의 주의를 돌리려 하고 있었다.

"아아! 군기 말인가?" 꾸뚜조프는 자기의 마음을 차지하고 있는 것을 떨쳐버리기 위해 고생을 하고 있는 것 같은 모습으로 말했다. 그는 멍청히 주위를 돌아다보았다. 수천의 눈이 사방에서 그의 말을 기다리며 꾸뚜조프를 바라보고 있었다.

그는 쁘레오브라젠스끼 연대 앞에서 말을 멈춰 세우고 무거운 한숨을 쉬고는 눈을 감았다. 따라온 누군가가 손을 흔들었다. 그것은 기를 가지고 있는 병사가 곁으로 다가와 총사령관 주위에 깃대를 세우고 기를 나열하기 위해서였다. 꾸뚜조프는 잠시 잠자코 있었다. 그러고 나서 현재의 입장으로 보아 마지못해 따르지 않을 수 없다는 듯이 얼굴을 들고 이야기를 하기 시작하였다. 장교들이 그를 둘러쌌다. 꾸뚜조프는 주의 깊은 시선으로 장교들을 둘러보고 그 속에서 몇 명의 낯익은 얼굴을 발견했다.

"여러분, 고맙소!" 그는 병사들을 향해서, 그리고 다시 한 번 장교들에게 말했다. 그의 주위는 조용해지고, 그 속에서 천천히 발음하는 말이 분명히 들렸다. "고생을 잘 참고 충실히 싸워준 데 대해 여러분 전원에게 감사한다. 승리는 완전무결하다. 러시아는 여러분을 잊지 않을 것이다. 여러분에게 영원한 영예가 있기를 빈다." 그는 좌우를 보면서 잠시 입을 다물었다.

"숙여라, 숙여라, 그 깃발의 머리를 연대 쪽으로!" 그는 프랑스군의 독수리가 달린 군기를 가지고 있는 병사가 자기도 모르게 그것을 쁘레오브라젠스끼 연대기 앞으로 수그린 것을 보고 말하였다. "더 낮게 더, 됐어. 더 낮게, 그래그래 그렇다. 여러분, 우라!" 병사들을 향하여 그는 말하였다.

"우라!" 수천의 목소리가 우렁차게 울렸다.

병사들이 소리치고 있는 동안에 꾸뚜조프는 안장 위에서 몸을 구부리고 고개를 떨어뜨렸다. 그리고 그의 하나밖에 없는 눈은 온건한, 마치 장난치는 듯한 빛을 띠고 있었다.

"그런데 여러분……." 그는 주위의 소리가 가라앉자 말했다.

그리고 갑자기 그의 얼굴과 표정이 변했다. 총사령관의 입장에서 이야기하는 것을 그만 두고, 무엇인가 가장 필요한 일을 가까운 사람에게 전하려고 하는 한 노인이 이야기를 하기 시작한 것이다.

장교들과 병사들의 대열 속에서는 움직임이 생겼다. 지금부터 꾸뚜조프가 하는 말을 좀 더 분명히 알아듣기 위해서였다.

"그런데 말이야, 여러분, 나도 잘 알고 있어요, 여러분은 고통스러울 거야. 하지만 어찌할 수 없는 일이다. 참아 주시오. 앞은 멀지 않소. 손님이 나가주면 그때 쉬기로 합시다. 여러분의 노고는 폐하께서도 잊지 않으실 거요. 여러분은 괴롭겠지만 그래도 어쨌든 자기 나라가 아니오. 그러나 저들을 좀 봐요, 어쩌면 저런 꼴이 되었을까." 포로들을 가리키면서 그는 말했다.

"거지 중에서도 가장 심한 상거지꼴이요. 그들이 강했을 때에는 우리도 동정하는 일은 없었지만, 지금은 그들을 동정해주어도 좋을 것이다. 그들도 역시 인간이니까. 그렇지 않아요, 여러분?"

그는 주위를 둘러보았다. 그리고 조용히, 어리둥절한 것처럼 공손하게 자기에게 집중되고 있는 눈길 속에서 자기 말에 대한 공감의 빛을 알아챘다. 그의 입술이나 눈가에는 여러 개의 별과 같은 주름이 되어 늙은이다운 온화한 미소가 떠오르고 그 때문에 그의 얼굴은 점점 밝아졌다. 그는 입을 다물고 잠시 고개를 숙였다.

"그런데 말이오, 도대체 누가 놈들을 여기로 불렀단 말인가? 자업자득이지." 그는 갑자기 머리를 들고 말했다. 그리고 채찍을 한 차례 휘두르며 기쁜 듯이 크게 웃고, 우라 하고 외치고 있는, 열이 흩어진 병사들로부터 이탈하여 전쟁이 시작된 이래 처음으로 한번 빠르게 말을 달렸다.

꾸뚜조프가 한 말을 장병들은 잘 이해하지 못했다. 처음에는 장중하고, 마지막은 솔직한 노인다운 원수의 말의 내용을 잘 전달할 수 있는 사람은 한 사람도 없었을 것이다. 그러나 성의가 깃든 그 말의 뜻은 이해되었을 뿐만 아니라, 이 노인다운 솔직한 말투로 표현된 기분, 적에 대한 동정, 자기의 정당함에 대한 의식과 결부된 장대한 승리감—바로 이 기분이야말로 병사 각자의 마음에 깃들어 있고 기쁨에 넘친, 언제까지나 끊어지지 않는 외침이 되어 표현된 것이다. 그 후 장군 한 사람이 총사령관에게 포장마차를 보내라고 분부하시지 않았느냐고 물었을 때, 꾸뚜조프는 대답하면서 몹시 흥분한 상태로 갑자기 흐느껴 울기 시작했다.

7

11월 8일은 끄라스누이 전투의 마지막 날이었다. 군이 야영지에 도착한 것은 이미 황혼녘이었다. 낮 동안에 날은 갰으나 몹시 추운 조용한 날로, 이따금 가는 눈발이 내리고 있었지만 저녁때에는 개기 시작했다. 가랑눈을 통해서 짙은 보랏빛 별 하늘이 보이고 추위도 더욱 심해졌다.

따루찌노를 출발했을 때는 3000명이었던 소총 연대가 지금은 900명으로 줄어들었는데, 선두부대의 하나로 큰길가의 마을의 지정된 장소에 도착하였다. 연대를 맞이한 숙사 담당 장교가 농가는 모두 환자와 죽은 프랑스 병, 기병, 참모부로 만원이라고 알려왔다. 다만 연대장을 위해 농가 한 채가 있었다.

연대장은 그 농가로 갔다. 연대는 마을을 통과하여 마을 변두리에 있는 농가 옆의 길에서 차총(叉銃)했다.

다리가 많은 거대한 동물처럼, 연대는 자기 잠자리와 음식 준비에 착수했다. 일부 병사는 눈 속에 무릎까지 파묻히면서 마을 오른쪽에 있는 자작나무 숲 여기저기로 비틀거리며 들어갔다. 그리고 이내 숲 속에서 도끼와 검으로 나무를 치는 소리와 나뭇가지가 꺾이는 소리, 떠들썩한 이야기 소리들이 들려왔다. 다른 한 패는 한 덩어리로 세워 둔 연대의 짐마차와 말들 가운데서 냄비와 건빵을 꺼내기도 하고, 말에게 사료를 주기도 하였다. 또 다른 병사들은 마을 여기저기에 흩어져서 참모들의 숙사를 마련하기도 하고 여러 채의 농가에 뒹굴고 있는 프랑스 병의 시체를 치우기도 하고, 땔감으로 쓸 판자, 마른 장작, 지붕의 짚, 바람막이로 세워둔 울타리를 조금씩 나르고 있었다.

14, 5명의 병사가 마을 변두리의 농가 뒤에서 명랑한 함성을 지르면서 이미 지붕이 벗겨진 헛간의, 나뭇가지로 짠 높은 외벽을 흔들고 있었다.

"자, 자, 같이 힘껏 밀어!" 몇몇 목소리가 소리쳤다. 그러자 어둠 속에서 눈이 덮인 커다란 외벽의 한쪽이 얼어붙은 소리를 내면서 휘청휘청 흔들렸다. 아래의 말뚝이 점점 심하게 삐걱거리는 소리를 내더니, 마침내 울타리는 밀고 있던 병사들과 함께 쓰러졌다. 기쁨에 찬 난폭한 함성과 폭소가 일었다.

"두 사람씩 시작해. 지렛대를 이리 줘! 그렇지, 이봐, 어디로 뚫고 들어가는 거야?"

"자, 다 같이…… 아니, 잠깐! …… 가락을 맞춰서!"

모두가 침묵했다. 그러자 나직한 비로드 같은 느낌의 목소리가 노래를 부르기 시작하였다. 3절째 끝에서 마지막 소리가 끝나자마자 20명의 목소리가 일제히 소리쳤다. "우우우! 간다! 단번에! 덤벼, 자! ……" 그러나 힘을 합쳐서 노력했는데도 외벽은 거의 움직이지 않았다. 그리고 조용해진 침묵 속에서 가쁜 숨소리가 들렸다.

"이봐, 너희들, 6중대! 망할 자식들! 좀 거들어! …… 우리도 도움이 될 때가 있어."

마을 쪽으로 걸어가고 있던 제6중대의 20명 가량이 잡아당기고 있던 패에 합류했다. 그리고 길이 10m, 폭 2m의 울타리가 휘청거리더니 헐떡이고 있는 병사들의 어깨에 얹히면서 짓눌린 채 그대로 마을의 거리를 앞으로 나아갔다.

"어서 가! 말을 들어, 이 새끼…… 뭘 멍청히 서 있는 거야? 그렇지……."

명랑한 상스러운 욕지거리가 설새없이 들렸다.

"너희들은 뭐야?" 운반하고 있는 병사들 쪽으로 뛰어온 한 병사의 위압적인 목소리가 갑자기 들렸다.

"높은 분이 여기에 계신다. 집 안에 장군님이 계시는데 너희들 말투가 그게 뭐야?" 상사는 이렇게 소리치더니 곁에 있던 병사의 등을 힘껏 팼다. "조용히 할 수 없어?"

병사들은 조용해졌다. 상사에게 얻어맞은 병사는 울타리에 부딪쳐서 피가 날 만큼 벗겨진 얼굴을 끙끙 앓으면서 닦아냈다.

"이것 좀 봐, 빌어먹을 놈, 지독하게도 때리는 군! 얼굴이 온통 피투성이야." 상사가 가버리자, 병사는 겁먹은 목소리로 중얼거렸다.

"넌 싸움을 좋아하지 않는 거야?" 웃음을 머금은 음성이 말했다. 그리고 병사들은 소리를 죽이면서 앞으로 전진했다. 마을 변두리로 나서자 그들은 다시 조금 전과 같은 부질없는 욕지거리를 섞어가면서 큰 소리로 지껄이기 시작했다.

병사들이 옆을 지나간 농가에서는 최고 수뇌부가 모여서 차를 마시면서 어제의 일, 예상되는 내일의 작전을 둘러싸고 활발한 대화를 나누고 있었다.

좌측으로 측면 행진을 하여 부왕(副王)의 퇴로를 차단하여 잡으려는 계획이었다.

병사들이 외벽을 끌고 왔을 때에는 이미 사방에서 식사 준비의 모닥불이 활활 타고 있었다. 장작이 튀고 눈이 녹고 병사들의 검은 그림자가, 야영지가 된, 눈으로 다져진 공간을 부지런히 움직이고 있었다.

도끼와 손도끼가 여기저기서 활약하고 있었다. 모든 일이 아무런 명령 없이도 이루어지고 있었다. 밤을 위해 장작이 수집되고 상관을 위해 가건물이 세워지고, 냄비가 끓고 총과 장비의 손질을 하고 있었다.

제8중대가 끌고 온 외벽은 북쪽에 반원형으로 세워져 말뚝이 박히고 그 앞에서 모닥불이 피워졌다. 취침 신호의 북과 나팔이 울리고 점호가 이루어졌다. 저녁 식사가 끝나자 일동은 밤을 새우기 위해 모닥불 주위에 자리 잡았다. 구두를 수선하는 자, 파이프를 빠는 자, 옷을 벗고 이를 잡는 자도 있었다.

8

당시 러시아 병이 놓여 있던, 거의 상상도 할 수 없는 심한 조건—방한용 장화도 반코트도 없고, 영하 18도의 눈 속에서 충분한 식량도 없는(제대로 군대를 뒤쫓아 보급된 것이 아니었기 때문에)—에서는 병사들은 더없이 비참하고 사기가 떨어진 모습을 보였을 것이라고 여겨질지도 모른다.

그런데 사실은 그와 반대로, 아무리 훌륭한 물질적 조건 속에서도 군이 이 이상 명랑하고 활기찬 모습을 보인 일은 없었을 것이다. 이러한 결과가 된 것은, 기운을 잃거나 쇠약해진 자는 모두 매일 군대에서 제외시켰기 때문이었다. 육체적, 정신적으로 약한 자는 모두 후방에 남게 되고, 정신력으로나 체력으로 보아 군의 정예만 남게 된 것이다.

나뭇가지로 엮은 외벽으로 울타리를 만든 제8중대에 가장 많은 사람들이 모여 있었다. 상사 두 명이 그들한테로 와서 앉았고 그 모닥불이 가장 활발하게 불타고 있었다. 여기에 있는 친구들은 외벽 그늘에 앉을 수 있는 특권 대신에 장작을 가지고 오도록 요구되었다.

"이봐, 마께에프, 어떻게 된 거야…… 꺼졌나, 그렇지 않으면 늑대에 물려갔나? 장작을 가져와." 붉은 얼굴에 빨간 수염이 난 한 병사가 연기에 눈을 찡그리고 깜짝이면서, 그래도 불 옆에서 떠나지 않으면서 소리쳤다. "너라도 괜찮으니까 가서 장작을 가져와, 까마귀." 다른 병사에게 말했다. 빨간 털은 하사관도 상병도 아니었으나 건강한 병사였기 때문에 자기보다 약한 병사들의 위에 군림하고 있었다. 까마귀라고 불린 야위고 코가 뾰족한 병사는 하라는 대로 일어서서 가려고 하였으나, 그때 이미 모닥불빛 속으로 장작을 한아름 가진 병사의 모습이 들어왔다.

"이리 내, 대단하다."

땔감을 꺾어서 불을 지피고 입으로 불기도 하고 외투 자락으로 부쳤다. 그러자 불길이 타오르고 쉭쉭 소리를 내며 튀기 시작했다. 병사들은 불 옆으로 다가가서 파이프에 불을 붙였다. 장작을 안고 온 젊은 미남 병사는 두 손을 양 겨드랑에 꽂고 같은 장소에 선 채 곱은 발을 재빨리 재치 있게 구르기 시작했다.

"아, 어머니, 찬 이슬이지만 좋아요, 소총병을 노려……" 그는 한 구절마다 딸꾹질을 하듯이 노래를 불렀다.

"이봐, 구두창이 떨어져 나간다!" 신나게 춤추고 있는 병사의 구두창이 덜렁덜렁 매달려 있는 것을 보고 빨간 머리의 사나이가 소리쳤다. "몸에 안 좋아, 춤을 추다니!"

춤추던 사나이는 춤을 멈추고 덜렁거리는 가죽을 뜯어서 불 속에 내던졌다.

"그래, 맞아, 형제." 그는 말했다. 그리고 자리에 앉아 배낭에서 프랑스제 나사 천 조각을 꺼내어 다리에 감았다. "다리가 저려." 그는 두 다리를 불 쪽으로 뻗으면서 덧붙였다.

"곧 신품이 지급될 거야. 전멸시키면 모두에게 2인분씩 지급된다는 거야."

"그런데 그 뻬뜨로프 녀석은 기어코 낙오해버렸군." 상사가 말했다.

"나는 벌써부터 알아채고 있었어."

"할 수 없지, 올챙이 병사거든……"

"그런데 제3중대에서는 어제 점호에서 9명이 모자랐다는 거야."

"그럴 걸. 생각 좀 해봐. 발이 동상에 걸리면 어딜 갈 수 있단 말이지?"

"아니, 무슨 쓸데없는 소릴 하고 있어!" 상사가 말했다.

"너도 그렇게 되고 싶은가?" 다리가 저리다고 말한 병사를 향해 나무라듯이 나이 든 병사가 말했다.

"그럼 넌 어떻게 생각하고 있나?" 별안간 모닥불 저쪽에서 까마귀라고 불린, 코가 뾰족한 병사가 몸을 일으키더니 높고 떨리는 소리로 말했다. "살찐 놈도 여위고, 여윈 놈은 죽는다. 예를 들자면 바로 나다. 기진맥진해." 그는 상사를 향해서 갑자기 단호하게 말했다. "병원으로 가라는 명령을 내려 줘요. 마디마디가 아파서 견딜 수가 없어요. 여하간 낙오하고 말 거야……"

"아, 적당히 해둬." 상사는 침착하게 말했다.

병사는 입을 다물었지만 대화는 계속되었다.

"오늘은 프랑스 병을 무척 많이 잡았지만, 솔직히 말해서 제대로 장화를 신은 자는 한 놈도 없었어. 장화란 이름뿐이야." 한 병사가 새로운 화제를 꺼냈다.

"까자크가 몽땅 벗겨 버렸어. 오늘도 연대장을 위해서 농가를 치우면서 놈들을 밖으로 내보냈지만 보기에도 불쌍할 정도였어." 춤을 추던 병사가 말했다. "놈들을 굴려보니 산 놈이 하나 있었어. 무엇인가 저희들 말로 중얼거리고 있었지."

"하지만 깨끗한 녀석들이야." 맨 먼저의 병사가 말했다. "자작나무처럼 하얬어, 용감한 자도 있었지. 아니, 훌륭한 놈들이었어."

"넌 어떻게 생각하고 있나? 거기서는 어떤 신분의 사람도 소집을 당하거든."

"하지만 우리들의 말은 통 알아듣질 못해." 춤을 좋아하는 사나이가 알 수 없다는 듯이 쓴웃음을 짓고 말했다. "내가 '고향은 어디냐?' 하고 물으니까, 놈은 자기네 말로 중얼거렸어. 괴상한 놈들이야!"

"이상한 일이 있어, 여보게들." 프랑스 병의 하얀 살결에 놀란 사나이가 말을 이었다. "모자이스크 근처의 농부들한테 들은 얘기인데 말이야, 전투가 있었던 장소에서 그 농부가 전사자의 뒤처리를 하고 있었는데, 한 달 가까이나 뒹굴고 있던 그놈들의 시체가, 알겠나? 뒹굴고 있던 그놈들의 시체가 종이같이 하얗고 아름답고 전혀 냄새가 나지 않더라는 거야."

"그거야 추위 때문이 아닐까?" 한 사람이 물었다.

"넌 영리하구나! 추위 때문이라고? 그런데 미안하지만 더울 때였거든. 만일 추웠다면 이쪽 시체도 썩지 않았을 거야. 그런데 이쪽 시체에 가 보면 완전히 썩어서 구더기 투성이라는 거야. 그래서 모두들 수건으로 코를 싸고 외면하고 끌고 갔대. 엄청 혼이 났다는군. 그런데 적의 시체는 종이같이 새하얬다는 거야. 전혀 냄새도 나지 않았대."

모두들 침묵했다.

"틀림없이 음식 때문일 거야." 상사가 말했다. "놈들은 나리가 자시는 좋은 요리를 먹고 있었을 거야."

아무도 이 말에 이의를 제시하지 않았다.

"이것도 그 농부가 한 말이지만, 전투가 있었던 모자이스크 부근에서는 열 개 마을로부터 20일 동안이나 그놈들 시체를 모아서 운반했지만 다 운반하지 못했다는 거야. 게다가 늑대도 굉장히 많았다던데."

"그 전투는 진짜였으니까." 나이 든 병사가 말했다. "여하간 공양할 만했어. 그런데 그 후는 모든 것이…… 그저 사람을 괴롭히는 것들이었어."

"맞아요. 그저께만 해도 우리가 덮쳤더니, 웃기게도 자기들 근처에 접근하지 못하게 했어. 총을 버리고 무릎을 꿇고 빠르동(용서하라)하는 거야. 뭐, 이것은 한 예에 지나지 않아. 듣자니 쁠라또프는 폴리옹(나폴레옹)을 두 번이나 잡을 뻔했다지 뭐야. 그런데 이쪽은 주문(呪文)을 모르기 때문에 잡아도 손아귀에서 곧 새로 변해서 그대로 날아가 버렸어. 죽이려고 해도 방법이 없었지."

"자네 거짓말도 대단하군, 끼쎌료프. 어이가 없네."

"뭐가 거짓말이야. 틀림없는 사실이야."

"만일 내가 놈들을 잡았으면 땅 속에 묻었을 거다. 그것도 그리스도를 판 유대처럼 고리버들 막대기에 꿰서 말이야. 하지만 생각해 보니 사람을 꽤 죽였어."

"어쨌든 끝장을 내 줄 테다. 살아서 다니지 못하게 말이야." 하품을 하면서 노병이 말했다.

대화는 끊어지고 병사들은 하나 둘 자리에 누웠다.

"봐, 별이다. 굉장하다. 마치 불타듯 반짝이고 있다! 여자들이 천을 펼친 것 같다." 은하를 넋을 잃고 바라보면서 한 병사가 말했다.

"저것은 풍년이 들 징조다."

"장작이 좀 더 있어야겠는데."

"등을 따뜻하게 하면 배가 얼어붙어. 이상하다."

"하느님 맙소사!"

"왜 미는 거야. 너 한 사람의 불이라고 생각하나? 저 봐, 태평스럽게 팔다리를 뻗고."

차차 깊어가는 침묵 속에서 이미 잠든 몇몇 병사들의 코 고는 소리가 들렸다. 다른 사람들은 이따금 말을 나누면서 몸을 뒤치며 몸을 따뜻하게 하고 있었다. 백 보쯤 떨어진 모닥불에서 명랑한 폭소가 갑자기 일었다.

"저 봐, 제5중대에서는 모두들 웃고 있어." 한 병사가 말했다. "사람들이 꽤 있군―굉장하지!"

병사 한 사람이 일어나서 제5중대 쪽으로 갔다. "정말 웃고 있어." 되돌아와서 그는 말했다. "프랑스 병 두 명이 끼어들었어. 한 사람은 꽁꽁 얼어 있었지만 다른 한 사람은 기세가 좋은 놈이야! 노래 같은 것을 부르고 있어."

"어? 가볼까……" 병사 몇 명이 제5중대 쪽으로 갔다.

9

제5중대는 바로 숲 근처에 주둔하고 있었다. 커다란 모닥불이 눈 속에서 빨갛게 타고 있었고, 고드름으로 축 늘어진 나뭇가지들을 밝게 비추고 있었다.

한밤중에 제5중대 병사들은 숲 속에서 눈을 밟는 소리와 나뭇가지가 꺾이는 소리를 들었다.

"곰이다." 한 병사가 말했다. 모두들 고개를 들어 귀를 기울였다. 그러자 숲 속으로부터 밝은 모닥불의 불빛 속에 서로 몸을 부축하면서 묘한 옷차림을 한 두 사람의 그림자가 나타났다.

그것은 숲 속에 숨어 있던 두 명의 프랑스 병이었다. 그들은 병사들에게는 통하지 않는 말로 무엇인가 쉰 목소리로 지껄이면서 모닥불 쪽으로 가까이 왔다. 한 사람은 키가 좀 크고, 장교 모자를 쓰고 있고 완전히 쇠약해져 있는 것 같았다. 모닥불로 다가오자 그는 앉으려고 했지만 땅에 쓰러지고 말았다. 다른 한 사람은 몸집이 작고 뚱뚱한, 손수건으로 볼에 붕대를 감은 병사로 약간 기력이 있었다. 그는 동료를 안아 일으키고 자기 입을 가리키면서 무슨 말을 했다. 병사들은 프랑스 병을 둘러싸고 병자에게 외투를 깔아 눕혀주고 두 사람에게 죽과 보드카를 가져다주었다.

지쳐 있던 그 프랑스 장교는 랑발이었다. 손수건으로 볼을 싸맨 것은 그의 종졸 모렐이었다.

모렐은 보드카를 다 마시고 죽 한 냄비를 먹어치우자 갑자기 명랑해져서, 말이 통하지 않는 병사들에게 무엇인가 끊임없이 지껄여댔다.

랑발은 식사를 거절하고 멍청한 빨간 눈으로 러시아 병들을 바라보면서 말없이 모닥불 옆에서 팔꿈치로 베개를 삼아 누워 있었다. 이따금 길게 끄는 신음 소리를 내고는 다시 침묵했다. 모렐은 랑발의 어깨를 가리키면서, 이 사람은 장교라는 것과 따뜻하게 해 주지 않으면 안 된다는 것을 병사들에게 이해시키려고 했다. 모닥불 옆으로 온 러시아 장교는 연대장에게로 사람을 보내어 프랑스 장교를 데려가서 따뜻하게 해 줄 수 없느냐고 물어보게 했다. 사자가 돌아와서 연대장이 그 장교를 데려오라고 명령했다고 말했다. 랑발에게 그쪽으로 옮기라고 전해졌다. 그는 일어나서 걸으려고 했지만 비틀거렸다. 만일 옆에 서 있던 병사가 잡아주지 않았더라면 쓰러졌을지도 몰랐다.

"어때? 걸을 수 없나?" 한 병사가 랑발에게 비웃는 듯한 눈짓을 하고 이렇게 말했다.

"임마, 바보자식! 씨도 안 먹히는 헛소릴 하는 거야! 그러니까 너는 덜렁이라는 거야, 확실히 덜렁이야." 농담을 했던 병사에게 사방에서 비난하는 소리가 들렸다. 두 사람이 랑발의 좌우에 서서 팔을 서로 짜고 그 위에 랑발을 얹어 농가로 운반했다. 랑발은 두 사람의 병사 목을 잡고 운반되어 갈 때 처량한 목소리로 말했다.

"아, 훌륭한 사람들, 아, 상냥한 친절한 친구들! 이것이 인간이다! 아 훌륭한 사람들, 친구들!" 그리고 갓난애처럼 한 병사 어깨에 고개를 기대었다.

한편 모렐은 가장 좋은 자리에서 병사들에게 둘러싸여 앉아 있었다.

모렐은 몸집이 작고 땅딸막한 프랑스인으로 눈은 짓물러서 눈물이 나고, 군모 위에 여자처럼 천으로 볼을 싸매고, 여자 모피 코트를 입고 있었다. 그는 취했는지 한 손으로 옆에 앉아 있는 병사를 안고 이따금 끊어지는 쉰 목소리로 프랑스 노래를 불렀다. 병사들은 허리에 손을 대고 그를 바라보고 있었다.

"여보게, 가르쳐 주게, 어떻게 하지? 나는 곧 흉내 낼 수 있어. 어떻게 하는 거지? ……" 모렐에게 안긴 익살스러운 병사가 말했다.

'앙리 4세, 만세
용감한 왕, 만세!'

모렐은 윙크를 하면서 노래를 불렀다.

'이 악마도 무색해지는 강자는……'

"비바리까! 비프 쎄르바루! 씨쟈블랴까!" 그 병사는 팔을 흔들며 가락을
잘 맞추어 되풀이했다.

"허, 잘한다! 하하하!" 사방에서 거칠고 즐거운 듯한 웃음소리가 일었다.
모렐도 얼굴을 찌푸리고 역시 웃고 있었다.

"자, 더 해라, 더!"

'세 가지 재능을 가진 자였지
마시고 싸움질하고
여자에게 눈이 먼……'

"야, 역시 잘하는군. 자, 자, 잘레따에프! 해라! ……"

"뀨……" 열심히 잘레따에프는 발음했다. "뀨, 유, 유……" 그는 열심히
입술을 내밀고 목소리를 쥐어짰다. "레리쁘딸라, 데, 부, 데, 바, 이, 데뜨
라바갈라" 그는 노래 불렀다.

"잘한다! 프랑스 사람과 똑같다! 하하하. 더 먹지 않겠나?"

"이 녀석에게 죽을 줘라. 시장할 때는 여간해서는 곧 배가 부르지 않거
든."

다시 모렐에게 죽을 주었다. 그러자 모렐은 웃으면서 세 번째 냄비에 손을
댔다. 기쁜 듯한 미소가 모렐을 보고 있던 젊은 병사들의 얼굴에 떠올랐다.
이와 같은 부질없는 일에 관심을 보인다는 것은 점잖지 않다고 생각하는 노
병들은 모닥불 저쪽에 누워 있었지만, 그래도 이따금 팔꿈치를 짚고 몸을 일
으키어 웃는 얼굴로 모렐을 바라보고 있었다.

"역시 인간이군." 노병 한 사람이 외투로 몸을 감싸면서 말했다. "쑥도 제

뿌리가 있어야 나거든."

"오! 하느님, 정말 굉장한 별이군! 추워지겠다." 그리고 사방은 조용해졌다.

별들은 마치 이제는 아무도 자기들을 보지 않는다는 것을 알고 있는 것처럼 검은 하늘에서 자기가 하고 싶은 대로 하고 있었다. 밝게 타기도 하고, 사라지기도 하고, 떨기도 하면서 별들은 무엇인가 즐겁지만 불가사의한 일에 대해서 바쁜 듯이 서로 속삭이고 있었다.

10

프랑스군은 수학의 정확한 수열처럼 일정한 비율로 감소해 갔다. 그리고 실로 많은 일이 기록된 베레지나 도강은 프랑스군 괴멸의 중간적 단계의 하나에 지나지 않았고, 전쟁의 결정적 사건은 아니었다. 베레지나 강에 대해서 실로 많은 일이 이제까지 기록되었고 지금도 기록되고 있지만, 프랑스 측에서 보자면, 베레지나 강의 다리가 파괴되었기 때문에 그때까지 프랑스군이 일정한 비율로 입었던 피해가 여기서 갑자기 하나의 시점, 하나의 비극적인 광경으로 집약되어버려 그것이 모든 사람의 기억에 남은 데에 지나지 않는다. 한편 러시아 측에서 보자면 실로 많은 일이 베레지나 강에 관해서 이야기되고 기록되거나 한 것은, 나폴레옹을 베레지나 강에서 전략적인 덫에 걸리게 할 계획이(역시 쁘플에 의해서) 전쟁의 무대에서 멀리 떨어진 뻬쩨르부르그에서 작성되었기 때문이다. 모든 일이 계획대로 그대로 현실에서도 생기리라고 모두가 믿고 있었기 때문에 베레지나 도강이 나폴레옹을 파멸시켰다고 주장했던 것이다. 그러나 사실은 프랑스군에 있어 베레지나 도강의 결과는, 화포나 포로의 손실면에서 끄라스누이보다는 훨씬 괴멸적이지 못했다. 그것은 숫자가 나타내고 있는 그대로이다.

베레지나 도강의 유일한 의미는 이 도강이 모든 차단 계획의 잘못과 꾸뚜조프나 전군(집단)이 요구하고 있던 유일 가능한 행동형태, 즉 단지 적의 뒤를 따라간다는 것의 정당성을 분명히, 그리고 의심 없이 증명했다는 점에 있다. 프랑스군은 끊임없이 속력을 더하면서 목적의 실현에 온갖 정력을 기울이며 퇴각해 갔다. 그들은 상처를 입은 짐승처럼 뛰었고 도중에서 멈출 수가 없었다. 그것은 도강의 방법보다는 오히려 다리 위의 움직임이 증명하고 있다. 다리가 파괴되었을 때, 무기가 없는 병사나 프랑스군 수송대 안에 있었던 모스크바의 주민, 아이를 데리고 있는 여자들은 모두 타성의 힘에 밀려 투항하지 않고 앞을 향하여 도망가서 보트 안에, 즉 얼어붙은 물속으로 들어가버린 것이다.

이처럼 한결같이 돌진한 것은 당연한 일이었다. 도망가는 자의 상태도 쫓는 자의 상태도 다 같이 나빴다. 자기 군대 안에 남으면 궁핍한 자는 누구나 동료의 원조를 기대할 수 있었고, 자기 군대 속에서 일정한 자리를 기대할 수가 있다. 그러나 러시아군에 항복해버리면 마찬가지 궁핍한 상태에 놓이기는 하지만, 생활의 욕구를 만족시키는 몫은 최저가 된다. 러시아군이 포로를 구하고 싶다고 아무리 원해도 어떻게 처치해야 좋을지 몰랐고, 포로의 반수는 추위와 굶주림으로 객사하고 있는 것에 대해서 프랑스 병들은 정확한 정보를 얻을 필요는 없었다. 그들은 그렇게 되는 것 외에는 있을 수 없다고 느끼고 있었던 것이다. 더없이 동정적인 러시아 지휘관이나 프랑스 편을 드는 사람, 러시아군에서 근무하고 있는 프랑스 사람이라도 포로를 위해서는 아무것도 해주지 못했다. 프랑스군을 죽인 것은 러시아군 자신이 맛보고 있었던 궁상(窮狀)이었던 것이다. 해롭지도 않고 미운 것도 아니고 죄도 없으나 여하간 쓸모없는 프랑스군에 주기 위해서, 굶주리고 있는 유용한 러시아군으로부터 빵이나 옷을 거두어들일 수는 없었다. 일부 사람은 그렇게 했으나 그것은 예외에 지나지 않았다.

뒤에는 틀림없는 파멸이 있었고 앞에는 희망이 있었다. 배가 소각된 배수의 진이었다. 모두가 도망가는 외에는 구원은 없었기 때문에 다 같이 도망하기 위해서 프랑스군은 전력을 다했다.

프랑스군이 멀리 달아나면 달아날수록, 그 생존이 비참해지면 질수록, 또한 뻬쩨르부르그에서 작전 계획이 만들어져 있었기 때문에 유달리 기대되었던 베레지나 전투가 끝나고 나서 서로를, 특히 꾸뚜조프를 책망하고 있던 러시아군 지휘관들의 강력한 감정은 더욱더 불타올랐다. 베레지나 전투의 뻬쩨르부르그 작전 계획의 실패는 꾸뚜조프에게 돌려질 것이라고 예측해서 꾸뚜조프에 대해서 불만이나 경멸, 냉소가 더욱 심하게 표명되었다. 냉소와 멸시는 말할 나위 없이 마치 존경하고 있는 것 같은 모양새, 즉 꾸뚜조프가 어떠한 점을 왜 비난 받고 있는지 물어볼 수도 없는 형식으로 이루어졌다. 꾸뚜조프와 진지하게 말을 하려고 하지 않았고, 그에게 보고하거나 그의 판단을 구하면서 슬픈 의식이라도 행하는 표정을 하고, 그의 배후에서는 눈짓을 하면서 사사건건 그를 속이려고 하였다.

이와 같은 친구들은 모두 꾸뚜조프를 이해할 수 없었기 때문에, 그런 노인하고는 무슨 이야기를 하더라도 아무 소용도 없다, 이 노인은 자기들 계획의 참뜻을 이해하지 못한다, 이 노인을 황금의 다리를 놓고 도망가게 하자, 부랑자의 무리를 데리고 외국으로 갈 수는 없을 것이다는 등 예의 정해진 문구로 대답할 것이라고(그들에게는 그것이 한낱 정해진 문구로 여겨졌던 것이다) 여기고 있었다. 그리고 식량의 도착을 기다리지 않으면 안 된다느니, 병사에게 장화가 없다느니 등등 꾸뚜조프가 하는 말은 모두 실로 단순했고 지휘관들이 제안한 일은 실로 복잡하고 현명했으며, 꾸뚜조프는 늙은 바보이고 자기들은 권력은 없지만 천재적인 지휘관이라는 것이 그들에게는 명백했다.

특히 뛰어난 제독이자 뻬쩨르부르그의 영웅인 비트겐슈타인의 군대가 합류한 후 이러한 기분과 참모부의 험담은 절정에 달했다. 꾸뚜조프는 그것을 보고 한숨을 쉬면서 어깨를 움츠릴 뿐이었다. 단 한 번, 베레지나 전투 후 꾸뚜조프는 개인적으로 황제에게 보고서를 낸 베니그쎈에게 화를 내고 다음과 같은 편지를 썼다.

'귀하의 병의 발작에 비추어, 이 서신을 받으시는 대로 깔루가로 가서서 거기서 황제 폐하의 금후의 명령과 임무를 기다리시오.'

그러나 베니그쎈을 쫓아낸 후 전투의 계기를 만들어, 꾸뚜조프 때문에 군에서 멀어져 있던 대공 꼰스딴틴이 군에 도착했다. 군에 도착하자 대공은 아군의 성과가 빈약하고 완만한 행동에 대한 황제의 불만을 꾸뚜조프에게 전했다. 황제 폐하 자신이 멀지 않아 군을 방문할 작정이라는 것이었다.

군사에서와 마찬가지로 궁정의 일에도 경험이 많은 노인, 같은 해 8월에는 황제의 뜻과는 달리 총사령관에 선정된 꾸뚜조프가, 황위 계승인인 대공을 군에서 멀어지게 한 사나이가, 황제의 의사에 거역하여 자신의 권력으로 모스크바 포기를 명령한 인물인 바로 그 꾸뚜조프가, 이번에는 자기의 때가 끝났다는 것, 자기 역할이 끝났다는 것, 저 가공의 권력이 이제 자기에게는 없다는 것을 깨달았다. 더욱이 궁정의 여러 관계만으로 그것을 깨달은 것은 아니었다. 그는 전쟁이, 즉 자기가 역할을 하고 있던 일이 끝났다는 것을 알고 자기의 사명이 다해졌다는 것을 느꼈다. 또 다른 한편으로는 그와 동시에 자기의 늙은 몸에 쌓인 육체적인 피로와 휴식의 필요를 느끼기 시작한 것이다.

11월 29일, 꾸뚜조프는 그가 나의 그리운 빌나라고 말하는 그 빌나로 들어갔다. 근무의 생애 동안 두 번 꾸뚜조프는 지사로서 빌나에 있었다. 풍요하고 아무런 피해를 입지 않은 빌나에서 꾸뚜조프는 오랫동안 멀어졌던 쾌적한 생활 외에 옛 친구와 추억을 만났다. 그리고 그는 곧 모든 전쟁이나 국정의 번거로움에서 등을 돌리고, 자기 주위에서 소용돌이치고 있는 욕망이 허락해 주는 한 평온하고 익숙해진 생활에 파묻히고 말았다. 역사의 세계에서 현재 일어나고 있는 일이나 앞으로 일어나려 하고 있는 일은 마치 그와는 아무런 상관이 없을 것 같았다.

가장 열성적인 분단론자 치차꼬프, 강공론자의 한 사람이었던 치차꼬프, 우선 그리스로, 이어 바르샤바에 후방 교란전을 실시하려고 하였으나 명령된 곳으로는 아무래도 가지 않으려 했던 치차꼬프, 황제에 대해서 대담하게 말을 하는 것으로 유명했던 치자꼬프, 1811년에 터키와 강화 체결을 위해서 꾸뚜조프를 제치고 파견되었을 때, 이미 강화가 체결되었다고 확신하고, 강화 체결은 꾸뚜조프의 공이라고 황제가 인정하였기 때문에 꾸뚜조프는 자기에게 빚을 지고 있다고 생각하고 있는 치자꼬프, 다름 아닌 이 치자꼬프가 빌나에서 맨 먼저 꾸뚜조프를 그의 숙사로 예정된 성 근처에서 맞았다. 치자꼬프는 해군 약식 군복에 단검을 차고 군모를 겨드랑이에 끼고, 꾸뚜조프에게 부대 편성 보고와 시의 열쇠를 건네주었다. 이미 꾸뚜조프에게 쏟아지고 있는 비난을 알고 있던 치자꼬프의 태도 전체에, 늙어빠진 꾸뚜조프에 대한 젊은이의 오만무례한 태도가 노골적으로 나타나 있었다.

꾸뚜조프는 치자꼬프와 잡담을 하면서 그에게, 보리쏘프에서 빼앗긴 식기를 실은 마차가 무사했기 때문에 치자꼬프에게 반환될 것이라고 말했다.

"당신은 제게 식사를 할 그릇도 없다고 말하고 싶으신 모양이시군요…… 아닙니다, 저는 무엇이든지 당신에게 드릴 수 있어요. 저녁 만찬을 차리라고 하시더라도." 한 마디 한 마디 자기의 정당성을 보이려고 생각하고 있었기 때문에, 꾸뚜조프도 틀림없이 그런 일에 신경을 쓰고 있을 거라고 생각한 치자꼬프는 얼굴을 확 붉히고 말하었다. 꾸뚜조프는 예의 미묘한, 상대방을 꿰뚫어본 것 같은 미소를 띠고 어깨를 움츠리며 말했다. "나는 다만 지금 말하고 있는 것 이상을 말하려는 건 아냐."

빌나에서 꾸뚜조프는 황제의 뜻을 어기고 군대의 대부분을 정지시켰다. 측근자들의 말에 의하면 꾸뚜조프는, 빌나에서 체류하는 동안 몹시 기운을 잃고 육체적으로 쇠약해지고 말았다. 그는 모든 일을 장군들에게 맡긴 채 마음이 내키지 않는 듯이 군무를 보았고, 황제를 기다리면서 엉성한 생활에 젖어 있었다.

막료들—똘스또이 백작, 볼꼰스끼 공작, 아라끄체에프를 거느리고 12월 7일 뻬쩨르부르그를 출발한 황제는 12월 11일 빌나로 오자 여행용 썰매를 타고 바로 성에 도착했다. 성 근처에는 혹한에도 불구하고 성장을 한 100명가량의 장군과 참모 장교, 세묘노프스끼 연대의 의장병이 서 있었다.

급사가 황제보다 먼저 땀투성이가 된 세 마리 말이 끄는 썰매로 성문에 도착하여 "도착하셨습니다!" 하고 소리쳤다. 꼬노비니쩐이 조그마한 현관 수위실에서 기다리고 있던 꾸뚜조프에게 보고하기 위해서 현관으로 뛰어 들어갔다.

이윽고 성장을 하고 훈장으로 가슴을 메우고 장식 띠로 배를 묶은 살찐 커다란 노인의 모습이 좌우로 몸을 흔들면서 현관 계단에 나타났다. 꾸뚜조프는 모자를 똑바로 쓰고 장갑을 손에 쥐고, 옆을 향해 고생을 하면서 계단을 하나하나 밟고 아래로 내려가 황제에게 건넬 준비가 되어 있는 보고서를 손에 들었다.

황급히 사람들이 뛰어다니고 소곤거리는 말소리가 들리고 또 한 대, 세 마리가 끄는 마차가 달려가자 모두의 눈은 접근해오는 썰매에 쏠렸다. 그 안에는 이미 황제와 볼꼰스끼의 모습이 보였다.

이 모든 것이 50년 이래의 습관으로 노장군을 육체적으로 안정을 잃게 하였다. 그는 걱정스러운 듯이 초조하게 몸을 만지고 모자를 바로잡았으나 황제가 썰매에서 내려와 꾸뚜조프에게 눈을 든 순간, 이내 기운을 되찾아 차렷 자세를 하고 보고서를 공손히 건넸다. 그리고 일정한 리듬의, 부드러운 목소리로 이야기를 시작했다.

황제는 재빠른 눈길로 꾸뚜조프의 머리에서 발끝까지 훑어보고 잠시 미간을 찌푸렸지만, 곧 자신을 억제하고 곁으로 다가가 두 손을 크게 벌려 노장군을 껴안았다. 역시 예부터의 습관적인 감각으로, 또 황제의 마음 속에 있는 생각과도 얽혀서 이 포옹이 여느 때처럼 꾸뚜조프를 감동시켰다. 그는 눈물을 흘렸다.

황제는 장교들과 세묘노프스끼 연대의 의장병들에게 인사하고, 노장군의 손을 다시 한 번 쥐자, 그와 함께 성으로 향하였다.

꾸뚜조프와 단둘이 되자 황제는 추격이 느리다는 것, 끄라스누이와 베레지나에서의 실패에 대한 불만을 말하고, 앞으로의 국외 원정에 대해 자기 생각을 말하였다. 꾸뚜조프는 반론도 하지 않고 의견도 끼워 넣지 않았다. 7년 전, 아우스터리츠의 들에서 황제의 명령을 들었을 때와 똑같이 그 온순하고 뜻을 가지지 않는 표정이 지금 그의 얼굴에 굳어 있었다.

꾸뚜조프가 서재를 나와 예의 무거운 헤엄치는 듯한 걸음으로 고개를 숙이고 홀을 걸어 나왔을 때 누군가의 목소리가 그의 발을 멈추게 하였다.

"각하." 누군가가 말했다.

꾸뚜조프는 얼굴을 들고, 무엇인가 은접시에 얹은 작은 물건을 가지고 자기 앞에 서 있는 똘스또이 백작을 오랫동안 똑바로 바라보고 있었다. 꾸뚜조프는 자기가 무엇을 요구받고 있는지 알지 못하는 것 같았다.

갑자기 그는 생각이 난 것 같았다. 눈에 띌까 말까 한 미소가 그의 부은 얼굴을 스치고 지나갔다. 그리고 그는 낮게 공손히 머리를 숙여 접시 위에 있는 물건을 집었다. 그것은 게오르기 일등 훈장이었다.

11

이튿날, 원수 집에서는 만찬회와 무도회가 개최되어 황제도 입석하는 영광을 가졌다. 꾸뚜조프에게는 게오르기 일등 훈장이 수여되었다. 황제는 그에게 최고의 경의를 표시한 것이다. 그러나 황제가 원수에게 불만을 가지고 있다는 것은 모두가 알고 있는 사실이었다. 예절은 지켜지고 있었고, 황제가 솔선해서 모범을 보여 주고 있었다. 그러나 이 노인은 잘못을 저질렀고 아무 쓸모가 없다는 것을 모두 알고 있었다. 무도회에서, 꾸뚜조프가 오래된 예까쩨리나 시대의 습관에 따라서 황제가 무도실로 들어올 때에, 노획한 군기를 황제 발밑에 깔도록 명했다. 황제는 불쾌한 듯이 얼굴을 찌푸리고 무엇인가 말했다. 몇 사람이 '늙은 어릿광대'라고 하는 말을 그 속에서 들었다.

꾸뚜조프에 대한 황제의 불만은 빌나에서 더욱 심해졌다. 그것은 꾸뚜조프가 눈앞에 다가온 싸움의 의의를 이해하려고 하지 않거나 이해하지 못한 것처럼 보였기 때문이었다.

이튿날 아침, 황제가 모여든 장교들에게 "여러분은 러시아뿐만 아니라, 유럽을 구한 것이다." 라고 말했을 때 일동은 전쟁이 아직 끝나지 않았다는 것을 알아챘다.

다만 꾸뚜조프만이 그 뜻을 이해하려 하지 않았다. 그리고 새로운 전쟁은 러시아의 입장을 좋게 하고 영광을 높일 가망은 없으며 오히려 러시아의 입장을 나쁘게 하여, 현재 러시아가 놓여 있는 영광의 정점을 낮추는 데에 지나지 않는다고 공공연하게 말하고 있었다. 그는 새로운 군대를 징집할 수 없다는 것을 황제에게 납득시키려고 노력하고 있었다. 주민들의 고통스러운 상태나 실패의 가능성을 설득하고 있었던 것이다.

노인과의 충돌을 피하기 위해서 한 방책이 나왔다. 그것은 아우스터리츠나 바르끌라이가 정점을 이루었던 전쟁 초기처럼, 총사령관의 발밑으로부터 불안을 느끼게 하지 않고 그것을 분명히 알리지도 않으면서 그가 서 있는 권력의 지반을 뽑아 그것을 황제에게 옮겨버리는 일이었다.

이 목적을 위해 사령부가 조금씩 편성을 바꾸어, 꾸뚜조프 사령부의 중요한 힘은 뿌리째 뽑혀 황제에게 옮겨지고 말았다. 바르끌라이, 꼬노비니찐, 에르몰로프에게는 다른 임무가 부여되었다. 모두가 큰 소리로 원수는 몹시 쇠약하여 건강을 해치고 있다고 말했다.

자기 자리에 앉으려고 하는 사람에게 자리를 양보하기 위해서 꾸뚜조프는 몸이 쇠약해질 필요가 있었다. 그리고 사실 그의 건강은 쇠약해지고 있었다.

꾸뚜조프가 터키에서 뻬쩨르부르그의 재무국으로 민병을 모으러 왔고 이어 바로 필요할 때 군에 왔을 때와 마찬가지로, 자연스럽고 눈에 띄지 않게 서서히 꾸뚜조프의 역할이 완전히 끝난 바로 그때 새로운 인물이 나타났다.

1812년의 전쟁은 러시아 사람의 마음에 있어 국민적인 의의 외에 다른, 유럽적인 의의를 가지지 않으면 안 되었다.

여러 국민의 서쪽에서 동쪽으로의 운동이 있은 후, 이번에는 반대로 동쪽에서 서쪽으로의 여러 국민의 운동이 이어지지 않으면 안 되었다. 그리고 이 새로운 전쟁을 위해서는 꾸뚜조프와는 다른 성질이나 생각을 가지고 새로운 의욕으로 움직이는 새로운 인물이 필요했다.

알렉산드르 1세는, 꾸뚜조프가 러시아의 구제와 영광에 필요했던 것과 마찬가지로, 동에서 서로의 여러 민족의 운동과 국경의 복원에 새 인물이 필요했던 것이다.

꾸뚜조프는 유럽, 균형, 나폴레옹이 무엇을 의미하는지 알지 못했다. 그는 그것을 이해하지 못했다. 적이 격멸되고 러시아가 해방되어 영광의 정점에 선 후 러시아 국민의 대표자에게는, 러시아인으로서의 러시아인에게는, 이미 할 일이 없었다. 국민 전쟁의 대표자에게는 죽음 이외에는 아무것도 남아 있지 않았다. 그리고 그는 죽었다.

12

대개의 경우가 그러한 것처럼, 삐에르는 긴장과 고통이 끝나고 나서 비로소 포로 생활 중에 경험한 육체적인 고통과 긴장의 괴로움을 속속들이 맛보았다. 포로 생활에서 해방된 후 그는 오룔로 왔고, 도착 후 사흘째 되던 날 끼에프로 떠날 준비를 하다가 병이 나서 오룔에서 석 달 동안 누워 있었다. 의사의 말에 의하면 담낭에서 오는 발열이었다. 의사가 그를 치료하고 피를 뽑고 약을 먹여 주었지만, 아무튼 그는 회복했다 (의사의 치료는 병을 악화시킬 뿐이라고 생각하고 있던 똘스또이의 역설적인 표현).

구출된 후 발병할 때까지의 사이에 삐에르에게서 일어난 일은 모두 거의 아무 인상도 그의 마음 속에 남기지 않았다. 그는 다만 비가 왔다가 눈이 왔다가 했던 흐릿하고 음울한 날씨와, 내면에 남아 있는 생리적인 노곤한 피로와 발이나 옆구리의 아픔만을 기억하고 있었다. 전체적인 인간의 불행, 고통스러운 인상을 기억하고 있었다. 또 그에게 꼬치꼬치 캐어묻고 그를 괴롭히던 장교들이나 장군들의 호기심을 기억하고 있었다. 마차와 말을 찾기 위해 고생했던 일도 기억하고 있었다. 특히 이 시기에 자기가 생각하거나 느끼거나 하는 능력이 없었다는 것을 기억하고 있었다. 구출된 날에 그는 삐쨔 로스또프의 시체를 보았다. 역시 그날 그는 안드레이 공작이 보로지노 전투 이후 한 달 이상 살아 있다가 최근 야로슬라브리의 로스또프네에서 죽었다는 것을 알았다. 또 같은 날, 이 소식을 삐에르에게 알린 데니쏘프가 이야기를 하다가 삐에르는 벌써부터 알고 있다고 생각하고, 엘렌의 죽음도 말했다. 이러한 모든 일이 삐에르에게는 그 당시 기묘한 일로밖에 여겨지지 않았다. 그는 자기가 이러한 모든 소식의 뜻을 이해할 수 없다는 것을 느끼고 있었다. 그는 그때 다만 빨리, 될 수 있는 대로 빨리, 인간들이 서로를 죽이고 있는 이 장소로부터 어딘가 조용한 은신처로 도망가 거기서 제정신으로 돌아가서 쉬고, 자기가 이 시기 동안에 알게 된 기묘하고 새로운 일들을 남김없이 잘 생각해보고 싶은 초조한 마음이 들었다. 그러나 그는 오룔에 도착한 순간 병에 걸리고 말았다. 병이 나아서 잠에서 깬 것처럼 눈을 떴을 때, 그는 자기 옆에 모스크바로부터 온 하인 두 사람—쩨렌찌와 바시까, 그리고 장녀인 공작 영양이 있다는 것을 알았다. 그녀는 삐에르의 영지인 에레쯔에 살고 있었으나 그가 구출되어 병이 났다는 것을 알고 간병을 위해 여기로 온 것이다.

삐에르는 간신히 건강이 회복되어가는 시기에, 최근 수개월 동안 습관이 되어 버린 인상에서 조금씩 떠나, 그 누구도 그를 몰아내지 않고, 따뜻한 침상을 아무도 그로부터 빼앗지 않고, 틀림없이 자기에게는 점심도 차도 저녁밥도 있다는 것에 익숙해져 갔다. 그러나 꿈속에서는 그 후에도 오랫동안 자기가 여전히 같은 포로 상황에 있는 것을 보았다. 삐에르는 자기가 포로 신분으로부터 구출된 후 알게 된 소식—안드레이 공작의 죽음, 아내의 죽음, 프랑스군의 괴멸—도 역시 조금씩 이해할 수 있게 되었다.

자유—그가 모스크바 출발 뒤 최초의 휴식 때 처음으로 의식한, 저 완벽하고 빼앗을 수 없는 인간 본래의 자유를 느끼는 기쁜 감정이 건강 회복의 시기에 삐에르의 마음을 채우고 있었다. 그는 외면적인 상황에서 독립된 내면적인 자유가 지금은 마치 남아도는 사치품처럼, 외면적인 자유도 갖추어가고 있는 것을 이상하게 생각하고 있었다. 그는 아는 사람도 없는 낯선 도시에 홀로 있었다. 무엇인가를 그에게 요구하는 사람도 없었다. 어디에도 갈 필요가 없었다. 그가 원하는 것은 모두 가까이에 있었다. 이전에 늘 그를 괴롭혔던 아내를 둘러싼 생각은 그녀가 이미 존재하지 않기 때문에 이미 없었다.

"아, 참 좋다! 정말 훌륭하다!" 그는 깨끗한 식탁보를 깐 테이블에 향기로운 수프를 얹어 운반되어 왔을 때나, 밤에 부드럽고 깨끗한 잠자리에 누울 때나, 아내나 프랑스군이 이제 없다는 것을 상기하였을 때 마음 속으로 말하는 것이었다. "아, 참 좋다! 정말 훌륭하다!" 그리고 예로부터의 습관으로 그는 자신에게 물어보는 것이었다—그렇구나, 그럼 이제부터 어떻게 되지? 나는 이제부터 무엇을 한단 말인가? 그러고는 곧 자신에게 대답하는 것이었다. 아무것도 없다. 살아가는 거다. 아, 참 훌륭하다!

그가 이전에 고민했던 것, 그가 끊임없이 찾고 있었던 것—인생의 목적이 지금의 그에게는 존재하지 않았다. 그토록 탐구해 마지않았던 인생의 목적이 그의 경우에는, 다만 현재의 순간에 우연히 존재하지 않는 것이 아니라, 목적 같은 것은 없었고 있을 수도 없었다고 느끼고 있었다. 그리고 바로 이 목적이 없다는 것이 그에게 완전하고 기쁜 자유 의식을 주었고 그것이 그 당시의 그의 행복이 되어 있었다.

그는 목적을 가질 수가 없었다. 왜냐하면, 그는 이제 신앙을 가지고 있었기 때문이다. 무슨 규범이나 말, 사상에 대한 신앙이 아니라 항상 느낄 수 있는 살아 있는 신에 대한 신앙이었다. 이제까지 그는 자기가 자기에게 부과하려고 하는 목적 속에서 신을 찾고 있었다. 이 목적의 탐구가 바로 신의 탐구였다. 그리고 갑자기 그는 자기가 포로가 되어 있는 동안에, 말로써가 아니라, 또 이치로써가 아니라 직감으로 훨씬 이전에 유모로부터 들은 일을 깨달은 것이다. 그것은, 봐요, 하느님은 바로 이거예요, 여기예요, 어디에나 있어요 하는 것이었다. 그는 신이 쁠라똔 안에서는, 프리메이슨들이 인정하고 있는 우주의 구조 속에서 보다도 더 위대하고 무한하고 심오하다는 것을 알았다. 그는 시선을 모아 자기로부터 멀리 떨어진 곳을 바라보고 있었는데, 찾고 있던 것을 자기 발밑에서 발견한 사람과 같은 기분을 맛보았다. 그는 이제까지 인생을 통해서 어딘가 저편을, 주위 사람들의 머리 너머를 바라보고 있었는데, 그렇게 눈길을 긴장시키지 않고 다만 자기 앞을 보기만 하면 되었던 것이다.

그는 이제까지 그 어떤 것 속에서도 위대하고 심오하고 무한한 것을 볼 수가 없었다. 그는 다만 그것이 어디엔가 있을 것이라고 느끼고 그것을 찾고 있었다. 가까이에 있는, 이해할 수 있는 모든 것 안에서 그는 한계가 있는 사소한 일상적인 무의미한 것밖에는 보지 않았다. 그는 지성의 망원경을 갖추고 먼 곳을—사소하고 일상적인 것이 멀리 아지랑이 속에 숨어 흐릿하게

밖에 보이지 않는다는 이유로, 위대하고 무한하게 느껴지는 곳을 바라보고 있었다. 그런 식으로 위대하게 여겨진 것은 유럽의 생활이고, 정치, 프리메이슨, 철학, 박애사업이었다. 그런데 그가 자기 약점이라고 여기고 있는 그러한 상태일 때일지라도 그의 머리는 멀리 파고들어, 거기에도 역시 마찬가지로 일상적인 무의미한 것을 본 것이다. 그러나 이제 그는 위대하고 무한한 것을 모든 것 안에서 보는 것을 터득하였기 때문에 당연히 그것을 보기 위해, 그것을 바라보고 즐기기 위해, 이제까지 사람들의 머리 너머로 들여다보았던 망원경을 버리고 자기 주위에서 항상 변화하고 항상 위대하고 심오한 무한한 인생을 기쁜 마음으로 바라보고 있었다. 그리고 가까이에서 보면 볼수록 더욱 마음은 가라앉고 행복을 느꼈다. 이제까지 그의 지적인 구축물을 모조리 파괴해 온 무서운 물음—무엇 때문에? 라는 물음이 이제 그에게는 존재하지 않았다. 지금은 이 무엇 때문에? 라는 물음에 대해서 그의 마음 속에는 항상 단순한 대답이 준비되어 있었다. 그것은 신이 있기 때문이라는 한마디였다. 신의 의지 없이는 한 오라기의 털도 인간의 머리에서 떨어지는 일이 없는, 그 위대한 신이 있기 때문이라는 대답이었다.

13

삐에르는 외면적인 태도로 보아서는 조금도 변함이 없었다. 언뜻 보기에는 이전과 조금도 다름없었다. 전과 마찬가지로 그는 멍청한 모습으로, 눈앞의 일이 아니라 무슨 자기만의 특별한 일에 마음이 사로잡혀 있는 것처럼 보였다. 이전과 현재의 그의 상태의 차이는, 이전에는 눈앞의 일이나 남에게서 들은 것을 곧잘 잊고 괴로운 듯이 이마에 주름을 잡고, 자기로부터 멀리 떨어져 있는 것을 분별하려고 애쓰면서도 그것을 할 수 없는 모습을 하고 있었다. 지금도 역시 그는 들은 말이나 눈앞의 일을 잊기도 했지만, 눈에 띌까 말까 한 마치 얕잡아 보는 듯한 미소를 띠고 눈앞의 것을 보라고 하는 말에 귀를 기울이는 것이었다. 하지만 무엇인가 전혀 다른 것을 보고 있는 것은 분명했다. 이전에 그는 호인이었지만 불행한 느낌을 주었다. 그 때문에 자연히 사람들은 그를 피하고 있었다. 지금은 삶의 기쁜 미소가 끊임없이 입가에 감돌고 있고 눈에는 인간에 대한 관심이 담겨 모두 자기와 마찬가지로 만족하고 있을까? 하는 물음이 반짝이고 있었다. 그 때문에 사람들은 그와 함께 있는 것이 즐거웠다.

이전에 그는 말이 많고 이야기를 시작하면 남의 말에는 별로 귀를 기울이지 않았다. 그러나 지금의 그는 이야기에 열중하는 일은 별로 없으며, 남의 이야기를 잘 듣게 되어 사람들은 마음의 비밀을 자진해서 그에게 털어 놓았다.

이제까지 한 번도 삐에르에게 호의를 가져 본 일도 없고 노백작이 죽은 뒤에 자기가 삐에르로부터 은혜를 받고 있다고 느낀 이래, 특히 그에게 적의를 품고 있었던 공작 영양은, 삐에르는 은혜를 모르는 사람이지만 자기는 간병(看病)을 의무라고 생각하고 있다는 것을 삐에르에게 보여주기 위해 오룔로 와서 거기에서 잠시 머무는 동안, 자기도 왜 그런지는 몰랐지만 이윽고 자기가 삐에르를 좋아하게 되었다는 것을 느꼈다. 삐에르는 공작 영양의 비위를 맞추려 했던 것은 아니었다. 그는 다만 흥미에 끌려 그녀를 관찰하고 있었을 뿐이었다. 이전에 공작 영양은 자기를 바라보는 삐에르의 시선에 무관심과 냉소가 깃들어 있다는 것을 느꼈다. 그리고 그녀는 다른 사람을 대하는 것과 마찬가지로 그에 대해서도 몸을 움츠리고 자기 생활의 투쟁적인 면만을 앞으로 내세우고 있었다. 그러나 지금은 반대로 삐에르가 마치 그녀의 생활의 가장 깊은 곳까지 파 내려가고 있다는 느낌이 들었다. 그리고 그녀는 처음에는 반신반의했지만, 이윽고 감사하는 마음으로 자기의 성격의 숨겨진 좋은 면을 그에게 보이게 되었다.

아무리 교활한 인간이라 해도 이토록 교묘하게 공작 영양에게 청춘의 가장 좋은 시기의 추억을 불러일으켜서 그것에 공감을 보이고, 어느 틈엔가 그녀의 신뢰를 얻지는 못했을 것이다. 그러나 삐에르의 교활은 다만, 비틀어지고 메마르고 독특한 자존심을 가진 공작 영양의 내부에 인간적인 감정을 불러일으킴으로써 자기 자신의 만족을 구하고 있는 데에 지나지 않았다.

'그래, 그 사람은 매우 좋은 사람이야. 나쁜 사람이 아니라 좋은 사람이야. 나와 같은 사람의 영향을 받고 있는 동안에는.' 공작 영양은 마음 속으로 자신에게 이렇게 말하는 것이었다.

삐에르의 내부에 생긴 변화를, 하인인 쩨렌찌와 바시까도 나름대로 알아차리고 있었다. 그들은 삐에르가 몹시 소탈해진 것을 알아차렸다. 쩨렌찌는 곧잘 주인의 옷을 벗겨주고 장화와 옷을 손에 들고 편히 주무시라는 인사를 하고 나서도, 주인이 이야기라도 시작해 주지 않을까 하고 기대하면서 꾸물거리기도 했다. 그리고 대개의 경우, 삐에르는 쩨렌찌가 이야기를 하고 싶어 하는 것을 알아채고 그를 불러 세우는 것이었다.

"자, 그럼 이야기해 주게…… 너희들은 어떻게 먹을 것을 입수했지?" 그는 물어보는 것이었다. 그러면 쩨렌찌는 모스크바의 황폐한 모습과 죽은 백작 이야기를 시작하고, 때로는 주인의 이야기를 들으면서, 옷을 든 채 오랫동안 서 있었다. 그리고 주인이 자기와 가까워지고 자기가 주인에게 친근감을 가지고 있는 것을 기분 좋게 느끼면서 대기실로 물러나는 것이었다.

삐에르의 치료를 맡아 매일 그를 진찰하던 의사는, 의사로서의 의무로서 고통을 겪고 있는 인류를 위해서 1분이라도 소중한 인간과 같은 얼굴을 해야 한다고 생각하고 있었으나, 삐에르에게로 오면 몇 시간씩이나 앉아서 자기가 좋아하는 이야기나 환자 전체, 특히 여자 환자의 성격에 대한 관찰을 이야기하는 것이었다.

"그래, 저런 사람들과 이야기하는 것은 기분이 좋아. 이 근처 시골에는 없는 일이야." 그는 말하고 있었다.

오룔에는 포로가 된 프랑스군 장교 몇 사람이 있어서 의사는 그 중에서 한 사람, 젊은 이탈리아인 장교를 데리고 왔다.

그 장교는 삐에르 집에 드나들게 되었고, 공작 영양은 이탈리아 사람이 삐에르에게 보이는 자상한 감정을 보고 웃고 있었다.

이탈리아 사람은 삐에르에게로 와서 자기의 과거와 가정 생활과 연애에 관해서 이야기하기도 하고 프랑스 사람, 특히 나폴레옹에 대한 분개를 털어 놓을 때만이 행복한 것 같았다.

"러시아 사람이 모두 당신을 닮았다면" 그는 삐에르에게 말했다. "당신 같은 국민하고 싸운다는 것은 모독 행위입니다. 당신은 프랑스 사람한테 그렇게도 괴로움을 받았으면서, 그들에게 조금도 악의를 품고 있지 않으니까요."

그리고 이 이탈리아 사람의 열렬한 애정을 삐에르가 차지하게 된 것은, 상대방 속에 그의 마음의 가장 좋은 면을 불러 일으켜서, 그것을 넋을 잃고 바라보았기 때문이었다.

삐에르의 오룔 체류가 끝날 무렵에 구면인 프리메이슨 빌라르스끼가 찾아왔다. 그는 1807년에 그를 프리메이슨에 가입시킨 인물이었다. 빌라르스끼는 오룔 현에 커다란 영지를 가지고 있는 부유한 러시아 여성과 결혼하고, 이 도시에서 식량 관계의 임시 직원으로 있었다.

삐에르가 오룔에 있는 것을 알자, 빌라르스끼는 한 번도 그와 친하게 지낸 일은 없었으나 그에게로 와서, 사막에서 만난 사람들이 서로 흔히 보이는 우정과 친밀감을 나타냈다. 빌라르스끼는 오룔에서 따분했기 때문에, 자기와 같은 사회에 속해 있고 같은 관심을 가지고 있다고 그가 생각하고 있는 사람을 만나서 행복했다.

그러나 빌라르스끼는 이윽고 삐에르가 참된 생활에서 완전히 이탈하여, 자기가 판단한 바에 의하면 무기력과 이기주의에 빠져 있다는 것을 알아채고 깜짝 놀랐다.

"당신은 껍질 속에 들어앉아 있어요." 그는 삐에르에게 말했다. 그런데도 불구하고 빌라르스끼는 삐에르와 함께 있는 것이 즐거워서 매일 왔다. 삐에르는 지금 빌라르스끼와 그 이야기를 보고 듣고 있으면 자기 자신이 극히 최근까지 이런 식이었나 생각하고 이상하고 믿어지지 않는 느낌이 들었다.

빌라르스끼는 결혼하여 가정이 있는 한 집안의 주인으로 아내의 영지의 일도, 근무도, 가정의 일도 돌보고 있었다. 그는 이러한 일은 모두 인생에 있어서는 방해가 되며, 그런 것은 자기와 가족 개개인의 행복만을 목적으로 하고 있기 때문에 모두 시시한 것으로 보고 있었다. 군사, 행정, 정치, 프리메이슨 등에 대한 생각이 그의 마음을 사로잡고 있었다. 그러나 삐에르는 그의 견해를 바꾸려 하지도 않고 또 그것을 비판하지도 않고, 지금은 항상 조용하고 즐거운 웃음을 띠고 이 기묘한, 그러나 그가 너무나도 잘 알고 있는 일을 바라보고 있었다.

빌라르스끼, 공작 영양, 의사, 지금 자기가 만나는 모든 사람과의 교제로 삐에르의 내부에는 새로운 특징이 나타나, 그 때문에 모두로부터 호감을 받았다. 그것은 각자가 자기 나름대로 생각하고 느끼고 사물을 볼 수가 있다고 인정하고, 말로써 사람의 신념을 바꿀 수가 없다는 것을 인정하는 일이었다. 이전에는 삐에르를 불안하게 하고 초조하게 만든 이 사람들에게 당연히 허용되는 독자성이, 지금은 삐에르가 사람들에게 품는 관심과 흥미의 바탕이 되어 있었다. 인간의 사고방식과 그 생활, 더 나아가서 인간끼리의 차질이나 때로는 완전한 모순이 삐에르를 기쁘게 하고 그에게 엷은 고소(苦笑)를 자아내게 하였다.

실생활 문제에 있어서도 삐에르는 지금, 전에는 없었던 중심(重心)이 있다는 것을 문득 느꼈다. 전에는 금전 문제가, 특히 큰 부자인 그가 줄곧 받았던 돈을 꾸어달라는 의뢰가 그를 난처하게 만들었다. '꾸어줄 것인가, 꾸어주지 말 것인가?' 그는 자기 자신에게 묻는 것이었다. '나는 돈을 가지고 있고, 이 사나이는 돈이 필요하다. 그러나 또 한 사람 쪽이 이 사나이보다도 더 돈이 필요하다. 어느 쪽에 꾸어줄 것인가? 혹시 둘 다 사기꾼은 아닌가?' 그리고 이러한 부탁에 대한 해결책이 도저히 생각나지 않으면서도 꾸어줄 여유가 있는 동안에는 모두에게 주었다. 자기 재산에 대해 문제가 있을 때마다, 즉 어떤 사람이 이렇게 해야 한다고 말하고, 다른 사람이 저렇게 해야 한다고 말하면 그는 어떻게 할 줄을 몰랐다.

그런데 지금 자기 자신이 놀랍게도, 그는 그와 같은 모든 문제에는 이젠 의심도 주저도 없다는 것을 알았다. 이제 그의 내부에는 재정(裁定)하는 사람이 있어서, 무엇인가 자기 자신에게도 알 수 없는 법칙에 따라서 무엇이 필요하고 무엇이 필요하지 않은가를 판단하는 것이었다.

그는 전과 같이 금전 문제에 무관심했다. 그런데 지금 그는 무엇을 해야 하고 무엇을 하지 말아야 한다는 것을 분명히 알고 있었다. 그 새로운 재정자(裁定者)를 맨 처음 활용한 것은 포로인 프랑스군 대령의 부탁을 받았을 때였다. 이 대령은 삐에르에게로 와서 자기 전공(戰功)에 대해서 죽 늘어놓은 후에 처자에게 보낼 4000프랑을 빌려달라고, 삐에르에게는 거의 요구를 하는 것처럼 말했다. 삐에르는 아무런 고생도 무리도 하지 않고 거절하여, 이전에는 해결할 수 없을 정도로 어렵게 여겨졌던 것이 얼마나 간단하고 손쉬운가 하고 후에 놀랐을 정도였다. 그러나 그때 대령에게 거절하면서도 그는 분명히 돈에 곤란을 겪고 있는 이탈리아인 장교에게는, 오룔을 떠날 때 돈을 받게 하기 위해 술책을 쓰지 않으면 안 된다고 결심하였다. 실생활의 일에 대한 자기의 생각이 분명히 굳어 있다는 것을 삐에르에게 새삼 실증한 것은, 아내의 빚 문제와 모스크바의 저택이나 별장을 수리할 것인가 하지 말아야 할 것인가 하는 문제의 결정이었다.

오룔에 있는 동안에 총지배인이 와서, 삐에르는 변해버린 자기 수입의 개

산(槪算)을 그와 함께 해 보았다. 모스크바의 화재는 총지배인의 계산에 의하면 삐에르에게 약 200만 루블이 되는 손해였다.

총지배인은 이 손실을 메우기 위해, 이러한 손실은 있어도 만약 백작 부인이 남긴, 삐에르에게 지불할 의무가 있을 리가 없는 빚의 지불을 거부하고, 해마다 8만 루블의 비용이 들어도 아무런 이익도 가져오지 않는 모스크바의 저택과 모스크바 근교의 별장을 다시는 이용하지 않는다고 하면, 수입은 줄지 않을 뿐만 아니라 오히려 늘어날 것이라는 견적을 삐에르에게 제출했다.

"그래, 그래, 확실히 그래." 삐에르는 밝은 미소를 띠면서 말했다. "그래, 그렇지, 그런 것은 내게는 아무것도 필요 없어. 나는 재산을 잃고서 오히려 더 부자가 됐어."

그러나 1월에 모스크바로부터 싸벨리치가 와서 모스크바의 상황과, 저택과 별장 재건에 관해서 건축 기사가 낸 예산에 대해서 결정이 된 것처럼 이야기하였다. 마침 그 무렵 삐에르는 바씰리 공작과 뻬쩨르부르그의 아는 사람들로부터 편지를 받았다. 편지에는 아내의 부채에 대해서 씌어 있었다. 그리고 삐에르는 그토록 마음에 들었던 총지배인의 계획은 옳지 않고, 자기는 뻬쩨르부르그로 가서 아내의 일을 처리하고 모스크바의 집도 개축을 하지 않으면 안 된다고 결단하였다. 어째서 그것이 필요한가, 그는 알 수 없었다. 그러나 그는 그것이 필요하다는 것을 분명히 알고 있었다. 이 결단 때문에 그의 수입은 4분의 3이 줄어들게 되었다. 그러나 그렇게 할 필요가 있었다. 그는 그것을 느끼고 있었다.

빌라르스끼가 모스크바로 가게 되었기 때문에 함께 갈 약속을 했다.

삐에르는 오룔에서 건강이 회복되어 가는 동안에도, 기쁨, 자유, 생명을 계속 느끼고 있었다. 그리고 여행하게 되어 자유스러운 세계로 나가 많은 새로운 얼굴을 보자 그 기분은 한층 강해졌다. 그는 여행하는 동안 줄곧 휴가 때의 초등학교 학생과 같은 기분을 맛보고 있었다. 모든 사람들, 즉 마부나 역참지기, 또 길가와 마을에서 만나는 농민들 어느 누구나 그에게는 새 뜻을 지니고 있었다. 끊임없이 러시아의 빈곤, 유럽보다 뒤떨어지고, 그 무지함을 늘 탄식하는 빌라르스끼가 동행하여 온갖 의견을 말한다는 것은 오히려 삐에르의 기쁨을 더욱 높일 뿐이었다. 빌라르스끼가 죽을 것처럼 생기가 없다고 알아차린 곳에서 삐에르는 유달리 뛰어난 힘찬 삶의 힘을, 눈이 쌓인 이

광대한 땅에서 독특하고 유례가 없는 일대 민족을 받치고 있는 힘을 본 것이다. 그는 빌라르스끼에게 반대하지 않고 찬성하는 시늉을 하고(왜냐하면 찬성을 가장하는 것이 아무런 결과도 낳지 않는 논의를 피하는 가장 손쉬운 방법이기 때문이었다), 그의 이야기를 들으면서 기쁜 듯이 미소를 짓고 있었다.

14

집이 파헤쳐진 개미들은 무엇 때문에 어디로 급히 가는가, 무엇 때문에 어떤 것은 작은 부스러기나 알이나 사체를 끌면서 집을 떠나고, 어떤 것은 집으로 되돌아가려고 하는가—무엇 때문에 개미들은 서로 부딪치고 쫓고 싸움을 하는가를 설명하기가 어려운 것과 마찬가지로 프랑스군이 나간 후, 한때 모스크바라고 불리고 있던 장소에 러시아 사람들이 떼지어 모이게 한 원인을 설명한다는 것은 어려운 일이다. 그러나 파괴된 개미집 주위에 흩어져 있는 개미를 보고 있으면, 개미집은 완전히 파괴되어 있지만 꿈틀거리고 있는 벌레의 끈질김이나 에너지, 한없이 많은 수로 봐서, 모든 것은 파괴되었지만, 개미집의 모든 힘을 형성하고 있는 무엇인가 파괴되지 않는 것, 비물질적인 것은 예외였다는 것을 알 수가 있다. 그것과 마찬가지로 모스크바도 10월에는 고위층도 교회도 물자도, 집도 없었는데 지난 8월 당시와 똑같았다. 모든 것이 파괴되었으나, 비물질적인 것이지만 강한 무엇인가가 파괴되지 않고 남았던 것이다.

모스크바로부터 적이 도망간 후 사방으로부터 몰려온 사람들의 의욕은 실로 여러 가지여서 개인적이고, 처음 동안에는 대체로 노출된, 동물적인 것이었다. 다만, 한 가지 의욕만은 모두에게 공통되었다. 그것은 거기서 자기의 활동을 실제로 실행하기 위해 한때 모스크바라고 불리었던 곳으로 향하려고 하는 의욕이었다.

일주일 후에, 모스크바에는 이미 1만 5000명의 주민이 모였고, 2주일 후에는 2만 5000명이 된 것이다. 이 수는 차차 늘어나, 1813년 가을에는 1812년의 인구를 능가하는 수에 이르렀다.

맨 처음 모스크바에 들어온 러시아 사람은 빈찐게로데 지대의 까자크, 인근 마을의 농민, 모스크바를 피하여 부근에 숨어 있던 주민들이었다. 황폐한 모스크바로 들어온 러시아인들은 모스크바가 약탈된 것을 보고 자기들도 약탈을 하기 시작했다. 그들은 프랑스군이 했던 일을 계속한 것이다. 황폐한 모스크바의 집과 거리에 버려진 물건을 닥치는 대로 마을로 가지고 나가기 위해 농부들 짐마차의 열이 모스크바로 왔다. 까자크는 가질 수 있는 데까지 물건을 야영지로 가지고 갔다. 집 주인들은 남의 집에서 발견한 것을 무엇이든지 약탈해서, 그것이 자기 소유라는 구실 아래 자기 집으로 가지고 갔다.

그러나 최초의 약탈자에 뒤이어 제2, 제3의 약탈자들이 늘어남에 따라 약탈은 날로 어렵게 되어, 차차 일정한 형태를 지니게 되었다.

프랑스군이 들어왔을 때 모스크바는 텅 비어 있었지만 유기적으로 규칙 바르게 생활하고 있는 도시로서의 형식은 모두 갖추고 있었고, 상업, 수공업, 사치, 정치, 종교 등이 여러 가지로 기능하고 있었다. 그 형태는 생명이 없는 것이었지만 여전히 존재하고 있었다. 상점가, 크고 작은 가게, 창고, 시장의 대부분에는 물건이 있었다. 공장, 수공업 시설이 있었다. 사치품으로 가득 찬 궁전, 호화 주택이 있었다. 병원, 감옥, 관청, 교회, 대성당이 있었다. 프랑스군의 주둔이 오래 끌면 끌수록 이와 같은 도시 생활의 형식은 차차 사라지고, 나중에는 모든 것이 분간할 수도 없고 생명도 없는 하나의 약탈장으로 변하고 말았다.

프랑스군의 약탈이 계속되면 될수록 모스크바의 물적 자원과 약탈하는 자의 힘을 더욱더 파괴해 갔다. 러시아 사람이 수도 전체에 정착할 계기가 된 러시아인에 의한 약탈은, 오래 계속되면 될수록, 참가자가 늘어나면 늘어날수록, 더욱더 급속히 모스크바의 부와 이 도시의 정상적인 생활을 부흥시켰다.

약탈자 이외에도 실로 여러 인간들—집 주인, 성직자, 고급 관리나 하급 관리, 상인, 직공, 농민 등—이 호기심에서, 혹은 근무에 대한 의무, 어떤 자는 타산에 끌려서, 마치 심장으로 피가 모이듯이 사방으로부터 모스크바로 흘러들었다.

일주일 후에는 물건을 실어 내기 위해서 빈 짐마차를 끌고 온 농민들이 당국에 붙잡혀서 도시에서 시체를 실어 내라는 명령을 받았다. 다른 농민들은 동료의 실패를 듣자, 빵과 귀리와 건초를 싣고 와서 서로 에누리를 하여 전보다 싼 값으로 팔고 말았다. 목수 조합은 비싼 일당을 기대하고 모스크바로 들어왔다. 그리고 여기저기에 새로운 목조 가옥이 세워지고 불탄 집도 수리되었다. 상인들은 가건물에서 장사를 시작하였다. 음식점과 여관이 타다 남은 집에 급히 마련되었다. 성직자들은 전화(戰火)를 면한 많은 교회에서 미사를 재개하였다. 독지가들이 약탈된 교회의 비품을 기증했다. 관리들은 나사 천으로 덮은 자기 책상과 서류가 든 찬장을 조그마한 방에 가지런하게 배치했다. 최고 수뇌부와 경찰은 프랑스군이 남긴 기물을 분배하라고 지시하였다. 다른 집으로부터 반입된 가재가 많이 남아 있는 집 주인들은 그것을 모두 크레믈린의 보물전으로 모이게 하는 것은 부당하다고 불평을 하였다. 다른 사람들은 프랑스군이 여러 집으로부터 한 곳에 물건을 모았으므로, 거기에 있는 물건을 그 집 소유주에게 인도하는 것은 부당하다고 주장하였다. 경찰은 비난받고 매수되었다. 소실한 국유나 관급품의 견적을 십 배로 늘려서 쓰는 자도 있었고, 보조금을 요구하는 자도 있었다. 라스또쁘친 백작은 예에 따라 선전 전단을 썼다.

15

1월 말에 삐에르는 모스크바로 돌아와서 무사히 남아 있던 행랑채에 살기로 하였다. 그는 라스또쁘친 백작과 모스크바로 돌아온 몇몇 아는 사람을 찾아본 다음에, 사흘째에는 뻬쩨르부르그로 갈 예정이었다. 모두들 전승을 축하하고 있었다. 황폐에서 소생하고 있는 수도에서는 모든 것이 생기에 넘치고 있었다. 누구나 그를 만나고 싶어하고 모두가 그가 본 일을 여러 가지로 물어보았다. 삐에르는 만나는 사람 모두가 자기에게 특별히 호의적이라는 느낌이 들었다. 그러나 자기도 모르는 사이에 그 무엇인가에 의해서 자기를 속박하지 않도록 모든 사람에 대해 신중한 태도를 취했다. 그는 모든 질문에 —중요한 것도 극히 사소한 것도— 다 같이 분명하지 않은 대답을 하고 있었다. 어디에 사십니까? 건축을 하실 겁니까? 언제 뻬쩨르부르그로 가십니까? 조그만 꾸러미를 가져다 줄 수 있습니까? 하는 등의 물음을 받으면 그는 네, 아마도, 그렇게 생각합니다 등의 대답을 하는 것이었다.

로스또프네에 관해서는 그들이 꼬스뜨로마에 있다는 말을 들었다. 그리고 나따샤에 대한 생각은 별로 그의 마음에 떠오르지 않았다. 설령 떠올랐다 하더라도 먼 옛날의 즐거운 추억에 지나지 않았다. 그는 자기가 실생활의 여러 조건으로부터 자유로운 마음이 되었을 뿐만 아니라, 자기가 고의로 자기에게 지웠다는 느낌이 드는 그 감정으로부터도 자유롭게 되었다는 것을 느꼈다.

모스크바에 도착한 지 사흘째 되던 날, 그는 도르베쯔꼬이네의 사람들한테서 마리야가 모스크바에 있다는 것을 들었다. 안드레이 공작의 죽음, 괴로움, 마지막 나날의 일이 자주 삐에르의 마음을 사로잡았으나 지금 다시 생생하게 머리에 떠올랐다. 저녁 식사 자리에서, 마리야가 모스크바에 와 있고 보즈드비젠까 거리에 있는 타다 남은 자기 집에서 살고 있다는 것을 듣자, 그는 곧 그날 밤으로 그녀를 찾아갔다.

마리야의 집으로 가는 도중에 삐에르는 안드레이의 일과 그와의 우정, 또 그와의 여러 만남, 특히 보로지노에서의 최후의 만남을 끊임없이 생각하고 있었다.

'정말 그 사람은 그 때처럼 미움의 감정으로 죽었을까? 죽기 전에 인생의 의의의 해명이 보이지 않았을까?' 삐에르는 생각했다. 그는 쁠라똔과, 그의 죽음을 상기하였다. 그리고 무의식중에 이 두 사람을 비교해 보았다. 그 두 사람은 서로 달랐지만 삐에르가 어느 편에도 애정을 가지고 있었고, 두 사람은 모두 한때 살아 있었고, 두 사람이 모두 죽었다는 점에서 꼭 닮았다.

매우 심각한 심정으로 삐에르는 노공작의 집에 도착했다. 그 집은 무사히 남아 있었다. 파괴의 흔적이 눈에 띄었지만, 집이 주는 느낌은 옛 그대로였다. 삐에르를 맞은 엄격한 얼굴의 늙은 하인은, 공작이 없다고 해서 집안의 관례를 무너뜨릴 수 없다는 것을 손님에게 느끼게 하려는 것처럼, 아가씨는 자기 거실로 물러가셨으며 면회는 일요일에 가능합니다 라고 말하였다.

"어쨌든 전해 주게. 혹시 만나주실지도 모르니까." 삐에르는 말했다.

"알겠습니다." 늙은 하인은 대답했다. "초상화가 있는 방으로 들어오십시오."

2, 3분 후에 늙은 하인과 데사르가 나타났다. 데사르는 영양을 대신해서 그의 내방을 몹시 기뻐하고 있으며, 만일 실례를 용서해 주신다면 이층 거실로 와 주실 수 없느냐는 전갈을 삐에르에게 전했다.

촛불 한 자루 밝혀 놓은 천장이 낮은 방에 마리야가 앉아 있었고, 또 한 사람 누군가가 검은 옷을 입고 같이 앉아 있었다. 삐에르는 마리야 옆에 언제나 이야기 친구가 있다는 것을 알고 있었다. 그 이야기 친구가 어떠한 사람인지 삐에르는 몰랐고 기억하고 있지도 않았다. '필시 그 이야기 친구 중의 한 사람일 것이다.' 그는 검은 옷의 여성을 보고 생각했다.

마리야는 황급히 일어나 그를 맞이하며 손을 내밀었다.

"어머나." 그녀는, 그가 그녀 손에 키스하고 나자 그의 변한 얼굴을 찬찬히 바라보면서 말했다. "이렇게 또 만나 뵙게 되는군요. 오빠도 죽기 전에 당신 이야기를 곧잘 하셨어요." 그녀는 삐에르로부터 이야기 친구한테로 눈길을 옮기면서 말했다. 그 수줍어하는 듯한 태도가 순간 삐에르를 놀라게 하였다.

"당신이 구출되었다는 것을 알고 정말 기뻤어요. 그것은 상당히 오래 전에 우리들이 입수한 단 하나의 기쁜 소식이었습니다." 아까보다도 더 마음에 걸리는 듯이 마리야는 이야기 상대를 돌아보고, 무엇인가 말하려고 했으나 삐에르가 가로막았다.

"그런데 말입니다, 난 오빠 소식은 전혀 몰랐습니다." 그는 말했다. "전사했다고만 생각하고 있었습니다. 내가 안 것은 모두 제삼자를 통해서 다시 들은 것이었으니까요. 오빠가 로스또프네 사람들을 만난 것만은 알고 있습니다만…… 정말 기구한 운명입니다!"

삐에르는 열을 다하여 빠르게 말하였다. 그는 한 차례 이야기 상대의 얼굴을 보고, 자기에게 향하고 있는 주의 깊고 상냥하고 호기심에 찬 눈동자를 알아차렸다. 그리고 이야기 도중에 흔히 있는 것처럼 그는 왜 그런지 이 검은 옷을 입은 이야기 상대가 자기와 마리야와의 속을 터놓은 대화의 방해가 되지 않는, 인상이 좋은 상냥하고 훌륭한 사람이라는 느낌이 들었다.

그러나 그가 마지막으로 로스또프네에 관한 이야기를 했을 때, 마리야의 얼굴에 감돌고 있던 당황한 빛이 더욱 짙어졌다. 그녀는 다시금 삐에르의 얼굴에서 검은 옷의 여인의 얼굴로 눈을 옮기며 말했다.

"당신은 아직 모르시나요?"

삐에르는 다시 한 번 창백하고 야위고 검은 눈과 묘한 입매를 한 얼굴을 바라보았다. 무엇인가 훨씬 이전에 잊혀진, 친근하고 인상이 좋다는 것 이상의 그 무엇이, 주의 깊은 상대방의 두 눈 안쪽에서 삐에르를 바라보고 있었다.

'아니다, 그럴 리는 없다.' 그는 생각했다. '이렇게 엄격하고 여위고, 창백한 나이 든 얼굴이! 이것이 그녀일 수는 없다. 이것은 그 무렵의 추억에 지나지 않아.' 그러나 그때 마리야가 말했다. "나따샤예요." 그러자 그 얼굴이 물끄러미 바라보더니, 힘들여 녹슨 문이 열리듯이 미소를 지었다. 그리고 그 열린 문으로부터 갑자기 훨씬 이전에 잊고 있었으며 지금은 생각하지도 않았던 행복의 향기가 떠돌아 와서 삐에르의 모든 것을 감싸고 삼켜버렸다. 그녀가 미소를 지었을 때 이미 의심할 여지는 없었다. 그것은 나따샤였다. 그는 그녀를 사랑하고 있었던 것이다.

처음 순간 삐에르는 저도 모르게 그녀에게도 마리야에게도, 그리고 무엇보다도 자기 자신에게, 자기 자신도 몰랐던 마음의 비밀을 알리고 말았다. 그는 기쁜 듯이, 또 괴롭고 고통스러운 듯이 얼굴을 붉혔다. 그는 자기의 동요를 감추려고 했다. 그러나 감추려고 하면 할수록, 더욱 뚜렷하게—의심할 여지가 없는 말 이상으로 분명히—그는 자신을 향하여, 또 그녀에게도, 마리야에게도, 자기가 그녀를 사랑하고 있다는 것을 말하고 있었던 것이다.

'아냐, 이것은 단지 너무 뜻밖의 일이었기 때문이다.' 삐에르는 생각했다. 그러나 도중에서 끊어진 마리야와의 대화를 계속하려고 한 순간 그는 다시 나따샤를 보았다. 그러자 더욱 짙은 붉은 빛이 그의 얼굴을 덮었다. 그리고 더욱 격렬한 기쁨과 공포의 흥분이 그의 마음을 사로잡았다. 그는 말이 막혀 이야기 도중에 말을 더듬다가 입을 다물어버리고 말았다.

삐에르가 나따샤를 알아보지 못한 것은, 여기에서 그녀를 만나리라고는 예기하지 않았기 때문이다. 또 그 얼굴을 보고도 알지 못한 것은, 그녀를 만나지 않게 된 이후 그녀에게 일어난 변화가 너무 컸기 때문이었다. 그녀는 여위고 창백했다. 그러나 그녀를 알아보지 못할 정도로 바뀌지는 않았다. 삐에르가 들어온 처음 순간 그녀의 얼굴을 알아볼 수 없었던 것은, 전에는 눈 속에 항상 감추어진 삶의 즐거움의 미소가 빛났던 그 얼굴에, 지금 그가 들어와서 처음으로 그녀를 보았을 때 미소의 그림자조차도 없었기 때문이었다. 있는 것은 다만 주의깊고 선량하고 슬프게 무엇인가를 묻는 듯한 눈뿐이었다.

삐에르의 동요는 나따샤에게 동요로서 비치지 않았다. 다만 만족이 되어, 간신히 눈에 띌 정도로 그녀의 얼굴 전체를 밝게 했을 뿐이었다.

"이분, 우리 집 손님으로 와 계시는 거예요." 마리야가 말했다. "백작님 내외도 2, 3일 안에 오실 거예요. 백작 부인께서는 몸이 매우 안 좋으셔요. 나따샤도 의사의 진찰을 받아야 하기 때문에 억지로 나와 함께 올라온 거예요."

"그렇습니까, 정말 어느 가정이나 불행이 없는 가정은 없으니까요." 삐에르는 나따샤 쪽을 향하여 말했다. "실은 말입니다, 내가 구출된 바로 그날 나도 그 애를 보았습니다. 정말 훌륭한 아이였는데 말입니다!"

나따샤는 그를 바라보고 있었다. 그리고 그의 말에 대한 대답으로서, 다만 그녀는 눈을 약간 크게 뜨고 빛을 띠었을 뿐이었다.

"무슨 말을 하고, 어떻게 생각하면 위로가 될 수 있을까요?" 삐에르가 말했다. "아무것도 없습니다. 무엇 때문에 죽어야 했을까요? 그토록 훌륭한, 생명에 넘친 아이가……"

"그렇습니다, 이런 시대에는 신앙 없이는 살아가기 어려울 거예요." 마리야가 말했다.

"그래요, 그렇습니다, 그건 정말입니다." 삐에르는 급히 말하였다.

"어째서요?" 삐에르의 눈을 물끄러미 바라보면서 나따샤가 물었다.

"어째서라니?" 마리야가 말했다. "내세에서 기다리고 있을 것을 생각하는 것만이라도……"

나따샤는 마리야의 말을 끝까지 듣지 않고, 다시 묻는 듯이 삐에르를 보았다.

"그것은 말입니다." 삐에르가 말을 이었다. "우리를 지배하고 있는 신이 있다고 믿는 사람만이, 공작 부인과 같은…… 그리고 당신 같은 아픔을 참고 견딜 수 있는 겁니다." 삐에르는 말했다.

나따샤는 무슨 말을 하려고 입을 열었으나 갑자기 멈추고 말았다. 삐에르는 급히 그녀로부터 얼굴을 돌리고 마리야를 향하여 자기 친구의 마지막 나날을 물었다. 삐에르의 동요는 이제 거의 사라지고 없었다. 그러나 그와 동시에 그는 자기의 이제까지의 자유가 모두 없어졌다는 것을 느꼈다. 그는 자기의 말이나 행위 하나하나에 대해서 지금 심판관이 있고, 심판이 있고, 그것은 자기에게 세계의 모든 사람의 심판보다도 거룩하다고 느끼고 있었다. 그는 지금 말을 하면서 그 말이 나따샤에게 주는 인상에 대해 생각하고 있었다. 그는 나따샤의 마음에 들 것으로 여겨지는 말을 일부러 한 것은 아니었지만, 무슨 말이나 그녀의 입장에서 자기 자신에게 평가를 내리고 있었다.

마리야는 여느 때처럼 자기가 안드레이를 만났을 때의 모습을 내키지 않은 듯이 이야기했다. 그러나 삐에르의 질문과 열이 깃든 불안스러운 그의 눈초리, 흥분에 떨고 있는 그의 얼굴에 감동되어, 차차 뇌리에 되살아나는 것을 두려워하고 있던 몇 가지 자세한 이야기까지 했다.

"그렇습니까, 그렇습니까. 네, 그렇군요." 삐에르는 몸을 앞으로 구부리고 정신없이 그녀의 이야기를 들으면서 말하는 것이었다. "그렇습니까, 그렇습니까, 그럼 그분은 침착했었군요. 마음이 풀어졌었군요. 그분은 영혼의 힘을 짜내어 단 한 가지 것을 찾고 있었어요—완전히 좋은 사람이 되는 일을. 그러니까 죽음을 두려워했을 리가 없습니다. 그 사람 내부에 있었던 결점은—만약에 있었다고 한다면—그 사람한테서 생긴 것이 아닙니다. 결국 그의 마음은 부드러워졌었군요?" 삐에르는 말했다. "그 사람은 당신을 만나서 정말 행복했겠군요." 그는 갑자기 나따샤를 돌아다보고, 눈물이 넘치는 눈으로 그녀를 바라보면서 말했다.

나따샤의 얼굴은 순간적으로 떨렸다. 그녀는 얼굴을 찌푸리고 눈을 내리떴다. 잠시 그녀는 망설였다. 말을 할까 말까?

"그래요, 만나서 정말 행복했어요." 그녀는 나직한, 가슴에서 우러나오는 목소리로 말했다. "저는 정말로 행복했어요." 그녀는 잠시 침묵했다. "그분도…… 그분도…… 그분도 말했습니다. 내가 그분 옆으로 갔을 때, 저를 보고 만나고 싶었다고……" 나따샤의 음성은 끊겼다. 그녀는 얼굴을 붉히고 무릎 위에서 손을 꼭 쥐었다. 그리고 갑자기 있는 힘을 다해서 머리를 들고 빠르게 말하기 시작하였다.

"모스크바를 떠날 때 우리는 아무것도 몰랐어요. 나는 그분에 대해서 물어 볼 용기가 없었어요. 그러자 쏘냐가 갑자기 그분이 우리와 함께 있다고 가르쳐 주었어요. 나는 아무 생각도 하지 않았고, 그분이 어떤 상태에 있는지 상상도 할 수가 없었어요. 나는 다만 그분을 만나야 했고, 그분 옆에 있고 싶은 마음뿐이었어요." 그녀는 몸을 떨고 숨을 헐떡이면서 말했다. 그리고 아무도 말참견을 할 여유를 주지 않고, 여태까지 누구한테도 말하지 않았던, 3주일에 걸친 여행과 야로슬라브리에서 지내는 동안에 경험한 일을 속속들이 이야기했다.

삐에르는 입을 크게 벌리고 눈물이 괸 눈을 그녀에게서 떼지 않고 이야기를 듣고 있었다. 그녀의 이야기를 들으면서, 그는 안드레이에 관한 일도, 죽음에 대한 일도, 그녀가 이야기하고 있는 일도 생각하지 않았다. 그는 이야기를 들으면서, 그녀가 지금 이야기하면서 맛보고 있는 괴로움을 생각하고 그녀를 가엾게 여길 뿐이었다.

마리야는 눈물을 참으려고 얼굴을 찡그린 채 나따샤 옆에 앉아서, 오빠와 나따샤와의 마지막 며칠 동안의 사랑 이야기를 처음으로 듣고 있었다.

이 괴롭고 기쁜 이야기를 나따샤는 꼭 하지 않으면 견딜 수 없는 것 같았다.

그녀는 보잘것없는 사소한 일을, 깊은 마음 속의 비밀과 섞어가며 이야기하였다. 그리고 언제까지고 끝날 수가 없는 것처럼 보였다. 그녀는 몇 번이나 같은 말을 되풀이했다.

문 밖에서, 니꼴렌까가 밤 인사를 하러 들어가도 괜찮으냐고 묻는 데사르의 목소리가 들렸다.

"이것으로 전부, 전부예요……" 나따샤가 말했다. 니꼴렌까가 들어오자, 그녀는 급히 일어나서 거의 뛰어가듯이 문 쪽으로 가서 커튼으로 덮여 있던 문에 머리를 부딪치고, 아픔도 슬픔도 아닌 신음 소리를 내면서 방에서 뛰어나갔다.

삐에르는 그녀가 나간 문을 바라보고 있었다. 그리고 왜 자기가 갑자기 온 세계에서 혼자가 된 듯한 기분이 들었는지 알 수가 없었다.

마리야가 방으로 들어온 조카에게로 그의 주의를 돌리게 하자 그는 방심 상태에서 깨어났다.

아버지를 닮은 니꼴렌까의 얼굴은, 지금 삐에르가 놓여 있는 마음으로는 견디기 어려웠다. 그는 니꼴렌까에게 키스를 하고 황급히 일어나서 손수건을 꺼내어 창문 쪽으로 갔다. 그는 마리야에게 작별 인사를 하려고 했지만, 그녀는 말렸다.

"아녜요, 나와 나따샤는 가끔 2시가 지날 때까지 자지 않곤 해요. 좀 더 계셔주세요. 야식 채비를 시키겠어요. 아래층으로 가세요. 우리도 곧 가겠어요."

삐에르가 방에서 나가기 전에 마리야는 그에게 말했다.

"나따샤가 저렇게 오빠 이야기를 한 것은 오늘이 처음이에요."

17

삐에르는 밝게 조명된 넓은 식당으로 안내되었다. 잠시 후에 발소리가 들리고 마리야와 나따샤가 방으로 들어왔다. 나따샤는 이미 진정돼 있었지만, 그 얼굴에는 미소를 잊은 엄숙한 표정이 또다시 깃들어 있었다. 마리야와 나따샤와 삐에르는 다 같이 마음을 털어놓고 이야기한 뒤에 흔히 느끼는 쑥스러운 기분을 맛보고 있었다. 여태까지 하던 이야기를 계속할 수는 없었다. 그렇다고 해서 부질없는 이야기를 하는 것도 멋쩍었고 잠자코 있는 것도 불안했다. 이야기를 하고 싶은 마음이 있으면서도 이렇게 잠자코 있으면 일부러 그렇게 하는 것 같은 느낌이 들었기 때문이었다. 그들은 말없이 식탁으로 갔다. 급사들은 의자를 뒤로 뺐다가 앞으로 밀어넣었다. 삐에르는 차가운 냅킨을 펼치자 침묵을 깨뜨릴 마음을 먹고, 나따샤와 마리야를 바라보았다. 두 사람은 동시에 같은 결심을 한 것 같았다. 그녀들의 눈에는 인생에 만족한 기분과 슬픔 외에 기쁨도 있다는 것을 인정하는 기분이 반짝이고 있었다.

"보드카를 드시겠습니까, 백작님?" 마리야가 말하였다. 이 말은 일거에 과거의 그림자를 날려버렸다.

"당신 이야길 좀 해주세요." 마리야가 말했다. "당신에 관해서 믿어지지 않는, 기적 같은 이야기들을 하고 있습니다."

"그렇습니다." 지금은 습관이 되어 버린 부드러운 미소를 띠며 삐에르는 대답했다. "나 자신도 꿈에도 꾸지 못했던 기적을 남들이 들어주십니다. 마리야 아브라모브나는 날 초대해서 나에게 일어났던 일과 일어났어야 할 일들을 모두 들려주었습니다. 스쩨빤 스쩨빠느이치도 역시 내가 무슨 이야기를 하지 않으면 안 되는가를 가르쳐 주었습니다. 하여간 내가 흥미를 끄는 인간이 되다니 참 재미있다는 것을 알았습니다(나는 지금 흥미를 끌고 있는 인간이니까요). 여러 곳에 불려가서 나 자신의 이야기를 들을 수 있으니까요."

나따샤는 미소 짓고 무슨 말을 하려고 했다.

"우리가 듣기로는" 마리야가 나따샤를 앞질렀다. "당신은 모스크바에서 200만 루블의 손해를 입으셨다는데 그것은 정말인가요?"

"그런데 나는 세 배나 부자가 되었답니다." 삐에르가 말했다. 아내의 부채와 건축의 필요성 때문에 사정은 바뀌었는데도 불구하고 삐에르는 세 배나 부자가 되었다고 계속해서 말했다.

"내가 확실히 번 것은 말예요." 그는 말했다. "그것은 자유입니다……" 그는 진지하게 말하려다가, 그것은 어디까지나 자기 개인에 관한 화제라는 것을 알아차리고 말을 계속하는 것을 그만두었다.

"그래, 건축은 하고 계십니까?"

"네, 싸벨리치의 말을 듣고."

"당신은 모스크바에 남아 계셨을 때, 부인이 돌아가셨다는 것을 모르셨나요?" 마리야는 이렇게 말하고 갑자기 얼굴을 붉혔다. 삐에르가 자기는 자유가 되었다고 말한 후에 이런 질문을 하면, 삐에르의 말에 아마도 포함되어 있지 않았던 뜻을 덧붙이게 될 것이라는 것을 알아챘기 때문이었다.

"몰랐습니다." 자유가 되었다는 자기의 말에 대한 마리야의 해석을 쑥스럽게 여기지 않는 것처럼 대답했다. "나는 오룔에서 처음으로 알았습니다만, 내가 얼마나 놀랐는지 상상도 못하실 겁니다. 하긴 우리는 모범적인 부부는 아니었습니다." 그는 흘끗 나따샤를 보고 그녀 얼굴에서, 자기가 아내를 어떻게 평할 것인가 하는 호기심의 빛을 알아채고 빠르게 말했다. "그러나 아내의 죽음은 몹시 날 놀라게 했지요. 두 사람이 싸울 땐 반드시 언제나 양쪽에 책임이 있습니다. 그리고 이제 존재하지 않게 된 사람에 대해서는 자기 죄가 갑자기 몹시 괴로운 짐이 됩니다. 게다가 그렇게 죽다니…… 친구도 없고 위로도 없이. 나는 그녀가 불쌍해서 견딜 수가 없습니다." 그는 이야기를 끝내고 나따샤의 얼굴에서 옳은 이야기예요 하는 듯한 기쁜 표정을 알아채고 만족했다.

"그래요. 이로써 당신은 또 독신이 되셨으니 신랑 후보가 되셨군요." 마리야가 말했다.

삐에르는 갑자기 얼굴이 빨개져서 오랫동안 나따샤를 보지 않으려 애썼다. 간신히 결심하고 그녀를 흘끗 보았을 때, 그녀의 얼굴은 차갑고 엄숙하며 멸시하는 빛조차 띠고 있는 것처럼 그에게는 여겨졌다.

"그건 그렇고, 당신은 확실히 나폴레옹을 만나서 이야기를 하셨다고 우리는 듣고 있습니다만?" 마리야가 말했다.

삐에르는 웃었다.

"천만에요, 한 번도 없습니다. 세상 사람들은 모두 포로가 되는 것을 마치 나폴레옹한테로 손님으로 가는 것처럼 생각하고 있는 것 같더군요. 나는 나폴레옹을 만나지 못했을 뿐더러 소문도 듣지 못했습니다. 나는 훨씬 낮은 인간들 틈에 끼어 있었으니까요."

야식은 거의 끝나가고, 처음에는 자기의 포로생활 이야기를 하지 않으려 했던 삐에르도 차차 그 이야기에 끌려들었다.

"그러나 나폴레옹을 암살할 생각에서 모스크바에 남으신 것은 정말이죠?" 나따샤는 잠시 미소 지으면서 말하였다. "나는 수하리 탑 옆에서 당신을 만났을 때 그렇게 알아채었어요. 기억하고 계셔요?"

삐에르는 그것은 사실이라고 인정하였다. 그리고 그 질문으로부터 차차 마리야의, 특히 나따샤의 질문에 유도되어 자기가 겪은 여러 사건의 자상한 이야기에 끌려들고 말았다.

처음에 그는 요즘 사람들, 특히 자기 자신에 대해서, 그가 가지고 있는 냉소하는 듯한, 온건한 관점에서 이야기를 하고 있었다. 그러나 이윽고 자기가 목격한 무서운 일이나 괴로운 일에 이야기가 미치자 그는 자기도 모르게 이야기에 열중하여, 회상 속에서 강한 인상을 느끼고 마는 사람에게 흔히 있는 흥분을 억누르고 이야기를 하기 시작하였다.

마리야는 얌전한 미소를 띠고 삐에르와 나따샤를 번갈아 바라보고 있었다. 그녀는 이 모든 이야기 속에서 삐에르와 그 선량한 성질밖에 보지 않았다. 나따샤는 한 손으로 팔꿈치를 괴고 이야기가 진행됨에 따라 끊임없이 표정을 바꾸면서, 마치 그가 이야기하고 있는 것을 자기도 함께 체험하고 있는 것처럼 잠시도 삐에르에게서 눈을 떼지 않았다. 그녀의 눈초리만이 아니라 이따금 내는 감탄의 소리나 짤막한 질문에 의하여 삐에르는, 자기가 하는 이야기 중에서, 바로 그가 전하고 싶은 일을 그녀가 잘 이해하고 있다는 것을 알았다. 분명히 그녀는, 삐에르가 이야기하는 것뿐만이 아니라 말로 표현하고 싶어도 못하고 있는 것까지 이해하고 있다는 것을 알았다. 그가 보호하려다가 붙잡힌 어린애와 여자 이야기를 삐에르는 이렇게 말했다.

"그것은 무서운 광경이었습니다. 아이들은 내버려지고, 불길 속에 있는 아이도 있었습니다…… 내 눈 앞에서 어린이가 끌려나왔습니다…… 여자들은 짐을 빼앗기고 귀걸이를 뜯긴데다가……"

삐에르는 빨개져서 말을 더듬었다.

"거기에 순찰대가 와서, 약탈 같은 건 하지 않은 사람들까지 남자는 모두 잡혔습니다. 그리고 나도……"

"당신은 전부를 이야기하고 계시는 것 같지가 않아요. 틀림없이 무엇인가를 하셨겠죠……" 나따샤는 이렇게 말하고 잠시 입을 다물었다. "훌륭한 일을……"

삐에르는 이야기를 계속했다. 사형 이야기를 할 때, 그는 자세하고 무서운 말은 피하려고 하였다. 그러나 나따샤는 하나도 빼놓지 말아달라고 요구했다.

삐에르는 쁠라똔 까라따에프의 이야기를 하려다가(그는 이미 테이블에서 일어나서 거닐고 있었다. 나따샤는 눈으로 그를 쫓고 있었다), 문득 입을 다물고 말았다.

"당신들은 모르실 겁니다. 내가 글자도 읽을 줄 모르는 사람으로부터—바보라는 말을 듣고 있는 사람으로부터 무엇을 배웠는지."

"아녜요, 이야기해 주세요." 나따샤가 말했다. "그 사람은 지금 어디 있나요?"

"내 눈 앞에서 살해되었습니다." 그리고 삐에르는 자기들 퇴각의 마지막 순간 쁠라똔의 병(그의 목소리는 시종 떨리고 있었다), 그 죽음에 관해 이야기했다.

삐에르는 자기의 기구한 체험을, 이제까지 한 번도 아무에게도 말한 일이 없었던 형태로, 자기 자신도 이제까지 한 번도 상기해 본 일이 없었던 형태로 이야기를 하였다. 그는 자기가 경험한 모든 일에 지금 새로운 뜻을 발견한 것 같았다. 지금 그는 모든 것을 나따샤에게 이야기하면서 좀처럼 없었던 도취감을 느끼고 있었다. 그것은 여자가 남자의 이야기를 들을 때 주는 도취감이었다. 그것은, 이야기를 들으면서 자기 지식을 풍요하게 하기 위해서, 그리고 어떤 경우에 그것을 자기의 말로 이야기하기 위해서, 남의 이야기를 외우려고 하거나 또는 남의 이야기를 자기 나름대로 고쳐서, 자기의 시시한 지성으로 만들어낸 그럴 듯한 이야기를 될 수 있는 대로 빨리 남에게 전하려고 하는 약삭빠른 여자의 것이 아니었다. 그것은 남자가 발휘한 것 안에 있는 가장 좋은 것을 남김없이 골라내어 흡수하는 능력이 뛰어난, 참다운 여성이 주는 도취였다. 나따샤는 자기 자신은 그것을 알지 못했고, 온몸이 온통 주의로 완전 무장이 되어 있었다. 그녀는 삐에르 말 한 마디 한 마디도, 음성의 떨림도, 눈동자도, 얼굴 근육의 경련도, 몸짓 하나도 놓치지 않았다. 그녀는 아직 말로 나타내지 않은 것을 공중에서 포착하여 크게 열어젖힌 자기 가슴으로 곧장 가지고 들어와서 삐에르 마음의 움직임의 숨겨진 뜻을 알아내려고 하였다.

마리야는 이야기를 이해하고 그에게 동정하고 있었지만, 지금은 다른 것을 알아채고는 그것에 온갖 주의를 빼앗기고 있었다. 그녀는 나따샤와 삐에르 사이에 사랑과 행복의 가능성을 발견하고 있었다. 그리고 처음으로 마음에 떠오른 이 생각은 그녀의 마음을 기쁨으로 충만시키고 있었다.

밤 3시였다. 하인들이 침울한 듯한 딱딱한 표정으로 양초를 바꾸러 들어왔지만 아무도 이를 알아채지 못했다.

삐에르는 자기 이야기를 끝냈다. 나따샤는 번쩍번쩍 빛나는 생생한 눈으로 오로지 삐에르를 계속 바라보고 있었다. 마치 그가 아직 못다 했을지도 모르는 나머지 것을 이해하려 하고 있는 것 같았다. 삐에르는 쑥스럽고 행복한 당혹감을 느끼고 이따금 그녀를 바라보면서, 이야기를 다른 화제로 옮기기 위해 지금 무슨 말을 하면 좋을까 생각하고 있었다. 마리야는 잠자코 있었다. 이미 밤 3시였지만 잘 시간이라고는 아무도 생각하지 않았다.

"불행하다, 고통스럽다고들 말합니다만" 삐에르는 말했다. "그러나 만일 이 순간에 너는 포로가 되기 전의 상태로 있겠느냐, 또는 처음부터 모든 것을 다시 한 번 해보고 싶으냐는 질문을 받는다면, 나는 다시 한 번 포로와 말고기를 달라고 하고 싶습니다. 우리는 익숙해진 길에서 내던져지면 만사는 끝이라고 생각하기가 쉽지만, 실은 거기서 새롭고 훌륭한 일이 시작됩니다. 목숨이 있는 동안은 행복도 있습니다, 앞날에 실로 많은 것들이 있습니다. 이것은 특히 당신에게 말하는 것입니다." 그는 나따샤를 향하여 말했다.

"네, 그래요." 그녀는 말했지만 전혀 다른 것에 대해서 대답하고 있었다. "나도 아무것도 바라지 않아요. 다만 무엇이든지 처음부터 다시 한 번 그 체험을 할 수만 있다면……"

삐에르는 물끄러미 그녀를 바라보았다.

"그러나 지금은 아무것도 없어요." 나따샤가 다짐을 하듯이 말했다.

"아닙니다, 아닙니다." 삐에르가 소리쳤다. "내가 이렇게 살고 있고 또 살고 싶다고 생각한다고 해서 내가 나쁜 것은 아닙니다. 당신도 마찬가지입니다."

갑자기 나따샤는 두 손 위에 머리를 떨어뜨리고 울기 시작하였다.

"왜 그래요, 나따샤?" 마리야가 말했다.

"아무것도 아녜요, 아무것도 아녜요." 그녀는 눈물 속에서 삐에르에게 미소를 지어보였다. "그럼, 실례하겠습니다, 이제 자야 돼요."

삐에르는 일어나서 작별 인사를 했다.

마리야와 나따샤는 여느 때처럼 침실에서 함께 있었다. 두 사람은 삐에르가 한 말에 관해서 이야기를 나누었다. 마리야는 삐에르에 관한 자기 의견을 말하지 않았다. 나따샤도 역시 삐에르에 대해서 아무 말도 하지 않았다.

"그럼, 편히 자요, 마리야." 나따샤가 말했다. "그런데 나는 이따금 걱정되는 일이 하나 있어요. 우리는 그분(안드레이) 이야기를 하지 않고 있는데, 그건 마치 자신들의 기분을 상하지 않게 하려고 그러는 것 같지 않아요? 그러는 동안에 그분을 잊어버리는 게 아닐까 하고 걱정이 되는 거예요."

마리야는 크게 한숨을 쉬고, 그 한숨으로 나따샤의 말이 옳다는 것을 인정했지만 말로는 그녀에게 찬성하지 않았다.

"잊을 수 있을까?" 그녀는 말했다.

"오늘은 모든 것을 이야기해버려서 난 매우 기분이 좋아요. 괴롭기도 하고 가슴 아프기도 했지만 잘한 것 같아요. 퍽 기분이 좋아요." 나따샤가 말했다. "나는 삐에르가 확실히 그분을 좋아했다고 믿고 있어요. 그래서 나는 삐에르에게 이야기한 거예요…… 괜찮았죠?" 갑자기 빨개지며 그녀는 물었다.

"삐에르에게? 그야 상관 없죠! 그분은 정말 훌륭한 분인 걸요." 마리야가 말했다.

"마리야." 나따샤는, 마리야가 오랫동안 그녀의 얼굴에서 본 일이 없었던 장난기가 어린 미소를 띠고 갑자기 말했다. "그분은 어딘지 모르게 깨끗하고 반들반들하고, 개운한 분이 된 것 같아요. 마치 목욕탕에서 나온 것 같이. 정신적으로 목욕을 한 거예요. 안 그래요?"

"글쎄." 마리야가 말했다. "그분은 많은 것을 얻은 것 같아요."

"짧은 프록코트도, 깎아 올린 머리도. 그래요, 확실히 목욕탕에서 나온 느낌이에요…… 우리 아빠도 곧잘……."

"나는 알고 있어요. 그분(안드레이)이 삐에르만큼 좋아한 사람은 없었다는 것을." 마리야가 말했다.

"그래요. 두 분은 서로 달라요. 남자분은 전혀 다른 사이가 몹시 친해진다고들 하더군요. 확실히 그럴 거예요. 정말 닮은 데가 조금도 없잖아요?"

"그래요, 그래도 역시 참 좋은 분이에요."

"그럼, 편히 자요." 나따샤는 대답했다. 그리고 그 장난기 어린 미소가 마치 자기 입장을 잊은 것처럼 오랫동안 그녀의 얼굴에 남아 있었다.

18

삐에르는 그날 오랫동안 잠을 이루지 못했다. 그는 방을 이리저리 거닐면서 얼굴을 찡그리고, 무슨 어려운 일을 깊이 생각하기도 하고, 갑자기 어깨를 움츠리고 몸을 떨기도 하고, 행복스럽게 미소를 짓기도 하였다.

그는 안드레이에 관한 일, 나따샤의 일, 두 사람의 사랑에 관해서 생각하고, 그녀의 과거에 대해서 질투하기도 하고, 그 일로 자기를 책망하기도 하고 용서하기도 했다. 이미 아침 6시였으나, 그는 여전히 방 안을 이리저리 걷고 있었다.

'그래, 할 수 없지 않은가. 이것이 부득이한 일이라고 한다면 어쩔 수 없다! 그렇다, 결국은 이렇게 되는 것이다.' 그는 이렇게 혼잣말을 하고 급히 옷을 갈아입자 잠자리에 누웠다. 행복하고 흥분하고 있었으나 의심이나 헤매는 마음은 없었다.

'제아무리 기묘하고 제아무리 불가능해도 이 행복이 필요해. 그녀와 부부가 되기 위하여 모든 일을 해야 한다.' 그는 자신에게 말했다.

삐에르는 이미 며칠 전부터 뻬쩨르부르그로 갈 날을 금요일로 정하고 있었다. 그가 눈을 떴을 때 목요일이었으나, 싸벨리치가 여행을 위한 짐을 꾸리는 지시를 받으러 왔다.

'어째서 뻬쩨르부르그로? 뻬쩨르부르그란 도대체 뭐란 말인가? 누가 뻬쩨르부르그에 있단 말인가?' 그는 저도 모르게 마음 속으로 이렇게 물었다. '그렇다, 무엇인가 그런 일이 훨씬, 훨씬 이전에, 아직 그런 일이 일어나기 전에, 나는 무슨 일로 해서 뻬쩨르부르그로 갈 생각을 하고 있었어.' 그는 상기했다. '대체 무엇 때문에? 분명히 나는 갈지도 몰라. 그렇지, 어쩌면 이 사나이는 이토록 선량하고 눈치빠른 녀석일까. 무엇이든지 기억하고 있단 말이야!' 그는 싸벨리치의 늙은 얼굴을 바라보면서 생각했다. '그리고 어쩌면 이렇게도 기분 좋은 미소일까!'

"어때, 지금도 자유의 몸이 되고 싶지 않은가, 싸벨리치?" 뻬에르가 물었다 (당시 러시아에서 농민이나 하인은 농노의 신분이었으나, 예외로서 지주가 농노를 자유민으로 해 줄 수가 있었다).

"무엇 때문에 저에게 자유 같은 것이? 나리. 돌아가신 백작님 때에도 살아왔고, 나리 시대가 되었어도 한 번도 원망스러운 일은 없었습니다."

"그래, 그래도 아이들은?"

"아이들도 쭉 신세를 지고 있습니다, 나리. 지금과 같은 주인 밑에서라면 살아갈 수 있습니다."

"그럼, 내 후계자들은?" 뻬에르가 말했다. "어쩌면 내가 결혼해서…… 그렇게 될 수도 있지 않은가." 그는 자기도 모르게 미소를 띠고 이렇게 덧붙였다.

"주제넘은 말입니다마는, 그것은 매우 좋은 일입니다, 나리."

'참 속 편하게 생각하고 있군.' 뻬에르는 생각하였다. '이 사나이는 모르고 있어. 그것이 얼마나 무서운, 얼마나 위험한 일인지. 너무 빠르거나, 너무 늦거나 둘 중의 하나다…… 무섭다.'

"어떻게 하시겠습니까? 내일 떠나시겠습니까?" 싸벨리치가 물었다.

"아냐. 좀 연기하겠어. 그때 말하지. 수고를 시켜서 미안해." 뻬에르는 싸벨리치의 미소를 보면서 생각했다. '하지만 이상하다, 지금은 뻬쩨르부르그 같은 건 문제가 아니고, 무엇보다도 먼저 그 일을 분명하게 하지 않으면 안 된다는 것을 이 사나이가 모르고 있다니. 그렇지만, 이 사나이는 틀림없이 알고 있으면서 시치미를 떼고 있을 뿐일 거야. 이 사나이에게 말하는 것이 좋을까? 어떻게 생각하고 있을까?' 뻬에르는 생각했다. '아니다, 나중에 하지.'

아침 식사 때, 뻬에르는 공작 영양에게, 어제 마리야 집에 갔는데 거기서 누구를 만났다고 생각하느냐고 물었다. 그리고 그는 이내 나따샤를 만났다고 말했다.

공작 영양은 이 소식에, 삐에르가 안나 쎄묘노브나를 만난 것 이상으로 특별한 뜻은 인정하지 않고 있는 눈치였다.

"당신은 그 사람을 알고 있습니까?" 삐에르는 물었다.

"마리야는 만난 일이 있어요." 그녀는 대답했다. "제가 듣기로는 그분과 로스또프네의 아드님과 혼인 이야기가 진행되고 있다던데요? 그렇게 되면 로스또프네로서는 매우 좋은 일이라고 생각해요. 그쪽은 완전히 파산했다는 소문이 나 있으니까요."

"아니, 로스또프네의 아가씨를 알고 계십니까?"

"그 무렵 그 이야기만은 들었어요. 정말 안됐어요."

'아냐, 이 사람은 모르고 있거나 아는 체를 하고 있을 뿐이다.' 삐에르는 생각했다. '역시 이야기하지 않는 것이 낫겠다.'

공작 영양도 역시 삐에르의 여행 중의 식량을 준비하고 있었다.

'이 사람들은 모두 얼마나 좋은 사람들인가.' 삐에르는 생각했다. '이런 일은 이미 재미도 없을 텐데, 이 사람들은 지금도 이런 일을 열심히 해 주고 있다. 그것도 모두 날 위한 것이니 정말 놀라운 일이다.'

마침 이날 삐에르에게로 경찰서장이 찾아와서, 오늘 각 소유자에게 반환될 물건을 받으러 크레믈린 보물전에 대리인을 보내달라고 말했다.

'그래, 이 사람도 역시' 삐에르는 경찰서장의 얼굴을 보면서 생각했다. '어쩌면 이렇게 훌륭하고, 잘 생긴 장관일까. 그리고 정말로 사람이 좋다! 이런 보잘것없는 일을 하고 있다니. 그런데 세상 사람들은 이 사나이가 부정을 저지르고 직책을 이용하여 뇌물을 챙긴다고 말하고 있다. 부질없는 일이다! 그런데 어째서 이 사나이는 뇌물을 이용하지 않고 지낼 수 있을까? 그렇게 자랐으니까. 게다가 모두 같은 일을 하고 있는 것이다. 아니, 정말 인상이 좋은 사람이다. 그리고 나를 보고 미소 짓고 있어.'

삐에르는 마리야에게로 식사를 하러 갔다.

집들이 불탄 자리 사이의 거리를 마차로 지나가면서, 그는 이 폐허의 아름다움에 놀랐다. 집들의 난로의 굴뚝과 무너져서 떨어진 벽이 그림처럼 라인 강과 콜로세움(로마의 원형 극장)을 연상시키면서, 서로 겹쳐서 불타버린 시내에 연속되어 있었다. 스쳐 지나가는 대절 마차의 마부, 승객, 목조 가옥의 재목을 자르고 있는 목수, 장사하는 아낙네, 점원 등 모두가 명랑한 밝은 낯으로 삐에르를 바라보고는 마치 이렇게 말하고 있는 것 같았다. '아, 저 사람이다! 앞으로 어떻게 될 것인지 두고 보자.'

마리야의 저택 입구에 이르자 삐에르는, 자기가 여기에 와서 나따샤를 만나서 이야기를 한 것은 정말인지 어쩐지 의심이 들었다. '어쩌면 그것은 나의 망상이 아니었을까? 혹시 들어가서 아무도 만나지 못하는 것은 아닐까.' 그러나 채 방으로 들어가기도 전에 순간적으로 그는 자기의 자유를 잃음으로써, 자기의 전 존재 안에 그녀가 있다는 것을 느꼈다. 그녀는 어제와 마찬가지로 부드러운 주름이 잡힌 검은 옷차림에 머리 모양도 같았지만, 전혀 다른 사람처럼 보였다. 만일 어제 그가 방에 들어갔을 때 그녀가 이랬더라면, 그는 잠시나마 그녀를 잘못 보지는 않았을 것이다.

그녀가 아직 어린애였을 때부터, 그리고 나중에 안드레이 약혼자가 된 후, 삐에르가 알고 있던 그녀와 같았다. 즐거워하며, 무엇인가 물어오는 듯한 빛이 그 눈에 빛나고 있었다. 얼굴에는 상냥하고 장난스러운 표정이 감돌고 있었다.

삐에르는 식사가 끝난 뒤에도 밤새도록 앉아 있고 싶었지만, 마리야가 철야 미사에 가기로 되어 있어서 삐에르도 함께 나왔다.

이튿날, 삐에르는 일찍 와서 식사를 하고 밤새도록 앉아 있었다. 마리야와 나따샤는 분명히 이 손님을 반기고 있었지만, 그리고 삐에르의 인생의 관심은 지금 모두 이 집에 집중되어 있었음에도 불구하고 저녁때까지에는 모든 이야기를 다 해버렸기 때문에, 화제는 연방 부질없는 이야기로 옮겨져서 자주 끊어지기도 했다. 이날 밤 삐에르는 너무 늦게까지 앉아 있었기 때문에, 마리야와 나따샤는 이제 그만 그가 돌아가기를 눈에 띄게 기대하는 모양으로 서로 눈짓을 할 정도였다. 삐에르도 그것을 눈치 챘지만 일어설 수가 없었다. 그는 괴롭고, 있기가 거북했지만 그래도 앉아 있었다. 일어나서 돌아갈 수가 없었기 때문이었다.

마리야는 이래선 끝장이 날 것 같지가 않아서, 먼저 일어나서 머리가 아프다고 하면서 작별 인사를 했다.

"그럼, 내일 뻬쩨르부르그로 떠나시나요?" 그녀는 물었다.

"아닙니다, 안 갑니다." 깜짝 놀라서, 마치 화를 내는 듯이 황급히 삐에르는 말했다. "네, 아니, 뻬쩨르부르그라고요? 내일입니다. 그러나 아직 작별 인사는 하지 않았습니다. 나는 위탁 판매 수수료를 받으러 가거든요." 그는 마리야 앞에 서서 얼굴을 붉히고 여전히 갈 생각을 하지 않고 이렇게 말했다.

나따샤는 그에게 손을 주고 나서 방을 나갔다. 마리야는 반대로 나가는 대신에 안락의자에 앉아서, 빛이 가득 담긴 깊은 시선으로 골똘히 삐에르를 바라보았다. 조금 전만 해도 뚜렷이 보이고 있던 피로의 빛은 이미 완전히 사라지고 없었다. 그녀는 마치 긴 이야기라도 시작하려는 사람처럼, 무겁고 긴 한숨을 몰아쉬었다.

삐에르의 동요와 쑥스러움은 나따샤가 없어지자 곧 사라져버리고, 흥분한 활기가 이를 대신하였다. 그는 재빨리 안락의자를 마리야 가까이로 끌었다.

"그렇습니다, 나도 당신에게 말하고 싶었습니다." 그는 무슨 말을 들은 것처럼, 그녀의 시선에 대답하면서 말했다. "마리야 양, 날 도와주십시오. 나는 어떻게 하면 좋습니까? 희망을 가져도 괜찮습니까? 마리야 양, 제발 내 말을 들어 주십시오. 나는 모든 것을 알고 있습니다. 내가 그분에게 어울리지 않는다는 것도 잘 알고 있습니다. 그리고 지금 이런 이야기를 할 수 없다는 것도 알고 있습니다. 그러나 나는 그분의 오빠가 되고 싶습니다. 아니, 되고 싶지 않습니다…… 될 수도 없습니다."

그는 말을 멈추고, 얼굴과 눈을 두 손으로 비볐다.

"그런데 말입니다." 그는 조리 있게 이야기를 하려고 애쓰면서 말을 계속했다. "나는 모릅니다. 언제부터 그분을 사랑하고 있는지. 그러나 내가 사랑하고 있는 것은 그 사람뿐입니다. 일생 중에서 사랑한 것은 그 사람뿐입니다. 게다가 나는 그 사람 없이 살아간다는 것은 도저히 생각할 수 없을 정도로 사랑하고 있습니다. 지금 나는 그분에게 청혼할 결심은 돼 있지 않습니다. 하지만, 그 사람이 내 아내가 돼 줄지도 모르는데 혹시 그 기회를 놓치게 될지도 모릅니다…… 그 기회는…… 말해 줘요, 희망을 가질 수 있을까요? 내가 어떻게 하면 좋은지 가르쳐 줘요, 마리야 양." 그는 잠시 잠자코 있다가, 그녀가 대답하지 않자 그녀의 손을 가볍게 만지면서 말했다.

"나도 당신이 말한 것을 생각하고 있어요." 마리야는 대답했다. "내가 말쏨드리고 싶은 것은 이런 것이에요. 당신도 말씀하시듯, 그분에게 사랑한다고 말한다는 것은…… " 마리야는 입을 다물었다. 그녀는, 지금 나따샤에게 사랑한다는 것과 같은 말은 할 수 없다고 말하려고 하였다. 그러나 마리야는 망설였다. 왜냐하면 그녀는 그저께부터 갑자기 변한 나따샤의 모습을 보고, 삐에르가 사랑을 고백해도 나따샤는 화를 내기는커녕 오직 그것만을 원하고 있다고 깨달았기 때문이었다.

"지금 이야기하시는 것은…… 무리예요." 그래도 역시 마리야는 말했다.

"하지만, 나는 어떻게 하면 됩니까?"

"나한테 맡겨 주세요." 마리야는 말했다. "난 알고 있으니까요……."

삐에르는 마리야의 눈을 바라보았다.

"그래, 그래서……" 그는 말했다.

"난 알고 있어요, 그 사람은 당신을 사랑하고 있어요…… 사랑하게 될 것입니다." 마리야는 고쳐 말했다.

그녀가 이 말을 다 하기도 전에 삐에르는 벌떡 일어나서, 겁에 질린 듯한 낯으로 마리야의 손을 잡았다.

"어째서 그렇게 생각하십니까? 내가 희망을 가져도 좋다고 생각하시는 겁니까? 그렇게 생각하시는 겁니까?"

"네, 그렇게 생각해요." 미소를 지으면서, 마리야는 말했다. "부모님께 편지를 쓰세요. 그리고 나한테 맡겨 주세요. 기회를 봐서, 그이한테 내가 말하겠어요. 나도 그것을 원하고 있으니까요. 그렇게 되리라고 나는 생각하고 있어요."

"아닙니다, 그럴 리는 없습니다! 아, 나는 행복합니다! 하지만 그럴 리는 없습니다! …… 아, 나는 행복합니다! 아니, 그럴 리가 없습니다!" 삐에르는 마리야의 손에 키스하면서 말했다.

"당신은 뻬쩨르부르그로 가세요. 그 편이 좋을 거예요. 내가 편지를 드릴게요." 그녀는 말했다.

"뻬쩨르부르그로 가란 말입니까? 네, 좋습니다. 네, 가겠습니다. 그러나 내일 들러도 되겠죠?"

이튿날 삐에르는 작별 인사를 하러 왔다. 나따샤는 요 며칠 전에 비해서 생기가 없었다. 그러나 이날 가끔 그녀의 눈을 보자, 삐에르는 자기가 사라지고, 이제는 자기도 그녀도 없어지고, 다만 행복감만이 존재하는 것 같은 느낌이 드는 것이었다. '정말로? 아니다, 있을 수 없는 일이다.' 그는 그녀의 눈초리와 몸짓과 말이 자기 마음을 기쁨으로 채울 때마다 자신에게 말하는 것이었다.

그는 나따샤에게 작별 인사를 나누면서 그녀의 화사한 손을 잡았을 때, 저노 모르게 그 손을 오랫동안 쥐고 있었다.

'정말로 이 손, 이 얼굴, 이 눈, 내게는 동떨어진 보물과 같은 여성의 매력이 전부, 정말로 이것이 전부, 영원히 나의 것으로, 나에 대한 나 자신과 마찬가지로 가까운 존재가 될 수 있을까? 아니다. 그것은 불가능하다……'

"안녕히 가세요, 백작님." 그녀는 삐에르에게 큰 소리로 말했다. "난 당신을 진심으로 기다리고 있겠어요." 속삭이듯 그녀는 말을 덧붙였다.

그리고 이 아무렇지도 않은 것 같은 말과, 그것을 말했을 때의 눈과 얼굴 표정이 두 달 동안 삐에르의 무한한 추억과 행복한 공상의 대상이 되었다. '난 진심으로 기다리고 있겠어요…… 그렇다, 그렇다, 그녀는 뭐라고 말했지? 그렇다, 진심으로 기다리고 있겠어요 라고 말했지. 아, 얼마나 나는 행복한가! 대체 이것은 어떻게 된 것일까, 나는 정말로 행복하다!'

19

지금 삐에르의 마음 속에는 엘렌과의 혼담이 있었을 때 그의 마음에 생겼던 것과 같은 일은 전혀 일어나고 있지 않았다.

그는 그때처럼 자기가 해버린 말을 뼈저리게 느꼈을 정도로 부끄러운 마음으로 되풀이한 적은 없었고, '아, 어째서 나는 그렇게 말하지 않았는가. 어째서 나는 그때 당신을 사랑합니다 하고 말해버렸을까?' 하고 마음 속으로 말하지는 않았다. 반대로 지금은 그녀와 자기의 말 하나하나를, 그녀의 얼굴과 미소의 구석구석까지도 함께 머릿속에서 되풀이하고, 무엇 하나 깎거나 첨가하는 것도 바라지 않고 다만 되풀이하기만 하면 되었다. 자기가 하기 시작한 일이 좋은지 나쁜지 하는 의심은 지금은 티끌만큼도 없었다. 다만 한 가지 무서운 의심이 가끔 그의 머리에 떠올랐다. 이것은 모두 꿈이 아닐까? 마리야 양은 잘못 생각하고 있는 것이 아닐까? 나는 너무 우쭐하여 자만하고 있는 것은 아닐까? 나는 믿고는 있지만, 어쩌다가 마리야가 그녀에게 내

이야기를 하면 그녀는 그것을 일소에 붙이고 '어머, 이상해요! 그분은 틀림없이 잘못 생각하고 있어요. 그분은 모르고 계실까? 그분은 인간이에요, 평범한 인간이에요. 그런데 나는? …… 나는 전혀 달라요, 매우 고상한 존재예요'라고 말하는 것은 아닐까?

오직 이 의심만이 자주 삐에르의 마음 속에 떠올랐다. 그는 지금은 어떠한 계획도 세우지 않았다. 삐에르에게는 눈앞으로 다가온 행복이 전혀 있을 수 없는 일이라고 여겨졌기 때문에, 만일 그것이 성취된다면, 이제 그 이후에는 아무것도 있을 수가 없는 것이었다. 모든 것이 끝나려 하고 있었다.

삐에르가 자기에게는 그런 일은 있을 수 없다고 여기고 있던, 기쁘고 뜻하지 않은 광란상태가 그를 사로잡았다. 인생의 모든 뜻이, 오직 자기의 사랑과 그녀가 자기를 사랑할 수 있는가의 여부에 달려 있는 것처럼 그에게는 여겨졌다. 때로는 모든 사람들이 단 한 가지 일─자기의 미래의 행복에만 마음이 빼앗기고 있는 것처럼 삐에르에게는 여겨졌다. 그들이 모두 자기 자신과 마찬가지로 기뻐하고 있으면서도 다른 흥미에 끌리고 있는 체하여, 그 기쁨을 감추려 애쓰고 있는 것처럼 삐에르에게는 여겨지는 일이 있었다. 말이나 동작 하나하나에, 그는 자기의 행복을 암시하는 것을 보았다. 그는 의미심장한 암묵적(暗默的)인 합의를 나타내는 행복스러운 눈과 미소로 만나는 사람을 놀라게 하는 일이 자주 있었다. 그러나 사람들이 그의 행복을 모르는 경우도 있다는 것을 깨닫자, 그는 마음 속으로부터 그들이 불쌍해지고, 그들이 하고 있는 일은 모두 쓸모없고 눈을 돌릴 가치도 없다는 것을 어떻게든 그들에게 설명해주고 싶은 충동을 느끼는 것이었다.

그는 근무를 권고받거나 사람들이 어떤 사건의 그 어떤 결과에 모든 사람의 행복이 걸려 있는 것처럼 생각하고, 무엇인가 일반적이고 정치적인 일이나 전쟁 등에 대해서 논의를 하거나 하면 삐에르는 온건하고 동정적인 얼굴로 귀를 기울이고 묘한 의견을 말해서, 이야기하고 있는 상대방을 놀라게 하는 것이었다. 그러나 인생의 참뜻을, 즉 그의 감정을 이해하고 있는 것처럼 삐에르에게 여겨지는 사람들과 마찬가지로, 분명히 그것을 이해하고 있지 않은 불행한 사람들도 역시─모든 인간이 이 시기에는 삐에르의 내부에서 빛나고 있는 감정의 밝은 빛을 받으면서 그의 눈에 비치고 있었기 때문에, 그는 조금도 노력하지 않고 곧 어떤 사람을 만나더라도 그 속에 있는 좋은 것, 사랑할 가치가 있는 것을 남김없이 간파하는 것이었다.

그는 죽은 아내의 문서와 서류를 살펴보고 있을 때에, 자기가 지금 알고 있는 행복을 아내가 몰랐던 것을 가엾게 생각하는 것 외에는, 아내의 추억에 대해서 아무런 기분도 느끼지 않았다. 새로운 지위와 훈장을 받고 특히 지금 뽐내고 있는 바씰리 공작도 그에게는 가슴이 아플 정도로 사람이 좋은 가엾은 노인으로만 생각되었다.

훗날, 삐에르는 이 행복한 광기의 시기를 자주 상기하였다. 이 시기에 그가 사람들이나 주위의 사정에 관해서 스스로 내린 판단은 모두 그에게는 언제까지나 옳은 것이었다. 그는 그 뒤에도 사람들과 사물에 대한 이와 같은 견해를 버리지 않았을 뿐만 아니라, 반대로 마음 속에 의혹이나 모순이 생겼을 때 그는 이 광기의 시기에 가지고 있었던 생각에 의존하는 것이었다. 그리고 그 생각은 언제나 옳았다.

'어쩌면' 하고 그는 생각했다. '나도 그 무렵 괴상하고 우스꽝스러운 인간으로 보였을지도 모른다. 그렇지만, 그 무렵의 나는 절대로 사람들이 생각한 것처럼 미치지는 않았다. 오히려 그때의 나는 어느 때보다도 총명하고 통찰력이 풍부했고, 인생에서 이해할 가치가 있는 것은 모두 이해하고 있었다. 왜냐하면…… 나는 행복했기 때문에……'

삐에르의 광기라고 하는 것은, 이전과 같이 사람을 사랑하는 데 있어 장점이라고 불리는 개인적인 이유에 의하지 않고 사랑이 그의 마음에 넘쳐흐르고 있었고, 그가 이유를 따지지 않고 사람을 사랑하고 있었기 때문에 언제나 그 사람을 사랑할 만한 가치가 있는 명백한 이유를 발견한다는 것이었다.

20

삐에르가 떠난 뒤, 나따샤가 놀리는 것 같은 기쁜 미소를 띠고 마리야에게 그분은 마치 목욕탕에서 나온 것 같다고 말한 그날 밤부터 그녀의 마음 속 깊이 숨겨져 있던 것, 그녀 자신도 알 수 없으나 억제할 수 없는 그 무엇인가가 나따샤의 마음 속에서 눈을 떴다.

모든 것—얼굴, 걸음걸이, 눈초리, 목소리—이 그녀의 내부에서 변해버리고 말았다. 그녀 자신에게도 뜻하지 않았던 생명력, 행복의 기대가 표면으로 떠올라 충족되기를 바라고 있었다. 그날 밤 이래 나따샤는 자기의 몸에 일어난 일을 잊어버린 것 같았다. 그때부터 그녀는 한 번도 자기의 신세에 대해서 푸념하지도 않았고, 과거 일은 한 마디도 하지 않았고, 미래의 즐거운 계획을 세우는 것을 두려워하지 않았다. 그녀는 삐에르의 이야기는 별로 하지 않았지만 마리야가 그의 이야기를 하면, 오랫동안 사라져 있던 빛이 눈 속에서 반짝이기 시작하고 아리송한 미소로 입술이 풀리는 것이었다.

나따샤의 내부에 생긴 변화는 처음에 마리야를 놀라게 했다. 그러나 그 뜻을 깨닫자, 이 변화는 그녀를 슬프게 했다. '이 사람은 이토록 빨리 잊어버릴 수 있을 만큼 오빠를 사랑하고 있지 않았을까?' 마리야는 나따샤에게서 생긴 변화를 혼자서 생각하고 있을 때에는 이렇게 여겼다. 그러나 나따샤와 함께 있을 때에는, 그녀는 화도 내지 않고 비난도 하지 않았다. 눈을 뜨고 나따샤를 감싼 생명력은 분명히 그녀 자신에게도 억제할 수 없는 뜻하지 않은 것이었기 때문에, 나따샤가 눈앞에 있으면 마리야는 마음 속으로라도 나따샤를 책망할 권리는 없다고 느끼는 것이었다.

나따샤는 완전히 마음 속으로부터 이 새로운 감정에 젖어 있었기 때문에 이제는 슬퍼하지 않고, 기쁘고 즐거운 심정을 감추려 하지 않았다.

그날 밤늦게까지 삐에르와 마음을 털어놓고 이야기한 뒤에 방으로 돌아왔을 때 나따샤가 문간에서 그녀를 맞았다.

"그분이 말했죠? 네? 그분이 말했죠?" 그녀는 되풀이했다. 그리고 기쁜 듯한, 그와 동시에 자기의 기쁨을 허용해 주었으면 하고 애원하는 표정이 나따샤의 얼굴에 서려 있었다.

"난 문간에서 듣고 싶었지만 당신이 나중에 이야기해 줄 것이라고 생각해서……"

나따샤가 자기를 바라보는 눈초리가 마리야에게는 제아무리 이해가 간다고 해도, 제아무리 가슴에 와 닿았다고 해도, 나따샤의 불안을 보는 눈이 제아무리 친근하게 여겨졌다 해도, 나따샤의 말은 처음 순간 마리야의 마음에 상처를 주었다. 그녀는 오빠를, 오빠의 사랑을 상기하였다.

'하지만 할 수 없어! 이 사람은 이렇게밖에 할 수가 없으니까.' 마리야는 생각했다. 그리고 슬픈, 그러나 엄숙한 얼굴로 삐에르가 말한 모든 것을 그대로 나따샤에게 전했다. 삐에르가 뻬쩨르부르그로 가려고 한다는 말을 듣자 나따샤는 깜짝 놀랐다.

"뻬쩨르부르그로?" 그녀는 이해할 수 없다는 듯이 되풀이하였다. 그러나 마리야의 슬픈 듯한 표정을 물끄러미 바라보고 그 슬픔의 원인을 알자, 나따 샤는 울음을 터뜨렸다. "마리야." 그녀는 말했다. "가르쳐 줘요, 난 어떻게 하면 좋은지. 난 나쁜 여자가 되고 싶지 않아요. 당신이 말하는 대로 하겠어 요. 내게 가르쳐 줘요……."

"당신은 그이를 좋아해요?"

"네." 나따샤는 속삭이듯이 말하였다.

"뭘 그렇게 울고 있어요? 난 행복해요, 당신이 행복하다고 생각하면." 그 눈물을 보고 마리야는 이제 완전히 나따샤의 기쁨을 허용하면서 말하였다.

"그렇게 되는 것은 지금 바로가 아니에요. 앞으로의 일이에요. 생각해 봐 요. 얼마나 행복했을까? 내가 그분의 아내가 되고 당신이 니꼴라이와 결혼 했었다면……."

"나따샤, 그 이야기는 하지 말아달라고 부탁했잖아요. 당신 이야기를 해 요."

두 사람은 잠시 말이 없었다.

"그런데 무엇 때문에 뻬쩨르부르그로 가실까!" 갑자기 나따샤가 말하고 이내 자신에게 대답했다. "아녜요, 아녜요, 그렇게 할 필요가 있어요…… 안 그래요, 마리야? 그것이 필요해요."

에필로그

제1편

1

1812년 전투에서 7년이 지났다. 들끓었던 유럽 역사의 바다도 저마다 자기 물가로 안정되었다. 그것은 잔잔해진 것처럼 보였다. 그러나 인류를 움직이고 있는 불가사의한 힘은(불가사의하다고 하는 것은 그 운동을 결정하고 있는 법칙을 우리가 알 수 없기 때문이다) 활동을 계속하고 있었다.

역사의 바다의 표면은 잔잔해 보였음에도 불구하고 시간의 흐름과 마찬가지로 인류는 쉴 사이 없이 움직이고 있었다. 사람들이 관여된 여러 그룹이 생기기도 하고 흩어지기도 하였다. 국가의 형성이나 붕괴, 여러 민족의 이동의 원인이 차차 준비되어 갔다.

역사의 바다는 이전처럼 한쪽 물가에서 다른 쪽 물가로 일시에 밀려들지 않았다. 그것은 깊은 밑바닥에서 물결치고 있었다. 역사적인 인물이 이전처럼 한쪽 물가에서 다른 쪽 물가로 파도에 의해 실려가지도 않았다. 지금 그 인물들은 한 곳에서 소용돌이치고 있는 것처럼 보였다. 이전에는 군의 정점에서 전쟁, 원정, 전투 등의 지시로 대중 운동을 반영하고 있던 역사적인 인물들이 지금은 정치, 외교상의 고려, 법률, 조약으로, 바닥에서 들끓고 있는 운동을 반영하고 있었다.

이 역사적인 인물의 행동을 역사가는 반동(反動)으로 부르고 있다.

역사가는, 자기들이 반동이라고 부르고 있는 것의 원인이 되어 있었다고 자기들이 생각하고 있는 이들 역사적인 인물들의 행동을 서술하면서, 그들을 엄격하게 비난하고 있다. 알렉산드르나 나폴레옹에서 스탈 부인, 포쩨, 쎌링, 피히테, 샤토브리앙 등에 이르기까지, 당시의 유명한 인물들은 모두 역사가들의 준엄한 비판에 노출되어 그들이 진보, 또는 반동에 협력했는가의 여부에 따라서 긍정되기도 하고 비난되기도 하였다.

러시아에서도 역사가들이 말한 바에 의하면, 이 시기에 역시 반동이 일어났고 그 반동의 최대 책임자는 알렉산드르 1세, 역시 역사가들이 말한 바에 의하면, 그 치세의 여러 가지 자유주의적인 사업과 러시아 구제의 최대의 책임자였던 알렉산드르 1세인 것이다.

현재의 러시아 문헌을 보면 중학생에서 역사학자에 이르기까지, 이 시기에 알렉산드르가 잘못된 행동을 했다고 해서 그에게 돌을 던지지 않는 사람이 없다.

"그는 이러저러한 행동을 취해야 했다. 이러이러한 경우의 행동은 좋으나 이러이러한 경우는 좋지 않았다. 그는 치세의 처음과 1812년 전쟁 때에는 훌륭하게 처신하였다. 그러나 그가 폴란드에 헌법을 부여하고 신성동맹을 만들고, 아라끄체에프에게 권력을 주고, 고리찐과 신비주의의 뒤를 밀어주고, 그뒤 시시꼬프와 포쩨의 뒤를 밀어주는 일은 좋지 않았다. 그가 쎄묘노프 연대를 해산한 것도 좋지 않았다. 등등"

역사가들이 그들이 가지고 있는 인류 행복에 관한 지식을 바탕으로, 알렉산드르 1세를 향해 하고 있는 모든 비난을 열거하려면 200페이지나 되는 종이에 기술하지 않으면 안 된다.

그 비난은 무엇을 뜻하고 있는가?

역사가들이 알렉산드르 1세를 긍정하고 있는 행위 그 자체, 예를 들면 그 치세의 자유주의적인 사업, 나폴레옹과의 전쟁, 1812년 전쟁에서 보인 단호한 태도, 1813년의 원정 등은 같은 원천, 즉 혈통, 교육, 생활 등, 알렉산드르의 인격을 실제로 있는 것처럼 만들어낸 여러 가지 조건에서 생기고 있지 않은가. 그리고 그 조건에서 역사가들이 알렉산드르를 비난하고 있는 행위, 예를 들면 신성동맹, 폴란드 부흥과 1820년대의 반동도 생기고 있는 것이다.

이들 비난의 본질은 어디에 숨어 있는가?

그 본질은 알렉산드르 1세와 같은 역사적 인물이 인간 권력의 최고의, 그 이상 없는 단계, 말하자면 역사의 모든 광선이 집중되어 눈부신 빛을 내고 있는 초점에 서 있는 인물이라는 점에 있다. 권력과 끊으려야 끊을 수 없는 음모, 기만, 추종, 자만 등, 이 세상에서 가장 강력한 영향에 노출되어 있는 인물, 살아 있는 동안 항상 유럽에서 생기고 있는 모든 일에 대해서 자기 자신에게 책임을 느끼고 있던 인물, 더욱이 가공의 인물이 아니라 모든 인간과 마찬가지로 자기 자신의 개인적인 습관, 욕망, 진, 선, 미에 대한 소원을 가진 살아 있는 인물이었다는 점에 있다. 그 인물이 50년 전에는 선량하지 않았다는 것이 아니라(그 점을 역사가는 비난하고 있지 않다), 젊었을 때부터 학문을, 즉 책이나 강의록을 읽고 그 책이나 강의록을 한 권의 작은 노트에 기록해왔던 교수가 현재 가지고 있는 것과 같은 생각을, 인류의 행복에 대해서 가지고 있지 않았다는 점에 있는 것이다.

그러나 비록 알렉산드르 1세가 50년 전에 무엇을 여러 국민의 행복으로 생각하고 있는가라는 점에서 잘못되어 있었다 해도, 알렉산드르 1세를 비난하고 있는 역사가들도 역시 마찬가지로 어느 정도 시간이 지나면, 무엇을 인류의 행복이라고 생각하는가 하는 점에서 잘못되어 있었다는 것이 분명해진다고 예상하지 않으면 안 될 것이다. 역사의 단계를 더듬어 보면 1년마다, 또 새로운 필자가 나타날 때마다 인류의 행복이란 무엇인가 하는 생각이 바뀌고 있다는 것이 명백해지므로, 이 예상은 더욱 당연하며 필연적인 것이다. 즉 행복이라고 여겨졌던 것이 10년 후에는 악이 되기도 하고 또는 그 반대가 되기도 한다. 뿐만 아니라 무엇이 악이고 무엇이 선인가 하는 점에 대해서 우리는 역사 속에서 동시에 전혀 모순된 관점을 발견한다. 예를 들어, 어떤 사람은 폴란드에 주어진 헌법이나 신성동맹을 알렉산드르의 공적으로 하고, 다른 사람은 비난의 대상으로 삼기도 한다.

알렉산드르나 나폴레옹의 행동에 대해서, 그것이 유익했는가 유해했는가에 대해서 말할 수는 없다. 왜냐하면 우리는 그것이 무엇 때문에 유익하고 무엇 때문에 유해했던가에 대해서 말을 할 수가 없기 때문이다. 만약에 그 행동이 누군가의 마음에 들지 않는다 해도, 그것은 다만 무엇이 행복인가 하는 그 사람의 좁은 생각과 일치하지 않기 때문에 마음에 들지 않는 데에 지나지 않는다. 나에게 행복이라고 여겨지는 것은, 1812년에 모스크바의 나의 아버지 집이 무사했던 일인지, 그렇지 않으면 러시아군의 영광인지, 그렇지 않으면 뻬쩨르부르그와 그 밖의 대학의 번영인지, 그렇지 않으면 폴란드의 자유인지, 그렇지 않으면 러시아의 강대함인지, 그렇지 않으면 유럽의 균형인지, 그렇지 않으면 어떤 종류의 유럽의 개화, 즉 진보인지, 나는 모든 역사적 인물의 행동이 이들 목적 이외에 보다 더 보편적인 나의 이해가 미치지 않는 목적을 가지고 있었다는 것을 인정하지 않으면 안 될 것이다.

그러나 학문은 모든 모순을 조화시키고 역사상의 인물이나 사건에, 일정 불변한 선악의 척도를 가지고 있는 것이라고 가정해 보자.

알렉산드르가 모든 일을 다른 형태로 할 수 있었다고 가정하자. 알렉산드르가 그를 비난하고 있는 사람들, 인류 운동의 궁극적 목적을 가지고 있다고 공언하고 있는 사람들의 지시에 따라 현대의 비판자가 부여하고 있는 민족성, 자유, 평등, 진보 등의 프로그램대로(다른 프로그램은 없는 것 같으므로) 실천할 수 있었다고 가정해 보자. 그러한 프로그램이 가능하고, 만들어져 있고, 알렉산드르가 그에 따라 행동했다고 하자. 그렇다면 당시의 정부의 방향에 반대했던 모든 사람들의 행동, 역사가들의 생각에 의하면, 좋은 것이고 유익했던 행동은 도대체 어떻게 되는가? 그 행동은 없어지고 말 것이다. 인생은 없어지고 말 것이다. 아무것도 남지 않을 것이다.

인간의 생활이 이성으로 지배되는 것이라고 한다면 살아갈 가능성은 없어지고 만다.

2

역사가들이 인정하고 있는 바와 같이 러시아나 프랑스의 위신, 유럽의 균형, 혁명 사상의 확산, 전반적인 진보 등, 여하간 일정한 목적의 달성을 향하여 위대한 인물들이 인류를 이끌어간다는 것을 인정한다면, 우연과 천재의 관념 없이는 역사의 현상을 설명할 수가 없다.

만약에 현 세기(19세기) 초엽에 유럽에서 있었던 몇 가지 전쟁의 목적이 러시아의 위신을 유지하는 데에 있었다고 한다면, 그 목적은 그 이전의 모든 전쟁이 없어도, 침략이 없어도 달성할 수가 있었다. 만약에 목적이 프랑스의 위신을 유지하는 일이라면 그 목적은 혁명이 없어도, 제국이 없어도 달성할 수가 있었다. 만약에 목적이 사상의 보급이라면, 책의 인쇄가 군대보다도 훨씬 잘 그것을 할 수가 있었을 것이다. 만약에 목적이 문명의 진보라면 인간이나 그 재산을 무로 돌리는 대신에, 다른 더 이치에 닿는 문명 보급의 방법이 있다는 것은 매우 간단하게 추측할 수가 있다.

도대체 어째서 이것이 이런 형태로 생겼고 다른 형태가 되지 않았을까?

왜냐하면 이것은 이런 형태로 생겼기 때문이다. "우연이 상황을 만들고 천재가 그것을 이용했다"고 역사는 말한다.

그러나 우연이란 도대체 무엇인가? 천재란 도대체 무엇인가?

우연이나 천재라고 하는 말은 실제로 존재하고 있는 것이나 그 어떤 것을 의미하고 있는 것은 아니다. 따라서 정의를 내릴 수가 없다. 이 말은, 현상을 이해하기 위한 어떤 단계를 나타내는 데에 지나지 않는다. 나는 왜 어떤 현상이 일어나는지 알지를 못한다. 알 수 없다고 생각한다. 따라서 알려고 하지 않고 우연이라고 말하는 것이다. 나는 일반적인 인간의 성질로부터 동떨어진 행위를 일으키는 힘을 본다. 왜 그것이 생기는지 알지 못한다. 그래서 천재라고 말하는 것이다.

양의 무리를 보면, 매일 밤 양치기에 의해 특별한 우리에 넣어지고 먹이가 주어져, 다른 양보다 두 배나 살이 찌는 양은 천재로 보일지도 모른다. 그리고 매일 밤, 이 양이 공통된 양 우리가 아니라 특별한 우리에 들어가서 귀리를 받고, 다름 아닌 바로 이 지방이 팽팽하게 살이 찐 양이 죽어서 살코기가 된다는 상황은, 천재성과 일련의 이상한 우연의 놀라운 결합으로 여겨지는 것이다.

그러나 양들이 자기들의 몸에 일어나고 있는 모든 일은 자기들 양의 목적 달성을 위해 생기고 있다고 생각하는 것을 그만 둔다면, 자기들에게는 알 수 없는 목적을 가지고 있는 일도 있다는 것을 인정하기만 하면, 비육되는 양에게 생기고 있는 일에 통일성과 시종일관성이 있다는 것을 깨닫게 된다. 가령 그 양이 어떤 목적으로 비육되고 있는가를 다른 양들이 모르고 있다고 해도, 적어도 그 양에게 생긴 일이 우연히 생긴 것이 아니라는 것을 알게 된다. 그리고 양들에게는 이미 우연이니 천재니 하는 개념은 필요 없게 된다.

가까운, 이해할 수 있는 목적에 대한 지식을 물리치고 궁극적인 목적은 우리가 알 수 없다는 것을 인정할 때 비로소, 우리는 역사적 인물의 생활에 시종일관성과 합목적성을 발견하게 된다. 이렇게 되면 역사적 인물이 행하고 있는, 일반적인 인간의 성질에 어울리지 않는 행위의 원인이 우리에게 명백해져서, 우연이나 천재와 같은 말은 필요 없게 될 것이다.

유럽 여러 민족이 동요를 일으킨 목적은 우리는 알지 못하고, 알고 있는 것은 다만 우선 프랑스에서, 그리고 이탈리아, 아프리카, 프러시아, 오스트리아, 스페인, 러시아에서 생긴 살인이라는 사실만이라는 것, 또 서쪽에서 동쪽, 그리고 동쪽에서 서쪽으로의 운동이 이들 사건의 본질과 목적이라는 것을 인정하기만 하면 우리는 나폴레옹이나 알렉산드르의 성격에 예외적인 것이나 천재성을 볼 필요가 없어질 뿐만 아니라, 이들을 다른 모든 사람들과 같은 인간으로밖에 생각할 수 없게 된다. 그리고 이 사람들을 현실적으로 존재하게 만든 여러 가지 작은 사건을 우연으로 설명할 필요가 없게 될 뿐만 아니라, 이들 작은 사건이 모두 필연적이었다는 것이 명백해진다.

궁극의 목적을 아는 것을 단념했을 때 우리는 어떤 식물에서도 그것이 만들어내는 것 이상으로 거기에 어울리는 꽃이나 씨를 생각해 낼 수가 없는 것과 마찬가지로, 모든 과거가 철저하고 극히 자상한 점에 이르기까지 스스로 다해야 할 사명에 합치된 이 두 사람 이외의 다른 두 사람을 생각할 수가 없다.

3

금세기 초엽의 유럽에서 일어난 여러 사건의 기본적이고 본질적인 의의는, 유럽 여러 국민의 대군이 서에서 동으로 그리고 동에서 서로 향한 싸움의 운동이었다는 점이다. 맨 처음에 일어났던 이 운동은 서에서 동으로의 운동이었다. 서쪽의 여러 국민이 행한 모스크바까지의 싸움의 운동을 그들이 할 수 있기 위해서는 다음과 같은 일이 불가결했다. (1)그들이 동쪽의 전투 그룹과의 충돌에 견딜 수 있도록 대규모적인 전투 그룹이 될 것, (2)그들이 모든 기성의 전승(傳承)이나 습관을 거부할 것, (3)싸움의 운동을 할 때 이 움직임에 따라 생기게 될 기만, 약탈, 살인을 자기 자신이나 모두에게도 정당화할 수 있는 사람을 자신들의 장(長)으로서 가지고 있을 것.

그리고 프랑스 혁명을 계기로 하여 낡고 규모가 불충분한 그룹이 무너진다. 낡은 습관이나 전승이 파괴된다. 새로운 커다란 그룹, 새로운 습관이나 전승이 차차 형성되어 간다. 그리고 장래의 운동의 정점에 서서 여기서 생기는 모든 책임을 자기 몸에 지닐 인물이 준비된다.

신념도 습관도 없고, 전승도 이름도 없으며 프랑스인도 아닌 인간이 더없이 기묘하게 보이는 우연에 의해서, 프랑스를 소란스럽게 만들고 있는 모든 당파 사이를 빠져나와 그 어느 당파에도 관여되지 않고 눈부신 위치로 나온다.

동료들의 무지, 적의 연약함과 빈약함, 이 인간의 진지한 거짓말, 자신만

만한 편협함이 그를 군의 정점으로 밀어 올린다. 이탈리아군의 훌륭한 병사들, 적의 전투 의욕의 결여, 어린이 같은 파렴치함과 자신이 이 사나이에게 군사적인 명성을 안겨준다. 이른바 우연이 무수히, 도처에서 그를 따라다닌다. 그가 프랑스의 위정자로부터 역정을 샀다는 것은 그에게 유리하게 작용한다. 자기에게 부과된 길을 바꾸려고 하는 그의 시도는 성공하지 않는다—그는 러시아의 군무에 채용되지 않았고 터키로 부임하는 일도 잘 되어가지 않았다. 이탈리아에서의 전쟁 때 그는 몇 번인가 죽음 직전에 처했다가 그때마다 뜻하지 않은 형태로 구원된다. 러시아군은—바로 그의 영광을 분쇄할 수가 있었는데—그가 유럽에 있는 동안에는 거기에 들어가려고 하지 않는다.

이탈리아로부터 돌아오자 그는 파리 정부가 붕괴 과정에 있고 그 속으로 들어가는 자는 마멸(磨滅)되고 소멸될 것이라는 것을 알아챈다. 그리고 이 위험한 상태로부터의 도피가, 무의미하고 이유 없는 아프리카 원정이 되어 저절로 그의 앞에 나타난다. 난공불락의 마르타 섬이 총 한 방 쏘지 않고 항복한다. 더없이 신중하지 못한 명령이 보기 좋게 성공한다. 그 후 한 척의 작은 배도 통과시키지 않았던 적의 함대가 대군을 지나가게 하고 만다. 아프리카에서는 거의 무장을 하지 않은 주민에게 갖가지 나쁜 짓이 자행된다. 그리고 그 나쁜 짓을 하고 있는 자들, 특히 그 지휘관이 이것은 훌륭한 일이다, 이것은 영광이다, 이것은 카이사르나 알렉산드로스 대왕과 비슷하다, 이것은 좋은 일이다 하고 자신에게 타이른다.

무엇 하나 자기에게는 나쁘지 않다고 생각할 뿐만 아니라, 이해할 수 없는 초자연적인 의의를 덧붙여서 모든 자기의 범죄를 자랑하는 것을 본질로 삼고 있는 영광과 위대한 이상, 이 사나이와 그와 관계가 있는 사람들을 인도할 이상이, 자유분방하게 아프리카에서 형성된다. 그가 무엇을 하든 모두 성공한다. 그는 전염병에 걸리지 않는다. 포로 학살의 잔인성은 그의 죄가 되지 않는다. 어린이처럼 경솔하게, 이유도 없이 비열하게 아프리카를 떠나 고통받고 있는 동료를 그대로 남겨둔 것은 그의 공적으로 여겨지고, 적의 함대는 또다시 그를 놓치고 만다. 자기가 행한 행운의 범죄에 기분이 좋아진 그가 자기의 역할을 다할 상태가 되어 아무런 목적 없이 파리로 돌아왔을 때, 1년 전에 그를 파멸시켰을지도 모르는 공화국 정부의 붕괴는 극한에 달해 있었고, 당파의 때가 묻지 않은 인간인 그의 존재는 지금 정부의 의의를 높일 뿐이었다.

그는 아무런 계획도 가지고 있지 않았다. 그는 모든 것을 두려워하고 있었다. 그러나 당파는 그에게 달라붙어 참가해달라고 요구한다.

그 사람만이, 이탈리아와 이집트에서 만들어낸 영광과 위대(偉大)의 이상, 정상적인 궤도를 벗어난 자기 찬미, 대담한 범죄, 그럴듯한 거짓말을 가지고 있었기 때문에, 그만이 이제 일어나려고 하는 일을 정당화할 수가 있었던 것이다.

그는 자기를 기다리고 있는 곳에 필요한 인간이었으므로 거의 자기의 의지에 관계없이, 그의 우유부단과 무계획, 그가 하는 모든 잘못에도 불구하고 그는 권력 획득을 목적으로 하는 음모에 휘말려 그 음모가 성공을 거둔다.

그는 총재 회의에 떠밀려 참가한다. 놀란 그는 자기가 파멸된 것으로 착각하고 도망가려고 한다. 기절한 척 한다. 자기를 파멸시킬지도 모르는 무의미한 말을 한다. 그러나 이전에는 재빠른 판단을 해서 자부심이 강했던 프랑스 총재들은 이제 자기들의 역할이 끝났다고 느끼고 그 사람 이상으로 당황하여, 권력을 유지하여 그를 파면시키기 위해 해야 할 말과는 다른 말을 한다.

우연이, 무수한 우연이 그에게 권력을 주고 모든 인간들이 상의라도 한 것처럼 그 권력의 강화에 협력한다. 우연이, 당시의 프랑스 총재들의 성격을 그에게 복종할 수 있는 것으로 만든다. 우연이, 그의 권력을 인정하는 빠베르 1세와 같은 성격을 만들어낸다. 우연이, 그에게 반대하는 음모를 만들어 그것이 그에게 해를 미치지 않았을 뿐만 아니라, 그의 권력을 굳히게 된다. 우연이, 앙기앙 공을 그의 수중으로 보내고, 우연한 일로 공을 죽이게 하고 바로 그 일로 해서 다른 어떤 수단보다도 강력하게, 그는 힘을 가지고 있으므로 권력도 가지고 있다고 대중으로 하여금 믿게 한다. 우연에 의해서 그는 자기의 파멸이 되었을지도 모르는 영국 원정을 위해 전력을 다하면서도 끝내 그 뜻을 이루지 못하고, 우연한 일로 오스트리아군을 이끄는 마크를 공격해 싸우지 않고 그들의 항복을 얻는다. 우연과 천재가 그에게 아우스터리츠의 승리를 가져오고, 우연하게 모든 사람이, 프랑스인뿐만 아니라 앞으로 일어날 것 같은 사건에 참가할 마음이 없는 영국을 제외한 전 유럽이—모든 사람이 그의 범죄 행위에 대한 이전의 공포와 혐오에 상관없이 이제 그에게 권력과, 스스로 자기에게 부여한 칭호와 위대함과 영광이라고 하는 그의 이상을 승인한다. 그것이 모든 사람에게 무엇인가 훌륭하고 현명한 것처럼 여겨진 것이다.

마치 앞으로의 운동을 미리 살펴보고 그 준비를 하는 것처럼, 서쪽의 힘이 1805년, 6년, 7년, 9년의 몇 차례에 걸쳐 강해지고 커지면서 동쪽을 지향한다. 1811년에는 프랑스에 모인 인간의 무리가 중간층 국민들과 융합되어 하나의 거대한 그룹을 형성한다. 사람들의 그룹이 증대함에 따라서, 그 운동의 정점에 설 인간을 정당화하는 힘이 더욱더 커진다. 큰 운동에 앞선 10년의 준비 기간에, 이 인간은 유럽의 왕관을 쓴 사람 모두와 손을 잡는다. 정체가 폭로된 세계의 지배자들은 영광과 위대라고 하는 아무런 뜻도 없는 나폴레옹의 이상에 대항해서 무엇 하나 이치에 닿는 이상을 찾아내지 못한다. 서로의 면전에서 그들은 자기의 무력함을 그에게 보이려고 한다. 프러시아 왕은 위대한 인물의 비위를 맞추기 위해 자기 아내를 보낸다. 오스트리아 황제는, 이 인물이 황제(^{신성 로마 황제와 오스트리아 황제를} _{겸하고 있던 프란쓰를 가리킨다})의 딸을 침실로 맞아들인 것을 호의로 여긴다. 여러 국민의 신성한 것을 지켜야 할 법왕은, 자기의 종교를 가지고 위대한 인물을 높이기 위해 힘을 다한다. 나폴레옹 자신이 자기의 역할을 다하기 위한 준비를 하고 있는 이상으로 주위의 모든 상황이 지금 생기고 있는 일, 앞으로 생길 일에 대한 전체적인 책임을 짊어질 준비를 그에게 시키고 있는 것이다. 그가 실행한 일들이 주위 사람들에게 위대한 사업이라는 형태로 비치지 않았던 일은 하나도 없다. 그가 저지른 나쁜 일, 인색한 속임수도 모두 위대하게 비쳤다. 그를 위해 독일인이 생각할 수 있는 가장 좋은 축전, 그것은 예나와 아우에르슈타트의 축승(祝勝)이다. 그가 위대할 뿐만 아니라 그의 조상, 형제, 의리의 자식, 의형제도 위대한 것이다. 그의 이성의 마지막 힘을 빼앗아 그 무서운 역할에의 준비를 시키기 위해 모든 일이 행하여진다. 그리고 그의 준비가 완료되었을 때 힘도 완성된다.

침략은 동쪽으로 향하여, 종착점인 모스크바에 도착한다. 수도가 점령된다. 러시아군은 아우스터리츠로부터 바그람에 이르기까지의 전쟁에서 심하게 격파된다. 그런데 갑자기 그때까지 계속된 일련의 승리에 의해서, 실로 시종일관해서 그를 예정된 목적지로 이끌어온 우연과 천재 대신에, 보로지노의 코감기에서, 혹한과 모스크바에 불을 붙인 하나의 불꽃에 이르기까지 무수한 역(逆)의 우연이 나타난다. 그리고 천재 대신에 유례없는 어리석음과 비열함이 정체를 드러낸다.

침략자는 패주하여 뒤로 물러났고, 다시 패주해서 모든 우연이 이제는 그의 편을 들지 않고 끊임없이 그에게 등을 돌린다.

이전의 서에서 동으로 향한 운동과 매우 비슷하게 동에서 서로 향하는 반대 운동이 이루어진다. 역시 동에서 서로 향한 운동의 시도가 1805년, 1807년, 1809년의 큰 운동에 선행한다. 역시 거대한 그룹이 조성된다. 역시 중간에 위치하는 국민들이 운동에 참가한다. 역시 도중에서 동요가 생겨 목적지에 가까이 감에 따라 빨라진다.

파리—최종 목적지에 도달한다. 나폴레옹 정부와 군대는 붕괴된다. 나폴레옹 자신은 이제 의미를 가지지 않는다. 그의 모든 행위는 분명히 비참하고 혐오스럽다. 그런데 또 설명할 수 없는 우연이라는 것이 생긴다. 동맹자들이 나폴레옹을 자기들의 불행의 원인이라고 생각하고 미워한다. 힘과 기능을 빼앗기고 악행과 간지(奸智)가 폭로된 이상, 그는 10년 전이나 1년 후에 그랬던 것처럼 동맹자의 눈에 무법한 악당으로 비쳐야 했다. 그런데 무엇인가 알 수 없는 우연에 의하여 아무도 그렇게 보지 않는다. 그의 역할은 아직 끝나지 않는다. 10년 전이나 1년 후에는 무법의 악당이라고 여겨진 인간이 프랑스에서 이틀이면 갈 수 있는 섬으로 보내어지고, 그 섬이 그의 영지로 주어지고, 친위대와 무엇인가를 위하여 지불되는 수백만의 돈도 따라간 것이다.

4

모든 국민의 운동은 애초의 물가로 가라앉기 시작한다. 커다란 운동의 파도는 조용해지고 잔물결이 인다. 운동을 가라앉힌 것은 자기들이라고 자부하면서 외교관들이 그 물 위를 움직인다.

그러나 조용했던 바다가 갑자기 다시 파도를 일으킨다. 외교관들은 자기들의 대립이 이 새로운 압력의 원인이라고 여긴다. 그들은 자기들 황제끼리의 전쟁을 각오한다. 정세는 해결할 수 없는 것처럼 여겨진다. 그러나 소용돌이치는 것을 그들이 느끼는 그 파도는 그들이 예상하고 있던 것과는 다른 쪽에서 온다. 같은 물결, 같은 운동의 출발점—파리로부터 소용돌이친다.

서쪽으로부터 되몰려오는 운동의 마지막 소용돌이가 일어난다. 해결되지 않을 것처럼 보이는 외교상의 어려운 문제를 해결하고, 이 시기의 전쟁 운동에 종지부를 찍을 소용돌이인 것이다.

프랑스를 황폐하게 만든 인간이 혼자서 음모도 없이 병사도 거느리지 않고 프랑스로 되돌아온다. 보초라면 누구나 그를 잡을 수가 있었는데 기묘한 우연으로 누구 하나 그를 잡지 않았을 뿐만 아니라, 모두가 하루 전에 저주하고 1개월 후에도 저주하게 될 이 인간을 기쁨으로 맞이한다.

이 인간은 총괄적인 마지막 막을 납득이 가는 것으로 만들기 위해 아직도 필요한 것이다.

그 막은 끝난다. 마지막 연기가 끝난다. 배우는 옷을 벗고 눈썹과 입술연지를 씻어내도록 명령된다—그는 이제 필요가 없는 것이다.

그리고 이 인간이 고독하게 자기의 섬에서 스스로 자기에게 비참한 희극을 연출하고, 정당화가 이제 필요 없을 때에 자기 사업을 정당화하려고 쩨쩨한 책략을 꾸미며 거짓말을 하고, 보이지 않는 손이 이 사나이를 인도하고 있었을 때, 사람들이 힘이라고 착각했던 것은 도대체 무엇이었던가를 온 세계에 알리는 데에 수년의 세월이 흐른다.

모든 일을 꾸몄던 자가 연극이 끝났을 때 배우의 옷을 벗기고 우리들에게 보인다.

"보시오. 당신들이 믿었던 것을! 이거요! 이제 알겠죠? 이 사나이가 아니라 내가 당신들을 움직였다는 것을."

그러나 운동의 힘에 눈이 현혹되어 사람들은 오랫동안 그것을 몰랐다.

이보다도 더 시종일관성과 필연성을 나타내고 있는 것은 동에서 서로 향하는 역(逆)의 운동의 정점에 섰던 인물인 알렉산드르 1세의 일생이다.

정의의 감정, 유럽에서 일어나는 일에 대한 관심이, 그렇다고 해서 좁은 흥미로 흐려지지 않은 거리를 둔 정의의 감정이 필요했다. 동료, 즉 당시의 황제들 위에 설 수 있는 도덕적인 높이를 지닐 필요가 있었다. 온화하고 매력적인 인품이 필요했다. 나폴레옹에 대한 개인적인 노여움이 필요했다. 이 모두가 알렉산드르 1세에게 있었다. 이 모두가 그의 지나간 생애에서의 무수한, 이른바 우연에 의해서, 교육이나 자유주의적 사업, 주위의 상담 상대, 아우스터리츠나 틸지트나 엘푸르뜨에 의해서 준비된다.

국민 전쟁 동안에는 이 인물은 필요가 없었기 때문에 활동을 하지 않는다. 그런데 전 유럽의 전쟁이 필요해지자 이 인물은 그 순간에 그가 있어야 할 곳에 나타나 유럽의 여러 국민을 통합해서 목적지로 이끌어 간다.

목적은 수행된다. 1815년의 마지막 전쟁 후, 알렉산드르는 인간으로서 가능한 한의 권력의 정점에 선다. 그는 그것을 어떻게 행사하였는가?

유럽의 조정자이자, 젊었을 때부터 자국민의 행복만을 목표로 해온 사람이자, 자기 나라에서의 최초의 민주주의적 개혁의 주창자인 알렉산드르 1세가 지금 최대의 권력을 쥐고 있으므로, 자국민의 행복을 구축할 수 있다고 여겨졌을 때에—한편에서는 나폴레옹이 유배지에서 만약에 자기에게 권력이 있다면 어떻게 해서 인류를 행복하게 할 것인가 하는 어리석은 가짜 계획을 만들고 있었다고 하는데—알렉산드르 1세 쪽은 자기의 사명을 다하고 자기 위에 하느님의 손을 느끼자 갑자기 이 가짜 권력의 어리석음을 인정하고, 그것에 등을 돌리고 자기가 멸시하고 있는 인간의 손에 권력을 건네주며 다만 이렇게 말할 뿐이었다.

"'우리가 아니라, 우리가 아니라 그대 이름에!' 나도 당신들과 같은 인간이다. 나를 인간으로서 살아가게 해다오. 그리고 자신의 영혼과 하느님에 대해서 생각하게 해다오."

태양이나 우주 공간의 하나하나의 입자는 그 자체로서 완결되어 있지만, 너무나 거대해서 인간으로서는 알 수가 없는 전체적인 것의 한 부분에 지나지 않은 것과 마찬가지로, 각 개인도 자기 자신 속에 자기의 목적을 가지고 있지만, 그 목적은 인간에게는 알 수 없는 전체의 목적에 유용하게 사용하기 위한 것이다.

꽃에 머물고 있던 벌이 어린이를 쏘았다. 그래서 어린이는 벌을 무서워하고, 벌의 목적은 사람을 쏘는 것이라고 말한다. 시인은 꽃 속에서 꿀을 따고 있는 벌에 정신이 팔려, 벌의 목적은 꽃의 향기를 들이마시는 일이라고 말한다. 양봉가들은 벌이 꽃가루를 모아 벌집으로 가져오는 것을 보고 벌의 목적은 꿀을 모으는 일이라고 말한다. 다른 양봉가는 더 자세히 벌들의 생활을 연구하여, 벌은 새끼를 기르고 여왕벌을 양성하기 위해 꽃가루를 모으고 있으며 그 목적은 종(種)의 유지에 있다고 말한다. 식물학자는 암수가 서로 다른 식물의 꽃가루를 몸에 묻혀 암꽃으로 날아옴으로써 벌이 수분(受粉)을 시키고 있다는 것을 알아차린다. 그리고 식물학자는 그것을 벌의 목적이라고 생각한다. 다른 사람은 식물의 확산을 관찰해서 벌이 그 확산을 돕고 있다는 것을 안다. 그리고 이 새로운 관찰자는 이것이 벌의 목적이라고 말할지도 모른다. 그러나 벌의 궁극적인 목적은 인지(人知)가 분명히 밝힐 수 있는 제1, 제2, 제3의 어느 목적에 의해서도 모두 밝혀졌다고 말할 수는 없다. 그 목적을 해명하는 데에 있어 인지가 높아지면 높아질수록 궁극적 목적을 헤아릴 수 없다는 것이 더욱더 분명해진다.

인간이 할 수 있는 일은 벌의 생활과 그 이외의 생활 현상과의 상관을 관찰하는 것뿐이다. 역사적 인물과 여러 국민의 목적도 마찬가지다.

5

1813년, 삐에르와 나따샤의 결혼식은 오래된 로스또프네 집안의 마지막 경사였다. 같은해에 노백작은 죽고 흔히 있는 일이지만, 백작의 죽음과 동시에 이 집안은 몰락하였다.

지난해의 사건—모스크바의 화재, 모스크바로부터의 탈출, 안드레이 공작의 죽음과 나따샤의 절망, 뻬쨔의 죽음, 백작 부인의 슬픔, 이러한 모든 것들이 타격에 이은 타격이 되어 노백작에게로 닥쳐왔다. 그는 이러한 모든 사건의 의의를 이해하지 못하고 자기는 그것을 이해할 수가 없다고 느끼고, 나이 든 머리를 정신적으로 숙이고, 자기에게 최후의 일격을 가하는 새로운 타격을 기다리고 있는 것처럼 보였다. 그는 때로는 겁을 먹고 어찌할 줄 몰랐고, 때로는 부자연스럽게 활기가 돌아 적극적인 자세를 보였다.

나따샤의 결혼은 얼마 동안 외형상 그를 바쁘게 만들어주었다. 그는 저녁 식사나 야식을 주문하는 등 즐겁게 보이도록 하려는 것처럼 보였다. 그러나 그의 명랑함은 옛날처럼 남에게 전달되지 않고, 반대로 그를 알고 사랑하고 있던 사람의 동정을 불러일으켰다.

삐에르가 아내와 함께 떠나버리자 그는 조용해지고 적적함을 호소하게 되었다. 수일 후, 그는 병이 나서 자리에 누웠다. 병 초기부터 의사의 위로에 귀를 기울이지 않고, 그는 이제 일어날 수 없다고 깨닫고 있었다. 백작 부인은 옷도 벗지 않고 그의 머리맡에 있는 안락의자에서 2주일을 지냈다. 그녀가 약을 먹일 때마다 그는 흐느껴 울고 말없이 그녀의 손에 키스하였다. 마지막 날에 그는 재산을 없애버렸다고 하는, 자기가 책임을 느끼고 있는 가장 큰 죄를 용서해 달라고 울면서 아내에게 그리고 또 눈앞에 없는 아들에게 부탁하였다. 그는 영성체도 하고 병자성사를 끝마치고 조용히 죽었다. 그리고 다음 날, 고인에게 마지막 작별을 하러 온 지인들이 로스또프의 셋집을 채웠다. 고인의 집에서 여러 차례 식사하거나 춤을 추고 여러 차례 고인을 우스개로 만든 지인들은 모두 똑같이 마음 속으로 자신들을 책망하면서, 절실히 느끼는 심정이 되어 마치 누군가에게 변명이라도 하듯이 말하는 것이었다. "그래, 여하간 훌륭한 분이었어. 그런 사람을 이제는 만날 수 없어…… 게다가 결점이 없는 사람이 어디 있단 말인가! ……"

백작의 재산 상태가 완전히 흩어져서 이대로 1년만 계속된다면 어떤 결과가 될 것인가, 예상도 할 수 없었을 때 그는 갑자기 죽고 말았다.

니꼴라이는 아버지 죽음의 소식을 받았을 때, 러시아군과 함께 파리에 있었다. 그는 곧 제대 신청을 냈고, 허가가 내리는 것도 기다리지 않고 휴가를 얻어 모스크바로 돌아왔다. 백작이 죽은 후 한 달이 지나서 재정 상태는 모두 정리가 되었는데, 여러 가지 작은 빚이 방대한 액수였기 때문에 모두를 놀라게 하였다. 빚은 자산의 두 배였다.

친척이나 친구들은 니꼴라이에게 상속을 거부하도록 권했다. 그러나 니꼴라이는 상속 거부는 신성한 아버지의 추억을 더럽히는 것이라고 생각하였기 때문에 그 이야기에는 귀를 기울이지 않고, 빚 변제의 의무를 포함해서 유산을 이어받았다.

백작의 생전에는 그의 호인성이 가지고 있었던, 분명하지는 않지만 강한 영향력에 묶여 오랫동안 말이 없었던 채권자들이 모두 갑자기 지불을 요구하였다. 이와 같은 경우에는 언제나 그렇듯이 누가 먼저 받느냐는 경쟁이 일어났다. 그리고 드미뜨리처럼 유통어음을 가지고 있는 사람이 가장 급한 채권자였다. 니꼴라이에게 여유나 휴식도 주지 않고, 손해의(가령 손해를 주었다고 하고) 장본인이었던 노인의 죽음을 애석하게 생각하는 것처럼 보였던 사람들이, 자진해서 변제를 떠맡은, 분명히 책임이 없는 상속자에게 무자비하게 덤벼들었다.

니꼴라이가 예정하고 있던 자금의 회전은 하나도 성공하지 않았다. 영지는 경매에서 반값으로 팔렸으나 빚의 반은 그것으로도 갚지 못한 채로 있었다. 니꼴라이는 자기가 금전상의, 진짜 빚이라고 인정한 몫의 빚을 갚기 위해 매제인 삐에르가 제의한 3만 루블을 받았다. 또 남은 빚 때문에 채권자가 위협하고 있는 것처럼, 감옥에 들어가지 않기 위해 그는 다시 근무를 하였다.

그가 연대장 제1 후보였던 군으로 가는 것은 불가능하였다. 왜냐하면 어머니가 지금 삶에 기대는 마지막 매력으로서 아들에게 의지하고 있었기 때문이었다. 그래서 전부터 자기를 알고 있는 친구들 사이에서 모스크바에 남기는 싫었고 문관 근무도 싫었는데도, 좋아하는 군복을 벗고 어머니와 쏘냐와 함께 씨브쩨프 브라제크의 작은 아파트로 옮겼다.

나따샤와 삐에르는 그 무렵 니꼴라이의 상태를 잘 모른 채 뻬쩨르부르그에서 살고 있었다. 니꼴라이는 매제로부터 돈을 빌린 후 자기의 고통스러운 상태를 그에게 숨기고 있었다. 니꼴라이의 상태가 특히 좋지 않았던 것은 자기의 1200루블의 봉급으로 쏘냐와 어머니를 양육해야 했을 뿐만 아니라, 어머니가 자기들의 가난을 눈치 채지 못하도록 하지 않으면 안 되었기 때문이었다. 백작 부인은 어린 시절부터 익숙한 사치스러운 환경이 없는 생활이 있을 수 있다고는 전혀 생각지도 않았다. 그것이 아들에게 얼마나 괴로운 일이라는 것도 모르고, 끊임없이 지인을 데리러 가기 위해서 집에는 있지도 않은 마차를 부르기도 하고, 자기를 위해서는 비싼 식사를 또 아들을 위해서는 와인을 주문하기도 하고, 나따샤와 쏘냐나 니꼴라이가 깜짝 놀랄 선물을 하기 위해 돈을 요구하는 것이었다.

쏘냐는 가계를 꾸려나가고, 숙모를 돌보고, 그녀에게 책을 읽어주기도 하고 그 변덕이나 속 깊은 악의를 견뎌내며 니꼴라이가 자기들의 궁핍한 상태를 백작 부인에게 감추는 것을 돕고 있었다. 니꼴라이는 쏘냐가 어머니에게 해주는 모든 일에 대해서 감사의 빚을 지고 있다고 느끼고, 그녀의 참을성과 헌신에 감탄하고 있었지만 그녀와 거리를 두고 있었다.

그는 쏘냐가 너무 완벽하다는 것, 무엇 하나 비난할 데가 없다는 것을 마치 마음 속에서 책망하고 있는 것 같았다. 그녀는 사람의 가치라고 여겨질 만한 모든 것을 갖추고 있었다. 그러나 그가 그녀를 사랑하게 만드는 요소는 희박했다. 그리고 그는 그녀의 가치를 인정하면 할수록 더욱더 사랑하지 않게 되어가는 자신을 느꼈다. 그는 그녀의 한 마디의 말, 자기에게 자유를 달라고 써온 편지를 핑계로 지금은 그들 사이에 있었던 일을 모두 이미 옛날에 잊어버리고, 절대로 되풀이되지는 않을 것이라는 태도를 그녀에게 취하고 있었다.

니꼴라이의 상태는 더욱더 나빠졌다. 자기의 봉급에서 저축을 한다는 것은 꿈에 지나지 않았다. 그는 저축을 하기는커녕 어머니의 요구를 채우기 위해 조금씩 빚을 지고 있었다. 이 상태로부터의 구제는 그에게 아무것도 생기지 않았다. 친척 여인들이 권하는, 부잣집을 이어받을 딸과의 결혼을 생각하는 것은 싫었다. 이 상태로부터 또 하나의 구원인 어머니의 죽음은 한 번도 그의 머리에 떠오르지 않았다. 그는 무엇 하나 바라지도 않고 무엇 하나 기대하지도 않았다. 그리고 불평도 하지 않고 자기의 상태에 견디고 있다는 일에, 마음 속 깊은 곳에서 어둡고 엄숙한 기쁨을 맛보고 있었다. 그는 동정을 해주거나 자존심에 상처를 입힐 것 같은 원조를 제의하는 옛날의 지인들을 피하도록 애쓰고, 모든 기분 전환이나 놀이를 피하고 집에서도 트럼프를 놓아보거나 말없이 방 안을 돌아다니거나 연이어 파이프를 피우는 일 이외에는 아무 일도 하지 않았다. 그는 자기의 처지를 견딜 수 있기 위해서는 이것밖에 없다고 느끼고 있는 침울한 기분을, 자기 안에서 있는 힘을 다해서 견디어나가려는 것처럼 보였다.

6

초겨울, 마리야는 모스크바로 왔다. 시내의 소문에 따르면 그녀는 로스또프 집안의 상태와 '아들이 어머니를 위해 자기를 희생하였다'는 것도 알고 있었다. 시중에서는 그렇게 말들을 하고 있었던 것이다.

'그분이라면 그렇게 하실 거야.' 마리야는 기쁜 마음으로 그에 대한 사랑을 확인하면서 마음 속으로 말하였다. 집안사람 모두에 대한 친밀하고 거의 친척과 같은 관계를 상기할 때, 로스또프네를 방문하는 것이 자기의 의무라고 여겨졌다. 그러나 보로네시에서의 니꼴라이와의 관계를 상기해 볼 때, 그녀는 그것이 무서웠다. 곰곰이 생각한 끝에 용기를 내어 모스크바에 도착하고 나서 수 주일 후에 그녀는 로스또프네를 방문하였다.

니꼴라이가 맨 먼저 그녀를 맞이하였다. 왜냐하면 백작 부인의 방으로 가기 위해서는 그의 방을 지나가야 했기 때문이다. 그녀가 한눈에 보았을 때, 니꼴라이의 얼굴에는 마리야가 기대하고 있던 즐거운 표정이 아니라 이제까지 마리야가 본 일이 없는, 차갑고 무심한 시침을 뗀 표정이 나타났다. 니꼴라이는 그녀에게 잘 지냈느냐고 묻고 어머니 방으로 안내하고는 5분 가량 앉아 있다가 방을 나가버렸다.

마리야가 백작 부인의 방을 나올 때, 니꼴라이는 다시 그녀를 맞아 몹시 격식을 차리고 아무렇지도 않게 현관까지 배웅했다. 그는 마리야가 백작 부인의 건강 상태를 말하였을 때 한 마디도 대답하지 않았다. '당신에게 무슨 상관이? 내버려 두세요' 하고 그의 눈이 말하고 있었다.

"무엇을 꾸물거리고 있는 거야? 무슨 볼일이 있는 거야? 저런 아가씨나 그런 친절은 모두 참을 수가 없어!" 그는 마리야의 유개마차가 집에서 멀어지자 분함을 참지 못하겠다는 듯이 소리를 내어 쏘냐 앞에서 말하였다.

"어머나, 그런 말씀을 하시다니, 니꼴라이." 쏘냐는 기쁨을 간신히 감추면서 말하였다. "그분은 참 좋은 분이고 어머니는 그분을 매우 좋아하고 계셔요."

니꼴라이는 아무 대답도 하지 않았고, 그 이상 마리야에 대해서는 전혀 이야기하고 싶지 않은 것 같았다. 그런데 그녀가 찾아오고 나서 노백작 부인은 매일 여러 차례 그녀의 이야기를 꺼냈다.

백작 부인은 그녀를 칭찬하고, 그녀의 집으로 가보라고 귀찮게 아들에게 말하고 더 자주 그녀를 만나고 싶다고 말했다. 그러면서도 백작 부인은 마리야 이야기를 할 때 항상 기분이 언짢아지는 것이었다.

니꼴라이는 어머니가 마리야 이야기를 하고 있을 때에는 가만히 있으려고 애썼으나, 그 침묵이 오히려 백작 부인을 짜증나게 만들었다.

"그 아이는 매우 훌륭한 아가씨니까." 그녀는 말하였다. "너는 그녀에게로 갈 필요가 있단다. 누군가를 만나게 될 테니까 따분하지도 않을 것이고. 우리를 상대하는 것보다 낫지."

"하지만 저는 그럴 마음이 하나도 없어요, 어머니."

"만나고 싶다고 하더니 이번에는 그럴 마음이 없다니. 나는, 니꼴라이, 너라는 사람을 정말 모르겠구나. 따분하다고 하더니 이번에는 아무도 만나고 싶지 않다니."

"하지만 저는 따분하다고 말한 적은 한 번도 없어요."

"아니, 네가 말하지 않았니, 그 애를 만날 마음은 없다고. 그 애는 매우 훌륭한 아가씨이고 너는 항상 좋아하고 있었는데, 지금에 와서 무엇인가 급한 이유가 생겼니? 모두가 나에게 무엇이든지 숨기려고 하는 거로군."

"아니, 그런 일은 전혀 없어요, 어머니."

"내가 너에게 무엇인가 싫은 일을 하라고 말했다면 몰라도 하여간 답례를 하러 갔으면 하는 거야. 예절로 봐서 당연한 일이 아니니? 나는 너에게 부탁했으니까 이제 이 이상 말하지 않겠다. 너는 어머니에게 숨기는 일이 있는 것 같고."

"그럼, 갔다 오겠습니다, 원하신다면……."

"나는 어느 쪽이든 상관없단다. 너를 위해 하는 말이니까."

니꼴라이는 코밑수염을 깨물면서 한숨을 쉬었다. 그리고 어머니의 주의를 딴 곳으로 돌리기 위해 트럼프를 늘어놓았다.

2일째도, 3일째도, 4일째도 같은 대화가 되풀이되었다.

로스또프네를 방문하여 뜻하지 않은 냉대를 니꼴라이로부터 받은 후 마리야는 자기가 먼저 로스또프네에 가는 것을 주저했던 것은 옳은 일이었다고 마음 속으로 인정하였다.

'나는 이 이외의 일은 아무것도 기대하지 않았어.' 그녀는 자존심의 도움을 받아 이렇게 말하였다. '나는 그분에게 아무런 볼일이 없었어. 다만 언제나 나에게 친절하게 해주어서 여러 가지로 신세를 지고 있는 할머니를 만나고 싶었을 뿐이야.'

그러나 마리야는 이런 말로는 마음이 가라앉지 않았다. 자기의 방문을 생각할 때 그녀는 후회와 비슷한 생각에 들볶였다. 이제 로스또프네에는 가지 않겠다, 이런 일을 일체 잊겠다고 굳게 마음먹었는데 그녀는 끊임없이 어정쩡한 상태에 있는 것 같은 마음이 들었다. 그리고 자기를 괴롭히고 있는 것은 도대체 무엇일까—하고 생각해 볼 때 그녀는 그것이 니꼴라이가 자기를 대하는 태도에 있었다는 것을 인정하지 않을 수 없었다. 그의 차가운, 서먹한 정중함은 자기에 대한 그의 마음에서 나온 것이 아니라(그녀는 그것을 알고 있었다), 그 태도는 무엇인가를 감추고 있는 것이다. 그 무엇인가를 그녀는 명백히 하지 않으면 안 되었다. 그리고 그때까지는 마음이 가라앉지 않을 것이라고 느끼고 있었다.

겨울도 절반이 지날 무렵, 그녀는 조카의 공부를 봐주면서 공부방에 앉아 있었다. 그때 니꼴라이가 왔다는 전갈이 있었다. 자기의 동요를 나타내지 않겠다고 굳게 마음먹고 그녀는 부리엔을 불러 함께 객실로 나갔다.

그녀는 니꼴라이의 얼굴을 힐끔 쳐다본 순간, 그가 예의의 의무를 다하기 위해서 왔다는 것을 알아차리고, 그가 자기에게 취하는 것과 동일한 태도를 굳게 지키려고 마음먹고 있었다.

두 사람은 백작 부인의 건강, 서로 아는 사람들, 전쟁의 최신 소식 등에 대해서 이야기하고, 예의에 필요한 10분간이 지나 이제 손님이 일어나도 좋을 때가 되자 니꼴라이는 작별 인사를 하면서 일어섰다.

마리야는 부리엔의 도움을 받아 대화를 잘 끝마칠 수가 있었다. 그러나 마지막 순간에 그가 일어섰을 때, 그녀는 자기와는 관계없는 일을 이야기하는 데에 몹시 지쳐, 어째서 자기만이 이 인생의 기쁨이 이렇게 조금밖에 주어지지 않는가 하는 생각에 정신이 팔려 있었기 때문에, 갑자기 정신이 멍해져서 빛을 담은 눈으로 앞을 응시하고 앉은 채 그가 일어난 것도 모르고 있었다.

니꼴라이는 마리야를 보자 그녀가 멍하니 있는 것을 모른 체 해야겠다고 생각하고, 두서너 마디 부리엔과 이야기를 나누고 다시 마리야를 보았다. 그러나 그녀는 여전히 그대로 앉아 있었다. 그 부드러운 얼굴에 고민이 나타나 있었다. 니꼴라이는 갑자기 그녀가 가엾어져서 이 얼굴에 나타나 있는 슬픔의 원인은 어쩌면 자기가 아닌가 하는 막연한 느낌이 들었다. 그는 마리야에게 무엇인가 기분 좋은 말을 해주고 싶어졌다. 그러나 무슨 말을 해야 좋을지 알지 못했다.

"가겠습니다, 아가씨." 그는 말하였다. 마리야는 제정신이 들어 얼굴을 확 붉히고 한숨을 쉬었다.

"아, 죄송합니다." 그녀는 마치 자기가 잠에서 깨어난 것처럼 말하였다. "가시겠어요, 백작님? 그럼 안녕히 가세요! 아, 백작 부인에게 드릴 쿠션은?"

"잠깐 기다리세요, 제가 가지고 오겠어요." 부리엔은 이렇게 말하고 방을 나갔다.

두 사람은 말없이 가끔 서로의 얼굴을 바라보고 있었다.

"정말로, 아가씨." 간신히 니꼴라이가 슬픈 듯한 미소를 띠고 말했다. "바로 엊그제 같은 생각이 드는데 상당한 세월이 지났군요. 우리가 처음으로 보구차로보에서 만난 이래 우리는 모두 꽤 불행한 것처럼 여겨졌지만, 그 무렵을 되찾기 위해서라면 비싼 대가를 치러도 좋아요……. 그러나 돌이킬 수 있는 것도 아니고."

마리야는 그가 이렇게 말하고 있는 동안에 빛이 넘치는 눈으로 물끄러미 그를 바라보고 있었다. 그녀는 니꼴라이의 말 속에 숨은 뜻을 알아차리려고 애를 썼다. 그것이 자기에 대한 그의 마음을 해명해 줄 것이기 때문이었다.

"그래요, 그렇습니다." 그녀는 말하였다. "하지만, 당신은 구태여 지나간 일을 아쉽게 생각하실 필요는 없어요, 백작님. 제가 지금의 당신 생활을 이해하는 한 지금의 생활을 장차 언제까지나 즐겁게 회상하실 겁니다. 왜냐하면 지금 삶의 목적으로 삼고 있는 자기희생은……"

"나는 당신의 칭찬을 받을 만한 처지는 못됩니다." 그는 급히 말을 가로막았다. "반대로 나는 끊임없이 나 자신을 책망하고 있습니다. 하지만 이것은 전혀 재미도 없는, 즐겁지도 않은 이야기입니다."

그리고 또 그의 눈은 아까의 무심하고 차가운 표정이 되었다. 그러나 마리야는 이제 그의 내부에, 자기가 알고 있고 사랑했던 사람을 다시 발견하고 지금은 그 사람과 이야기하고 있었다.

"저는 이 이야기를 해도 좋을 것이라고 생각하고 있었습니다." 그녀는 말하였다. "우리는 당신과…… 당신 집안과 아주 가까웠기 때문에, 제가 걱정을 해도 주제넘은 일이라고는 생각하시지 않을 것으로 알고 있었는데, 그것은 저의 잘못인 것 같습니다." 그녀는 말하였다. 그 목소리는 갑자기 떨렸다. "저는 왜 그런지 모릅니다." 그녀는 기분을 가다듬고 말을 이었다. "당신은 이전에는 그런 분이 아니라……"

"왜 그런지에는 많은 이유가 있습니다(그는 왜 그런지라는 말에 특히 힘을 주어 말했다). 고맙습니다, 아가씨." 그는 작은 목소리로 말하였다. "때로는 무거운 짐이 되고 있습니다."

'네, 그래서군요! 그래서였군요!' 마리야는 마음 속 깊은 곳에서 이렇게 말하고 있었다. '아니야, 내가 이분을 좋아하게 된 것은 이 밝고 상냥한 솔직한 눈초리뿐만이 아니야, 아름다운 얼굴 생김새가 아니야. 나는 훌륭한, 굳센 자기희생의 마음을 알아차린 거야.' 그녀는 마음 속으로 말했다. '그래, 이분은 지금 가난한데 나는 윤택해…… 그래, 그것뿐이야…… 그래, 만약에 그렇지 않다면……' 그리고 이전의 그의 상냥함을 상기하고 지금 마음씨가 좋은, 적적한 듯한 얼굴을 보고 있는 동안에 그녀는 갑자기 그의 냉정한 태도의 원인을 알아차렸다.

"왜 그래요, 백작님, 왜?……" 갑자기 그녀는 자기도 모르게 거의 외칠 것처럼 말하고 그의 곁으로 갔다. "왜 그런지 말씀해 주시지 않겠어요? 말씀해 주셔야 해요." 그는 말이 없었다. "저는, 백작님, 당신이 왜 그런지를 알 수가 없어요." 그녀는 말을 이었다. "하지만 저는 괴로워요, 저는…… 저, 솔직하게 말씀드리겠어요. 당신은 무엇인가 이유가 있어서 옛날의 우정을 저로부터 걷어가려 하고 있어요. 전 그것이 너무나 괴롭답니다." 그녀의 눈에도, 목소리에도 눈물이 스며 있었다. "전 이제까지의 일생에서 행복이 적었어요. 그래서 무엇을 잃든 간에 괴로워요. 죄송해요, 저는 이만……" 그녀는 갑자기 울면서 방을 나가려고 하였다.

"아가씨! 기다려요, 부탁입니다." 그는 그녀를 가지 못하게 외쳤다. "아가씨!"

그녀는 돌아보았다. 몇 초 동안 두 사람은 말없이 서로의 눈을 바라보고 있었다. 그러자 멀고 불가능한 일이 갑자기 가깝고 가능한, 피할 수 없는 것이 되었다.

7

1814년 가을에 니꼴라이는 마리야와 결혼하여, 아내, 어머니, 쏘냐와 함께 르이스에 고르이(벌거숭이 산)로 이주하였다.

3년 이내에 그는 아내의 영지를 팔지 않고 남은 빚을 갚았고, 죽은 조카가 남긴 다소의 유산을 상속하여 삐에르에게 빌린 빚도 갚았다.

그리고 다시 3년이 지난 1820년까지, 니꼴라이는 빚을 갚느라 잃어버린 재산을 충분히 재건하여, 르이스에 고르이 옆에 약간의 영지를 사서 보탰고 조상으로부터 내려온 땅 오뜨라도노에를 다시 사들이는 교섭을 하기에까지 이르렀다. 그것은 그가 늘 품어 온 꿈이었다.

필요에 의해 영지 경영을 시작해 보니 그는 그것이 좋아져서, 그가 좋아하는 거의 유일한 일이 되었을 정도였다. 니꼴라이는 평범한 주인으로 새로운 것, 특히 당시 유행하기 시작하던 영국 것을 좋아하지 않았다. 경영을 논한 이론적인 저작을 비웃고, 공장, 돈이 드는 생산, 돈이 드는 곡물의 파종을 좋아하지 않았다. 또 전체적으로 보아 경영의 한 부문만을 떼어서 다루지는 않았다. 그의 눈앞에 있는 것은 항상 영지의 하나이지 개개의 부문은 아니었다. 또 영지에서 중요한 것은 토양이나 공기 속에 포함된 질소나 산소, 특별한 쟁기나 비료가 아니라, 질소, 산소, 비료, 쟁기의 효과를 발휘하게 해주는 중요한 수단—즉, 일하는 농부였다. 니꼴라이가 경영에 착수하여 그러한 여러 가지 부문에 대해서 깊이 생각하기 시작하였을 때, 농부가 특히 그의 주의를 끌었다. 농부가 그에게는 단순히 수단이 아니라 목적이기도 했고, 일의 옳고 그름을 판단하는 사람인 것처럼 여겨졌다. 그는 처음에 농부에게는 무엇이 필요한가, 농부는 무엇을 나쁘다고 생각하고 무엇을 좋다고 생각하는가를 알려고 농부를 주시하고 있었다. 그리고 지시를 하거나 명령을 하는 척 할 뿐, 실은 방법이나 말, 무엇이 좋고 무엇이 나쁜가의 판단도 농부로부터 배우고 있는 데에 지나지 않았다. 그리고 농부의 기호나 희망을 이해하고, 그들의 말로 이야기하고. 그 말에 숨은 뜻을 이해할 수 있게 되어 자기가 농부와 가까워졌다고 느꼈을 때 비로소 그는 마음대로 농부를 지배하게 되었다. 즉, 그가 해야 할 것을 요구받고 있는 농부에 대한 의무를 다할 수 있게 된 것이다. 그리하여 니꼴라이의 경영은 더없이 눈부신 성과를 가져왔다.

영지의 관리를 시작하였을 때, 니꼴라이는 무엇인가 본질을 꿰뚫어보는 타고난 재능으로 관리인, 이장, 농민 대표로서, 가령 농민들이 선거하도록 허락되었다면 그들 자신이 뽑았을 만한 사람들을 임명하였기 때문에 이러한 우두머리가 된 사람은 결코 교대되는 일이 없었다. 퇴비의 화학적인 성질을 연구하기 전에, 대변(貸邊)과 차변(借邊)(니꼴라이는 농담 삼아 이렇게 말하는 것을 좋아했다)을 문제로 삼기 전에, 그는 농민의 가축의 수를 확인하고 가능한 한의 방법으로 그 수를 늘리려 하였다. 그는 농민의 가족을 될 수 있는 대로 큰 틀에서 유지하려 하였고 분가를 허용하지 않았다. 게으른 자, 방탕자, 약한 자를 그는 엄하게 다루어 공동체로부터 몰아내려고 하였다.

파종이나 건초, 곡물을 수확할 때 그는 자기 밭이나 농부들의 밭에도 똑같은 주의를 기울였다. 따라서 니꼴라이의 영지처럼 빨리, 그리고 잘, 파종이나 수확이 끝나서 수입이 많이 올라가는 지주는 거의 없었다.

그는 저택에서 일하는 사람들과는 되도록 관계를 가지지 않았으며 그들을 곡물 벌레라고 부르고, 모두가 하는 말에 의하면, 하고 싶은 대로 하도록 놓아두고 있었다. 저택에서 근무하는 사람에게 무엇인가 명령을 하지 않으면 안 될 때, 특히 벌을 주지 않으면 안 될 때, 그는 어떻게 할 바를 몰라 온 집안사람과 상의하는 것이었다. 다만, 농부 대신에 저택에서 근무하는 자를 군대로 보낼 수가 있으면 그는 조금도 망설이지 않고 그렇게 하였다. 그런데 농부에 관한 명령이라면 어떤 일이나 그는 결코 망설임을 느끼지 않았다. 어떤 명령이라도─그는 그것을 알 수 있었다─한 사람이나 몇 사람의 반대를 제외하고는 전원의 승인을 얻을 수가 있었다.

그는 자신이 그렇게 하고 싶다는 이유만으로 남에게 쓰라린 생각을 하게 하거나 벌하는 것도, 또 자신의 개인적인 희망이라고 해서 남에게 즐거운 생각을 하게 하거나 포상을 주는 것도 자신에게 허용하지 않았다. 무엇을 해야 하고 무엇을 해서는 안 되는가 하는 척도가 어떤 것인지 그는 말로는 할 수가 없었을 테지만, 그의 마음 속에 있는 그 척도는 튼튼하고 흔들림이 없었다.

그는 곧잘 화를 내서 그 어떤 실패나 혼란에 대해서 이렇게 말하였다. '러시아의 민중이 상대라니.' 그리고 농부 같은 건 참을 수가 없다고 스스로 생각하고 있었다.

그러나 그는 마음 속으로부터 이 러시아 민중과 그 생활양식을 사랑하고 있었고, 그렇기 때문에 좋은 결과를 낳는 유일한 경영의 방향과 방법을 깨달아 몸에 익힌 것이다.

백작 부인 마리야는 남편의 이 사랑에 질투를 하여 자기가 거기에 참여할 수 없는 것을 유감스럽게 생각하고는 있었지만, 그녀에게는 인연이 없는 이 또 하나의 생활이 남편에게 가져다주는 기쁨과 슬픔을 이해할 수는 없었다. 남편이 새벽에 일어나서 오전 내내 줄곧 밭이나 보리타작 현장에서 지내고, 파종이나 풀베기, 수확으로부터 그녀가 준비한 차를 마시러 돌아올 때, 어떻게 해서 그토록 눈에 띄게 생기가 넘치고 행복하게 보이는지 그녀는 이해할 수가 없었다. 유복하고 살림을 잘 꾸려나가는 농부 마뜨베이 에르미신이 가족과 함께 밤새도록 보리 다발을 운반한 일, 또 아직 그 어느 곳에서도 거두어들이지도 않는데 이 농부 집에는 산더미 같은 보리 다발이 쌓여 있다는 것을 남편이 열중해서 이야기를 하고 있을 때, 그가 무엇에 감격하고 있는지 그녀는 알 수가 없었다. 말라가는 귀리의 싹에 따뜻한 비가 내리면 어째서 남편이 창에서 발코니 쪽으로 옮겨 콧수염 안에서 즐거운 듯이 미소를 짓고 윙크를 하는지, 또 왜 풀베기나 수확 때 심상치 않은 비구름이 바람에 날려가면 남편이 새까맣게 타고 땀에 젖은 머리에 쑥 냄새를 풍기며 보리타작으로부터 돌아와서 기쁜 듯이 손을 부비며, "자, 앞으로 하루면 우리 거나 농부들의 것도 모두 보리 타작장으로 들어간다"고 말하는지 그 뜻을 알 수가 없었다.

또 그보다 더 이해할 수 없는 것은 언제나 상냥한 마음으로 아내가 바라는 것을 항상 알아차리려고 하는 남편이, 들일을 쉽게 해달라고 부탁하러 온 농부 아낙네나 남자의 부탁을 그녀가 전하면 왜 당장에라도 절망하는 것처럼 되어 버리는가, 성질이 착한 니꼴라이가 왜 자기가 하는 일에 참견하지 말아달라고 화를 내며 그녀에게 부탁하고 완고하게 거절해버리는가 하는 것이었다. 무엇인가 자기에게는 알 수 없는 법칙을 가진, 남편이 좋아하는 특별한 세계가 있다고 그녀는 느끼고 있었다.

그녀는 가끔 남편을 이해하기 위해서 소유하고 있는 농노에게 그가 선행을 베풀고 있다는 훌륭한 행동을 화제로 삼으면, 그는 화를 내며 이렇게 대답하는 것이었다. "그런 일은 전혀 없어. 전혀 생각하고 있지 않아. 그 사람들의 행복 때문이라니, 그런 일은 하지 않아. 이웃의 행복이라는 것은 모두 꿈 이야기로 허울 좋은 넋두리야. 나에게 필요한 것은 우리 아이가 길을 잃지 않는 일이지. 나는 내가 살아 있는 동안에 나의 재산을 제대로 이룩해야 해. 그것뿐이야. 그러기 위해서 질서가 필요해. 그러기 위해서 엄격해야 하는 거야. 그것뿐이야!" 그는 혈기 왕성한 주먹을 휘두르면서 말하는 것이었다. "게다가 공평해야 함은 물론이지." 그는 말을 덧붙였다. "만약에 농민이 입는 것도 먹는 것도 없고 초라한 말 한 마리밖에 없다고 한다면 본인을 위해서나 나를 위해서 돈을 벌어주지 않으니까 말이야."

그리고 아마도, 니꼴라이는 자기가 남을 위하여 또 선을 위하여 무엇인가를 하고 있다는 생각을 자기에게 허락하지 않았기 때문에, 그가 하는 일은 열매를 맺은 것이다. 그의 재산은 급속히 늘어났다. 이웃 마을의 농부들까지 그에게 자기들을 사달라고 부탁하러 왔다. 그리고 그가 죽은 후 오랫동안 민중 속에 그의 지배를 기리는 추억이 남아 있었다. "진정한 주인이셨어……농부의 일이 먼저고 자신의 일은 뒤였어. 그러면서도 잘못된 일은 조금도 너그럽게 봐 주시지 않았어. 한 마디로 진짜 주인이셨어."

8

다만 한 가지, 경영에 관해 니꼴라이를 괴롭히고 있었던 것, 그것은 그가 성급한데다가 툭하면 주먹을 휘두르는 예전의 경기병의 낡은 습관과 결부되어 있다는 것이었다. 처음에는 그것이 비난을 받는 일이라고는 전혀 생각하지 않았으나, 결혼해서 2년째에 이러한 종류의 제재(制裁)에 대한 그의 관점은 갑자기 바뀌고 말았다.

여름의 어느 날, 보구차로보로부터 이장이 호출되었다. 그는 죽은 드론의 뒤를 이은 사나이로, 여러 가지 사기나 난맥에 대해 추궁을 받고 있었다. 니꼴라이는 이장이 온 현관으로 나갔는데, 이장이 한 마디 두 마디 대답을 하기 시작하자 고함을 치는 소리와 때리는 소리가 들렸다. 아침을 먹으러 집으로 돌아온 니꼴라이는 편물대에 머리를 낮게 숙이고 앉아 있는 아내 옆으로 가서, 여느 때처럼 그날 아침 그가 행한 이야기를 남김없이 이야기하였다. 그리고 다른 일에 섞어서 보구차로보의 이장에 대해서도 언급하였다. 마리야는 붉으락푸르락 입술을 깨물기도 하면서 여전히 머리를 숙이고 앉아서 남편의 말에 아무런 대답도 하지 않았다.

"저런 뻔뻔스런 악당은" 그는 생각하기만 해도 화가 치미는 듯 이렇게 말했다. "그래, 술에 취해서 보지 못했다고 하면 그나마 낫지…… 그런데 어떻게 된 거야, 마리야?" 갑자기 그는 물었다.

마리야는 얼굴을 들고 무엇인가 말하려고 하였으나 다시 급히 얼굴을 숙이고 입술을 깨물었다.

"왜 그래, 무슨 일이야, 마리야."

아름답지 않은 마리야도 울면 언제나 아름다웠다. 그녀는 아픔이나 분노 때문에 우는 일은 없었으나, 슬프거나 가엾다고 생각할 때에는 항상 우는 것이었다. 그리고 울면 빛이 풍부한 그녀의 눈은 사람을 끌어당기는 매력을 띠는 것이었다.

니꼴라이가 그녀의 손을 잡은 순간 그녀는 참을 수가 없어서 울음을 터뜨렸다.

"니꼴라이, 나는 보았어요…… 그 사람은 나빠요. 하지만 당신은 왜 그랬어요, 니꼴라이! ……" 그리고 그녀는 두 손으로 얼굴을 가렸다.

니꼴라이는 말을 하지 못하고 얼굴이 빨개졌다. 그리고 그녀 곁을 떠나자 말없이 방 안을 걸어다녔다. 그는 아내가 무엇 때문에 울고 있는지를 깨달았다. 그러나 자기가 어렸을 때부터 익숙하고 친밀했던 것, 극히 흔한 일로 생각하고 있는 것을 나쁜 일이라고 여기는 아내에게 갑자기 마음 속으로 동의할 수가 없었다.

'상냥한 마음씨인가, 여자다운 넋두리인가, 그렇지 않으면 아내가 옳은가?' 그는 자문하였다. 자기 혼자서는 그 문제를 해결할 수가 없어 그는 다시 한번 그녀의 괴로워하는, 애정이 넘친 얼굴을 보았다. 그러자 갑자기 그녀가 옳고 자기는 이미 오랫동안 자기 자신에게 죄를 범하고 있다고 깨달았다.

"마리야." 그는 아내 곁으로 다가가서 살며시 말하였다. "이제는 그런 일 절대로 하지 않을 거야. 약속해. 절대로." 그는 용서를 구하는 소년처럼 떨리는 목소리로 되풀이하였다.

마리야의 눈에서는 눈물이 한층 세차게 흘러내렸다. 그녀는 남편의 손을 잡고 키스하였다.

"니꼴라이, 당신 언제 카메오(마노, 산호, 수정 등의 보석이나 조가비,
상아 등에 돋을새김으로 조각한 장신구.)를 깨뜨렸어요?" 화제를 바꾸기 위해 그녀는 라오콘의 머리가 달린 반지를 낀 남편의 손을 보면서 말하였다.

"오늘이야. 역시 그 때지. 아, 마리야, 나에게 그 일을 생각나지 않게 해주오." 그는 다시 얼굴이 빨개졌다. "맹세코 약속할게. 이젠 절대로 그런 일은 없어. 그리고 이것을 영원히 나의 기념으로 하리다." 그는 쪼개진 반지를 가리키며 말했다.

그때 이래 니꼴라이는 이장이나 관리인과 깊은 이야기를 할 때, 머리에 화가 치밀고 손이 주먹을 쥐기 시작하면 손가락에 낀 깨진 반지를 돌리고 자기를 화나게 만든 사람 앞에서 눈을 내리깔아버리는 것이었다. 그래도 1년에 두서너 번은 자기를 잊어버리는 일이 있었고, 그럴 때에는 아내에게로 와서 자백하고 이번에야말로 마지막이라고 하면서 다시 약속하는 것이었다.

"마리야, 당신은 틀림없이 나를 멸시하고 있을 거야." 그는 아내에게 말하는 것이었다. "나에게는 그것이 당연하지."

"그 자리를 떠나요. 될 수 있는 대로 빨리 그 자리를 떠나는 거예요, 참을 수가 없다고 여겨지면." 마리야는 남편을 위로하면서 슬픈 듯이 말하는 것이었다.

현의 귀족 사회에서 니꼴라이는 존경을 받고는 있었지만 호감은 사고 있지 않았다. 귀족적인 관심에 그는 흥미가 없었다. 그리고 그 때문에 어떤 사람은 그가 뽐내고 있다고 생각하고, 어떤 사람은 바보라고 여기고 있었다. 여름철에, 즉 봄의 파종에서 수확까지 그의 시간은 모두 농업 경영의 일로 지나갔다. 가을에 그는 농업을 하는 것과 마찬가지로 진지하게 사냥에 몰두하여, 한 달이고 두 달이고 사냥꾼 일단과 원정을 가는 것이었다. 겨울에 그는 다른 마을을 순시하거나 독서를 하거나 하였다. 그는 주로 역사책을 읽었는데 해마다 그것을 일정한 금액만큼 주문하고 있었다. 그는 좋은 장서를 만든다고 말하고 있었고, 구입한 책은 모두 읽기로 마음먹고 있었다. 그는 점잖은 얼굴로 서재에 앉아 독서를 하였다. 그것은 처음에는 의무로서 자기에게 부과한 것이었지만 이윽고 습관적인 일이 되어, 그에게 일종의 특별한 만족감과 진지한 일을 하고 있다는 의식을 주었다. 일로 나가는 여행 외에는 겨울의 대부분을 집에서 가족과 보내며 어머니와 아이들과 함께 자질구레한 일에 관여하였다. 그는 아내와는 더욱 깊은 유대를 가졌으며 매일 그녀 속에서 정신적인 보물을 발견하고 있었다.

쏘냐는 니꼴라이가 결혼한 후, 그 집에서 살고 있었다. 결혼하기 전에 니꼴라이는 자기를 책망하고 쏘냐를 칭찬하면서 자기와 쏘냐 사이에 있었던 일을 남김없이 자기 약혼자에게 이야기하였다. 그는 그의 사촌 여동생에게 친절하게 해달라고 마리야에게 부탁하였다. 마리야는 자기 남편의 죄를 충분히 느끼고 있었다. 쏘냐에 대한 자기의 죄도 느끼고 있었다. 자기 재산이 니꼴라이의 선택에 영향을 주었으리라고 생각하고, 무엇 하나 쏘냐를 책망할 수가 없었고, 그녀를 좋아하고 싶다고 생각하고 있었다. 그러나 좋아지지 않았을 뿐만 아니라 그녀에 대한 미움을 자기 마음 속에서 발견하고 그것을 억제할 수 없는 일이 자주 있었다.

어느 날 그녀는 사이가 좋은 나따샤와 둘이서 쏘냐에 대한 일과 자기의 공평하지 못한 태도에 대하여 이것저것 이야기하였다.

"봐요." 나따샤는 말하였다. "당신은 복음서를 많이 읽었잖아요. 그 속에 쏘냐에 관해 딱 어울리는 대목이 하나 있어요."

"어디지?" 의아스러운 듯이 마리야가 물었다.

"'가진 자에게는 주어지고 가지지 않은 자로부터는 빼앗길 것이다.' 외우고 있지? 그이는 가지지 않은 자야. 왜 그런지는 몰라. 그이에게는 이기심이 없는지도 몰라. 나는 알 수 없지만 그이는 빼앗기고 있어. 무엇이든지 빼앗기고 있어. 나는 가끔 그이가 몹시 불쌍하다는 생각이 드는 거야. 나는 옛날에 니꼴라이 오빠가 그이와 결혼했으면 하고 간절히 생각했었지. 하지만 나는 그렇게는 되지 않을 것이라는 예감을 항상 가지고 있었어. 그이는 헛된 꽃이야. 알고 있죠? 딸기에 있는 것 같은. 때때로 나는 그이가 가엾어지지만 때로는 생각해, 그이는 우리가 느끼고 있을 정도로는 이런 일을 느끼고 있지 않을 거라고."

마리야는 나따샤에게 복음서의 그 말은 다른 뜻으로 해석하지 않으면 안된다고 설명하였으나, 그래도 역시 쏘냐를 보고 있으면 나따샤가 한 설명에 동감이었다. 분명히 쏘냐는 자기의 입장에 신경을 쓰지 않고 헛된 꽃의 역할에 만족하고 있는 것 같았다. 그녀는 각 개인보다 오히려 가족 전체를 소중히 여기고 있는 것처럼 보였다. 그녀는 고양이처럼 사람에게가 아니라 집에 익숙해 있었다. 그녀는 노백작 부인을 돌보고 어린 아이들을 귀여워하고 달래고, 항상 그녀의 특기인 자질구레한 일들을 돌보기 위해 만반의 태세를 갖추고 있었다. 그것이 모두 의식적이지는 않았지만 사람들은 너무나도 적은 감사의 마음으로 그것을 받아들이는 것이었다.

르이스에 고르이의 저택은 재건되었으나 이제는 돌아가신 공작 시절의 그것은 아니었다.

어려울 때 시작된 건축은 소박함을 지나고 있었다. 옛날의 돌 토대 위에 세워진 커다란 집은 목조로, 다만 안쪽에 회반죽을 칠했을 뿐이었다. 널따란 집의 나무 마루는 칠을 하지 않은 채였고, 가구는 극히 소박한 단단한 소파와 안락의자, 영지에서 나는 자작나무로 가정 목수가 만든 테이블과 의자였다. 집은 넓고 하녀들의 방이나 손님을 위한 전용 공간이 있었다. 로스또프네와 볼꼰스끼네의 친척들이 가끔 16마리의 말이나 수십 명의 하인들을 데리고 르이스에 고르이로 모여 몇 달이고 묵었다. 게다가 1년에 4회, 주인 부부의 생일에 100명이나 되는 손님이 모여서 하루나 이틀을 보냈다. 1년 중 그 밖의 날에는 질서 정연한 생활이 흐르고, 일상적인 일, 차, 자가에서 나는 재료로 만든 점심, 저녁밥, 야식이 되풀이되었다.

9

1820년 12월 5일, 겨울의 성 니꼴라이제(祭)의 전날이었다. 이 해 나따샤는 아이와 함께 초가을부터 오빠네의 집 손님이 되어 있었다. 삐에르는 특별한 용무로 3주일간의 예정으로 뻬쩨르부르그에 있었고, 거기에서 이미 7주일 동안을 보내고 있었다. 모두들 그의 도착을 초조하게 기다리고 있었다.

12월 5일에는, 베주호프 일가 외에 로스또프네에 또 한 사람, 니꼴라이의 옛 친구인 퇴역 장군 바씰리 데니쏘프가 손님으로 와 있었다.

손님이 모이는 6일의 제일에, 니꼴라이는 동양풍 저고리를 벗고 프록코트를 입고 끝이 뾰족한 장화를 신고 자기가 세운 새로운 교회에 가서, 축하의 말을 듣고 자끄스까를 권하기도 하고 귀족 회의의 선거나 수확 이야기를 하지 않으면 안 된다는 것을 알고 있었다. 그러나 그 전날은 여느 때처럼 지낼 권리가 있다고 생각하고 있었다. 저녁 식사 때까지 니꼴라이는 랴잔현(縣)의 마을에서 온 관리인의 계산을 살펴보았다. 이것은 아내의 조카 영지의 일이었다. 또 일 관계로 두 통의 편지를 쓰고 보리 타작장과 가축우리, 마구간으로 갔다. 이곳 교회와도 관련된 성자의 제일이기 때문에 내일은 온 마을 사람들이 술마실 것을 예상하고 그 대책을 취하고 나서, 그는 식사 시간에 맞도록 돌아왔다. 그리고 아내와 마주 앉아서 이야기를 할 틈도 없이 집안사람들이 모여 있는 20인 분의 식기가 차려진 긴 테이블에 앉았다. 테이블에 앉아 있는 사람들은 어머니, 그녀 곁에서 살고 있는 나이 든 베로프 부인, 아내, 세 아이들, 입주하고 있는 남녀 가정교사, 조카와 그의 가정교사, 쏘냐, 데니쏘프, 나따샤, 그녀의 세 아이와 가정교사, 르이스에 고르이에서 여생을 보내고 있는, 공작이 데리고 있던 건축사 미하일 할아버지였다.

마리야는 테이블 반대쪽 끝에 앉아 있었다. 남편이 자기 자리에 앉는 순간 냅킨을 들고 자기 앞에 있는 컵과 글라스를 초조한 듯이 움직이는 그 동작으로, 마리야는 남편의 기분이 좋지 않다는 것을 알았다. 이것은 그에게 가끔 있는 일로, 더욱이 밭일에서 곧장 식사하러 돌아와 특히 수프를 들기 전에 이따금 있는 일이었다. 마리야는 이 남편의 기분을 잘 알고 있었으므로 자기 자신이 기분이 좋을 때에는, 남편이 수프를 다 들 때까지 가만히 기다렸다가 비로소 남편과 이야기를 하기 시작하여 까닭 없이 화를 내고 있다는 것을 남편이 깨닫게 하는 것이었다. 그러나 오늘 그녀는 자신이 지니고 있던 정관(靜觀)을 모두 잊어버렸다. 그녀는 남편이 까닭도 없이 자기에게 화를 내고 있는 것이 괴로워져서 자기를 불행하다고 느꼈다. 그녀는 남편에게 어디 갔다 왔느냐고 물었다. 그는 대답하였다. 그녀는 다시 농사는 순조롭게 진행되고 있느냐고 물었다. 그는 아내의 부자연스러운 말투에 언짢은 얼굴을 하고 이마를 찌푸리고 성급하게 대답하였다.

'역시 내가 생각했던 대로야.' 마리야는 생각하였다. '도대체 무엇 때문에 나에게 화를 내고 있을까?' 남편이 자기에게 대답하는 말투에서 마리야는 자기에 대한 악의와 이야기를 짧게 끝마치려는 기분을 느꼈다. 그녀는 자기의 말이 부자연스럽다는 것은 느끼고 있었지만 아직도 몇 가지 더 물어볼 말이 있었다.

식탁의 대화는 데니쏘프 덕택으로 이윽고 모두에게 공통된 활기찬 것이 되었고 마리야는 남편과 말을 하지 않았다. 모두가 식탁을 떠나 노백작 부인에게 감사하다는 인사를 하러 왔을 때 마리야는 자기의 손을 내밀면서 남편에게 키스하고 왜 나에게 화를 내고 있느냐고 물었다.

"당신은 항상 묘한 일을 생각하는군. 화를 내다니, 그런 일은 없어." 그는 말하였다.

그러나 항상이라는 말이 마리야에게 이렇게 대답하고 있었다. 그렇다, 화를 내고 있는데 말하고 싶지 않다.

니꼴라이는 아내와 사이좋게 지내고 있어서, 두 사람의 불화를 질투의 심정으로 바라고 있던 쏘냐 백작 부인까지도 나무랄 점을 찾을 수 없을 정도였다. 그러나 이 두 사람 사이에도 서로 미워하는 때가 있었다. 가끔 더없이 행복한 때가 지나면 으레 두 사람은 갑자기 서로 친해질 수 없는, 서로 미워하는 기분에 사로잡히는 것이었다. 그 기분은 마리야가 임신했을 때 특히 자주 나타났다. 지금, 그녀는 그 시기에 해당하고 있었던 것이다.

"자, 여러분." 니꼴라이는 큰 소리로 명랑하게 말하였다(그것은 자기를 초조하게 만들기 위해 일부러 그렇게 하는 것이라고 마리야는 느꼈다). "나는 6시부터 일어나 있었습니다. 내일은 힘이 드니까 오늘은 지금부터 잠시 쉬러 갑니다." 그리고 그 이상 마리야에게는 아무 말도 하지 않고 그는 작은 휴게실로 가서 소파에 누웠다.

'항상 이렇단 말이야.' 마리야는 생각하였다. '모두와 이야기를 하면서 나와는 이야기를 하지 않아. 알아요, 알고 있어요. 그는 내가 싫은 거야. 특히 이런 몸일 때에는.' 그녀는 자기의 부른 배를 보고, 노랗고 창백하게 야윈, 여느 때보다도 눈이 커진 자기 얼굴을 거울에 비춰 보았다.

그러자 그녀는 만사가 싫어졌다. 데니쏘프의 고함을 지르는 듯한 목소리도 크게 웃는 것도, 나따샤가 지껄이는 것도, 특히 쏘냐가 흘끗 자기에게 던지는 시선도······.

쏘냐는 언제나 마리야가 자기의 초조한 심정의 원인으로 꼽는 첫 대상이었다.

손님과 함께 잠시 앉아 있었으나, 모두가 하는 말을 하나도 알아들을 수 없어 그녀는 살며시 방을 나와 아이들 방으로 갔다.

아이들은 마차로 생각하는 의자에 앉아서 모스크바로 가는 놀이를 하고 있는 참이었고, 마리야에게도 같이 가자고 했다. 그녀는 앉아서 아이들과 놀아주었으나, 남편의 일과 이유 없는 남편의 초조함이 끊임없이 머릿속에 있어서 그것에 신경이 쓰이고 있었다. 그녀는 일어나서 애써 발끝으로 걸으면서 작은 휴게실로 갔다.

'어쩌면 그이는 자고 있지 않을지도 모른다. 이야기를 잘 해보아야지.' 그녀는 마음 속으로 말하였다. 맏이인 안드류샤가 그녀의 흉내를 내어 발끝으로 그녀의 뒤를 따라왔다. 마리야는 그것을 알아채지 못했다.

"마리야, 그이는 주무시고 있을지도 몰라요. 매우 피곤하신 것 같아요." 큰 휴게실에서 쏘냐가 말하였다. 마리야는 어디를 가나 그녀와 마주치는 듯한 느낌이 들었다. "안드류샤가 깨우지 않도록 해야 해요."

마리야는 뒤돌아보고 자기 뒤에 안드류샤가 있다는 것을 알자 쏘냐의 말이 맞다고 생각하였다. 그리고 그러기 때문에 얼굴이 확 붉어져서, 난폭한 말이 입 밖에 나오려는 것을 겉보기에도 간신히 참고 있었다. 그녀는 아무 말도 하지 않고 쏘냐가 말한 대로 하지 않기 위해서 안드류샤가 귀찮게 굴지 않도록, 그래도 역시 자기 뒤에서 따라오도록 손으로 신호를 하고 문 옆으로 가까이 갔다. 쏘냐는 다른 문으로 들어갔다. 니꼴라이가 자고 있는 방으로부터는, 극히 사소한 뉘앙스까지도 아내에게 익숙한 부드러운 숨소리가 들려왔다. 그녀는 그 숨소리를 들으면서 자기 눈앞에 있는 남편의 매끈한 아름다운 이마, 콧수염, 그가 자고 있을 때 여러 차례 밤의 고요 속에서 오랫동안 바라보았던 얼굴 전체를 보고 있었다. 그러나 그 순간 안드류샤가 문 뒤에서 외쳤다.

"아빠, 엄마가 거기 서 계셔요."

마리야는 놀라서 새파래지고, 아들에게 급히 신호를 했다. 아들은 입을 다물었다. 그리고 잠시 마리야에게는 무서운 침묵이 계속되었다. 니꼴라이는 잠을 깨우는 것을 몹시 싫어한다는 것을 그녀는 알고 있었다. 갑자기 문 안에서 이제까지와는 다른 신음하는 것 같은 목소리와 몸을 움직이는 소리가 들리더니 불만스러운 니꼴라이의 목소리가 말하였다.

"조금도 쉬지 못하게 하는군. 마리야, 당신이오? 무엇 때문에 아이를 여기로 데리고 오는 거야."

"나, 잠깐 들여다보기 위해 왔어요. 난 몰랐어요. 미안해요."

니꼴라이는 기침을 하고 입을 다물었다. 마리야는 아들을 아이들 방으로 데리고 갔다. 5분가량 지나서 아버지가 귀여워하는 눈이 검은 세 살짜리 나따샤가 오빠로부터 아빠가 작은 휴게실에서 자고 있다는 말을 듣고, 어머니에게 들키지 않게 아버지에게로 뛰어갔다. 검은 눈의 소녀는 문을 삐걱거리고 안짱다리로 기운차게 소파로 가까이 가서, 자기에게 등을 돌리고 자고 있는 아버지의 자세를 살핀 후, 발끝으로 서서 머리 아래에 놓인 아버지 손에 키스하였다. 니꼴라이는 기뻐서 못 견디겠다는 듯이 미소를 띠고 돌아보았다.

"나따샤, 나따샤!" 문 밖에서 깜짝 놀란 마리야의 숨죽인 목소리가 들렸다. "아빠는 졸리대요."

"아냐, 엄마, 아빠는 졸리지 않아요." 타이르듯이 어린 나따샤가 대답하였다. "아빠는 웃고 계셔요."

니꼴라이는 다리를 내리고 일어서서 딸을 안아올렸다.

"들어와, 마리야." 그는 아내에게 말하였다. 마리야는 방으로 들어가서 남편 옆에 앉았다.

"난 안드류샤가 내 뒤를 따라온 것을 미처 몰랐어요." 그녀는 주저하듯이 말하였다. "나는 다만……"

니꼴라이는 한 손으로 딸을 안은 채 아내를 보았다. 그리고 그녀의 미안한 듯한 표정을 알아차리자 다른 한 손으로 그녀를 안고 머리카락에 키스하였다.

"엄마에게 키스를 해도 좋니?" 그는 나따샤에게 물었다.

나따샤는 부끄러운 듯이 미소를 지었다.

"한 번 더." 아이는 명령하는 듯한 손짓으로 니꼴라이가 아내에게 키스한 부분을 가리키면서 말하였다.

"모르겠는 걸, 내가 기분이 언짢다고 당신이 생각하고 있다니." 니꼴라이는 아내의 마음 속에 있는 것으로 알고 있는 물음에 대답하면서 말하였다.

"당신은 상상하지 못하실 거예요. 당신이 그렇게 하시면 제가 얼마나 불행하고 적적한지. 나는 그런 생각이 들어요, 모든 것이……"

"마리야, 이제 됐어, 어리석은 일이야. 용케도 부끄럽지 않은 모양이군." 그는 밝게 웃었다.

"나는 이런 생각이 들어요. 당신이 나를 사랑해 줄 리가 없다, 내가 이렇게 얼굴이 못생기고…… 평소에도 그런데…… 지금은…… 이런 상태로……'

"참 이상한 사람이군! 예쁘니까 좋아하는 것이 아니라 좋아하니까 예쁜 거야. 예쁘니까 좋아하는 것은 말비나나 아리송한 여자들뿐이야. 아내? 글쎄, 나는 당신을 사랑하고 있을까? 사랑하고 있는 것이 아니라 단지…… 뭐라고 설명을 해야 할지 모르겠군. 당신이 없거나 이렇게 서로 잠시 어긋나면 나는 모든 것이 엉망이 된 것 같은 생각이 들어서 아무것도 할 수가 없어요. 여보, 어째서 내가 내 손가락을 사랑해? 사랑하고 있지 않아. 하지만 시험 삼아 잘라보면……"

"아녜요, 그런 말이 아녜요. 하지만 곧 알게 돼요. 그럼 당신은 나에게 화를 내고 있는 게 아니죠?"

"지독하게 화를 내고 있지." 그는 웃으면서 말하자 일어나서 머리를 쓰다듬고는 방 안을 걸어다녔다.

"알아요, 마리야? 내가 무엇을 생각하고 있었는지." 그는 말하기 시작하였다. 화해가 이루어진 지금 이내 아내 앞에서 생각하고 있는 것을 소리를 내어 말하기 시작한 것이다. 그는 아내에게 들어볼 의향이 있는지 물어보려고도 하지 않았다. 그에게는 아무래도 좋은 일이었다. 자기 머리에 생각이 떠올랐으니 아내도 그럴 것이라는 기분이었다. 그래서 그는 봄까지 줄곧 이 집에 있도록 삐에르를 설득하겠다는 자기 생각을 아내에게 이야기하였다.

마리야는 남편의 이야기를 끝까지 듣고 의견을 말하고 이번에는 자기 생각을 소리 내어 말하였다. 그녀의 생각은 아이들에 대한 이야기였다.

"벌써 지금부터 여자인 것이 나타나고 있어요." 그녀는 나따샤를 가리키면서 프랑스말로 말하였다. "남자들은 우리 여자를 논리적이 아니라고 비난하죠. 봐요, 이 아이가 곧 우리 여자들의 논리예요. 내가 아빠는 졸리다고 하니까 이 애는 아냐, 아빠는 웃고 계셔요 라고 하잖아요. 이 애 말이 맞았어요." 마리야는 행복한 듯이 미소를 띠며 말하였다.

"그래, 그래!" 이렇게 말하고서 니꼴라이는 힘센 팔로 딸을 안아 높이 쳐들더니 좌우의 다리를 잡아 어깨에 태우고 그대로 방 안을 걸어다녔다. 아버지도 딸도 마찬가지로 무심한, 행복한 얼굴을 하고 있었다.

"여보, 불공평할지도 몰라요. 이 애를 너무 귀여워하는 게 아네요?" 소리를 죽이고 프랑스말로 마리야가 말하였다.

"그래, 하지만 어찌할 수가 없지…… 나는 겉으로는 나타내지 않고 있지만……"

그때 현관에 사람이 온 것 같은 인기척이 났다.

"누가 온 모양이군."

"틀림없이 삐에르일 거예요. 가서 확인하고 올게요." 마리야는 방을 나갔다.

마리야가 없는 동안에 니꼴라이는 흥겨운 나머지 딸을 업고 방 안을 빙빙 전속력으로 뛰어다녔다. 숨을 헐떡이며 그는 소리를 내어 웃고 있는 딸을 재빨리 던지듯이 내려놓고 가슴에 안았다. 뛰어다닌 일이 그에게 댄스를 생각나게 하였다. 그리고 그는 둥글고 행복하게 보이는 작은 얼굴을 보면서, 자기가 나이가 들어서 이 아이를 사교계에 데리고 나가게 되면, 돌아가신 아버지가 딸과 곧잘 다닐로 꾸뽀르를 춘 것처럼 자기도 딸과 함께 마주르카를 추게 될 때면, 이 아이는 어떤 처녀가 되어 있을까 하고 생각하는 것이었다.

"역시 그분이에요, 니꼴라이." 잠시 뒤 마리야가 방으로 돌아오면서 말하였다. "나따샤가 되살아났어요. 볼만했어요. 그분이 기뻐하는 모습과 늦었다고 해서 삐에르가 야단을 맞는 모습이……. 자 갑시다, 빨리 가요! 그 정도 하고 이리와." 그녀는 아버지에게 달라붙어 있는 딸을 보면서 미소를 짓고 말하였다. 니꼴라이는 딸의 손을 잡고 나갔다.

마리야는 휴게실에 남았다.

"절대로, 절대로 믿을 수 없었던 일은 아닐까?" 그녀는 혼자 남몰래 중얼거렸다. "이렇게 행복하게 되다니." 그녀의 얼굴에는 미소가 넘쳤다. 그러나 그와 동시에 그녀는 한숨을 쉬었고, 조용한 슬픔이 깊은 눈동자에 나타났다. 마치 그녀가 맛보고 있는 행복 이외에 이 세상의 인생에서는 얻을 수 없는 다른 행복이 있는 것 같았다. 그것을 그녀는 언뜻 순간적으로 상기한 것이다.

10

나따샤는 1813년 이른 봄에 결혼하여, 1820년에는 세 딸과 한 사내아이가 있었다. 그녀는 사내아이를 몹시 원하고 있었고 지금은 자신이 직접 젖을 먹이고 있었다. 그녀는 살이 찌고 몸이 옆으로 불어났기 때문에, 이 건장한 어머니가 옛날에 날씬하고 민첩한 나따샤였다고 보기는 어려울 정도였다. 그녀의 이목구비는 뚜렷해서 안정되고 부드럽고 깔끔한 표정이 되어 있었다. 그 얼굴에는 이전처럼 끊임없이 타오르는, 그녀의 매력이었던 생기의 불꽃이 없었다. 지금은 얼굴과 몸이 보일 뿐 영혼은 전혀 보이지 않았다. 보이는 것은 다만 건장하고 아름다운, 아이를 많이 낳은 암컷뿐이었다. 이제 그녀 안에서 옛날의 불길이 타오르는 일은 극히 드물었다. 그것은 남편이 돌아왔을 때나 아이들의 병이 나았을 때, 그녀가 마리야와 안드레이의 일을 상기할 때(나따샤는 그 추억에 남편이 질투할지도 모른다고 생각해서 한 번도 안드레이의 일을 남편에게 이야기하지 않았다), 게다가 결혼한 뒤 극히 드물게 그 어떤 기회에 우연히 아주 그만 둔 노래를 부르게 되었을 때에만 그 불길이 타오를 뿐이었다. 그리고 그녀의 무르익은 아름다운 육체 속에서 옛날의 불길이 타오르는 순간, 그녀는 이전보다도 더 매력적이 되는 것이었다.

나따샤는 결혼 이래, 남편과 함께 모스크바와 뻬쩨르부르그, 모스크바 교외의 마을, 그리고 어머니 옆, 즉 니꼴라이의 집 등에서 살고 있었다. 사교계에서 젊은 베주호프 백작 부인을 만나는 일은 적고, 만났던 사람들도 그녀에게는 불만이었다. 그녀는 애교가 좋은 것도 아니고 친절하지도 않았다. 나따샤는 고독한 생활이 좋은 것은 아니었지만(그녀는 자기가 한거(閑居)를 좋아하는지 어쩐지 알지 못했다. 그녀는 좋아하지 않는 것 같은 생각이 들었다), 아이를 배고, 낳고, 젖을 주고, 남편의 생활 하나하나에 일일이 관여하고 있자니까, 이를 위해서는 사교를 단념하지 않을 수가 없었다. 결혼 전의 나따샤를 알고 있던 사람들은 모두 그녀 속에 생긴 변화를 무엇인가 이상한 일이나 되는 것처럼 놀라워했다. 다만 노백작 부인만은 나따샤의 변화는, 그녀가 오뜨라도노에에서 농담이 아니라 제정신으로 외쳤던 것처럼, 가정을 가지고 싶다, 남편을 가지고 싶다는 바람에 따랐을 뿐이라는 것을 어머니의 직감으로 이해하고 있었다. 어머니는 나따샤를 이해하고 있지 않은 사람들이 놀라는 것에 놀라고 있었다. 그리고 자기는 나따샤가 모범적인 아내와 어머니가 될 것이라는 것을 이전부터 알고 있었다고 되풀이해서 말하고 있었다.

"저 아이는 남편이나 아이들을 너무 사랑하는 나머지" 백작 부인은 말하는 것이었다. "어리석을 정도야."

나따샤는 머리가 좋은 사람들, 특히 프랑스 사람들이 말하고 있는, 처녀는 결혼해도 느슨해지면 안 된다, 사치를 그만두면 안 된다, 처녀 때 이상으로 겉모습에 신경을 쓰지 않으면 안 된다, 남편이 되기 전에 매력을 느끼게 한 것과 마찬가지로 남편에게 매력을 느끼게 하지 않으면 안 된다는 규정에 따르지 않았다. 나따샤는 이와는 반대로 자기의 모든 매력을 던져버리고 말았다. 그 중에서 특히 강한 매력은 노래였다. 그녀가 그것을 버린 것은 그것이 강한 매력이었기 때문이었다. 남의 말을 빌리자면, 그녀는 그만큼 느슨해진 것이다. 나따샤는 자기의 거동에도, 말의 섬세함에도, 가장 잘 보이는 자세로 자기 남편에게 보이는 것도, 자기 몸치장에도, 자기의 고집스러운 행동으로 남편에게 답답한 생각을 가지게 해서는 안 된다는 것에도 신경을 쓰지 않았다. 그녀는 이러한 규칙에 어긋나는 모든 일을 하고 있었다. 그녀는, 옛날의 본능이 자기에게 사용하는 것을 가르쳐 주었던 매력은, 지금은 남편의 눈에는 우습게 보일 것이라고 느끼고 있었다. 그녀는 처음 순간부터 남편에게 전신전령으로 투구하여 한 구석이라도 남편에게 보이지 않고 남겨둔 곳은 없었다. 그녀는 자기와 남편의 결합은 그를 자기에게 끌어당긴 저 로맨틱한 감정에 의해서 뒷받침된 것이 아니라 무엇인가 다른, 분명하지는 않지만 영혼과 육체가 결합하고 있는 것처럼 굳건한 것으로 뒷받침되어 있다고 느끼고 있었다.

자기 남편을 끌어당기기 위해 보기 좋게 머리를 다듬고, 로브론(고래수염으로 만든 테로 스커트를 둥글게 부풀린 드레스)을 입고 로맨스를 노래하거나 했다면, 그녀에게는 기묘한 생각이 들었을 것이다. 남의 마음에 들기 위해 자기를 장식하는 일은 지금도 좋은 기분이 들었을지도 모른다(그것을 그녀는 몰랐지만). 그러나 전혀 그럴 틈이 없었다. 그녀가 노래하는 것에나, 사치를 하는 것에나, 말투에도 신경을 쓰지 않았던 주요 원인은 그것을 할 틈이 전혀 없었기 때문이었다.

잘 알려진 바와 같이 인간은 아무리 시시한 것으로 보여도 하나의 대상에 전적으로 몰두하는 능력을 가지고 있다. 또 그것을 향해 주의를 집중하면, 무한히 커지지 않는 시시한 대상은 없는 것이다.

나따샤가 몰두한 대상은 가족이었다. 떨어지지 않고, 자기의 것으로 해두지 않으면 안 되는 남편과 임신, 출산, 젖을 주고 기르지 않으면 안 되는 아이들이었다.

그리고 그녀가 머리가 아니라 전신전령으로 전 존재를 동원하여 자기를 사로잡고 있는 대상으로 파고들면 들수록, 더욱더 그 대상이 커지고 자기의 힘이 더욱더 약하고 보잘것없는 것으로 여겨졌기 때문에, 그녀는 전력을 한 가지 일에 집중해도 모든 것을 해나갈 틈이 없는 것이었다.

여성의 권리, 부부의 관계, 부부의 자유와 권리를 둘러싼 이야기나 논의는 지금처럼 문제시되지 않았지만 당시에도 지금과 아주 같았다. 그러나 그러한 문제는 나따샤의 흥미를 끌지 못했을 뿐만 아니라, 그녀는 그것을 전혀 이해할 수가 없었다.

그러한 문제는 당시에도 지금과 마찬가지로, 결혼한 부부가 서로 상대방으로부터 얻는 만족으로밖에 보지 않는, 즉 결혼의 출발점만을 보고 가정 안에 있는 그 의의 전체를 보지 않는 사람들에게만 존재하는 것이었다.

이러한 논의나 문제는 어떻게 하면 식사에서 될 수 있는 대로 많은 만족을 얻을 수 있는가 하는 문제와 마찬가지로, 당시에도 지금과 마찬가지로 식사의 목적이 영양 보급이며, 부부 생활의 목적이 가정인 사람에게는 존재하지 않는다.

만약에 식사의 목적이 몸을 양성하는 것이라면, 한 번에 2인분의 식사를 하는 사람은 보통 이상의 만족을 얻을지 모르나 목적을 달성할 수는 없다. 왜냐하면 두 사람분의 식사를 위는 소화할 수 없기 때문이다.

만약에 결혼의 목적이 가정이라고 한다면, 많은 아내나 남편을 갖는 사람은 만족을 많이 얻을지 모르나 절대로 가정을 가질 수는 없다.

식사의 목적이 영양 보급이며 결혼의 목적이 가정이라면, 문제는 모두 위가 소화할 수 있는 이상의 것을 먹지 않을 것, 가정에 필요한 만큼의, 즉 아내나 남편을 한 사람밖에 가지지 않는 것으로 해결된다. 나따샤에게는 남편이 필요했다. 남편이 그녀에게 주어졌다. 그리고 남편은 그녀에게 가정을 주었다. 따라서 다른 더 좋은 남편을 그녀는 필요하다고 인정하지 않았을 뿐만 아니라 그 남편과 가정에 봉사하기 위해 그녀의 마음의 힘을 모두 쏟았기 때문에, 다른 상태에 있었더라면 어떻게 되었을 것인가 하는 일 같은 것은 상상할 수 없었고, 그런 상상을 한다는 것에 아무런 흥미도 느끼지 않았다.

나따샤는 일반적으로 사람을 대하는 것을 좋아하지 않았으나 그럴수록 친척들, 마리야, 오빠, 어머니, 쏘냐와의 교제를 소중히 여겼다. 그녀는 머리카락을 흐트러뜨리고 가운을 입은 모습으로 아이들 방에서 기쁜 얼굴로 성큼성큼 걸어 나와, 녹색이 아니라 황색 얼룩이 묻은 기저귀를 보이면서 이제 아이의 상태는 좋아졌다고 하는 위안의 말을 해주는 사람들과 어울리는 것을 소중히 여기고 있었다.

나따샤는 완전히 느슨해져서 그녀의 복장과 머리모양, 조리가 닿지 않는 말, 질투가―그녀는 쏘냐나 함께 사는 여자 가정교사나, 미인이건 미인이 아니건 모든 여성들에게 질투를 하였다―항상 가까운 식구들의 농담의 대상이 될 정도였다. 삐에르는 마누라 엉덩이에 깔려 있다고 하는 것이 여러 사람의 의견이었고 실제로도 그러했다. 결혼한 처음의 며칠이 지나자 나따샤는 자기의 요구를 분명히 하였다. 삐에르는, 자기 생활의 일분일초가 아내와 가정의 것이라는, 그에게 있어서는 전혀 새로운 아내의 생각에 매우 놀랐다. 삐에르는 자기 아내의 요구에 놀랐으나 거기에 매혹되어 아내의 말에 따랐다.

삐에르는 그 요구에 응했기 때문에, 다른 여자를 쫓아다니기는커녕 웃는 얼굴로 이야기할 수도 없었고, 단지 클럽이나 식사에 시간을 보내기 위해 갈 수도 없었으며 심심풀이로 돈을 쓸 수도 없었다. 일 이외는─일 중에는 아내가 전연 알지 못하는, 매우 중요시하고 있던 학문적인 연구도 포함되어 있었다─긴 여행도 할 수가 없었다. 그 대신 삐에르는 자기 집에서는 자기 자신뿐만 아니라 가족 전체를 자기 마음대로 할 수가 있었다. 나따샤는 집에서는 남편의 노예처럼 처신하고 있었다. 그리고 삐에르가 일을 하고 있을 때 ─자기 서재에서 읽거나 쓰거나 하고 있을 때에는 온 집안이 소리를 내지 않고 걸었다. 삐에르가 특히 무엇이 좋다는 눈치를 보이기만 하면 언제라도 그가 좋아하는 일을 할 수가 있었다. 그가 바라는 것을 말하기만 하면 나따샤는 즉각 달려가서 그 희망을 실현시키는 것이었다.

온 집안이 남편의 명령이라고 여겨지는 것, 즉 나따샤가 헤아리려고 하는 삐에르의 희망으로 움직여지고 있었다. 생활의 형태, 장소, 교제, 부양가족, 나따샤의 일, 아이들의 교육─모두가 삐에르의 의지의 발로에 따라 이루어졌을 뿐만 아니라, 나따샤는 잡담에서 언급되는 삐에르의 생각에서 생길 수 있는 일을 헤아리기 위해 애를 썼다. 그리고 그녀는 삐에르의 희망의 핵심이 어디에 있는가를 올바르게 헤아리고, 일단 그것을 알고 나면 선택한 것에 고집하였다. 삐에르가 자기의 희망을 위배하기라도 하면, 그녀는 삐에르 자신의 무기로 그에게 대항해서 싸우는 것이었다.

예를 들면 삐에르에게는 평생 잊지 못할 괴로운 시기에, 즉 처음에 허약한 아들을 낳은 후, 세 사람이나 유모를 바꿔야 했고 나따샤가 절망해서 병에 걸렸을 때, 삐에르는 어느 날 나따샤에게 유모는 부자연스럽고 유해하다고 하는, 자신이 전적으로 동감하고 있는 루소의 생각을 전했다. 다음 아들이 태어나자 어머니, 의사, 그리고 남편까지, 그 당시 들어보지도 못한 해로운 일로서 나따샤가 모유를 먹이는 데에 반대했는데, 그녀는 자기주장을 관철하여 그 이래 모든 아이를 자기 젖을 먹여 길렀다.

초조한 상태가 계속될 때 부부는 말다툼을 하는 일이 있었는데, 그 말다툼한 뒤 삐에르는 아내의 말뿐만이 아니라 행위에서까지 아내가 반대하고 있던 삐에르의 생각이 반영되고 있는 것을 발견하고 기쁘게 생각하면서도 놀라는 것이었다. 더욱이 자기 생각과 똑같은 생각을 발견할 뿐만 아니라 언쟁하는 과정에서, 삐에르가 자기 생각을 말한 표현이 세련된 형태로 남아 있는 것을 발견하는 것이었다.

결혼한 지 7년이 지나자, 삐에르는 자기가 나쁜 사람이 아니라는 것을 기쁜 마음으로 확인하게 되었다. 그리고 그것은 자기 자신의 반영을 아내에게서 보고 있기 때문이라는 것을 알았다. 자기 자신 안에서는 좋은 것과 나쁜 것이 서로 섞여, 서로 상쇄하고 있는 것을 느끼고 있었다. 그러나 아내에게는 정말로 좋은 것만이 반영되어 있었다. 충분히 좋은 것이라고 말할 수 없는 것은 모두 버려지고 없었다. 더욱이 그 반영은 논리적인 사색에 의한 것이 아니라 별개의—불가사의한, 직관적인 반영에 의한 것이었다.

11

2개월 전 삐에르는 로스또프네의 손님으로 있을 때, 뻬쩨르부르그로 와주었으면 하는 뽀뜨르 공작으로부터의 편지를 받았다. 그것은 뻬쩨르부르그에서 어느 결사의 멤버들의 관심을 끌고 있던 여러 가지 중요한 문제를 토의하기 위한 것으로, 삐에르는 그 결사의 중심적인 창립자의 한 사람이었다.

이 편지를 읽자 나따샤는—그녀는 남편의 편지를 모두 읽고 있었다—남편이 집을 비운다는 것은 매우 괴로웠지만 뻬쩨르부르그에 가도록 자진해서 남편에게 권했다. 남편의 지적이고 추상적인 일을 모두 그녀가 완전히 이해하지는 못했지만 매우 중요시하여, 남편이 하는 일의 방해가 되는 것을 항상 두려워하고 있었다. 편지를 다 읽었을 때의 삐에르의 주저하고 묻는 것 같은 시선에 대답하여, 나따샤는 꼭 가주기를 바란다고 하면서, 다만 돌아오는 시기를 분명히 정해달라고 하였다. 그리고 4주일의 휴가가 주어졌다.

삐에르의 이 휴가 기간이 끝난 2주일 전부터 나따샤는 끊임없이 걱정하고 적적해하고 초조해하였다.

현실에 불만을 가진 퇴역 장군 데니쏘프는 이 마지막 2주일 동안에 와서, 옛날에 사랑했던 사람과 닮지 않은 초상화를 보는 것처럼 나따샤를 보면서 놀라고 슬퍼하고 있었다. 생기가 없는 따분한 듯한 나날과 조리에 닿지 않는 대답과 어린이 방의 화제가, 한때의 매력적인 여성으로부터 그가 보고 들은 모든 것이었다.

나따샤는 이 시기 동안 줄곧 적적해하고 초조해하고 있었다. 특히 그녀를 위로하려고, 어머니나 오빠, 마리야가 삐에르를 변호하여 그가 늦어지고 있는 원인을 생각해 내려고 하면 더욱 그러했다.

"모두 쓸데없고 어리석은 일이에요." 나따샤는 말하였다. "그분의 생각은 아무런 결과도 가져오지 않아요. 게다가 그 결사는 어리석기 짝이 없어요." 그녀는 자기가 매우 중요하다고 믿고 있는 일까지 이런 식으로 말하였다. 그리고 그녀는 외아들 뻬짜(삐뜨르의 애칭, 삐뜨르를 프랑스식으로 발음하면 삐에르이기 때문에 이 아이는 아버지와 이름이 같다. 부자가 같은 이름은 러시아에는 많다)에게 젖을 먹이기 위해 아이들 방으로 가버리는 것이었다.

태어난 지 3개월 된 이 작은 존재가 그녀의 가슴에 안기고, 아이의 입이 움직이고 코가 숨소리를 내고 있는 것을 그녀가 느끼고 있는 이상으로는 그 누구도 무엇 하나 그녀의 마음이 가라앉거나 이치에 닿는 말을 할 수가 없었다. 아이는 이렇게 말하는 것이었다. "화를 내고 있군요, 질투를 하고 있군요, 그분에게 복수를 하고 싶은 거군요, 무서운 거군요. 하지만 내가 그 사람이에요, 내가 그이예요……." 그래서 대답할 길이 없었다. 그것은 진리 이상의 것이었다.

나따샤는 이 불안한 2주일 동안에 마음을 가라앉히기 위해서 갓난아이에게 집착하여 지나치게 돌보아 젖을 너무 먹였기 때문에, 갓난아이는 병에 걸리고 말았다. 그녀는 아이의 병을 몹시 걱정하였으나, 그것이야말로 그녀에게 필요한 것이었다. 아이의 간병을 하고 있으면 남편에 대한 불안이 누그러지는 것이었다.

그녀가 젖을 먹이고 있을 때 현관에 삐에르의 유개 썰매 소리가 나자, 마나님이 무엇을 기뻐하고 있는가를 알고 있는 아이 보는 하녀가 소리를 내지 않으려고 하면서도 황급히 얼굴을 반짝이면서 방으로 들어왔다.

"돌아오셨어?" 잠이 막 들고 있는 갓난아이를 깨우지 않으려고 나따샤는 소리를 죽여 빠른 말로 말하였다.

"돌아오셨습니다, 마나님." 하녀가 말하였다.

나따샤의 얼굴에 핏기가 오르고, 다리는 무의식적으로 움직였다. 그러나 갑자기 일어나서 뛰어갈 수는 없었다. 갓난아이는 다시 작은 눈을 뜨고 바라보았다. '엄마, 거기 있군요.' 갓난아이는 마치 이렇게 말하고 있는 것 같았다. 그리고 다시 나른한 입술을 우물거렸다.

살며시 젖을 떼고 나따샤는 잠시 아이를 어르고 하녀에게 건네준 후 빠른 걸음으로 문 쪽으로 갔다. 문을 나오려다가 그녀는 기쁜 나머지 갓난아이를 너무 조급하게 하녀에게 내맡긴 것이 아닌가 하는 양심의 가책이라도 받은 것처럼 뒤를 돌아보았다. 하녀가 아이를 안고 칸막이 침대에 아이를 뉘고 있었다.

"어서 가세요, 안심하고 가세요, 마나님." 하녀가 싱글벙글 웃으면서, 그녀와 마나님 사이에 볼 수 있는 다정한 태도로 소리를 죽여 말했다.

나따샤는 가벼운 발걸음으로 현관으로 달려갔다.

파이프를 물고 서재에서 홀로 나온 데니쏘프는 거기서 처음으로 옛날의 나따샤를 보았다. 밝고 눈부신 기쁨의 빛이 확 바뀐 그녀의 얼굴에서 분출되고 있었다.

"돌아오셨어요!" 그녀는 달려가면서 그에게 말했다. 그러나 데니쏘프는, 별로 좋아하지는 않지만 삐에르가 돌아온 덕택으로 자기도 기쁜 마음이 든다고 느꼈다. 현관으로 뛰어가자 목도리를 풀고 있는, 모피 코트를 입은 키가 큰 모습이 나따샤의 눈에 들어왔다.

'그분이야! 그분! 정말이야! 돌아오셨어!' 그녀는 마음 속으로 말하였다. 그리고 그에게 달려들자, 그를 안고 머리를 가슴에 파묻고 있다가 잠시 떨어져 불그스레하면서 행복스럽게 보이는 삐에르의 얼굴을 보았다. '그래, 이분이야. 행복하고 만족하게 보이는……'

그러나 갑자기 그녀는 지난 2주일 동안에 그녀가 실컷 맛보았던, 기다리는 고통을 남김없이 상기하였다. 그녀의 얼굴에 빛났던 기쁨이 사라졌다. 그녀는 눈썹을 들어올렸다. 그리고 책망하는 듯한 심술궂은 말이 삐에르에게 퍼부어졌다.

"그래요, 당신은 괜찮을 거예요! 당신의 기분은 좋을 거예요. 당신은 즐기셨죠…… 하지만 나는 어때요? 적어도 가엾다고 생각해 주셔야죠. 나는 젖을 먹이고 있어요, 그 젖이 못쓰게 되어 삐짜가 죽을 뻔했어요. 그런데 당신은 참 즐거우신 것 같아요. 그래요, 당신은 즐거우시죠!"

삐에르는 그 이상 빨리 돌아올 수 없었기 때문에 자기가 나쁜 것은 아니라는 것을 알고 있었다. 아내가 이렇게 말하는 것도 할 수 없는 일이라는 것도 알고 있었다. 2, 3분만 지나면 가라앉는다는 것도 알고 있었다. 무엇보다도 그 자신은 즐겁고 기쁘다는 것을 알고 있었다. 그는 빙그레 웃고 싶었으나 그런 일은 생각조차 할 수도 없었다. 그는 기어들어가는, 겁먹은 듯한 얼굴을 하고 몸을 도사리고 있었다.

"돌아올 수가 없었어, 정말이야! 뻬쨔는 어때?"

"지금은 괜찮아요. 자, 가요. 당신은 용케도 마음에 걸리지도 않는군요! 당신이 없는 동안에 내가 어떠했는지, 얼마나 내가 괴로운 심정으로 있었는지, 당신이 안다면……"

"당신은 괜찮아요?"

"가요, 가." 그녀는 남편의 손을 놓지 않고 말하였다. 그리고 두 사람은 자기들의 방으로 갔다.

니꼴라이가 아내와 함께 삐에르를 찾으러 왔을 때, 그는 아이들 방에서 눈을 뜬 젖먹이 아들을 커다란 오른손 바닥에 얹고 어르고 있었다. 이가 없는 입을 크게 벌린 넓적한 갓난아이 얼굴에는 즐거운 미소가 떠오르고 있었다. 폭풍은 이미 지나가고 남편과 아들을, 홀딱 반한 듯이 바라보고 있는 나따샤의 얼굴에는 밝고 기쁜 태양이 빛나고 있었다.

"그래, 뾰뜨르 공작과의 이야기는 모두 잘 됐어요?" 나따샤가 말하였다.

"음, 잘 됐지."

"봐요, 짱짱해요(나따샤는 갓난아이의 목에 대해서 말한 것이다). 정말로 이 아이는 깜짝깜짝 놀라게 해요……"

"그래, 공작 부인은 만났어요? 그녀가 그를 좋아한다는 것이 정말이에요?……"

"그래, 놀랄 일이야."

그때 니꼴라이와 마리야가 들어왔다. 삐에르는 아들을 손에서 내리지 않고 몸을 굽혀 두 사람과 키스를 나누고 쏟아지는 여러 질문에 대답하였다. 그러나 여러 가지 하지 않으면 안 되는 재미있는 이야기가 많은데, 꼭대기에 작은 방울이 달린 털모자를 쓰고, 목이 흔들거리고 있는 갓난아이가 삐에르의 주의를 온통 삼키고 있는 것처럼 보였다.

"참 이쁘기도 해라." 마리야가 갓난아이를 보고 어르면서 말하였다. "이것만은 정말 이해가 가지 않아요, 니꼴라이." 그녀는 남편에게 말하였다. "당신은 왜 모를까? 이렇게 작고 근사한 아이의 멋있는 점을……"

"몰라, 알 수가 없어." 니꼴라이는 차가운 눈으로 갓난아이를 보면서 말하였다. "그저 고깃덩어리일 뿐이야. 가세, 삐에르."

"이분은 매우 상냥한 아버지예요, 그것이 중요한 거예요." 마리야는 남편을 변호하면서 말하였다. "그러나 한 살쯤 되어야……"

"아냐, 삐에르는 갓난아이를 어르기를 잘 해요." 나따샤는 말했다. "이분은 말하고 있어요. 나의 손은 아이의 엉덩이에 딱 맞도록 되어 있다고. 보세요."

"아냐, 그것 때문만은 아냐." 갑자기 삐에르는 웃으면서 갓난아이를 고쳐 안고 하녀에게 건넸다.

12

진짜 가정에서는 어디에서나 그렇지만 르이스에 고르이 저택에는 몇 개의 전혀 다른 세계가 함께 존재하고 있어서, 각기 독자성을 유지하고 서로 양보를 하면서 하나의 조화를 이룬 전체에 융합되고 있었다. 저택 안에서 생기는 여러 사건은 다 같이—기쁘거나 슬프거나—각각의 세계를 이루고 있는 모두에게도 중요했다. 그러나 각각의 세계에는 어떤 사건을 기뻐하거나 슬퍼하든, 다른 세계에 좌우되지 않는 독특한 이유를 가지고 있었다.

그래서 삐에르가 온 것은 기쁘고 중요한 사건이며, 그런 모습으로 모두에게 반영되었다.

하인들은—대화가 아니라, 또 겉으로 나타난 감정이 아닌, 행위와 생활 태도로 판단하기 때문에 주인들을 가장 올바르게 판단하고 있는 사람들이었지만—삐에르가 온 것을 기뻐하였다. 왜냐하면 그가 있으면 니꼴라이 백작은 매일 농사를 둘러보는 것을 그만 두고, 기분이 좋아지고 상냥해지는 것을 그들은 알고 있었기 때문이며, 게다가 축일에는 모두에게 호화스러운 선물이 나오기 때문이었다.

아이들이나 가정교사들이 삐에르의 내방을 기뻐한 것은, 삐에르만큼 그들을 전체의 생활로 끌어들이는 사람이 없었기 때문이다. 모든 춤을 출 수 있는—하고 그가 말하고 있었다—에꼬쎄즈(그가 연주할 수 있는 단 하나의 곡)를 클라비코드로 연주할 수 있는 것은 삐에르뿐이었고, 또 그는 틀림없이 모두에게 선물을 가지고 왔을 것이기 때문이었다.

지금은 15세가 된 눈이 매우 아름다우며 야위고 엷은 갈색 곱슬머리를 가진, 선병질(腺病質)적이며 머리가 좋은 소년이 된 니꼴렌까가 기뻐한 것은 삐에르 아저씨가—그는 삐에르를 이렇게 부르고 있었다—그의 동경과 열렬한 애정의 표적이었기 때문이었다. 그 누구도 니꼴렌까에게 삐에르에 대한 특별한 애정을 불어넣은 것도 아니었고 그는 가끔 삐에르를 만났을 뿐이었다. 그를 길러준 마리야는 자기가 남편을 사랑하고 있는 것과 마찬가지로 니꼴렌까가 남편을 사랑해 주도록 전력을 다했고, 니꼴렌까는 고모부를 사랑하고 있었다. 그러나 그 사랑하는 방법에는 눈에 띌까 말까한 멸시의 기색이 섞여 있었다. 그러나 그는 삐에르를 숭배하고 있었다. 그는 니꼴라이 고모부처럼 경기병이나 게오르기 훈장을 받을 수 있는 사람이 되고 싶지 않았으나, 삐에르처럼 학문이 있고 머리가 좋고 마음씨가 고운 인간이 되고 싶었다. 삐에르가 있으면 니꼴렌까의 얼굴은 항상 기쁨으로 빛나고, 삐에르가 말을 걸면 그는 얼굴이 빨개지고 숨이 가빠지는 것이었다. 그는 삐에르가 하는 말은 한 마디도 빠뜨리지 않고 들으려고 하였다. 그리고 후에 데사르를 상대로, 또 혼자서 삐에르가 한 말 하나하나의 뜻을 상기하고 생각에 잠기는 것이었다. 삐에르의 이제까지의 생애, 1812년까지의 그의 여러 가지 불행(니꼴렌까는 들은 이야기를 바탕으로 그 불행에 대해 막연한 로맨틱한 상상을 구축하고 있었다), 모스크바에서의 그의 기구한 체험, 포로, 쁠라똔 까라따에프(그 이야기를 그는 삐에르로부터 들었다), 나따샤에 대한 삐에르의 사랑(니꼴렌까는 역시 특별한 애정으로 그녀를 사랑하고 있었다), 그리고 무엇보다도 니꼴렌까가 기억하고 있지 않은 아버지에 대한 삐에르의 우정—이러한 것들이 모두 삐에르를, 그에게는 영웅으로 만들고 신성한 것으로 하고 있었다.

아버지와 나따샤에 대한 단편적인 이야기나, 삐에르가 죽은 아버지를 말할 때의 흥분한 모습, 나따샤가 역시 아버지 이야기를 할 때의 근엄하고 경건한 태도 등에서 이제 막 사랑이라는 것을 알기 시작한 소년은, 자기 아버지가 나따샤를 사랑했고 죽을 때 친구에게 유언으로써 그녀를 맡긴 것이라고 생각하였다. 또 소년의 기억에 없는 아버지는 마치 하느님처럼 여겨져 그 모습을 공상할 수도 있었고, 그 아버지를 생각하면 가슴이 조이고 슬픔과 감격의 눈물을 흘리지 않을 수가 없었다. 그는 삐에르가 와주어서 행복했다.

손님들은 언제 어떠한 모임에서도 활기를 불어넣고 모임을 주도하는 사람으로서 삐에르가 온 것을 기뻐하였다.

아내는 물론 집안 어른들은, 함께 살면 마음이 편해지고 안정되는 친한 사람이 온 것을 기뻐하였다.

나이 든 여자들은 삐에르가 가지고 오는 선물과 또 무엇보다도 나따샤가 활발해지는 것을 기뻐하였다.

삐에르는 자기에 대한 여러 세계의 이러한 생각을 느끼고, 기대되고 있는 것들을 곧 각각의 사람에게 주었다.

멍청한 듯한 데다가 건망증이 심한 삐에르가 지금은 아내가 만든 목록에 따라서 어머니와 오빠가 부탁한 것도, 베로프 부인의 드레스를 위한 옷감 선물도, 조카들의 장난감도 잊지 않고 모두 사왔다. 결혼 초기에 이 아내의 요구가—약속한 것들을 잊지 말고 모두 사오라는 요구가 이상하게 여겨져 처음 여행에서 모두 잊어버렸을 때, 그는 아내가 진심으로 슬퍼하는 모습에 매우 놀랐다. 그러나 이윽고 그는 그것에 익숙해졌다. 나따샤가 자기 자신을 위해서는 아무것도 부탁하지 않고, 다른 사람을 위해서도 삐에르가 말을 꺼낼 때에만 부탁한다는 것을 알고, 그는 이제 온 식구에게 이러한 선물을 하는 일에 자기도 생각하지 않았던 어린애 같은 기쁨을 느끼고 결코 무엇 하나 잊어버리는 일이 없었다. 그가 나따샤로부터 잔소리를 들었다고 한다면, 너무 많이 너무 비싼 값으로 산 데에 대한 불평뿐이었다. 많은 사람의 생각으로는 몸가짐이 엉성해지고 야무지지 못한 것이 결점이지만, 삐에르의 생각에서 보자면 장점이 되는 것에 다시 또 하나 더하여 나따샤는 인색해지고 있었다.

삐에르가 큰돈을 내야 하는 커다란 집과 대가족으로 생활을 시작한 이래, 자기도 놀랍게도 생활비가 이전의 반밖에 들지 않았고, 최근 특히 전처의 빚으로 엉망이 된 재정이 좋아졌다는 것을 알았다.

생활비가 싸게 먹힌 것은 생활이 정돈되었기 때문이었다. 언제라도 바꿀 수 있는 생활 형태에 바탕을 둔 돈이 드는 사치를 삐에르는 이제 하고 있지도 않았고 할 마음도 없었다. 그는 자기의 생활 형태가 지금은 영구적으로 죽을 때까지 정해져서, 자기 힘으로는 그것을 바꿀 수 없다는 것, 따라서 이런 생활 형태라면 싸게 먹힐 것이라고 느끼고 있었다.

삐에르는 즐거운, 웃는 얼굴로 자기가 사온 물건을 정리하고 있었다.

"어때!" 그는 상인처럼 나사를 한 장 펼치면서 말하였다. 나따샤는 큰딸을 무릎에 앉히고 빛나는 눈을 남편으로부터 남편이 보이고 있는 물건으로 재빨리 옮기면서 그 앞에 앉아 있었다.

"이것은 베로프 부인 것? 훌륭해요." 그녀는 그것을 만져보며 말하였다.

"이건 1루블이죠?"

삐에르가 값을 말하였다.

"비싸요." 나따샤가 말하였다. "그래요, 아이들이나 엄마들이 크게 기뻐할 거예요. 그러나 나에게 이런 물건을 산 것은 낭비였어요." 그녀가 그 무렵 유행하기 시작한, 진주가 박힌 빗을 넋을 잃고 바라보면서 미소를 억제하지 못하고 말하였다.

"아데리의 유혹을 받았어. 사라고 졸라서 말이야." 삐에르는 말하였다.

"도대체 언제 내가 꽂을 수 있을까?" 나따샤는 그것을 땋아 올린 머리에 꽂았다. "마셴까를 세상에 내보낼 때쯤일까? 어쩌면 그 때 또 유행할지 몰라요. 그럼, 갑시다."

선물을 안고 두 사람은 우선 아이들 방으로, 그리고 백작 부인의 방으로 갔다.

삐에르와 나따샤가 꾸러미를 안고 객실로 들어갔을 때, 백작 부인은 예에 따라서 베로프 부인과 함께 앉아서 혼자 트럼프를 놓고 있었다.

백작 부인은 이미 60이 넘어 있었다. 그녀는 이제 완전히 흰머리가 되었고, 주름을 잡은 엷은 장식천이 얼굴 전체를 감싼 듯한 실내모를 쓰고 있었다. 그녀의 얼굴에는 주름이 잡히고 윗입술은 푹 들어가고 눈은 흐려 있었다.

그렇게 연이어 아들과 남편이 죽은 뒤 그녀는 자기를 이 세상에서 갑자기 잊혀진, 아무런 목적도 뜻도 가지지 않는 존재라고 느끼고 있었다. 그녀는 먹기도 하고 마시기도 하고 자거나 자지 않고 있었으나 살아 있지는 않았다. 인생은 그녀에게 아무런 감명도 주지 않았다. 그녀는 안식 이외에 무엇 하나 인생으로부터 필요한 것이 없었다. 그리고 그녀가 그 안식을 찾을 수 있는 것은 죽음뿐이었다. 그러나 죽음이 찾아올 때까지 살지 않으면 안 되었다. 즉 자기의 생명력을 사용하지 않으면 안 되었다. 그녀 안에서는 아주 작은 아이들이나 아주 나이를 먹은 사람들에게서 볼 수 있는 것을 극단적으로 볼 수 있었다. 그 생활에는 아무런 외면적인 목적도 볼 수 없었고, 자기의 여러 가지 성벽(性癖)이나 능력을 작용하려는 욕구만이 눈에 띄었다. 그녀는 먹고, 생각하고, 이야기하고, 울고, 일하고, 화를 내지 않으면 안 되었다. 그것은 다만 그녀에게 위가 있고, 뇌가 있고, 근육, 신경, 간장이 있기 때문이었다. 그녀가 이러한 일을 모두 하고 있었던 것은 무엇인가 외면적인 것에 움직여서가 아니고, 생명력이 넘치는 사람들이 하는 것과는 다른 형태였다. 힘이 넘치는 시기에는 자기가 지향하고 있는 목적의 그늘에서 다른 목적, 즉 자기의 힘을 적용한다는 목적이 눈에 띄는 일은 없는 것이다. 그녀가 지껄이고 있는 것은 육체적으로 폐나 혀를 움직일 필요가 있기 때문이었다. 그녀가 갓난아이처럼 우는 것은 코를 풀 필요가 있기 때문이었다. 힘이 넘치고 있는 사람들에게는 목적이라고 여겨지는 것이 그녀에는 분명히 구실이었다.

예를 들어, 특히 전날 밤 무엇인가 기름진 것을 먹었을 때, 아침 일찍이면 그녀는 화를 내고 싶다는 욕구가 생기고, 그럴 때에는 베로프 부인이 귀가 멀다고 하는 가장 가까운 구실을 고르는 것이었다.

그녀는 방의 반대쪽 끝에서 베로프 부인에게 무엇인가 작은 목소리로 말을 하기 시작한다.

"오늘은 날씨가 약간 따뜻한 것 같군요." 그녀는 속삭이는 목소리로 말한다. 그러면 베로프 부인은 대답한다. "그렇고 말고요, 왔어요." 백작 부인은 화가 나서 투덜대는 것이었다. "아아! 어쩜 저렇게, 귀도 머리도 나쁘다니!"

또 하나의 구실은 코담배로, 그것이 그녀에게는 때로는 말라 있는 것이거나 때로는 젖어 있거나 때로는 고운 가루가 되어 있는 것처럼 여겨졌다. 이런 식으로 초조해한 후에는 그녀의 얼굴에 담즙이 넘치기 때문에, 하녀들은 언제 또 베로프 부인의 귀가 나빠지고, 또 코담배가 젖고, 언제 얼굴이 노랗게 되는가를 그 분명한 징후로 알고 있었다. 담즙을 활동시킬 필요가 있었던 것과 마찬가지로, 그녀는 아직 남아 있는 사고 능력을 때로는 활동시킬 필요가 있었다. 이를 위한 구실은 트럼프로 혼자 놀이할 때였다. 또 울 필요가 있을 때에는 그 대상은 죽은 백작이었다. 걱정을 할 필요가 있을 때에는 그 구실은 니꼴라이와 그의 건강이었다. 심술궂은 말을 할 필요가 있을 때에는 그 구실은 마리야였다. 발성 기관에 트레이닝을 시킬 필요가 있을 때에는—그것은 대체적으로 6시 이후, 어두운 방에서 소화 때문에 잠시 쉰 뒤에 생기는 것이었다—구실은 항상 같은 이야기를 언제나 상대에게 들려주는 일이었다.

이러한 늙은 여자의 상태는 아무도 그것을 화제로 삼은 일은 없었으나 집안사람 모두에게 알려져 있고, 그녀의 이러한 욕구를 채우기 위해 모두가 될 수 있는 대로 노력을 하였다. 다만 니꼴라이, 삐에르, 나따샤, 마리야 사이에서는 서로 가끔 교환되는 시선이나 미소 같은 것 속에, 백작 부인의 상태를 서로 이해하고 있다는 것이 나타나는 것이었다.

그러나 그 시선에는 그 이외에 또 하나의 일을 말하고 있었다. 이 사람은 이제 이 인생에서 자기가 할 일을 다 했다, 이러한 일은 이 사람에게서만 볼 수 있는 것이 아니다, 우리도 모두 똑같은 처지가 될 것이다, 한때는 소중하고 생명이 충만해 있었으나, 지금은 이처럼 비참한 존재가 되어버린 그녀의 말을 듣고 그녀에게 순종함으로써 자기를 억제한다는 것은 기쁜 일이라는 뜻이 나타나 있었다. 죽음을 잊지 말아라—하고 그 시선은 말하고 있었던 것이다.

온 집안 식구 중에서, 멍청한 사람과 어린아이들만이 이것을 이해 못하고 백작 부인을 피하고 있었다.

13

삐에르가 아내와 함께 객실로 왔을 때, 백작 부인은 혼자 하는 트럼프 놀이라는 지적인 작업에 열중하는 언제나의 욕구상태에 있었기 때문에, 삐에르나 아들이 돌아왔을 때에 그녀가 말하는, "이제 슬슬 돌아가도 좋을 때야, 무척 기다렸지. 아, 다행이다" 하는 말을 습관적으로 말하고, 자기에게 선물이 주어졌을 때 "중요한 건 선물이 아냐. 나와 같은 할머니에게 선물을 주는 것은 고마워……"라고 하는 다른 습관적인 말을 하기는 했지만, 이럴 때 삐에르가 온 것은 그녀에게는 달갑지 않은 것 같았다. 왜냐하면 아직 끝나지 않은 트럼프 놀이를 방해했기 때문이다. 그녀는 트럼프 놀이를 끝마쳤다. 그러고 나서 선물에 손을 댔다. 선물은 훌륭하게 세공된 트럼프 케이스, 가축의 망을 보는 아가씨를 문양으로 한 세브르 구이의 선명한 푸른 뚜껑이 달린 찻잔, 삐에르가 삐쩨르부르그에서 미니어처 세공사에게 주문한 돌아가신 백작의 초상이 달린 황금 담뱃갑(백작 부인은 전부터 그것을 가지고 싶어 했다)이었다. 그녀는 지금은 울고 싶지 않았기 때문에 태연하게 초상화를 바라보고 오히려 트럼프 케이스에 마음이 쏠리고 있었다.

"감사해요, 나를 이렇게 위안해줘서." 그녀는 여느 때처럼 말하였다. "하지만 가장 좋은 것은 자기의 몸을 가지고 돌아온 거예요. 그렇지 않으면 눈 뜨고는 차마 볼 수가 없을테니까 말이야. 당신이 아내를 조금 야단치면 좋을 텐데. 왜 그런지 몰라요. 당신이 없으면 마치 머리가 이상해진 것 같아. 아무것도 눈에 들어오지 않고 머리에도 들어오지 않아요." 그녀는 습관으로 되어 있는 말을 하였다. "안나, 어떤 케이스를 사위가 가져왔는지 좀 봐요."

안나 베로프 부인은 선물을 칭찬하고 자기의 옷감에 크게 기뻐하였다.

삐에르, 나따샤, 니꼴라이, 마리야, 데니쏘프는 백작 부인 앞에서는 이야기하지 않은 일들을 여러 가지로 이야기하지 않으면 안 되었다. 무엇인가를 백작 부인에게 숨기려는 것은 아니었지만 그녀는 여러 가지 점에서 아주 뒤져 있어서, 그녀 앞에서 무엇인가를 이야기하기 시작하면 묘한 곳에서 끼워 넣는 질문에 대답하지 않으면 안 되고, 이미 여러 차례 되풀이한 일을 다시 되풀이 하여―그 사람은 죽었고 그 사람은 결혼했다고 하는, 그녀가 새로 기억할 수가 없는 일을 이야기하지 않으면 안 되었기 때문이었다. 그러나 그들은 습관으로 차를 앞에 놓고 객실의 사모바르 옆에 앉아 있었다. 그리고 삐에르는 바씰리 공작은 나이를 먹었다거나 백작 부인 마리야 알렉쎄브나가 안부를 전해달라고 했다고, 그녀 자신에게도 필요 없고 아무에게도 흥미가 없는 백작 부인의 질문에 대답하고 있었다.

아무에게도 흥미는 없었지만 없어서는 안 될 이러한 대화가, 차를 마시는 시간 동안에 줄곧 계속되었다. 차를 앞에 놓고, 둥근 테이블과, 쏘냐가 옆에 앉아 있는 사모바르 둘레에, 어른 가족들이 모두 모여 있었다. 아이들과 남녀 가정교사들은 이미 차를 다 마시고, 그들의 목소리가 옆의 휴게실에서 들리고 있었다. 차를 앞에 놓고 모두가 여느 때와 같은 자리에 앉아 있었다.

니꼴라이는 난로 옆의 작은 테이블을 향해서 앉아 있고, 그의 차는 거기로 운반되었다. 나이를 먹고 얼굴은 온통 백발이 되어, 한층 뚜렷하게 검은 눈이 튀어나와 있는 보르조이 개 미르까—초대 미르까의 딸—가 니꼴라이 옆의 안락의자에 누워있었다. 곱슬거리는 머리카락과 콧수염과 턱수염이 하얗게 된 데니쏘프는 장군 군복 단추를 풀고 마리야 옆에 앉아 있었다. 삐에르는 아내와 백작 부인 사이에 앉아 있었다. 그는 늙은 부인의 흥미를 끌고 그녀가 알아들을 수 있는 것—그는 그것을 알고 있었다—을 이야기하고 있었다. 그는 밖에서 일어난 사회적인 일이나, 옛날에 백작 부인과 같은 세대 사람들이 모임을 만들었고, 옛날에는 활동적이고 활기가 있었으나 지금은 태반이 여기 저기 흩어져서 그녀와 마찬가지로, 자기가 인생에 뿌린 남은 이삭을 모으면서 여생을 보내고 있는 사람들의 이야기를 하였다. 그러나 이러한 같은 시대의 사람들이야말로 노백작 부인에게는 단 하나의 현실적인 세계처럼 여겨지고 있었다. 삐에르가 활기를 띠고 있는 것을 보고 나따샤는 그의 여행이 재미있었으며 많은 이야기를 하고 싶어 하고 있지만, 백작 부인 앞에서는 삼가고 있다는 것을 깨달았다. 데니쏘프는 가족의 일원이 아니었기 때문에 삐에르의 신중함을 이해할 수가 없었고, 더군다나 그는 불만분자였기 때문에 뻬쩨르부르그에 대해서 몹시 흥미를 가지고 세묘노프 연대에서 최근에 생긴 복잡한 일이나 아라끄체에프에 대한 일, 성서 협회(1812년 창설. 20년 이후에는 탄압되었다)에 관한 이야기를 하게 하려고 끊임없이 삐에르를 유혹하였다. 삐에르는 가끔 끌려들어 이야기를 시작하였으나 니꼴라이와 나따샤가 그때마다 그를 이반 공작이나 백작 부인 마리야 안또노브나의 건강 이야기로 돌리는 것이었다.

"그런데 저 터무니없는 일들은 모두 어떻게 되어 있는 거예요? 고스넬(뮌헨의 신비주의적인 목사. 추방되어 1820년 뻬쩨르부르그로 와서 24년 초대회장 고리찐이 은퇴한 후 성서협회 회장이 되었다)이나 따따리노바(1817년 뻬쩨르부르그에서 이단. 종파 '정신동맹'을 창립한 여성)의 일들은?" 데니쏘프는 물었다. "여전히 모두 계속되고 있답니까?"

"계속되고 있냐고요?" 삐에르는 소리를 높였다. "그렇게 왕성한 일은 전에는 없었어요. 성서협회, 이것이 지금은 정부 전체랍니다."

"그건 도대체 무슨 뜻이오?" 자기 차를 다 마시고 난 백작 부인이 아무래도 식사 후에 잠깐 화를 내는 구실을 찾고 싶은 모양으로 물었다. "어째서 정부라고 하는 거요? 나는 알 수가 없어요."

"그러게 말이에요, 어머니, 저" 어머니의 말로 번역하는 요령을 알고 있는 니꼴라이가 말하였다. "이것은 고리찐 공작이 협회를 만들어서 대단한 세력을 가지고 있다는 뜻이에요."

"아라끄체에프와 고리찐." 느닷없이 삐에르가 말하였다. "이것이 지금은 정부 전체예요. 그것도 대단한! 무엇이든지 음모로 보고 무엇이든지 무서워 하는……"

"뭐라고요? 고리찐 공작의 어디가 나쁘다는 거예요? 그분은 매우 훌륭한 분이에요. 나는 옛날, 마리야 안또노브나네에서 자주 만난 일이 있어요." 백작 부인이 화를 내며 말하였다. 그리고 모두가 입을 다문 데에 더욱더 화가 나서 말을 이었다. "요즈음은 누구의 일이든 비판을 하게 되었어. 성서협회가 도대체 무엇이 나빠요?" 이렇게 말하고 나서 그녀는 일어섰다(다른 사람들도 일어섰다). 그리고 엄숙한 얼굴로 헤엄을 치듯이 휴게실의 자기 테이블로 향하였다.

적적한 침묵이 내려앉은 속에서 옆방에서 아이들의 웃는 소리가 들려왔다. 아이들 사이에서 무엇인가 즐거운 일이 벌어지고 있는 것 같았다.

"됐어, 됐어!" 모두의 목소리 속에서 어린 나따샤가 비명과 같은 목소리로 기쁜 듯이 외치고 있는 소리가 들렸다. 삐에르는 마리야와 니꼴라이와 얼굴을 마주 보았다(나따샤는 항상 그의 눈에 들어와 있었다). 그리고 행복한 듯이 빙그레 웃었다.

"야아, 정말 훌륭한 음악이군!" 그는 말하였다.

"저건 안나 마까로브나가 양말을 다 짠 거예요." 마리야가 말하였다.

"그래? 가보고 와야지." 벌떡 일어나서 삐에르가 말하였다. "알고 있지?" 그는 문간에서 걸음을 멈추고 말하였다. "왜 내가 특별히 저 음악을 좋아하는지. 만사가 잘 되어가고 있다는 것을 저 목소리의 음악이 맨 먼저 알려주기 때문이지. 오늘도 집으로 오는 길에 점점 불안해졌는데, 현관으로 들어온 순간 안드류샤가 무엇인가 웃어젖히는 소리가 들렸지. 만사가 순조롭다는 것을 알리는 음악이 말이야."

"알겠어, 그 기분 알겠어." 니꼴라이가 맞장구를 쳤다. "나는 갈 수가 없어. 양말은 나를 깜짝 놀라게 하기 위한 선물이니까."

삐에르는 아이들 방으로 들어갔다. 그러자 웃음소리와 고함 소리가 한층 높아졌다.

"자, 안나 마까로브나." 삐에르의 목소리가 들렸다. "자, 여기에, 한가운데에, 그리고 구령으로…… 하나, 둘, 그리고 내가 셋 하면 너는 여기에 서는 거야. 너는 안긴다. 자, 하나, 둘……" 삐에르의 목소리가 말하였다. 침묵이 있었다. "셋!" 그러자 방 안에 감탄이 신음 소리가 되어 아이들 목소리가 일제히 울렸다.

"둘, 둘이다." 아이들은 외쳤다.

그것은 안나 마까로브나만이 알고 있는 비결로, 뜨개바늘로 짠 두 개의 양말이었다. 그녀는 양말을 다 짜자, 언제나 그것을 엄숙하게 아이들 앞에서, 한쪽 양말에서 또 하나의 양말을 꺼내 보이는 것이었다.

<h2 style="text-align:center">14</h2>

얼마 후 아이들은 취침 인사를 하러 왔다. 아이들은 모두 와서 키스하고 가정교사는 인사를 하고 나갔다. 데사르만이 자기가 가르치는 아이와 함께 남았다. 데사르는 작은 목소리로 아래로 내려가자고 말하였다.

"아녜요, 무슈 데사르, 저는 여기에 있을 수 있도록 고모님께 부탁해 보겠어요." 역시 작은 목소리로 니꼴렌까가 프랑스어로 대답하였다.

"고모님, 여기에 있게 해 주세요." 니꼴렌까는 고모 옆으로 가서 말하였다. 그 얼굴에는 기도하는 듯한 표정과 불안과 기쁨이 나타나 있었다. 마리야는 그를 보고 삐에르에게 말하였다.

"당신이 여기에 있으면 저 아이는 떨어지지 않으려고 해요." 그녀는 삐에르에게 말하였다.

"내가 곧 이 아이를 데리고 갈게요, 무슈 데사르. 가서 주무세요." 삐에르는 스위스 사람에게 손을 내밀며 말하고 나서 니꼴렌까에게 말하였다. "우리는 오래 만나지를 못했구나. 마리야, 이 애는 꼭 닮았어." 그는 마리야에게 덧붙였다.

"아버지를요?" 소년은 얼굴을 붉히면서 아래에서 삐에르를 보고 감격한, 빛나는 눈으로 바라보면서 말하였다. 삐에르는 니꼴렌까에게 고개를 끄덕이고 아이들 때문에 중단된 이야기를 계속하였다. 마리야는 자수용 캔버스를 손에 들고 자수를 하고 있었다. 나따샤는 눈을 떼지 않고 남편을 바라보고 있었다. 니꼴라이와 데니쏘프는 일어나기도 하고, 파이프를 달라고 하기도

하고 담배를 피우기도 하며, 참을성 있게 사모바르 앞에 앉아 있는 쏘냐로부터 차를 얻어 마시기도 하고, 삐에르에게 이것저것 질문을 하기도 하였다. 곱슬머리의 선병질(腺病質) 소년은 커다란 눈을 빛내면서 누구의 눈에도 띄지 않은 채 구석에 앉아 곱슬머리가 난 머리를 삐에르 쪽으로 돌리고, 무엇인가 새로운 강력한 감정을 느끼고 있는 모양으로 가끔 몸을 떨면서 무엇인가 혼잣말을 하고 있었다.

대화는 국정의 최상층부로부터 나온 소문을 화제로 하여 같은 말이 되풀이되고 있었다. 많은 사람들은 일반적으로 내정의 가장 중요한 흥미를 그러한 소문 속에서 찾는 법이다. 군에서 생각한 대로 되지 않아 정부에 불만을 가지고 있는 데니쏘프는 지금 삐쩨르부르그에서 일어나고 있는 바보 같은 행동—이라고 그가 생각하는—을 알고 기뻐하며 격렬하고 엄숙한 표정으로 삐에르의 말에 자기의 의견을 토로하고 있었다.

"옛날에는 독일인이 되지 않으면 안 되었지만 지금은 따따리노바나 마담 끄뤼드넬(러시아의 작가. 신비주의자)과 함께 춤을 추어야 해. 읽는 것도…… 에까르스타우젠(독일의 신비주의자) 같은 친구들이다. 아! 다시 저 위세 좋은 보나빠르뜨를 내놓고 싶어! 그 녀석이라면 어리석은 생각을 모두 쫓아내 줄 거야. 도대체 어떻게 된 거야. 병사인 슈바르쯔에게 세묘노프 연대를 넘긴다는 건가? (포악한 연대장 슈바르쯔가 세묘노프 연대에 엄격한 체제를 도입한 것을 가리킨다)" 그는 외쳤다.

니꼴라이는 데니쏘프처럼 매사를 나쁘게 생각하고 싶은 생각은 없지만, 역시 정부를 비판하는 일을 아주 당연하고 중요한 일로 생각하여 A가 무슨무슨 장관에 임명되었고, B가 총괄 지사로서 어디어디에 파견되었다거나, 황제가 이러이러한 말을 했다는 등, 그러한 모든 일을 매우 중요한 것으로 생각하고 있었다. 그래서 그는 그러한 일에 관심을 갖는 일이 필요하다고 생각하여 삐에르에게 여러 가지로 질문을 하였다. 이 두 사람이 여러 가지 질문을 했기 때문에 대화는 정부의 최상층부의 풍문이라는 여느 때와 같은 성격을 벗어나지 못했다.

그러나 남편의 행동 양식이나 사고방식을 남김없이 알고 있는 나따샤는 삐에르가 이야기를 다른 쪽으로 가져가서 자기의 깊은 마음 속에 있는 생각, 즉 그가 삐쩨르부르그로 가서 새로운 친구인 뾰뜨르 공작과 상담을 할 목적이었던 것을 이야기하려고 아까부터 생각하면서도 그 이야기를 하지 못하고 있다는 것을 알았다. 그래서 그녀는, 도대체 뾰뜨르 공작과 어떤 용무가 있었어요? 하는 질문으로 남편을 도왔다.

"무슨 이야기였지?" 니꼴라이가 물었다.

"여전히 같은 일, 같은 일이야." 삐에르는 주위를 돌아보면서 말하였다. "모두 알고 있어. 사태가 심해져서 이대로 방치할 수 없는, 될 수 있는 대로 저항하는 것이 모든 양심적인 사람의 의무라는 것을……"

"양심적인 인간에게 무엇을 할 수 있지?" 얼굴을 약간 찌푸리며 니꼴라이가 말하였다. "무엇을 할 수가 있는 거야?"

"그건……"

"서재로 가자."

아까부터 곧 젖을 먹일 시간이라고 알리러 온다는 것을 알고 있는 나따샤는 하녀의 부르는 소리를 듣고 아이들 방으로 갔다. 마리야도 그녀와 함께 갔다. 남자들은 서재로 갔고, 니꼴렌까도 고모부에게 들키지 않게 역시 서재로 와서 창에 가까운 테이블 곁에 앉았다.

"그래, 자네는 무엇을 하려고 하는 거야?" 데니쏘프가 말하였다.

"항상 꿈과 같은 일이지." 니꼴라이가 말하였다.

"이런 일이야." 삐에르는 의자에 앉지도 않고 방을 거닐다가 멈추기도 하면서, 사투리가 섞인 발음으로 바쁘게 양손을 흔들면서 이야기를 시작하였다. "이렇게 된 거야. 뻬쩨르부르그의 상태는 요컨대 황제가 무슨 일에나 깊이 관여하지 않는다는 거야. 황제는 저 신비주의에 정신이 아주 팔리고 있어 (신비주의를 삐에르는 이제까지 그 누구에게도 허용하지 않았다). 황제는 다만 평안을 구할 뿐이고 그 평안을 줄 수 있는 것은, 모든 일을 정면으로 잘라내거나 압살하는 신앙도 법도 없는 친구들이야—마그니쯔끼, 아라끄체에프와 같은……. 자네는 인정하나? 만약에 자네가 직접 농업 경영을 하지 않고 다만 한가하게 지내고 싶다고 생각하고, 관리인이 무자비하면 할수록 자네는 목적을 달성할 수 있으리라고 말이야." 그는 니꼴라이에게 말하였다.

"자네는 무엇 때문에 그런 말을 하지?" 니꼴라이는 말하였다.

"그야 그렇게 되면 모든 것이 파멸이기 때문이지. 법정에서는 훔치는 일뿐이고, 군대에서는 몽둥이로 팰 뿐—행진 교련, 둔전병(屯田兵), 국민을 괴롭히고 문명을 압살한다. 젊은 사람, 성실한 사람을 해쳐버린다! 이대로는 갈 수 없다고 모두가 보고 있다. 모든 것이 너무 팽팽해서 틀림없이 끊어지고 말 것이다." 삐에르는(정부가 존재한 이래 지금까지 어떤 정부건 그 활동을 자세히 보고 나면 항상 사람들이 말하는 것처럼) 말하였다. "나는 다만 한 가지 일만을 뻬쩨르부르그 친구들에게 말했어."

"누구에게?" 데니쏘프가 물었다.

"그야 누군지 알고 있겠지?" 삐에르는 의미심장하게 눈을 치켜뜨면서 말하였다. "뾰뜨르 공작과 그 친구 모두에게야. 문명이나 박애에 배려한다는 것은 모두 좋은 일이지. 물론 훌륭한 목적이야. 그것으로 끝난다. 그러나 현재의 상황으로는 다른 일이 필요해."

그 때 니꼴라이가 조카가 있다는 것을 알았다. 그는 엄숙한 표정이 되었다. 그는 조카에게로 다가갔다.

"왜 여기에 있지?"

"왜라니, 그대로 있게 해줘." 삐에르가 니꼴라이의 팔을 잡고 말을 이었다. "그것뿐만이 아냐. 나는 그 친구들에게 말했어. 지금은 다른 일이 필요하다고. 자네들이 일어서서 지금 당장이라도 이 팽팽한 줄이 끊어지는 것을 기다리고 있을 때, 모두가 피할 수 없는 변혁을 기다리고 있을 때에는—될 수 있는 대로 긴밀하게, 될 수 있는 대로 많은 국민이, 전면적인 파국에 저항하기 위하여 손을 맞잡지 않으면 안 된다. 젊고 힘센 자들이 저쪽으로 끌려가서 타락해 간다. 어떤 자는 여자에 유혹되고 어떤 자는 공명심, 어떤 자는 허영, 돈에 유혹된다—그리고 저쪽 진영으로 옮기고 만다. 자네들이나 나와 같은 독립된, 자유의 인간은 하나도 남지 않게 된다. 나는 말하고 있어. 결사의 범위를 넓히라고. 슬로건을 선행으로만 내걸지 말고 자립과 독립으로 하라고."

니꼴라이는 조카를 그대로 두고 화를 내듯이 안락의자를 이동시켜서 거기에 앉아 삐에르의 이야기를 들으면서, 불만스럽게 기침을 하고 점점 험하게 이마를 찌푸렸다.

"그런데 말이야, 어떤 목적의 행동이지?" 그는 소리를 높였다. "그리고 자네들은 정부와 어떤 관계가 되는 거지?"

"그건 정해져 있지! 보좌역이라고 하는 관계야. 정부가 허가한다면 결사는 비밀한 것이 아니라도 좋아. 정부를 적대시하기는커녕 이것은 진짜 보수

주의자들의 결사지. 문자 그대로 진짜 신사적인 결사야. 우리는 다만 내일에 라도 푸가체프^(18세기 농민
반란의 두목)가 와서 나의 아들이나 자네들 아이를 잘라죽이지 않도록, 아라끄체에프가 나를 둔전병 부대에 보내지 않도록, 단지 그것을 위해 서로 손을 잡고 있는 거야. 모두의 복지, 모두의 안전을 목적으로 하고 말이야.”

“과연! 그러나 비밀결사인 이상―적의를 가진 해로운 것으로는 악밖에 낳지 못한다.” 소리를 높이며 니꼴라이가 말하였다.

“어째서? 유럽을 구한 도덕동맹^(1808년 프러시아 해방을 위해 나폴레옹에 대항해서 만들
어진 정치 결사. 15년의 해산 후에도 영향력이 있었다)이^(당시에는 아직
러시아가 유럽을
구했다고 생각할
용기가 없었다)무엇인가 해로운 일을 했을까? 투겐분트라고 하는 것은 선행동맹이야. 그것은 사랑과 상호부조지. 그것은 십자가에서 그리스도가 한 말이지.”

이야기 도중에 방으로 들어온 나따샤는 기쁜 듯이 남편을 바라보았다. 그녀는 남편이 이야기하고 있는 것이 기쁜 것은 아니었다. 그런 일에 그녀는 관심조차도 없었다. 왜냐하면 이런 일은 모두 몹시 단순해서, 자기는 훨씬 이전부터 그런 일은 모두 알고 있다는 생각이 들었기 때문이었다(그녀에게 그렇게 생각된 것은 이러한 모든 것이 나오는 원천―삐에르의 마음을 남김없이 알고 있었기 때문이었다). 그녀는 활기찬, 열중하고 있는 삐에르의 모습을 보고 기뻤다.

더 기쁜 듯이 열중해서 삐에르를 바라보고 있는 것은 모두에게 잊혀진 소년이었다. 삐에르의 말 한 마디 한 마디가 그의 마음에 불을 질렀다. 그리고 그는 손가락을 신경질적으로 움직여 자기도 모르게 우연히 손에 닿은 고모부 책상 위의 봉랍과 펜을 꺾고 있었다.

“자네가 생각하고 있는 것과 같은 건 전혀 아냐. 독일의 도덕동맹이라고 하는 것은 그런 것이었고, 나는 그것을 제안하고 있는 거야.”

“여보게, 그렇다면 독일로 봐서는 도덕동맹도 좋겠지. 그러나 나는 그런 건 모르고 말하지도 않아.” 커다랗고 단호한 음성으로 데니쏘프의 목소리가 들렸다. “모두가 추악하고 저열하다. 그건 인정한다. 다만 도덕동맹은 이해할 수 없어. 마음에 안 들어―차라리 폭동이라면 좋아! 나는 편들겠어!”

삐에르는 미소를 짓고 나따샤는 웃기 시작하였다. 그러나 니꼴라이는 더욱더 이마를 찌푸리고 혁명 같은 건 전혀 있을 것 같지가 않다, 삐에르가 말하고 있는 위험 같은 건 삐에르의 공상 속에서만 있는 일이라는 것을 증명하려 하였다. 삐에르는 반대되는 일을 증명하려고 하였다. 그리고 그의 지력이 뛰어나 회전이 빨랐기 때문에 니꼴라이는 궁지에 몰렸다는 것을 느꼈다. 그것은 더욱 그를 초조하게 만들었다. 왜냐하면 그는 마음 속에서는 이치가 아니라 이치보다도 더 강한 것으로 자기의 생각이 틀림없이 옳다는 것을 알고 있었기 때문이었다.

"내가 말하고 싶은 건" 그는 일어나서 초조한 동작으로 파이프를 입에 물고, 마침내는 그것을 던지고 말했다. "나는 증명을 할 수는 없어. 자네는, 우리나라에서는 모두가 추악하고 반란이 일어날 것이라고 말하고 있다. 그것에 대해서 나는 이렇게 말하겠어. 자네는 나의 가장 가까운 친구다, 자네는 그것을 알고 있을 거야. 그러나 자네들이 비밀 결사를 만들고, 어떤 정부이건 정부에 반항을 하기 시작했다고 한다면 나는 정부를 따르는 것이 나의 의무라고 생각하고 있다. 그리고 지금 나에게 아라끄체에프가 기병 중대를 끌고 자네들을 향하여 베어죽이라고 명령한다면 주저하지 않고 가겠다. 그러고 나서 좋도록 비판하라는 거다."

이 말이 있은 후 서먹한 침묵이 생겼다. 나따샤가 먼저 입을 열어 남편을 옹호하고 오빠를 공격하였다. 그녀의 옹호는 연약하고 서툴렀으나 그 목적은 달성되었다. 대화가 다시 시작되었고 이제는 조금 전에 니꼴라이가 마지막 말을 내쏘았을 때처럼 불쾌한 적의가 깃든 어조는 아니었다.

모두가 야식을 위해 일어섰을 때 니꼴렌까는 삐에르 옆으로 갔다. 창백하고 눈은 번쩍번쩍 빛나고 있었다.

"삐에르 아저씨…… 아저씨는…… 아니…… 만약에 아빠가 살아 계시다면…… 아빠는 아저씨에게 찬성했겠죠?" 그는 물었다.

삐에르는 자기가 이야기를 하고 있었을 때 이 소년의 내부에서는 틀림없이 독특한, 자립된, 복잡하고 격렬한 사상과 감정의 활동이 있었으리라는 것을 갑자기 깨달았다. 그리고 자기가 한 말을 남김없이 상기하여, 그는 자기 이야기를 이 아이가 들은 것을 유감이라고 생각하였다. 그러나 대답을 하지 않으면 안 되었다.

"그랬을 거야." 그는 할 수 없이 말하고 나서 서재를 나갔다.

소년은 고개를 숙이고, 그 때 자기가 데스크에서 한 일을 비로소 알아차린 것 같았다. 그는 새빨개져서 니꼴라이 곁으로 갔다.

"고모부, 죄송해요. 저도 모르게 그렇게 했어요." 그는 부서진 봉랍과 펜을 가리키면서 말하였다.

니꼴라이는 화를 내고 몸을 떨었다.

"괜찮다, 괜찮아." 그는 봉랍과 펜 조각을 데스크 아래로 던지면서 말하였다. 그리고 끓어오르는 노여움을 간신히 억제하는 양 니꼴렌까로부터 얼굴을 돌렸다.

"너는 여기에 오지 않았어야 했어." 그는 말하였다.

15

야식 석상에서의 대화는 이제 정치나 결사에 관한 것이 아니라 반대로 니꼴라이에게 가장 즐거운 1812년 전쟁의 추억담이 되었다. 그 이야기로 유도한 것은 데니쏘프로, 그 이야기가 나오자 삐에르는 한층 활기를 띠고 농담도 잘했다. 그리고 친척 모두는 격의 없는 마음으로 각자의 방으로 돌아갔다.

야식 후에 니꼴라이가 서재에서 옷을 갈아입고 기다리다 지친 지배인에게 지시를 주고 나서, 가운을 입은 모습으로 침실에 와보니 아내는 아직 책상에 앉아 있었다. 무엇인가 쓰고 있었던 것이다.

"무엇을 쓰고 있는 거요, 마리야." 니꼴라이가 물었다. 마리야는 얼굴이 빨개졌다. 그녀는 자기가 쓰고 있는 것은 남편에게 이해되지도 않고 인정도 되지 않으리라고 두려워하고 있었다.

그녀는 자기가 쓰고 있는 것을 감추고 싶다는 생각도 들었으나, 동시에 남편에게 들켰다는 것과 남편에게 말하지 않으면 안 되게 된 것을 기쁘게 생각하였다.

"이것은 일기예요, 니꼴라이." 야무지고 커다란 글자로 가득 찬 푸른 소형 노트를 남편에게 건네주면서 그녀는 말하였다.

"일기? ……" 놀리는 듯한 느낌으로 니꼴라이는 말하고서 노트를 손에 들었다. 프랑스어로 이렇게 쓰여 있었다.

'12월 4일. 오늘, 큰아들 안드류샤가 눈을 떴는데 옷을 입으려 하지 않았기 때문에 가정교사 루이즈가 나에게 와달라고 했다. 안드류샤는 응석을 부리고 있었다. 나는 벌을 주겠다고 말해 보았지만 안드류샤는 더욱 고집을 부릴 뿐이었다. 그래서 나는 내가 책임을 지기로 하고 안드류샤를 그대로 내버려두고, 하녀와 함께 다른 아이를 깨우면서 안드류샤에게는 엄마는 네가 싫단다 하고 말했다. 안드류샤는 놀란 듯이 오랫동안 말이 없었다. 그리고 셔츠만 입은 채로 나에게 달라붙어 크게 울어서 오랫동안 달랠 수가 없을 정도였다. 안드류샤는 나를 슬프게 한 것을 무엇보다도 신경을 쓰고 있는 것 같았다. 그리고 내가 저녁때에 카드를 주었을 때 안드류샤는 다시 나에게 키스를 하면서 가엾을 정도로 울었다. 그 아이를 상냥한 마음으로 대하면 어떻게든지 다룰 수 있다.'

"카드란 뭐지?" 니꼴라이가 물었다.

"나는 아이들에게 매일 밤 착한 아이었는지 아니었는지의 메모를 건네주기로 하고 있어요."

니꼴라이는 자기를 바라보고 있는 풍부한 빛이 담긴 눈을 흘끗 보고 페이지를 넘기면서 읽어내려 갔다. 일기에는 어린이들의 생활 속에서 어머니 입장에서 봐서 특히 눈에 띄었다고 여겨지는 것과 아이들의 성격에 관한 일, 또 육아의 전반적인 생각까지 언급하면서 기록되어 있었다. 그것은 대부분 무시해도 좋을 만큼 사소한 일들이었다. 그러나 니꼴라이가 이제 처음으로 이 일기를 읽어보니, 그것은 어머니나 아버지가 무시해도 좋을 사소한 일들이 아니었다.

12월 5일에는 이렇게 씌어 있었다.

"미쩬까가 식탁에서 장난을 쳤다. 아빠가 미쩬까에게는 케이크를 주어서는 안 된다고 말하였다. 미쩬까는 받지 못했다. 그런데 그는 모두가 먹고 있는 동안에 정말로 비참하고 보기 딱하게 다른 아이들을 보고 있었다. 과자를 주지 않는다고 하는 벌은 비참함을 조장시키는 일이라고 나는 생각한다. 니꼴라이에게 말해야지."

니꼴라이는 노트를 놓고 아내를 바라보았다. 빛이 풍만한 눈이 물어오는 듯이(남편이 이 일기를 좋은 것이라고 인정하느냐 인정하지 않느냐) 바라보고 있었다. 일기를 인정하고 있을 뿐만 아니라 니꼴라이가 자기 아내에 대해서 감탄하고 있는 것도 의심할 여지가 없었다.

'어쩌면 이렇게 딱딱하게 할 필요가 없었는지도 모른다. 전혀 필요 없는 일인지도 모른다.' 니꼴라이는 생각하였다. 그러나 오직 아이들의 올바른 마음을 지향하고 있는 이 끈기 있고 변함없는 정신의 긴장이 그를 감동시켰다. 만약에 니꼴라이가 자기의 감정을 의식할 수가 있었다면, 그는 아내에 대한 자신의 확고하고 자상하며 자랑스러운 사랑의 기반이 항상 그녀에게 감탄하는 마음에 뿌리박고 있다는 것을 알았을 것이다. 그 감탄은 그녀의 정신성에 대한 것이고, 아내가 항상 살고 있는 세계에 대한, 니꼴라이에게는 거의 이해할 수 없는 숭고한 정신세계에 대한 것이었다.

그는 정신적인 세계에 있어서, 자기가 아내에 비하면 매우 작다는 것을 의식하고 있었고, 아내가 매우 현명하고 훌륭한 것을 자랑으로 삼고 있었다. 그리고 이러한 마음을 갖춘 아내가 자기의 것일 뿐만 아니라, 자기 자신의 일부가 되어 있다는 것을 더욱더 기쁘게 생각하는 것이었다.

"참 좋다고 생각해, 마리야." 그는 깊은 뜻을 담은 얼굴로 말하였다. 그리고 잠시 가만히 있다가 덧붙였다. "나는 오늘 심한 일을 저지르고 말았어. 당신은 서재에 없었어. 나는 삐에르와 논쟁을 하다가 욱 하는 마음이 들었어요. 터무니 없는 일이었지. 그는 마치 어린애 같으니까. 나따샤가 고삐를 죄지 않았다면 그는 어떻게 되었을지 몰라. 상상이 가요? 무엇 때문에 뻬쩨르부르그에 갔는지…… 그들은 거기서 조직한……"

"알고 있어요." 마리야는 말했다. "나따샤로부터 이야기를 들었어요."

"그럼 알고 있겠지." 토론을 생각한 것만으로도 욱하는 감정이 들어 니꼴라이는 말을 계속하였다. "그는 나에게 믿게 하려고 했어요—누구나 양심적인 사람의 의무는 정부에 반대하는 일이라고. 그런데 선서나 의무는…… 나는 유감이야, 당신이 없어서. 그래서 모두가 나를 공격했지. 데니쏘프나 나따샤까지……. 나따샤는 웃겨. 그 정도로 남편을 엉덩이에 깔고 있는 주제에 조금이라도 이치적인 이야기를 하려고 하면 그녀 자신의 말은 하나도 없어. 남편 말을 그대로 지껄이는 거야." 니꼴라이는 가장 친한, 친근한 사람을 비판하고 싶어지는 억제할 수 없는 기분에 몸을 맡기면서 덧붙였다. 니꼴라이는 나따샤에 대해 자기가 한 말을, 그대로 자기에 대해서나 아내와의 관계에서 대해서도 말할 수 있다는 것을 잊고 있었다.

"그래요, 그것은 나도 알아차리고 있었어요."

"내가 선서와 의무가 무엇보다도 중요하다고 삐에르에게 말했더니 그는 무엇인지 알 수 없는 일을 논증하기 시작했어. 유감이었어, 당신이 없어서.

당신이라면 뭐라고 하겠어?"

"나는 당신이 완전히 옳다고 생각해요. 나는 나따샤에게 그렇게 말해주었어요. 삐에르 씨는 모두가 고통을 받고 고민하고 타락하고 있다, 우리의 의무는 이웃을 돕는 일이라고 말하고 있어요. 물론 그것은 옳아요." 마리야는 말하였다. "하지만 그분은 잊고 있어요. 우리에게는 다른 더 가까운, 하느님으로부터 명령을 받은 의무가 있다는 것, 우리는 자기 몸을 위험에 노출시킬 수는 있어도 아이들을 위험에 노출시킬 수는 없다는 것을."

"그거야, 바로 그거야. 내가 그에게 말한 것은." 니꼴라이는 곧 말을 이었다. 그는 정말로 자기가 그렇게 말한 것 같은 생각이 들었다. "그런데 그는 이웃에 대한 사랑과 그리스도교라고, 자기 생각을 주장했는데 그것이 모두 니꼴렌까 앞에서였어. 그 애는 그때 서재로 몰래 들어와 모든 것을 부숴버리고 말았어."

"어머나, 니꼴라이, 니꼴렌까는 항상 나의 골칫거리예요." 마리야는 말하였다. "그 아이는 보기드문 아이예요. 나는 내 아이 때문에 그 아이를 잊은 게 아닌가 하고 걱정이 돼요. 우리는 모두 아이가 있고 가족이 있어요. 그런데 그 아이는 아무도 없어요. 그 아이는 항상 혼자서 자기 생각을 안고 있어요."

"아냐, 당신은 그 아이 때문에 책망을 들어야 할 아무런 이유가 없다고 생각해. 가장 착한 어머니가 자기 아들을 위해 할 수 있는 일을 당신은 모두 그 애를 위해 했고 지금도 하고 있어. 물론 나는 그것이 기뻐. 그 애는 훌륭한 아이야. 오늘 그 애는 삐에르의 말을 넋을 잃고 듣고 있었어. 그런데 말이오, 어이없게도, 우리가 야식에 가려고 하다가 보니 그가 내 책상에 있는 것을 모두 부러뜨려버렸지 뭐야. 더욱이 그것을 바로 말했어. 나는 그 애가 거짓말을 한 것을 한 번도 본 일이 없어. 훌륭하고 착한 아이야." 니꼴라이는 되풀이하였다. 그는 니꼴렌까가 마음에 들지 않았으나 훌륭한 아이라고 인정하고 싶은 마음은 항상 가지고 있었다.

"모든 것이 어머니하고는 달라요." 마리야는 말했다. "나는 다르다는 것을 느끼니까 그것이 괴로워요. 훌륭한 아이예요. 하지만 나는 그 애가 몹시 걱정이 돼요. 그 아이는 다른 사람들과 접촉을 하게 되면 좋을 거예요."

"염려 없어, 이제 얼마 안 남았어. 올 여름 그 애를 뻬쩨르부르그로 데려갈 작정이야." 니꼴라이가 말하였다. "삐에르는 항상 꿈을 꾸는 사람이고 앞으로도 그럴 거야." 그는 서재에서의 화제로 돌아가면서 말을 이었다. 어쩌면 그것이 그를 흥분하게 만든 것 같았다. "나에게는 어떻게 되든 상관없는 일이야. 그쪽에서 하고 있는 일은 모두—아라끄체에프가 좋지 않다는 것과 모든 일이—나에게 무슨 관계가 있다는 건가. 나는 결혼을 하고, 감옥에 갇힐 정도로 빚이 있고, 더욱이 그것을 알지도 못하는 어머니가 있는데. 게다가 당신, 아이들, 일. 도대체 나는 나 자신을 즐기기 위해서 아침부터 밤까지 사무실에 있거나 현장을 돌아다니고 있는 건가? 아냐, 나는 알고 있어. 어머니를 안심시키고 당신에게 빚을 갚고 아이들을 옛날의 나처럼 가난뱅이로 만들지 않기 위해 일하지 않으면 안 돼."

마리야는, 인간은 빵만으로 만족하지 않는다는 것과 남편이 그 일이라고 하는 것을 너무나 중대하게 생각하고 있다는 것을 말해주고 싶었다. 그러나 그녀는 그런 말을 해서는 안 되고 해도 소용이 없다는 것을 알고 있었다. 그녀는 다만 남편의 손을 잡고 키스를 했을 뿐이었다. 그는 아내의 이런 동작을, 자기의 생각에 찬성하고 인정한 것으로 알고 잠시 말이 없다가 자기의 생각을 다시 말하기 시작하였다.

"여보, 마리야." 그는 말하였다. "오늘 단보쁘 현의 마을에서 일리야 미트로파누이치(그는 지배인이었다)가 돌아와서, 숲이 8만 루블로 팔릴 수 있다고 말했어." 그리고 니꼴라이는 생기 찬 얼굴로 가까운 장래에 오뜨라도노에를 다시 살 수 있는 가망성을 이야기하기 시작하였다. "앞으로 10년만 더 살면 나는 아이들에게 1만 루블의 자산을 훌륭한 상태로 남겨줄 수 있어."

마리야는 남편의 이야기를 들으면서 그가 이야기하는 것을 모두 이해하였다. 그녀는 남편이 이렇게 말로 하면서 생각하고 있을 때에는 이따금 자기가 무슨 말을 하고 있는지 그녀에게 물어보고, 그녀가 다른 일을 생각하고 있다는 것을 알면 화를 낸다는 것을 알고 있었다. 그러나 그녀는 남편이 이야기하고 있는 일에 조금도 흥미를 가질 수가 없었기 때문에, 더 많은 노력을 하고 있었다. 그녀는 남편을 보면서 다른 일을 생각하고 있었던 것이 아니라 다른 일에 대해서 느끼고 있었다. 그녀는 자기가 이해하고 있는 일을 구석구석까지는 결코 이해해 주지 않는 남편에게 상냥한 애정을 느끼고, 이해해주지 않는다는 바로 이 점 때문에 측은한 생각이 들어서, 더욱 강하고 격렬하게 이 남자를 사랑하고 있는 것 같았다. 자기 자신의 마음을 완전히 빼앗고 남편의 여러 계획의 자상한 점까지 고려하는 것을 방해하는 이 감정 외에, 그녀의 머리에는 남편이 하고 있는 말과는 아무런 관련이 없는 생각이 오가고 있었다. 그녀는 조카의 일을 생각하고 있었다(삐에르가 한 이야기를 들으면서, 그가 흥분했다는 남편의 이야기에 그녀는 섬뜩했던 것이다). 그의 섬세하고 다감한 성격의 여러 가지 특징이 그녀의 머리에 떠올랐다. 그리고 그녀는 조카 일을 생각하면서 자기 자신의 아이들에 대해서도 생각하고 있었다. 그녀는 조카와 자기 아이들을 비교한 것이 아니라 조카와 아이들에 대한 자기의 기분을 비교해서, 니꼴렌까에 대한 자기의 기분 속에는 무엇인가가 결여되어 있다는 것을 알아차리고 슬퍼지는 것이었다.

때때로 그녀는, 이 차이는 나이로부터 온다는 생각이 드는 일도 있었다. 그러나 니꼴렌까에 대해서 미안하다고 느끼고 태도를 고쳐서 불가능한 일을 —즉 자기의 남편도, 아이들도, 니꼴렌까도, 이웃들도 모두 그리스도가 인류를 사랑한 것과 마찬가지로 이 세상에서 사랑할 것을 마음 속으로 다짐하는 것이었다. 마리야의 영혼은 항상 무한한 것, 영원한 것, 완전한 것을 지향하고 있었기 때문에 결코 편안해질 수는 없었다. 그녀의 얼굴에는 육체라고 하는 무거운 짐을 짊어진 감추어진 영혼의 숭고한 고뇌의 엄숙한 표정이 스며 나오고 있었다. 니꼴라이는 그녀를 보았다.

'만약 이 사람이 죽으면 우리는 어떻게 될까? 이 사람이 이런 얼굴을 하면 그런 마음이 드는 것이다.' 그는 생각하였다. 그리고 성상 앞에 서서 밤 기도를 하기 시작하였다.

16

나따샤는 남편과 단둘이 되자 역시 부부가 아니면 할 수 없는 이야기 방식으로 이야기를 하고 있었다. 즉, 보통 때는 없을 정도로 분명하게 재빨리 서로의 생각을 깨닫고 서로 전하면서, 모든 논리에 어긋나는 방법으로 판단, 추론, 귀결 등을 빼고 아주 특별한 방법으로 이야기하고 있었다. 나따샤는 이 방법으로 남편과 이야기하는 데에 매우 익숙해져 있었으므로, 삐에르의 생각이 논리적인 가닥을 더듬기 시작하면 그녀와 남편 사이에 무엇인가 딱 맞아떨어지지 않는다고 하는 분명한 표시가 될 정도였다. 그가 논증하려고 차분하게 이야기를 시작하고, 그녀도 남편의 수에 말려들어 같은 일을 시작하면 그것은 마침내 말싸움이 된다는 것을 그녀는 알고 있었다.

그들이 두 사람만이 되어, 나따샤가 행복에 찬 눈을 크게 뜨고 조용히 남편 곁으로 다가가서 갑자기, 재빨리 그의 머리를 안아 가슴에 대고 "자, 이제 모두 나의 것, 나의 것이에요. 도망갈 수 없어요!" 하고 말했을 때부터—그때부터 이 모든 논리의 법칙에 위배된 여러 가지 화제를 한꺼번에 이야기하는 것만으로도, 이미 논리를 거스른 대화가 시작되었다. 이런 식으로 한꺼번에 많은 이야기를 해도 서로 분명히 이해하는 데에 방해가 되기는커녕 반대로 그들이 충분히 서로를 이해하고 있다는 가장 확실한 표시가 되었다.

꿈속에서는 꿈을 지배하고 있는 감각 이외는 모두가 불확실하고 무의미하고 모순되어 있는 것과 마찬가지로, 이성의 모든 법칙에 거스른 이 대화 속에서도 시종일관되고 분명한 것은 말이 아니라 두 사람을 지배하고 있는 감정뿐이었다.

나따샤는 삐에르에게 오빠의 생활 상태, 남편이 없는 동안에 자기가 괴로운 심정을 느끼고 살아 있다고는 할 수 없었다는 것, 마리야가 더욱 좋아졌다는 것, 마리야는 모든 면에서 자기보다 뛰어나다는 것을 삐에르에게 이야기하였다. 그 이야기를 하면서 나따샤는 마리야 쪽이 뛰어나다는 것을 자기가 인정하고 있다고 진정으로 털어놓기는 했지만 한편으로는, 그녀는 그렇게 말하면서 삐에르에게 그래도 역시 마리야나 다른 어떠한 여자보다도 자기가 더 좋다고 인정해 주기를, 특히 지금 그가 뻬쩨르부르그에서 많은 여성과 만난 지금 새삼스럽게 그것을 다시 한 번 자기에게 말해주도록 요구하고 있었다.

삐에르는 나따샤의 말에 대답하여, 뻬쩨르부르그에서 귀부인들이 참석한 파티나 식사에 나가는 것이 자기로서는 얼마나 괴로웠던가를 그녀에게 이야기하였다.

"나는 귀부인들과 이야기하는 방법을 모두 잊어버렸어." 그는 말하였다. "따분했을 뿐이야. 특히 나는 몹시 바빴으니까."

나따샤는 그를 물끄러미 바라보고 말을 이었다.

"마리야는 정말 훌륭해요." 그녀는 말했다. "정말로 그이는 아이들의 마음을 알고 있어요. 마치 아이들의 마음만을 바라보고 있는 것 같아요. 예를 들면 어제 미쩬까가 응석을 부렸어요……"

"그는 아버지를 닮았지." 삐에르가 말하였다.

나따샤는 남편이 왜 이렇게 미쩬까와 니꼴라이가 닮았다고 하는지 그 이유를 알았다. 그는 처남과의 입씨름을 상기하면 불쾌했으므로 이에 대하여 나따샤의 의견을 알고 싶었던 것이다.

"오빠에게는 그런 약점이 있어요. 모두가 인정하지 않은 일에는 절대로 찬성하지 않는다는. 하지만 나는 알고 있어요. 당신이 중요시하고 있는 것은 길을 개척한다는 것이잖아요." 그녀는 삐에르가 이전에 한 말을 되풀이하면서 말하였다.

"니꼴라이에게 중요한 것은, 사상이나 토론은 놀이이고 심심풀이와 같은 거라는 거야. 예를 들어, 그는 장서(藏書)를 만들고 있고, 새로운 책을 사는 것은 샀던 책을 다 읽은 후라고 정하고 있어. 시스몬디든 루소든 몽테스키외든." 미소를 띠고 삐에르가 덧붙였다. "당신은 알고 있을 거야. 내가 얼마나 니꼴라이를……" 그는 자기의 말을 부드럽게 하기 위해 말하였다. 그러나 나따샤는 그것을 가로막고 그럴 필요가 없다는 것을 깨닫게 하였다.

"그럼 당신이 말하는 것은, 오빠에게는 사상이 놀이……"

"그래, 그런데 내가 보기에는 다른 것이 모두 놀이야. 나는 뻬쩨르부르그에 있는 동안에 줄곧 누구를 만나든 꿈과 같았어. 나는 사상에 집착하고 있으면 다른 것은 모두 놀이에 지나지 않아."

"그런데 섭섭했어요, 당신이 아이들과 인사하는 것을 보지 않아서." 나따샤는 말하였다. "누가 가장 기뻐하던가요? 틀림없이 리자였죠?"

"응." 삐에르는 말하고 자기의 마음에 걸려 있는 말을 계속했다. "니꼴라이는 생각하거나 하면 안 된다고 말하고 있어. 하지만 나는 그런 일을 할 수가 없어. 말할 필요도 없는 일이지만 나는 뻬쩨르부르그에서 그것을 느꼈소(단언할 수 있지만). 내가 없는 동안에 모든 것이 엉망이 되기 시작했어. 각자가 제멋대로 끌고 간 거야. 하지만 나는 모두를 정리할 수가 있었소. 더욱이 나의 생각은 실로 단순하고 명쾌하거든. 나는 이것저것에 반대하지 않으면 안 된다고 말하고 있는 건 아냐. 우리 쪽이 잘못될 염려도 있으니까. 나는 이렇게 말하고 있는 거지. 선을 사랑하는 사람들이 손을 잡자. 그리고 기치는 하나―실천적 선행만으로 하자고 말이야. 세르기 공작은 훌륭한 사람으로 머리도 좋아."

나따샤는 삐에르의 생각이 위대한 사상이라는 것을 의심하지 않았을 테지만, 단 한 가지 헷갈리는 것이 있었다. 그것은 그가 자기 남편이라는 것이었다. '정말로 사회에 있어서 이렇게 중요한 사람이 그와 동시에 나의 남편일까? 어떻게 해서 그렇게 됐지?' 그녀는 삐에르에게 이 말을 해보고 싶었다. '정말로 이분이 누구보다도 머리가 좋다는 것을 판단할 수 있는 것은 누구와 누구일까?' 그녀는 자문을 하면서 삐에르가 존경하고 있는 사람들을 차례로 머리에 그려보았다. 그의 이야기로 판단하면 모든 사람 중에서 남편이 쁠라똔 까라따에프만큼 존경하고 있는 사람은 없었다.

"내가 무슨 생각을 하고 있는지 아시겠어요?" 그녀는 말하였다. "쁠라똔 까라따에프에 대한 거예요. 어때요, 그 분은 지금이라면 당신에게 찬성하실까?"

삐에르는 그 질문을 조금도 이상하게 생각하지 않았다. 그는 아내가 생각하는 가닥을 알 수 있었다.

"쁠라똔 까라따에프?" 그는 이렇게 말하고 생각에 잠겼다. 이것을 쁠라똔이 어떻게 판단할 것인지에 대해 생각해 내려고 진지하게 노력하고 있는 것 같았다. "그는 이해하지 못하겠지만 그래도 찬성할 거라고 생각해."

"난 당신이 참 좋아요." 갑자기 나따샤가 말하였다. "지독하게, 많이."

"아니, 찬성하지 않았을 거야." 삐에르는 잠시 생각하고 나서 말하였다. "그가 좋다고 생각한 것이 있다고 한다면 우리의 가정생활일 거야. 그 사람은 무엇에든지 단정함, 행복, 안정성을 보고 싶다는 생각을 강하게 가지고 있었어. 나는 의기양양하게 우리를 보여주었겠지만. 지금도 당신은 헤어져 있는 동안에 라고 말하고 있는데, 나도 당신과 헤어진 후 얼마나 특별한 감정을 느끼고 있었는지 당신은 믿을 수 없을 거야……."

"네, 게다가……" 나따샤가 말을 하려고 하였다.

"아냐, 그런 일이 아냐. 내가 당신에게 애정을 느끼지 않는다는 일은 절대로 없어. 그리고 이 이상 사랑할 수도 없어. 하지만 이것은 특별해…… 그래, 정말로……" 그는 마지막까지 말하지 않았다. 왜냐하면 마주친 두 사람의 시선이 나머지를 말해 주었기 때문이다.

"정말 터무니없는 말들이에요." 갑자기 나따샤가 말하였다. "신혼이 이러니저러니, 처음 동안이 행복했네 하는 말들 말이에요. 반대로 나는 지금이 가장 좋아요. 다만 당신이 멀리 가지만 않는다면 말이에요. 기억하고 계셔요? 우리가 싸움을 했던 일을. 그것도 나쁜 것은 항상 나였어요. 항상 나였단 말이에요. 그리고 무엇 때문에 싸움을 했는지 기억하고 있지도 않아요."

"언제나 마찬가지지." 삐에르는 미소를 띠면서 말하였다. "질투……"

"싫어요, 말하면 싫어요." 나따샤가 소리쳤다. 그리고 차갑고 심술궂은 빛이 눈에서 빛났다. "당신 그 여자 만났어요?" 그녀는 잠시 후 이렇게 말하였다.

"아냐, 게다가 만나도 알 리가 없어."

두 사람은 말이 없었다.

"아, 그래, 알고 계셔요? 당신이 서재에서 이야기를 하고 있었을 때 나, 당신을 보고 있었어요." 나따샤는 밀어닥치는 구름을 털어내기라도 하려는 듯이 말하였다. "꼭 닮았어요. 당신과 그 아이, 어린애하고(그녀는 아들을 이렇게 부르고 있었다). 아, 아이한테 갈 시간이에요…… 팽팽해졌어요…… 하지만 가기 싫어요."

두 사람은 잠시 입을 다물었다. 그리고 동시에 서로를 향하여 무엇인가 지껄이기 시작하였다. 삐에르는 의기양양한 듯이, 나따샤는 조용하고 행복스러운 얼굴로 열을 올리며 이야기하였다. 그리고 이내 충돌하여 두 사람은 모두 말을 그만두고 서로 양보하였다.

"아니, 당신은 뭘을? 어서 말해 봐요."

"아녜요. 당신이 먼저 말하세요. 당신은 다만, 터무니없는 일이에요." 나따샤는 말하였다.

삐에르가 하던 말을 했다. 그것은 뻬쩨르부르그에서 일이 잘 되어 갔다는 자랑 이야기의 속편이었다. 그는 지금 이 순간 자기가 전 러시아 사회와 전 세계에 새로운 방향을 부여하는 사명을 띠고 있는 것 같은 기분이 들었다.

"내가 말하고 싶은 것은 다만, 큰 발자취를 남기는 사상은 모두 단순하다는 거요. 나의 생각은, 만약에 나쁜 사람들이 뭉쳐 힘을 가지게 되면 성실한 사람들도 마찬가지 일을 해야 한다는 거지. 어때, 매우 간단하잖아요?"

"그렇군요."

"그래, 당신은 무슨 말을 하려고 했소?"

"나는 시시한 말이에요."

"그래도."

"아무것도 아녜요. 시시한 말이에요." 나따샤는 한층 밝은 미소를 얼굴 전체에 띠고 말하였다. "저는 다만 뻬쨔에 대해서 말하고 싶었어요. 오늘 애보는 하녀가 나에게로 와서 그 아이를 받으려고 했어요. 만면에 웃음을 띠고 나에게 달라붙었어요. 참 귀여웠어요. 애가 울고 있어요. 그럼 난 가요." 그녀는 방에서 나갔다.

마침 그때 아래층의 저택 한 부분에 있는 니꼴렌까의 침실에서는 여느 때와 마찬가지로 불이 켜져 있었다(소년은 어둠을 무서워했는데 그 결점을 고칠 수가 없었다). 데사르는 베개 네 개를 높이 괴고 자고 있고, 로마풍의 그의 코는 규칙적으로 코를 골고 있었다. 니꼴렌까는 방금 눈을 뜨고 식은땀을 흘리고 자기 침대에 누운 채 자기 앞을 바라보고 있었다. 그는 무서운 꿈을 꾸다가 눈을 뜬 것이다. 그는 꿈속에서 투구를 쓰고 있는 자기와 삐에르를 보았다―플루타르코스의 책(그리스 로마의「영웅전」)에 쓰여 있는 것 같은 투구였다. 그는 삐에르 아저씨와 함께 대군의 선두에 서서 앞으로 나아가고 있었다. 그 군대는 가을에 근처를 날아다니는, 데사르가 '서모의 실'이라고 부르는, 거미줄처럼 공중을 채우고 있는 하얀 사선(斜線)으로 되어 있었다. 앞에는 명예가 있었다. 역시 이 실과 같은 것이었지만 다만 약간 더 튼튼했다. 그들―그와 삐에르―은 경쾌하고 즐거운 기분으로 목표를 향해 가까이 갔다. 갑자기 두 사람을 움직이고 있던 실이 약해지고 얽히기 시작하였다. 고통스러워졌다. 그러자 니꼴라이 고모부가 두 사람 앞에 무섭고 엄한 자세로 가로막았다.

"이것은 너희가 한 일이냐?" 그는 부러진 봉랍과 펜을 가리키면서 말하였다. "나는 너희를 좋아했다. 그러나 아라끄체에프의 명령을 받았기 때문에 맨 먼저 앞으로 나아가는 자를 죽인다." 니꼴렌까는 삐에르 쪽을 돌아보았다. 그러나 삐에르는 이미 없었다. 삐에르는 어느 틈에 아버지―안드레이 공작이 되었다. 그리고 아버지는 모습도 형상도 없었으나 거기에 있었다. 그리고 아버지를 보면서 니꼴렌까는 사랑이라고 하는 연약함을 느꼈다. 그는 자기가 힘도 없고 뼈도 없이 녹아버린 것 같은 기분을 느꼈다. 아버지는 그를 애무하고 돌보았다. 그러나 니꼴라이 고모부는 점점 가까이 두 사람 쪽으로 왔다. 공포가 니꼴렌까를 감싸고, 그는 눈을 떴다.

'아버지가' 그는 생각하였다. '아버지가(집에는 잘 닮은 초상화가 두 개 있었는데 니꼴렌까는 한 번도 안드레이를 인간의 모습으로 떠올린 일은 없었다) 나와 함께 있어서 나를 만져주었다. 아버지는 나를 옳다고 생각하신 것이다. 아버지는 삐에르 아저씨를 옳다고 생각하신 것이다. 비록 그분이 뭐라고 하시든 간에 나는 이것을 하겠다. 왼손잡이 무키우스(불굴의 용기를 보이기 위해 적 앞에서 자기의 오른팔을 태웠다고 하는 로마의 전설적인 용사)는 자기 팔을 태웠다. 내 인생에도 같은 일이 없으란 법은 없잖아. 나는 알고 있다. 모두 내가 공부를 하면 좋다고 생각하고 있다. 하지만 언젠가 나는 공부를 그만 둔다. 그리고 그 때가 되면 하는 거다. 나는 단 한 가지 하느님에게 빈다. 나에게 플루타르코스의 사람들에게 일어난 것 같은 일이 일어나게 해달라고. 그러면 나는 같은 일을 하겠다. 더 훌륭하게 하겠다. 모두가 나를 알고 모두가 나를 좋아하고 모두가 나에게 열중하게 된다.' 그러자 갑자기 니꼴렌까는 가슴에 흐느낌이 복받쳐 오는 것을 느끼고 울기 시작하였다.

"기분이 언짢아요?" 데사르가 물었다.

"아뇨." 니꼴렌까는 대답하고 베개를 베고 누웠다. '저분은 상냥하다, 좋은 분이다, 나는 그분을 좋아한다.' 그는 데사르를 생각하였다. '하지만 삐에르 아저씨는! 아, 정말로 훌륭한 사람이다! 아버지는? 아버지! 아버지! 그렇다, 나는 아버지도 만족해하실 일을 하겠다……."

제2편

1

역사의 대상은 여러 국민과 인류의 생활이다. 그러나 인류가 아니라 한 국민의 생활까지도 이를 직접 파악하여 말로써 그것을 망라한다고 하는 것, 즉 서술한다는 것은 불가능하게 보인다.

옛날의 역사가들은 모두 파악할 수가 없다고 여겨지는 것, 즉 국민의 생활을 파악하고 서술하기 위하여 같은 방법을 사용하였다. 그들은 국민을 통치하는 소수 개인의 행동을 서술하였다. 그리고 그 행동은 그들의 입장에서 보자면 전 국민의 행동을 표현하고 있었던 것이다.

어떻게 해서 개개의 인간이 국민을 자기 의사에 따라 행동을 시켰는가, 또 그 사람들의 의지 그 자체는 무엇에 의해 움직여졌는가 하는 물음에 대한 사람들의 대답은—첫째의 물음에 대해서는 단 한 사람의 선출된 인간의 의지에 국민을 따르게 하는 신(神)의 의지를 인정하는 일이며, 둘째의 물음에 대해서는 선출된 사람의 의지를 예정된 목적으로 향하게 하는 신을 인정하는 일이었다.

옛날 사람에게 이러한 문제는 신이 인류의 일에 직접 관여한다고 믿는 것으로 해결되었다.

새로운 역사는 그 이론에서 이 주장을 둘 다 부정하고 있다.

인간은 신을 따라, 여러 국민이 인도되는 일정한 목적이 있다고 하는 옛날 사람의 신앙을 부정한 이상, 새로운 역사는 권력의 표출이 아니라 그것을 형성하는 원인을 연구하였음에 틀림없다고 여겨질지도 모른다. 그런데 새로운 역사는 그것을 하지 않았다. 새로운 역사는 이론에서는 옛날 사람을 부정하면서 실제로는 옛날 사람을 따르고 있었던 것이다.

신의 권력이 부여되고 직접 신의 의지에 의해 인도되는 사람들 대신에 새로운 역사는 인간을 초월한 능력을 타고난 비범한 천재, 또는 단지 대중을 지도하는 왕에서 저널리스트에 이르기까지 갖가지 성질을 가진 사람들을 끌어냈다. 이전의 신의 마음에 합당한 여러 국민—유대인, 그리스인, 로마인들의 목적, 즉 옛날 사람에게는 인류의 운동의 목적이라고 여겨졌던 것 대신에, 새로운 역사는 자기의 독자적인 목적을 들고 나왔다. 그것은 프랑스, 독일, 영국 등의 행복, 더 나아가서는 최고로 추상화된 전 인류의—커다란 땅덩어리의 작은 서북쪽 구석을 차지하고 있는 몇몇 국민을 말하는 것이지만—문명 세계의 행복이라고 하는 목적이다.

새로운 역사는 대체될만한 새로운 생각을 제출하지 않고, 옛날 사람들의 신앙을 물리치고 말았다. 그리고 황제들의 신권(神權)이나 옛날 사람들의 숙명을 겉으로만 부정한 역사가들은, 그 주장의 논리로 해서 어쩔 수 없이 다른 길을 갔으나 똑같은 귀결에 도달하고 말았다. 즉, (1)여러 국민은 소수의 개인에 의해서만 인도된다, (2)여러 국민과 인류가 향해서 가는 일정한 목적이 있다고 하는 것을 인정한 것이다.

기번에서 버클(모두 영국의 역사가)에 이르기까지 최신 역사가들의 모든 저작 속에는, 겉으로의 차이나 그 견해의 겉보기가 새로움에도 불구하고, 그 바탕에는 이 두 가지 오래된 명제가 숨어 있다.

첫째, 역사가는 인류를 인도하고 있다고 자기가 생각하는 개인의 활동을 서술한다(어떤 사람은 이러한 인물로서 왕, 사령관, 대신 등만을 인정하고, 어떤 사람은 왕이나 웅변가 외에 종교 개혁을 한 학승(學僧), 철학자, 시인 등도 인정한다). 둘째로, 인류가 인도되어 가는 목적을 역사가는 알고 있다(어떤 사람에게는 그 목적은 로마, 스페인, 프랑스 국가의 위대함이며, 다른 사람에게 그것은 자유, 평등, 즉 유럽이라고 불리는 세계의 작은 한쪽 구석의 문명의 한 변종이다).

1789년에 파리에 소동이 일어났다. 그것은 커지고 퍼져서 서에서 동으로 가는 여러 민족의 운동이라는 형태로 나타난다. 몇 번인가 이 운동은 동으로 나아갔다가 다시 동에서 서쪽으로의 역방향의 운동과 충돌한다. 1812년에 그것은 궁극적인 한계인 모스크바에 이른다. 그리고 분명한 대조를 이루고 동에서 서로의 역방향의 운동이 처음의 운동과 아주 똑같이 중간의 여러 국민을 끌어들이면서 이루어진다. 역방향의 운동은 서쪽 운동의 출발점인 파리에 도달하여 가라앉는다.

이 20년 동안의 시기에 방대한 밭이 경작되지 않고 집은 불타고, 상업은 거래의 방향을 바꾸어, 무수한 사람이 가난해지거나 돈을 벌어 이주하여 살 곳을 옮겼다. 그리고 이웃에 대한 사랑의 율법을 신봉하는 무수한 그리스도 교도들이 서로 죽인다.

도대체 이들 모든 것은 무엇을 의미하는가? 왜 이런 일이 일어났는가? 무엇이 이들의 집을 불태우고, 자기와 똑같은 사람을 죽였는가? 이들 사건의 원인은 무엇인가? 어떤 힘이 사람들에게 이런 행동을 취하게 했는가? 이것이 지나간 시대의 운동의 문헌이나 전달된 말을 접했을 때, 인류가 자신에게 묻는 자연스럽고 소박하고 아주 당연한 물음인 것이다.

이러한 문제를 해결하기 위하여, 인간의 상식은 민족이나 인류의 자기 인식을 목적으로 하는 역사학으로 되돌아가려고 한다.

만약에 역사가 옛날 사람들의 생각을 지키고 있었더라면 이렇게 말할 것이다. 신이 자기 백성에 대한 포상으로 또는 벌로서, 나폴레옹에게 권력을 주어 신의 목적을 수행하기 위해 그 의지를 지배한 것이다. 그리고 이 대답은 충분하고 명쾌하다. 나폴레옹의 신적(神的)인 의의는 믿을 수도 있고 믿지 않을 수도 있다. 그러나 그것을 믿는 사람에게는, 이 시대의 역사 전체 안의 모든 일을 이해할 수 있어 하나의 모순도 없을 것이다.

그런데 새로운 역사는 이런 식으로 대답할 수는 없다. 과학은, 신이 인사에 직접 관여한다는 옛날 사람들의 생각을 인정하지 않으므로 다른 대답을 내지 않으면 안 되는 것이다.

새로운 역사는, 이들 물음에 대한 대답으로서 이렇게 말한다. 당신들은 이 운동이 무엇을 의미하며 그것이 왜 생겼고 어떠한 힘이 이러한 사건을 일으켰는가를 알고 싶은가? 그럼 들어보라.

"루이 14세는 매우 거만하고 자만심이 강한 인간이었다. 그는 이러한 애인이나 이러저러한 대신을 거느리고, 프랑스에 나쁜 통치를 하였다. 루이의 후계자들도 약한 인간이어서 역시 나쁜 통치를 하였다. 그리고 그들에게는 이러저러한 총신이나 이러저러한 애인이 있었다. 또 어떤 자들은 이 시기에 어떤 대수롭지 않은 책을 썼다. 18세기 말의 파리에서 20명 가량의 사람이 모여서, 인간은 모두 평등하고 자유라고 말하기 시작하였다. 그 결과, 프랑스 안에서 사람들이 서로 죽이거나 물에 빠뜨리기 시작하였다. 이 친구들은 왕이나 그 밖의 많은 사람들을 죽였다. 마침 그 때 프랑스에는 나폴레옹이 있었다. 그는 도처에서 모든 것을 정복했다. 즉, 그는 천재적이었기 때문에 많은 사람을 죽였다. 그리고 그는 무엇 때문인지 아프리카에 가서 그곳 사람들을 매우 교묘하게 죽이고, 매우 교활하고 머리가 좋았기 때문에, 프랑스로 돌아오자 자기에게 복종할 것을 모두에게 명령하였다. 그러자 모두가 그에게 복종하였다. 황제가 되자 그는 또 이탈리아, 오스트리아, 프러시아의 민중을 죽이러 갔다. 그리고 거기에서도 많은 사람들을 죽였다. 한편, 러시아에는 알렉산드르 황제가 있어서, 그는 유럽의 질서를 회복하려고 결의했기 때문에 나폴레옹과 싸웠다. 그런데 1807년에 그는 갑자기 나폴레옹과 사이가 좋아졌다가 1811년에는 다시 싸워서 두 사람은 많은 사람을 죽이기 시작하였다. 그리고 나폴레옹은 60만 군대를 끌고 러시아로 가서 모스크바를 빼앗았다. 그런데 그 후 그는 갑자기 모스크바로부터 도망치기 시작하였다. 그러나 알렉산드르 황제는 슈타인이나 그 밖의 조언에 따라서, 유럽의 평안을 파괴한 자를 치기 위하여 유럽을 단결시켰다. 나폴레옹의 동맹자들은 갑자기 그 적이 되었다. 그리고 그 급조 동맹군은 새로운 병력을 모은 나폴레옹을 향해 갔다. 동맹군은 나폴레옹을 굴복시키고 파리로 들어가 나폴레옹을 퇴위시키고, 5년 전과 1년 후에는, 모두가 그를 법을 벗어난 악당이라고 보고 있었는데도 황제의 칭호를 빼앗지 않고 높은 경의를 나타내어 엘바 섬으로 유배보냈다. 그리고 제위(帝位)에는 그때까지 프랑스군도 동맹군도 얕잡아보고 웃고 있던 루이 18세가 오르게 되었다. 나폴레옹 쪽은 옛 그대로의 친위대 앞에서 눈물을 흘리고 왕위를 물러나 추방지로 갔다. 그리고 나서 숙달된 정치가나 외교관들이(특히 다른 사람보다도 먼저 어떤 의자를 차지하여, 그것으로 프랑스 국경을 확대한 탈레랑이) 빈에서 지껄이고, 그 지껄임으로 여러 국민을 행복하게 또는 불행하게 하려고 하였다. 그러자 갑자기 외교관이나 왕들이 싸움을 할 기세였다. 그들은 다시 자기 군대에 서로 죽이는 명령을 내리려 하고 있었다. 그런데 그때 나폴레옹이 한 대대를 데리고 프랑스로 돌아왔다. 그를 미워하고 있던 프랑스 사람들은 곧 모두 그 앞에 복종하였다. 그러나 동맹국측 왕들은 이에 화를 내어 다시 프랑스군과 전쟁을 시작하였다. 그리하여 천재적인 나폴레옹이 패하고 갑자기 악당으로 여겨져 세인트헬레나 섬으로 보내어졌다. 그리고 마음에 맞는 친한 사람들이나 사랑하는 프랑스와 격리된 추방자는 암벽 위에서 서서히 죽음에 가까워지면서 자기 위업을 후세에 전했다. 한편 유럽에서는 반동이 생겨 군주들은 모두 다시 국민을 학대하기 시작하였다.

만약에 이것이 역사적인 서술에 대한 놀림이고 만화라고 생각한다면 그것은 잘못이다. 이것은 메모장이나 각국 역사의 편저에서 당시의 세계사나 새로운 종류의 문화사에 이르기까지 모든 역사가 주고 있는 모순된, 물음에 대답을 하고 있지 않은 대답을 가장 부드럽게 나타낸 것이다.

이러한 대답의 기묘하고도 우스개 같은 일이 생기는 것은, 새로운 역사가 아무도 하지 않고 있는 질문에 대답하는 귀가 먼 사람과 닮아 있기 때문이다.

만약에 역사의 목적이 인류나 여러 국민의 운동을 서술하는 일이라면, 그것이 대답하지 않으면 다른 모든 일이 이해할 수 없게 되는 첫째 물음은 이것이다. 어떤 힘이 여러 국민을 움직이는가? 이 물음에 대해서 새로운 역사는 나폴레옹이 매우 천재적이었다거나, 루이 14세가 매우 거만했다거나, 더 나아가서 이러이러한 작가가 이러이러한 책을 썼다는 것 등을 필요 이상으로 신경을 써서 말하고 있다.

그러한 일은 모두 크게 있을 수 있는 일로서, 인류도 그것을 인정할 마음은 있을 것이다. 그러나 인류가 묻고 있는 것은 그러한 일이 아니다. 이러한 모든 일이 흥미를 끄는 것은, 그 자체에 뿌리를 박고 있고 항상 바뀌지 않는 신의 권력을 나폴레옹이나 루이나 작가들을 통해서 자기들의 민족을 지배하는 것이라고 우리가 인정하고 있는 경우이다. 그러나 우리는 그러한 권력을 인정하고 있지 않으므로, 나폴레옹이나 루이나 작가들에 대해서 이야기하기 전에 먼저, 이들과 여러 국민 사이에 존재하는 유대를 나타낼 필요가 있다.

만약에 신의 권력 대신에 다른 힘이 생겨났다면, 그 힘이 어떤 것인지를 설명하지 않으면 안 된다. 왜냐하면 바로 그 힘이야말로 역사의 모든 흥미가 숨겨져 있기 때문이다.

역사는 마치 그 힘이 자명(自明)하며, 모든 사람에게 알려져 있으며 생각하고 있는 것 같다. 그러나 그 새로운 힘을 알고 있다고 인정하고 싶다고 아무리 바라도 많은 역사상의 저작을 읽은 사람은, 이 새로운 힘이 역사가들 자신에 의해 여러 가지로 해석되고 있으므로 모든 사람들이 완전히 알고 있는지 어쩐지 의심하지 않을 수가 없게 된다.

2

어떤 힘이 여러 국민을 움직이고 있는가?

일부의 전기 작가나 민족의 역사가들은 이 힘을 영웅이나 지배자의 고유한 권력이라고 이해하고 있다. 그들의 서술에 따르면 여러 사건들은 오직 나폴레옹, 알렉산드르와 같은 인간, 또는 일반적으로 개별적인 역사가가 서술하고 있는 것과 같은 인물들의 의지에 의해 생긴다. 여러 가지 사건을 움직이고 있는 힘은 무엇인가라는 물음에 대해서 이런 종류의 역사가들이 주는 대답은 일단의 괜찮은 것이지만, 그것은 각 사건에 대해서 단 한 사람의 역사가밖에 존재하지 않는 동안뿐이다. 여러 민족이나 여러 견해를 가진 역사가들이 같은 사건을 서술하기 시작하자마자 그들이 주는 대답은, 이내 모든 의미를 잃고 만다. 왜냐하면 그 힘이 각 역사가에 따라 여러 가지로, 더 나아가서 전혀 반대의 것으로 이해되기 때문이다. 어떤 역사가는 어떤 사건이 나폴레옹의 권력에 의해서 생겼다고 주장한다. 다른 사람은 그것이 알렉산드르의 권력에 의해서 생겼다고 주장한다. 제3자는 누군가 제3자의 권력에 의한 것이라고 말한다. 게다가 이런 종류의 역사가들은 동일 인물의 권력이 어떤 힘을 바탕으로 하고 있는가에 대한 설명에서도 서로 모순되고 있다. 티에르는 나폴레옹 옹호자이기 때문에, 나폴레옹의 권력은 선과 천재를 바탕으로 하고 있었다고 말한다. 랑플레(프랑스의 역사가)는 공화주의자이므로 나폴레옹의 권력은 사기와 국민을 기만하는 데에 바탕을 두고 있다고 말한다. 이리하여 이런 종류의 역사가들은 피차의 주장을 파괴하면서 그에 의해 여러 사건을 낳고 있는 힘에 대한 생각을 파괴하고, 역사의 근본적인 물음에 대해서 아무런 대답도 주지 않고 있다.

모든 국민을 대상으로 하는 세계사가들은 사건을 낳는 힘에 대한 개별적인 역사가들의 생각이 잘못되었다는 것을 인정하고 있는 것처럼 보인다. 그들은 그 힘을 영웅이나 권력자의 고유한 것으로는 인정하지 않고, 그것을 여러 방향으로 향하는 많은 힘의 결과라고 인정한다. 전쟁이나 국민의 정복을 서술하면서 세계사가는 그 원인을 한 개인의 권력이 아니라, 사건과 관계가 있는 많은 사람들의 상호 작용 속에서 구하려고 한다.

이 견해에 의하면 역사적 인물의 권력은 많은 힘의 산물로 여겨지므로 이미 그 자체가 사건을 낳는 힘으로 여겨질 수 없다. 그런데 그러면서도 세계사가는 대개의 경우 권력이라는 개념을 역시 그 자체로 사건을 낳고 사건의 원인이 되는 힘으로서 사용한다. 그들의 서술에 따르면 때로는 역사적인 인물은 그 시대의 산물이며, 그 권력은 여러 가지 힘의 산물에 지나지 않는다고 생각하는가 하면, 때로는 그 권력이 사건을 낳는 힘이 된다. 예를 들어 게르비누스, 슈로서(모두 독일 의 역사가) 등은 나폴레옹이 1789년의 혁명과 여러 사상 등의 산물이라는 것을 증명하거나, 1812년의 원정이나 그 밖의 그들의 마음에 들지 않는 사건은 그릇된 방향을 향한 나폴레옹의 의지의 산물이며, 1789년의 사상 그 자체도 나폴레옹의 자의적인 의지 때문에 그 발전이 저지되었다고 단언하기도 한다. 혁명 사상 전반적인 기분이 나폴레옹을 낳았다. 그런데 나폴레옹의 권력이 혁명과 전반적인 기분을 억눌러버린 것이다.

이 기묘한 모순은 우연한 것이 아니다. 그것은 한 발자국 나갈 때마다 만날 수 있는 것일 뿐만 아니라 이와 같은 모순의 연쇄로 세계사가의 모든 서술이 만들어지고 있다. 이 모순이 생기는 것은 분석의 분야로 들어가면서도 세계사가가 도중에서 멈추고 있기 때문인 것이다.

합성된 힘, 다시 말하자면 합력(合力)과 동등한 몇 가지 분력(分力 : 합성 요소가 되어 있는 힘)을 발견하기 위해서는 분력의 합이 합력과 동등해질 필요가 있다. 이 조건이 세계사가에게 한 번도 지켜진 일이 없다. 그렇기 때문에 합력을 설명하기 위해서는 그들은 합(合)보다는 적은 분력 외에, 더 나아가 합력과 균형을 이룬 작용을 하는 설명되지 않는 힘을 인정하지 않으면 안 되게 된다.

개별적인 역사가는, 1813년의 원정이나 부르봉조(朝)의 재흥 등을 설명하면서 이들 사건은 알렉산드르의 의지에 의해서 생긴 것이라고 말한다. 그런데 세계사가 게르비누스는 이 개별적인 역사가의 견해를 뒤집고, 1813년의 원정이나 부르봉조의 재흥은 알렉산드르의 의지 이외에 슈타인, 메테르니히, 스탈 부인, 탈레랑, 피히테, 샤토브리앙 등의 활동을 원인으로 하고 있었다는 것을 명백히 하려고 한다. 이 역사가는 분명히 알렉산드르의 권력을 탈레랑, 샤토브리앙 등의 구성요소로 분해한 것이다. 이들 구성요소의 총 합계, 즉 샤토브리앙, 탈레랑, 스탈 부인 등의 상호작용은 분명히 합력(合力) 전체에, 즉 수천만의 프랑스인이 부르봉가(家)에 복종했다는 현상과 동등하지는 않다. 샤토브리앙, 스탈 부인 등이 서로 이러이러한 말을 했다고 하는 데에서 생기는 것은 그들 자신들 사이의 관계이지 수천만 명이 복종한 일이 아니다. 그래서 이러한 그들의 관계에서 어떻게 해서 수천만 명의 복종이 생겼는가 하는 일, 즉 하나의 A와 동등한 구성 요소로부터 어떻게 해서 1000의 A와 동등한 합력이 생겼는가를 설명하기 위해, 역사가는 다름 아닌 자기가 여러 가지 힘의 결과라고 인정하고, 부정(否定)했던 권력이라는 힘을 또 다시 인정하지 않을 수 없게 된다. 즉, 역사가는 합성된 힘과 균형을 이룬 작용을 하는 설명되지 않는 힘을 인정하지 않을 수 없게 되는 것이다. 그리고 그 결과 개인사가에 대해서뿐만 아니라 자기가 자신에 대해서 모순을 나타내게 되는 것이다.

농촌 주민들은 비의 원인을 잘 알지 못하기 때문에 비오는 날이나 갠 날 어느 쪽을 바라는가에 따라서, 바람이 구름을 쫓아버렸다거나 바람이 구름을 모아왔다고 말한다. 그와 마찬가지로 세계사가는 때로는—그것이 자기에게 바람직할 때, 자기의 이론에 합당한 때에는—권력이 사건의 결과라고 말하고, 때로는—다른 일을 증명할 필요가 있을 때에는—권력이 사건을 낳는다고 말한다.

문화사가라고 불리는 제3 그룹의 역사가들은, 때로는 작가나 귀부인들을 사건을 낳는 힘이라고 인정하는 세계사가들이 깔아놓은 길을 지나가면서도, 전혀 다른 형태로 그 힘을 해석한다. 그들은 그것을 이른바 문화 속에서, 지적 활동 속에서 보는 것이다.

문화사가는 그 조상인 세계사가의 뒤를 완전히 따르고 있다. 왜냐하면 역사적 사건을 몇몇 사람들이 관계가 이러이러했다고 하는 것으로 설명할 수 있다고 한다면, 이러저러한 사람들이 이러저러한 책을 썼다고 하는 것으로 설명 못하지는 않을 것이다. 이들 역사가들은 모든 살아 있는 현상에 따르는 방대한 수의 여러 특징 중에서 지적 활동이라는 특징을 골라내어, 이 특징이야말로 바로 원인이라고 말한다. 그러나 사건의 원인은 지적 활동에 숨어 있는 것을 제시하려고 하는 그들의 갖은 노력에도 불구하고, 상당한 양보를 하고야 비로소 지적 활동과 여러 국민들 사이에 무엇인가 공통된 것이 있다고 인정할 수 있다. 그러나 지적 활동이 사람들의 활동을 지배했다고 하는 점에 대해서는 어떤 경우에도 인정할 수가 없다. 왜냐하면 인간의 평등을 주장하는 데에서 생긴 프랑스 혁명의 잔혹하기 짝이 없는 살인이나, 사랑의 주장에서 생긴 비참하기 짝이 없는 전쟁과 같은 현상에서는 이 추론의 뒷받침이 되지 않기 때문이다.

그러나 이러한 역사를 채우고 있는 약간 복잡한 이치가 모두 옳다고 인정한다 해도, 여러 국민이 사상이라고 불리는 무엇인가 확실하지 않은 힘에 지배되어 있다고 인정한다고 해도, 본질적인 문제는 역시 대답이 없는 채로 있거나, 또는 옛날의 왕의 권력이나 세계사가들이 들고 나온 조언자들의 영향력에 또 하나 사상이라고 하는 새로운 힘이 부가되는 데 지나지 않아, 그 힘과 여러 국민의 결부를 설명하는 일이 필요하게 된다. 나폴레옹은 권력을 가지고 있었다. 따라서 어떤 사건이 생겼다고 하는 것은 이해할 수가 있다. 나폴레옹은 다른 영향력과 결부되어, 어떤 사건의 원인이 되었다고 하는 것도 어느 정도 양보를 하면 이해할 수가 있다. 그러나 '사회계약론'이라고 하는 책이 어째서 프랑스인끼리 서로 물에 빠트리려고 하는 일을 저질렀는가. 그것은 이 새로운 힘과 사건 사이의 인과관계를 설명하지 않고서는 이해할 수가 없다.

분명히, 동시에 살고 있는 모든 것 사이에는 어떤 종류의 결부를 발견할 수가 있다. 따라서 사람들의 지적 활동과 그 역사의 운동 사이에도 어떤 종류의 결부를 발견한다는 것은 가능한 일이다. 이것은 인류의 운동과 상업, 수공업, 원예 등 무엇이든지 서로 원하는 것에서 결부를 찾을 수 있는 것과 같다. 그러나 어째서 문화사가는, 인간의 지적 활동이 역사의 운동 전체의 원인, 또는 표출이라도 되는 것처럼 보이게 하려고 하는가. 이것은 이해하기가 힘들다. 이러한 역사가의 결론에 도달할 수 있는 것은 다음과 같이 생각할 때에만 가능하다. (1)역사는 학자에 의해 쓰이는 것이므로, 그들은 자기들 계층의 활동이 전 인류의 운동의 기초라고 생각하는 것은 자연스러운 일이고 마음이 편할 것이다. 그것은 상인, 농민, 병사도 그렇게 생각하는 것이 자연스럽고 마음이 편한 것과 마찬가지다(그것이 말로써 표현되지 않는 것은 상인이나 병사가 역사를 쓰지 않기 때문이다). (2)정신적 활동, 계몽, 문명, 문화, 사상—이러한 것은 모두 애매한, 분명히 정의되지 않는 개념으로 그 깃발 아래에서는 그 이상 애매한 뜻 이외에는 가지고 있지 않고, 이 때문에 어떠한 이론에도 간단히 적용할 수 있는 말을 사용하는 것이 매우 편리한 것이다.

그러나 이런 종류의 역사의 내면적인 가치는 차치하고서라도(어쩌면 이러한 역사가 누군가를 위해서 또는 그 무엇인가를 위해서 필요할지도 모른다), 차차 세계사를 흡수하고 있는 문화사가 주목을 끄는 것은, 그것이 자상하고 진지하게 여러 가지 종교적, 철학적, 정치적 주장을 사건의 원인으로서 분석하고 있으면서 일단 현실적인 역사적 사건—예를 들면, 1812년의 원정—을 서술하지 않으면 안 될 경우에는, 으레 이 원정은 나폴레옹의 의지의 산물 등이라고 단언하여 그것을 권력의 산물로서 서술하지 않을 수 없게 된다는 점 때문인 것이다. 이런 식으로 말함으로써, 문화사가는 본의 아니게 자기 자신과 모순되든가 또는 자기들이 생각해낸 새로운 힘이 역사상의 사건을 표현하는 것이 아니고, 역사를 이해하는 유일한 수단은 그들이 언뜻 보기에 인정하지 않고 있는 권력 바로 그것이라는 것을 증명하는 것이 된다.

3

증기기관차가 달리고 있다. 그것은 어떻게 해서 움직이고 있는가 하는 물음이 나온다. 농부는 그것은 악마가 움직이고 있는 것이라고 말한다. 다른 사람은 바퀴가 움직이니까 기관차가 앞으로 나아가는 것이라고 말한다. 또 다른 사람은, 운동의 원인은 바람에 날리고 있는 연기에 숨어 있다고 주장한다.

농부를 설복시키기는 어렵다. 농부를 설복시키기 위해서는, 악마 같은 건 없다는 것을 누군가가 그 농부에게 증명을 하든가, 또는 다른 농부가 악마가 아니라 독일 사람이 움직이고 있다고 설명할 필요가 있다. 그러면 비로소 여러 가지 모순에서 농부들은 자기들이 모두 잘못되었다는 것을 깨달을 것이다. 그러나 원인은 바퀴의 운동이라고 말하는 사람은, 스스로 자기를 부정하고 있다. 왜냐하면 분석의 영역으로 발을 들여놓으면 연이어 앞으로 나아가지 않으면 안 되기 때문이다. 즉, 바퀴의 운동의 원인을 설명하지 않으면 안되게 된다. 그리고 이 사람은 기관차 운동의 궁극적인 원인인 보일러 안에서 압축된 증기에 이를 때까지 원인의 추구를 그만 둘 정당한 이유가 없다는 것이 된다. 또 증기기관의 운동을 뒤로 흘러가는 연기로 설명하려고 한 사람은 바퀴에 대해서 설명을 해도 원인은 나오지 않는다는 것을 깨닫고 닥치는 대로의 특징을 잡아 자기가 그것을 마치 원인인 것처럼 말한 것이다.

증기기관차를 설명할 수 있는 단 하나의 개념은 눈에 보이는 운동과 동일한 힘이라는 개념이다.

여러 국민의 운동을 설명할 수 있는 단 하나의 개념은 여러 국민의 운동 전체와 동등한 힘이라는 개념이다.

그런데 여러 역사가들은 이 개념 아래서, 각자가 눈에 보이는 운동에 동등하지 않은 힘을 생각하고 있다. 어떤 사람은 기관차 안에 악마를 본 농부와 같이 이 운동 안에 영웅들에게 직접 부속되는 힘을 본다. 어떤 사람은 바퀴의 운동처럼 다른 몇 가지 힘에서 나오는 힘을 본다. 또 어떤 사람은 흐르는 연기처럼 지적인 영향을 본다.

카이사르나 알렉산드르, 루터, 볼테르 등 기록된 역사가 개개인의 역사이고 사건에 관여하고 있는 모든 사람의 역사가 아닌 동안에는, 인간의 활동을 하나의 목적을 향하게 하는 힘이라고 하는 개념 없이는 인류의 운동을 서술할 수는 없다. 그리고 역사가가 알고 있는 유일한 그러한 개념이 바로 권력인 것이다.

이 개념은 현재와 같은 서술방식으로 역사의 재료를 제어할 수 있는 유일한 핸들이다. 버클처럼 사료(史料)를 다루는 다른 방법을 모른 채, 이 핸들을 뽑아버리는 것과 같은 사람은, 사료를 다룰 수 있는 마지막 가능성을 스스로 상실할 뿐이다. 역사적 현상을 설명하기 위해서 권력이라는 개념이 불가결하다는 것을 잘 증명하고 있는 것은, 권력이라는 개념을 부정하고 있는 것처럼 생각하고 있으면서도 끊임없이 그것을 사용하고 있는 세계사나 문화사가 자신들이다.

인류의 여러 문제에 관한 한 역사학은 현재로 보아서, 유통하고 있는 화폐 —지폐와 경화(硬貨)와 같은 것이다. 전기적(傳記的)인 역사가와 각국 사가(史家)는 지폐와 같은 것이다. 그것이 무엇에 의해 보증되고 있는가 라는 의문이 생길 때까지는 그 누구에게도 해를 끼치지 않고, 오히려 이익을 가져다 주면서 통용되고 유통할 수가 있다. 어떻게 해서 영웅들의 의지가 여러 가지 사건을 낳는가 라는 의문을 잊어버리기만 하면, 체르 등의 역사는 재미있고 교훈적이기도 하며, 더욱이 엷은 시정(詩情)까지도 자아낸다. 그러나 지폐는 간단히 만들 수 있으므로 다량으로 만들어 내거나, 지폐를 금화와 교환하려고 하는 사람이 나타나거나 하면, 지폐의 실질적 가치에 의심이 생기는 것과 마찬가지로, 이런 종류의 역사의 실질적인 의의에 대해서 의심이 생긴다. 그것은 이런 유의 역사도 너무나도 많이 함부로 만들어져 나돌아 다니거나, 누군가가 소박하게 '도대체 나폴레옹은 어떤 힘으로 그런 일을 했는가?' 하고 묻거나, 즉 통용되고 있는 지폐를 현실적인 개념이라는 금화로 바꾸려고 하기 때문이다.

또, 세계사가나 문화사가는 지폐의 불편을 인정하고 지폐 대신에 금만큼의 밀도를 가지지 않지만 다른 금속으로 경화를 만들려고 결심한 사람과 비슷하다. 그래서 화폐는 분명히 경화가 되지만 다만 단단한 데에 지나지 않는다. 지폐는 차라리 모르는 사람을 속일 수가 있다. 그러나 단단하지만 가치가 없는 화폐는 아무도 속일 수가 없다. 금은 교환 때뿐만 아니라 실용에서 사용될 때 비로소 금이라는 것과 마찬가지로, 세계사가도, 권력은 무엇인가? 라고 하는 역사의 근본적인 문제에 대답할 수 있을 때 비로소 금이 된다. 세계사가는 이 물음에 모순된 대답을 하고 문화사가는 전적으로 그 물음을 피하여 전혀 다른 것으로 대답하고 있다. 그리고 금과 비슷한 동전형 금속이 그것을 금 대신으로 할 수 있다는 것을 승인한 사람들의 모임이나, 금의 성질을 모르는 사람들 사이에서밖에 사용되지 않는 것과 마찬가지로, 세계사가나 문화사가도 인류의 근본적인 문제에 대답하지 않고, 무엇인가 자기들의 독자적인 목적을 위해 통용 경화로서 대학이나 일부 독자—그들이 말하는 바에 의하면 진지한 책을 좋아하는 사람에게 쓸모 있는 것으로 되어 있는 것이다.

4

사람의 의지를 단 한 사람의 선택된 자에게 신이 복종시키고, 사람들의 의지는 신에게 복종한다고 하는 옛날 사람들의 생각을 거부한 이상, 역사는 다음 둘 중 하나를 선택하지 않으면 한 발짝도 모순 없이는 앞으로 나아갈 수가 없다. 즉, 신이 인사에 직접 관여한다는 옛날의 신앙으로 되돌아가든가, 또는 역사상의 여러 사건을 낳는 권력이라고 불리는 힘의 의의를 분명히 설명하든가 둘 중의 하나이다.

처음 것으로 되돌아간다는 것은 불가능하다. 왜냐하면 신앙은 파괴되었기 때문이다. 그렇다고 한다면 아무래도 권력의 의의를 설명하지 않으면 안 된다.

나폴레옹이 군대를 모아 싸우러 나갈 것을 명령하였다. 그러한 생각은 이제 우리에게는 당연한 일이 되어 있고 그러한 생각에 익숙해져 있기 때문에 나폴레옹이 이와 같은 말을 했을 때, 어째서 60만의 인간들이 전쟁으로 나가야 하느냐는 물음은 우리에게는 무의미하게 여겨질 정도이다. 나폴레옹은 권력을 가지고 있었다. 따라서 그가 행한 명령이 수행된 것이다.

만약 권력이 신으로부터 나폴레옹에게 주어졌다고 우리가 믿는다면, 이 대답으로 충분하다. 그러나 우리가 그것을 인정하지 않으면, 많은 다른 사람에 대한 한 인간의 권력이란 도대체 무엇인가 하는 것을 분명히 하지 않으면 안 된다.

이 권력은, 강한 자가 육체적으로 우세하여 약한 자에 대해서 육체적인 힘을 행사하든가 행사한다고 위협하는 것을 바탕으로 하고 있는 우위(優位), 즉 헤라클레스의 권력과 같은 직접적인 권력일 수는 없다. 그것은 또한 일부의 역사가가 역사적인 인물을 천재로 부르고, 비범한 영혼과 지력이 부여된 인간이라고 말할 때 생각할 수 있는 정신적인 우위에 바탕을 둔 것도 될 수가 없다. 이 권력이 정신적인 힘의 우위에 입각할 수가 없다고 하는 것은, 그 정신적 장점에 대해서 의견이 아주 갈라진 나폴레옹과 같은 영웅이라는 이름의 인간은 그렇다 치더라도, 역사에서 보는 바와 같이 수천만의 인간을 지배한 루이 11세나 메테르니히와 같은 인간은 다 같이 정신적인 힘이 남달리 뛰어난 사람은 전혀 아니었으며 반대로 대개의 경우, 그들이 지배하고 있었던 수천만의 인간 그 누구보다도 정신적으로 뒤떨어지고 있었기 때문이다.

권력의 원천이 그것을 가지고 있는 인간의 육체적이나 정신적 특징 속에도 없다고 한다면, 이 권력의 원천은 그 인간 외에 존재하여야 한다. 즉 권력을 가지고 있는 소유자와 대중과의 관계 속에 있을 것이다.

바로 이와 같이 권력을 이해하고 있는 것은 법에 관한 학문, 즉 권력에 대한 역사학적 해석을 순금으로 바꾸는 것을 약속하는 바로 역사의 환전소 그것인 것이다.

권력이란 대중에 의해 선출된 지배자에게 분명히 표명된, 또는 암묵적인 동의에 의해 위양된 대중의 의지의 총화(總和)이다.

어떻게 해서 국가와 권력을 구성할 것인가—만약에 그러한 것을 모두 구성할 수 있다고 한다면—하는 문제의 고찰로 성립되어 있는 법학의 분야에서는, 그러한 일은 모두 매우 분명하지만 역사에 적용될 경우에는 여러 가지 설명이 필요하게 된다.

법학은 국가와 권력을 옛날의 인간이 불을 고찰한 것처럼, 즉 무엇인가 절대적으로 존재하는 것으로서 고찰한다. 그런데 역사에 있어서 국가나 권력은 현상에 지나지 않는다. 그것은 현대의 물리학자에게 불은 자연의 요소가 아니라 현상에 지나지 않는 것과 마찬가지다.

역사와 법학의 이와 같은 근본적인 관점의 차이의 결과 법학은 그 생각에 의하면, 어떻게 권력을 구성해야 할 것인가, 때를 초월해서 부동으로 존재하고 있는 권력은 도대체 무엇인가 하는 것을 자상하게 말할 수가 있다. 그러나 시간 안에서 변형하는 권력의 의의라고 하는 역사학적인 문제에 대해서는 법학은 아무런 대답도 할 수가 없다.

만약에 권력이 지배자에게 위양된 의지의 총화(總和)라고 한다면, 푸가체프는 대중의 의지의 대표자인가? 만약에 그렇지 않다고 한다면, 왜 나폴레옹 1세는 대표자인가? 나폴레옹 3세^{(1세의 조카. 부르본조(朝)의 타도를 시도하여 1840년에 체포, 종신형이
되었으나 탈옥, 1848년의 2월 혁명 후 대통령, 1852년에 제위에 올랐다)}는 불로뉴에서 체포되었을 때는 죄인이었는데, 그 후 그가 체포한 자들 쪽이 왜 죄인이 되었는가?

때로는 2, 3명의 사람밖에 관여하지 않는 궁정 혁명의 경우도 역시 대중의 의지는 새로운 인물로 이동하는가? 국제 관계의 경우, 국민 대중의 의지는 정복자에게 이동하는가? 1808년에 라인 동맹의 의지는 나폴레옹에게 이동했는가? 러시아 국민의 대중의 의지는 1809년에 우리 군이 프랑스군과 동맹해서 오스트리아와 싸움을 했을 때 나폴레옹으로 이동하였는가?

이들 물음에 대해서는 세 가지로 대답을 할 수가 있다.

(1) 대중의 의지는 항상 그들이 고른 한 사람 또는 몇몇 사람의 지배자에게 무조건 위양된다. 따라서 새로운 권력의 발생은 모두, 즉 일단 위양된 권력에 대한 투쟁은 모두 참다운 권력에의 침해로밖에 간주되지 않는다는 것을 인정한다.

(2) 대중의 의지는 일정한 어떤 조건하에서 조건부로 지배자에게 위양된다고 하는 것을 인정하고, 권력에 대한 압력과 충돌 그리고 나아가서는 그 폐

기까지도 지배자가 권력을 위양 받은 바탕이 되는 조건을 지키지 않은 결과 생긴다는 것을 분명히 한다.

(3) 대중의 의지는 지배자에게 위양되지만 잘 알 수 없는 또는 분명치 않은 조건하에 이루어지는 것이므로, 여러 권력의 발생과 그 투쟁이나 성쇠는 대중의 의지가 어떤 인물에서 다른 인물로 위양되는 경우의 알 수 없는 조건을 지배자가 어느 정도 수행하고 있는가에 따라서만 생긴다는 것을 인정한다.

분명히 이와 같이 세 가지로 역사가는 대중과 지배자의 관계를 설명하고 있다.

어떤 역사가들은 정신이 단순하기 때문에 권력의 의의는 무엇인가라는 문제를 이해하지 않고—이것이 바로 앞서 말한 개별적이며 전기적 역사가들이다—마치 대중의 의지의 총화가 역사적인 인물에 무조건 위양되는 양 인정하고 그 결과 어떤 권력에 대해서 말할 경우에 이 권력 그 자체가 유일한 절대적인 진짜이고, 이 진짜 권력에 반대하는 다른 모든 힘은 권력이 아니라 권력의 침해—폭력이라고 추론한다.

역사의 원시적이고 평화스러운 시기에는 형편이 좋았던 이 역사가들의 이론도 여러 권력이 동시에 생겨 서로 다투는 복잡하고 파란에 찬 국민 생활의 시대에 적용하면 형편이 좋은 것이 못 된다. 즉, 왕통파의 역사가는 국민공회나 집정정치나 보나빠르뜨는 권력의 침해에 지나지 않는다는 것을 증명하려 하고, 한편 공화정파나 보나빠르뜨파(派)는—전자는 국민공회, 후자는 제정(帝政)을 참다운 권력으로 보고 그 이외의 것은 모두 권력의 침해라는 것을 증명하려고 한다. 이렇게 되면 이 역사가들의 권력에 대한 설명은 서로 부정하여 나이 어린 순진한 어린이 외에는 통용되지 않는 것이 될 것이라는 것에는 의심할 여지가 없다.

다른 종류의 역사가들은 이와 같은 역사관의 잘못을 인정하고, 권력이란 대중의 의지의 총화가 조건부로 지배자에게 위양된 것을 바탕으로 하고 있고, 역사적 인물은 민중의 의지가 암묵적인 승인으로 그들에게 지정한 기본 항목을 수행한다는 조건 아래서 권력을 가지고 있는 데에 지나지 않다고 말한다. 그러나 그 조건이 어떤 것인지 이 역사가들은 말해주지 않거나 가령 말해준다고 해도 항상 서로 어긋나 있다.

각 역사가가 민중 운동의 목적을 형성하고 있는 것에 대한 자기의 관점에 따라서 권력 위양의 조건을 프랑스 또는 그 밖의 나라의 국민의 위대함과 부(富)와 자유 그리고 계몽 속에 있다고 본다. 그러나 그 조건이 어떤 것인가 하는 점에 대해서 역사가들이 서로 어긋나 있다는 것에 대해서는 말하지 않기로 하고, 모든 사람들에게 공통되는 권력 이양의 조건의 기본 항목이 존재한다는 것을 인정한다 해도, 역사적 사실은 거의 항상 이 이론과 어긋나 있다는 것을 우리는 알게 된다. 만약에 권력이 위양되는 조건이 국민의 부와 자유 그리고 계몽에 있다고 한다면, 왜 루이 14세나 이반 4세는 평온하게 그의 치세를 다하고, 루이 16세나 찰스 1세는 국민에 의해 처형되었는가? 이 물음에 대해서 이들 역사가들은, 기본 항목에 위배된 루이 14세의 행위가 루이 16세에 반영했다고 대답한다. 그러나 도대체 어째서 그것이 루이 14세나 15세에는 반영하지 않았는가? 왜 그것은 다름 아닌 루이 16세에 반영된 것인가? 또 그 반영 기간은 어느 정도인가? 이러한 물음에 대해서는 대답은 없고 있을 수도 없다. 또 이러한 관점으로는 의지의 총화가 수 세기에 걸쳐 지배자나 그 후계자로부터 이동하지 않고 있다가 그 후 갑자기 50년에 걸쳐서 국민공회, 집정정치, 나폴레옹, 알렉산드르, 루이 18세, 그리고 또 나폴레옹, 샤를 10세, 루이 필립, 공화국 정부, 나폴레옹 3세로 이동하는 원인이 역시 거의 설명되지 않는다. 이와 같이 급속히 생기는 어떤 인물에서 다른 인물로의 권력의 이동을 설명할 경우 특히 국제 관계, 정복, 동맹 등을 수반할 경우 이들 역사가들은 이들 현상이 이미 정당한 의지의 이동이 아니라 외교관이나 왕, 정당 지도자의 책략, 잘못됨, 간계(奸計), 연약함 등에 좌우되는 우연이라고 인정하지 않을 수 없게 된다. 즉, 역사 현상의 태반인 내란이나 혁명 또 침략 등은 이들 역사가에게는 이미 자유로운 의지의 이동의 산물이라고는 여겨지지 않고, 잘못된 방향으로 향한 한 사람 또는 몇 사람의 의지의 산물, 즉 권력의 침해라고 여겨진다. 따라서 역사상의 사건은 이런 종류의 역사가에게도 이론으로부터의 일탈로 여겨지는 것이다.

　이와 같은 역사가들은 식물이 발아해서 떡잎이 되는 것을 보고, 생장하는 것은 모두 반드시 떡잎으로 나뉘어서 자란다, 그리고 종려나무나 버섯이나 졸참나무까지도 완전히 생장해서 가지가 무성하면, 이미 떡잎과 같은 것은 없어지므로, 이론으로부터의 일탈이라고 주장하는 식물학자와 같은 것이다.

제3의 종류의 역사가들은 대중의 의지는 역사적 인물에 조건부로 위양되는 것이지만 그 조건은 우리에게는 모른다고 본다. 그들의 말에 의하면 역사적인 인물이 권력을 가지고 있는 것은, 그들이 자기에게 위양된 대중의 의지를 수행하고 있는 경우에 한한다.

그러나 그런 경우에는 민중을 움직이고 있는 힘이 역사적인 인물이 아니라 민중 자신 속에 깃들어 있다고 한다면, 역사적 인물들의 의의는 어디에 있는가?

역사적 인물은—하고 이들 역사가들은 말한다—대중의 의지를 구현하고 있다. 역사적 인물의 행동은 대중 행동의 대표인 것이다.

그러나 그렇다고 한다면 다음과 같은 물음이 생긴다. 역사적 인물의 행동 모두가 대중의 의지의 표현인가, 그렇지 않으면 그 어떤 일면만인가. 만약에 일부의 사람이 생각하고 있는 것처럼 역사적 인물의 행동 전체가 대중의 의지의 표현이라면, 나폴레옹, 예까쩨리나 등의 전기(傳記)는, 개인적인 사소한 말단 이야기까지 모두 포함해서, 민중 생활의 표현이라는 말이 되어 분명히 그것은 난센스이다. 한편 철학자적 역사가라는 이름뿐인 사람들이 생각하고 있는 바와 같이, 역사적 인물의 행동의 일면만이 민중 생활의 표현이라고 한다면, 역사적 인물의 어떤 행동이 민중의 생활을 표현하고 있는가를 분명히 하기 위해서는 우선, 민중의 생활이란 어떤 것인가를 알 필요가 있다.

이러한 어려운 문제를 만나, 이런 종류의 역사가는 될 수 있는 대로 많은 사건을 적용할 수 있는, 극히 막연하며 실감할 수 없는 일반적인 추상 개념을 생각해내어, 이 추상 개념 속에 인류의 운동의 목적이 있다고 말한다. 거의 모든 역사가가 사용하고 있는 가장 흔한 일반적인 추상개념은—자유, 평등, 계몽, 진보, 문명, 문화이다. 인류의 운동의 목적 대신에, 무엇인가 추상개념을 세워서 역사가들은 기억에 남는 것을 가장 많이 자기 뒤에 남긴 사람들, 즉, 황제, 대신, 사령관, 작가, 종교 개혁자, 법왕, 저널리스트 등을 이 역사가들 자신이 판단하는 정도에 따라서, 어떤 추상개념에 협력했느냐 반대했느냐를 연구한다. 그러나 인류의 목적이 자유, 평등, 계몽 또는 문명에 있다고 하는 것은 그 어떤 것에 의해서도 증명되지 않으며, 대중과 인류의 지배자나 계몽가의 결부 등은, 대중의 의지의 총화가 항상 우리의 눈에 띄는 인물들에게 위양된다고 하는 자의적인 추측 위에 성립되어 있는 데에 지나지 않는다. 그러므로 이동하고 집을 태우고 밭일을 내던지고 서로 죽인 무수한 인간들의 행동은, 집도 태우지 않고 밭일도 하지 않고 자기와 같은 인간을 죽이지도 않았던 10명가량의 인간 행동의 묘사 속에 표현되는 일은 결코 없다.

역사는 한 발짝마다 그것을 증명한다. 전 세기말의 서쪽의 여러 국민의 동요와 동쪽으로의 진행은 루이 14세, 15세, 16세나 그들의 애인, 대신의 행동으로, 또 나폴레옹이나 루소나 디드로, 보마르셰 등이 사는 방식으로 설명될 수 있을까?

까잔이나 시베리아에의 운동은 러시아 국민의 이반 4세의 병적인 성격이나, 그와 꾸루브스끼 (이반 4세의 총애의 상실을 두려워하여 폴란드로 망명하여,/거기에서 이반 4세와 서한을 교환한 러시아의 공(公))와의 왕복 서한의 세부에 표현되어 있을까?

십자군 때의 여러 국민의 운동은, 고드프르와 (프랑스의 하(下)로렌공(公). 1096년 제1차 십자군/최고 사령관. '예루살렘 해방의 영웅'이라고 불린다)나 루이 등과 같은 인물과, 그들을 둘러싼 여성들의 연구로 해명되는가? 아무런 목적도 통솔도 없이 부랑자 무리나 은자(隱者) 뻬또루스 아미아네시스 (제1차 십자/군을 조직)가 참가한 서에서 동으로의 여러 민족의 운동은 우리에게는 여전히 이해되지 않은 채로 있다. 더욱이 그 이상으로 이해할 수 없는 것은 역사적인 인물들이 예루살렘의 해방이라고 하는 이치에 닿은 신성한 원정의 목적을 세운 그때에 이 운동이 중단되었다는 것이다. 법왕, 왕, 기사 등은 민중을 성지 해방으로 몰아세웠다. 그러나 민중은 가지 않았다. 왜냐하면 그때까지 그들을 운동으로 내몰고 있던 알 수 없는 원인이 이미 존재하지 않았기 때문이었다. 고드프르와나 궁정 시인 (중세 독일의 서정 시인/종교적 색채가 강하다)의 역사는 분명히 여러 국민의 생활을 포함할 수가 없다. 따라서 고드프르와나 궁정 시인 등의 역사는 고드프르와나 궁정 시인의 역사로서 남아 있지만, 여러 국민과 그들을 몰아세운 것의 역사는 불명인 채로 있다.

하물며 작가나 종교개혁자들의 역사에서 여러 국민의 생활이 해명되는 일은 더욱 적다.

문화사는 작가나 종교개혁자의 의욕이나 생활 조건과 이상들을 해명해 줄 것이다. 우리는 루터가 흥분하기 쉬운 성격을 가지고 있어서 이러이러한 말을 했다는 것을 알 것이다. 루소가 의심이 많아서 이러이러한 책을 썼다는 것을 알게 될 것이다. 그러나 왜 종교개혁 후 여러 국민이 서로 죽였는가,

프랑스 혁명 때에 서로를 사형에 처했는가에 대해서는 알 수가 없다.

가령 이 양쪽의 역사를 최신의 역사가가 다루고 있는 것처럼 결부시켰다고 해도 그것은 왕과 작가의 역사가 될 뿐 여러 국민의 역사는 되지 않는다.

5

국민의 생활은 몇 사람의 생활 틀 속에 넣을 수 있는 것이 아니다. 왜냐하면 그 몇 사람의 인간들과 국민 사이의 결부를 찾을 수 없기 때문이다. 그 결부의 바탕이란 의지의 총화가 역사적 인물로 이양되는 데에 있다고 하는 이론은 가설이며, 역사의 경험으로 뒷받침되어 있지 않다.

대중 의지의 총화가 역사적 인물에 이양된다고 하는 이론은 어쩌면 법학의 분야라면 매우 많은 일을 해명할지도 모르고, 그 목적을 위해 없어서는 안 되는 것일지도 모른다. 그러나 역사에 적용해 보면 일단 혁명과 정복, 내란 등이 나오면, 즉 역사가 시작되면 바로 이 이론은 아무것도 해명해 주지 않게 된다.

이 이론이 뒤집혀질 수 없는 것처럼 여겨지는 것은 민중의 의지의 이양이라고 하는 행위가 이제까지 존재하지 않아서 검증할 수가 없기 때문이다.

어떤 사건이 일어나더라도, 어떠한 사람이 사건의 정점에 서도, 이 이론은 항상 그와 같은 인물이 사건의 정점에 선 것은 의지의 총화가 그에게 이양되었기 때문이라고 말할 수가 있다.

이 이론이 역사의 물음에 주는 대답은, 움직이고 있는 가축의 무리를 보면서 들판의 여러 장소에 있는 목장의 여러 장점이나 목동이 가축을 몰고 있는 것은 거들떠보지도 않고, 가축의 떼가 어느 방향으로 향하고 있는 원인을 어떤 가축이 무리의 선두를 나아가고 있는가에 따라서 판단하는 사람의 대답과 같은 것이다.

"무리가 저 방향으로 나아가고 있는 것은 선두를 가는 동물이 그것을 끌고 가기 때문이며, 다른 동물들의 의지의 총화가 그 무리의 지배자에게 이양되어 있기 때문이다." 이렇게 대답하는 것은 제1 카테고리의 역사가들로, 그들은 권력이 무조건으로 이양되는 것을 인정하고 있는 것이다.

"무리의 선두를 나아가고 있는 동물이 교체된다고 한다면, 그것은 그 동물이 무리 전체가 선택한 방향으로 인도하고 있는가의 여부를 보고 동물 전체의 총화가 어떤 지배자로부터 다른 지배자로 옮아가기 때문에 생기는 것이다." 이렇게 대답하는 역사가들은, 대중의 의지는 역사가들이 이미 아는 것으로 보고 있는 일정한 조건하에서 지배자에게 이양되는 것을 인정하고 있는 것이다. '이와 같은 관찰 방법에 의하면 관찰자는, 대중의 방향이 바뀌었을 경우, 관찰자 자신이 고른 방향에 따라서 이미 선두가 아니라 곁에 있는 것이나 때로는 뒤의 것을 지도자로 보는 일이 흔히 있다.'

"선두에 서 있는 동물이 끊임없이 교체되고 무리 전체의 방향이 끊임없이 바뀐다고 하면, 그것은 어느 방향—그 방향은 우리가 알고 있다—에 도달하기 위해, 동물들이 그들의 의지를 어떤 동물—그 동물들은 우리의 눈에 머물고 있다—에 이양하기 때문이며, 무리를 연구하기 위해서는 우리가 주목하고 있는 무리의 여기저기를 뛰어다니고 있는 동물을 전부 관찰할 필요가 있다." 이렇게 대답하는 것은 제3 카테고리의 역사가들로, 그들은 왕에서 저널리스트에 이르기까지 모든 역사적 인물을 그 시대의 표현으로 인정하는 것이다.

대중의 의지가 역사상의 인물에 이양된다는 이론은 말을 바꾼 데에 지나지 않는다. 즉 묻는 말을 다른 말로 표현한 것에 지나지 않는 것이다.

역사상의 사건의 원인은 무엇인가? 권력이다. 권력이란 무엇인가? 권력이란 한 인물에 이양된 의지의 총화이다. 어떠한 조건으로 대중의 의지가 한 인간에게 옮겨지는가? 그 인물에 의해서 모든 인간의 의지가 표현되어 있다는 조건 아래에서이다. 즉 권력이란 권력이다. 즉, 권력이란 우리가 그 뜻을 알 수 없는 말 바로 그것이다.

만약에 인간 지식의 범위가 추상적 사고에 한정되어 있다고 한다면, 인간들은 과학이 주는 권력의 설명을 비판하여 권력이란 단순히 말에 지나지 않고, 현실적으로는 존재하지 않는다고 하는 결론에 도달했을 것이다. 그러나 형상을 인식하기 위해서는 추상적 사고 외에, 인간은 사고의 결과를 검증하는 경험이라고 하는 수단을 가지고 있다. 그리고 경험은 권력이란 말이 아니라 현실로 존재하는 현상이라고 말한다.

권력이라고 하는 개념 없이 인간 행위의 총화를 서술한다는 것은 일체 할 수 없다는 것은 물론이며, 권력의 존재는 역사에 의해서나 또 현대의 사건을 관찰하는 것으로도 증명된다.

하나의 사건이 생길 때에는 언제나 그 의지에 의해 사건이 생긴 것처럼 보인다. 한 사람 또는 몇몇 사람이 나타난다. 나폴레옹 3세가 지시하면 프랑스인이 멕시코로 간다. 프러시아 왕과 비스마르크가 지시하면 군대가 보헤미아로 간다. 나폴레옹 1세가 명령하면 군대가 러시아로 간다. 알렉산드르 1세가 명령하면 어떤 사건이 생기든 그것은 항상 그 사건을 명령한 한 사람 또는 몇몇 사람의 의지와 결부되어 있다.

역사가는 신이 인사에 관여하는 것을 인정하는 낡은 습관에 따라서, 사건의 원인은 권위를 가진 인간의 의지의 표현으로 보려고 한다. 그러나 이 결론은 논리에 의해서나 경험에 의해서도 증명되지 않는다.

한편으로는 논리가 나타내는 바와 같이, 한 인간의 의지의 표현, 즉 그의 말은 예를 들어, 전쟁이나 혁명과 같은 사건 속에 나타나는 전체적인 행위의 일부분에 지나지 않는다. 따라서 알 수 없는 초자연적인 힘, 즉 기적을 인정하지 않는 한 그의 말이 무수한 사람의 운동의 직접적인 원인이 될 수 있다고는 인정할 수가 없다. 또 한편으로 비록 그의 말이 사건의 원인이 될 수 있다고 인정했다 해도 역사가 나타내고 있는 바와 같이, 역사적 인물의 의지의 표현은 대개의 경우 아무런 작용도 하지 않고 있다. 즉, 그들의 명령은 대개의 경우 실행되지 않을 뿐만 아니라 때로는 그들이 명령한 것과 반대의 일이 이루어지는 경우도 있다.

인사(人事)에 신이 관여한다는 것을 인정하지 않고서는 우리는 권력을 사건의 원인으로 볼 수는 없다.

권력이란, 경험에 입각해서 보면 한 인간의 의지의 표현과 다른 사람들에 의한 그 의지의 수행과의 사이에 존재하는 의존 관계이다.

이 의존 관계의 조건을 자기 자신에게 설명하기 위해서는, 우리는 우선 신에게서가 아니라 인간에 관계를 맺으면서 의지의 표현이라는 개념을 재구성하지 않으면 안 된다.

만약에 옛날 사람의 역사가 말하고 있는 바와 같이 신이 명령을 주는, 즉 그의 의지를 표현한다고 한다면, 신은 무엇인가에 의해서 그 사건에 결부되어 있는 것이 아니므로 그 의지의 표현은 시대에 의해 좌우되는 것이 아니고, 그 어떤 원인으로 야기된 것도 아니다. 그러나 시간 속에서 서로 결부되어 행동하고 있는 인간들의 명령, 즉 의지의 표현을 문제로 삼을 경우, 우리는 명령과 사건의 결부를 설명하기 위하여 다음의 두 가지 조건을 재구성하지 않으면 안 된다. (1)생기고 있는 일 전체의 조건, 즉 사건 및 명령하는 인간의 시간 속에서의 운동의 연속성. (2)명령하는 인간과 그 명령을 다하는 인간들이 포함되어 있는 필연적인 결부의 조건.

6

시간에 제약되지 않은 신의 의지의 표현만이 수년 후 또는 수 세기 후에 생기게 될 일련의 사건에 관련을 가질 수가 있다. 아무런 원인을 가지지 않는 신만이, 자기의 의지만을 따라서 인류의 운동의 방향을 정할 수가 있다. 인간은 시간 속에서 행동하고 있고, 자기 쪽에서 사건에 참가하는 것이다.

간과되고 있는 제1의 조건, 즉 시간의 조건을 재구성해 보면, 우리는 뒤의 명령을 가능하게 하는 앞의 명령이 없으면 명령은 하나도 수행되지 못한다는 것을 알게 된다.

결코 단 하나라도 명령은 멋대로 생기는 것이 아니며, 그 속에 일련의 사건 전체를 포함하고 있는 것도 아니다. 모든 명령이 다른 명령에서 생기고 일련의 사건 전체에 관련되는 일은 결코 없으며, 항상 어떤 사건의 한 시점에만 관련되는 것이다.

예를 들어 나폴레옹이 전쟁에 나가도록 군대에 명령했다고 말할 때, 우리는 서로 관련 있는 맥락을 가진 몇 가지 일련의 명령을, 단 하나의 한 시점에서 표현된 명령 속에 한 덩어리로 묶어버린다. 나폴레옹은 러시아 원정을 명령할 수도 없었고, 명령을 한 일도 없었다. 그는 오늘은 이러이러한 문서를 빈이나 베를린이나 뻬쩨르부르그로 써 보내라고 명령하고, 내일은 이러이러한 법령이나 육군, 해군, 경리부 등으로의 무수한 명령을 쓰도록 명령하였다. 그것이 일련의 사건에 합치하는 일련의 명령이 되어 프랑스군을 러시아로 도달하게 만든 것이다.

나폴레옹이 그 치세 동안에 시종 영국 원정의 명령을 내고 이 정도로 힘과 시간을 들인 사업은 하나도 없었는데도 불구하고, 그 치세 동안에 한 번도 그 계획을 실행하려고 하지 않았다. 한편으로는 재삼 그가 표명했던 신념에 의하면 동맹하고 있는 편이 유리하다고 생각하고 있던 러시아에 원정을 한 것은, 영국 원정의 명령이 일련의 사건에 합치되지 않고 러시아 원정의 명령이 일련의 사건에 합치되어 있었기 때문에 그렇게 된 것이다.

명령이 확실하게 수행되기 위해서는, 수행할 수 있는 명령을 어떤 사람이 말로 나타낼 필요가 있다. 그런데 무엇을 수행할 수 있고 무엇을 수행할 수 없는가를 안다는 것은, 무수한 인간이 참가하고 있는 나폴레옹의 러시아 원정뿐 아니라 가장 단순한 사건의 경우에도 불가능하다. 왜냐하면 그것을 수행하기 위해서는 반드시 무수한 장애에 부딪칠 염려가 있기 때문이다. 수행된 명령은 모두 수행되지 않았던 무수한 것들로부터 빠져나온 것 중의 하나인 것이다. 불가능한 명령은 모든 사건에 결부되지 않으므로 수행되지 않는다. 가능한 것만이 일련의 사건에 합치되는 일관된 명령과 결부되어 수행되는 것이다.

사건에 선행하는 명령이 그 사건의 원인이라고 생각하는 우리의 잘못된 생각이 생기는 것은, 사건이 성취되어 무수한 명령 중 사건과 결부된 일부의 것만이 수행되면, 우리는 수행하는 것이 불가능했기 때문에 수행되지 않았던 명령을 잊어버리기 때문이다. 더욱이 이런 뜻에서의 우리의 미망(迷妄)의 제1의 원천(源泉)이 생기는 것은, 무수하고 잡다한 극히 작은 일련의 사건, 예를 들면 프랑스군을 러시아로 가게 한 모든 것이 하나의 사건으로 정리되어 일련의 명령 전부가 단 하나의 의지의 표현으로 정리되기 때문이다.

우리는 말한다. 나폴레옹이 러시아 원정을 원해서 실행한 것이라고. 그러나 실제로 우리는 그러한 의지의 표명에 해당하는 것을 나폴레옹의 활동 전체 속에서 절대로 발견할 수가 없고, 그 대신 방향이 실로 다종다양하고 분명하지 않은 형태의 일련의 갖가지 명령이나 의지의 표현을 발견할 뿐이다. 수행되지 않았던 무수한 나폴레옹의 명령 중에서 수행된 1812년 원정의 일련의 명령이 생긴 것은, 그 명령이 그 어떤 점에서 수행되지 않았던 다른 명령보다 뛰어났기 때문이 아니라, 이 일련의 명령이 프랑스군을 러시아로 도달하게 한 일련의 사건에 합치되었기 때문이다. 이것은 형지(型紙)로 어떤 모양을 그릴 때, 형지를 보고 어느 방향 어떤 식으로 물감을 칠하지 않으면 안 되느냐에 따라서가 아니라, 형지에 새겨진 모양대로 모든 방향으로 물감이 칠해지는 것과 전적으로 같은 것이다.

따라서 명령과 사건의 관계를 시간 속에서 살펴보고 우리가 알 수 있는 것은, 그 어떤 경우에도 명령은 사건의 원인이 될 수 없고 양자 사이에 어떤 일정한 의존관계가 존재하고 있다는 점이다.

이 의존관계가 어떤 것인가를 이해하기 위해서는 신이 아니라 인간으로부터 나온 모든 종류의 명령을, 또 한 가지 간과되고 있는 조건, 즉 명령하는 인간 자신이 사건에 관여한다는 조건을 재구성해볼 필요가 있다.

명령하는 사람과 그 사람이 명령을 내리는 사람들과의 관계야말로 권력이라고 불리는 바로 그것이다. 이 관계는 다음과 같은 점에 있다.

전체적인 행동 때문에 인간들은 항상 일정한 결합을 이룬다. 그 결합 속에서 종합적인 행위를 위해 세워진 목적은 여러 가지이지만, 그 행위에 참여하고 있는 사람들의 관계는 항상 같다.

이러한 결합을 이루게 되면, 인간들은 반드시 다음과 같은 상호관계에 서게 된다. 즉 자기들이 참가한 종합적인 행위에 최대 다수의 인간은 최대한의 직접적 참가를 하고, 최소수의 인간은 최소한의 직접적인 참가를 한다는 관계이다.

인간이 종합적인 행위를 하기 위해 형성된 모든 결합 중에서 가장 눈에 띄는 것의 하나가 군대이다.

어떤 군대에서나 그것을 구성하고 있는 것은 계급이 가장 낮은 구성원, 즉 가장 수가 많은 병사들이고, 다음으로 약간 계급이 높은 하사, 하사관 등 제1 그룹보다 수가 적은 사람들이고, 다시 위로 수가 더 적은 사람들이 있게 되고 더 올라가서 한 인간에게 집중되어 최고의 군의 권력에까지 이른다.

군대의 구성은 원뿔형으로 매우 정확하게 구성된다. 그 지름의 가장 큰 밑바닥을 이루고 있는 것은 병사들이다. 더 높고 더 작은 면은 가장 높은 군의 계급이며, 더 나아가서 원뿔의 정점에 이르러 그 점을 구성하는 것은 사령관이다.

수가 가장 많은 병사들은 원뿔의 가장 아래의 밑바탕을 구성한다. 병사 자신은 직접 찔러죽이거나, 베어 죽이거나, 태우거나 약탈하거나 한다. 그리고 언제라도 그 행위에 대해서 위에 서는 인물로부터 명령을 받는다. 하사관은 (하사관의 수는 병사들보다 적다) 병사들보다 행위 그 자체를 행하는 것은 적으나 명령을 한다. 장교는 행위 그 자체를 하는 일은 더 적고, 명령하는 일은 더 많아진다. 장군은 목적을 제시하고 군에 앞으로 나아가는 것을 명령할 뿐, 무기를 사용하는 일은 거의 없다. 사령관은 행위 그 자체에 직접 참가하는 일은 전혀 있을 수 없고, 집단의 운동에 대해서 일반적인 지시를 하는 데에 지나지 않는다. 이와 같은 인간 상호의 관계가 전체적 행동을 위한 모든 인간의 결합─농업, 상업, 모든 종류의 관리 기구에 나타난다.

따라서 하나로 융합되고 있는 원뿔의 모든 점이나, 군의 여러 가지 계급, 또는 모든 종류의 관리 기구, 또는 전체적 사업의 계급이나 지위를 최저의 것에서 최고의 것에 이르기까지 인공적으로 분리하거나 하지 않는다면, 종합적인 행위를 하기 위하여 인간들이 항상 서로 결합되는 법칙이 분명해진다. 그 관계는 사람이 행위의 수행에 직접 참가하면 할수록 명령하는 가능성은 적고 그 인원수는 많아지고, 사람이 행위 그 자체에 직접 관여하는 일이 적으면 적을수록 명령하는 일이 많아지고 그 인원수는 적어진다. 이리하여 최하층으로부터, 사건이 직접 참가하는 일이 가장 적고 자기의 활동을 명령으로 돌리는 일이 누구보다도 많은 단 한 사람의 마지막 인간으로까지 올라간다.

명령하는 자와 명령을 받는 사람들과의 이러한 관계야말로 권력이라고 불리는 개념의 본질을 이루고 있다.

모든 사건이 생기는 시간의 여러 조건을 재구성해 보고 명령이 수행되는 것은, 그것이 상응하는 일련의 사건에 결부될 때에 한정된다는 것을 우리는 발견하였다. 한편 명령하는 자와 수행하는 자의 결부라고 하는 필연적인 조건을 재구성해서, 우리는 명령을 내리는 자는 그 본질로 보아 사건 그 자체에는 최소의 관여밖에 하지 않고, 그 활동은 오직 명령하는 데에 쓰인다는 것을 발견하였다.

7

그 어떤 사건이 생길 때 사람들은 자기 의견이나 사건에 대해서 희망을 표명한다. 그리고 하나의 사건은 많은 사람들의 종합적인 행위에서 생기는 이상, 표명된 의견이나 희망의 하나는 대체적이기는 하지만 틀림없이 실현될 것이다. 표명된 의견 중의 하나가 실현되면, 그 의견은 사건 이전에 있었던 명령으로서 그 사건에 결부된다.

사람들이 통나무를 끌고 있다. 어떤 식으로 어디로 끌면 되는가, 각자가 자기 의견을 말한다. 사람들은 통나무를 다 끌고 나서 그것이 자기들 중의 한 사람이 말한 대로 이루어졌다는 것을 안다. 그 인간이 명령한 것이다. 이것이 원초적인 형태의 명령과 권력인 것이다.

남보다도 손을 많이 움직이고 있던 사람은 자기가 하고 있는 일이나 전체의 행위에서 생기는 일에 대하여 생각하거나 명령하거나 하는 일을 비교적 조금밖에 할 수가 없었다. 남보다 많은 명령을 하고 있던 사람은 말로써 활동을 하고 있었기 때문에, 당연히 손으로는 별로 활동을 할 수가 없었다. 활동을 하나의 목적으로 향하게 하는 사람들의 모임이 커지면, 그 활동에 대해 명령하는 일에 많은 시간을 소비하는 사람들의 그룹이 분명히 나타난다.

인간은 혼자서 활동을 하고 있을 때에는, 스스로 자기 내부에 자기가 알고 있는 일련의 판단을 가지고 있다. 그것은 자기의 과거의 행위를 지배하고 있었던 것이며, 지금의 자기의 행위를 자기 자신에게 정당화하는 것이며, 자기의 장래의 행위를 예측하는 경우에 자기를 지배한다고 여겨지는 것이다.

사람들의 집합이 행위에 참가하지 않은 사람들에게, 종합적인 행동에 대한 판단과 정당화 그리고 예측을 생각해내는 것을 위임할 경우도 바로 이와 같은 일을 하고 있는 것이다.

우리가 알고 있는 원인이나 알지 못하는 원인에 의해서, 프랑스인이 서로 물에 빠뜨리고 서로 칼로 치기 시작한다. 그리고 그 사건에 상응해서 그 정당화가 수반되고, 그것은 프랑스의 행복, 자유, 평등을 위해 필요하다는 몇몇 사람들의 의지 표명의 형태를 취한다. 사람들이 칼로 서로 베는 일을 그만 두면 그 사건에 대해서, 권력의 통일과 유럽에의 반격이 필요하다는 등의 정당화가 따른다. 사람들이 자기의 동류(同類)를 죽이면서 서에서 동으로 나가면, 그 사건에 프랑스의 영광, 영국의 비열이라고 하는 말이 따라붙게 된다. 역사가 나타내고 있는 바와 같이, 이러한 사건의 정당화는 전혀 보편적인 뜻을 가지고 있지 않고, 인간의 권리를 인정하는 결과로서 인간을 죽이거나 영국을 모욕하기 위하여 러시아에서 무수한 사람을 죽이는 것처럼, 자기모순에 빠져 있다. 그러나 이러한 정당화는 그 시점의 의미로 보아 필연적인 의의를 가지고 있는 것이다.

이와 같은 정당화는 사건을 야기시키고 있는 사람들의 도덕적인 책임을 제거한다. 한시적인 이러한 목적은 선로를 청소하기 위해서 열차 앞에서 레일 위를 움직여가는 브러시와 같은 것이다. 그것은 사람들의 도덕책임이라는 길을 청소해준다. 이러한 정당화 없이는 어떤 사건을 검토할 경우에도 나오는—어째서 무수한 인간이 다 같이 범죄나 전쟁, 살인 등을 행하는가 하는 가장 단순한 물음까지도 설명할 수 없을 것이다.

현재의 복잡한 유럽의 정치, 사회생활의 형태 아래서 황제, 대신, 의회, 신문이 지령하고, 지시하고, 명령하지 않는 사건을 그 종류가 무엇이 되었든 간에 생각할 수가 있을까? 국가의 통일, 민족성, 유럽의 균형, 문명에 정당화를 발견할 수 없는 그 어떤 종합적인 행위가 있을까? 그렇다고 한다면 발생한 사건은 어떤 것이 되었든 표명된 희망의 어느 것인가에 합치되지 않으면 안 되고, 그 정당화를 얻어 한 사람 또는 몇몇 사람의 의지의 소산처럼 여겨지게 되는 것이다.

움직이고 있는 배가 어디를 향하고 있든지 반드시 그 전방에는 배가 헤치면서 가는 파도의 흐름이 보일 것이다. 배 위에 있는 사람에게는 이 흐름의 움직임이 유일하게 눈에 보이는 움직임이 된다.

가까이에서 순간순간 이 흐름의 움직임을 보고, 그 움직임을 배의 움직임과 비교해서 비로소 우리는 흐름의 움직임의 한 단계 한 단계가 배의 움직임으로 결정되어 있다는 것, 또 우리는 자신이 알아채지 못하고 움직이고 있기 때문에 착각에 빠져 있었다는 것을 확신하게 된다.

우리는 역사적인 인물의 움직임을 하나하나 바라보고(즉 모든 사건의 필연적인 조건—시간 속에서의 운동의 연속성이라는 조건을 재구성해서), 역사적 인물과 대중의 필연적인 관계를 놓치지 않도록 하면, 파도의 움직임의 경우와 같은 일을 발견한다.

배가 같은 방향으로 나아가고 있을 때에는 그 앞에는 같은 흐름이 있다. 배가 빈번하게 방향을 바꾸면, 그 앞을 달리고 있는 흐름도 빈번하게 바뀐다. 그러나 배가 어느 쪽으로 돌아가든 어디에나 그 움직임의 앞을 가는 흐름이 있다.

어떤 일이 생기든 그것은 항상 예견되고 명령된 것이다. 배가 어디로 향하든 흐름은 배의 움직임을 인도하지도 않고 강화하지도 않고, 그 앞에서 소용돌이치고 있다. 그러면서도 멀리에서 보면 제멋대로 움직이고 있을 뿐만 아니라, 배의 움직임을 인도하고 있는 것처럼 보이는 것이다.

역사가들은 여러 가지 사건에 명령으로 관련되어 있는 역사적 인물의 의지의 표현만을 고찰해서 사건이 명령에 지배되어 있다고 생각하였다. 그러나 우리는 사건 그 자체와 역사적 인물과 대중과의 결부를 고찰해서 역사적 인물이나 그 명령이 사건에 지배되어 있다는 것을 발견하였다. 이 결론의 확실한 증명이 되는 것은, 제아무리 명령이 나와도 다른 원인이 없으면 사건은 생기지 않는다는 것이다. 그런데 사건이 일어나면 이내—그 사건이 어떠한 것이 되었든 간에—끊임없이 표명되고 있는 여러 인물의 의지 중에서, 뜻이나 시간상으로 보아 명령으로서 그 사건에 결부되는 것이 발견되는 것이다.

이 결론에 도달한 이상, 우리는 다음 두 가지 역사의 근본 문제에 단순명쾌하게 대답을 할 수가 있게 된다.

1. 권력이란 무엇인가?

2. 어떤 힘이 여러 국민의 운동을 일으키는가?

1. 권력이란 어떤 인물과 다른 사람들과의 관계이며, 그 관계 속에서 그 인물이 생기고 있는 전체적인 사건에 의견, 예측, 정당화를 표명하는 일이 많으면 많을수록 그 인물은 행위에 참가하는 일이 적다.

2. 여러 국민이 운동을 일으키는 것은, 역사가가 생각하고 있는 것처럼 권력도 아니고 지적인 활동도 아니며 양자의 결합도 아닌, 모든 사람들의 행위이다. 이들은 항상 직접 사건에 참가하는 일이 가장 많으면 책임을 떠맡는 일이 가장 적고, 그 반대도 또한 성립된다는 형태로 사건에 참가하고 결부되어 있는 것이다.

정신적인 면에서는 사건의 원인은 권력이며, 육체적인 면에서는 원인은 권력에 복종하고 있는 사람들인 것처럼 보인다. 그러나 육체적 행위가 없는 정신적인 행위는 생각할 수가 없으므로, 사건의 원인은 어느 한쪽이 아니라 양자의 결합에 있다. 바꾸어 말하면 우리가 고찰하고 있는 현상에는 원인이라고 하는 개념은 적용할 수가 없다.

최종적인 분석으로 우리는 영원이라는 고리에, 즉 대상을 가지고 놀지 않는 한 인간의 지성이 모든 사고의 분야에서 도달하는 한계에 이른다. 전기는 열을 낳는다. 열은 전기를 낳는다. 원자는 서로 끌어당긴다. 원자는 서로 반발한다.

열과 전기의 상호작용이나 원자에 대해서 말할 때, 우리는 그것이 왜 생기는가를 말할 수는 없고, 또 그 이외는 생각할 수 없으며 당연히 그렇게 될 것이므로 이것은 이렇다, 이것은 법칙이다 라고 말한다. 왜 전쟁이나 혁명이 일어나는가? 우리는 모른다. 우리가 알고 있는 것은 다만 이러저러한 행동을 하기 위하여 사람들이 어떤 결합을 형성하여 모두가 참가하는 데에 지나지 않는다. 그래서 우리는 말하는 것이다. 그 이외로는 생각할 수 없으므로 이것은 이렇다, 이것이 법칙이다 라고.

8

만약에 역사가 외면적 현상에 관련되는 것이라고 한다면, 이 단순하고 명백한 법칙을 제시하는 것만으로 충분하며, 우리는 논의를 끝내도 좋을 것이다. 그러나 역사의 법칙은 인간에 관련을 갖는다. 물질의 작은 한 조각은, 자신이 끌어당기거나 반발하는 욕구를 전혀 느끼지 않는다, 그런 것은 거짓말이다 라고 우리에게 말할 수는 없다. 그런데 바로 역사의 대상인 인간은 분명히 말하는 것이다—나는 자유다, 따라서 법칙에는 종속하지 않는다.

비록 분명히 표명되지 않고 있다 해도, 인간의 의지의 자유라는 문제가 존재하고 있다는 것은 역사의 도처에서 느낄 수가 있다.

진지하게 생각하는 역사가들은 어쩔 수 없이 이 문제에 도달한다. 역사의 모든 모순과 애매함 그리고 역사학이 나아가고 있는 잘못된 길의 근원은 이 문제가 해결되지 않고 있다는 데에 귀결된다.

만약에 개개인의 의지가 자유라면, 즉 각자가 바라는 대로 행동할 수 있다면, 역사는 모두 맥락이 없는 우연의 집합에 지나지 않는다.

가령 1000년 동안에 무수한 사람들 중에서 단 한 사람이라도 자유롭게 자기가 바라는 대로 행동할 수 있는 가능성을 가지고 있다고 한다면, 법칙에 위배되는 그 사람의 단 하나의 자유로운 행위만으로, 전 인류에게 그 어떤 법칙이 존재한다고 하는 가능성이 파괴되리라는 것은 분명하다.

한편 만약에 인간의 행위를 지배하는 법칙이 하나라도 있으면, 자유의사 같은 것은 있을 수가 없다. 왜냐하면 인간의 의지는 그 법칙에 종속될 것이기 때문이다.

이 모순이야말로 인류 최고의 두뇌를 사로잡아, 고대로부터 그 거대한 의의를 모두 포함해서 제기되고 있는 의지의 자유문제의 핵심이다.

문제는 다음과 같은 점에 있다. 인간을 신학, 역사, 윤리, 철학 그 어떤 견지에서든 간에 관찰의 대상으로서 보면 인간이 모든 존재하는 것과 마찬가지로 종속되고 있다는 보편적인 필연의 법칙을 우리는 발견한다. 그런데 자신의 내부에서 인간을 관찰하면 우리는 자신을 자유로운 것으로 느낀다.

이 의식은 이성과는 전혀 별개의, 바로 독립된 자의식의 원천이다. 이성을 통해서 인간은 스스로 자기 자신을 관찰한다. 그러나 그는 의식을 통해서 비로소 자기 자신을 아는 것이다.

자기를 의식하지 않고서는 어떠한 관찰도, 이성의 적용도 생각할 수가 없다.

인간은 추론을 하기 위해서 이해하고 관찰하고 우선 자기를 살아 있는 것으로 의식하지 않으면 안 된다. 살아 있는 인간은 자기 자신을 의욕하는 것으로밖에 알지 못하는, 즉 자기 자신의 의지를 의식하는 것이다. 또 삶의 핵심을 이루는 자기의 의지를 인간은 자유로운 것으로 의식하며 그렇게밖에 의식하지 못한다.

만약에 인간이 자신을 관찰로 노출시켜서 그 의지의 방향이 항상 하나의 정해진 법칙을 따라 정해져 있다는 것을 본다면(음식을 섭취할 필요나 뇌의 활동이나 그 밖에 무엇을 관찰한다 해도), 그는 자기의 의지가 이와 같이 항상 같은 방향으로 향하여지고 있다는 것을 의지의 구속으로밖에 이해하지 못한다. 자유로운 것이 아닌 것은 구속되는 일도 없다. 인간의 의지는, 인간이 그것을 자유로운 것으로밖에 의식하지 못하기 때문에 구속을 당하고 있다고 여겨지는 것이다.

당신들은, 나는 자유가 아니다 라고 말한다. 그런데 내가 손을 올리고 내렸다. 누구나 이 비논리적인 대답은 반박할 수 없는 자유의 증명이라는 것을 깨닫는다.

이 대답은 이성에 속하지 않는 의식의 표현이다.

만약에 자유의 의식이 이성에 좌우되지 않는 독립된 자의식의 원천이 아니라고 한다면, 그것은 논리적 판단이나 경험에 종속하게 될 것이다. 그런데 실제로는 이러한 종속은 결코 없고 생각할 수도 없다.

갖가지 경험이나 논리적 판단이 모든 사람에게 제시하고 있는 것에 의하면, 인간은 관찰의 대상으로서 일정한 법칙에 속해 있고 인간은 그 법칙에 따라, 일단 자기가 인식한 인력이나 비전도성의 법칙과 결코 다투려 하지 않는다. 그러나 같은 일련의 경험이나 논리적 판단이 제시하는 바에 의하면, 인간이 자기 내부에 의식하고 있는 완전한 자유는 불가능하며 인간의 모든 행위는 그 정신적 육체적 구조 또 그 성격과 인간에 작용하는 여러 가지 요인에 의해 좌우된다. 그러나 인간은 이러한 경험이나 논리적 판단에 결코 따르려 하지 않는다.

경험과 논리적 판단으로 돌이 아래로 떨어지는 것을 알면 인간은 의심하지 않고 그것을 믿고, 자기가 인정한 법칙이 실현되는 것을 모든 경우에 예기한다.

그런데 자기의 의지가 법칙에 속해 있다는 것을 의심 없이 인정하고 있으면서도, 그것을 믿으려 하지 않고 믿을 수도 없다.

같은 조건에서 같은 성격을 가지고 있으면, 인간은 전과 같은 일을 한다는 것을 경험이나 논리적 판단이 아무리 인간에게 제시해도, 인간은 같은 조건과 같은 성격으로, 항상 같은 결과로 끝난 행위에 1000번째로 착수할 때에도 역시 경험하기 전과 마찬가지로 자기는 원하는 대로 행동할 수 있다고 확신하고 있다는 것을 느낀다. 미개인이건 사상가이건 어떤 인간도 같은 조건 하에서 두 가지 행위를 생각한다는 것을 논리적 판단과 경험이 제아무리 반박할 수 없도록 증명해도 이(자유의 본질을 이루고 있는) 무의미한 생각 없이는 삶을 생각할 수 없다는 것을 느낀다. 그것이 아무리 불가능하다고 해도 그것이 있는 것을 느낀다. 왜냐하면 이러한 자유의 생각 없이는 인간은 삶을 이해할 수 없을 뿐만 아니라 한 순간도 살 수가 없기 때문이다.

살 수가 없을 것이라고 하는 것은, 인간의 모든 욕망 또는 삶에의 의욕은 자유 확대의 요망이기 때문이다. 부와 빈곤, 명성과 무명, 권력과 예종(隸從), 힘과 무력, 건강과 병, 교양과 무지, 노동과 여가, 포식과 기아, 선과 악은 자유의 정도의 대소(大小)에 지나지 않는다.

자유를 가지지 않는 사람은 삶을 빼앗긴 자로밖에 상상할 수가 없다.

자유의 관념이 동일한 시점에서 두 가지 행위를 할 수 있는 가능성이라든가 원인이 없는 행위와 같은 이성으로 보자면 무의미한 모순된 것으로 보인다고 한다면, 그것은 의식이 이성에 속하지 않는다는 것을 증명하고 있다는 데에 지나지 않는다.

이 확고하며 뒤집을 수 없는 경험이나 논리적 판단에 속하지 않는 자유의 의식은 모든 사상가에게 인정되고, 모든 사람에게 예외 없이 느껴지고 있고, 그것 없이는 인간을 생각할 수 없는 의식이 문제의 또 하나의 면을 형성하고 있다.

인간은 만능하고, 지선(至善)이며, 모든 것을 꿰뚫어보는 신의 창조물이다. 죄의 개념은 인간의 자유의 의식에서 생기는 것인데, 그 죄란 도대체 무엇인가? 이것은 신학의 문제이다.

인간들의 행위는 통계로 표현되는 일반적인 불변의 법칙에 종속된다. 사회에 대한 인간의 책임은—그 개념은 자유의 의식에서 생기는 것이지만—어떠한 점에 있는가? 이것은 법학의 문제이다.

인간의 행위는 타고난 성격과 인간에 작용하는 여러 가지 유인에서 생긴다. 자유의 의식에서 생기는 행위의 선악의 의식과 양심이란 도대체 무엇인가? 이것은 윤리의 문제이다.

인간은 인류 전체의 생활과 결부되어 있어서, 그 생활을 규정하는 법칙에 종속하는 것으로 여겨지고 있다. 그런데 다름 아닌 바로 그 인간이 이 결부로부터 독립하여 자유로운 것으로 여겨진다. 여러 민족이나 인류의 과거의 생활은 어떻게 고찰되어야 하는가—사람들의 자유로운 행위의 산물로서인가, 또는 부자유한 행위의 산물로서인가? 이것은 역사의 문제이다.

현재의 지식 통속화의 독선적인 시대에는 강력하기 짝이 없는 무지(無知)한 도구—서적 인쇄의 보급에 의해서, 의지의 자유의 문제는 그 문제 그 자체가 있을 수 없게 될지도 모르는 바탕으로 옮겨지고 있다. 현대에는 이른바 진보적인 인간의 대부분, 즉 무학자의 무리가 문제의 일면밖에 다루고 있지 않은 자연과학자의 저작을 문제 전체의 해결과 바꿔치기를 하고 있는 것이다.

'영혼이나 자유는 없다. 왜냐하면 인간의 생명은 근육의 운동으로 나타나고, 근육의 운동은 신경의 활동으로 규정되기 때문이다. 영혼이나 자유는 없다. 왜냐하면 우리는 언제인지도 모르는 시대에 원숭이로부터 생겼기 때문이다.' 그들은 이렇게 말하거나, 쓰고 인쇄한다. 그러나 그렇게 자기들이 지금 생리학이나 비교 동물학을 동원하여 증명하려고 열심히 노력하고 있는 필연성의 법칙은 수천 년 전부터 모든 종교, 모든 사상가에게 인정되어 있었을 뿐만 아니라 한 번도 부정된 일이 없었다고 하는 것을 전혀 생각해 보지도 않고 있다. 그들은 이 문제에 있어서의 자연과학의 역할은 그 일면을 해명하는 데에 지나지 않다는 것을 깨닫지 못하고 있다. 왜냐하면 관찰의 견지에서 보자면 이성이나 의지는 뇌의 분비작용에 지나지 않는다는 것, 또 인간이 일반적 법칙에 따라서 언제인지도 모르는 시기에 하등 동물에서 발전했을 것이라고 하는 것은, 이성의 견지에서 보자면 인간이 필연의 법칙에 속해 있다고 하는, 수천 년 전에 모든 종교나 철학 이론에 의해서 인정되고 있던 진리를 새로운 면에서 설명하고 있는 데에 지나지 않고, 자유 의식에 입각한 또 하나의 정반대의 면을 갖는 이 문제의 해결을 티끌만큼도 전진시키고 있지 않기 때문이다.

인간이 어느 때인지도 모르는 시기에 원숭이로부터 생겼다고 한다면, 그것은 인간이 언제인지도 모르는 시대에 한줌의 흙으로부터 생겼다고 하는 것과 마찬가지로 이해할 수 있는 일이다(전자에서는 x는 시간이고, 후자에서 x는 발생이다). 그리고 인간의 자유의 의식이 인간이 속하고 있는 필연의 법칙과 어떻게 해서 결부되느냐는 문제는, 비교생리학이나 동물학에서는 해결되지 않는다. 왜냐하면 개구리, 토끼, 원숭이 등에는 근육, 신경 활동밖에 관찰되지 않지만, 인간에게는 근육, 신경 활동과 의식을 관찰할 수 있기 때문이다. 이 문제를 해결하고 있다고 생각하고 있는 자연과학자와 그 숭배자들은 교회 벽의 일면만을 칠하도록 고용된 사람이, 일을 감독하는 사람이 없는 것을 기화로 무턱대고 창도 성상도 발판도 아직 굳지 않은 벽도 회반죽으로 모두 칠하여, 미장이 입장에서 보자면 모든 것이 평평하고 밋밋하게 된 것을 기뻐하고 있는 미장이와 같은 것이다.

9

역사에 있어서 자유와 필연 문제의 해결은, 이 문제의 해결이 시도된 다른 지식의 분야에 비해서 하나의 이점을 가지고 있다. 그 이점이란 역사의 경우 이 문제가 인간의 의지의 본질 그 자체가 아니라, 과거에 일정한 조건하에서, 그 의지가 얼마나 분명히 나타났었느냐고 하는 심상(心象)에 관련되어 있다는 점이다.

역사는 이 문제를 해결하기 위하여 다른 학문에 대하여 경험적인 학문의 입장에 선다.

역사가 대상으로 하고 있는 것은 인간의 의지 자체가 아니라 의지에 대한 우리의 심상(心象)이다.

따라서 역사에는, 신학, 윤리학, 철학의 경우와 같이 자유와 필연이라고 하는 두 개의 모순된 것의 결합을 둘러싼 해결할 수 없는 수수께끼는 존재하지 않는다. 역사가 고찰하는 것은 인간의 생활에 대한 심상이며, 인간의 생활 속에서는 이 두 가지 모순되는 것의 결합은 이미 생기고 있는 상태이다.

현재의 생활에서 모든 역사적 사건과 모든 인간의 행위는—어느 사건도 일부분은 자유, 일부분은 필연적인 것으로 여겨지고 있는데도 불구하고—조금도 모순이 느껴지지 않고 매우 분명하고 명백하게 이해된다.

자유와 필연이 어떻게 결부되고, 무엇이 이 두 가지 개념의 본질을 형성하고 있는가 하는 문제의 해결을 위해, 역사 철학은 다른 학문이 걸어온 것과는 반대의 길을 따라갈 수가 있고 따라가지 않으면 안 된다. 자기 자신 속에서 자유와 필연에 대한 개념을 정의한 후, 만들어진 정의에 생활의 여러 현상을 적용시키는 대신에, 역사는 항상 자유와 필연의 연관 속에서 생각할 수 있는 무수한 역사의 여러 현상으로부터 자유와 필연의 개념 그 자체의 정의를 끌어내지 않으면 안 된다.

다수 또는 한 사람의 인간의 행위에 대해서 그 어떤 심상을 고찰한다 해도, 우리는 그 행위를 어느 정도는 인간의 자유, 어느 정도는 필연의 법칙의 산물로밖에 이해할 수 없다.

민족이동과 만족(蠻族)의 침공, 또는 나폴레옹 3세의 명령이나 몇 가지 산보의 방향에서 하나를 골랐다고 하는 1시간 전에 행하여진, 어떤 사람의 행위에 대해 이야기할 때, 우리는 아무런 모순도 인정하지 않는다. 이와 같은 사람들의 행위를 지배하고 있던 자유와 필연의 정도는 우리에게 분명히 확정되어 있다.

우리가 현상을 고찰하는 시점의 차이에 의해서, 자유의 대소(大小)에 대한 사고방식이 다른 경우가 흔히 있다. 그러나—항상 같은 것은—인간의 모든 행위가 우리에게는 자유와 필연의 어떤 종류의 결합으로밖에 여겨지지 않는다는 점이다. 우리는 고찰하고 있는 행위 하나 하나에 어느 정도의 자유와 어느 정도의 필연을 본다. 그리고 항상 그 어떤 행동이든 자유가 많이 인정될수록 필연성은 적고, 필연성이 많을수록 자유는 적다.

필연에 대한 자유의 비율은 행위가 고찰되는 시점의 차이에 따라서 증감(增減)된다. 그러나 그 비율은 항상 반비례하는 것이다.

익사 직전 다른 사람을 붙잡고 그 사람까지도 익사케 하는 자, 또는 갓난아이에게 젖을 먹이는 일에 지치고, 배가 고파 음식을 훔치는 어머니, 군율을 교육 받고 명령에 따라 대열을 이루어 무방비의 인간을 죽이는 자는, 이들이 놓여 있는 조건을 알고 있는 사람에게는 그다지 죄가 없는 것처럼, 즉 그다지 자유롭지 못하고 필연의 법칙에 지배되어 있는 일이 많은 것처럼 여겨진다. 그러나 그 반면에 그 사람 자신이 익사 직전에 있었다는 것, 그 어머니가 배를 곯고 있었다는 것, 이 병사가 대열에 있었다는 것 등등을 모르는 자는 비교적 자유로운 것처럼 보인다. 이와 마찬가지로 20년 전에 살인을 범하여, 그 후 남에게 해를 끼치지 않고 조용히 사회에서 생활을 해온 사람은 비교적 죄가 없는 것처럼 여겨진다. 그 행동은 20년이 지난 후에 그것을 조사하는 사람에게는 비교적 필연의 법칙에 지배되어 있는 것처럼 여겨지고, 그 행위가 이루어진 하루 뒤에 그것을 조사하는 사람에게는 비교적 자유인 것처럼 여겨진다. 그와 마찬가지로 정신장애, 술 취한 사람, 또는 매우 흥분한 인간의 행위는 모두 그 행위를 한 인간의 정신상태를 알고 있는 사람에게는 비교적 자유로운 것이 아니라 비교적 필연적인 것으로 여겨지며, 그것을 모르는 사람에게는 비교적 자유롭게 비교적 필연적이 아닌 것처럼 여겨진다. 이와 같은 경우 자유의 개념은 커지기도 하고 작아지기도 하고, 이에 따라서 필연성의 개념은 작아지거나 커지거나 한다. 즉 행위를 보는 시점에 좌우되는 것이다. 따라서 필연성이 많다고 여겨질수록 자유는 적다고 여겨진다. 또 그 반대이기도 하다.

종교, 인류의 상식, 법학, 역사 그 자체는 필연과 자유의 이 관계를 마찬가지로 이해하고 있다.

필연과 자유에 대한 우리의 심상이 증감하는 경우에는 모두, 예외 없이, 세 가지 근거밖에 가지고 있지 않다.

1. 행위를 한 인간과 외계(外界)의 관계
2. 시간과의 관계
3. 행위를 일으킨 원인과의 관계

1. 첫째의 근거는, 우리가 알 수 있을 정도로 차이가 있는 외계와 인간의 관계이며, 각 인간이 자기와 동시에 존재하고 있는 모든 것에 대해서 차지하고 있는, 일정한 위치에 대한 명백성의 정도에 차이가 있는 개념이다. 바로 이 근거에 의해서, 물에 빠진 인간은 육지에 서 있는 사람보다도 자유롭지 못하고 필연에 의해 많이 지배되고 있다는 것이 분명해진다. 이 근거에 의해서 인구 밀도가 높은 곳에서 다른 사람과 밀접한 관계를 가지고 생활을 하고 있는 인간의 행위, 또 가족, 근무, 사업에 속박되어 있는 인간의 행위는 고독하고 격리된 사람보다 틀림없이 부자유하고, 보다 많은 필연에 지배되어 있다는 것이 명백해진다.

만약에 우리가 주위의 모든 것과의 관계를 빼고 인간만을 고찰하면, 그 행위는 모두 자유로 여겨진다. 그러나 인간과 주위와의 환경, 즉 그 사람이 이야기하는 상대나 읽는 책, 하고 있는 일, 더 나아가서는 그 인간을 둘러싼 그 주위에 쏟아지는 빛 등, 이러한 것들이 그 인간과 관련된 결부를 본다고 하면, 이들 조건 하나 하나가 그 인간에게 영향을 주어 그 행동을 비록 일면이지만 지배하고 있다는 것을 알 수가 있다. 그리고 우리가 그 영향을 알게 됨에 따라서 또는 그에 상응해서, 인간의 자유에 대한 심상은 감소되고 인간이 종속되어 있는 필연성의 심상이 증대한다.

2. 제2의 근거는, 눈으로 알 수 있는 정도에 차이가 있는 인간과 세계의 시간적인 관계이며, 인간의 행위가 시간 속에서 차지하는 위치에 대해서 명백성의 정도에 차이가 있는 개념이다. 이 근거에 의해서 결과적으로 인류의 탄생이 되었던 최초의 인간의 타락은, 현대의 인간의 결혼보다도 분명히 부자유라고 여겨진다. 이 근거에 의해서 몇 세기나 앞에 살았던 사람들의 시간 속에서 나와 결부되어 있는 생활과 행위는, 아직 결과를 알 수 없는 현대 생활만큼 나에게는 자유롭게 여겨지지 않는다.

이런 점에서의 자유와 필연의 다소에 대한 심상의 점차적 변화는 행위가 이루어진 뒤 그에 대한 판단을 내릴 때까지의 시간 폭의 대소에 좌우된다.

만약에 내가 지금 자신이 놓여 있는 것과 거의 같은 조건으로 1분 전에 자기가 한 행위를 고찰하고 있다고 한다면, 나의 행위는 나에게는 틀림없이 자유로운 것으로 여겨진다. 그러나 1개월 전에 한 행위를 조사해 보면 나는 다른 조건하에 있기 때문에, 만약에 이 행위가 이루어지지 않았다고 한다면,

그 행위에서 생긴 많은 유리하고 쾌적하며 더 나아가서는 필연적인 것까지도 생기지 않았을 것이라는 것을 인정하지 않을 수 없다. 만약에 내가 좀 더 떨어진 10년이나, 그 이상 떨어진 행위를 상기해 보면 나의 행위의 결과는 더욱 뚜렷한 것으로 여겨진다. 그리고 그 행위가 없었다면 어떻게 되었을까를 상기하는 것은 어려울 것이다. 회상으로 옛날로 거슬러 올라가면 올라갈수록, 또는 추론으로 앞으로 나아가면 나아갈수록 행위의 자유에 대한 나의 추론은 더욱더 의심스럽게 된다.

이와 마찬가지로 인류의 전반적인 사업에 자유의사가 관여한다고 하는 확신의 증감을 우리는 역사 속에서도 본다. 이미 생긴 현대의 사건은 우리에게는 틀림없이 모두 일정한 사람들의 소산이라고 여겨진다. 그러나 더 떨어진 사건 속에서는, 우리는 이미 그것을 빼놓으면 무엇 하나 다른 것을 생각할 수 없는 필연적인 결과를 인정한다. 그리고 사건의 고찰에서 뒤로 돌아가면 갈수록 우리에게는 이들 사건이 자유가 희박한 것으로 여겨진다.

오스트리아—프러시아 전쟁(1866년, 즉 '전쟁과 평화'를 집필했을 때와 같은 시기에 일어났다)은 우리에게는 교활한 비스마르크와 그 밖의 다른 자들의 의심할 여지가 없는 행동의 결과라고 여겨진다.

이미 의심스럽지만 나폴레옹의 여러 가지 전쟁은, 아직은 영웅들의 의지의 소산이라고 여겨진다. 그런데 십자군 원정이 되면 이미 확실하게 특정한 위치를 차지하고 있고, 그것 없이는 유럽의 근세사를 생각할 수 없는 사건이라고 우리는 본다. 그러나 십자군의 연대 작자들에게는 이 사건도 역시 마찬가지로 몇몇 사람의 의지의 소산에 지나지 않는 것처럼 여겨지고 있었던 것이다. 민족이동이 되면, 이제 현대에서는 누구 하나 아틸라(5세기 훈족의 왕)의 자의에 의해서 유럽 세계의 새로운 탄생이 좌우되었다고는 생각하지 않는다. 우리가 역사 속에서 관찰의 대상을 뒤로 밀면 밀수록, 사건을 일으키는 인간들의 자유는 의심스러워지고 필연의 법칙이 분명해진다.

3. 제3의 근거는, 인과의 무한의 연쇄를 우리가 어느 정도 인정하는가 하는 것이다. 이 인과의 무한한 연쇄는 이성의 필연적 요구이며, 그 중에서는 이해되는 모든 현상이 인간 행위의 모든 것이 선행된 것에는 결과로서, 후속되는 것에는 원인으로서 일정한 위치를 차지하게 된다.

이 근거에 의해서 어떤 면에서는, 관찰의 결과 도출되는 인간을 지배하고 있는 생리적, 심리적, 역사적 법칙을 우리가 알고 있으면 있을수록, 그리고 행위의 생리적, 심리적, 또는 역사적 원인을 우리가 올바르게 간파하고 있으면 있을수록, 또 다른 면에서는 관찰을 하고 있는 행위 그 자체가 단순하고, 우리가 고찰하고 있는 행위를 한 사람의 성격이나 두뇌가 복잡하지 않으면 않을수록, 자기나 타인의 행위가 자유가 많은 필연에 지배되는 일이 적은 것으로 여겨진다. 이러한 것이 제3의 근거인 것이다.

우리는 행위의 원인을 완전히 이해하고 있지 않을 때에는—악행이나 선행의 경우나, 또는 선악 어느 쪽도 아닌 행위의 경우까지도—그 행위에 자유의 비율을 최대한으로 인정한다. 악행의 경우라면, 우리는 그러한 행위에는 최대의 벌을 요구한다. 선행의 경우에는 그러한 행위를 최고로 평가한다. 어느 쪽도 아닌 경우에는 최대의 독자성, 오리지널리티, 자유를 인정한다. 그러나 무수한 원인 중 하나라도 알고 있으면, 우리는 어느 정도의 필연성을 인정하고 그 범죄에 그다지 보복을 요구하지도 않고, 선행에 그다지 공적을 인정하지 않고, 언뜻 보기에 독자적으로 보이는 행위에 그다지 자유를 인정하지도 않는다. 범죄자가 악인 사이에서 자랐다는 것만으로도 이미 그 죄가 경감된다. 아버지, 어머니의 자기희생, 보답 받을 가망성이 있는 자기희생은 이유가 없는 자기희생보다도 잘 이해된다. 따라서 그만큼 동정의 가치도 없고 그만큼 자유로운 것으로 여겨지지 않는다. 이단이나 당파의 창시자, 발명가 등은 그 행위의 바탕이 무엇에 의해 만들어졌는가를 알고 있는 경우에는 그다지 우리를 놀라게 하지 않는다. 만약에 우리가 수많은 경험을 가지고 있고, 우리의 관찰이 끊임없이 사람들 행위 속에서 원인과 결과의 상호관계를 찾아내는 데에 역점을 두고 있다면, 우리가 결과를 원인에 올바르게 결부시키면 시킬수록 사람들의 행위는 한층 필연적인 것으로, 또 한층 부자유한 것으로 여겨진다. 만약에 관찰하고 있는 행위가 단순하고 관찰의 대상으로서 많은 같은 종류의 행위가 있다고 한다면, 이들 행위가 필연적이라는 생각은 한층 농후해진다. 파렴치한 아버지 아들의 파렴치한 행동, 어떤 종류의 환경에 빠져버린 여자의 좋지 않은 행실, 주정뱅이가 다시 음주로 되돌아가는 것 등등은, 그 원인이 이해되는 것만큼 자유가 적은 것으로 여겨지는 행동들이다. 우리가 고찰하고 있는 행위의 주인인 인간 그 자체가 만약에 아이들, 정신장애자, 지적 장애자와 같이 지적 발달의 최저 단계에 있다고 한다면, 우리는 그 행위의 원인과 성격이나 두뇌의 단순함을 알고 있으므로, 필연성의 비율은 매우 크고 자유의 비율이 매우 작다는 것을 알 수 있고, 어떤 작용을 필연적으로 일으키는 원인을 알면, 곧 행위를 예언할 수 있을 정도이다.

이 세 가지 근거만을 바탕으로 해서, 모든 법체계에 존재하는 범죄의 책임 능력 감면과 죄를 경감하는 정상참작의 조건이 성립된다. 책임능력은 그 행위가 심판 받고 있는 인간이 놓인 상황을 알고 있는 정도의 대소에 따라서, 범죄의 실행에서 재판까지의 시간적 간격의 대소에 따라서, 또는 행위의 원인이 이해되고 있는 정도의 대소에 따라서 크게 여겨지기도 하고 작게 여겨지기도 한다.

10

이리하여 자유와 필연에 대한 우리의 심상은, 우리가 고찰하고 있는 인간의 생활현상을 둘러싼 외계와의 결부의 대소에 따라서, 시간적인 간격의 대소에 따라서, 또, 원인과의 결부의 대소에 따라서 단계적으로 증감한다.

따라서 외계와의 관계를 최대한으로 알고 있고, 행위가 이루어진 때부터 판단할 때까지의 시간이 최대이고, 행위의 원인이 가장 알기 쉬운 인간의 상태를 고려하고 있는 경우에는, 우리는 최대한의 필연성과 최소한의 자유라는 심상을 얻는다. 한편, 외적 조건에 최소한으로밖에 속박되지 않는 인간을 고찰하고 있을 때에는 그 행위가 현재에 가장 가까운 시점에 이루어지고, 그 행위의 원인이 우리에게 이해되지 않을 경우에는, 우리는 최소한의 필연성과 최대한의 자유라고 하는 심상을 얻는다.

그러나 어떤 경우에도 우리가 제아무리 시점을 바꾸고, 제아무리 인간이 외계에 대해서 놓인 관계를 해명하고, 제아무리 그 관계가 알기 쉽게 여겨지고, 제아무리 시간의 폭을 늘이거나 줄이고, 제아무리 원인이 우리에게 이해되거나 이해되지 않는다 해도—우리는 결코 완전한 자유도, 완전한 필연성도 마음 속으로 그릴 수가 없다.

1. 우리가 외계의 영향으로부터 분리된 인간을 아무리 생각한다 해도, 공간에 있어서의 자유라는 개념은 얻을 수가 없다. 인간의 모든 행위는 필연적으로 인간을 둘러싼 것, 인간의 육체 그 자체에 의해 속박되어 있다. 내가 손을 올리고 그것을 내린다. 나의 행동은 나에게는 자유로 여겨진다. 그러나

나는 여러 방향으로 손을 올릴 수가 있었는가 하고 자문해 보면—나는 자기 주위의 물체나, 자기의 육체 그 자체의 구조 속에 있는 장애가 그 행위에 가장 적은 방향으로 손을 올렸다는 것을 안다. 모든 가능한 방향으로부터 내가 한 방향을 골랐다고 하면 그것을 고른 것은 그 방향에는 장애가 적었기 때문이다. 나의 행위가 자유이기 위해서는 그것이 장애를 만나지 않아야 한다. 인간을 자유로운 것으로 마음 속으로 그리기 위해서는 인간이 공간 밖에 있다고 생각하지 않으면 안 되는데 그것은 분명히 불가능한 일이다.

2. 우리가 제아무리 판단의 때를 행위의 때로 접근시켰다고 해도 시간에 있어서의 자유라는 개념은 결코 얻을 수가 없다. 왜냐하면 1초 전에 이루어진 행위를 고찰한다고 해도 역시 행위의 부자유를 인정하지 않을 수 없다. 왜냐하면 행위는 그것이 이루어진 시점에 묶여있기 때문이다. 나는 손을 올릴 수가 있을까? 나는 손을 올린다. 그러나 이미 과거가 되어버린 그 시점에서, 나는 손을 올리지 않을 수가 있었을까 하고 자문한다. 그것을 확인하기 위하여 나는 다음 순간에는 손을 올리지 않는다. 그러나 내가 손을 올리지 않았다는 것은 내가 자유에 대해서 자문을 한 최초의 시점이 아니다. 나의 힘으로는 억제할 수 없는 시간이 지나가버려, 내가 그때 올린 손은 내가 지금 움직이고 있는 손이 아니며, 내가 그 행위를 하였을 때에 주위에 있던 공기는 이미 나를 둘러싼 공기가 아니다. 최초의 움직임이 있었을 때의 시점은 다시 돌아오지 않고, 그 시점에서는 나는 단 한 가지 움직임밖에 할 수가 없었다. 그리고 비록 어떤 움직임을 했다고 해도 그 움직임은 단 한 가지밖에 없었던 것이다. 내가 다음 시점에서 손을 올리지 않은 것은, 내가 그것을 올리지 않고 있을 수도 있었다는 증명은 되지 않는다. 그리고 나의 움직임이 한 시점에서 단 한 가지밖에 있지 못했던 이상, 그것은 다른 것이 될 수는 없었던 것이다. 그것을 자유로운 것이라고 상상하기 위해서는 그것을 현재 속에서, 또 과거와 미래의 경계선에서, 즉 시간 밖에서 상상할 필요가 있다. 그것은 불가능하다.

3. 원인 추구의 어려움이 제아무리 커지더라도, 우리는 결코 완전한 자유, 즉 원인의 결여를 상상할 수 있는 곳까지는 이르지 않는다. 자기, 또는 타인의 어떠한 행위에 있어서도, 의지의 표현의 원인이 우리에게 제아무리 알 수 없는 것이라 해도 이성의 첫째 요구는 원인을 상정하고 그것을 탐구하는 일

이며, 원인이 없으면 어떠한 현상도 생각할 수가 없다. 내가 그 어떤 원인에도 지배되지 않는 행위를 하기 위해 손을 올린다. 그러나 원인을 가지지 않는 행위를 하고 싶다는 것이 바로 나의 행위의 원인인 것이다.

그러나 비록 모든 조건에서 완전히 분리된 인간을 상상하고, 어떠한 원인에 의해서도 야기되지 않는 현재의 순간적인 행위만을 고찰해서, 무한소(無限小)의 양밖에 남아 있지 않은 필연성을 0에 가까운 것으로 인정했다고 해도 우리는 인간의 완전한 자유의 개념에 도달하지 않을 것이다. 왜냐하면 외계의 영향을 받지 않고 시간 밖에 있으며 원인에 지배되지 않는 존재는 이미 인간이 아니기 때문이다.

이와 마찬가지로 우리는 자유가 섞이지 않은, 필연적인 법칙에만 종속되어 있는 인간의 행위를 결코 상상할 수도 없다.

1. 인간이 놓인 공간의 조건에 대한 우리의 지식이 아무리 증대한다고 해도 그 지식은 결코 완전한 것이 될 수가 없다. 왜냐하면 공간이 무한인 것과 마찬가지로 그 조건의 수는 무한히 많기 때문이다. 그래서 인간에 대한 영향의 모든 조건이 해명되지 않으면, 그것은 바로 완전한 필연성은 없고 어느 정도의 자유가 있게 된다.

2. 우리가 고찰하고 있는 현상에서 판단까지의 시간을 제아무리 연장한다 해도 그 기간은 유한하지만 시간은 무한하며, 따라서 이 점에서도 완전한 필연성은 결코 있을 수가 없다.

3. 어떤 행위든 그 원인의 연쇄가 제아무리 이해되고 있다고 해도 그 연쇄는 무한한 것이므로, 우리가 모든 연쇄를 아는 일은 결코 없고 완전한 필연성을 얻는 일은 결코 없다.

그러나 여기에 덧붙여서, 가령 최소한으로밖에 남아 있지 않은 자유를 제로(0)와 같은 것으로 인정하고, 어떤 경우에 빈사 상태에 있는 인간, 태아, 지적 장애자 등과 같은 경우에 자유의 결여를 인정했다고 해도, 우리는 바로 그 일 자체로 우리가 고찰하고 있는 인간에 대한 개념 그 자체를 분쇄해버리고 만다. 왜냐하면 자유가 없어진 순간에 인간도 없어지기 때문이다. 따라서 필연의 법칙에만 종속되어 최소한의 자유도 남아 있지 않은 인간의 행위를 상상한다는 것은, 전적으로 자유로운 인간의 행위를 상상하는 것과 마찬가지로 불가능하다.

따라서 자유가 없고 필연성의 법칙에만 종속되어 있는 인간의 행위를 상상할 수 있기 위해서는, 우리는 무한한 수의 공간적 조건과 무한한 크기의 기간 또 무한한 원인의 연쇄를 알고 있다고 가정하지 않으면 안 된다.

필연의 법칙에 속하지 않은 완전히 자유로운 인간을 그리기 위해서는, 우리는 그가 공간 밖, 시간 밖, 원인 속박의 밖에 있다고 상상하지 않으면 안 된다.

제1의 경우, 자유가 없는 필연이 가능하다고 한다면, 우리는 필연성의 법칙을 같은 필연성 그 자체로 규정하는 일, 즉 내용이 없는 형식에 도달할 것이다.

제2의 경우, 필연성이 없는 자유가 가능하다고 하면 우리는 공간과 시간, 원인 밖에 있는 무조건적인 자유에 도달한다. 그리고 그것을 무조건적이며 그 무엇에도 한정되어 있지 않다는 그 자체에 의해서 무(無)이거나 형식이 없는 내용만의 것이 될 것이다.

우리는 일반적으로 인간의 세계관 전체를 형성하고 있는 두 가지 기반, 즉 이해할 수 없는 삶의 본질과 그 본질을 규정하고 있는 법칙에 도달할 것이다.

이성은 말한다. (1)공간은 모든 형태를 수반하고 있고, 그 형태—즉, 물질—가 공간을 눈에 보이는 것으로 만들고 있는데, 공간은 무한하며 그 이외로는 생각할 수가 없다. (2)시간은 한 순간의 휴지(休止)도 없는 무한의 운동이며, 그 이외의 것으로는 생각할 수 없다. (3)인과의 결부는 시작을 가지지 않고 끝을 갖는 일도 없다.

의식은 말한다. (1)나는 유일한 자이다. 존재하고 있는 모든 것은 나에 지나지 않는다. 따라서 나는 공간을 포함한다. (2)나는 흐르고 있는 시간을 현재라고 하는 정지된 순간으로 잰다. 나는 그 현재의 순간 안에서만 자신을 살아 있다고 의식한다. 따라서 나는 시간 밖에 있다. 또, (3)나는 인과의 밖에 있다. 왜냐하면 나는 나 자신을 나의 삶의 모든 발현(發現)의 원인이라고 느끼기 때문이다.

이성은 필연성의 법칙을 표현한다. 의식은 자유의 본질을 표현한다.

그 무엇에 의해서도 제한되지 않는 자유는 인간의 의식 속에 있는 삶의 본질이다. 내용이 없는 필연성은 세 가지 형식을 가진 인간의 이성이다.

자유는 관찰되는 것이다. 필연성은 관찰하는 것이다. 자유는 내용이다. 필연성은 형식이다.

형식과 내용으로서 서로 관련을 갖는 두 가지 인식의 원천을 분리했을 때 비로소 서로 배제하여 이해할 수 없는 자유와 필연의 개념이 독립된 것이 된다.

양자를 결부시켰을 때 비로소 인간의 삶에 대한 분명한 심상(心象)이 완성된다.

내용과 형식으로서 결부되었을 때, 서로 규정하는 이 두 가지 개념 외에 삶을 상상한다는 것은 전혀 불가능하다.

우리가 인간의 생활에 대해서 알고 있는 것은 모두 자유와 필연, 즉 의식과 이성의 법칙과의 일정한 관계이다.

우리가 자연의 외계에 대해서 알고 있는 것은 모두 자연의 여러 힘과 필연성의, 또는 삶의 본질과 이성의 법칙의 일정한 관계이다.

자연의 생명이 지니는 여러 힘은 우리 밖에 있어서 우리에게 의식되지 않는다. 그리고 우리는 그 힘을 인력, 타성, 전기, 동물적 본능의 힘이라고 부르고 있다. 그런데 인간의 생명력은 우리에게 의식되므로 우리는 그것을 자유라고 부르는 것이다.

그러나 모든 인간에게 느껴지지만 그 자체로서는 이해할 수 없는 인력, 이 인력이 지배하고 있는 필연의 법칙을(모든 물체가 무겁다는 원초적인 지식에서 뉴턴의 법칙에 이르기까지) 우리는 알고 있는 범위 내에서 이해할 수 있다. 이와 마찬가지로 그 자체는 알 수 없지만 모든 사람들에게 느껴지는 자유의 힘도 역시, 그것을 지배하고 있는 필연의 법칙을(모든 사람이 죽는다는 것으로부터 시작하여 더할 나위 없이 복잡한 경제적, 역사적 법칙의 지식에 이르기까지) 우리가 알고 있는 범위 내에서 우리가 이해할 수 있는 것이다.

모든 지식은 삶의 본질을 이성의 법칙에 적용하는 데에 지나지 않는다.

인간의 자유는 그 힘이 인간에게 의식된다는 점에서 모든 다른 힘과 다르다. 그러나 이성에게는 그것은 다른 힘과 하나도 다를 것이 없다. 인력이나 전기의 힘이나, 화학 약품의 힘이 각기 다른 것은 그 힘이 이성에 의해 여러 가지로 규정되기 때문이다. 이와 마찬가지로 인간의 자유의 힘이 다른 자연의 힘과 다른 점은 이성이 그것에 부여하는 규정에 지나지 않는다. 필연성이 없으면, 즉 자유를 정의하는 이성의 법칙이 없으면 자유는 인력이나 열이나 식물의 힘과 무엇 하나 다를 것이 없다. 그것은 이성에게는 순간적인, 정의하기 어려운 삶의 감각인 것이다.

그리고 천체를 움직이는 힘의 정의하기 어려운 본질이나 열, 전기의 힘, 화학 약품의 힘, 생명의 힘의 정의하기 어려운 본질이 천문학, 물리학, 화학, 식물학, 동물학 등등의 내용을 형성하는 것과 마찬가지로 자유의 힘의 본질이 역사의 내용을 형성한다. 그러나 모든 학문의 대상은, 이러한 알 수 없는 삶의 본질의 발현(發現)인데도, 그 본질 자체는 형이상학의 대상으로밖에 될 수 없다는 것과 마찬가지로 공간, 시간, 원인에 의한 속박 속에서의 인간 자유의 힘의 발현은 역사의 대상을 형성하는데도 불구하고, 다른 한편으로 자유 그 자체는 바로 형이상학의 대상인 것이다.

경험 과학에서는 우리가 알고 있는 것을 우리는 필연성의 법칙이라고 부르고, 우리가 알 수 없는 것을 생명력이라고 부른다. 생명력이란 우리가 생명의 본질에 대해서 알고 있는 것을 제외한 나머지 미지의 것을 나타낸 것이다.

역사에 있어서도 마찬가지다. 이미 알고 있는 것을 우리는 필연성이라고 부르고, 알 수 없는 것을 자유라고 부른다. 역사에 있어서의 자유란, 우리가 인간 생활의 법칙에 대해서 알고 있는 것을 제외한 나머지 알 수 없는 것의 표현 바로 그 자체이다.

11

역사는 인간의 자유의 발현(發現)을 시간과 원인의 속박 속에 있는 외계와의 관련에서 고찰한다. 즉 그 자유를 이성의 법칙에 의해서 규정한다. 따라서 역사는, 그 자유가 이성의 법칙에 의해 규정되는 한에 있어서 과학인 것이다.

역사에서 인간의 자유를 역사적인 사건에 영향을 줄 수 있는 힘으로서, 즉 법칙에 종속되지 않는 힘으로서 인정한다는 것은, 천문학에서 천체의 운동에 자유로운 힘을 인정하는 것과 마찬가지다.

이것을 인정하는 것은 법칙의 존재, 즉 모든 종류의 지식의 가능성을 분쇄하는 것이 된다. 비록 하나라도 자유롭게 운동하는 천체가 존재한다고 하면, 이미 케플러나 뉴턴의 법칙은 존재하지 않고 천체의 운동은 전혀 상상할 수가 없다. 만약 인간의 자유로운 행위가 하나 있다고 한다면, 역사의 법칙은 하나도 존재하지 않고 역사상의 사건을 전혀 상상할 수가 없다.

역사에서 존재하는 것은 인간 의지의 운동의 선이며, 그 선의 한쪽 끝은 알 수 없는 것 속으로 감추어져 있고, 다른 한쪽 끝에서는 공간, 시간, 원인의 속박 속에서 현시점에 있어서의 인간의 자유 의식이 움직이고 있다.

우리 눈앞에서 이 운동의 무대가 넓어지면 넓어질수록 이 운동의 법칙은 분명해진다. 이 법칙을 포착하여 명확하게 하는 것이 역사의 과제가 된다.

학문이 지금 대상을 보고 있는 관점이나 학문이 인간의 자유의지 속에 여러 현상의 원인을 탐구할 때 취하고 있는 방법으로는, 과학을 위한 법칙을 표현하는 일은 불가능하다. 왜냐하면 인간의 자유의 범위를 아무리 한정한다 하더라도, 그것을 법칙에서 종속되지 않는 힘이라고 인정하면 이내, 법칙의 존재는 불가능하게 되기 때문이다.

이 자유를 무한하게 좁혔을 때, 즉 그것을 무한소의 크기로 볼 때 비로소 우리는 원인을 아는 일이 전혀 불가능하다는 것을 확신하게 된다. 그리고 그렇게 되면 원인을 탐구하는 대신에, 역사는 법칙의 탐구를 자신의 과제로 삼게 된다.

이러한 법칙의 탐구는 상당히 이전부터 시작되고 있다. 그리고 낡은 역사가 현상의 원인을 차례로 세분함으로써 접근해 오고 있는 자기 파괴와 동시 진행으로, 역사가 획득해야 할 사고방식이 만들어지고 있는 것이다.

이 길을 모든 인간의 학문이 걸어왔다. 학문 중에서 가장 정밀한 수학은 무한소에 도달하자 세분화의 과정을 버리고 미지의 무한소를 모두 합하는 새로운 방법에 착수한다. 원인이라고 하는 개념에서 떠나서 수학은 법칙을, 즉 미지의 무한소의 요소 전체에 공통된 특질을 찾아내려고 한다.

다른 형태지만, 역시 같은 사고과정을 다른 학문도 걸어왔다. 뉴턴은 인력의 법칙을 말했을 때, 태양, 또는 지구가 끌어당기는 성질을 가지고 있다고는 말하지 않았다. 그는 모든 천체가 최대의 것에서 최소의 것에 이르기까지, 서로 끌어당기는 것 같은 성질을 가지고 있다고 말하였다. 즉, 천체의 운동의 원인에 대한 문제를 제쳐놓고, 무한대에서 무한소의 것에 이르기까지 모든 천체에 공통된 성질을 말한 것이다. 마찬가지 일을 자연과학도 하고 있다. 원인 문제를 제쳐놓고 법칙을 탐구하고 있는 것이다. 같은 길에 역사도 서 있다. 그리고 역사가 여러 민족과 인류의 운동을 연구의 대상으로 하고 사람들 생활의 에피소드를 서술하는 것 등을 대상으로 하지 않고 있다고 한다면, 역사는 원인의 개념을 제쳐놓고 동등하고 서로 떼어놓을 수 없이 결부되고 있는 무한소의 자유의 요소 전체에 공통된 법칙을 찾아내지 않으면 안 되는 것이다.

12

코페르니쿠스의 법칙이 발견되고 증명된 이래 움직이고 있는 것은 태양이 아니라 지구라는 것을 인정하는 것만으로, 고대인의 우주학은 분쇄되고 말았다. 이 법칙을 부정하면 천체의 움직임에 대한 낡은 견해를 유지할 수가 있었다. 그러나 그것을 부정하지 않는 이상, 프톨레마이오스(2세기의 그리스의 천문, 지리학자. 지구중심설이지만 정밀한 천문학의 체계를 만들었다)적 우주의 연구는 계속할 수 없을 것 같았다. 그런데 코페르니쿠스의 법칙을 발견한 후에도 오랫동안 프톨레마이오스적 우주의 연구는 계속되었다.

처음에 어떤 사람이 출산이나 범죄의 수는 수학적 법칙에 지배된다거나, 일정한 지리적, 경제적 조건이 여러 가지 정치 형태를 결정한다거나, 토지에 대한 주민의 일정한 관계가 민족의 운동을 일으킨다고 하여 그것을 증명한 이래 역사를 구축하고 있던 기초가 그 본질에서 붕괴되고 말았다.

새로운 법칙을 부정하면, 역사에 대한 낡은 사고방식을 유지하는 것이 가능하였다. 그러나 새로운 법칙을 부정하지 않고 인간의 자유 의지의 소산으로서 역사상의 사건의 연구를 계속하기란 가능할 것 같지가 않았다. 왜냐하면 어떤 종류의 지리적, 민족학적, 또는 경제학적 조건의 결과 어떤 종류의 정치 형태가 되거나 어떤 종류의 민족 운동이 생겼다고 한다면, 그 정치 형태를 수립하거나 민족의 운동을 일으킨 것처럼 우리에게 제시된 사람들의 의지는 이제 원인으로서 고찰할 수 없게 되기 때문이다.

그러면서도 이전의 역사가 그 원리와 정면으로 대립하는 통계, 지리, 경제, 비교언어학, 지질학의 여러 법칙과 동등하게 계속 연구되고 있다.

형이하학에서는 신구(新舊) 사고방식 사이에 오랫동안 집요하게 투쟁이 계속되어 왔었다. 신학은 낡은 생각을 옹호하고 새로운 생각을 계시의 파괴로서 비난하였다. 그러나 진리가 승리를 거두었을 때 신학도 역시 새로운 지반 위에 튼튼하게 수립되어 있었다.

마찬가지로 현재, 역사에 대한 낡은 사고 방식과 새로운 사고방식 사이에 오랫동안 집요하게 투쟁이 계속되고 있고, 마찬가지로 신학은 낡은 사고방식을 옹호하고 새로운 사고방식을 계시의 파괴로서 비난하고 있다.

어느 경우나 이 투쟁은 양쪽을 감정적으로 만들어 진리를 은폐하고 있다. 한편으로는 공포와 수백 년에 걸쳐 수립된 건조물 전체에 대한 애석(哀惜)한 싸움이 되고, 다른 한편에서는 파괴를 바라는 격정의 투쟁이 되어 있다.

새로 생긴 형이하학의 진리와 싸우고 있던 사람들은 이 진리를 인정하면, 신, 천지창조, 여호수아(구약성서의 인물, 모세의 후계자.)의 기적에 대한 신앙이 파괴될 것이라 보았다. 코페르니쿠스와 뉴턴 법칙의 옹호자, 볼테르에게는 천문학의 법칙이 종교를 파괴하는 것처럼 여겨졌고, 그는 종교에 대항하는 수단으로서 인력의 법칙을 사용하였다.

마찬가지로 지금은 필연성의 법칙만 인정하면 영혼, 선악의 개념, 그 개념 위에 수립되어 있는 모든 국가적, 교회적 제도가 붕괴한다고 여겨지고 있다.

한때의 볼테르와 마찬가지로, 지금은 자진해서 나타난 필연성의 옹호자들은 필연성의 법칙을 종교에의 대항 수단으로 사용하고 있다. 그런데—천문학의 코페르니쿠스의 법칙과 마찬가지로—역사의 필연성의 법칙은 국가적, 교회적 제도가 수립되어 있는 그 기반을 파괴하지 않을 뿐만 아니라 오히려 강화하고 있는 것이다.

한때의 천문학 문제의 경우와 마찬가지로 현재의 역사 문제의 경우도 견해의 차이는, 모두 눈에 보이는 현상의 척도가 되어 있는 절대적 단위를 인정하느냐 인정하지 않느냐에 바탕을 두고 있다. 천문학에서 그것은 지구의 부동성(不動性)이었다. 역사에서는—그것은 개인의 독립—자유이다.

천문학에서 지구의 운동을 인정하는 어려움은 지구는 움직이지 않는다고 하는 있는 그대로의 감각과, 천체가 움직이고 있다고 하는 역시 있는 그대로의 감각을 거부하는 점에 있다. 마찬가지로, 역사에서 개인이 공간, 시간, 인과의 법칙에 종속되고 있다는 것을 인정하는 어려움은, 자기의 개성은 속박되어 있지 않다고 하는 있는 그대로의 감각을 거부하는 데에 있다. 그러나 천문학에서 새로운 견해가 "분명히 우리는 지구의 운동을 느끼고 있지는 않다. 그러나 지구가 부동이라는 것을 인정하면 우리는 난센스에 도달한다. 그런데 우리가 느끼고 있지 않은 운동을 인정하면 우리는 법칙에 도달한다"고 말한 것과 마찬가지로, 역사에서도 새로운 견해는 이렇게 말한다. "분명히 우리는 자신의 속박을 느끼고 있지 않으나, 우리의 자유를 인정하면 난센스에 도달한다. 그런데 우리가 외계, 시간, 인과에 속박되어 있다는 것을 인정하면 법칙에 도달한다."

제1의 경우는, 공간 내에서의 부동성이라는 있지도 않은 것을 의식하는 것을 그만 두고 우리가 실감하지 않는 운동을 인정하지 않으면 안 되었다. 지금의 경우도 마찬가지로 있지도 않은 자유를 부정하고, 우리가 실감하지 않는 속박을 인정하지 않으면 안 되는 것이다.

똘스또이는 무엇으로 살았는가

세상 속으로

레프 똘스또이는 1828년 9월 9일에 태어났다. 똘스또이가 태어나기 3년 전 12월에 수도 뻬쩨르부르그에서 일어난 데까브리스뜨의 반란은 실패로 끝나고 주동자들은 사형 또는 시베리아 유형에 처해지면서 일단락되었다. 니꼴라이 1세는 국가를 마치 군대처럼 취급하면서 스스로 연대장이 되어 엄격한 규율을 엄수했다. 그러나 신세대들은 이런 정치에 넌더리를 내면서 질식할 것 같은 괴로움을 호소했다. 데까브리스뜨의 주된 반란 목적은 러시아에서 전제정치와 농노제 폐지였으나 니꼴라이 1세로서는 도저히 인정할 수 없는 일이었다. 러시아의 양식 있는 모든 이들이 꿈꾸던 이상은 이 반동적인 황제 밑에서는 도저히 실현할 길이 없었던 것이다.

니꼴라이 1세는 지식인들에게 한층 더 적의를 품게 되었다. 황제의 사상을 대변한 이는 문부장관 세르게이 우바로프 백작이었다. 우바로프는 그리스도 정교와 전제와 국민성이 하나가 될 수 있게끔 국민들을 교육해야 한다고 생각했다. 그는 독일어와 프랑스어로 많은 저서를 남겼는데, 정작 러시아어로 쓴 저서는 몇 권 되지 않았다. 니꼴라이 1세나 우바로프는 농노들이 반란을 일으킬 우려가 있음을 잘 알고 있었으면서도, 러시아 사회를 근본적으로 지탱하고 있는 농노제를 폐지할 생각은 추호도 없었다. 농노들은 이미 몇 번이나 봉기했다. 똘스또이의 집안에서도 일하는 사람들이 형편없는 처우에 불만을 품고 노골적으로 반발한 일이 있었다. 모든 일꾼들이, 똘스또이의 어머니인 마리야를 위해 전 생애를 희생한 뿔라스꼬비야 이사예브나처럼 충성할 생각은 없었던 것이다.

눈부신 초원 야스나야 뽈랴나

똘스또이는 귀족가문 출신이다. 그는 농민의 차림새로 꾸미고 손님을 맞이하길 좋아했다지만, 한편으로는 자신이 귀족 혈통임을 자랑스러워했다. 똘스또이라는 이름은 모스끄바의 대공 바실 2세가 똘스또이의 선조에게 붙인 '살찐'이라는 별명에서 비롯되었다고 전한다. 그 뒤 똘스또이 집안의 뾰뜨르 안드레비치가 뾰뜨르 대제로부터 백작 칭호를 수여받았다. 똘스또이의 아버지 쪽 가계가 귀족치고는 별 볼일 없었던데 비해, 어머니 쪽은 손꼽히는 명문이었다. 어머니의 생가인 볼꼰스끼 집안은 쩨르니고프 공화국의 미하일 공이 시조인데, 한참을 더 거슬러 오르면 9세기에 스칸디나비아에서 러시아로 건너와 최초의 왕국을 세웠다고 알려진 류리끄와 이어진다. 그러니 '농민' 똘스또이는 그 어떤 귀족보다도 자기 가문에 긍지를 느끼고 있었던 것이다.

똘스또이의 생가는 러시아 중심부에 있는 뚤라에서 그리 멀지 않은 야스나야 뽈랴나(러시아어로 '눈부신 초원'이라는 의미)에 있었다. 저택 둘레에는 울창한 숲으로 둘러싸인 약 1천5백 헥타르에 이르는 영지가 있었다. 그러나 그의 집안에 연이어 불행이 찾아들었다. 똘스또이가 겨우 두 살 때 어머니가 죽었고, 7년 뒤인 1837년에는 아버지마저 미심쩍은 소문과 함께 갑자기 세상을 떠났다. 부모를 잃은 그들 형제는 고모 알렉산드르 오스뗀 사껜에게 맡겨졌다. 그러나 똘스또이에게 가장 큰 영향을 주었던 이는 아버지의 사촌누이 따짜나 에르고스까야와 유모 쁘라스꼬비야 이사예브나였다. 농노 출신의 이 유모에 대해서는 《나의 유년시절》에서 나딸리야 사비시나라는 이름으로 그려져 있다.

젊은 날의 고뇌

고모 알렉산드르가 1841년에 세상을 떠난 뒤, 똘스또이는 또다시 까잔에 살고 있던 뻴라게야 고모에게 맡겨졌다. 그녀는 알렉산드르 언니와는 전혀 성격이 달라 믿음이 깊고 완고했으며, 자신이 맡게 된 조카들을 엄격하게 훈육해야 한다고 생각했다 그녀는 똘스또이가 군인이나 외교관이 되었으면 했다. 그러나 어린 똘스또이는 여러 면에서 그녀에게 실망만 주었다. 그는 공부에는 전혀 흥미가 없었고 예의범절도 형편없었다. 두 번이나 입학시험에 떨어지고서야, 열여섯 살 되던 가을에 까잔대학에 입학했다. 이 대학에는 유명한 수학자 로바쩨프스끼가 있었는데, 그 무렵에는 모스끄바나 뻬쩨르부르그 다음가는 이름 있는 대학이었다. 그는 철학부 동양어학과에 입학하여 아랍이나 터키의 언어와 문학을 배우게 되었다. 그러나 이 마을의 온갖 향락에 금세 마음을 빼앗긴 똘스또이는 공부와는 담을 쌓았고 결국 진급시험에도 떨어졌다. 이듬해에는 법학부로 과를 옮겨보지만 법학 강의는 실망스럽기 그지없었다. 그의 엄격하고 외골수 같은 성격으로는 대학에서 받는 수업이 너무 갑갑해서 온몸이 배배 꼬일 뿐이었다. 마침내 대학이란 한낱 '학문의 장례식장'에 불과하

똘스또이 (1828~1910)

다는 결론에 이른 그는 1847년 4월 퇴학 의사를 밝히고 야스나야 뽈랴나로 돌아왔다. 따짜나 숙모와 유모는 한결같이 따뜻하게 그를 맞아 주었다. 똘스또이는 평생을 이곳에서 살겠다는 생각과 함께, 농노들에게도 따스하게 대해 주리라 결심했다. 그렇다고 까잔에서 보낸 생활이 아주 쓸모가 없지만은 않았다. 까잔에서부터 똘스또이는 일기를 쓰기 시작했는데, 아주 드물게 중단될 때도 있었으나, 이 습관은 평생토록 이어졌다. 엄격한 자기완성 욕구와 깊은 회한의 감정에 빠져들었던 그 무렵의 심경은 《나의 청년시절》에 잘 나타나 있다.

문학의 싹 《어제 이야기》

똘스또이 같은 기질의 젊은이에게 야스나야 뽈랴나는 그야말로 이상적인 땅이었다. 그곳에는 고요하고 평온한 생활이 있었다. 또 똘스또이처럼 농업에 종사하고 싶어하는 사람에게 일은 얼마든지 있었다. 그러나 세속의 삶을

야스나야 뽈랴나 영지 전경

완전히 떨쳐 버리기에는 아직 그 결심이 그리 굳지 못했다. 스무 살 청년 똘스또이는 얼마 안 가 모스끄바로 떠났다. 1848년 가을부터 이듬해 초까지 빈둥빈둥 하릴없이 방탕한 생활을 했고 도박으로 빚도 많이 졌다. 그러다 이번에는 뻬쩨르부르그에 가서 대학 법학부의 학사시험을 보았다. 겨우 일주일밖에 준비하지 않았지만 민법과 형법시험은 통과했다. 그런데 남은 시험을 한순간에 포기하는가 하면, 또 트럼프에 빠져 빚만 더 늘어났다. 그러다 보니 따쨔나 숙모가 보내 준 돈으로 6월에야 간신히 야스나야 뽈랴나로 돌아올 수 있었다.

이 무렵 뻬쩨르부르그에서는 프랑스의 공상적인 사회주의자 쁘리에의 학설을 연구하는 젊은이들이 한자리에 모여, 오랜 압정으로 암울한 러시아의 현실을 개혁할 방법을 의논하고 있었다. 젊은 도스또옙스끼도 그들과 함께 있었다. 그들은 곧 체포되었고 시베리아 유형에 처해졌다. 하지만 똘스또이는 이런 움직임과는 전혀 상관없이 여전히 방탕한 생활을 이어갔다. 그의 말대로라면 '거의 자살마저 생각한 시기의 심각한 악의 유혹'을 받던 시절이었던 셈이다. 1850년 겨울에 그는 '도박과 결혼과 취직'을 위해서 다시 모스끄바로 갔다. 그는 이때 처음으로 유년 시절을 주제로 작품을 써 보겠다고 진지하게 마음먹었다. 그리하여 2년 뒤에는 발표까지 하게 되었으나, 그가 살아 있는 동안에는 간행되지 못했다. 똘스또이의 작품에서 진정한 처녀작이

야스나야 뽈랴나에 있는 똘스또이 생가
그의 생애 대부분을 이 집에서 보냈으며, 작품도 거의 여기서 집필하였다.

라 할 수 있는 《어제 이야기》가 바로 그것이다.

까프까즈의 사관후보생

1851년 4월 까프까즈(꼬까서스) 포병대에서 근무하고 있던 맏형 니꼴라이가 야스나야 뽈랴나로 돌아왔다. 형은 똘스또이에게 그곳의 생활이나, 러시아군에 총구를 겨누고 있는 용맹스런 쩨쩬인과의 전투 실황을 자세하게 이야기해 주었다. 산악 민족의 진기한 풍습과 까프까즈의 아름다운 풍경 이야기에 매료된 똘스또이는 형을 따라 그곳으로 출발했다. 까잔, 사라또프, 아스뜨라한을 경유하여 한 달 뒤에는 형의 부대가 주둔하고 있는 꼬자끄 지방의 스따로그라드꼬프스까야에 닿았다. 이 여행은 똘스또이의 생애에서 가장 멋진 날들이었다.

당시 러시아인들의 까프까즈에 대한 인상은, 뿌시낀이나 레르몬또프의 작품 속에 나오듯 막연한 이국의 느낌밖에 없던 지역이었다. 그러나 똘스또이가 찾아간 꼬자끄는 진흙과 짚으로 만들어진 암굴 같은 집들이 늘어서 있는 가난한 마을에 지나지 않았다. 마을 사람들은 예로부터 정교를 믿는 분리파 교도 꼬자끄인이 대부분이었고 쩨쩬인과 혼혈이 많았다. 마을 처녀들은 놀랄 만큼 아름다웠다. 똘스또이는 이 지방에서 한 처녀와 사랑에 빠져 결혼까지 생각하기도 했다. 뒷날 그는 이곳의 체험을 바탕으로 소설 《꼬자끄》를 쓰게 된다.

꼬자끄에 도착한 같은 해 7월 쩨쩬인 토벌에 참가한 똘스또이는 전투 중에 보여 준 용감한 행동으로 사령관의 인정을 받고 사관후보생 지원을 권유받았다. 석 달 가까이 고민한 끝에 그는 마침내 사령관의 권유를 받아들였다. 그는 이듬해 1월 사관후보생 시험에 합격하여 정식으로 군인이 되었고, 그루지야에서 한 작품을 구상한다.

우리를 하나도 남김없이 경탄시킬 것이다

1853년 러시아는 오스만투르크를 상대로 크림 전쟁을 일으켰다. 이미 오래 전부터 발칸 반도로 세력을 넓히고자 했던 니꼴라이 1세는 오스만투르크 영내에 그리스 정교도의 권리 확보와 성지 예루살렘의 관리권을 요구했다. 그러나 영국과 프랑스를 등에 업고 있던 오스만투르크는 엄연한 내정 간섭이라며 단호히 이를 거부했다.

1853년 7월, 러시아군이 오스만투르크 영토인 몰도바와 와라키아(현재의 루마니아)를 점령하자, 오스만투르크도 가을에 이에 맞서 선전 포고를 하고 격렬하게 맞섰다. 11월 러시아 함대가 시노페 해에서 오스만투르크 함대를 격침하자, 이번에는 영국과 프랑스가 흑해로 함대를 파견했다. 이듬해 3월 양국은 러시아에 선전포고를 하였고, 9월에는 러시아 영토인 크림 반도에 상륙했다. 세바스또뽈에서 벌어진 공방전은 10월부터 이듬해 9월까지 꼬박 1년 동안 이어졌다.

도나우 파견 부대에서 소위 보좌로 있던 똘스또이는 1854년 7월에 크림 반도로 전속을 지원하였고, 11월 초 마침내 세바스또뽈에 도착하여 프랑스 군의 포격을 마주하게 되었다. 치열한 공방전 속에서 똘스또이는 《나의 청년 시절》을 쓰기 시작했고, 뒷날 《세바스또뽈 이야기》라는 제목으로 엮은 글 세 편의 집필도 게을리하지 않았다.

《나의 유년시절》을 발표하고 오래지 않아 똘스또이의 문학적 재능은 이미 두 작가에 의해 높은 평가를 받았다. 유형 중이던 도스또옙스끼는 이 멋진 작품의 저자인 '에리 에느'란 도대체 누구의 이니셜인지 알아봐 달라고 친구에게 편지를 보냈고, 뚜르게네프는 "만약 신이 똘스또이에게 장수를 축복한다면 그는 우리를 하나도 남김없이 경탄시킬 것이다. 그에게는 최고 수준의 문학적 재능이 있다"고 썼다.

1855년 2월, 세바스또뽈에서 치열하게 공방전이 벌어지던 가운데 갑자기 니꼴라이 1세가 서거하고 알렉산드르 2세가 즉위하게 된다.

용감한 자기 희생 정신

1855년 4월 똘스또이는 《12월의 세바스또뽈》이라는 작품을 잡지 〈동시대인〉의 편집자 네끄라소프에게 보냈다. 똘스또이는 이 작품에서 포위된 마을의 상황을 생생하게 그려내어 주민과 군인들의 용감한 자기희생 정신을 전하였

1848년 **뻬쩨르부르그 대학 법학부 학사시험을 치를 당시 똘스또이**
민법·형법시험에 합격하였다. 남은 시험은 포기하고 고향으로 돌아간다.

고, 읽는 사람들에게는 작은 애국심을 호소하였다. 이 작품은 〈동시대인〉 6월호에 실려 크게 호평을 얻었다. 즉위한 지 얼마 되지 않은 알렉산드르 2세도 황후의 권유로 이것을 읽고 깊은 감동을 받았다고 한다. 똘스또이는 연달아 7월에 《5월의 세바스또뽈》을 완성하는데, 전쟁을 출세의 수단으로 삼는 귀족 사관들의 기만과 불성실을 폭로한 이 작품은 검열에 걸려 다시 쓰도록 명령받았다. 세바스또뽈 시리즈의 마지막인 《1855년 8월의 세바스또뽈》은 12월에 완성되어 이듬해 1월에 발표되었다. 이 작품은 똘스또이의 이름으로 낸 첫 작품이었다. 이 이야기는 군인의 의무를 주제로 삼은 것임에도 똘스또이는 인간의 내면 심리로까지 파고들어가 다루고 있다. 앞서 발표한 두 작품에서 보여 준 교훈적인 느낌이나 격앙된 감정은 사라지고, 등장인물 하나하나의 감정이 그야말로 완벽하게 묘사되어 있다.

▲ 은제 마리아상
숙모가 똘스또이의 장도를 축하
하며 건네주었다. 똘스또이는 이
성스러운 상을 늘 품속에 지니고
다녔다.

◀똘스또이와 맏형 니꼴라이
1851년 군 입대를 위해, 니꼴라
이가 포병대에 근무하던 까프까
즈로 떠나기 직전의 모습.

전투가 한창이던 4월 13일 똘스또이의 일기를 보면 '여전히 제4진지에 있다. 갈수록 이곳이 마음에 든다. 끊임없이 위험이 존재한다는 게 매력이다. 게다가 함께 생활하고 있는 병사나 수부, 또 전쟁 그 자체를 관찰하는 것은 실로 더없이 흥미롭다. 이곳을 떠나고 싶지 않다'고 적고 있다. 그러나 중요한 마라호프 고지가 8월 25일 연합군의 손에 넘어가면서 세바스또뽈 공방전은 매듭지어졌다. 이날 밤 러시아군은 남아 있던 요새를 모두 파괴한 뒤 남은 함대를 이끌고 북쪽으로 후퇴했다.

문단으로 나아가다

세바스또뽈을 적에게 내주면서 똘스또이는 전령으로 뻬쩨르부르그에 파견되었다. 지옥같이 처참한 전장에서 기적적으로 살아 돌아온 군인으로, 또 《나의 유년시절》 및 《세바스또뽈 이야기》의 작가로 그는 곧 문단의 열렬한 환영을 받았다. 뚜르게네프는 그를 자기 집으로 초대하였고, 네끄라소프는

〈동시대인〉지와 관련된 수많은 문인들을 소개해 주었다. 스물일곱 살의 청년작가는 곤짜로프, 오스뜨로프스기, 페뜨, 빠나에프 등의 유명 작가들과 어깨를 나란히 하게 되었다. 6년 만에 수도로 돌아온 똘스또이는 더 이상 예전의 시골 대학생이 아니었다. 그러나 기성 작가들은 문단의 규율이나 살롱에서의 예의와 절차도 알지 못한 채 마음 내키는 대로 내뱉는 똘스또이를 매우 꺼려했다. 그런데다 그마저도 6년 전과 마찬가지로 집시 여자의 꽁무니를 따라다니는 데 열을 올리거나 도박으로 날을 밝혔다.

1854년 군복무 시절의 똘스또이

이듬해 1856년 3월, 알렉산드르 2세는 굴욕적인 크림 전쟁의 종결을 알리는 선언문을 발표한 직후 모스끄바의 귀족들을 모아놓고 농노제도를 폐지한다는 역사적인 연설을 했다. 황제는 군사 기술이나 전투 무기의 열세를 가져온 근본 원인이기도 한 러시아 사회의 후진성을 극복하려면 먼저 농노제도를 폐지해야 한다는 것을 깨달았다. 또 민중 봉기에 떠밀려 이를 폐지하기보다는 지도층이 먼저 움직이는 게 여러 모로 낫다고 생각했다.

똘스또이도 자기 농노를 해방할 방법을 궁리했다. 그는 자유주의적인 농노해방론자로 알려진 까베린을 만나서 유상 토지를 딸려 주어 노예를 해방하는 방안을 세웠다. 또한 정부의 농노 해방사업을 맡아 추진하던 니꼴라이 밀류틴을 찾아가서 많은 지식을 쌓았다. 수도에서 반년쯤 머문 뒤 1856년 5월에 똘스또이는 다시 고향 마을 야스나야 뽈랴나로 돌아왔다.

세바스또뽈 전투(1854~55) 프랑스·영국연합군이 러시아 흑해함대 기지 세바스또뽈을 포위하여 정복한 전쟁. 이 전투에 참전한 똘스또이는 틈틈이 《나의 청년시절》을 집필하였다. 세바스또뽈이 적의 손에 들어가자, 뻬쩨르부르그로 파견된 똘스또이는 〈동시대인〉지와 함께 본격 작가로서 활동하게 된다.

유럽 여행

똘스또이는 1856년 1월 바로 손위 드미뜨리 형의 죽음을 알았다. 이 불행한 형의 자취를 그는 나중에 《안나 까레니나》에서 니꼴라이 레빈으로써 그려낸다. 3월에 군복을 벗기로 결심하고 상부에 그 뜻을 밝혔으나 11월에야 겨우 허가가 나왔다. 그해 5월부터 해외여행을 떠난 이듬해 1월까지 똘스또이는 약 반년 넘게 야스나야 뽈랴나에서 지낸다. 뻬쩨르부르그에서 돌아오자마자 그는 도저히 농노 해방의 필요성을 이해하지 못하는 따쨔나 숙모와 말다툼을 한 뒤, 곧 자기의 농노들을 불러 모아 이 자리에서 자유를 주겠다고 알렸다. 그리하여 종래의 부역 대신 3년간 부부 한 쌍당 매년 은으로 26루블어치를 걷되 그 이후에는 토지를 완전히 농민 소유로 넘긴다는 계획을 밝혔다. 놀랍게도 농노들은 이 제안을 거부했다. 그들은 이제 곧 황제가 대관식에서 칙령을 발표하여 자신들을 해방하고 토지를 나누어 주리라 철석같이 믿고 있었다. 똘스또이는 이때만 해도 아직 농민들의 마음을 충분히 이해하지 못했던 것이다.

▶⟨동시대인⟩지 동인들과 함께 찍은 사진 (1856) 앞줄 왼쪽부터 곤짜로프, 뚜르게네프, 도로지닌, 오스뜨르프스끼. 뒷줄 군복 차림의 똘스또이, 그리고비치.

이듬해 1월에 그는 처음으로 유럽 여행을 떠났다. 파리에서는 태어나 처음으로 사형집행 현장을 목격했다. 그는 이때 받은 충격을 평생 잊지 못했다. 뒷날 그가 일체의 살생을 부정하는 사상을 지니게 되는 데는 이 체험이 하나의 동기가 되었다고 한다. 그리고 역사가 도로지닌과 스위스 루쩨른에 갔을 때, 단편 ⟨루쩨른⟩에서도 나왔던 어떤 일화가 있다. 똘스또이가 머문 호텔 앞에서 어떤 초라한 기타 연주자가 노래를 불렀는데, 부유한 숙박객들은 실컷 노래를 듣고 나서도 아무도 동전 한 닢 던져주지 않았다. 화가 난 똘스또이는 기타 연주자를 호텔 별실로 초대해 둘이 밤새 술을 마셨다.

교사 똘스또이

똘스또이는 이전부터 교육의 필요성을 통감하고 있었다. 생각보다 엄청나게 많은 사람들이 자기 이름 하나 제대로 쓰지 못하는 현실에 그는 충격을 받았다. 군대에서는 가끔 부하들이 가족에게 보낼 편지를 써달라고 부탁하곤 했다. 도나우 파견군의 일원으로 부까레스뜨에 있었던 1854년 무렵, 똘스또이는 병사들을 가르치기로 동료 장교와 뜻을 모았다. 교재 정리까지

어지간히 마쳤으나, 그만 크림 전쟁이 일어나면서 이 계획은 물거품이 되었다. 군복을 벗은 뒤 똘스또이는 이 계획을 재검토했다. 유럽 여행의 목적에는 훌륭한 선생을 사귀어서 가르침을 받으려는 뜻도 들어 있었다. 슈뚜뜨가르뜨에 머물던 7월 11일 일기에는 '고향에서 가까운 마을에 학교를 세우거나 이런 활동을 하고자 하는 생각이 내 머릿속에서 매우 뚜렷하게 떠오른다. 중요한 것은 그것을 변함없이 이어가야 한다는 사실이다'라고 적고 있다.

게르쩬을 비롯한 많은 러시아 지식인이 그랬던 것처럼, 똘스또이도 서유럽 사회의 속물근성을 눈앞에서 목격하고 보니 순박한 고향 농민들이 떠올랐고 그들을 교육할 필요가 있다고 다시 한 번 생각하게 되었던 것이리라.

그러나 그가 자기 집에서 방 한 칸을 교실처럼 꾸며 마을 사람들과 꼬마들에게 읽기와 쓰기를 가르치기 시작한 것은 그로부터 2년이 지난 1859년 초가을이었다. 당시 러시아에는 아직 농민의 자녀를 위한 무료 학교가 없었다. 기껏해야 마을 신부가 돈을 받고 읽기와 쓰기를 가르치는 게 고작이었다. 똘스또이는 이런 상황을 어떻게든 극복해 보려고 '국민교육협회' 설립을 제안했다. 또 러시아보다 진보한 나라의 실상을 관찰하기 위하여 다시 한 번 유럽을 다녀와야겠다고 생각했다.

해방된 농노를 위하여

알렉산드르 2세는 1861년 2월 19일 농노해방령에 서명하고 3월 5일 이를 공포했다. 2천만이 넘는 러시아 농노들은 비로소 자유로워졌다. 똘스또이는 선언문을 가져와 찬찬히 읽어 보았지만, 농민들이 이해할 수 없는 내용뿐이었으므로 도대체 누구를 위한 선언문인지 알 수 없었다. 이 해방령에 의해 러시아 농민들은 인격적으로는 무상으로 자유를 얻었으나 문제는 토지였다. 지금껏 농민들 사이에는 전통적으로 '우리는 영주님 소유이지만 토지는 우리 것이다'라는 생각이 일반적이었다. 그런데 해방령은 영주에게 농지의 3분의 1을 차지할 권리를 인정했다. 게다가 농민에게 양도된 토지의 가격은 시가보다 훨씬 높았고, 이를 연 6부 이자로 49년이라는 어처구니없는 장기할부로 사들여야만 했다. 그렇기 때문에 영주와 농민의 이해를 조절하기 위하여 정부는 '조정관'이라는 제도를 만들었다.

러시아로 돌아간 똘스또이는 이 조정관을 맡아서, 농민이 지금보다 훨씬 나쁜 땅으로 배정이 되거나 속아서 토지를 잃게 되는 사태에 항의했다. 또 해방령 공포 뒤 영주가 농민을 채찍으로 때린다거나 무상으로 노동력을 착취하는 사태에 대해서도 배상을 요구했다. 그러나 이런 그의 활동은 근처 지주 귀족들의 반감을 불러일으켰다. 그들은 지사에게 똘스또이의 파면을 진정했으나 받아들여지지 않자, 다른 조정관들을 부추겨서 똘스또이가 조정한 사례들을 무효로 만들었다. 화가 난 똘스또이는 결국 1862년 2월 뚤라의 농사위원회 앞으로 편지를 보내 호소하지만, 지주귀족동맹의 단체행동은 그를 마침내 조정관에서 사임하도록 만들었다. 이 경험에서 똘스또이는 공무원들의 비열함과 정치 및 행정의 무의미함을 뼈저리게 실감했다.

소삐야와 결혼

조정관을 사임한 똘스또이는 몸이 쇠약해져, 의사의 권유를 좇아 사마라 (현 끄이비셰프)의 초원에 마유(馬乳) 치료를 하러 떠났다. 이 의사는 베르스라고 하는 끄레믈린 궁전의 시의로, 그의 아내 류보피와 똘스또이는 어릴 적부터 아는 사이였다.

베르스 부부에게는 딸이 셋 있었다. 장녀 리쟈는 키가 크고 아름다운 처녀였지만 어딘지 차가운 느낌을 주었다. 동생 소삐야는 장밋빛 뺨에 갈색 눈을 한 활발한 처녀로 집안일과 아이들을 돌보길 좋아했다. 똘스또이가 사마라에서 돌아와 얼마 안 되었을 때 베르스 부인이 세 딸을 데리고 똘스또이의 집을 찾아왔다. 베르스 집안은 그 무렵 똘스또이의 집에서 50킬로미터쯤 되는 조부의 영지에 머물고 있었다. 그들은 자고 갈 생각이었으나 똘스또이의 집에는 침대가 하나 모자랐다. 그래서 똘스또이가 커다란 안락의자를 꺼내오자 소냐(소삐야)는 그것을 곧 자기 침대로 택했다. 똘스또이는 어색한 손놀림으로 시트를 깔아 주었고 소냐는 그런 배려가 무척 친밀하게 느껴졌다. 저녁식사가 마련될 때까지 두 사람은 발코니에 나가 저물어 가는 석양을 함께 바라보았다.

며칠 뒤 똘스또이는 그녀들과 함께 베르스 집안의 조부 영지로 갔다. 그리고 거기서 똘스또이는 《안나 까레니나》에 적혀 있는 것처럼, 카드 상자를 앞에 두고 소냐와 단어의 첫머리를 이어가는 놀이를 했다. 이 여름에 똘스또이는 밤마다 모스끄바 교외에 있는 베르스 집안 별장을 방문하였다. 그리고 마

◀◀ 1862년 결혼
당시의 똘스또이
(34세)
고향에 학교를 설
립하고 교육에 관
한 논문을 쓰는 등
교육·문필 활동이
왕성할 때였다.

◀ 결혼 전 17세
때의 소삐야
모스끄바 궁정 의
사인 베르스의 둘
째 딸

침내 소냐의 명명일(命名日)에 맞추어 편지로 청혼했다. 큰딸에게 청혼해 주기를 희망했던 아버지는 처음에는 이들의 결혼을 반대했으나 끝내는 승낙했다. 두 사람은 그로부터 일주일 뒤인 9월 23일 끄레믈린에서 결혼식을 올렸다. 신랑은 서른네 살, 신부는 열여덟 살이었다.

달콤한 행복

똘스또이와 소삐야의 부부생활은 결코 처음부터 끝까지 사랑으로 가득한 완전한 것은 아니었다. 스무 살도 채 안 된 어린 아내로서는, 너무도 개성적이고 까다로운 성품의 똘스또이가 도저히 이해할 수 없는 사람으로 보였고 가끔 말다툼을 하기도 했다. 그러나 건전한 상식과 풍부한 감정을 지닌 소삐야는 남편에게 늘 성실한 아내였다. 그녀는 남편을 도와 농장의 수입을 늘리도록 애썼고, 작품을 열심히 정서하면서 그의 창작활동을 도왔다. 그녀가 처음 정서한 작품은 《뽈리끄시까》로, 1863년 3월 〈러시아 보도〉 제2호에 발표되었다. 이 잡지의 제1호에 똘스또이는 《꼬자끄》를 발표하여 크게 호평을 받았는데, 이런 일화가 있다.

그 전해인 1862년 1월 모스끄바에 갔을 때, 똘스또이는 또다시 버릇이 도져 당구시합에서 1천 루블이라는 거금을 잃고 말았다. 그는 마침 이만한 돈은 갖고 있지 않으므로, 〈러시아 보도〉지의 편집자로 있는 까뜨꼬프와 상의하여 《꼬자끄》를 싣기로 하고 돈을 먼저 받았다. 똘스또이는 1852년에 이미 이 소설을 쓰기 시작했는데, 3부에 이르는 방대한 구상을 바탕으로 거듭 손을 보면서 집필을 이어나가던 중이었다. 그래서 아직 미완성인 채로 성급하게 발표할 약속을 한 것을 뒤늦게 후회하면서 고료를 돌려줄 테니 연재를 취소하고 싶다고 부탁했지만 들어주지 않았다. 그러나 이 작품이 발표되자마자 똘스또이의 명성은 단숨에 치솟았다. 《꼬자끄》는 똘스또이의 까프까즈 시절 체험을 그대

소삐야와 장남 세르게이, 장녀 따쨔나(1866년 사진)
모두 열세 아이가 태어났으나 그중 다섯 명은 일찍 죽고 다섯 아들과 세 딸이 어른으로 성장했다.

로 살려, 청년 귀족 오레닌과 꼬자끄의 딸 마리아나의 이루어지지 않는 사랑을 그린 작품이다.

불멸의 거작 《전쟁과 평화》

똘스또이가 처음 《전쟁과 평화》를 구상한 것은 1856년이었다. 그 뒤 1860년 가을에 똘스또이는 이 소설의 집필에 들어갔으나, 1825년의 반란을 이해하기 위해서는 나폴레옹의 1813년 러시아 원정까지 거슬러 올라가야 한다는 것을 깨달았다. 데까브리스뜨 대부분이 나폴레옹을 상대로 한 '조국전쟁'에 종군하였고, 종군 중에 그들 눈으로 직접 서유럽의 진보한 사회를 보고 낙후된 조국을 개혁할 생각을 하게 된 것이기 때문이었다. 그러나 '조국전쟁'에 대한 사료를 모으던 중 1805년까지 한층 더 거슬러 올라가야 한다는 것을 알았다. 그래서 1805년에서 12년까지를 제1부, 1825년 데까브리스뜨 반란을

제2부, 1856년 시베리아에서 돌아오기까지를 제3부로 하는 장편을 구상했다. 그러나 이 생각은 구상만으로 끝났고, 1878년에서 79년에 걸쳐 제3부의 첫 다섯 장만 쓰고 결국 미완성인 채로 끝나고 말았다.

똘스또이는 제1부를 완성하는 데 자그마치 6년이나 들였다. 그동안 아들 셋과 딸 하나를 얻었다. 소뻬야는 창작에 몰두하는 남편을 위하여 일곱 번이나 원고를 정서했다. 이 소설 첫머리는 1865년 〈러시아 보도〉에 《1805년》이라는 제목을 달고 발표되었다. 그러나 1867년 가을 똘스또이는 제목을 《전쟁과 평화》로 고치고 싶어졌다. 이것은 쁘르동의 저작에서 힌트를 얻었다고 추측된다. 이 작품은 장편소설이라기보다는 웅대한 서사시로 불려야 할 것이다. 그는 이 작품에서 러시아를 구성하고 있는 두 계급, 즉 귀족과 민중을 묘사하였는데, 로스또프 가문과 보르곤쓰끼 가문은 똘스또이의 친가와 외가의 집안을 그대로 모델로 했다.

교육활동 사회활동

《전쟁과 평화》를 완성한 1869년부터 똘스또이는 또다시 열성적으로 교육활동에 들어갔다. 그는 누구나 읽기 쉬운 교과서를 만들기 위해 꼬박 1년 동안 골몰하였고, 그 자료를 위해 온갖 궁리를 다했다. 교과서에는 러시아 민요나 속담 외에도 외국의 이야기를 많이 넣었다. 그러기 위해서 그는 그리스어도 공부했다. 또 수학과 물리학 문제도 고심해서 만들어 냈고, 천문학 부문에서는 밤을 새워 별을 관찰했다. 그리하여 1872년 드디어 《초등독본》이 출판되었다. 여기에는 삽화가 들어간 러시아어와 자연과학 외에, 가르치는 사람들을 위한 자세한 교수법도 함께 실렸다. 작가 똘스또이가 아니면 좀처럼 만들기 어려웠을, 명료하고 간결한 문체로 쓰인 근사한 교재였다. 그는 이 교과서로 다시금 마을 어린이들을 가르쳤는데, 이번에는 아내뿐 아니라 여덟 살 장남 세르게이와 일곱 살 따쨔나까지 나서서 도와 주었다.

이렇게 교육에 몰두하고 그리스어를 배우느라 다시 건강을 해친 똘스또이는 가족과 함께 예전에 마유치료법으로 효과를 봤던 사마라로 갔다. 그러나 거기서 똘스또이가 본 것은 3년이나 이어진 기근에 신음하는 농민이었다. 이 마을 농민들은 하나같이 먹을 게 없어 그날그날 가까스로 연명하고 있었다. 이들의 궁핍한 실상을 목격한 똘스또이는 〈사마라 지방의 굶주림에 대하여〉라는 제목의 공개서한을 〈모스끄바 신문〉에 발표함과 동시에, 황후가 부디 이 기근을 가엾게 여겨 주길 호소했다.

농민의 처참한 실상을 전한 똘스또이의 편지는 러시아 전역에 커다란 반향을 불러일으켰다. 황후의 금일봉을 비롯해 188만 루블이 넘는 구원금이 모였다. 이것이 똘스또이의 첫 사회활동이었다.

《안나 까레니나》를 구상하며

《초등독본》이 출판된 지 2년이 지난 1874년 똘스또이는 네끄라소프가 편집하던 〈조국의 기록〉에 〈국민교육론〉을 발표했다. 이 논설에서 러시아의 현 초등교육을 비판하면서, 참교육을 실천하기 위해서는 "교사들이 민중 속으로 파고들어야 한다"고 주장했다. 이듬해 똘스또이는 《새 초등독본》을 출판했다. 이 독본은 전의 것보다 페이지도 적고 가격도 싸서 날개 돋친 듯 팔렸다. 이 밖에도 어린이를 위한 독본을 4편 썼다. 한편 똘스또이는 《전쟁과 평화》가 완성될 무렵부터 다음 소설을 구상하고 있었다. 1870년 초엽에 그는 이미 어떤 상류 부인을 주인공으로 그녀의 부정을 죄가 아닌 불행한 운명으로 다루는 소설을 계획 중이라고 아내에게 털어놓았다. 그러나 일이 쉽지만은 않았다. 이 작품은 첫머리만 무려 열일곱 번이나 고치고 나서야 1873년 겨우 완성되었다.

여기에는 우연한 두 사건이 배경에 있었다. 하나는 야스나야 뽈랴나 부근에 사는 지주 부인이 남편과 여자 가정교사 사이를 질투하여 야셴끼 역에서 열차에 뛰어들어 스스로 목숨을 끊은 사건이다. 이 사건은 마냥 평화롭게만 지내온 마을 사람들에게 엄청난 충격을 주었다. 똘스또이는 이 소문을 듣자마자 야셴끼로 달려가 부검에 참석했다. 전에 파리에서 단두대 처형 광경을 보았을 때처럼 똘스또이는 이번에도 여러 날을 말 한 마디 하지 않고 생각에만 잠겨 있었다. 두 번째 우연은 그로부터 1년이 지난 1873년에 일어났다. 똘스또이는 병상에 누운 따쨔나 숙모의 머리맡에서 뿌시낀의 《베르낀 이야기》를 발견하고 아무 생각 없이 처음 몇 페이지를 들척였는데, 이때 문득 어떤 생각이 섬광처럼 머릿속을 스쳤다. 그러고 나서야 드디어 지금까지 몇 번이나 고치고 또 고치던 소설 《안나 까레니나》의 말머리를 그날 밤 쓸 수 있었다.

도스또옙스끼의 절찬

《안나 까레니나》는 1875년부터 77년에 걸쳐 〈러시아 보도〉에 발표되었다. 똘스또이는 이 작품에 4년이 넘는 세월을 쏟아 넣었다.

주인공 안나는 사랑하는 우론스끼 백작을 위해 자식과 남편을 버린다. 그리고 우론스끼와의 사이에서도 계집아이가 태어나지만 안나는 두고 온 아들 세이로쟈가 자꾸만 눈에 밟힌다. 두 사람은 잠시 외국으로 나갔다가 돌아온다. 귀국하기 무섭게 사교계는 날카로운 손톱으로 마구 할퀴어 안나를 상처투성이로 만든다. 한편 우론스끼는 이 아름다운 연인에게 서서히 싫증을 내고 안나는 마침내 열차에 뛰어들어 스스로 목숨을 끊는다. 이런 비련과 함께 청년 지주 레빈과 공작의 딸 끼띠의 결혼에 이르는 연애가 본 줄거리와 병행하여 묘사된다.

이 두 연애사건을 통해 똘스또이는 '사랑은 무엇이며 도덕은 또 어떤 것일까' 하는 문제를 제시하고는 있지만, 결코 세상 사람들이 안나를 비난하거나 함부로 판결을 내리는 것은 허용하지 않는다. 그는 이 소설의 제목에 붙이는 글로 '복수는 나만이 할 수 있는 권리로, 결코 남에게 양보할 수 없다'는 말을 적어 두었는데, 잘못을 저지르기 쉬운 인간에게는 본디부터 타인을 비난할 권리 따위는 있을 수 없고 오로지 신만이 가능하다는 의미로 해석할 수 있다. 똘스또이는 더 나아가 '인생이란 무엇이며 신앙은 또 무엇일까' 하는 문제도 제시하는데, 2년 뒤에 나올 《나의 참회》에서 그 사상을 엿볼 수 있다.

《안나 까레니나》에 대한 비평의 대부분은 이런 깊은 의미를 이해하지 못한 사람들의 짧은 생각 탓이었다. 편집장 까뜨꼬프는 오스만투르크 전쟁에 대한 레빈의 무관심한 태도를 비난하였고 이 때문에 똘스또이와 사이가 틀어질 뻔했다. 몇몇 귀족들은 이 작품에서 보수적인 요소를 찾아내고는 크게 기뻐하였으나, 한편 진보적인 사람들은 그런 점을 비판했다. 그런 와중에도 도스또옙스끼는 이 작품의 가치를 인정하고 《작가의 일기》(1877)에서 절찬하는 글을 남겼다.

내면의 성찰 《나의 참회》

1877년, 러시아는 또다시 오스만투르크와 전쟁을 시작했다. 국내에서는 슬라브 동포를 구하자는 슬로건 아래 배타적 애국주의가 팽배하였고, 똘스

레삔이 그린 〈밭 가는 똘스또이〉

또이는 도저히 이런 풍조를 받아들일 수 없었다. 예전에 크림 전쟁에 종군하면서 전쟁의 비참함을 바로 눈앞에서 체험한 그로서는, 이런 시류에서도 스스로 전쟁의 의미를 물어보지 않고는 견딜 수 없었다.

똘스또이는 《전쟁과 평화》의 속편에 해당하는 데까브리스뜨 사건을 쓰기 위해, 유형지에서 돌아온 늙은 혁명가를 방문하거나 자료를 모으러 뻬쩨르부르그에 가기도 했다. 그러나 이 작업은 결국 끝내지 못했다. 정부가 문서관 이용을 허가하지 않았다는 외형적 문제 외에도, 오래 전부터 마음을 괴롭히던 내면적인 이유도 있었기 때문이다. 똘스또이는 가족과 농장 또 문학에 몰두하는 것이 자기 삶의 참된 목적인지 진지하게 생각해 보았다.

1877년부터 79년까지 그는 까루가 지방의 오쁘찌나 수도원이며 끼에프 빠쬬르스까야 수도원을 방문해 보았지만 그의 갈등은 사라지지 않았다. 그는 쇼펜하우어 철학을 배우고 루난의 《예수의 생애》도 읽었다. 또한 성직자뿐 아니라 분리파 교도와도 접촉했고, 그들의 순례에도 참가하여 대화를 나누었다. 똘스또이는 이 동안 착실한 그리스도 교도로서 3년간 교회에도 다녔고 정교의 의식도 잘 지켰으나, 점차 교회의 가르침에서 많은 모순을 발견하게 되었다. 특히 정교회 분리파 교도나 전쟁에 대한 태도는 도저히 받아들일 수 없었다. 이런 가운데 1879년에서 이듬해에 걸쳐 《나의 참회》와 《교의(敎義) 신학 비판》을 집필했고, 더욱더 복음서를 연구하여 1881년에는 《4복음서 통합번역》을 저술했다. 그러나 정부가 출판을 허락하지 않아 실제로 간행된 것은 1908년이었다.

혁명가들보다 한층 더 높은 이상을 가지소서

1879년 4월 겨울, 궁내를 산보하던 황제 알렉산드르 2세는 과격파 테러리스트의 저격을 받았으나 아슬아슬하게 목숨을 건졌다. 1874년 여름에 시작된 '인민 속으로!' 운동이 실패한 뒤, 과격한 젊은이들은 '인민의 의지'라는 비밀 단체를 만들어 황제를 비롯한 정부 고관을 암살함으로써 러시아에 혁명을 일으킬 수 있다고 생각했다. 1881년 3월 1일, 황제는 결국 이 '인민의 의지'파가 던진 폭탄에 맞아 세상을 떠났다. 농노를 해방하고 지방행정이나 사법제도에 대해서도 근대적인 개혁을 단행한 황제는 위로부터의 개혁에 만족하지 못하는 혁명파의 손에 결국 목숨을 잃고 말았다.

이 사건은 온 유럽에 커다란 충격을 주었다. 똘스또이는 테러리스트 여섯 명이 사형선고를 받은 사실을 알고, 새로 즉위한 알렉산드르 3세에게 곧바로 장문의 편지를 썼다. 마따이전(傳)에 나오는 말을 인용하여 사형집행을 멈춰 달라고 탄원했다. 그는 황제에게 탄원했다기보다 같은 그리스도 교인에게 자기의 참뜻을 이해시키고자 호소한 것이었다. 그리고 혁명사상과 싸우기 위해서는 혁명가들보다 한층 더 높은 이상을 내걸 필요가 있다고 마지막에 덧붙였다. 그러나 황제는 이런 바람을 저버리고 혁명가들을 극형에 처했다. 똘스또이가 우려했듯이 러시아는 이 사건을 계기로 반동정책이 강행되었고, 혁명가들은 지하로 숨어들어 끊임없이 테러를 일으켰다. 똘스또이는 이번 사건으로 주권자가 권력으로 민중을 지배하는 국가제도에 점점 더 회의를 품게 되었고, 모든 국가 권력을 부정한 그리스도의 무정부주의자로 기울어 갔다.

그럼 인간은 어떻게 살아야 하는가?

1881년 똘스또이는 자녀들이 좋은 교육을 받을 수 있도록 모스끄바로 옮겨갔다. 이해 겨울 그는 모스끄바 주민 조사에 참여하여 빈민가를 샅샅이 돌

굶주림으로 신음하는 농민을 구제할 방법을 모색하는 똘스또이와 그 협력자들

아다녔다. 한편에서는 돈을 물 쓰듯 하는 계층도 있건만, 빈민의 비참한 삶은 상상을 초월했다. 그때 똘스또이는 자선 단체를 만들어 구원금을 모을까 생각했지만, 어차피 이런 방법으로는 근본적인 해결이 어렵다는 생각이 굳어졌다. 제대로 해결하자면 무엇보다도 근원적인 사회 개혁이 필요하겠지만, 그전에 빈민들이 스스로 삶의 방식을 바꾸려는 의지가 필요하다고 보았다. 똘스또이는 이 경험을 토대로 뒷날 《사람은 무엇으로 사는가》를 펴냈다. 전체 40장으로 이루어진 이 작품에서 그는 먼저 최근 있었던 주민 조사를 회상하면서 사회의 경제적 불평등의 원인을 논한 뒤, 지주 귀족으로서 자신의 지위를 부정하면서, 땀 흘려 얻는 빵 한 조각의 가치를 이야기한다. 또 1881년 후반에 그가 알던 뚤라의 관리가 암으로 죽었는데, 이 소식은 똘스또이에게 다시 한 번 죽음의 의미를 진지하게 생각할 계기를 주었다. 이리하여 1883년부터 3년 동안에 똘스또이는 《이반 일리찌의 죽음》을 완성했다.

어느 고위 관리가 무의미한 인생을 보낸 끝에 죽음을 눈앞에 둔다. 그의 냉혹한 아내나 위선적인 동료들은 누구 하나 그를 걱정해 주지 않았는데, 어느 날 평민 게라심이 아주 사소하나마 유일하게 그를 위로한다. 죽음을 눈앞에 두고 있는 고독과 섬뜩할 정도로 사실적인 묘사가 미묘하게 어우러져, 독자들에게 살아가는 의미를 자문하게 한다. 똘스또이는 1886년에 〈어둠의 힘〉이라는 희곡도 썼으나, 농민 생활의 비극을 다룬 이 연극은 1895년까지 상연이 금지되었다.

'끄로이쩨르 소나따'

똘스또이와 소삐야의 결혼 생활은 1879년 무렵부터 평온해졌다. 두 사람의 취미와 기호가 크게 달랐음에도 소삐야의 성실한 애정과 헌신에 힘입어 똘스또이는 잇달아 대작을 써 냈다. 그러나 똘스또이가 점차 종교에 빠져들면서 세상 사람들이 원하는 소설보다는 교과서나 복음서 집필에 열중하고, 사회의 부정을 증오한 나머지 자신의 재산마저도 죄악시하자, 소삐야는 더는 그를 이해할 수 없었다. 모든 면에서 소삐야는 지극히 평범하고 성실한 아내였던 것이다.

1884년 6월, 똘스또이는 아내와 심한 말다툼을 벌인 뒤 처음으로 집을 뛰쳐 나왔다. 그러나 이때 아내가 임신 중이었으므로 생각을 고쳐 그는 다시 집으로 돌아갔다. 이렇게 불화가 이어지는 가운데 똘스또이는 1885년부터 《끄로이쩨르 소나따》를 집필했다. 배우 안드레에쁘 볼라끄가 그에게 들려준, 질투에 눈이 먼 남편이 아내를 살해한 이야기가 계기였다. 똘스또이는 처음 이 이야기를 듣고 힌트를 얻어 소설을 쓰기 시작했으나, 이듬해 아주 사소한 우연을 통해 새로운 착상을 얻게 되었다. 그것은 어느 봄날 저녁에 똘스또이의 집에서 열린 연주회에서 일어났다. 이날 화가 레삔을 비롯한 많은 손님들 앞에서 바이올린 연주자 유리 라소뜨가 똘스또이의 장남 세르게이의 반주로 베토벤의 끄로이쩨르 소나따를 켰다. 이 연주를 듣고 똘스또이는, 자기는 소설을 쓸 테니 이 음악을 그림으로 그려 보라고 레삔에게 제안했다. 그리하여 소설 《끄로이쩨르 소나따》는 완성되었으나, 성의 위선과 간통을 다룬 이 작품은 당국에 의해 금지처분을 받았다.

굶주린 사람들의 구제를 위하여

1891년부터 92년에 걸쳐 러시아를 덮친 역사상 유례가 드문 기근은 러시아 남부로 퍼져 갔다. 이때 굶주림과 콜레라, 발진티푸스로 죽은 사람은 모두 50만 명에 이른다. 극심한 가뭄이 끝없이 이어지던 9월 말경 똘스또이는 거두어들일 작물이 없는 지방을 둘러보았다. 수많은 사람들이 명아주 잎을 넣은 빵으로 겨우 입에 풀칠하고 있었다. 이 여행에서 그는 〈굶주린 사람들의 구제를 위하여〉, 〈기근에 관한 공개장〉 등의 제목으로 알려진 유명한 논문 〈기근론〉을 집필하기 위한 자료를 얻을 수 있었다. 11월에는 장녀 따쨔나와 차녀 마리야를 데리고 기근 피해가 가장 심했던 라잔으로 갔다. 여기서 그는 딸들의 도움을 받아 무료 식당을 열었는데, 이런 식당들이 똘스또이의 감독 아래 1년 사이 360개로 늘어났고 하루에 1만 6천여 명 굶주린 이들에게 따뜻한 식사를 제공할 수 있었다. 똘스또이는 현지의 실상을 알리기 위하여 신문사로 논문을 보냈지만, 정부에 의해 편찬이 금지되었다.

이 시기에 발표된 주된 작품에는 《신의 왕국은 그대 가슴에 있나니》가 있다. 이 저작에서 그는 그리스도의 무정부주의를 극한까지 끌어내고 있다. 그는 정부는 체제를 유지하기 위하여 경찰과 감옥과 군대를 이용하지만, 무엇보다 국가를 지킨다는 미명 아래 국민에게 병역 의무를 부가하는 짓이야말로 가장 사악하다고 생각했다. 러시아에는 17세기 정교회가 분열한 이래 새로운 전례나 의식을 인정하지 않는 구교도(분리파)가 많이 있었다. 그 가운데에서도 성령을 부정하고 세속적 권력에 복종하지 않는 까프까즈 지방의 도호볼 교도는 국가에 대한 반항과 병역 의무를 거절하면서, 1895년에는 무기를 부수는가 하면 정부와 적대적인 태도를 취했다. 따라서 정부로부터 '다루기 힘든 무리'라는 낙인이 찍혀, 살던 마을에서도 쫓겨나 결국 캐나다로 집단 이주할 수밖에 없었는데, 똘스또이는 러시아와 미국 사회에 호소하여 많은 보조금을 만들어 주었다.

쩨호프와 고리끼

똘스또이는 농업과 난민구제 활동에 몰두하면서도 문단에 관심을 잃지 않고 특히 젊은 작가의 작품을 주의 깊게 살펴보았다. 그는 세기말에 나타난 새로운 문학경향이 마음에 들지 않았으나 쩨호프와 고리끼 두 사람에 대해서는 일찍부터 그 재능을 인정하고 있었다. 1889년에 아직 전혀 무명에 불과했던 스물한 살의 고리끼가 똘스또이를 찾아왔다. 똘스또이 부인은 남편이 지금 병으로 아무도 만날 수 없다고 말한 뒤 이 초라한 청년을 부엌으로 데려가서 커피와 빵을 대접하여 돌려보냈다. 그러나 똘스또이는 진짜 병에 걸린 게 아니었다. 소삐야가 내키지 않는 방문객에게 자주 쓰는 수법에 불과했다. 그로부터 1년 뒤 고리끼는 다시 똘스또이의 집을 방문했고 이번에는 크게 환영받았다. 똘스또이는 그를 시험하기 위하여 여러 가지를 물어보고 작품 평도 해주었다.

물론 똘스또이는 문학적인 재능은 쩨호프가 더 많다고 평가했다. '고리끼에게는 평형감각이 없다'고 골덴와이저에게 말한 적도 있다. 그러나 쩨호프에 대해서는 '문학적 기교가 최고'라고 칭찬했다. 그는 지주 가족과 방문객에게 쩨호프의 작품을 읽어 주었지만, 그에게도 미흡한 점은 하나 있었다. 그것은 쩨호프의 작품에 참된 중심이 없다는 사실이었다. 하지만 마치 처녀가 레이스를 짜듯, 읽는 사람으로 하여금 그토록 아련하게 가슴을 저리게 하는 그의 글 솜씨에는 감탄할 수밖에 없었다. 그런데도 쩨호프의 희곡만큼은 도무지 똘스또이의 마음에 들지 않았다. 〈바냐 아저씨〉를 보고 나서는 자신의 병문안을 온 쩨호프에게 사실대로 분명하게 생각을 털어놓았다. 좀 더 자세히 말하면, 셰익스피어도 참을 수 없지만 자네 연극은 더 형편없다는 식이긴 했지만, 나중에 쩨호프는 이 일화를 그의 유머러스한 입담으로 친구에게 전했다고 한다.

민중의 기대를 깨버리는 황제

1894년에 알렉산드르 3세가 죽고 니꼴라이 2세가 즉위했다. 13년간에 걸친 알렉산드르 3세의 시대는 1860년대 농노 해방과 관련된 일련의 개혁사업을 폐지하거나 개악한 반동의 세월이었다. 대학의 자치나 지방자치는 제한되고 검열은 강화되는 한편, 유대인과 분리파 교도들은 박해를 받았다. 또한 그 무렵 러시아 영토였던 폴란드나 핀란드에서도 러시아 동화정책이 강요되어 소수민족에 대한 압박은 한층 강도를 높여갔다. 그 무렵 황제 뒤에서 정치를 좌지우지했던 사람은 종무원(宗務院) 장관 뽀베드노스쩨프였다. 그는 러시아에 진정 필요한 것은 국가와 교회의 일체화뿐이며, 입헌주의나 의회정치는 일부 정치적 음모가나 어떤 단체의 이익만 위하는 일이라고 황제를 설득했다. 그는 새 황제 니꼴라이 2세에게도 여전히 커다란 영향력을 미쳐서, 새 군주에 대한 민중들의 기대를 여지없이 깨버리고 반동적 정치를 이어갔다.

한편 1891년의 극심한 기근에서 니꼴라이 2세가 즉위할 때까지, 러시아의 젊은 지식인들 사이에서는 마르끄스주의를 신봉하는 사람들이 점차 늘어났다. 1890년대에는 철도 건설을 비롯하여 공업화가 대규모로 행해지면서 러시아 곳곳에서 노동자 조합이 생겨났는데, 이들 조합이 주도하는 파업의 물결이 러시아 산업을 휘청거리게 했다. 이처럼 노동자 조직과 지식인의 비밀결사 조직이 마르끄스주의에 기반을 둔 러시아 노동운동의 기반이 되었다. 1895년에는 뻬쩨르부르그에 레닌이나 마르끄스 이론에 의한 '노동자계급 해방투쟁동맹'이 결성되었다. 이 단체가 설립되자 40명에 이르는 간부들이 곧 체포되었음에도 이듬해에는 뻬쩨르부르그의 섬유 노동자들이 모두 참여한 파업을

1901년, 협심증으로 인해 크림의 가스쁘라 별장에서 요양 중일 때 병문안 온 쩨호프(왼쪽)와 고리끼(뒤쪽)

주도할 만큼 영향력을 갖게 되었다. 그리고 이 '투쟁동맹'을 본받아 모스끄바 등 모든 도시에 같은 이름의 단체가 속속 결성되었다.

《부활》은 희망의 기도

1898년 똘스또이는 10년 전에 계획하다 만 소설 하나를 다시 쓰기 시작했다 왜냐하면 두호볼 교도를 캐나다로 이주시키는 데 자금이 필요했기 때문이다. 똘스또이는 친구인 법률가 꼬니에게 들은 이야기를 바탕으로 1889년 소설을 쓰다가 도중에 그만두었었는데, 어떤 돈 많은 러시아 부인의 양녀가 된 핀란드 고아 소녀의 비극적인 일생 이야기였다. 그녀는 부인의 친척 남자

에게 유혹되어 임신하고 결국 집을 나오지만 살아가기 위해서 몸을 팔게 된
다. 어느 날 손님의 돈을 훔쳤다는 혐의로 체포되어 재판에 회부되었다. 그
런데 공교롭게도 배심원 가운데 옛날 그녀를 유혹했던 그 남자가 있었다. 그
는 너무나도 달라진 그녀의 모습을 보고 양심의 가책을 느껴, 죄를 갚기 위
해 그녀와 결혼할 생각을 하였으나 아쉽게도 한 발 늦어 그녀는 티푸스로 옥
에서 세상을 떠난다. 이런 이야기를 토대로 똘스또이는 줄거리와 인물을 여
러 번 꼼꼼히 고쳐가면서 1899년 끝 무렵 드디어 《부활》을 완성한다.

이 작품에 등장하는 네프류도프에게는 똘스또이의 전기적 요소가 진하게
배어 있다. 또 고위 관리인 또뽀로프는 종무원 장관 뽀베드노스쩨프를 모델
로 삼았다. 똘스또이는 이 소설에서 애인을 만나려고 서둘러 재판을 끝내는
재판관을 그려 넣거나, 감옥에서 행해지는 미사를 마치 오페라처럼 아름답
게 묘사하였다. 이것은 정교회의 예배에 대한 분명한 모독처럼 보였다. 《부
활》이 〈니봐〉에 연재되고 있던 1899년 11월 당시에도 하리꼬프의 대주교는
똘스또이를 마땅히 파문해야 한다고 종무원에 제소했다. 그러나 달리 구체
적인 행동을 취하지 않았던 종무원도 1901년 똘스또이가 가장 아끼는 제자
쩨르뜨꼬프가 망명지 런던에서 정교회를 비방하는 문서를 출판한 데는 격분
하여 마침내 똘스또이를 정식으로 파문했다. 이 통고가 세상에 알려지기 무
섭게 많은 이들이 항의 집회에 참여하였고, 격려의 편지와 꽃다발이 물밀듯
이 전해졌다.

모두 그의 건강을 기원하다

정교회에서 파문당한 1901년 6월, 똘스또이는 야스나야 뽈랴나에서 말라
리아에 걸렸다. 뚤라와 모스끄바에서 불러온 의사는 하나같이 죽음이 가까
워졌다고 가족들에게 말했는데 똘스또이는 얼마 안 가 바로 회복했다. 그러
나 위독하다는 소문이 시외로 퍼져 많은 문안 카드가 배달되었다. 그중에는
문학 애호가 루마니아 황후도 있었다. 한편 정부는 똘스또이의 장례에 즈음
하여 불온한 집회라도 일어날 기미가 보이면 곧바로 막으라고 비밀리에 훈
령을 내려두고 있었다.

7월말 똘스또이는 또다시 병석에 누웠다. 이번에는 협심증이었다. 의사는
곧장 모든 작업을 멈추고 겨울 동안 따뜻한 지방에서 요양할 것을 권했다.

똘스또이는 어느덧 일흔셋의 생일이 가까워지고 있었다. 9월 5일 똘스또이는 아내와 두 딸을 데리고, 빠닌 백작부인이 마련해 준 크림의 가스쁘라에 있는 별장으로 출발했다. 철도회사는 똘스또이 가족을 위해 특등 차량 하나를 통째로 제공했다. 도중의 하리꼬프 역에서는 의외로 많은 사람들의 열렬한 환영을 받았다. 정부가 이번 여행에 대해 신문이 일체 다루지 못하도록 막았음에도 불구하고 모두 똘스또이의 건강을 염려하여 찾아왔던 것이다. 그들은 대부분 학생들이었다.

그즈음 가슴을 앓고 요양 중이던 쩨호프가 별장으로 문안을 와주었다. 또 가스쁘라 근처에서 요양하던 고리끼도 경찰의 극심한 감시를 무릅쓰고 가끔씩 찾아왔다. 어느 날 작가이자 저널리스트인 뾰뜨르 세르게엔꼬가 그즈음으로서는 그리 흔치 않던 자동차를 몰고 가스쁘라 별장을 방문했다. 호기심 많은 똘스또이는 기어이 가족의 반대를 무릅쓰고 오랜 시간 드라이브를 즐겼다.

내 작품을 모든 민중에게

똘스또이를 신봉하는 사람은 많았다. 예로 쩨르뜨꼬프를 들 수 있다. 그는 명문 귀족 출신으로 근위사관이 되었으나 1881년 군복을 벗고 보로네지의 광대한 영지 속에 틀어박혔다. 이때가 스물일곱 살이었는데, 똘스또이로부터 많은 영향을 받고 성서를 연구하면서 영지 내 농민들의 생활을 개선하고자 애썼다. 그는 1883년 이후 똘스또이가 가장 아끼는 제자가 되었고, 무슨 일이건 함께 의논하였다. 1890년대 초에 똘스또이는 그의 제안으로 자신의 모든 저작권을 누구나 마음대로 출판할 수 있도록 포기하려고 생각했다. 그러나 소삐야는 생활상의 이유로 이에 맹렬히 반대하였고, 결국 1891년 가을에 똘스또이는 1881년 이후에 쓰인 작품의 저작권만 포기하겠다는 취지를 공식으로 밝혔다. 소삐야는 쩨르뜨꼬프가 드나들면서 남편이 점점 자신과 집에서 멀어진다고 느꼈다.

그즈음 똘스또이의 집을 자주 방문했던 단골손님으로는 유명한 피아니스트이자 작곡가인 따네에프와 역시 피아니스트인 골덴와이저가 있었다. 1896년 그들이 야스나야 뽈랴나에 한동안 머물게 되면서 여름 동안 똘스또이의 집에서는 이따금 연주회가 벌어지곤 했다. 특히 얼마 전에 가장 사랑스런 막내 이반이 죽어서 마음이 우울하던 소삐야에게는 음악만 한 위안이 없었다.

그녀는 따네에프에게 피아노 레슨을 받았다. 이때 따네에프는 서른여섯 살이었고 소뻬야는 쉰두 살이었다.

가족들은 소뻬야가 따네에프를 은근히 좋아하는 것을 금세 알아차렸고 똘스또이는 격렬한 질투심에 사로잡혔다. 그는 《끄로이쩨르 소나따》에서 아내에게 배신당한 남편의 처지와 자신이 비교된다는 사실에 더한층 못 견뎌했다. 그러나 소뻬야의 사랑은 플라토닉한 혼자만의 사랑으로 끝났다.

어떠한 전쟁도 죄악이다

러시아는 1891년 시베리아 철도 건설 이래 극동으로 진출하려고 박차를 가하고 있었다. 한편 일본도 1894~95년의 청일전쟁 이후 만주(중국 동북지역)와 조선으로 경제적·군사적 진출에 더더욱 힘을 기울였다. 1900년에 중국에서 의화단의 난이 일어나자 이를 진압한다는 구실로 러시아는 군대를 보내 만주를 차지하고는 좀처럼 돌아갈 생각을 하지 않았다. 이 일대에서 작은 전쟁을 일으켜 승리한다면, 국내에서 거세게 불어 닥치는 혁명의 불길도 잠재우고 국민의 지지를 이끌어 낼 수 있다는 것이 러시아 정부의 속셈이었다. 일본 또한 시베리아 철도를 완성하기 전에 싸우는 편이 유리하다는 생각에서 1904년 2월 선전포고도 없이 인천과 뤼순(旅順)에서 러시아군을 기습 공격했다. 이것은 20세기 최초 제국주의 전쟁이었는데, 이해 8월 암스테르담에서 열린 제2회 국제연합에서 러시아와 일본 대표는 서로 사회주의적 견지에서 전쟁을 비난하면서 평화 협력을 서약했다.

전쟁이 시작되자 외국신문들은 앞 다투어 똘스또이에게 달려와 러시아의 전쟁 수행을 찬성하는지, 일본의 기습 전쟁을 어떻게 생각하는지 알고 싶어 했다. 그는 이 질문에 엄숙하고 의연한 태도로 "나는 러시아 편을 들 수 없다. 그렇다고 더더욱 일본 편을 드는 게 아니다. 정부에 속아서 자신의 양심과 종교가 가로막는데도 전쟁터로 달려간 두 나라 모든 군인들 편이다"라고 말했다. 똘스또이는 전쟁 자체를 반대함을 분명히 하기 위해 "반성하라!"는 제목으로 글을 썼다. 똘스또이는 이 글에서 전쟁이 얼마나 비도덕적이고 비인간적인지 설명했다. 이 글을 둘러싸고 러시아의 배타적 애국주의자들은 똘스또이가 조국을 배반했다고 비난하는 편지를 보냈다. 한편 그의 반전사상에 크게 공감하는 전세계 인도주의자들이 보내는 많은 격려 편지를 읽고

1908년 산책하는 여든 살의 똘스또이 똘스또이는 말을 타고 자주 숲을 돌아다녔다.

똘스또이는 위로를 받았다.

뽀그롬과 '피의 일요일'

19세기 끝 무렵, 러시아 제국 영내에는 5백만 명에 이르는 유대인이 살고 있었다. 그들은 정해진 거주지에서만 살 수 있었고 교육에서도 차별을 받았다. 1880년 이후 뽀그롬이라 불리는, 조직적인 유대인 학살 및 약탈이 있었으나 정부는 눈감아 주었다. 러일 전쟁이 일어나기 전 서남 러시아의 끼시뇨프에서 특히 격렬한 뽀그롬이 일어났다. 목적은 유대인 재산 약탈이었는데, 이때 50여 명이 목숨을 잃고 700명이 넘는 부상자가 났다. 똘스또이는 이 사건에 항의하는 학자들의 글에 서명하는 것에 그치지 않고 미국 신문과도 인터뷰하여 '이 사건의 원인은 유대인에 대한 전통적인 편견뿐 아니라, 혁명으로부터 민중의 관심을 돌려보려는 정부의 책략이 바탕에 깔려 있다'고 정면에서 정부를 비난하였다.

그로부터 2년이 지난 1905년 1월 '피의 일요일' 사건이 일어난다. 뤼순이 함락되고 러시아 국내의 혁명 정세는 오히려 높아만 가는 와중에 1월 4일 뻬쩨르부르그에서 대대적인 파업이 일어났다. 이 때문에 작년 봄부터 수도의 노동조합을 조직하고 있던 가뽄 신부는 1월 9일 황제에게 보낼 청원서 운동을 일으켰으나, 군대와 경찰의 일제 사격을 받고 수천 명의 사상자를 냈다. 이 사건을 계기로 러시아 곳곳에서 항의 파업이 꼬리에 꼬리를 물었고, 6월에는 북해함대 전함 뽀쬬므낀호에서도 수병이 반란을 일으켰다. 혁명의 파도는 차츰 높아져 10월 제네스뜨에서 최고조에 달했다. 이쯤 되자 황제도 어쩔 수 없이 양보할 수밖에 없었고 마침내 10월 17일 국회 개설, 선거권 확대, 언론·집회·결사의 자유를 보장한다는 이른바 '10월 선언'을 발표했다. 이것을 읽고 난 똘스또이는 '인민에게 도움이 될 만한 것은 아무것도 없다'며 의견을 말했다. 그는 전제든 입헌제든 힘에 의한 지배라는 점에서는 매한가지라고 생각했다.

사랑과 죽음의 나날

똘스또이는 일흔이 넘도록 소설·우화·논문·희곡 등 많은 글을 썼다. 이 대부분은 그가 세상을 떠난 뒤 1911년에서 12년에 걸쳐 발표되었다. 만년의 대표 작품으로는 희곡 〈산송장〉과 소설 《하지 무라뜨》를 들 수 있다. 〈산송장〉은 어떤 부부의 기묘한 이야기로 똘스또이가 1899년에 친구 다비도프에게서 들은 이야기에서 힌트를 얻은 작품이다. 똘스또이는 이야기를 들은 이듬해 내용을 각색하여 〈산송장〉을 쓰기 시작했으나 결국 미완성으로 끝나고 말았다. 그러나 그가 죽고 나서 1911년 1월부터 10월까지 〈산송장〉은 무려 243개 극장에서 9천 회 넘게 공연되었고, 똘스또이의 희곡 가운데에서도 가장 빛나는 성공을 거둔 작품이 되었다. 《하지 무라뜨》의 집필에는 1896년경부터 1904년까지 8년의 세월이 걸렸다. 이 소설은 똘스또이가 까프까즈에 머물렀을 때의 생활을 떠올리게 한다.

1908년 8월 28일, 똘스또이의 여든 살 생일을 축하하기 위해 1월 7일 뻬쩨르부르그에 준비위원회가 설립되었다. 이 기획은 온 러시아로 퍼져나가 신문에서는 '똘스또이 탄생기념'이라든지 '경축일' 같은 굵은 활자가 눈에 들어왔다. 또한 국외에서도 서유럽뿐 아니라 미국이나 일본, 인도 등지에서 똘스또이의 생일을 축하하는 기획이 진행되었다. 그러나 똘스또이는 이렇게 요란한 생일 파티는 딱 질색이었다. 그래서 준비위원으로 있는 친구 스따호

아내와 함께 찍은 마지막 사진 1910년 9월 23일, 48회 결혼 기념일. 이때 이들 부부는 완전히 틀어져 있었다. 가만히 남편을 처다보는 소삐야 부인과는 대조적으로 오로지 정면만 바라보는 똘스또이의 표정이 인상적이다. 이 사진이 문호의 마지막 초상이 되었다. 다음 달 집을 뛰쳐나간 똘스또이는 폐렴으로 기차역에서 죽음을 맞았던 것이다.

비치에게 편지를 써서 축제를 중지하도록 힘써 달라고 부탁했다. 정교회는 자기들이 파문한 똘스또이를 이처럼 온 세계가 대규모 행사로써 축하하려는 데 크게 분노했다. 종무원은 정식으로 통지를 보내 '똘스또이 백작을 축하하는 어떤 행사에도 참여하지 말도록' 요청했다. 결국 공식적인 탄생 기념 축하행사는 취소되었지만 국내외에서 2천 통이 넘는 생일축전이 똘스또이에게 날아들었다.

마지막 순간까지 깨어 있는 위대한 혼

만년의 똘스또이는 스스로의 괴로움에서 찾아낸, 그리스도교의 도덕을 실행하기 위하여 술과 담배도 끊고 채식주의자가 되었다. 그는 야스나야 뽈랴나의 쾌적한 생활도 거부하였고, 지금껏 물질적으로 풍부하게 살아온 데 대해 깊이 반성했다. 하지만 그의 이런 엄격한 생활 태도를 소삐야는 이해할 수 없었고 좀처럼 받아들이지 못했다.

똘스또이는 무슨 일이건 아끼는 수제자 쩨르뜨꼬프와 의논하였는데, 말을 나누다가도 소삐야가 방에 들어오면 두 사람은 약속이나 한 듯이 갑자기 입을 다물었다.

1908년 여름 병상에 있던 똘스또이는 자기의 죽음이 멀지 않은 것을 깨닫고 비서 그세프에게 일기를 받아 적게 했다. 그는 자신이 죽고 나면 모든 저작권을 사회에 내놓고 싶다고 했다. 만약 이대로 실행된다면, 1881년 이전에 출간된 작품의 저작권도 소삐야가 내놓을 수밖에 없었다. 남편의 일기를 본 소삐야는 똘스또이에게 거세게 따졌고, 두 사람 사이에는 그해 내내 냉랭한 바람이 일었다. 이듬해 여름, 똘스또이는 쩨르뜨꼬프와 상의하여 1881년 1월 1일 이전의 간행되지 않은 저작과 그 이후의 모든 작품 저작권을 포기하여 누구라도 출판할 수 있도록 했다.

1910년 10월 28일 새벽, 똘스또이는 예전부터 생각해 오던 가출을 결행했다. 딱히 어딜 가겠다는 작정도 없이 두샨 마꼬비쯔끼 의사와 딸 사샤(알렉산드르)를 깨워 자기 생각을 밝혔다 그리고 아내에게는 편지를 남겼다.

'나의 가출이 가족 모두를 슬프게 하겠지만 부디 이해하여 주었으면 하오. 내게는 달리 방법이 없구려. 집에 있기가 너무도 힘이 든다오. 지금껏 호의호식하면서 살아왔지만 이제 더 이상 그렇게 살고 싶지가 않다오……'

똘스또이는 의사 마꼬비쯔끼 한 사람만 데리고 집을 나왔다. 그날 밤 8시에 두 사람은 오쁘찌나 수도원에 다다랐다. 이곳에서 똘스또이는 새벽녘까지 공개장 형식을 취한 사형 반대 논문 〈효과 있는 수단〉을 완성했다. 이튿날 동생 마리야가 수녀로 여생을 보내고 있는 샤마르디노로 가서 오랜만에 동생과 저녁식사를 함께했다.

그러나 이튿날 사샤가 불쑥 찾아와, 어머니가 편지를 읽고는 너무도 절망하여 연못에 몸을 던져 자살을 기도했다고, 지금이라도 당장 어머니가 달려올지 모른다고 말했다. 똘스또이는 서둘러 라잔~우랄선 삼등 열차에 몸을 싣고 정처 없이 달렸다. 그는 기차 안에서 폐렴에 걸려 고열로 신음했다. 마꼬비쯔끼는 그를 가까운 아스따뽀보 역에 내리게 하여 역장 관사의 아이들 방으로 옮겼다. 똘스또이는 얼마 안 되어 혼수상태에 빠져들었고, 1910년 11월 7일 다시는 돌아오지 못할 사람이 되었다.

《전쟁과 평화》에 대하여

《안나 까레니나》와 함께 똘스또이 문학의 예술적 창조력의 극치를 이루는 작품 《전쟁과 평화》. 이 책은 세계의 문예 비평가나 똘스또이 연구가, 그리고 문학 애호가의 절대적인 찬미의 대상이 되어 왔다. 또 그 양이나 질 그리고 제재의 스케일에 있어서도 세계 문학 가운데 호메로스의 《일리아스》에나 견줄, 단지 러시아문학뿐만 아니라 유럽의 근대문학을 통틀어 으뜸가는 예술 작품으로 꼽아도 좋을 일대 서사시적 대하소설이다.

즉, 로망 롤랑이 말한 바 '19세기 온 소설계에 군림한 거대한 기념탑'이자 '근대의 《일리아스》'이며, '민중'이 중심인물로 등장한 만큼 아마 오늘날까지 쓰인 작품 가운데서 최대의 군중소설이요 서사시일 것이다.

《전쟁과 평화》는 1805년의 제1차 나폴레옹 전쟁 직전부터 1812년의 대(對)나폴레옹 조국전쟁, 1825년의 이른바 제까브리스뜨(12월당원)들의 혁명운동을 낳게 한 자유주의 기운이 사회를 뒤덮기 시작한 1820년까지의 15년에 걸친 러시아 역사의 중요한 시기를 재현한 것이다. 여기에는 보로지노 벌판에서의 러시아·프랑스 대전투, 나폴레옹의 모스끄바 점령, 모스끄바 대화재, 프랑스군 퇴각 등 러시아 국민에게는 잊을 수 없는 기념비적인 대사건이 세세히 묘사되어 있다. 뿐만 아니라 알렉산드르 1세와 나폴레옹 두 황제를 비롯하여 수많은 역사상의 실재 인물과 모델에 따른 작중(作中) 인물, 완전히 창작된 인물들이 등장하여 독자의 눈앞에서 활약하게 한다. 그 규모의 웅대함은 참으로 세계 문학 가운데서 이에 필적할 만한 것을 찾아낼 수 없을 정도다. 또 기존 장편소설의 형식을 깨고 역사소설과 가정소설, 역사비판과 전쟁철학을 한데 어우른, 전혀 전례가 없는 웅장하고 화려한 문학형식을 창조하여, 그 무렵 비평가들이 이것을 어떤 장르에 넣어야 할지 몹시 당황케 했을 정도였다.

집필 시기

《전쟁과 평화》를 집필하기 시작한 때는, 1863년 2월 똘스또이가 오랜 알음알이이던 모스끄바의 궁정의사 베르스의 열여덟 살 난 둘째 딸 소삐야 안드레예브나와 결혼한 이듬해이다. 자기네 소유지 야스나야 뽈랴나에서 신혼살림을 차리고 완전한 행복과 찬란한 희망 그리고 밝고 편안한 심경을 즐기던 그때, 그의 나이 서른네 살이었다. 그해 9월에는 처가에서 줄곧 1812년의 이야기를 하고, 다음 달 10월에는 1810년에서 1820년까지의 시기를 다룬 장편의 구상을 적고 있었으므로 대개의 뼈대는 잡혔다고 보아야 한다. 그러나 그 뒤 그는 열다섯 차례나 고쳐 쓰고 몇 차례 시대를 옮기는 등 고심하다가 마침내 지금의 것으로 결정을 보았다. 구세프가 읽은 연표에 따르면 똘스또이는 이듬해 1월 20일자로 여동생 마리야 니꼴라예브나에게 부친 편지에서 '1812년에 취재한 장편 소설을 쓰고 있다'고 알렸고, 다음 달 2월의 롱기노프에게 보낸 편지에는 '나폴레옹 전쟁사와 그 무렵 러시아 사회상에 관한 책을 잔뜩 사들였다'고 썼다.

한편 똘스또이의 결혼생활은, 그가 《안나 까레니나》 중 자기의 체험을 레빈과 끼찌의 새살림 속에 그대로 재현한 것처럼 더할 나위 없이 행복했다. 그가 결혼하고 난 며칠 뒤에 문우(文友) 페뜨에게 편지를 띄워 '결혼하고 나서 벌써 두 주가 지났습니다. 나는 행복합니다. 새로운, 완전히 새로운 사람이 되었습니다'라고 쓴 것을 보면 알 수 있다. 서구 문명에 대한 극도의 혐오도, 농민 교육에 대한 이상도, 신앙의 탐구도, 종교적 위기도 모두 그에게는 이미 지난날의 부질없는 일이 되고 만 듯한 느낌마저 있었다. 그리하여 이때부터 1877년 마흔아홉 살에 《안나 까레니나》를 탈고하기까지 15, 6년 동안, 똘스또이로서는 의아할 만큼 비교적 평온한, 혹은 세속적인 의미로서의 행복한 생활이 죽 이어졌다.

이에 대해서 그는 뒷날 《나의 참회》(1882)에 다음과 같이 썼다.

"행복한 가정생활의 새로운 환경은 생(生)의 총체적 의의의 탐구에서 나를 완전히 떼어 놓고 말았다…… 완성에 대한 의욕은 이미 진보에 대한 의욕으로 바뀌어 있었는데, 그것이 지금은 가족과 함께, 될 수 있는 대로 편안히 지내고 싶다는 의욕으로 바뀌어 버렸다. 이것이 15년 동안 계속되었다. 이 15년 동안 나

는 저술 따위는 쓸데없는 일이라고
생각하고 있었으면서도 역시 쓰기를
멈추지 않았다. 그리하여 물질적으
로 나아지는 한편 온갖 인생 문제를
마음속에서 지워버리는 수단으로 저
작에 골몰했다. '나에게 유일한 진
리는 나와 가족이 최상의 생활을 하
는 일이다'라고 타이르면서 쓰기를
계속했다……"

그리하여 똘스또이가 여기서
말하는 15년 동안(1862~1877)
그의 역사적 심리적 2대 서사시
인 《전쟁과 평화》와 《안나 까레
니나》가 쓰인 것이다. 아무튼 똘

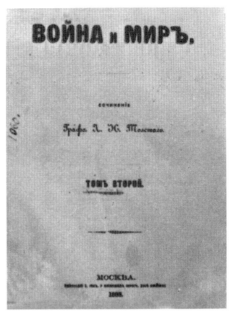

《전쟁과 평화》(1868) 속표지

스또이는 《전쟁과 평화》 집필에 착수했을 당시 야스나야 뽈랴나의 조용한 전
원 풍경, 젊고 아리땁고 현숙한 아내, 결혼한 뒤 이내 얻은 아들, 문학자로
서의 높은 명성, 러시아 귀족으로서의 명문과 막대한 재산, 건강, 오랜 방황
과 모색 뒤에 다다른 마음의 안정―이러한 최상의 환경 속에 있었음이 분명
하다. 이 같은 조건에 놓인, 똘스또이 같은 위대한 예술가이고 보면 무엇인
가 큰 노작(勞作)에 손을 대 보고 싶은 강렬한 욕구를 느꼈음직도 하다.
이리하여 《전쟁과 평화》 집필에 착수한 똘스또이는 새로운 호메로스가 되
어 보겠다는 의욕으로 이 대작의 창작에 골몰했다. 그 사이에는 1864년 9
월, 사냥을 나갔다 말에서 떨어져 하마터면 목숨을 잃을 뻔한 사건 등 온갖
장애와 어려운 일들이 있었다. 그러나 그의 왕성한 창작 의욕은 침체 없이
모든 것을 이겨내고 그로 하여금 예술 창작에 완전히 몰두하게 하였다. 이
무렵 똘스또이가 벗들에게 보낸 편지를 통해 이 대작이 완성되기까지의 경
과 일부분을 살펴보자. 1864년 11월 1일 A.A. 페뜨에게 보낸 편지 가운데
그는 이렇게 쓰고 있다.

"나는 우수(憂愁)에 휩싸여 아무것도 쓰지 못하고 오직 괴로움만을 거듭하고 있을 뿐입니다. 모내기를 하기 위해 거친 땅을 깊이 갈아엎는 이 예비적 노작이 얼마나 고된 작업인지 당신으로선 상상하기도 힘들 것입니다. 이제부터 착수하려는 훌륭한 대작 가운데 나오는 여러 사람들에게 일어날 모든 사건을 구상하고 고쳐 생각하고, 그러한 여러 인물들에게 일어날 수 있는 몇백만의 관계를 고려하고, 그 가운데서 백만분의 일을 골라낸다는 것은 참으로 어려운 일입니다. 그런데 내가 지금 그런 일에 착수하고 있는 것입니다."

그는 그 뒤 또 페뜨에게 이런 편지를 썼다.

"올 가을 그 장편을 상당히 많이 썼습니다. 날마다 '인생은 짧고 예술은 길다'는 생각이 듭니다. 만일 우리가 이해하는 일을 실행함에 있어 백분의 일의 성공이라도 거둘 수 있다면, 하고 생각합니다만 사실 그 확률은 겨우 천만분의 일에 지나지 않습니다. 그러나 '나는 할 수 있다'는 이 의식이야말로 우리 작가들의 행복을 만든다고 믿습니다. 당신은 이 기분을 잘 알 것입니다. 나는 올해 유달리 뼈에 사무치도록 이 기분을 경험하고 있습니다."

그리하여 마침내 1865년 2월에 끝마친 첫 부분 제1권 제1편이, 그 시절 평론가인 까뜨꼬프가 발행하던 〈러시아 보도〉지에 《1805년》이라는 표제로 발표되었다. 그 뒤 《전쟁과 평화》로 제목을 바꿔 꼬박 여섯 해 동안 부단한 정진을 거친 1869년 끝무렵에야 겨우 완결을 지었다.

작품의 성립

이 대작 《전쟁과 평화》는 아주 우연한 기회에 태어났다. 1861년 3월, 똘스또이가 두 번째 외국 여행에 나섰을 때 일이다. 그는 런던에서 돌아오는 길에 게르쪤에게 보낸 편지 가운데서, '제까브리스뜨에 대하여 쓸 생각'이라고 알리고 있다. 1856년 시베리아 유형지에서 사면받고 처자를 데리고 돌아와 새로운 러시아에 그들의 엄중한, 얼마쯤 이상주의적인 눈초리를 돌리는 제까브리스뜨들의 활동을 똘스또이는 눈여겨 보고 있었다. 또 똘스또이의 외가 친척인 도르베쯔꼬이 공작 집안과 세르게이, 그리고 리에비치 볼꼰스

▲나폴레옹군의 입성
을 눈앞에 두고 불타
오르는 모스끄바
이 화재는 일명 초토
화 작전으로 불린다.

▶무도회의 나따샤
《전쟁과 평화》여주인
공 나따샤는 아내의
여동생을 모델로 하여
거기에 소삐야의 특징
을 더했다. 1809년,
섣달 그믐날 밤, 알렉
산드르 1세가 참석하
는 무도회에서 안드레
이 공작은 삐에르의
권유로 나따샤에게 왈
츠를 청한다. 그녀의
싱그러운 매력에 마음
을 빼앗긴 안드레이는
곧 그녀에게 프로포즈
한다. 블라디미르 소
레쁘의 삽화.

끼 공작이 연루되었던 12월당(黨)의 지난날 혁명 활동에 깊은 관심과 흥미를 느꼈다. 그리하여 그것을 주제로 《제까브리스뜨》라는 장편 소설을 계획하고 그것을 위한 준비에 착수한 것이다.

제까브리스뜨에 대해 설명하면 다음과 같다. 1825년 12월 14일, 대(對)나폴레옹 조국전쟁에 참가하여 프랑스군을 추격, 서구의 해방자로 파리에 입성한 러시아 귀족출신 청년 장교들은 거기에서 서구의 진보적인 문명을 접하고 자유사상을 흡수한다. 그들은 니꼴라이 1세의 자유주의자 탄압에 반항하여 전제정치와 농노제 폐지를 내세운다. 그 결과 뻬쩨르부르그의 원로원광장에서 반정부혁명을 일으킨 시인 K.P. 르일레예프 등 다섯 명이 처형당하고, 당시 러시아 지성의 정화(精華)를 대표하는 청년 약 백여 명이 시베리아 유형을 당했다. 제까브리스뜨란, 이 자유주의자들의 비밀결사 '12월당'의 구성원을 말한다.

제까브리스뜨들에 관한 여러 가지 자료를 면밀히 연구하는 동안 똘스또이는 이 시기까지 어떻게 그들의 성격이 형성되었으며, 어떻게 그들이 그러한 혁명운동을 일으키기에 이르렀는가 하는 시대적·사상적 경로를 밝히려 했다. 그러기 위해서는 아무래도 그보다 한 시대 전에 일어난, 러시아로서는 역사적 대사건이자 그때의 청년층에 커다란 영향을 준 나폴레옹과의 조국전쟁까지 거슬러 올라가야만 했다.

이리하여 러시아 국민의 생활을 온갖 의미로 일변시킨 이 역사적 대전쟁과 여기에 참가한 선조의 행동에 대한 흥미는, 결국 똘스또이로 하여금 처음의 구상에서 방향을 틀게 했다. 그는 일대 장편 《제까브리스뜨》를 단장(單章)으로 그치고, 1812년 나폴레옹과의 조국전쟁을 전후한 시기의 역사적 사건을 둘러싼 수많은 남녀 주인공이 나오는 이야기를 구상했다.

소삐야 부인도 1911년에 직접 편집·간행한 모스끄바판 똘스또이 전집 제3권 중에 《제까브리스뜨》의 단장을 수록하면서 다음과 같은 주해를 달았다.

"여기에 수록되는 《제까브리스뜨》라는 장편소설의 세 단장은 작자가 아직 《전쟁과 평화》의 제작에 착수하기 이전의 것이다. 그 시대에 작가는 12월당원을 주인공으로 한 일대 장편을 구상하고 있었다. 그러나 그 장편을 완성하지는 못했다. 12월당원의 시대를 재현하려고 애쓰는 동안 그의 사색은 어느 틈에 주인공들의 과거 시대로 옮아갔기 때문이다. 작자의 눈앞에는 차차 그가 그리려고 생각하고 있던 여러 현상의 원천이 더욱 더 깊이 펼쳐졌다. 즉, 그가 선택한 여러 인물의 가족, 교육, 환경 등이 점점 시대를 거슬러 연구되었던 것이다. 그리하여 마지막으로 그는 1812년의 그 나폴레옹과의 전쟁 시대에 머물렀다. 그리고 그 시대의 사실을 《전쟁과 평화》에 그렸던 것이

영화 〈전쟁과 평화〉
킹 비더 감독, 미국과 이탈리아 합작으로 만들어진 작품의 한 장면. 삐에르 백작(헨리 폰다 분)과 나따샤(오드리 헵번 분)의 사랑에 초점이 맞춰졌다.

다. 이 소설, 즉《제까브리스뜨》의 끝에는 1825년 12월 14일의 사건 속에 있었던 그 혁명 분위기가 그대로 나타나 있다.”

이처럼 똘스또이는 1805년에서 1820년까지의 기간에 머물러, 여기에서 예술적인 감흥을 발견한 것이다. 그는 또다시 나폴레옹과의 조국전쟁에 관한 역사상의 자료를 수집·연구함과 동시에, 그 무렵의 개인적인 기억을 지니고 있거나 그 시대 인물들의 이야기를 기억 속에 생생히 간직한 사람들과 이야기를 주고받기도 했다. 한편 이 역사적 대사건이 일어났던 마을들을 연구하기도 했다. 즉, 그는 보로지노 싸움이 있었던 곳을 면밀히 조사하여, 이 작품에 그려져 있는 것 같은 계획을 짰던 것이다.

그때 보로지노 벌판에 동행했던 똘스또이의 처남 스쩨빤 안드레비치 베르스

는 자기의 회상기 가운데서, 이때의 여행에 대해 다음과 같이 술회하고 있다.

  "1865년 가을, 똘스또이는 그 유명한 1812년 대전투가 벌어진 보로지노 벌판을 직접 살펴보려는 목적으로 모스끄바에 왔다.…… 그리고 나에게도 동행해 달라고 말했다.…… 그때 나는 만 열한 살이었다.…… 말을 역참에서 갈아타며 우리는 그날 안으로 목적지에 도착하여, 그 대전투의 기념으로 세워진 옛 싸움터 옆의 수도원에 숙소를 정했다. 지금부터 반세기 전에 십만이 넘는 사람이 죽었고, 이젠 금박문자가 찬연한 아름다운 기념탑이 자랑스럽게 치솟아 있는 옛 싸움터를 똘스또이는 이틀 동안 걸으면서, 혹은 마차를 타고 누비며 돌아다녔다. 손수 노트를 들고 실전(實戰)의 구도(構圖)를 적어 나가기도 했는데, 이것은 뒷날 그의 대작《전쟁과 평화》에 넣었다.…… 아무튼 모든 사람에게 그 대전투를 이해시키고 싶다는 것이 그의 희망이었던 듯하다. 왜냐하면 그는 온갖 역사적 사실만을 부정확하게 필요 이상으로 늘어놓는다는 점에서 세상의 역사학자들을 비난하고, 자기는 그러한 사실들의 내적인 면을 깊이 통찰하고 있으므로 한번 훌륭히 써 보아야겠다고 단언하고 있었기 때문이다."

  똘스또이는 이 여행에 무척 만족했다. 아마 이 무렵 그의 예술적 상상력은 대전투 현장을 직접 둘러봄으로써 생생하고 세차게 작용하여, 헤아릴 수 없을 만큼 깊은 새로운 사상으로 얽힌, 불가사의한 그때의 온갖 광경을 그 즉시 만들어 내었던 모양이다. 그 자신이 출정한 크리미아 전쟁의 세바스또뽈 실전 체험이 그의 예술적 상상에 박차를 가한 것 또한 무시할 수 없다.
  "하느님이 나에게 건강과 평안을 주기만 한다면" 하고 그는 아내 소삐야에게 쓰고 있다. "지금까지 존재하지 않았던, 훌륭한 보로지노의 실전기(實戰記)를 구상해 보겠소."
  또한 똘스또이는 내리 몇 날 며칠을 모스끄바의 루미안쩨프 박물관에 들락거리며 그때의 귀중한 기록의 검토에 골몰했고, 프리메이슨의 책과 온갖 사실의 기록이며 수기류(手記類)도 연구했다.
  이처럼 《전쟁과 평화》의 제작을 위해 온갖 자료를 모아 그것을 개조하여 예술의 옷을 입히기까지 치러야 했던 엄청난 노고는 우리의 상상 이상이었다. 이리하여 똘스또이는 결국 이 작품의 에필로그 가운데서 당초에 의도했던 제까브리스뜨들의 혁명운동 집필을 중단하기까지에 이르렀던 것이다.

인물과 구성

이 작품에는 수백 명의 인물이 등장한다. 그중에는 알렉산드르 1세와 나폴레옹을 비롯해서 꾸뚜조프, 바그라찌온, 스뻬란스끼, 알렉세예프, 그 밖의 많은 역사상의 실재 인물이 나온다. 예술창작에 있어서, 혹은 작자의 기호에 따라 행해진 다소의 변모를 감안한다면, 이러한 역사상 실재인물의 언동에 관해서 작자가 얼마나 많은 사료를 충실히 섭렵하고 연구했는지, 똘스또이 자신의 다음과 같은 말로도 알 수 있다.

"역사상 인물이 말하고 행동하는 모든 곳에서, 나는 공상을 따르지 않고 하나하나 모델에 충실했다. 그래서 집필하는 동안 내 서재는 참고 서류로 완전히 도서관을 이루고 있었다. 그러한 책 이름을 여기에 일일이 적을 필요는 없으리라. 그러나 언제라도 증거 삼아 보여 줄 수는 있다."

이러한 역사의 표면에 두드러진 역사상의 중요 인물뿐만 아니라 예술적 상상력의 소산이라고 여겨지는, 많은 이름 없는 병사나 농민의 모습에 이르기까지, 이 모두는 심오하고 진지한 자료의 연구를 거친 뒤 실물에서 직접 묘사된, 말하자면 초상화와 같은 것이다.

그 한 예로서 여기 작중에 예술적 수법으로 부활된 한 인물의 사람됨을 인용해 보기로 하자. 다음에 드는 예는 쉔그라벤 싸움에서 불멸의 무공을 세운 용사 뚜신 대위의 모델에 관해 알려진 사실로서, 어느 전사가(戰史家)는 그에 관하여 다음과 같이 말한다.

"이 대작가의 붓끝에서 나온 그 싸움의 광경을 읽은 모든 사람들의 시선은 틀림없이 아주 흥미롭게 뚜신 대위라는 인물에 머물 것이다. 영혼의 비범한 힘과 함께 거의 겁약에까지 다다른 듯한 겸양함, 단순함, 조금도 기교적인 데가 없는 인물, 선량함—뚜신 대위의 이러한 모든 특질은 단지 한 포술가(砲術家)의 낡은 이미지로 그치지 않는다. 동시에 온 러시아 사람들의 대표적인 특질을 나타내는 것이다. 그 뚜신이라는 인물의 국가주의적인 기분은 특별한 공감을 불러일으킨다. 그러나 그가 일반 독자에게 주는 감흥과 군인, 그 가운데서도 포술가에게 주는 공감은 가장 최고의 것이라 할 수 있다. 그리하여 여기에서 다음과 같은 의문이 생긴다. 똘스또이가 뚜신이라는 인물로 그린 그 포술가는 사실 실재인물이 아닐까? 이에 대한 대답으로서, 반박할 수 없는 기록에 남겨진 문서를 기초로 우리는 이렇게 단언할 수 있다. 그렇다, 그러한 인물이 실재하였음을 단언할 수 있다. 그는 1805년에 경포유격대라는 명칭을 얻은 포병 제4연대 10여단 5중대의 명부에 남아 있는 대위 야꼬프 이바노비치 스다꼬프, 그 사람이다."

또한 자기 집의 역사에 깊은 흥미를 품은 똘스또이는 자기 집의 고문서, 그의 옛날 비망록, 가족의 회상, 유년시절의 개인적인 인상, 고모라든가 주위사람들의 이야기에서 풍부한 자료를 수집했다. 그리고 그것을 바탕 삼아 그의 육친과 친척을 모델로 많은 작품의 중심인물들을 창조해냈다. 즉, 이 작중의 주요한 두 가족, 로스또프네와 볼꼰스끼네는 똘스또이의 부계와 모계 두 조상을, 다시 말해서 똘스또이 가문과 볼꼰스끼 가문의 계보 가운데 실재인물들을 모델로 하여 독창적으로 재창조한 것이다.

이를테면 노(老)볼꼰스끼 공작은 외조부인 육군대장으로 예까쩨리나 2세의 시종을 지낸 니꼴라이 세르게비치 볼꼰스끼 공작이다. 그는 볼테르주의자로 전제적이었던 예까쩨리나 2세 시대 귀족의 마지막 대표자였다. 어머니와 육촌간인 니꼴라이 그리고리예비치 볼꼰스끼 공작은 안드레이 공작처럼 아우스터리츠 전투에서 중상을 입고 나폴레옹이 보는 앞에서 수용되었다. 또 똘스또이의 조부 일리야 안드레이치 똘스또이 백작은 이 작품 가운데서 일리야 안드레이치 로스또프 백작이란 이름으로 등장하고, 이 로스또프 백작 부인은 똘스또이의 조모 벨게야 니꼴라예브나로 이 작품 중에서 거의 그대로 묘사되고 있다. 그들의 아들로 이 작품의 주인공 가운데 한 사람인 니꼴라이 로스또프는 바로 똘스또이의 아버지 니꼴라이의 면모를 갖추고 있다.

공작 영애 마리야는 똘스또이의 어머니인 볼꼰스끼 공작의 외동딸 마리야 니꼴라예브나로, 이 작품에 등장하는 것처럼 밉상이었지만 온순하고 눈이 아름다웠으며 한없이 선량한 성품의 여자였다. 쏘냐는 똘스또이를 길러준 제2의 어머니나 다름없는 따짜나 에르고스까야다. 부리엔 또한 실재인물로, 이것은 공작 영애 마리야의 하녀 에니띠엔이다. 그리고 나따샤라는 인물도 역시 거의 완전히 실재인물의 사생(寫生)이다. 즉, 그녀 가운데는 그의 처제 따쨔나 안드레예브나의 많은 특징과, 그의 아내 소삐야 안드레예브나의 특징이 교묘히 섞여 묘사되어 있다. 똘스또이는 이 나따샤라는 인물에 대해서 다음과 같이 밝히고 있다. "나는 따쨔나를 모델로 하여 그것을 소삐야와 한데 엮었다. 그리하여 나따샤라는 인물이 된 것이다."

또 사람뿐만 아니라 로스또프네의 사냥 장면에 나오는 '검은 얼룩이 미르까'도 똘스또이 아버지의 애견이었다. 다만 안드레이 공작과 삐에르만은 모델이 없다. 이 둘은 작자 똘스또이의 분신이며, 그의 이상적이고 현실적인 성격의 양면을 각기 구상화한 존재로 창조된 것이다.

또한 이 작품의 주인공은 안드레이 공작이나 삐에르가 아니라 민중이라고 말한 사람이 있을 만큼, 분명히 여기에 그려진 민중은 위선과 허위에 찬 귀족들과는 대조적으로 끊임없이 인간미를 발하는 소박하고 강력한 기본 등장인물로서 사랑을 받고 있다. 그리하여 러시아의 두 계급, 즉 자연적 생활을 영위하는 민중과 인위적 생활을 하는 귀족이 이 작품의 생활내용을 대립적으로 이루고 있다.

본능적인 기쁨이나 슬픔을 인간답게 경험할 수마저 없을 만큼 허위에 찬 생활을 보내는 귀족들. 그러한 사람들로는, 정신적으로 공허하고 일신의 영달과 사리사욕만을 찾으며 민중의 이해나 조국의 안위 따위와는 전혀 인연이 먼 사회악의 대표자들인, 삐쩨르부르그의 관료귀족—바씰리 꾸라긴, 황태후의 여관(女官) 안나, 입신출세에만 급급한 보리스, 민중을 멸시하는 라스또쁘친 장군을 들 수 있다. 똘스또이는 이 부정적 인물들을 날카롭게 다루는 한편, 이것에 대립하여 인생의 참다운 기쁨, 슬픔, 괴로움을 알고, 스스로 그 표현자인 자연적 생활을 영위하는 사람들을 내세운다. 똘스또이가 긍정하고 감싸는 부류이자, 작자가 그 속에서 자기의 정신적 욕구를 채우려는 사람들은 볼꼰스끼, 로스또프, 삐에르 등 지방귀족 세 가족으로, 이들이 민중과 함께 이 작품의 주요 인물을 구성하고 있다.

농사위원회 조정관 근무, 교육활동, 농사관리, 이러한 모든 것들은 여러 면에서 똘스또이를 민중과 가깝게 했다. 똘스또이는 그들과 여러 가지 접촉을 거듭하며 그들의 생활 상태를 연구하고 유다른 관심과 감동으로 민중의 마음 내부를 통찰했던 것이다. 이 깊은 민중 심리의 통찰, 민중의 마음을 그리고 싶다는 억누를 수 없는 욕망, 이러한 것이 《전쟁과 평화》를 낳은 주요 힘의 하나였으리라. 이 작품의 본디 제목은 《전쟁과 평화》가 아니라 《전쟁과 민중》이라야 옳다는 가설이 나올 만큼 똘스또이는 이 작품에서 민중의 힘과 운명과 생활에 중점을 두고 있다.

그가 묘사한 러시아의 민중은 무서운 저력이 있는 근원적이고 본연적인 존재이다. 때로는 그 땅과 하늘의 빛을 반영하고, 또 때로는 모든 것을 파괴하는 엄청난 힘으로 만물을 씻어가는 큰바다이다. 그것은 집단으로서의 민중의 동작 가운데서도, 감탄할 만한 개개의 인간형(그 대표적인 한 사람으로 러시아적인 소박성과 진실성, 영원한 정신과 불가사의한 선량함과 원만함의 화신인 농민 쁠라똔 까라따에프를 비롯해서, 셴그라벤에서 마지막까지 포대에 버티고 있던 뚜신 대위, 러시아 생활의 상징 같은 가정부 아니샤 표도로브나 등등) 가운데서도, 그 어떤 유다른 본능으로 러시아 민중의 근원적인 이 저력의 방향을 감지하고 거기에 자기 힘을 보태 최선의 방향으로 이 끌어가는 꾸뚜조프라는 놀랄 만한 인간형 가운데도 나타나 있다.

작중 안드레이 공작도 보로지노 싸움의 전날 밤, 싸움을 결정짓는 것은 사령관이나 병력의 많고 적음이 아니라 사기(士氣)라고 불리는 '에너지'라고 삐에르에게 말하며, 민중이 지닌 저력에 대한 신뢰를 넌지시 비치고 있다. 또한 삐에르도 보로지노 싸움에 참가하여 비로소 '그들'이라고 불리는 민중의 강력한 에너지에 압도당하여 '그들'의 내부에 있는 평안과 자기 조화를 얻고자 한다. 이처럼 안드레이 공작과 삐에르가 뜻하지 않게 같은 시기에 민중의 저력에 눈을 돌린 것은, 똘스또이가 보로지노 싸움을 러시아 민중의 힘이 폭발하는 정점으로 포착한 것이라고 생각하는 편이 지극히 당연한 일일 것이다. 이와 함께 작자 똘스또이는 러시아 귀족사회의 생활에 대해서도 비범한 심리학적 필치로 세세히 파헤치고 있다. 이 귀족계급의 공허, 허영, 허위 등 온갖 죄악을 가차 없이 문책함과 동시에, 그 내부 생활에서 가장 아름답고 줄기찬, 찰나에만 도달할 수 있었던 높은 도덕적 의식의 표출과 함께 수많은 긍정적, 혹은 부정적 인간형을 만들어 내고 있다.

이 작품의 역사적·철학적 의의

똘스또이는 러시아 건국 이래 일대 역사적 사건인 1812년의 대 나폴레옹 조국전쟁을 어느 역사가에 못지않게 자세히 펼쳐낸다. 아우스터리츠, 셴그라벤, 보로지노 등 각 주에서의 주요한 싸움은 물론, 모스끄바 대화재, 프랑스군의 퇴각에 이르기까지 역사적 사실을 세세하게 기록했다. 더욱이 실록소설을 무색케 할 만큼 알렉산드르 황제의 편지며 나폴레옹의 말 등 온갖 자료를 구사하여 틀림없는 사실을 그대로 써가며, 한층 높은 예술성과 명확함으로써 그리고 있다.

이 작품이 단지 역사소설만으로서도 러시아문학뿐만 아니라 세계문학에서 최고의 지위를 차지한다는 것은 이미 정평이 되어 있다. 그러므로 여기에서는 다만 그러한 역사적 사건 내지는 인물을 작자가 어떠한 역사적 관점에서 다루는가 하는 점만을 살펴보고자 한다.

앞에서 말했듯이 1812년의 대 나폴레옹 조국전쟁 시대가 똘스또이의 주의를 끈 것은 무의미한 일이 아니었다. 이 사건의 역사적, 심리적 해부 분석은 역사에 대한 독특한 철학적 견해의 창작으로 그를 이끌어 갔다. 그래서 이 작품에 나타난 똘스또이의 사관(史觀)은 아주 독자적이고 주관적이다. 그의 생각에 따르면, 역사상의 모든 대사업은 모두 눈에 띄지 않는, 포착할 수 없는 힘에 지배된다. 이것을 믿는 자는 섭리라고 하고, 믿지 않는 자는 역사상의 법칙이라고 하지만, 하여튼 권세나 권력이 모든 것을 지배한다고 믿는 사람들은 모두 이 포착할 수 없는 힘의 맹목적인 기계에 지나지 않는다. 자기 자신을 권세라고 생각할수록 그 사람은 영원한 진리의 법칙 앞에 무가치해진다. 그가 바로 나폴레옹이다. 이와 반대로 이 영원한 법칙의 마음을 깊이 꿰뚫으면 꿰뚫을수록, 이 법칙 앞에 순종하면 할수록, 민중의 목소리에 귀를 기울이려고 애쓰면 애쓸수록 그 사람은 위대해진다. 그가 바로 꾸뚜조프인 것이다.

이 같은 사관으로 이끌린 똘스또이는 분명히 개인의 힘으로는 도저히 역사의 운명을 좌우할 수 없음을 말하고 있다. 몇백만의 인간이 서로 엉켜서 싸워 오십만 명의 인간을 죽인다는 것이 오직 한 인간의 의지로 말미암는다고는 생각되지 않는다. 한 인간이 산을 파서 무너뜨릴 수 없듯이, 한 인간이 오십만의 인간을 죽게 할 수는 없는 일이라고 말하고 있다. 나폴레옹에 대하여 똘스또이가 보는 것이나, 꾸뚜조프에 대하여 똘스또이가 보는 것이나, 어느 쪽이든 이러한 견해가 나타나 있다. 한 사람은 운명을 자기 자신이 만들려고 하다가 그 자신만의 의지로 이러지도 저러지도 못하는 힘 앞에 쓰러지고, 또 한 사람은 조용히 민중의 마음속 목소리에 귀를 기울여 그 불가항력적 힘 앞에 순순히 따른다. 말하자면 그는 러시아적인 넋의 소유자인 것이다. 러시아 민중의 넋과 운명에 대한 그 복종심은 꾸뚜조프 속에 훌륭히 살아 있다.

"이 늙은이는 이제 열정이라든가 하는 것은 가지고 있지 않고, 다만 열정의 결과인 경험만을 가지고 있었다. 또 사실을 종합하여 거기에서 결론을 끌어내는 지성 대신, 사건에 대한 철학적인 명상만을 가지고 있었다. 어떠한 일도 생각해냄이 없고 어떠한 일도 피함이 없이, 다만 모든 것을 결정하며 그것을 기억하고 적절한 순간에 그것을 사용했다. 또한 이로운 것은 무슨 일이건 행하게 하고 해로운 것은 모두 금하게 했다. 그는 자기 군대의 얼굴에 떠오르는 그 포착할 수 없는 힘, 이기려는 힘, 혹은 승리라고 불리는 그 힘을 감지했다. 그는 자기의 의지보다 강한 것, 즉 자기의 눈앞에 펼쳐지는 여러 사실의 불가피한 움직임을 받아들였다. 그는 그러한 것을 바라보고 그것에 따르며 자기 자신을 무(無)로 돌릴 수 있었다."

전쟁, 즉 근원적인 여러 힘이 자유로이 광란하는 혼돈 속에서처럼 운명이 압제적으로 지배하는 일은 없다. 참다운 지휘관이란 굳이 지휘하려고 들지 않는 사람을 말한다. 마치 꾸뚜조프나 바그라찌온처럼 '자기의 개인적인 의지가 정세의 결과와 사실상 완전히 일치하는 것이며, 또 우연에서 부수적으로 생기는 것과 우연의 변화로 생긴 의지의 결과와도 완전히 일치하는 것이라고 믿는' 사람을 말하는 것이다.

"진지하고 엄숙히 전쟁의 무서운 필연성을 받아들이는 것…… 가장 괴로운 시련이란 인간의 자유로움을 신의 법칙에 복종케 하는 일이다. 순순한 마음이란 신의 의지에 따른다는 것이다."

꾸뚜조프는 똘스또이가 인정하는 것처럼, 역사의 참된 원동력은 개인이 아니며, 또 지도보다는 도리어 복종을 지휘자에게 구하는 민중의 무자각한 집단정신임을 깨닫는다. 정치적 군략적인 참된 예지는 똘스또이에 따르자면, 그 집단정신을 직각적으로 통찰하는 데에 있는 것이며, 똘스또이는 그 집단정신의 본능적인 작용에 그의 전 역사철학의 기초를 두고 있는 것이다.

이 같은 역사적 숙명론에 대해서 다시 작자 똘스또이 자신의 말로 뒷받침하고자 한다. 즉 '《전쟁과 평화》에 대한 몇 마디 말들'(본권 수록)이라는 그 자신의 글 가운데서 다음과 같이 그는 설명하고 있다.

"마지막으로 내가 가장 중요하게 생각하는 것인데, 역사상 사건에서 이른바 위대한 인물은 그 의미가 작다는 것이 내 판단이다. 실로 비극적이고 방대한 사건들로 넘쳐나며, 우리에게 친근하고 다양한 구전이 아직 생생한 시대를 연구하는 가운데, 나는 역사상 사건의 원인에 우리의 이성적 이해가 미치지 않음을 확실히 깨달았다.…… 수백만 명이 서로 죽이려 들었고, 그 가운데 오십만이 죽은 사건의 원인이 한 사람의 의지일 리 없다. 한 사람이 산을 파서 무너뜨릴 수 없듯이, 한 사람이 오십만 명을 죽게 할 수 없다."

이리하여 그는 의지의 자유와 필연의 법칙에 새로운 정의를 부여하면서, 인류의 행동이 수행(遂行)하는 근본법칙의 연구와 그 확정의 요구를 사학(史學)분야에 제기했던 것이다.

이 작품의 예술적 의의

그러나 만일 《전쟁과 평화》가 그저 단순한 역사소설로 그쳤다면, 그리고 만일 똘스또이가 이러한 러시아의 일대 역사적 사건 속에 자기 가정의 역사를 얽어 넣지 않았다면, 이 작품의 매력은 대부분 상실돼 버렸을지도 모른다. 참으로 《전쟁과 평화》에는 전쟁과 황제와 장군과 외교관들이, 이른바 다른 역사소설들에서는 볼 수 없는 투철한 날카로운 관찰과 현실적인 인간미 넘치는 박진한 묘사를 입고 생생하게 살아 있다. 그러나 작품의 중심(重心)을 형성하고 있는 것은 이러한 역사적인 요소가 아니라, 어디까지나 볼꼰스끼 공작과 로스또프 백작 양가 그리고 삐에르의 사생활 그것이다. 그뿐만 아니라 똘스또이는, 역사상의 영웅호걸들이란 도리어 명성과 영예의 공허한 꼭두각시일 뿐이고, 거짓된 외면적인 욕망과 목적에 지배되고 있는 가련한 불구자라는 것을 독자의 눈앞에 거침없이 펼쳐 보인다. 이 점이 바로 호메로스의 서사시들에 나타난 절대적인 영웅숭배와 정반대의 극점에 서는 것이라고 할 수 있다.

이 작품에는 1805년에서 1820년에 걸친, 러시아 역사에서 지극히 중요한 전쟁의 시기가, 그 의미에 있어 전통적 역사가의 견지에서가 아니라 그 무렵 살아가던 사람들이 이해한 그대로 잘 표현되어 있다. 그때의 온 사회가 위로는 전통적 사고방식이 지배하는 천박한 상류 사회에서, 아래로는 지상의 권력이 러시아인에게 가한 일종의 시련으로서, 무서운 싸움의 곤고(困苦)를 견디어 내고 국민의 고통 때문에 자기의 고통마저도 잊는 한 병사에 이르기까지 독자의 눈앞에 그려져 있다. 뻬쩨르부르그의 유행으로 장식한 객실, 황태후의 총애를 받고 있는 여관의 살롱, 오스트리아 궁정의 러시아 외교관 숙소, 모스끄바나 소유지에서의 로스또프 가문의 귀족적 생활, 노장군 볼꼰스끼 공작의 검소한 집, 그리고 러시아 장군이나 나폴레옹의 진영과 막사, 경기병이나 야전포연대의 내부생활, 이어 셴그라벤의 치열한 싸움, 아우스터리츠, 스몰렌스크, 보로지노의 참사, 모스끄바의 포기와 대화재, 대화재의 혼란 속에서 살해당하는 무수한 러시아 포로, 마지막으로 모스끄바에서 퇴각하는 나폴레옹의 공포, 게릴라전의 무수한 장면, 사건, 에피소드에 흥미진진한 로맨스가 뒤얽혀, 러시아와 서구와의 커다란 싸움의 일대 서사시가 우리 눈앞에 펼쳐진다.

그러면 《전쟁과 평화》를 단순한 역사소설로서가 아니라, 전술한 것과 같이 볼꼰스끼, 로스또프 양가 및 뻬에르를 중심으로, 각기 사상이 다른 사랑스러운 인물들이 슬퍼하고 괴로워하며 생활하는 가정소설로서 생각해 보자. 작자는 과연 이들 주인공들의 기쁨, 슬픔, 괴로움을 통해 무엇을 말하려고 했으며, 그들의 생활을 어떤 방향으로 이끌어나가려 한 것일까? 이것은 그대로 이 작품의 예술적·사상적 의의가 될 것이다.

이 주인공들 가운데서도 두 주요 인물, 안드레이 공작과 뻬에르는 특히 주목할 만하다. 냉철한 회의주의자와 소박한 공상가의 미묘한 심리적 대조가 정반대의 두 각도에서 시도되는 이 두 사람은, 똘스또이 자신의 상반된 성격적 두 측면을 체현(體現)한 것이다. 똘스또이는 태어나면서부터 명예욕과 세속적인 욕망이 강한 에고이스트로서의 측면은 안드레이 공작에게, 순진한 공상가이자 불굴의 진리탐구자로서의 자기는 삐에르 베주호프에게 각기 예술적으로 주었다. 그렇게 비범한 진실함과 진지함으로써 자기 넋의 온갖 측면과 여러 순간을 재현하고 있다. 그러나 언제나 더없이 높은 종교적 진리를 갈망하던 똘스또이도 이 무렵에는 아직 그 진리를 뚜렷이 인식하지 못했다. 따라서 이 두 주인공들도 그것을 인식하지 못하고 있는 것이다. 한 사람은 고뇌를 통해, 또 한 사람은 언제나 성실한, 따라서 신(神)이나 다름없는 자연 그대로의 민중과 접촉하는 일로써 깨달음의 경지에, 천국 바로 가까이에 인도된다. 그러나 그들에게는 모든 것이 풀 수 없는, 그 어떤 불가사의한 신비에 덮여 여전히 은폐되고 있다.

전자는 권세라는 것에 길들여진 명문 귀족으로서 끝없는 자존심과 냉철한 이지가 부여되어 태어났기 때문에, 모든 사람을 자기 앞에 꿇어 엎드리게 하기 위해서는 무엇이든 희생을 아끼지 않는다. 그는 소유지를 농민들에게 대여하고 농노해방운동에 앞장서지만, 그것은 결코 감상적인 민중숭배에서 나온 것이 아니다. 단순히 그 일을 교양 있는 사람의 정신적 의무라고 느끼고, 본의 아닌 부정과 잔인한 행위로 쓸데없는 양심의 가책에 괴로워하지 않기 위해서였다. 마지막으로 그는 죽음에 의하여 동포애의 진리를 계시 받지만, 이 진리도 결국은 죽은 양심의 소유자인 그를 구제하지는 못한다. 모든 것, 모든 사람을 사랑하는 것은 말하자면 어떠한 것도 사랑하지 않는다는 것이다. 이 지상의 삶을 살아가지 않는다는 것이다. 이리하여 그는 오직 단 하나 남겨진 길―죽음으로 갈 수밖에 없었다.

후자인 다른 주인공 삐에르는 다른 측면에서 이 사상을 뒷받침하고 있다. 그는 감격하기 잘하는 정직하고 사랑스런 젊은이로, 동시에 추상적 사상에 대한 경향이 강한 전형적인 러시아의 인텔리다. 유난히 건장한 육체를 지닌 그는 처음 자아의 욕망만을 위한 생활에 열중해 있었으나, 동시에 민감하고 정직하여 마침내 생의 목적과 의의를 도외시하고는 살 수 없음을 깨닫는다. 그래서 프리메이슨의 신비로운 교의(敎義), 나폴레옹 침입에 즈음한 애국심의 발작, 박애주의, 급진주의 등 온갖 신앙에서 구원을 찾아내려고 한다. 그러던 중 우연히 경험하게 된 포로생활의 공포와 고통, 그리고 러시아 농민의 전형적 인물인 쁠라똔 까라따에프와의 해후가 정신적으로 그를 소생시키고 새로운 불변의 진리에 눈을 뜨게 한다. 그것은 다름 아닌 인간―생에 대한 신앙이다. 그 생은 자기 부정에 원칙을 둔 동포애의 생활도 아니고, 남을 얕잡는 이기주의의 생활도 아닌, 말하자면 이기적 요소와 애타적(愛他的) 요소가 유기적으로 결합된 것으로, 거기에서 비로소 인생의 참된 뜻을 발견한다.

《전쟁과 평화》는 참으로 이 커다란 생의 철학에 바쳐진 찬란한 축복이며, 거기에는 눈물도, 피도, 고통도 한없이 넓은 인생의 흐름에 융합되어 하나의 숭고한 교향악으로 울리고 있다. 이같이 조국의 위난과 패잔(敗殘)과 일종의 고뇌를 거쳐, 이 작품의 두 중심인물인 안드레이 공작과 삐에르는 사상과 신앙을 통한 정신의 구제와 신비로운 환희에 도달하고 있는 것이다.

그 가운데서도 이 작품에 가장 큰 매력을 주는 것은 나따샤로, 특히 그 생명력 넘치는 젊은 마음이 우리의 마음을 끈다. 그녀는 귀여운 아가씨로 변덕스러운데다 활달하고 사랑에 넘치는 마음을 지니고 있다. 우리는 그녀가 성장해가는 모습을 가까이서 지켜보면서, 자신의 누이동생에게 품는 듯한 순결한 애정으로 그녀의 생활을 좇는다. 그녀를 낯선 이라고 생각할 사람이 누가 있겠는가? 어느 봄날의 아름다운 방, 달빛이 비쳐드는 창문에서 자기를 잊고 몽상에 빠진 나따샤의 이야기를 아래층 창문에서 듣는 안드레이 공작, 난생 처음의 무도회의 기쁨, 사랑, 그 사랑에의 기대, 허물어진 걷잡을 수 없는 욕망과 몽상, 환상적인 불이 켜져 있는 크리스마스 밤에 눈 덮인 숲을 썰매로 달리는 정경, 아련한 애정으로 우리를 포용하는 자연, 오페라 극장에서의 밤, 이성이 마비되는 예술의 불가사의한 세계, 환희, 사랑에 몸부림치는 육체의 열광, 넋을 정화하는 괴로움, 빈사의 연인을 간호하는 순수한 애정, 괴로움, 우리는 이 모든 것에서 가장 사랑하는 연인에 대해 이야기할 때에 느끼는 감동 없이는 그 애련한 회상을 마음속에 그릴 수 없다. 생명, 그것까지를 포착하고 있고 그것이 부드럽고 유동적이어서 마치 한 구절 한 구절마다 생명이 고동치고 모습을 바꾸는 것처럼 여겨진다. 이처럼 건강하고 줄기차게 흘러나오는 생명력, 이것이야말로 똘스또이에게 있어서는 최고의 진선미이다.

정욕이 영구적인 것이 아닌 듯 몇 차례나 새로운 대상을 찾아서 옮기는 나따샤의 행동은, 얼핏 보기에 도덕적인 견고함을 지니고 있지 않은 것처럼 보인다. 그러나 그녀의 그런 모습은 결국은 아내로서, 어머니로서, 자연으로부터 명령받은 신성하고 위대한 의무를 조금이라도 빨리 다하고 싶다는 생명력의 충일에서 오는 초조에 지나지 않은 것임을 우리는 보게 된다. 똘스또이는 삐에르와 결혼한 뒤의 나따샤에 대해서, 이전의 시적이고 매력적인 아름다움은 사라지고 '보이는 것은 다만 건장하고 아름다운, 아이를 많이 낳은 암컷뿐'이라 말하고 있다. 똘스또이가 그린 암컷은 단순한 동물의 암컷이 아니라, 모든 여성이 소녀시절부터 가지고 있는 모성(母性)이 나타나서 승화된 것을 말한다. 나따샤야말로 참으로 예술가 똘스또이의 넋이자 이상이며, 작자 그 사람의 완전한 표현이라고까지 말해도 좋을 것이다.

이 광대한 《전쟁과 평화》의 예술적 가치에 대해서는 이제 새삼스레 여기에서 논할 것까지도 없을 것이다. 똘스또이는 이 대작에 착수하기 이전 전술한 것처럼, 자기가 그리려는 시대에 관해서 온갖 서적과 기록을 조사하여 읽고 엄밀히 선택하여 직접 역사상의 고적을 답사하였으며, 자기의 내부 경험과 크리미아 전쟁 참전 당시의 견문에 자유롭고 풍부한 상상을 더한 것을 소재로 하였다. 또한 표현에 있어서도 위대한 예술적 천재가 다듬고 또 다듬는 고심을 몇 차례나 거듭한 노력의 결정(結晶)인지라, 19세기 초 러시아 사회생활이 약동하는 무한한 일련의 그림이 되어 눈앞에 펼쳐지고, 독자는 거장의 펜의 힘에 이끌려 저도 모르게 1세기 반 전의 귀족과 농민과 이름 없는 한 소녀의 생활에 동화하여 그들과 함께 울고 또한 웃지 않을 수 없는 것이다.

이 대작에 대해 뚜르게네프(1818~1883)는 이렇게 찬사를 보냈다. "아직 러시아에서는 어느 누구도 이보다 뛰어난 것을 쓰지 못했다. 이것과 필적할 만한 것까지도 달리 또 있는지 확신할 수 없을 정도다. 아니, 러시아뿐만 아니라 유럽 어느 나라에서도 다시 나올 수 없을 만큼 훌륭한 작품이다."

또 스뜨라호프(1828~1895)는 이렇게 말했다. "당시 러시아의 완전한 축도(縮圖). 민족의 역사라고 불리는 것, 민족의 갈등이라고 불리는 것의 완전한 축도. 사람들이 거기에 자기의 행복과 위대함과 슬픔과 굴욕을 예상하는 모든 것의 완전한 축도. 전 인류의 생활의 축도. 《전쟁과 평화》는 참으로 그러한 명작이다."

《전쟁과 평화》에 대한 몇 마디 말들

내(똘스또이)가 최상의 생활 조건 속에서 쉬지 않고 집중하여 일한 5년의 세월을 쏟아 부은 작품 발표에 즈음하여 나는, 그 서문에 이에 대한 견해를 밝히고 그럼으로써 생길지도 모를 독자들의 오해를 막고 싶었다. 독자가 내 책에서 내가 표현하기를 원하지 않거나 표현할 능력이 없음을 보거나 찾지 말고, 내가 표현하려 했지만 (작품의 제약으로) 그것에 지나치게 구애되는 것이 부당하다고 생각한 점에 주목해 주기 바랐다. 시간도 능력도 없었기 때문에 의도한 바를 충분히 펼칠 수 없었다. 그래서 특별한 잡지의 따뜻한 배려에 응하여 간략하나마 이런 것에 흥미를 가질 독자를 위하여 작품에 대한 필자의 생각을 쓰기로 한다.

1. 《전쟁과 평화》란 무엇인가? 이것은 장편소설도 서사시도 편년사도 아니다. 그저 저자의 생각을 현실적 형식으로 표현할 수 있었던 것에 불과하다. 산문예술작품의 기존 형식에 대한 이런 경시를 공언하는 것은 만약 그것이 고의로 의도한 것이며 전례가 없다면 자만이라 생각할지 모른다. 푸시킨 이후 러시아 문학의 역사는 유럽 형식에서 탈피한 예를 많이 보여 준다. 고골리의 《죽은 넋》에서 도스또예프스끼의 《죽음의 집의 기록》에 이르기까지, 러시아 문학의 새 시기에는 평범함을 벗은 산문예술작품으로서 장편소설, 서사시, 중편소설의 형식에 온전히 속하는 것이 하나도 없다.

2. 1편이 출판되었을 때 일부 독자는 내 작품에서 시대의 특징이 명확하지 않다고 했다. 이 비판에 대해 나는 다음과 같이 반론하고자 한다. 내 소설에서 짐작하기 어려운 시대의 특징이 어떤 것인지 잘 알고 있다. 그것은 농노제의 공포, 아내 감금, 어른이 된 아들에 대한 채찍질, 사르트이치하(18세기 말의 여지주 사르트이코바의 별명. 농민 학대로 악명을 떨쳤다) 등이다. 우리 이미지 속에 살아 있는 그 시대의 이러한 특징

을 나는 그다지 인정하지 않기에 그것을 표현할 생각이 없었다. 편지, 일기, 구전을 연구한 바, 나는 이러한 모든 난폭한 공포를 현재나 다른 어떤 시기보다 많이 발견하지 못했다. 그 시대에도 어느 시기나 마찬가지로 사랑하고 질투하고 진리와 선을 추구하며 정열에 불탔다. 복잡한 지적 생활을 영위하였고, 상류 계층의 생활은 오히려 지금보다 세련된 면도 있었다. 그 시대의 특징이 우리 머릿속에 폭력으로 형성되었다면 그것은 단지 구전, 각서, 중편소설, 장편소설 속에서 폭력과 난폭함이 두드러지는 경우만 전해졌기 때문이다. 그때의 중심적인 특징을 난폭이라 결론짓는 것은 산 뒤편에서 나무 끝자락밖에 보지 못하는 사람이 저 땅에는 나무밖에 없다고 결론을 내리듯 잘못된 것이다. (모든 시대에 특징이 있듯이) 그 시대의 특징은 물론 있다. 그것은 상류층이 다른 계층에 대해 지금보다 더 유리했던 점이나 그 시대에 지배적이었던 철학 및 교육의 특징, 프랑스어를 사용하는 관습 등에서 비롯되었다. 그리고 나는 이러한 특징을 가능한 한 표현하고자 노력했다.

3. 러시아어 작품에 프랑스어가 사용되는 점을 말하고자 한다. 왜 내 작품에서는 러시아인뿐 아니라 프랑스인까지 일부는 러시아어, 일부는 프랑스어로 말할까? 러시아어 작품에서 등장인물이 프랑스어를 말하거나 쓴다는 비난은, 어떤 사람이 그림을 보고 거기에 실제로 없는 검은 얼룩(그림자)을 보았다는 힐책과 비슷하다. 화가가 그림 속 얼굴에 넣은 음영이 일부 사람들에게 검은 얼룩으로 보인다면 그것은 화가의 책임이 아니다. 그 음영이 부정확하고 서툴게 묘사되었다면 오직 그 점만 화가의 책임이다. 금세기 첫무렵을 파고들며 일부 러시아인, 나폴레옹, 그 시대 생활과 밀접한 관계에 놓인 프랑스인들을 묘사하는 가운데 나는 시나브로 프랑스적 사고의 표현 방법에 필요 이상으로 빠져들었다. 따라서 내가 그려 넣은 음영이 다소 부정확하고 서툰 점은 부정하지 않는다. 하지만 나폴레옹이 때에 따라 러시아어와 프랑스어로 말하는 것을 아주 우스꽝스럽게 여기는 사람들은 초상화에서 빛과 음영이 묘사된 얼굴이 아니라 코 밑의 검은 얼룩만 주목하기 때문에 그런 느낌이 들 뿐임을 이해해 주기 바란다.

4. 등장인물의 이름—볼꼰스끼, 도르베쯔꼬이, 빌리빈, 꾸라긴 등은 유명

한 러시아 이름을 떠오르게 한다. 역사상의 인물이 아닌 등장인물을 역사상의 인물과 함께 등장시킬 때 나는 라스또쁘친 백작을 프론스끼 공작이나 스트렐리스끼, 그 밖에 머릿속에서 두 성씨를 복합한 혹은 그러하지 않은 성씨의 공작이나 백작과 대화하도록 하는 것이 귀에 익숙하지 않다고 느꼈다. (실제로 존재하지 않는) 볼꼰스끼나 도르베쯔꼬이라면, 분명 (실제로 존재하는) 볼꼰스끼도 도르베쯔꼬이도 아니지만 왠지 모르게 귀에 익고 러시아 상류 귀족 부류와 어울릴 듯했다. 나는 내 귀에 그럴싸하게 들리는 베주히 (또는 베주호프)나 로스또프와 같은 이름을 모든 인물에 대해 생각해낼 수 없었다. 그리고 러시아인의 귀에 가장 익숙한 성씨를 닥치는 대로 주워 몇몇 글자를 바꾸는 방법 외에는 이 난국을 피할 수 없었다. 내가 생각해 낸 이름이 실제 이름과 비슷하여 누군가 실존 인물을 그리려 했다고 생각한다면 나로서는 실로 유감이다. 특히 실존 인물 묘사를 목적으로 하는 문학은 내가 종사하고 있는 창작문학과는 아무런 공통점도 없기 때문이다.

마리야 아흐로씨모바와 데니쏘프, 이 두 등장인물만 내가 아무 생각 없이 그 시대 상류 사회의 두드러진 특징을 지닌 두 실존 인물과 가까운 이름을 붙였다. 이는 두 인물이 특히 두드러진 특징을 지녔기 때문에 생긴 나의 실수이지만, 실수는 이 두 인물을 등장시킨 데 그친다. 아마 독자들도 이 두 등장인물에게서 실제와 일치되는 사건은 하나도 일어나지 않음을 인정하게 될 것이다. 다른 인물은 모두 가공된 것이며, 나조차도 확실한 모델을 구전이든 실제로든 찾을 수 없다.

5. 역사상 사건의 묘사와 관련하여 역사가의 말과 내 작품은 다르다. 이는 우연이 아니라 필연적이다. 역사적 시대를 그릴 때 역사가와 예술가의 대상은 서로 상반된다. 역사가가 역사상의 인물을 생활의 모든 면과 관련된 복잡한 부분까지 모두 포함하여 표현하는 것이 옳지 않듯이, 예술가가 늘 역사적 의의라는 관점에서 인물을 그리려고 하면 자신의 임무를 완수하지 못한다. 꾸뚜조프는 반드시 백마를 타고 망원경을 보며 적을 가리킨 것은 아니다. 라스또쁘친은 반드시 횃불로 보론쵸프가에 불을 붙인 것은 아니며(그는 한 번도 그런 적이 없었다), 황태후 마리야 표도로브나는 반드시 담비 모피 망토를 입고 법전에 손을 얹고 서 있었던 것은 아니다. 하지만 대중은 그들의 그

런 자세를 상상한다.

역사가에게는 인물이 어떤 목적을 위해 이룬 공헌이라는 의미에서 영웅이 존재한다. 예술가에게는 인물이 생활의 모든 면과 관련된다는 의미에서 영웅이 존재하지도 않고 존재할 수도 없으며, 존재하는 것은 오로지 인간뿐이다.

역사가는 때로 진리를 왜곡하면서까지 역사상 인물의 모든 행위를 오직 자신이 그 인물에게 주입할 하나의 사상에 들어맞도록 해야 한다. 반대로 예술가는 그 사상이 단 하나로 한정되어 있는 것이 자신의 임무와 일치되지 않음을 간파하고 유명한 인물이 아닌 한 인간을 이해하고 보여주려고 노력한다.

사건을 묘사하는 경우에는 이런 차이가 한층 두드러져 본격화된다.

역사가는 사건의 결과를 문제로 삼고, 예술가는 사건 그 자체를 그린다. 전투를 묘사할 때 역사가는 이러이러한 부대의 좌익군이 이러이러한 마을로 이동하여 적을 격퇴하였으나 어쩔 수 없이 후퇴하였다, 그때 공격에 맞선 기병대가 그들을 괴멸했다는 식으로 쓴다. 역사가에게는 이것밖에 다른 표현 방법이 없다. 반면에 예술가에게는 이런 표현이 아무런 의미가 없으며 사건 자체에 닿아 있지도 않다고 느낀다. 예술가는 자신의 경험, 또는 편지나 수기, 이런저런 말들에서 사건에 대한 자신의 이미지를 이끌어낸다. 그리고 역사가가 완성한 이런저런 부대의 행동에 대한 결론이 예술가의 결론과 대립하는 경우가(예컨대 전투에서) 흔히 있다. 결론의 차이는 양쪽이 파고든 정보의 기반이 다른 데 기인한다. 역사가에게 (전투 예를 계속 들자면) 주요 원천은 각 지휘관과 총사령관의 보고서이다. 예술가는 이런 원천에서 무엇 하나 건질 수 없다. 그것은 예술가에게 아무것도 말해 주지 않는다. 그뿐 아니라 예술가는 거기서 필연적인 거짓을 간파하고 그쪽으로 관심을 기울인다. 어떤 전투든 대적하는 양쪽은 늘 상반된 형태로 그 전투를 묘사한다. 전투에 대한 서술에는 필연적으로 거짓이 포함된다. 수 킬로미터에 걸쳐 전개되며 공포, 치욕, 죽음으로 빛바래 정신적으로 지극히 흥분한 무수한 인간들의 행위를 몇 마디 말로 서술해야 하기 때문이다.

전투에 대한 묘사는 보통 이러이러한 부대가 이러이러한 지역을 공격하다가 후퇴하였다는 식이다. 마치 연병장에서 수만 명을 한 사람의 의지에 따르게 하는 규율이 생사가 걸린 곳에서도 통한다고 생각하는 듯하다. 전장에 나간 경험이 있는 자라면 이것이 얼마나 잘못되었는지 알 것이다.* 하지만 그런 가정 속에 전투 보고가 이루어지고 그 보고를 바탕으로 전투가 서술된다. 아직 보고가 쓰이기 전인 전투 직후, 아니 이틀째나 사흘째라도 모든 병사와 상하급 대장에게 전투의 양상을 물어봄이 마땅하다. 그들 모두가 체험하고 목격한 것을 당신에게 이야기할 것이다. 그리하여 장대하고 복잡하며 끝없이 다채로우면서도 답답하고 확실치 않은 인상이 당신의 머릿속에 그려질 것이다. 또한 당신은 누구로부터도, 하물며 총사령관으로부터도 전체적인 전투의 양상이 어떠한지 알 수 없을 것이다. 그러나 2, 3일 지나면 전투 보고가 들어오기 시작하며 수다쟁이들은 자신이 보지도 않은 것을 떠벌리기 시작한다. 마지막으로 전체적인 보고가 작성되고 그 보고에 따라 군의 공통적 의견이 형성된다. 모두가 안심하며 자신의 의심이나 의문을 거짓이지만 명쾌한 이 영상으로 바꾸어버린다. 한두 달 지나 참전한 자에게 다시 물어봄이 마땅한데, 이미 얘기는 이전의 생생함을 느낄 수 없으며 그들은 보고서대로 이야기한다. 보로지노 전투에 참전한 생존자 가운데 똑똑한 자들도 역시 그러한 이야기만 나에게 들려주었다. 모두 미하일로프스끼와 다닐레프스끼 (<1812년의 조국전기(戰記)>의 저자), 글린카 (<보로지노 전기>의 저자) 등의 부정확한 서술을 바탕으로 이야기했다. 이야기를 들려준 사람들이 서로 멀리 떨어져 있었는데도 그들의 이야기는 세세한 부분까지 똑같았다.

세바스토뽈 함락 (1855년 크리미아전쟁 말기의 일. 똘스또이는 세바스토뽈 방어전에 참가했다) 뒤 포병대장 클루이자노프스끼가 전 포대의 포병 장교에게서 받은 스무 개 이상의 보고서를 내게 넘겨주며 하나의 보고서로 작성하라고 했다. 그 보고서들을 베껴두지 않은 것이 유감이다. 그것은 전쟁을 기술할 기초가 되는, 소박하지만 피할 수 없는 거짓의 가장 좋은 견본이었다. 그때 그 보고서를 작성한 대다수의 동료들은 이 글을 읽고 상관의 명령에 따라 자신도 모르던 일을 쓴 기억을 떠올리며 웃을 것이다. 전쟁을 체험한 자는 러시아인이 전쟁터에서 자신의 임무를 수행하는 데 얼마나 유능한지, 그리고 이런 일에 따르기 마련인 허풍을 섞어 자신의 행적을 표현하는 데 얼마나 무능한지 알고 있다. 러시아 군대에서는 이 직무, 즉

---

* 제1편과 쉔그라벤 전투에 대한 묘사가 발표된 후 그 묘사에 대한 니꼴라이, 물라비요프, 까르스끼의 평가가 전해졌다. 그것은 내 확신을 뒷받침해 주었다. 총사령관인 물라비요프는 이보다 더 정확한 전투 묘사를 읽은 적이 없다, 전투 중에 총사령관의 명령을 실행하는 것은 지극히 불가능함을 자신의 경험을 통해 확신한다는 감상을 털어놓았다.

보고서 작성은 대개 러시아군에 복무하는 외국인이 했음을 모두 알고 있다.

이 모든 일을 애기하는 것은 전쟁사를 쓰는 작자가 소재로 삼는 전쟁 기술 (記述) 속에 담긴 거짓의 필연성을 보여주기 위함이고, 그럼으로써 역사상의 사건에 대한 역사가와 예술가의 해석이 종종 다를 수밖에 없는 필연성을 전하기 위함이다. 그러나 역사상의 사건을 서술하는 데 필연적인 거짓 외에도, 내 관심을 끄는 시대를 서술한 역사가들이 특별한 형식의 과장된 언어를 사용함을 간파했다. 아마도 몇몇 사건을 비슷한 것끼리 분류하고 간략하게 표현하여 사건의 비극적인 느낌에 맞추려는 습관 때문이리라. 그리고 그 과장 속에 종종 거짓과 왜곡이 사건뿐 아니라 사건 해석에까지 미치고 있었다. 이 시대의 중요한 두 역사서—티에르의 역사서와 미하일로프스끼와 다닐레프스끼의 역사서를 연구하던 중 나는 어떻게 이런 책이 인쇄되어 읽힐 수 있는지 이상하게 느껴질 때가 가끔 있었다. 더할 나위 없이 심각하고 으스대는 어조로 사료를 인용하며 같은 사건을 정반대로 쓴 것은 차치하고, 두 저서가 이 시대에 유례없는 기념비적 저작이며 무수한 독자가 있음을 생각하면 웃어야 할지 울어야 할지 모를 서술이 눈에 띈다. 고명한 티에르의 책에서 하나만 예를 끌어오자. 나폴레옹이 위폐를 가지고 온 것을 그는 이렇게 기술했다. "이 수단의 사용에 그 자신과 프랑스군에 어울리는 박애의 꽃을 곁들여 그는 피해자를 원조하도록 명했다. 그러나 이방인에다 태반이 적대적인 자들에게 장기간 제공하기에 식량은 너무 비쌌기 때문에 나폴레옹은 돈을 주는 방법을 허락했다. 그리하여 그는 루블 지폐를 지급하게 했다."

이 부분만 떼어 놓고 보면 아연할 정도로 부도덕까지는 아니더라도 무의미하다고 할 수밖에 없어 놀랍다. 그러나 이 책 전체를 볼 때 이것은 놀랄 일도 아니다. 왜냐하면 어마어마한 과장과 직접적인 의미가 전혀 없는 어조에 꼭 어울리기 때문이다.

이처럼 예술가와 역사가의 임무는 전혀 다르기 때문에 내 책 속의 사건이나 인물 묘사가 역사가와 차이를 보인다고 해서 독자가 놀랄 것은 없다.

그러나 역사상의 인물이나 사건에 대해 대중 사이에 형성된 이미지는 공상이 아니라 역사가가 정리할 수 있는 최대한의 역사적 기록에 기초함을 예술가는 잊어서는 안 된다. 따라서 그러한 인물이나 사건을 달리 해석하거나 묘사할 경우에는 예술가도 역사가처럼 사료에 따라야 한다. 역사상 인물이 말하고 행동하는 모든 곳에서, 나는 공상을 따르지 않고 하나하나 모델에 충실했다. 그래서 집필하는 동안 내 서재는 참고 서류로 완전히 도서관을 이루고 있었다. 그러한 책 이름을 여기에 일일이 적을 필요는 없으리라. 그러나 언제라도 증거 삼아 보여줄 수는 있다.

6. 마지막으로 내가 가장 중요하게 생각하는 것인데, 역사상 사건에서 이른바 위대한 인물은 그 의미가 작다는 것이 내 판단이다.

실로 비극적이고 방대한 사건들로 넘쳐나며, 우리에게 친근하고 다양한 구전이 아직 생생한 시대를 연구하는 가운데, 나는 역사상 사건의 원인에 우리의 이성적 이해가 미치지 않음을 확실히 깨달았다. 1812년에 일어난 여러 사건의 원인이 나폴레옹의 침략 야욕이나 알렉산드르 황제의 애국심 때문이라는 말은 (이는 누구라도 간단히 생각할 수 있는데), 로마제국의 몰락 원인이 이런저런 야만인이 자신의 민족을 서쪽으로 이끌고 온 데다 이러이러한 로마황제의 국가 통치가 나빴기 때문이라든가, 파내려가던 거대한 산이 무너진 것은 노동자가 삽으로 마지막 일격을 가했기 때문이라는 말처럼 무의미하다.

수백만 명이 서로 죽이려 들었고, 그 가운데 오십만이 죽은 사건의 원인이 한 사람의 의지일 리 없다. 한 사람이 산을 파서 무너뜨릴 수 없듯이, 한 사람이 오십만 명을 죽게 할 수 없다. 그렇다면 도대체 무엇이 원인일까? 일부 역사가는 그 원인이 프랑스인의 침략 야욕과 러시아인의 애국심이라고 한다. 또 다른 역사가들은 나폴레옹의 대군이 퍼뜨린 민주적 요소나, 러시아가 유럽과 연대해야 했던 점 등을 들고 있다. 그러나 도대체 왜 수백만 명이 서로 죽이기 시작하였으며 누가 그들에게 그런 명령을 내렸는가? 이 무의미한 사건의 원인에 대해 과거를 더듬어 무수한 사변(思辨)이 가능하며 그 작업은 실제로 이루어지고 있다. 그러나 방대한 양에 이르는 설명과 그 모든 설명이 단 하나의 목적에 맞춰지고 있는 점은, 그 원인이 무수히 많아서 단 하나만 지적할 수 없음을 반증한다.

무엇 때문에 수백만 명이 서로를 죽였을까? 세상이 창조될 때부터 그것이 육체적, 정신적으로 악행임을 알면서도……

그것이 필연적으로 필요했기 때문이고, 그럼으로써 사람들은 가을이 될 무렵의 꿀벌처럼, 혹은 동물의 수컷들처럼 서로를 죽이는 저 자연의 동물학적 법칙을 실현했기 때문이다. 이것 말고는 이 두려운 질문에 대해 대답할수 없다.

이것은 명백한 진리로서 모든 사람이 선천적으로 그러하다. 만약 어떤 행위를 할 때마다 자신이 자유롭다는 믿음을 갖게 하는 또 하나의 감각과 의식이 인간에게 없었다면 이 진리는 증명할 필요도 없으리라.

전체적인 견지에서 역사를 고찰하면, 우리는 다양한 사건의 발생 원인인태고의 법칙을 의심 없이 확신한다. 그러나 개인적인 견지에서 보면 우리의믿음은 정반대이다.

타인을 죽이는 인간, 네만 강을 건너라고 명령하는 나폴레옹, 직원으로 채용해 달라고 청원하거나 손을 들었다 내렸다 할 때의 당신이나 나—우리는모두 우리의 행위 하나하나가 이성적인 원인과 자유의지를 기초로 하며 어떤 행동을 할지 우리 나름대로 결정한다고 확신한다. 이 확신은 누구에게나본질적이고 소중하여, 행위의 부자유성에 관한 확실한 논거나 범죄 통계 등이 있음에도 불구하고 우리는 자신의 자유로운 의식이 모든 행위에 미치게한다.

이 모순은 해결할 수 없을 듯하다. 우리는 자신의 자유의지에 따라 어떤행위를 한다고 확신한다. 이 행위를 전 인류의 생활에 참여하는 의미(그 역사적 의의)로 고찰하면 나는 그 행위가 미리 결정되었으며 필연적이었음을확신한다. 어디에 잘못이 숨어 있을까?

발생한 사실에 적합하도록, 존재하지도 않는 수많은 자유로운 사변을 한순간에 과거로 거슬러 올라가 억지로 갖다 붙이는 인간의 능력을 심리학적으로 관찰하면(이에 대해 나는 다른 곳에서 더 자세히 설명할 생각이다), 어떤 행위를 할 때의 인간의 자유로운 의식은 잘못되었다는 추측이 확실해진다. 그러나 역시 심리학적 관찰이 증명하는 바에 따르면, 자유로운 의식이과거로 거슬러 오르는 게 아니라 순간적으로 의심을 물리치는 다른 종류의행위가 있다. 나는 의심 없이, 예컨대 유물주의자가 뭐라고 하든, 오직 나에게 관련된 행위라면 당장 그것을 할 수도 있고 하지 않을 수도 있다. 나는의심 없이 내 의지만으로 방금 손을 올리고 내렸다. 나는 당장 글쓰기를 중단할 수 있다. 당신은 지금 즉시 읽기를 중단할 수 있다. 의심 없이 내 의지만으로 모든 장애를 넘어 지금 즉시 머릿속으로 미국에 갔다가 어떤 수학 문제를 떠올렸다. 나는 자유를 시험하면서 손을 올려 힘껏 우주로 내리쳤다. 나는 정말 그렇게 했다. 그러나 내 옆에 아이가 서 있다. 그 아이의 머리 위로 손을 치켜들어 방금처럼 아이에게 내리치려고 한다. 하지만 나는 그렇게 할 수 없다. 그 아이에게 개가 달려든다. 나는 개를 향해 손을 치켜들지 않을 수 없다. 만약 내가 전선에 서 있다면 연대의 움직임에 따를 수밖에 없다. 나는 전쟁터에서 연대와 함께 공격에 나설 수밖에 없고, 모두가 도망칠 때는 나도 도망칠 수밖에 없다. 내가 피고의 변호인으로서 법정에 서 있다면 말을 하지 않거나 내가 떠드는 말을 모르면 안 된다. 무언가가 내 눈앞을 스치면 눈을 깜박이지 않을 수 없다.

이처럼 두 종류의 행위가 있다. 하나는 내 의지의 지배를 받고 다른 하나는 받지 않는다. 그리고 모순을 야기하는 잘못이 생기는 이유는 '자아', 즉 가장 고도로 추상화된 내 존재와 관련된 모든 행위에 당연히 뒤따르는 자유로운 의식이 나와 타인의 자유의지를 일치시키려는 행위에까지 잘못 미치기 때문임에 지나지 않는다. 자유와 부자유의 경계를 밝히기란 심히 어려우며, 그것이 곧 심리학의 본질적이고 유일한 과제이다. 그러나 우리의 자유와 부자유의 조건을 관찰해 보면 우리 행위가 추상적일수록, 즉 타인의 행위와 결부되지 않을수록 자유에 가깝고, 반대로 우리의 행위가 타인과 결부되면 결부될수록 부자유에 가까워짐을 인정할 수밖에 없다.

도저히 떼어낼 수 없으며 답답하고 부단한 타인과의 결부는 타인에 대한 권력이라 일컬어질 뿐, 그 참된 의미는 단지 타인에게 가장 많이 속박되는 것이다.

집필하는 동안 시비를 불문하고 나는 이상과 같은 것을 확신했다. 이에 이 예정된 법칙*이 가장 또렷이 나타나는 1807년, 특히 1812년의 역사적인 여러 사건의 묘사에 즈음하여, 사건을 지배하는 듯 보이지만 다른 관련자에 비해 자유로운 인간적 행위를 그다지 보여주지 못한 사람들의 행동에 의의를 부여할 수 없었다. 그들의 행동이 내 흥미를 끈 것은 역사를 지배하는 예정

---

* 1812년을 다룬 대부분의 작가는 이 사건에서 뭔가 특별한 것, 운명적인 것을 보았음을 지적해 두고 싶다.

된 법칙의 예증이라는 의미, 또 과거로 거슬러 올라가 무수한 사변을 공상 속에 만들어내는 심리적 법칙의 예증이라는 의미에 지나지 않는다. 더할 나위 없이 부자유스러운 행위를 하는 인간에게 나는 내 자유를 증명해 보이고 싶었다.

똘스또이 연보

1828년   9월 9일 니꼴라이 똘스또이 백작 집안의 넷째 아들로 야스나야 뽈랴나 (밝은 녹색 토지라는 의미)에서 태어나다. 아버지는 퇴역 육군 중령, 어머니는 볼꼰스끼 공작 집안 출신이다.

1830년(2세)   8월 7일에 어머니 마리야 니꼴라예브나, 여동생 마리야를 낳은 뒤 산후 더침으로 죽다.

1836년(8세)   똘스또이 집안 모스끄바로 이사하다.

1837년(9세)   6월 21일 아버지 니꼴라이마저 뚤라 현의 거리에서 졸도하여 죽다. 고모인 오스뗀 사껜 부인이 남은 아이들의 후견인이 되다.

1838년(10세)   할머니 빨라끼야 니꼴라예브나 죽다.

1841년(13세)   가을에 후견인이던 고모가 죽었으므로 레프는 세 형과 까잔에서 살고 있는 뻴라게야 일리찌나 유시꼬바에게로 가다.

1844년(16세)   9월 20일 까잔 대학에 입학하다.

1847년(19세)   4월 12일 까잔 대학을 중퇴, 고향인 야스나야 뽈랴나로 돌아가서 진보적인 지주로서 새로운 농업 경영, 소작인의 계몽과 생활 개선에 노력했으나 농노 제도 사회에서 그의 이상은 실현되지 못하다. 후에 《지주의 아침》 속에서 그 시대의 일을 그리다.

1848년(20세)   뻬쩨르부르그 대학의 학사 시험에 합격, 법학사의 학위를 받다. 이해부터 23세까지 도박과 주색에 빠진 방탕 생활을 하다.

1851년(23세)   3월 《어제 이야기》. 5월 맏형 니꼴라이가 있는 까프까즈(꼬까서스) 포병대에 사관후보생으로 입대하다.

1852년(24세)   군무에 종사하면서 3월 17일 단편 《침입》 쓰기 시작하다. 6월 《나의 유년시절》 탈고, 네끄라소프의 인정을 받아 그가 주재하는 잡지 〈동시대인〉에 익명으로 9월부터 연재, 작가로서의 첫발을 내딛다. 9월 중편 《지주의 아침》 쓰기 시작. 12월 《침입》 완성. 중편 《꼬자끄》 쓰기 시작하다.

1853년 (25세) 여러 지방에서 참전하다. 4월 단편 《크리스마스의 밤》, 5월 장편 《나의 소년시절》, 6월 《나무를 베다》, 9월 《득점 계산자의 수기》 쓰기 시작하다.

1854년 (26세) 1월 장교로 승진하여 고향에 돌아가다. 3월 다뉴브 파견군에 종군하고, 크림 군으로 옮겨 세바스또뽈 전투에 참가. 《나의 소년시절》 《러시아 군인은 어떻게 죽는가》 발표하다.

1855년 (27세) 3월 《나의 청년시절》 쓰기 시작. 9월 흑하의 전투에 참가. 11월 뻬쩨르부르그로 돌아가 뚜르게네프, 네끄라소프, 곤짜로프, 오스뜨로프스끼, 페뜨 등 〈동시대인〉 동인(同人)들의 환영을 받다. 《득점 계산자의 수기》 《12월의 세바스또뽈》 《5월의 세바스또뽈》 《나무를 베다》 완성. 뚜르게네프와의 사이가 나빠지다.

1856년 (28세) 3월 셋째 형 드미뜨리 죽다. 11월 제대. 《1855년 8월의 세바스또뽈》 《눈보라》 《두 경기병》 《진중 해후》 《지주의 아침》 완성하다.

1857년 (29세) 1월 최초의 유럽 여행을 떠나 7월에 귀국, 야스나야 뽈랴나에 살며 농사를 짓다. 《루쩨른》 《알리베르뜨》 《나의 청년시절》 쓰다.

1858년 (30세) 《한 소녀 바니까가 별안간 어른이 된 이야기》 쓰다.

1859년 (31세) 농민의 아이들을 위해 야스나야 뽈랴나에 학교를 세우다. 《세 죽음》 《가정의 행복》 쓰다.

1860년 (32세) 교육 문제에 깊은 관심을 갖고 《국민 교육론》을 기초(起草)하다. 7월 외국의 교육 제도를 시찰할 목적으로 여행을 떠나다. 9월 맏형 니꼴라이가 죽어 몹시 슬퍼하다. 《뽈리끄시까》 쓰기 시작하다.

1861년 (33세) 유럽 여러 나라의 교육 시설을 시찰하고 4월에 귀국. 야스나야 뽈랴나에 학교를 설립. 교육에 관한 논문들을 기초하다. 뚜르게네프와의 불화가 심해지다.

1862년 (34세) 교육 분야의 논문 《국민 교육에 관하여》 《읽고 쓰기 교육 방법에 관하여》 《누가 누구에 관하여 쓰는 것을 배우는가》를 발표하다. 9월 모스끄바 궁정 의사 베르스의 둘째 딸 소삐야 안드레예브나(당시 18세)와 결혼하여 좋은 환경에서 문필 생활을 하게 되다. 《꿈》 쓰기 시작하다. 《목가(牧歌)》 쓰다.

1863년(35세) 6월 맏아들 세르게이 태어나다. 《홀스또메르(어떤 말의 역사)》. 〈야스나야 뽈랴나〉 마지막 호 발행. 《진보와 교육의 정의》《꼬자끄》《뽈리끄시까》 발표하다. 《십이월당》 쓰기 시작하다. 《전쟁과 평화》 준비로 나폴레옹 전쟁 시대를 연구하기 시작하다.

1864년(36세) 9월 맏딸 따짜나 태어나다. 사냥하다 말에서 떨어져 오른손을 다쳐 모스끄바에서 수술을 받다. 회복됨과 동시에 《전쟁과 평화》(처음엔 《1850년》이라는 제목을 붙였다)를 착수하다. 《똘스또이 저작집》 제1, 2권 간행하다.

1865년(37세) 《전쟁과 평화》의 처음 부분(1~28)을 〈러시아 보도〉에 발표하다.

1866년(38세) 《니힐리스트》《전쟁과 평화》 제2편 발표. 5월 둘째 아들 일리야 태어나다. 시쁘닌 사건을 변론하다.

1867년(39세) 가을 《전쟁과 평화》의 집필을 위해 모스끄바로 가다. 보로지노의 옛 싸움터에 가보다. 《전쟁과 평화》 전3권 초판 간행하다.

1868년(40세) 3월 《전쟁과 평화에 대하여》를 〈러시아 보도〉에 발표하다.

1869년(41세) 5월 셋째 아들 레프 태어나다. 쇼펜하우어, 칸트에 열중하다. 《전쟁과 평화》 완간되다.

1871년(43세) 《초등독본》 쓰기 시작하다.

1872년(44세) 《초등독본》《까프까즈 포로》《신은 진실을 보나 나타내지 않는다》《뾰뜨르 1세》 쓰다. 농민 자녀들의 교육을 위한 사숙(私塾)을 저택 안에 마련하다.

1873년(45세) 3월 《안나 까레니나》 착수. 가족 모두를 데리고 사마라 지방으로 가 빈민 구제 사업에 힘을 기울이다. 《읽고 쓰기 교육법에 관하여》를 〈모스끄바 신보〉에, 《사마라 지방의 굶주림에 대하여》를 〈모스끄바 신문〉에 싣다. 《똘스또이 저작집》 제1권~제8권까지 출판. 아카데미 회원이 되다.

1874년(46세) 《국민교육론》 출판. 《새 초등독본》 쓰기 시작하다.

1875년(47세) 《안나 까레니나》 〈러시아 보도〉에 연재 시작하다.

1877년(49세) 《안나 까레니나》 완성하다.

1878년(50세) 십이월당 연구를 위해 모스끄바와 뻬쩨르부르그에 가다. 뚜르게네프와 화해. 5월 《최초의 기억》을 쓰기 시작하다. 뚜르게네프가 야스나야 뽈랴나를 방문. 《나의 참회》 집필하다.

1879년 (51세) 《나의 참회》의 첫 부분을 발표하여 러시아 내에서는 금지되었으나 계속 집필. 장편 《십이월당》은 완성시키지 못한 채 단념하다.

1880년 (52세) 《교의신학 비판 (教義神學批判)》 쓰다.

1881년 (53세) 《사람은 무엇으로 사는가》 《4복음서 통합번역》 간행하다.

1882년 (54세) 모스끄바의 민세 조사 (民勢調査)에 참가하여 빈민 생활을 보고 괴로워 하다. 《나의 참회》를 완성하여 〈러시아 사상〉에 발표했으나 발행이 금지 되다. 《모스끄바의 민세 조사에 대하여》 《악을 악으로 갚지 말라》 《교회 와 국가》를 발표하다.

1884년 (56세) 《나의 신앙은 어디에 있는가》를 발표했으나 발행 금지되다. 《광인의 수 기》 《그러면 우리는 무엇을 할 것인가》 쓰기 시작. 젊을 때부터 좋아하 던 사냥을 그만두다.

1885년 (57세) 헨리 조지의 《토지 국유론》을 읽고 깊은 감명을 받아 사유재산을 부정 함으로써 아내와 의견 대립이 되다. 그 결과로 모든 저작권을 아내에게 양도, 《일리야스의 행복》 《그러면 우리는 무엇을 할 것인가》 출판. 아내 의 힘으로 《똘스또이 저작집》 12권 간행되다. 민화 《악마의 일은 아름답 고 신의 일은 까다롭다》 《형제와 금화》 《손녀는 할머니보다 지혜롭다》 《불씨를 잘 다루지 못하면》 《사랑이 있는 곳에 신도 있다》 《양초》 《두 노 인》 《바보 이반》 쓰다.

1886년 (58세) 여름, 작품을 쓰는 한편 두 딸 (따짜나와 마리야)을 데리고 농사를 짓 다. 짐수레에서 잘못 떨어져 2개월 간 드러눕다. 《어떻게 살 것인가》 쓰 기 시작하다. 10월 희곡 《어둠의 힘》이 상연 금지되어 1895년까지 이어 지다. 발행도 금지되었으나 곧 풀려 3일 동안 25만 부나 팔리다. 《지혜 의 달력》 편찬에 종사하다. 《이반 일리찌의 죽음》 출판. 《국민 독본과 과학책에 대하여》, 민화 《빵 조각을 보상한 작은 악마》 《회개한 죄인》 《신이 이름붙인 아이》 《사람에게는 얼마만큼 땅이 필요한가》 《세 은자》 《달걀만 한 씨앗》 쓰다.

1887년 (59세) 《지혜의 달력》 발행, 몇백만 부 팔리다. 《어둠의 힘》 저작권을 버리다. 3월부터 육식 (肉食)을 않다. 9월 은혼식 올리다. 《어떻게 살 것인가》를 발간했으나 발행 금지되다. 음주 반대 동맹 운동을 일으키다. 《빛이 있는 동안에 빛 속을 걸어라》《술의 시작》《머슴 에멜리안과 북》《세 아들》.

1888년(60세) 담배를 끊다. 2월에 아들 일리야 결혼식을 올리다. 막내아들 바니찌까 태어나다. 《고골리론》 착수. 본다레프의 《농민의 승리》에 서문을 쓰다. 꼬롤렌꼬가 처음으로 찾아오다. 초등학교 교사가 되기 위해 원서를 제출했으나 당국으로부터 거절을 당하다.

1889년(61세) 논문 《1월 12일의 기념제》 쓰다. 《문명의 열매》《예술과 삶》 쓰기 시작하다. 《끄로이쩨르 소나따》《악마》《각성할 때이다》《신을 섬겨야 하는가, 혹은 황금을 섬겨야 하는가》《손의 노동과 지적 노동》 쓰다.

1890년(62세) 《끄로이쩨르 소나따 뒷이야기》《성욕론》《술과 담배》《지배 계급의 이취(泥醉)》《빛은 어둠 속에서 빛난다》《빵가게 주인 뾰뜨르》《신부 세르게이》 쓰기 시작하다.

1891년(63세) 아내 소삐야가 발행 금지되었던 《끄로이쩨르 소나따》의 공표허가를 얻어내다. 《니꼴라이 빠르낀》을 제노바에서 출판. 4월 재산을 나누다. 《첫째 단계》의 집필 시작. 이해 중앙 아시아와 동남 아시아에 걸쳐 기근이 일어나자 농민 구제를 위해 활약하다. 《기근론》《무서운 문제》《법원에 대하여》《어머니 이야기의 예언》《어머니의 수기》 등의 저작권을 버리다. 《신의 왕국은 그대 가슴에 있나니》 쓰기 시작하다(93년에 완성).

1892년(64세) 굶주림에 허덕이는 사람들을 구제하기 위해 많은 활약을 했으나 당국의 방해를 받다.

1893년(65세) 《무위(無爲)》를 〈러시아 보도〉에 발표. 《종교와 국가》 집필. 노자(老子)의 번역에 몰두하다. 《그리스도교와 애국심》《부끄러워하라》《태형 반대론》《노동자 여러분에게》《헤이그 만국평화회의에 대하여》 쓰다.

1894년(66세) 모스끄바 심리학회의 명예 회원으로 선출되다. 알렉산드르 3세 죽다. 《주인과 하인》 쓰기 시작. 《까르마》《불사(不死)에 대한 마찌니》《모파상 저작집》의 후기, 《신의 고찰》《젊은 황제》 쓰다.

1895년(67세) 《주인과 남자 하인》 탈고. 두호볼 교도와 친교를 맺고 있었기 때문에 4,000명 교도의 병역 거부 운동이 일어나자 그 지도자로 지목되어 당국의 박해를 받다. 쩨호프 찾아오다. 《세 우화》《12사도에 의하여 전해진 왕의 가르침》 쓰다.

1896년 (68세) 병역 의무 거부 운동을 찬양하는 《종말이 가깝다》를 국외에서 발표.
《그리스도의 가르침》《복음서는 어떻게 읽는가》《현대의 사회 조직에 대
하여》《예술과 삶》쓰기 시작.

1897년 (69세) 3월 병상에 있는 모스끄바의 쩨호프를 방문. 《예술과 삶》출판. 《하지
무라뜨》《헨리 조지의 사상》《국가와의 관계》쓰다.

1898년 (70세) 뚤리스까야, 오를로프스까야 두 현(縣)의 빈민 구제를 위해 활동하다.
두호볼 교도를 돕기 위한 자금 마련 방편으로 《부활》을 완성하기로 결심
하다. 8월 26일 똘스또이 탄생 70주년 기념 축하회가 열리다. 《신부 세
르게이》완성. 《종교와 도덕》《똘스또이즘에 관하여》《기근이란 무엇인
가》《두 전쟁》《까르따고를 파괴하지 말라》《러시아 보도의 편집자에게
부친다》쓰다.

1899년 (71세) 3월 《부활》을 발표하여 주목을 끌어 작가적 정열을 증명하다. 《사랑의
요구》《한 상사(上士)에게 부치는 글》쓰다.

1900년 (72세) 1월 아카데미 예술회원에 뽑히다. 고리끼 찾아오다. 희곡 《산송장》, 《애
국심과 정부》《죽이지 말라》《현대의 노예제도》《자기 완성의 의의》쓰
다.

1901년 (73세) 그리스 정교회에서 파문되다. 《파문의 명령에 대한 종무원(宗務院)에의
회답》쓰기 시작. 9월 크림에서 티푸스와 폐렴으로 중태에 빠지다. 《황
제와 그 보필자에게》《유일한 수단》《누가 옳은가》《신앙의 자유를 인정
할 것》쓰다.

1902년 (74세) 니꼴라이 2세에게 러시아의 현 상태를 호소하는 글을 올리다. 5월 꼬롤
렌꼬 찾아오다. 8월 6일 문학 활동 50년 기념 축하회 열리다. 《노동자
여러분에게》《지옥의 부흥》《종교론》장편 《하지 무라뜨》등을 쓰다.

1903년 (75세) 1월 《유년시절의 추억》쓰기 시작. 《성현의 사상·인생이란 무엇인가》
편찬을 착수하다. 단편 《무도회가 끝난 뒤》탈고, 8월 28일 탄생 75주
년 축하회 열다. 9월 《셰익스피어론》집필. 《노동과 병과 죽음》《아시리
아 왕 아사르하돈》《세 가지 의문》《그것은 너다》《정신적 본원의 의의》
《인생의 의의에 대하여》쓰다.

1904년 (76세) 전쟁 반대론 《생각을 바꿔라》, 6월 《유년시절의 추억》탈고, 《해리슨과
무저항》《과연 그렇지 않으면 안 되는가》《하지 무라뜨》출판하다.

1905년(77세) 제1차 혁명의 발발로 국민의 폭동에 정부의 탄압이 가해지자 어느 쪽도 편들지 않고 몹시 고민하다. 《알료샤 고르쇼끄》《꼬르데이 바실리예프》《뾰뜨르 꾸지미찌의 수기》《기도》《딸기》《불타》《큰 죄악》《러시아의 사회 운동》《세계의 종말》《가짜 수표》《초록지팡이》 쓰다.

1906년(78세) 《1일 1장 인생노트》《셰익스피어론》〈러시아의 말〉에 싣다. 《유년시절의 추억》《신의 행위와 사람의 행위》《러시아 혁명의 의의》《꿈에서 본 것》《라메네》《뾰뜨르 헬리찌끼이》《빠스깔》 쓰다.

1907년(79세) 야스나야 뽈랴나의 학교를 부흥시키다. 《참다운 자유를 인정하라》《우리의 인생관》《서로 사랑하라》 쓰다.

1908년(80세) 탄생 80주년 축하회 열리다. 《폭력의 법칙》, 사형 반대론 《침묵하고 있을 수는 없다》 쓰다. 《어린이를 위하여 쓴 그리스도의 가르침》《보스니야와 헤르체고비나의 병합에 관하여》 쓰다.

1909년(81세) 탄생 80주년 기념 똘스또이 박람회 뻬쩨르부르그에서 열리다. 《피하기 어려운 대변혁》《세상에 죄인은 없다》《사형과 그리스도교》《시간의 1호(一號)》《유일의 장막》《고골리론》《유랑자와의 대화》《마을의 노래》《돌》《대웅성(大熊星)》《어린이의 지혜》《꿈》 발행하다.

1910년(82세) 《인생의 길》, 단편 《모르는 사이에》《마을의 사흘 동안》, 희곡 《모든 것의 근원》. 8월 꼬롤렌꼬가 찾아오다. 《세상에 죄인은 없다》를 개작. 10월 28일 새벽 아내에게 마지막 글을 써놓고 집을 나가 도중에서 사형을 논한 《효과 있는 수단》을 집필. 10월 31일 여행중 병이 들어 랴잔 우랄선 중간의 시골 조그만 역 아스따뽀보에서 내리다. 11월 3일 최후의 감상을 일기에 쓰다. 11월 7일 오전 6시 5분 역장 집에서 눈을 감다. 11월 9일 야스나야 뽈랴나에 묻히다.

맹은빈(孟恩彬)

동양외국어학원 러시아어과 수학. 동국대학교 영문학부 졸업. 1955년 영남일보에 시「그림자」
로 등단. 안톤 체호프「벚꽃동산」, 사뮈엘 베케트「고도를 기다리며」옮겨 연출. 지은책 시집
「인간이 아픔을 알 때」「꿈의 시」가 있으며, 옮긴책 솔제니친「이반 데니소비치 하루」, 솔로호
프「고요한 돈강」, 똘스또이「전쟁과 평화」, 똘스또이「안나 까레니나」가 있다.

세계문학전집026

Л.Н. Толстой
ВОЙНА И МИР
전쟁과 평화Ⅱ
똘스또이/맹은빈 옮김
동서문화사창업60주년특별출판
1판 1쇄 발행/2016. 6. 9
발행인 고정일
발행처 동서문화사
창업 1956. 12. 12. 등록 16-3799
서울 중구 다산로 12길 6(신당동 4층)
☎ 546-0331~6 Fax. 545-0331
www.dongsuhbook.com
*
사업자등록번호 211-87-75330
ISBN 978-89-497-1485-1 04800
ISBN 978-89-497-1459-2 (세트)